曹禺剧作改编

研究资料

余迎胜 编

长江出版社
上海科学技术文献出版社

曹禺研究资料长编

图书在版编目（CIP）数据

曹禺剧作改编研究资料／余迎胜编．
—武汉：长江出版社，2021.3（2023.1 重印）
（曹禺研究资料长编）
ISBN 978-7-5492-7570-0

Ⅰ．①曹…　Ⅱ．①余…　Ⅲ．①曹禺（1910-1996）—话剧—戏剧文学评论　Ⅳ．①I207.34

中国版本图书馆 CIP 数据核字（2021）第 036887 号

项目统筹：张　树
责任编辑：湛　青
封面设计：汪　雪　彭　微

曹禺剧作改编研究资料
余迎胜　编
出版发行：上海科学技术文献出版社
地　　址：上海市长乐路 746 号　200040
出版发行：长江出版社
地　　址：武汉市解放大道 1863 号　430010
经　　销：各地新华书店
印　　刷：武汉市金港彩印有限公司
规　　格：787mm×1092mm　1/16
印　　张：47
字　　数：1000 千字
版　　次：2021 年 3 月第 1 版　2023 年 1 月第 2 次印刷
书　　号：ISBN 978-7-5492-7570-0
定　　价：280.00 元

编委会

丛书总序

史料与现实的关系

以刘川鄂为带头人的湖北大学中国现当代文学学科不仅注重作家作品、文学社团、文学现象和文学思潮的研究，同时也把大量的精力投入到中国现当代文学历史资料的发掘和整理中，从对湖北作家的相关史料发掘整理和研究出发，逐渐拓展到对文学史上重要作家作品的史料整理和研究。显然，这样的学科发展战略目标，是循序渐进、良性循环的学术策略。正是在这样的学术背景下，由刘川鄂、刘继林两位教授担任主编，湖北大学中国现当代文学学科团队精心编选的《曹禺研究资料长编》（共十一卷），旨在将业已僵化的著名大作家研究导向一种新的研究范式之中，让围绕曹禺的学术研究重新焕发出活气来。

一切学术研究的基础首先就是史料的梳理，离开了史料的依托，研究就如悬在空中的楼阁，看许多现实问题也就囿于平面化。正如编选者在其中的《曹禺综合研究资料》卷“导言”所言：“研究文学史上名有定论的作家本来就有一定难度，加上随着时间的推移，史料和研究视角越来越难发掘，未来的曹禺研究工作会越来越难超出前人的成果，越来越难找出有新意有理据的命题。”显而易见，史料的重新发掘和编选，直指的是学术研究的拓展。编选者在研究资料的选取上，充分注意到一些重要的历史节点。比如将1949年作为研究资料编选的历史切分点，并不完全是由于学科的界限，我以为更是一种对学术态度的历史检验，其中的奥妙就在于作为当时的剧评家和研究者采取的是什么样的学术价值观——是凭着自己的学术良知和艺术审美对作家作品进行判断，还是跟着时代的潮流风向标走，这才是艺术评论生与死的考验。

曹禺是中国现当代文学史上的一个具有特别意义的作家，属于那种“井喷”以后就戛然而止的剧作家。“曹禺现象”恰恰是中国现当代作家在文学史变迁中最具代表性的范例，他才是与我们文学思潮史上最贴切，也是最契合文学史解剖的研究对象。如果我们意识不到这样一个“曹禺现象”在文学史上的独特意义，即便是再多的文学史资料的呈现，在许多研究者的视野中，恐怕也是一个盲点。所以，我们只有重新解读曹禺作品，重新梳理各个不同时代的曹禺研究资料，或许才能真正获取解剖“曹禺现象”的密码。只有回到历史的原点和原典之中，站在一个新的历史制高点上，我们才能看清曹禺作品的思想内容和艺术内涵，才能廓清许许多多迷失在历史河流中的“飞鱼”和“蜉蝣”行状。

毋庸置疑，自《雷雨》开始的曹禺戏剧创作，是中国戏剧史上历经八十七年的奇迹，也是中国现当代文学史上“最雷雨”的戏剧发生的时段，它见证的是中国文学在启蒙主义进入一个复杂的现代语境窗口时的深刻内涵，同时也是中国戏剧文学在艺术方法和艺术技巧上借鉴西方戏剧第一次“吃螃蟹”的历程。如何看待这一现象，应该是值得研究者注意的问题。

之所以说《雷雨》在启蒙主义的窗口上，强化了对封建的专制主义的批判，用“最雷雨”的批判现实主义方法抨击了家长制戕害人性的本质，是因为尽管窗外雷电交加，但是，那个“铁屋子”里仍然在演绎着一幕幕人间的悲剧，也只有悲剧才最能引起人们心灵的震撼。从某种意义上来说，它引起的不仅仅是亚里士多德古典悲剧的“同情和怜悯”，从悲剧的本质意义上来说，“最雷雨的”《雷雨》才是见证历史的活剧。这样一出活剧贯穿于中国文学的过去、现在和未来，这才是《雷雨》的意义所在。因此，也只有翻开这八十七年对《雷雨》以及曹禺几个代表作的批评研究、传播接受的历史，我们方才可以看出这套丛书的重大意义所在。

之所以说《雷雨》是中国戏剧汲取西方戏剧艺术方法与技巧精华的真正开端，为中国戏剧走向现代奠定了坚实的基础，并在一定程度上影响了整个文学领域对外开放的格局，让人们知晓中国文学正因为有了世界文学艺术方法和技巧的参照，才成为独特的艺术，只有“拿来”，方才可以攻玉，才能走向新生；亦只有熟悉了自《雷雨》开始的两种艺术观的争论，在史料的长廊中寻觅到艺术的真谛，我们的文学艺术才能得到长足的发展。

我充分理解湖北大学文学院编辑这套研究资料的良苦用心，囿于曹禺研究的停滞不前、文学史研究的基本定型，没有史料的重现，就不足以唤醒人们的价值理念，就不能触发研究者的研究冲动，也就不能让这个领域的研究走向深入。编选者认为四十余年来“海内外、多视角全面推进”的曹禺研究格局成就很大，似乎过于乐观了一点。尽管涌现出的著述颇丰，但多为重复叠加的著述，难免捉襟见肘，鲜有能够警醒世人、真正拓展研究深度和广度的扛鼎之作。而这套即将面世的丛书，将极大催生新见解、新角度的曹禺研究著述的问世。在某种程度上，它应该是曹禺研究的“助产士”。

道路是曲折的，也是十分艰难的，今后也许会更加艰难，但是我们仍然要前行，谁让你是一个只能尊重历史的研究者呢？！

中国现代文学研究会会长
南京大学文学院教授　　丁帆

2020年10月1日草于南大和园

目录

二、《原野》改编研究资料

导言：经典在民间——曹禺剧作改编杂谈

余迎胜

文学艺术史的经典定义从何而来，已难以考证，但无论是学术界还是民间，对经典一词的判断却几乎是一致的：经得起观众的挑剔，经得起学者的拷问，经得起舆论的冲刷，经得起时间的考验。从这四个指标来看，戏剧领域中的众多作家作品，西方如莎士比亚、莫里哀、易卜生，中国如关汉卿、王实甫，都可算是满分。这四个指标中，看似不起眼的第一条，“经得起观众的挑剔”，个人以为却最难做到的。戏剧观众们，三教九流各色人等，兴趣爱好各不相同，诚所谓众口难调，门票当前，芸芸众生是用脚投票的。因此，又有了“曲高和寡”这个高级词汇，专门用来敷衍或解释观众不买账的尴尬。进而，又有了所谓“阳春白雪”与“下里巴人”的雅俗之分。

诚然，在许多艺术领域，的确有雅俗之分，但戏剧这种题材，也要分个雅俗，就有些牵强了。从历史起源及其发展来看，戏剧从来就没有“雅”过，总是俗得不能再“俗”的门类。西方戏剧源头，学术界认定为古希腊的原始祭祀“酒神颂”，也就是每年春秋两季的庙堂活动，观看者五花八门，站在神庙门前围观，谈不上雅；接下来的古罗马，悲剧退潮，喜剧大行其道，人们坐在大斗兽场，乱哄哄地对舞台表演评头论足，只能是俗；中世纪，基督教会也搭建起了草台班子，四处下乡演宗教剧，巴不得所有的乡夫村老都能一睹为快，促使更快坚定他们的信仰；文艺复兴时期，欧洲到处都是剧场，大门对所有买得起门票的民众开放，不论是农民还是贵族；启蒙时代的伏尔泰、狄德罗、莱辛等戏剧家，大力鼓呼“剧场舞台是民众教育的重要场所”。凡此种种，都说明戏剧演出与观看，在古往今来的欧洲，都是一件再“俗”不过的事情。中国戏剧的发展演变就更不用多说了，自宋代勾栏瓦舍孕育出戏剧以来，戏曲始终是民间的娱乐方式。当初通俗而流行的作品，如《俄狄浦斯王》《孪生兄弟》《哈姆莱特》《玩偶之家》，再如《窦娥冤》《牡丹亭》《西厢记》，在当代社会，哪个当不起一个“雅”字？这当然说明，“雅俗”本就是相对而论，俗的也能随着时间的推移变为雅。从反面来看，如果一开始就确定了“雅”的目标，尽力按照“雅”的标准（这标准每个时代各不相同，但有一点是共同的：观众少）打造的戏剧，如法国17世纪古典主义时期以悲剧为雅，高乃依精心编排的《熙德》，当时确实名噪一时，但时过境迁之后就烟消云散，只剩下剧本供后人凭吊；歌德几乎毕其一生创造的《浮士德》，也只能以诗剧之名传世，无法上演。即使这两位的作品“雅”到如此地步，也还是留下了“俗”的尾巴：前者取材于西班牙的英雄传说，后者取材于德国的民间故事，本来就具有广泛的受众基础。可见，戏剧从来而且永远都

是，也应该是一项贴近大众的艺术，追求“雅”的结果，只能是自断前程。对于戏剧而言，谁赢得了民众的喜爱，谁才是真正的经典。

曹禺的几部话剧，因其贴近民众、反映时代、刻画人性、寄托理想，赢得了观众长久的喜爱，获得了真正经典的地位。迄今为止，曹禺剧作在世界各地舞台上多次演出，活跃在英、法、俄、澳、美、加、日、韩、蒙、越等二十多个国家的舞台上，有力地推动了曹禺剧作在海外的出版、研究和传播，极大地提高了中国话剧在世界舞台上的声誉。曹禺话剧改编种类繁多，涉及电影、电视剧、歌剧、舞剧、音乐剧、京剧、沪剧、越剧、评剧、甬剧、秦腔、川剧、黄梅戏、花鼓戏、琼剧、唐剧、晋剧、眉户剧、楚剧、粤剧、滇剧、锡剧、评弹等多种艺术形式，多维度地呈现在中外舞台。文化生活出版社 1936 年初版《雷雨》不久，明星电影公司的黑白片《雷雨》就出现在大银幕上。紧接着，新华公司又将《日出》改编为电影。从这里开始，曹禺剧作不断地被各种艺术体裁所改编，拉开了经典在民间的序幕。

一、改编形式多样化

从曹禺话剧改编体裁看，总体分为三大类：一是地方戏曲；二是歌剧舞剧；三是影视剧。

1.地方戏曲

地方戏曲改编方面，“始作俑者”是沪剧。作为上海本土剧种，沪剧得地利之便，做出了敢为人先的创举。1938 年，申曲前辈艺人施春轩以幕表戏的形式演出《雷雨》，这是最早的《雷雨》沪剧版本，开了戏曲舞台搬演曹禺剧作之先河。

1939 年 7 月 22 日，越剧《雷雨》在上海大中华剧场首演。这是越剧舞台第一次演出中国现代文学名著，也是越剧演出的第一出西装旗袍戏，因而颇引起当时戏剧界人士的关注。据《新闻报》1939 年 7 月所刊登广告，该剧从 22 日起至 28 日止，连续 7 天夜场演出。《越讴》杂志第 1 卷第 2 期发表《创见与奇迹》一文特予以介绍：“银杏并蒂，双花主演之《雷雨》均系时装打扮，屠杏花且御西装，开越剧之纪录，创未有之奇迹，观过者咸云创见，而剧本系申曲翻版者，雷雨幻景尚可一观。”该剧成为女子越剧改良时期较有影响的时装戏代表剧目。

1982 年《日出》首现沪剧舞台，上海沪剧院一团在大众剧场公演 6 场根据曹禺话剧改编的同名沪剧《日出》。在忠实于原作的基础上，沪剧《日出》有意识地加重了表现被压迫者悲惨命运戏的分量。当时这部“西装旗袍戏”的出现，被丁是娥描述成“沪剧从此又上了一个台阶”。1983 年，丁是娥曾陪同曹禺、李玉茹夫妇在上海的中国大戏院观看了该剧，当时曹禺对于沪剧院如此严肃、认真地改编上演自己的作品比较满意，对演员的表演表示欣赏。他认为，这台反映旧时代社会的戏，对于当今的青年是有教益的。他还认为台词的沪剧化做得很好，并表示上海人喜欢听沪剧的唱腔，这些唱能增添抒情色彩。2009 年该剧由上海沪剧院重新排演，成为保留剧目。

最早演出评剧《雷雨》的是朱宝霞班社，演出时阵容完备、行当齐全。由于该剧内涵丰富，剧情复杂，人物性格生动鲜明，尤以“审女”和“寻死”两场戏最为精彩，所以演出非常成功，成为此后各班社竞相演出的剧目。

1990年，曹禺的故乡——湖北潜江市花鼓戏剧团将《原野》改编为花鼓戏《原野情仇》，1995年获湖北省戏剧新作展演金奖，1997年获中国曹禺戏剧文学奖和湖北省“五个一工程”奖。

1997年，《原野》被重庆市川剧院改编为川剧《原野》，编剧隆学义，导演熊正堃。1998年，川剧《原野》开始了第二稿的修改和打磨，并更名为《金子》。导演胡明克，编剧隆学义，艺术指导郦子柏。在构思川剧剧本时，选择了原著中的次要人物金子作为主要人物，而把原著中的主要人物仇虎摆在了次要的位置；以金子的命运历程和情感漩涡的冲击来削弱复仇的主线。川剧《金子》于1999年曹禺逝世三周年时上演。自1997年首演以来，川剧《金子》拿下了文化部大奖、“五个一工程”奖、中国戏剧节优秀剧目奖、中国艺术节奖、中国戏曲学会奖等35项国家级大奖以及个人奖项70多项，成为中国戏曲现代戏新的里程碑作品。

2000年夏天，广州粤剧二团演出了改编自《原野》的粤剧《野金菊》，剧本刊于2001年第2期的《南国红豆》。该剧的改编很有特色：首先，该剧将金子作为主要人物，并改名为“金菊”，剧本突出塑造了一个像“野金菊”一样的野性、风情万种、敢爱敢恨但又不乏善良、同情心的复杂的女性形象；而原著中主要人物仇虎成为次要人物，他的复仇也成为表现金菊性格和主题的陪衬。深圳市粤剧团紧随其后，首次改编粤剧《雷雨》，聘请了中国国家话剧院著名导演张奇虹、青年编剧邓艳燕执笔，著名戏曲导演黄天博执导。此后，深圳市粤剧团还创排了新版现代粤剧《雷雨》。

2005年，陕西省京剧团改编京剧《雷雨》，由中国剧协主席尚长荣先生出任艺术指导，雷志华编剧，谢平安、张文利联袂执导。2007年元月1—2日在西安新城剧场公演。

2005年，安徽省黄梅戏剧院改编自《雷雨》的大型同名黄梅戏舞台剧（编剧隆学义，导演王向明，蒋建国饰演周萍）。作为日本“静冈国际艺术节”参演剧目中的唯一一部中国戏剧，首次将这一经典剧作通过中国传统戏曲这种独特的艺术样式，呈现在日本观众面前。2009年，该剧入选“2007—2008年度国家舞台艺术精品工程”。

2007年，中国台湾台北新剧团的新编大型京剧《原野》，由辜公亮文教基金会出品，艺术顾问田本相，改编林宝春，总导演谢晋，于2007年10月6日在保利剧院上演。

2007年11月，由山西省晋剧院根据曹禺名著《原野》移植改编，适当借鉴川剧《金子》的成功经验并反复加工磨砺而成的晋剧《金子》献演沪上。在此之前，该剧已在太原等地演出，跌宕起伏的故事情节、扣人心弦的情感碰撞、大开大阖的艺术处理打动了大批观众，尤其是主角“金子”的扮演者陈红，以娴熟优美的表演技艺、细腻入微的性格刻画、新颖脱俗的唱做风格，令这出“山西版”《金子》展现出独特而悠长的魅力。

2009年6月中篇弹词《雷雨》正式首演，参加第四届中国苏州评弹艺术节并一举夺得“节目金奖”第一名。与以往话剧、电影、歌剧等其他艺术形式诠释《雷雨》不同，弹词《雷雨》以蘩漪与周萍的情感冲突为主线，通过《山雨欲来》《夜雨情》和《骤雨惊雷》3个回目对原作进行了全新演绎。弹词版《雷雨》是在朱栋霖、方同德等著名曹禺研究专家的指导下，由苏州评弹团专门创作团队集体合作完成，盛小云任总策划，孙惕任总监制，盛小云、胡磊蕾任剧本改编，并由盛小云、徐惠新等著名苏州评弹艺术家弹唱表演。演出结束后，观众反响热烈，《文艺报》《中国文化报》《新华日报》以及新浪网等媒体进行了广泛报道，被认为是“经典改编的一次成功尝试”。戏剧影视学家黄会林观后评价：“编导和表演都很到位，出乎意料的棒！使经典又一次鲜活起来。”戏剧理论家童道明认为：“阐释精准，学术性强。”

2012 年 9 月，山西省临汾眉户剧团把话剧经典《雷雨》搬上了地方戏曲舞台，成功之处主要表现在舞台演出的舞美化处理。

2016，重庆市三峡川剧团上演《白露为霜》，隆学义编剧，改编自曹禺名剧《日出》。

2.歌剧舞剧改编

歌剧舞剧改编方面，作品较少，但几乎每一次改编都能引起艺术界、观众界的热潮与好评，说明在这个相当西洋化的艺术领域，在改编曹禺话剧的各个方面都很慎重，都极为认真地对待，从而能打造出精品。

1987 年 7 月 25 日，中国歌舞剧院在北京天桥剧场首演歌剧《原野》，万方改编，金湘作曲，首演导演李稻川，万山红饰演金子，孙禹饰演仇虎，张晓玲饰演焦母。这次改编在人物形象上和主题上没有太多变化，基本同原著相同，改动最大的是为了适应歌剧自身的特点，强化了“唱”，以此来抒发情感。这样也将原著中“诗”和“情感”的特点表现得比较充分。金湘作曲的《原野》歌剧版本，更是一度让这部巨著成为我国歌剧历史上第一部走出国门、站上国际舞台的民族歌剧。在国内首演成功以后，1988 年 8 月在美国康涅狄格州以“舞台阅读”的形式首演于国际舞台，1989 年 12 月，在联邦德国慕尼黑举办的第三届国际音乐戏剧研讨会上获得“特别荣誉证书奖”等，成为我国歌剧创作历史上的又一里程碑。该剧在 1993 年被推选为“20 世纪华人音乐经典”，2000 年获得文化部的“文华大奖”。

2003 年 1 月 3—4 日，音乐剧《日出》在北京保利剧院首演。出品人陈佩斯，导演吴贻弓，作曲金复载、董为杰，廖昌永饰演方达生，潘莉饰演陈白露，陈佩斯饰演王福升，刘铮、王璐丹等参与演出。

2006 年，作为“中国第八届艺术节”参演剧目和“第十二届文华奖”参评剧目的歌剧《雷雨》，是上海歌剧院根据曹禺同名话剧原作改编而成的两幕歌剧，艺术顾问周小燕，编剧兼作曲莫凡，导演查明哲，舞台美术设计罗江涛。歌剧版《雷雨》是在 2001 年音乐会版的基础上打造的，首演于 2006 年“上海之春”国际音乐节。歌剧《雷雨》的创作班底都是重量级人物，不仅有莫凡作曲，查明哲导演，还有张国勇指挥，还有旅美著名女高音高曼华担纲该剧主角蘩漪，上海歌剧院魏松饰演周萍、张建鲁饰演周朴园、董明霞饰演四凤、朱秋玲饰演鲁妈侍萍、迟立明饰演周冲。该剧入围了 2006—2007 年度国家舞台艺术精品工程 30 部候选剧目。在第八届艺术节上，歌剧《雷雨》获得了优秀“剧目奖”。

2007 年，天津歌剧团成功排演了高难度的新版歌剧《原野》，导演李稻川、声乐指导李晋玮、指挥高伟春，李瑛、王虎鸣、石广羽、康凯、薛跃林、张凯等主演。该剧先后在津进行了 4 轮演出，受到观众的热烈欢迎和专家的充分肯定，尤其是《原野》的曲作者金湘非常欣赏天津歌剧团演出的《原野》。2008 年 5 月 9 日，该剧在北京大学百周年纪念讲堂上演，这是天津歌剧团恢复建制以来首次晋京演出，受到音乐界人士和观众的关注。

2017 年 7 月 18—19 日，舞剧《北京人》在北京保利剧院上演。该剧由剧作家、曹禺之女万方担任文学顾问，知名舞蹈编导吴蓓担任总导演和编舞，青年舞蹈家黄路霏、曾明、刘芳领衔主演，舞美设计周立新、作曲谢鑫、服装设计阿宽、灯光设计胡耀辉、造型设计贾雷等加盟，由北京艺枫澜舞蹈剧场出品。

3.影视剧

影视剧包括电影和电视连续剧，这是在曹禺话剧改编历史上始终不停歇的改编方向。影视剧相比地方戏曲、歌剧舞剧等，有着得天独厚的优势，那就是可以打破时效性、地域性、阶层性的受众限制，便于观赏，且具有比地方戏曲更为宽广的传播路径。

早在 1936 年，明星电影公司的黑白片《雷雨》就出现在大银幕上。在 20 世纪五六十年代，《雷雨》《日出》被香港左翼电影人士改编成了电影，其中，《雷雨》被改编了两次。在新时期刚刚开始的 1981 年，《原野》被改编成了电影。随后，《雷雨》《日出》《北京人》也都相继被改编成电影。其中《原野》由于大胆地表现了赤裸裸的人性，在当时显得十分“另类”，还未公映就引起了争议，被禁映了 8 年。影片《雷雨》基本上是话剧的银幕照搬，与话剧原作缺乏区分度，距离人们的接受期待较远，受到的批评最多；由曹禺亲自改编的、拍摄于 1985 年的《日出》既得到了主流话语的认同，又为观众所欢迎，最为成功；《北京人》最后一个被改编成电影，制片人黎静，编剧兼导演秦志钰。吕丽萍饰演思懿、程前饰演文清、黎静饰演愫芳。

1997 年，导演李少红将话剧《雷雨》改编为 20 集同名电视连续剧，以其强大的明星阵容和讲究的视听处理，获得巨大商业成功，同时也引起学术界的争议。

2002 年，第四代著名导演谢飞将《日出》改编成了 23 集电视连续剧，由深圳市委宣传部文艺创作中心、中国国家话剧院影视中心、深圳万科影视有限公司联合打造。该剧由曹禺的女儿和女婿（著名作家万方和程式鉴）历经 5 年时间改编完成，谢飞执导，徐帆饰演陈白露，斯琴高娃、许还山、朱琳都在其中担任了角色，可谓明星众多。《日出》一剧中的音乐由获得最佳作曲奖的著名音乐家王宪作曲，片头曲和片尾曲分别由台湾著名歌手蔡琴和罗时丰演唱。

二、改编阵容高规格

曹禺话剧改编的阵容上体现出高规格、高要求、出新品、出精品的特点，改编形式多种多样，但绝大部分改编都体现出共同的倾向：

一是编导人才济济。很多演出团体除了派出重量级编剧家、导演家，有的演出团体还邀请或登门请教剧作者曹禺本人，反复征求意见，不断打磨修改。

他们对待原作的态度严肃谨慎，往往多易其稿，精益求精。这里面，不乏戏剧界的前辈、新秀，理论界的掌门、权威，执导界的名人、大腕，他们同心协作，不计回报地为经典改编殚精竭虑。例如，老一代编剧家关凤奎为朱宝霞班社评剧《雷雨》编写剧本；胡知非编剧的越剧《雷雨》(1939 年版)；戏曲大师尚长荣出任 2005 年陕西省京剧团改编京剧《雷雨》(2005 年版)艺术指导；盛小云改编剧本，朱栋霖、方同德指导 2009 年苏州市评弹团弹词版《雷雨》(2009 年版)；隆学义为重庆市三峡川剧团演出《白露为霜》(2016 年版)改编剧本；万方改编的歌剧《原野》，金湘作曲，首演导演李稻川；陈佩斯出品、吴贻弓导演的音乐剧《日出》(2003 年版)；万方担任文学顾问，知名舞蹈编导吴蓓担任总导演和编舞的舞剧《北京人》(2017 年版)；余笑予担任艺术顾问、胡应明编剧的湖北潜江市花鼓戏剧团《原野情仇》(1990 年版)；何俊、姚声黄改编，周中庸执导的上海沪剧院一团的沪剧《日出》(1982 年版)；周小燕担任艺术顾问、莫凡编剧兼作曲、查明哲导演的歌剧《雷雨》(2006 年版)；林宝春改编、李稻川导演的天津歌剧团《原野》(2007 年版)；谢晋总导演的台湾新剧团《原野》(2007 年版)；曹禺和万方共同改编的电影《日出》(1985 年版)。

二是剧本精益求精。许多院团在改编剧本的审定上慎之又慎，反复修改打磨，既要追求与曹禺话剧剧本的契合、又要发挥改编剧种的特色优势。

例如，1997 年重庆市川剧院根据曹禺《原野》改编的川剧《原野》邀请了隆学义改编剧本。演出之后，根据戏剧界的评论以及观众的反馈，剧院进行了川剧《原野》第二稿的修改和打磨，并更名为《金子》，导演胡明克，编剧隆学义，艺术指导郦子柏。这次修改，进一步压缩了剧情，将主要场面留给两个主要人物金子和仇虎，使得戏剧冲突更为集中尖锐，取得了极好的演出效果，使得川剧《金子》成为地方戏曲改编曹禺话剧的佼佼者和经典之作。

再如，2006 年版莫凡作曲的歌剧《雷雨》，是在 2001 年音乐会版的基础上打造的，五年间六易其稿，可谓呕心沥血。该剧在第八届艺术节上获得了优秀剧目奖，并且登上国际歌剧舞台，获得西方歌剧界的广泛赞誉。

三是阵容整齐高端。进行曹禺话剧改编工作的演出团体，绝大部分是力量雄厚、规格高端的著名院团。在地方戏曲改编方面，有上海沪剧院一团、湖北潜江市花鼓戏剧团、重庆市川剧院、重庆市三峡川剧团、广州粤剧二团、深圳市粤剧团、陕西省京剧团、安徽省黄梅戏剧院、台湾台北新剧团、山西省晋剧院、苏州市评弹团、山西省临汾眉户剧团等。在歌剧舞剧改编方面，有中国歌舞剧院、上海歌剧院、天津歌剧团、北京艺枫澜舞蹈剧场等。在影视剧改编方面，有明星电影公司、新华公司、上海电影制片厂、中国国家话剧院影视中心等。

为保证实际演出效果，在演职人员的挑选上，各演出团体也是倾囊而出，配备的都是当家生旦、舞台顶梁，演员安排、辅助人员和技术设施都是优中选优，力争打造精品。例如，出演沪剧《雷雨》的丁是娥、张莉莉，出演电影《雷雨》的孙道临，出演电视剧《雷雨》的鲍方、赵文涛、王姬，出演川剧《金子》的沈铁梅，出演歌剧《雷雨》的女高音高曼华、男高音魏松，出演音乐剧《日出》的陈佩斯，都是如日中天的明星大腕、舞台名伶。

技术手段运用上，各剧种也是竞显风流，流光溢彩。如越剧《雷雨》于 1939 年在上海大中华剧场首演，表演突破传统程式，施银花（饰演蘩漪）身着旗袍，挥洒自如。舞台上用了灯光、布景、音响甚至幻景，使人耳目一新。

因其谨慎认真的态度，这些不同的改编者在处理话剧原作时，充分发挥了本剧种或演出形式的特色，形成了百花争艳的局面。同时，这种严谨的态度，也深刻影响了改编思路和改编效果。

三、改编思路多元化

在改编曹禺剧作的思路上，各种艺术体裁样式充分发挥了自己的优势和特长，做到了八仙过海、各显神通。改编思路大体分为四类：

一是全盘照收。基本沿用话剧原作剧情和人物，只是根据剧种唱腔和音乐的不同加以调整。例如，1938 年申曲艺人施春轩演出的《雷雨》、朱宝霞班社演出的评剧《雷雨》以及电视剧《日出》等。

这一类改编，主要集中在话剧原作《雷雨》《日出》。这两部话剧，情节严谨紧凑、出场人物较少、矛盾冲突集中尖锐，适合于剧情上的照搬，要突出的是地方剧种的特色，在满足地域性观众的精神需求的同时，这些地方剧种本身也拓展了内容、获得了发展、更新了活力，甚至有不少种类的地方戏曲，因为排演曹禺的剧作而重现活力。

二是择其片段敷演剧情。例如，2006 年张艺谋由《雷雨》演绎而成的《满城尽带黄金甲》。这一类改编，看重的是话剧原作中的特定人物关系，对其改头换面、敷演成新的故事。

三是缩减角色突出主干而成剧。这一类改编，主要是针对话剧原作《原野》，其中佼佼者是川剧《金子》，该戏把故事大大削减，出场人物减少，将戏剧焦点聚集在话剧原作的次要人物金子身上，取得了极好的艺术表演效果。

四是加以情节和人物的增减而形成新的故事。这种改编思路，主要体现在影视剧尤其是电视剧上。电视连续剧需要比较庞大的人物关系和剧情枝节，而这两点是讲究紧凑凝练的话剧所极力回避的。影视剧改编，需要在时间、空间、人物、故事上充分延伸，但同时又不能过于分散。因此，把握延伸的分寸就成了成功与否的关键之一。

例如，1997 年导演李少红将话剧《雷雨》改编为 20 集同名电视连续剧，延伸得有些过头，甚至超出了曹禺话剧原先设定的悲剧性基调，因此从播出效果上看，只能说是毁誉参半，学术界甚至基本否定了这次改编。此次争论的焦点集中于“不忠实”于原著的大胆改编是否合理和适度。这次的改编在学术界引起的风波很大，凸显出电视剧改编经典作品应如何适度的问题。与此相比较，电视连续剧《日出》的改编，则基本忠实于话剧原作，同时根据电视传播的特点，利用声光技术进行了一定的丰富和扩充，因此在学术界和观众界都获得了好评。电视剧在情节结构上、人物命运上同电影相比并没有大的变动，只是表现上比电影更加细腻、丰富。同电视剧《雷雨》相比，电视剧《日出》没有进行那种后现代的重新演绎，没有改变人物性格和命运。它在忠实于原著的基础上，进行了一定的扩充、丰富，塑造了陈白露、潘月亭、顾八奶奶、李石清、翠喜、金八爷这一个个与话剧设定基本等同的人物形象。该剧走商业化操作的路子，但其内容和形式却得到了学术界、理论界的基本肯定，在商业上也获得了成功，成为了新世纪中国现代文学影视转换的成功之作。

可见，人物性质的改变要慎之又慎，否则也可能使得精心斟酌的改编走向失败。人物性质看似只涉及个别人物，但同时具有牵一发而动全身的微妙关系，因为人物性质的设定，是话剧原作精心安排、关系到其他人物性质、关系到戏剧冲突性质，决不可轻易改动。事实上，成功的改编作品，尽管在时间、空间、故事甚至结局上都可以动手脚，但极少有在人物性质上做大改变而能够成功的先例，这其实也是由“改编”而非原创的写作特点所决定的。因此，虽然影视剧改编颇多，但不能不承认，影视剧改编相对于其他形式的改编，成功者最少。

从曹禺话剧八十多年改编历程来看，各演出团体非常重视并积极参与，说明曹禺话剧剧本确实有着不同寻常的特点，值得一再地改编搬演，并且常演常新。这确实也值得我们深思，究竟在曹禺剧作中，蕴藏着何种魅力，包含着何种优点？深思之下，不难看出，一部优秀的剧作，应该具有以下特征：一是要有完整连贯、凝练紧凑的剧情设置；二是要有紧张动人的矛盾冲突；三是要有性格鲜明、符合时代的人物设计；四是要有深刻隽永、丰富多样的语言蕴藉；五是要有言简意赅、回味深长的想象空间。可以说，不断被翻演、被改编的曹禺代表性剧作，尤其是《雷雨》《日出》《原野》《北京人》等，无愧于民族杰作、时代精华。

一、《雷雨》改编研究资料

雷雨改编绍兴戏

绍　人

鲁迅的作品《祥林嫂》，也被人改为绍兴戏，现在正演出中，据说成绩并不佳，改编得未能妥当，对于原著有着不少歪曲的地方。

对于将文学作品改编的技巧，却不能不慎重注意的。要是将估价极高的文学作品变成地方剧，弄得非驴非马，那是杀害了原作，污蔑了原作。

最近，听说曹禺的《雷雨》也要改为绍兴戏了。《雷雨》是近年来剧作中精彩，有着最高成就的作品之一，使曹禺成名，也使中国剧坛放一异彩，以之改为地方剧，当然也有其需要。不过我希望改编者能存其精华，正确地演出，使绍兴戏的观众们能在此中获得一些比较，那就好了。

原载《东南风》1946 年第 8 期

越剧演“雷雨”，筱丹桂徐玉兰“卯上”

蝶　来

上海地方戏中，越剧进步得如此神速，给予那些内地镀金归来自以为打起“改良戏剧”旗帜的剧艺人，正是一阵闷棍。当田汉、白杨、吴光祖、张骏祥、小丁之流，在“明星”（编者注：上海明星大剧院）袁雪芬的《祥林嫂》之后，个个变成木鸡，哑然无语，只好为文恭维，并且自欺勿如了。

越剧的确不可绝对蔑视，最近听说天宫的筱丹桂，徐玉兰也极力卯上，演曹禺的《雷雨》了。

《雷雨》这部戏，如果用越剧的方式来演，是必然轰动的，以前曾有人搬演过，但未经好好导演，不登大雅，这一次天宫她们上演《雷雨》，是请了名家导演，预备再让“剧坛先进”们看一看，不知这班“祥林嫂”感动人物，可有雅兴否？

原载《一周间（上海）》1946 年第 6 期

一个成功的尝试

——试谈影片《雷雨》的改编

瑞　丰

孙道临同志将曹禺同志的名剧《雷雨》搬上了银幕，并亲自导演和主演，让更广大的观众鉴赏它，应该说这是一个很有意义的尝试。改编文艺上已有定评的名作，在银幕上再现人们所熟知的艺术形象，从来都是个难题，常常是吃力而不讨好的。然而，孙道临同志编导演的这部影片，却取得了相当的成功，这充分显示了他深厚的艺术功力。

影片《雷雨》的成功之处，首先是它忠实于原作的主题思想和艺术风格。原作写的是二十年代初半封建半殖民地旧中国的一出家庭悲剧。剧中以周、鲁两家的矛盾冲突为主要线索，通过他们两家父子母女两代人的性爱和血缘关系，暴露了资产阶级残酷、虚伪的本质，以及腐朽没落的生活和丑恶卑劣的精神面貌，揭示了罪恶渊薮的旧社会行将崩溃的必然规律。在影片中，我们可以看到，无论人物性格的刻画，情节的安排，矛盾冲突的展开，都比较准确地表现了原作的精神。比如孙道临同志饰演的周朴园，就把他那暴君式的家长，伪君子的丑恶灵魂表现得很鲜明。其他几个人物也都能体现原作的性格特点。值得提出的是：曹禺写《雷雨》时，还不是个阶级论者，因而存在着过分用爱情和血缘的纠葛来展开戏剧冲突的宿命论观点。改编的影片没有掩盖原作存在的这个历史局限，拔高它的思想性。但我们感到它的思想意义并未因此受到削弱。这样做反倒使我们看到了一个严峻的现实：任凭周、鲁两家有着怎样的血缘亲属关系，也始终掩盖和解决不了严重的阶级对立，这不是也有现实意义？如果为了克服原作的局限性而拔高它的主题思想的话，那其结果就不是再现曹禺的名作，而是另外的创作了。脱离了人物的性格和规定情境的拔高，是会给人以失真的感觉的，那才真正是吃力不讨好。由此联想到影片《阿Q正传》，虽然也改编得很成功，但它把原著中并未同情过阿Q的那个管土谷祠的老头子，写成对阿Q有点同情心的人，就令人有蛇足之感。因为这虽然是个很次要的人物，但这样一“拔高”，就削弱了鲁迅意在突出身处未庄的阿Q得不到任何同情的冷酷气氛。我认为这样的改动并不能给影片增添多少积极意义。这说明改编名著必须忠实于原著，即使是细节的增删，也不能超越或损伤原著的主题思想。

其次，我感到孙道临同志毕竟是个有经验的电影艺术家，他改编的这部影片一方面力求忠实于原作，另一方面又没有照搬舞台的演出，而是充分发挥了电影艺术的特长。《雷雨》的舞台演出大都需三个多小时，而改编者把它控制在不超过两个钟头的长度，主要就是调动了电影所特有的艺术表现手法。比如原作中写到周家，主要是在周家的客厅中展开情节的，改编的影片则增加了周家豪华的花园，周萍的卧室等场面，这不仅突出了周朴园的穷奢极欲，也为人物的活动提供了宽阔的场面。又如拿结构来说，原作采用了“回溯的方法”组织情节，把过去的事情通过上场人物的对话予以交代，如通过鲁贵向四凤要钱喝酒赌博，提到周萍，从而交代了三年前蘩漪与周萍的暧昧关系；通过侍萍到周公馆看女儿，在客厅不期而遇周朴园，借双方的对话追溯了三十年前的往事。在影片对话中含蓄而适度地穿插了蘩漪、周萍发生暧昧的细节，穿插周朴园另寻新欢，侍萍被遗弃的情节。其他如周萍对四凤的追求、四凤的触电、周萍的自杀等，在原作中都是在周家的客厅交代的。编导者突破了舞台时空的局限，运用蒙太奇的手法，将原作中通过对话交代的事情作了具体的描述。这些细节的增添，不但没有损伤原作的主题思想和艺术风格，而且更丰富了情节的内容，加深了观众的印象。同时也很自然地加快了情节发展的节奏，有利于紧缩影片的长度。另外，影片中人物的对话，编导者在保留其原作个性化特点的基础上注意了它们的通俗易懂性，这也显然是考虑到原剧的观众主要是知识分子，而电影观众却是更广大的群众，因此，为使广大观众易于理解，注意语言的通俗化也是必要的。

原载《电影评介》1984 年第 5 期

《雷雨》"改头换面"

黎　俊

在话剧舞台上经历了半个多世纪的《雷雨》，曾数次被改编成电影，如今在曹禺先生的支持下，由中央电视台中国国际电视总公司将其改编为20集电视连续剧。

此剧导演是李少红，首次涉足电视剧便是"啃"这样一个大部头的戏，勇气可嘉。她声称会拍电影并不一定就能够拍好电视剧，但力争成功。为了把好剧本关，在6月2日开机的前一天，她还在与编剧一起改编剧本。

王姬饰演蘩漪。自从《北京人在纽约》一炮走红之后，王姬趁势回到阔别已久的北京东山再起。王姬早年在北京人艺的时候，演了不少电影，曾被人看好，此番重新披挂上阵，扮演一个备受封建礼教蹂躏和束缚的女性，不知结果会如何。从她的扮相上来看，与蘩漪那种落落寡合的形象还有差距，但王姬很自信，她觉得演这个角色很合适，而且导演李少红与她是二度合作，对她很了解并认定她是最合适人选。

观众熟悉鲍方是缘于电影《屈原》，这部香港电影曾轰动一时。今年74岁的鲍方，从事影视表演50多年，在1958年导演过电影《雷雨》并饰演周朴园，38年后重演周朴园，鲍方感到很高兴。他认为长篇电视连续剧用较广的空间来演绎名著，观众会感兴趣。他觉得剧本很不错，与原来不同。周朴园这个角色过去是个大反派，然而此人也可能有另一面，这部戏中的周朴园有点人情味。刚在香港拍完电视剧《天地男儿》的鲍方宝刀不老，拍起戏来精力充沛，充满活力，鲍方笑称奥妙在于热爱运动。

演鲁妈的是台湾的归亚蕾，自从她在1969年凭借电影《烟雨》获奖以来，先后7次获得各种表演大奖。她说自己曾经组织演出过话剧《雷雨》，而自己则扮演鲁妈，曾经发誓再也不演这个苦命的角色了，可经不住赵文煊的"游说"，还是走上了这"苦难的历程"。在拍她和周朴园在厨房见面的一场戏时，只见她的眼泪在眼中打转，就是不流下来，分寸掌握得很好。导演在监视器旁不禁感叹道："演得真棒！"

以《喜宴》而当红的赵文煊，出演周家大少爷周萍。短短3年，赵文煊就演了13部电影，《雷雨》是他拍的第一部电视剧。他说："首先是剧本好，其次还有一个很好的导演。演电视剧跟演电影是两码事，演电影我还可以应付，演电视就需要另外一种表演方式，我要踏出第一步，这是个最好的机会，尤其是一个名著，有很好的基础。如果我去接一个别的戏，就不能保证它的品质，这是我接这部戏的初衷。"在来北京的第二个星期，赵文煊迎来了36岁的生日。6月9日下午，李少红率领众将赶拍完鲍方和归亚蕾的一场戏后，在片场为赵文煊办了一个生日晚会。生日蛋糕上写着：祝赵文煊生日快乐，事业大成！

原载《人民日报》1996年7月7日

错乱

——雷雨改编意识的缺憾

木　公

由原作提供的主要人物事件、情节结构和话语体系的基础上改编的电视剧《雷雨》，在艺术的总体特征上，无论思想意旨、人物性格、表达方式，因未能张扬话剧《雷雨》深刻隽永的人性内涵、波谲云诡的命运冲突和出神入化的性格刻画，导致改编意识的错位。

《雷雨》的改编受人关注，是因其在漫长岁月中已锤炼出一个坚实的审美外核，其内核又能提供给人恒久而丰厚的精神食粮。而这种改编之所以可能，是因原著本身具有历史穿透力和艺术魅力，只要完成不同艺术形式的转换，今天观众仍能得到精神的滋养和欣赏的满足。但现在从全剧应有的那种扣人心弦的戏剧悬念和引人入胜的艺术力量来看，话剧的舞台化虽转换成荧屏化了的直观形象，然未能获得另一种形态的完美。情节内容的增减，却有脱离原著规范的缺憾。

原著之所以成为经典名作显其光彩，除了它强烈的戏剧冲突、跌宕起伏的情节、错综复杂的感情纠葛等特点外，更在于它的集中凝练，能在不多的场景、短暂的时间中展开复杂的人物关系而搅得波澜迭起、撼人心魄。而“新解”式改编则以“当代性”为特色，是在原著解构基础上的重建，赋予原著以当代人的精神和理解。如赋予周朴园以“人性”，加了“私访鲁妈”一场重头戏，卸去了他的“虚伪”，减轻了他的罪孽；两位老人在经历了一番人生际遇后重新回归到心平气和的人际关怀。同时虚化了大海与周的正面冲突，加强周的金融投机而非镇压矿工，由此淡化作品的“阶级斗争”色彩……这一点是否得当，姑且不论。

问题是，把话剧《雷雨》演绎成 20 集电视长剧，在艺术形式的转换和思想内容的新解上，就迫使编导非得对原著作出新的诠释，并对人物情节作大幅度的拓展丰富，在创作中增添许多原作中所没有的人物事件、生活场景和感情纠葛，其中如蘩漪出巨资助周萍了结在家乡参与的命案，关于始由蘩漪撮合终又因她而破裂的蓝晓婷和周萍的恋情，关于周萍和蘩漪私奔未成，造成流产的凄惨遭遇，以及矿山爆炸抢救、工人示威、法庭辩论等壮阔画面。这些固然拓展了电视剧所反映的生活内容和艺术空间，有效地增强了它的趣味性和可视性，打破了观众原有的壁垒而予认可，并使观众在与原著的比较中至少获得大致等量的欣赏满足。这对于与话剧艺术样式不同的大众传媒的电视剧来说，无疑是必要的和可行的。然而，遗憾的是，除此以外的一些情节添加，似乎就很难说有实质性的“新”意。有许多甚至还不免捉襟见肘（如卖房、私奔）、画蛇添足（如团圆式的结尾），在很大程度上显然影响原著营造出的强烈的悲剧氛围，从而削弱了其艺术的震撼力。

从电视剧的艺术品位和审美要求来看，要么忠实于原著而把篇幅压缩，保持原汁原味而在屏幕上显其光彩；要么从商业要求刻意扩幅，那就必须具备“时代新解”的“深意识”，而不宜取“低层次”的“表面动作”走向。

改编意识把握不准，必然导致旁生枝节、表象丛生。如有些情节和场景的设置——周萍与晓婷的恋爱情节显得过于浮泛和表象，缺乏必要的心理刻画和情感渲染；周萍的戏则多为败笔，与全剧的艺术风格不协调；而蘩漪买皮鞋和法庭上的公开抗争，与人物的内在情感和性格发展更不尽相宜，作为全剧艺术灵魂的蘩漪，居然见不出“纵”的新解或“深”的开掘。尤其令人难以接受的是，电视剧剔除了周朴园“虚伪”本质这一原著精髓。这无疑是编导在原著这样一座庄重的艺术宫殿门前技穷乏术，难以把握和体现原作的精神意蕴和艺术风格，导致迷入改编意识错乱的误区，这不得不令人遗憾！

原载《电影评介》1997 年第 3 期

谈电视剧《雷雨》的改编

田本相　　宋宝珍

对名著的电视剧改编，始终是有争议的课题。但像电视剧《雷雨》(以下简称《雷》剧)的改编，的确还是近年来一个突出的个案。

一部名著的改编是否成功，尽管有着不同的见解，但大抵还是有章可循、有范例可参照的，并非是无标准，无高低、粗细、优劣之分的。

改编名著最起码的要求是对原著准确的理解，或者说是准确的诠释。只有在准确的理解和诠释的基础上，才可能达到所谓忠实于原著。进一步，就要求对原著有更深刻的理解，或者说是更深刻的诠释。这样，使改编的作品达到一个更高的档次。如果对原著在准确而深刻理解的基础上能够更具有创造性：诸如提升和深化主题，人物的性格更丰满、更典型，结构更合理更严密，情节更生动；不但能够扬其所长，补其所短，而且能够发掘原著中所未曾被人发现的主题诗意，以及人物性格的某些未曾发现的方面，那就达到一个具有高度创意的改编境界了。像曹禺对巴金同名小说《家》的改编，就是公认的戏剧改编的范例。

《雷雨》之所以成为名著，就在于它是一个完整的有意味的形式，它为人们提供了独特的、超凡的美学内涵和思想价值。改编名著，无疑是向经典学习，也是同大师进行灵魂的对话，从中得到哲学、美学的启悟和感情的激荡。曹禺不止一次谈到他是如何同文学和戏剧大师对话的，虽并非每一个人都有这样一个水准，但更重要的是那种诚挚地向大师学习的态度。这是改编的重要前提之一。

《雷》剧的改编之所以令人失望，是它背离了上述准则，它离开原著太远了，远到神貌皆非的程度。它改变了原剧的悲剧性质，消解了原著中的悲剧精神，特别是那些想当然的情节和细节的篡改和所谓的“丰富”，肢解了原剧的有机结构，并把原著中人物的网络及其深刻的关系歪曲了，破坏了，甚至庸俗了；而其后果是使原著中的一个个典型形象，如蘩漪、周朴园、侍萍、周萍、鲁贵、四凤和周冲在不同程度上失去其性格光辉，也失去其原有的丰富而复杂的性格内涵；而编导轻易地变动了人物的结局，更是十分令人吃惊的；如此等等，就使曹禺的《雷雨》名存实亡了。

如果没有读过《雷雨》或看过《雷雨》演出的观众，看过《雷》剧，也许觉得作为一部通俗剧，看看热闹，也是可以的，但它是对名著的改编，而改编的指导思想又有问题，这就值得认真探讨一番了。编导说他们是“以电视剧的眼光”来改编的，这不是实质，他们改编的路线是把《雷雨》通俗化，在迎合某些观众的趣味中，追逐商业的利益。这样，便独出心裁，把它拼命拉长，硬是拉长到二十集。显然他们把改编看得过于轻易简单了，对经典的改编态度也过于轻率了。

一部经典戏剧其结构及情节安设，是戏剧大师妙想天成的结晶。虽然不能说动之分毫，就会谬以千里，但那是一个十分有机而严谨的结构。这正是改编名剧的艰难之处。《雷》剧改编最突出的问题之一，就在于它十分轻率地打破《雷雨》的结构。而《雷雨》的结构是一个天才的有机构成，它那些为高度巧合所形成的环环相扣的戏剧情节，犹如一个恢恢的天网。《雷》剧的编导企图重新构造一座新的大厦，显然是无驾驭之力的。它无论是在人物性格、人物关系，还是戏剧情节和戏剧结构上，都制造了一个相互杂糅的双重系统：一方面是编导所利用的原著（也是经过编导改动过的），一方面是编导想当然所篡改、所增加的部分。这就拼凑成一个“非驴非马”、良莠杂糅的双重系统。

大概编导最得意的是，能够用将近十集的篇幅把《雷雨》“幕后的戏”还有“过去的戏”编造敷衍出来。他们按照“通俗化”审美趣味诠释编造出的“八年之前”戏：周朴园因江桥事件三年未归，周萍牵连到人命案从老家无锡来津，不久周朴园携蘩漪并周冲回来，蘩漪为救助周萍背着周朴园掏出私房钱，从而演绎出蘩漪和周萍的“爱情”，周朴园和蘩漪各有目的利用蓝小姐，其中还加上小报记者追求蘩漪的闹剧，以及蘩漪支持蓝小姐私奔，等等，这些戏是足够热闹的了。不要说这些戏编得既不合情又不合理，冗长沉闷，而且也是足够庸俗的。这样一个新编的情节系统，它好像同原著有点关系，但实际上是编导凭其主观臆想杜撰而成，也是同原著的情节系统相背离的。而这些又同原著的情节系统混糅一起，这样，就把原著肢解和涂改得面目皆非，实是令人哭笑不得。编导制造出“八年之前”和所谓“八年之后”的戏，这本身就是一大败笔，自作聪明的结果却成为作茧自缚了。

同时编导还按照他们的曲解，把人物性格和关系做了重新定位。周朴园显然不再是一个暴君，一个专制主义者，而实际上成为一个温情脉脉的人物。他出逃回来，首先关心就是把侍萍的照片找回来，把侍萍的旧物陈设出来，并引导周萍纪念着母亲，他对侍萍是真诚的，再见不到半点虚伪，而侍萍也不像原著中那样深怀悔恨，似乎对这位老爷也旧情依依。周萍和蘩漪的关系，不再是那种畸形的乱伦关系（在原著中，这点是被强调的），而是按照编导的所谓通俗化的路线，让他们真的演出了一场蘩漪救周萍，惺惺惜惺惺的戏。把周萍说成是恶少，自然不确，但把他和继母的关系写得有了真正的爱情，这是极大的误解。像编导说的，他们要“给蘩漪一点敬重，给周萍一点青春色彩……”而实际上编导并没有给蘩漪“一点敬重”，而使她带上了“红粉”“风尘”的味道，并以此招徕观众。单是这一点，她就不再是曹禺笔下的蘩漪：那个在精神上渴望自由的女人。编导最没有读懂蘩漪的是她的“精神悲剧”的性质。曹禺赋予蘩漪“最雷雨的”性格，而编导却置此于不顾，既看不到蘩漪那“交织着最残酷的爱”，也看不到她那“最残酷的恨”。蘩漪的“极端”和“阴鸷”全然不见了。最莫名其妙的是，编导不仅抹去蘩漪的鲜明个性，而且让她怀上一个小生命；竟然还让她流产，把血迹袒露在众目睽睽之下。这些，是颇能看出编导的趣味的。《雷雨》之所以成为经典，曹禺之所以成为大师，他写这些畸形的乱伦关系，其审美目标全在于毁谤那个罪孽的制度，在于展现他对宇宙和人世间“残酷”的紧张思索。因此，他写的虽是最污秽的，但其追求却是最崇高的，也是写得最洁净的。所以说，《雷》剧的失败，特别同原著对比，是编导审美理想的失足，审美趣味的失准。

改编是需要审美见识的。特别是对经典剧作的改编，也许可以看作是对编导的美学考试。认美为丑自不可取，但识别不出美在何处，也是编导的悲哀。眼看着原著的美在编导手中消失和毁掉，是相当让人伤心的。众所周知，《雷雨》中逼蘩漪喝药的一场戏，最是脍炙人口的。周朴园的专制，蘩漪的积愤，周萍的怯弱，以及他们之间微妙而复杂的关系，紧张而激烈的外在冲突和内在的心理矛盾，在这场戏中，得到深刻的展现。它是《雷雨》悲剧蓄势的一个有力的支点。但是，在《雷》剧中，周朴园的发难，是在鲁贵向他密告了蘩漪和周萍私通之后，这样，逼药就不再是一场具有思想意义的戏，而成为周朴园的一种报复。编导把“逼药”庸俗化了。像这样的“改编”就成为对原著不可原谅的歪曲了。还有侍萍逼四凤起誓，可以说是令人震惊的一场戏。《雷》剧用了它，但原来的味道却荡然无存了。侍萍之所以逼着四凤起誓，不要她再见周家的人，是因为她最担心最害怕女儿重蹈她自己的覆辙，这是侍萍一生的痛苦的教训。特别是她同周朴园再度重逢后，周朴园的虚伪，让她联想起三十年来所受的苦，就对女儿更加残酷和严厉地逼迫。于此，显示着侍萍悲剧巨大而深重的内涵。但是，《雷》剧把这场戏安排在编导杜撰的周朴园来到鲁家，与侍萍再叙旧情之后，在这场戏中，不但看不到侍萍的恨，反而看到她温情地伺候着老爷喝粥，而且老爷当年就喜欢她做的粥。旧情重温，不能割舍。这就把他们之间所概括的深刻的社会内容全部抹煞了。在这样一个新编的戏剧情境之后，侍萍逼女儿起誓的前因消弱了，她怎可能对女儿再那么严厉和残酷?！逼是逼了，但已不能给人带来悲剧的震惊力量。像这样任意地改变原著的情节发展的逻辑，是违背了起码的改编常识的，显示着编导缺乏必需的戏剧鉴赏力。

最没道理的改动是《雷雨》的结局了。原著本是：周萍开枪自杀，四凤触电身亡，周冲为救四凤也触电而死，蘩漪疯了，侍萍痴呆。而《雷》剧改成：蘩漪开枪自尽，四凤触电而未身亡，堕胎后随母亲去了济南，周冲去了北平，周萍接管了父亲的矿山，鲁大海去了太原，周朴园中风瘫痪。我们还从来没有看到这么大胆的编导，几乎对《雷雨》的结局作出全部的改动；但我们却看不到这种改变的必要和必然的逻辑。只要是一部优秀的剧作，它的结局，人物的结局，是它全部戏剧逻辑发展的必然结果，是由逐渐积累的“因”而造成的“果”。编导几乎全部改变了原著的结局，无疑是对原著的否定，等于向世人宣告：《雷雨》原来的结局是经不住推敲的，这当然也在宣示着编导的高明。那么，人们不禁要问：既然你看中原著，就意味着承认原著的艺术价值；但是改编起来，又是这样不尊重原著，任意涂抹，这究竟是为什么？这是相当令人困惑的。正是这个结局，最能展现《雷雨》的悲剧精神和曹禺的艺术个性。如他所说，一个个的惨死，表明着“在《雷雨》里，宇宙象一个残酷的井，落在里面，怎样呼号也难逃脱这黑暗的坑”。他要表现的就是“宇宙里斗争的残忍和冷酷”。但是，在《雷雨》剧中，这种悲剧的意味失去了，这种悲剧精神不见了，曹禺的雷雨般的悲剧个性也不见了。把一出具有古典风格和崇高精神境界的戏演绎为一个不甚高明的乱伦故事。通俗了，商业的利益收获了，但是一部名著却糟蹋了。这种改编，绝不能说是艺术家应有的郑重态度。

名著是全民的精神财富，是一个民族的智慧之结晶，一个国家文明之骄傲。《雷》剧的教训告诉我们，对经典名著的改编，不但要采取慎重的态度，也需要某种制度的保障。正如人们不能容忍将一件商周的青铜器砸烂重铸一样，在一个具有高度文明的国家里，也不应允许一些人公然地、随意地损害文化的经典。

原载《中国电视》1997年第7期

慎重对待名著

——电视连续剧《雷雨》座谈纪要

张耀杰

1997 年 5 月 16 日，中国艺术研究院话剧研究所、《中国戏剧》杂志社、《中国电视》杂志社联合邀请在京部分专家学者，对 20 集电视连续剧《雷雨》进行了座谈。现将发言纪要摘登如下。

开场白

黄维钧(《中国戏剧》副主编)：根据曹禺先生同名话剧改编的电视剧《雷雨》播放后，众说纷纭。这部电视剧，涉及对戏剧名著的改编问题。所以，今天我们三家联合主办这个学术讨论会，对电视剧《雷雨》的成败得失进行研讨。大家尽可以“百家争鸣”，充分发表自己的见解。

酒里兑水　淡而无味

梁秉(北京人民艺术剧院一级编剧)：我到北京人民艺术剧院的时候，第一件事就是参加排演《雷雨》，对《雷雨》有感情。我觉得电视剧《雷雨》从选题上就进入了误区。我认为像《雷雨》这样的封闭式结构的戏剧，更接近于“三一律”，8 个人物，24 小时，时空高度集中，不适宜于改编成电视剧。因为拼命往一杯酒里兑水，会弄得淡而无味。话剧《雷雨》的好处，是调动了观众的联想。它非常浓缩，这也就是话剧的优势所在。比如说，大少爷与蘩漪“闹鬼”，本来是从鲁贵嘴里说出来的。我们曾对曹禺先生说，你这里写得太沉闷了。可不管怎么说，观众能够展开想象。现在，电视剧把它摆出来全说了。恕我直言，有点够不着。这就不是曹禺原来的艺术了，弄得熟悉戏的人反而大失所望。就我所知，曹禺先生最早写的一段戏是“喝药”。他说，“喝药”对我的冲击太大了。电视剧的喝药，是周朴园知道蘩漪与周萍的乱伦关系后才让她喝。我说兑水就是这个意思。这场戏太重要了，周朴园封建主义的威严就表现在这里。曹禺先生给我们讲，他家里就有过这样的事情。但电视剧里，这场戏却变了味。还有一段戏，就是周萍去鲁家看四凤，蘩漪偷偷把四凤屋子的窗户给关上了。曹禺先生对我讲，他最动感情的是这么两段戏。现在，恰恰这两段戏全给弄乱了。(关于蘩漪关窗户这段戏，我们和曹禺先生开玩笑，说你这是什么木匠，怎么外头有插销呢？他说：“只要感情真，观众不会较这个真。这么多年不是也没人挑出这个毛病来嘛。”)我认为，这个戏根本就不该这么改，并不是哪一点改得好，哪一点改得不好的问题。

颠覆了《雷雨》 抹掉了内涵

刘扬体(社科院文学所研究员):任何名著的改编,都需要对原著有所尊重。没有这种尊重,就没有讨论的前提。那么,什么叫尊重原著呢?按我的观点,就是尊重原著的美学规范、尊重原著的精神实质和原著的精粹。当然,改编不可能完全忠实于原著,因为电视语言、电视画面,与舞台剧有很大区别。但是,如果连尊重的态度都没有,而且不知道尊重什么,这样的改编是不足取的。从这个意义上讲,我认为电视剧《雷雨》是彻底颠覆了曹禺的《雷雨》。

另外,周萍与四凤、周萍与蘩漪,这两对人物关系在剧中都很重要,蕴含着很深刻的社会文化内涵。其实,周萍与四凤也是乱伦关系。在电视剧里,这种关系是周萍酒醉后丧失理智的情况下糊里糊涂地造成的。这样,不仅把当事人的责任,而且把事件背后的社会原因以及这种原因所蕴含的深刻的社会内涵都给抹掉了。这种描写,把"人"还原为"性",人物行为的社会意义都被消解了。那么,还有什么社会批判精神可说呢?!

尽管改编的是经典著作,但如果改编者把自己赋予的思想意蕴,与原著的精神实质结合得好的话,同时,如果把原著的精神实质与改编后作品的观赏性、艺术性结合得好的话,那么经典著作是可以改编好的。但现在的电视剧,这两方面都没有做到。所以我以为,电视剧《雷雨》对原著的改编是不成功的。

改编须有标准 艺术要讲良心

田本相(中国艺术研究院话剧研究所所长、教授):我认为就电视剧《雷雨》的改编进行讨论是有益的。这些年,电视剧改编名著,历来引起争议。《雷雨》的改编问题更为突出,走得更远。我看问题的关键有这样几点:改编是不是还有一个客观的艺术标准?现在参加争论的意见颇多,为它拍手叫好的有之,但不满愤怒者也有之。情绪化的评价和商业性的炒作,都不能说是批评的大路。改编是否成功,是有它的标准的。总不能把假冒伪劣当作优质产品吧!由此而来的问题,是如何对待经典作品。起码得有一个严肃的艺术态度。电视剧《雷雨》的改编是太草率了。如果对原著有一个起码的尊重,我看就不会这样去改。它把原著蹂躏得太残酷了!不仅把原著弄得面目全非,而且按其改编的戏来说,也是矛盾百出,甚至是庸俗不堪。不能认为只要能卖钱就好,根本上还有一个艺术家的良心,以及对观众负责的问题。

成功的商业运作 失败的艺术改编

杜高(原中国电视艺术家协会书记处书记、原中国戏剧出版社总编辑):我很赞成大家的意见。我以为,电视剧《雷雨》是电视开始走向市场,而市场还不成熟的时候出台的。我给它的基本评价是:成功的商业运作,失败的艺术改编。作为商业运作,我们的市场还不太成熟。要是市场成熟了,电视剧《雷雨》就不会这样改编。现在的电视剧《雷雨》,收视率是很高的,经济效益也是很高的。导演挑选演员是费了心思的:扮演周萍的是香港的一个歌星，一个很漂亮的小生；周朴园也不请大陆的演员，而是请香港老演员鲍方来演；侍萍请的是在台湾很叫得响的演员。这个片子拿到香港去，一看演员名单就很好卖。这就是商业性操作的表现。这部电视剧，导演在屏幕的表现上是下了功夫的，而且取得了好的艺术效果。比如周萍和蘩漪在下雨天的花园里演的第一场戏。他们拥抱的时候，一把伞掉到游泳池里，飘在水面上。这时，镜头拉得很远，远远地看到鲁贵在偷看，一句台词也没有，处理得很好。还有音乐的处理，不少画面的处理，都是相当漂亮的。那么，为什么说在艺术创作上是失败的呢？原因在于，改编应该是对原著的超越和发展。话剧《雷雨》是一部60年前的作品，有局限性。60年后，就要保留原著的精华，并且要比原著更深刻、更提高一步。如果做到这一点，那就是成功的。但电视剧《雷雨》却不然。它不但没有做到超越和发展，而且比曹禺后退了。它太媚俗了，太迎合小市民趣味了。很多情节都是按照这种审美要求去铺排的，比如让周朴园跑到侍萍家去吃泡饭等。

不可信的情节人物　庸俗化的思想主题

康洪兴（中国艺术研究院话剧研究所研究员）：我佩服电视剧《雷雨》编导们的勇气，以及在制作上所下的功夫。但是我坦率地说，这个改编不能说是成功的。理由如下：

其一，对原著故事和人物的“前史”的编织和再现，缺乏周密的思考，以至于失去了生活的真实性和逻辑的合理性。众所周知，“前史”故事的主人公是蘩漪和周萍（一个是继母，一个是继子），故事的主要内容是他俩在周公馆里“闹鬼”，即发生乱伦关系。原著中鲁贵给四凤说起此事时，不仅有一种神秘感，而且也暗示了他俩行为的偷偷摸摸的性质。况且这本身也确实是一件不可告人的事情。所以，任何改编者在表现这两个人物之间的这一段特殊关系时，都不可违背这种特殊的规定情境。然而，电视剧《雷雨》在表现这种不正常的恋情时，不仅不在乎被家里的下人们看见，而且还让他们明目张胆地跑到咖啡馆、酒吧间以及舞厅等场所去宣泄感情。更有甚者，蘩漪流掉她与周萍的孩子的场地也安排在宾馆的楼梯上，暴露在大庭广众面前。此外，人物行为缺乏可信性。在“前史”中，增加了蘩漪给周萍介绍对象的情节，而且是把表妹蓝晓婷介绍给周萍。这是不符合蘩漪的性格的。因为，按照蘩漪的性格逻辑，她做事是决不会违背自己的意愿的。她既然已经爱上了周萍，就不可能再去装模作样地给周萍介绍异性朋友，把自己的所爱让给别人。

其二，主要人物的塑造，与原著大相径庭，并由此改变了原著的思想主题。在原著中，周萍与父亲周朴园虽然有矛盾（主要是接受不了父亲的精神压力），却始终跳不出父亲的阴影。可以说，周萍就是周朴园的影子。但在电视剧中，周萍不仅被描写成同情工人的形象，而且被描写成敢于在法庭上与父亲对抗的形象。这种思想性格的质的改变，使他与原著中的人物判若两人，也使这个人物过于现代化了。周朴园这个人物，他所受的家庭教育、社会教育和他的政治背景，使他不可能具有民主思想。在原著中，他是一个封建专制主义的代表人物，是一个专横、阴冷、虚伪、残暴的人。但在电视剧中，周朴园却被表现得很富有人情味了。他居然不顾及自己的身份地位和脸面，亲自跑到下人鲁贵的家里，去与曾经被他糟蹋和遗弃的侍萍叙旧情，而且装出一副感慨万千、可怜兮兮的样子。这种思想性格的质的改变，使这个人物失去了他所生活的那个时代的和历史的真实性。电视剧在蘩漪这个人物的塑造上，离原著更远，几乎是把她当作一个悲剧英雄来描写的。在原著中，蘩漪只是一个封建专制主义的抗争者和牺牲品。她与周萍之间的乱伦关系，只有在这个意义上才为人们所同情。这是一个在封建专制主义压迫下具有反抗性的，然而又是很可悲的人物。但她不是悲剧英雄。在电视剧中，这个人物却被美化了。例如，用蓝晓婷这个人物的嘴，为蘩漪与周萍的乱伦关系做辩解；描写蘩漪公然支持蓝晓婷与情人私奔，以反抗家庭的阻挠；用两次冒雨冲出周公馆的形象和画面，表示蘩漪与象征封建专制主义堡垒的周家王朝的势不两立；在法庭上为了表现蘩漪与周朴园的分庭抗礼，在周萍几乎要站到父亲一边的时候给周萍的思想击一猛掌，使其站到了替工人说话的立场上；尤其是结尾的时候，用自杀的行为来完成对这一人物的艺术塑造，更是给这一人物头上罩上了英雄的光环。这样做的结果，使思想主题发生了彻底的改变。原著的思想主题是：通过描写周公馆产生的悲剧，宣告了封建专制主义王国的必然崩溃。这是一个具有厚重、深刻的社会批判意义的思想主题。但电视剧的思想主题却变成：一个生活在封建牢笼中的女性，为追求恋爱婚姻的自由和幸福，不惜以生命与封建专制主义拼死抗争，终因势单力薄而以悲剧告终。显然，这个思想主题与原著的思想主题，在深度和力度上，在所蕴含的社会文化意蕴和社会批判精神上，都是无法相比的。况且，冷静思考的话，蘩漪这个人物，是担当不起电视剧所要表达的那个思想主题任务的。由此可见，对主要人物思想性格的质的改变，不是升华、提高，而是降低了原著的精神实质。最后一点，这种降低，也表现在对故事结局所做的彻头彻尾的改变上。原著的结局是周冲和四凤触电身亡，周萍自杀。大幕在雷电交加时落下。这个结局，是蕴含着巨大的社会批判精神和厚重的历史文化内涵的。因为在原著中，周冲和四凤是代表新生力量的两个人物，他们的死，是对封建专制主义扼杀人性的滔天罪行的控诉。而周萍的死，则说明以周公馆为象征的封建专制主义王国已发展到了后继无人、行将灭亡的地步。然而，电视剧的结尾却把这些统统改掉了。该死的都没有死，而不该死的蘩漪却自杀而死。而且，最后是周萍继承了父业。这就歪曲了原著的精神实质。在尾声中，得了中风病的周朴园坐在轮椅上，痴痴呆呆，鲁贵像哄小孩似的哄着他吃药。这种可笑滑稽的场面，把原著社会悲剧的艺术震撼力扫荡得踪影全无！

贬低了蘩漪　美化了周朴园

王卫国（中国艺术研究院话剧研究所副研究员）：电视剧《雷雨》中的人物，与话剧《雷雨》相比，已完全走了样。比如电视剧增加了一个蘩漪买鞋的情节：蘩漪一下子买了十双鞋，周朴园让她退掉，留下两双。电视剧试图用这个细节来表现蘩漪对于压制的反抗。但是，蘩漪一下子买十双鞋完全是一种女人的占有欲，而这种占有欲是没有道理的。她反抗的是周朴园让她退掉鞋。可是，谁能说周朴园这样做不对呢？这样一来，人物的基调就变了，完全不是曹禺笔下的蘩漪了。再比如周朴园，原作中周朴园逼蘩漪吃药，是一种封建专制主义的表现，在电视剧中却变成了周朴园知道周萍与蘩漪的乱伦关系后对他俩的一种惩罚。即使是惩罚，这个场面也把周朴园表现得多么有节制，多么有文化。而且，原作中表现的是周朴园的虚伪，电视剧表现的却是周朴园的真诚。他对于侍萍很真诚嘛，他不是要去侍萍家里吃泡饭吗？去谈情说爱吗？我们不要求改编者达到曹禺的水平（实际上也达不到曹禺的水平），但我们可以要求改编者至少达到鲁贵的水平。鲁贵还知道“周家的人啊，都那么回事”，而电视剧却把周家的人美化了。

面目全非　谈何忠实

晏学（中央戏剧学院戏剧文学系教授）：曹禺是我的老师。我在戏剧学院本科第一届当学生时，他正好主管我们戏文系。而电视剧《雷雨》的两个改编者则是我的学生，他们听过我的课。我的学生改编我的老师的作品，这就使我处于一个很特殊的位置。我想，既然叫改编，就要对作品有所取舍。曹禺自己改的《家》（据巴金小说改编）是个非常经典的改编。他把主要人物也改了，选取梅表姐、瑞珏、鸣凤三个女性的命运来写，而每一个人都是一首诗。所以他说这是个诗剧。因此，改编不是没有典范。我觉得问题还是怎么改。现在的电视剧《雷雨》，首先是人物的命运都变了，事件变了，大的情节变了，那么还谈什么忠实不忠实呢？譬如说曹禺的台词，有上句就必须接下句。现在呢，把他有些语言拆开来，那么就没有非说不可的特定情境了。如第16集，蘩漪告诉周萍说：“你不要走，我从来没有求过你，今天是我求你了。你带我走，甚至将来把四凤接来同住都可以。”（大意）这是原著第四幕一段著名的台词。但是，蘩漪是在什么情境下说这段话的呢？蘩漪恰恰觉得一个疯了的前景在威胁着她。第二幕她就说了：“我没有亲戚，没有朋友，没有一个可信的人”，所以她才抓住周萍不让他走。像现在的改编法，蘩漪那么自由，咖啡馆、宾馆、舞会，哪儿都可以去，而且据她自己说还当过什么自由撰稿人。要是这样的话，她不必在家里爱上一个大少爷。她那么开放，哪儿都可以爱，干吗非要偷偷地乱伦呢！原著里她就是在那么个“气压”底下，才说：“18年监狱似的周公馆我逃不出去。”突然来了这么一个年轻人，从同情到爱悦，最后结合到一起。这是个畸形的恋爱，却有它的原因。可现在这样改就没道理了。爱谁不行，干吗非要爱前房的儿子呢?！再譬如周朴园，曹禺写得很好。他是中国唯一的一个半封建半殖民地的当权派典型。现在把他变成了一个民族资本家，只有一个矿山。这不对！因为他不是开矿的。他包揽过修哈尔滨江桥的工程。这是什么人？是属于把头一类的人。正因为这样，他能让警察开枪打死工人。如果是民族资本家，像《子夜》里的吴荪甫，再反动，也不过是搞点黄色工会，要开枪就要有背景。周朴园既有帝国主义的背景又有政府的背景，所以能够开枪。我觉得，曹禺戏剧的魅力，就在于他的人物。人物本身立得起来，这是他作品的生命。现在把这些都改了，那就很难说是忠实于原作了。

先得尊重原著　其次再说改编

杨景辉（原中国戏剧出版社副总编辑）：因为电视媒介传播面广，所以越是经典的作品，越应该借助于电视媒介来传播。问题是怎样改编，这倒是个关键。这部电视剧的确是不成功的，是一个怪胎。改编第一要尊重原著，电视剧《雷雨》没做到这一点。结尾时，周萍、四凤、周冲都活着，蘩漪倒死了。这种对人物命运的随意改变，就是对原著的不尊重。

我以为，原著的人物命运是不能随意改的。随意改变，这本身是不严肃的。

制作粗糙　矛盾百出

张百灵（中国艺术研究院话剧研究所副研究员）：有人说电视剧《雷雨》制作上还是严谨的，花了工夫的，我倒没这种感觉。我觉得镜头的处理和色彩上有些讲究，但是还说不上精致，还比较粗糙，花的工夫还欠点。包括人物的服装、头饰，都不是完全符合那个时代的人物及其身份地位的。另外，在电视剧里，蘩漪既然能组织家庭舞会，被公认为是舞会上的皇后，并且非常有交际手腕，同时，她又能自由自在地出入酒吧间、咖啡厅等地，还有那么痴迷的追求者，她的精神、情感怎么还会那么寂寞、孤独？怎么还谈得上受压抑呢？所以，即使从通俗性角度来说，这部电视剧的改编也有很多地方自相矛盾不能自圆其说，无法让观众合理地看下去。

非常格的改编　半罐水的超越

邹红（北师大中文系副教授、文学博士）：刚开始播放时，我看了几集，后来就不怎么看了。我周围的人没有看完的。有个理科教授，业务上与艺术不搭界，但年轻的时候很喜欢《雷雨》，留下很深的印象。他从来不看电视剧，这次因为是《雷雨》才看了看。他对我说，你们搞文学的人应该谈一谈这个问题，不能再这样下去了。另外，我读了《文艺报》发表的与电视剧《雷雨》导演李少红对话的文章。李少红说这次改编是依据《电影艺术辞典》上的解释进行的。事实上，我认为《雷雨》的改编和《电影艺术辞典》上的解释有很大出入。李少红说："原著提供的内容是改编的基础，并且决定与影响着改编艺术再创造的方向和性质。"还说改编应该"忠实于原著的艺术思想、形象系统、风格神韵等"。我认为，就用她引用的话来衡量改编的《雷雨》，也是说不过去的，并从根本上背离和歪曲了原著，不管是它的艺术思想还是风格神韵。李少红还有一个说法即"非常格的改编"。就是说，她要表现的不是阶级斗争，是反抗强权。但是，话剧《雷雨》的精髓，既不是要表现阶级斗争，也不是要反抗强权。那么构成《雷雨》悲剧的冲突是什么？《雷雨》的魅力在哪里？我觉得不管是改编者还是导演都没有真正领会。"非常格的改编"有没有？当然有。但电视剧《雷雨》绝对不是。"非常格的改编"要求超越而不是歪曲原著。超越是在忠实原著的基础上高于原著，是对经典原著的重新解读。这种新的理解、新的处理一定要满足一个条件，就是逻辑自洽，或者自圆其说。所以李少红也不必说她是"非常格的改编"。我觉得她那样说是给自己贴了一块金。曹禺改编巴金的《家》，原著写觉新结婚就100多字，但是曹禺给它写了第一幕两景，而且场面壮观。特别是觉新与瑞珏在洞房的内心独白和两人之间的对白相当美，充满了诗情画意。这都是巴金笔下没有的，这才是"非常格的改编"。我认为，电视剧《雷雨》的编导没有读懂原著，而且不顾自身条件，做了这样一个尝试，他们没有读懂还觉得自己超越了，真让我觉得太遗憾了。

人物有距离　前后多矛盾

宋宝珍（中国艺术研究院话剧研究所助理研究员）：即使作为商业性运作，电视剧《雷雨》还是有问题的。电视剧的人物，性格逻辑已经偏离了原著，一方面是曹禺原作的，另一方面是改编者添加的。但是，这两个方面不能融合，是悬隔的，中间有距离。譬如鲁贵，在前几集里，他是威风八面的大管家，到了后半部分，他又把曹禺赋予他的那些卑鄙的、小人的、下贱的吃、喝、玩全部拿出来了，所以前后不搭界。这类问题，在蘩漪身上表现得更加突出，前半部分的蘩漪出入茶楼酒肆，在家中开“派对”，完全是一个资产阶级新女性，敢于反抗，敢于支持别人出走，敢于把乱伦关系公布于大庭广众。可是到了后边，改编者又想回归原著，把她放在幽闭的“庭院深深深几许”的环境当中，又让她回归为旧式女性。这种自相矛盾，破坏了这个人物的真实性和深刻性。

曹禺的胆子很小　编导的胆子很大

张耀杰（中国艺术研究院话剧研究所助理研究员）：电视剧《雷雨》的改编可以分成两说。第一，《雷雨》是一部经典之作，也是现代戏剧中名气最大的一部经典之作，这是毫无疑问的。不过，《雷雨》又确实存在着难以解读的神秘成分。从更高层面上说，这种神秘是原著的一种缺陷。《雷雨》最大的成功在于抒情的真实。那个超现实的神秘的“主宰”（“雷雨”）几乎包办了剧中8个人物的命运，为曹禺的抒情提供了最大的方便。这样一来，剧中的人物和情节的真实其实是一种抒情的真实，而不是生活逻辑的真实。梁秉老师例举的“关窗户”就是一个很好的证明。第二，从电视剧的编导来讲，他们确实没有读懂《雷雨》。在电视剧里，人物和情节的发展变化既没有遵循生活的逻辑也没有遵循情感的逻辑。相比而言，曹禺的胆子很小很小，他在《雷雨》中对于通奸乱伦是借助于至高至上的“主宰”（“雷雨”）的名义来写的，不仅为人物的通奸乱伦找到了充分的情感依据和人性依据，而且最后又借助于“主宰”（“雷雨”）对这种通奸乱伦进行了清算和惩罚，对旧社会旧家庭进行了抗议和控诉；电视剧编导们的胆子却是很大很大，他们仅仅借助于《雷雨》的名气，就敢于大刀阔斧、无所顾忌地进行篡改，既抹掉了原著中那种神秘感，也瓦解了人物和情节发展变化的情感上、人性上的依据，对蘩漪和周萍的通奸乱伦予以理直气壮、堂而皇之的描写和赞美，甚至比西方社会的“性解放”都走得远。总而言之，电视剧《雷雨》的编导们除了胆子太大之外，便什么都不是了。《雷雨》这样的经典名著，连作者本人改来改去都改不出新名堂，如果非要改，就该由比原作者更为高明的大手笔来改，要不然就干脆别动，免得把为数不多的经典名著全部糟蹋、破坏掉了。

可悲的商业化　长鸣的警世钟

彭加瑾（《文艺报》艺术评论部主任）：对电视连续剧《雷雨》，各种不同的意见我听得不少，集中起来主要是两种：一种认为，它还是有得有失的，有很强的可看性，至少让更多的人知道了《雷雨》，这也算是一个成绩吧。还有一种是比较严厉的批评意见，主要认为电视剧抹杀了曹禺剧作严肃的社会意义，这就涉及改编的价值标准、价值取向是不是正确的问题。我对这两个问题比较关心。现在改编作品不少，大部分都比较成功，而且相当严肃。从最近几年来看，在市场化以后，相对地讲，改编没那么严谨、那么下功夫了。《雷雨》的改编存在很大问题。五四以后，我国新文学突出的特点是关注社会，凝聚了相当大的社会信息。把《雷雨》改编成这样一部电视剧，走这样的商业化道路，是很可悲的。最起码应该敲起个警钟。

结束语

黄维钧：时已过午，会就开到这里。电视剧改编名著，面对不同层面的观众，有的对据以改编的名著一无所知，这是多数；有的一知半解；少数是知之甚深的专门家。而名著之所以成为名著，自有它特定的历史的、社会的、艺术的贡献与价值。无论对于哪一层面的观众，无论哪种风格、流派的改编，都要在尊重原作的基础上，力求正确、准确地传达名著的精义与神髓，这才是对原作、对历史、对社会负责的态度。五四运动以来，乃至中华人民共和国以来，文学、戏剧都有不少名著，这些名著体现了我国五四运动以来新文学运动以及中华人民共和国成立以来社会主义文学运动的优秀传统。电视作品需求量很大，产出很多，其中许多是改编之作。时至今日，历史题材、三皇五帝、太后皇妃以及几大古典名著等等都开发过了，视点开始转向五四运动以来的名著，中华人民共和国成立后的力作也是早晚要被开发的了。这不是坏事。借助电视这个大众媒介，把优秀名著推向社会，这是求之不得的事情，但是一定要把握正确的价值取向，否则后果不堪设想。今天，我们这样谈谈，未必各方认同，但是发出这样的声音，没有坏处，只有好处。谢谢大家。

注：张耀杰据录音整理，未经发言者审阅。

原载《中国戏剧》1997年第7期

是成功？还是失败？

——评电视剧《雷雨》对话剧《雷雨》的改编

康洪兴

根据戏剧大师曹禺的同名话剧改编的二十集电视连续剧《雷雨》，在许多人的企盼中终于与观众见面了，但社会反应却众说纷纭。这里谈谈我的一孔之见。

我佩服电视剧《雷雨》的编导们的勇气，以及在制作上所下的功夫。但是，我坦率地说，这个改编不能说是成功的。理由如下：

其一，对原著故事和人物前史的编织和再现，缺乏周密的考虑和逻辑的合理性。是的，曹禺先生的《雷雨》，在第一幕鲁贵与四凤的对话中，对故事和人物的前史有所暗示，这自然是给改编者提供了一个伸展剧情的可能性。电视剧《雷雨》的“改编”，首先就是在这一方面大做文章的。说实话，改编者把“前史”编织和再现得很有可看性。但是，与原著暗示给人们而可能产生的意会和想象的路径相比，偏差太大，甚至可以说在故事的发生发展上脱离了逻辑的合理性。这主要表现在这样几个方面：首先是主人公们的活动环境失去真实感。众所周知，“前史”故事的主人公，主要是蘩漪和周萍——一个是继母，一个是继子。故事的主要内容，则是他俩在周公馆里“闹鬼”，即发生乱伦关系。原著中鲁贵在跟四凤说起此事时，不仅有一种神秘感，而且也暗示了他俩行为的偷偷摸摸的性质。况且，这本身也确实是件不可告人的事情。所以，任何改编者在表现这两个人物之间的这一种特殊关系时，都是不可违背这样一种特殊的规定情境的。然而，电视剧《雷雨》却违背了这种规定性。它在表现蘩漪和周萍的不正当的恋情时，不仅不在乎被家里的下人们看见，而且还明目张胆地跑到咖啡馆、酒吧间以及舞厅等地方去宣泄感情；更有甚者，把蘩漪流产（流掉她与周萍的孩子）的场面，也安排到宾馆楼梯上，暴露在大庭广众之下。电视剧的这种情节安排，虽然适应了电视艺术场景多变的需要和追求观赏性的要求，但是，却失之于对故事情节发生的规定情境和人物之间的特殊关系的周密思考，把这对有着畸形关系的男女主人公的所谓恋情，处理成了如同一对普通的青年男女之间的谈情说爱。要知道，周家在当地是名门望族，上流社会是无人不知无人不晓的，蘩漪和周萍不是白痴，他们是决不会将自己令人不齿的隐私暴露在公众面前的。因此，电视剧的这种做法，对原著“前史”的艺术再现失去了生活的真实性和逻辑的合理性。其次，人物行为缺乏可信性。在“前史”中，电视剧增加了蘩漪给周萍介绍对象的情节。这个“对象”就是蘩漪的表妹——蓝晓婷。蘩漪的这一举动是不可信的。试想：此时，蘩漪已经在心中萌生了对周萍的爱，而在蘩漪、周萍和蓝晓婷三人的接触中，蓝晓婷也感觉到了蘩漪和周萍之间已经存在着那样一种感情关系，这就产生两点不合理之处：一是蘩漪的性格是做任何事都是不肯违背自己的心愿的。她既然已经爱上了周萍，她就不可能再去张罗着给周萍介绍异性朋友，把自己的所爱推给别人。否则，就与人物的性格逻辑相背离。二是既然连蓝晓婷也感觉到了蘩漪和周萍之间已经存在着那样一种感情关系，那么，蘩漪本人当然是不会不感觉到周萍对她的感情态度的。既然如此，蘩漪却还装模作样地让表妹与周萍结为秦晋之好。这不是一种虚伪吗？但是，在蘩漪的性格中是不应该有虚伪的成分的。所以蘩漪的这个举动是不可信的。再次，过分地渲染与性有关的内容。这主要是指电视剧把较多的篇幅用来表现蘩漪和周萍之间的偷情，以及渲染蘩漪在大庭广众之中的流产。这样做，显然是为了电视剧的通俗化效果。但是，这与曹禺先生的这部严肃艺术作品拉开了距离和档次。

其二，主要人物的塑造与原著出入太大，而且，这种出入改变了原著的思想主题。首先谈周萍。在原著中，虽然周萍与父亲周朴园之间有矛盾（主要是前者接受不了后者的精神压力）。然而，周萍却跳不出他父亲的阴影。可以说，周萍就是周朴园的影子。但是，在电视剧中，周萍却不仅被描写成同情工人的形象，而且被描写成敢于在法庭上与父亲对抗的形象。这种思想性格上的改变，使这一人物与原著中判若两人。改编者也许是想摆脱“以阶级观点看问题”的轨道。但是，曹禺先生本身并不是个唯阶级论者。况且，在他写这个剧本的年代，阶级观点也还不是凌驾一切的思想观点。他那样写周萍，是有他的道理的，是符合那个时代和那种大家庭的典型环境制约的必然性的。所以，这种改变使人物过于现代化了。再来谈周朴园，有人说他集中国的封建专制主义和德国威廉二世式的专制主义于一身，这是很有道理的。他所受的家庭教育和社会教育，使他不可能具有民主思想。他处处要显示自己的权威性，以及一心要建立一个“最有秩序的家庭”的想法，使他不由自主地变成为一个专横的、阴冷的和虚伪的人。他三十年间一直按原样保留着侍萍在周家时用过的家具和陈设，这虽然不无对侍萍歉疚的一面，但是，最主要的则是为了做给家人们看的。这是他要建立“最有秩序的家庭”的思想的一部分。正是在这“一部分”中，有着虚伪的因素。所以，当三十年后的侍萍出现在他面前的时候，他那样绝情就不奇怪了。但是，电视剧中却把周朴园三十年后与鲁侍萍的关系，尽力往富有人情味方向靠拢。自然，这是改编者们想表现“人性的复杂性”，看起来意图不错，然而，这里却又失去了时代的和生活的真实性。试想：周朴园这样一个毫无民主思想、一脑门子封建礼教的人物，而且是个十分看重自己在上流社会中身份地位的人物，他怎么可能躬亲于一个下人的家庭，去亲自看望三十年后的侍萍，并向她表现得那么可怜呢？而且，他刚刚把深知周家隐私的鲁贵辞退掉，怎么可能踏进这样一个下人的家门呢？他能这么不顾自己的脸面吗？即使这一举动能成立，那么我们也可以这样反问：既然周朴园是这么一个富有人情味的人，那么，他为什么不也把这种人情味表现在对他的年轻貌美的妻子和他的儿子身上呢？显然，电视剧对周朴园的艺术塑造存在着自相矛盾的地方。它的周朴园，已经不是原著中的周朴园了。

如果说，在上述两个人物的塑造上，表现出改编者存在着不了解原著所反映的那个时代，不了解原著所表现的那种生活，不深入地把握原著中人物的思想和心理的弊病的话，那么，在蘩漪这个人物的塑造上，则是走得离原著更远。这主要表现为，改编者是把蘩漪当作悲剧英雄来描写的。在原著中，蘩漪虽然被赋予一定的同情，但她并不是悲剧英雄。她只是一个封建专制主义的抗争者和牺牲品。她与周萍之间的乱伦关系，只有在这个意义才为人们所同情。然而，在电视剧中，这个人物却被有意美化了。例如，用她的表妹蓝晓婷这个新增加的人物对蘩漪和周萍两人之间的不正当感情关系作辩解，来给乱伦关系以合理性；又用表妹这个人物为追求自由和幸福的爱情而私奔的行为，来反衬和突出蘩漪始终没有逃出周公馆的牢笼的悲剧命运。又例如，用两次冲出周公馆宅第任凭大雨浇淋的形象和画面，表示蘩漪与象征封建专制主义堡垒的周公馆之间的势不两立。再比如，在周朴园与煤矿工人对簿公堂，而周萍几乎就要站到他父亲一边的时候，又让蘩漪站出来给周萍猛击一掌，使他回到了替工人说话的立场上。尤其是结尾的时候，用蘩漪的自杀行为，来完成对这一人物的艺术塑造。而这一笔，更是给这个人物头上画上了英雄的光环。这一切，都无非是要表明：这位悲剧英雄所蕴含的社会思想内涵，就是改编者所要表达的作品的思想主题。这个思想主题就是：一个生活在封建牢笼中的女性，为追求恋爱婚姻的自由和幸福，而不惜以生命与封建专制主义拼死抗争，终因势寡力薄以悲剧告终。但是，这绝对不是曹禺先生的《雷雨》所表达的思想主题。众所周知，曹禺先生的《雷雨》，具有厚重、深刻的社会批判的主题。这主题就是：通过对周公馆（它在作品中是封建专制主义堡垒的象征）的悲剧的描写，宣告封建专制主义王国的必然崩溃。这个主题不仅仅是由蘩漪这个人物的思想行为来表达的，还是周朴园、蘩漪、周萍和周冲等人物之间的矛盾冲突，以及由这些矛盾冲突所导致的悲剧性结局——周冲和四凤的触电身亡、周萍的自杀来体现的。这个悲剧性结局除了具有巨大的情感冲击力以外，更主要的是表现了封建专制主义王国的土崩瓦解。因此，它具有振聋发聩的力量。这个思想主题，是电视剧所要表达的上述那个思想主题所无法比拟的，两个主题之间也是不能相提并论的。而且，如果我们清醒地思考的话，蘩漪这个人物是担当不起完成改编者所要表达的上述那个思想主题的任务的。这是因为，她与周萍之间的乱伦行为，注定了她与人们从正常的意义上所理解和钦佩的反对封建礼教的新女性之间，存在着一道无法逾越的鸿沟。改编者无视这道鸿沟的存在，竭力美化这个人物形象，这是无济于事的。所以，电视剧用改变蘩漪这个人物形象的艺术塑造的办法，来改变原著的思想立意和主题内涵，使作品远离了原著的精神实质。这是改编者的最大的失误。

最后一点，即第三点，对故事结局所作的彻头彻尾的改变，不仅使电视剧与原著相比面目全非，而且使作品变得滑稽可笑。前面说过，原著的结局是周冲和四凤触电身亡、周萍自杀。周冲和四凤，这是在原著中代表新生力量的两个人物，他们的死，是封建专制主义扼杀人性的必然结果，也是对封建专制主义所犯罪恶的控诉。而根据我们前面对周萍这个人物的理解，他的死，则是反映出以周公馆为象征的封建专制主义王国已经后继无人了，已经走到尽头了。因此，这个结局，是蕴涵着巨大的社会批判精神和厚重的历史文化内涵的，具有强大的震撼力。这就是话剧《雷雨》之所以能成为名著，之所以能成为我国话剧剧种的经典作品，之所以能冲出国界走向世界的原因。但是，电视剧的改编者却把这一些统统给改掉了。诚如上述,它把蘩漪打扮成了全剧的悲剧英雄,不仅彻底改变了这一人物的结局(即由原剧中不死变为自杀),而且成了全剧唯一一个死掉的人物。然后,通过字幕的方式,把四凤变成堕胎后跟她母亲去了济南,把周冲改为去了新四军,而把周萍则改为不但没有自杀,而且去接替了他父亲的矿业,把鲁大海改为去了山西。这样,悲剧的焦点人物自然是落到蘩漪的头上。其用意,以及这种用意的不合理和不能成立,我们已经在上一个论题中谈过了,此处不再重复。但是要指出,这样的结局处理,难道不是太可笑了吗? 尤其是在全剧结尾处,画面出现了得了中风病后的周朴园坐在轮椅上痴痴呆呆的形象,而周萍还把着周朴园的手让他在文件上签字,鲁贵则像哄小孩似的哄着周朴园吃药……这样的艺术描绘,就不仅是可笑,而且是滑稽! 它把原著社会悲剧的艺术震撼力扫荡得踪影全无!

原载《中国电视》1997 年第 7 期

名著改编的是与非

——兼评电视连续剧《雷雨》

李　力

与几乎同时间推出的几部较有影响的大制作电视剧相比，《雷雨》所带来的反响更有特色——不是一致的赞扬，也不是普遍的指责，而是众说纷纭，各执一词。这种连创作者也未曾料到的现象可以说比该剧只受到赞赏更有价值，因为论争中引出了一个颇有理论色彩的创作话题——名著改编中何为忠实原著，如何忠实原著。难怪该剧导演李少红颇为得意："评价一部电视剧拍摄得成功与否，并不是仅仅得到人们一味的称赞，而是看是否能引发人们的思考，把各种不同的见解都能说出来。"①综观几种媒体对电视连续剧《雷雨》（简称《雷》剧）的评论，可谓见仁见智，但似乎否定者居多，且情绪较为激昂："不能接受"者有之，"气愤"者有之，"难以容忍"者有之。否定程度也有所不同：有的认为观后"有欣喜，有遗憾"，得失参半，有的认为"对原作不忠"，非改编而是重写，更有人认为是一种"随心所欲的篡改"……

应该说，使一部分观众产生这种情绪和看法是情有可原的，因为《雷》剧在改编的尝试中的确存在连肯定它的观众也不喜欢甚至不接受的某些情节和片段，如：小报记者的闹剧色彩与全剧风格不谐；蓝小姐的"开放"与时代不符；结尾的处理一定程度上削弱了原著的悲剧力量等等。但存在这些不足是否就是被"改得面目全非，从主题思想、主要人物形象到主要剧情，都被任意篡改了"②呢？或者说，改编名著是否只有局限于原著的照搬移植才能称为"改编"呢？笔者认为：面对眼下名著改编纷至沓来且又各领风骚的"景观"，有必要对《雷雨》现象做些分析，澄清些是非。

一、《雷雨》还是《雷雨》

肯定和否定《雷》剧的双方观点可谓对峙尖锐，相去甚远，但细心观察，在改编名著必须"忠实原著"的问题上可以说是异中有同。致使不少批评者拍案而起的主要原因，就是该剧对原作"不忠"，而创作者却一再强调自己是改编而不是创新，是在"原著的基础上进行演绎"③。这就使我们面对了这样一个问题：究竟何为忠实原著，如何忠实原著。笔者认为，改编中无论怎样"节外生枝""无中生有"，只要保留着原著的主题思想和艺术精华，就

① 殷金娣.李少红笑说《雷雨》[J].荧屏世界，1997(2).

② 李凌.请善待名著——评电视连续剧《雷雨》[J].电视研究，1997(7).

③ 殷金娣.李少红笑说《雷雨》[J].荧屏世界，1997(2).

应该是忠实了原著。

那么,《雷》剧是否“歪曲和篡改了原作的主题思想”了呢?

应该说,青年时代的曹禺在创作《雷雨》时还不能从理性上认识到它的积极的主题和深刻的内在的社会意义,但已经在感性上感受到,作者说,“写《雷雨》是一种情感的迫切需要”,“是我的第一声呻吟”,“第一声呼喊”,并承认是“暴露大家庭的罪恶”。显然,这里的家庭悲剧已突破家庭范围,获得了广泛的社会意义,这就是被人们认定的反封建,反家庭专制主义,“对传统中国社会制度和道德作彻头彻尾批判”[①]这样一个基本主题。

那么改编后的《雷》剧是保留了这个主题,还是专写“爱情”,“而且是对乱伦之爱的歌颂”?

《雷》剧导演李少红认为:既要改编成电视剧,就要重新结构框架,让人感到是原来的《雷雨》,又要在原著上有所发展。[②] 她也不同意改编是创新之说,认为:任何一部经典作品,真正经典的部分是原著……改编可以注入自己的理解,但不是创新。[③] 笔者认为,《雷》剧正是遵循这种创作态度,保留和继承着原剧的主题思想的。

首先,改编后的《雷》剧突出了蘩漪与周萍的感情线,强化了蘩漪得不到爱就要报复的畸形性格,这虽然更多是从电视剧这一艺术形式的创作特点出发,但同时对深化主题也是十分必要的。我们知道,“蘩漪”是曹禺创作中最钟爱的一个人物,他说:“我想她应该能动我的怜悯和尊敬,我会流着泪水哀悼这可怜的女人的。”并称“她是一个最‘雷雨的’”[④]。因此,改编中突出蘩漪应是符合原作者的情感意图的;同时,突出蘩漪与周萍的爱情线索,尤其是在这对关系中改为蘩漪更主动,对主题也是一个间接的反映。蘩漪本是一个有着强烈的爱憎和追求,渴望自由和爱情的女人,但现实却把她抛进周朴园的家庭,她被折磨成一个忧郁的人,但她“雷雨般”的性格使她要冲破桎梏寻求真正的爱情与自由,但又无法摆脱周家这口“残酷的井”,于是她就以一种反常的、畸形的方式实现自己的要求。可以说,她和周萍的乱伦实际是由周朴园间接造成的。作为一个一直没有在大自己 20 岁的丈夫那里得到爱情的女人,年轻的周萍的出现,自然会令她追求,周萍的退避,当然会使她刻骨铭心地思念,周萍爱上别人,她更会嫉妒、恼恨……总之,周朴园越是对她冷酷、专制,她就越会对周萍抓住不放,所以当一切落空时,她便会走向自我毁灭。显而易见,这里写爱情、写乱伦,并不是为了赞美和歌颂,而是为了更深刻地揭露封建专制对人的折磨与摧残。实际上,在曹禺的《雷雨》里,对蘩漪和周萍的乱伦也并非完全作为罪恶来批判,同样是为了暴露罪恶。如果我们一见突出了爱情就不假思索地“命意”为“歌颂乱伦”,那岂不是成了鲁迅在谈论《红楼梦》时所说的仅仅“看见淫”的“道学家”了吗?

其次,改编后的《雷》剧增添了周萍与其父周朴园的对立关系,对深化反封建的主题很有意义。在原剧中,周萍基本是一个承袭了封建家庭衣钵的大少爷形象,对封建家庭持虔诚的态度,而改编后的周萍似乎“纯正”了不少;并不是他主动引诱继母,他也有闯荡世界

---

① 孙庆升.曹禺论[M].北京:北京大学出版社,1986:81.

② 李少红重塑《雷雨》[N].北京晚报,1997-03-28.

③ 殷金娣.李少红笑说《雷雨》[J].荧屏世界,1997(2).

④ 曹禺戏剧集·论戏剧[M].成都:四川文艺出版社,1985:358.

干大事业的抱负，尤其是支持矿工的合理要求，不为其父作伪证的情节处理，使这个人物从侧面反衬了周朴园众叛亲离、孤立无援的境地，更显示出其罪恶的深重。

二、人物更丰满了，故事更好看了

在评论改编后《雷雨》的不同见解中，有一个现象很引人注意，那就是对剧中人物形象的塑造褒贬分明。否定者认为故事情节和人物“变了味，改了形”：蘩漪“简直是一个荡妇”，骄横专断的周朴园变成了人情味十足的“周善人”，腐朽的寄生的周萍变成了正人君子，就连势利小人鲁贵也被“抬高了身价”，成为“左右周家命运的人物”。肯定者却称：蘩漪是“最有光彩的形象”，周朴园被演活了，有着“复杂的内心世界”，周萍复杂的感情关系被“演绎得至深至透”，尤其是“最不忠于原著”的鲁贵的形象，“更真实地再现了那个年代一个介乎于‘奴仆与奴才’之间的小人物形象”。①

各执一词，自然各有其理，可见《雷》剧毕竟有得有失。但笔者认为，改编后的《雷雨》，无疑得大于失，不仅保留了原剧的艺术精华，而且人物更丰满了，故事更好看了。

作为五四以后“解放”的资产阶级女性，蘩漪渴望爱情、渴望自由，但她却不幸地被困在了封建专制家庭，所以当她见到周萍时产生恋情并不为怪，她比柔弱内向的周萍更大胆地追求爱情也符合其性格（当然，剧中情爱戏偏多是失误），尤其“她有火炽的热情，一颗强悍的心，她敢冲破一切的桎梏”，所以她才能毫不犹豫地计划同周萍私奔，才能歇斯底里地在雨中怒斥周家父子，才敢于在法庭上揭穿周朴园的罪行……做着一次次“困兽犹斗”。当然“这类女人总有她的‘魔’”，“她是一柄犀利的刀”，②让人感到“阴鸷可怖”，她对“情敌”的嫉恨与冷酷，也展示出了“追求自由的资产阶级利己主义的性质”及其悲剧结局。正如评论家所指出的：“这个形象的成功不是因为她具有多么崇高的思想，而是以她乖戾、阴鸷、极端的性格折射出封建势力的强大压力，反映出那个可怕的环境是怎样把一个怀着自由要求的女性逼到一条绝路上去的。”因此，改编后的蘩漪形象基本性格并未变形改样，更未被颠倒，倒是比原作更加清晰和丰满了。她的自杀结局可以说加深了其人格命运的悲剧色彩。

周萍形象可以说是改编后变化最大的人物，也是被演绎得比较合情理的人物。实际上曹禺所塑造的周萍并不是很简单的纨绔子弟。同样作为周朴园这个封建家长统治下的家庭一员，他虽然没有蘩漪那样雷雨般的性格，也没有周冲那样的纯真与率直，但他也感受着这个家庭罪恶和窒息的空气，他发出“这样活活地闷死”的哀叹。然而他只是“情感和矛盾的奴隶”，是“一棵弱不禁风的草”。因此曹禺说“周萍是最难演的，他的成功要看挑选的恰当”，“演他，小心不要单调。须设法这样充实他的性格令我们得到一种真实感”。③ 应该说，改编后的《雷》剧对周萍的性格内涵进行了充实，使其更具复杂性，同时寄予了一定

---

① 以上对电视剧《雷雨》的不同看法均引自报刊评论文章。

② 田本相.曹禺剧作论[M].北京：中国戏剧出版社，1981：5.

③ 杨广平.《雷雨》改编不得[N].北京晚报，1997-06-10.

的同情，这不仅使人物更真实了，也使故事更丰厚了，情节更曲折了，同时也未违背原作者的创作意图。

再看周朴园，对改编后的这个人物的歧义也很大，否定意见反对的是把他刻画得有了些许人情味儿。实际上，在该不该描写周朴园的“忏悔”这一点上，评论界以往就有分歧。曹禺也这样说：“他对侍萍的怀念，可能是真的。”所以他把周朴园写成了一个“造孽于前，悔罪于后”的人。应该说，原著在对周朴园的刻画中已经蕴含着其思想性格的复杂性。那么电视剧在扩展这种复杂性上更具备了有利条件，使这一个周朴园在蘩漪面前是一个冷酷的丈夫，在儿子面前是一个严厉的父亲，在侍萍面前是一个内疚的“忏悔者”，在工人们面前是一个凶残的刽子手，而在外界人士面前又是一个“正直”“仁厚”的上层人物……这些多层面的人物关系，从不同侧面构成了周朴园这个人物的总体性格，使它成为一个完整的、富有立体感的形象。

笔者注意到，在对改编后《雷雨》的否定意见中，存在着一种肯定，认为“几位演员的出色表演，给改编版增色不少”，而且尤以鲁贵形象突出。在以往的话剧中，鲁贵的确一副“奴才相”，他的粗俗奸诈，厚颜无耻，构成话剧中的鲁贵类型形象。改编后的《雷》剧，更细腻地刻画了这个“小人物”的内心与外形。他既是一个左右逢迎主人的奴才，又是一个能游刃有余地把握自己命运的奴仆，而这一切都是为了求得个人的生存。他的“面目”是可憎的，但他的内心世界又是令人理解或多少值得怜悯的。所以这个人物形象成功在他的社会性、真实感，成功在没有塑造成曹禺所告诫的那种“小丑”似的“可笑的怪物”。

三、话剧还是话剧，曹禺还是曹禺

在否定《雷》剧的评论中，有一种观点较为独特：《雷雨》改编不得！原因是：“《雷雨》的重要性、权威性可用国家级重点文物相比，理当予以保护”，如此改编，“不仅是对经典作品权威性的一种损坏，也是一种不严肃的后患无穷的文化行为”。同时担忧：“在广大观众，尤其是不熟悉《雷雨》的年轻人心目中，哪里还能感到曹禺先生卓绝的才华和独特的艺术魅力呢？”①

应该说，出于对《雷雨》的崇仰和喜爱提出这种观点应得到理解，但其科学性值得商榷，这个观点不免使人产生疑问：难道改编《雷雨》者无视经典的权威性？难道保护经典就得如同文物一样“束之高阁”？难道出了个李少红人们就会忘记了曹禺？这无疑是讲不通的。

《雷雨》是曹禺先生19岁开始构思，5年后完成并发表，1935年正式在国内和日本首演的作品。这部作品的诞生，被称为“现实主义创作的起点”，“中国话剧现实主义传统的基石”，“杰出的现实主义悲剧”，并使中国话剧跃上高峰，闯入世界。曹禺自然作为当之无愧的中国现代戏剧大师载入世界名人册。

但艺术是无止境的，对艺术作品的理解和注释更是多元的、发展的，具有时代性的。

① 杨广平.《雷雨》改编不得[N].北京晚报，1997-06-10.

因此，曹禺在创作《雷雨》23年后曾说："这个戏仅存留下它的历史的现实的意义。""它的生命还能留到现在，这是我意想不到的事情。"[1]又过了23年，曹禺更明确地指出："剧本总是定不了稿，它的生命在于演出。剧作家的创作，仅是戏剧艺术的一个重要组成部分。此外，它还需要导演、演员、观众共同完成。""只要这个剧本还在演出，还有生命力，它就可以不断创造，不断地改。"[2]由此看出，曹禺无愧为杰出的艺术家的称号，除了他的成为经典的作品，还有他对改写自己作品的宽容与灼见，实在令人敬仰与钦佩。由此联想到杨沫在临终前放心不下《青春之歌》的改编，不也正是体现了一个真正艺术家的胸怀与追求吗?!

实际上，有了电视上的《雷雨》，观众更不会忘却舞台上的《雷雨》，有人说，看了电视剧，更想看话剧，因为那是两种艺术，两种享受！电视剧使《雷雨》年轻，话剧更显《雷雨》凝重，这两朵艺术之花的并蒂，无疑为艺术园地增添了色彩。所以，尽管电视剧《雷雨》存在尝试中的不足，但它的探索精神可嘉。尤其是既不属于"创新"，又未重蹈它之前的改编者们"照搬移植"之覆辙，而是在"忠于原著"的原则下，走出了一条自己的路。

原载《现代传播》(北京电影学院学报)1999年第5期

① 曹禺.曹禺戏剧集·论戏剧[M].成都:四川文艺出版社,1985:367.

② 曹禺.曹禺戏剧集·论戏剧[M].成都:四川文艺出版社,1985:479-480.

《雷雨》的震撼力何在

——也谈电视连续剧《雷雨》的改编

佟婷

20 集电视连续剧《雷雨》以蘩漪和周萍的感情关系为主线进行改编，确实是一次大胆的尝试。这一再创作意图和改编剧本曾得到了曹禺先生生前的首肯，此举表现了这位戏剧大师的宽宏和大度。我想，改编者的胆识和原著者的风范，将成为文坛佳话，为世人所传诵。

电视剧将原著中浓缩的“现在时”情节片段加以生发扩展，追溯推衍，构成了以蘩漪与周萍相见、相疑、相知、相爱，到相怨、相离、相恨、相残，以至最终造成悲剧结局的全过程，展现出许多原著中未曾见过的情景和新意，让人们一集一集地看下去，倒也颇有兴味。这足见以李少红为首的改编集体具有丰富的想象力和无拘无束的艺术创造力。

然而，看过全剧之后，总觉得缺少点儿什么。缺少什么呢？作为一名影视文学专业的学生，我又翻开原著，再一次置身于雷雨前的那种郁闷压抑得几乎令人窒息的空气之中，仿佛感受到地下的岩浆在涌动，山洪就要暴发，熊熊的烈火即将燃烧起来……那雷鸣闪电给人以猛烈的心灵震撼！这一切都体现在剧作家所营造的整体艺术氛围之中。改编恰恰缺少这种内在的艺术张力，因而不能动人心弦、撼人魂魄。

改编者将着眼点和注意力主要集中在人物和人物关系及其行为逻辑的叙述上面，为形成一个合情合理的故事情节煞费苦心，却忽视了对原著内在精神的把握和开掘。

曹禺先生在《关于〈雷雨〉在苏联上演的通信》中说蘩漪“这是五四以后追求‘解放’的资产阶级女性”，她“有火炽的热情，一颗强悍的心，她敢于冲破一切桎梏”，是“有着美丽的心灵的女性”。她渴望自由，追求爱情、婚姻和家庭的幸福。但她“心偏天样地高”，“而上帝偏偏罚她枯干地生长在沙上”。十八年前周朴园用了骗取侍萍的“同样手段”把她骗到周家来。十八年来，她被囚禁在周朴园的牢笼里受尽了残酷的精神折磨，同时她也看透了周朴园道貌岸然的伪君子面孔，切身感受到“周家的空气满是罪恶”。她被“渐渐地磨成了石头样的死人”，只好“安安静静地等死”。“在《雷雨》里，宇宙正像一口残酷的井，落在里面，怎样呼号也难逃脱这黑暗的坑。”（《雷雨・序》）这才是蘩漪生活了十八年的周公馆——一座罪恶的深渊，一个中国半封建半殖民地社会的缩影。蘩漪就在这里等死的时候，周萍“突然从家乡出来”，“偏把我（指蘩漪）救活了又不理我，撇得我枯死，慢慢地渴死”，这才使蘩漪人不像人、鬼不像鬼，心理变态，形成了乖戾、阴鸷、极端的性格。她的畸形性格和悲剧命运恰恰是周氏父子和他们所营造的周公馆这一特定环境造成的。正是这个置人于死地的环境把一个追求自由的女性逼到了绝路上去。这正是原著的深刻之所在，震撼力之所在。

这部改编的电视剧先让周萍从家乡来到周公馆，然后用周朴园带着蘩漪和小周冲回来，于是开始了蘩漪与周萍的感情纠葛……这样一来，周公馆已不是周朴园专制统治下的周公馆，而是一般资本家的公馆；蘩漪也不是压抑得等死的蘩漪了，而成了一般富贵人家里太太与大少爷的男欢女悲……原著中典型环境的悲剧氛围消失了，人物悲剧命运的必然性也就自然不复存在了。

原著是将侍萍对周朴园的三十年怨恨和蘩漪被周朴园十八年的禁锢这条线索凝缩在锁闭式的戏剧结构里，如果取其后者为主线改编转化为开放式结构，我设想，应该想象并衍生出十八年前周朴园如何骗取蘩漪，十八年后他又如何向蘩漪施威；蘩漪如何挣扎、反抗，最终仍逃不出周朴园的魔掌，被"渐渐地磨成了石头样的死人"，只有"静静地等死"。周萍到来之后如何救活了她又抛弃了她……这样才符合人物性格、人物关系，以及特定的环境的必然逻辑，才能够既尊重原著的精神和风格，又可以充分发挥艺术的再创造，才能把"雷雨"到来之前的压抑感和强大力量酣畅淋漓地再现在屏幕上。遗憾的是，这部电视剧的改编，虽也供人观赏娱乐，却丧失了原著中独特的艺术感染力。

名著就是名著，改编只能改其形，而不能失其神。改编者能保持并增强原著的内在震撼力，确实很难。

原载《当代电视》1997 年第 9 期

意态由来画不成

——谈电视剧《雷雨》在改编中存在的问题

宋宝珍

一部成功的文艺作品，其本身所蕴含的丰富、深刻的魅力，总是昭示着后人去不断地欣赏它，品味它，在解读中给予新的诠释。从这个意义上说，电视剧《雷雨》的编导将曹禺先生写于20世纪30年代的一部经典话剧，改编为20集的同名电视连续剧，搬演给20世纪90年代的中国观众，这本身反映了其自身的一种诠释眼光和方法。但是，鉴于人们对经典著作的普遍热衷以及电视作为一种大众传媒所具有的普及性，因此，这种诠释的行为就已然超出了自我欣赏的范围，从而具有了某种程度的社会属性。自电视剧《雷雨》面世以来，其社会反响众说纷纭。应当指出的是，它之所以一时间成为左右舆论的热门话题，不是因为人们在满足了心理预期之后抒发感慨所致，而恰恰是因为许多人无法接受现在的诠释，引发了不平之鸣。

随着我国电视事业的不断发展，优秀的文艺作品被改编为电视剧，已是势所必然。仅新时期以来，就出现了改编自古典名著的电视剧《红楼梦》《西游记》《三国演义》《水浒传》等，还出现了改编现代优秀小说的电视剧《围城》《家》《四世同堂》等等。但是，没有哪一部文学作品的改编，像《雷雨》的改编一样，引发出如此之大的争议，并使得了解原作的人们对此感到莫大的失望和不满。因此，我们有必要关注一下这一奇特的改编现象，对名著改编过程中所存在的理论问题，做一番清理与探讨。

（一）

曹禺先生的《雷雨》之所以被称为名著，就在于有一个完整的有意味的形式，为人们提供了独特的、超凡的美学品位和思想价值。因此，《雷雨》改编的问题，从根本上说，不是一个应不应当改的问题，而是一个如何改和改成什么的问题。名著的改编无疑是向经典学习，与大师寻求对话的有效途径，这种对话包含着双重意义：一是与大师不朽的艺术灵魂的对话，它要求改编者不仅要有一定的胆识，更要有必要的功力，不如此便难以达成对话的平等性和实质性；二是通过对名著的诠释，与今天的观众建立一种富有创意的对话方式，在把握了名著的精神实质和观众欣赏心理的因袭性的前提下，达到传播名著于当世，提升观众之美学品位的目的。因此，在改编中，对于原作的把握，当力求遵循准确性、生动性、创造性三者的统一。

《雷雨》的改编，虽然利用了原有的人物和主要的情节，演绎了一些原剧中人物登场前或幕间发生的一些相关和不相关的故事，但总的来讲，却未能给人留下丰富与充实之感，反而时而现出斧凿之痕，时而现出臃肿之态。须知，改编是一种难度极大的再创作，改编的自由度不仅要受到原作的艺术风格和思想内涵的制约，而且要受到其中人物的性格逻辑和情节发展的必然逻辑的制约，超乎其上的以意为之，不仅有画蛇添足之虞，甚至会悖谬原作的本义。

电视剧《雷雨》既未忠实于原作，也未能实现所谓“超常格的改编”，它的失误是显而易见的，它破坏了原剧的戏剧结构，弱化了悲剧的张力，在消解其悲剧内涵的同时，将其改造成为“观赏性强”的仅供当下消费的文化“快餐”。

导演李少红曾谈到为什么要改编《雷雨》的问题，她说，“其间我们看了不少收视率较高的电视剧，经过观摩和分析，我们发现一个规律，即：电视剧的拍摄较适合情感的故事，而且是跟家庭有关系的，跟人的情感有直接关系的，写一些人物命运，情节相对集中，起伏比较大，这些作品播出后观众反响较大，比如台湾的电视剧‘琼瑶系列’，完全是一种虚拟的生活，虚拟的情感，以及人物命运的坎坷，而这种情感和坎坷人生在人们的日常生活中似曾相识又超出生活经历的奇特故事，可能会构成观众在茶余饭后和紧张工作之后松弛神经、调节生活的一种需求。在这种情况下，我们想到了《雷雨》。它有非常典型的戏剧性，它的故事是讲人物的命运，一个家族之间的感情纠葛，而且牵连到两代人的情感经历。它的场景、人物比较集中，时间跨度较大，两代人不同经历中所遇到的情感挫折，比较适合拍摄成电视剧。但我们最大的障碍，《雷雨》是一部经典作品。”[①]笔者之所以不厌其烦地引述了一大段文字，目的在于从改编的出发点上理解改编者眼中的《雷雨》与作为经典的《雷雨》到底出现了多么大的偏差。一是她要让《雷雨》呈现出像琼瑶系列一样的供人们茶余饭后消遣的趣味，二是她看中了情感纠葛背后的故事性和收视率，三是她觉得名著是“最大的障碍”，因此有必要加以更改。

为此，电视剧《雷雨》利用电视剧的容量，塞进了她认为有趣的东西，利用编导的权力，让周朴园成为招之即来、挥之即去的人物，让四凤姗姗来迟，让场面上的两个主要人物即作为继母的蘩漪和作为继子的周萍，尽情地发展和宣泄他们乱伦的爱情。也许这还不够曲折、坎坷，因此还需加入“美人救英雄”“小报记者求婚”“8 年之后的旧情复萌”“法庭斗争”等等，而四凤在电视剧的后半部分加盟情感角逐，不是更能增加可看性吗？也许如此的改编，连极会编爱情故事的琼瑶都会自叹弗如，因为她即使再大胆，也不敢公然蔑视社会的伦理道德，借助乱伦情节的渲染来提高电视剧的“卖点”。

显然，编导所热衷的仅仅是一个多重的乱伦故事而已。“在今天，有谁敢编织这样一个故事？有谁能把一个在地摊上都难以找到的故事改编成电视剧送至几百家电视台乃至国家电视台播出呢？谁都不能。只有经典、只有《雷雨》才能“保证”“护送”它们出台。曹禺先生在《雷雨》中仅仅付诸交代而‘未展开的情节’本来负载完全不同的涵义，但是现在它们被从幕后推到台前，从整体中抽离出来进而放大、加工、附会、渲染、展示，用某些理论

① 阎国萍.经典能否改编成电视剧——电视剧《雷雨》导演李少红访谈[J].电视艺术，1997(2).

家的话说就是把这个乱伦故事的‘前史’彻底打开了。并且一一道来。”[①]

尽管改编者多次强调，他们的改编是获得了曹禺先生的首肯的，他们扩续的部分是无一字无来历的，但是，我们仍然能非常清楚地区分，这是完全不同的两个故事，因为，在电视剧《雷雨》中，作为经典的曹禺先生的原作的艺术价值、深刻意义、丰富内涵都被拆解殆尽了。

作为名著，曹禺先生的《雷雨》在问世以来，曾被反复地搬演和改编，但迄今为止，尚无人对其悲剧的必然结局提出异议，这是由无法调和的悲剧矛盾和情节发展的必然逻辑决定了的。曹禺先生说，“在《雷雨》里，宇宙正像一口残酷的井，落在里面，怎样呼号也难逃脱这黑暗的坑。”[②]因此，他要表现“宇宙里斗争的残忍和冷酷”[③]，以悲剧的惨烈的结局，让人类的终极价值，显现于代表了普遍的伦理力量和永恒正义的“自然法则”之中。“这个结局，是蕴含着巨大的社会批判精神和厚重的历史文化内涵的。它是具有强大的震撼力的。”[④]而电视剧的改编却恰恰忽略了《雷雨》的悲剧主题和美学意义，大刀阔斧地斩断了情节发展的必然逻辑，擅自杜撰了一个“全新”的结局：蘩漪举枪自杀，两个星期后，四凤堕胎去了济南，周冲去了北平，周萍接管了父亲的矿山，鲁大海去了太原，周朴园中风瘫痪。呜呼，曹禺先生所一再强调的“乱伦”事件的悲剧性质以及毁灭的不可避免性，还有由此引发的令人震颤、凛然的悲剧力量，已然被变作了一场游戏一场梦。在这样一个庸常的视界中，似乎周家乱伦的真相只要不被揭开，便会安然无事，即便揭开了也没什么大不了，只要忘了这前尘旧梦，梦魔自会无影无踪。于是，悲剧的惨烈结局以及它所蕴含的深刻寓意，被改编者在不经意间，轻轻松松地一笔带过。彻头彻尾地改变《雷雨》的结果，是将原剧的悲剧性消解得荡然无存之后，展示给观众一个市民气的卑琐趣味，并以此满足其自我设定的某类人的庸常期许。

美国剧作家阿瑟·密勒对现代悲剧做出过自己独到的研究，他认为偶然性事件所引发的严重后果不足以构成悲剧的情节。“如果说悲剧是人被迫全面公正地衡量自身这个提法是正确的话，那么，它的这种企图的毁灭就在于它所处的环境中存在着某种错误或邪恶，这恰恰正是悲剧的道德和教训。”[⑤]黑格尔认为，悲剧是史诗的客观性原则和抒情诗的主观性原则的统一。英国诗人叶芝认为“消极忍受苦难不是诗的主题”，“悲剧对于要死的人而言是一种喜悦”，“哈姆雷特和李尔王是快乐的，快乐在美化着所有的恐惧”。[⑥] 为了艺术的目的，他们都不约而同地肯定悲剧与毁灭之间的有机联系。我们很难假设，俄狄浦斯王在得知与其母乱伦的事实真相之后还能安之若素，逃避惩罚；《群鬼》中的人物最后都成了社会上的好人物，全剧以大团圆的喜剧性结局收场；《榆树下的欲望》中的爱碧和伊本共

---

① 朱息雯.一个比商业秘密更为秘密的秘密[N].文艺报，1997-05-08.

② 曹禺.《雷雨》序[M].生活书店，1936.

③ 曹禺.《雷雨》序[M].生活书店，1936.

④ 阿瑟·密勒.阿瑟·密勒论戏剧[M].郭继德，译.北京：文化艺术出版社，1988.

⑤ 阿瑟·密勒.阿瑟·密勒论戏剧[M].郭继德，译.北京：文化艺术出版社，1988.

⑥ 雷内·韦勒克.现代文学批评史[M].章安棋，杨恒达，译.北京：人民文学出版社，1991.

否定意见压倒肯定意见的客观现实，已然对改编者的功过给予了明确的评说。难道是这些前现代的观众对后现代的艺术不领情？还是后现代始终处在某些批评家怀想的天空中？但是应当指出，把无标准、无是非、以意为之、含混不清的后现代观念，用来解读改编后的《雷雨》，不仅无助于引发人们的思索，反而容易使人们失去必要的认识力和判断力，从而陷入一片模糊与茫然。

为后现代的批评家所认同的哲学家康德曾经说过一段话，对于我们不无启发："作品不是一般的商品，而是人格化的商品，从某种意义上讲，作品是作者的延伸，是作者人格的体现。"① 如果说曹禺先生的《雷雨》是其自身人格的体现的话，那么，电视剧《雷雨》则无疑是编导们人格的体现。

北宋诗人王安石曾经在一咏王昭君的诗中写道：意态由来画不成，当时枉杀毛延寿。也许，昭君的风采确实是难描难画的，也许，毛延寿的功力尚浅根本无法描摹美人之纤毫，谁知道呢？《雷雨》与《雷雨》的改编者之间，是否也存在着同样的道理呢？

原载《现代传播》1998 年第 3 期

① 转引自：维宜.译者三怕[N].文艺报，1997-11-29.

“雷雨意识”与电视剧《雷雨》

何希凡

中央电视台在去年(注:1997 年)通过不同频道播放了根据曹禺先生同名话剧改编的 20 集电视连续剧《雷雨》,受到了观众的广泛关注,也在评论界引起了颇为热烈的讨论。就我个人感受而言,电视剧在重读名著、重写名著方面做一极有意义的尝试,在原著留下的富有哲学意蕴和审美弹性的空间里,作了具有当代意味的大胆探索,其间也不乏精彩笔墨。这在一定程度上满足了当代不同层次的观众的审美心理需求,也为更多尚未读过原著的观众走进名著提供了形象直观的视听文本。但因电视剧是对一部已经历史定位,并曾在不同历史时期的不同社会文化环境下有过不同解读的名著进行改编,它引起歧说纷纭的评价也是十分自然的。只是当有的改编者自省到电视剧确有令人遗憾之处的时候,他们才不无委屈地道出了自己的独立操作未能得到导演尊重的苦衷:“我们改编了曹禺,导演改编了我们”,同时,他们也深感评论者并不完全理解自己:“很多人中关心我们对不对得起原著,而不太关心我们对不对得起观众”。① 这种苦衷也许是实情,其埋怨也不无道理。但我认为,既然电视剧是以曹禺原著为蓝本改编的,我们虽然不应当要求电视剧成为原著的当代翻版和稀释,但却完全有理由要求与原著保持必然的联系。诚然,当代观众对原著的欣赏可能存在着一些距离,但绝对不可能处在与一部 20 世纪诞生的现代话剧杰作全然不能沟通的两极。因此,关心对不对得起原著与关心对不对得起观众也并非就是矛盾的,这两者之间应该还有形成默契的可能。比如,熟悉原著的这部分观众就绝不可能脱离对原著的把握而进入电视剧的欣赏,他们必然带着自己的原著情结去权衡电视剧的成败得失;即使未曾读过原著的观众也仍然有可能对电视剧中的原著精神引起追问和探视。我认为,《雷雨》之所以能引起改编者的兴趣,应当主要取决于原著自身的价值,否则,改编者与其冒着有可能失败的风险,还不如去自编一部更符合当代观众胃口的爱情故事。所以,要探讨一部电视剧对名著改编的成败,不得不看它与原著的关系处理得如何,不得不看它是否真正凸现了原著的精魂。

那么,原著的精魂究竟是什么呢?我认为它就蕴含在“雷雨”这个剧名中。稍有常识的人都知道,“雷雨”作为一种自然现象一旦融入了文学艺术的创造生命之中,必然具有它超越于自身的象征意蕴。在《雷雨》原著诞生的六十多年里,不论人们在不同的“时代话语”中对剧名的象征意蕴作过怎样不同的阐释,但都没有忽视“雷雨”这个剧名的丰富内

① 《文艺报》记者对参与策划和剧本创作的史航和束焕的专访.既不掠人之美,也不代人受过[N].文艺报,1997-09-27.

涵，都没有淡忘剧作者渗透于全剧的浓郁的“雷雨意识”。

在社会阶级斗争的时代主旋律和文学艺术要揭示社会主要矛盾的“时代话语”下，人们更多是从单纯的现实社会意义的层面来解读“雷雨”的象征意蕴，认为它反映了正在酝酿着的一场大变动的20年代中国的社会现实。这种对《雷雨》意蕴的单向揭示曾经成为一种强大的声音，就连对这种声音进行过竭力反驳的曹禺也因个人声音的有限而追认了这样的阐释：“也许写到末了，隐隐仿佛有一种情感的汹涌的流来推动我，我在发泄着被抑压的愤懑，毁谤着中国的家庭和社会。”[①]钱理群先生曾指出，曹禺最初赋予“雷雨”的象征意蕴是属于个体生命的创造，但当社会对“雷雨”做出了“时代话语”的解读后，就成了社会生命的创造，而当曹禺本人对社会的声音做出追认时，就意味着社会生命对个体生命创造的再创造。[②] 今天，《雷雨》的研究者已突破了单纯社会悲剧的拘囿，穿透曾遮住《雷雨》个体生命创造的“时代话语”壁障，去探索作家作为个体生命创造时的“原初追求”以及由此而形成的“雷雨意识”。人们指出曹禺在清华大学西洋文学系沉浸于《雷雨》的生命创造时，尚未涉入以反映重大政治经济社会问题为“时代话语”的中国现代戏剧发展的历史长河的事实，认为我们理当注意并尊重剧作者当时关于他的创作的原初冲动来自出于生命本性的一种莫名的困惑、恐惧、憧憬与诱惑……是“心灵的魔”的驱使与“生命”的召唤的郑重宣告；也应当注意并尊重曹禺在面对社会的“误读”时从个体生命创造的角度所作的关于“我写的是一首诗，一首叙事诗，……这固然有些实际的东西在内（如罢工等），但绝非一个社会问题剧”[③]的辩护。

当然，曹禺从个体生命的冲动出发所赋予《雷雨》的“雷雨意识”，也许不及《雷雨》作为社会生命体后阐释得那样富有逻辑性，他只不过说出了自己的一种感悟：“如若读者肯细心体会这番心意，这篇戏虽然有时为几段较紧张的场面或一两个性格吸引了注意，但连绵不断地若有若无地闪示这一点隐秘——这种宇宙里斗争的‘残忍’和‘冷酷’。……我的情感要我表现的，只是对宇宙这方面的憧憬。”[④]“至于雷雨象征什么，那我也不能很清楚地指出来，但我已经使观众感觉出来。”[⑤]感觉是一种只可意会而难以言传的东西，它缺少理性和逻辑，但它却能在人们的心灵上形成超越理性，超越逻辑的无言的默契。我想，读了《雷雨》初版本的人，通过那跌宕起伏的戏剧冲突和玉石俱焚的结局，是不难感受那震撼人心的强烈的悲剧效应的，心中是不难迸出“残忍”“冷酷”这类字眼的。如果我们能从曹禺这种感悟返观一下他自己从童年到青年对家庭、对人生、对世界的生命体验，再联系他接受西方悲剧深刻影响的实际，人们就可以找到这种看似瞬间迸发的感觉得以形成的内在和外在的深刻依据。事实上，人们已经在注意并重视这种感觉的价值，认为这种“不可言喻的憧憬”，使得《雷雨》的创作立足于现实社会而又超越于社会现实的层面；触及了形而上的哲学问题，表达了剧作家对人自身的有限性和命运的盲目性的深刻觉知和疑惧。当然，

① 见钱理群.曹禺戏剧生命的创造与流程.载王晓明主编：二十世纪中国文学史论[M].上海：东方出版中心，1997.

② 曹禺.《雷雨》的写作，质文，1935（第2号）

③ 曹禺.《雷雨》的写作，质文，1935（第2号）

④ 曹禺.《雷雨》的写作，质文，1935（第2号）

⑤ 曹禺.《雷雨》的写作，质文，1935（第2号）

曹禺也许还算不上一个哲学家，但对宇宙人生作出积极的哲学思考并不是哲学家的专利。我们只有把握住《雷雨》凝聚在哲学空间的"雷雨意识"，才能更深刻地认识《雷雨》在中国现代话剧史上的划时代意义，才能对曹禺在中国现代话剧发展进程中的独特贡献做出更准确的定位。因此，我认为不论电视剧《雷雨》对原著的空间作怎样的延伸和拓展，不论改编者怎样从电视剧自身的特点和当代观众的接受心理出发而作出自己的重写和再创，都理当把这种作为原著精魂的"雷雨意识"渗透其间，在引起观众灵魂震撼的同时，也唤起观众对宇宙人生的感悟和沉思。

但是，电视剧《雷雨》在再创造过程中，却有意无意地淡化和削弱了"雷雨意识"，给我印象最深的至少有两点：

其一，电视剧在处理蘩漪和周萍的关系上，大大拓展了原著给予的活动空间，把原著中隐隐约约、偷偷摸摸的"闹鬼"情节演绎成缠绵大胆、真情难禁的爱情故事。也许编导意欲强化二人情的吸引和爱的真诚，突出二人合理的人性追求。如果真是出于这样的考虑，这对表现二人爱的饥渴的冲动是有一定的正面效应的：一方面可以为蘩漪这颗追求自由的灵魂在合理的人性追求失落之后，生命如雷的爆炸，电的闪光蓄足势头；另一方面也可以突破以往认为周萍就是周朴园当年的影子这种简单化的把握，从而为周萍的形象注入更为复杂的内涵。但是，电视剧却把蘩漪和周萍的性爱纠葛推到了周公馆内，凡没有周朴园在场的任何时空范围，他们不仅相拥于雨雾之中，交媾于寝室之内，而且还露迹于家庭舞会的众目睽睽之下。更为甚者，蘩漪竟然还可以突破周公馆这座"枯井般的囚牢"，去逢场作戏地为周萍和蓝晓婷穿针引线，去火车站为私奔的蓝晓婷送行壮别……

读过《雷雨》原著的人都知道，曹禺将蘩漪、周萍的关系处理为隐形的"闹鬼"，意在显示二人关系的扭曲和畸形，突出其追求的艰难和痛苦。这样才使得"乱伦"这个既为旧伦理所不齿，又为新道德所不容的事件在剧中具有了合情合理性和不可避免性，从而蕴含着剧作家对宇宙、人生的悲剧性觉知。但电视剧却给观众以这样的感受：蘩漪虽感压抑却尚自由，虽感孤独却并不寂寞，周朴园到底还是给了蘩漪那么多自由的空间。既然如此，我们以往说蘩漪在周公馆呼吸不到一点自由的空气，岂不冤枉了周朴园吗？在如此有机可乘的情况下，蘩漪那颗不安定的灵魂何曾受到窒息？我们可以设想，即使她不缠上周萍，只要能较频繁地走出周公馆，说不定还会有意外的收获呢！电视剧作如此无节制的处理，在我看来，除了能吊住当代观众欣赏爱情故事的胃口外，恐怕就只能削弱蘩漪这个"最雷雨"式的人物在压抑和绝望中蓄成雷雨般性格的生命冲动和情感力度。

其二，电视剧对原著的结局也作了较大的变动。虽然观众在电视剧的结局中仍然有较强的悲剧性感受，但倘将其与原著作一比较就不难发现，由于电视剧改变了原著扑朔迷离、鬼使神差般的一些偶然和巧合，改变了全剧玉石俱焚的结局，而大大弱化了原著具有的撞击人心、令人惊惧沉思的悲剧力度和强度。不可否认，原著的剧情编织有太多的偶然性，结局也太有些巧合了。对此就连曹禺先生本人在完成他的第二部杰作《日出》之后，也对《雷雨》的结构巧合表示了明显的不满："我很讨厌它的结构，我觉得有些'太象戏'了。"[①] 但如果注意到曹禺是在写完《日出》之后以新的创作心态对自己的旧作《雷雨》作艺术返观

① 曹禺.《日出》跋.日出[M].文化生活出版社，1936.

的，注意到从《雷雨》到《日出》的创作流程中，曹禺的个体生命创造已开始介入到“时代话语”里，因而他对戏剧结构艺术的探索目标已发生了变化，我们就不会把曹禺此时对《雷雨》结构巧合的不满作为否认《雷雨》结构艺术的铁证。如果我们能回到曹禺创作《雷雨》时的生命体验和艺术追求，就会感到他当时是多么迫切需要那样的艺术选择。事实上，《雷雨》的命运悲剧内涵需要从内到外都十分尖锐的戏剧冲突，需要偶然和巧合，需要这样“太象戏”的戏，不如此，就不足以充分揭示命运的残忍和冷酷，也不能表达剧作家在哲理层面上对宇宙人生的悲剧性觉知。

电视剧将结局处理成蘩漪开枪自杀，侍萍母女远走他乡，周冲到北平读书，家中只留下周朴园父子，而周朴园又中风痴呆，周萍子承父业。这里且不说侍萍母女和周冲会活得怎样，只说蘩漪的自杀身亡。我认为蘩漪这一枪结果的不仅是自己的生命，而且也包含了对她的艰难追求和畸形反抗的自我否定。我并不认为电视剧不能将蘩漪处理成自杀，而是觉得她开这一枪似乎不是因为命运的残忍和挣扎奋斗的绝望，而是出于因自己对他人（尤其是侍萍母女）造成了尴尬难堪处境的理性忏悔。观众一定还记得，当蘩漪在死前揭穿了侍萍、周萍、四凤三人之间的母子、兄妹关系的真相后，周公馆顿时处在电闪雷鸣的爆炸中，蘩漪自己也惊得目瞪口呆了，片刻之后，理性的觉知，使她不无忏悔地说道：“我不知道啊！”然后才开枪自杀。电视剧就是这样让蘩漪自己承担了损人利己的罪责，从而咎由自取地结束了自己的生命，并同时对自己用全部代价在周公馆内蕴蓄而成的冲腾震荡的“雷雨”作出了严正的理性判决！她最后留在观众心目中的只不过是自作自受、自食其果。这样，蘩漪在电视剧中除了完成一个庸俗的爱情至上者，极端的利己主义者的生命轨迹，留下了一个个吊人胃口（有时也实在令人作呕）的不道德性爱故事之外，她那最足夺人心魄的“雷雨”精神何在?!

至于让周萍子承父业，且不说是否符合他自身的性格发展逻辑，这样的处理其实正契合了周萍就是周朴园当年的影子的简单推断。很显然，电视剧结局对人物命运的安排不是从鬼使神差、玉石俱焚的角度来营造的，而更多的是改编者依据阶级的、血缘的分野使人物各得其所。这样，周萍自然用不着开枪自杀而回到了父亲的身边，一个周朴园垮了，新的周朴园又在蹈着父亲的覆辙，惨淡而执着地经营着既经“雷雨”冲击，却并未轰然坍塌的周公馆，结局虽然显得有些苍凉，但到底还残存着希望的影子。这就大大减弱了结局本应是强大的悲剧冲击波，大大淡化了全剧的“雷雨意识”。

我认为，电视剧对名著的再创造是会冒一些风险的，唯其如此，它的成功才愈益可贵，因此，这种创造性劳动应当得到理解和尊重。但如果改编者有意无意地淡化或削弱了已经历史定位、令读者和观众叹服的原著精魂和具有经典意义的艺术营造，那么，这种改编就势必走向平庸，给读者和观众造成涂抹不掉的遗憾。

原载《西南民族学院学报》（哲学社会科学版）1998 年第 3 期

人间天上泪难收

——我对饰演歌剧《雷雨》主角蘩漪的体验

张　莉

2000 年 8 月，当我还在美国科罗拉多接受“美国歌剧大师班”的训练，同时排演《艺术家的生涯》的时候，我接到了上海歌剧院的通知，为了选拔歌剧《雷雨》第一主角——蘩漪，要我回国参加声乐考试。我一回到北京，首先过了词曲作家莫凡先生这一关，然后直接去上海歌剧院，加入了第一主角的竞争行列。我非常幸运，院务会决定，由我担任 A 组一号蘩漪。一接到剧本，我便一口气读完它，眼泪情不自禁地流下来，我被剧中人的悲惨遭遇深深打动，更为蘩漪那扭曲的心灵而哭泣！一收到谱子便抑制不住内心的激动，在钢琴上反复弹奏、吟唱。练习的同时，我叫父母作为听众反复听：蘩漪的音乐形象怎样，我在演唱中表现出来没有。我父母与我一起走遍了蓉城的音像书店，买了好几种版本的《雷雨》，包括话剧、电视连续剧等的 VCD，又借了曹禺的原著反复看，反复思索，初步理出了剧中人物的心理线条，特别是蘩漪的内心世界。她是一个复杂的、多层面的矛盾混合体，在与周家两代男人——周朴园、周萍的感情纠葛中，被侮辱、被损害、被欺骗。她难以忍受周朴园的专制、蛮横，期盼周萍带给她远离桎梏的生活希望，为了这爱情梦幻，尝尽了失望的痛苦。终于，蘩漪内心具有的雷电般的性格喷发了，为了报复负心的情人，在一个凄惨的雷雨之夜，她无情地撕开周家的疮疤，无意中揭露了隐藏 30 年的秘密：周萍的生母是鲁妈，而热恋中的四凤竟是胞妹！一幕人生悲剧像霹雳般发出控诉与呐喊，无情命运的雷雨冲刷着肮脏的世界！

用歌剧这一形式来展现《雷雨》在我国尚属首次，它虽与话剧、电视有共同之处，但又是不同的表现形式，这对第一次担纲如此重任的我，无疑压力是很大的。上海歌剧院又是我国一流的歌剧院团，在感到幸运的同时，我又感到作曲家、指挥、导演、剧院领导以及各位同仁那份沉甸甸的信任，因此在今年大年初六我就飞赴上海，投入到紧张的排练之中。6 位角色演员仅用了 8 天时间，就在指挥和钢琴伴奏的指导下把全剧唱下来了，以至于 2 月 8 日上海文广局的领导初次审听时就感到全剧音乐立起来了，角色演员在唱功上下了很大功夫，文广局、歌剧院的领导们对我的演唱更是予以充分肯定！

紧接着，合唱队、交响乐队分别进入排练，角色演员也投入到舞台调度的排练以及对人物性格的塑造中。

舞台戏剧表演对于我来说既熟悉又陌生。13 岁时，我考入了四川省曲艺团，作为学员和青年演员在舞台上摸爬滚打整整 6 年，芭蕾舞的基础课学过，川剧表演的程式套路也练过，应该是有舞台表演基础的。但是，自从1983年上大学以来，后来又作为声乐教师，对我唯一的舞台锻炼仅仅是音乐会和晚会的形式，而舞台戏剧表演尤其是真正的歌剧表演对于我来说几乎是空白。虽然我在当学生时系里排演过《茶花女》，我演“薇奥列塔”，2000年在美国接受大都会和斯卡拉歌剧院等大师的训练中排演了《艺术家的生涯》，我演“咪咪”，但我总感觉外国歌剧主要以唱为主，表演不如中国歌剧那样细腻，虽然同是用美声唱法去演唱，但中西方文化毕竟还是有很大的区别，何况中国的文化底蕴又是如此厚重。中国歌剧的表演方式应该符合中国人的审美观，这就为我的表演增加了巨大的难度和压力。因为蘩漪这个人物很特殊，她与剧中5个角色都有着千丝万缕的联系，她对每个角色都有不同的表现和态度。蘩漪对周朴园的封建专制不肯忍受，时而显示出一个弱女子的微弱反抗，时而又高傲得冷若冰霜。而对周萍，她把自己的生命和一切希望都寄予了他，他们曾经相爱过，尽管这样的爱绝对不能被中国人所接受，因为这是丧失了伦理道德的爱情，但是她却把他当作生命中唯一的一线星光，而这恰恰是蘩漪的悲剧所在。因为她并未意识到这是她自己给自己套上了死亡的索链，她总是不断在哀求中被激怒，平静下来又哀求，直到最后对她与周萍之间的爱彻底绝望。对于四凤和鲁妈，她则以高贵的女主人出现在她们面前，随时以对待下等人的口吻与她们说话。当得知周萍抛弃她居然和四凤相爱，她感到她的自尊心受到极大伤害，即使如此，为了能让周萍回心转意，她不得不忍气吞声容纳四凤。而周朴园总是把鲁侍萍的照片天天放在大客厅里，这对蘩漪也造成极大压力和不平等。在周家，她唯一的亲人只有周冲——她唯一的亲生儿子。虽然她随时以泪洗面，但每次见到冲儿的时候却不得不强装欢颜，以最大的努力给冲儿以微薄的母亲之情。但是她唯一的亲人周冲居然也爱上了四凤，这使她内心既痛苦又愤怒，她在周家看上去是女主人，而事实上那种复杂的情感关系随时会让她窒息死亡，所以对蘩漪的总体设计上从形体和形态上说，应体现为外表是一种忧郁而病态的美，内心深处是一座一触即发的火山。为了表现蘩漪复杂的形象，我在早春二月的上海，虽然寒风刺骨，却得整天拿着一把蘩漪式的绢扇，带着一颗蘩漪的心境，在房间踱来踱去，体验她那疯狂痛苦的内心世界。白天6个小时排练的疲劳还未逝去，我就又开始在房间里反复不断回忆导演的说戏，并不断吟唱蘩漪的咏叹调，在旋律声中我找到不同于其他剧种中属于歌剧的蘩漪的形象。在2月27日的彩排中，由于内心非常充实，我的心中已经有了一半获胜的把握。在28日的正式审查演出中，我的演出从演唱、吐字、表演等方面都得到了上海文艺评论界以及上海文广局、歌剧院的领导等全体同仁的充分肯定。

是的，在初次的演出中我顺利地迈出了第一步，但是更大的挑战还在后面。大家都知道，2001年的“上海之春”已升格为国际音乐节，十几个国家的艺术团体都来参演，都想在中国繁华的艺术大都市争个高低。由于2月份我的出色表现，我又应邀于4月16日再次赴上海，投入到紧张的排练中。因为在这次的演出中，B组也将上演，所以整天排练B组。A组的周萍扮演者——魏松又经常另有任务外出，我不得不作为一名旁观者聆听B组合伴奏，由于客观条件的限制，我心里着急，只能每天等排练结束后自己一个人练习，反复背谱，达到在全剧的演唱中一拍都不能错的境地。同时，虚心向B组的演员学习，看他们如何表演与演唱，以弥补自己的不足。五一劳动节过后，A组全体演员仅仅只排练了三天，就投入到彩排和正式首演，在5月6日的首演中，我带着母校的期望和全川父老乡亲的重托，全身心地投入到表演与演唱中，使在场许多观众都流泪了。有一位美籍华人感动之余吟诗赠送予我："歌喉百转意悠悠，三日绕梁应未休。鸾凤清声今夜好，人间天上泪难收。"著名声乐教育家、歌唱家周小燕教授对我的演唱与表演也予以充分的肯定。她说："张莉的声音纯正，演唱技巧成熟，音色柔和，语言清晰，形象气质非常贴近'蘩漪'。"著名作曲家陈钢教授也非常感叹地说道："张莉塑造的蘩漪很感人，四川又出了一位才女！"中央电视台"东方时空"摄制组专程飞赴上海，深入彩排和演出现场对该剧作了报道并采访了我。四川电视台也专程派了摄制组赶往上海拍摄我的演出情况。上海电视台、东方电视台、上海有线电视台、东方广播电台分别予以实况报道和转播。北京、上海十家报纸也先后作了如实的报道，《音乐周报》和《新民晚报》评论道："张莉经过长期正规的西洋女高音训练，音色纯正，吐字清晰，张弛有度，对人物把握准确精到"，"在把握角色性格方面张莉下了很大的功夫，把蘩漪和周萍之间微妙复杂的心态表现得相当到位。"另外，新浪网也相继转载了许多评论我饰演蘩漪的文章，许多海外华侨也打电话给我并表示祝贺。

面对掌声和鲜花，我真的流泪了！什么是成功？此时我的感受太深了。在喜悦的背后，我总是含着眼泪投入到每次的排练之中，我总是用心在演蘩漪、唱蘩漪。成功是包含了昨天无数次失败、无数次委屈，甚至包括冷嘲热讽。我在日记中写道："我之所以能够成功，并不是我有许多舞台经验，而是我有太多的生活体验和感受，生活的无情让我对蘩漪的内心世界积累了许多有别于他人的认识，然而我又将这种认识通过蘩漪体现出来。"同时我努力去寻求作为现代人的我与二十世纪二三十年代旧时期想与命运抗争的妇女形象的共同点，这就是我塑造蘩漪的体验。

作为一个歌剧演员，能够在一部适合自己的歌剧中成功地塑造出一个闪闪发光的艺术形象，是让人激动的，心醉的！当然我知道这仅仅是我演的第一部歌剧，因为我的歌剧生涯才刚刚开始。歌剧艺术是我追求奋斗的目标，它将是我演唱和教学的崇高境界！

原载《音乐探索》2001年第4期

我演四凤

方佩华

作为上海市长宁沪剧团的一名演员，我参加沪剧《雷雨》的演出并获得了本届白玉兰配角奖的殊荣，这是我意想不到的。

争取获得白玉兰奖，是我一直所向往的，今天能如愿以偿，我激动的心情难以言表。我看重这份荣誉，更珍惜这份荣誉。

2001 年的初春，我应邀来到了《雷雨》剧组，因为很喜欢《雷雨》这出戏，而特别想演，但也确实感到要演好四凤压力不小。《雷雨》，一个家喻户晓的经典戏，在我们沪剧界已有四个演出版本，许多优秀演员都饰演过四凤，观众能接受我演的四凤吗？

一个重重的问号挂在了我的心头。带着压力，也带着对角色的喜爱和强烈的创作欲望，我走进了排练场，慢慢地堆积起对四凤的认识，细细地体验着四凤的种种心境。应该说，从艺以来，四凤这个角色是我先后扮演过的众多角色中，最富有文学内涵的人物。

成熟的剧本创作，为我把握人物性格、塑造人物形象奠定了一个好的基础。在导演的启发帮助下，四凤，一个善良朴实、健康大方、聪明懂事，来自下层社会、在情感上饱受压抑、最终被罪恶的社会吞没的清纯少女的形象，在我心中逐渐地树立了起来。

四凤的思想是纯洁无瑕的，四凤的处境是微妙复杂的，四凤的遭遇更是极其不幸的。在表演时，我竭力用清澈的眼神来表示人物的纯洁心灵，用热情大方的举止显露人物纯朴可爱，同时，也注重把握对不同人物的分寸感。我的理解是，她对周萍的感情是热烈真切的，对爱情充满幸福向往，她注视周萍的眼神是亮亮的，而面对蘩漪，四凤始终是小心翼翼，就如“盘凤”一折中，蘩漪那咄咄逼人的发问，四凤显得是那么胆怯，她不敢正眼看蘩漪，而是竖起耳朵，提心吊胆地作着回答。在周家，尤其是在周朴园面前，四凤常常是处在恐惧不安、胆战心惊之中。

我觉得四凤的悲剧，并不完全是母亲悲剧的重演，她所承受的打击应该比她母亲更为沉重。因为，她不仅承受着自身的精神痛苦，还要承受着来自母亲积累了三十年痛苦的压力。第三场“罚咒”，是四凤的重头戏，与母亲有着大段对手戏，我在扮演母亲的韩玉敏老师的带动下，无论在排练时，还是在演出中，我们都特别投入。戏中有这样一个场面，让我至今还刻骨铭心。雷鸣声中，面对母亲的苦苦相逼，她明白，长期以来支撑自己生活信念的美好憧憬就此要破灭。她痛苦地仰望苍天，茫然的双眼充满无助，撕心裂肺般的心疼，使她双腿发软缓缓跪地，无奈中艰难地道出：“我永远不见周家的人！”每一次演到这段戏，我都会有一种深受煎熬的感觉，这种感觉过程，让人身心交瘁，却又令我得到创作上的兴奋和满足。

流派的唱腔艺术确实魅力无穷，我们沪剧前辈杨飞飞老师演唱的四凤唱腔，在我们沪剧观众中，具有极其深远的影响。这次我的演唱，是一味地模仿，还是在继承前提下再作处理？举棋不定中，我请教了作曲家奚耿虎老师，他认为要想成为一名有作为的演员，必须具备自己的演唱风格，一味模仿，只能说学得像，而不能说唱得好。在老师的鼓励下，我就根据自身的嗓音条件，通过对人物的理解与感受，在原来的杨派的旋律基础上，又运用了许多丁派的演唱技巧，甚至还糅进了其他剧种的流派润腔特点，以及通俗歌曲的一些演唱方法，在体现杨派原有的缠绵悱恻的神韵的同时，又给唱腔赋予了新的内涵，丰富了唱腔的感染力。

高兴的是，我的努力得到了观众的认可。这次扮演四凤的演出，虽然受到了一些好评，但我觉得这是对我的一种鼓励与鞭策。在我今后的演艺路上，还需更加倍地努力，我深深地明白：业精于勤，荒于嬉。

原载《上海戏剧》2002 年 12 期

学系大三学生。“夏天是个烦躁多事的季节，苦热会逼走人的理智。在夏天，炎热高高生起，天空郁结成一块烧红了的铁，人们会时常不由己地，更归回原始的野蛮的路，流着血，不是恨便是爱，不是爱便是恨。一切都是走向极端，要如电如雷地轰轰地烧一场。”“写《雷雨》是一种情感的迫切需要。我念起人类是怎样可怜的动物，带着踌躇满志的心情，仿佛自己来主宰自己的命运，而时常不能自己来主宰着。受着自己——情感的或者理解的——捉弄……宇宙正像一口残酷的井。落在里面，怎样呼号也难逃脱这黑暗的坑。”①从曹禺的自述中，我们看到了他的第一个艺术生命个体《雷雨》之诞生：外在“郁热”的环境（天气气候和社会时代环境）作用于内心，使之感到了生命欲望的超常态的压抑，激发了不可抑制的“情热”，内在的生命之火“要如电如雷地轰轰地烧一场”，终于，它爆发了，犹如夏日的雷雨轰然降临大地，外化（戏剧化）成另一个生命——《雷雨》。

《雷雨》由巴金在《文学季刊》上发表后立即引起了强烈反响。后来，从北京、天津到南京、上海，全国许多重要剧团都竞相排演，形成了中国现代戏剧史上空前的“雷雨热”。尽管在当时曹禺就一再申明：“我不应该用欺骗来炫耀自己的见地，我并没有显明地意识着我是要匡正、讽刺或攻击些什么。”然而在20世纪30年代中期左倾思潮占有文坛优势的语境中，《雷雨》很快被认为“暴露了大家庭的罪恶”，具有“反封建反资本主义的意义”。几十年来，在各种不同的评价中，最具有代表性的主流话语是：“四幕剧《雷雨》在一天的时间（上午到午夜两点钟）、两个舞台背景（周家客厅，鲁家的住房）内集中地表现出两个家庭和它们的成员之间前后三十年的错综复杂的纠葛，写出了那种不合理的关系所造成的罪恶和悲剧。它写的主要是属于资产阶级的周家，同时又写了直接受到掠夺和侮辱的鲁家。《雷雨》中的主要人物的结局有的死，有的逃，有的变成了疯子。剧本的这种强烈的悲剧性不只深刻地暴露了资产阶级的罪恶和他们的庸俗卑劣的精神面貌，而且引导观众和读者不得不追溯形成这种悲剧的社会原因。”②尽管如此，曹禺自己也对其并不满意：“写完《雷雨》，渐渐生出一种对于《雷雨》的厌倦。我很讨厌它的结构，我觉出有些‘太像戏了’。技巧上我用得太过分。仿佛我只顾贪婪地使用着那简陋的‘招数’，不想胃里有点装不下。过后我每读一次《雷雨》便有点要作呕的感觉。我很想平铺直叙地写点东西，想敲碎了我从前拾得那一点点浅薄的技巧，老老实实重新学一点较为深刻的。”③在这种情况下，曹禺创作了他的第二部作品——《日出》。

《日出》描写的是20世纪30年代初期世界经济危机影响下的中国都市众生态，它同《雷雨》一样，也是一天时间、两个地点。一天时间是黎明、黄昏、午夜、日出（正好四幕）；两个地点是上流社会交际花陈白露在高级旅馆的房间和下等妓院妓女翠喜的房间。剧情围绕着主人公陈白露的命运而展开：通过她与银行经理潘月亭以及身边的富孀、面首、流氓、

① 曹禺.曹禺自传[M].南京：江苏文艺出版社，1996.
② 唐弢.中国现代文学史[M].北京：人民文学出版社，1979.
③ 曹禺.日出·跋[M].上海：文化生活出版社，1937.

茶房等人的关系，揭露了上层社会的丑恶和腐败；又通过她与旧情人方达生和被逼为娼的小东西等人的关系，又展示了下层社会的不幸和痛苦。虽然曹禺在创作《日出》时，明确表示了对于《雷雨》的厌倦和希望超越的心态，然而时值1936年的春夏，“无论时代氛围，还是作家主观心态，都比之《雷雨》时代的‘郁热’更加炽烈，几至于崩裂，而他的‘接受者’——观众们也仍然在那里固执地‘要故事，要穿插，要紧张的场面’”。① 这种时代和受众的期待使曹禺无法走得太远。

《日出》的诞生再次引起了轰动，也进一步奠定了曹禺在中国现代戏剧史上的大师地位。1936年底和1937年初，当时颇有影响的《大公报》文艺副刊开辟专栏，邀请了茅盾、叶圣陶、巴金、沈从文等不同流派的文学大师、权威评论家组织了两次对《日出》的集体评论。“人们一致认为曹禺的戏剧替中国戏剧打开了‘启示录里的新天地’，因有了它，中国才‘确乎有了近代剧’。这意味着曹禺的艺术创新得到了历史的承认，因此而确立了曹禺在中国现代戏剧史上的权威地位。”②

不过，接下来的事实使人看到，与其说《日出》在当时“得到了更广泛的接受”，不如说只是更加受到了权威话语的关注，而并非理解。同《雷雨》一样，《日出》也从一开始就遭遇到了被“误读”、被“肢解”的命运。如果说《雷雨》的序幕和尾声从未能搬上舞台，使曹禺感到十分遗憾的话，那么，被他视作《日出》整体生命一部分的第三幕在第一次演出时就被“腰斩”，则使曹禺无比悲愤：“我也应喊声冤枉，如果承认我所试用的写法，我就有权利要求《日出》的第三幕还须保留在戏里。”“说实话，《日出》里面的戏只有第三幕还略具形态。在那短短的五十几页里，我费的气力较多，时间较久。那里面的人，我曾经面对面地混在一起，并且各人真是以人与人的关系，流着泪，‘掏出心窝子’的话，叙述自己的身世……情感上讲，第三幕确是最贴近我的心的。为写这一段戏，我遭受了多少折磨、伤害，以至于侮辱（我不是炫耀，我只是申述请不要删除第三幕的私衷）。”“删去第三幕，全戏就变成一个独幕戏。说我为了把一篇独幕剧的材料凑成一个多幕剧，于是不得不插进一个本非必要的第三幕，这罪状加在我身上也似乎有点冤枉。”③然而，仿佛命运早已注定，尽管大多数人充分肯定和赞扬曹禺对中国现代戏剧的伟大贡献，满怀热情地阅读、排演和欣赏《雷雨》《日出》这两部不朽的杰作；尽管几十年来《雷雨》《日出》上演了千百次，但从来没有一次是按照曹禺所写原作的面貌完整地演出过。几十年来，尽管曹禺不断地呼吁、抗议，请求导演及演员将《雷雨》的序幕和尾声、将《日出》的第三幕同其他部分一起完整地搬上舞台；然而，在这一点上，权威的批评家、研究者、导演、演员、观众似乎结成了神圣同盟，毫不动心。这究竟是《雷雨》《日出》的悲哀，还是中国现代戏剧接受史上的悲哀呢？

新时期开始时，曹禺剧作最先被改编成影视作品的是被称为“生命三部曲”中的最后

---

① 钱理群.拒绝遗忘——知识者与文学“被改造”的标本[M].汕头：汕头大学出版社，1999.

② 唐弢.中国现代文学史[M].北京：人民文学出版社，1979.

③ 曹禺.日出·跋[M].上海：文化生活出版社，1937.

一部:《原野》。1981 年,这部由南海影业公司投资,凌子风导演,刘晓庆、杨在葆主演的影片,由于大胆地表现了赤裸裸的人性:复仇的题材,暴力、情欲的场面,在当时显得十分另类,还未公映就引起了极大的争议。由于当时的意识形态背景,这部影片在内地被整整禁映了 8 年,但其影响却不胫而走。

1983 年,上海电影制片厂决定将《雷雨》改编成电影,著名演员孙道临担任了编剧和导演,并排出了称得上是当时最强大的演员阵容:除了孙道临主演周朴园之外,蘩漪由顾永菲扮演,侍萍由秦怡扮演,四凤由当时人气最旺的新星,因主演《庐山恋》和《巴山夜雨》而荣获“金鸡”“百花”双料影后的张瑜扮演,周萍由马晓伟扮演,鲁贵由胡庆树扮演,周冲由钟浩扮演。从 1982 年开始策划到 1984 年拍摄完成公映,上影厂对这次改编寄予了厚望。然而,结果却令人十分沮丧,不仅观众对影片表示失望,学术界也提出了尖锐的批评,称之为“一次不成功的挑战”。[①]

这次《雷雨》的改编之所以失败,其根本原因是改编者没有区分戏剧与电影这两种不同艺术形态各自所拥有的不同的叙事手段和表现方法。改编者为了“忠实原著”,保持原著的“戏剧性”,不惜牺牲电影艺术在时空表现上的高度自由,牺牲电影艺术反映社会生活的广阔性、真实性和刻画人物形象的生动性和复杂性。正是为了忠实于原著,影片几乎照搬了话剧的叙事方式,不仅整部影片的故事发生在一天时间之内,地点也只限于周、鲁两家。虽然为了“电影化”,影片在时空上有些跨越,如在空间上增加了周家的楼梯、大厅、花园、走廊、蘩漪卧室、周萍卧室等场景;在时间上,在倒叙、插叙时运用了一些闪回镜头,但这一些并不能真正体现出电影艺术的本质。

《雷雨》改编的失败并没有使上影厂气馁,第二年他们又将曹禺的另一部杰作《日出》搬上了银幕。这一次由曹禺和他的女儿万方亲自改编脚本,于本正担任导演。这次改编取得了意想不到的成功:影片上映后观众反响十分强烈,专家们也给予了一致好评,在当年的电影评奖活动中大获全胜,共获得了广电部优秀影片奖、中国电影金鸡奖最佳编剧奖、中国电影金鸡奖最佳女配角、《大众电影》百花奖最佳故事片、最佳女演员、最佳女配角 6 项大奖。

《日出》改编成功的最根本原因就是吸取了《雷雨》的教训,把影片的重心由“戏”转向了“人”,转向了“生活”。影片充分发挥了电影艺术时空转换自由的特点,对原作的情节结构进行了调整充实。首先,它实现了曹禺的夙愿,将戏剧演出中一直被删掉的反映下层人民悲惨命运的第三幕搬上了银幕,使影片展现的社会生活更加广阔、丰富。这样观众不仅看到了围绕陈白露周围的潘月亭、顾八奶奶、胡四、金八等人腐朽糜烂的生活,更看到了他们的纸醉金迷就是建立在翠喜、小东西等这样一些下层人民的血泪之上的,深刻地揭示了曹禺一直想要表现的当时社会“损不足以奉有余”的残酷本质。

① 曹其敬.一次不成功的挑战——电影改编问题讨论集[M].北京:中国电影出版社,1992.

其次，同原作相比，影片最大的贡献是塑造了一群栩栩如生的人物形象。毋庸讳言，原作话剧《日出》之所以比话剧《雷雨》逊色，就是因为剧中的人物形象没有《雷雨》中的人物鲜明、生动、丰满。“写《日出》的时候，我决心舍弃《雷雨》中所用的结构，不要集中于几个人身上。我想用片段的方法写《日出》，用多少人生的零碎来阐明一个观念……在《日出》里，每一个角色都应占有相等的轻重，合起来他们造成了印象的一致。这里正是用着所谓‘横断面的描写’，然而，画虎不成反类犬，自己在技术上的幼稚也不能辞其咎”。曹禺想用中国画“散点透视”的方法来结构话剧《日出》，这种探索精神当然是可贵的，问题是任何艺术都有其自身的规律。所谓戏剧，冲突、巧合、集中，是它的本质。话剧《日出》的不足，不在于曹禺“技术上的幼稚”“画虎不成反类犬”；而在于“横断面的描写”也好，“散点透视”也好，都不适合话剧的结构规律，作为戏剧《雷雨》当然比《日出》更像戏。影片《日出》正是在这一点上超越了原作。它充分发挥了电影艺术的特点，调动各种电影手段表现人物内心世界、刻画人物性格，使原作中的人物形象在影片中变得丰满、鲜活起来。在这一年的电影评奖活动中，翠喜的扮演者王馥荔获得了中国金鸡奖和《大众电影》百花奖双料最佳女配角奖。它充分说明了广大观众和业内人士对这一角色的肯定。

也许是《日出》太成功了，人们自觉难以超越，从那以后整整 10 年，曹禺的剧作再也没人改编成影视作品了。直到 1996 年，第五代电影女导演李少红在执导《银蛇谋杀案》《四十不惑》《红粉》等一批商业片女性片获得成功后，将目光转向了《雷雨》。她大胆地将原作的故事情节、人物命运重新演绎，拍摄成了 20 集的电视连续剧。

该剧播出后，尽管在商业上获得了一定的成功，但却遭到了学术界、理论界的猛烈批评。与电影《雷雨》不同，这次人们争议的焦点不在它是否“忠实原著”的问题上，而更在于其改编是否合理，是否更有价值？是“点石成金”，还是“点金成铁”？平心而论，该剧并非低劣滥造之作，开篇独具匠心，情节结构有张有弛。也许，编导的本意是制作一部通俗室内剧，它充分吸取了通俗影视剧的流行模式，融合了现代剧的理想、挫折（冲突）和颓废（忧郁）三大主题。然而，它完全消解了原著的悲剧性，将人物之间的矛盾冲突、人与命运的搏斗、挣扎，以及全剧紧张的气氛、残酷的结局变成了几段不痛不痒、花前月下、拖泥带水的现代爱情故事。通俗有了，经典却失去了。虽然电视剧《雷雨》在剧本策划、拍摄机制、发行渠道、宣传推广方面都下了很大功夫，在短期内获得一定的收视率，但是改编者对经典文化的轻视和对大众文化的追逐，也使得该剧真正远离经典，仅成为一道大众文化的快餐。

在世纪之交，深圳市委宣传部、中国国家话剧院和深圳市万科影视公司又共同出资，联合拍摄了 23 集电视连续剧《日出》。这次电视剧的编剧同电影一样，主要由曹禺的女儿万方担纲，导演则是第四代著名导演谢飞。由于是同一编剧，电视剧在情节结构上、人物命运上同电影相比并没有大的变动，只是表现上比电影更加细腻、丰富。同《雷雨》相比，电视剧《日出》没有进行那种后现代的惊世骇俗又破绽百出的重新演绎，没有别出心裁地改变人物性格和命运。它只是在“忠实原著”的基础上，进行了一定的扩充、丰富；老老实实地塑造了陈白露、潘月亭、顾八奶奶、李石清、翠喜、金八爷这一个个独特而又丰满的人物形象，为中国现代艺术的长廊增添了无价之宝。

电影《雷雨》的失败，在于它太拘泥于原著，用“戏剧性”束缚了自己，束缚了电影，也窒息了经典的生命力。电视剧《雷雨》没有成功，在于它太轻视经典的内存生命力，毫无顾忌地消解经典，误读、拼装原作的人物形象。人物性格被扭曲了，人物形象虚假了，作品的魅力又从何谈起呢？电影《日出》和电视剧《日出》都成功了，它们的成功，在于编导既尊重原著，又十分遵循影视艺术的创作规律性，尊重不同时期的受众对于艺术的期待，把塑造真实可信的人物形象始终放在艺术创作第一位。它们的成功，是塑造人物形象的成功。而经典的魅力，就是“人”的魅力。

原载《湖北社会科学》2003年第10期

经典话剧改编管见

——兼谈电视剧《雷雨》《日出》的改编

秦俊香

20世纪80年代以来，文学名著的电视剧改编，大有愈演愈烈之势。在各种文体电视剧改编中，话剧的改编仅次于小说，排名第二。而其中，经典话剧的改编又占有相当大的比重。然而，在众多的经典话剧改编中，改编质量有好有坏，良莠不齐。好的改编，不仅弘扬了文化遗产，普及了文学名著，而且给年轻的电视剧艺术注入了深厚的文化底蕴和无穷的艺术魅力；差的改编则不仅败坏了原著的声誉，而且有误导观众之责。从理论上探讨一些经典话剧改编的成败得失，也许可为方兴未艾的经典话剧改编提供一点借鉴。

话剧是一种高度浓缩的艺术。其时间、地点、事件高度集中，有的甚至遵守欧洲古典主义的“三一律”，时间限定在24小时之内，事件单一凝练、首尾完整，并且只发生在一两个场景之中。比如，曹禺的《雷雨》就在一个夏天的上午到当日午夜两点之间的时间内，演绎了发生在周家客厅和鲁家四凤卧室两个场景中的周鲁两家三十年来的恩恩怨怨。也就是说，话剧所表现的是凝练的事件，浓缩的人生，极致的时空容量。要将这样一个浓缩的艺术样式搬上荧屏，改编为长达一二十集的电视连续剧，对戏剧时空和事件的扩充就成为不可避免，这也是话剧改编者必须首先面对的问题。而这扩充的过程，正是改编者对原著进行再创造的过程，它给改编者以无限想象和再创造的广阔天地。问题的关键在于如何扩充？扩充到什么程度？改编者再创作的余地到底有多大？是把原著当素材随意打乱重新结构编排，还是在尊重原著的基础上适当增添修改？我以为，改编一般话剧和改编经典话剧应当有所不同。改编一般话剧，改编者完全可以把原著作素材，按照自己的创作意图和审美理想，挥洒自如地随意打乱，尽情扩充。20世纪90年代对当代话剧《旮旯胡同》的电视剧改编就是如此。该剧借电视剧明显优于话剧的篇幅和表现手段，尽情演绎了老北京市民的住房困难情况，反映了北京市政府改造危房的决心和具体措施。这种改编非但无可厚非，其淋漓尽致的演绎发挥，还使原著的现实意义得到了空前的加强，值得大力提倡。而对经典话剧的改编，却决不可“随意挥洒”。因为既为经典，它就有一定的独立自主性，是一定的思想内容和一定的艺术形式完美结合的典范之作，它的思想价值和艺术价值是超越时空、不容轻易改动的。曹禺的《雷雨》《日出》，老舍的《茶馆》《龙须沟》等都应作如是观。然而，随着电视剧创作和发行的日益市场化，为了迎合少数观众的低级趣味而不惜歪曲经典、亵渎经典的媚俗改编时有出现。而不同的改编态度和改编方式，导致的是不同的改编效果。对比曹禺先生两部经典话剧《雷雨》和《日出》的电视剧改编，我们可以发现，《日出》的改编，一方面小心翼翼地尊重话剧原作，另一方面又不失时机地合理丰富和再现，所以电视剧《日出》的改编获得一致好评（当然，曹禺先生之女万方的编剧之功也不可没）。《雷雨》的改编，对经典话剧片面发挥，随意改造，因此招致不少非议。

改编名著不是照搬原著，而是再创作。改编时可以适当表现一些改编者个人的审美趣味和一定改编时代的当代性品格；改编经典话剧为电视剧，也需要把高度集中和浓缩的时间、地点和事件适当扩充和改造，由戏剧的“三一律”改为电视剧的“三多样律”，即把原来有限的一天或稍多的时间内发生在一两个地点的主人公人生长河中一个横断面的展示，改为或线性，或倒叙插叙、或时空交错等时空表现相对自由多样的蒙太奇叙事。但是，改编者审美个性和改编时代的当代性的体现应当是有限度的，对经典话剧来说，应当是在绝对尊重原著的前提下进行的；对经典话剧的扩充和再创作，也应当是全面的、合理的，对剧中所有重要人物进行丰富和加强，对剧中所有重要情节线索和“前事”进行扩充和强化，而不应当片面、单一，只顾一点而不计其余。

23集电视连续剧《日出》的改编，在尊重原著的基础上，又对原著加以个性化的理解和再现。它几乎给原著中的每一个主要人物都增添了较为合理的家庭背景和具体的生活环境，并依据原著所给定的人物个性，形象、合乎情理地演绎了人物的“前事”和行为动机，使每个人物的基本性格和贯穿动作都有了赖以形成和发展表现的社会生活依据。比如陈白露，出身富家却不幸自幼丧母；为追求理想爱情半路辍学离家出走，却不幸爱女夭折理想破灭；为生计沦为舞女，尤其是结识大丰银行经理潘月亭后尽管良心未泯，不甘与顾八奶奶、胡四、张乔治之类的寄生虫为伍，却身不由已地一步步走向醉生梦死的贪图享受和堕落。翠喜，出身卑贱，卖身卖笑麻木撒泼；但她却有一颗金子似的心，对没有任何生存能力的一家老幼，对单纯可怜的小东西，善良厚道。总之，电视剧《日出》中的人物，不仅个个性格丰满，而且个个被电视剧编导赋予了性格产生的土壤和性格发展的逻辑，既鲜明生动，又真实可信。

众所周知，《雷雨》属于多条线索有机结合的经典话剧，对《雷雨》的改编，只有兼顾所有这些主要矛盾冲突，并使各条主要冲突线齐头并进，互相纠结，都得到丰富和加强，改编后的电视剧才能让观众感受到原著博大精深的思想内涵和巧妙精致的艺术形式完美结合的魅力。按说，20集长篇电视连续剧的容量完全可以这么做。但电视剧《雷雨》中，重要人物之一鲁侍萍直到故事接近尾声才出场，她与周朴园的前事以及被弃后的坎坷经历，只通过30年后她与周朴园的叙旧“说”出来，没有任何的情节再现和视听语言表现。而原著中只通过鲁贵和四凤的对白交代出来的周萍和蘩漪的“前事”——二人的乱伦关系，电视剧却进行了精心的编织，不仅表现了二人相识、相知、相爱、私奔到私奔失败被迫分手的第一轮爱情经历，而且还演绎了二人若干年后又死灰复燃，志同道合为矿工伸张正义，最终又不得不彻底分道扬镳的第二次爱情经历。在电视剧里，周萍和蘩漪的爱情成了全剧的主线和主要内容，话剧《雷雨》整个被改造成了一个唯美的、浪漫的、当代意义上的婚外恋故事！

对人物形象基调的准确把握，也应当是改编话剧特别要注重的问题。人物是作品的灵魂，对原著人物性格基调的准确把握，直接关系到改编作品的成败。《日出》的改编基本做到了这一点。在电视剧《日出》中，翠喜的麻木泼辣又不失善良厚道，陈白露的贪图享受不甘堕落而又难以自拔，李石清的在黄省三和家人面前充老爷而在潘月亭面前装孙子，潘月亭的奸诈好色外强中干而又自作多情等等，都基本与原著保持一致。就连原著中的幕后操纵者——未出场的人物金八，改编者也用不多的几场戏塑造得形神毕肖，使观众更具体更直观地认识了这个恶魔的庐山真面目。总之，电视剧《日出》中的人物与原著相比，一不走形、二不失神，令人信服。与此相反，电视剧《雷雨》的改编，则大多改变甚至扭曲了原著人物的性格基调。比如蘩漪，电视剧把她定位为一号人物，并生硬地赋予她许多崇高的品德：大胆追求爱情，誓死捍卫爱情，大公无私地坚持正义，支持周萍为矿工辩护等等，蘩漪几乎成了一个毫无瑕疵的理想和正义的化身。这样，便过分拔高了这一人物，使这一人物与曹禺先生定下的基调不符。此外，对周朴园和周冲、四凤等人物结局的随意安排，也是电视剧对人物定位不准的表现。在原著中，曹禺先生之所以让无辜的四凤和周冲惨遭死亡，让罪恶累累的周朴园依然健在，是要表现对黑暗社会的强烈控诉，其思想意义十分深刻，不容轻易改变。而电视剧却让无辜的周冲不是被罪恶和电击摧毁致死而是参加了新四军，让无辜的四凤同样不死而是堕胎后苟活于世，让周朴园遭受身体的中风瘫痪并像他自己曾经逼蘩漪吃药那样由鲁贵逼着吃药——典型的曹禺先生所不愿提倡的因果报应观！这一切，都严重违背了曹禺先生的原意，偏离了原著所规定的人物性格基调，这是导致其改编失败的重要原因之一。

抓住原著的思想精髓，突出原著的主要意蕴，使改编后的电视剧不失原著的灵魂，是改编经典话剧时又一值得特别注意的问题。电视剧《日出》，以对翠喜、黄省三、小东西等底层人物生活和命运的具体展示，及其与潘月亭、顾八奶奶等寄生虫的生活和命运的蒙太奇对比，寓改编者的主观倾向性于客观的叙述之中，抓住原著的灵魂，深刻有力地表现了原著“损不足以奉有余”的主题意蕴。曹禺先生的《雷雨》主要是想揭露周家这样一个带有很浓厚的封建色彩的资产阶级家庭，以及这个家庭所赖以生存的社会的罪恶，并表达自己的一种被压抑的、无法排解的愤懑，为此，曹禺先生巧妙设计了剧作的整体气氛：前三幕中，自然界的气氛与人世间的气氛都是越来越沉闷，越来越令人窒息，并且两者步调一致，极富结构张力，到最后戏剧的高潮处，一场乱伦的人间悲剧揭示出来，剧中人物纷纷走向死亡，自然界的雷雨也适时地下了起来。然而，原著中这一灵魂性的东西——天衣无缝的巧妙构思和强烈的戏剧张力，却被电视剧编导轻易地忽略了。电视剧中动辄就下一场雨：蘩漪赏雨、周朴园冒雨探望侍萍、周萍冒雨探望四凤、蘩漪雨中堵四凤和周萍、四凤雨中狂奔等等。这么多的雷雨，一点一点地消解了观众心中的憋闷感和原著强烈的戏剧张力，致使电视剧到结尾处，没有让观众惊心动魄的悲剧高潮；剧中人物，除了被拔高的蘩漪莫名其妙地开枪自杀外，一个个像“蠕动的生物”一样苟活下来，难以激起观众的悲悯和震撼。

经典话剧的改编，还应注意一些形式和技术方面的问题。比如，对对话进行口语化和生活化的改造，注意将话剧的舞台造型灵活地转化为电视剧的屏幕造型，充分发挥电视剧的表现特长等，本文不再赘述。

原载《当代电视》2003 年第 11 期

崩溃的大悲剧结局，在这场洗涤世间罪恶的雷雨中，只有蘩漪自杀，其他人都活下来。其创作意图也许是想淡化其他女性的悲剧，凸现蘩漪希望幻灭之后不惜毁灭自己的“雷雨”性格。在电视剧结局中四凤堕胎离开周公馆和母亲到济南开始新的生活，而侍萍没有承受老年丧子女的悲惨命运，从而也没有精神崩溃，可以说是给了这母女相对原作而言比较美好的结局。

（二）为“他”找到同情

话剧《雷雨》中女性悲剧命运的苦酒是周家父子始乱终弃而酿成，曹禺对周家父子予以无情的揭露与批判。曹禺对周朴园这样“脸带着多年的世故和忙碌，一种冷峭的目光和偶然在嘴角逼出的冷笑，看出他平日的专横，自是和倔强”的，在家中压制众人，在精神上折磨妻子、儿子，力求将家庭成员纳入“最圆满，最有秩序”[①]的轨道，禁锢他们自由的思想和灵魂的封建家长的批判鞭辟入里。话剧中的周萍精神空虚颓废，性格自私卑怯，悔恨自己和蘩漪的恋情之后，“渐渐地他厌恶一切忧郁过分的女人，忧郁已经蚀尽了他的心；他也恨一切经过教育熏陶的女人”，对蘩漪是恐惧是厌恶是恨，当蘩漪苦苦哀求他、阻止他离开时，他甚至狠恶地说：“你是我想不到的一个怪物！”“我要你死！”[②]

电视剧里周朴园固然专制跋扈，但是对蘩漪也有温情脉脉的时候；对曾经抛弃的侍萍更是不断追忆；导演还给周朴园表现悔恨的机会——他冒雨到侍萍家，感慨自己现在的不幸，向她哭泣着忏悔，最后蹒跚地离开。在电视剧中周萍对蘩漪爱得真爱得切，对她体贴入微，情意绵绵，还为其过三十岁生日煞费苦心，精心设计。最后分手也是因为个性怯懦无法突破传统文化束缚，分手后他对蘩漪是有着深深的内疚的，如电视剧中：他看了蘩漪的日记之后，回忆起两人雨中初次相拥的情景，此时导演巧妙切换镜头用被风吹得胡乱开合的窗户暗示着周萍心情的起伏不宁，再切换回周萍的镜头——默默一根接着一根划火柴，小小火焰燃起又熄灭化成袅袅轻烟，画面叙述传递出周萍哀悼美好爱情无奈消逝的心理活动。导演如此安排突出了周萍对蘩漪的真挚爱情，弱化了他始乱终弃的恶。其次导演还提高了周萍的思想觉悟，增设了原作所没有的情节：他能关心矿工，勇敢向报社坦白矿难真相，在法庭上经过思想斗争的煎熬后，最终能站起来拒绝替父亲做伪证。

李少红为周朴园这一人物添加了可悲、可怜、可同情的成分；对于周萍这样犯下了“一个大错跟着一个更大的错”不容易获得观众同情的人物，曹禺还是提出了“演他的人要设法替他找同情”，李少红确实为周萍找到了同情，把他塑造成一个有良知、为选择事业无法突破传统文化束缚而痛苦地放弃爱情的男人。李少红作为一位女导演为何在《雷雨》中一方面突出美化女性角色一方面又对造成女性悲剧命运的两位男人如此的宽容与同情呢？

三、阐释者的文化立场

要探究电视剧《雷雨》中呈现似乎矛盾的叙述效果的形成原因，我们必须先探寻影响

① 郭培筠.女性意识的嬗变——新时期女性电影创作管窥[J].内蒙古社会科学，1995(5).
② 曹禺.曹禺全集(第一卷)[M].石家庄：花山文艺出版社，1996.

李少红执导《雷雨》时的“现今视界”的构成。阐释者受到她置身其中的历史进程和历史处境的规定，总是带着自己的先入之见（前理解、先见），从自己文化立场来理解文本，所以探寻李少红改编话剧《雷雨》对文本的“前理解”是很重要的。“没有前理解，任何人都不能领会文学中的爱和友谊，生与死……一句话，根本无法领会一般的人。”

李少红作为一位女性导演，在作品中坚持自己的电影美学追求，是一位女性意识比较鲜明的导演。从电影《红粉》开始，在她的影视作品中总自觉不自觉带着女性的视角敏锐地表现女性独特的感受与心理，她说自己在拍《红粉》时确实想过很多两性之间压制与依赖方面的问题。从电影《红粉》开始，她对女性的性格和命运有渐渐强烈的关注与表现，在转拍电视剧《雷雨》时，风格化的电视剧叙事语言开始形成，创造唯美、凄婉的荧屏爱情梦境，关注女性坎坷的悲剧命运。这一种风格的成型与李少红的女性身份是有不可忽略的关联的，李少红对女性悲剧命运的敏感和关注已经不自觉地融入到作品之中，我们能比较明显地感觉到李少红作为女性导演在电视剧《雷雨》中的存在。正如她自己所言：“作为我们固有的性别思考和倾向自然会带到创作中，想回避都回避不了。”李少红“凭借着女性敏感的心灵和独特的目光，感受审视着绚丽多姿的世界与人生，自觉不自觉地将女性意识、女性情感灌注到艺术的创作中，最大限度地承载着当代女性的幸福与欢乐、迷茫与苦痛，显示出男性导演所创作的妇女题材影片难以企及的美学优势”。

李少红对男性与女性地位关系问题和人的生存困境有了更为深入的思索，她说：“每个男人都会终身面临社会角色和个人情感冲突的选择。女人认为有情感就有一切，是非理性的。而男人却不是，周萍最痛苦的选择是制度化还是感情。要制度化就必须服从周朴园的安排，继承家业，扮演一个社会希望的角色，就不能逾越乱伦的道德标准。”李少红意识到人类的问题是共同的，不仅是女性处于局限中，男性也有自己的局限与无奈，也有无法突破的传统文化束缚、无法改变的性格缺陷，从而寄予了男性更多的理解与同情。因而李少红在执导《雷雨》时，表现出努力突破女性视角的局限的倾向，从人道主义出发去理解男性，对男性人物有了更多的宽容。

李少红在阐释人物、叙述故事时，受到创作上突破单纯女性视角局限的“前拥有”和男性也会面临局限与冲突的思想的“前观点”的影响，同时性别因素在电视剧中的自然流露不可避免，种种因素相互作用着渗入其对电视剧《雷雨》的执导中，决定了她对各色人物赋予的情感，影响了人物性格的阐释、为人物设置的情节和结局，在电视剧呈现的影像中投射出她关注女性命运又给予男性同情的主观倾向和创作意图的影子，渲染着鲜明的李氏风格。

原载《河池学院学报》2005 年第 6 期

掌声在剧终时响起，热烈而长久。儒雅且感性的莫凡还是心怀忐忑：把《雷雨》变成歌剧到底是好还是不好？在随后举行的作品研讨会上，来自各方面的专家就该剧的戏剧结构、人物刻画、音乐表现、舞美运用等进行“会诊”。与会专家首先给予充分肯定：好！同时他们也提出了中肯而又充满期待的建议，其目的只有一个，用周小燕教授的话讲，让即使没读过原著的人也能够听懂《雷雨》。

原载《中国文化报》2006 年 5 月 11 日

比较中享受《雷雨》

蒋　力

听歌剧是一种精神享受，听歌剧《雷雨》在我来说，获得的是与话剧版《雷雨》比较中的享受。

五年前，也是5月6日这天，我在上海美琪大戏院欣赏了上海歌剧院推出的音乐会版的歌剧《雷雨》，那是歌剧《雷雨》的从无到有，五年后则是它的从小到大。发展是硬道理，中国歌剧的发展离不开剧目的建设，离不开坚持和坚守，歌剧《雷雨》的历程也是一个证明。

我熟悉北京人艺的话剧《雷雨》，胜过熟悉曹禺的剧本《雷雨》和其他的演出本，我把这个版本奉若经典，以至我在几年前看电视剧《雷雨》时曾感到大倒胃口，对名著的改编，不是不能改，而是要看怎么改，只有在尊重原著的基础上去改编，才有成功和被观众认同的可能。但在时下，尤其是电视剧领域，打着改编的旗号而随意戏说的作品实在是太多了，已经让人见惯不怪，觉得凡是改编就都该那么肆无忌惮了。在这种戏说成风的环境下，歌剧《雷雨》的改编尤显出它的可贵：在尊重原著（名著）精髓的基础上大胆改编，合理取舍，保留主要戏剧元素，使之符合歌剧艺术规律。莫凡的改编基本上是成功的，自身良好的文学修养在他的改编中起到了重要作用。在此要说一句并非题外的话——莫凡的《雷雨》和温德青的《赌命》都是作曲家自己根据话剧剧本或小说改编为歌剧剧本，虽然只是两例，但已提示歌剧界：我们还有没有专业的歌剧编剧？我们的歌剧编剧是否称职？

歌剧《雷雨》第一个给人印象强烈的重大改编就是删去了鲁贵、鲁大海这对父子，这使得原剧中复杂的人物关系在歌剧中相对简单了一些，主要的戏剧冲突能够围绕蘩漪展开，有利于从音乐上抒发人物的情感。从剧场效果来看，也没有因为少了两个人物而显得生硬。

作曲家显然在蘩漪这个人物身上花费了最多笔墨，有意挖掘了她对爱的无限憧憬和蕴涵在她心灵深处的雷电性格。环境的压抑，使她对自己的儿子周冲仍有母爱，对周萍仍有情爱，对丈夫周朴园却已一点妻爱都没有了。这些情感，都被作曲家充分尊重和理解，因而在蘩漪刚一上场，作曲家就让她唱出了“渴望一缕清风缭绕”。这句词是原著中没有的，但却相当吻合此时的环境和蘩漪的心态。环境是闷热的，周朴园的习惯是连家里的窗户都不许开，这规定里包含着他对鲁妈歉疚的爱，但对别人来说，这规定就未免欠缺情理。在闷热之中，蘩漪更渴望被“爱”清风般地缭绕。这一点，莫凡是准确地把握这个人物的。

但在结尾前，他让蘩漪唱出"我要报复，我在发出叫嚣"，我觉得这就不准确了。"叫嚣"不是蘩漪的语言，即便她有雷电性格，也不可能直接使用这种强硬的词汇。在蘩漪的唱段中，最精彩的是她唱出了原著中的一句经典台词："一个女子不能受两代人的欺负。"座谈会上，作曲家朱践耳先生和戏剧家荣广润教授都提到，这句唱词应当作为蘩漪的性格基调而予以强调，多次出现并大加渲染。我也持这一观点。在我看来，包括这句台词在内，原著中有许多经典台词是在改编中不应忽略的，而有些地方难免忽略的，恰恰起到了削弱人物分量的作用。周萍与蘩漪的对手戏，也大都是周萍处于防守和逃遁状态，一些必要的辩解也都处理得很简括。周萍的分量轻了，蘩漪就容易给人歇斯底里的感觉。偏偏周萍的扮演者又是实力雄厚的男高音歌唱家魏松，尽管他拉直了头发，剃掉了胡须，甚至减肥十斤，以求更接近角色，但巧妇难为无米之炊，巧男亦如是。

莫凡在这部歌剧中大量运用了重唱手法，对展示人物之间的矛盾和各自的心态，起到了很好的作用。这一点是话剧难以企及的。或者可以说，话剧剧本中蕴涵的在话剧舞台上无法呈现的歌剧元素，在改编为歌剧后得到了充分发挥。合唱队的使用也很别致。这部歌剧中的合唱基本处于局外状态，是抽象的黑衣人或白衣人，是旁观者，是点评者，关键时刻可以推波助澜，却不是剧中的群众角色。他们在台上造成的这种间离效果，是符合现代人的审美需求的。从理论上讲，歌剧《雷雨》是话剧《雷雨》的简洁版，而从剧场效果来看，歌剧《雷雨》是话剧《雷雨》的升华。戏剧在音乐中进行，留给观众把玩、回味的空隙少了，音乐的交响和人声给观众的震撼多了，这也是对现实的艺术观照。

原载《音乐周报》2006 年 6 月 2 日

京剧《雷雨》公演轰动古城西安

李明瑛

陕西省京剧团于2005年将曹禺先生的著名话剧《雷雨》搬上了京剧舞台，目前经再度打造、提高，于2007年1月1—2日在西安新城剧场公演，受到古城人民的热烈欢迎。

陕西省京剧团有着辉煌的历史，建团48年来，创作、复排并上演了270余部优秀传统戏和现代戏，丰富了古城西安的文艺舞台，为弘扬先进文化做出了重要贡献，有的剧目在京剧界乃至戏剧界产生过重大影响，如建团之初由武生泰斗王金璐主演的大型连台本戏《七侠五义》曾创下了连演三个月场场爆满的奇迹，为京剧艺术深深扎根于陕西这块沃土奠定了坚实的基础；由尚长荣主演的《延安军民》参加全国现代戏会演，主演人员受到了毛泽东、周恩来等党和国家领导人的亲切接见，其优美的唱段曾在全国广为流传；由陕西省京剧团和上海京剧院联合创作的《曹操与杨修》为20世纪80年代低迷的中国剧坛注入了新的活力，产生了强烈的震撼。改革开放特别是进入新世纪后，京剧团在上级的正确领导和高度重视下，坚持“二为”方向和“双百”方针，确立了“振兴陕西京剧”的指导思想，立足于本团实际，开拓创新，在创作新剧目、推出新人新秀、扩大剧团影响、开拓演出市场等方面迈出了可喜的步伐，《雷雨》便是其中之一。

《雷雨》是曹禺先生创作于20世纪30年代享誉中外的戏剧名著，具有非常厚重的思想内涵和不朽的文化内涵，是十分宝贵的文化遗产。京剧艺术被誉为“国粹”，也是中华民族宝贵的优秀文化遗产。创作京剧《雷雨》就是为了继承遗产，使其发扬光大。同时也是创作上整合资源，“推陈出新”的一种新的尝试。京剧《雷雨》首次参加2005年第四届陕西省艺术节即产生了强烈的反响，引起了各级领导和广大观众的普遍关注，迅速在古城西安掀起了学京剧，说“雷雨”的热潮。原中央书记处书记、中宣部部长丁关根同志来陕视察时，观看演出后激动地说：“把《雷雨》搬上京剧舞台，是我多年的梦想，陕西之行圆了我六十年的梦，陕西省京剧团为京剧事业做出了新的贡献。”陕西省委书记李建国和省长陈德铭观看演出后欣然走上舞台接见全体演员，李书记高兴地说：“看了《雷雨》，经历了‘雷雨’，也受到了这场‘雷雨’的震撼。”

京剧《雷雨》由中国剧协主席尚长荣先生出任艺术指导，雷志华任编剧，剧中主要人物蘩漪、周萍、四凤、周朴园分别由本团优秀演员赵冬红、马力克、李素萍、唐小宁等主演。为了把此剧打造成精品剧目，同时冲刺第五届中国京剧节，原编剧对剧本五易其稿，并特邀我国著名戏曲导演谢平安先生和原创导演张文利联袂执导，在唱腔设计、作曲、灯光等方面都作了较大的修改，强化了剧中人物的矛盾冲突，特别是三人对唱的表演形式，在京剧甚至戏曲演唱上都是一个创新。据悉，该剧在元旦公演后，随即入院校、下厂矿进行演出，并在演出中再行打磨，从而使该剧日臻完善。

原载《当代戏剧》2007 年第 1 期

歌剧《雷雨》亮相“西湖之春”

苏维谦

本报讯　上海歌剧院的原创歌剧《雷雨》作为第二届“西湖之春”艺术节的参演剧目，最近在杭州大剧院亮相。由著名导演查明哲执导，旅美女高音歌唱家高曼华扮演蘩漪，著名男高音歌唱家魏松担纲周萍，著名指挥家张国勇指挥的震撼十足的交响乐和大型歌队伴唱，以及视觉冲击强烈的舞美等，给杭州观众带来了海派艺术的唯美享受。

《雷雨》是曹禺先生的名作，把这样一部家喻户晓的作品搬上歌剧舞台，可谓是一次大胆的尝试。作曲家莫凡历经了数年的创作与探索，《雷雨》音乐会版首演于2001年，在上海之春国际音乐节获音乐节创作一等奖。此后，六易其稿，去年终于推出了《雷雨》歌剧版，著名声乐教育家周小燕先生评价此剧“终于有中国歌剧自己的样子了”。业界认为，《雷雨》是近年来中国歌剧舞台上一部地道的原创作品。

上海歌剧院院长、艺术总监、著名指挥家张国勇告诉记者，民族歌剧的创作演出一直是自己情系于心的一件大事，推出这部经过长时间磨砺的民族歌剧《雷雨》，无疑是对上海歌剧院建院50周年的最好纪念。今年，《雷雨》又入围了2006—2007年度国家舞台艺术精品工程30台候选剧目。这次，由他执棒率领的歌剧院歌唱家及交响乐团、合唱团等，携最新修改后的《雷雨》到杭州参加“西湖之春”艺术节，是《雷雨》继入围精品工程全面修改后的首次亮相。

记者发现，来剧院看演出的有不少是圈内人，还有一批是远道而来的北京专家。中场休息时，大家谈道：歌剧《雷雨》旋律优美动听，人物音乐形象鲜明，剧中重唱与合唱是这部作品的一大亮点。不难发现，主创人员是在力求发挥歌唱艺术善于抒情、囿于叙事的特点，采用现代的写意手法，让人物的内心情感在音乐的起伏中得以外化，大气而细腻地演绎了这样一段纠缠血缘的孽债，优美地呈现了一部扭曲人性的绝唱。

张国勇说，他们很看重浙江的演出市场，歌剧院为参加杭州“西湖之春”演出更是做了精心准备，他希望通过此行，今后与长三角尤其是杭州地区的艺术交流与合作能得到进一步加强。

所以，上海歌剧院这次除了上演歌剧《雷雨》外，5月25日在杭州大剧院举办了“奥斯卡主题音乐会”专场，5月26日与著名旅美男高音歌唱家张建一合作，为“张建一独唱音乐会”全场伴奏。连续3天不同的演出项目，加上此前在杭州大剧院上演的音乐专场《梁祝与西贝柳斯的对话》，上海歌剧院在“西湖之春”全面展示了其实力。

原载《中国文化报》2007年6月14日

六年磨一剑　歌剧看《雷雨》

杨　格

曹禺所写的《雷雨》剧本在1933年诞生，剧中蘩漪的原型是他同学哥哥的妻子。同学的哥哥是一个木讷古板的工程师，满足不了妻子感情上、生活上的多种要求，于是妻子就和小叔子好上了。这个故事在曹禺的同学圈子里已是众所周知。曹禺发现了这个故事和人物，他很同情和尊重这样的女性。当那个年代一般人认为大家庭里丈夫的威严、妻子的忠贞是理所当然之事时，他却发现了另外的东西，并且深刻地写了出来，成为经典。

《雷雨》成为话剧舞台上动人的故事。70多年来不断地修改、演出，如同中国话剧表演的发展史。那么，有没有人思考过把它改编成歌剧呢？

1987年，就读于上海音乐学院作曲系的学生莫凡产生了这个念头。他的想法很快在同学中传开，学指挥的张国勇成为执棒的人选，学声乐的高曼华被公认是蘩漪的最佳扮演者。大家兴奋一阵后便不了了之。但这个梦想成为莫凡埋在心里的目标。

有一个人矢志不渝地期待着中国能有自己原创的歌剧，她就是著名声乐教育家周小燕。1998年，她带学生到北京开音乐会时遇到莫凡，莫凡告诉周小燕他正着手把话剧《雷雨》改编成歌剧，周小燕甭提有多高兴了，她当即表示：等剧本写好，她所在的上海音乐学院歌剧艺术中心一定鼎力支持。剧本写好了，周小燕却病了，他们的合作没有成功。2000年，莫凡与上海大剧院签约，歌剧《雷雨》得以启动。一年后，上海之春国际音乐节举办，歌剧《雷雨》作为音乐会版由上海歌剧院首演。对莫凡而言，这场首演意义非同寻常——十多年的酝酿终成现实。

首演在音乐界引起极大的反响，肯定之余更有深度的建议：如何用美声唱法的咏叹调来刻画人物性格，如何用音乐来强化戏剧张力，《雷雨》仍然存在着提高的空间。几个月后，莫凡当年的同学张国勇上任上海歌剧院院长，他对《雷雨》的进一步改进态度明确：“莫凡既然已经为这部歌剧打下了扎实的基础，我们不该轻易放弃。只有多演才能发现不足，才能不断提高。”莫凡再次关起门来，精心打磨。大学时代的梦想竟然成为可能——张国勇执棒、远赴美国发展的高曼华被邀请回来扮演蘩漪。14年光阴过去，他们已到中年。老同学重聚，携手在2001年秋举行的第三届中国上海国际艺术节亮相，演绎歌剧《雷雨》。加盟的还有他们的师弟魏松（扮演周萍）、迟黎明（扮演周冲）以及其他艺术家张建鲁（扮演周朴园）、朱秋玲（扮演鲁妈）、董明霞（扮演四凤），可谓阵容强大。当最后的“雷声”轰响，上海大剧院的场灯骤然关闭，全场观众被悲剧的音乐震撼而爆发出掌声时，《雷雨》又完成

了一次探索。

从此，它成为上海歌剧院的一个保留剧目。

一晃五年过去。上海实行的文艺原创作品可以获得文化基金会资助的政策给上海歌剧院以希望。2006 年春节刚过，莫凡来到上海，进行再一次修改。上海歌剧院的舞美工场里，也启动了《雷雨》的舞美制作工程。上海之春国际音乐节拉开帷幕，《雷雨》作为开幕剧目以舞台版首次演出。之后，参加第四届全国歌剧、舞剧、音乐会展演并获奖。年底，《雷雨》走进校园，打造校园版；在上海大剧院小剧场举行沙龙演出，打造沙龙版。校园版、沙龙版蘩漪由年轻演员黄蕾蕾等担纲，周萍由杨迎春等担纲。院长张国勇推新人的决定使歌剧《雷雨》后继有人。在交通大学的演出中，全场鸦雀无声，很多学生眼中满是泪水。蘩漪的故事穿越时空，震撼又一代人的心灵。

2007 年到来，歌剧《雷雨》开始经受考验：2006—2007 年度国家舞台艺术精品工程评审小组成员 9 月 17 日坐镇上海大剧院，与观众一起观摩。周小燕是成员之一，当她走向座位的时候，观众响起了掌声。她一件白色披肩包裹，优雅、高贵。第 13 号热带风暴“韦帕”正好 16 日开始从南方登陆，17 日转成台风，上海随时可能受到袭击。歌剧《雷雨》在这样的晚上接受“考试”，颇有意味。高曼华、魏松、迟黎明等倾情演绎，一些漂亮的唱段引来热烈掌声。第二天继续上演，主角换成年轻的一批演员，黄蕾蕾扮演的蘩漪也有出彩之处：以感情制胜，在喝药时及绝望拉下窗帘布的细节令人动容。第三天、第四天另两组新人表演，歌剧《雷雨》力创人才辈出的氛围。热带风暴“韦帕”最后与上海擦肩而过，上海躲过一难。但愿这样的幸运同样属于歌剧《雷雨》。

2007 年 11 月，第八届中国艺术节将在湖北武汉举行，歌剧《雷雨》会出现在那里。

原载《人民日报(海外版)》2007 年 10 月 22 日

中国八艺节特刊魅力盛会焦点
话剧经典的精美转身
——歌剧《雷雨》用音乐说话

陈 熹 李 风

有了辉煌的话剧《雷雨》，不免有点怀疑歌剧《雷雨》是否能走出话剧的光环。昨晚，歌剧《雷雨》在琴台大剧院上演，热烈的掌声和欢呼声，证明了观众对歌剧《雷雨》的喜爱。

由上海歌剧院创排的歌剧《雷雨》，自 2001 年以音乐会版形式搬上舞台，已进行无数次修改，好评如潮。该剧文学上立足于原作架构基础，在纷繁复杂的戏剧矛盾中，抽取最为鲜明也最具歌剧表现力的线索，从原有的四幕缩编为两幕，腾出更多时间和空间发挥歌剧音乐功能。全剧着重蘩漪的心理轨迹，展示其与周萍、周朴园、四凤、鲁妈及周冲等人物关系与命运冲突。作曲家莫凡力求发挥合唱和交响乐的功能，将那个悲剧时代如同迅雷暴雨般的疯狂揭示得淋漓尽致。歌剧《雷雨》既有中国特色，又有效地继承了传统歌剧的风格，尤其是意大利歌剧的特色，注重歌唱性和可听性。大段的人物内心独白、紧凑的叙事节奏、简约到位的灯光和舞美，让观众领略了一代戏剧大师曹禺先生笔下人物“用音乐说话”的独特魅力。

该剧导演查明哲早在 20 世纪 80 年代就曾在话剧《雷雨》中成功塑造了中二少爷周冲的形象，对《雷雨》一剧可谓了然于心。旅美著名女高音高曼华担纲该剧主角蘩漪，上海歌剧院魏松、张建鲁、董明霞、朱秋玲、迟黎明等声乐歌唱家在剧中出演不同角色。

编剧莫凡说，之所以改编曹禺的《雷雨》，是因为《雷雨》的经典和不朽。曹禺是湖北潜江人，在他的故里湖北演他写的故事，格外亲切。

原载《湖北日报》2007 年 11 月 10 日

从《雷雨》谈歌剧的改编

马以鑫

1607 年,意大利威尼斯上演了《奥菲欧》,由此,人类历史上有了第一部歌剧。从那以后,无数杰出的作曲家都为歌剧的发展做出了重要的贡献。一直到今天,《托斯卡》《蝴蝶夫人》《卡门》《图兰朵》《阿依达》《茶花女》《自由射手》等数也数不清的歌剧风靡一时,家喻户晓。

在世界音乐发展史上,无论从哪方面讲,都特别重视歌剧的创作和歌剧的演出,其原因首先在于歌剧可以说是一个时期一个潮流、一个团体艺术素养的集中表现。剧本的魅力,音乐的动人,加上演员的优秀表演,管弦乐队的高度融合,另外还有舞美、服装、道具、音响,等等。观众常常把欣赏观看歌剧也当成是一种艺术素养的体现。把歌剧作为自己的爱好,了解歌剧艺术的精妙之处,成为不少国家观众的一个追求和目标。

在中国,歌剧的引进比话剧晚些时候。我们传统的戏曲本身是一种歌舞戏,连唱带舞,而内容更多的是历史故事和传说、演义。但是,同话剧相比较,我们可以发现,歌剧显得较为落后和萧条。当然,我们的歌剧也曾经有过辉煌,20 世纪后半叶,出现了歌剧《白毛女》《小二黑结婚》《刘胡兰》《洪湖赤卫队》《江姐》等风靡大江南北的代表作。一直到现在,其中的一些唱段,还成为一些演员和一些场合的保留节目。但是,近三十年来,不能不承认,我们的歌剧创作和歌剧演出还是比较冷落,仅仅出现了《伤逝》《原野》《屈原》《司马迁》《苍原》等几部为数不多、影响也不大的作品。

最近,上海歌剧院将曹禺的代表作《雷雨》改编为二幕歌剧,这可以说是一个可喜可贺的收获。一部歌剧要取得成功,当然有很多原因,但是,其最重要的还是剧本。思想的深邃、故事情节饱满而扣人心弦、人物性格的鲜明,这都是对一个剧本的最基本的要求。当然,作为歌剧,对剧本还有一个要求,那就是情节故事不能太复杂,而要更突出人物内心的紧张和冲突,以腾出空间让演员有更从容的心理咏叹表现。从这些方面看,话剧《雷雨》显然提供了一个相当好的基础,加上它本身的知名度,能更好地吸引人。为更突出地运用独唱、对唱、重唱、组唱和合唱,歌剧把话剧的第一幕和第二幕集中为一幕,删去了第三幕;在人物的设计安排中,又删去了鲁大海和鲁贵。可以说,在两个小时的演出中,能给人一个完整的印象。值得注意的是,歌剧对周朴园的塑造没有予以简单的否定,而是突出了他内心的痛苦和煎熬。我以为,这才是对曹禺原作真正的回归和体现。特别引人注目的是,在歌剧中,穿插了几段类似于西洋早期歌剧唱诗班的组唱,让一身黑衣和一身白衣的男女群体不时出现，一方面突出了歌剧合唱的魅力，同时对《雷雨》本身的命运观和神秘性也有了更充分的表现。蘩漪忧郁、激愤和周冲浪漫、清纯的几段唱，尤其使人觉得动听、感人甚至华丽，从而留下了较为深刻的印象。

作为歌剧，当然要充分发挥歌剧表演的手段和特色。蘩漪的女高音、四凤的次女高音、鲁侍萍的女中音、周萍和周冲的男高音，以及周朴园的男中音，可以说都比较到位。尤其是安排了较多的重唱，更是歌剧《雷雨》的一大特色。当一个角色在演唱时，边上一个或两个，甚至三个，都配以伴唱，使整个舞台的音乐更加丰满，呈现出立体感，边上几个角色也不会只是做一个"听众"。我以为，这样的安排和设计，也许是歌剧《雷雨》的一个重要特色，是一个很突出的与众不同之处，会对新的歌剧创作有启示。但是，作为一种尝试，我觉得这部歌剧还有进一步推敲的余地。比较突出的是，话剧第三幕其实最为惊心动魄，那就是鲁侍萍"逼"着女儿四凤发誓：永远不能再见周家的人；而四凤明知做不到，但也只能无可奈何对天发誓：如果见了周家的人，"那——天上的雷劈了我"。与此相伴，劈雷惊炸、暴雨狂作，整个舞台和剧场的气氛达到一个高潮。我在想，也许这部戏的剧名，也同此有关，因为整部戏同雷雨有直接关系的，也就在这一幕。可惜歌剧把这一幕删掉了，也许是改编者想使戏更紧凑些，可以把整个二幕场景都集在周公馆的客厅。然而，把一部戏中最震撼人心的表演删去，也许是一大败笔。为了精简，能不能把这一幕改为一个过场，只是在幕间保留四凤对天发誓，既没有增加场景，也不会占用较多的时间，但是却能保留原作的一个关键部分。歌剧的唱词十分重要，因为它既是演员的独白和对白的内容，也是作曲家谱曲的主要依据和灵感的出发点。

也许是拘泥于原作本身，歌剧《雷雨》的大部分唱段基本上来自话剧。这就有了一个问题，过于口语化、生活化。话剧当然要通过台词表达内容，而直接反映现实生活的剧本台词就是要求口语化、生活化。但是，到了歌剧中，还是把这样的对白和独白直接谱成曲，也就使歌剧唱词本来应该有的韵律消失，有时还会让人觉得演员不是在唱，只是把话剧台词拖长着念和表演。

改编本身是艰苦的再创作。把话剧改成歌剧，要在唱词上下很大的功夫。仅仅把话剧的对白独白直接改成独唱对唱，看来还是有些问题。

原载《文汇报》2007 年 12 月 23 日

现实主义的艺术生命力

——重看电影《雷雨》有感

陈锐锋

为庆祝曹禺从事戏剧活动六十五周年，中央电视台特意播出根据曹禺同名话剧改编的故事片《雷雨》，这是很有意义的。

《雷雨》的演出，使人感到现实主义有着强大的艺术生命力。曹禺写作《雷雨》时年仅23岁。他怀着对黑暗现实的愤懑和不平，结合自己的切身体验，构思达五年之久。在剧中他不是描写生活的表面现象，而是深入到人物感情生活的领域，细致入微地洞察人物的心灵，着重从人物心灵的角度来刻画人物性格，并以人物的内心矛盾或人物之间心灵的撞击构成戏剧冲突。因而他剧中的人物既真实又有深度。以逼蘩漪喝药为例，这本来是封建大家庭中常有的事，曹禺却着力描写了周朴园与蘩漪和周冲、周萍的冲突，揭示了他作为封建家长专横、独断、冷漠、刻板的特点，也显示了蘩漪反抗、痛苦、又愤又恨的心情，以及周冲的愤激、反抗和周萍的软弱。这场戏以周朴园为中心，将几组矛盾交织起来，既显示了人物的性格，又推动了戏剧冲突的发展，写得惊心动魄，十分真实地突出了封建家庭中那令人战栗的精神镇压力量。

过去一些论者比较强调剧中描写血缘性爱的局限性，但我以为也不能忽视在这种纠葛的背后所展示的压迫和被压迫者之间的尖锐矛盾和斗争。鲁大海找周朴园说理一场戏中，鲁大海揭露周朴园剥削、镇压工人发昧心财的罪行，周明知鲁就是自己的儿子，但仍然把他开除了，周萍为了维护父亲的“尊严”，出手打了鲁大海，侍萍看见大海受欺凌，看见自己的儿子打自己的儿子，又气又恨，哭喊着“这真是一群强盗!”这一幅情景正是作者从生活出发，从人物的思想性格出发，而十分真实地揭示出在血缘关系掩盖下的阶级对立，从而显示出现实主义揭示社会生活本质所具有的艺术力量。

《雷雨》不仅显示了曹禺的戏剧才华，而且使他在现实主义的戏剧道路上迈出了坚实的第一步，因而历来受到高度的评价，至今仍有强大的生命力。

原载《初中生辅导》2008年第2期

关于“原创歌剧”《雷雨》艺术价值的思考

刘　喧

作为“中国第八届艺术节”参演剧目和“第十二届文华奖”参评剧目的歌剧《雷雨》，是上海歌剧院根据曹禺同名话剧原作改编而成的两幕歌剧。歌剧版《雷雨》是在2001年音乐会版的基础上打造的，首演于2006年“上海之春”国际音乐节。在第八届艺术节上，已六易其稿的歌剧《雷雨》获得了优秀“剧目奖”。[①] 有评价说，歌剧版《雷雨》发挥了歌唱艺术擅于抒情、囿于叙事的特点，借用戏曲写意的手法，让人物的内心情感在音乐起伏中外化，演绎了一段纠缠血缘的孽债、一首扭曲人性的绝唱。[②] 我国著名声乐教育家、歌剧《雷雨》的艺术顾问周小燕先生甚至认为该剧“终于有中国歌剧自己的样子了”。[③]

那么，什么叫“中国歌剧自己的样子”？这其实是一个很复杂的问题。我们对“中国歌剧”的探索，是源于对20世纪初传入中国的西洋大歌剧的借鉴，中国歌剧的创作过程经历了几个重要的阶段：最初是黎锦晖的儿童歌舞剧，到了延安时期出现了以《兄妹开荒》为代表的秧歌剧，20世纪40年代是以《白毛女》为代表的“新歌剧”，新中国成立后是《洪湖赤卫队》《江姐》等一系列以民族音乐为素材创作的中国民族歌剧。事实上，中国歌剧近百年的探索虽然取得了很大成就，但还存在着诸多难以回避的问题，歌剧《雷雨》也很难说就已经代表了中国歌剧“自己的样子”。

一

西洋歌剧虽然引入中国已近一百年，但我们却很少思考歌剧之为歌剧的艺术审美特征为何。歌剧作为纯形式的艺术样式，它有自己独特的表达方式，而我们在探索中国歌剧的表达方式时却很少注意到这个关键问题。所谓“独特的表达方式”也即艺术的“本体”问

① 第八届全国艺术节、第十二届文华奖设有文华大奖，此奖由歌剧《野火春风斗古城》获得，歌剧《雷雨》获得剧目奖。

② 钰雁.雷雨歌悲情——记民族原创歌剧《雷雨》[J].上海戏剧，2006(11).

③ 周小燕先生在2006年5月8日下午上海歌剧院举行的关于歌剧《雷雨》的研讨会上的评价。此次会议有来自上海、北京音乐艺术界十几位专家学者，对歌剧《雷雨》从音乐创作、舞台表现、人物塑造等方面给予了全方位的肯定和褒扬，一致认为《雷雨》是近年来我国歌剧舞台上最具歌剧元素的中国原创歌剧精品。

题。亚里士多德说："本体亦即怎是。"①他认为"'怎是'为一切事物的起点"。② 所谓"起点"也即"具有独立性与个别性"，即"由于你自己而成为你，这就是你的怎是"。③ 只有创作出让你的怎是存在、显现的形式，你才成为你的怎是。因此，亚里士多德指出："物质以潜在的状态存在，正因为这可以变成形式；当它实现的存在时，他就存在于形式。"即"本体或形式是实现"。④ 按亚里士多德的说法，"由于形式，故物质得以成为某些确定的事物；而这就是事物的本体。"⑤由此可见，"形式"则是构成作品本体的至关重要的因素，而事物的"形式因"⑥又是决定其形式的核心内容。

既然万物都如此，当然艺术也不例外。各门类的艺术中都有其自己特有的艺术表达方式，即具有规定性的主要"形式因"，比如绘画是色彩、线条、构图等；器乐作品是旋律、节奏、调式、调性、曲式结构等。而对西洋歌剧而言，则首要的应是以"咏叹调""宣叙调"为主体的声乐形式和用交响乐表现的音乐形式。歌剧《雷雨》之所以存在诸多问题，其关键就在于创作者对作为歌剧"形式因"的呈现上还存在一些模糊的认识。

二

任何艺术都是因其独特性而显现其局限性，也是在承认其局限性中来强化其独特性的。由于表现"咏叹调""宣叙调"为主体的声乐形式和用交响乐表现的音乐形式是歌剧主要的特征和内在规定性，这也就限制了歌剧必须在有限的时间和空间中给这些声乐形式和音乐形式留下充分展示的时间和空间。话剧则不然，它主要充分表现的是复杂的人物关系、起承转合的故事情节、强烈的矛盾冲突和心理活动，而歌剧只能表现单一的故事梗概，而并不善于表现复杂的人物关系。显然，歌剧这个艺术本体的形式因自然首先要求是对各种声乐形式和音乐形式的表现，其次才是梗概性的故事情节叙述。那么，怎样才能使其成为真正的歌剧呢？既然表达的内容与话剧相比大体是一致的，只不过一个是复杂化的叙述，一个是梗概式的叙述，那么，关键的就在于要创造出使歌剧存在、显现的独特形式，也就是要为歌剧的形式因的展现提供可能，才能使歌剧的创作成为可能。

歌剧选择什么作为"剧"的内核主要应看是否包含了成熟的"形式因"。应当说歌剧《雷雨》的创作者选择曹禺的话剧《雷雨》作为歌剧表现的媒介，也是有其良苦用心的，因为歌剧形式有善于对复杂的心理作富有歌唱魅力表达的能力，尤其是"咏叹调"和"宣叙调"。但由于原剧中人物较多，共八个，而且，每个人物都有其特殊的性格特征，他们之间又有着

① 亚里士多德在他著名的"四因说"中指出，万物形成的原因有四种：质料因、动力因、形式因和目的因。质料因，即"事物所由产生的，并在事物内部始终存在着的那东西"；动力因，即"那个使被动者运动的事物，引起变化者变化的事物"；形式因，即事物的"原型亦即表达出本质的定义"；目的因，即事物"最善的终结"。

② 同上

③ 同上

④ 同上

⑤ 同上

⑥ 同上

不可割裂的、错综复杂的关系，并且故事的时间跨度较大，前后有三十多年。因此，用歌剧的艺术形式来表现实在是勉为其难，这不仅使歌剧艺术本身变得极其不单纯，而且使歌剧应有的艺术审美效果的表达也显得困难重重。其实，曹禺的剧作多有被改编成其他戏剧样式的，如荆州花鼓戏《原野情仇》就是根据话剧《原野》改编的。该剧选取了最具戏曲表现性的“形式因”成分来表现就很成功。当然，戏曲的唱、念、做、打等表现性元素远比歌剧单一的歌唱表现性要丰富得多，所以，戏曲能够表现的歌剧就未必能表现，而话剧能够表现的歌剧就更难表现了。同样，对纯粹的舞剧而言，尤其是芭蕾舞剧，复杂的话剧情节和人物关系在舞剧中也是难以表现的。然而事实上中国艺术舞台上也不乏成功的范例，比如，芭蕾舞剧《红色娘子军》以女性为主要表现对象，正好与芭蕾舞中特有的女性舞蹈表现手段——“足尖”——“形式因”相吻合。仅从这一点上说，《红色娘子军》的选材就内在地包含了这个成熟的形式因，这就为特定“内容”的传达奠定了形式的基础，所以，这部舞剧获得了极大成功。舞剧《祥林嫂》也是如此，它只借助了一个观众都非常熟悉的梗概性的故事就充分展开了芭蕾的艺术形式。这些成功的范例都充分说明故事情节对音乐、舞蹈这些纯粹的艺术而言是次要的。然而，歌剧《雷雨》却选择了一个并不能充分展开歌剧之长的复杂的“剧”，由此带来了创作上的极大困难。也就是说，话剧《雷雨》不能单纯地提供改编成歌剧的“形式因”，或者说话剧《雷雨》不内在的包含歌剧所必需的成熟的“形式因”。因此，歌剧《雷雨》从选材上就失败了。

三

正是由于创作者在选材上的失败，加上对歌剧艺术本体及其形式理解的不充分，从而决定了歌剧《雷雨》在整体创作上必然出现许多不足：

1.对原剧理解上的偏失

曹禺的《雷雨》发表已经有七十多年了，虽然在这七十多年中，作为中国话剧的典型代表《雷雨》多次被演绎改编，并用各种艺术方式加以呈现，但事实上大多数人对它还存在着许多理解的偏颇和解读的困惑。几十年来《雷雨》一直被视为是反封建的优秀剧目，是“暴露封建大家庭的罪恶”的剧目。“无论是演艺界也好，还是评论界也罢，似乎是事前商议好了似的，都用同一种思维模式进入曹禺创造的这个艺术审美世界，他们花费了许多的时间和精力，使用了说不尽的语言来替这个二十多岁的年轻人的剧本‘下注脚’。”①然而，曹禺创作《雷雨》想要表达的远不止于我们从大多数教科书和研究成果里所知道的。

首先，在近七十年的演出史中，因为去掉了“序幕”和“尾声”，我们看到的几乎不是完整的《雷雨》。显然，主流的演艺者、学者和评论者都忽视了这个“序幕”和“尾声”，但这却是曹禺特意创作且特别珍视的，也是他所要表达的“诗意”所在。他说：

我写的是一首诗，一首叙事诗……这诗不一定是美丽的，但是必须给读诗的一个不断的新的感觉。这固然有些实际的东西在内，但绝非一个社会问题剧……在许多幻想不能

① 邹元江.曹禺剧作七十年解读的困惑[J].戏剧艺术，2005(3).

叫实际的观众接受的时候，我便可以随便应用我的幻想……我的方法乃不能不把这件事情推、推、推到非常辽远的时候，叫观众如听神话似的，听故事似的，来看我这个剧。所以我不得已用了《序幕》和《尾声》。

曹禺不愿该剧的结尾是戛然而止的，他希望流淌在人们中间的还有诗样的情怀，所以，他认为“序幕”和“尾声”在这种用意下，仿佛有希腊悲剧 chorus 一部分功能，能引导观众的情绪入于更宽阔的思绪的海。

歌剧《雷雨》也是根据这些有意或无意删去了“序幕”和“尾声”的版本来改编的，这导致了该剧也不曾触摸到或是忽略了抑或是有意回避了《雷雨》的“诗意”般的情怀，因此就谈不上在歌剧创作中传递这种“诗意性”，观众也就无从体会而不能进入“更宽阔的思绪的海”了。当然，我们在歌剧的开始和结尾部分都能看到歌队的歌唱，但这是否能简单地视为是对原剧“序幕”和“尾声”的回应还是值得推敲的。而且，用这种轰轰烈烈的方式来表现，除了营造出阴森和恐怖的氛围，恐怕不能给人带来其他的感觉了，又何谈“诗意性”？

艺术是表达情感的一种方式，但情感表达并不是艺术唯一的诉求。诚然，《雷雨》是一个悲剧，是一个情感的悲剧，但曹禺需要人们用“哀静”和“悲悯”的心态看待《雷雨》中的人和事。他说：

> 我用一种悲悯的心情来写剧中人物的政治。我诚恳的期望着看戏的人们也以一种悲悯的眼来俯视这群地上的人们。①
>
> 在此地我只想提出“序幕”和“尾声”的用意，简单地说是想送看戏的人们回家，带着一种哀静的心情。低着头，沉思地，念着这些在热情、在梦想、在计算里煎熬着的人们。荡漾在他们心里应该是水似的悲哀，流不尽的；而不是惶惑的，恐怖的，回念着《雷雨》像一场噩梦，死亡，惨痛如一只钳子似的夹住人的心灵，喘不出一口气来。②

其实，中国的艺术作品永远不是直接表达情感的，而是诉之于审美的“意象”。王廷相说：“言征实则寡余味也，情直致而难动物也。故示以意象，使人思而咀之，感而契之，邈哉深矣，此诗之大致也。”③所谓“情直致而难动物”，真是一语道破艺术创作的天机。其实，《雷雨》的艺术含义远不止为其下了“暴露封建大家庭的罪恶”和“再现人性的呐喊”的“注脚”就能直接涵盖的。可歌剧《雷雨》在描绘场景色彩、抒发人物情感、参与形象塑造、揭示歌剧主题方面，按改编者自己的说法是“设计了虚拟的黑衣男女——代表乌云，象征一种情绪气氛，形成一种富有仪式感的群像，还有白衣女子——幻化中雨的精灵”。④ 可这些构想仅仅停留在表象上，无力对情感表现上的直白作出补充。而《雷雨》的艺术价值恰恰就在于不用直白的话语叙述故事，因而充满着艺术的想象和诗意。

歌剧《雷雨》选材的想法也许是来源于歌剧史上改编名著的传统，因为西洋歌剧中不乏这样的例证，如《茶花女》《卡门》等。然而，将曹禺的剧作改编成歌剧，曹禺本人在世时

---

① 田本相，刘一军.曹禺全集(第五卷)[M].石家庄：花山文艺出版社，1996.

② 田本相，刘一军.曹禺全集(第五卷)[M].石家庄：花山文艺出版社，1996.

③ 王廷相.王氏家藏集.卷二十八.

④ 莫凡.在“雷雨”中的精神洗礼[J].人民音乐，2002(12).

就不赞同。他说:“近年来,陆续听说有人以拙著为新歌剧的底本,我以为不妥。理由以及我对歌剧浅陋意见陈述如下:一、歌剧故事应简明、清楚,我的戏故事复杂,人物太多……二、目前需要熟习中国各具特点与要求的戏剧诗人,他们的才能与功力也称得起是歌剧作家……”①但令人遗憾的是,歌剧《雷雨》暴露出来的缺憾早已被曹禺先生所言中。

2.对歌剧音乐性和戏剧性关系认识的不足

歌剧常被称为“音乐戏剧艺术”,欧洲歌剧改革者瓦格纳称歌剧是“音乐戏剧”,认为“歌剧是用音乐展开的戏剧”。在《戏剧与歌剧》一书中,他写道:“被称为歌剧的那个艺术样式的最大的错误,就在于表现手段(音乐)变成了目的,而目的(戏剧)则变成了手段……真正的戏剧应当在纯粹的音乐的基础上创造出来。”诚然,歌剧创作中的音乐性和戏剧性的关系不仅是几百年来西洋歌剧创作探讨的问题,也是一直困扰中国歌剧创作的问题,几十年来虽然历经探索,但并未获得多少真正有价值的突破。20 世纪 80 年代的中国虽然出现了一大批优秀的歌剧,但中国歌剧的创作仍被这一问题所纠缠,曾一度走入强调戏剧性而忽视音乐性的创作误区。虽然从理论上歌剧界认同了瓦格纳关于“歌剧是用音乐展开的戏剧”的定义,但在实践中创作者往往很难摆顺音乐和戏剧的关系,有学者将其称之为“欧洲古典歌剧综合征”。②

不可否认,我们能体会到歌剧《雷雨》在处理歌剧音乐性和戏剧性的关系上有力求实现新突破的用意,但从演出的效果来看却表现得十分不清晰。那么,歌剧《雷雨》到底让我们看什么呢?从音乐性来说,即便在此不涉及具体作曲技法的分析,也可以明显感受到大篇幅的声乐形式以及乐队独立的音乐段落还是无法强烈地吸引观众的听觉。也许是因为该剧是在音乐会版本基础上改编的缘故,我们的听觉甚至始终不能捕捉到贯穿全剧的音乐主题旋律。相比之下,48 年前创作的歌剧《洪湖赤卫队》,采用了湖北民歌的音乐素材,用《洪湖水浪打浪》的优美旋律贯穿始终,却给几代人留下了难忘的印象。

从戏剧性来看,为了使整部歌剧显得更加紧凑,歌剧《雷雨》还将原作进行了增减删改,该剧的改编者说:“第一稿的剧本我保留了原剧八个人物中的五位,展示三个女性(蘩漪、鲁妈、四凤)与两代周家男人(周朴园、周萍)错综复杂的感情纠葛,把原剧的四幕改为二幕。剧本虽作了梳理,但戏剧脉络仍忠实于原作,只是把话剧台词变为唱词,费了一番心思……第二稿,着力突出蘩漪与周萍、周朴园的关系,减少了鲁妈和四凤的戏,又增加了周冲这个不同色彩的人物。”③可见,该剧的编剧兼作曲莫凡先生在改编原作时的确是花了一番心思的。虽然编剧在压缩原作的时候试图或力求保证作品的完整性,但不可否认的

① 曹禺,乔羽.关于中国歌剧的通信[J].人民音乐,1987(9).

② 居其宏 1999 年在文化部“重点剧目创作会议”上作了题为《当代歌剧音乐剧创作的几个问题》的讲话,讲话中对中国歌剧创作的音乐性与戏剧性问题提出了看法,他认为:理论上认同瓦格纳“歌剧是用音乐展开的戏剧”这一权威定义的人们,在创作实践中往往将自己的作品变成了“为音乐而展开的戏剧”或“用戏剧展开的音乐”,即把欧洲古典歌剧时期早被抛弃了的那种“化妆音乐会”模式重新捡回来,因此是一次“歌剧返祖”,我将之称为“欧洲古典歌剧综合征”。

③ 莫凡.在“雷雨”中的精神洗礼[J].人民音乐,2002(12).

是歌剧只突出表现了原作中蘩漪与周朴园、周萍之间的爱恨纠葛。虽然着重突出了蘩漪的悲剧性命运，但改编者却不知表现封建家庭的悲剧只不过是话剧《雷雨》创作的一个表象，所以，改编者在删减的同时也伤害了原作应有的连贯性和激烈的戏剧性，使原作的艺术性也随之大打折扣。“毫无疑问，歌剧的情节不可能像话剧那样铺排。然而，歌剧情节的精粹化、简约化，并不意味着只需要简单地用‘减法’——削减情节、弱化冲突——便可奏效，它要求歌剧家善于用很少的事件作材料，就能支撑起一部歌剧作品的戏剧骨架——这就需要极大地增强事件本身的刚性，审慎地对待事件的设计、选择与编排，而不能简单地一‘减’了之”。①

3.声乐形式及音乐创作上民族音乐元素的缺失

歌剧《雷雨》看似选择了重心理歌唱咏叹性的内容，但原剧复杂的人物关系和情节却极大地制约了歌剧歌唱性的展开。据歌剧《雷雨》的改编及作曲者莫凡自己说：“我确定了这部歌剧是要具有交响性的，用美声唱法唱的，沿袭西洋古典、浪漫派传统同时又具有中国气派的创作手法。”②虽然在该剧中我们明显地看到各种声乐形式——咏叹调、宣叙调、各种声部组合的重唱和合唱得到了充分的展示，尤其是“重唱在歌剧《雷雨》中占据了相当大的分量，其比重甚至超过了独唱”。③ 然而，这同时也明显地暴露出创作上的缺陷。从歌剧《雷雨》大段大段的咏叹调、宣叙调乃至合唱的歌词来看，大多数是直接来自话剧台词，显然这是存在问题的。中国声乐演唱一向有着“依字行腔”的美学规范，这样才合乎中国听众的听觉和审美习惯。但话剧剧本的台词是“用来塑造形象，展示矛盾的基本手段”，所以，它可以生活化、口语化。但是到了歌剧《雷雨》中，把这样的对白和独白直接谱成曲调，不仅失去了歌剧唱词本来应该有的韵律感，而且演员在演唱时也会让人感觉是在把话剧的台词拖长着念，这就明显缺乏了歌唱的艺术性。如该剧在处理第一幕“喝药”这场戏的宣叙调时，毫无疑问地沿袭了欧洲古典歌剧的表现手法，照搬了原剧中“把药喝下去”这句台词，没有修改话剧的这句台词就直接成为了歌词。事实上，对于西洋歌剧而言，以字母文字为主的语言本身就具有一定的歌唱性，用于宣叙调的演唱是自然的，但在以“四声”为主的汉语语系下，口语化的语言直接作为歌词是十分别扭的。在译唱西方歌剧原作的情形下遇到这种情况已使我们十分尴尬，而在以我们母语为载体的所谓“原创歌剧”中，固守这种创作习惯则大有“东施效颦”之感，甚至有倒回到“话剧加唱”④的创作阶段之嫌。因此，所谓“具有中国气派的创作手法”和“打造中国原创歌剧”的溢美之词也是难以确认的。

歌剧《雷雨》虽然获得了第十二届“文华奖”的“剧目奖”，但“名剧使其占有了优势，一

① 居其宏.歌剧的情绪结构与戏剧结构——由歌剧《悲怆的黎明》引发的思考[J].人民音乐，2002(2).

② 杨燕迪在2006年5月8日召开的歌剧《雷雨》的研讨会上对该剧作出的评价。

③ 杨燕迪在2006年5月8日召开的歌剧《雷雨》的研讨会上对该剧作出的评价。

④ “话剧加唱”：中国歌剧早期发展阶段中出现的一种创作方式。1934年聂耳和田汉推出《扬子江风雨》，这种“话剧加唱”的做法后来也成为一种较为普遍的歌剧结构形式。这种方式无疑是剧同音乐还没能达到较好的融合，还存在着衔接、过渡等具体方法的不足。

流的剧团和演员使其占有了强势"却是不争的事实。最令人深思的是，评选结果对该剧创作最核心的音乐部分评价的回避，足以窥见这部歌剧的不足之所在。从大的背景来看，不难发现歌剧《雷雨》的音乐创作沿袭的仍是自 20 个世纪 50 年代以后在我国音乐教育领域中引入的学院派的理论作曲思维模式。从音乐创作技法来看，作曲家说："在交响乐队中我用了两件中国民族乐器：琵琶……二胡……《无锡景》的音调贯穿着鲁妈的唱腔。四凤主题有民歌的因素……我为周冲设计了白色帆船，表现他向往大海的自由天性，因而用了南海渔歌的一些音调……周朴园常常是全音阶的旋律进行……当他思念侍萍时，也会出现《无锡景》的音乐，甚至有苏州评弹的音乐。"①但令人遗憾的是，作曲家所说的琵琶、二胡等民族乐器以及民歌因素在创作中的使用似乎并没有为该剧增添多少民族色彩，甚至几乎被淹没在不太顺畅的音乐中，而难以在听众的听觉中产生对旋律的明显记忆。而我们更多直觉出的是不太顾及中国听众的客观听觉习惯，一味追求所谓新颖与独特创作技法的堆砌。于是，显而易见的是触"耳"皆是的疙疙瘩瘩、不顺畅、别扭的旋律，甚至分辨不出主题音乐的旋律。从这一点上说，这部歌剧的音乐创作不能说是非常成功的，而且在剧中人物音乐形象的特性、音乐手法等方面还存在着不太令人满意的地方。事实上，我们也看到过不少成功的中国歌剧范例，如根据小说《红岩》改编的歌剧《江姐》，以江姐这个女性人物为中心，突出表现其歌唱性元素而淡化了剧情，全剧以《红梅赞》的主旋律贯穿，给观众留下了深刻的印象；歌剧《红珊瑚》中的《珊瑚颂》的歌曲旋律也采用了民歌的音乐素材，其歌唱性强、朗朗上口的旋律仍传唱至今。

4.话剧导演非歌剧化的导演的方式造成歌剧舞台表现的错位

有学者指出：歌剧导演不只是对歌剧文学剧本进行艺术构思，进行实际体现，还要对歌剧的音乐表现进行艺术构思，进行实际体现……音乐艺术与戏剧艺术共同集合于歌剧中，使导演在戏剧职能的基础上，更要具备音乐的职能，并且将音乐职能放在一个极其重要的位置上。②

可见，歌剧导演的主要任务不是简单地完成戏剧艺术一般的表演构思，或以展示各种表演手段为终极目的，而是如何将优美的人声和旋律良好地传递给观众，力求将歌剧的歌唱性和音乐性发挥到极致。

歌剧《雷雨》的导演虽然是中国国家话剧院一级导演查明哲，但从演出的效果来看，话剧导演的参与并没有为该剧带来多少新意，反而整部歌剧处处体现的是话剧表演的模式。比如可以移动的沙发和白帆，为表现时空的转换让演员在台阶上来回奔跑，等等。对于话剧而言，舞台上各种手段的使用都是带有目的性的。而歌剧的表现主体是歌唱，演员应该充分展示其歌唱的能力、音色的魅力和良好的乐感，而绝对不是烦琐的表演，观众走进剧院是去听歌剧而不是看歌剧。歌剧《雷雨》中的演员不再单纯、纯粹地演唱反而加重了不少表演的任务，显得该剧似乎重在表现演员的表演能力而不是歌唱，这些无疑都削弱了歌

① 莫凡.在"雷雨"中的精神洗礼[J].人民音乐，2002(12).

② 曹禺，乔羽.关于中国歌剧的通信[J].人民音乐，1987(9).

剧艺术的主要表现力，造成演员表现力的错位。

艺术创作的感染性是在欣赏的过程中扑面而来的，是主题性、思想性的内涵所能直接赋予的。作为歌剧《雷雨》的观众，无论是从戏剧欣赏的角度还是从歌剧欣赏的角度来看，恐怕都很难获得直接而强烈的艺术感受。可以说这部歌剧无论是从音乐性的角度还是从戏剧性的角度都缺少令人欣喜的地方。从剧目选择上看，上海歌剧院选用曹禺的这部杰作作为歌剧的创作脚本，也让人觉得有借名人效应之嫌。而曹禺本人早就说过："选歌剧题材，似不宜急功近利。若定要采取目前题材，求一日之效益，得上级暂时的首肯，发展中国歌剧是困难的。"

的确，在追求这种功利性的创作目标的前提下能否出现真正的艺术精品还值得我们深思。

原载《戏剧文学》2008 年第 3 期

曹禺剧作的影像叙事

——论《雷雨》《日出》《原野》等电影改编兼论经典的再生产

邹贤尧

经典产生一段时间以后，面临的就是对其再生产与消费的问题了。今天，对经典的再生产与消费日益丰富多样，借助影像作电影电视剧的改编，或制成电视综艺节目如百家讲坛；借助网络建立网页或建网上论坛；借街舞、说唱等青年亚文化形式作另类的演绎，等等。作为中国经典现代话剧的《雷雨》《日出》《原野》等，自其产生以后就不断被各类艺术家予以重新演绎、改编，予以再生产。单是就电影改编而言，就有 1936 年的黑白片《雷雨》，1984 年上海电影制片厂的《雷雨》(孙道临改编、导演并主演)，1985 年上海电影制片厂的《日出》(曹禺、万方改编，于本正导演)，1988 年南海影业公司出产的《原野》(凌子改编、导演)，以及 2006 年张艺谋由《雷雨》演绎而成的《满城尽带黄金甲》。个人倾向于认为，在这些影像加工品当中，1984 年上影的《雷雨》、1985 年上影的《日出》、1988 年南海的《原野》是比较成功之作，它既充分调动电影语言的功能，用镜头对剧场进行了有效的再生产，又基本忠实于原著，将曹禺在原作中表现的深刻内涵，将曹禺所揭示的“焦虑、苦闷、残酷”①等生动地传达出来，外化为生动的影像。也即是说，这种再生产对原产品没有构成多少破坏。而在笔者看来，对于像曹禺《雷雨》《原野》《日出》这样的经典作品，还是少加工、少戏说、少颠覆的好。像电视连续剧《雷雨》(李少红导演)将结局作了极大修改，周萍、四凤、周冲都没有死，蘩漪也没有疯，我以为这样一来，《雷雨》的味道就没了，一个不那么具有震撼力的《雷雨》恐怕不成其为《雷雨》。正是基于此，本文倒是拣出上述三部老电影，来谈谈曹禺的经典话剧在转换成影像时，一些富于特色的时空叙事形态，以及对曹禺经典作影像再生产时相关的一些问题。

一、闪回、插入：时间空间化

电影可以充分发挥远大于戏剧的时空自由度，将剧作中属于过去时态的内容、作为背景材料的事件，在人物的讲述、转述中呈现出来的情节，推到“前台”，变成与现在的场景一样直观的、生动的画面，借助于闪回、插入等蒙太奇方式将“过去”复现，将时间空间化，那些经人物的台词讲述的，在过去的时间流程上的重要背景事件，变成空间的影像(或者严格说，是一定时空中的影像)后，更具视觉上的冲击力。在原话剧中，对于过去时态的内

① 田本相.焦虑苦闷残酷——对曹禺悲剧性的探寻[J].绍兴文理学院学报，2008(2).

容，曹禺往往借助于刘家思所说的“泄露”[①]的方式，由鲁贵、王福升等仆役，或由当事人自己如侍萍、仇虎等不断泄露出来，它是一种复述、转述，转换成影像后成为一种呈现，如上所述，这种呈现借助于闪回、插入等蒙太奇方式来完成。《雷雨》的主要背景事件有二：一是侍萍、周朴园30年前的恩怨；二是多年前周萍与蘩漪的不伦之恋。对于事件一，原剧本是由侍萍讲述的，电影则用“闪回”来表现。侍萍的讲述退而成为画外音，并随即消逝掉，画面呈现为两个空间形态的景象，先是侍萍被赶出家门后在河边意欲自尽的凄凉之境，紧接着快速切换到周公馆周朴园新婚的喜庆场景，构成一个对比蒙太奇。在《雷雨》的故事里，这个制约着两代人、衍生出第二代人的悲剧，一直缠绕着周朴园内心，一直隐隐地盘旋在周公馆的上空，在原话剧里一直作为一个若隐若现的事象推动着故事的进程，然后由侍萍在重新面对周朴园时伤心而平静地说出，自有其独具的匠心。到了电影里，它化为一个特定时空的具象，侍萍的不幸以及周朴园的心结都外化为一两个空间影像，30年前的不堪往事浓缩在两个对比蒙太奇的镜头里。电影用镜头语言将原剧本的“过去事件”召唤出来，清晰而又尖锐（因为鲜明的对比）地呈现在观众面前。

对于事件二，电影处理得更具匠心。先是开头，四凤煎药时，鲁贵给她讲小客厅“闹鬼”的事，鲁贵的讲述变成画外音，画面是听讲的四凤前往小客厅，接下来切入一个闪回镜头，四凤“看到了”鲁贵讲述的情景：小客厅要灭不灭的蜡烛，蘩漪和周萍亲热的情景。然后又回切现在的四凤，面对着这一幅过去景象的四凤。呈现出了一个复杂的奇异的时空叠合：声音是鲁贵的讲述，视角是现时态的四凤，切换的画面却是过去时态的蘩漪和周萍。四凤的眼睛、摄影机的眼睛、观众的眼睛相统一，穿透岁月“看到了”鲁贵讲述中的过去。将现时态的四凤去小客厅查看，与过去周萍蘩漪在小客厅幽会进行快速拼贴、切换，在叙事功能上，构成过去与现在时空叠合、交错、混融，在意义功能上，则强化了周繁乱伦事件对四凤造成的直接的巨大的冲击。在小客厅幽会的周萍与蘩漪，可以说是四凤的主观镜头，是四凤在鲁贵的讲述中产生的幻视，是这一事件对四凤内心刺激的外显，是四凤内心忧虑与危机的外显。

此后，在蘩漪与周萍对决的一场，蘩漪谴责周萍诱骗了她，又恳求他带她走时，有几个插入蒙太奇将他们过去的相好直呈出来。周萍低头回避蘩漪的逼问时，插入过去小客厅的蜡烛的特写，以及两人在烛影里相偎的近景；在蘩漪问他“你怎么可以一个人走”，而周萍辩解“你是冲弟弟的母亲”时，穿插进过去两人在花园约会的远景，在楼梯里激动地相约的近景，这几个不同空间的插入镜头，概要地叙述了他们过去的交往，并与现在两人的尴尬构成交叉蒙太奇、对比蒙太奇。

《原野》对于焦仇两家过去的恩怨，原剧作在仇虎与焦母的对白中揭示出来，转换成影像后，主要以仇虎的主观镜头，借插入蒙太奇来表现，并安排在剧中许多地方，相同的镜头和场景分3次以重复蒙太奇不断推出，以渐进与积累的方式，将焦阎王杀害仇虎家人夺仇家田地等事件逐渐浮现出来，让观众对这一事件的把握渐渐变得清晰。第一次是仇虎回

① 刘家思.人物关系的网状交织与戏剧场势的立体辐射[J].四川戏剧，2007(1).

来寻仇时在原野偶遇金子，金子离去后，仇虎视角里远去的金子叠化出以前的金子，随之火车声响起，在火车的音响中，画面现出焦阎王的凶相，切换成仇父被活埋的近景，又快切为焦母的凶相，再跳切成仇妹被抢走的近景，几个跳切镜头简洁地完成了对仇焦过去恩怨的交代；第二次是仇虎与金子在屋里偷情时，仇虎凝视躺倒的金子。眼前叠化出过去的金子，前一个插入镜头以重复蒙太奇的方式在此处又出现，依然是仇虎的主观镜头，依然是焦阎王、焦母的凶相与被害的仇父、仇妹交替切换。但重复中有变化，在前一个插入镜头里，火车只作为背景音响出现，这一次火车的声音来到前景，火车来到画面中。而受害的仇父仇妹由前一次的近景变成特写；第三次是仇虎与焦母在屋里相遇，仇虎看一眼墙上焦阎王的遗像，这次的"插入"被省略成焦阎王遗像的特写和骤然响起的作为背景音响，也是仇虎幻听的火车声。三次插入的闪回镜头重复、积累、叠加，成为一种很有节律的重复性叙事，又极富层次感，由远及近，由模糊而清晰，不断加深了观众对这一在原剧中由人物对白泄露出来的过去事件的把握，也不断强化了这一事件对仇虎的刺激，成为仇虎复仇的动机，不断地作用于仇虎的行动。

《日出》的一个背景事件是陈白露与诗人丈夫的离异，也即是陈白露的过去，在原剧作中由陈白露讲述来完成，她把这一经历讲给方达生听。转换成影像后，电影作了比较大的改动，这一事件成为整个影片的片头，镶嵌在电影的最开头。第一个镜头即是过去的陈白露的头部特写，然后切换成她的诗人丈夫的头部特写，接着镜头交替打他们的头部，然后推出他们死去的"爱儿之墓"，先是墓碑的特写，镜头下移，再是墓地的近景，而后拉成墓地的全景。回打二人的特写，埋葬了他们唯一的儿子后，也即是埋葬了陈白露的过去后，是二人分手的场景，陈白露要丈夫留下他的诗集《日出》，由诗集《日出》的特写切换成一轮红日升起的空镜头，推出片名。接着就切入火车声，以变焦距的镜头处理方式，显示陈白露穿着旗袍，拎着行李包走在铁轨上，走进城市，走进她的交际花人生。这一"楔子"是电影在对原剧作进行再生产的过程中加上去的，它把原剧中在陈白露的讲述中呈现出来的"过去"，变成一个悲剧意味浓厚的空间影像：墓地。同时这一空间影像又富含象征意味，即是如上所说的对陈白露过去的埋葬，对陈白露曾有的青春、理想、梦幻、爱情的埋葬。表面上，陈白露是在剧末死去，实际上，由片头所呈现的空间影像看，陈白露在影片一开始即死去。

这些经由闪回、插入、交叉等蒙太奇方式，将原剧中由台词讲述出来的"过去"转换成镜头语言后，蘩漪的焦虑，仇虎的愤懑，陈白露值得凭吊的青春，命运对侍萍的残酷，焦阎王对仇家虐杀所显示的残忍，及至周朴园的隐忧等等，都外化为特定时空的具体影像，焦虑、苦闷与残忍都被放大、彰显，产生视觉上的冲击效果，也相伴随地带来人心灵上的震颤。

二、慢镜头与长镜头：空间时间化

三部改编电影都比较充分地调动了各种电影语言，借特写、空镜头、慢镜头、长镜头、运动镜头、景深镜头、变焦距镜头、交叉蒙太奇、积累蒙太奇等，将静态或动态的空间影像定格、拉长，把空间影像变成一种缓缓的，或者急速的时间流动，镜头里的每一个空间性元素都在银幕上展示了一个时间的流程，由此营构或者强化一种沉闷、压抑或者紧张、逼人的气氛。在镜头与镜头的组接当中，在空间与空间的转换当中，叙事进程被推动，空间的交叉、并置显示出时间的流动来。

电影《雷雨》的片头，一连串的蒙太奇，将许多个镜头组接、转换：苏州河，宅院，宅院长长的走廊。屋里桌上的药碗，屋外院子里的荷塘，塘边的雕塑，屋子里的佛像，桌上的油灯，宅院的尖顶。这一系列物象被摄影师以慢移、慢摇、慢推、慢拉的镜头运动方式，逐一呈现出来。镜头慢移，逐渐展示出宅院长长的走廊，并构成一个景深镜头，在这个深深的宅院里包藏了几多故事。镜头慢推，进入到院子里桌子上的药碗，药碗的特写持续几秒钟后碎裂到地上，叠化成荷花，又慢摇，呈现荷叶、荷塘，再慢慢上移，扫过院外的雕塑，再切换成屋里的佛像，镜头慢摇至桌上的油灯，然后又慢拉成宅院的全景……时间就在对这些静态的空间物像慢推慢移的镜头运动中缓缓流动，慢镜头的拍摄和定格处理使这些静态的物像具有了一种时间长度，故事的进程已经在这些物像的慢推慢移中行进着。这一系列慢镜头的组接不只是交代和设置了一种环境，更是在一种缓缓的流动中渲染了沉闷、压抑乃至令人窒息的气氛。

《日出》的片头，在对陈白露夭折的婚姻作了简洁的描述后，用了一个变焦距镜头展示陈白露拎着行李箱越过铁轨走向城市。实际生活中比较快就能完成的行为，由于变焦距的处理，使陈白露看上去一直在铁轨上走。陈白露走在铁轨上的这一空间影像因为变焦距拍摄而拉长时间，似乎是要传达陈白露的这一步迈得多么滞重、艰难。紧接着伴随演职员表字幕的推出，电影运用了一组积累蒙太奇，将陈白露涂口红、涂指甲油、挂耳坠、戴戒指、戴项链等动作叠加，分别推出陈白露唇、指、耳、手、颈等部位的特写，多角度积累起来打造陈白露交际花的形象。这些分散的各个部位的特写，呈现出时间的流转，巧妙地完成了陈白露从单纯的妻子向复杂的交际花的角色转换。

片头之外，原话剧剧本《日出》有两个大的场景转换，从第二幕的陈白露寓所到第三幕翠喜所在的三等妓院。将两个场景连接起来的线索人物是小东西，由于舞台特有的幕与场的转换，由于舞台的限制，作者将相关的故事断开来，分别放在两个场所展开。电影艺术家们（包括作为编剧的曹禺本人）以特有的电影语言对《日出》予以再生产时，充分借助于蒙太奇思维，对有关场面自由调度，将原有的两个空间并置、交错，形成平行交叉蒙太奇，故事在两个空间（陈的寓所与翠的妓院）不断交错地展开：方达生在公寓寻找不见了的小东西，接着镜头就立即切换到翠喜处，翠喜在跟小东西说话。将原剧作中王福升劫走小东西与方达生寻找未果都省略掉，带给观众以悬念：小东西是怎么从陈的寓所到了翠喜的妓院的？然后又切入方达生与陈白露四处找寻小东西，继而回切翠喜处，胡四去玩，黑三打小东西；再以胡四作为中介，转切同一时间的陈白露寓所，顾八奶奶说胡四“没良心”……这些在两个场所发生的故事，在原剧中分散在两个空间集中展开，变成影像后，把它们作为同一时间不同空间的既相联系又相对独立的两个事件，既平行又交叉，既并列又交错地叙述，既并置又对比，空间的不断转换展示事件的发展、时间的推移，还显示境遇的差异、情绪的对比，突出地传达了原剧作彰显的“损不足以奉有余”的内涵。

长镜头的运用也在这三部电影里发挥了独特的艺术功效。所谓长镜头，是指在一个统一的时空里不断地展现两个以上的动作或一个完整事件的镜头，是指从摄影机快门开启到关闭的连续的不间断的胶片运动的成像。在一个统一的空间影像里，人物或事件不断地持续，这样一个统一的固定的空间，由此充满了时间上的动感。《日出》里李石清接了一个电话，从报馆主编那里得知潘月亭破产后，电影来了一个长镜头：李石清急跑，穿堂，登楼，拿信去给潘，以此来报复、讥刺潘。电影在一个空间里，一个完整的镜头里（一间寓所的厅堂，厅堂旁边的楼梯）记录了李石清去找潘月亭的全过程，这样一个长镜头里李石清的持续动作，正是李石清当时报复的快意的极好的外部呈现。《原野》里多处在同一片原野上，摄影机紧紧跟拍在草丛中嬉戏的仇虎与金子，或者在焦母“小黑子，你回来吧”的凄紧的喊声里乱窜的仇虎，使静穆的原野充满了一种骚动感。镜头是完整统一的，没有组接、转换，空间没有位移，场景没有转换，但因为对人物行动或事件的完整摄录，从而虽然是在统一封闭固定的空间，却富于时间的动感。

这几部电影如上所述的空间影像的设置，成为电影所特有的一种空间叙事形态，在空间的转换、并置、交错中，时间流转，情节推进，情绪流动。

三、对曹禺经典作影像再生产时相关的问题

在检视了上述三部老电影后，由此谈谈曹禺经典在转换成影像时的一些问题。个人认为，在将曹禺经典进行影像的再生产时，似乎有必要避免两种极端化倾向。一是用阶级论的视点、极左的视点、过于意识形态的视点，对人物、剧情等作修改，如将周朴园过于鬼化，将原剧中明显存在的周朴园的忏悔、周朴园对侍萍的真心一概否定抹杀掉，将侍萍改写成无产者、反抗者，将原剧中鲁大海的行动充分放大，将《日出》中的方达生改写成地下党或者最后投奔革命等等，这些都是将“革命”硬添加进原剧中，严重偏离原文本，也将原作中巨大的艺术空间人为缩小，将原作丰富的社会生活内涵、人性内涵大为缩减。

二是趋于另一极端，呈现一种泛人性、泛宽容倾向，以“人性”为标杆，过分添加所谓“人性”内容，而对原作中所呈现的比人性丰富得多的内容构成了遮蔽。如《雷雨》，原作中客观存在贫富对立，乃至阶级分别，周朴园分明淹死过工人，也分明压制了鲁大海等矿工，李少红导演的电视剧《雷雨》将这些都淡化乃至抹去，过分加大周朴园身上的“人性”内容，过分将周朴园“人情化”，这样事实上是将原来极为丰富复杂的、圆形的周朴园变得单一化、变得扁平，这样一种泛人性、过于抽象的人性化手法事实上掩盖了丰富复杂的社会历史内容。还有，在蘩漪、仇虎的复仇之外，树立一个“宽容”的维度，固然视角独到，固然为缺乏宽容的人，乃至民族树立了一个高的精神向度，但将这种宽容过于泛化，不加分析地施于任何人，问题就出现了。我以为，宽容必须以被宽容者是否值得宽容为前提，或者说它起码要以被宽容者的忏悔为前提，如果他一点不忏悔，继续作恶，却还将宽容加给他，那么是否会引起基本价值判断基本价值标准的混淆呢？其实曹禺早就在原作中隐隐地树立了宽容这一维度，但曹禺又清醒地意识到，仇虎的深仇大恨也确实要报，这样就有了一个

深刻的悖谬，尤其当仇虎要杀的焦阎王已经死了，仇虎无处伸冤，将仇报在焦大星身上后却引起了深深的不安，曹禺展示了人生的深刻的悖论。现在我们过分放大其中之一，过分张扬宽容，那么原作中深刻丰富的人生的悖论就被简单化了。再者，如果过分强调对作恶者的宽容，那么那些真正的受害者该如何得到补偿？将曹禺经典过分阶级化、过分意识形态化固然很糟糕，但过分“人性化”是否也造成了对原剧作丰富内涵的削平或遮蔽？

正是基于如上评论，个人认为，对曹禺以及类似的经典（如眼下正筹拍的新版电视剧《红楼梦》），还是尽量尊重原著的好，不宜太过解构、戏说。

原载《海南师范大学学报》（社会科学版）2009 年第 1 期

完美的震撼 精致的心动

——评黄梅戏《雷雨》

周　慧

曹禺先生的经典剧作《雷雨》自1933年创作完成至今，已走过了70多个春秋。作为一部杰出的现实主义戏剧作品，它曾被歌剧、舞剧、电影、电视等不同艺术形式加以改编、搬演，以多种方式呈现。2007年，改编自《雷雨》的大型同名黄梅戏舞台剧，作为日本"静冈国际艺术节"参演剧目中的唯一一部中国戏剧，首次将这一经典剧作通过中国传统戏曲这种独特的艺术样式，呈现在日本观众面前。2009年，该剧入选"2007—2008年度国家舞台艺术精品工程"，它实现了安徽舞台艺术作品及黄梅戏创作零的突破。

"如果说曹禺先生的话剧是一次沉思，那么改编而成的黄梅戏则是一次歌唱，是对人生的一次心灵的歌唱；如果说曹禺先生的话剧是严峻的，那么改编而成的黄梅戏则是从严峻走向了浪漫。"该剧导演王向明如是说。在把《雷雨》从话剧到黄梅戏，从写实到写意，从叙事到抒情进行较为完美转变的过程中，首先得益于编剧隆学义对原作进行的"细化"工作。他在充分尊重与保留原著框架的基础上，对剧本结构做了适当的调整与安排，首次将剧中的周萍变为了戏剧的中心。这一创造性的改动，拓宽了黄梅戏的表现空间，增强了黄梅戏自身的艺术张力，丰富了黄梅戏的人物形象，使黄梅戏《雷雨》更多了几分诗画的意蕴与空灵，更具写意与神韵之美。

歌唱着人生的心灵，走向浪漫的黄梅戏《雷雨》，让我们领略并读懂了什么是"完美的震撼，精致的心动"。

找寻对人性的挖掘与对灵魂的叩问

话剧《雷雨》描写的是一个发生在带有浓厚封建色彩的资产阶级家庭的悲剧，深刻地暴露了封建大家庭和当时社会的罪恶，它写出了封建家庭不合理关系所造成的罪恶和悲剧，剖析了人性中爱与恨的深刻交织。社会的黑暗与罪恶，封建家庭的专制与束缚，固然是造成《雷雨》中这一家庭悲剧的根源，但是，不容忽视的却是那人性的复杂与多变，它揭示的是爱与恨的碰撞，展现的是怒与怨的冲击，情的伤痛、愁的疯狂，暴露出的正是这深不可测的人性与无法描摹的人情。

"待雨后、天晴时，还世界清心、净水、绿野、碧空。"这是黄梅戏《雷雨》中的周萍在告别这个世界之前，从心底迸发出的最为强烈的愿望，也是编剧隆学义在对原著的主题思想进行深入挖掘时，所作出的大胆剖析与全新追求。他似乎要刻意去改变原著中那个已完全颓废的、被认为是"多余的人"的周萍，仿佛要竭尽全力地向他身上注进一些健康与光亮的因子。剧中，周萍那一声清脆的枪响，结束了这个家庭曾经有过的所有罪恶；屋外那轰隆的雷雨，洗刷掉了这个世界曾经被浸染的一切污浊。这是黄梅戏《雷雨》对原著中关乎人性话题的深入挖掘与集中展现。世界的污浊、人间的罪恶、家庭的悲剧，究竟是源自于那腐朽的封建制度，还是那阴暗的人性人情？最终，这两者都难辞其咎，正是它们相互纠葛、相互缠绕，才编织成了这个令人痛心的人间悲剧。压抑的黑暗、窒息的束缚、人性的扭曲、灵魂的丢弃，这一切已太久太久……无边的长夜，就盼着那一声响彻天际的惊雷！愿这一声雷，能惊醒那沉睡的心灵，撼动那堕落的灵魂，摧毁那即将土崩瓦解的虚伪尊严；愿这一场雨，能涤清这世界的污浊，洗净这人间的罪恶，冲刷掉人性中的阴暗与龌龊……给我们一片洁净的世界，还世间一份单纯的自然，挣脱掉捆绑在自己身上的重重枷锁，冲出这使人难以喘息的牢笼，重新找回那真正作为“人”应有的灵魂与天性，重走一回新人生，呼吸自由风。这正是黄梅戏《雷雨》透过原著严峻的现实主义，从强烈的诗化中得到的对人性的深挖与对灵魂的叩问。

剧中的周萍用一声枪响，结束了自己的生命，更剖析了自己的灵魂。在那一声枪响中，他告别了过去的懦弱与罪孽，用一种近乎凤凰涅槃的方式去追寻他向往的光明，求得生命的新生。因而，走出去便成为了他内心一种强烈的需求，他多次想要走出去，离开这个家。最终，他还是“走出去”了，以一种特殊的方式冲出来，走出去了。他用生命的完结，成就了他内心的需求与愿望，以一种近乎悲壮的方式获得了他人性与灵魂的自由，也最终完成了黄梅戏《雷雨》所要表达与诉说的关于人性的主题。

“雷雨式爆发”的周萍契合着黄梅戏的阴柔与飘逸

黄梅戏《雷雨》在戏剧文本上所做的最大改动，是将剧中的周萍这一人物形象提升为戏剧的主要叙述对象，使其成为了戏剧的中心人物。这也正是自话剧《雷雨》问世70多年来，在经多种艺术形式表现之后的首次改动。

如果话剧中的周萍，其忧郁与痛苦源自于他的卑怯、空虚、颓废与矛盾，那么，黄梅戏中的周萍，他内心的挣扎与斗争则源自于他怯懦之后的勇敢、颓废之后的奋进与迷茫之后的清醒。

他已理智地认识到他与继母蘩漪之间那段爱情的荒唐，明白自己心中时时暗怀着难以受尽与偿还的罚与罪。或许，这份爱当中也含有值得被人理解与同情的成分，但人终归是生活在现实的环境里，周萍毕竟又是一位在那个所谓“最有秩序的府第”中培养出来的少爷，因此这种关系也就只能被认定为乱伦。曾经的过错与罪孽难以弥补，只有化作心中深深的、无言的愧疚与伤痛……单纯、天真、漂亮的四凤的出现，犹如天边那一抹美丽的彩虹，唤起了周萍心中几近腐烂的爱情，重新燃起了他新生的渴望与追求，正如剧中周萍自己所说的那样：“我的热血行将变冷，见了你瞬间就升温，因了你我能重燃生命，因了你我才热血沸腾。如果没有你赋予神圣，我便是——行尸走肉死魂灵！”此时的周萍，已经清醒，他准备要告别荒唐的过去，迎接并追求属于自己的新未来。他明白作为一个男人对自己所爱的女人应有的义务与责任，但内心的痛苦又使他对四凤时时怀抱愧疚之情。矛盾与不安，也正在于他明白“轻诺必寡信”之理，深知“我浮云怎助她凤凰飞腾”。

走出去，带着四凤走出去，离开这个躁动不安、压抑窒息的家，便成为了他心中难以按捺的激情与冲动，他勇敢地发出了“今日情愿担祸福”的誓愿。但此时的他，正如索福克勒斯笔下的俄狄浦斯王那样，越想挣脱束缚在自己身上的枷锁，便越发被这重重罪恶越缠越紧。难以赎清的罪孽、难以偿还的情债、难以挣脱的绳索、难以洗净的污浊……，一声枪响、一声惊雷，毁灭了自己，也摧毁了这个深深庭院中的"良好秩序"与其中的重重爱怨与罪孽。

"雷雨式的爆发"由话剧中的蘩漪转变为了黄梅戏中的周萍，一个想要冲出去，最终却不得不以一种特殊的方式冲了出去的人。他用自己生命的毁灭、雷雨交加式的轰鸣，完成了他生命与灵魂的重塑。这样一个懦弱、忧郁的周萍，这样一个时时处在两难与矛盾之中、常常遭受着情感与灵魂煎熬的周萍，他内心痛苦的倾泻，他淤积于心情感的爆发也必定要有一种与之气质和风格相适应与契合的艺术形式来加以表现，而黄梅戏婉约悠长、深情飘逸、长于抒情的艺术特质恰恰是与之吻合的。

黄梅戏素来以表现女性的柔美与恬静见长，长期以来形成了以女性、旦角为剧中主要人物、为舞台形象中心的审美风尚与欣赏习惯。而在该剧中，将周萍这一男性人物形象作为剧中的第一主角，以小生作为黄梅戏的主要叙述与表现对象，不能不说是黄梅戏艺术表现空间的一次延伸与拓展，是对黄梅戏自身及其音乐表现力的一次挑战与考验。实践证明，黄梅戏《雷雨》中周萍的性格、气质、心理和神情与黄梅戏自身的艺术风格基本一致，"这一个"周萍，已经与黄梅戏融合在一起了。

戏曲化舞台艺术的呈现

黄梅戏《雷雨》的二度创作及舞台艺术呈现，体现了纯粹、精致、完美、典雅与高贵的艺术品格，这无疑是黄梅戏艺术自身发展道路上的一次开拓与创新，使黄梅戏的文化气质与艺术品位逐步提升。

戏曲"无声不歌，无动不舞"的艺术特质，首先赋予了黄梅戏《雷雨》更多异样的色彩与更加灵动的韵律。剧中第一场四凤的出场便是一个鲜明的例子：初秋的早上，高亢的鸡鸣仿佛打破了整个世界的寂静，天真热情、满怀喜悦与几分羞涩的四凤手持扫帚打扫厅堂，边唱边舞、心怀向往。一段唱、一段舞将一个充满了青春活力与气息，清纯、可爱的四凤活脱脱地推到了观众的面前。剧中，周萍与四凤手执荷包那一段深情缠绵的对唱《绣荷包》，更是充分调动并运用了戏曲的艺术表现手段，极好地表达并传递着人物内心的细腻情感。再者，如周萍与蘩漪的那段好似话剧中人物内心独白的背唱，更是将黄梅戏长于抒情的艺术特质运用到了极致……诸如此类的艺术表现，在黄梅戏《雷雨》中比比皆是。

黄梅戏婉约悠长的抒情特色、打击乐珠玉落盘的清脆铿锵、戏曲高度凝练的程式化舞台调度、中国绘画讲究的"此时无声胜有声"的留白在舞台表演中的运用，以及人物对话中韵白的点睛之笔等艺术手段恰到好处地融合在一起，共同深入到原著人物内心情感的经典性之中，推动并激发着戏剧情节的不断发展与人物情感的瞬间爆发。

黄梅戏《雷雨》颇具徽州地域文化特色，厚重大气、唯美典雅的舞美设计；精致细腻、完美流畅的舞台表演；香绵醇厚、摄人魂魄的黄梅戏音乐等艺术手段的有机统一与融合，共同实现了经典剧作戏曲化舞台艺术呈现的完美与精致。

原载《中国戏剧》2010 年第 4 期

国家舞台艺术精品工程名单揭晓：黄梅戏《雷雨》成为“重点资助剧目”

晋文婧

本报讯(记者 晋文婧)文化部 4 日公布了 2007—2008 年度国家舞台艺术精品工程 10 部重点资助剧目和 20 部年度资助剧目。我省黄梅戏剧院创排的黄梅戏《雷雨》榜上有名，成为国家舞台艺术精品工程“重点资助剧目”。

黄梅戏《雷雨》历经六年打磨，以其深刻的思想内涵、精湛的艺术质量、优美的舞台呈现成功入围，实现了安徽舞台艺术作品及黄梅戏剧种在这一奖项上零的突破。《雷雨》的入选，不仅是对这部作品艺术水准的充分认可，也是对我省文化战线在实施文化精品工程方面付出艰辛努力的充分褒奖。

国家舞台艺术精品工程自 2002 年实施以来，推出了一大批优秀剧目，培养了一大批艺术人才。2008 年，文化部、财政部决定实施国家舞台艺术精品工程(二期)，继续对舞台艺术发展提供资金支持。据悉，文化部、财政部正在积极调研，准备启动“国家繁荣文艺创作专项资金”，完善精品工程各项运作机制，推出更多更好的艺术作品，提高专项资金的使用效益。

原载《安徽日报》2010 年 1 月 6 日

《雷雨》:一部优秀的民族原创歌剧

周小燕

编者的话:5月31日至6月3日,"中国原创歌剧上海研讨会"在上海歌剧院举行。会议正式举行之前,上海歌剧院首先邀请与会代表参观了世博会。次日,在上海歌剧院幽雅的院落,专家们惊讶地走进据说已经持续了5年的"歌剧沙龙",观看了普契尼三联剧中最著名的《贾尼·斯基基》,大家被生动而过硬的歌唱与表演深深吸引,仿佛也成为沙龙里的歌剧之友。午间,避风塘的一顿简餐既节省了时间,又显示出海派的简约与实际。餐后,大家回到上海歌剧院幽雅的院落之后被意外地带入大木屋,这是向芬兰学习的产物,只是不用来"桑拿",而是供演职人员在工作、排练之余小憩。坐在这里饮茶、喝咖啡的众人不由得感慨:在中国,的确只有上海歌剧院拥有这样非常西方、非常歌剧的环境和气氛。

午后的座谈以深度见长,大家着重提出的是"原创中国歌剧",这是便于深度进行的话题:中国原创歌剧的当下困境与对策、新时期民族歌剧创作的基本经验、歌剧《雷雨》的剧本和音乐创作、当代歌剧文学创作的成就与不足、原创歌剧的时代性和群众性诉求、如何推进和扩大原创歌剧的演出等等,大家各抒己见,彼此之间的启发将在日后形成影响中国歌剧事业的措施。当晚,被激烈的讨论累坏了头脑的专家开心地成为歌剧《雷雨》的观众,这部精致的作品治愈了大家的疲劳,却又给众人带来感叹:真的弄一部好作品、弄一部真正好的作品,真是太难了!

翌日,中国歌剧研究会主席、著名作曲家王祖皆,常务主席、著名歌剧表演艺术家金曼宣布"中国歌剧研究会华东联盟"正式成立并授牌,上海歌剧院院长、著名指挥家张国勇出任主席。

近年来,上海歌剧院在创作、排演、管理等各方面取得了显著成效,《雷雨》《楚霸王》《西施》《赌命》等原创歌剧更受到了社会各界的广泛关注与好评。在上海歌剧院主办的《歌剧》杂志上,大家发现了周小燕教授为《雷雨》而作的长文,这真是十分难得。为了表达对周先生的敬意,我们特别转发此文,也想借此传达给读者一个信息:如果《雷雨》不好,周小燕不会为它撰文;周小燕为《雷雨》而作的大作,值得品读。

《雷雨》既是曹禺的第一个艺术生命,也是现代话剧成熟的标志。作品描述了两个家庭8个人物在短短一天之内发生的故事,狭小的舞台上不仅凸显了伦理纲常的冲突和阶级矛盾,还有个体对于环境及时代的强烈不谐调的碰撞,在种种剧烈的冲突中完成了人物的塑造。《雷雨》一发表,就震动了文坛,被不同的人饱含深情地演绎着、解读着,并一举将中国话剧推上了历史上最轰动热烈的巅峰时期。当时还就读于上海音乐学院作曲系的莫凡，就已经瞄准这个极为适合歌剧表现形式的题材，它所涵盖的事件、人物和情节的简约性也必定能为歌剧这个艺术模式提供广阔的时空观。

1998年，我带学生在北京开音乐会时见到莫凡，他告诉我正在着手把话剧《雷雨》改编成歌剧。获知这个在我国几近家喻户晓的经典题材有可能成为歌剧，我极为兴奋。在面临文艺变革震荡的时代，歌剧作为一个国家、一个民族文学艺术综合整体发展水平的标志性艺术品种，以当代中国人对它的传统认定和习惯理解来说，已经到了亟待改革的时候，因此，也更需要我国歌剧艺术管理者的支持和实践者不断的探索。我当时向莫凡表示，等歌剧《雷雨》搁笔时，我们上海音乐学院歌剧艺术中心一定为作品试唱。想不到在莫凡的《雷雨》完成后，我却得了重病，因为承诺不能得以兑现而抱憾。直至2000年莫凡与上海歌剧院正式合作后，我才变遗憾为关注。

歌剧，“歌”为音乐而“剧”为情节。叙事艺术是歌剧同其他任何戏剧门类的一个共同点，事件的铺陈、情节的展开、冲突的演进与解决、人物性格的发展和命运的变迁，无一不在歌剧文学的叙述中得以完成。脚本撰写得成功与否是一部歌剧成功与否的关键。而编撰歌剧脚本和创作歌剧音乐这两者对于莫凡来说，都是第一次。1998年农历新年刚过，莫凡开始付诸行动。在中国歌剧举步维艰的大环境里，在没人委约的前提下，没有梦想、勇气和激情是不可能完成这样一部耀眼的处女作的。

我们从脚本改撰上的取舍有道可以认识到莫凡颇具功力的文学底蕴。他摒弃了原作中鲁贵与大海父子的情节，以蘩漪的爱恨情感做主线，截取周、鲁两家6个人物盘根错节的人性纠葛浓缩于周家大宅内。脚本将6个主要人物性格上的两面性在情节和时间的展开中交叉重叠，又着意寻找他们在情感宣泄方面的戏剧性支撑点，让它们互相纠结，彼此缠绕，形成一个又一个情感纠葛，营造出让人物抒发激情、咏叹人生与命运的场面。这样一来，不仅使线索的聚焦更为集中，也为歌剧的音乐发挥留出了更多的时间和更广的空间。各具特色的人物和极为丰富的潜台词，如刀刃一般在观众的心弦上缓缓划过，那抖颤而出的余音，长久不息。

由于歌剧自身的时空十分有限，能否开门见山直点主题就成为重中之重的关键。歌剧《雷雨》一拉开序幕就很好地使用了变幻莫测的交响语言与色彩的音乐手段，合唱“乌云啊，沉沉地压在心头”直接为我们描绘了电闪雷鸣的自然景观和人物内心的愤怒与不平的同时，还暗喻全剧的戏剧性冲突必然导致一场悲剧的不祥气氛。几个主要人物在此间的造型恰如其分地表达了“理不清的乱，写不尽的痛”的主题，并以“周公馆里闹鬼啰”的反复咏唱揭开了故事叙说的导引，作曲家的创作激情在此尽显无遗。进入第一幕，蘩漪和周冲两人在各自的咏叹调“多么烦闷的夏日”和“它在海面上飞翔”中作了叙述和抒发情感的交代后，就立即进入“喝药风波”的冲突中。在莫凡恰到好处的调度掌控下，6个人物相继登场，在“我怕这里所有的事”“兴许是梦幻”“你带走了我的心”“闹鬼啰”等独唱、重唱和合唱的形式中充分揭开了人物的遭遇和矛盾的全部线索。

如果说第一幕仅是线索交代、人物刻画和矛盾交织的展现，那么第二幕则是错综复杂的人物关系被无情揭开后，走向悲剧的必然结果。莫凡巧妙地在“需要民主自由的空气”“当年的你我”“刚别离又相聚”“生死相依到白头”“是谁想从这里溜走”“他(她)是我的”等一连串的重唱中，把一个个的个体有机地串联起来，并穿插交替运用抒情、冲突、叙事和色彩性的场面，使剧中人物各自对爱情和自由的憧憬化为泡影的复杂过程更具说服力、独立性和完整性。可以说，莫凡把话剧《雷雨》从艺术上进行全方位转换，依托自己丰富的文学底蕴，用减法由大变小地对原题材进行重新架构，不仅量变质不变地表现了原剧的所有精髓，而且改造为适合歌剧艺术的创作思维所带来的结果显然也是成功的。

如果把一个好的脚本比作是歌剧的骨骼，那么音乐则是歌剧的血肉。话剧《雷雨》向莫凡所提供的人物、情节和冲突仅仅是一种空间框架和视觉展开，而莫凡为之铺陈的音乐则为歌剧《雷雨》注入了立体的时间特征和听觉魅力，这种有机结合的“骨”“肉”相连使这部作品充满了完美的鲜活感，也使音乐这种主情艺术痛快淋漓地对欣赏者的心灵直接进行“煽情”。

谈起脚本和作曲的关系，莫凡曾经说：“为什么自己改编剧本呢？我觉得在歌剧创作中，作曲者必须要参与剧本架构，音乐结构与戏剧结构才能有机结合。”面对《雷雨》这样一部人物关系复杂的作品，“自己写台本，虽然在戏剧结构方面可能有所欠缺，但在音乐的布局与设计上会更有意识，因此也可能更歌剧化”。正因为作曲家有了这样明确的创作思路，因此作品在戏剧结构和音乐塑造上得到了较好的融合，在音乐的设计和布局上也更具歌剧性。

在借鉴运用西方歌剧元素的同时，作曲家融入了我国民族音乐特质的乐器，在题材、风格、语言和技法的诸多方面，《雷雨》的音乐都体现出通俗化的趋向，颇适合各年龄段、各种审美层次和欣赏能力的观众的音乐口味。

被爱情伤得体无完肤的蘩漪是全剧的中心人物，作曲家为她打造的“多么烦闷的夏日”和“一个女子不能受两代人欺负”两段咏叹调，足以体现出她疯狂到让人心痛的悲惨境地，揭示了她内心世界最微妙、最隐蔽的情感活动。与之形成对比的是周冲的两首抒情性咏叹调“它在海面上飞翔”和“去沐浴海上阳光”，分别出现在两幕之首，优美的旋律与前后音乐的沉重压抑感形成了强烈的反差，不仅恰如其分地勾勒出周冲的单纯、清澈、热情及其绚丽的色彩，还在戏剧冲突的高潮之间带来宁静平和的境地，充分发挥了情绪上此消彼长的戏剧功能。

重唱——众人同时抒发情感的这种歌剧元素造成的优势，更是电影、电视剧及话剧望尘莫及的。根据故事结构的错综线索和纷繁复杂的人物内心脉络的戏剧特征，作曲家留出充分的舞台时间所设计的大量抒情性重唱和冲突性重唱，成为该剧的一大亮点。从正面冲突的“喝药风波”开始，到蘩漪揭开周家 30 年秘密后的六重唱“他(她)是我的……”结束，全剧几乎被精彩的“我怕这里所有的事”“你带走了我的心”“需要民主自由的空气”“当年的你我”“泪水和着雨水流”“生死相依到白头”“是谁想从这里溜走”等十来首重唱串联起来，这些重唱不仅深刻地揭示了人物在特定时间中的内心世界、情感情绪、心理状态和人物关系冲突，成为剧中营造情感高潮的有力手段，同时也标志着中国歌剧音乐在重唱创作探索上的重大突破。

表现力极为丰富的合唱在剧中也被调度得很具说服力。如前所述,作为符号和幻象的合唱团有机地在幕前营造和渲染着令人不安的神秘气氛,“乌云啊,沉沉地压在心头”与“电在闪、雷在吼”描绘着特定场景的特定色彩。合唱揭示的歌剧主题直接把观众拉进了规定的戏剧情景中,为戏剧冲突的展开设立了有效的戏剧氛围,并使观众领略到歌剧合唱的独特魅力。

上海歌剧院从2000年接手试唱《雷雨》时就组成了实力强劲的创作演出班子。无论从声音、演技还是年龄来说,高曼华饰演蘩漪都颇具说服力。凭借英雄男高音的特质,以魏松的实力演唱周萍这类人物似乎不当,但数次演来把人物复杂矛盾又软弱无能的混合体表现得愈发贴切。朱秋玲、董明霞分别饰演的鲁妈和四凤也很丰满。张建鲁饰演的周朴园和迟黎明饰演的周冲则无可挑剔,这一静一动的两人把性格截然不同的角色刻画得淋漓尽致。

导演查明哲和舞美设计罗江涛为之进行的二度创作颇见在艺术修养和艺术趣味上极为老到的功力,他们在数次默契合作的基础上,联手把《雷雨》打造得几乎是炉火纯青:雷鸣电闪、风雨交加的多媒体运用,旋转的舞台立体纵深感,大段的逆光效果,移动的沙发、太师椅和小帆船,拾级而上的台阶,循环流动的水效果,加上不时以抽象的黑衣人和白衣人出现的合唱演员等等的精心构思,为剧情推波助澜,也给观众带来极大的视觉冲击力。

《雷雨》在小时空中演绎了具有摄人心魄力量的大主题,它的成功之处在于剧本、音乐、舞美、表演、乐队、指挥和导演等各个组成要素具备了高度的平衡,在较高层次上达到有机的结合,营造出歌剧综合美的特有魅力。因此它于2001年在“上海之春”中以音乐会版的形式露面,就受到各界人士的赞誉,成为唯一一部获得优秀创作奖的音乐作品。随着细节上的不断修改,2006年和2007年的舞台版演出则更为成熟,它必将成为近年来我国严肃歌剧创作中为数不多的艺术精品。

原载《中国文化报》2010年6月10日

情节处理的多样化

——简论曹禺早期三部曲的电视剧改编

时　晨

情节，是指叙事艺术作品中表现人物性格、人物关系和人物行动的一系列生活事件的发展过程，是叙事艺术中重要的内容和要素；结构，则是对于作品总体的组织安排和整合构造，属于作品的形式要素范畴。情节与结构安排，始终是交织在一起的，它们是关系到电视剧创作成功与否的首要因素。电视剧改编的首要任务是按照其中心需要去重新安排原著中的事件，来服从电视剧主题的需要。

曹禺早期三部曲——《雷雨》《日出》《原野》，其原著中的情节，多是对最能显示人物思想感情和性格特征的生活实践进行典型化的艺术处理的结果。紧紧围绕着人物性格的塑造，组织设立一些矛盾的冲突，根据社会生活和人物性格的逻辑来演绎和推进，电视剧的改编也应该如此。

一、开端——前史的打开

曹禺早期三部曲其中有两部是结局戏，也就是说，在我们传统观点里认为，他们的结局是注定了的，所以这两部作品的电视剧改编，无一例外地都选择了去打开它们的前史。而在这前史的打开上，《原野》和《雷雨》却采取了完全不同的方式。

《原野》是采用倒叙的方式，从剧本第三幕黑森林处，也就是作品的高潮，仇虎和金子出逃的过程中切入。仇虎和金子在一眼望不到边的雾茫茫、阴森森的树林里，气氛非常的紧张，仇虎精神几近崩溃并且受了伤，脸上都是汗水和血迹，他倒在树底下，显得十分恐怖，远处是火把、人群，到处都乱哄哄的。仇虎的眼睛睁得大大的，然而他身边的几米内竟然十分静谧。金子穿着漂亮的衣服，虽然头发有些乱，但看得出她没有仇虎那么紧张，她不停地安慰仇虎，并且企图扶他起来赶路。这时仇虎问金子："你可知道我为什么跟你上床么？"金子惊愕，于是仇虎就恶狠狠地叙述自己多么恨焦阎王一家，同时告诉金子，自己对她一点感情也没有，纯粹是利用她，现在让她滚。金子不敢相信，但是仇虎说得太真了，她又不得不信。她颤抖着，决定自己离开，走的时候她已经意识到这是仇虎为了救自己而说的谎，但她还是走了。仇虎看着金子远去的背影，松了一口气。这场戏一共不到两分钟，男女主人公已经出场，他们的关系也已经明朗，甚至有了质的转变，连焦大妈和仇虎之间的怨恨也已经说清楚了，节奏非常快。接下来镜头切换，到了明媚的白天，熙熙攘攘的小镇，年少的仇虎充满了少年的青春活力，在一个院子里练武，这时伴随着银铃般的笑声，金子出场了，她藏起了仇虎的衣服，并且爱慕地看着他，同时出现的还有一个原作没有的人物，一个跟金子完全不同的安静的同学，反衬金子的活泼、开朗，不掩饰自己的爱，这个开头十分有力，观众已经被完全吸引住了。

《雷雨》开头并不是原作剧本里重要的情节，它选择了周公馆即将破落之时，到处都是一幅凌乱的景象，各人在忙各人的事情，主要人物就是鲁贵和一帮家仆。开头十分钟左右出现了克大夫要求买下周公馆。这里等于交代了周朴园已经数年不在的情况，快结尾处周萍打来电话说到了天津，要求去接。而周萍走失的情节，却已经到了第二集。导演在这里不慌不忙地铺陈出周公馆的基本色调，从此也没有再变，可以感觉到这个开头是在制造一个更大的悬念，让人对周公馆的老爷少爷们感到好奇，从而引起观众的兴趣，在这一点上《雷雨》做得很好，但节奏上未免有些拖沓。

《日出》的开头也十分有特色，不像《原野》那么激烈，也不像《雷雨》那么平淡，它充分地利用了电视剧的长处，把在舞台演出上无法展现的景观呈现在了观众面前，先是幽蓝的画面，一看就知道是太阳还没有升起的时候，滚滚而来的海水，一望无际，一览无余。接着是海水中的礁石，在海浪中若隐若现，预示着什么我们虽然不知道，但仿佛注定是个悲剧。接着出现了站着的两个人，陈白露痛苦得几乎哭不出来，诗人的脸却冷漠得让人打颤。镜头慢慢推近一个小小的坟墓。上面写着“爱女露露之墓”，紧随坟墓出现的是一个即将升起的太阳，大而明亮。这镜头一下子就把观众引入这部电视剧之中，接着诗人的声音响起：“太阳出来了，但是，太阳不是我们的，我们要睡了。”在第一时间点题。这样做有个最大的好处就是让我们知道这是曹禺的《日出》，而不是胡编乱造的《日出》。

二、过渡性情节

曹禺早期三部曲的电视剧改编中，中段的部分也是十分重要并且出彩的。比如《雷雨》中周冲请四凤出去看话剧这场戏。这戏的前面是周萍和四凤刚刚发生了关系，两人还没有明说，但周萍已经决定跟四凤在一起，他们在周公馆的客厅碰见，还来不及互诉衷肠，周冲却进来了，他愉快地要求大家参加他的演出，真诚地表演他的角色，朗诵着当晚要演出的话剧台词：“你爱我么？我知道你一定会说是的，我也一定会相信你的话，可是，也许你起的誓，只是一个谎，人家说，对于恋人的酣梦背信，天使是一笑置之的，温柔的罗密欧啊，你要是真的爱我，就请你诚意告诉我，你要是嫌我，我也会堆砌怒容，装出倔强的神气拒绝你的好意，好让你向我婉转求情，否则，我是无论如何不会拒绝你的，俊秀的罗密欧啊，我真的是太痴心了。所以，才让你觉得我的举动有点轻浮，可是，相信我吧朋友，总有一天你会知道，我的忠心远胜于那些善于矜持作态的人，我承认，倘不是你趁我不备的时候偷听去了我的表白，我一定会更加矜持一点的。”这段话伴随着音乐，镜头在周萍和四凤之间流畅地转换。这场“戏中戏”中，朱丽叶的独白恰恰反映了四凤的心情。四凤感动又难过，望着周萍，也望着周冲。这时蘩漪进来了，她明显也被这场景和台词打动了。“所以，原谅我吧，是黑夜泄露了我心底的秘密，不要把我允诺，看作是无耻的轻狂。”这句话同样也说到了蘩漪的心里，她慢慢地走过来，带着和四凤一样的情绪。在这一刻，任何人心中都只有纯洁和神圣的爱情。可是大家发现蘩漪来了，气氛一下子变得尴尬，观众一下子被拉回了现实。又回到周公馆无比压抑的气氛之下。周冲邀请大家都去看晚上的演出，可是最后只有四凤去了。

从情节与结构安排同主题之间的关系来说，二者结合得十分贴切而且紧密，情节的编排和结构的处理都有效表达出中心思想。电视剧《日出》的戏，也同样是一场接一场，起承转合有原因、有结果。原著写陈白露，直接写到陈白露住在亨德饭店，而电视剧开始时陈白露并不是住在亨德饭店，是住在一个小巷租来的房间里，而这个房间恰恰在李清石一家的楼上，情节安排和人物设计十分紧凑。小东西死后，方达生把陈白露带走的那场戏，也是原著中没有的，从开始观众就知道陈白露是不会跟方达生走的。它让观众仅存的一丝希望也泯灭了。在读原著的时候，我们总要不断地问一个问题，陈白露为什么不跟方达生走？为什么不离开她那些已经不能继续的生活？电视剧让我们明白了，方达生扮演了我们期盼的角色，他义无反顾地带走了陈白露。可是走了之后呢？陈白露受不了汽车站，受不了汽车上小孩的哭泣和周围人身上的味道，更受不了脏兮兮的热水，同时也不能接受方达生对她大吼大叫，别人活着能走，但是她到底还是走不了，无论方达生怎么劝和怎么批评。这场戏的幽蓝基调和开头、结尾都是一样的，太阳升起之前的雾色暗示观众，陈白露从这里走了，也许能找到真正的日出，但是日出之后，她却还是在那里，“天亮了”，她真真被甩在了后面，只能远远地看着太阳升起，只能远远地牵着方达生。在初升的太阳下，他们肩并肩手牵手，爬过了一道道山野，为了能更好地感受这日出的美，只可惜，只有这么一会，他们共同走的路，只能是这么一段，全剧中只有这一段真正让我们看到了日出，却昙花一现，转瞬即逝。我们是那么地同情陈白露，可是又那么地理解她的无奈，再没有了她到底为什么不走的问题。这段增加的情节是对原著的诠释和深化，服从了主题和情节的安排。与前面的戏衔接得恰到好处，又为唯一合理的结局做了铺垫。它充分显示了电视剧《日出》改编的创造性特色。

三、人物命运的改变

前面我们说到，名著改编最应该把握的是人物的精神和灵魂，而把握人物灵魂似乎是人物命运应该不变。可是我们却在三部曲的电视剧改编中看到了人物命运与原著完全不同的走向，比较明显的就是《雷雨》的人物命运。

原著《雷雨》是一个大悲剧，结尾一幕侍萍和鲁大海来到了周公馆找四凤，侍萍要带四凤回家，四凤不得已向侍萍说出真相，她已经怀了周萍的孩子，这犹如晴天霹雳：他们是同母异父的兄妹呀！在四凤的苦苦哀求下，侍萍答应让周萍带四凤走，永远不要再见到他们。蘩漪带周冲来阻止周萍带四凤走，周朴园也闻声而至，他以为侍萍前来认儿子，让周萍跪下认自己的生母。严酷现实让四凤无法承受，她冲向花园，碰到漏电的电线而死，周冲去救她也触电身亡。周萍开枪自杀了，两个妇人疯了。而电视剧《雷雨》的结尾在周萍认了自己的母亲之后有所改变，四凤大叫一声跑了出去，却在看到电线的时候退缩了，她猛然想起了自己肚子里的孩子，她不忍心去死，她挣扎着纠缠着，就在那么一瞬间，她母性的力量显现了出来，并且救了她，她在这巨大的痛苦中昏了过去却没有死，追出来的周冲自然也不会死了，他跪下来抱着昏倒的四凤大声地哭喊。与此同时，枪声响了，寂静无声的周公馆里躺着的不是周萍，而是蘩漪，这里甚至没有给奔过来的周朴园一个镜头，只看到蘩漪躺在地上，枪在旁边，事实上经过前面的层层铺垫，蘩漪知道真相，恢复了理智之后，我们已经可以知道蘩漪会死了，她没有什么理由活了。无论她是多么坚韧执着地追求过自己的幸福，但是她活不下去了，她闯了这么大的祸，不会有人同情她，更不会有人爱她，她连疯狂地活着的机会都没有了。只有死了，才能挽回一点她要的尊严，事实上的确是这样。周朴园抱着她痛哭流涕，周萍怀念绝望的眼神，蘩漪想要的和能要的，在经历这么多风波后，也只能是这些了。接着黑屏字幕现出："这两个星期过后，四凤堕胎随鲁妈去了济南，周冲去了北平，周萍接管了父亲的矿山，大海在一个风雨之夜离家出走，有人曾经在山西太原见过他，周朴园中风瘫痪。"虽然这个结尾在评论界尚有争议，认为原著深刻的社会批判主题消失了，力量厚重的题材变成了通俗的、言情的风月故事。但是笔者认为，在对整体基调，尤其是对蘩漪的人物走向的把握上，电视剧《雷雨》这种还算合理的结局，也不失为改编电视剧前进道路上的一种探索。

相对来说，《原野》电视剧改编中的人物命运曲折多变，虽然最后的结局与原著相差不大，但是由于中间的改动过多和交代不清，使得结尾显得突兀和不切合实际。

曹禺三部曲的电视剧改编开了一个很好的头，不管怎么说，它把半个世纪以前脍炙人口的，在戏剧史上具有丰碑意义的作品改编成另一种艺术形式，用另一种艺术手法来表达它，为后人提供了一个很好的借鉴。

原载《戏剧之家》2010 年第 6 期

命运苦雨爱的惊雷

——试评中篇弹词《雷雨》并以此献给曹禺诞辰 100 周年

孙伊婷

戏剧大师曹禺的成名作《雷雨》，作为中国话剧走向成熟的标志，是中国现代戏剧百年史上一座永垂不朽的里程碑。由苏州市评弹团全新改编的中篇弹词《雷雨》(以下简称中篇《雷雨》)自去年 6 月正式首演参加第四届中国苏州评弹艺术节，并一举夺得"节目金奖"第一名之后，历经十多次重易其稿的自我否定，不断提高，一路走来直至近期赴北京"长安"和天津"中国"两大戏院展演，又走进清华、北大、南开等全国著名高等学府，都深受好评。

中篇《雷雨》另辟蹊径、推陈出新，从改编、排练到演出，集结了一个强大的文学顾问与创作班子，亦汇聚了一批享有盛誉的演员阵容。在整体忠于话剧原著精神的基础上，根据苏州弹词自身的体裁和要求作了许多有益的艺术探索和可贵的创新突破。由于中篇篇幅的限制，也为有效展示苏州弹词艺术的表演特征，尽可能地拓展表现空间，使之更加恰如其分地传递原著作者的心灵之声和作品的思想精髓，避免成为一部所谓"弹词版的话剧"而有违初衷，中篇《雷雨》在情节结构的改编创作上着实作了一番大胆而谨慎的增补和删减，从而使得整部中篇更显层次分明、繁简有序、详略得当。它还十分准确地把握住了曲艺与戏剧之间表现手法的异同，从而恰到好处地发挥出了苏州弹词的独特优势，演出效果极佳。因此，无论是对原著剧本的二度改编，还是书台上演员的表演艺术，皆可圈可点、亮点倍出，令人耳目一新。

一

可以说，在 21 世纪的今天，密切关注原著作者曹禺的创作心理，并凭借自身曲艺体裁的艺术优势，言戏剧所不能言，从而在根本上实现了对原著精神主题与思想精髓的"透明"回归——这无疑是中篇《雷雨》最大，也是最重要的成功之处。纵观全书，无论是对中篇各分回名称的拟定，还是对情节、结构、人物、细节等要素的编排和描述，无不围绕着"命运"这一主题而展开，显得精准得当。曾有学者将曹禺先生的戏剧创作方法与美学风格定义为"诗化现实主义"①，"'对存在的追问与探询'是曹禺剧作'诗性'特质的重要方面。正是这一特质，使曹禺剧作具有了'现代性'。"②的确，从某种程度上来说，曹禺堪称中国现代戏

① 田本相.曹禺全集(第 1 卷)[M].石家庄:花山出版社,1996.

② 李扬.诗性之思——曹禺对人的生存境况的追问与沉思[J].文学评论,2004(2).

剧史上对宏观意义上的“人”予以最多关注的一位剧作家。纵观其生平经历和文学创作，我们不难发现，思维的感性化与形象性，认识的模糊性与不确定性，情绪的感伤性、忧郁性与苦闷性等几方面乃是曹禺早期创作心理的主要特征。作为一位极富诗人气质的剧作家，青年时期的曹禺情感胜于理性，直觉强于分析，他从“人”的良知的单纯召唤和朦胧困惑的原始创作思维状态出发，继而在自己的文学创作中执着追寻着一种诗化的生命理想，以“蛮性的遗留”关注“命运”的永恒母题，尽情抒发着自己心灵深处那悲天悯人的“诗性之思”与怜香惜玉的女性关怀。因此，曹禺早期作品中的主人公，以及他们那炽热激烈的爱恨情仇，往往充满了沉闷压抑而又炽热浓烈的悲剧色彩。在这方面，《雷雨》即是一个鲜明而典型的例子，它是一首炽烈悲情的命运抒情诗、一曲色彩浓郁的生命赞歌、一部感天动地的人间悲剧。关于这部不朽的杰作，曹禺先生在短短一则《雷雨・序》中向我们倾诉了太多太多，而中篇《雷雨》即很好地把握住了这一点。

首先，全书将原著中连接两代人命运的爱情主线进行了有机整合。为了突出强调蘩漪、周萍的情感纠葛这一条主线，周朴园、梅侍萍、周冲、鲁大海、鲁贵等在书中的戏份均分别有所减轻，全书以“三十年前的故事”和“三年前的故事”引出了两代人的悲欢离合；然而，若想在形式特征上能够同样展示出中篇《雷雨》的艺术感染力，绝非易事！例如，对于老一辈旧情人陌路重逢与往事重提这一情节的处理，已不同于话剧的长段对白，中篇《雷雨》是在第二回开始以“带表带做”“似表似白”的艺术形式作了清晰简明的铺叙交代，既充分展示了书中人真实的内心世界，又使全书的线索得以连贯，做到前呼后应，更为小一辈兄妹的乱伦爱恋镀上了一层“宿命”式的悲剧色彩。此外，中篇《雷雨》对亲兄弟间的“手足相残”、周冲的天真梦幻等细节也都作了适当的概括和提示。

其次，与原著相比，中篇《雷雨》的表现重心更加偏向于对书中角色内心深处最本真的“人性”的展示与挖掘。书中引用、借鉴了部分与作品主题精神相关的经典语句，亦可谓鞭辟入里、匠心独具。

在原著中，蘩漪与周萍之间那刻骨铭心、惊天动地的爱恨情仇曾在中国话剧史上留下了一段段经典台词，而中篇《雷雨》对蘩漪与周萍情感纠葛的表现则更为突出，堪称浓墨重彩，正所谓“情到深处难自已”。周萍与两个女子的情感纠葛成了全书描绘的重点，而周、蘩二人之间一切爱恨情仇的凝聚与展开则更是编剧倾心诠释的重中之重。这一方面足见编剧的良苦用心，同时也正充分展示了弹词艺术的技巧优势。

在蘩、周二人的情感发展历程中，对往昔一同观赏昆曲经典《牡丹亭》的回忆一节实在是不可多得的“点睛之笔”，该创意源于该中篇文学顾问朱栋霖教授严谨考证后的精妙提议；而在那绢丝团扇上的杜丽娘仕女图旁题就的李清照《声声慢》之“寻寻觅觅，冷冷清清，凄凄惨惨戚戚”，则来自另一位文学顾问方同德先生。这画面与这情景令人如临其境、如闻其声，真是“此时无声胜有声”。

第三回中，面对蘩漪的最后一次苦苦哀求，周萍有一段袒露内心的说表：“刚刚四凤屋里的两扇窗怎么会打不开？是你。蘩漪啊蘩漪！你的爱太自私、太怕人了，你分明是要我死啊！然而四凤呢？在我最最迷惘的时候，是她，打开了这扇窗。难道我现在再回到你身边？我还像人吗?”面对同一件事情、同一个自己倾心所爱的男子，两位女性的做法却是大相径庭。记得书中有这么一句精准的点评，可谓一语中的：“（书表）蘩漪啊，这个就是你与四凤的区别。女人的爱有两种，一种是把对方紧抓在手里死也不放，一种是用宽容的心让对方过得轻松幸福。你属于前者，而四凤属于后者。”这一评述确是千古箴言，文学巨匠曹雪芹在《红楼梦》中就有“女人是水做的骨肉”之语，相信对大部分男性而言，女性的独特魅力正在于“柔情”二字。无论是在弹词还是话剧中，蘩漪都是一个极富人性张力的女性角色，充满了迷人的艺术魅力。对于蘩漪，曹禺先生在《雷雨·序》中曾经提及：“她的可爱不在她的‘可爱’处，而在她的‘不可爱’处……她是最富有魅惑性的。这种魅惑不易为人解悟，正如爱嚼姜片的才道得出辛辣的好处。”的确，从被迫喝药、好言留萍，到跟踪尾随，直至最终彻底绝望、大白真相，随着书情的一步步推进，蘩漪身上所独具的一种“魔”的“尖锐性”逐一展露；而愧对稚子的如梦初醒又还原了她性格中并未泯灭的温柔母性。

曹禺的早期作品对女性似乎有着特别的偏爱，“给我印象最深的，还是那些受苦受难、秉性高贵、引起我同情的妇女。所以，我愿用最美好的言词来描写最好的妇女”。[①] 应该说，四凤与蘩漪，她们的“可爱”恰属两种截然相反的类型，前者美丽清纯、善解人意，后者则尖锐执着、一爱到底。中篇《雷雨》中有这样一段精评：“（书表）有人说蘩漪这个人真讨厌。或许是。蘩漪做了一件中国人不能原谅，连外国人也不能原谅的事体，但她确实有让人同情的地方，这是一个复杂的人。”的确，蘩漪的身上有着一种魅惑的“魔”性，其性情中最非同寻常的特点就是一个“敢”字——“（书表）她敢爱，爱得死去活来，敢拼，拼一个你死我活。恐怕今天二十一世纪，也没有几个女子，能有她这种拼劲了”。对她而言，“一切都是走向极端，要如电如雷地轰轰烈烈地烧一场……她的生命烧到电火一样地白热，也有它一样的短促。情感、郁热、境遇，激成一朵艳丽的火花。当火星也消灭时.她的生机也顿时化为乌有……她的生命交织着最残酷的爱和最不忍的恨，她拥有行为上许多的矛盾，但没有一个矛盾不是极端的”。这一点正鲜明地体现了蘩漪那最“雷雨”的生命之“美”，也是她人性中最富吸引力的地方。勇于在“狭的笼”中作“困兽的斗”，与那些“阉鸡似的男子们”相比，蘩漪确是令人佩服的，这也是作者之所以怀着一种怜悯、尊敬、赞赏的态度与热情来塑造这个人物的原因之一。因此，“爱这样的女人需有厚的口胃，铁的手腕，岩似的恒心”。而对于周萍——这样一个“情感和矛盾的奴隶”而言，蘩漪这种炽烈燃烧、丝毫不留退路的爱情方式他显然是无福消受的。

三回书依次以“山雨欲来”“夜雨情探”“骤雨惊雷”命名。“雨”这一意味深长的主导意象切合书情，紧扣全书的精神主题，显得恰当而凝练。与话剧相比，中篇《雷雨》虽然在篇幅容量上相对缩小了，但原著的精神主旨却未曾改变，相反，较之其他剧种而言，在某种程度上似乎还作了更多的彰显和更为深入的刻画。

再次，也是最重要的一点，全书有选择、有目的地诠释了原著中特定时代的社会主题、纷繁深邃的人性内涵与变幻莫测、万般无奈的“命运”主题。

① 引自曹禺《雷雨》·序.原载《雷雨》[M].上海：文化生活出版社，1936.

与话剧相仿，中篇《雷雨》以小见大地展现了二十世纪二三十年代半封建半殖民地中国社会现实的大背景，一群富有代表性的、唯那个动荡年代所独有的人们，他们的人格禀性与情感纠葛，以及由此而引发出的对于未知命运的思索。书中不时以托白的形式阐释了作品宏大深邃的“命运”主题，如“（书表）其实蘩漪啊，如果你现在快刀斩乱麻选择放弃，这是一个最好的结果。但是这时候的蘩漪已经钻了进去跳不出来了，所以她会像飞蛾扑火一样，不顾一切地一次又一次扑上去，直到最后把自己烧得精光。这就是蘩漪的命！”“（书表）蘩漪啊，有一句老话，叫‘得放手时须放手’。你不放周萍，结果由此而引出一个人来，这个人一出场，周公馆一夜之间化为灰烬。”以及“（书表）这时候的雨像倒下来一样，‘哗哗’奇怪了，所有的人不知不觉往一个方向而去，啥地方？周公馆。”等，这一系列“点睛之笔”确实颇具神韵。

全书矛盾错综复杂，却条理清晰，八个书中人物依次展露峥嵘，无论分量轻重，都能很好地服务于作品的主旨精髓。众所周知，话剧原著的结尾是极具震撼力的，而作为“文艺轻骑兵”的弹词并不具备灯光舞美的变幻烘托，语言、音乐以及小幅的动作就是其全部的表演手段。因此，中篇《雷雨》充分发挥了自身的艺术优势，独具匠心地在结尾处让五个主要人物每人发出一声最由衷的人生感喟，并由此导引出全书的“命运”主题，显得水到渠成、顺理成章，毫无生硬之感：“（萍表）这时的周萍，希望天上的雷往自己这儿打，‘打’一下，把自己打入第十八层地狱！我从一个罪恶的深渊里爬出来，怎么又跌进了一个更深的罪恶里？他举起了手枪，并且扣动了扳机。（凤表）四凤怎么也想不通，我爱的明明是周家大少爷，怎么会变成自己的亲哥哥？（侍表）我梅侍萍三十年茹苦含辛，只想避免重蹈覆辙。为什么三十年后还要我重新踏进周家？（朴表）我周朴园是费尽心血要维持一个‘最圆满、最有秩序的家庭’，怎么一夜之间家毁人亡？（蘩表）我蘩漪只是想活得像一个女人，我有什么罪？（齐声）我有什么罪……大师杰作，叩问命运。百年经典，启迪人生。”无论是高傲的蘩漪、软弱的周萍、纯洁的四凤，还是威严的周朴园、哀怨的侍萍，每个剧中人都有一份属于自己内心深处的苦涩的辛酸与无奈的悲哀。末了，命运的苦雨淋透、浇醒了这一群人们，终于去向了各自的生命归宿。在如电闪雷鸣的深邃苍穹般巨大无比、神秘莫测的命运之力面前，所有人的挣扎都是徒劳无益的，唯有任凭摆布，直至最终被吸入黑暗无底的深渊。

二

中篇弹词《雷雨》的另一成功在于：实现了原著由戏剧艺术到曲艺艺术的体裁突破，这可谓《雷雨》七十余年演绎史上的一大创举。中篇《雷雨》由四幕话剧调整为三回弹词，并对全书人物关系和情节主线的重心作了些许的转移和大胆的创新，为弹词艺术手段的灵活运用与充分发挥提供了广阔的表现空间。

曹禺先生虽是北方人，却曾极力赞誉苏州评弹（评话和弹词的合称），并将其艺术特点概括为“说、噱、弹、唱、评”五字。[①] 与话剧相比，苏州弹词显然是一朵优美典雅、委婉多姿的江南曲艺奇葩，其最突出、最迷人的特色正在于“细腻”二字。因此，传情达意、塑造人物、刻画心理、评说点睛也就成了弹词的表现长项与艺术优势。并且，同样是吴地的传统艺术，但与“阳春白雪”的昆曲相比，形成于明末清初的苏州弹词则是一门雅俗共赏的市民文艺，散发着“人性”的光辉。就《雷雨》而言，内中恰恰充满了许多细腻深刻、错综复杂的人物矛盾与心灵交锋，剧中的人物形象也因此变得真实丰满、有血有肉，极富立体感，“命运”与“人性”之间的根本性矛盾也油然而生。

在苏州弹词的五字表演手段“说、噱、弹、唱、评”中，“说”和“唱”、语言和音乐是最基本的，也是最具特色的。弹词集叙事与代言于一身，说书人可以“跳进跳出”，其说表艺术素有“六白”之说，可谓精妙传神、巨细周到、无微不至；而其唱腔艺术亦婉转动人、以情传声、声情并茂。因此，由苏州弹词来编演《雷雨》这部作品就显得非常适合了。中篇《雷雨》十分精准地由此切入“大做文章”，并在演出中配以全程普通话字幕以及有别于传统演出形式的舞美灯光等手段，收到了比较圆满的现场效果。

一方面，全书在话剧基础上新增出来的部分书情及说表唱词、讲论点评，无不展示了全书宏大的社会历史背景、书情的叙事线索，以及角色之间激烈的心灵、言语交锋，描摹、勾勒出了那个特定时代里这一群特定人物的内心世界，诠释了丰富深邃、错综复杂的心理潜台词。这一切正体现了弹词独特的艺术手法在刻画人物心理、揭示情感潜台词方面的巧妙运用。

全书一开始，即以“表”的形式交代了故事发生的具体时间、地点以及几个主要人物的年龄、性格、经历等，这些内容有的在话剧原著中属于舞台提示，有的则是中篇《雷雨》的合理艺术加工和虚构，如周萍毕业于东吴大学。蘩漪和周萍在第一回中“逼药”前后的几段私白，顿将二人激烈的心理交战表露得淋漓尽致，如：“（蘩表）三年前，你曾经和我讲过，我没病，无病服药反而会吃出病来……不！我不是你的母亲，三年前是你亲口说的。”……“（萍表）现在想想，这声‘母亲’喊得好，这一声‘母亲’终于拨正了我和你蘩漪之间的名分。”待蘩漪重新下楼时无意中听见了周萍与四凤的相约，从醋意顿生到暂时克制那一段复杂的内心私白，安排得十分得体，如：“（蘩表）其实周萍和四凤的事情，蘩漪早看出来了，但一直没放在心上。……我总以为男人么占点小便宜罢了。再说，虽然四凤是年轻漂亮、人见人爱，但是怎么能和我相比，我上过新学堂，读过古诗词，画得出山水花卉，弹得出五音六律，我去吃一个目不识丁的丫头的醋，实在太没意思了。但我万万没想到，两人竟然已经发展到约会的程度了。”第二回中侍萍和周朴园之间的一连串私白则是中篇《雷雨》从话剧原著中提炼出来的，见证了二人往日情感的纯洁真挚和经历几十年生活的风刀霜剑后情感的残存，使角色性格和人物关系更加合情合理，如：“（侍表）我曾经把我的终生托付给周朴园，平心而论，他人不坏，当年的周朴园温文儒雅、体贴入微。”“（朴表）我从来没有把她当佣人看待，侍萍身上有无数优点，以至于她消失之后，我觉得再没有一个女人能替

① 转引自曹禺.我的生活和创作道路[J].戏剧论丛，1981(2).

代她，蘩漪？差远了！”书中的第二回和第三回分别有两大段令人印象颇为深刻的长篇表白和私白，“（书表）怎么说呢？母子乱伦，怎么开得出口！……周萍曾经和蘩漪讲过这样一句话，即使犯了灭伦的罪我也不怕！谁知没多少日子，他就怕了，而且越来越怕。他烦恼、后悔，后悔到什么地步？他想到了死！但是他又怕死。后来终于被他寻着一条路，忏悔，但是和谁去忏悔呢？遇着四凤，他从四凤身上看见了自己重新做人的希望，但好几次欲言又止，因为他实在面对不了四凤这对晶莹剔透的大眼睛。”和“（朴表）现在的周朴园是恼羞成怒！恼，我周朴园不管你们怎么看我，多少年来也是风里来雨里去，想不到累死累活，居然养了这样一群人？羞，商场即战场，我这一生，枪林弹雨没有把我击倒，但我竟防不了背后这两支冷箭！怒，蘩漪啊蘩漪，我真的小看你了，你想用你的毁灭，来推倒我周朴园辛辛苦苦搭起来的金字塔？你休想！”分别刻画了周萍“情探”时欲向四凤隔窗忏悔、倾吐真情前那欲说还休的复杂心理，以及周朴园得知长子少妻母子乱伦之事时剧烈的内心起伏。此外，书中还有一些说书人以第三人称作点评的托白，也显得十分精彩、贴切。

《尚书·虞书·舜典》中素有“诗言志，歌咏言，声依咏，律和音”之语，“声情并茂”乃是唱腔艺术的独特魅力和理想状态。苏州弹词的唱词散韵相间、真挚感人，具有很强的文学性与抒情性，极富情感表现力。作为中篇《雷雨》中最主要的两个人物角色，蘩漪和周萍的思想感情就有很大一部分是以“唱”来表现的。如周萍奉父亲之命为蘩漪端药时，“（蘩唱）求你求你我求求你！（萍唱）为难为难我实为难！”的唱段展示了二人的心理对话。此后“（蘩唱）你既然爱过我，岂能不管我？既然救了我，怎能抛撇我？倘若你心中已经不爱我，还不如亲手杀了我！”一段表现了蘩漪性格中决绝的因子；第二回中，蘩漪尾随周萍到四凤家中，当她了解清楚了周萍内心真实的想法后，顿觉怒火攻心、万念俱灰，“（蘩唱）大雨倾盆雷隆隆……哪怕碎骨粉身跌入万丈深渊中！”的唱段将其惊涛汹涌、烈火熊熊的内心世界展露无遗；第三回中，当一切真相大白后，面对老于世故、城府极深的周朴园，一段“（蘩唱）你问我蘩漪有什么怨与屈？……我窃喜一段真情见了天！”的唱词又极好地展现出了一个坦荡叛逆、敢作敢当的女性形象；而紧接着，“（蘩唱）一声妈妈心似绞，泪眼糊涂竟看不清冲儿在哪边。”“儿是天使娘是鬼……只是面对娇儿口难言。”蘩漪终于从“回忆”重又返回了“现实”，充分还原了她身上并未泯灭的母性光辉与人伦是非感。这些精彩的唱段将这一人物形象雕塑得更为丰满、真实。

另一方面，苏州评弹素有“噱”乃“书中之宝”之说。中篇《雷雨》中种种苦涩的笑料、打趣、调侃与自嘲、一系列悲剧式的噱头，以及误会、相似、对比、倒置、夸张等多种喜剧性手法的灵活运用，都最大程度地为表现书中的人性人情服务着，正所谓“以乐写哀，倍增其哀”。

第一回中用“鬼出现”这样的俚语来形容母子深夜客厅幽会乱伦，很符合鲁贵这个猥琐贪婪的小人物的口吻。用“（蘩表）哭两滴眼泪好冲两缸酸梅汤”来形容蘩漪听见周萍和四凤约会时那种醋性大发的心情也十分幽默贴切。“（蘩表）四凤叮了个蚊子块，周萍楼上楼下寻万金油，叮在手背上么，他擦呀擦呀一直要擦到臂膀上。”则形象地显示出了周萍对四凤超越主仆的关爱之情和蘩漪对此嫉妒轻蔑、略带鄙视的心态。与此相仿，第二回中周萍“情探”四凤，蘩漪尾随其后，“（萍白）自从我和她有了瓜葛，每天夜里我都会做梦。”“（蘩表)喔,居然做梦都还想着我?”“(萍白)不过个个都是恶梦!”当四凤打开窗户,周萍跳入室内的一刹那,“(凤白)萍!”“(萍白)凤!(书表)说书就是这点不过瘾啊!”这里则是演员借此自我调侃,以曲艺表演不能“假戏真做、相拥相抱”来调节现场气氛的巧妙言辞。第三回中蘩漪叫来周朴园,“(朴表)突然听见蘩漪歇斯底里的喊声,厉害!今天的雷多么响?她的声音竟然比打雷还要响。出书房踏进客厅,这一惊非同小可。怎么可能?两位夫人,三个儿子,还有侍萍的女儿……你们这些人怎么会聚在一起?即便是开我周朴园的追悼会,这些人也不一定都到得齐啊!有事情,一定有事情!”等等,如此这一系列令人发笑的冷幽默确实在很大程度上起到了挑松书情的作用,使全书“活”了起来。

书中别出心裁增添的一个拟人化的陌生角色——“獠檐”,看到蘩漪尾随周萍来到四凤家的窗前,禁不住提醒了两句:“喂!非礼勿视,非诚勿扰!”它以冰冷的獠檐水滴向书中人:“(书表)嗒!嗒!阿觉得?”“(蘩表)不觉得!”“(书表)今天碰着的都是木头人。”此外,“(书表)蘩漪真漂亮啊!这件湖绿色格旗袍,绿盈盈像一汪清清的河水在微波荡漾,走一步摇曳生风,活生生一枝出水芙蓉,这种风度,这种气质,什么巩俐、章子怡,比都无法比。”将巩俐、章子怡这两位当红国际女星作陪衬,更突显出女主人公蘩漪那非凡出众的气质风度。凡此,都体现了苏州弹词与时俱进、古韵今风的现代艺术质感。

在中篇《雷雨》的历次演出中,著名演员盛小云通过其清晰的说表、流畅的弹唱、含蓄的表演,在一颦一笑、一蹙一展、一举手、一投足间,将女主角蘩漪那时而勉强压抑情感、时而内心剧烈起伏、时而如泣如诉表白深情、时而如山洪暴发一泻千里的情感变幻,以及那如惊雷般震天动地的爱情追求演绎得感人肺腑、动人心魄,成功塑造了这一女性艺术形象,同时也极大地满足了广大观众的审美期待。此外,说唱历练、表演生动的施斌,清俊儒雅、谦谦君子的徐惠新,幽默戏谑、精巧扣人的吴静,清纯恬淡、说唱工整的陈琰也都是在评弹界享有盛誉的优秀演员,他们的表演细腻到位且富有韧性,赢得了观众的普遍赞誉。

苦雨中的命运,惊雷般的情爱,细腻如丝的心语,洞若明火的精评,铸就了中篇弹词《雷雨》的别样风情。

原载《艺术百家》2010 年第 7 期

评弹《雷雨》：用最美的声音重释经典

陶冠群　马肃平

人物简介

朱栋霖：苏州大学教授、博士生导师，中篇评弹《雷雨》文学顾问。

盛小云：国家一级演员，全国曲艺家协会副主席，江苏省曲艺家协会主席，苏州市评弹团副团长，中篇评弹《雷雨》总策划、演员。

孙惕：苏州市评弹团团长，二级艺术监督，江苏省曲艺家协会副主席，中篇评弹《雷雨》总监制。

吴静：国家一级演员，中篇评弹《雷雨》演员。

胡磊蕾：苏州市文化广电新闻出版局苏州市文艺创作中心工作人员，国家二级编剧，中国首届艺术硕士，中篇评弹《雷雨》改编者之一。

今年 9 月 24 日是中国现代杰出戏剧家曹禺的百年诞辰。为向大师致敬，苏沪两地众多评弹精英历经两年多时间，精心打磨了中篇评弹《雷雨》。今年 5 月中旬，他们北上京津，在曹禺先生出生、成长和工作过的这两个名城展开巡演，以“最美丽的声音”演绎了大师的传世经典，广获知音。

作为江南曲艺代表之一的评弹与话剧艺术结缘，还要把世人熟知的经典剧作搬上评弹舞台，这样的尝试并不容易。听着各种质疑和规劝，这些热爱评弹的人们迎难而上，潜心钻研，深挖内涵，全情演绎，向观众呈现了一部特色鲜明、好看好听的评弹新作，得到了专家“既忠实原著，又创出新意”的评价。

近日，中篇评弹《雷雨》剧组的部分主创人员应《苏周刊》之邀，畅谈了参与创作演出的甘苦和感悟。

原载《苏州日报》2010 年 7 月 30 日

百年曹禺百年沪剧

——上海沪剧院十月赴京参加纪念曹禺诞辰100周年展演

金宙旻

今年是曹禺先生诞辰100周年，上海沪剧院将于十月中下旬携《雷雨》《日出》《瑞珏》三台剧目赴京展演。为此，剧院特邀请著名导演、中央戏剧学院教授曹其敬将这三部曹禺经典剧作重新整合、精心打造，谨以此来纪念曹禺先生的百年诞辰并表达对大师的崇敬之情。此次展演活动是中国剧协主办的“曹禺百年纪念活动”之一，上海沪剧院是唯一受邀参加纪念活动的上海文艺院团。

说起来，沪剧对改编曹禺剧作情有独钟，虽说地方戏曲改编、上演的曹禺经典剧作不在少数，可是像沪剧这样改编数量之大、版本之多、影响之深远的却也不多，可谓在全国两百多个戏曲品种中独领风骚。七十多年来，在曹禺剧作的改编和演出上，正是一代又一代的沪剧表演艺术家们薪火相传，才给我们留下了这些风格迥异、争妍斗奇的经典剧作。从《雷雨》到《瑞珏》，从丁是娥到茅善玉，传承经典、树立沪剧精品意识，始终是每一个沪剧人心中不懈的追求。此次赴京演出，为使明星效应与经典剧作相结合，将由上海沪剧院院长茅善玉领衔主演《雷雨》《瑞珏》两部大戏，为观众展现海派艺术的魅力；同时为了进一步扩大沪剧年轻一代演员的影响，《日出》将由青年沪剧演员朱俭、程臻领衔主演。

《雷雨》曾是沪剧最早改编的曹禺作品，导演曹其敬表示，这次将在尊重曹禺原著、尊重沪剧改编本的基础上，忠实于曹禺剧作严谨的现实主义风格来准确体现曹禺作品的精神，并在人物的处理上作一些新的阐释，使之更具张力。另外，对于这三部剧作，不刻意追求所谓的现代观念与新奇，因为对于沪剧来说，原来的改编本已是沪剧的经典剧目了，观众从审美上已经认可和接受它了，如果改得面目全非的话，沪剧观众势必会难以接受，反而会影响观众的欣赏。故而在总体把握上，她还是比较谨慎的。所要做的就是在这三部剧目间找到一个能使之统一的整体风格，从而在舞台的呈现上做到更精致、更准确，在人物的处理上更接近曹禺的原意，更多去考虑观众的审美心理。当谈到舞台美术与音乐唱腔设计时，曹导还表示，在舞台美术的呈现上要找到一个统一的形象，譬如一个曹禺的形象，一个青年时期的曹禺，身后是一个颠沛流离的流民图。并通过曹禺这样一个有思想、对生命有深刻见解的作家对中国社会和人生所作的思考，来树立一个舞台形象。不过出于对观众的观赏习惯考虑，对于脍炙人口的唱腔，大多都还予以保留，对于一些唱腔，既要表现出沪剧唱腔优美的特点，又要尽可能地刻画人物内心冲突，力求更具戏曲魅力。

此次沪剧《雷雨》，由著名剧作家余雍和操刀，在1959年宗华的《雷雨》会演本基础上作较大的改编，并在戏曲化方面作了很多努力。其实早在1938年，施春轩的施家班就敢为天下先，演出了最早的《雷雨》沪剧版本，开了戏曲舞台搬演曹禺剧作之先河。1959年，由沪剧表演艺术家丁是娥领衔，推出了沪剧界"大会串"版《雷雨》，当时也是名家云集、盛况空前，丁是娥还被人称之为"活蘩漪"。之后马莉莉、陈瑜等也曾领衔过《雷雨》的演出。因此，沪剧《雷雨》的演出可谓流派纷呈、经久不衰。2006 年，剧院再度成功推出茅善玉领衔主演的《雷雨》后，又引起了沪上剧坛的热烈反响。由于沪剧的传承不是刻板地模仿前人的一招一式，因为每一个演员对角色都有自己独到的见解，所以经典传承和创新才能生生不息。

茅善玉此次饰演的蘩漪，更着重于人物内心世界的刻画，努力把蘩漪的情感变化展现得层次分明，尤其是在传承经典的基础上，还发挥出自己别具一格的表演风格与唱腔特点。值得一提的是，此次在戏中扮演四凤和周冲的两位小演员，都是沪剧院委托戏校培养的 2006 级沪剧表演班的学生，迄今还未毕业，虽然表演和演唱都较稚嫩，但与几位中青年名角的对手戏则是本次演出的一个亮点。

1982 年，《日出》首次被推上沪剧舞台，该剧由著名剧作家何俊、姚声黄改编，马莉莉主演。当时这部"西装旗袍戏"的出现，被丁是娥描述成"沪剧从此又上了一个台阶"。1983 年，丁是娥曾陪同曹禺、李玉茹夫妇在上海的中国大戏院观看了该剧，当时曹禺对于沪剧院如此严肃、认真地改编上演自己的作品比较满意，对演员的表演表示欣赏。他认为，这台反映旧时代社会的戏，对于当今的青年是有教益的。他还认为台词的沪剧化做得很好，并表示上海人喜欢听沪剧的唱腔，这些唱能增添抒情色彩。总的来说，细数中国二百多个地方剧种，年轻的沪剧与曹禺算是最有缘，特别从改编效果来看，也特别成功。2009 年，沪剧院还推出过由马莉莉的学生程臻主演的新版《日出》，故此次赴京演出仍由程臻担任主演。

沪剧《瑞珏》的改编，最可贵的就是在深刻领会原作精神的基础上进行了新的创作。《瑞珏》是在《家》的基础上重新构思、精心打磨的。2003 年，沪剧院在上海大剧院推出了由余雍和改编，香港导演吴思远执导，沪剧界"六代同堂"演出的大型沪剧《家》。之后，为了进一步阐释曹禺原作精神，打造曹禺系列的经典，2007 年，沪剧院又推出了根据《家》改编，由曹其敬打造、茅善玉主演的《瑞珏》。《瑞珏》一剧，匠心独运，对《家》中的人物进行了精心删减，"立主脑、减头绪"，使全剧围绕女主角瑞珏展开剧情，整部戏力求精巧、完美，充分体现出瑞珏既善良贤惠又宽容坚韧的中国妇女优良美德。

曹禺的经典剧作提升了沪剧的文化品位。此次上海沪剧院集结了老中青三代最强阵容赴京演出，既是一次对大师的纪念，也是一次学习兄弟院团艺术经验的契机。除在北京的展演，茅善玉还将与部分演员随中国剧协"梅花奖艺术团"赴湖北省潜江市曹禺先生家乡参加纪念活动。

沪剧是上海地域文化的象征，亦是上海地方戏曲文化的标杆之一，是海派精神的不朽传承，它在沪上观众中有着巨大的影响力。上海沪剧院此次赴京参加曹禺诞辰 100 周年纪念演出，把名著经典的魅力、海派戏剧的精髓传递给各地观众，扩大了上海文化品牌的影响力，并以实际行动告诉人们，今天我们应该怎样去面对经典、阐释经典、传承经典。这样一种对经典作品精益求精、不断打磨的精神，在当前浮躁气息充斥的艺术市场上，是非常值得称颂的。

原载《上海戏剧》2010 年第 8 期

12 年打磨 11 次修改

——歌剧《雷雨》晋京纪念曹禺

桃　子

为纪念曹禺百年诞辰，上海歌剧院将于 8 月 28 日、29 日将原创歌剧《雷雨》搬上国家大剧院的舞台。

歌剧《雷雨》的孕育成长，前后经历了 12 年打磨修改，以各种不同版本形式献演 50 余场，每次演出的反响都格外热烈。为使作品更趋完美，主创组不断地在《雷雨》的音乐、剧情和舞美上加以琢磨，力求使其在舞台上的每次呈现都能带给观众更多的惊喜和更强烈的震撼。

据悉，此次《雷雨》晋京演出，不仅意在更好的舞台呈现，还志在投身于国家舞台艺术精品工程。

12 年历经 11 次润饰修改。原创歌剧《雷雨》从 1998 年初稿完成至今已有 12 年，大小修改、润饰 11 次。上海歌剧院从 2000 年试唱至今已有 10 年，并策划制作成音乐会版、校园版、沙龙版、新空间版、大歌剧版等多个版本，以不同定位、不同形式、不同阵容、不同价格，吸引不同观众群体，以阶梯式市场覆盖，打造歌剧品牌的新概念。每轮演出前、演出后，主创人员都虚心听取各方意见，并仔细斟酌修改，每一次推敲打磨，音乐都更为凝练，剧情都更为紧凑，舞美都更为精致。多年来，《雷雨》足迹遍布新加坡华人艺术节、上海之春国际音乐节、湖北第八届中国艺术节、杭州第二届西湖之春艺术节、北京国家大剧院开幕演出季等。

“多版本阶梯式市场覆盖”是上海歌剧院近年来摸索出的打造歌剧品牌的新模式。“新空间”以时尚化演绎吸引年轻观众，努力建立歌剧演出的常态化机制；“歌剧沙龙”则以近距离的互动式体验激发普通观众对歌剧的兴趣，扩大歌剧的爱好者范围；“校园版”更是为歌剧艺术未来的发展建立了坚实的观众基础。

这些平台是打磨剧目、锻炼演员的平台，一部精品歌剧在吸引各类观众的同时，也能培养出众多优秀的年轻演员。歌剧《雷雨》被誉为“女主角最多的歌剧”，先后有 7 位女演员分别饰演不同版本的蘩漪。与此同时，这些平台也为大歌剧的制作演出奠定基础、积累经验。《雷雨》多年来在不断探索、实践和总结中成长，从诞生、首演到修改完善，再到推入市场的整个过程，完整地折射出上海歌剧院“走进市场、打造品牌”的新思路。“多版本阶梯式市场覆盖”模式也让上海歌剧院在整个艺术生产与艺术市场中，逐渐形成良性循环，为中国歌剧市场发展提供了有效参考。

师生情同窗谊成就佳作

《雷雨》之所以能够常演不衰，离不开优秀的主创、主演团队。但一个优秀的团队不等于每一个优秀个体的组合，而是每位主创、主演人员之间都需要有默契，长时间的相互了解、相互沟通、相互磨合，才是达到默契的前提。

歌剧《雷雨》在一个堪称亲密无间的主创、主演团队默契配合中应运而生。这种亲密无间建立在浓厚的师生之情和同窗之谊的基础上。

莫凡还在上海音乐学院就读时，就已瞄准了《雷雨》题材，酝酿起了这部歌剧。1998年，周小燕在北京开音乐会时，莫凡告诉她正着手把话剧《雷雨》改编成歌剧，周小燕当即向莫凡表示，等歌剧《雷雨》搁笔时，上海音乐学院歌剧艺术中心一定要为作品试唱。不料歌剧完成后，周小燕因病为承诺不能兑现而抱憾。周小燕的学生魏松和高曼华决定帮老师实现这个心愿。2000年，浓浓的师生之情促成了莫凡与上海歌剧院的正式合作。

上海歌剧院从2000年接手试唱《雷雨》时就组成了实力强劲的创作演出班底。饰演蘩漪的高曼华与莫凡有着多年的同窗之谊，《雷雨》更是莫凡为其量身打造的剧作，使她对蘩漪这个人物的性格塑造、音乐唱段中的音区选择和技巧运用把握得恰到好处。

而另一组同窗组合的黄金搭档——指挥张国勇和导演查明哲为该剧进行的二度创作更是颇见艺术审美上的高度默契以及艺术修养上的深厚功力，艺术合作中的默契配合也为该剧的戏剧性冲突增色不少。

作曲编剧集于一身

对于“戏剧与音乐高度统一”的歌剧而言，编剧与作曲间的默契更显突出和重要。中国没有专业的歌剧剧作家，中国歌剧剧本的“非歌剧化”也正是造成中外歌剧创作差距的重要原因。

纵观西方歌剧史上保留下来的经典剧目，作曲和编剧大多是长期合作的固定搭档，尤其编剧，更多是长期致力于歌剧脚本创作的专业人士，他们对歌剧题材的取舍、剧本结构的安排、戏剧冲突与音乐间的配合有着丰富的经验，这也正是保证歌剧作曲能够有的放矢、戏剧与音乐之间相得益彰的法宝。

歌剧《雷雨》在这一方面有着明显的优势。《雷雨》的作曲编剧集于莫凡一身，在创作阶段便完成了戏剧与音乐的统一和配合。

原载《中国文化报》2010年8月26日

歌剧《雷雨》:一部优秀的民族原创歌剧

张国勇

自从 2001 年歌剧《雷雨》以音乐会版的形式首次亮相起，经过 10 年的历练，如今的《雷雨》不仅已演出近百场，更是多次成为大型国际性音乐节、艺术节的参演剧目，并两次入围国家舞台艺术精品工程的评选。

10 年前，当我走马上任上海歌剧院院长的时候，歌剧院由于各方面条件的限制，长期陷于低投入、低质量、低产出的泥潭中不能自拔，员工的积极性得不到调动和发挥。如今，在政府的大力扶持下，在全体演职人员的奋力拼搏中，上海歌剧院已由当年的名不见经传成长到今天，在国内外都拥有了较高的知名度。

张国勇:剧目的成长离不开好的剧院和剧目的创作、积累

一个剧目的成长，离不开一个管理科学、艺术创造力雄厚的剧院；同样，一个剧院的发展，更离不开优秀剧目的创作和积累。国家舞台艺术精品工程不仅为中国舞台艺术提供了一个宽广的展示平台，同时也是中国舞台艺术创作、发展、繁荣的催化剂！当歌剧《雷雨》再次参评精品工程的时候，我们依然坚持艺术至上的理念，心怀坦荡，摒弃功利，有期待、更有信心！

周小燕:中国歌剧创作中为数不多的精品

《雷雨》是曹禺的第一个艺术生命，也是现代话剧成熟的标志。1998 年，我带学生在北京开音乐会时见到莫凡，他告诉我正在着手把话剧《雷雨》改编成歌剧。我当时向莫凡表示，等歌剧《雷雨》搁笔时，我们上海音乐学院歌剧艺术中心一定为作品试唱。想不到在莫凡的《雷雨》完成后，我却得了重病，当时因为承诺不能得以兑现而抱憾。直至 2000 年莫凡与上海歌剧院正式合作后，我才变遗憾为关注。

《雷雨》在小时空中演绎了具有摄人心魄的大主题，它的成功之处在于剧本、音乐、舞美、表演、乐队、指挥、导演等各个组成要素具备了高度的平衡，在较高层次上达到有机的结合，营造出歌剧综合美的特有魅力，因此于 2001 年在“上海之春”中以音乐会版的形式露面，就受到各界人士的赞誉，被评为唯一一部获得优秀创作奖的音乐作品。随着在细节上的不断修改，之后的舞台版演出则更为成熟，它必将成为近年来我国严肃歌剧创作中为数不多的艺术精品。

吴祖强：歌剧《雷雨》是一个创造性成果

如何让歌剧这种形式变成老百姓能够接受的形式，还能符合当代的潮流，这是一个课题。歌剧是一种外来艺术，《雷雨》由话剧改编成歌剧是个很大的难题。莫凡既编剧又作曲，在内容处理和艺术表现形式上很适合歌剧的特性。演出当天我在电梯里面听见一对老夫妇说："我们还以为是话剧呢，进了剧场才知道是歌剧，我们买票买错了，但歌剧还真的不错。"这说明歌剧《雷雨》给观众的影响非常大，一种舞台表现形式变成了另一种舞台表现形式，我感到非常欣慰。

曹禺在1936年为《雷雨》写了很长的序，文中提到，最触动他的、让他想写这部作品的人物就是蘩漪。莫凡在歌剧中以蘩漪为主线的改编很符合曹禺的思想。他把主要角色从8位精简为6位，戏剧冲突更为集中。歌剧《雷雨》在新时代歌剧创作中是很突出的一部。舞台设计和调动非常丰富，都显示了很有分量的创造性努力，这是一个合作的成果。

李光羲：上海歌剧院在培养观众

歌剧《雷雨》让我深受感动。在舞台剧这个领域里，歌剧是重工业，歌剧太难了，但是，歌剧《雷雨》却好听好看。把话剧《雷雨》作为歌剧的选材，这是一个大智慧。歌剧《雷雨》确实是个大制作，将来可以成为上海歌剧院的保留剧目。在二十世纪五六十年代，当时来到中国访问的外国歌剧界的专家发现，在中国，到任何一个城市，晚上都有歌剧演出，而且从地方到部队，每个中等城市以上都有歌剧团的编制，他们说这是世界上绝无仅有的。那些专家说："中国是世界上唯一普及了歌剧的国家。"今天我们也要建立信心，歌剧是根植于群众的艺术，只要有好作品，就会有观众。

看歌剧《雷雨》，乐队令我感动。只要演员一开始演唱，它立即处于伴奏地位，给演员让开道路，演员唱得很舒服。周恩来总理曾经说过："你们搞歌剧不能给演员制造障碍，大乐队、大铜管跟嗓子比赛，这不行……"张国勇院长率领的乐队特别周到、体贴，上海歌剧院整体班底值得敬佩。

看《雷雨》时我心里藏着一句话：你们在培养观众。哪怕是第一次来的，到国家大剧院看歌剧《雷雨》，没有话筒也听得那么清晰，观众会对歌剧油然而生敬意。这是一种文化建设，不是炒作。

童道明：了不起的成功是唱出了曹禺的心声

歌剧《雷雨》最了不起的是剧中的黑衣人，就是合唱队，这不是一般的合唱队，这是所有其他《雷雨》都没有做到的一件事情，也就是曹禺在序言里讲的这两句话："一段原始的声音质感。对于事物的不可以言语的憧憬。"这两句话，我们已经看过的《雷雨》都没有能够与之联系起来，但是歌剧《雷雨》把它们联系起来了，这个是挺了不起的成功。

曹禺的《雷雨》序言中有一句话最打动我，"我是怀着一种悲悯的心情来写剧中人物的争执。我诚恳地祈望着看戏的人们，也以一种悲悯的眼来俯视这群地上的人们"。实际上，这种悲悯由合唱队完成了。因为今年是曹禺年，歌剧《雷雨》是曹禺年里重要的演出，以前我们特别要回避曹禺为《雷雨》而作，好多选本里都不选这个。但这个是他最本真的，一点没有掩饰的情怀，人性、神秘主义、命运，一直被隐瞒着，不愿意让读者、观众知道有这个东西。但我觉得这是理解《雷雨》非常重要的钥匙。

陈薪伊：歌剧《雷雨》让我惊讶

我是临时停下北京人艺《原野》的排练，才赶到了这里的，我必须来参加座谈会。歌剧《雷雨》让我非常惊讶，看完戏我脑子里闪出来四个字——“莫凡不凡”。还有，可爱的上海歌剧院，可爱的张国勇、查明哲真是了不起。还有，魏松的声音真是太美了。我不是作为一个导演在看戏，我是作为一个普通观众在看戏。《雷雨》真的好看，我也问了一些普通观众，得到的都是肯定的答复。

上海歌剧院不简单，记得《雷雨》第一次试唱的时候是请我去看的，当时张国勇还不是院长。我当时就说这部戏大有前途。你知道我为什么说“莫凡不凡”吗？这个人是认真研究了《雷雨》，非常谨慎地、安静地理解曹禺、研究曹禺，理解《雷雨》、研究《雷雨》，这种精神特别值得尊敬！我们最近看到好多由经典改编的戏，我发现有些改编存在着叫人不能容忍的错误，但是莫凡把经典抓住了。

我跟上海歌剧院合作多次了，它一天天成熟起来，《雷雨》是它的一个里程碑。我从来不说违心话，我不会瞎捧的。从歌剧的整体制作与呈现水平，到说明书，从大大小小的方方面面，我觉得这个剧院在向国际化发展。

刘廷禹：特别想说四个“敬重”

看完《雷雨》我非常激动，特别想说四个“敬重”。

敬重莫凡。目前在中国，在文化艺术界出现了很多号称搞艺术的文化奸商，像莫凡这样认真搞艺术的艺术家很值得我们敬重。《雷雨》从唱段到乐队都非常讲究，作为作曲家，莫凡是在用心去创作，用良心去创作。

敬重导演查明哲。舞台呈现非常简洁，独具匠心。包括舞美、灯光、舞台调度等都很细致，有震撼力。

敬重好演员。魏松完美演绎了周萍，演唱上和表演上都很到位。高曼华演这个角色演得震撼人心，全场为之震动。这么强大的演员阵容也是少有，上海歌剧院为这个戏配备了这么多好演员，值得敬佩。

敬重上海歌剧院。在当今物质高度发展的社会中，能踏踏实实静下心来创作这样一部歌剧不容易，其样式和风格足见上海歌剧院对歌剧艺术的执着追求。上海歌剧院有胆识，值得我敬重。

马也：看歌剧《雷雨》有三个感受

第一点是感触。我看歌剧不多，但《雷雨》令我肃然起敬。我曾在文章里写过，对悲剧，对经典，在当下，整个世界都是抵制的！这没办法，可是，《雷雨》表明，上海人在突围！歌剧《雷雨》是高雅的、经典的、原创的，又是百年曹禺的。真好。

第二点是感受。整部戏紧凑、流畅、完整，很大气，真舒服！戏剧性、文学性、音乐性，非常完整地融为一体！整场演出不到两个小时，剧本2万字，曹禺的原著长达8万字啊，这有多大的难度。我很惊讶！我很佩服！

第三点是思考。我在思考，但是还没有思考好，就是关于经典改编的思考。我不同意忠实于经典的说法，改编经典没必要忠实！不要堵死99个门，开放1个门。要开放99个门，堵死1个门。我的意思是，改编经典，忠实于经典精神就行。改编经典只要能把精髓抓出来就行。《雷雨》的精髓是蘩漪，我们的问题是：是什么折磨了蘩漪？我希望歌剧《雷雨》能有更深邃的揭示。

居其宏：悲剧时代人性悲剧的歌剧演绎

曹禺的话剧《雷雨》，以“诗化现实主义”笔触，通过蘩漪、周萍、周朴园、四凤和周冲等人物形象，深刻揭示出20世纪30年代那个悲剧时代发生在一个封建式煤矿主家庭两代人之间错综复杂的情感纠葛和人性悲剧，从而与他的《日出》《原野》一起构成著名的“曹禺三部曲”并被公认为我国近现代戏剧史上的不朽经典。其中，《原野》已被改编为歌剧（金湘作曲），《日出》亦被改编为音乐剧（有金湘作曲和金复载作曲两个版本），唯独这部《雷雨》却从未出现在我国歌剧舞台上。如今，作曲家莫凡以他的新作弥补了这个缺憾。

以往中国歌剧的剧本和音乐创作多由剧作家和作曲家分别担任，而歌剧《雷雨》却由作曲家自任编剧，这在我国歌剧史上实属罕见。莫凡的歌剧文学改编，剪裁得法，繁简得宜，情节简明流畅，冲突凝练集中，形象鲜明丰满，较好解决了歌剧剧本的戏剧性、文学性和音乐性及三者有机结合的命题。

赵忱：我听见“雷雨”在歌唱

我们都看过太多不同版本的《雷雨》，然而歌剧《雷雨》浇透了我的身心，我听见“雷雨”在歌唱，我看见蘩漪在哭泣。我在想：歌剧《雷雨》或许可以有另外一个名字——《蘩漪》。蘩漪是曹禺对中国戏剧最伟大的贡献之一，歌剧《雷雨》是对曹禺百年诞辰最好的纪念。不仅如此，往后，当我们想到曹禺，便会想到这部“泪透心肺”的歌剧《雷雨》。

《雷雨》作为歌剧的妙处在于，曹禺在精彩的对话中埋伏的众多悲天悯人的深厚情怀与苍凉感慨，都在歌剧传神的独唱、重唱、合唱中释放了出来，歌剧《雷雨》帮助我们更充分地理解了曹禺，理解了《雷雨》——每一次看《雷雨》都有想哭却哭不出来的压抑感，这一次，泪水有机会变成滂沱的“雷雨”，真是痛快。

一群可敬的人弄出了一部可敬的戏，谢谢上海歌剧院，谢谢领导者的勇气和主创们的努力。

原载《中国文化报》2010年9月7日

再度欣赏歌剧《雷雨》

廖向红

在我国现代杰出戏剧家曹禺诞辰百年之际，全国各地很多剧院团都以排演其剧作的方式，来表达对这位中国话剧奠基人的崇敬与怀念。上海歌剧院创作排演的歌剧《雷雨》此时再度晋京演出，不仅使纪念曹禺诞辰百年的系列演出活动更为丰富，使广大观众能够领略用歌剧形式演绎的经典名剧《雷雨》，同时也为"歌剧如何从经典名剧中取材""如何发展民族现代歌剧"等课题做了形象发言。

歌剧《雷雨》2008 年曾在国家大剧院演出，当时我观看该剧后留下的整体印象是：严谨、完整、流畅，并具有现代审美意蕴。再度观看该剧后，在前年的观剧印象基础上，增加了细腻、精致的评价。

再度欣赏该剧的过程中，以及散戏后回到家中翻看该剧的说明书和《歌剧》增刊中研讨该剧创作的系列文章时，内心不时涌动一种钦佩和感动之情，为上海歌剧院领导选择投排《雷雨》的决策而钦佩，为全院上下"十年磨一戏"的精神而感动。

再度观摩歌剧《雷雨》，使我能在两年前审美感受的积淀基础上，更为细腻地揣摩编剧、作曲、导演、舞美的独具匠心，品味指挥、演员和乐手们的演绎创造。

担任该剧的编剧、作曲和配器的莫凡可谓出手不凡，以对歌剧艺术的忠诚热爱，十几年磨一剑的敬业精神，坚实、宽厚的音乐基础和过硬的作曲基本功，创作了歌剧《雷雨》。难能可贵的是，他非常重视歌剧的戏剧性，在潜心分析剧情、人物性格、人物关系和舞台行动，揣摩人物复杂的心理活动与深层情感，把握剧本立意精神和风格特色的基础上，凝练人物形象系统和主要情节线索，充分发挥歌剧艺术的特性，通过宣叙、咏叹及多种形式的重唱、合唱、乐队配器与演奏的交响等，展示舞台行动与戏剧冲突，刻画人物性格，抒发人物情感，外化人物心理，渲染戏剧情势，创造戏剧节奏，将音乐结构、旋律与戏剧结构、语言有机地融为一体，使演出同时具有戏剧的张力和音乐的魅力。以评价意识和创作者情感代言人等方式处理的合唱队，则在凸显歌剧艺术特征和拓宽表现空间的同时，为该剧增添了浓郁的现代意蕴。

该剧导演查明哲是个有着火山爆发般创作激情和创造力的导演，丰富的导演创作实践经验以及青少年时期就在话剧《雷雨》中扮演周冲角色的经历，使他具有了执导歌剧《雷雨》的原动力和成功率。他与优秀的青年舞台设计家罗江涛合作，为该剧设计、创造了富于表现力的舞台空间形象：采用两边布满台阶的转台，舞台中央矗立的是一扇放大变形、歪斜的落地窗为主体形象，一组写实处理的、可以移动的梳妆台和红色沙发，构成了具有写实和非写实双重性质的演出空间。罗江涛还在大幕和底幕采用了多媒体影像，与灯光和音响结合，放大、强化了剧中的雷雨、闪电的视觉形象。

话剧《雷雨》的剧情、人物性格和人物关系非常复杂和纠结，而歌剧的篇幅有限，不能交代叙述复杂的人物关系和前史。导演便在音乐、歌唱展现的进程中，见缝插针地通过舞台调度、肢体语言和表演，来展现、叙述人物关系的变化和重要的舞台事实，使观众不会因为人物、情节的凝练和删节而存疑，同时也增加了演出信息，活跃了场面调度，丰富了舞台视觉形象。

在我国的歌剧界长期存在一种现象：重唱不重表演。很多歌剧演员在舞台上关注的是完成高质量的演唱，关注能够把自己的声音和歌唱技巧展示给观众，而不够关注如何在剧情中行动，与对手交流，展示人物的心理情感，刻画人物性格。所以，当他们在歌唱时，常不合情理地长时间地面对观众，如同在音乐厅里以演员个人的名义演唱，而不是在戏剧情境里以人物的名义演唱。

歌剧《雷雨》的演员们在导演的指导下，呈现出表演观念的变化，他们的创作态度非常严谨，努力投入、体验剧情，在完成高难度演唱的同时，他们仍然重视通过表演和形体动作去接近和刻画人物形象。如：蘩漪的扮演者高曼华，她的表演和歌唱都展示出对剧本和人物做了深入而细致的研究，她在舞台上能建立起人物的生活，并与对手建立真挚、有机的交流，真实、积极、有效的行动令人印象深刻，即便是完成高难度的演唱，需要考虑面对观众演唱送出声音时，她也尽可能地符合人物的情理，不跳出角色，不游离戏境。

我想，正是对于创造理想歌剧境界的执着追求，使得上海歌剧院的创作团队能够在张国勇院长的指挥下，坚持十年不断修改、完善原创歌剧《雷雨》；也正是他数十场忘我投入地执棒指挥，使得乐手、演员和舞台各部门人员能够凝聚起来，形成一个水乳交融的创作整体，合力向着“乐中有戏，戏中有乐”的理想目标迈进！

原载《中国文化报》2010年9月7日

用苏州弹词形式在台北北京演出连获成功

——没想到《雷雨》还可以这样演

徐　宁

丝弦叮咚,吴侬软语全新演绎大师巨作。为纪念剧作家曹禺诞辰100周年,苏州市评弹团应中国戏剧家协会邀请,昨晚在北京梅兰芳大剧院上演根据曹禺同名剧作改编的中篇弹词《雷雨》。这不仅是参加本次纪念活动4台经典剧目中唯一一台非话剧演出,也是唯一一部晋京参演剧目。现场千余名观众凝神倾听,陶醉其中。

弹词《雷雨》让北京观众悲中乐,笑中哭

北京是曲艺之乡,也是《雷雨》的"主场",仅北京人艺演出《雷雨》就长达50年。应该说,北京观众眼界是很高的,口味也是很挑剔的。不过从昨晚的演出盛况来看,弹词《雷雨》还是深深地打动了皇城根下的观众。

与以往话剧、电影、歌剧等其他艺术形式诠释《雷雨》不同,弹词《雷雨》以蘩漪与周萍的情感冲突为主线,通过《山雨欲来》《夜雨情探》和《骤雨惊雷》3个回目对原作进行全新解读与演绎。盛小云、徐惠新、吴静、吴伟东、陈琰等弹词表演艺术家将评弹"说、噱、弹、唱"四项技艺表现得淋漓尽致。观众时而被说白感染,时而为噱头逗乐,时而在弹唱中陶醉。

在第一回"喝药"一段,周朴园突然命周萍跪劝"母亲"喝药,蘩漪猛然一惊,双目转向周萍,在幽幽的、细长的吟板中轻轻唱出:"凝双眸,思绪纷繁……"盛小云以幽怨、泣诉的柔声唱俞调,充分表现出蘩漪紧张、惊讶、疑虑、探寻的复杂内心。全场观众鸦雀无声,记者身边一位观众连拉衣服拉链都小心翼翼,生怕惊扰了蘩漪的哀怨。

评弹讲究说、噱、弹、唱,艺人要在角色中跳进跳出。演出现场,北京观众对评弹的"噱"感到新奇。当蘩漪向周朴园讲完自己和周萍相爱的经过,饰演周朴园的徐惠新立刻从角色中跳出,以说书人的角色对蘩漪说,"你居然当着我的面说这种话,你,你还要我给你伴奏吗? 我还弹得出来吗!"沉浸在悲剧气氛中的观众还来不及整理心情,就破涕为笑了。一位熟悉评弹的苏州"老乡"对记者说,能让观众在悲中乐,在笑时哭,这就是评弹的魅力。

北京三联出版社编辑曾诚是个《雷雨》迷,这次他特地带着全家来观看《雷雨》。用评弹形式说唱《雷雨》,他还是第一次欣赏,他告诉记者:"没想到《雷雨》还可以这样演,真是太有才了!"

余光中：评弹让我找到读《水浒》的感觉

弹词《雷雨》其实并非首次晋京，早在今年 5 月，评弹团就曾经带着《雷雨》到北大、清华等高校献演。“这个戏完成了从话剧到评弹、从 20 世纪 30 年代到当代的两个转变，既演出了爱情的真挚和复杂，又刻画了人性更深层次的东西，更符合现代年轻人的审美情趣。”北京大学教授钱理群观剧后这样点评。“如果没有经受过专家们的‘法眼’鉴赏，我们也不敢带着《雷雨》到台湾首演！”团长孙惕说。原来，就在赴京演出之前，苏州评弹团刚刚结束在台湾的演出。“台湾观众传统文化修养很高，对弹词有一定的鉴赏水平。”孙惕介绍，9 月 23 日至 25 日，苏州评弹团在台北新舞台举行了 3 场公演，除中篇弹词《雷雨》外，还献上了评话选回《武松出差》《西厢回柬》《萧何月下追韩信》等传统曲目。台湾同胞大呼过瘾，《中国时报》、《联合报》、东森电视台等媒体对演出盛况纷纷给予热情洋溢的报道。

“这次赴台演出，舞台美术也是一大亮点。”孙团长介绍说，与以前评弹演出经常使用一桌三椅素淡的传统布局不同，评弹团也给舞台“加了料”。采用平面剪纸手法将苏州文化元素嵌入一扇大屏风，加上四季窗花、太湖石，增加了红皮剪影、冰裂黑网墙、紫金屏和云柱等多种元素营造出中国风、姑苏韵。担任舞台美术设计的苏州市舞台美术艺术中心设计总监周峰告诉记者，“冰裂黑网墙”是映衬《雷雨》的阴郁气氛。“黑”展现的是人心深不可测，“裂”是大家庭面临的现实困境。

全新的舞台布景将演出衬托得更加出彩。在台湾观众一次次掌声中，参演的艺术家们一遍遍返场。盛小云说，让她感到欣慰的是，演出还得到了余光中老先生的特别关注。余老看完她和金丽生表演的《武松出差》后说，听了你们的演唱，使人不知不觉产生一种怀旧、怀古的情感，仿佛又回到了童年，找到了我第一次读《水浒》的感觉，评弹表演太细腻了，刻画人物太细致了，可以让人静下心来，细细品味经典。

《雷雨》制胜之道：尊重原著，敢于创新

“苏州弹词长久以来少见经典曲目，缺乏文学基础厚实的曲本是一个重要原因。从文学经典中汲取营养或者改编姊妹艺术的经典脚本不失为一种好方式。”作为改编的发起者之一，盛小云表示，改编的初衷就是期望借助《雷雨》弹词新作的编演，将评弹艺术从草根文化提升到更高层次，让观众对苏州评弹艺术价值有更充分的认识。

《雷雨》的经典地位不容置疑，评弹艺术更是别具特色，但将二者嫁接，能否两全其美？另一位改编作者胡磊蕾告诉记者，编演《雷雨》极具挑战性，因为《雷雨》原著台词好，在舞台剧的演出中，很多人物内心转折与挣扎，都要靠演员通过肢体动作、表情来展现。但对于注重说唱的评弹来说，创作必须增加人物话语量。因此在弹词创作中增加了周萍与蘩漪相识相知的“前传”，以及周萍隔窗向四凤倾吐内心纠结等内容，丰富了弹词表达的内容。

尊重原著，敢于创新，加上评弹独特的表现手法，让弹词《雷雨》得到了专家们的广泛认可。戏剧影视学家黄会林观后评价："编导和表演都很到位，出乎意料的棒！弹词让经典又一次鲜活起来。"中国现代文学馆馆长舒乙说，"话剧与评弹的这种结合非常成功，了不得！"

"《雷雨》只是个开始！"团长孙惕说，今后苏州评弹团还将进一步加强原创。他告诉记者，新创作的弹词作品《风雨黄昏》即将完成，通过老年人黄昏恋的故事，表现的是两代人观念的冲突。他说，评弹要发展，传承经典是一方面，开拓创新是另一方面，像评弹《雷雨》这样"移花接木"，两全其美，才是评弹这门艺术的立身之道。

原载《新华日报》2010年9月29日

弹词《雷雨》在京亮相纪念曹禺诞辰一百周年

张 薇

为纪念曹禺诞辰100周年，9月28日晚，苏州市评弹团应中国剧协邀请，在梅兰芳大剧院上演根据曹禺同名剧作改编的中篇弹词《雷雨》。全国政协副主席王志珍和丁关根、曾培炎、唐家璇、张怀西，以及中国文联党组成员、副主席廖奔等观看了演出。

弹词《雷雨》是由中国文联、文化部、北京市人民政府联合主办的纪念曹禺诞辰100周年系列演出中唯一一台非话剧演出，也是唯一一部晋京参演剧目。该剧以蘩漪与周萍的情感冲突为主线，通过“山雨欲来”“夜雨情探”“骤雨惊雷”3个回目，对原作进行了全新的解读与演绎。盛小云、徐惠新、吴静、吴伟东、陈琰等弹词表演艺术家将评弹“说、噱、弹、唱”的技艺表现得淋漓尽致。原汁原味的苏白、技艺精湛的弹唱、富有时代感的插科打诨，令现场观众时而欢笑，时而陶醉，大饱耳眼之福。

9月29日，弹词《雷雨》研讨会在北京人艺举行。郑榕、蓝天野、吕恩、苏民等表演艺术家和郭启宏、田本相、黎继德、邹红、宋宝珍等专家学者，与苏州市评弹团的主创人员一同就弹词《雷雨》的创作得失进行了探讨。大家一致认为，此次改编精炼准确，在把握曹禺原作神髓的基础上进行了大胆而合理的想象和虚构，人物心理刻画细腻动人，而最可贵的是，弹词《雷雨》能够以评弹传统的艺术表现形式进行创作，不功利浮夸、刻意标新，既发挥了评弹长于抒情、文本细读的优势，又保持了传统曲艺应有的韵味与尊严，令人欣喜的同时也感到欣慰。同时，专家学者也为弹词《雷雨》的进一步修改提高提出了意见。

原载《中国艺术报》2010年10月1日

百年沪剧的一次重要突破

——上海沪剧院《百年曹禺百年沪剧》赴京演出纪行

一　明

金秋十月，霜叶似火。在北京最美的季节，纪念我国戏剧大师曹禺百年诞辰的活动搞得有声有色，各省市的话剧和戏曲院团纷至沓来，相继献演。上海沪剧院以《百年曹禺百年沪剧》为题，赴京演出三台根据曹禺剧作改编的大戏，更把这一活动推向高潮。

见到沪剧格外亲

10 月 21 日晚，坐落在东长安街的长安大戏院璀璨夺目，门口熙熙攘攘。上海沪剧院《百年曹禺百年沪剧》系列演出在此揭开帷幕，首场演出的是根据曹禺经典剧作《家》改编、由上海沪剧院院长、沪剧表演艺术家茅善玉领衔主演的大型现代沪剧《瑞珏》。离开演还有半个多小时，观众已陆续到来等候入场，其中有之后连看三台戏的老将军、老教授，还有北京戏曲院团的同行和戏曲院校的学生。由于人多，宽敞的剧场大厅顿时显得局促起来。

此刻专程来京采访的上海电视台记者以及北京的同行抓住机会对观众进行了采访。上视的摄像镜头对准了一位说着带上海口音普通话、六十多岁知识分子模样的老人，原来他是 1964 年考取北京大学的上海人，从负笈求学到成家立业，在北京已生活了四十多年，可至今乡音犹存，对浦江之思尤深。他自小喜欢沪剧，对沪剧十分熟悉，从代表剧目到著名演员都如数家珍，只是在北京很少有机会现场看到家乡戏，只能通过上海带来的沪剧碟片“解渴”，如遇央视偶尔播放沪剧，更是不会放过。他说像他这样的上海人在北京并不少，这次听说沪剧要到北京来演曹禺作品，大家奔走相告，兴奋极了。而他早早就买了票，今天一家人都来了，见到沪剧格外亲啊！

央视记者找的则是个地道的北京年轻观众，这位中国艺术研究院的研究生，近年来对南方戏曲产生了浓厚的兴趣，觉得沪剧在中国戏曲史中的地位非常特殊，其他戏曲剧种主要演古装传统剧目，而沪剧在新中国成立前就演西装旗袍戏，20 世纪 30 年代还把曹禺的《雷雨》搬上了舞台，新中国成立后又编演过大量优秀的现代戏。她认为，这与沪剧发源发展于上海这样一个中西文化交汇的国际都市有很大关系，觉得沪剧这个剧种非常值得研究。虽然她现在还听不大懂，但仍愿意多看多了解，以便今后能把沪剧作为自己的研究课题。

准备开演的铃声响起，场内已是座无虚席。整场演出波澜起伏，乡音亲切，不但一些上海人看得如痴如醉，北京和海外观众借助中英文字幕也逐渐沉浸在规定情景之中，有的甚至潸然泪下。戏结束时，演员一次次谢幕，台下的掌声与喝彩声经久不息，气氛活跃热闹，令人感动。《新民晚报》记者采访时，一位嫁到北京几十年的沈阿婆操着一口流利的上海话说："唱得好演得好，瑞珏和觉新诀别的一段唱特别精彩。戏里重唱、对唱、轮唱各种形式组合运用，阿拉沪剧优美细腻，冲击力很大。"另一位接受采访的张先生也说："第一次看沪剧，确实有惊艳的感觉。从表演、唱腔到音乐均清丽委婉，和其他戏曲完全不同，具有另一种美，真把我这个北方人深深吸引住了，我还想看沪剧接下来要演的两个戏呢！"

应观众要求，央视这次先后录制了其中两台戏，于10月30日晚播放了沪剧《雷雨》，并在网上邀请青年观众评说。

提升沪剧整体形象的重要突破

上海沪剧院的三台曹禺经典大戏，不仅在北京普通观众中引起热烈反响，首都戏剧专家对此也好评如潮。在10月27日举行的研讨会上，专家们一致认为，《百年曹禺百年沪剧》赴京演出，对提升沪剧整体形象来说是一次重要的突破。戏曲理论家、中国艺术研究院研究员龚和德认为，沪剧是上海的文化名片，是上海优秀地域文化的代表。普通话、沪语和英文必将成为上海这个国际大都市进行交流的基本语言。上海三台沪剧晋京，表现出沪剧人对曹禺先生的怀念和尊重。一个地方剧院一次带给首都观众同一作者的三部经典剧目，这在北京戏剧演出史上是空前的，它不但丰富了沪剧的演出剧目，提高了沪剧的文化含量和文化品位，还有力地提升了沪剧在中国戏剧发展中的艺术价值和历史地位。

很多专家对沪剧艺术家踏实严谨演绎经典的态度表示钦佩。《中国戏剧》原主编、戏曲评论家姜志涛说："在泛娱乐化的今天，沪剧没有随波逐流，增强娱乐性或者一味创新，而是踏踏实实演绎经典，在运用唱和说方面比较得体。"中国剧协原党组副书记、戏曲评论家王蕴明说："上海沪剧院站在大师的肩膀上改编大师作品，剧本改编有创意，在戏曲化上下了功夫。演员唱做都很精彩，特别注重话剧中的体验，吸收话剧的表演美学，同时发挥了戏曲的艺术特色。"原中国评剧院总导演张玮说："舞台上的演员都很投入，有激情但不滥情，对所塑角色内心把握有分寸。其实，无论大戏还是折子戏，成功的背后必然是主创人员和演员的认真负责，只有如此才能够静下心来献身艺术。"

专家们都看好沪剧艺术的发展前景。中国艺术研究院研究员马也说："沪剧是有前景的剧种，我们现在研究它，不是青春期是否过去的问题，而是青春期即将到来的问题。沪剧之所以能发展到今天，其包容性强，表现力大，什么角色都能表演是它一大特点，这也应该是今后戏剧艺术发展的一个方向。"《中国戏剧》原副主编、戏剧评论家安志强说："茅善玉这次能同时胜任蘩漪和瑞珏这两个具有巨大反差的角色，表演成熟、戏路又有拓展，可以说是当今沪剧舞台当之无愧的领军人物。"中国剧协原党组书记何孝充说："茅善玉主演的两部大戏无论是形象、形体还是嗓子演技都证明，她正处在舞台生涯的高峰阶段。"中国现代戏研究会副会长张宏文说："沪剧院的演出，整体水平相当高，无论唱表还是音舞美，都让人感到舒服。特别是那些小演员，对人物理解到位，表演不凡，很有潜力。"

上海沪剧院此次赴京演出期间，一些领导同志都先后到场观看。他们都热情称赞演出十分精彩，非常成功，尤其对茅善玉甜美的唱腔和精湛的表演给予了很高的评价。外交部部长杨洁篪看了《瑞珏》后说："作为上海人，我很小就喜收沪剧，也会唱几句。看得出来，这个戏继承发扬了沪剧各个流派，茅善玉的唱既有丁是娥丁派的风格，筱爱琴的味道，又有她自己的特点，很糯，韵味很浓，真假嗓的转换运用也十分自如。陈瑜是个老演员，唱得好。我过去特喜欢袁滨忠的袁派，今天演觉新的演员唱的袁派也很有味道。"在演出结束上台和演员见面时，杨部长还再三说："在北京看到沪剧，感到很开心！"

这次《百年曹禺百年沪剧》的演出活动取得了很大成功，在赴京演出期间，上海沪剧院的同志们听到最多的一句话就是：希望你们常来北京演出。

由此，沪剧人的目光投向了未来……

原载《上海戏剧》2010 年第 10 期

精彩改编为经典加分

——谈赴京演出的新版沪剧《雷雨》

褚伯承

在沪剧院为纪念曹禺百年诞辰赴京演出的三个戏中,《雷雨》无疑是非常引人注目的一台。不仅因为这个剧目沪剧改编早、影响广、观众熟悉,而且这次投入的力量也最大,即延请名编名导,重起炉灶、重新编排、重新加工,所以最终取得显著成效。

适应观众需求　追求戏曲化的改编

话剧《雷雨》是我国戏剧大师曹禺的代表作,最初发表于 20 世纪 30 年代中期,曾经在中国话剧历史上产生过重要影响。沪剧改编《雷雨》很早以前就开始了。从现有的资料看,申曲前辈艺人施春轩早在 1938 年就以幕表戏的形式演过《雷雨》,从此沪剧舞台上《雷雨》的改编演出就一直没有停止过。正是在这样不断积累的基础上,才产生了 1959 年那次相当轰动的《雷雨》演出。那次演出之所以能打响,除了集中了一大批优秀演员、舞台上明星荟萃、流派纷呈的因素外,与当时剧团老编剧宗华成功的剧本改编也是分不开的。这以后长达半个多世纪的时间里,各沪剧表演团体的《雷雨》演出基本上都依据宗华的改编本。

然而,随着时间的推移,宗华改编本与当前社会节奏和观众审美需求不尽适应的一面也越来越显现,剧本中原来就存在的一些不足之处更需要完善改进。于是出于这样的考虑,沪剧院便请曾经创作过不少优秀沪剧作品的剧作家余雍和出山,重新打造剧本,对曹禺的《雷雨》原作进行新的改编。

经过深思熟虑,新版改编大体保持了宗华本的故事框架、情节走向,场次结构和人物关系并没有作大的改动。新的艺术构思首先体现在贴近时代、贴近现实、贴近观众上。随着生活节奏的加快,眼下的舞台演出很少有超过三小时的。可是,沪剧《雷雨》在 1959 年曾演了三小时四十分钟,当时人们也许并不觉得长,但今天观众却很难接受。为了适应当前观众新的审美情趣,一些不太重要的部分需要适当简化,现在整台戏加快了节奏,将整个演出时间压缩到两个半小时左右。虽说时间少了一个多小时,却没有伤筋动骨,不仅全剧主要情节的发展未受影响,矛盾冲突的推进仍流利顺畅,还保持了曹禺作品在艺术形象塑造上鲜活生动、多姿多彩的风貌神韵。这一点确实让人打心里钦佩,编剧没有深厚的创作功力是很难做到的。

这次新的改编，不仅仅是做减法，在开掘人物深层次的内心世界方面，也加大了力度。第一场周公馆的家长周朴园摆出一家之主的威严，逼妻子蘩漪以服药来做个服从的榜样，甚至让大少爷周萍跪下来去劝后母。这个下跪的细节在过去沪剧本中并不十分突出，现在的改编却浓墨重彩地铺垫渲染，反复强调.还特意加了一段原来没有的二重唱，分别抒发了蘩漪和周萍对周朴园一声下跪令所产生的强烈感受和反应。蘩漪感到“浑身震颤恨填膺”“心苦比药千分”；周萍则是“羞愤交加慌了神”“恨地无缝能钻进”。这里把两人不同的复杂心态和感情刻画得细致入微，真切传神，具有很强的艺术感染力，对推进剧情、塑造人物也起到了相当重要的积极作用。

这次改编本另一个引人注目的地方是往戏曲化方向迈出了更大的步子，取得了令人印象深刻的进展和突破。沪剧过去被认为是话剧加唱，一些根据优秀话剧改编的沪剧剧目，这个问题似乎更突出一些。宗华的本子曾在戏曲化上进行过有益的探索，也不无成功之处，但就整体而言，还不能说已尽善尽美。过去全剧幕一拉开就是鲁贵向四凤说鬼的长长对话，结尾则是周萍自尽，周朴园跌坐沙发上，和话剧演出几乎没什么两样。现在采用戏曲常用的手法，开场安排一段幕前曲：“那样的时代已经过去久远，这个故事却依然令人震撼。两家人割不断的情仇爱怨，到头来只留下一片风凄雨惨。”不仅烘托了氛围，起了静场的作用，也介绍了剧情，设置了悬念，对引导观众入戏很有好处。戏的最后重复这一段唱，与开场首尾遥相呼应，给人留下深深的思索和无穷的回味。这个戏有五场，场与场之间，过去像话剧那样都用分切隔断的方法，现在改为以抒情感人的女声旁唱来连接，更具戏曲特色。如第四场结尾时，四凤跟随周萍，冒着雷雨奔出家门。鲁妈担心附近湖水上涨，追上去连声叫唤。这时“娘亲呼唤声声哀，唯恐儿女受伤害。一世颠簸风雨里，待等几时云雾开”的一段急切焦虑、充满感情色彩的旁唱响起，既渲染了气氛，表现了人物，又为下一场戏作了铺垫，牢牢地吸引了观众的视线。剧中原来一些通过对白揭示人物心态心情的戏，现在为适应戏曲艺术的舞台要求，改用唱的形式来表现。如第一场开始，以描写四凤因母亲即将到来生怕隐情暴露惴惴不安的唱段，取代她和鲁贵的大段对话，取得了戏曲化的好效果。

突出原作精神 营造“雷雨”氛围

为这次沪剧《雷雨》重排执导的曹其敬是中央戏剧学院教授，她要求这次艺术创作既忠于曹禺原作的精神，又保留沪剧的精华，不做颠覆性的推倒重来。因此 1959 年版中“盘凤”“幽会”“吃药”“撕支票”“四凤独叹”等大家原来熟悉喜爱的好戏和精彩唱段都相当完整地保留下来，很大程度上满足了沪剧老观众的欣赏习惯和愿望。同时她又提出新的排练要有新的开拓、新的创造、新的感觉。

这一思路首先表现在对这个戏总体风格的把握上。由于 1959 年版沪剧《雷雨》演出属于明星大会串性质，每个主要演员都是沪剧大明星，都不能忽视，都要充分展示一下，所以那时侧重于流派纷呈的名家名唱。此次演出着眼于纪念曹禺百年诞辰，重点则是放在更深入地揭示曹禺原作的精神内涵上。所以这次导演努力突出戏的主题，对更能体现人性、人情和人文精神的人物和情节不惜笔墨进行强化处理，而对一些相对次要的人物如鲁大海、鲁贵和周冲的戏则作了较大幅度的删节。特别是在第五场的高潮，当所有身世真相已经大白，悲剧命运不可避免地行将发生时，安排了一个过去沪剧舞台上很少见的五重唱，即由周朴园、蘩漪、周萍、鲁妈和四凤站在舞台不同的部位，先后轮番演唱同样一句“为什么?”这一富有创意的场面耐人寻味，发人深省，对揭示人物命运、深化人文意识起到了画龙点睛的重要作用。

这次重排，导演还调动了各种艺术手段来强化戏剧冲突，尤其是音响的突出处理对营造戏里的雷雨氛围和情景起了非常重要的作用。第四场鲁妈要四凤发誓不再见周家人时，那紧跟着响起的雷劈声产生了撕心裂肺的感染力和震撼力。戏的最后那风雨交加的雷电更是惊心动魄，它已不再仅仅是烘托舞台气氛的一种音响效果，而成了激化人物内心冲突、把整个戏推向高潮、促使惨痛悲剧发生的不可或缺的直接因素。这种对音响的重视强调和匠心独运，都是过去沪剧演出中很少有的。

深入内心世界　揭示鲜活个性的角色

《雷雨》的女主角蘩漪，历来被认为是性格复杂乖张、情绪跌宕多变的人物，是个很难把握的角色。当年丁是娥把这个人物演得生动真挚，曾有“活蘩漪”之称。这次茅善玉出演蘩漪不负众望，以自己独到的理解和出色的表现，在沪剧舞台上为观众塑造了一个与众不同的崭新的蘩漪形象。

一般来说，无论角色的性格和感情多么复杂多变，总有脉络可循，总有逻辑可言。茅善玉在蘩漪的思想行动中找了一条贯穿始终的主线，那就是对爱情的执着追求。从这一点出发，复杂中见单纯，这个人物很多反复无常的言行举措就不难理解。她对周朴园从克制忍耐到叛逆反抗，对周萍从委曲求全到刻意报复，都可以从这里找到合理存在的因素。正因为找准了角色性格、感情、行为发展的内核，茅善玉在台上的表演充满自信，对角色的演绎如行云流水，亲切自然，沉稳大方，丝毫没有给人生硬做作的感觉。

茅善玉的角色塑造还注重表演分寸感的把握，她认为蘩漪性格、感情、行为的发展有一个过程，演出时要分阶段、划界限循序渐进，不能胡乱超越。第二场中，她把蘩漪和周萍再次相见的戏演得丝丝入扣，动人心弦。由于吃药时受到周朴园的逼迫，蘩漪心中非常痛苦，开始她向周萍倾诉，希望从自己心爱的人那里得到同情和安慰。谁知周萍不仅没有给她丝毫慰藉体贴，相反采取毫不关心的冷漠态度，这使蘩漪很难忍受。此时茅善玉以一个较大幅度的转身，再默默注视，以此展示愤怒的火花正在炙烤着她的心。她不顾一切地揭露了周朴园当年抛弃周萍生母的罪恶历史，但这时她对周萍还心存幻想，希望用周家“能够闷死人”的现实来唤醒周萍的爱。当周萍说出“你以为你不是父亲的妻子，可是我还承认我是我父亲的儿子”那样的话时，茅善玉表现的蘩漪一下子惊呆了，她责怪自己“瞎了眼睛早没有把你看清楚”，从此开始走上了对周萍进行刻意报复的道路。

这三个层次的戏，茅善玉在表演力度上的把握十分准确，将蘩漪的情感变化揭示得山青水绿，层次分明。除此之外，此次在《雷雨》中扮演鲁妈、周朴园、鲁大海和鲁贵的陈瑜、王明达、钱思剑和凌月刚都是沪剧舞台上具有相当功力的演员，塑造的舞台形象生动鲜明，不时令人物撞击出性格感情的火花。尤其是优秀青年演员朱俭演绎的周萍，无不见证了他孜孜不倦的艺术追求。更使人高兴的是，由戏校沪剧班洪豆豆和王森两位未毕业的学员出演四凤和周冲的角色，在老师们的辅导下，表演上不断进步，不仅为演出增添了更多的生气和活力，也使观众看到了沪剧艺术后继有人、代代相传的前景和希望。

原载《上海戏剧》2010年第11期

浅析歌剧舞剧《雷雨》对原著的解读

郭　敏

《雷雨》是中国现代话剧成熟的标志性作品，将中国话剧推向了巅峰。自从它问世之后.不断被后人演绎和重新解读。电影、电视剧、沪剧、京剧等版本的雷雨相继通过各自的艺术形式对原著进行着或传统或现代的解读。笔者就长于抒情、拙于叙事的歌剧和舞剧《雷雨》进行研究，试图探析两者对经典原著的解读。曹禺对《雷雨》曾明确表示过：我写的是一首诗，一首叙事诗。这诗不一定是美丽的，但必须给读诗的一个不断新的感觉。在《雷雨・序》中，曹禺再次表示：保留“序幕”和“尾声”的用意，是让观众在看完戏之后，心中还留有“诗样的情怀”，使“观众的情绪入于更宽阔的沉思的海”。可见，诗意是曹禺创作的有意追求，或者说是审美目标。而诗的本质在于抒情，歌剧和舞剧作为长于抒情的戏剧形式，用各自的艺术手段能够把作者内心潜在的强烈情感表达得淋漓尽致，也能引起观众情感共鸣。所以歌剧和舞剧对充满诗意的作品能够自如地驾驭。歌剧《雷雨》用音乐用歌唱重新诠释了雷雨，舞剧《雷和雨》用舞蹈用肢体语言赋予了雷雨新的张力和生命力。

歌剧舞剧《雷雨》的改编都沿袭了原著中复杂的人物关系和矛盾冲突。但由于这两种戏剧形式拙于叙事的特点，把原著中鲁大海和鲁贵两个人物省去，通过集中表现矛盾冲突最激烈的人物关系，揭示了人性的挣扎和内心的纠结。蘩漪与周萍、四凤与周萍、四凤与周冲、蘩漪与侍萍、蘩漪与周朴园等等，错综的人物关系和激烈的矛盾冲突，都通过蘩漪为线索展开进行。将六个人物性格上的两面性在情节和时间的展开中交叉重叠，让他们复杂多变的性格发生冲突与碰撞，并闪耀出戏剧性的火花。而在这其中，又着意寻找他们在情感宣泄方面的戏剧性支撑点，让它们互相扭曲，彼此缠绕，形成一个又一个的情感纠葛，营造出让人物抒发激情，咏叹人生与命运的场面。曹禺曾写道：蘩漪是一个最“雷雨的”性格。歌剧舞剧雷雨的改编都是抓住了蘩漪的雷雨性格，在此基础上塑造人物，使每个与蘩漪有关系的人物都性格化，突出了深化了主题。

歌剧《雷雨》由原著的四幕改为两幕，第一幕是线索交代、人物刻画和矛盾交织的展现，第二幕则是错综复杂的人物关系被无情揭开后，走向悲剧的必然结果。而舞剧《雷和雨》分为六个部分：“窒息”“闪电”“挣扎”“破灭”“解脱”“夙愿”。其中前三个部分是上篇，后三部分是下篇。所有矛盾冲突和错综复杂的人物关系都巧妙地呈现在简单的围中，每个人都是一个圆，大家在自己的位置上跃起、旋转，宣泄着属于自己的情感。而他们同时又组成一个圆，所有人在其中挣扎徘徊，或躲闪，或彼此撞击，或正面交锋。并且这种圆的旋转方式不同，以此象征出命运的流转。

歌剧《雷雨》序幕使用了变幻莫测的交响语言与色彩的音乐手段.合唱“乌云啊，沉沉地压在心头”描绘了电闪雷鸣的自然景观和人物内心的愤怒与不平，还暗喻全剧的戏剧性冲突必然导致一场悲剧的不祥气氛，几个主要人物在此间的造型恰如其分地表达了“理不清的乱，写不尽的痛”的主题，并以“周公馆里闹鬼”的反复咏唱揭开了故事叙说的导引。进入第一幕，蘩漪和周冲两人在各自的咏叹调“多么烦闷的夏日”和“它在海面上飞翔”中作了叙述和抒发情感的交代后，就立即进入喝药风波的冲突中。六个人物相继登场，在“我怕这里的所有事”“兴许是梦幻”“你带走了我的心”“闹鬼”等独唱、重唱和合唱的形式中充分揭开了人物的遭遇和矛盾的全部线索，以至蘩漪喊出“一个女子不能受两代人欺负”的反封建与个性解放的行动伏笔。并且改编者莫凡还在其中加入了象征意义的成分：“白衣女子——幻化中的雨中精灵；虚拟的黑衣男女——代表乌云，象征一种情绪气氛，形成一种富有形式感的群像。”把原来非常现实主义的话剧变为了虚实结合，富有时空灵动感，内外情景自由转化的歌剧。并且改编者莫凡为每个人物设定了性格化的音乐，比如用琵琶来反复表现蘩漪内心的痛苦挣扎和倾诉；用二胡表现凄苦的鲁妈，《无锡景》的音调贯穿着来自无锡的鲁妈的腔调；四凤有民歌的因素；周朴园的出场则是伴着圆号、大管等低沉的音色等等。

舞剧《雷和雨》选择了一个黑暗天幕上闪过一道道闪电的场景。是在长时间的寂寞中开始的，神秘且充满了诱惑压抑着的气息。六把椅子上的六个人物分别在酝酿着情绪。忽然，蘩漪将碗摔到地上，这个原来看似悲伤孤独的世界活了起来。蘩漪和周萍用双人舞表达的爱情与周萍对四凤用双人舞表达的爱情形成了鲜明的对比，蘩漪与周萍的双人舞，在周萍的主动热烈的追求中，蘩漪也有些主动的表现。周萍的温情唤醒她压抑多年的热情。而在周萍与四凤的双人舞中，动作显现出的是两个憧憬爱情的青年，周萍是轻松自如的，四凤的羞涩被动挡不住周萍的热烈追求，这种主动与被动的动作关系也恰恰体现了大少爷周萍与侍女四凤身份的悬殊。其中独具个性的三段舞蹈，分明赋予了雷雨新的解读。蘩漪幻生出另一个自己来哭泣和相拥，随后又幻觉四凤嘲弄的“幻觉舞”；侍萍别样诠释她的苦难后，一群女人的“诱惑舞”；还有那个爱意浓浓的“天堂舞”，人们没有了世俗的捆绑，自由地生活、舞蹈。

歌剧舞剧对原著《雷雨》的改编都是用现代人的思维和眼光赋予了作品现代意见和现代精神，同时削弱甚至隐去了故事发生的社会背景，分别通过角色的音乐和歌唱以及舞者的肢体语言表现了跨时代的主题，即无论哪个年代的人类在面对爱与被爱时的挣扎，揭示了人性的种种困惑。相比之下，舞剧《雷和雨》突显的现代意识比较引人注目，颠覆了以往很多形式的解读，用独特的女性视角倾吐出女性心底的肢体告白，对原著进行了重新诠释，强烈的主观意识融入了这部舞剧之中。

曹禺曾经说道：“写《雷雨》是一种情感的迫切的需要。我念起人类是怎样可怜的动物，带着踌躇满志的心情，仿佛是自己来主宰自己的运命，而时常不是自己来主宰着。这部作品之所以成功，具体表现在体现了一种神秘的诱惑，即对无常命运的恐惧和对奋争的

生命的礼赞。”对命运的恐惧，对命运的抗争，对命运的超脱让这部作品的魅力一直延续了下来。舞剧《雷和雨》从中挖掘到了艺术灵感，编导重新对原著进行艺术开掘，把周家的男人和女人们的故事演变成每个男人和女人自身的故事，给观众揭示了人的生存状态和人性中隐匿的东西。舞剧《雷和雨》的编导王玫说：“哪一个男人或女人的当初没有周冲和四凤的影子？最后又没有周朴园和鲁侍萍的情结？站在蘩漪的位置上，蓦然两相望，世态炎凉透人心髓。”“人与社会的矛盾一如人与自己的矛盾。人与自己众多的矛盾中，数自己的身体与心灵的矛盾最纠缠不休。原以为心灵会依规律慢慢衰老，当人到中年、身体机能退化之时，突然发现心灵竟然永远不老，直至死亡的突然来临！面对人与自身这种不可救药的矛盾纠葛，蓦然间，人与整个社会的纠葛不自觉地就飘然远去了。”《雷雨》不应该只是某个年代的悲剧，同时也是人性的悲剧。人性的悲剧不会因为哪个年代的过去而消失。这是人类的困惑，甚至是悲观无望的内在情绪，所以，编导王玫提炼了原著中的精神，不再把重点放在舞者动作本身，着重渲染情感的宣泄，用第三只眼睛，从女性的视角舞动了雷雨。

海德格尔曾说：艺术是存在的直觉。《雷雨》是不朽的，人们在不断探析和开掘的过程中重新解读着它留下的精神和力量。《雷雨》不只是能歌会舞的，它的价值和内涵引导着我们一直前行。

原载《戏剧丛刊》2010 年第 12 期

经典《雷雨》:从话剧到苏州评弹

朱栋霖

一

戏剧大师曹禺百年诞辰之际,根据同名剧作改编的苏州评弹《雷雨》先后献演于北京大学、清华大学、南开大学和长安大戏院、梅兰芳大戏院,评弹表演艺术家盛小云、徐惠新、施斌、吴静、陈琰联袂弹唱。戏剧影视学家黄会林观后评价:“编导和表演都很到位,出乎意料的棒!使经典又一次鲜活起来。”戏剧理论家童道明认为:“阐释精准,学术性强。”将话剧经典《雷雨》改编为地方曲艺——苏州评弹,殊非易事。尽管自1934年曹禺的这部经典作品问世以来,电影、电视剧、京剧、沪剧、越剧、黄梅戏、歌剧、舞剧等剧种的改编版时有尝试,但是有创意的成功改编并不多见,将话剧场面、台词转换成戏曲场面、唱词仅是移植,未见得就是体现了原著精神。评弹本是大众通俗艺术,将《雷雨》通俗化、娱乐化显然有悖经典价值,电视剧《雷雨》在这方面已是失败的先例。对《雷雨》主题内涵与人物内在精神复杂性的深刻把握,才是衡量改编成功与否的关键。

我们的改编工作始于对经典《雷雨》的重读,重新阐释《雷雨》原著精神。

这是一部古今以来无与伦比的家庭悲剧。曹禺通过血缘伦常纠葛与爱恨情仇的悲剧冲突,探索人性复杂性与人的命运。戏剧集中于一天时间两个舞台背景(周家客厅、鲁家住房),从周朴园家庭内、外各成员之间历史的错综纠葛中深入进去,写出了封建家庭中人性的悲剧。话剧《雷雨》有三组重要冲突和戏剧冲突线:周朴园与梅侍萍的冲突,由于梅侍萍偶然间重返旧地,挑出了30年前历史的悲剧;周朴园与蘩漪的冲突,封建家长周朴园的专制冷酷造成了对蘩漪的压抑与痛苦;蘩漪抓住周萍不放,周萍要摆脱蘩漪远走高飞,形成了两人的激烈冲突。《雷雨》问世70年来,时代思潮的变化影响到人们对《雷雨》的阐释、对《雷雨》深刻复杂性的认识,对该剧主题与主要冲突的把握也在变化中,强调《雷雨》主题的某一重点,就突出其中某一组冲突。二十世纪五六十年代强调阶级分析与阶级斗争,突出周朴园和鲁妈的冲突是戏剧的主要冲突;二十世纪八九十年代注重反封建主题,自然就认定蘩漪与周朴园的冲突是戏剧的主要冲突。其实,在剧中蘩漪与周朴园的关系已经固定化;在冷漠家庭关系中蘩漪爱上了周萍,又因为周萍要弃她而去,她才拼命抓住周萍不放,引发了一连串激烈的冲突。蘩漪抓住周萍不放,不是为了去反抗周朴园,而是她自己心灵的渴求。剧中,蘩漪与周萍的正面冲突就有七次之多,蘩漪最后叫出周朴园使整剧到达了高潮，但那不是要反抗、对付周朴园，而是为了阻扰周萍四凤。即使蘩漪不在场，如开场鲁贵对四凤说“闹鬼”，其内在情节也是直指蘩漪周萍关系的。杰出的作品都不能用通常的一般戏剧理论规则去套解。在《雷雨》中，周朴园处于几组人物关系的中心地位；但是，就戏剧的情节结构看，蘩漪与周萍的冲突才是《雷雨》的主要戏剧冲突。蘩漪是剧中最“雷雨”性格的人。

我们确定，评弹版《雷雨》以蘩漪与周萍的冲突为主线，以蘩漪为第一主角。苏州评弹的特点是细腻抒情，擅长将剧中情节细说慢唱，刻画人物的内心情感。一部中篇评弹两个多小时，而要将四个多小时的话剧经典《雷雨》全部搬上书坛是不可能的，只能撷取蘩漪与周萍这条线索上的典型情节。经过反复斟酌，大胆取舍，确定全书三回。第一回“山雨欲来”，重点表现蘩漪被逼喝药后以情留萍；第二回“夜雨情探”，蘩漪跟踪周萍，在四凤家窗外窥听周萍四凤热恋；第三回“骤雨惊雷”，蘩漪在绝望中爆发。我们从全剧四幕50多个戏剧场面中，撷取了六个“桥段”，为的是充分发挥评弹说、噱、弹、唱和心理刻画的优势，集中刻画蘩漪与周萍的冲突。原剧中一些很出彩的场面，如周朴园与侍萍相认、四凤被逼发誓，因时间篇幅限制只能放在书中穿插交代。如在第二回周萍“夜雨情探”开头有五分钟的书，给了交代“相认”这场戏中的周朴园与梅侍萍。我们借用戏曲中打背供的手法，用白口“表”来描述两人相认后的心理活动。

朴园表：（感慨地）人生当中初恋是很难使人遗忘的。照片上的梅侍萍是我铭心刻骨的心上人；她连我衬衣上那朵梅花，还记得这样清楚！侍萍没有变。三十年了，人生如梦啊！

侍萍表：周朴园完全变了。——我曾经把我的终身托付给周朴园。他衬衣上的这朵梅花，还有旁边绣了一个“萍”字，就是我刻骨铭心的一夜，从此有了萍儿，周朴园给他取名“周萍”。平心而论，他人不坏。当年的周朴园温文儒雅，体贴入微，他是真心欢喜我。我为他生了两个儿子。一个女人求什么呢？他真心待我，我情愿服侍他一辈子。

朴园表：我从来没有把她当佣人看待。侍萍身上有无数优点，以至于她消失之后，三十年我觉得再没有一个女人能替代她。蘩漪？差远了！

侍萍表：我一心想为周家生儿育女，相夫教子，偏偏他们就是容不下我。

朴园表：是啊，周家对不住她！

……

我们希望此时周朴园、侍萍的心理活动内容包含了原剧中“相认”这场戏的心理分量，以及它对蘩漪周萍冲突发展的影响。邹红教授评为：“以蘩漪与周萍为主线取舍创作得当，人物心理刻画细腻感人。”评弹《雷雨》尊重原著不是照搬原作，而是在原有主要情节基础上深挖细抠，体现与阐释原著精神和人物的内在精神。

蘩漪是评弹版《雷雨》的核心人物，也是体现我们重新阐释曹禺原著精神的灵魂。

蘩漪的舞台形象一向被定格为在压抑中反抗、报复的悲剧女性，她反抗周朴园的专横（喝药），她与周萍不断冲突，指责对方始乱终弃。在话剧的经典演出中，蘩漪被塑造成在绝望中抗争、爆发的悲剧女性，她的阴鸷忧郁、她的歇斯底里在这个定型中被渲染得淋漓尽致。这个形象定型的理论支撑是强调《雷雨》主题的反封建意义，强调蘩漪形象强烈的反封建性，蘩漪是现代中国的“娜拉”，是“反封建的斗士”。在《雷雨》问世后的一个特定历史阶段这样的阐释也许有其可理解性。在新中国成立后的政治文化环境中，《雷雨》主题与蘩漪形象的反封建性被政治化与强化，周朴园与梅侍萍（还有鲁大海）的关系被强化为阶级压迫与阶级斗争，周朴园与蘩漪的冲突被政治化为反封建斗争，蘩漪就是为了反对周朴园作为封建家长的专制独断，周萍之于蘩漪也是资产阶级纨绔子弟所为。尽管近年来这些政治化的内涵在逐渐淡化，但是一个抗争爆发、在舞台上斗来斗去的女性已被定型。

尽管我从 1978 年在南京大学以曹禺戏剧研究作为我的研究生学位论文，至今 30 年间不断品读这部经典，但这次我荣幸地被聘为苏州评弹《雷雨》顾问，指导改编，我还是向演员与执笔者强调重读原著，重读 1936 年《雷雨・序》，从原著作品的重读中提炼我们的创意。从 2008 年 6 月至今两年多的评弹版《雷雨》改编过程，就是一个不断重读原著的过程。

我们很快取得共识：抛弃《雷雨》研究与演出中的阶级斗争观点与庸俗社会学，阐发《雷雨》原典作品人性的光辉。戏剧大师以悲悯情怀，让一群被时代扭曲了人性的人们，在雷雨滂沱、电闪雷鸣烛照之下痛苦地寻找。周公馆中连绵三十年的爱恨情仇，三十年的情欲与泪水，铸就了一场悲天恸地的人生悲剧。所有的人都在纠缠着、挣扎着，本想主宰自己，却被不可知的命运所主宰。极端的痛苦与情热在一天中强烈地碰撞，善良、真诚、爱怜、忏悔的心灵被反复撕裂，最终的悲剧无可避免。

评弹《雷雨》塑造的是一个痛苦的、为渴求爱而挣扎的蘩漪，而不是通常所见一个抗争的女性、一个反封建斗士。舞台上斗来斗去、吵个不休的女性不易获得悲剧的同情。蘩漪在挣扎，但挣扎是表象，痛苦是她的内心，她因为痛苦、无爱而挣扎、爆发、歇斯底里。苏州评弹艺术的特点是充分人性化，长于刻画人物内心情感，细腻抒情，富有人情美。评弹《雷雨》塑造的蘩漪是一个在痛苦压抑中挣扎、渴求爱的女性。在 1936 年文化生活出版社初版《雷雨》第四幕高潮，蘩漪面对众人有一大段独白，这是蘩漪的“自我宣言”：

> 蘩漪　（高声）你的母亲早死了，早叫你父亲压死了，闷死了。现在我不是你的母亲。她是见着周萍又活了的女人，（不顾一切地）她也是要一个男人真爱她，要真真活着的女人！
>
> （揩眼泪，哀痛地）我忍了多少年了，我在这个死地方，监狱似的周公馆，陪着一个阎王十八年了，我的心并没有死；你的父亲只叫我生了冲儿，然而我的心，我这个人还是我的。（指萍）就只有他才要了我整个的人，可是他现在不要我，又不要我了。

在新中国成立后流行甚广的人民文学出版社 1961 年版、1978 年版的《曹禺选集》中，原版中蘩漪表述自我的核心语言被删去了：“她是见着周萍又活了的女人，（不顾一切地）她也是要一个男人真爱她，要真真活着的女人！”

其实这正是蘩漪在本剧贯穿动作的心理动机。周朴园的专横冷漠使她陷入无爱的困境，“然而我的心，我这个人还是我的”。她接受了周萍的不伦之恋，但周萍要弃她而去。

剧中，蘩漪与周萍的冲突争执不断、波澜起伏，其实她不是为吵而吵、为斗而斗，而是她太爱周萍、太在乎周萍，她不能没有他，失去周萍她就失去了生存的一线希望。她对周萍诉说："你知道我没有你在我面前，我已经很苦了。""这家我再也忍受不住了。"当然软弱的周萍终于无法接受蘩漪超常的爱，蘩漪灵魂的呼唤没有获得另一半灵魂的回音。周萍不是一个值得蘩漪爱的人，接受蘩漪超常的爱需要同样一颗反叛的、强劲的灵魂，周萍不具备，但是在那样的环境蘩漪只能遇到如此之爱情。我认为，蘩漪是由于对爱的热切渴望而在心灵中把周萍美化了，与其说她爱周萍这个人，不如说她更眷恋自己心中爱的渴望。

蘩漪与周萍究竟是怎样相爱的？或者说，三年前他们究竟是怎么回事？蘩漪指责："是你引诱了我！"周萍辩解："你知道当时的情形怎么样？"这是把握蘩漪周萍冲突的一个起点。在这些方面，话剧本提供了情节的空白，唯其空白、模糊才含蓄，给读者提供了想象的空间。但评弹叙述故事的特点是需向听众一一交代明白，尤其是编导、演员自己心中要明白，唯其如此，才能进入剧中人心灵演得深透。

蘩漪姓什么？从何而来？为何她与周朴园夫妻关系如此僵持、冷漠？我们设定，蘩漪姓顾，无锡人。顾氏是无锡名门望族，祖上顾宪成耿介正直，为明代东林党领袖。28 年前周朴园迎娶的"那位有钱有门第的小姐"就是顾家大小姐，也是蘩漪的大姐。但那时候新婚的周朴园一颗心全在遇难的梅侍萍身上，他冷落新娘，彼此没有什么感情，顾大小姐抑郁寡欢，与周朴园没有生育，终于离开人世。蘩漪是周朴园的续弦，已故周夫人的小妹。蘩漪从小受父母宠爱，富有才情，生性孤傲、任性。周朴园不是不关心这位年轻的妻子，但是作为封建家长的独断专制的个性，使他与蘩漪夫妻情淡，蘩漪终年郁郁寡欢。一次机缘，她与年轻的周萍擦出火花。

在曹禺剧本和话剧《雷雨》的经典演出中，蘩漪出场手中总是执一柄团扇。我们就从这柄团扇上生发新的情节。三年前周萍大学毕业从无锡来到天津，他知道太太蘩漪喜欢江南风物，特地从苏州买了一对精美的团扇送给蘩漪作为见面礼。由此，我们设计了两人看昆曲《游园惊梦》、画扇题诗的情节。近几年昆曲青春版《牡丹亭》的流行，使观众对"游园惊梦"的情节和杜丽娘的情感世界十分熟悉，以此来激发与映照蘩漪的痛苦与渴求，观众容易理解。一曲《惊梦》情恍惚，蘩漪感慨身世，在团扇上画下杜丽娘自况。周萍看到了蘩漪的内心痛苦与孤独，借由题写李清照《声声慢》词表达对蘩漪的同情。演员徐惠新表演的创意是，将"寻寻觅觅，冷冷清清，凄凄惨惨戚戚"三句 14 字，让周萍分四次题写，每写下四字，激起蘩漪有一种反应——心理活动，周萍写完"戚戚"，蘩漪滴下眼泪。我们希望用这个情节填补话剧中三年前蘩漪周萍不伦之恋情节的空白，阐释两人不伦之恋的情感起点：蘩漪的孤独痛苦和爱的渴求，周萍对蘩漪的同情与赞赏。这就为评弹版《雷雨》主线蘩漪周萍不伦关系的重新阐释与演绎，提供了一个新的、明确的情感起点。

这样的虚构还是有一点由头。按照剧情提供的年代，蘩漪周萍初欢是在 1921 年。那时北方昆弋荣庆社于 1918 年在北京初兴，引起蔡元培、吴梅等北京大学师生的赞赏与热捧。荣庆社也极有可能赴天津演出，地点应在广东会馆，这是当年梅兰芳、杨小楼来津演出场所，也是当年少年万家宝（曹禺）常随母亲看戏的地方。《游园惊梦》是荣庆社台柱名伶韩世昌、白云生的看家戏。我最近注意到一则资料，曹禺创造蘩漪的原型，是他同学的一位嫂子，那位女子与那同学发生了私情。偏那女子会唱昆曲，她家是昆曲票友世家。曹禺原剧中，蘩漪能诗善画，“有她对诗文的爱好”，她还曾要赠扇画给冲儿。

这段新增添的书情，我们把它放在蘩漪被逼喝药之后，痛定思痛，她决定要以情相留周萍。于是蘩漪故意将团扇落地，逗引周萍回忆三年前第一次亲密接触。在沉重压抑的剧情后有一段轻柔的诗意抒情戏。用闪回的方式，两位演员连说带表，演绎这段前情。在北京、天津、苏州的大学演出，熟悉剧本的大学师生都颇感兴趣，欣然接受了这段新增情节。

发挥苏州评弹细腻抒情的艺术特点，中篇浓墨重彩刻画两位剧中人的内心世界。话剧《雷雨》的重头戏“喝药”通常在周朴园与蘩漪的拉锯战中展开，而且这一切仅靠剧中人几句台词，角色的心理活动是蕴含其中不外露的。评弹《雷雨》开场三分钟立即进入周朴园命周萍跪劝“喝药”，我们设计戏剧冲突表现的重心，不在蘩漪与周朴园声声威逼之间，而在蘩漪与周萍之间心灵的交锋。周朴园一声：“跪下，请母亲喝药！”把周萍吓得魂飞魄散。接着在四个回合的对唱中一层层展开两人心理交锋。蘩漪唱：“凝双眸，思绪纷繁……”周萍唱：“皱双眉，步履艰难怎面对？”蘩漪唱：“求你母亲两字休出口。”周萍唱：“父权严威、父命难违”……

第三回末蘩漪面对众人大段唱腔，是评弹版《雷雨》蘩漪形象塑造的核心，也表达我们对蘩漪形象的阐释。在曹禺剧作第四幕蘩漪的大段独白，是蘩漪的宣言。评弹版《雷雨》的“蘩漪之歌”统摄全剧。蘩漪面对众人，拿出与周萍定情之物团扇，坦陈自己心灵：“母子相爱在三年前，一夜恩爱胜千年。”这段唱共有三个层次。第一层次是蘩漪诉说自己与周朴园的关系，她在周家的痛苦：“朴园啊，蘩漪非是你笼中鸟，她乃是渴求爱怜一红颜。”“在周家我一举一动须服从，一言一行要收敛。若是违反半点点，你就说我疯狂说我癫，我做人还有啥尊严。”第二层次是诉说与周萍的关系：“哀大莫过于心已死，是萍儿秋水相扶这枯萎的莲”，“我今朝无怨更无悔，我窃喜一段真情见了天。”“抬起你的头来看着我，再说一回当年信誓旦旦的肺腑言。——你这虚情假意的胆小鬼！”第三层次是面对周冲的：“我问心有愧独欠你；对不起冲儿！对不起冲儿！我要说上千万遍。”这段唱词直感形象，层次清晰，阐释深刻，情感浓郁，字字血泪，荡气回肠，是评弹《雷雨》塑造蘩漪形象的浓墨重彩点睛之笔。

二

艺术蕴含深厚的《雷雨》为导演与演员提供了展示才华的空间。《雷雨》是戏剧学院培训演员的最佳教材，更有一代又一代艺术家在《雷雨》舞台上崭露头角，一举成名。1937年马彦祥在南京导演《雷雨》，曹禺亲饰周朴园粉墨登场，成为《雷雨》演出史上的佳话。20世纪40年代中国旅行剧团唐槐秋以沉痛深情的表演演绎周朴园，为中旅剧团赢得巨大声誉与票房；北京人艺表演艺术家郑榕（还有顾威）以内心体验深刻、人物内涵深厚复杂的表演塑造了一个内心世界复杂、令人难忘的周朴园形象，他的表演成为周朴园形象的范本，影响了半个世纪《雷雨》的舞台演出。电影艺术家孙道临自导自演电影《雷雨》，他演周朴园注重表现周的沉痛忏悔。北京人艺表演艺术家朱琳以声情并茂有诗情韵味的念白与自然浑朴的表演塑造了一个朴实而脱俗、内心高洁的鲁侍萍形象，成为至今无可企及的高峰。1961年香港电影《雷雨》受大陆阶级斗争文艺观念的影响，以冷酷专横的资本家演绎周朴园（鲍方饰）、以意志坚强、反对资本家的劳动妇女演绎鲁侍萍（龚秋霞饰）、以玩弄女性的资产阶级纨绔子弟演绎周萍，成为那一时代的历史存在。北京人艺沈默饰演的鲁贵受到曹禺高评，中国青艺雷恪生以内敛、复杂和一双“会说话”的眼睛在电视剧《雷雨》中把内心卑琐复杂的鲁贵刻画得活灵活现。

蘩漪这位深刻独创的悲剧女性形象，尤其以其强烈的爱恨交织的心路始终吸引着许多艺术家要在舞台上展示风采。成功地塑造蘩漪形象，成为许多女演员梦寐以求的艺术目标。自1934年《雷雨》问世以来，已不知有多少剧团搬演过《雷雨》，也不知有多少艺术家为在舞台上塑造蘩漪而倾注了心血。中国旅行剧团赵慧深从头到尾以阴郁低沉的声音、压抑的形象来处理蘩漪，只是在最后才爆发，她的独特演绎颇令人回味。北京人艺版《雷雨》强调主题的反封建专制性，从二十世纪五六十年代到八十年代吕恩、谢延宁等人艺前辈艺术家饰演的那位在痛苦中反抗、爆发的蘩漪，曾成为中国话剧舞台上蘩漪形象的定型。其后人艺第二代、第三代蘩漪扮演者尽管对蘩漪舞台形象的斗争性有所淡化，但基本还是这个表演框架。陈薪伊导演的上海明星版《雷雨》，潘虹以深深的内心体验将蘩漪在痛苦中歇斯底里爆发、绝望的心理宣泄得淋漓尽致。潘虹扮演的蘩漪，可以作为北京人艺演绎的蘩漪形象舞台表演创路的一个集大成与高峰。由于历来演出《雷雨》的话剧团都选用演艺水平高、舞台经验丰富的演员扮演蘩漪，而这些知名演员的年龄一般都偏高，事实上是将一个偏于中老年的蘩漪硬推到观众面前。于是哪怕再丰富的舞台表演经验，也难于避免将一个挣扎于爱欲火坑的中老年女性演成一个怪女人。正是由于这个原因，1985年曹禺向孙道临推荐在电影《雷雨》中起用年轻美丽、气质高贵的顾永菲饰演蘩漪，一下获得广大观众的认可，并且因此使观众们对剧中为爱而痛苦的蘩漪有了真切的理解和同情。20世纪60年代，著名表演艺术家丁是娥在同名沪剧中扮演蘩漪，熟悉旧家庭中这类女性的丁是娥以柔糯婉转、忧郁的念白与演唱表演蘩漪一角。她塑造了一个忧郁苦闷、韵味醇厚的舞台形象，在众多的蘩漪形象中完成了一个韵味独特的舞台审美创造。盛小云的表演清新细腻、婉约灵动，以传神地刻画女性人物内心情感见长。她师从弹词名家蒋云仙，单档弹唱《啼笑因缘》，一人多角刻画书中沈凤喜、樊家树、何丽娜、刘将军、王妈、沈三弦等人物，都个性鲜明。尤其是她塑造的沈凤喜在《啼笑因缘》弹唱史上是一个新的艺术创造。盛小云说书不是照前辈依样画葫芦，她注重书中人物的分析，体验内心情感。她理解的沈凤喜已不再是仅仅为了钱财或天真单纯无知的姑娘，她的前辈大都是这样处理沈凤喜的，盛小云理解的这位天真纯洁的贫家姑娘是深情地爱着樊家树的，当然她的爱与富家小姐何丽娜爱樊不同，沈凤喜是一个底层卖唱的姑娘，她爱樊家树是不由自主地爱上真诚的樊家树，是真情的吸引，但对方是大学生，沈凤喜是由下往上仰视的。所以，盛小云弹唱沈凤喜天桥卖唱“初遇樊家树”，细致地刻画了这位天真纯洁的卖唱女在不由自主中、在怯生生的状态中与樊家树交流。盛小云的表演拿捏很有分寸，她的说白总是轻轻的、断续的，脸面微低，不正视对方，又悄悄地侧过脸来欲看樊家树。因为她演的沈凤喜，首先是希望对方多点几段唱，但沈是青春少女，不好意思开口，不像那些跑码头的老江湖。在这样地与樊家树点点滴滴的交流中，沈的真纯可喜，樊的真诚纯朴和细致入微的同情心，双方互相吸引了。这回书情节简单，只是樊家树点唱，盛小云没有编排一些外插花来挑弄情节，她只是抓住了沈凤喜这位卖唱的贫家少女的性格特点，惟妙惟肖地表现她的心理活动，就将这回书说得娓娓动人。盛小云在《武松》选回《大郎做亲》《叔嫂初逢》中也是重点刻画潘金莲的内心世界。她深深投入潘金莲的内心，浓墨重彩刻画潘金莲的情感变化，以情动人。潘金莲在花轿之内的喜悦，独坐洞房等候时的冲动，发现武大时的惊诧、痛苦、怨愤、绝望，都在盛小云的边说边唱边做中得到浓重的表现与渲染。这回书的最后，武大当然无可奈何，说愿意让潘走，潘在一连串紧张的考虑后决定留下来，这样复杂的心理变化过程，盛小云没有再以唱一曲了之，因为再唱就重复累赘了。盛小云完全用一连串的心理表白来演绎潘金莲的心理，在丰富的内心情感世界的展示中完成了潘金莲的去留决定。

评弹本是叙述性的说唱，演员较少投入书中人物内心。盛小云根据时代的审美变化与观众的欣赏心理的变化，吸收了话剧、电影重内心体验的艺术，她的弹唱加强了对书中人物的感情投入，人物心理刻画丝丝入扣，以情动人。在评弹蘩漪形象的塑造中，尤其发挥得深情曲折、淋漓尽致。

《雷雨》中的蘩漪是一团感情的化身，当然这个角色适合盛小云的表演路子，我也知道许多年来她一直希望出演这个角色。但是演好这个人物不容易。蘩漪，她做了所谓"罪大恶极"的事——抛弃了神圣的母亲的天责。在什么意义上她"是个最动人怜悯的女人"？她的生命交织着最残酷的爱和最不忍的恨，她拥有行为上的许多矛盾，没有一个矛盾不是极端的。曹禺说，她的可爱在她的"不可爱"处。蘩漪，与评弹中的传统女性又绝不同，这对盛小云无疑具有挑战性。也许正是剧中角色深刻的矛盾和情感的深邃，激发了盛小云艺术创作的欲望。在两年的创作过程中，盛小云逐渐深入曹禺作品，领会文学原著精神，与剧本创作人员一起剖析剧中人之间的复杂关系——蘩漪与周朴园的关系，蘩漪与周萍的关系，探索剧中人的前情往事，挖掘和体验蘩漪的内心世界。她以自己的聪颖、领悟与投入在心中形成了一个蘩漪形象。那是她自己心灵能够深深贴入、体验的"蘩漪"。她的蘩漪"心偏天样地高"，痛苦压抑而有火炽的热情，敢冲破一切的桎梏，做一次困兽犹斗。她明确摈弃了舞台上那个传统的抗争、反抗的"反封建"的蘩漪形象。她的蘩漪具有女性的爱与柔的常情，她要爱，因为无爱而痛苦着、挣扎着。蘩漪与周朴园、蘩漪与周萍的关系，都由此获得解释。

蘩漪是评弹版《雷雨》的灵魂。盛小云饰演的蘩漪优雅而清傲、痴情而压抑、艳丽而乖戾、叛逆而痛苦绝望，在众多的蘩漪舞台形象中魅力独特。

盛小云是江南佳丽，水乡芙蓉，她的气质蕴含水乡清丽与古典美的韵致。她心灵敏感，一开书就能很快投入剧中人心灵。这是盛小云表演的一个特点。评弹《雷雨》第一回开始也是"喝药"，蘩漪出现在客厅。在这段书中，蘩漪在想什么？她抱着什么想法为何到客厅来？在《雷雨》的话剧演出中，这对扮演蘩漪的演员是一个小小的掂量。话剧导演一定要求演员把角色内心的行动想清楚，主角不能茫然无目的上场，她的内心视像与心理行动线应该清楚。但是评弹的叙述特点、演员在叙述中之于书中角色要跳进跳出，所以一般对此不是像演戏那样很强调。但是盛小云从开始就体验书中角色，她对蘩漪出现在客厅时的心理活动考虑得很深入。她认为，周朴园归家三天夫妻不见面，说明他们的夫妻关系已然紧张与僵化。蘩漪推说身体不好，盛小云猜测这种情况是第一次发生。蘩漪心里猜想，周朴园是否已经知道她和周萍之间的隐情了。当然蘩漪也已做好了最坏的打算。盛小云认为，这段时间蘩漪的内心状态主要是：紧张而烦躁。终于蘩漪出于礼节不能不下楼，但她内心按捺不住的想法还是要探测周萍对自己的态度究竟如何，因为最近一段时间她已经觉察到周萍一直在躲避自己，而周萍的态度对自己是至关重要的。

有着这样深入的内心体验，于是我们看到盛小云身着一袭绿旗袍，宛如一朵出岫绿云飘然出现在书坛上，飘逸雅致、美艳端庄中透出紧张烦躁与压抑的痛苦。接下去的演出，是她在心灵的投入与体验中自然而然引出了一连串表演的细节：她斜坐书坛，细执纨扇，举手轻掠鬓角，那种怨妇的惆怅与痴情，又在尽量克制着自己紧张而烦躁感情的心灵状态，立即幽幽感染了观众。她始而皱眉低首而端坐（对周朴园），继而怀抱琵琶而扬眉凝视（对周萍），忽而斜身起立而窥听（对四凤），她的一笑一颦，一个眼神，一次皱眉，都在细细传送出人物的内心。随着一声吟板“凝双眸，思绪纷繁”，忧郁痛苦的眼光直射向周萍的内心。蘩漪的这些微小的表演细节都是自然而然地连绵呈现，但其实都是盛小云精心设计的。就像她在《武松·大郎做亲》中饰演潘金莲，每次上台她都要带一方红手帕，红手帕是新娘方巾，她又用手绞红手帕来表达潘金莲内心的喜悦、紧张、痛苦与权衡。潘金莲这方红手帕在这回书中传情达意，十分醒目，这是盛小云在充分体验人物内心后，为角色寻找到的一个独特的细节——道具与手面。然而盛小云饰演蘩漪的这些带有细节的、丰富表情的表演都是有分寸、有控制的，它不是演戏，她还是在“说书”，是在叙述中增加了情感表演的成分。她塑造书中人物以情动人。

第三回蘩漪恳求周萍带她走，周萍拒绝，狠心说道：“我恨不得你死！”此时的蘩漪彻底绝望了。盛小云没有紧接这句台词，她眼睛一闭，停顿了好一会，就像一把刀刺在心上的感觉，然后轻轻地、慢慢地表出：“现在的蘩漪彻彻底底地绝望了”，把蘩漪的那种绝望、发疯前的冷静表现出来。然后说：“好，请你等一等。”这句台词她几乎是从牙缝里一个字一个字地迸出来的，把蘩漪心底压着的火一般的激愤宣泄出来，因为接下来，她就要做惊天动地的事情了。

三

盛小云唱俞调婉转幽雅、清丽圆润，她的演唱以情行腔。传统的正工俞调在三回九转的行腔中包含了许多小腔、声调高低回环起落等精雕细刻的处理，犹如昆曲的行腔与演唱（俞调本就受昆曲影响），是以腔含情，情随腔显，情在腔中，以至于腔胜于情。这本是评弹作为传统说唱艺术的一个特点。这是一种歌唱，歌者（评弹演员）无需像演戏那样投入地唱，演员一竞唱功。徐丽仙、邢晏芝都在评弹演唱的情感投入方面作了发展。清丽圆润的嗓音加上字正腔圆的唱功，能够使盛小云的演唱脱颖而出，但是盛小云以其敏感的心灵投入书中人物，她要表现人物的内心情感，她以情行腔、以情托声，情胜于腔，在演唱中充分表达书中人物浓厚的情致。于是她不是拘谨地一板一眼唱求工整，那样会显得刻意，她行腔的快慢舒疾、高低收放呼应着情感的喜怒哀乐、心灵的紧张收放，她的演唱既在比较自如的运腔中表达俞调的精雕细刻、细致工整，又在轻柔灵动中以委婉曲折的情感抒发动人。她在《雷雨》中担纲蘩漪的四段唱充分表现了她的演唱才情与风格。

"喝药"一段，周朴园突然命周萍跪劝"母亲"喝药，蘩漪猛然一惊，双目突转向周萍，在幽幽的、细长的吟板中轻轻唱出："凝双眸，思绪纷繁……"其音如一缕春蚕吐丝、两三幽泉滴珠，在幽幽中表现出蘩漪此时心中的紧张、惊讶、疑虑、探询的复杂内心。这一段与周萍的对唱中，盛小云以忧怨的、泣诉的柔声演唱俞调，意在表现蘩漪恳求周萍："求你母亲两字休出口。"这段唱在全书的一个作用是重点表现蘩漪在周家受压抑的痛苦。

第二段唱是蘩漪以情留萍："我是脱水荷花心已枯，你似阳光清泉来滋润我。一曲《惊梦》梦恍惚，《声声慢》里找回了我。"盛小云将委婉细腻的俞调唱得清新灵动，如行云流水格外含情脉脉。接着她与周萍发生争吵，从蘩漪反击周萍开始："你最最对不起的那个人，是你曾经引诱过的痴后母。"上下手以蒋调、俞调轮番对唱五个回合，愈演愈激烈。她的蘩漪从柔情、压抑到爱恨交织、语言尖锐犀利，内心转换自然，曲调衔接转折充分表达出蘩漪的内心痛苦，被观众赞为将曹禺笔下的蘩漪演活了！

第三回盛小云一人分饰两角，侍萍历经风霜，苍老些，盛小云的表演动作也相应地质朴与粗放些。她演唱侍萍，需要分清侍萍与蘩漪两个不同女性的音乐形象与内心痛楚。她以自然嗓、中低音居多，基本音区在"1、3、5"，镶嵌一些丽调的声腔和唱法，"俞夹丽"调，表现侍萍这位忍辱负重的女性经受的巨大的心灵挣扎与撕扯。当侍萍最痛楚时唱："我要撕开天网让他们双双去，……哪怕千刀万剐磨骨扬灰，这地狱轮回由我承担。"此时盛小云一改前面低沉的唱腔，用高音延持，运腔悲痛踉跄，字字含泪，把绝望的气氛和心情渲染充分。

蘩漪面对众人的大段唱是评弹《雷雨》的高潮，也是塑造蘩漪形象的核心唱段。盛小云深深地投入与理解了蘩漪的心。盛小云激情饱满，表情、眼神、手面互为呼应，演员与角色融为一体，盛小云就是蘩漪，蘩漪就是台上的盛小云，盛小云的蘩漪形神俱备。这孤傲艳丽的花在雷雨交加中的绝恋绽放。她被囚禁的、枯竭的心灵在茫茫寻找中迸发出血艳火花，在周萍身上交织成了最残酷的爱和最不忍的恨。她用火炽的热情和一颗强悍的心，做一次困兽的斗。她用似唱非唱、似说非说的唱法——这正是评弹弹唱的特点——来表达人物的情感，缩短乐器弹奏音乐过门，以情托声，以声传情，酣畅淋漓唱出了蘩漪十八年的孤独与痛苦，渴望与追求，唱出了蘩漪的无奈与无悔，唱出了她绝望的叛逆："母子相恋在三年前，一夜恩情胜千年。""我不是你的后母，是你的姐。""我今朝无怨更无悔，我窃喜一段真情见了天。"

在原剧中，蘩漪为了阻止周萍与四凤出走，拉出周冲来破坏。周冲不愿，蘩漪就骂他：

"你不是我的儿子;你不像我,你——你简直是死猪!""你真是糊涂虫,没有一点生气的。"对此,盛小云不赞同。她依据女性自身的体验,认为这不近人情,这使蘩漪不能获得观众同情。不管发生什么事,蘩漪对儿子始终是深爱的,她不愿伤害亲儿。根据盛小云的意见,在全剧最后蘩漪对周朴园、对周萍的大段唱后,周冲哭叫"妈妈,求求你!看在冲儿的面上,你就别说了!"执笔增加了一段对冲儿的唱:"一声妈妈心似绞,泪眼模糊竟看不清冲儿在哪边?……我问心有愧独欠你;对不起冲儿!对不起冲儿!我要说上千万遍;面对娇儿口难言。"盛小云用一句痛楚的高腔唱"千万遍",唱出了蘩漪心中的愧疚,然后又转为低回婉转、如诉如泣:"我是面对娇儿口难言。"这段唱充分抒发了蘩漪的人性与母爱,对于蘩漪的爆发与挣扎之心是一个极好的丰富,将悲剧情感推向高潮。

原载《文学评论》2011年第2期

从中篇弹词《雷雨》中演四凤想到的

陈　琰

由曹禺大师创作的《雷雨》历来是话剧巨作，同时又被许多戏曲剧种如沪剧、京剧、越剧、黄梅戏等移植、改编、演绎。苏州市评弹团为纪念曹禺大师诞辰 100 周年，创作了中篇弹词《雷雨》，经过精雕细琢，将大师的经典作品首次以曲艺形式登上了京津苏浙沪的各大舞台以及这些地区的近 50 所大学，其影响之大，评价之高是评弹历史上少有的。我是一位苏州弹词演员，这次很幸运，受苏州市评弹团之邀，参加了中篇《雷雨》剧组，担任四凤一角，在将近三年的创作演出中，在不断读懂、剖析作品的同时，逐渐进入角色，配合以蘩漪与周萍冲突的剧情主线，演好四凤这个人物。

1.解读四凤

要演好四凤，首先要理解四凤。为此我在前期先后看了话剧、沪剧、越剧、歌剧等剧种的《雷雨》影音资料以及曹禺大师的《雷雨》原剧本，结合剧组分发给我的《雷雨》评弹剧本，对四凤有了大概的了解。在剧组排练时，我虚心听取各方面对四凤这个人物的要求，在一次次的排练演出中，更有领导、老师以及热心的观众给予我许多有关演好四凤的建议，博采众长，力求比较准确地去理解四凤，把握好四凤这个角色，使中篇弹词《雷雨》整体演出效果没有因为我的缘故而受到影响。

四凤是周公馆侍女，鲁贵与侍萍之女，与周家大少爷周萍相恋，但两人实为同母异父兄妹。她是一个天真善良的女子，虽然没有受过多少的文化教育，但是她纯真、善良、充满同情心，惹人喜欢。她十分清楚自己在周家的地位，但对人生和爱情依然充满热情和憧憬，为爱敢做敢当。她的纯真使她竟然无视世人心中永远无法逾越的鸿沟，她爱上了一个不该爱的人，错误的爱终于酿成了世人无法承受的恶果。在她未了解事情真相时，对爱情是那样的执着，对母亲的劝说是那样的违拗，然而恶梦终究无法解脱，悲痛、无奈、绝望……一涌而来，她最后死于雷电交加之中。

四凤无疑是剧中最让人感动的角色之一。我理解四凤，同情四凤，更喜爱四凤，我为她掉过无数次泪，每次演出，她都会让我动情。

2.演绎四凤

为了演好曹禺大师的经典巨作，达到最佳的演出效果，剧组的制作、策划、编导在评弹传统表演形式“说、噱、弹、唱”的根基上，大胆吸收其他剧种的优秀元素，精心设计构筑崭新的演出形式。

我在演四凤时，按照剧组规定，用普通话对白，用苏州话表述和评述。对于《雷雨》这样的经典作品，可谓字字句句都精湛，相对而言用普通话最能达意，同时也达到了让更多的新观众，尤其是北方观众和年轻学子听懂评弹，想入门评弹的初衷。吴侬软语是中国语言的精华，很多观众感言听苏州话本身就是一种享受，作为演员来讲用自己的方言进行表和评、穿插噱头更得心应手，更重要的是万变没有离苏州评弹这个宗。时而用普通话扮演人物角色，时而跳出剧情用吴方言来做评述，不少观众看过表演之后都欣喜地感叹：“从没有想过，评弹《雷雨》还可以这样演。”

苏州评弹，名家辈出，流派纷呈，评弹流派唱腔非常丰富，优美动听的曲调是为剧中人服务的，在为人物设计曲调唱腔时必须要考虑到人物的特点、情感的起伏、剧情的需要。

剧情中四凤和周萍在第二回《夜雨情探》中有一段对唱，为了表达四凤的纯洁善良、宽容大度，我用传统的俞调作为基调，并加强了节奏的变化和行腔吐字的控制，充分体现了四凤年轻、天真、单纯的一面。在第三回《骤雨惊雷》中和侍萍的对唱，是表达母女间内心的纠结和难以割舍的爱。我在演唱时除了突出四凤的心情和感情，更要烘托出侍萍这个人物的情感，使母女之间这段撕心裂肺的对唱能打动每一个观众，并且把整个剧情推向高潮。

参加《雷雨》演出，我学到很多，对评弹在继承传统表演艺术的基础上如何进行创新有了新的体会，受益匪浅，也增加了传承好这门非物质文化遗产的信心和责任感。

我在中篇《雷雨》中演绎四凤，对人物的塑造和诠释，自己觉得还是比较满意的。我觉得结果不是最重要的，重要的是敢于挑战自我，展现自我。我想在以后的人生舞台中，处处都会有机会让你展现，看你能不能把握得住了。这就应了我自己的一句话：我需要舞台，一个能够将我发挥得淋漓尽致的舞台！

原载《剧影月报》2011 年第 5 期

与曹禺先生的一次心灵对话

——中篇评弹《雷雨》改编絮语

方同德

曹禺先生的《雷雨》诞生至今已七十余年了。七十多年来，此剧在创造了久演不衰的辉煌的同时，也伴随着它的主人经历了时代风雨的洗礼。有人曾经这样说过，初看《雷雨》即受震动，再看《雷雨》不免惶恐，三看《雷雨》便进入了迷宫。剧中错综复杂的人物关系、扑朔迷离的故事情节，确实吸引人的感官，但当你把这些表层的东西弄清楚了，一旦进入到人物的内心，你就会发现你已不由自主地进入了一个迷宫。剧中的那些人物，尽管先生在舞台提示中都做了说明，但每次看完戏后，你就会发现先生在剧本中的提示，是如此的含蓄，以至很多演了一辈子蘩漪、周萍、周朴园的演员都说没有把角色演好，很多看了一辈子《雷雨》的观众都说没有把剧中人物读懂。

记得十几年前，有一次我去北京医院看望先生，我向他提了一个如今想来很惭愧的问题。我问他："您《雷雨》中的人物，谁最坏？"先生看看我，先是说了一句很幽默的话："你是要我像向小孩子解释连环画一样地解释谁是好人谁是坏人？"继而他便非常认真地对我说："《雷雨》中没有一个坏人，但是不是好人，我不敢说。我只是写了几个我非常熟悉的人。"曹禺先生在《雷雨》中为我们设下的迷宫，很久以来，对我都是一个巨大的诱惑。看各种版本的话剧演出，又看各种剧种的戏曲《雷雨》，似乎都没有让我从迷宫中走出来。不入虎穴，焉得虎子，看来只是坐在剧场里看别人演绎的东西，毕竟隔靴搔痒，难有亲临其境的感受。真想有一个机会，能让我走进《雷雨》，与剧中的人物作一次坦诚的交流，与曹禺先生再作一次心灵的对话。

想不到这个机会突然来临了。2008 年，在上海举办评弹金榜活动期间，苏州评弹团盛小云告诉我，有一位企业老总想把《雷雨》改成中篇弹词，她问我有没有兴趣加盟。我几乎是不假思索立即表态："行！"那天，在上海的一家饭馆里，席间我侃侃谈了一个多小时，那位刘总饶有兴趣地听了一个多小时，饭毕即表态："我喜欢评弹，我也喜欢《雷雨》。把《雷雨》改成中篇评弹是我一生的梦想。就这样定，小云，你去组织，请最好的演员，请方先生当顾问。所有后勤工作，一概由[illegible]负责。"

创作班子很快就组成[illegible]第一次主创班子的会议上，我怀着喜悦的心情对大家说："把《雷雨》改成中[illegible]是刘总的梦想，也是我的梦想。从现在开始，我与大家一起，与曹禺先生作[illegible]诚的心灵对话。这是一次愉快的精神旅行，让我们一起来享受吧。"

整整[illegible]。我没有想到这次的旅行竟会如此漫长，一路走来，我采集到了许许多多路

边的鲜花，我仿佛理顺了过去几十年来一直困扰着我如麻的思绪。现在我一一道来，请诸君鉴别一下，我是不是已经从《雷雨》的迷宫中走了出来。

《雷雨》最吸引人的地方是错综复杂的人物关系以及剧中人难以捉摸的内心世界：三十年前周朴园和侍萍之间的主仆恋、三年前蘩漪和周萍之间的母子情究竟是如何产生的？后来又怎么会变化的？《雷雨》中的那几个看似鲜活，接近之后又觉冰冷的人物，他们的内心怎么会如此的让人难以捉摸不定？可以说，这些问题困扰了几代《雷雨》观众。我一直认为，《雷雨》绝不仅仅是一部个人命运的悲剧，更是一部社会悲剧、时代悲剧、民族悲剧。个人的命运必定与时代相连，与社会相系。那么，《雷雨》的故事究竟发生在什么年代呢？过去看戏看了无数次，对此却一直朦朦胧胧。现在要改编《雷雨》，这个问题必须要弄清楚。否则我们将无从下手。

此番重读原著，实在汗颜，其实这个问题曹禺先生在剧本里早就交代得清清楚楚，是我们忽略了。第二幕，周朴园与侍萍重逢，当周朴园发现眼前这个新来的"女佣"有点面熟，两人便有了这样一段对话：

周朴园：你好象有点无锡口音。

鲁侍萍：我自小就在无锡长大的。

周朴园：（沉思）无锡？嗯，无锡，（忽而）你在无锡是什么时候？

鲁侍萍：光绪二十年，离现在有三十多年了。

过去听这几句台词，我都是轻轻地让它滑过去了。这一次，我却是细细地算了一下：光绪是1875年登基的，光绪二十年即1894年，这便是周朴园与侍萍恋情发生的年代，也就是周萍出生的年代。周萍出场年龄是28岁，他与蘩漪的恋情发生在三年前，其时周萍25岁，细细一算，蘩漪与周萍的恋情发生的年份应是1919年左右。这是一个非常重要的提示。它告诉我们，周萍与蘩漪正相逢在"自由、平等、博爱"的西风吹进中国之时。周公馆虽然是一座能闷死人的牢笼，但周朴园年轻时却是从德国留学归来的我国第一代海归学生。我想，这应该是曹禺先生刻意为我们安排的隐藏在舞台时空后面的另一个时空背景。我们过去在看舞台剧《雷雨》时，常常在几个时空中跳进跳出：现实的舞台时空、30多年前周朴园与鲁侍萍故事发生年代的时空、三年前蘩漪与周萍恋情发生年代的时空。作为观众，我们往往只是对发生的事情极感兴趣，而对于事情发生的年代却疏忽了。

今天的人们看发生在将近一个世纪前的《雷雨》的故事，他们关心的究竟是什么呢？如果今天再让曹禺先生来重写《雷雨》，他又将向我们叙述怎样一个故事呢？时代不同了，关注的焦点肯定也不同了。那么，我们今天再来改编《雷雨》，我们要把我们的听众引领到哪里去呢？剧组同志讨论再三，我们决定把大家带领到曹禺先生已经为我们设定，但由于受戏剧舞台时空的制约而没有能充分展示的发生在三十年前和发生在三年前的那两个故事的时空中去。但由于演出时间的限制，我们决定把周朴园、侍萍这条线作淡化处理，以蘩漪、周萍的恋情为主线，让听众走进三年前蘩、萍恋情的过程中去，并且在过程的叙述中走进他们的内心，以去探访他们灵魂深处的脉律。

这是一个很冒风险的决定，也是一个很具挑战性的决策。但是，我们知道，评弹艺术最大的特点就是说表时空自由，我们这次改编《雷雨》，一定要充分发挥这个长处，争取给话剧《雷雨》留下的情节空白增添一些枝叶。于是，我就对剧组的同志讲，我们一起来揣测一下，生活在这么一个“能闷得死人”的周公馆里，又沐浴在西风渐进的大环境中的蘩漪和周萍，他们之间可能会发生什么事情呢？要求是：不俗，不媚，合情，合理。合人间之常情，符时代之大理。须知任何事情的发生必然与其年代有联系，否则就会变得没有意义或者不够真实。但是，我们也决不能牵强附会，硬贴时代标签，把周萍和蘩漪硬和五四运动联系起来。因此，后来在文字编写时，我们为中篇评弹《雷雨》第一句的书表即是：“故事发生在20世纪的20年代的天津……”让听众去想象，在那样一个年代里会发生什么样的故事，也让听众去检验，我们下面讲的一切，是否符合那个年代应该发生的事情。

剧组的同志进行了热烈的争论，最后决定在第一回书中加了原作中没有的三段戏：周萍送蘩漪一把团扇；两人看了一场昆剧《牡丹亭》；最后在这把团扇上，蘩漪画了杜丽娘的像，周萍题了李清照《声声慢》的词，作为两人的定情之物。团扇作为有形的道具，贯穿全书始终；《声声慢》的“寻寻觅觅，冷冷清清，凄凄惨惨戚戚”作为无形的词意点出两人的（尤其是蘩漪）的悲情。对于繁、萍两人的感情，我们不想从伦理上去多加评判，因为这样对于他们实在有失公正，而且面对今天的听众，也未必能博得认同。我们只想把他们扭曲的人性能更多地、更深地展现在听众面前，相信聪明的听众一定会从中作出自己的判断。这三个情（细）节，全剧组的同志反反复复多次推敲，案头多次修改，排练场细扣细节，生怕我们加上去的东西与原著不贴。如对李清照《声声慢》中十四个叠字“寻寻觅觅，冷冷清清，凄凄惨惨戚戚”的处理，必须要与蘩漪、周萍当时的情感紧扣，而且要做到步步递进。蘩漪和周萍两人在这个“冷冷清清”的周公馆里，过着“凄凄惨惨”的日子，他们都在“寻觅”知己，“寻觅”幸福，当知己突然出现在自己面前时，他们便情不自禁地投入到了对方的怀抱。为此，演员在说表上真是动足了脑筋，最后当周萍念到“戚戚”两字，蘩漪的两滴眼泪“嗒嗒”落在了团扇上，第一次排练时演员的眼泪竟也夺眶而出。

第二回周萍和四凤窗里窗外的对话细节也是我们加的，原著没有。我们把原著中四凤对天发咒的情节作了简化处理，因为我们觉得，舞台剧中原有的情节早已家喻户晓，作为以说表见长的评弹再来重复这些情节，很难有新的突破。我们应该借助于窗里窗外特定的语言环境和周萍明天就要离家去矿上的特定时间背景，给周萍安排一个向四凤忏悔的空间。我们觉得，这是展示周萍内心世界一个极好的机会，也是让听众走进周萍封闭的内心中去的极好机会。生性懦弱的他，一方面千方百计想摆脱旧情的纠缠，另一方面又想开始全新的生活，因此，他早就想把与蘩漪的事情告诉四凤，但一直鼓不起勇气。现在隔着一扇窗，而且明天就要走了，他终于鼓足勇气想把久藏心底的话说出来。此时此地，周萍的悔，周萍的恨，在心爱人的面前，他欲一吐衷肠。想起往事，他惊魂难定：

“我合上双眼恶梦纷纷至，
难得有几次逃离断头台。
我只见一众先人来噬我血，
他们说三世积德空成灰。

又只见家父长鞭手中执，

打得我遍体鳞伤血斑斑。……”

然而四凤却把他的话打断了。其实，四凤早已从鲁贵嘴里隐隐约约听说过此事（关于这一点，曹禺在剧本中有提示），现在面对心爱人的直言，少女的善良和自卑使她选择了理解和原谅。我们想告诉听众的是，周萍的胆怯和懦弱使他对蘩漪的感情从最初的爱变成后来的悔，再后来又面对蘩漪的紧缠不休，又从悔转成了恨。这就是周萍的感情脉络和心路历程。胆怯和懦弱难免自私和自戕，但这终究与玩弄女性和流氓行径并不是同一概念。在这里，与其说我们是在推动情节的发展，还不如说我们是在探访周萍内心深处的幽魂。

在《雷雨》这部戏中，蘩漪是一个最复杂的人物。她的内心世界，深不可测。她的举止言行，惊天动地。她敢爱敢恨，爱能爱得死去活来，恨能恨得山崩地裂。在《雷雨》的人物中，有人认为蘩漪最可恨，也有人认为蘩漪最可爱，更有人认为，蘩漪就是一个复杂人性的混合体，她最可恨的地方正是她最可爱的地方。但是，我们首先想告诉听众的是：其实，蘩漪的内心原本很坦荡，也很单纯，正如她对周萍所倾诉的那样：

“我是脱水的荷花心已枯，

你似阳光清泉来滋润我。

一曲《惊梦》梦恍惚，

《声声慢》词中召回了我。

……

开弓哪有回头箭，

我蘩漪从不悔当初。”

她没有考虑这段感情的结果，也没有考虑名分，如果能这样浑浑噩噩地过下去，她也许就忍了。在与周萍的感情问题上，她并不是步步紧逼，而是步步退却。她先是“留萍”，后是“求萍”，最后当她知道周萍已经深深爱上了四凤，她曾经还想把四凤一起带走，他们三个人一起生活。她单纯得像一个孩子一样。如果说，在这个过程中，她的内心由单纯变得复杂，也都是因为外界所逼。人们眼中蘩漪的复杂内心，正是她对生活最单纯的渴望被强力压榨后的一种扭曲的表现。当周萍说出最后一句绝情的话：“我想你去死！”她终于彻底绝望了。此时，万念俱灰的蘩漪，面对自己一生中影响最大的三个男人，一个是自己的丈夫，一个是自己的情人，一个是自己的儿子，终于倾吐出了一个彻底失望了的女人淤积在心中的全部情愫：她的爱，她的怨，她的痛，她的恨，她的愧，她的悔。改编者安排了一档长达五十多句的唱篇，让蘩漪倾情倾诉，让听众走进蘩漪的内心。

先是面对丈夫周朴园。她像是在诉说别人的事情一样地把她与周萍的私情和盘托出：

“母子相恋在三年前，

一夜恩情胜千年。

你要问我蘩漪有什么怨和屈，

我闲来从不挑针线，

忙也不过调丝弦，
锦衣玉食每一天。
……
我蘩漪非是笼中鸟，
她乃是渴求爱怜一红颜。
多少年我日数飞鸟夜望月，
多少年半床冷被我独自眠。
在周家你是骄阳我是影，
阳光移动影儿偏。
……错了，错了，都错了，
我错进了门，
你续错了弦，
这十八年来我如坐监。
故而我今朝无怨更无悔，
我窃喜这一段真情见了天。”

盛小云在唱这档篇子时，起腔很轻也很舒缓，于低声处，如闻惊雷。在蘩漪看来，她与周萍的这段感情是她此生最美满的一段人生，如果世人认为有悖伦理，是你们想得太复杂了。接下来她面对的是曾经的情人周萍：

“我极想听，听你当年的劝，
你说周家门外别有一重天，
如花美眷当自怜。
听你说我不是你后母是你姐，
听你说希望父亲早早赴黄泉，
听你说即使灭伦之罪你也担在肩。
抬起你头来看着我，
再说一遍当年信誓旦旦的肺腑言。
你这虚情假意的胆小鬼，
我为此情曾经颠，
哪知晓这海誓山盟枉对天。”

一番痛斥，畅快淋漓。开始的几句仍很温和，似乎昔日的温情还未远去，但当唱到“胆小鬼”三字时，蘩漪手指周萍，怒目圆睁，鄙视之情全凝结在一个“鬼”字上。正在这时，周冲一声“妈妈”的呼喊拨动了蘩漪母爱的情弦，她震颤了：

“一声妈妈心似绞，
泪眼糊涂竟看不清冲儿在哪边。
儿是天使娘是鬼，
我害得你一片乌云压心田，

我害得你苦短人生步履艰。

这一片阴影将笼罩你几十年。……”

声泪俱下，感天动地。这是一档难度极大的篇子，也是中篇评弹《雷雨》不同于舞台剧《雷雨》的结局处理。为了这一档篇子，盛小云足足用了一年的时间，开始的时候，她也考虑过用何种流派应腔，最后她把许多流派都糅进去了，又似乎把所有流派都“放弃”了。现在呈现在听众面前的不是严格意义上的流派唱腔，而是蘩漪在面对三个男人时真实的、动人心魄的“如诉、如斥、如泣”的情怀。这就是蘩漪一生的生命之歌。开始时，我们也非常担心，让蘩漪当着这么多人的面，把自己的隐私和盘托出，这样处理是否恰当？后来的实践证明，广大听众，尤其是大学生听众，他们不但接受了，而且还有人为蘩漪的率真和勇敢喝彩。20世纪30年代曹禺先生笔下的蘩漪走进了21世纪大学生的心里，他们之间能穿越时空进行交流，这使我们感到欣慰，也是我们的追求。

三年来，我与中篇评弹《雷雨》剧组的同志们一起，与曹禺先生作了一次坦诚的，更是虔诚的心灵对话。我由衷地感谢剧组的同志们，是他们陪伴我进行了一次难忘的精神旅行。当年的发起人刘总已在一年多前仙逝，愿她在天堂能听到蘩漪、周萍的声音。更愿我们的努力能告慰曹禺先生的在天之灵。

原载《艺术百家》2011年第5期

中篇苏州评弹《雷雨》在宁举行专场演出

张连珍观看演出

郑 萱

4月23日晚，中篇苏州评弹《雷雨》南京专场演出在省政协礼堂举行。此次演出系由文化部和中国文联主办的“纪念曹禺百年诞辰经典剧作展演”的活动之一。省政协主席张连珍，省人大常委会副主任赵龙，老同志陈焕友、王霞林、王湛、李佩佑、沙人麟、王荣炳、林玉英、冯健亲、陆军、汪正生，省政协秘书长刘国中等与数百名观众一起兴致勃勃地观看了艺术家们的精湛表演。

中篇苏州评弹《雷雨》由《山雨欲来》《夜雨情探》《骤雨惊雷》三个部分组成，发挥了评弹艺术在剧中表现人物内心世界、情感纠葛、矛盾冲突等方面的优势，对原作的主题内涵和情感世界进行全新解读与演绎。演员们对白弹唱韵味醇厚、幽婉动人，表演生动传神，赢得阵阵热烈的掌声，让广大观众充分感受了传统文化和现代艺术结合后的深厚内涵和独特魅力。

原载《江苏政协》2011年第5期

琼皖两省政协推动文化交流黄梅戏《雷雨》昨海口上演

于迅观看演出

魏如松　张泽彪

本报海口11月17日讯(记者魏如松 通讯员张泽彪)　作为省政协今年重要的文化交流活动之一,琼皖两省政协文化交流黄梅戏演出活动今晚在海口举行首演。

省政协主席于迅,省人大常委会副主任毕志强、张力夫,副省长李秀领,安徽省政协副主席田维谦,省政协副主席张海国、邱德群、赵莉莎,秘书长李应济出席开幕式并观看演出。

为加强地方文化交流,由海南、安徽两省政协发起、组织的琼皖两省政协文化交流黄梅戏演出活动,邀请安徽省黄梅戏剧院,于17日、18日晚在海口分别上演黄梅戏《雷雨》《天仙配》。此次来琼的安徽省黄梅戏剧院在面向群众、走向市场的过程中,一批剧目在国家级等重要赛事上频频获奖:《雷雨》荣获2007—2008年度国家舞台艺术精品工程“十大精品剧目奖”,《长恨歌》荣获第七届中国艺术节“文华新剧目奖”等。

张海国在首演开幕式上致辞,对安徽省政协文化交流团的到来表示热烈欢迎。他说,文化是一种力量,文化是一种信仰,文化更是一个民族的灵魂。黄梅戏作为中国戏剧文化史上的一朵瑰丽奇葩,历史悠久,底蕴深厚,源远流长。这次琼皖两省间的文化交流活动,是在两省政协共同努力推动下实施的跨省文化交流活动,这是政协在文化发展中充分履行职能,发挥作用的一次成功尝试。政协搭台,地方文化唱戏,黄梅戏到海南演出,也是提升海南国际旅游岛文化内涵,推动海南文化事业大发展大繁荣的一大举措。同时,也对增强安徽、海南两省之间的文化建设,具有重要意义。

田唯谦在开幕式上表示,黄梅戏是安徽文化艺术中响亮的品牌,以其动人婉转的唱腔,醇厚甜润的韵味,清新浓郁的乡土气息,深受海内外观众喜爱。参加今晚演出的安徽省黄梅戏剧院人才济济,是安徽最具实力的黄梅戏演出团体。通过此次文化交流活动,对于推动黄梅戏、琼剧间的优势互补、兼收并蓄,弘扬传统文化,实现文化资源的共享,都将产生积极作用。

据悉,黄梅戏《雷雨》演员阵容可谓明星云集,剧中7位主演中3位是中国戏剧“梅花奖”的得主。全场120多分钟的演出中,演员们的精彩表演不时赢得台下观众阵阵掌声。

原载《海南日报》2011年11月18日

从话剧到评弹

——谈中篇评弹《雷雨》的创作体会

胡磊蕾

《雷雨》是曹禺先生在其二十三岁时谛造出的剧坛神话，它非凡的艺术特色及美学价值也长久地引发着人们对其挖掘探究的浓厚兴趣。《雷雨》自问世以来，除了话剧舞台赋予它适意精准的艺术呈现外，沪剧、京剧等姐妹艺术都曾以不同的舞台样式对其进行风格迥异的诠释，而用苏州评弹这一曲艺形式来改编戏剧大师的扛鼎大作，是曲艺艺术首度面对戏剧艺术心存敬畏且满怀激情的尝试与挑战。

评弹较戏剧的最大不同在于描述故事不受时空限制，塑造人物是通过说书人对书中人物的思想及心理的细节描写来完成。话剧《雷雨》较长，矛盾亦错综复杂，如一一展开就会限制评弹艺术的表现空间。故评弹《雷雨》对原作的情节进行了大幅度的裁剪及结构上的重组。一开头便从“吃药”入手，交代人物关系，出示戏剧矛盾，在特定情境下展开周萍与蘩漪的情感纠葛。原话剧中第二幕的重头戏——周朴园与鲁妈的重逢和回忆则在评弹第二回的开头以说书人的身份作了扼要精辟的叙述，以推动情节的发展。话剧第三幕中前五分之四的情节在评弹中几乎找不到踪影，原本在话剧中堪称精彩片段的“四凤起誓”在这回中也是一表而过，周萍探凤、蘩漪跟踪成了本回书的重点笔墨。而第三回书一开场就把蘩漪和周萍的矛盾推向极致，最后由一大段蘩漪因决意走向毁灭而充满绝望的唱片将故事带向终结。评弹《雷雨》三个分回小标题的定名：《山雨欲来》《夜雨情探》《骤雨惊雷》就是在情节调整和内容取舍的基础上确立的。

曹禺研究专家朱栋霖教授认为，第二回《夜雨情探》的创作较原著有很大的突破及创新精神。这回书不仅把评弹艺术所有的表现手段“说、噱、弹、唱、演”都合理地融入其中，在情节结构与人物刻画上也较原著有其独到之处。作为评弹《雷雨》第二回的作者，以下我就来谈谈《夜雨情探》的创作体会。

一、情节结构

将周萍与蘩漪的情感冲突作为主线是评弹《雷雨》的创作基调。所以如何将男女主公的情感脉络在第二回中得到充分延展和激化且将故事向高潮推进，是我在改编中考虑的首要问题。因为第一回的改编先是以此基调对原作中围绕鲁贵、四凤、周冲、鲁大海等人物所展开的戏份作了弱化和删减，所以这回书的改编只利用了原著第三幕最后五分之一的情节，把周萍的出场作为正书的开始。而原话剧第二幕中的周朴园与鲁妈重逢及第三幕中鲁贵与大海的冲突、周冲上门送钱、四凤罚咒等重要情节在评弹第二回的一开场仅以两位说书人简洁精炼的表述在五分钟内交代完成，随后的故事发展及矛盾冲突主要围绕周萍、蘩漪、四凤三个人物铺展开去。说书人口中的那扇“窗”被当作了情节发展的道具，引领着窗内的四凤和窗外的周萍、蘩漪以各自不同的心理轨迹引发行为动作将矛盾层层叠加，把情节推向高潮。

二、人物塑造

先说说周萍。其实周萍这一人物在曹禺心目中是极其矛盾复杂的，这在原著中的大段人物提示中可见一斑。但如此丰富的人物在话剧舞台上却时常带给人暧昧晦涩的感觉，很多观众把周萍看作一个胆小懦弱、好色虚伪的纨绔子弟，我想这绝不是曹禺心目中完整的周萍。或许是作者对蘩漪的过分偏爱，在蘩漪闪电般聚集全部生命力于一瞬的辉煌中，周萍的形象在对比中被弱化和稀释了，原作者有意无意给周萍一些不公平待遇，对这个贯穿全剧的重要角色，几乎没有给过他展示内心的抒情的独白机会。所以在评弹第二回的改编中，我尽力给周萍自我剖析和申诉的机会，“设法替他找同情”（曹禺在《序》中的原话）。

原作中，周萍因为明天要去矿上，所以雨夜来找四凤仅是想求得“临别的温柔”。把这一动机作为周萍要“入窗”的理由本人并不反对。但要给他“找同情”，就要深挖他复杂的内心世界。所以我让他在窗外，在天真纯洁的心上人跟前，来一次忏悔，把积压在心中的痛苦倾泻出来。他说自己是个“有罪的罪人”，并说出自己“曾经爱过一个勿应该爱格女子”。当四凤问及这个女子是谁的时候，周萍回答：“格个女子非但漂亮、聪明而且很有才情。”后两句说明周萍当初确实是被蘩漪的魅力所吸引并深深地爱上那个“漂亮”“聪明”“很有才情”的后母的，他们的相互吸引是有情感基础的，这在第一回书中也有别样的精彩描述。而他说自己是“罪人”且“不应该爱”实是道出了他痛苦的根源所在，那就是与蘩漪的那段不伦畸恋。当然，周萍怯弱的性格还没给他说出“蘩漪”两字的足够勇气，他只是在含糊其辞中道出自己的不安与惶恐，当四凤说“大少爷，倷勿要讲哉…过去格事体就让俚过去吧……”，更让周萍看到了心上人天使般的善良，所以在那一刻他更坚定了自己对四凤的感情，觉得有必要将忏悔进行到底。接下来他并没有直白讲述乱伦一事，而是把不堪化作心中挥之不去的梦魇用含蓄的方式表达了出来，那段关于做恶梦的唱片更深层次地揭示出了其心中觉得“对不起自己，对不起弟弟，更对不起父亲”的悔恨以及无法摆脱后母纠缠的惶惶不可终日。

周萍的“忏悔”是他在“干净”的四凤面前的自赎，他知错、悔错、改错的一系列行为是一种悲剧性努力，也是作为改编者的我让观众对他产生“同情”的一种手段。

再来说说蘩漪。她是曹禺用心着墨最多的人物，也是最具“雷雨”性格的角色。她厌倦了冷寂阴沉的家庭，在枯井似的心底跳跃着熊熊燃烧的情焰。当周萍毅然决然要斩断这段孽缘时，她使尽全力要拯救她视为生命的爱情。面对周萍的移情别恋，她陷入绝境的情感像火山一样在涌动中渐渐喷发。她不但赶走了“情敌”四凤，还在雷雨之夜跟踪周萍到鲁家，一步一步把对方也把自己推向灭顶的深渊。

由于话剧舞台时空的限制，蘩漪跟踪周萍这一动作在话剧第三幕中并没有很直观的展示，蘩漪的形象只是窗外的一个黑影，被“蓝森森的闪电”照亮的一张“惨白发死青”的脸。而评弹第二回的改编则把话剧舞台上没有一句台词，只有一声叹息的蘩漪推到了台前，试图让观众看到一个心理活动异常丰富，立体而清晰的女主人公。

蘩漪在第二回中的出场是由说书人对其行动与外貌的描写开始的：“……倷前脚出门，俚后脚紧跟……”“个歇辰光格蘩漪浑身墨黑……远远叫望过去就象黑夜中格幽灵……”这就是评弹艺术的一大特点，话剧剧本中的舞台提示都可以通过书人之口栩栩如生地描绘出来。接着，当她看到周萍轻车熟路地来到鲁家敲四凤窗的时候，她对周萍的跟踪一下子从下意识变为有意识：“看看周萍和四凤的关系到底发展到了什么程度？”而当看到周萍敲不开四凤的窗时，她出现了极微妙的心理：“今朝格扇窗只要勿开，我搭倷周萍就还有希望。”特别是听到周萍说“我曾经爱过一个不应该爱的女子”，她“又是开心亦是伤心……伤心格是俚对格份爱作出了否定：勿该爱……格么倷为啥还要爱呢？”这是长久存在于蘩漪心中的困惑，这些心理动作也正说明她对这份畸情始终没有清醒的认识，对周萍的回心转意还抱着最后一丝天真的幻想。尤其当他从周萍断断续续的忏悔中找到答案时，她认为“倷想用逃避格方式离开我，以求得心灵浪格解脱……实际浪倷是为一个男人喜新厌旧格本性勒寻借口……”。她之所以会产生这种心理是她潜意识中一直把这段得不到道德允许的“母子之恋”合理合法化，让自己在自我编织的追求自由爱情和幸福的美梦中尽情陶醉。所以她无法理解周萍的悔恨和痛苦，她把周萍疏离她的原因简单地归结为移情四凤。当窗打开的一刹那，蘩漪心里咕了句“完”，一个“完”字道出蘩漪“希望”的破灭。随后我还运用评弹“跳出跳进”的手法让演员突然从角色转为说书人进行了一小段评论：“这个就是倷与四凤格区别，女人格爱法有两种……倷属于前者，而四凤属于后者。”这是评弹用以分析人和事物的特有手法，是说书人和观众最直接的交流，它比戏剧中的“间离效果”更为强烈和突出。

蘩漪这一系列的心理活动都是随着周萍和四凤的心理及行为的变化而变化的，当周萍跳窗而入，与四凤紧紧相拥的一幕出现在她眼前的时候，单靠演员的说表是无法生动地展示出人物那一刻杂乱的心绪的，所以“言之不足，歌以咏之”，这种在戏曲中惯用的手段在评弹的创作中也是通用的，在这里我给蘩漪设置了一段唱片，让她的妒火在控诉般的宣泄中熊熊燃烧。随后她的愤怒和嫉妒又促成其疯狂报复的行动，“象幽灵一样站在窗前”以恫吓胆小的四凤；顶住窗户让周萍如瓮中之鳖无路可逃。这几个将矛盾冲突推向高潮的关键动作在话剧中只一闪而过，而评弹却通过说书人“带表带做”的细腻表演将蘩漪带有破坏性和毁灭性的“雷雨式”的行为和性格更清晰地展现在了书台之上。

三、表演样式

话剧是借助布景、道具、音效、服装等，通过角色的言行把人物和故事呈现在舞台上的，而评弹完全是由演员扮作说书人通过叙述、描写、解释、评论和“起角色”来完成书台呈现的。譬如第二回书对蘩漪一出场时外貌和衣着的描写，对鲁家环境的描写，就是通过说书人的"表"来完成的。而话剧舞台上人物直观的行动也可以通过演员之口"表"出来。譬如"四凤不由自主走到窗跟首，手勒窗销浪一搭"；"蘩漪动作格么叫快，拿两扇窗'叭'一关，人往窗浪一靠"……而话剧中无法直接表现出的人物心理更给了评弹的说表艺术以极大的发挥空间，《夜雨情探》中重塑的蘩漪形象就是以心理描述为依托被推至台前的。

因为评弹中的演员是以说书人的面目出现的，所以评弹在角色塑造上和话剧也有很大的区别。话剧中的演员是"一人一角"，而评弹演员则是"一人多角"，他们的表演除了可以在"角色"和"说书人"间自由转换外，一个演员还可以在一回书中分饰多个角色。譬如在第二回中，三个演员就各自承担了数个角色。男演员既起周萍，又起鲁贵和鲁大海。而蘩漪和鲁妈的角色则由一个女演员来起。这里用"起角色"而非"扮演角色"也是评弹与话剧的不同之处。起角色只要求神似，是说书人对角色的模仿，用行话说就是书中人物"在说法中现身"。而话剧对角色的要求则是神形兼备，是戏中人物"在现身中说法"。

演员的"自弹自唱"也是评弹艺术有别于戏剧的最大特点之一。弹词的唱，是说的补充和延续。说唱之间灵活过渡，密切结合，共同为说书服务。在评弹《雷雨》第二回中，周萍和四凤隔窗的对话和心理描写，蘩漪的情感高潮，都是说书人通过声情并茂的吴语演唱伴随江南丝竹的悠扬意韵在书台上清新美妙地展示给观众的，这也是评弹艺术生命力长盛不衰的最重要的法宝。

原载《剧影月报》2011 年第 4 期

阐释·想象·创造

——从《雷雨》的苏州评弹改编看现代文学经典教学

赵黎明

苏州评弹版《雷雨》是对曹禺同名话剧的重要艺术改编，改编体现在主题的回归、冲突的改变、形象的还原、原有情节的深扣和重要细节的放大等若干方面。其在北京等各地演出的巨大成功，对于现代文学经典教学既提供了若干重要的经验，也提供了一个重要启示。既要尊重原著，又要敢于创新，是这些经验和启示的简单概括。

2010年10月，作为曹禺诞辰百年的献礼，苏州市评弹团在长安大戏院、梅兰芳大剧院以及清华大学、南开大学、北京大学等上演了根据曹禺同名剧作改编的弹词版《雷雨》。与以往话剧、电影、歌剧等其他艺术形式诠释《雷雨》不同，弹词《雷雨》以蘩漪与周萍的情感冲突为主线，通过《山雨欲来》《夜雨情探》《骤雨惊雷》3个回目对原作进行了全新演绎。弹词版《雷雨》是在朱栋霖等著名曹禺研究专家指导下，由苏州评弹团专门创作团队集体合作完成，并由盛小云、徐惠新等著名苏州评弹艺术家弹唱表演的。演出结束后，观众反响热烈，《文艺报》《中国文化报》《新华日报》以及新浪网等媒体进行了广泛报道，被认为是"经典改编的一次成功尝试"。① 著名导演苏民说："曹禺作品被许多曲艺改编过，但用苏州评弹改编话剧《雷雨》，在历史上还是第一次。"②

从评弹版《雷雨》的剧本来看，这次改编主要体现在如下方面。一是主题的回归：改编本摒弃了《雷雨》接受史上的庸俗社会学解读，充分挖掘原著精神，对其中的命运主题进行了强化。二是冲突的改变：评弹本既不以周朴园和鲁妈的冲突为主，也不以蘩漪与周朴园的冲突为主，而是以蘩漪与周萍的冲突为结构主线。三是形象的还原：评弹重新塑造了蘩漪、周萍形象。对于蘩漪，以往的舞台形象一向被定格为现代中国的"娜拉""反封建的斗士"，评弹版《雷雨》则力图塑造一个因无爱而痛苦、为渴求爱而挣扎的蘩漪。③ 四是原有情节的深扣和重要细节的放大。评弹从全剧四幕50多个戏剧场面中，撷取了六个"桥段"，重点用三回来集中表现。第一回"山雨欲来"，重点表现蘩漪被逼喝药后以情留萍；第二回"夜雨情探"，蘩漪跟踪周萍，在四凤家窗外窥听周萍四凤热恋；第三回"骤雨惊雷"，蘩漪在绝望中爆发。选取这些细节后，评弹充分发挥自身说、噱、弹、唱的艺术优势，对蘩漪与周萍的冲突进行集中渲染。这样，戏剧重心发生了重大变化，评弹版《雷雨》几乎成了新的艺

① 见文艺报.2010-10-11.

② 见中国文化报.2010-10-14.

③ 朱栋霖.经典《雷雨》：从话剧到苏州评弹[J].文学评论，2011(2).

术创造。

话剧《雷雨》是现代文学经典，也是现代文学教学的常规篇目。评弹《雷雨》的改编，对于现代文学的教学无疑具有重要的启示。它的成功改编和广被接受，再一次说明了任何文学经典，其形成不单是经典自身因素作用的产物，也是经典与受众充分融合、共同成长的结晶。它也告诉文学教育者这样一个道理，经典本身并不是生硬僵化、高不可攀的神圣之物，它的意义生长同样需要读者的创造性参与。然而，这次艺术创造和阐释实践，也为我们理解经典和讲授经典，提出了若干重要经验：一是对于经典的理解和阐释，要紧贴原著、抓住主线，否则就会偏离原著精神。实际上，评弹版《雷雨》改以蘩漪与周萍冲突为主线，以蘩漪为第一主角，并不是没有文本根据的，不过一直以来，这个根据被某种习惯性的社会学思维掩盖罢了。评弹版《雷雨》把这个被严重遮蔽的线索和人物凸显出来，不过是一种历史还原和艺术还原。把这个核心提炼出来后，就可以利用苏州评弹细说慢唱、刻画抒情等优势，将人物丰富的内心世界、复杂的情感纠葛和激烈的矛盾冲突，淋漓尽致地表现出来。

二是要善于在经典的空白处做文章，发挥丰富想象进行大胆创造。显然，评弹版《雷雨》的改写，主要得益于对初版《雷雨》（文化生活出版社 1936 年版）第四幕高潮空白处的理解和发挥。原剧中，蘩漪面对众人有一大段独白：蘩漪（高声）你的母亲早死了，早叫你父亲压死了，闷死了。现在我不是你的母亲。她是见着周萍又活了的女人，（不顾一切地）她也是要一个男人真爱她，要真真活着的女人！（揩眼泪，哀痛地）我忍了多少年了，我在这个死地方，监狱似的周公馆，陪着一个阎王十八年了，我的心并没有死；你的父亲只叫我生了冲儿，然而我的心，我这个人还是我的。（指萍）就只有他才要了我整个的人，可是他现在不要我，又不要我了。

改编者通过这一“自我宣言”的充分挖掘，将主人公蘩漪进行了一番新的改造，以往舞台上斗来斗去、吵个不休的“反封建斗士”没有了，而一个“在痛苦压抑中挣扎、渴求爱的女性”出现了。① 这实际上是对这一没有被充分表现的细节的放大和深化。在改编者看来，“蘩漪在挣扎，但挣扎是表象，痛苦是她的内心，她因为痛苦、无爱而挣扎、爆发、歇斯底里。”②这是一种对于空白的艺术填充，是一种大胆的艺术想象和创造。

三是阐释者有权凭借其对原作的独特理解，进行大胆的二度创作，这种创作既包括对原作中某种因素的突出，也可以用其他艺术文体进行改写。其实，在现代文学史上，曹禺先生根据巴金的小说《家》改编的同名话剧，已经做出了某种很好的艺术示范。巴金的《家》中处于次要地位的人物（瑞珏）、次要关系的线索（觉新与瑞珏），都被曹禺加以强调和突出，成为主要人物线索。甚至整个原作的主题也被曹禺先生改写。某种意义上讲，评弹版《雷雨》也是对于话剧《雷雨》的这样改写，是属于大胆的再次创作。改编者紧紧抓住蘩漪痛苦的内心和无妄的遭遇，将四幕话剧精编成为两个小时的中篇评弹。“改编者对于蘩

① 邹红.清新细腻优美传神——观苏州市评弹团演出中篇弹词《雷雨》[N].中国艺术报，2010-10-12.

② 《雷雨》的一次华美转身——朱栋霖、盛小云一席谈[N].姑苏晚报，2010-10-03.

漪这个人物做了深入的发掘，增加了细节描绘，也使得书中人物更令人同情和悲悯。特别是在交代蘩漪与周萍的关系时，增添了蘩漪与周萍观看昆曲《游园惊梦》，并题扇作画的情节，这样一来将曹禺没有正面描述的二人以往的情愫，加以大胆的设想、丰富，对蘩漪这个形象做出了全新的阐释和合乎情理的解读。”

对于现代文学经典的课堂教学来说，评弹版《雷雨》的成功改编，无疑为我们处理尊重原作与阐释创造的关系，提供了一种颇有意义的启示：一方面，尊重原作是我们一切阐释和改编工作的基础与前提，如果失去了这个基础与前提，那么这种阐释就失去了阐释经典的基本意义，这是不言而喻的。但另一方面，在文学经典面前，诚惶诚恐、亦步亦趋，恐怕也不是对于文学经典的正确态度。实际上，评弹之所以成功，就是非常恰当地处理好了尊重与创造的关系。艺术指导朱栋霖说：“评弹《雷雨》尊重原著不是照搬原作，而是在原有主要情节基础上深挖细抠，体现与阐释原著精神和人物的内在精神。”评论家们所肯定的也正是这一点，“苏州评弹的《雷雨》在尊重原著精神的基础上，大胆探索实践，删繁就简，以蘩漪、周萍为主线，将二人心理发展变化写得合情合理、细致入微，基本经得起推敲。”对于现代文学经典教学来说，更重要的还是对于经典的反复阅读和深入挖掘，“我们的改编工作始于对经典《雷雨》的重读，重新阐释《雷雨》原典精神”。总之，评弹《雷雨》的成功之道，既在尊重原著，又在敢于创新，没有前者，后者无从谈起；没有后者，前者将失去意义。这是评弹《雷雨》对于现代文学经典教学的重要启迪。

原载《群文天地》2011 年第 6 期

曹禺·沪剧·茅善玉

——从上海沪剧院的曹禺三部曲说起

刘厚生

久违了，上海沪剧院！

上海沪剧院已经将近二十年没有到北京演出了。2010 年 10 月下旬，为了纪念曹禺百年诞辰，上沪带了三部由曹禺作品移植的沪剧：由《家》改编的《瑞珏》《日出》和《雷雨》晋京展演。引起了众多怀念沪剧的北京观众的热诚欢迎，也引起我这个沪剧 60 年老观众和老朋友的欢喜和感慨。

听到很多人说《雷雨》非常精彩，可惜我没有看上。《雷雨》原是沪剧最早从话剧移植过来，有了几十年传统积累，其精彩自不待言。就我看到的《瑞珏》和《日出》，我也已深感上沪这些年在艺术上的进步。巴金的小说《家》，长篇巨著，人多场面大，改编为戏曲，艺术上最切要的是如何精炼、压缩而不失其基本精神。沪剧原已有改编的《家》，现在又再进一步凝聚，以瑞珏一人为中心开展剧情，有新意，是明智并且基本成功的做法。茅善玉饰演瑞珏，似乎没有运用任何表演技巧，去突出某些可以出彩的细节，只是展示瑞珏性格的善良、体贴、宽容，平平实实地演出来，看起来自然顺畅，并不用多大气力，然而实际是全身心地投入角色之中，内心情绪充沛，行动朴实无华，塑造了一个完整的有光彩的形象。钱思剑饰演觉新的分量衬得上瑞珏。性格的软弱、家庭的责任感同自己痛苦遭遇的矛盾演得分寸恰当。我尤其赞扬陈瑜演的周氏，不仅是因为她作为前辈大演员饰演次要角色，更是为了她在不多的戏中恰如其分，毫不突出自己，而角色的身份地位自然显示出来。

更令我高兴的是看了《日出》的一台青年演员。陈白露——程臻；方达生——朱俭；潘月亭——凌月刚；李石清——李建华；翠喜——吕贤丽；福升——王立海……都相当生动地掌握了角色，刻画了角色性格。最可喜的是他们都显示出一种艺术上的自信。这一代演员在年龄上都是青年，艺术上则大都接近或已经成熟。他们让我想起 20 世纪 50 年代沪剧的筱爱琴、袁滨忠等一代人，真可以说是风华正茂，朝气蓬勃。多年为沪剧接班人担的心放了一大半，着实为沪剧开心。

接班人的出现是喜事，但是有无接班人只是剧种的问题之一，当前许多地方戏曲生存发展的问题多多，沪剧并不例外，而且沪剧更有一些它特有的问题需要探讨。

沪剧在中华人民共和国成立之初，演出市场以上海市为主，兼及部分苏南地区，影响不大；但上海本地就养活了近二十个剧团，人才辈出。1952 年，沪剧带着《白毛女》和《罗汉钱》两个现代戏参加全国戏曲观摩演出大会，取得轰动效应。特别是《罗汉钱》，成为里程碑式作品，全国竞相移植。其后又有《星星之火》《芦荡火种》《自有后来人》等名剧，沪剧成为全国上演现代戏的带头剧种之一。“文革”前沪剧可以说达到全盛时期。但新时期以来，同许多姊妹剧种一样，沪剧也日益衰落，现在只有三个沪剧院团了，问题何在？沪剧需要振兴，如何振兴？

在我看来，沪剧当前衰落的一个重大原因是文学优势的衰落。这个问题许多剧种都不同程度地存在，但沪剧更突出。

多年来，戏曲界公认沪剧最擅演西装旗袍戏，也就是大城市现代戏，在中华人民共和国成立之初确是事实。那时不少剧种穿着西装踱方步，穿着旗袍扭扭捏捏，令人难受，而沪剧却早已能熟练地上演《雷雨》《日出》了。但是，沪剧在50年代中产生全国影响的优秀剧目却不全是西装旗袍戏。《白毛女》《罗汉钱》《芦荡火种》以及《星星之火》《自有后来人》《王孝和》《黄浦江激流》《史红梅》《为奴隶的母亲》等等，并不都是靠西装旗袍取胜的。这些优秀剧目都有一批优秀导演演员，但首先都是全面的优秀文学剧作。沪剧从进入正规剧场演出起，主要就是靠新编剧目而不是传统老戏开拓市场。沪剧拥有一批优秀剧作家如文牧、宗华、张幸之、余雍和、曹静卿、张东平等等。但是近些年来，剧作家大量流失，新生力量接续不上，优秀剧目难得出现，我以为这是最严重的问题。

其次，虽说优秀剧目不全是西装旗袍戏，但西装旗袍戏毫无疑问还是沪剧特有优势。问题在于，经过几十年实践，其他许多剧种都早已突破了自己的局限，西装旗袍戏已不是沪剧的专利了。西装旗袍只是表示题材的特点，沪剧会别的剧种不会时，是沪剧可以吸引观众的竞争力，当你我他都掌握了这类题材时，竞争的主体就不是题材而是戏的整体，首先是戏剧的文学基础。沪剧现今演《雷雨》《日出》仍然熟练、精彩，却不能独霸舞台了。

那么，沪剧今天的艺术竞争力在哪里？每个剧种都需要在艺术上有自己特有、姊妹剧种没有或不如自己的专长，这是当前所有剧种都要考虑并特殊重视的问题。昆剧有大量优秀以至经典的传奇剧目、典雅细腻的演出风格，有流丽宛转的曲牌声腔曲调；京剧有大量从通俗说部改编来的剧目，雄浑庄重多样的演出样式，有分行当的声部和动听的板式唱腔以及多种流派；川剧有许多高腔系统的传奇剧目、儒雅幽默的演出特色，有带帮腔的以高腔为主的五种曲调以及变脸等多种特技；越剧有青春优美的爱情剧、动人唱腔、女小生等等；以秦腔为代表的梆子系统气势豪迈粗犷，“繁音激楚，热耳酸心”……，那么沪剧呢？

话要说回来。综览全局，多方比较，尽管沪剧的文学优势包括西装旗袍题材优势但是必须肯定地说，沪剧有近百年演新编戏的传统，经验丰富，积累厚实，资源很多。只要正视现实，采取措施，文学优势还是可以继续提升。沪剧院曹禺三部曲就是明证。

作为地方戏，沪剧除了包括西装旗袍戏的文学优势外，还应探讨自己的语言和音乐问题。这也是各种地方戏的根本特点。

沪剧当然要用上海话。上海话属于吴语，有其特殊风味的表现力，虽然距普通话较远，但在苏北浙东等几千万人口地区都可流传。问题是，作为最大的、移民最多的城市，上海语言的嬗变演化相当复杂。上海话、普通话、宁绍话、苏锡话等往往错综融合，当其从日常语言进入舞台艺术语言时，掌握运用不好，可成为推广的障碍，处理得好则可以是有特殊色彩的有利条件。这很需要下功夫研究,比如说,能否向"苏南普通话"做些实验呢?

最大的与众不同之处当然是音乐。其实不用说,所有地方戏的第一特点都是音乐。沪剧属于滩黄系统,音乐基本上从江南民歌小调、田头山歌发展而来,灵秀清柔,宣叙性强,近于口语,听起来悦耳舒心,唱词易懂,曲调易学。节奏较快,善于表现城市生活。组织得好,也能大段抒情。沪剧在上海以及苏南等地流行几十年,唱腔曲调的运用无疑起了巨大作用。但是从总体来看,沪剧音乐风格终是柔美为主,壮美不足。经过多年革新,沪剧首先创演了《芦荡火种》《自有后来人》这样壮美的戏;但被京剧改编为《沙家浜》《红灯记》后,音乐气势的雄壮,行当声部的丰富,曲调旋律的变化等,终使沪剧显得简易柔弱了些。

不过沪剧音乐虽然有其弱点,也仍然有其珍贵的艺术优势。沪剧艺术家们需要把音乐问题当做一个艺术关键问题郑重对待,这是有关沪剧发展快慢强弱的问题。

沪剧艺术竞争力从整体来估量,似乎是处在一个三岔路口,问题是今后一段时间如何前进。这种形势,是当前许多地方戏的共同命运。有的剧种,逐渐走上健康发展之路,有的剧种则从"天下第一团"甚至走向消失。然而分析这种形势,又应看到沪剧却又有不同于其他剧种的特点:沪剧是在上海这个特大特复杂的大城市中生存发展的。一方面,它的竞争对手特别多特别大特别强。除了上海本地和外地到上海演出的兄弟戏曲剧种外,还有大量其他艺术样式一直到外国的大型文艺演出团体,而且来者不善,没有强大艺术竞争力谁也不敢进上海。上海观众大量分流,青年观众更是热爱富于变化的新鲜时尚的东西。种种因素,构成对沪剧极大的压力可以说超过许多剧种。但是另一面,上海又是一个人才众多、想象力丰富、文化和社会资源深厚的大城市,这是沪剧振兴极为有利有力的物质条件。沪剧又从来是一个勇于革新、胆大包天的剧种。早在旧社会,沪剧以小旦小丑对子戏起家,不过二十年左右,1938年就敢改编《雷雨》,1944年更把莎翁《罗密欧与朱丽叶》改为《铁汉娇娃》上演,而且都一直演到中华人民共和国成立之后。凭着这种闯劲加上不断改进细磨的艺术慎重态度,沪剧应该还是一个上升而非衰微的剧种。

任何有一定数量基本观众的剧种都必定有它的艺术感染力,也就是它的艺术素质。但是就艺术整体的文化含金量而论,剧种当然还是有其大小高低的区别。正如国家大小一律平等,但实力各有不同一样。沪剧今后的努力方向需要沪剧艺术家们总结历史经验,深入探讨,寻找有效出路。我作为沪剧的老观众,老朋友,谨提出两点粗浅想法,供参考。

培养和团结剧作家应是沪剧今后发展第一要义。在培养过程中不可能要求全都是原创新戏,改编名著是沪剧传统,须要继续发扬。过去和当代以上海生活上海故事上海人物为题材的作品无数,是沪剧取之不尽的资源。而曹禺三部曲的成功说明即使是一般大城市现代题材也是沪剧的强项,不应忽略。附带提一个具体意见:沪剧百年来积累了剧目不少,有些已成为保留剧目,这项工作还可继续下去,进一步发掘加工那些有良好基础的戏,充实上演需要。

音乐问题是所有戏曲艺术发展提高的关键问题,沪剧不例外。这个问题既迫切又不能急躁。我曾提过将滩黄系统几个剧种逐渐融合的意见,自然是外行拙见。但我看到的材料，比如褚伯承撰稿的《沪剧》，知道沪剧从来是不仅吸收了大量江南民歌小调，更从苏剧锡剧等兄弟剧种汲取营养。沪剧曾创造过三重唱，试用过高拨子，有着开放的胸怀。我想在慎重的前提下，可否再大胆一些，多做实验，提高沪剧的音乐表现力，也就是提高沪剧的艺术竞争力。

以上海沪剧院为首的上海沪剧界，今天确实是任重道远，既不能悲观估计当前的艰难处境，也不能乐观满足于上海的有利条件。我真诚希望上海沪剧高瞻远瞩，团结协作，发扬大胆创造革新传统，为中国戏曲做出新的贡献！

原载《中国戏剧》2010年第12期

怀着敬畏心理寻求创新突破

余雍和

自己的创作生涯中，我能够先后参加两个曹禺经典作品的改编，感到非常荣幸。对这位戏剧大师，我素来怀着一种敬畏的心理。他的几部经典作品早已是我国现代戏剧史的一座座丰碑，至今在话剧演出中仍保持强劲的生命力。沪剧从20世纪30年代末就开始改编曹禺的剧作，观众爱看，演员爱演，成为沪剧舞台上一条绵延七十多年、亮丽夺目的风景线。

把尊重原著、忠实原著放在首位

我和曹禺作品的亲密接触始于七年前对他《家》的剧本的改编，沪剧以这台戏的演出，第一次登上刚落成不久的沪上全新艺术殿堂上海大剧院。2007年在沪剧《家》的基础上，又完成了《瑞珏》演出本的改编。今年，剧院为纪念曹禺百年诞辰的赴京演出活动，又让我对《雷雨》进行新的一版的改编，使我有了再次向这位戏剧大师学习求教的机会。

对曹禺作品的改编，我始终把尊重原著、忠实原著这一原则放在首位。曹禺大师的经典作品思想内涵博大深邃，人物形象丰满鲜活，戏剧结构精巧严谨，故事情节曲折动人，为今天我们这些剧作者树立了典范。他的不少话剧剧本很适合沪剧改编，但沪剧早年搞幕表戏时，曾有过对曹禺作品任意解读、很不规范的现象。自己引以为戒，在改编中始终战战兢兢，生怕由于一时的疏忽和错漏，给原作造成损伤，带来不利影响。我的几个沪剧改编本都基本保持曹禺话剧原作的主旨和内涵，从情节发展、戏剧结构到人物走向都没有作大的更动，同时尽力再现曹禺作品艺术形象塑造上生动逼真、多姿多彩的风貌神韵。在忠于原作精神这一点上，自信还是站得住脚的。

要适应当前观众新的审美需求

然而话剧和沪剧毕竟属于两种完全不同的艺术样式。亦步亦趋，照搬照抄，不敢越雷池一步，也是没有出息的做法。前辈剧作家夏衍历来以擅长改编名著著称，他的改编并不排斥在原作基础上的创新。把托尔斯泰的《复活》改编成舞台剧时，他删掉了小说后半部玛丝洛娃流放西伯利亚的很多情节。把鲁迅的《祝福》搬上银幕，他为历经磨难的祥林嫂加上了原作中没有的临死前到庙里砍自己捐助门槛的一笔。曹禺改编巴金小说《家》跨越的幅度更大，在原作中只有短短几句话的觉新结婚的简单交代，被他拓宽发展成发生在新婚洞房充满诗情画意的整整一场好戏。对经典作品改编的这些成功突破至今为大家所津津乐道,难怪夏衍要说,“改编也是一种创作,也得付出创造性的劳动”。

夏衍的这句话在我耳边久久萦绕。对曹禺作品的改编,在忠于原作精神的前提下,自己也努力寻求新的创造和突破。我觉得改编不是目的,现在我们把曹禺的剧作再次搬上沪剧舞台,必须立足当前,适应时代,更好地为今天的观众服务。几十年来沪剧对《雷雨》的改编演出从来没有停止过,正是在不断积累的基础上,才产生了1959年那次相当轰动的《雷雨》演出。这次演出之所以能打响,除了集中一大批优秀演员,舞台上明星荟萃、流派纷呈的因素外,与当时剧团著名剧作家宗华成功的剧本改编也是分不开的。但是随着时间的推移,1959年版与当前社会节奏和今天观众审美需求不尽适应的一面也越来越显现,剧本中原来就存在的一些不足之处更需要完善改进,正是出于这样的考虑,剧院才决定重新打造剧本,让我在该剧1959年版的基础上进行新的改编。

沪剧《雷雨》1959年的演出属于明星大荟萃性质,每个主要演员都是沪剧大明星,都不能忽视,都要充分展示一下,因此侧重流派纷呈的名家名唱,演出时间长达三个多小时,这在当时可以理解,但今天的观众却很难接受。为了适应当前观众新的审美情趣,这次新版改编,自己首先着手的就是加快节奏,几个相对次要的人物鲁大海、鲁贵和周冲的情节作了较大幅度的删节,一些不太重要的过场戏大刀阔斧地加以简化,唱段也从原来的近千句减到四百多句。整台戏压缩了近一个小时。同时又注意不伤筋动骨,原来“盘凤”“幽会”“撕支票”“四凤独叹”等大家熟悉喜爱的好戏和精彩唱段都较完整地保留下来,很大程度上满足了沪剧老观众的欣赏习惯和愿望。

同一经典作品可以有不同方式的改编

实践证明,对同一经典作品,可以从不同的立意、不同的视角、不同的侧重面进行不同方式的改编。如果说我第一次对曹禺剧作《家》的改编是一种全景式的扫描展示的话,那么四年后的又一次改编则是完全不同的局部聚焦和特写。《家》的话剧原作人物多达28个,编导从这个庞大的人物群体选择其中一位女性大少奶奶瑞珏,以她为主线重新组织戏剧情节,剧名改为《瑞珏》。这个戏删去了觉民、琴小姐等角色,冯乐山这个人物也被推到了幕后,甚至对梅的唱段也进行了精简,尽可能腾出更多的篇幅和空间,集中揭示女主人公善良温柔、贤惠坚韧的个性、勇于自我牺牲的博大胸怀和真挚丰富的内心世界。她和觉新在感情上互相接近的过程,也得到更加细腻的刻画。她和梅心灵交流的地点改在卧房进行,显得更为亲切自然。再加上最后一场夫妻生离死别的浓墨重彩的描绘,使这个几乎汇集了中国传统女性所有优良品德的真善美的形象得到充分展现。然而,这样一个鲜活而美丽的生命却被封建礼教无情地绞杀了,这不能不让人感到扼腕痛惜。

往戏曲化方向迈出更大的步子

和主要依靠语言艺术的话剧不同,沪剧是一个擅长于唱的戏曲剧种,唱是沪剧塑造人物、吸引观众的重要艺术手段。我自己在改编曹禺经典作品时总是把很大一部分精力放在戏曲化方面。过去沪剧的演出，往往被人说成“话剧加唱”。沪剧《雷雨》幕一拉开，就是鲁贵向四凤说鬼的长长对话，和话剧确实没什么两样。这次新的改编，做的不光是减法，在戏曲化上也迈出了更大的步子。开场采用戏曲常用的手法，安排一段幕前曲，“那样的时代已经过去久远，这个故事却依然令人震撼。两家人割不断的情仇爱怨，到头来只留下一片风凄雨惨”。不仅烘托了氛围，也介绍了剧情，设置了悬念，对引导观众入戏有好处。戏的最后再重复一次，与开场首尾呼应，以期给人留下思索和回味。这个戏有五场，场与场之间，过去像话剧那样都用分切隔断的方法，现在改为以抒情感人的女声独唱来连接，更符合戏曲传统的表现形式。

原来一些通过对白揭示人物心态心情的戏，现在为适应戏曲演出的要求，也改用唱的形式来表现。如第一场开始以描写四凤因母亲即将到来，生怕隐情暴露而怀有惴惴不安心情的唱段，取代她和鲁贵的大段对话，取得了较好效果。第二场周朴园让大少爷周萍跪下来去劝后母蘩漪吃药的细节，过去沪剧本中并不十分突出，现在的改编抓住不放，反复铺垫渲染，还特意加了一段原来没有的两重唱，分别抒发彼此有感情纠葛的蘩漪和周萍内心的强烈感受和反应，把两人的复杂心态和感情刻画得更细致真切。第五场的高潮，当所有身世真相已经大白，悲剧命运不可避免行将发生时，根据导演建议，安排了一个过去沪剧舞台上很少见到的五重唱，周朴园、蘩漪、周萍、鲁妈和四凤分别站在舞台不同位置，轮番演唱同样一句“天啊天，为什么？”这短短的六个字，涵盖了不同人物各不相同的丰富的潜台词，对揭示角色命运、深化人文意识起了点题的作用。

在沪剧《瑞珏》的改编中也加大了戏曲化的力度，最后一场女主人公与丈夫诀别时，长达六十多句敞开心扉、倾诉衷肠的唱段使很多观众不由潸然泪下。当然这在很大程度上要归功于导演处理和戏中担纲主演的著名沪剧表演艺术家茅善玉，没有她玉润珠圆、声情并茂的动人演唱，很难产生这样强烈的艺术感染力。

这次上海沪剧院带着三台根据曹禺先生经典作品改编的沪剧大戏赴京参加纪念曹禺百年诞辰的活动，使首都观众有了再次了解沪剧、了解沪剧人曹禺情结的极好机会。自己在改编曹禺经典作品方面起步不久，希望能借这个机会更多听取首都专家和观众的意见，努力把戏改好写好。

原载《中国戏剧》2011 年第 12 期

新时期以来话剧《雷雨》的影视传播

孙 媛　庄 君

话剧《雷雨》作为曹禺作品中戏剧性最强和影响最为广泛的一部，以跌宕起伏的故事情节蕴涵余味悠长的深度主题和哲学沉思，在大众传媒时代对影视创作者和受众具有巨大吸引力。新时期以来话剧《雷雨》产生广泛影响的影视剧改编主要有三次：1984 年，由孙道临改编为同名电影；1997 年，由李少红改编为同名电视剧；2006 年，张艺谋借鉴原著叙事系统改编为大片《满城尽带黄金甲》。话剧《雷雨》的这三次影视改编作品均引起受众和论者的广泛关注，并产生极大反响，其中关于改编成败得失的争论不绝于耳，改编文本都呈现出一个无法忽视的重要现象：这部影响深远的经典名剧无论在电影改编还是在电视改编上都没有取得人们所预期的成功。话剧《雷雨》的影视传播作为经典文学作品改编的一个颇具代表性的案例，从多个侧面触及文学经典文本影视转换的本体性问题，如改编的基本精神和原则，改编作品的历史感与时代感的平衡问题，对原著人物以及作品风格的把握与再现等。本文将通过对话剧《雷雨》影视改编个案的分析，探讨其中呈现的诸多值得思考的现象。

新时期以来，话剧《雷雨》的首次重要改编发生于 20 世纪 80 年代初期，此时期电影创作仍实行计划经济体制，夏衍关于"忠实原著"的改编理论在改编实践中占有主要位置。在此时代背景下，1984 年上海电影制片厂将话剧《雷雨》改编为电影。面对这部经典戏剧文本，导演孙道临心怀敬畏，以极为严格谨慎的态度对待这次改编：从 1982 年就开始筹划剧本，请曹禺亲自对改编提出意见，并多方征求建议；组建了强大的演员阵容，孙道临饰演周朴园，顾永非饰演繁漪，秦怡饰演侍萍，张瑜饰演四凤，并为原著时代感的表现和表演的真实感付出巨大努力。然而观众却普遍对改编影片表示失望，学术界也提出了尖锐的批评，称之为"一次不成功的挑战"①。批评的焦点集中于影片对原著的机械照搬和过度"忠实"：不仅影片的故事时间发生在一天之内，空间地点局限于周、鲁两家，情节设置和人物塑造方面也少有突破。虽然电影改编本针对电影的媒介特点也做出努力尝试，但却局限于细枝末节的改变：如在空间上增加周家的楼梯、大厅、花园、走廊、蘩漪卧室和周萍卧室等场景；时间上，在倒叙、插叙时运用了一些闪回镜头。使得这次改编更像用摄影机拍摄的在舞台上演出的话剧，没能真正把握媒介特性和规律，实现话剧到电影的实质转换。

特别是特定时代背景下创作者的思想局限使之把影片主旨定位于揭示资产阶级的封

① 曹其敬.一次不成功的挑战——电影改编问题讨论集[M].北京：中国电影出版社，1992：260.

建残余，希望能让观众“了解和认识我们从中走过的社会，不仅是为了懂得旧社会的黑暗可怖，还在于能使我们更深刻地认识今天的社会，看到哪些是新苗，哪些是残迹，因而明白阻碍我们前进的一部分原因”[①]，影片对主题意蕴的理解和传达仍停留在社会学的表层意义上，未能传达出原著精神。

20 世纪 90 年代以来，中国社会文化开始了大众化转型，在功能上，它成为一种游戏性的娱乐文化；在生产方式上，它成为一种由文化工业生产的商品；在文本上，它成为一种无深度的平面文化；在传播方式上，它成为一种全民性的泛大众文化。[②] 大众文化语境中的影视改编不再局限于普及经典、阐释原著的功能，更加注重市场化和商业性。在此背景下，1997 年导演李少红将话剧《雷雨》改编为 20 集同名电视连续剧，以其强大的明星阵容和讲究的视听处理，获得巨大商业成功。然而，这次改编却遭到了学界更加猛烈的批评，此次争论的焦点集中于“不忠实”原著的大胆改编是否合理和适度。

在电视剧改编本中，原著的精英叙事话语被大众化通俗叙事话语所取代，从观赏性与收视率的角度出发，采取商业化的改编策略，大幅度删改原著增设情节。李少红坦言，她只是看中了原著的家庭戏外衣，剧中两个家庭之间离奇而畸形的人物情感故事。“电视剧拍摄适合情感故事，而且与家庭、人的情感有直接关系的，写人物命运的，情节相对集中、起伏较大的”。电视剧首先将矛盾重心转移到蘩漪身上，以蘩漪和周萍的情感关系为主线，以蘩漪自杀为结局，在 20 集的剧情容量中大量补充原著中幕后的故事。“我们改编重在把人物性格形成发展的过程表现出来，把人物的情感经历细腻地展现出来，让观众看得比较过瘾”，并要“给周朴园一点理解，给蘩漪一点敬意，给周萍一点青春的光彩”。[③] 原著中蘩漪是精神悲剧的核心人物，曹禺对她充满了理解和同情，赋予她“最雷雨”的反抗性格，蘩漪的形象不仅令人同情，而且具有惊世骇俗的精神震撼力。而在电视剧中，蘩漪被改头换面只剩下相同的名字，她虽感压抑却不乏自由，既可在家里开舞会，可在外喝咖啡，还能给周萍介绍女友，吸引小报记者对她着迷……结尾时蘩漪最终开枪自杀的悲剧结局，使观众感到的不是震撼，更多是她自作自受、自食其果。这种改动已经完全失去了原著中看似偶然的畸恋所蕴涵的合理性和不可避免性，更削弱和消解了蘩漪这个“最雷雨”式的悲剧人物所具有的情感力度和强烈震撼，丧失了原著悲剧性带来的净化力量，损伤了原著思想的深刻性。改编者对经典文化的轻视和对大众文化的追逐，使得该剧远离了经典，成为一道大众文化的快餐。

在商业武侠大片持续数年叙事薄弱局面的 2006 年，张艺谋把创作的目光投向经典文本《雷雨》。张艺谋对影像的把握能力和话剧《雷雨》本身所具有的丰富性相结合，《满城尽带黄金甲》对经典话剧文本的借鉴带给观众诸多期待。然而，呈现在观众面前的电影改编本不仅是对话剧文本的另一种解读，似乎更倾向于消费语境下的一个消费行为，“华丽背

① 孙道临.写在影片《雷雨》上映之前[J].大众电影，1984(6).
② 尹鸿.世纪转型：当代中国的大众文化时代[J].电影艺术，1997(1).
③ 鄢利平.导演李少红谈第一部《雷雨》[J].北京广播电视报，1997(12).

后依然是内里的苍白和虚弱”[①]。二十一世纪以后的这次电影改编行为采用的是典型“张艺谋模式”，即“巨额投资，国际阵容的制作团队，跨国拍摄，风格奇异，超级加强版中国符号＋神怪武侠，最大程度简约化的剧情叙述，昂贵的电脑特技，明确的好莱坞国际线路”。[②]电影将故事的时空置换为唐末五代十国的皇宫，在皇室背景下讲述了一个充满权力纷争和畸形恋情的家庭悲剧。在这个畸形的特殊家庭中，每个角色都充分展示了人性恶的一面，父亲对儿子痛下毒手、兄弟之间嫉恨残杀、夫妻之间猜忌互害……影片刻意选择中华民族传统节日“重阳节”上演的这场血腥杀戮，使灿若黄金的菊花之海被鲜血溅染。影片对家庭成员的相互残杀和人性丑恶的展示不仅失去了原作的悲剧美，更丧失了艺术作品宝贵的情感净化力量，绚烂的色彩无法掩饰思想的贫弱。话剧文本虽然主要叙述上层社会大家庭的乱伦关系以及由此而引发的一系列的人生悲剧，但却在特定的家庭关系中，写出了人物各自的社会因素，以及由此引出社会的罪恶。更为重要的是，剧本在展示家庭悲剧和社会悲剧的同时，还更进一步对复杂的命运悲剧予以探寻，因此，原著《雷雨》既是关注现实的，同时又超越现实，追索着隐藏于现实背后深入的人生、人性、人的生命存在的奥秘[③]。改编影片中最终仍存活于世上的是天良丧尽的国王与机关算尽的王后，观众从这部改编文本中泯灭人性的角色身上再也看不到任何希望，更看不到“对于人类正义与进步的文化信念与历史精神”[④]，欲望狂欢抛弃了人文关怀，原作撼人的悲剧力量被消解殆尽。

话剧《雷雨》的艺术魅力之所以经久不衰，除了文本构建了紧张激烈的戏剧冲突之外，还因其对人类命运及其终极关怀的探究，正如曹禺所言：“《雷雨》对我是个诱惑。与《雷雨》俱来的情绪蕴成我对宇宙间许多神秘的事物一种不可言喻的憧憬。”曹禺体察到“天地间的残忍”，故事中蕴涵着对人类根本命运进行探究的“雷雨意识”，并把对人生和命运的挖掘和探讨与特定的时代社会具体环境紧密结合，这使得《雷雨》既立足于现实社会又超越于社会现实的层面，这是改编者在处理与原著关系时需要把握的要点。改编者只有努力揣摩和理解原著中的“雷雨意识”，并在改编文本中将之加以突显，才能真正满足当代不同层次观众的审美心理需求，真正为观众接近和走进名著提供符合期待的影视视听文本。

综上所述，新时期《雷雨》的三部改编作品虽然都产生了广泛的影响，却没能够实现文学经典名著向影视文本的成功转换，没有传达出令观众叹服的原著精髓，留下了挥之不去的遗憾。《雷雨》作为开放性的文本结构，对受众敞露的意义不是一成不变的，“一部文学作品，并不是一个自身独立、向每一时代的每一个读者均提供同样的观点的客体。它不是一尊纪念碑，形而上学地展示其超时代的本质。它更多地像一部管弦乐，在其演奏中不断地获得读者新的反响，使文本从词的物质形态中解放出来，成为一种当代的存在。”[⑤]虽然

① 贾丽珍，徐润拓.华丽背后的苍白——《满城尽带黄金甲》的艺术缺憾[J].电影评介，2007(10).

② 戴锦绣.百年之际的中国电影现象透视[J].人大复印资料《影视艺术》，2007(2).

③ 钱理群，温如敏，吴福辉.中国现代文学三十年[M].北京：北京大学出版社，1998：415.

④ 贾磊磊.中国电影的精神地图——论主流电影与文化核心价值观的传播路径[J].当代电影，2007(3).

⑤ 姚斯.接受美学与接受理论[M].沈阳：辽宁人民出版社，1987：26.

每一代读者都会在经典文本中发掘或者赋予其新的不同意义，文本的重读成为一面折射社会和时代的镜子。然而无论如何，名著改编都应该把握适度的原则和标准，既不能脱离名著自身的美学特征，又需要切合影视艺术自身的传播特点，把握受众观赏时的审美心理。具体说来也就是把握文学名著精英化之"雅"与影视艺术大众化之"俗"二者之间的微妙关系，达到雅俗共赏的审美境界。朱自清在《论雅俗共赏》中曾说过，"雅俗共赏是以雅为主的"，要处理好"以俗为雅""俗不伤雅"的雅俗之间的平衡问题，这对于文学名著的影视改编具有不可忽视的启示意义。

原载《短篇小说——原创版》2012 年第 6 期

英国演员演绎曹禺经典作品

由中国现代戏剧大师曹禺的四部名作《家》《原野》《雷雨》《日出》集合而成的英语舞台剧《太阳不是我们的》(The Sun Is Not For Us)继去年3月在英国利兹首演，今年8月参演爱丁堡艺穗节之后，作为上海国际当代戏剧节的邀请剧目，亮相中国上海话剧艺术中心。《太阳不是我们的》是第一部由英国团队制作的由曹禺经典作品所改编的舞台剧。一群英国的年轻演员以读曹禺作品为演出的起点，在此基础上重新创造、架构场景，用各自的理解将曹禺的四部作品进行重新组合，构成一台具有当代视角和西方韵味的戏剧。《太阳不是我们的》剧名出自《日出》女主角陈白露的台词，该剧更聚焦于曹禺作品中的女性人物，蘩漪、陈白露、金子、瑞珏、四凤等被英国演员重新诠释：被不幸婚姻禁锢十八年并与继子发生恋情的女人、由纯洁女学生所沦落的交际花、充满勇气的乡村女子、在失去爱和尊严后选择死亡的弱势女人，“大家一提到曹禺，自然会想到他作品中的女性人物，我们所选择的这四部戏，正是对二十世纪二十到三十年代之间中国女性地位和遭遇的集中呈现”。李如茹介绍道：“百年来，中国在转型、在发展，转型中的人性之痛令人心动，曹禺的剧本是对于这些痛苦的沉思与表现，我们今天还在为他笔下的人物战栗。”

原载《语文教学与研究》2012年第34期

结构·象征·空间

——论曹禺话剧的电影化改编

王万尧

曹禺先生作为中国现代杰出的话剧大师，其话剧作品具有尖锐的冲突、丰富的情节、紧密的结构和生动的语言等鲜明特征，深受观众的喜爱。他的作品不仅在话剧舞台上频频演出，还常常在不同的时代和地区被改编搬上银幕。到目前为止，曹禺先生被搬上银幕的话剧作品集中在新中国成立前创作的四部名剧，即《雷雨》《日出》《原野》《北京人》，这也再次证明了这四部名剧的经典性。

相比时空限制严格、情节注重紧凑、语言要求生动的话剧艺术，电影作为一种新兴的媒介载体，具有自身独特的艺术属性。因此，从话剧转换为电影，从本质上来说是艺术的再创造过程。本文主要从曹禺话剧文本的三个显著特征——叙事结构、象征表现、空间转换——来考察其电影改编是否达到真正的“再创造”。

一、叙事结构

综观曹禺的话剧，可以发现他非常善于运用叙事结构精心编织矛盾的发展过程。其中，尤以他的处女作《雷雨》的叙事结构最为精巧。《雷雨》结构的精巧体现在两个方面，一是采用了“回溯式”的叙事方法，即将前后三十年的矛盾冲突集中在“一个初夏的上午”到“当夜两点钟的光景”的一天之内，“曹禺选择了以‘现在的话剧’为主，而将‘过去的话剧’穿插其间以便产生推动作用，先交代三年前的事情，到第二幕才揭开三十年前的帷幕，这样不但有条不紊，而且使矛盾冲突得到合理的发展”。[①] 此外，《雷雨》结构上的别致之处还体现在它的序幕和尾声上，在序幕和尾声部分，曹禺将时空放置在十年之后的教会医院中，且周朴园作为一个善良的老者，去看望处于病患中的梅侍萍和蘩漪。

然而，由于《雷雨》的演出需要四个小时，而一部电影的放映时间一般为九十分钟，且电影作为一种通俗的传播媒介，它所面对的“观众是懒惰的，最害怕标新立异，创新必须谨慎，披上平庸的外衣方能为观众接受”。[②] 因此，在影片《雷雨》中，话剧的原有结构就发生了较大的变化，一是原作的序幕和尾声不见了；二是原作中采用“回溯式”的叙事方法，变更为按照正常时间顺序展开的线性叙事。

目前能看到的电影版本，都删除了原作中的序幕和尾声，削弱了原作的丰富内涵，也

① 瘦竹.陈瘦竹话剧论集[M].南京：江苏教育出版社，1999：1411.

② 让·雷诺阿.我的生平和我的影片[M].王坚良，朱凯汞，译，北京：中国电影出版社，1986：31.

使得人物的形象显得单薄固化。删除了序幕和尾声，不仅是出于电影时长的考虑，更多地反映了“观众是懒惰的”，他们就是简单化地认为周朴园是十恶不赦的坏蛋，接受不了他最后的忏悔，剧情的单一化和人物的扁平化倒也符合电影的“通俗剧”倾向。

其次，原作中“现在的话剧”和“过去的话剧”穿插推进剧情的方式也有了很大改变，为了便于观众理解，更多地按照故事实际发生的时间来展开。例如，在1957年的电影《雷雨》中，影片开始就是30年前的周朴园抛弃了梅侍萍，这种平铺直叙的简单处理方式失去了原著的魅力，提前揭开了梅侍萍与周朴园关系的谜底，观众就难以体验到原作中那一层层揭开紧张悬念带来的艺术审美效果。

不过在改编的电影中，也有将叙事结构处理得更好的，如1985年电影《日出》对于第三幕的处理。众所周知，原作《日出》在结构上一直有个断裂，就是第三幕似乎和其余的三幕没有联系，除了在主题上都表达了“损不足以奉有余”的思想。而电影将《日出》的第三幕完美地在结构和主题上镶嵌在整体之中，在小东西死去的那个萧瑟早晨，翠喜在破席覆盖的尸体旁哀声痛哭，此时一身贵妇打扮的陈白露来到这里，陈白露凭着小东西头上的红头绳认出了她，充满悲戚之情，翠喜惊讶地看着她，陈白露也看着翠喜。一个俯拍的镜头中，将死去的小东西、卑微的翠喜和看似贵妇的陈白露放在一起，有力地预示了她们本质上都是被侮辱与被损害的一群人。此处的改编，就是巧妙地运用了电影时空转换自由的特点，从而使第三幕在形式与内容上和全剧达到了有机的融合。这就是电影化的成功再创造。

二、象征表现

曹禺话剧作品在整体上属于现实主义范畴，但他又善于运用文字营造大量的表现主义式的象征意象和心理描写。赋予作品丰富的想象空间与回味余地。然而，电影却是视与听的媒介，其更善于表现外在的视觉形象。“电影也可以探索人的灵魂深处，但迄今为止电影还很少巧妙和深刻地进行这种探索。过去的杰作更多关心外在的现实，而不是人们的心灵深处。”①所以，当充满象征意象和心理描写的曹禺话剧作品面临艺术形式的转换时，就难以用恰当的视觉形象来表现，因此改编的电影作品所做的就是大面积地删减心理象征的成分，或者避之不提。

例如，原作《雷雨》中的“雷雨”虽然不可见，但却是极其重要的一个角色。正如作者写道：“我看几次《雷雨》的演出，我总觉得台上很寂寞的，只有几个人跳进跳出，中间缺少了一点生命，我想大概因为那叫做‘雷雨’的好汉没有出场，演出的人们无心中也把他漏掉。”②而电影改编也犯了同样的毛病——似乎无意中忘却了好汉“雷雨”的存在。有的改编版本就没有提，有的只是在最后四凤、周冲触电而死时，才提及雷雨的存在。这就减弱了戏剧的味道，显得太过直白了。

① 霍华德·劳逊.电影的创作过程[M].齐宇，齐苗，译，北京：中国电影出版社，1982：222.

② 曹禺.雷雨日出[M].北京：人民文学出版社.2010：387-388.

在《日出》的电影改编中，作为重要象征意象和光明希望的打夯声音毫无踪影。曹禺写道：“真使我油然生起希望的还是那浩浩荡荡向前推进的呼声，象征伟大的将来蓬蓬勃勃的生命。”①原作中用来象征希望和生命的劳工阶级的号子声，在影片中只是庸俗化地转化为一种可见的视像——远方渐渐升起的太阳，比喻光明的未来。同样，在《北京人》中有着极其丰富寓意的“北京人”形象，在电影改编中也消失不见，因此作者寓意通过远古充满生命活力的“北京人”来的影射这一群当代浑浊“废物”的立意也荡然无存了。影片为了表达希望的存在，结尾和《日出》一样，一群新生人向着远方的朝阳走去，比喻前景的美好。这两处的区别准确地体现了话剧文本与电影影像的艺术属性的分野。

在《原野》的电影改编中，这种媒介转换的难题更是明显，即如何处理占全剧近三分之一的黑林子段落。这一段可以说是全剧基调的转变——从现实主义的外部描写进入表现主义的心理领域，同时也是主人公仇虎在杀人后对灵魂的真正审视，也是全剧的精华所在。而“电影注定只通过实际存在的东西交流”，②难以直接进入人物的心灵深处，所以导演在改编这部剧本时，采用的方法是大面积地缩减黑林子段落，跳过那些用影像难以表达的心理幻觉部分，甚至原作中一直萦绕的鼓声、叫魂声都不见了。只是将镜头单单地对准仇虎，运用外在的摇晃和特写镜头来表达他的内心煎熬。很显然，电影的视觉表现远远没有进入人物的丰富内心，只能在外表上试图表现人物的心灵状态。

总之，电影改编之作在象征意象和心理层面的表现方面都比不上话剧文本的刻画能力，所以它们选择了回避，或者以简单的视觉形象来代替，但是如此就严重损伤了原作的高度和超越性，改变了原作的寓意和立场，也使得电影改编失去了原作的韵味与内涵，只剩下干巴巴的视觉图景。

三、空间转换

对于话剧和电影之间的差异，苏珊·桑塔格认为：“如果电影与话剧之间存在着某个最简单的区别，那这个区别就是两者对空间的利用方式的不同。话剧总是存在于一个符合逻辑的、连续的空间里；而电影（通过剪辑基本元素——镜头）则可以表现在非逻辑的或非连续的空间之中。”③桑塔格在此指出了电影不同于话剧的一个重要特点，即对于空间表现的自由。

在几部话剧作品的改编中，影片运用自由的镜头对原作中的空间都进行了一定的拓展，但是整体说来都不令人满意，没有达到对空间的创造性运用。话剧《雷雨》的空间非常固定单一，只有两个景：周家客厅和四凤卧室，且人物的上下场、场次的衔接安排极为精密，全剧的结构是十分完整的。可以说，话剧《雷雨》已经形成了艺术上的近似完美的存在，要将它转化为时空自由的电影，面临着不小的挑战。在香港1957年和1961年的两个

① 曹禺.雷雨日出[M].北京：人民文学出版社.2010：387-388.

② 斯坦利·卡维尔.看见的世界[M].齐宇，利芸，译，北京：中国电影出版社.1990：20.

③ 苏珊·桑塔格.激进意志的样式[M].何宁，周丽华，王磊，译，上海：上海译文出版社，2007：116.

《雷雨》电影版本中，场景基本没有变化，近似舞台纪录片，显得呆滞与沉闷。1984 年，中国大陆孙道临版本的《雷雨》对场景进行了一些延伸，例如增加了楼梯大厅、周萍卧室、蘩漪卧室、花园假山等。尽管增加了一些场景，但还是有一半以上的戏是在周家小客厅进行的，具有浓烈的话剧味道。

而《原野》的改编，只是增加了金子送大星出门的时候看到的娶亲队伍，别的完全按照原作来进行，甚至大星家也是孤零零地在原野上，四处不见人家，显得空间的假定性很强，对原作的空间固定性基本没有拓展。电影《北京人》也是如此，增加了瑞贞去上学、曾皓进医院的场景，机械地将原作的故事地点展开，没有创造性的转换。全剧基本都是在曾家大院发生的。

值得一提的是 1985 年曹禺先生和女儿万方共同改编的电影《日出》，对原作的空间关系进行了数处创造性的转换，使其与话剧《日出》相映生辉，彼此媲美。原作中只有两个场景：陈白露所在的大饭店和翠喜的宝和下处。而在电影中，固定的空间得到了拓展，有了喧闹的街头、美丽的公园、疯狂的舞厅、萧瑟的野外等，并且将原作中的故事融化到这些后增加的场景中，显得浑然天成，达到了电影化的再创造。例如，影片开始就是一段长达十余分钟的段落——陈白露在舞厅为水灾义卖载歌载舞，这一段既有利地运用了电影媒介的声影光色的特点，将观众的注意力牢牢地吸引住，又表现了陈白露并不是一个彻底败坏了的人，并且也使陈白露生活圈子里的各色人等纷纷在镜头中出场，将他们的性格一一展示，为后来的剧情发展进行铺垫。这一段拍得非常精彩，完全是原作中没有的部分，但又与原作的精神是相连的，且体现了电影镜头的运动性。

总之，话剧和电影是两种不同的艺术媒介，各有各的艺术特性，不同的艺术形式在转换时，不亚于一次艺术的再创造，尤其是对那些已经找到其确定而完美形式的经典作品进行改编时，更会遇到很大的挑战。

原载《现代传播》2012 年第 11 期

后革命时代的艺术与爱情

——谈新编黄梅戏版《雷雨》

李松睿

一、缘起:“黄梅戏太好看了”

“太好看了,道具好看,演员表演得也好,黄梅戏歌词好懂,曲调也好听!”这是2008年黄梅戏版《雷雨》在北大百年讲堂演出后,年轻的北大观众们发出的由衷赞叹。这些伴着美国大片、日本动漫成长起来的青年人正是通过黄梅戏版的《雷雨》第一次感受到传统戏剧的魅力。众所周知,随着社会发展水平的提高,人们生活节奏的加快,传统戏剧似乎已经逐渐淡出了人们的视线。据统计,自改革开放以来,全国已经有100多个地方剧种彻底消亡。然而,就在不少人哀叹地方戏剧丧失观众的同时,安徽省黄梅戏剧院于2005年推出的黄梅戏版《雷雨》却受到了全国观众的热情追捧。自首演以来,该剧已经在国内的安徽、江苏、北京、天津、辽宁、广东等地以及美国、日本等国家进行了多场演出,且几乎场场爆满,并在2010年11月下旬作为“纪念曹禺诞辰百年系列演出”的收官之作,亮相国家大剧院。这就难怪安徽省省长王三运会感慨:“这部戏……让我看到了黄梅戏新的希望。”①那么是什么让一部黄梅戏在全国范围内如此大受欢迎?仅仅因为它改编自曹禺的著名话剧《雷雨》?或是它那造型生动的布景、变幻莫测的灯光?它在什么意义上可以抚慰现代观众的心灵和情感,让他们在剧院里如醉如痴?

二、曹禺的“野心”与鲁大海的消失

评论者在谈到黄梅戏版《雷雨》的魅力时,多把它的成功归因于编剧隆学义对原作进行的恰当改编。正是他的改编使得这出黄梅戏可以更好地贴近现代人的生活,让这一传统剧种为现代人所欣赏,并在年轻观众中激起深刻的共鸣。的确,将周朴园的豪宅从锡城迁到徽州,使整部戏从道具、布景、灯光设计等各个方面都散发着浓郁的徽州风情,充分体现了黄梅戏的地方特色。人物形象的改编则一方面颠覆了传统黄梅戏以女主角为中心的传统套路,以一男二女的方式结构剧情;另一方面则将原作中形象单薄的反面人物周萍改为主角,重点表现他在两个女性——蘩漪和四凤之间的痛苦挣扎,以及他对自由美好生活的向往。通过对黄梅戏自身传统与曹禺原作的双重颠覆,创造出符合当下审美品位的戏剧故事。而场次的修改则将原作严格遵守西方“三一律”成规的四幕剧形式,改为《雷雨兆》《雷雨前》《雷雨近》《雷雨至》《雷雨中》《雷雨急》等六场,虽然降低了戏剧形式所能容纳

① 周慧.安徽省黄梅戏剧院:“黄梅”香自“雷雨”来[N].中国文化报,2010-02-03.

的矛盾的强度与复杂性，但却使故事发展节奏更快，更富有戏剧表现力。而将原作中四凤与周冲死于电击这样的偶发性事件，改为四凤投河自尽，周冲落井身亡，一方面使剧情更为合理，另一方面则更突出四凤在走投无路时万念俱灰的心理。

有意思的是，评论者在谈到黄梅戏版《雷雨》的改编时，似乎都不约而同地忽略了编剧对曹禺原作所做的最大幅度的改动，即把原作中的主要人物鲁大海完全删掉。从某种意义上来说，这一改动才是黄梅戏版《雷雨》最有症候性的地方，也是我们这个时代精神风貌的一大写照。正如曹禺当年的学生、中央戏剧学院教授晏学在就纪念曹禺诞辰一百周年而接受的采访中所强调的，“从戏剧的结构来说，鲁大海是有点游离，但是他必须要出现，如果这个故事没有鲁大海，《雷雨》放在前清，放在任何一个时代都是可以的。”[①]也就是说，戏剧故事中只有出现了鲁大海，那才是真正属于曹禺的《雷雨》；而没有了鲁大海，这个动人心魄的故事不过是漂浮在历史之外的一个断片，可以安插在任意的时空之中。或许这也是为什么黄梅戏版《雷雨》可以成功地嫁接在我们当下的戏曲舞台上的原因。

曹禺或许是他那个时代的作家中比较另类的一个。与大部分现代文学作家出身贫寒不同，他自幼生长在富贵之家，然而优裕的成长环境并没有使曹禺成为一个纨绔子弟，反而让他有机会开阔自己的眼界，自由地发展自己的爱好和特长，为他日后的戏剧创作打下良好的基础。而当这位年轻的剧作家真的开始自己的创作时，他心中似乎有着不小的“野心”，那就是要把整个中国写入自己的剧本，他的戏剧要成为整个中国的写照。正是这一“野心”，既让曹禺要在《雷雨》中添加鲁大海这条线索，也使他执意要在《日出》中的陈白露身旁，硬生生安上个小东西。在剧作家看来，著名交际花陈白露身旁必须要有小东西这个人物，因为上海不仅有陈白露，上海也有小东西所表征的受侮辱与被损害的底层。只有把所有这些都纳入自己的创作，他才能写出整个上海、整个中国。与《日出》类似，《雷雨》只有有了鲁大海，《雷雨》的故事才不仅仅展现大资产阶级家庭内部的乱伦悲剧，而是把半殖民地半封建的中国社会中一切矛盾扭结在一起呈现给观众。是鲁大海的出现，使周朴园不仅仅是个封建专制的严父和始乱终弃的花花公子，同时还是个贪婪凶恶的资本家。是鲁大海的出现，使他和周萍、四凤一起作为中国社会被剥削、被压迫、诉告无门的几类青年人的典型。同时也是鲁大海的出现，使《雷雨》在宣告知识青年周萍、贫民四凤在旧社会走投无路之后，预示了解放中国的希望所在。

然而命运却总是和剧作家开着残酷的玩笑。新中国成立前，《日出》中的小东西这个底层妓女形象似乎把当时社会丑恶的伤疤暴露得过于触目，导演怕那些有经济实力进入剧场的资产阶级观众无力承受这一残酷的景观，坚决拿掉这一形象。而到了新中国成立以后，由于小东西这样的妓女在中国社会的绝迹，使得展现这一形象似乎对彼时的观众来说也变得无足轻重。因此《日出》剧本完成后，不管曹禺如何几次三番地强令导演尊重剧本，小东西却从来没有机会登上中国的戏剧舞台。而如今，《雷雨》似乎也步了《日出》的后尘。如果说20世纪90年代北京人艺在排演新编话剧《雷雨》时把鲁大海的线索删掉，引起了社会的不满并受到猛烈的抨击，那么今天黄梅戏版《雷雨》删掉鲁大海的线索，却受到中国观众的认可，则成了颇可玩味的文化现象。这似乎暗示着，鲁大海这个中国工人阶级的

---

① 晏学口述，石岩整理.当代文学有什么好讲的——曹禺的戏剧与时代[N].南方周末，2010-10-21.

形象，其正义性和合法性在20世纪90年代尚未消失，对其进行删改将受到社会舆论的谴责；而到了今天，工人阶级这个在20世纪50到70年代有着“共和国的长子”之称的群体，已经彻底沦为社会生活中的边缘人，对其形象所做出的改动早已无法引起社会的关注了。从这个意义上我们可以说，世纪之交以来中国社会所发生的翻天覆地的变化，都可以在《雷雨》的改编与接受中得到展现。

三、新世纪的莅临与健康人性的呈现

应该指出的是，黄梅戏版《雷雨》的改编在今日并非没有争议。在中国最著名的论坛网站“天涯”上，一个自称也是编剧的网友“朵朵童话”发表了一篇名为《黄梅戏〈雷雨〉当选精品工程扇了谁的耳光》的长文。在这篇文章中，“朵朵童话”先是肯定了黄梅戏版《雷雨》在舞台艺术上的杰出成就，赞美了演员淋漓尽致的表演、典雅的音乐以及华美的布景，并声称这些都让他感到“唯美”和“惊艳”[①]。但接下来，他马上就表达了对这部作品的强烈不满。“朵朵童话”认为，“真、善、美”才是黄梅戏的“唯一标准”[②]，而黄梅戏版《雷雨》把周萍“擢升为主要人物”，使得“周萍的两次乱伦行为结构了黄梅戏《雷雨》的整个情节”，并让结局显得“压抑、痛苦和血淋淋”[③]，因而不符合新时代的审美标准。从“朵朵童话”的话里我们可以看出，他所吁求的是黄梅戏应该表现健康、常态的爱情与人性，而非充满乱伦行为的变态爱情。然而，如果对比支持黄梅戏版《雷雨》的观众的看法，我们会发现虽然双方对黄梅戏版《雷雨》的判断完全相反，但他们内在的诉求却并没有太大不同。支持者认为该剧将周萍擢升为一号人物，通过展现“周萍这一人物的内心苦闷和灵魂的挣扎”，最终“放大了这个人物忏悔原罪、向往光明的一面”[④]。从“忏悔原罪”以及“向往光明”这样的表述来看，黄梅戏版《雷雨》的支持者仍然把健康、常态的爱情与人性当作该剧所力图表现的重点，并以此作为该剧改编成功的理由。

由此我们可以看出，无论是支持还是反对，今日的中国观众似乎都把健康、常态的爱情与人性当作了评价黄梅戏版《雷雨》的标准。在某种意义上，这也恰恰是该剧能够在全国范围内获得广泛好评的内在原因。而由此引发的问题则是为什么这种健康的爱情与人性在观剧行为中可以作为抚慰的力量，使观众的心灵得到抚慰与满足？为什么鲁大海，这个被侮辱与被损害的矿工，这个被曹禺作为社会创伤呈现在剧本中的人物，只能被驱逐出今天的戏剧舞台？在笔者看来，对于黄梅戏版《雷雨》的改编行为，以及人们对健康人性与爱情的强调，我们只有把它们放置在新时期以来中国艺术与中国社会互动的脉络中，才有可能加以有效的阐释和理解。因此，分析和考察这出新编黄梅戏，也就成了重新思考改革开放以来中国社会变迁的绝佳切入口。

回顾二十世纪八九十年代的中国艺术，或许最有活力的并不是戏剧，而是彼时颇具先锋色彩的中国“第五代”导演的电影。正如一位著名的影评人所概括的，“第五代”导演的

① 见网址 http://www.tianya.cn/publicforum/content/free/1/1887188.shtml

② 同上

③ 同上

④ 唐雪薇.新编黄梅戏《雷雨》：大少爷“擢升”为一号人物[N].北京娱乐信报，2009-01-23.

电影中充斥的是干涸的土地、封闭的宅邸、无能的丈夫、单身的男性以及饱满欲望的女人①。因此在《红高粱》《大红灯笼高高挂》《菊豆》等一系列影片中，我们总能看到作为压抑性力量的合法丈夫，还有妻与子用乱伦和通奸等方式所进行的不懈反抗。如果联系起当时的社会历史情境，那么二十世纪七十年代以及八九十年代之交所留给中国社会的创伤性经验，无疑让彼时的中国社会萦绕着躁动难耐的情绪，让中国的艺术家们只能用乱伦和通奸抒发其内心的焦虑与反抗。因此，乱伦与掩藏在其下的变态人性，也成了当时中国艺术最前卫和最成功的表达方式和创作母题，并赢得观众的普遍认同。

然而，随着新世纪的来临，对创伤性经验的消弭与缝合，对健康人性的赞扬和歌颂，却成了中国艺术所着力书写的对象。仅以《集结号》和《唐山大地震》为例，两部影片在开始处均着力书写历史在个人生命经验中所遗留下的伤痛记忆，然而在影片结束之处，《集结号》中的谷子地和他死去的战友重新获得“组织”的认可。《唐山大地震》中的方登与方达则终于互释前嫌。两部影片的主人公分别通过各自不屈的努力，成功实现了对伤痛的弥补与疗治，并在这样的过程中展现了健康人性的光辉。显然，这一艺术主题演变无疑与中国几十年来的政治经济局势密切相关。随着中国经济的腾飞，中国在世界政治经济版图中地位的不断提高，“中国崛起”似乎成了今日中国人可以预期的目标和远景。在充满了历史乐观主义的语境下，当年的种种恩怨已不再是无法绕过的伤痛。因此，将内在于中国历史中的创伤经验予以弭平和疗治，讲述一个流畅而动人的故事，就成了当下最受中国观众欢迎的艺术作品。

当我们从这样的历史脉络来重新回望黄梅戏版《雷雨》时，它的叙事无疑与《集结号》《唐山大地震》分享着相同的叙述逻辑，而它的广受欢迎、鲁大海在剧情中的消失也就显得顺理成章。因为在曹禺的原作中，周萍的同胞兄弟鲁大海正是周朴园家中无法绕过的历史创伤。正是周朴园当年的薄情与恶毒，使得他的亲生骨肉自幼漂泊在外，最终成长为一个坚毅的中国工人，并对他的父兄视若仇雠。而命运的阴差阳错，又使周萍与鲁大海在周家的大厅中相见，并让前者颟顸地打了后者两个耳光。这兄弟阋墙的时刻，也是这个家庭因父辈的罪恶而无可挽回地走向分裂的时刻。而彼时中国社会所郁结着的阶级矛盾，革命时代对家庭所造成的种种伤痛，也在此时深深镌刻在这个分裂的家庭之上。种种这一切，使得曹禺的戏剧获得了难以超越的对中国社会表现的深度和广度。然而曹禺在戏剧中囊括中国社会的“野心”，却又恰恰是新世纪的中国戏剧舞台所不需要的。因为今日以都市白领和中产阶级为主体的戏剧观众，他们生活在一个后革命的时代，其所需要的则是对革命时代所造成的伤痛的疏离与疗治，对健康人性的歌颂以及一个婉转动人的爱情故事。只有这样，黄梅戏版《雷雨》才能充分抚慰观众的心灵与情感，让他们在观剧后感到莫大的满足，并对传统剧种重新恢复兴趣。这或许就是该剧在后革命时代的社会获得广泛欢迎的秘密所在吧。

原载《党政干部学刊》2012年第11期

① 戴锦华.断桥：子一代的艺术.雾中风景[M].北京：北京大学出版社，2002.

这也是一种创作

——评沪剧《雷雨后》

曹树钧

两个多小时的沪剧《雷雨后》静静地落下了帷幕，观众厅里响起了热烈的掌声。人们惊喜地发现，话剧《雷雨》诞生近 80 年后，在浦江舞台上竟出现了它的续篇《雷雨后》。沪剧《雷雨后》描写 1933 年《雷雨》故事发生几年之后，1937 年日军大举侵略中国，在周朴园家中演出的又一部人生话剧。

剧中的人物大部分延续《雷雨》中的人物设置。周冲、四凤触电而亡，周萍开枪自杀之后，周朴园、大海、侍萍、蘩漪、鲁贵在日寇铁蹄下生活，除了新增加的周朴园的第三个妻子吴曼莉、女儿周湄，又增加了日军宪兵队长渡边及其士兵几个人。人物的增加完全符合生活的逻辑。这些人物经过作者的艺术想象，其性格在新的形势下有了发展和变化，而这些发展和变化，根据生活的逻辑、人物性格的逻辑，是合情合理的。

周朴园作为一位在社会上有地位的民族资本家，一出场便与渡边展开了一番较量。第二幕，渡边押着周朴园的女儿周湄，逼他主持煤矿复工："希望你矿山早出煤，为皇军源源不断来供应。"周朴园先是以工人都已逃命，无人下井加以推托，渡边马上说："如果缺少挖煤人，押一批俘虏去下井。"周朴园马上又用"押来的俘虏跑了谁负责任"加以婉拒。渡边马上说："此事好办，我会派皇军来矿上。"同时马上派周朴园非常熟悉的人"来周公馆当我的总代表"。周朴园忽然看见他家原来的管家鲁贵，低头哈腰地出现在客厅，心中暗吃一惊，便以"容我仔细策划"为由加以拖延。渡边则毫不放松，只给他三天时间，"合作便罢，如果煤矿不能复工，那么，后果你自己应该明白"。这一场戏，将周朴园绝不为虎作伥、坚持民族气节的性格，展示得十分鲜明。

《雷雨》原作中的大海，原是资本家周朴园的死敌，在沪剧《雷雨后》中，性格也有了变化。此时的大海，已不是自发罢工的工人领袖，而是一位在地下党影响下（剧中没有明写）有民族觉悟的工人。一出场，他便将一位女大学生（周湄）从日寇魔爪下抢救了出来。兵荒马乱中，他与母亲在教堂相遇，母子悲喜交集。大海告诉侍萍他打算去见周朴园。母亲坚决反对，并且哭诉当年周朴园狠心"将我们母子逐出门"的往事。大海当即告诉母亲往事不会忘，"我也绝不会做周家人"，然而"眼前是国难当头事要紧"，为了团结周朴园、抵制日寇，他必须亲自登门做周朴园的工作。这显示了此时的大海已经从一个当年自发斗争的工人成长为具有民族觉悟、以国家利益为重的先进工人。这些都是剧作家根据新的规定情境对原作所作的新的创造。

沪剧《雷雨后》在艺术上的第二个特色，是充分继承了沪剧艺术运用唱腔刻画人物的优良传统，赢得了剧场里观众广泛的艺术共鸣。

戏曲离不开歌舞，沪剧是以唱为主的年轻剧种。用唱腔抒发人物内心感情、塑造人物形象，是沪剧艺术体现中最重要的一环，这一特色在《雷雨后》一剧中体现得十分鲜明，尤以第三幕最为出色。这一幕开场已是基督教嬷嬷的蘩漪，在国际红十字会难民避难所工作，此时奉命要撤离去香港，即将离开"生我养我的家乡"。她百感交集，大段唱腔细腻地抒发了她睹物思人的惆怅心情。在她将行之际遇到周朴园的另外两个妻子。侍萍闻听她远行，特来为她送行；周朴园的第三个妻子吴曼莉为了寻找女儿也来到教堂。三个女人不期而遇，陌路相逢，心情各异。此时的大段唱腔抒发了她们各自不同的心情，中间又穿插了三人对周朴园的误会，以为他金蝉脱壳，撇下女儿、后妻，又让大海守矿当替身，使剧情发展扑朔迷离、曲折多姿。

紧接着是蘩漪与周朴园两个人的"对子戏"。这一场又通过三个层次、层层递进地揭示了两个人物复杂的内心：(一)蘩漪起初怀疑周朴园"天涯孤鸿独逃命"，后来才知他是去找克大夫，"求他帮我一家逃出城"；(二)蘩漪责备周朴园为什么留下来，周朴园告知"日本人将我牢牢盯，只有逃亡求生存"，并声明自己也并非让大海当替身；(三)周朴园求蘩漪帮他一家逃出城，遭到蘩漪断然拒绝。到了此时，周朴园吐出了一番由衷之言，彻底承认"过去都是我的错"，"左右为难恳求你，帮我渡过难关重做人"，也只有在这个时候，蘩漪才抛弃旧恩怨，宽恕了他。两位主人公的这一大段对唱，将人物曲折深沉的内心世界抒发得淋漓尽致，王勤、康荣华的演唱继承了沪剧老艺术家的优良传统，充分发挥了沪剧唱腔的魅力。

沪剧《雷雨后》在创作演出过程中，主创人员承受了巨大压力。一些人认为沪剧《雷雨》在江南地区已经家喻户晓，光沪剧的改编剧本就有五个之多，有无必要续写一个《雷雨后》呢?

笔者认为剧组人员这样创作是有远见的。

半个多世纪以来，沪剧对曹禺剧作的改编有五个特点：历史久；演出曹禺剧目多(五大名剧演出了四个)；改编版本多；演出地域广；演出次数多，观众面广。这次沪剧《雷雨后》的演出则显示了沪剧改编曹禺剧作的第六个特点：敢于首先续作曹禺的《雷雨》。

名著续作有无意义? 历史已经作出了回答。在中国古典文学史上，《红楼梦》《水浒传》就有不少续作。这一方面反映了人民对名著的热爱；另一方面，这些名著的续写也以另一种形式扩大了名著的影响。例如，京剧舞台上有些名剧就是改编自续作《水浒后传》中阮小七与他女儿肖桂英以及花荣后代的故事，其中的《打渔杀家》《白水滩》等，已成为京剧舞台上历演不衰的保留剧目。

当然，人无完人金无足赤。沪剧《雷雨后》也还有些需要改进的地方，限于篇幅，本文略举几点，供剧组修改时参考：

第一幕，侍萍向大海哭诉30年前旧史，此事专指周朴园一人不妥，曹禺原作写的是“你们”，主要指周朴园父母，否则周朴园也不会久怀愧疚之心；结尾大海与周湄明知日寇已包围周宅，还要硬冲，犹如以卵击石，宜改为设法突围，较合情理；第二幕周朴园任命大海为矿上总经理，大海说“总经理恐怕我做不了”。从斗争策略考虑，大海宜同意暂接此任；此剧主要对立面人物渡边，写得还可以更有个性化些。

尽管有如此这般的不足，这个戏的创作和演出仍是难能可贵的。她不但有利于市民文化艺术修养的提高，展示沪剧独特的文化底蕴，显示上海这一国际大都市开放、包容的文化风貌，而且有利于锻炼、提高沪剧演员的艺术水平、艺术素质。相信这个戏通过进一步的修改、广泛演出，定会为光大我国的文化瑰宝、弘扬沪剧艺术作出有益的贡献。

原载《上海戏剧》2013年第4期

试谈眉户剧《雷雨》的改编

段金龙

2012年9月，山西临汾眉户剧团推出了“眉户版”《雷雨》，该戏是眉户剧团作为一个地方性的小剧团对于《雷雨》这样一个经典大剧目的大胆尝试。话剧《雷雨》是曹禺先生的代表作，也是被称为“中国话剧现实主义的基石”，并在戏剧界有着深远影响的经典之作。自脱稿搬上舞台，经演不衰，曾被无数次改编上演，还被翻拍成影视剧、音乐剧和歌舞剧。除此之外，各个地方剧种也都竞相移植，如京剧、沪剧、越剧、黄梅戏都有过改编。而此次眉户剧改编，在把握其完整故事情节的基础上，采取用重点关目串连全剧的方法，为观众演绎了这部名作。

其成功之处首先体现在主题的多义性。《雷雨》本身的魅力之一就是主题的复杂性与多义性，让人们有很大的阐释空间，有人总结大概有“社会现实主题说、生存困境主题说、命运悲剧主题说、伦理道德与人性冲突主题说、忏悔与救赎主题说、社会文化悲剧说、妇女问题和爱情主题说、多层面复杂主题说等”①，但是以往的诸多改编都是明显倾向于其中之一种，而眉户《雷雨》则是以主题的多义性更加贴近于原著。

该剧中除了“忏悔与救赎主题”之外（由于“序幕”与“尾声”的删除，所以没有明显表现出来），其他诸种之说皆能触及。如“暴露资本主义制度的罪恶”和“反映封建大家庭酿造的现实主义悲剧”的社会现实主题说，如类似于“生存或者毁灭”的生存困境主题说，如面对“母亲饮完女儿吞”的无奈的命运悲剧主题说，如周萍与继母以及同父异母妹妹的两次不伦之爱所造就的伦理道德与人性冲突主题说，如蘩漪不满于现状的畸形抗争所表现出来的妇女问题和爱情主题说等，在完成这诸多主题共生的前提下，对“人性”主题挖掘尤深，剧中主要表现在对蘩漪的形象塑造上。

此剧中，蘩漪是主角。她作为周朴园的太太，在周公馆却一直生活得像一个“活死人”。开场不久，蘩漪第一次出场“满腹悲哀无处诉，偏在人前扮尊容”的唱段，百般抒发自己心底深处之苦楚。在剧中第三场之后，蘩漪冒雨追踪周萍并将其关在鲁家，自己回家的途中也增加了一大段“内心独诉”的“行路”戏。因发现曾经“拯救”过自己的“爱人”已经“移情别恋”而置自己于不顾，自己以幽灵般的报复掀开了“雷雨爆发”的序幕，那种深刻痛惜的绝望变成淋在雨中的一声声歇斯底里的吼叫。精神冲破底线后的崩溃已然使其无所顾忌，这才将整个剧情一步步引向最终那个无法回头的大悲剧。著名眉户剧演员、蘩漪扮

① 苑蕾.20世纪90年代以来的《雷雨》主题研究综述[J].华中人文论丛，2012,3(2):14-15.

演者赵梅(国家一级演员),能够准确地把握住人物的情感起伏,表演细腻圆熟,很有分寸感,将陷入畸恋又面临被“爱人”即将抛弃的极度苦闷的蘩漪的内在情感变化刻画得丝丝入扣,惟妙惟肖。这种人物特写式的塑造,能够深入挖掘人物内心世界,进而塑造更具个性和更为饱满的形象。正如眉户剧团团长潘国梁所说:“眉户剧《雷雨》唱词精致,很有咬劲,关键时刻笔触能探到人物心灵深处,彻底改变了话剧加唱的简单变种,唱词荡气回肠,‘旧中有新,新中有根’。”

此剧还对《雷雨》中的一个长久被人们争论的话题给予了关注,并有了自己的诠释,这就是“周朴园到底是否爱侍萍”的问题。这一问题在学术界一直有争论,其主流看法也大致经历了三个阶段:在《雷雨》问世之后,由于“暴露封建家庭专制和揭露资本主义制度黑暗”的主题先行,在对其解读与批评中一致认为周朴园对侍萍是典型的始乱终弃,是不爱侍萍的;到了二十世纪五六十年代,评论界关于周朴园对侍萍的爱有了部分的肯定;从二十世纪八九十年代以来,评论界则全面肯定了周朴园对梅侍萍的爱①。但是眉户剧《雷雨》却给出了另一重解释:当侍萍只存在于回忆与过去时,周朴园处处表达着对她的思念和爱意,保持着侍萍不喜开窗的习惯和喜欢的家具及其布置,还提醒周萍对这个生母不能忘却。一旦侍萍真的出现,周朴园却以“谁指使你来的”“你到底还是来了”这样的话给予戒备,但在年久重逢中仍略微表现出隐忍之下的欣喜,哪怕表现得让观众浑然不觉,这种处理,打破了传统的“爱与不爱”的片面评价,而是指出,周朴园对侍萍的爱是存在于侍萍“缺席”的情境之下,一旦侍萍“在场”,哪怕他有些许爱意,也已然被现实的戒备消解得荡然无存。剧中周朴园的扮演者潘国梁(国家一级演员、梅花奖得主)以其深厚的表演功力和对人物的深层次揣摩和理解,将周朴园固有的自私、专制以及后来的隐忍,都刻画得入木三分。

除蘩漪、周朴园外,侍萍的扮演者许爱英(国家一级演员、梅花奖、文华奖、白玉兰奖获得者)也以她见长的唱功将侍萍的善良厚道和忍辱负重都表现得淋漓尽致,让观众从中看到了名家风采。也正是他们这样豪华的演员阵容和精彩的演绎,保障了《雷雨》的演出成功。

戏曲化的处理也是该剧在舞台上呈现出的一大亮点。戏曲讲究“有声必歌,无动不舞”,②因此,这一艺术特质赋予了眉户《雷雨》更多异样的色彩和更加灵动的韵律。比如:在第一场中,四凤和周萍见面,两人除了动人的对唱,在周萍赠四凤衣料的戏中,两人有一段舞美化的处理,为其优美的身姿添彩不少韵味。同样在蘩漪跟踪周萍并将其关在鲁家后,该剧平添的一段蘩漪回周公馆途中“行路”的戏,通过情景交融的唱段和身段舞蹈,边歌边舞地充分展现了角色的不幸遭遇和内心活动。还有最后一场,四凤、周冲、周萍惨死,在原著中是在幕后,而京剧《雷雨》将其搬到了幕前明场,但只在一个舞台画面中分前后台处理,相比而言,眉户《雷雨》的处理更具观赏力:四凤与周冲一前一后触电而亡,通过转

① 蓝棣之.现代文学经典:症候式分析[M].北京:人民文学出版社,2010.

② 齐如山.齐如山全集(第三卷)[C].台北:联经出版事业公司,1979:1464.

场，以舞蹈化的“慢动作”呈现在观众面前（和电影中的“慢镜头”差不多），周萍追随而来，见状自杀，蘩漪、鲁妈、周朴园、鲁大海也相继追上，见状全场一片悲痛。这样的处理就能将各个人物面对“雷雨爆发”后的反应一一呈现出来了，同时，这一场景在全剧中客观上也起到了“文武相间”的调剂欣赏的作用。

就《雷雨》的舞台演出而言，长期以来存在一个难题，就是第三场蘩漪跟踪周萍去鲁家，四凤在舞台前场，周萍在以窗户隔开的后场，从而造成了跟随而来的蘩漪不能出现在观众视野中的尴尬。该剧的舞台处理方式与京剧《雷雨》、黄梅戏《雷雨》殊途同归，当周萍来到四凤家的“窗外”，四凤在“室内”，此时，嵌有窗户的板墙被周萍和四凤推移到舞台中央，瞬间，窗户由平行于舞台转换为垂直于舞台，二人隔窗表演，进一步拉近了与观众的距离，更重要的是，这样的空间变化使得蘩漪就可以在周萍的后面（也就是舞台的左侧）处于“在场”的状态。接着，周萍、四凤与蘩漪三人有一段轮流“背唱”。一刹那，三个人物内心的伤痛与隐秘，通过戏曲化的“背唱”全部外化，暴露出三人各自矛盾纠结甚至扭曲的内心世界。这与李渔评传统剧作《琵琶记》“中秋望月”一出，“同一月也，牛氏有牛氏之月，伯喈有伯喈之月，所言者月，所寓者心”①有异曲同工之妙。

总体而言，全剧在保留原著神韵的基础上，结合眉户剧的表演特点，注重刻画细节，进行舞美化处理，使舞台兼具现实主义和浪漫主义特色，形成了独特的舞台风格。

在肯定该剧改编成功的几点外，笔者认为还存在以下不足之处。

眉户《雷雨》最大的缺憾笔者认为还是不完整，把“序幕”和“尾声”去掉，这也是《雷雨》各种演出版本的共同缺憾。虽然，改编者为了适应当下人们快节奏的生活方式，将《雷雨》浓缩在两个多小时内上演，但毕竟“经过导演们买椟还珠式的删去序幕和尾声之后所演出的《雷雨》，已经完全是另外一部《雷雨》了。”②

曹禺曾就明确表示过对删去序幕和尾声的不满，并专门撰文阐述序幕和尾声之于全剧的重要性。他在《〈雷雨〉序》中写道：序幕和尾声的设置，是想“把一件错综复杂的罪恶推到时间上非常辽远的处所”，造成一种“所谓的‘欣赏的距离’”；“是想送看戏的人们回家，带着一种哀静的心情”。而“删去头尾后，故事与观众的距离消失了，观众一开幕便置身于周公馆，四幕主戏直接呈现于观众面前”，③直到结尾还要被最终的大悲剧加以征服。序幕和尾声的“缺席”，导致曹禺所“企望由欣赏的距离带来心灵的净化”的间离效果完全不存在了。

在唱词与台词方面也有些许不足，如：当梅侍萍来到周家看到一切家具布置和自己的照片并确定这就是当年的周公馆时，有“苦水长似江河水，母亲饮完女儿吞”的唱词。其实她当时只是叹息两代人同为周家侍佣的命运，而并不确定女儿也走了自己同样的路，甚至走得更远，所以这样的唱词一定程度上是在向观众进行“剧透”。接着在与周朴园相认的

① 李渔.中国古典戏曲论著集成（七）[C].北京：中国戏剧出版社，1959：27.
② 孔庆东.从《雷雨》的演出史看《雷雨》[J]，文学评论，1991(1)：98.
③ 孔庆东.从《雷雨》的演出史看《雷雨》[J]，文学评论，1991(1)：98.

戏中，不似话剧中那般层层递进，而是有种梅侍萍迫不及待要相认的感觉，这点与原作不甚相符。还有在后面梅侍萍知道了四凤与周萍的不伦之恋而阻止周大海欲打周萍时，又有“我的儿子，手心手背都是肉，莫为旧恨添新仇，可怜我一双儿女罪孽铸就，亲兄妹效鸳鸯木已成舟”的唱段。其实这一结果正是剧情最终的“雷雨爆发点”，而这样故意又提前告知观众，不仅是对原作中“语言的行动性”的一种消解，还是对剧末“雷雨爆发”后于观众所产生震撼的一种弱化。

临汾眉户剧团作为一个地方性剧团，通过对《雷雨》这样的经典剧目、大剧目的成功改编上演，无疑是一次大胆的尝试，也是一种创新，因为在之前没有哪种小剧种改编过这部剧，而眉户《雷雨》正是地方小剧种通过融入和改编，在加入地方特色后的一次大突破，同时也为地方性小剧种摆脱生存困境提供了一种可能，正如潘国梁所说，“小剧种要想不被淘汰，必须要创新，要拓宽表演的路子”。总之，眉户《雷雨》的成功搬演，为我们送上了一道丰盛的视觉盛宴和文化大餐的同时，也为地方小剧种小剧团的更好发展另辟了一条蹊径。

原载《当代戏剧》2013 年第 5 期

浅议评弹《雷雨》的艺术魅力

穆　杨

一部作品能够成为经典，必然经历过后代文人无数次的阐释。在一次又一次阐释的过程中，原作的地位被不断的经典化，而成功的阐释作品本身也有可能晋升经典行列。在这个有机的双向互动过程中，原著和改编作品之间的关系如同灵魂之于肉体，全然不可分离。后者的成功往往离不开创作者在对原著深挖的基础上，进行时代视角、文化反思、表达翻新、哲学批判等多个层面的把握。评弹《雷雨》的成功上演，从文本基础入手，是以上几个方面综合的结果。

一、文本改编之经典的又一次阐释

曹禺创作的《雷雨》是一个内在封闭的故事结构，它以"回溯的方法"组织情节，将"三年前""三十年前"和"现在"发生的事情紧密地结合在一起。在原作中，作者用"过去的戏"推动"现在的戏"不断发展，并巧妙利用关键性的巧合设置使得线索纷繁复杂的故事讲起来井井有条。这看似密不可分的闪回结构，为改编增加了难度，因为一旦切入的角度不好，整个环环相扣的情节都会瞬间变成一盘散沙。

改编看似无从着手，但若重新整理其中复杂的人物关系，将出场人物一一写下来：周朴园、蘩漪、周萍、周冲、梅侍萍、鲁大海、鲁贵、四凤等等，细细品察会发现，任意两个主要人物的组合搭配，都可能提供一个个完全不同的故事叙述模式。

可以从周萍和四凤纯真的年青爱情发展开始。在两人爱情渐入佳境之时，周朴园、梅侍萍、蘩漪包括哥哥鲁大海分别以"反对者"的角色进入，由于他们各怀鬼胎，各自背后有秘密，从而展开一场"爱情和反对爱情"的角逐，牵扯出一系列尘封的往事，表现爱情的命运悲剧。

也可以从周朴园和鲁大海的劳资斗争开始，以资产阶级罢工为故事的主线，辅之以时代的大背景。在展现资产家和工人阶级矛盾的基础上，安排梅侍萍、鲁贵、周萍、四凤等角色分属矛盾双方"帮助者""反对者"或"中间者"，加入爱情戏、亲情戏、伦理戏。角色的错位导致劳资的矛盾双方同时也是暗藏的父子关系，同样可以不断地牵出以前的故事。

还可以从周萍和蘩漪之间的乱伦之爱开始，在东窗即将事发之际，将周朴园、梅侍萍、四凤等角色插入，成为这不伦之爱发展过程中的"告密者""发现者""两难者"等角色，矛盾围绕不伦之爱的"起因—发展—纠结—败露—毁灭"扣人心弦地层层展开，将蘩漪这个"疯狂、执着、可怜、勇敢、自我”的女性锁定成中心人物，讲述一段意料之外、情理之中的情感纠葛。

甚至可以将焦点放在鲁贵身上，让贪生怕死、见利忘义、少廉寡齿（“齿”应为“耻”）、欺软怕硬、一身铜臭和市井气而又掌握周家大部分秘密的鲁贵，不断地对周萍、蘩漪、四凤、梅侍萍乃至周朴园进行滋扰、恐吓、威胁，最终娄子越捅越大，秘密越揭越多。这其中安插的尔虞我诈、冷血幽默、讽刺嘲讽、机关阴谋，同样可以变成一部社会黑色幽默剧。

故事的讲法很多，故事的主题思想也会因为叙事角度的不同而改变，但重要的是如何讲出一个有意义的故事。我们把重心放在梅侍萍身上，可以得出“文革”时期阶级斗争为纲的主题；把重点放在四凤身上，可以写出当下时髦的爱情肥皂剧；把重点放在鲁大海身上，可以披露资本主义劳资矛盾并对吃人制度进行批判；把重点放在鲁贵身上，可以刻画一个可恨、可憎、可恶又可怜的社会底层里泼皮无赖的小人物形象。而评弹《雷雨》却在众多可能性中选择将重点放在蘩漪身上，完成了一次艺术的超越。评弹《雷雨》将中心人物锁定在蘩漪身上是独具慧眼的，以往的评论分析总是给蘩漪贴上一个“变态女人”的标签，说她是病态环境下一个变态人物。

评弹《雷雨》的文学顾问朱栋霖老师曾在苏州大学戏剧理论课上对蘩漪这个人物有过一段独到的解读，他认为蘩漪这个看似行为变态的女人却是一个不折不扣的爱情理想主义者，她甚至比剧中任何一个人都更要吸引人，她对爱情的执着，导致了她在剧中种种飞蛾扑火般的莽撞与冲动。深入这个女子的内心世界，她是爱情路上一个病态者、疯狂者，却更是一个勇敢者、牺牲者。她为了心中的爱情不惜放弃了太太的地位、母亲的尊严，甚至付出了生命的代价。这个人物不只是一个变态这么简单。

评弹《雷雨》正是抓住了蘩漪这个人物的内心世界，以蘩漪的视角为主，重新编排了整个故事。在讲述层面，评弹以“山雨欲来—夜雨情探—骤雨惊雷”的故事时间轴展开，主要路线是这份不伦之爱的产生、破裂、败露、毁灭；同时这也暗合了蘩漪的内心时间轴，与蘩漪对这段爱情“存有希望—步步失望—走向绝望”的心理变化过程相契合。她最终的发疯发狂、鱼死网破，正是身心受到极大摧残后的结果。蘩漪并非生来就是一个神经病，她的生活也曾有憧憬、有阳光、有爱情，这些都是曾爱她并被她深爱着的周萍给她的，但当她的爱情理想在现实中遭到了毁灭性的打击后，她被逼疯了，而逼疯她的不是别人，正是她自己，是她在爱情中万劫不复的伤痛。

正是对蘩漪这个人物的准确把握，评弹《雷雨》以一个全新的叙事角度展现在观众面前。改编后的剧本，还加入了一些原作中没有的情节，这其中以周萍为蘩漪过生日的场景和最后一段蘩漪发疯之后的唱词争议最大。而理解了蘩漪这个角色，就不难意识到，这是深入展现蘩漪内心世界画龙点睛的两笔：庆祝生日场景不但把那个时代知识青年恋爱的场面演得令现代的青年都羡慕不已，更是将蘩漪为何如此深爱周萍的缘由交代得清清楚楚。毕竟三年的爱情对于蘩漪来说不只是肉体上的鱼水之欢，更是对周萍精神上百分百的交托，也正是因为有了这样一段山盟海誓、不离不弃的爱情蜜月，才有了最后蘩漪的赴汤蹈火、在所不惜。

评弹《雷雨》借由蘩漪这个形象鞭辟入里的塑造，将爱情至上这个全新的主题灌注到改编后的《雷雨》中。这一切，都发生在原著的框架内，但又对原著的精神世界有所阐发、提炼和升华。评弹《雷雨》从时代的视角重新审视经典，放弃了阶级斗争的解读观念，选取了爱情这个人类永恒的主题，并从人物的心灵世界着手，对人物进行了更加人性化的文化解读，而其在哲学上的反思在于它跳出了二元对立的看待问题的视角，将人性这一复杂的多元体至（"至"应为"置"）于一个更加丰富多彩的故事结构中，留给观众更多的思考，至于表达方式的翻新，将在下一节中具体阐述。

二、评弹表演之话剧的非常规融合

话剧和评弹都是表演的艺术，但两种表演艺术的不同表演理念决定了它们感染观众的方式不尽相同。传统的话剧表演要求导演营造出真实的现场，将人生的大舞台原原本本地搬到话剧舞台上，逼真的布景、真实的演出，都是为了让观众获得身临其境的艺术享受。话剧是"演"给观众看的，"真"是基本要求。在"演"的形式上，话剧的技巧也远比评弹丰富，比如说，话剧演员可以利用动作身段、灯光舞美、道具布景、切换等评弹没有的元素来实现演出效果。而评弹的表演只限于静坐在舞台上的"说、噱、弹、唱"，基本上只凭琵琶、三弦和一张嘴。

然而，评弹也有其独特且话剧不及的地方。评弹演员在故事中，不是扮演固定的角色，而是经常根据需要扮演多个角色；不但扮演故事中的人物，而且时常跳出故事回归讲述人的角色并与观众交流。这就引出评弹的两大艺术特点：其一，人物角色的自由转换可以使得演员灵活地调用说、噱、弹、唱四种形式，使得演出时而平铺直叙、时而如临现场、时而插科打诨、时而惟妙惟肖，总体上生动活泼而不至于呆板无聊；其二，演员回归"评论员"角色时，可以随时暂停故事的发展，并不突兀地停下来唱一段、说一段、评一段甚至岔开到另一段，这样的停顿，使得评弹可以在故事讲述的同时刻画人物心理、插入其他情节以及点评故事人物。

曹禺先生曾高度赞誉苏州评弹，将其艺术概括为"说、噱、弹、唱、评"五个方面，这个"评"字，为曹禺先生所加，说的正是评弹独特之处。相对于话剧的"演"给观众看，评弹表演更倾向于"讲"给观众听。话剧《雷雨》和苏州评弹的非常规融合之后，评弹特点对话剧魅力的拓展，寻根溯源，至少有"评""唱""说"三点精彩之处。

1."评"出人物的心理状态

话剧只能靠精湛的演技让敏感的观众留心察觉角色的心理过程，然而观众真实观察到的只能是表面的动作和语言，始终和角色的内心世界是有隔膜的，而评弹却比较轻松地解决了这个问题。且看评弹《雷雨》周朴园逼蘩漪喝药一段：

周：四凤，把太太的药端过来。

蘩：不，朴园，我没病，不想喝药。

周：良药苦口，别太任性。

蘩：这种苦东西我不想喝。

周：喝了它。一个已经当了母亲的人，处处应该替孩子着想，就算自己不保重身体也应该为孩子做个服从的榜样，喝了它。

蘩：留着晚上喝，不成吗？

周：现在就喝。

蘩：四凤，把药给倒了。

周：喝了它。

蘩：倒了它。

周：你有病。

蘩：我没病。

男：边上的周萍急得不得了，想想蘩漪啊蘩漪，你和爹爹犟什么。爹爹叫你喝，哪怕今天这个药再苦，你当它咖啡喝了。万一被爹看出什么苗头，怎么收场。所以两只眼睛睁大，两道目光，嗖——

女：到现在终于抓到了周萍的目光。你看看啊，你爹三年没回来，一回来就逼着我喝药，他说一句，就逼着我听一句，这就是对我所谓的爱。我现在最最需要你的支持，只要你站在我的一边，我什么都不怕。

两位演员扮演周朴园和蘩漪的对话声情并茂，毫不逊于话剧的对白，但是这段喝药对话背后隐含的角色的心理活动，怕是话剧舞台上难以展现出来的。敏锐观众也许可以捕捉到这时周萍战战兢兢、如履薄冰的心理状态，但是蘩漪复杂的心情如若不是表演者的“提点”，观众怕是不甚明了蘩漪此时此刻“脑内剧场”的内容。全篇也正是由于这一系列对蘩漪内心的解读，才致使蘩漪这个为爱疯狂的形象被刻画得入木三分。

这样的片段在评弹《雷雨》中还有很多，观众经常被演员“忽悠”到精彩的对白中，行至冲突即到“极点”，气氛欲至“沸点”之时，两位演员突然瞬间顺势将故事“冷却”下来，就像按了视频播放器的暂停键，紧接着，鬼使神差般带着观众抽丝剥茧似的层层进入那被定格了的人物的内心世界。作为观众，再也没有比这种直指内心、酣畅淋漓、亲临现场又超然事外的观赏效果更令人快意的艺术享受了。

2.唱出情感的跌宕起伏

评弹的表演形式虽不及话剧丰富，但评弹独有的“唱”却是话剧无法比拟的。话剧中虽然也有音乐的元素，但毕竟不是以唱为主，不然话剧就是歌剧了。当然，评弹和歌剧也有区别，评弹中的演唱是为了增加情感的渲染力，而不在于展现曲子本身的旋律，观众听的重点在于唱腔的悠扬和唱段中饱含的情感。

在评弹《雷雨》第二幕“夜雨情探”中，蘩漪亲眼看到周萍和四凤紧紧抱在一起，那个时候的蘩漪几近疯狂，所以此处演员选择用唱的形式来表现蘩漪心中的绝望和愤怒。演员选用王月香调，整个唱段感情激昂，唱到最后节奏也是非常快，将蘩漪内心情感的跌宕起伏表现得淋漓尽致，一腔愤懑油然而生。这种唱腔的艺术张力，是话剧中的演讲和独白所不能企及的。

大雨倾盆雷隆隆，狂风霹雳天地崩。浑身冰凉心颤抖，妒火熊熊燃心胸。他那里情脉脉，紧相拥。我这里凄惨惨，泪溶溶。真是冰火天地分两重。他们一扇素窗两相隔，却万山来阻心相通，故而乍相逢他们情更浓。看来是月下花前非短日，早已偷磨耳鬓赴春梦，怨苍天弄人太不公。他，另觅新蕊去，迷恋小四凤，顾不得雨夜踉跄步匆匆，只为一吐相思话情衷。冤家啊，既然今朝将我撇，何必救我出牢笼？救我怜我全是你，气我伤我为哪宗，我的痴情换来一场空。疑是梦，非是梦，醒来依然是伤痛。要逼我癫狂逼我疯，纵然两眼已朦胧，难辨高低路西东，然而困兽之斗也要冲一冲，哪怕遍地刀锋，恶浪汹涌，烈火熊熊。哪怕碎骨粉身跌入万丈深渊中。

3.说出结构的去繁就简

评弹中说的内容分为三类（以评弹版《雷雨》为例）。

第一类是交代清楚故事的人物和情节，如：

男：在二十世纪二十年代的天津，有幢大别墅，主人姓周，叫周朴园。他是一个煤矿的董事长，今年55岁，器宇轩昂。

女：他的太太叫蘩漪，文静而漂亮，比周朴园小22岁。他们有两个儿子。

男：大儿子叫周萍，今年28岁。

女：小儿子叫周冲，今年17岁。

男：一个东吴大学已经毕业。

女：一个还在读中学。

男：大儿子不是蘩漪所生。

女：二儿子倒是蘩漪的亲生。

男：这两个儿子，文静、斯文、人见人爱。

女：这个家庭要是拍一个合家欢的话，这个照片上可以写这样一句话——最圆满、最有秩序的家庭。

第二类是模拟剧中角色的独白和对话，如：

男（扮演周萍）：你是不知道，自从和这个女子有了交往以后，我真是生不如死，有些话我说出来我不知道你相信不相信。

女（扮演四凤）：信，信，大少爷，你说的话我都相信。

第三类是演员制造出来的噱头和笑料，如：

女：想到这里（蘩漪）站起身，洗了一把脸，抹了一点粉，橱门打开，挑了一件湖绿色的旗袍，穿在身上，打扮完毕，镜子面前一站。

男：蘩漪啊，真漂亮，特别是这件湖绿色的旗袍，穿在她身上，格外显得楚楚动人，正所谓走一步摇曳生风，活生生一枝出水芙蓉，这种风度，这种气质，什么章子怡、巩俐，统统弹开（笑声）。

女（扮演四凤）：大少爷！

男(扮演周萍):四凤!

女(扮演四凤):萍!

男(扮演周萍):凤!

(两位演员起立,相对作欲拥抱状,但未曾拥抱,站立不动)

男(回归讲述者角色):说书的就是这点不爽!(笑声。不能上前拥抱女演员,评弹表演不需要动作百分百的到位)

这三类中,以第一类为主,后两类偶尔穿插其中。第三类因为其特殊的现场效果,还被单列成和说、唱、弹同等重要的四项基本功之一,称之为"噱"。

"说"正是评弹表演艺术的一门法宝,它像一台摄像机,既可以全景式的记录整个场景,又可以聚焦到个别细小的片段,甚至可以透视拍摄人物的内心;它也像一个播放器,既可以快速地带领观众浏览主干情节,又可以慢放戏剧矛盾激烈冲突的镜头。它是评弹中难度技术最高的环节,因为演员要单凭一张嘴去征服观众,而且要每时每刻都抓住观众的心,片刻不得闲。这是语言艺术的至高境界,因为它将语言的魅力发挥到了极致。

三、观众接受之艺术的感染力思考

观众看表演,大体会进入两种状态。一种状态是感染,观众完全沉浸在故事编织的世界之中,随着情节的发展内心情绪此起彼伏,忘记了自我的存在,只觉得故事里的一切才是真实的,很多年轻人喜欢抱着面巾纸,一边看言情剧一边抹眼泪就是处于感染的状态之中。另一种状态是思考,观众会跳出故事所处的世界,思考事件的背景、情节的设置、人物的塑造、故事的寓意等等背后的信息,这种思考的最高层次便是批判。

感染和思考并没有欣赏层次的高低之分,感染属于人的感性层面,而思考属于人的理性层面。但从操作角度上讲,做到前者容易,后者较难,因为让观众感动只需要在经验层面对生活的场景进行艺术性的处理和加工,但让观众思考却需要在抽象层面对生活的哲学进行智慧性的启发和引导。

评弹《雷雨》的雅俗兼容性就比较好的兼顾了观众的感染空间和思考空间,这得益于蘩漪的解读和评弹的特色两方面的原因。对蘩漪的解读是否合理有待于观众检验,能否被普通人接受、被专家认可,都需要通过不断地反馈来完成,对《雷雨》稍有了解的观众都会自觉不自觉地进入对蘩漪这一角色的审美批判之中,这就是评弹《雷雨》带给观众最基本的思考。而评弹独有的"评"的特点,会让故事停下来,带领观众剖析人物复杂的内心变化,这一过程往往伴随着强烈的感染或批判,是折服于说书人丝丝入扣的心理分析还是有相左的意见与之对抗,则是仁者见仁智者见智的,但是观众的内心一定不是风平浪静。

观众的文化程度、思维习惯和审美格调决定了观众个体本身会不会自发的由感染层面进入到思考层面。朱栋霖先生说,评弹《雷雨》要过三关:北京关(指文艺界的专家)、高校关(指当下的青年大学生)、苏州关(指评弹的老戏迷)。这三类观众恰恰覆盖了三种不同的接受程度,也是评判评弹版《雷雨》能否获得全面成功的标准。

"北京关"主要考察的是改编之后剧本的文学性,曹禺百年诞辰之际评弹《雷雨》在京成功上演，并得到戏剧界专家的一致好评，说明这个改编基本是成功的。“高校关”主要考察的是改编之后故事的感染力，评弹版《雷雨》在各大高校的连续成功演出，说明它在当下也足以感动很大一部分青年观众。“苏州关”主要考察的是新编评弹剧目在挑剔的老戏迷中的反响，要得到这部分人的认可往往比得到专家认可还要难，因为他们的口味之刁，足以让他们被称为评弹艺术最忠实的观众，而在苏州开明大戏院的成功演出证明了这个新编剧目是成功的。

艺术的感召力脱离不开一定的社会背景，评弹《雷雨》的成功也是时代精神的产物。随着社会的进步和思想的解放，相较于传统单一的将人看作阶级斗争符号的观念有所弱化，取而代之的是对人自身的认可。文学是人学，以人为本，注重人的认识，阐释人的本质，尊重人的价值，争取人的权利，树立人的地位，回归人的自由，关心人的发展，弘扬人性，坚持真善美是我们这个时代的审美格调。评弹《雷雨》是这个时代背景下的一个缩影，在对人性发掘蔚然成风的艺术舞台上，它的成功和时代的发展交相辉映。

四、结语

经典的改编问题是当下文化工作的热点，评弹《雷雨》“雨”势汹汹般席卷国内各大剧场，其背后所引发的文化价值令人回味深思。评弹《雷雨》是双重意义的经典，她沟通了地方曲艺的魅力和现代话剧的经典，融合了通俗文学的趣味和严肃文学的审美，结合了古典中国的意象和现代人性的思考。这样的作品也只能诞生在苏州，不仅是因为苏州历史上孕育了无数感人至深的千古爱情佳话，也不仅是因为评弹这种经文人加工的雅致的艺术表现方式，更是因为“五四”以来这片土地上的作家从没有停止过对爱情和人性的深层探索。当然，这样的作品还需要一位深谙现代话剧艺术，又熟悉苏州文化的学者才能将这种种完美结合。评弹《雷雨》，对我们的启示很大：她从一个别致的视角，以一种不同于五四的方式，实现了中国传统美学的现代性追求。

原载《大众文艺》2013 年第 7 期

文字和银幕的张力:谈《雷雨》一次改编

张隽隽

1938年,曹禺的处女作和代表作《雷雨》被搬上了银幕。[①] 这部电影由新华公司出品,方沛霖导演,陈燕燕、谈瑛、梅熹、王引等当红明星主演,余省三摄影。这样的阵容,再加上问世不久就已被公认为经典的原作为其基础,按理说在当时应该引发一定的社会反响。

但奇怪的是,这部电影仅仅于1938年10月10日前后、11月10—11日在"亚蒙""明星"等国产电影的二、三轮影院上映了几天,便悄无声息不见踪影,甚至新华公司自己发行的《新华画报》上,都鲜见相关报道。很长时间以来,也为电影史家所忽视。

笔者出于偶然看到了这部影片,希望通过"厚描"[②]和文本细读的方式,对这部电影进行全面解读,还原其历史语境,以一部影片的际遇透析当时电影的生态环境。

一、观众的审美趣味与情节化的改编

1939年,第一号的《新华画报》在对上一年本公司的成就进行总结时,提到了电影《雷雨》:《雷雨》为中国话剧内最能打动观众情感的大悲剧,在舞台上久经搬演,妇孺皆知,搬上银幕后,由方沛霖导演,陈燕燕、谈瑛、梅熹、王引主演,不仅保留了原有的特点,而且更把它发扬光大了。[③] 但是通过影片和话剧的对比,我们发现,电影不仅没有"保留原有的特

① 根据田本相的《曹禺年谱》,《雷雨》于1936年就被改编成了无声电影。这一说法的依据,是曹禺作品的一位日译者服部隆造的文章《曹禺随想》。该文发表于1979年的《戏剧学习》,作者提到他1937年在哈尔滨看到过一部损坏严重的《雷雨》的无声电影。但1936年时有声电影几乎已经完全取代了无声电影,而且除了这一条孤证之外,目前尚未发现关于这部电影的任何其他信息,我们无法得知具体是哪个国家、哪家制片厂出品了这部电影,其编导者又是些什么人。如果暂时将这部电影悬置起来,那么1938年的电影,应该是目前所知的中国电影界对《雷雨》最早的一次改编。

② 所谓"厚描"(thick description),也译为"深描",是美国人类学家克利福德·吉尔兹借自英国学者吉尔伯特·赖尔的一个概念,作为人类学家民族志写作的一种方法,即对一个看似简单的社会现象进行详细解读,追寻其复杂的社会文化内涵。这一方法既是描写性的,也是阐释性的,吉尔兹希望能够借此摆脱西方中心主义的他者视点,站在文化持有者立场上理解并阐释其意义。在《文化的阐释》等著作中,吉尔兹通过对巴厘岛上斗鸡习俗的研究实践了这一方法。新历史主义文学批评流派也试图用这种方法阐释文学作品,如哈佛大学的格林布拉特教授从某一看似与莎剧毫无关系的无名诗歌入手,详细解读莎士比亚所处的社会环境,发现了《暴风雨》等莎翁名作与当时的殖民活动之间的关系。笔者认为,"厚描"的恰当运用,能够最大限度地避免研究者自身知识构成和当下社会意识形态带来的偏见,更好地理解处于不同时空的研究对象。

③ 新华画报.1939(第一号)

点”，反而使这个故事具有了完全不同的面貌。郭沫若在读过话剧剧本之后认为，《雷雨》是一出“希腊式的命运悲剧”，“它的悲剧情调……不免有些古风”。① 曹禺自己也说，当初创作的动机并不是“要匡正讽刺或攻击些什么”，而是出于“对宇宙间许多神秘的事物一种不可言喻的憧憬”。② 这种神秘不可言说的东西，就是古希腊人所谓的“命运”，不仅是古希腊悲剧中最重要的母题，在西方文学传统中也反复出现。命运是不可预知、不可理解的，甚至有些冷酷和残忍，哪怕善良而公正的人，也并不能因其善举而逃脱注定的悲惨结局。

或许因为这样的主题在中国文学史上并不多见，很难被接受者理解，所以很长一段时间以来，《雷雨》都是作为“社会问题剧”而受到广泛的称赞。《雷雨》在沪公演期间，报纸上的评价多是称赞它“用严肃之态度、以生动之笔，暴露现实社会之黑幕，诚为自然主义派之杰作”。③ 而《雷雨》的演出过程中对人物形象的演绎和对结构的调整，④似乎与观众的观感相互印证。因此在第二部作品《日出》出版的时候，曹禺不无遗憾地说起了一年多来《雷雨》的演出状况：“《雷雨》里原有第九个角色……那就是称为雷雨的一名好汉。他几乎总是在场，他手下操纵其余八个傀儡。而我总不能明显地添上这个人，于是导演们也仿佛忘掉他，我看几次《雷雨》的演出，我总觉得……中间缺少了一点生命，我想大概因为那叫做雷雨的好汉没有出场，演出的人们无心中也把他漏掉。”⑤

演出尚且如此，电影改编就拥有了更大的自由。如果说不同剧团的公演不约而同地将《雷雨》演变成了社会问题剧，经过电影改编之后，虽然主要的情节得到了保留，但叙事策略的选择，则使之成为一出以噱头和巧合抓取人心的情节剧。

《雷雨》的剧本是多线索的叙事方式，一方面是现实中人物之间错综复杂的关系相互交织、相互影响；另一方面是 30 年前老一辈人的恩恩怨怨，通过人物的回忆和叙述拼贴起来，逐渐变得完整清晰。最后两条线索重合，导致了悲剧的发生。虽然线索繁复，但时空高度浓缩，情节整一，发现和突转的运用，一方面使情节更加曲折和扣人心弦，另一方面也使相隔 30 年的事件发生交叉，“命运”对人的支配作用得到凸显。而序幕和尾声的设置，则在时间上构成了封闭，使事件的悲惨结局在开始之前就似乎已经注定，从而带上了宿命色彩。

电影把戏剧中多线索的结构改为单一线索的时间叙事，采取了顺叙的方式，从侍萍离开周家开始，到周萍自杀结束，剧本中由人物回忆和转述的部分，则加以完形。电影先是详细交代了侍萍离开周家的经过：临近新年，侍萍生下第二个儿子才三天，周朴园却在外面与别的女人鬼混，被侍萍叫回家，又不顾她嘘寒问暖而对她怒形于色，导致侍萍负气出走，投河自尽。时空跳转至 25 年后，周萍和蘩漪正在调情，四凤由鲁贵领着，怯生生地走进了周公馆的大门。周萍见到四凤，便找机会加以挑逗，又带她去买衣服首饰，对蘩漪的

① 王兴平等.曹禺研究专集(上册)[C].福州:海峡文艺出版社,1985:544.

② 王兴平等.曹禺研究专集(上册)[C].福州:海峡文艺出版社,1985:16.

③ 复旦剧社将晋京公演《雷雨》.申报[N].申报,1935-12-19.

④ 参见孔庆东.从《雷雨》的演出史看《雷雨》[J].文学评论.1991(1).

⑤ 王兴平等.曹禺研究专集(上册)[C].福州:海峡文艺出版社,1985:31.

态度则转为冷淡。而四凤也很快因为这些礼物对周萍产生了好感。蘩漪看在眼里，与周萍争吵不休，两人的恋情由此转为冷淡，直至破裂。

这些情节在剧本中都是由他人转述的，却成为电影的组成部分。剧本中平行发生于不同时空却又彼此交织的矛盾，被梳理成了发生在较长时空中因果关系清晰的故事。经过这样的改动，悲剧发生的原因不再是支配一切的命运，而是人物自己的行为。推动情节进展的，也不是超出人掌控范围的发现和突转，而是处心积虑的谋划。这样，"第九个好汉"不见了踪影，充满悲天悯人情怀的悲剧就成了展现富贵家庭内部冲突的情节剧。

电影如此改编，与当时中国电影的观众群体及其欣赏习惯有着密切的关系。二十世纪三四十年代的上海，以好莱坞影片为主的外国电影往往在豪华舒适的首轮影院上映，由于语言障碍和高昂票价，成为收入和文化水平较高的人们身份和品位的象征。而不存在语言障碍、票价也较为低廉的国产电影，则是有着一定闲暇时间和娱乐需求、文化修养不是很高的人群的主要消费对象。这些人被界定为小市民阶层，他们的欣赏趣味，是由中国传统叙事文类熏陶形成的。

受发达的史传传统的影响，中国传统叙事文类往往以"时序性叙事"和"单线条结构"讲述一个有头有尾的故事。虽然自从五四以来，文学界已经对西方文学多有借鉴，尝试了多种不同的叙事手法，但这些作品的主要受众是精英知识分子，而小市民阶层最熟悉、最能接受的还是贯穿在通俗小说、戏曲、说书等娱乐方式中的较为传统的叙事方法。所以当时著名的电影评论家尘无曾直截了当地说："千万不要运用一切倒叙回忆等只有知识分子或者看惯了电影的人才懂得的手法。"[①]电影《雷雨》调整叙事顺序，使之形成单一、封闭的结构，符合人们的完形心理，也大大简化了情节，让故事更容易被仅有粗浅文化修养的小市民所理解，不失为一种可行的通俗化策略。

除了叙事顺序的调整，电影制作者还试图将情节嵌套进传统叙事文类中某些常见的模式。比如，电影中，青年时代的周朴园和侍萍的关系类似于中国传统叙事作品中常见的"痴情女子负心汉"的模式；而周萍、四凤和蘩漪三人之间，则表现为大家庭中的三角恋关系。如果能在电影中找到自己熟悉的情节，观众对于剧情的理解和接受，也会容易很多。

二、媒介的转换与形象内涵的改变

亚里士多德认为，悲剧的主人公应该"既不十分善良，也不十分公正，而他之所以陷入厄运，不是由于他为非作恶，而是由于他犯了错误"。[②] 由于人物的近似性，更容易引起我们的认同，他们的不幸遭际，也更容易引发我们的恐惧和怜悯。这样最能达到悲剧的宣泄效果，让我们获得精神上的净化。

《雷雨》剧本的人物塑造遵循了这一原则，在每一个人物出场的时候，曹禺都对其衣着、举止、神态及精神世界加以深入的挖掘和描写；与这些描写相一致的台词和动作，不仅

① 转引自郦苏元.中国早期电影的叙事模式[J].当代电影，1993(6).

② 亚里士多德.诗学[M].罗念生，译，上海：上海人民出版社，2005：48.

推动了情节向前发展，也追溯了人物过去的经历。每个角色都有自己的生活历史和丰富的内心世界，因此是复杂的、立体化的。他们的身上都有值得同情的方面，也有无法忽视的弱点和缺陷，导致情节向着悲剧的方向发展。然而以画面和镜头为表意单位的电影，却不能把这些全盘照搬。改编成电影后，文字描述无处安放；饱含情绪的台词在戏剧中极富感染力，在电影中却会显得格外夸张，所以富于张力和暗示性的台词也几乎无所保留。

而且，由于受到时长的限制，①电影能够展现的内容更为有限，所以，对人物的行为动机往往交代得不够充分，使其整个形象变得模糊，原本鲜明的个性显得温吞了许多。另一方面，没有足够的篇幅刻画人物的性格，也导致了性格前后不连贯，某些行为会显得无法让人信服。

例如，青年时代的周朴园，被塑造成一个花花公子。话剧并没有对侍萍生育了两个儿子之后依然被迫离开周公馆的原因给予令人信服的说明，电影则想当然地归咎于周朴园，将其表现为对婚姻毫无责任感的浪荡子弟，侍萍则是性情刚烈的弱女子，两人道德和情理上的优劣一目了然。因此到了后来，周朴园表达对侍萍的怀念之情的时候，难免不太自然，显得有些突兀。

再如，话剧中周萍见到四凤之后移情别恋，是出于对自己与继母发生不伦之恋的罪责感，但经过电影简单化的处理，周萍对四凤的追求似乎只是贪恋四凤的年轻美貌；而四凤之所以爱上周萍，似乎也只是因为贵重的礼物。好色和贪财历来是反面人物才具备的性格，两个原本应该是正面角色的人物身上有了这样的缺陷，便很难得到观众的认同。物质化的恋爱过程，也失去了动人的力量。

同时，电影中的主要角色都是由当时知名度很高的明星来饰演，他们的介入，也会对角色的塑造产生影响。如果说话剧明星与其在舞台上扮演的角色合二为一，电影明星在电影文本之外，往往大于他(她)所饰演的一个或几个令人难忘的角色。由个人形象、类型角色、媒体报道和观众的想象投射造就的明星形象，往往是某种社会的典型，使得电影明星“在电影中具有一种表意功能，可能与电影剧本描写的角色无关或不同”。②

在《雷雨》中，由历来饰演“天真幼弱而富情感的角色”③的陈燕燕饰演四凤，由“粗线条硬汉”④王引饰演鲁大海，还算比较恰当地传达了人物的性格特征，但由“体格雄健、丰姿爽飒”⑤的梅熹来饰演苍白、苦闷、阴郁的周萍，则产生了很大的错位；而由素有“热女郎”“神秘女郎”之称的谈瑛来饰演蘩漪，更是在某种程度上影响了主题的表达。

1932 年以一部《失足恨》成名后，尚不满 20 岁的谈瑛便身陷“诬告顾宝森强奸案”的漩涡，在几个月里成为上海大小报纸高度关注的热点人物。在此之后，也一直花边新闻不断，还与著名导演程步高在未婚情况下同居生子，在当时算是十分出格了。据说“联华”解

① 《雷雨》的舞台演出大约接近三个小时，而电影只有一个半小时左右。
② 格雷姆·特纳.电影作为社会实践[M].高红岩，译，北京：北京大学出版社，2010：137.
③ 申报.1933-08-07.
④ 申报.1935-02-27.
⑤ 申报.1933-09-22.

聘她的原因之一就是“私生活过于浪漫”。① 谈瑛所饰演的角色，大部分也是妩媚的蛇蝎美女或者浮华的风骚女子。让她来饰演“果敢阴鸷”的蘩漪，或许就是看中了她那种妖娆、神秘的气质。但是谈瑛饰演的蘩漪，虽然同样违反了社会习俗，却没有了话剧中“雷雨”的一面。话剧中，蘩漪有着大段的台词和内心独白，直白地表露了她与周萍的爱情，不是简单的通奸，而是对周朴园所代表的社会主流秩序共同进行的反抗。但当这些台词被删减得所剩无几的时候，蘩漪成了一个内心空虚、不顾廉耻与继子寻欢作乐的公馆太太。她与周萍、四凤的冲突，也就成了富贵家庭内部的争风吃醋，失去了更深刻的社会意义。1938 年前后，中国电影已经有了成熟的造星机制和明星文化氛围，在电影中使用一两个明星，也成了保证票房的惯例，但《雷雨》中性格难以一言概括的人物，由形象单一、定型的明星来出演，显然会产生一定的负面影响。

三、电影生产者及其时代语境

电影生产机制中，电影生产者本身也是不可忽视的因素。尤其是在电影生产过程中掌握了决定权的个人，他们的审美和政治方面取向会直接影响电影的银幕呈现和主题表达。在《雷雨》这部电影中，新华公司的掌权人张善琨和导演方沛霖的个人特质，或多或少在电影中留下了印记。

相比创立较早的明星公司和联华公司，新华公司成立于 1934 年，应该算是后起之秀。张善琨在创办新华公司之前，曾担任过烟草公司的广告经理、“大世界”游乐场的总经理，并长期担任“荣记共舞台”的经理。正是在经营戏曲舞台的过程中，他发现电影有着独特的表现力和良好的市场前景，于是创办了新华公司。② 或许是由于长期从事过广告和戏曲舞台的经营，张善琨很善于制造别出心裁的广告噱头，吸引观众的注意；在电影的选材上，也很注重戏剧性和趣味性。1935—1937 年间，在他的精心谋划下，新华公司出品了《壮志凌云》《夜半歌声》等几部商业和口碑均有收获的电影，经营得颇有声色。1936 年 4 月 11 日的《申报》，报道了新华公司在短短的时间里的大肆扩张：“近来电影界充满一种空气，就是新华影业公司的大扩展，据说张善琨老板的桌子上，每天要签好多份合同。”著名导演、演员和技术人员纷纷加入新华公司，“事实上新华公司确已扩展到可以叫人吃一惊的程度”。③ 这种扩张速度和张善琨善于审时度势的商业头脑是分不开的。

张善琨之所以选择《雷雨》进行改编，很可能是因为这个情节曲折并且有着乱伦、殉情等内容的剧本符合他对电影题材的要求；更重要的，则是几年来《雷雨》的舞台演出已经获得了广泛的高度赞誉，1936 年 5—8 月，中国旅行剧团在上海三个月的公演竟然场场满座，因此电影在开拍之前，对观众就有了一定的潜在吸引力。

导演方沛霖曾长期担任美工师，1936 年，拍摄了他的第一部影片《化身姑娘》。由于获利颇丰，出品了这部电影的艺华公司由破产边缘起死回生。在二十世纪三四十年代，方沛

① 申报.1934-10-29.

② 艾以.上海滩电影大王张善琨[M].上海：上海人民出版社，2007.

③ 申报.1936.04.11.

霖拍摄了各种类型的商业电影，最为卖座的是他的歌舞片（歌唱片），《凌波仙子》《凤凰于飞》等片布景华美，由金嗓子周璇、李丽华等双栖明星演唱的曼妙歌曲更是传唱一时。在电影《雷雨》中，最能体现方沛霖审美和政治取向的就是对鲁大海这一形象的塑造和对故事结尾的修改。王引饰演的鲁大海出场的时候头发光洁、衣着整齐，举止中规中矩，全然不具受到压迫而奋起反抗的工人阶级所应有的神态，在面见周朴园的时候，也没有如同话剧中那样进行一番痛快淋漓的抨击。而且，到了最后，在侍萍的命令下，他抽动着嘴唇，轻声喊了周朴园一声“爸爸”。比之剧本中周朴园花十年功夫也没能找到自己唯一可能还活着的儿子，这一声“爸爸”，多少算是善终，极大减弱了故事的悲惨程度。而且，鲁大海和周朴园由于血缘关系最终选择了和解，能够带给注重家庭人伦的中国观众很大的心理安慰，让观众更容易接受这个故事。另一方面，悬置了资本家周朴园和工人鲁大海之间的阶级矛盾，使剧本中原本就不占突出地位阶级冲突的主题更加淡化。

从方沛霖非政治化的政治立场出发，淡化剧本中阶级冲突的意味是必然选择；而为了保证电影能够更容易被观众接受，除了以单线的叙事方式降低理解的难度，还要减轻悲剧情节对人物的心理冲击。然而经过这样的处理，由他执导的《雷雨》无论在主题、人物和情调各方面都与原剧本相去甚远了。

除了个人本身的素养，社会语境也会经由制作影片的个体对电影发生影响。电影《雷雨》拍摄于1938年，这是一个具有特殊意味的年份。1937年“八一三事变”之后，日本军队攻陷上海，租界区进入长达四年的“孤岛”时期。由于资金、设备和人员的流失，许多电影公司陷入了绝境。而新华公司虽然也元气大伤，却率先重新开始拍片。在较为艰苦的电影创作环境下，以改编话剧和戏曲作品的方式拍摄电影，可以说是一种明智的选择。原本就优秀的原作以及经过舞台演出积累的口碑和经验，都能使电影的创作和生产周期缩短不少，还相应地降低了成本和风险。可能是出于同样的目的，除了《雷雨》，1938年，新华公司还改编了同样出自曹禺的《日出》和欧阳予倩的《武松与潘金莲》，1939年拍摄了根据托尔斯泰作品改编的《欲魔》，1940年则拍摄了根据奥斯卡・王尔德名作改编的《少奶奶的扇子》。这些作品之间并没有太多共同之处，但它们都曾在上海多次公演，甚至享有很高的知名度。

正是因为能够以较低的成本快速生产出大量电影，迎合了滞留“孤岛”的惶惶不安的人们的娱乐需求，新华公司在“孤岛”初期就抢占了市场，成为最大的电影公司，张善琨也成了名副其实的“上海滩影戏大王”。

1938年11月1日，《申报》的一篇评论文章这样界定新华公司及张善琨在“孤岛”电影界的地位：“战事以后，维持中国电影界的状态及赓续中国电影生命的是新华公司，是张善琨先生……如果不是张善琨先生在非常艰苦的环境中……发轫中国电影的继续制作，或者目前的上海，尚不至于有中国电影，这就等于中国电影基础的毁灭。”①获得这样的赞誉，说明张善琨所选择的制片策略的确是有效的，不仅促使新华公司本身，而且促使整个上海的电影业迅速从战争中恢复了制片业务。

① 申报.1938-11-01.

四、电影《雷雨》的消隐和当时的电影生态

电影《雷雨》仅在二、三轮国产片电影院放映了几天便销声匿迹，没有得到电影评论家和电影史家的关注，从这部电影本身，就可以找到一部分原因。

制作者采取了种种手段，使原本复杂的情节能够适应文化水平不高、受中国传统叙事方式制约的观众口味，但通俗化的努力却使得剧本的社会意义和浓重的命运感都几乎不复存在。周朴园"作恶"却没有受到应有的惩罚，又不符合中国叙事作品中常见的因果相报的观念。电影的主题由此变得含混暧昧，让观众看完之后既无法获得恐惧和怜悯释放之后的净化，也无法在看到人物终得果报之后得到教益和启示。善恶不辨的人物，也很难使观众对人物产生认同和移情。而且，或许受到剧本较为沉重的题材限制，方沛霖在布景、歌唱方面的特长无法发挥；同时，由于不得不专注于展现情节发展的线索，电影中的场景集中于室内，因此笼罩于全剧的"郁热"氛围也营造得不够充分。虽然整部电影较为完满地讲述了故事，但显得十分平淡，没有能够对观众形成吸引力的亮点。

除了电影本身的艺术效果不够，一向长于宣传的新华公司几乎未对这部电影进行任何宣传，甚至在本公司主办的《新华画报》上，《雷雨》上映前后都鲜见相关报道。在这样的情况下，《雷雨》没有得到任何关注就不值得奇怪了。但是，通过对《雷雨》产生环境的整体观照，我们也可以得到一些有趣的发现，有助于我们更好地理解当时的中国电影生态。

"孤岛"初期，各大电影公司争相出品了不少质量粗劣的低成本古装片，以期弥补战争环境下娱乐产品的匮乏，达到占领市场的目的。这批粗制滥造的古装片历来为电影史研究者所贬斥，但是这样一批由话剧改编而来的电影的存在，表明即使在战火纷飞的艰苦环境下，中国电影也不是同质单一的。从其他艺术门类汲取营养的做法，不失为一种多样化的尝试，无论是出于商业目的还是其他，都值得重视的。如果说电影与传统戏曲之间题材和人员的交流是接续了电影与中国传统文化，那么电影与较为西化的艺术门类话剧的交流，则有利于中国电影开拓表现空间和主题范围，为电影营造了更为丰富多元的文化环境。

《雷雨》由同名话剧改编，在"孤岛"时期并不是一个个案，许多知名的中外话剧作品都被搬上了银幕。而且，两种艺术之间人员的交流也时有发生。比如，中国旅行剧团的职业话剧演员赵慧深，因传神地刻画出了蘩漪那"冷酷阴沉而带着一点病态的性格"①而成为剧团的台柱子，1937 年，她应袁牧之邀请出演《马路天使》中的妓女小云。1938 年，欧阳予倩在香港偶遇过气的电影明星张织云，为了帮助她改善生活，便邀请她出演自己执导的《雷雨》等话剧。② 当时两种媒介之间交流的频繁和深入程度，可能超出了我们的想象。这样的交流对两种艺术的形态发生了怎样的影响也是值得研究的。但遗憾的是，在学科分割体系下，这一点被不同领域的研究者同时忽略了。

《雷雨》这一次改编不够成功，也表明了这两种媒介某些方面的不可通约性。前者以

① 申报.1936-12-15.

② 参见张织云演话剧——加入欧阳予倩的剧社 人老珠黄希望筹点钱[J].电影.1938(14).

画面营造氛围，后者以语言渲染情感，经过转换之后，原作的艺术魅力很有可能不复存在。不仅在中国，其他国家由戏剧作品改编而来的电影，也很少能够成为电影史中的经典。然而当时中国的很多电影从业者可能很难意识到这一点，对于他们来说，两者作为叙事手段，都能够通过讲述曲折完满的故事，达到同样的娱乐效果和教化意义，因此并不具有明显的界限。这种观念，可能与中国的叙事传统有一定的关系。在中国叙事传统中，同样的人物、情节往往出现在史传、小说和戏曲中，不同的文体同样承担着文化传承和道德训诫的使命，被文化精英和平民大众所分享。至于探索电影本体性的命题，在西方是电影作为“第七艺术”的地位确立之后的 20 世纪 50 年代；在中国，则要迟至西方电影理论大量译介的 20 世纪 80 年代了。

五、结语

电影生产既涉及艺术问题，也涉及商业和文化问题。为了契合其文化语境，获得商业利益，电影必须在工业、大众和个人之间取得平衡，而不能仅仅作为作者天才和个性的显现。即使是《雷雨》这样一部已经被遗忘的电影，也能够在相当程度上揭示电影复杂的生产机制，进而发掘电影在其生产过程中与隐含观众、与其制作者及其社会文化环境之间的关系，这正是“厚描”和文本细读所希望达到的目的。

原载《当代电影》2013 年第 9 期

跌落死亡深渊的羸马

——我看黄梅戏《雷雨》

康式昭

一

曹禺先生当年在《雷雨》的序言中写道："在《雷雨》里，宇宙正象一口残酷的井，落在里面，怎么呼号也难以逃脱这黑暗的坑"；"《雷雨》所显示的，并不是因果，并不是报应，而是我所觉得的大地间的'残忍'和'冷酷'"；这些人"泥鳅似地在情感的火坑里打着滚，用尽心力来拯救自己，而不知千万仞的深渊在眼前张着大口"；"他们正如一匹跌在沼泽里的羸马，愈挣扎，愈深沉地陷落在死亡的泥沼里"；"一切都走向极端，要如电如雷地轰轰地烧一场，中间不容易有一条折衷的路"。先生指出："代表这样性格的是蘩漪，是鲁大海，甚至是周萍！"

也许，这是一把钥匙，打开认知原著话剧《雷雨》大门的钥匙，也是打开解读黄梅戏《雷雨》之门的钥匙。稍加思索，我们明白了：何以隆学义先生制作黄梅版之际，会把眼光聚焦在周萍身上，会把周萍置于全剧的中心！——这自然是基于为主演蒋建国量身打造；但能做此选择，不正因为"周萍"也如曹禺先生所言，是一匹"跌落在沼泽里"，"愈挣扎、愈深沉地陷落在死亡的泥沼里"的"羸马"吗？如此看来，作为改编的再创造，编者不正是作了别出心裁、视角独到也是有根有据的选择吗？当然，问题不在如何写，而在写得如何。

这让我联想起了隆学义对曹禺另一经典话剧《原野》——化为川剧《金子》的改编。这两部改编本都玩了相似的花活："主角换位""阴阳倒错"；两剧改编中都充分展示出他深厚的文学修辞功底，都取得了非同寻常的成功：双双携手成为"国家舞台艺术精品工程重点资助剧目"，跃升"精品"，同获重奖！前者，川剧《金子》，第一主角由彪悍的复仇汉子仇虎，变为纤柔的弱女子金子；后者，泼辣偏执率性而为的周公馆女掌门蘩漪，其舞台中心位置，则为游手好闲阴柔寡断的大少爷周萍取代。男女换位，阴阳颠倒。是巧合，还是有意为之？

主角换位必然带来相应的情节结构的调整。就川剧《金子》来说，从重新设置的序幕中，金子于被逼出嫁之时，对情哥哥仇虎的凄绝呼唤；到煞尾之际，仇虎已死，她于茫茫原野中茕茕孑立、四顾茫然：金子始终处在舞台中心，导引推衍着矛盾情节的发展。就黄梅版《雷雨》而言，则起始于第一场"雷雨前"周萍四凤的浓浓爱情，私赠荷包；终结于第五场"雷雨急"，谜底揭穿、他彻底绝望的拔枪自裁：周萍也成为黄梅版剧情的中心和引导。可喜的是，两者都和谐自然，情通理顺，尽显作家功力。

主角换位，就作家说，则为着主题的深化和题旨的展延。川剧《金子》就在一定程度上对原著中的某些不足，如在同情弱者、惩处邪恶、伸张正义的同时，也包含着“父仇子报”“父债子偿”的冤冤相报的狭隘，“斩草除根”、滥杀无辜的良莠不分的过激，作了调整和弥补。“剧作通过金子善良本性的展示，形象地对狭隘的复仇主义、恐怖的杀戮行为（特别是无辜婴儿小黑子之死），表示了保留和批评。这就深化和拓展了主题内蕴，给人们以新的思考和启示。”（见笔者1999年评《金子》文，收入《说戏·戏说集》）在黄梅版《雷雨》中，则突出表现了作家对人性的深层开掘和展示。论者称它“揭示了爱与恨的碰撞，展现出怒与怨的冲击，情的伤痛、愁的疯狂，暴露出的正是这深不可测的人性和无法描摹的人情”。但从根子上说，也都未能脱出曹禺先生自己的界定：人性在“残酷的井”和“千万仞深渊”中挣扎，终于陷落入“死亡的泥沼”！改编者沿着原著的导引，下了大的深化、强化的功夫，使之更集中，更突出，也更尖锐，更鲜明了。个中，悲剧主人公——这匹堪怜的“羸马”，在罪恶陷阱中的无望挣扎，对灵魂愧疚的叩问和自赎，对真爱的追求和向往，归结于那一声枪响：黑暗王国中一线光明的终于破灭……唱响了一曲深沉而凝重的人性之歌！

二

处于黄梅版《雷雨》中心地位的周萍，剧作对他有何新的开掘？赋予了他何等新的因素？

也许很多，也许称不上。比如，它不像前边引述的川剧《金子》对原著某些明显不足的弥补和修饰，对主题意旨的新的解读和探寻。基于原著不同的基地，它并没有迈开那么大的步子。但有一点可以肯定：隆学义先生忠实而坚决地沿着曹禺先生的既定，集中了——就笔墨的专注而言，扩展了——就关键处即结点的放大而言，进而升华了——就全剧的整体面貌而言。如果说，这是新开掘，新因素，黄梅版的确告知了我们许许多多！

呈现在我们面前的周萍，是熟悉的，又有少许陌生。纵观全剧，作者多侧面多角度地展示了他心路跋涉的艰难旅程，丰厚而沉重，凄美而悲怆。他：犯罪（出于怜悯而与继母偷情）——心死（自责却又难以摆脱的无奈）——沉沦（纵情于声色犬马）——复苏（期盼从四凤身上寻到真爱）——洗心（断绝继母兼情人的乞求和诱惑）——挣扎（决然离家出走冲破周公馆黑暗囚牢）——至痛（获知这罪恶之家骇人听闻的种种罪孽）——自赎（灵魂叩问却又欲赎而无可恕）——解脱（生命自戕为大悲剧画上句号）。这是贯穿全剧的经络和血脉，也是周萍的人生轨迹和终结。黄梅版《雷雨》精心经营的种种，最终成就了周萍更为丰满鲜活的艺术形象。从中我们不难体察到编者的良苦用心，窥探到作家的深厚功力。

周萍，何许人也？他身上体现和折射出了些什么？他也配站在舞台中央？如实说，这是个屡屡犯下人伦之罪的浪荡公子，无所事事也一事无成的阔少爷。他老爹周朴园的斥责和禁令，揭穿了他的放荡和无行：“从今后不许赌博败门第！不许喝酒醉如泥！不许戏班狎浪女！不许走马与斗鸡！自古玩物最丧志，红楼歌馆当远离！”在外界，他吃喝嫖赌，斗鸡走马，可谓五毒俱全——这还只是老爷所掌握的！府内呢，一是和继母在后花园“闹鬼”，长达三年，直至厌倦了这种见不得人的罪孽；其后又获取了天真无邪的侍女四凤的爱情，让这个同母异父的妹子怀上了他的孽胎，一如当年他老子周朴园让四凤之母侍女鲁侍萍生下了他一样！他，承继和发展了这罪恶之家的种种罪恶！

这让我们想起了19世纪俄罗斯文学中“多余的人”的艺术形象。在19世纪俄国文学典型长廊上，出现了一个特殊的“群体”，被著名文艺批评家杜勃罗留波夫概括为“多余的人”(见老杜著名文学论文:《什么是奥勃洛摩夫性格?》)。这些出身贵族家庭的青年，对贵族社会生活的空虚庸俗感到厌倦，却又无力摆脱这种寄生生活。他们失去生活目标，无所事事，理想幻灭，苦闷傍徨，只沉溺于醉生梦死的行尸走肉的境况之中。他们有时也会突发奇想，于虚幻中完成梦中伟业，却又多半是“言语的巨人，行动的矮子”。有时，也会作些自我剖析，祈求自赎;彳亍于“罪与罚”的痛苦绝望中，否定一切，玩世不恭，悲观厌世……他们是特殊时代的畸形产物，其全部价值就在于对造成这种畸形儿的社会制度的无声抗议和无情声讨。

显然，话剧《雷雨》的作者，或多或少地受到过某些影响，在一定意义上，周萍完全可以纳入“多余的人”的艺术典型的行列。尽管，他还有着某些新的特点。就共同点说，“它”也是畸形社会的畸形产物，其价值也只是在认识层面:即，对旧制度的揭露和批判;而就对社会制度的抗议而言，按剧本规定情景，周萍的自杀，那一声清脆的枪响，似乎更具抗争力和震撼力!——蘩漪只是无情地揭开了疮疤，他却干脆来了一通爆破!论及周萍和俄罗斯前辈们的不同点，必须指出，剧作赋予了他对真爱的潜心追求，给予了他对新生的真切愿望及付出的种种努力，进而让我们看到了“黑暗王国中的一线光明”，尽管是那么微弱，那么渺小，而且还终被无情地扑灭!

三

从话剧到黄梅，该剧实现了非常漂亮的转身。他们2007年赴日本静冈交流演出时，曾引起轰动，被誉为“经典名著与中国戏曲的完美结合”。此言不虚。黄梅版《雷雨》在戏曲化方面的努力和取得的成绩，异常显著，弥足珍贵。

通常，话剧是以语言和动作来表达思想、塑造人物、推动剧情，完成戏剧创作的。而戏曲的改编则涉及编剧、音乐、导演、表演及舞美等诸多方面。成功的改编，是艺术的再创造。其间，剧本的戏曲化，是为第一要素。这就要求大刀阔斧地删枝蔓，立主脑，简化情节，压缩对话，腾出演唱和表演的空间。同时，关节处，还要扩展撑开，做细做透。力避坠入“话剧加唱”的俗套。一减一增，功力自显。

试看周萍、蘩漪单独相处的对手戏:在蘩漪爆发出:“你最对不起的人是我，你曾经引诱过的后母!”周萍几近精神崩溃边缘地呐喊:“不要再说了!我为什么还要活着?”作者让时间停下来，安排了一大段背躬唱:

周萍　为什么拯救沉沦自沉沦?
为什么助人拔苦苦更涩?
蘩漪　为什么情到浓时情冷却?
为什么爱到深处爱分裂?
周萍　为什么迷途邪路越走越窄?
为什么越走越黑越走越绝?
蘩漪　为什么屈从男权得施舍?

为什么女人叛逆遭毁灭？
合唱 为什么向往光明坠黑暗？
为什么追求美好变恶邪？
蘩漪 为什么真情真爱无处泄？
周萍 为什么血泪泪血心痛裂？
蘩漪 为什么伤心伤情一夜夜？
周萍 为什么总是廊桥水中月？
蘩漪 为什么万缕千丝丝未断？
周萍 为什么抽刀断水意难决！
帮唱 为什么？为什么？悔不迭，悔不迭！

这一连串十六个“为什么”，可谓声声泪，字字血。道尽了心中悲苦，喊出了愤懑不平！

我注意到，学义先生对这种方法非常娴熟，除这番二重背唱外，还有多处三重对唱、四重对唱、五重对唱，最多地方是全部主演的六重连唱。充分发挥了戏曲重唱的本色，尽显戏曲的优长。

顾名思义，“戏曲戏曲”，就是以“曲”演“戏”，以“曲”唱“戏”，以“曲”保“戏”。唱腔音乐设计和剧本编写一样，都应纳入剧目的一度创作。在我这个外行看来，黄梅版《雷雨》的音乐创作，也非常成功。主要角色的主题音乐，形象鲜活，旋律动听。周朴园的专横伪善，蘩漪的乖戾不驯，四凤的活泼善良，鲁贵的巴结谄媚，侍萍的不卑不亢……都借助音乐形象，活灵活现地展示了出来。特别是周萍的唱腔音乐，有相当大的发展和突破。相对于黄梅戏向来以女角为主，音乐偏于阴柔绵长而言，周萍的音乐形象极富创造性，是传统黄梅音乐基地上广泛吸纳、迈向丰硕的重要成果。

音乐理论家冯光钰先生有过极中肯的评价，引以为结：“黄梅戏《雷雨》不仅体现在改编本的戏曲化上，同时也体现在它的音乐创作的标新立异上。正是由于这出戏音乐结构的活力、音乐形象的丰满，浓郁的剧种音乐风格以及音乐表现手法的多样性，才达到了堪与同名话剧媲美的艺术效果。”（载《新戏剧》）

想说该说的话似乎还有很多。比如，这出戏的演出阵容非常可观，饰演周朴园的黄新德，饰演蘩漪的吴亚玲，都是资深戏剧梅花奖获得者，饰演周萍的蒋建国（安徽省黄梅戏剧院院长）更是以该剧勇摘梅花重奖。三朵梅花撑起一台戏，加上优秀新秀何云（饰演四凤），想不精彩都难！而说到舞台总指挥总调度——导演王向明，他和编剧隆学义早就是老搭档、老朋友。两位大艺术家的合作，真个是得心应手，珠联璧合，优势互补，相得益彰！黄梅版的种种成功，王导功不可没！

原载《艺术评论》2013 年第 10 期

黄梅戏《雷雨》：从周萍看一出家庭悲剧

智联忠

安徽省黄梅戏剧院创作演出的《雷雨》亮相第十届中国艺术节，剧作经过精心的改编创作，以黄梅戏的形式对这一经典作品进行了再度演绎。《雷雨》由国家一级演员，中国戏剧梅花奖、文华奖获得者蒋建国领衔主演，以周萍为一号人物大胆进行创作，突破了黄梅戏以女性人物形象为中心的模式。整个演出，黄梅戏的风格特色明显、徽味浓烈，精美的舞美设计为演出增添了别样光彩。

当前戏曲创作，尤其是现代戏的创作，有个较突出问题就是戏曲化的缺失，也有人称之为“话剧加唱”。其实质就是未能深入把握戏曲创作规律，造成了艺术风格的不和谐。黄梅戏《雷雨》的创作追求是明确的，首先是戏曲的，其次还要是黄梅戏的。按照这样的艺术创作理念，这出戏首先从剧本上就进行了大量的改编，剧作家隆学义用戏曲的创作思维对剧本进行了结构上的调整，让这部戏从大架子上就凸显了戏曲的叙述特征。在剧本的具体写作中，剧作者也严格按照黄梅戏的演唱特点进行了唱段写作，既符合人物塑造的需要，也体现了黄梅戏美妙的歌唱特征。“妹绣荷包送哥哥，五彩丝线闪光辉。上绣龙凤配，龙凤紧相偎。中绣鸳鸯会，鸳鸯水为媒。下绣一双蝴蝶美，双双蝴蝶剪剪飞。龙凤配，鸳鸯会，蝴蝶鸳鸯成双对，成双对。小小荷包是小妹，挂在郎腰暗暗随。哥哥妹妹永相配，妹妹哥哥，妹妹哥哥死同归，妹妹哥哥死同归。”这是周萍和四凤在客厅里互相倾诉爱慕之情的一个精彩唱段，委婉清新的黄梅调充分表现了他们相爱的情意绵绵，同时也带给广大观众无限的视听快乐。剧种的独特风格为广大观众所叹服，在人物塑造方面也同样让人有所回味。

和以往的舞台剧《雷雨》不同，黄梅戏《雷雨》将周萍作为一号人物来贯穿全篇，整个戏的戏剧冲突也围绕他逐渐展开。同时，《雷雨》也极富挑战性地将周萍形象擢升为剧中的一号人物，打破了黄梅戏素来以女性人物为第一主角的局面。这部戏里，鲁大海没有出现，周萍为戏剧的主要叙述对象和中心人物，整个戏剧冲突也围绕着他的内心苦闷与灵魂挣扎展开，凸现并放大了他忏悔原罪、向往光明的一面。曾经他与自己的继母蘩漪私通，犯下了乱伦之罪，这种莫大的荒唐与罪恶使这位周家大少爷痛苦不已。面对自己犯下的错误和长期压抑的生活，他极力地想要冲出这个令他深感沉闷与窒息的家庭，一个可恶至极的鬼地方。

仆人四凤的出现，对周萍来说宛如天边一抹美丽的彩虹，她的出现让他动了心，使他重新看到了光明与希望。然而，蘩漪不肯放弃她和周萍的这段恋情，也不能容忍他和四凤在一起，她甚至要求他们三个在一起生活。这是剧作对人物形象的一些改编，体现的也许只是一个女人对爱的渴望与无望。周萍渴望能够早日走出羁绊，去追寻他向往的那一片自由与洁净。然而，自己的心上人竟然是自己的妹妹，而且已然有了自己的孩子；"过世多年"的亲生母亲，依然活在世上、活在自己的眼前；和继母的不正常关系也败露在了大家面前。在这雷雨之夜，一声惊雷，一声惨叫，一声枪响，毁灭了自己，摧毁了森严的秩序，但是这重重的爱怨与深深的罪孽似乎是无法摧毁的。蒋建国深入把握了这一人物形象，在剧中成功地塑造了这个懦弱、颓废，但又向往自由、真爱的悲剧人物。他生在一种束缚当中，沉浸在渴求自由的无奈与绝望中。

舞台美术的精巧设计和灯光的运用，也是黄梅戏《雷雨》的突出特点。在这出戏里，故事发生的地点完全来到了安徽的徽州。舞台上房屋门窗的造型，展现的是清末民初的徽派建筑，这种处理似乎与黄梅戏的戏剧形式进行了相应的统一。在现场的演出中，这样的处理没有妨碍剧情的发展与人物的情感表达，不失为一种新的试验创作。舞台上，房屋的造型是一个从台口向台后倾斜、立体的梯形结构，正面是一个可以打开、闭合的门，采用的材料均为仿木质材料。周围门窗既可以根据剧情的需要成为演员上下场的通道，也会以开合的方式辅助演员进行表演。在灯光的运用上，也力求辅助剧情发展和人物的塑造，在舞台上形成了人物之间的对比和突显，有力地外化了人物的内心情感。

原载《中国艺术报》2013 年 10 月 23 日

粤剧《雷雨》尊重原著推陈出新

谭兰燕

由我和吴晓毅担纲主演、深圳市粤剧团创排的新版现代粤剧《雷雨》，在第九届全国戏剧文化奖优秀剧目调演中获得十余项大奖，其中我和吴晓毅有幸获得表演大奖。创作于20世纪30年代的《雷雨》是我国现代杰出戏剧家曹禺先生的成名作和代表作，曾被不同剧种多次搬上舞台。我认为，粤剧《雷雨》在全国众多优秀作品中脱颖而出，主要是在忠于原著的基础上作出全新的阐释和呈现，彻底脱离“话剧加唱”的写实风格，实现演出近代题材的戏曲化。

实现演出近代题材戏曲化

《雷雨》讲述了一个惊心动魄的命运悲剧，它以扣人心弦的情节，简练含蓄的语言，各具特色的人物和极为丰富的潜台词，如刀刃一般在观众的心弦上缓缓滑过，让人们心疼地看到人性中最美好的、最有价值的东西被毁灭，成为中国戏剧的悲剧经典。《雷雨》的故事发生于20世纪20年代初的周公馆，妻子蘩漪不堪丈夫周朴园的专横冷酷，将爱与希望全部寄予与她年纪相仿的周朴园的长子周萍身上，岂料周萍的感情却是极度矛盾，他沉迷于与蘩漪相恋的同时又纠结在悔恨与厌恶之中，他努力寻找新的希望与新鲜的爱情，美丽青春的女佣四凤走进了他的心扉。为了消除这混乱的局面，蘩漪请四凤的母亲鲁妈来周公馆带走四凤，鲁妈与周朴园不期而遇，原来她就是三十年前被抛弃了的周萍的生母。雷雨交加之夜，当两家人的情感纠葛真相大白之后，三个无辜的年轻人瞬间死于非命，而生者却仍在痛苦中挣扎。

曹禺先生在《雷雨》中完全运用了“三一律”，两个家庭八个人物在短短一天之内发生的故事，却牵扯出过去的恩恩怨怨，剪不断，理还乱。狭小的舞台上凸现了伦常的矛盾、阶级的矛盾，以及个体对于环境、时代强烈不协调的矛盾，在种种剧烈的冲突中完成了人物的塑造，其实悲剧早已潜伏在每一句台词、每一个伏笔中，只是到最后时分才终于爆发出来，化作一场雷雨，无比强烈地震撼了每个观众的灵魂。

曹禺先生23岁时创作的《雷雨》拥有成为经典的所有元素。《雷雨》以两个冲突为主线：一个是周家大家长周朴园与妻子蘩漪的冲突，表现了封建礼教下家庭内部矛盾；另一个是周朴园与矿工鲁大海的冲突，表现了资本家与工人的对立。两条线通过周家与鲁家两个家庭复杂的人物关系紧密联系在一起，构成了尖锐悲剧的戏剧冲突。深圳市粤剧团把《雷雨》改编成粤剧，尝试作出新的阐释和呈现。剧中对《雷雨》的重新解读也成为观众们的兴奋点。

深圳市粤剧团首次改编粤剧《雷雨》，聘请了中国国家话剧院著名导演张奇虹、青年编剧邓艳燕执笔，著名戏曲导演黄天博执导。

深圳市粤剧团邀请张奇虹为该剧把关，是再合适不过了。张奇虹所导演的《威尼斯商人》《风雪夜归人》《罗密欧与朱丽叶》《十二个月》等剧作都大获成功。更重要的是，她熟悉曹禺的作品。早在 20 世纪 80 年代中期，张奇虹在排演曹禺的《原野》时，对原作进行了较大改动，曹禺对改动的部分十分认可。

这次，张奇虹为了强化舞台表现力，在将《雷雨》改编为粤剧时，在刻画人物和交代情节时，将笔墨集中在蘩漪的形象上，对剧中其他人的描绘均以她为中心展开，更加突出了该剧的戏剧性，情节显得更为紧凑。两个家庭、八个人物、短短一天，不伦之恋的荒谬、阶级的对立，以及个体之于环境与时代的强烈对冲。张奇虹在种种激烈的戏剧冲突中完成了人物的塑造。

深圳市粤剧团坚持改革创新，此次对《雷雨》的首次改编巧妙而到位，对粤剧艺术来说是一件非常有意义的事情。

据我所知，京剧、沪剧、黄梅戏等全国的很多地方剧种都曾改编上演过曹禺先生的《雷雨》，可以说深圳市粤剧团的改编是颇具特色的。其他剧种的改编只是尊重原著上的戏曲化，而深圳市粤剧团的改编既尊重了原著又有创新和发展，在忠于原著的基础上作了全新的阐释和呈现。

初读粤剧《雷雨》剧本时，给我的印象就是错综杂乱的感情关系以及残忍的结局，再三阅读剧本后，一种悲悯之情随着剧中人物而生。剧本的每一幕场景，每一句台词，都牵动着我的心，每次矛盾的冲突都随着角色的命运和剧情而转移。

粤剧《雷雨》浓缩了一个家庭三十多年的沉重历史。其间，饱含着爱与恨的交织、苦与乐的重叠，充斥着希望与现实的矛盾、情感与理智的斗争，令我一次又一次激动、伤悲与感叹。

舞美音乐打破粤剧传统

粤剧《雷雨》以粤剧的全新形式诠释经典，并在音乐、唱腔、表演等方面大胆创新，时代感强，颇具震撼力。《雷雨》首度被改为现代粤剧，采用独特的叙事视角，还融合了基督信仰。

粤剧《雷雨》获得的第九届全国戏剧文化奖优秀剧目大奖，包括编剧金奖、导演金奖、音乐金奖、舞美银奖。深圳市粤剧团力争把粤剧《雷雨》打磨成为深圳剧团经典舞台剧目，借此弘扬粤剧魅力。

粤剧《雷雨》在舞美设计风格上采用了极其写意的、具有强烈象征意义的手法，在不同时空实现舞台自由转换，给演员提供大范围的表演空间。而在色彩多变的灯光渲染下，在注重色彩对比和服装款式稍为夸张的强调下，在具有地域和时代特征的大小道具的配合下，该剧给观众带来了不一样的演出视觉感受。

在音乐方面，粤剧《雷雨》的主题音乐从弥撒安魂曲变化而来，用宗教的神秘表现生命的神秘，副主题则是一段愉悦的旋律，两种云月风格相互表达着生命的凝重与轻松。

在尊重粤剧传统唱腔、音乐的基础上，主创团队进行了一些较为大胆的尝试，加强时代感，强调抒情性，整台演出充满写意传神的戏曲意蕴，脱离了写实风格。跳出戏曲惯有的声腔，用主题和副主题的音乐来构架该剧的声腔变化。一开场，众修女手捧蜡烛合唱弥撒安魂曲，而旋律优美的粤语歌作为副主题曲贯穿全剧，它们互为补充地表达着生命的凝重和欢乐。这些创新加强了时代感，强调了戏曲的抒情性，使粤剧《雷雨》的音乐衔接得天衣无缝。

《雷雨》全剧共八个人物。周家的人物有周朴园、周蘩漪、周萍和周冲；鲁家则有鲁贵、鲁侍萍、鲁大海和四凤。我饰演蘩漪、吴晓毅饰演周萍、吴思明饰演四凤、李伟昌饰演周朴园、李翠翠饰演鲁侍萍、陈世才饰演鲁贵、谭圆圆饰演周冲。在表演方面，《雷雨》强调演员必须表现出内心的矛盾和唯美，以美妙的形体动作表现出来。年轻演员则以演技和靓丽的形象唯美演绎了这一凄美的经典。粤剧《雷雨》的演员平均年龄不到 30 岁，在表演上，我与吴晓毅、吴思明、谭圆圆等 80 后演员以较娴熟的演技和青春靓丽的形象演绎了 20 世纪凄美的经典故事，让观众的审美由感受上升到感动。从粤剧《雷雨》可以看出，深圳市粤剧团的演员已经完成了新老更替，年轻人可以挑大梁了。我们虽然都是 80 后演员，但演起戏来却毫不逊色，将角色丰满地呈现在舞台上。

粤剧《雷雨》，具有思想内涵的浑厚性。剧本揭示和批判了带有封建性的中国资产阶级的生活方式和道德的虚伪性，它可以被看作是一部“道德悲剧”；剧本展现了不可把握的命运对人的控制，它可以被看作是一部“命运悲剧”；它揭示人性和人的性格弱点，可以被看作是一部“性格悲剧”。作品通过周、鲁两家的血缘纠葛和乱伦，揭示人的蛮性的遗留。正如曹禺先生所说，“一两段情节，几个人物，一种复杂而原始的情绪”。

我相信，粤剧《雷雨》的剧本改编以及音乐创作、舞台呈现很有创意，相信经过进一步完善，有望打造成为舞台艺术精品。

原载《南国红豆》2014 年第 4 期

尚未绽放就匆匆凋谢

——我饰演粤剧《雷雨》中的四凤

吴思明

《雷雨》是曹禺大师的旷世经典，深圳市粤剧团的新改编粤剧《雷雨》荣获中国戏剧文化奖多项大奖，我也因饰演该剧中的四凤一角，而获中国戏剧文化奖表演金奖。最初，下达饰演四凤这任务确实令我诚惶诚恐，同时也激起我强烈的创作冲动。

如何才能将这部家喻户晓的经典中的主要人物演绎到位呢？我最先想出的是“走近经典”。《雷雨》原著，十万字，字字珠玑，运用话剧“三一律”的结构方法，精彩绝伦地描述了两个家庭八个人物在短短一天内发生的故事。但这故事却牵扯了过去20年剪不断、理还乱的恩怨情仇：专制、伪善的家长，热情、单纯的青年，被情爱烧疯了心智的魅惑少妇，痛悔着罪孽却不自觉地犯下罪孽的公子哥儿；还有家庭的秘密，身世的秘密；到头来有罪的人，无辜的人一起走向毁灭。现排的粤剧改编本，力图以两万多字来表达原著的精华，可见为演员提供的表演空间是有所限制的，四凤身上的表演空间就更有限了。

作为饰演四凤的演员，我如何在有限的舞台空间表现出剧中人的伦常矛盾，阶级矛盾，个人与环境，时代强烈不谐调的矛盾？如何在种种剧烈的冲突中完成人物塑造？又如何通过表现种种矛盾、塑造人物自我而推进剧情发展到震撼每个人灵魂的“雷雨”高潮呢？这种种问题都是我要解决的。

再说，我演的是粤剧，需要的是运用戏剧特有的“歌”和“舞”作为手段来演绎剧中的故事和人物，所以，我特别希望找到借鉴。但是，走访了一些前辈，也翻查过有关文献，悉：只有香港和广州分别在二十世纪四十年代和五十年代改编上演过粤剧《雷雨》，但都是“昙花一现”式的，没留下多少资料。后来我反复地阅读原著，研究现排的粤剧本，还观摩了其他剧种演员的种种演绎，四凤这个人物的演绎方式才在我心中渐渐地有了定位。

我觉得《雷雨》中每个人都有不同的理由接受怜悯，而以四凤尤甚。四凤这样一个年轻的女孩子，她的纯真，她的依托，她的天真烂漫，“好似一只凤凰”怀着对爱情的期望。她爱的人为她编织了一个温暖而美妙的梦想，让她活在幸福的错觉中。因此，我塑造的四凤没有过多婀娜的手段，她干活麻利，两眼有神，透过纯真憧憬，声音清脆，充满活力，唱腔亦不作过多花巧的运腔。正是她的纯朴朝气才如此吸引着大少爷周萍。只有她才能让沉浸在黑暗中的他感受到一丝温暖的阳光，只有她才可以令他逃避与继母之间的不伦关系。

四凤和她的母亲有着类似的遭遇，都是地位卑微的女仆，爱上了少爷。如果说三十年前的侍萍爱的是一位留学归来、踌躇满志、雄心勃勃的企业家，那么四凤爱的仅是一个精神空虚和优柔寡断的懦夫。四凤的悲剧，在粤剧《雷雨》第五场里被推向了高潮。隐藏多年的冤孽和如今发生的秘密猛然被揭开，一切真相大白。

原来自己的母亲竟然是周朴园抛弃的侍萍，又发现她所钟爱并以身相许的情人竟然是自己同母异父的哥哥，突如其来的打击让四凤惊恐万分。同时感到周家这个大院内，从里到外都充满着无耻荒淫的滔天罪恶。她的天真烂漫和她遥远的梦想都在那个雷雨的夜里被摔得粉碎！为了更加深层次地表现出四凤当时的彻底失望，我不但运用了一组肢体动作强烈的舞蹈身段，还运用了一个较为高昂的高腔，以表达四凤对命运的控诉；之后再设计了一个瘫倒在地的动作，然后眼神恍惚，绝望地跑出去！在电闪雷鸣，风雨大作的天空下，四凤要用死来控诉这个不公平的人世，要让雷雨来冲刷这个污浊不堪的世界。

大幕拉开的时候，四凤笑靥如花。大幕合上之前，四凤只留下一具焦骨。她不是刚刚还在这舞台上欢活地蹦跳吗？在那个闷热的夏日里。那又是什么夺了她年轻的生命？在那场狂急的雷雨中。是电线。是那根葡萄架上落下的裸露电线。是蘩漪和周朴园一再提及却未来得及修理的电线。它在雷雨中飘摇，尖尖地发笑，它要将这屋子里多少年的积怨愤恨点燃在一颗生命上。四凤，这雷雨中被打落的一朵花。然而真的是这根孤零零的旧电线吗？它只是那般孤独地飘荡在疾风骤雨中，仿佛那屋子里每个孤独而脆弱的人。

是蘩漪。是这个“最具雷雨性格的女性”。是她把柔弱的四凤赶出周家；是她把周萍的本心揭露给无辜的四凤；是她利用她天真的孩子周冲再次打击了本已脆弱的四凤；也是她点破了这场雷雨中最不可告人的血缘秘密。她在狂暴雷雨的午夜撕扯着自己隐藏已久的面目，狰狞如闪电。她自私地要拼合自己破碎的旧梦，救出原来的自己，终不顾一切地将四凤推向了崩溃，推向了陨落。然而真的是她吗？那个在周公馆里被阴森孤寂折磨了十八年的可怜女人。她的爱一再被损毁被抛弃，周朴园的冷漠麻木，周萍的懦弱无情，将她寻爱的心击得粉碎。但她依旧毫不悔退，艰难地向前争夺，夺她的爱，夺她的梦。她只是比周遭的人执拗了些，她只是要在这闷热难耐的夏日里散一散积怨的情绪，她只是想回到原来的自己。蘩漪一点也没有病，她只是像这急速、利落的雷雨。

是周朴园。那个伪善、残忍的资本家。是他在蘩漪点破血缘秘密后平静地，“顺理成章”地把四凤推向了死亡。这个虚伪自私的周老爷总是一副冷漠的表情，他似乎对这发生的种种毫不在意，但又无时无刻不在操控着这一切。他并不觉察自己的过咎却改变了《雷雨》里每个人的命运。他使侍萍落入苦难；他折磨蘩漪走向崩溃；他压制周萍使他扭曲；他破灭了周冲美好的幻想；他把四凤推向毁灭。他冷冷地站在被他扭曲了的阴暗的周公馆里，假面地说要维持侍萍在时的公馆模样，却又在侍萍再次出现时命令两家不再相见。他狠狠地截断四凤的生活可能，他要侍萍带走四凤，他更毁了四凤对周萍的爱。而这一切只是为维护他那张老旧、飘摇的面子，却终在午夜的雷雨里被彻底摧毁。然而真的是他吗？这个可怜得“坏到连自己都不认为自己是坏的”的周老爷。

是周萍。这个四凤深爱着的懦弱男子。他真的爱四凤吗？还是为把自己拔出与蘩漪的不堪往事，救出混乱的自己，用四凤这个善良纯洁的生命来清洗自己的罪恶，以便重新开始新的人生。他极端却又懦弱，他拼命地想逃离原有的生活状态，然不幸在雷雨之夜被蘩漪毁破真面目，又被道出与四凤的血缘秘密。这个四凤深爱着的人，这个她逃出家后唯一可以依靠的人却终把她抛向崩溃，抛向狂暴的雷雨，抛向生命的终结。然而真的是他吗？这个被父亲，被后母，被家庭扭曲、压制得失了自己的周家大少爷。

是周冲。他身体很小，却有着很大的心，也有着一切孩子似的空想。他年轻，才十七岁，他已经幻想过许多许多不可能的事实，他是在美的梦里活着的。周冲，第一次出场他的眼睛欣喜地闪动着，脸色通红，冒着汗，他在笑。左腋下挟着一只球拍，右手正用白毛巾擦汗，他穿着打球的白衣服。就像开窗后的明媚的风景一样，他给当时死气沉沉的气氛注入了一股活力。他用民主知识构建出一个澄清国度：波澜涌动的大海带点咸味带点腥味，上面漂浮着他爱的白色的海燕似的帆船。这个澄清的国度里，没有争执，没有虚伪。每个灵魂安宁地可以轻易飞翔。他是这个国家的小王子，他向四凤开放大门，准备了他最盛大的欢迎，而四凤却只把他当作个爱幻想的孩子。读书人的思想很纯净、很简单。他给鲁家的关怀，跨越了阶级的藩篱，像个孩子，单纯地企图以个人的力量缓和周鲁矛盾。他说得最多的就是："这没有道理。"他看清的是两代人处理问题的矛盾和不合理，看不清的是这个社会纲常名教仅是个拿来束缚人的桎梏，他看不清这个社会的阶级性及它们之间的鸿沟。他敬重父亲，直到父亲强行逼他母亲喝药，他才真正认识了父亲，看清了笼罩着整个家庭的是他父亲的专制和威严。蘩漪说："你父亲一句话，就把你所有的梦打破了。"在周冲心里，四凤"心地单纯，她懂得活着的快乐。她知道同情，她明白劳动有意义"，"不是小姐堆里娇生惯养出来的人"，"她是个聪明有感情的人并且她懂得我"。他尊重四凤，真诚地帮助四凤，希望四凤能获得平等的受教育的权利；他渴望能与四凤一起奔向梦想中的真世界。而他不是《家》里的觉慧。他远比觉慧坚定和忠贞，当四凤冲进雷雨中，他第一个跟了出去，当四凤被落在葡萄架上的电线电击后，所有的情感决堤迫使他伸手去拉那具焦骨，而觉慧到最后在关键时刻忘记了自己先前的承诺，在痛苦之余放弃了鸣凤。不过他懦弱无辜确然有力地打击了她，在这即将崩溃的边缘。然而真的是他吗？这个出生在冷漠的父亲、尖锐的母亲的扭曲家庭里却充满美好得脱离现实的幻想的少年。

是四凤的家人。她那一生坎坷的老母亲鲁侍萍。三十年前铸下的错，却要在白发时再把伤口划开，暴露在雷雨之夜，且同时因这错而将最爱的女儿推向深渊。她在竭力挽回，要及早带她离开，却阻挡不了狂暴"雷雨"的来临。终还是失了女儿，留下木滞的孤独身影。还是她那个世故、粗俗的父亲。为了私利偷偷带着她来到周家，酿成这场错误的开始。然而真的是他们吗？这些生活在社会最底层，近乎失了生活保障却无力也无法反抗的可怜人。还是她自己，还是这人世。这个美丽善良的女子却仿佛错误地降生在这个残酷、冷漠的天地间。她要爱不得爱，要生活却不得继续。她柔弱地承受着这一个雷雨日里突如其来的无情打击。她原是高兴地等待母亲却不想迎来一场噩梦。她的笑容变成惊恐，变成泪水，变成崩毁。她的愿望以及所听到的美好憧憬在这一场雷雨里被打落得毫无踪迹。她不执拗，不斗争，不反抗，只默默忍受。这天上的雷雨，人间的雷雨狂暴地困着她，困得她不得呼吸。仿佛作者所说的："在《雷雨》里，宇宙正像一口残酷的井。落在里面，怎样呼号也难逃脱这黑暗的坑。"

大幕合上的时候，谁看见了那朵被雷雨无情打落的花。

原载《南国红豆》2014 年第 5 期

黄梅戏《雷雨》的唱腔研究

——对主调的运用与拓展

张 静

“主调”又叫“正腔”，基本上是已经板腔化的声腔。它是黄梅戏中最重要、最复杂，也最有代表性的一个腔系。之所以把它叫作“主调”，是为了把它同“花腔”“彩腔”区分开来并说明其重要的意思，是黄梅戏的“主要腔调”，它与西洋音乐中那种乐曲开始与结束所用的叫作“主调”的旋律的含义是完全不同的。“主调”中包括“平词”“对板”“二行”“三行”“火攻”“八板”。它们在使用中男、女角色严格分腔。虽然同一腔名里男、女的曲调在结构、功能、风格等方面都基本相同，但男、女腔的调性、调式、音域等均不相同。因此，男女联腔用时就形成了同主音不同宫系的调性、调式转换。而这种同主音不同宫系的转调，就成了黄梅戏“主调”声腔的一大特色。

在黄梅戏发展历史中，首先，“主调”和青阳腔（高腔）有着千丝万缕的血缘关系。其次，又受到徽调、京戏等不同程度的影响，因此黄梅戏在音乐吸收上有很大的伸缩性与可容纳性，各个基本曲调之间有很大的弹性范围，既可以独立存在，也可以糅合为一体，曲调较为活泼，这与京剧有着显著的不同。黄梅戏的主调兼容了抒情性、叙事性、戏剧性的唱腔。大体上，“平词”有叙事性、抒情性的特征，其中“哭板”“哭介”等散唱腔句颇有戏剧性表现力；“二行”“三行”“八板”（“火攻”）长于叙事，并且因叙事的口吻明显差异而形成不同层次；“平词对板”最具有抒情性，常为剧中情侣们倾诉爱意之用。从这些腔体的曲调结构、旋律特征、表现功能等方面来看，既有曲牌体的某些痕迹又有板腔体的性格特征，使得主调功能的进一步拓展有了可能。

时白林在这部黄梅戏《雷雨》的创作中，运用创作技法继承和发展主调功能中各个不同板式，并将不同板式进行再次组合，从而达到了主调功能上的丰富拓展。

一、主调中单个腔体的运用

谱例 1：《从今后》（《雷雨》周朴园唱段）

这是第二场雷雨近中周朴园的唱腔，是段“男平词”，它是为了表现人物情绪的同时兼顾演员的嗓音条件而创作的。一板三眼，叙述性强，曲调表现出了严肃庄重的风格，体现出周朴园这位封建家庭主人的威严，也表现出封建家庭的罪恶与虚伪的一面。十句唱词，除“起板”和“迈腔”，其余都是上、下句的结构处理，曲调无多大变化。中间由“平词”的一板三眼过渡到三小节的一板一眼，突出了这里情节的紧迫与张力，而后很快又转回一板三眼。在旋律运动中，“dol”一直处于支柱的位置，只是在“落板”句上结束在它的上主音“re”上。

谱例 2:《可怜可怜我》(《雷雨》蘩漪唱段)

这是第五场雷雨急中蘩漪唱段的《可怜可怜我》。在曹禺先生的笔下，蘩漪是位旧家庭悲剧之下的悲剧女性，她的乖戾不逊有如雷雨，给人们留下了非常深刻的印象。隆学义先生在改编本剧中，蘩漪在剧情发展的后半部，则是一位一再降低身份与要求的可怜兮兮的女人。为了深刻地揭示人物的内心世界，本首唱腔的曲调用了“阴司腔”的商调式和旋律特征编创了这段新腔。传统的“阴司腔”是双句体结构，上下两句都是先把唱词唱完，然后紧接一个大腔以抒发情感。而这里作曲家并没有延续“阴司腔”的结构，只是吸收了它的旋律特征(曲调哀怨悲凉、缠绵、低沉而动人)和商调式。再者这段唱腔加入了偏音清角“Fa”和变宫“Si”，使得它更多了几分可怜和让人同情的新腔。

周萍唱段《雷疯了，雨狂了》，这是最后一场雷雨急中的唱腔。剧情在这里发展到最高潮，传统的腔体很难表达人物内心的强烈冲突与张力。因此，这个唱腔作曲家采用“火攻”为素材创作了周萍独唱、男声齐唱的一首新曲。因为这段唱腔是采用了“火攻”的素材，所以速度非常快，达到每分钟 170 拍左右，而且使用的混合节拍，很好地表现出雷雨的“急”，也正因为这里剧情的需要，作曲家才会很巧妙地用“火攻”准确地表现出人物内心的强烈撞击。男声的齐唱“三连音”的节奏也是很好地体现了这里紧促不安的气氛，并且是以上行级进的形式，增强了这里的“雷雨疯狂了”的上升趋势。

二、主调中各个腔体进行组合的运用

谱例 3:《眼前摆设从前见》(《雷雨》鲁侍萍唱段)

鲁侍萍在曹禺先生的《雷雨》中是一位被伤害、有尊严、令人同情的善良妇女形象。在第三场雷雨至《眼前摆设从前见》唱段中，是用“平词”“火攻”结合彩腔编写的，传统韵味比

较浓郁。

这段唱腔首先用了终结音落在调式下属音“dol”女迈腔，后跟了 4 小节的音乐是为了突出侍萍内心的活动，在看到眼前熟悉的摆设时的吃惊和不安。总体上由“平词”的一板三眼到一板一眼的过门，紧接着进入有板无眼的“火攻”，最后速度上减慢。为了统一和徵调式的完整，结束句未用“主调”中常见的“落板”或“切板”，而使用了“彩腔”素材结束，颇有让人无限慨叹的悲凉感。

全曲是加清角和变宫的七声 bB 徵调式，清角“fa”的加入使得这里多了分哀怨的情绪，而“si”更是被作曲家频繁地使用，更突出了这位善良妇女在被伤害后内心中的无奈与痛苦。

周萍这个人物在《雷雨》中是个有理想、有抱负，但性格矛盾、复杂的青年人。在遭到一连串的挫折后，心灵的激动使他悟出了人生“情危至痛，忧极至凶，爱险至恐，愁绝至疯”的理念。第三场雷雨至中《雷雨赋》这段唱腔的节奏借鉴了兄弟剧种的“摇板”、流水的板式，旋律用“八板”“火攻”等腔的典型音调为素材编创而成。该腔的速度，紧打慢唱、突慢、渐快再到慢，最后结尾处是以“八板”的第四句，将速度放慢以散唱的形式，让表演进行了情绪的转换。

谱例 4:《近三年》(《雷雨》周朴园唱段)

在第二场雷雨近周朴园唱段《近三年》可以看出，作曲家采用了主调中的“二行”作素材。整个曲调表现了他对儿子周萍的气愤。中间出现了转调，从 bB 商转到 bA 徵调式。而整个曲子中间也是形成商、徵的调式交替。全曲有“平词”的音调，其中还有“哭介”穿插其中，但是全曲的主题音调还是“二行”。上、下句的结构处理，结束句本结束在它的调式主音“re”上，但作曲家出于情感处理的需要在结尾重复了“讳疾忌医”，让结束音停留在了“sol”上，当旋律从 bA 调转到 bD 调时，使用的素材也从“二行”转到“彩腔”的素材上了。

谱例 5:《非母非妻无尽头》(《雷雨》蘩漪唱段)

第三场雷雨至中蘩漪的唱腔《非母非妻无尽头》，用“整板”与“摇板”[①]交织而成。整首曲子是“彩腔”“花腔”“二行”“火攻”“三行”的改编，显示出这个女人内心的绝望。通过一个新编创的摇板、哭腔，再以“彩腔”的变形作为收拢乐句终止在“sol”，构成了商徵调式的

① 摇板，原为京剧二黄和西皮板式之一。摇板唱腔是散板的节拍形式，过门很紧，比唱腔紧一倍，故摇板也称为紧拉慢唱(或紧打慢唱)。

交替现象。把这个希望破灭、绝望挣扎的女人的心理，层层剥开，剖析得淋漓尽致。

第五场雷雨急中在一切真相大白时，周萍、蘩漪、周朴园、周冲、侍萍唱腔《就是她跳河三十载》，这段是由五个人物在激动、矛盾的场面快速表达各自内心情绪与态度的唱腔，结构较复杂，全曲未使用任何一个传统的腔体，但旋律的内涵则含有明显的黄梅戏的典型音调，所以乐曲开始处作者就注明了“彩、火、摇”和“一个四分音符＝152”等，旋律进行中，时有临时离调出现。整体的是以“摇板”的紧打慢唱的形式，结尾是以“彩腔”结束终止来缓解之前的紧张和让人喘不过气的压抑气氛。中间 1/4 之后“火攻”又糅进了“三行”，将人物激动不安的心情用滔滔不绝的音乐语言展现得淋漓尽致。

通过对《雷雨》唱腔的分析研究，我们可以清晰地看出作者在创作黄梅戏音乐时立足于传统唱腔的基础上，大胆“创新”，运用创作技法继承和发展主调功能中各个不同板式和把不同板式进行再次组合，达到了主调功能上的丰富拓展。我们从作者成功的戏曲创作经验、创作思想中得到启发，并能从中加以学习借鉴，从而有助于我们创作出适合当前社会需要的戏曲音乐作品。

原载《赤峰学院学报》(汉文哲学社会科学版)2014 年第 7 期

生命不可承受之重

——评黄梅戏《雷雨》

江爱华

黄梅戏《雷雨》是安徽省黄梅戏剧院近年来精心打造的一个精品剧目，参加了在安庆举行的中国第五届黄梅戏艺术节。在看这场戏之前，我对这场戏并没有很大的期待。众所周知，《雷雨》是话剧的经典作品，我想当然地认为即使改造成黄梅戏也不会超过话剧的，加上近年来舞台难得看见让人眼睛一亮的黄梅戏剧目，所以我带着漫不经心的心情来看这场戏。

悠扬的音乐声中，大幕徐徐地拉开，四面由大型朱红色木雕围成的舞台背景呈现在观众眼前，深邃的朱红色，典雅的雕花门窗，雕花门窗后面闪烁着或明或暗的灯光，这一切都在无声地向观众展示剧中人物出身于一个富贵典雅的家庭，可以说这舞台背景首先就征服了我，我怀着激动的心情期待着一场心灵的盛宴。果然，《序幕》中由蒋建国饰演的男主角周萍一袭白衫玉树临风，俊朗而洒脱；蘩漪黑衣素裙，清新雅致而不失大家闺秀的风范；四凤一身粉色短褂长裤，一副小家碧玉的楚楚可怜样；这三人以舞蹈动作亮相定型。“未成曲调先有情”，可以说这场戏还没有真正地开始，但观众已被吸引和震撼了，我这个和文字打交道的人竟然一时找不出很贴切的词来形容他们的亮相，最后只好用唯美和惊艳来形容。

唯美、惊艳的开场让观众对这场大戏充满了期待，果然六场戏一路演下来，演员演得酣畅淋漓、一气呵成，观众看得感慨万千、回味无穷。作为一个初涉剧坛的编剧，我看戏更加注重的是剧本，“剧本、剧本，一剧之本”，圈内人都知道一个好的剧本是一场戏的基础和灵魂，没有好的剧本和立意，再好的演员和导演也演不出让观众叫好的戏，下面就黄梅戏《雷雨》的剧本创作来谈谈我的感受。

一、一个无法抗拒的致命诱惑

蘩漪是黄梅戏《雷雨》中的一号女主角，戏中的蘩漪是一个大家闺秀，她年轻美貌，浪漫多情，但不幸的是她嫁给了比她大很多的财主周朴园。周朴园心底阴暗，面容阴郁，伪善狠毒，终日忙于经营生意而疏忽了蘩漪的感受，蘩漪觉得自己像是生活在笼中的金丝鸟，日子过得乏味而绝望，她的内心也充满了绝望和挣扎。周萍是周朴园的长子，蘩漪的继子，是黄梅戏《雷雨》中的男主人公。在戏中年轻的继母与比自己小几岁的继子周萍发生了不伦之恋，他们经常在后花园偷期密约，因此周家的后花园常年“闹鬼”，这种继母和继子的不伦之恋让当事人双方背上了沉重的精神枷锁，他们在幽暗中过着鬼一样的生活，因此在整个戏中观众很少在周萍那张英俊的脸上看到笑容，听到的笑声则是蘩漪发出的绝望而悚然的狂笑，整场戏的基调因此显得压抑沉重。

在中国传统文化中，乱伦是最让人不齿的，是要遭到天谴的，戏中的周萍和蘩漪时时遭受着内心的煎熬、良心的拷问，可是偷情密约的甜蜜让他们欲罢不能，尤其是周萍一边在真心地忏悔，一边又与蘩漪保持着这种不伦之恋。戏中的蘩漪对周萍来说像是一朵有毒的罂粟花，开着娇艳的花朵结着的却是有毒的鸦片果。对于周萍来说他无法抗拒这绝命的诱惑，只能在这种诱惑中沉沦、绝望，直到单纯美丽的女佣四凤的出现。四凤的出现像是一阵清新的微雨，涤荡着周萍内心的污垢，从四凤的身上周萍又看到了活下去的希望，看到了美好生活的憧憬，更重要的是自己可以摆脱这种不道德的生活，断绝这段可怕的乱伦之恋。可以说黄梅戏《雷雨》中的蘩漪是一朵有毒的恶之花，四凤则是一朵纯洁的善之花，周萍已在恶之花中沉沦绝望，希望在善之花中浴火重生。戏中的蘩漪带给周萍的是煎熬和痛苦，而四凤带给他的则是希望和救赎。因此从这个层面来说，四凤对周萍来说又是一个新的诱惑，一种过上正常健康生活的诱惑，这种诱惑对有周萍这种经历的人来说同样也是不可抗拒的。

二、两个残酷的夺命巧合

巧合是编剧常用的一种写作技巧，“无巧不成书”，黄梅戏《雷雨》的成功还在于编剧隆学义在剧中设置的两个巧合。第一个巧合是戏中的鲁贵带着女儿四凤碰巧投奔到周府做佣人，鲁贵并不知道周府的老爷周朴园就是自己妻子侍萍的前夫；对于自己现任丈夫带着女儿在自己前夫家里帮佣，侍萍同样毫不知情。这一环套一环的巧合看似巧合却又合乎情理，为剧情的发展巧妙地埋下了伏笔。第二个巧合是周家大少爷周萍恰巧在不知情的情况下爱上四凤——这个美丽单纯的同母异父的同胞妹妹。这个巧合也同样经得住推敲，它把这场悲剧推向了高潮。

命运对周萍来说显得异常的残酷，周萍与自己的后母蘩漪发生了不伦之恋，这场畸形的恋情让当事人双方内心充满煎熬，精神上备受折磨和摧残。尤其对周萍来说，这场与后母的不伦之恋是精神上的一次炼狱，为了摆脱这场不伦之恋，他竭力要摆脱蘩漪，渴望带着四凤到上海去开始新的健康生活，可是命运之神再次残酷地捉弄了他，他的第二场恋情依然是一场不伦之恋，和自己同胞妹妹的乱伦。如果说黄梅戏《雷雨》中周萍的第一次乱伦是在知情的情况下由青春的冲动而发生的，他的内心充满了痛苦和罪恶，但他是清醒的，那么第二次乱伦则是在毫不知情的情况下发生，他的内心充满了喜悦和憧憬，因此一旦真相大白，他无法接受这残酷的事实，只有结束自己年轻的生命。因此他在得知已怀了三个月身孕的情人是自己的胞妹时，这个平时对父亲唯命是从的懦弱青年生平第一次对着父亲发出绝望的吼叫：“你为什么要生我？”这也是周萍对命运之神的抗争和控诉。他人生的悲剧是在第一次不伦之恋中开始，在第二次不伦之恋中结束。

可以说，这两场巧合架构了黄梅戏《雷雨》的整个情节，《雷雨》共有六场，即《雷雨兆》

《雷雨前》《雷雨近》《雷雨至》《雷雨中》《雷雨急》，这六场戏都是由这两个巧合环环相扣地生发开来的。

三、三个不知情的追命杀手

黄梅戏《雷雨》的最后悲剧结局是剧中三个当事人的横死，即四凤跳河、周冲落井、周萍饮弹，戏中的这三个年轻人都是周府的第二代，他们是同父异母的兄弟姐妹，三个年轻人在雷雨之夜同时非正常死亡把这场戏的悲剧推向了高潮。造成这场家庭悲剧的罪魁祸首当然是剧中的周老爷周朴园，他当年对侍萍的始乱终弃为日后的家庭悲剧埋下了不幸的种子，但戏中另外两个重要的角色即鲁贵和蘩漪也是这场悲剧的帮凶，但让观众感到残酷和不忍的是他们都是在毫不知情的情况下，各自从自己的利益出发从而导致了这场悲剧的发生。

首先说说《雷雨》中的重要角色鲁贵，鲁贵带着女儿四凤到周家帮佣，鲁贵当上了周家的管家，女儿四凤则在周家做女仆，当周家的大少爷周萍爱上四凤，爱上自己的同母异父的妹妹时，鲁贵在不知情的情况下不但没有加以制止，反而怂恿自己的女儿四凤和周萍保持暧昧的关系，自己好从女儿那里敲诈钱财去赌博喝酒。当侍萍来到周家发现了自己的儿子周萍和女儿四凤之间有暧昧关系时，她决绝地带着女儿要离开周家，并用自己的方式来拼命阻止悲剧的发生，她要女儿对天诅咒发誓，发誓不踏进周家大门。可是戏中的鲁贵从自己的利益出发，以后花园"闹鬼"的事情要挟蘩漪，最终留下了女儿四凤，导致了朝着不利的悲剧方向发展。

蘩漪是黄梅戏《雷雨》中的女一号，她在这场悲剧中充当了帮凶角色，她虽然从一开始就处心积虑地破坏周萍和四凤的爱情，但她并不是为了阻止这场不伦之恋，从而阻止悲剧的发生，她完全是从维护自己和周萍的恋情出发，可以说她竭力破坏周萍和四凤的爱情，完全是恋爱男女之间的争风吃醋。蘩漪的竭力阻止让周萍和四凤失去私奔的最后一次机会，也是最后一次活下去的机会。接着侍萍出现，蘩漪终于了解了事情的真相，惊愕地待在舞台上，但这时剧中人周萍和四凤还不知道他们原来是兄妹，这时周家大宅之外雷雨交加，悲剧加快了毁灭的速度。

给周萍和四凤最后一击的是周朴园，周朴园当众宣布周萍和四凤是兄妹，他们不能结婚，这最后一根稻草终于压垮了负重的骆驼，四凤惊愕、羞愧、痛不欲生地转身冲出门外、冲进雷雨之中，投河自尽；周萍也被这突如其来的意外吓呆了，等到明白真相时，剧中的周萍万念俱灰，唯求一死，也只有死了才能解脱这场命运的残酷安排。他在举枪饮弹之前一反往昔在父亲面前唯唯诺诺之态，愤怒地发出"为什么生我"的控诉。但这并不是周朴园想要看到的结果，周朴园只是出于父亲对儿子的爱，竭力阻止儿子这场乱伦之恋，所以毫无顾忌地当众宣布真相，但他对儿子周萍与四凤的恋情发展到何种程度并不知情，对于四凤已经怀了周萍骨肉的情况更是毫不知情，所以周朴园是在毫不知情的情况下最终把这场家庭悲剧推向高潮，并最终在雷雨之夜葬送了自己的儿女，葬送了自己苦心经营了大半辈子的周家。

在这场悲剧中，周朴园的错误或许要大一些，而蘩漪和鲁贵从各自的利益、立场出发也犯下了错误，可分开来看他们的错误并不是很大也不足以致命，但这三股错误的力量最终形成一股强大的摧毁力，最终在雷雨之夜吞噬了三个无辜的年轻生命，毁灭了一个不幸的家庭。

总之，安徽省黄梅戏剧院推出的《雷雨》是近年来黄梅戏舞台上难得一见的精品，诚如《雷雨》剧目介绍所言："《雷雨》刷新了黄梅戏历史上素以女性人物为剧中第一角色的历史局面，极富挑战性地将男性形象擢升为'一号人物'，拓宽了黄梅戏的艺术表现空间，并丰富了黄梅戏的形象系统。"此评论简明扼要地概括了黄梅戏《雷雨》所要表达的内涵，堪称绝佳之评论。

原载《安徽文学（下半月）》2014 年第 9 期

古典美的精华凝聚与集中体现

——观黄梅戏《雷雨》

李　蕾

集千古视觉之美，中国古典美学之戏曲的集中体现，由话剧改编的黄梅戏《雷雨》给人以全新的艺术视觉震撼。

安徽省黄梅戏剧院的《雷雨》早就有耳闻是台好戏，此戏曾荣获国家舞台艺术精品工程"十大精品剧目"。《雷雨》是由著名作家曹禺执笔的知名剧作，本人曾经观看过好几次，都是以话剧的方式呈现，此次的演出却是以戏曲黄梅戏的方式呈现，让人眼前一亮，耳目一新。观看的过程之中也是不由得为此剧的编剧、导演、舞美、演员的创作呈现暗暗叫好，心中的感觉就好像应了毛泽东的那句诗词：待到山花烂漫时，她在丛中笑。此戏的整体风格以及演员的表现让人寻味，你说她惊艳，好像太俗；要说她辉煌，又好像太隆重，我给此戏的定位是一束宝贵的幽兰，珍贵无比，散发着淡淡的幽香，她集中体现了中国戏曲的古典之美，同时在导演手法上又吸收了国内外戏剧文化的表现手法，特别是灯光艺术以及声效艺术在演出中与演员戏曲古典程式化的优美表现在剧情中得到了完美结合，充分体现了剧作家和导演要表达的思想，几乎达到了出神入化、精妙完美的境地。

此次《雷雨》在剧本的创作上与曹禺的剧作《雷雨》相比作出一定的删减，将鲁大海这一人物去掉，减掉了工人罢工的外在事件，将事件集中在鲁贵发现客厅经常有两个"鬼"，从而展开人物的矛盾冲突，集中体现在周朴园为代表的大家庭，被封建礼教牢牢困住的大儿子周萍与后妈蘩漪及自己的同父异母亲妹妹四凤之间的情感纠葛，此中关系错综复杂，层层递进。他们都向往美好的爱情，可在当时的封建社会背景下，容不得他们思想包括情感上的任何自由，这其中蘩漪是代表抗争的新女性，可她也是势单力薄，冲不破千年的封建枷锁。他们不得不像鬼和影子一样地活着，做着见不得人的事情，虽然他们有努力向往美好生活的冲动和行动，可最后还是成为了封建礼教的牺牲品。再比如，就是代表封建权势的周朴园也是向往美好自由爱情的，这在舞台上的一个柜子上面从始至终都摆放着周萍的母亲，他的初恋情人——他的爱情意义上真正属于者鲁侍萍的照片可见一斑。有的观众可理解为他的这一行为是给人看，假惺惺，而我却认为他也是一个活生生的有血有肉有情感的男人，在他的内心深处始终是保留着一处深切的痛彻心扉的情感，是他年轻时向封建礼教屈服的失之不可复得的感情经历。剧目从周朴园、鲁侍萍、蘩漪到他们的下一代周萍、周冲、四凤的感情线，强烈表达了两代人在封建社会中的悲剧人生。

此剧虽为悲剧，悲剧的结局是不可改变的，而导演在把握此剧之时，却在形式上不显沉重，但又体现此剧的悲，如何区别于话剧版的《雷雨》，导演充分运用了中国古典戏曲的美学手法和原则，将黄梅戏形如流水的特点发挥到极致，用戏曲之唱腔美、音乐美与演员的身段美，冲淡了观众在观看此剧时的压抑和沉重感。在剧本中，所有人物性格鲜明，事件清晰，人物的行动走向也非常明了。此剧种种的戏曲之美并不是为了形式而形式，而是为了博取观众的视觉听觉感觉而匠化的一种呈现，每一个演员在运用这些手段时都看得出从导演到音乐唱腔和形体的设计都是不流于一般，而是真真实实地从戏剧本身出发，从剧的立意出发和为剧中塑造角色出发，最终演员的角色塑造呈现的是一个个美的形象。这里要说的是此剧戏剧角色的区别，有异于话剧舞台角色塑造的戏曲舞台人物形象，通过戏曲独有的诗、词、歌、赋构成了全剧诗歌化的语言，通过唱、做、念、打以及形、姿、动、容的组合成为全剧戏曲舞蹈化的造型，在叙事抒怀、表情达意的过程中，歌不离舞，舞不离歌，两者声形合一，共存共融，在完成全剧思想表达上呈现了一种诗化的语言，美的品格。导演在创作理念中，将一个原来由话剧舞台呈现的沉重主题性剧目，完美地转化为一个戏曲《雷雨》版富有诗意的绝色艺术品，淋漓尽致地从话剧舞台的表现手法中跳将出来，将中国古典戏曲之美学创作的精髓与当代现代戏曲新的美学思想紧密结合，以当代的审美角度和思想使黄梅戏《雷雨》呈现出了新的品格与审美思想，真正做到了此剧的曲终人不散，观众久久不离场的艺术感染力，既便走出剧场仍是久久回味，始终脑海中回味的是美的舞台、美的形象、美的唱腔、美的音乐。

这里还要提到的是此剧的舞美设计创作理念，大幕拉开呈现在观众眼前的是一座高大的宅院内景，墙体往上看几乎已经超过了横直栏，视觉上有一种威严和压抑感，三面墙体稍微呈八字形，后面墙体也到了最后的一道侧幕条的距离，可根据需要移动和组合，有一种很深的纵深感，三面墙体都由做工很精致的多扇木门和窗花组成，也可根据剧情需要关或者开，演员可以自由地在这些门中活动穿梭。值得我内心叫好的是此剧的舞美设计打破了传统戏曲的一桌二椅，大胆结合了当代舞台戏剧的现代审美手法，融入了话剧舞台的表现语汇，但又并不是像当今有些舞美设计者设计的作品，舞美大于剧品，简单堆砌呈现，也不利于演员的表演创作，舞美设计和剧品的完全剥离，单看不错，但对于剧作的创作并不有利，现稍举几例，以示此剧在舞美创作上和导演创作以及演员呈现的完美结合。

1.三面墙的设计，门关起来视觉是墙，任意打开其中的任何一扇视觉就是门，不打开的时候剧中的人物都是生活在封建高墙之下的一些可怜人。门上窗花之外透进来少许蓝光，更显此宅的幽深可怕和不可抗拒，无法逃脱。有时根据需要打开的一扇或几扇门，门外的光干净地照入屋内，也是预示着深宅之外的自由是多么的令人向往。值得一提的是，剧中绝佳的处理之处是每次角色在以戏曲程式化动作虚拟推门的时候，演员并没有用手去真正的推门，而是有一些距离的推门，门是真实存在的，而动作是虚拟程式化的，可门开了，很有力度，而且加上“砰”的一声响的音效，此时此刻是导演和舞美语汇的完美结合，深深地刻画并强化了角色的内心，沉重的牢笼，渴望冲出和向往自由恋爱的一种心情和决心。此种处理在此剧中多次呈现，最强化的一次是周萍、蘩漪、四凤站在台中面向观众，而八扇门一扇扇“砰砰砰砰”地接着打开，音效一声比一声大，将此种语汇强化到了顶点的同时，也将观众视觉听觉、演员角色的情感引到了一个制高点。

2.在三面墙体中面对观众的一扇墙，几乎离天幕横直栏处巧妙地设计了一扇小窗，蘩漪经常在此处出现，有时孤独，有时窥探。我认为，舞美的此番处理对刻画这个角色是特别有利的，寓意深远。蘩漪生活在高墙牢笼之中，又做着见不得人的事情，她的内心是怎般地痛苦，又是怎般地纠结。这个女人的可怜、可悲、可恨但也值得同情的处境，通过舞美的处理显得更加具体化，与观众直面化了。

3.此面墙还是活动的，在换场的时候根据剧情的需要有下半面墙可向台前推动，转过来就成了四凤的家，而旁边的两面墙，即蘩漪经常出现的那上半面墙依然存在。我认为这一点都不影响观众认为舞台空间的处理，四凤一家在当时的社会背景下，不就是受着压迫和奴役的代表吗？她的一家就是在象征着封建权贵的高墙下像蚂蚁一样气都喘不过来的大众百姓。巧妙之处还有这面墙是可以360度转动的，非常有利于演员在墙里、墙外的表演，此种处理在周萍雨夜去找四凤，爬窗进屋商量两人私奔之事而蘩漪在窗外偷听时运用到了极致。

黄梅戏《雷雨》如果展开来说的话，我觉得也不是一时一刻能说得完的，与话剧《雷雨》相比较，黄梅戏《雷雨》每一处都值得探究，我喜欢此剧的编剧在尊重老剧本的基础上对剧本新的改编，更加敬仰所有参与者对戏曲程式化表演的纯粹，也敬重艺术家们能够吸纳戏曲美学之外其他剧种的美学精髓，以及对观众现代审美眼光和思想的尊重。

原载《艺海》2014年第11期

《雷雨》在地方戏曲舞台上的传播

——以沪剧、黄梅戏、京剧、眉户剧为例

陶君艳

一、《雷雨》地方戏曲改编研究现状

戏剧，是一种活在舞台上的艺术，不能只把它当做一种案头文学束之高阁。我国著名戏曲史家周贻白曾说："盖戏剧本为上演而设，非奏之场上不为功。"[①]俄国戏剧家果戈理也认为："戏剧只活在舞台上，没有舞台，它就像没有灵魂的躯壳。"[②]因此，戏剧作品要更注重其舞台传播，就曹禺的剧作而言亦是如此。著名曹禺研究专家曹树钧教授也说："演出研究是研究戏剧大师艺术成就的不可忽视的领域。""剧本的生命在于演出，曹禺写剧本首先是为了演出，也只有在演出实践中才能更深刻地领会曹禺剧作的精神实质及其艺术表现。""因此，研究曹禺剧作，如果只能停留在文本中，就仅仅是研究了一半，并且是很不够的一半"。[③] 进入21世纪之后，已有一些曹禺研究者认识到这一点，也陆续出现一些从演出角度研究曹禺的论文和结合曹禺剧作演出研究曹禺剧作的学术专著。如孔庆东的长文《从〈雷雨〉的演出史看〈雷雨〉》[④]，谭苗的《从〈雷雨〉文本到〈雷雨〉舞台——论〈雷雨〉主题在不同话剧版本下的发展体现》[⑤]，刘家思的专著《曹禺戏剧的剧场性研究》[⑥]等，但这些成果仅是就《雷雨》的话剧舞台演出展开研究，而《雷雨》还被沪剧、黄梅戏等地方剧种改编上演，但评论界多在新剧搬演时给予报道、评介，研究不能深入并持续，这一点，曹树钧的著作《曹禺剧作演出史》已有关注和相关论述[⑦]，但至今仍然未能引起人们足够的重视。从总体来看，曹禺的演出研究，还是曹禺研究中一个十分薄弱的环节。因此，笔者以沪剧、黄梅戏、京剧和眉户剧对《雷雨》的改编为例，对《雷雨》在地方戏曲舞台上的演绎与传播情况作一初步探讨。

① 周贻白.中国戏剧史·自序[M].长沙:湖南教育出版社,2007.

② 董每戡.《笠翁曲话》拔萃试论[M].广州:广东高等教育出版社,1999.

③ 曹树钧.曹禺研究:从剧本到舞台[N].人民日报,2010-09-10.

④ 孔庆东.从《雷雨》的演出史看《雷雨》[J].文学评论,1991(1).

⑤ 谭苗.从《雷雨》文本到《雷雨》舞台——论《雷雨》主题在不同话剧版本下的发展体现[D].长沙:湖南师范大学,2006.

⑥ 刘家思.曹禺戏剧的剧场性研究[M].北京:中国社会科学出版社,2010.

⑦ 曹树钧.曹禺剧作演出史[M].北京:中国戏剧出版社,2006.

二、沪剧、黄梅戏、京剧和眉户剧对《雷雨》的改编

从现有资料看，沪剧是对《雷雨》改编演出最早的地方剧种。早在 1938 年，申曲（沪剧的前称）前辈艺人施春轩就以幕表戏的形式演出过《雷雨》，以此为起点，在以后沪剧舞台上《雷雨》的改编演出就一直没有停止过。正是经过了一代代沪剧艺人的不断积累和实践，终于产生了在沪剧《雷雨》演出史上版本最为完整、最能体现原作精神，也最能发挥沪剧艺术特色的 1959 年版沪剧《雷雨》（编剧为宗华）的经典演出。此后的沪剧《雷雨》演出也便大体都以这一版本为主。

2001 年 2 月，由上海市文学艺术团推出了沪剧《雷雨》"精简版"，此版《雷雨》全长仅两个半小时，出场人物也减少到六人。该剧导演刘同在面对人们对此改编的质疑时做了这样的解释："新版《雷雨》虽然演出时间压缩了，出场人物删减了，但是，曹禺先生原著的精华部分将充分保留，那些深受观众喜爱的名段名唱还将得到进一步发挥。所以，新版沪剧《雷雨》演出时间和空间节省了，但全剧的现代感却无疑更加强化。"[1]宋之华则从沪剧的特点出发指出："沪剧根植于上海这个大城市"，因而"以擅长表现现代生活独树一帜"。"它的曲调以板腔体为主，说与唱之间的过渡非常自然，韵律与城市生活的节奏贴近。"沪剧《雷雨》的"唱词完全忠实于原作的台词，而唱腔又以基本调中板为主"[2]，也正是这诸多的"默契"才促成了该剧的成功。

2006 年春节，上海沪剧院在 1959 年版《雷雨》的基础上对其又进行了一次加工，并在 2010 年重新排练，成为上海沪剧院为纪念曹禺百年诞辰赴京演出的重要剧目。这次改编"首先按照戏曲演出的要求，尽可能减头绪、立主脑。戏里更多地突出蘩漪的主线，用最大的篇幅展现她的性格、命运和心路历程。其他的线索和情节则有所压缩，特别是对鲁贵和鲁大海的戏进行了适当精简，使整台演出更加集中凝练"[3]。同时，此剧"各个唱段的设置安排妥帖自然、顺理成章，丝毫没有'话剧加唱'的感觉。再加上匠心独运的唱腔设计和曲调选择，反复推敲，戏里很多唱段优美动听，深受观众喜爱"。而这一成功是"演出强调发扬沪剧本体特点，重流派，重唱腔"的必然结果[4]。除此之外，褚伯承还另总结出三个特点，即"适应观众需求，追求戏曲化的改编（如场与场之间，以抒情感人的女声旁唱来连接，更具戏曲特色）；突出原作精神，营造'雷雨'氛围；深入内心世界，揭示鲜活个性的角色"[5]。

从目前的演出看，沪剧《雷雨》在尊重原作、忠实原作上是做得相当好的，而且沪剧也是各地方剧种中对《雷雨》改编最为执着和成就最大的，"在全国戏曲剧种中独领风骚，构成了现代戏曲史上一条独特的艺术风景线"[6]。

黄梅戏《雷雨》于 2005 年由安徽省黄梅戏剧院改编上演，此剧是黄梅戏历史上第一个

① 《雷雨》推出精简版，掌声再度响起来[J].上海戏剧，2001(3).
② 宋之华.重拍《雷雨》浮想联翩[J].上海戏剧，2001(3).
③ 褚伯承.2006 年第一场雷雨——记沪剧《雷雨》2006 年新版演出[J].上海戏剧，2006(4).
④ 褚伯承.精彩改编为经典加分——谈赴京演出的新版沪剧《雷雨》[J].上海戏剧，2010(11).
⑤ 茅善玉.沪剧[M].上海：上海文化出版社，2010.
⑥ 周慧.完美的震撼精致的心动——评黄梅戏《雷雨》[J].中国戏剧，2010(4).

以男性人物为第一主角的作品。黄梅戏传统上都是以女性为主角，而《雷雨》这一改编，对黄梅戏本身无疑是一种拓展与创新；同时，也是整个《雷雨》演出史上第一次以周萍为主角的版本，把周萍放在了矛盾的核心，将其塑造成了最具"雷雨"性格的人，使得这一形象有了更丰富的表达，对《雷雨》的主题内涵也有了更深一层的阐释，用周慧的话说就是"'雷雨式爆发'的周萍契合着黄梅戏的阴柔与飘逸"①。应该说黄梅戏《雷雨》这种依经典而不拘泥于经典的改编，是很大的突破。

黄梅戏《雷雨》在舞台呈现上，也有很多传神之处。如蘩漪跟踪周萍至鲁家窗外偷听他与四凤幽会的戏中，在以往《雷雨》演出中，都不能同时表现窗内窗外的活动，造成蘩漪"不在场"的尴尬局面，但黄梅戏《雷雨》利用戏曲的假定性原则，窗户得以推到台前，让窗内窗外的人物实现互动，让观众眼前一亮。再如利用戏剧的空间置换，将故事的空间移到了徽州，使其带上了非常浓郁的安徽地域特点。

该剧还去掉了"鲁大海"这个人物，但评论家对此一直"失语"不言。虽然"鲁大海"在剧作中不是主要角色，去掉他还能使演出更加紧凑，但晏学曾说："从戏剧的结构来说，鲁大海是有点游离，但是他必须要出现，如果这个故事没有鲁大海，《雷雨》放在前清，放在任何一个时代都是可以的。"②从这一角度，李松睿探求《雷雨》能够成功"嫁接"黄梅戏的原因时说："戏剧故事中只有出现了鲁大海，那才是真正属于曹禺的《雷雨》；而没有了鲁大海，这个动人心魄的故事不过是漂浮在历史之外的一个断片，可以安插在任意的时空之中。或许这也是为什么黄梅戏版《雷雨》可以成功地嫁接在我们当下的戏曲舞台上的原因。"③可见鲁大海这一人物在剧中并非可有可无的，而是作者精心创造出来的。

京剧《雷雨》由陕西省京剧团于 2005 年改编上演，之后又经过再度打磨提高，于 2007 年 1 月公演，并在 2014 年为潜江举办的"曹禺文化周"添彩演出。京剧《雷雨》的改编是其创作上整合资源、推陈出新的一种尝试。而这一"出新"主要表现在把传统戏曲流派的唱腔艺术，恰到好处地运用到《雷雨》的人物中去，打破了人们所说的"现代戏只讲人物不讲流派"的说法，将人物的内心感受通过唱词、唱腔直接演唱出来传达给观众。特别在第一场和第四场中蘩漪（扮演者赵冬红学过很多"程派"剧目）的大唱段，"既表现了人物复杂情感，又保持了程派的风格和韵味"④，很好地将程派艺术与《雷雨》进行了糅合。

京剧《雷雨》的舞台呈现，也是独树一帜，尤其在处理周萍、四凤和蘩漪在窗里窗外表演的戏中，与黄梅戏《雷雨》不谋而合，将窗户推到舞台中间，让三人能够同时"在场"表演。比黄梅戏《雷雨》更进一步的是增加了三人面对同一情境的轮流"背唱"，各自表露内心的隐秘，这一创新很是为人称道。

眉户剧《雷雨》是由山西临汾眉户剧团于 2012 年 9 月改编上演的，成功之处主要表现在舞台演出的舞美化处理。

其舞台的呈现，结合眉户剧的特点，进行了舞美化处理，如周萍送四凤衣料的片段就

① 晏学，口述.石岩，整理.当代文学有什么好讲的—曹禺的戏剧与时代[N].南方周末，2010-10-21.

② 晏学，口述.石岩，整理.当代文学有什么好讲的——曹禺的戏剧与时代[N].南方周末，2010-10-21.

③ 李松睿.后革命时代的艺术与爱情——谈新编黄梅戏版《雷雨》[J].党政干部学刊，2012(11).

④ 赵冬红.让京剧传统流派艺术在《雷雨》中传承发扬[J].当代戏剧，2007(5).

有柔美的舞蹈动作；再比如，在蘩漪将周萍关在鲁家而自己走回家的途中，该剧添加了一段“行路”的舞蹈化表演；又如剧末通过转场，以舞蹈化的“慢动作”将四凤和周冲的触电而亡表现在观众面前，就像电影中的“慢镜头”一样，十分吸引观众。说到对周萍与四凤幽会而隔窗表演的处理，眉户剧《雷雨》继承和发展了黄梅戏《雷雨》和京剧《雷雨》中的方式，胡芝风对此有精彩分析：

周萍雨夜来到四凤家的窗外，四凤在室内拒绝开窗。这时，窗户的板墙被周萍和四凤推移到台口中央，由平面转为垂直于舞台的角度，二人隔窗表演，拉近了与观众的距离，使观赏焦点集中，犹如电影“特写”镜头。这时我脑子里突然闪现出传统戏曲“打座向前”的表演程式，与之有异曲同工之妙！接着，跟踪而来的蘩漪，与周萍、四凤扩展出一段三人轮流“背唱”。戏曲的写意性艺术观，在需要精炼时“以一当十”；需要夸张时，则“以十当一”。三个角色瞬间的内心隐秘，通过“以十当一”的“背唱”外化，剖露了三人各自矛盾纠结的内心世界①。

但该剧改编也有些许不足之处，如对周冲戏份的删减，使整部戏的气氛显得很是沉闷。该戏将第三场周冲去鲁贵家这一情节删除，当然也将此后的周冲梦幻似的独白以及与四凤的对白都一并删除，这在客观上使剧情发展更为紧凑，但对曹禺就这一人物的塑造以及创作理念也构成了一种消解。总体而言，全剧在保留原著神韵的基础上，结合眉户剧的表演特点，注重刻画细节，进行舞美化处理，使舞台兼具现实主义和浪漫主义特色，形成了独特的舞台风格。

三、改编缺陷及其原因

以上几种地方剧种对经典《雷雨》的改编在取得很大成功的同时，绝大多数版本依然延续了《雷雨》演出史上的一大缺憾，即对“序幕”和“尾声”的删除，导致《雷雨》始终不能以其全貌展现在观众面前。但之所以会出现这种“缺憾”，笔者以为，首先是为了适应当下人们快节奏的生活和审美需求。在当今社会，随着科技的高速发展，娱乐方式的多元化，使人们的生活节奏变得很快。因此，将其序幕与尾声删掉，使时间较长的表演得以精简，能在两个半小时为观众精彩呈现这样的名著并得到观众的认可，已实属不易。其次是不应对地方剧团尤其是地方剧团所面对的受众提出过高要求。地方剧团在改编搬演时需考虑受众的接受程度，而其受众大多为一般民众，他们不能理解曹禺将《雷雨》当作“诗”来写的意图，相反，更在意的是剧情的曲折感人。

可以看出，不同于《雷雨》文本接受，地方剧种的改编也与话剧舞台演出相区别，为经典《雷雨》更好传承与传播提供了另一种独特而有意义的方式，而这种传播方式将会继续下去，代代传承，演绎经典。

原载《濮阳职业技术学院学报》2015 年第 1 期

① 胡芝风.赞眉户大型现代戏《雷雨》[J].中国演员，2012(6).

加强和弱化：甬剧《雷雨》蘩漪形象探讨

牧　野

近日，宁波甬剧团上演了改编自话剧名作的新作品《雷雨》，这是自《典妻》之后，甬剧在艺术创作上达到的一个新高度，可以肯定的是，甬剧《雷雨》将与《典妻》《半把剪刀》《天要落雨娘要嫁》《双玉蝉》等一样，成为这个剧种的又一经典，长久地绽放于舞台上。

在我看来，相比于话剧原著，甬剧《雷雨》最大的改编并非是表现样式的巨大差异，而是全剧中心人物地位的改变，原剧周朴园的重要性被蘩漪所替代，后者的戏被大幅提升，成为名副其实的头号角色。

名著的改编从来都是一种再创作的过程，因而导致原著与改编作品之间产生差异甚至很大的不同，这都不足为怪，中外艺术史的实践已充分证明了这一点，从这一角度出发，甬剧《雷雨》突破原著和观众长期以来形成的对于蘩漪这一形象的定位，堪称一次成功的再创作。

创作于 1933 年的《雷雨》，是青年才子曹禺的处女作和代表作。这部多幕话剧以二十世纪二三十年代的中国北方社会为背景，通过发生在周、鲁两家，贯穿全剧的“始乱终弃”和“乱伦”的社会故事，描写了人物之间历史与现实的纠葛和激烈冲突，挖掘出具有时代特点的社会悲剧，展示了一个带有浓厚封建色彩的贵族家庭的崩悲情故事。作品结构严谨完整、人物冲突激烈、格调浑厚凝重，具有巨大的艺术价值和审美价值。

《雷雨》剧中共八个人物，相互之间形成了极为复杂和激烈的矛盾冲突，其中的主要矛盾都围绕周朴园展开，一些冲突表面上似乎与他无关，但深加追究，其最后的指向仍然与其相交集。周朴园不仅是原著中无可争辩的中心人物，也是支撑《雷雨》全剧基础，推动剧情向前发展、爆发，最后达到高潮的动力。

显然，把周朴园设定为《雷雨》的中心人物，不仅符合故事发展的基本逻辑，也完全符合艺术创作的内在规律，是戏剧情节发展的必然结果。

蘩漪是《雷雨》中个性色彩最为鲜明、内心冲突最为激烈的一个形象，这对演员是一种挑战，也为艺术创造提供了很大的空间。在将《雷雨》改编成甬剧的过程中，编剧以浓墨重彩着力书写了她与周萍（周朴园与侍萍之子）之间的非正常关系的由来、发展，突出了这个深陷于情感冲突中的女性，因此遭受的巨大家庭危机和伦理危机。编剧为蘩漪写了大段的唱词，新增了不少精彩的细节，并通过演员的形体动作加以强调，加上甬剧名家王锦文的精彩演技，我们不得不承认，这个人物性格鲜明、光彩夺目，是一个全新的艺术形象。

在原作中，蘩漪是一个勇于追求理想、追求个性解放，美丽远大于过错的新女性，是中国现代戏剧史上最具有反抗精神和生命力的艺术形象。她深陷于情感的痛苦，不仅是这个性格特殊的女性的个人危机，也是五四之后，追求个性解放的新女性，在旧制度、旧伦理的强大阻击之下所面临的一种共同痛楚。因此，站在时代前列的年轻曹禺给予了这个形象充分的同情和理解，甚至寄托了自己的理想和追求。而作为支撑各种重要矛盾和冲突基础的周朴园，显然具有社会学意义上的认识价值，在曹禺看来，这个内心虚伪的贵族和资产者，不仅是那个时代社会罪孽的承载，也是制造了两家伦理悲剧的祸祟。

甬剧的改变把更多的笔墨投入于蘩漪，因此不得不削减了周朴园、鲁贵等重要人物的台词和一些精彩的细节，削弱了这些人物特别是周朴园在剧中的地位。更为重要的是，原著《雷雨》中虽然被隐藏，但仍能寻找的时代特征，在甬剧的改编中被严重弱化，造成观众对这个重要背景的完全忽略。与此同时，由于改编者把蘩漪和周萍的畸恋关系，由原先的暗线直白地改变为明线，甚至给予放大，使蘩漪这一形象的定位发生大幅度变化。在每一个时代，人们之间所形成的伦常关系的实质是有所不同的，话剧《雷雨》中的伦常关系，与时代背景被忽略的甬剧《雷雨》所展示的关系并不相同，蘩漪形象的再创造，改变了其中的伦常关系，也改变了蘩漪与周朴园之间的人物角色地位，甬剧《雷雨》的重心也随之改变，其直接后果是，偏离了原作者的创作意图，造成观众对于这出家庭伦理悲剧原因认知的错觉和错位。

可以说，甬剧《雷雨》对于蘩漪形象的重新塑造，是以削弱和淡化原著所包含的深刻的社会学认识意义为代价的。因此，这个全新的蘩漪虽然光彩夺目，但这样的再创作是否合理，需要做认真的探讨。

原载《宁波日报》2015年12月20日

雷霆之下，过犹不及

——甬剧《雷雨》观后

岑　颖

这两日，复排的甬剧经典《雷雨》在逸夫剧院上演，场内掌声不断，场外一票难求，甚至开演半小时后还有人等退票。如此火爆的场面，实为难得一见，足以证明此剧之精彩。

此剧的成功，首先来自于大师曹禺的同名原著打下的好根底。剧作充分承继了原著深刻的思想内容、鲜明的人物性格、激烈的矛盾冲突以及莎士比亚式的悲剧结局；同时，又做了不少戏曲化的处理与改编。阴云笼罩，雷声阵阵，大雨将倾的周公馆里，主人公们在命运的悲剧中浮沉，那惊心动魄的矛盾冲突，真有雷霆万钧、惊心动魄之势。

然而，这剧中"雷霆"之裂闪，还需要有"恰到好处"之度。宋玉说东家之子"著粉则太白，施朱则太赤"，好女如此，好戏亦当如此。

比如周朴园与鲁侍萍重逢的一场。冲突看似平缓，远没有最终鱼死网破之时那样激烈。然而，无论周朴园还是鲁侍萍，内心却都是巨浪滔滔。侍萍多年的爱恨情仇萦绕于心，艰辛、委屈、绝望、怨愤汹涌于胸。故而她先是不愿周朴园认出她，本能地要逃离；继而又不满于周朴园的薄情寡义与自我粉饰，不甘于他轻描淡写、道貌岸然地将她称为大户千金或无关痛痒的"亲戚"，因此又屡次情不自禁地提及自己的过去与现在，探问周朴园是否想见一见旧人，并最终以衬衣上的标记揭示了自己的身份。而周朴园源于自己爱情婚姻生活的空虚，不能完全忘情于侍萍，时常怀念，又因害怕过去的丑事损害当下的名望与利益，而本能地拒绝与侍萍相见，并在相认之后对侍萍充满戒备，坚决开除与她有关的所有人，以期摆脱与他们、与过去的关系。

这些内心的矛盾冲突非常需要演员以细腻到位的细节加以强化。只有将之表现足、表现透，才能使人物个性更加丰满，使作品更具戏剧张力。然而遗憾的是，在具体表现过程中，这两个人物非常丰富的心理层次却被处理得单一而平淡。侍萍不想认又情难自禁、不甘不认的矛盾，相认后对周朴园的防备与人格侮辱时的悲伤与绝望都没有传达到位。比如，她为什么要撕掉那张支票？——30年不见，你竟然还把我想成一个处心积虑上门敲诈的卑劣的人！这种伤心与绝望本身是那样强烈的，却在"侍萍"拿来就撕的动作行为中遥遥淡去了。而周朴园既怀念又避匿的心态，只怕惹祸上身而急于撇清关系的薄情与冷酷，都表现得有欠火候，使得周朴园仿佛变成了一个诚心悔过、重情重义的君子，这也是不妥当的。

是为"不及"。

所谓“过犹不及”，“不及”不妥，“过”亦如是。

剧中有不少情节与原著略有差异。编导把不少藏于暗处的情节放到了台前明处。比如蘩漪在周萍夜访四凤之时，出于妒恨从外面堵上了窗，致使四凤与周萍的关系暴露；又比如此后蘩漪伤心绝望，独自夜奔；再比如矛盾彻底爆发后三个儿女死去的场景。将它们放在明处的意图，以我的理解，是为了使戏剧矛盾更为激烈，冲击力更强。然而，尽管前面二者通过唱段更充分地展现了蘩漪的内心世界，但外放的表达方式也使蘩漪像“火”的那一面更无抑制地得以喷发，她内心的凄婉无奈，以及对自身处境的伤怀都无形中被削弱，反而使这一形象偏于单薄。至于最后四凤、周冲和周萍的死，非但没有突显其惨烈，场面的直白展现，以及那刻意的“慢镜头”处理甚至还破坏了之前激烈紧凑的戏剧节奏，把客厅摊牌为观众带来的冲击与震撼消弭殆尽。

甬剧《雷雨》复排几月，“首秀”总体上是非常成功的。白璧微瑕，作为一名爱它的观众，总希望它能闪耀更绚丽的光彩。愿它能在不断的打磨中精益求精，成为真正的甬剧经典之作。

原载《宁波日报》2015 年 12 月 20 日

我演小人物——鲁贵

刘 坚

《雷雨》是悲剧大师曹禺先生1933年创作的优秀话剧剧本，是以20世纪20年代的中国社会为背景，通过一个反动的封建资本家周朴园家庭内部的种种纠葛和周、鲁两家错综复杂的人物关系和矛盾冲突，揭露了以周朴园为代表的封建资本家腐朽、伪善、凶残的阶级本性，是鞭挞黑暗社会的一部杰出的现实主义悲剧。80多年来，全国大大小小的专业院团和业余剧社曾经以多种文艺样式移植、改编、表演这部经典名剧，可谓是家喻户晓。我们表演的版本是上海沪剧院宗华先生改编的演出本，他在尊重曹禺先生原著精神的基础上，赋予了沪剧艺术特色的改编与创造，强化了戏剧性，音乐性、抒情性与思想性、可看性与艺术性的高度结合，经过几十年的不断演出、不断提升、不断完善，已经成为百年沪剧的经典保留剧目之一。

鲁贵是《雷雨》中塑造得十分成功的一个小人物形象。曹禺先生的原著中对鲁贵这个人物有这样的舞台说明："他的背略有点伛偻，似乎永远欠着身子向他的主人答应着'是'。"这段精妙的文字栩栩如生地刻画了一个趋炎附势、唯利是图的标准"小人"形象。鲁贵在《雷雨》中不算主人公，但他的下作却是最厉害的，他虽然是劳动人民，但却是劳动人民中的败类，或者说就是一个很不要脸的人。我在扮演这个人物时，以"趋炎附势、唯利是图、欺软怕硬"作为人物的总基调来塑造这个"小人"形象，努力把他市侩、自私、狡诡、庸俗、卑劣等一系列下流品质集于一身；他见钱眼开，油滑嗜赌又贪婪成性，欺软怕硬而只图钱财，为了钱财可以不要任何亲情，没有任何骨气，也不要任何骨气，只要能捞到钱财，自己的尊严算什么东西，还恬不知耻地对四凤说"这世界上没有一个人靠得住，只有钱才是真的。唉，偏偏你同你母亲都不知道钱的好处"；明明知道周萍和蘩漪之间的乱伦关系，当又知道周萍和四凤之间的暧昧关系时，他就为了还赌债让女儿借机向周萍要钱，把女儿往火坑里推，卑鄙到可以把亲生女儿当作砝码进行敲诈勒索的地步……我在塑造这个人物的时候，尤其注重将他那副痛恨自己当不成奴隶的、令人痛恨的"小人"形象的嘴脸淋漓尽致地展示给观众。

在沪剧《雷雨》全剧中，鲁贵只有第一场向女儿四凤"说鬼"时设计了一段共有26句唱词的唱段，它以沪剧"汪汪调"为基础，用沪剧基本调"中板"的"双甩腔"结束全曲。我在演唱时，在节奏的把握上注重"数板"中轻佻、浮滑的曲趣和诙谐、戏谑的格调，用一惊一乍的音量变化和形体来营造"客厅闹鬼"阴森森的氛围，以加强该剧的悲剧色彩，且在女儿面前

突出自己在周公馆当差三年和充当对周家人了如指掌的“大管家”的“自豪感”。

然而，我无意为已经“定性”了的这个“小人”正名，更不是为其“翻案”，因为鲁贵这个人向来是以反面人物被众人接受的，我不知道在曹禺先生的创作意图中，是不是真的要把鲁贵表现为一个十恶不赦的大坏蛋。但我在排演过程中却微微体会到了一种作为父亲所具有的起码的护犊情深。

鲁贵的确不能算是个好人，他油滑嗜赌又贪婪成性，但是把他定性为一个坏父亲，显然并非十分妥当。他是向女儿索骗过钱财，也曾经利用女儿勒诈过太太们和少爷们。可是他也会为了女儿不遭受别人无谓的欺凌而愤然挺身，当女儿痛苦不能自拔时，他也说了一句安慰话：“谁不让我女儿好过，我就不让他好！”对于鲁大海这个拖油瓶儿子，鲁贵也从未忽略过自己作为一名父亲的责任。他拉下自己这张老脸，替儿子包揽差使，固然是想在老婆面前显摆自己的威风，然而倘若大海不是跟了他姓鲁的话，他为什么要替这个孩子的生计问题向周家人涎脸逢迎呢？即使是在鲁大海掏出手枪，拿着黑洞洞的枪口对准他时，他除了打哆嗦之外，还只是想到：这孩子不懂事。可见在鲁贵的心中，从不曾脱了做父亲的干系，也把这“爸爸”的身份牢牢记在了心上。所以，在表演这些情节时，我尽量展示他作为“父亲”的一面。

鲁贵的心灵完全被金钱所扭曲，他的人生值得我们深思。面对这样一个心灵被金钱严重扭曲了的人，我们确实应嗤之以鼻。但细想一下，现实生活中这种人还是真实存在的，所以，我们的演出依然有着深刻的现实教育意义。

原载《戏剧之家》2015 年第 12 期(上期)

眉户剧《雷雨》

——小剧种，大创新

张芳凝

眉户戏又称“迷胡”，由山、陕民歌发展而来，唱腔悠扬，简便易学。历史上，眉户戏一直名不见经传，文献中没有关于它的任何记载，这给日后的研究工作带来诸多不便。眉户剧一般植根于农村，为拓宽小剧种发展道路，临汾市眉户剧团大胆创新，编演了《雷雨》，将传统与现代相结合，演出后反响强烈，获得成功。

一、剧本简洁精练——扣人心弦

《雷雨》由著名剧作家曹禺创作，表现了两代人纠葛复杂的情感以及命运的无常，无论身世的隐秘、不可言说的畸恋，都无法与命运抗衡，在一个雷雨之夜爆发，有罪的、清白的一起走向灭亡。

话剧《雷雨》线索复杂，人物众多。眉户剧《雷雨》在不改变基本情节的基础上，采用重点关目串联全剧，同时结合眉户剧的特点对剧本进行改编，改编后的故事主线更清晰，情节更紧凑，集中突出了两个家庭、八个人物在一天内发生的事情，细节刻画更加丰满，于小动作、小道具处展现主人公的内心世界。应该说剧本的改编是眉户剧《雷雨》成功的第一步。

二、人物表演生动——感人至深

眉户剧《雷雨》的演员阵容强大，剧中的多位演员曾获梅花奖。同时，不仅选用名角，还突出传、帮、带，选用首次登台的新人。

眉户剧《雷雨》的内心戏较多，关系复杂，矛盾激烈，要把人物情感表现出来就需要很强的演唱及表演功底。而眉户剧的唱腔本身就婉转多情，非常适合抒情，同时为了使演唱方式更加多样化，情绪宣泄更加充分，演员们将许多新元素融入了眉户剧的唱腔革新。首先是保持了眉户剧的传统唱腔，委婉曲折，载歌载舞，充分表现出人物的欢快情感。同时又增加了伴唱、二重唱、三重唱等多种形式，让小剧种唱出了大戏的气势，配合《雷雨》这样的剧本就更显得内蕴深厚。由于有了这样的唱腔创新，使得唱段在矛盾激烈时大气磅礴，又具有不同于歌剧的民族风情和地方特色；情绪舒缓时声调委婉，动人心魄。例如：周朴园与侍萍重逢时，“紧打慢唱”“介板”“流水”成套板式演唱的“悠悠一梦三十载”的唱段，韵味浓郁，余音缭绕；周萍与四凤恋爱时表演的通过红绸连接的舞蹈，形式新颖别致。所以

说，眉户剧《雷雨》的演唱和表演都有极大的创新，颇具匠心。

眉户剧《雷雨》的唱词精致而有咬劲，诗化而通俗，可以雅俗共赏，关键情节笔触能剖析到人物心灵深处，而非话剧加唱的简单变种，做到了“旧中有新，新中有根”。优美的唱词配合多情的曲调就更显得剧情曲折，底蕴内敛。

善于吸收和学习是眉户剧的一大优点，正是这个优点使得眉户人敢于挑战大戏，为观众奉献出这样一场精彩的眉户剧《雷雨》。对于戏曲中的重头戏，唱腔和唱词更是做到了至臻至善，这得益于眉户剧人的创新精神和眉户剧对于其他地方戏和通俗唱法的积极学习。

三、灯光道具精美——动人心魄

眉户剧《雷雨》的场景设计富有时代气息，布景多用欧式家具，显得富丽堂皇，又隐隐透露出封建家庭的专制气息。道具的设计注重空间利用，如巧妙设计的窗户，不仅节省了空间，还成为连接两代人恩怨的线索。周朴园保持着夏季关窗的习惯来怀念侍萍，多年后侍萍回来，又以关窗的动作来唤起周朴园的记忆，可谓“小中见大”。道具的运用还非常注重细节，比如侍萍的照片这个小道具，一直摆在柜子上，在表达周朴园感情的同时也暗示了多年的隐秘。总之，在布景方面，工作人员通过时空转换，以动态布景生动还原了艺术场景，可谓精心。

灯光方面，基调以青绿、暗灰为主，符合全剧晦暗的气氛，预示了最终悲剧的结局。灯光的变化配合着剧情的变化和家具的风格，在厚重的欧式家具上折射出青灰的光线，使得气氛更加沉闷，浪漫主义和现实主义相结合，更具诗意化。

四、结语

眉户剧善于向其他艺术形式学习和借鉴的特点，决定了它具有强大的生命力：首先，眉户剧遵循传统，演出以眉户剧传统音乐的艺术规律、风格特点和表现手法为根本；其次，在继承中眉户剧丰富了音乐、表演技能及舞台美术各方面的技法，拓宽了自身的题材和内容。

临汾市眉户剧团清醒地认识到了眉户剧自身的特点和现实状况，根据眉户剧种的发展状况，有意识地选择适合的剧本，并最终走出了一条传统戏曲年轻化的新路。

临汾市眉户剧团的这一大胆尝试无疑是成功的，小剧种要想不被淘汰，创新是必经之路。而眉户剧《雷雨》就是一次成功的尝试。这种革新不仅为小剧种扩宽戏路做了有益的尝试，也为新人提供了机会，对传承眉户剧这种非物质文化遗产，吸引更多年轻人去看戏学戏，可谓益处多多。

原载《戏剧之家》2015 年第 10 期

妈、丈母娘、姆妈

——谈甬剧《雷雨》的一处方言词改编

茹　文

话剧《雷雨》是中国现代话剧第一份成熟而优美的收获，这份收获表现在人物、结构、台词和立意各方面。尤其，《雷雨》台词精炼之极，环环相扣，话中藏话。台词既是剧情演绎的一部分，又以戏中戏的力量推动剧情往前发展直至巨雷轰响。

话剧《雷雨》第四幕有一句蘩漪的台词："萍，过来！当着你的父亲，过来，给这个妈叩头。"甬剧《雷雨》的这一句台词大致改编成蘩漪对周朴园说："这是你儿子的丈母娘。"

两个剧目接下来的情节基本相同——周朴园终于撕开了三十年来精心编织的周萍母亲已经去世而他一直深情守候的谎言，他以父亲的身份命令周萍与生母鲁侍萍相认。这一段戏是蘩漪在悲剧到来前的垂死挣扎，她本希望以周朴园的出场阻止周萍与四凤的恋情，阻止周萍离开周公馆到矿上去从而保住她痛苦岁月里最后一根救命稻草。但没想到的是，她打开的是尘封三十年的潘多拉魔盒，三十年前的冤债跑出来算账，雷声大作，暴雨如注，三死两疯的悲惨结局终于在酝酿了闷热的一天之后如期到来。

话剧中是"妈"，甬剧中是"丈母娘"。浙东方言里也有管丈母娘叫做妈的，一处方言词的改编，看起来无大不妥，实质却与剧本原意出入甚大。

这里的奥妙要从《雷雨》的戏剧结构谈起。《雷雨》是一出巧凑型的剧中剧，舞台演出以两个半小时四幕戏演一天的故事，实质讲述的却是三十年前的无锡到此时此地的漫长人生故事，成功弥补这两者之间巨大落差的，是前史的设置。前史故事共有三个：三十年前（周朴园与鲁侍萍）；三年前（周萍与蘩漪）；最近（周萍与四凤）。

八个剧中人，各人守着各人所知道的与己相关的秘密，观众在第一幕戏结束后已知道所有的秘密，而剧中人却直到第四幕剧情全部爆发前才知道部分秘密，这样就形成了观众们在明处、剧中人在暗处的强烈紧张感。

分析了《雷雨》的戏剧结构后，我们再来重温那一句蘩漪的台词："给这个妈叩头。"剧中，蘩漪与周朴园对家庭内的人物关系存在着认知的错位——蘩漪所知道的前史：蘩漪与周萍，周萍与四凤；而周朴园所知道的前史：周朴园与鲁侍萍。

以这个错位认知为前提，如果将话剧中的"妈"改成"丈母娘"，那么观众就很难理解接下来的剧情——周朴园要求周萍过来认亲生母亲鲁侍萍。因为丈母娘这一称呼只能让周朴园知道最近这一段周萍与四凤的恋情，而并不会让他错误地认识到蘩漪已知家中女仆四凤的母亲，就是他苦苦伪装和隐瞒了三十年的深情悼念的周萍生母。假如要让周朴园产生后一种错误认知的台词，应该将话剧中的“妈”改编成“姆妈”。“姆妈”一词，在蘩漪说来是丈母娘，在周朴园听来是生母。这样才可达到以一语激起千层浪并引发惊天巨雷的双关语作用，“妈”一词千钧，《雷雨》中三十年来双重和错置的人物关系均承重于此。

在我看来，从“妈”到“丈母娘”，这样的方言改编所造成的错位，说明编导对原作人物关系与人物性格的理解尚欠细致和深入。台词是戏剧的眼，真正的好戏会将冲突埋在台词中，留下空白，预留谜语，让观众自己去品、去猜、去领悟。好的艺术作品在预设期待时，要稍稍高估而不是低估观众的智商，进而让观众在思想和情感的“激灵”中获得审美愉悦。

原载《宁波日报》2016 年 1 月 7 日

甬剧《雷雨》的魅力

赵淑萍

本周二晚上，在逸夫剧院看甬剧，据传那是著名甬剧演员王锦文暂别舞台的最后一场演出。

《雷雨》观罢，声声惊雷，犹在心上。曹禺曾说剧中还缺一人物，就是一个叫“雷雨”的汉子。那一声声惊雷，似乎就是神秘汉子幕后的声音，那是警诫，是呼应，是审判。每一声惊心动魄，如箭在弦，那是不能摆脱的命运的神矢，射中尘世中的可怜之人，造孽的，无辜的，都难逃命运的深井和情感的泥沼。

80 年了，经典《雷雨》真是一个宝藏，一茬茬的导演、演员都在发掘，试图以自己的方式来解读、再现。主仆爱情、不伦之恋、阶级对立、因果宿命、人性……侧重点多少有些不同。人们一次次到剧院，看不同版本的《雷雨》，要看的，就是大同之下的“异”，就是不同演员的不同演绎。

甬剧《雷雨》中，蘩漪——这个最“雷雨”的人物，成为绝对的主角。她的出场，颇不同于其他版本。在幽暗的灯光中，她倚栏而立，美丽哀怨。随之，变幻的灯光烘托起一个梦，在梦中，她展露出自己真实的情欲。剧中，又特意为她设置了雨夜归途中的大段自白。雨中的她如此冷艳，如此凄绝，胸中燃烧着熊熊的复仇的火焰。以单独的场景和唱段来揭示人物内心，塑造人物的性格，是戏曲的优势。甬剧《雷雨》提升了蘩漪人物的饱满度。王锦文的表演是令人动心的。她塑造的蘩漪，一半火一半冰，一半天使一半魔鬼，挖掘出了内心炽烈、执着的一面。最后嫉妒、绝望到有些丧失理智时，那几声凌厉、狂急的叫喊，于舞台处理的技巧上尚可商榷，但是，却有着很强的感染力。

此剧的另一特点是侍萍形象的鲜明。侍萍的形象通常是隐忍、节制的，话剧和电影中，演员通过面部表情和眼睛来说话。但是，戏曲的唱段和形体动作却可以将她内心的悔恨、悲恸更充分地表达出来。陈雪君的唱段清晰、柔婉，很有甬剧的韵味。如果我没记错，我观看的那一次，观众的掌声就是从她开始的。

那么沃幸康饰演的周朴园呢？出场那几句，唱得荡气回肠，一下子就镇住全场，显现出一位成熟演员、名家的气场。看得出，整出戏中他始终把握着“霸道权威，道貌岸然”的性格要点。仅从正襟危坐的坐姿上，可以看出人物的权威和倨傲。但是，“喝药”这一幕，窃认为，有些过。周朴园的那种霸气是由内而外，不怒而威的。他和蘩漪之间，“喝”与“不喝”，几个迂回，从劝告到命令到指责，是逐步激化的，应该有层次感，而不是一开始就疾言厉色，咄咄逼人。周朴园从小接受传统教育，留过洋，是所谓的社会上的“好人物”。他内心阴鸷，外表却斯文，对家人更多的是精神的凌虐。

鲁大海这个人物，出场少，戏份缺，最后又以逃避结局。当年，李健吾在肯定《雷雨》的诸多方面后，指出唯鲁大海塑造得“有失人情”。王晓鹰甚至征得曹禺本人同意，导演过没有鲁大海的《雷雨》。这次，甬剧《雷雨》又删去了一些鲁大海的台词，这让他的形象更加单薄。按理说，鲁大海出于阶级立场；另一方面，他对周家充满仇恨，他非常爱自己的母亲和妹妹，因为怀孕的妹妹，他最后还是原谅了周萍。他的情感闪光点是从他对四凤和周萍态度转变的那一瞬间表现出来的，遗憾的是，这次连唯一的闪光点也没捕捉到。苏醒这位极有潜力的青年演员，在这一角色中真是使不出劲来。

看甬剧《雷雨》，可以看到甬剧团几代演员的阵容。青年演员群体的扮相、表演让人对甬剧充满信心。灯光、舞美的作用不容小觑，尤其是那每一道闪电，每一声惊雷，都使人的心揪紧，把剧情带入高潮。

1978年，宁波甬剧团创排《雷雨》，在宁波、上海演出，场场爆满，轰动一时。三十多年过去，再次复排，仍然是座无虚席。这是经典的魅力，也是甬剧的魅力。

原载《宁波日报》2016年2月27日

试论黄梅戏《雷雨》的艺术追求

朱晓燕

前言

曹禺创作的话剧《雷雨》可以堪称是话剧界的一朵奇葩，经过改编之后的黄梅戏《雷雨》，则是戏曲界的一颗闪耀的明珠。黄梅戏版《雷雨》打破了话剧版《雷雨》的严肃感，反倒增添了一丝浪漫感。黄梅戏《雷雨》相对于话剧《雷雨》而言，戏曲化的《雷雨》更注重写意，轻于叙事，重在抒情。《雷雨》由话剧向戏曲转换的过程中，既要尊重原著，又要在原著的基础上将其细化，对其稍作调整，以便更好地呈现在观众面前。在黄梅戏《雷雨》中，将周萍作为戏剧的中心，围绕着周萍这一人物展开，这个改造非常具有创造性，不仅开拓了黄梅戏的表现空间，还为戏曲增添了艺术气息，将黄梅戏中的人物丰富化，与此同时，还给黄梅戏《雷雨》增添了神韵之美以及空灵之感。

一、戏曲舞台艺术追求

对话剧《雷雨》进行二次改造创作，黄梅戏《雷雨》将戏曲的舞台艺术完美、优雅地呈现在观众的眼前，黄梅戏《雷雨》是黄梅戏艺术史上的一次革命性创新，使黄梅戏的艺术品位以及艺术气质得到了提高。黄梅戏“无动不舞无声，不歌德戏曲”的艺术特色为黄梅戏《雷雨》添加了灵动感和韵律感，使得沉闷枯燥的话剧变得多姿多彩。在《雷雨》的第一场中，四凤的出场就是一个鲜明的例子：在一个初秋的早晨，悦耳的鸡鸣声打破了清晨的宁静，天真烂漫的四凤正拿着扫帚在打扫庭院，一边唱，一边跳舞，少女的清纯、活泼、可爱以及天真在观众面前展露无遗；又如，四凤和周萍手里拿着荷包在深情地对唱《绣荷包》，一词一句都充分使用了黄梅戏独特的艺术表现方式，很好地将人物内心活动以及细腻情感变化呈现在了观众的面前；又如，蘩漪和周萍那段背唱式的内心独白，将黄梅戏曲善于抒情的艺术特征运用得活灵活现。这些舞台艺术表现手法，在黄梅戏《雷雨》中还有很多。①

黄梅戏《雷雨》具有婉约悠长的抒情特点，还有如珠玉落盘一般清脆铿锵的打击乐声，在舞台表演上还注重运用无声留白，对原著人物的内心情感做深度剖析，很好地推动了剧情的发展，促使剧中人物的情感得以升华。黄梅戏《雷雨》具有徽州地域文化的特点，舞美设计不仅唯美典雅，还厚重大气，舞台表演既完美流畅又细腻精致，完美地将话剧转化成

① 李松睿.后革命时代的艺术与爱情——谈新编黄梅戏版《雷雨》[J].党政干部学刊，2012(11)：121-123.

了戏曲形式。精致完美的舞台艺术才是黄梅戏《雷雨》最重要的艺术追求。

二、人物呈现追求

在话剧《雷雨》中，周萍的内心忧郁、挣扎、痛苦都源于他胆怯懦弱的性格。黄梅戏《雷雨》中，周萍从颓废到奋起，由胆怯懦弱变得勇敢无畏，从迷茫到彻底醒悟，最终周萍雷霆式的爆发，令人感叹不已。周萍的内心饱含着痛苦与挣扎，他深刻地意识到自己与继母蘩漪之间的感情是多么荒诞，在他内心深处充满了对四凤的自责和愧疚。其实周萍明白，一个男人必须要对自己的爱人负责任，所以他的内心非常痛苦。伴随着一声枪响，周萍仿佛经历了凤凰涅槃似的洗礼，用生命的毁灭换回灵魂、人性的回归。此时此刻的周萍不再是以往忧郁、懦弱的形象，他以雷霆式的爆发走了出去，而那些淤积在他心中多年的煎熬和痛苦，正是促使他爆发的根源。黄梅戏善于抒情的艺术特征将周萍的懦弱以及之后的雷霆之怒表现得恰到好处。黄梅戏向来都是擅长于表现女子的恬静与柔美，因此，黄梅戏都是以女性作为戏曲中的主角。而黄梅戏《雷雨》却打破了多年来以女性作为旦角的惯例，将周萍这个男性人物作为戏曲的中心人物，这是黄梅戏艺术史上第一次把小生当做黄梅戏的故事主线，是黄梅戏艺术史上一次大胆的尝试。在黄梅戏《雷雨》中，非常注重塑造周萍的气质、性格以及神情，使得黄梅戏的艺术特色已经完全地融合到《雷雨》当中。①

三、艺术创新追求

将话剧《雷雨》改编成黄梅戏，并不是一味地照搬照旧，而是对其进行创新，使得黄梅戏《雷雨》以一种全新的姿态呈现在观众眼前。戏曲和话剧之间存在很多差异，戏曲是将唱、念、做、打、舞等艺术手段综合为一体的艺术；黄梅戏《雷雨》的改编，必须要将黄梅戏的特色融入当中。黄梅戏的特色，即以“曲”的音乐唱腔来呈现剧情，总而言之，没有曲就不会有戏。在黄梅戏的唱、念、做、打、舞等艺术手段中，最重要的艺术表现手段就是“唱”，因此，黄梅戏《雷雨》的改编者最先要考虑的因素就是“唱”，这样才能符合黄梅戏的戏曲特色。

在对《雷雨》进行改编的过程中，改编者精确地抓住了话剧《雷雨》中的家庭悲剧这一故事主题，将蘩漪的乖悖违戾以及周朴园的独裁伪善描绘得活灵活现。为了充分地将黄梅戏的特点呈现出来，改编者将黄梅戏《雷雨》按照黄梅戏的结构特点分为五个场次，这五个场次分别为雷雨之前、雷雨将近、雷雨将至、雷雨之中以及雷雨之后，每个场次都安排有戏曲唱段表演，如在第一场次中，以《我的热血行将变冷》作为周朴园的唱段；在第二场次中，以《草惹野火焚自身》作为蘩漪和周萍两个人的唱段等，这些唱段将黄梅戏“唱”的艺术特色完美地呈现出来。黄梅戏《雷雨》中的大量唱段，将故事中主人公的感情变化以及心理活动刻画得非常细致，唱段中极具文采的唱词是人物内心的独白。

---

① 张静.黄梅戏《雷雨》的唱腔研究——对主调的运用与拓展[J].赤峰学院学报(汉文哲学社会科学版),2014(7):66-68.

四、追求人性

在黄梅戏版《雷雨》中，编剧对曹禺先生《雷雨》中的主体进行了深入挖掘，得出周萍临死之前内心的夙愿是："待雨后、天晴时，还世界清心、净水、绿野、碧空。"周萍在话剧《雷雨》中被认为是多余的人，而在黄梅戏《雷雨》中一跃成为了中心人物；编剧竭尽全力地在周萍身上寻找值得放大的人性。戏剧中，随着一声清脆悦耳的枪响，周萍完结了这个家庭曾带来的所有罪恶；此时屋外响着震耳欲聋的雷声，正稀里哗啦地下着雨，仿佛雨水能够将世界上的一切罪恶都冲刷干净，黄梅戏《雷雨》在尊重原著的同时，更深入地挖掘了人性话题。当时的封建制度使得社会变得阴暗，变得污浊不堪，人性严重缺失导致了一系列家庭悲剧的产生。长时间受到黑暗社会的压抑和束缚，使得人性变得扭曲，人们期望着黑夜中的一声雷鸣，希望雷声能够将人们沉睡已久的灵魂惊醒，能够摧毁那虚伪的尊严，找回缺失已久的人性，希望在雨水的冲刷下，能够将这肮脏的社会涤清干净，让人性中最龌龊、最阴暗的一面随着雨水流走，还给人们一个和谐友爱的世界。黄梅戏《雷雨》强调对人性的追求，努力想要打开束缚在人们身上的枷锁，让人性和灵魂得以回归。黄梅戏《雷雨》摒弃了话剧《雷雨》过于严肃的现实主义，强调对灵魂自由的追求，对人性回归的追求。

在黄梅戏《雷雨》中，周萍选择扣动扳机来结束自己胆怯懦弱的人生，选择让自己的灵魂得到自由，随着一声枪响，周萍一生的胆怯和罪孽都随风消散了，他在扣动扳机的那一刻是勇敢的，他以结束生命的形式去追寻他向往依旧的光明，使他那被禁锢已久的灵魂得以释放，使得被束缚的人性得以回归。周萍的一生都想走出去，走出这个家，走出黑暗的社会，走向光明，走出去是他心中最强烈的欲望。终于，周萍不再懦弱，他的爆发终于让他走了出去，虽然是以结束自己生命的方式走出去，但那也是他的夙愿所归，虽然有些悲壮，但是能够让他冲破束缚，使得灵魂和人性获得自由。那一声枪声不仅让周萍走出去了，还使黄梅戏《雷雨》对人性的追求展露无遗。①

五、结语

黄梅戏《雷雨》是近年来戏曲舞台上千年难遇的一朵奇葩，它打破了黄梅戏长期以来都是由女性人物作为戏曲中心人物的历史记录，为提升男性人物形象在黄梅戏中的地位奠定了基础，使得黄梅戏的形象变得丰富化，拓宽了黄梅戏的艺术表达空间。无疑，黄梅戏《雷雨》是一次戏曲艺术上的创新。

原载《艺术科技》2016 年第 6 期

① 陶君艳.《雷雨》在地方戏曲舞台上的传播——以沪剧、黄梅戏、京剧、眉户剧为例[J].濮阳职业技术学院学报，2015(1)：161-163.

别具一格的改编 精益求精的建议

——舞台版歌剧《雷雨》观后

曹树钧

上海歌剧院演出的歌剧《雷雨》，十年前笔者看过两次音乐会版，此次上海歌剧院《雷雨》即将赴英演出前夕，笔者又看了音乐会版和舞台版，深感这是别具一格的改编作品，其成就丝毫不亚于创作一部作品。作曲家、改编者莫凡先生，充分发挥歌剧艺术的特色，将曹禺《雷雨》原作运用现代现实主义的创作方法反映中国现实生活的艺术成就，并将作品精髓发挥得淋漓尽致，这在中国歌剧艺术创作史上具有里程碑式的意义。

一

对于改编之作，笔者认为有“剪刀加糨糊式”的改编与创造性的改编两类。“剪刀加糨糊式”的这类改编，改编者没有或较少有自己的人生体验，它只是将原著用歌剧的形式表达出来。这类改编，往往是短命的，演过一阵之后，便永远从舞台上消逝了。我们也可以称为“过眼烟云式”的改编。有些改编也许可以轰动一时，也很卖座，但过了一定的历史阶段，由于缺乏独特的人生感受和深厚的艺术功力，便永远地从舞台上消逝了。这类改编我们可以称之为“昙花一现式”的改编。

真正优秀的改编作品是剧本反映的客观社会生活与艺术家主观心灵感受融为一体的作品。这是因为：一切艺术作品都是一定的社会生活在艺术家之头脑中反映的产物。在戏剧创作中，剧作家不但对外界事物进行了反映，同时也对客观外界事物进行了“人化”，进行了艺术家的审美意识化。在戏剧作品中所反映的社会生活，同时也融进了改编剧作家自己的心血和生命。因而，戏剧作品不能看作是社会的直接反映，而应看作是一种物质世界同戏剧艺术家心理世界（禀赋、气质、性格、思想、感情等）的有机结合体。诚如美学家黑格尔所指出：“在艺术里，感性的东西是经过心灵化的，而心灵的东西也借感性化而显现出来的。”[①]而且在戏剧改编作品的诞生过程中，起主导作用的还是改编剧作家的戏剧创作实践活动。

在中国歌剧史上，作曲家莫凡改编的歌剧《雷雨》具有里程碑式的意义，它不是匠艺式的改编，而是一种真正创造性的改编。作曲家以自己的生活体验、人生感受和艺术才华创造性地改编了原著。

莫凡《雷雨》的改编是根据歌剧这一特定剧种的创作规律，在选材上扬长避短，写下作

① 黑格尔.美学（第一卷）[M].朱光潜，译，北京：商务印书馆，1996.

曲家自己感受最深的东西。

话剧《雷雨》原作八个人物，相互之间的矛盾关系极其复杂，总数有20多对矛盾，莫凡先生根据他对《雷雨》的深刻领悟，将全剧矛盾集中在一条主线两条副线进行揭示，主线是蘩漪、周朴园、周萍、四凤之间的矛盾，突出主角蘩漪的爱恨情仇，一条副线是四凤、周冲之间的纠葛，另一条副线是周朴园、侍萍（鲁妈）30年前的恩怨，为了更好地发挥歌剧艺术抒发人物内心世界的特征，改编者毅然删掉了原作中鲁贵、鲁大海两个次要人物。

话剧《雷雨》原作篇幅宏大，在日本首演时连排曾长达五六个小时，以后的版本也要演长达三四个小时，为了适应现代观众的审美要求，歌剧《雷雨》将原作压缩在两幕两个小时，但原作的主要场面，如“喝药”“训子”“相认”“求萍”“阻行”“控诉”等一一保留了下来。

《雷雨》原作中，曹禺曾说：“周萍是最难演的，他的成功要看挑选的恰当，他的行为不易获得一般观众的同情。”“演他的人要设法替他找同情。”[①]在舞台版歌剧《雷雨》中，通过周萍与蘩漪的二重唱，将他对当年行为的无限懊悔、对四凤不可遏止的真情，淋漓尽致地表现了出来，也使观众在潜移默化之中加深了对他的同情和理解，取得了话剧版演出所不能达到的艺术效果。

在曹禺《雷雨》的研究史上，有一个值得人们重新认识的问题，即曹禺剧作的创作方法问题。长期以来，人们往往注意到曹禺剧作现实主义创作方法的一面，而忽略了“非现实主义”创作方法对他剧作产生重要影响的另一面。曹禺在晚年（1982年）回顾对自己创作影响较多的外国剧作家时，头一个就讲到易卜生，在具体谈到剧目时，不仅论述了对他影响较大的易卜生中期的现实主义作品《玩偶之家》《国民公敌》，而且讲到了易卜生晚年的两部剧作《建筑师》《当我们死人醒来的时候》（以下简称《醒来》）也值得一读[②]，并且详细地介绍了《醒来》的剧情。这是十分值得我们引起重视的。

很长一段时间里，在我国，对易卜生晚期的剧作不是回避就是否定，连最权威的《中国大百科全书》，也认为易卜生晚期的象征主义创作阶段中积极的现实主义内容减少了，消极的思想因素增多了[③]，甚至一度将西方“现代派”（包括现代主义创作方法）作为资产阶级腐朽思想痛加批判。

然而，在那次讲演中，曹禺对《醒来》作了高度评价，他认为这个剧本写出了一个艺术家的悲剧，主人公雕塑家鲁贝克，“他把没有生命的雕像看得高于生气勃勃的真实生活。这个戏揭示了一个真理，只有投身于生气勃勃的人生和沸腾欢跃的生活的人，才能写出具有生命的文艺作品，这对我们搞戏剧创作的人来说，是个重要的启示”。

本来，戏剧反映生活的形式应该是多种多样的，象征主义戏剧是戏剧反映生活的又一种样式，它将客观世界看作主观世界象征，曲折反映纷纭复杂的现实人生。在《醒来》一剧中，剧作家大量使用了“象征手法”。这里有物质的象征，如《复活日》是艺术杰作的象征，

① 曹禺.《雷雨》序[M].北京：中国戏剧出版社，1957.

② 曹禺.和剧作家们谈读书和写作[J].剧本，1982(2).

③ 中国大百科全书—戏剧[M].北京：中国大百科全书出版社，1989.

高山之顶是理想世界的象征；也有人物的象征，如爱吕尼是爱情的象征，也是美的化身，乌尔费梅是“自然之子”的象征，就连鲁贝克在剧中既是一个具体人物，也是所有艺术家的象征。这种象征，将抽象的思想概念用具体可感知的形式表达出来，重联想、用暗示，使剧本所体现的主题更加意味深长。通过这些具体的艺术形象，人们可以回味、深思剧本所揭示的生活真理。

易卜生后期剧作的这些艺术特色对曹禺剧作产生了十分深刻的影响。

过去我们论述得很多的是曹禺剧作受到了易卜生现实主义创作方法的影响，实际上，在19世纪末20世纪初盛行的西方现代主义创作方法，也给了曹禺相当深刻的影响。这也就是现在经常讲到的艺术上的“现代性”，或审美的“现代性”。

现代主义创作方法强调表现人的内心生活、心理的真实，强调艺术表现是创造，不是再现。其两个主要分支象征主义、表现主义，对曹禺都产生过明显的影响。表现主义，20世纪盛行于德国，20世纪20年代遍及绘画、音乐、文学、戏剧、电影。它强调表现艺术家的主观精神，揭示人深藏于内部的灵魂，尤其是潜意识。它的主要代表作家之一是美国的戏剧之父奥尼尔，他的表现主义代表作《琼斯王》对曹禺剧作的影响也十分明显。

生活在20世纪的曹禺，在戏剧创作中已经不满足于生活的再现，而是努力借鉴当代现代主义创作方法的一些特点，将它们融入现实主义的创作方法之中。他实际上创造了一种现代现实主义的创作方法。这种创作方法是现实主义创作方法的深化和升华。在这一创作方法中，他吸收了大量的象征手法，努力揭示人的深藏内部的灵魂，表现人的内心生活、心理的真实，让观众和读者思索整个社会、整个人类。这是曹禺剧作区别于同时期的一些批判现实主义或社会主义现实主义剧作的一个显著特点。

曹禺的剧作中大量运用了象征手法。他的一些剧作的剧名：《雷雨》《日出》《原野》《蜕变》《北京人》《家》等，无不具有象征意义。在他早期、中期的剧作中，象征手法俯拾即是。《雷雨》中一个未出场的角色“雷雨”，本身就有多义的象征，它既是反抗力量的象征，又是黑暗社会的象征、神秘力量的象征。

但所有这些现代主义元素，在曹禺剧作中都是与严谨的现实主义描写交织在一起，因此笔者称之为“现代现实主义创作方法”，这是现实主义在新时代的发展与升华。在实际生活中，曹禺是一位绝顶聪明的剧作家，他懂得生活的辩证法；在艺术上，曹禺也是有大智慧的、十分懂得艺术辩证法的剧作家，从中国国情出发，他不搞纯粹的现代主义，但不满足于固步自封的现实主义。

但长期以来，由于极左思想的影响，《雷雨》中现代主义的元素不能获得充分的展示。在舞台版歌剧《雷雨》的演出中，莫凡将剧中人物活动的小环境（周朴园的小客厅）基本遵循写实的原则，同时又以抽象的环形合唱台，通过合唱队（类似希腊悲剧的歌队）的演唱与表演营造了一个写意性的舞台空间，写实的小环境与写意的合唱台，虚实结合，淋漓尽致地抒发了剧中人物复杂的内心世界。

序幕合唱团的演唱“乌云啊，沉沉压在心头”“电在闪、雷在吼”，一方面渲染了特定场景的特定色彩，同时又将原作中“雷雨”这一意象多义的象征，极具震撼力地回荡在观众心头，发挥了歌剧艺术独特的艺术魅力。

二

在50年的《雷雨》观摩经历中，笔者看过电影、话剧、戏曲、评弹等多种艺术形式演出的《雷雨》，本着艺无止境的精神，从精益求精的要求出发，笔者对舞台版歌剧《雷雨》提出几点建议，供剧组同志参考。

1.重点场面宜精雕细刻

歌剧《雷雨》"喝药"一场是重点场面，在创造过程中已经不断完善，但仍可进一步加工。这一场面通过周朴园逼蘩漪喝药、让周冲逼、让周萍逼三个层次，将在场的每一个人物，如周朴园、蘩漪、周萍、周冲、四凤的性格都刻画得十分鲜明。在"二逼"时，周冲抗议父亲："爸，您不要这样。"这时，曹禺给站在一旁的周萍加了这样一句话："周萍（低头，至周冲前，低声）：听爸爸的话吧，爸爸的脾气你是知道的。"就这一句话，将周萍软弱、妥协的性格，与周冲的单纯、正义感形成了鲜明的对比。

又如，蘩漪在这一场面中，最终为了周萍勉强喝了药。如何表演？不同的演员有不同的艺术处理方式。话剧《雷雨》中，吕恩扮演的蘩漪是喝了半口，走到楼梯口的痰盂边，将这半口全部吐掉。电影《雷雨》中，顾永菲扮演的蘩漪是将大碗药全部倒到嘴里，大部分药流到嘴外，然后将药碗摔在地上。两种不同的表演，表现的都是蘩漪不愿意喝，是被迫服从。而歌剧《雷雨》应该如何表演？值得演员推敲。

2.歌唱与表演需要进一步紧密结合

歌剧的主要表现手段是歌唱，为了增强艺术的感染力，仍需要加强与表演艺术结合，在这方面可以借鉴话剧《雷雨》、沪剧《雷雨》表演的成功经验。精益求精的现实主义演剧艺术，要求演员真实地再现剧中人物之间的关系及其心理状态，并精心设计不同的外在形态。

北京人艺的胡宗温扮演过无数次的四凤，被誉为"活四凤"，并被认为是《雷雨》问世以后，《雷雨》演出中最准确、最真实的一个四凤。她十分准确地再现了不同的人物关系：她对蘩漪的态度是恭敬顺从、敛眉低首、不苟言笑；干起活来却腿脚很快，非常麻利，但又不心浮气躁，完全是一个训练有素的大宅门的侍女。而对待周萍，胡宗温则表现出一个纯洁少女真挚的爱，她的台词温柔中带着羞涩，纯情中蕴含着对美好未来的憧憬……

在演剧艺术上，沪剧改编的《雷雨》在扎根生活的基础上，善于横向借鉴吸收话剧、电影等姐妹艺术的营养，提高沪剧的演剧水平和艺术品位，对沪剧艺术的发展产生了里程碑式的影响，这是沪剧改编曹禺剧作获得的一个主要艺术成就。

沪剧是以沪剧唱腔作为刻画人物的主要表现手段，但沪剧表演艺术家并不满足于仅仅通过演唱塑造人物。著名沪剧表演艺术家丁是娥扮演《雷雨》中蘩漪这一角色时，就在体验生活的基础上，广泛向话剧、电影学习，从它们中间吸收表演营养。丁是娥认识到扮演好蘩漪这个十分复杂的人物，必须要准确地掌握好分寸，好像"在独木桥上扭秧歌"，既要婀娜多姿，又要小心翼翼。"可以说，分寸感是塑造蘩漪形象的重要一环。我在表演中，注意把握几方面的分寸：在身份上，既要突出她作为‘铁匣子里家雀’的苦闷、烦躁，又不能忘记她作为周公馆里主母的矜持、庄重；在感情上，既要突出她爱情的反常，又不能忘记她对爱情的真挚；在性格上，既要突出她叛逆一面，又不能忘记她柔顺、妥协的一面，以此来突出表现她既是封建礼教的叛逆者，又是封建制度的牺牲品。”①

丁是娥演沪剧《雷雨》第四幕，在小客厅夜遇周萍，她先是苦苦哀求、委曲求全，与周萍一场交锋过后，感情上开始同周萍决裂。演到“完了”这两字刚出。她突然起立，身体挺直，眼神阴沉冷酷，死死地盯着周萍，吓得周萍不由自主地向后退缩，为蘩漪最后的总爆发作好铺垫，层次分明地揭示了她的叛逆性格。不少优秀的沪剧演员，通过沪剧《雷雨》的长期艺术演出实践，娴熟地掌握“带戏上场”“此时无声胜有声”的表演方法。

3.唱段民族化希望向其他艺术形式多借鉴

歌剧是舶来艺术，中国原创歌剧之路如何民族化，确实是一个值得进一步探索的课题。作曲家莫凡在这方面付出了很多的努力，例如刻画侍萍歌唱时借鉴了民歌“无锡景”的元素等。但在这方面还可以进一步向沪剧《雷雨》学习。

笔者多次观摩沪剧《雷雨》，发现此剧的不少唱段已成为沪剧观众过耳成诵的唱段。例如蘩漪的“这几天不看见大少爷”、四凤的“四凤独叹”，以及周冲的“帆船在海面上飞翔”，已经成为在沪剧观众中广为传唱的流行唱段。

衷心希望歌剧《雷雨》经过歌剧艺术家再接再厉的辛勤劳动，也能出现一批歌剧观众“过耳成诵”的优美唱段。

4.关于结构严谨的舞台呈现

话剧《雷雨》的结构可以说是戏剧结构严谨的典范，它是整部戏获得强烈艺术感染力的又一个重要因素。为了完美构思《雷雨》，曹禺曾花了 5 年时间，其中反复思考的重要内容之一就是结构。“要把这样一些人物凑拢在一起，使他们发生关系，让他们在一种规定情景下碰见，而时间又不能超过二十四小时”，这费了作者“好大好大的劲”。正是由于这样的辛勤劳动，使得《雷雨》的结构具有严谨完整、一气呵成，巧设悬念、扣人心弦，波澜起伏、摇曳多姿的迷人特色。

在实际生活中，一切都是很自然的，事情的发生总是有因有果、有根有源，决不会无中生有、突如其来，即使是一些偶然事件，也都是有本身的发展逻辑。现实主义的戏剧要真实地反映生活，就必须严格按照生活本身的逻辑加以集中的反映。《雷雨》中主要的情节、有名有姓的人物都是节节照应、前后统一的。重要的情节，如四凤、周冲最后触电而死，那“花园里藤萝架上掉下来的电线”在剧中前后就作了五次埋伏，使观众对最后的触电一点也不感到突兀。

《雷雨》改编成歌剧，四凤、周冲最后触电而死，自然不需要交代五次，但需要简洁的交代，这样最后四凤、周冲触电而死，才不会使从未看过《雷雨》，也未读过《雷雨》剧本的观众感到突兀。

① 曹树钧.曹禺剧作演出史[M].北京：中国戏剧出版社，2006.

三

2016 年，上海歌剧院赴英国演出歌剧《雷雨》，对纪念英国剧作家莎士比亚和中国剧作家曹禺具有双重的意义。

2016 年是世界戏剧星空中的一颗璀璨的明星——莎士比亚逝世 400 周年。他的作品历经 400 年的淘沥依然具有鲜活的生命力，在世界各地的剧场以各种艺术形式演绎着与当代人息息相关的生命故事。

2016 年又恰逢曹禺逝世 20 周年。莎士比亚可以说是中国莎士比亚研究会首任会长曹禺最敬佩的一位戏剧大师。曹禺认为"有史以来，屹立在高峰之上，多少文学巨人们教给人认识自己，开阔人的眼界，丰富人的贫乏生活，使人得到智慧、得到幸福、得到享受，引导人懂得'人'的价值、尊严和力量。莎士比亚就是这样一位使人类永久又惊又喜的巨人"。1984 年 12 月，中国莎士比亚研究会在上海成立。在开幕词中，曹禺又满怀激情地指出："莎士比亚就是一颗硕大无朋的无比甘甜的果实。不，他是一棵果实累累的大树。莎士比亚是数千年来人类发展过程中的巨人之一。仿佛他是宇宙中的一颗星球，在太空中永久地运行。"

1986 年，曹禺作为"中莎会"首任会长、首届中国莎士比亚戏剧节主任委员，为首届莎剧节的成功举办做出了巨大的贡献。首届莎剧节涌现了话剧《泰特斯·安德洛尼克斯》（徐企平导演）、《李尔王》（李默然主演）、《黎雅王》（孙家琇改编），昆曲《血手记》（根据《麦克白》改编、黄佐临任艺术顾问）等一大批优秀剧目。1987 年夏，昆曲《血手记》的演出在国内外引起轰动，在世界最大的艺术节——英国"爱丁堡艺术节"上取得了难以置信的艺术效果。

80 多年来，曹禺剧作这一中华民族的瑰宝不仅在中国人民中获得盛誉，而且在世界人民中找到了广泛的知音。据不完全统计，迄今为止，曹禺剧作在五大洲的舞台上演出，活跃在日本、韩国、蒙古、越南、新加坡、菲律宾、印度尼西亚、马来西亚、叙利亚、俄罗斯、白俄罗斯、阿塞拜疆、乌兹别克斯坦、德国、捷克、匈牙利、罗马尼亚、阿尔巴尼亚、瑞士、美国、加拿大、爱尔兰、巴西、埃及、澳大利亚等 28 个国家的舞台上，有力地推动了曹禺剧作在海外的出版和研究。并且改编成电影、电视剧、歌剧、舞剧、音乐剧、京剧、沪剧、评剧、甬剧、秦腔、川剧、花鼓戏、琼剧、唐剧、晋剧、楚剧、滇剧、评弹等 28 种艺术形式呈现在中外舞台上，曹禺被西方誉为"中国的莎士比亚"。

可以预见，随着中国综合国力的进一步提升，弘扬民族文化瑰宝工作的力度进一步加强，迈入新世纪之后，曹禺剧作必将会在更多国家更加广泛地演出，放射出更加灿烂的光芒。2016 年上海歌剧院歌剧《雷雨》的赴英公演，必将为推动两国人民交流，加深两国人民的相互理解，共同开展中英关系的黄金时代做出有益的贡献！

原载《歌剧》2016 年第 7 期

歌剧《雷雨》整装待发 8 月即将亮相英伦

游暲之

十年前，原创歌剧《雷雨》作为“上海之春”国际音乐节开幕演出，同时也是音乐节上唯一的歌剧作品而广受赞誉。周小燕先生看完演出，激动地说：“这是一部能够走出去的中国歌剧！”此后十年间，上海歌剧院先后以大舞台版、情景音乐会版、校园版等多种形式对这部作品进行演绎。今年 6 月，全新制作的歌剧《雷雨》在一周之内连演三场：两场音乐会版，一场舞台版。作为上海歌剧院 60 周年院庆演出季的重头戏之一，歌剧《雷雨》还肩负着一项具有划时代意义的使命，2016 年 8 月 11—14 日，这个全新的制作将漂洋过海，远赴英伦，在伦敦大剧院（London Coliseum）演出四场。说起此事，该剧作曲兼编剧莫凡不无遗憾：“如果周先生健在，她一定会非常高兴的！”此次歌剧《雷雨》赴英，可以说是一次真正意义上的“走出去”——完全由上海歌剧院自行宣传、租场、票务营销，所有演职人员的往来交通住宿也与以往有人接待不同，全部是歌剧院自行负担。这种完全市场化的运作，对上海歌剧院来说是一种考验，对于《雷雨》这部歌剧作品来说就更是一次检验。因为所有走进剧场的观众都是严格的评判者，他们选择走进来，对作品、对这个团队当然就有着毋庸置疑的发言权。而从另外一个方面讲，正因为是市场化的运作，也才能够真正检验出中国歌剧的艺术品质。

当然，由于东西方文化的差异，如果贸然地把一部中国作品推出去也是不现实的。为了能够让英国的观众对于《雷雨》这部作品有个先期的了解，从去年底至今，上海歌剧院多次与英国方面协助宣传策划的公司商讨前期宣传方案，目前已在英国、欧美主流艺术媒体及网站等发布歌剧《雷雨》的演出信息，在伦敦主要街道、公共信息地域发布宣传海报，并且先后邀请上海戏剧学院教授荣广润、本剧作曲兼编剧莫凡等赴英国与当地专业人士、观众进行互动和讲座，从文化背景、戏剧核心、创作思路等方面进行面对面交流；同时借助“魅力上海”活动宣传歌剧《雷雨》。目前，上海歌剧院携中国歌剧《雷雨》赴英演出已经引起欧美歌剧界的广泛关注。今年恰逢莎士比亚逝世 400 周年，上海歌剧院也将该剧的宣传侧重点放在原著作者曹禺同莎士比亚在艺术作品的精神内核关联方面，找出二者相通之处，缩小英国及欧美观众对中国歌剧作品的距离感。虽然 8 月份将是英国和欧美度假的季节，但从目前了解到的信息，四场演出的出票情况一直呈上升的态势，很多购票观众表示度假可以推迟几天，而错过现场欣赏中国歌剧作品的机会将是一种遗憾。

歌剧《雷雨》是一部中国色彩鲜明的作品。早在十年前，周小燕先生就撰文评价："在脚本改撰上的取舍有道可以认识到莫凡颇具功力的文学底蕴……莫凡为之铺陈的音乐则为歌剧《雷雨》注入了立体的时间特征和听觉魅力，这种有机结合的'骨''肉'相连使这部作品充满了完美的鲜活感，也使音乐这种主情艺术痛快淋漓地对欣赏者的心灵直接进行'煽情'。"而十年后再次现场聆听三遍歌剧《雷雨》，我的直观感受：一是这部作品在将交响与中国音乐元素的结合方面确实比较成功；二是作品动听的旋律也符合中国人的欣赏习惯；三是音乐在人物心理的刻画上相当精准，尤其是蘩漪的每一段咏叹都言之有出处，其每一声呐喊，都与人物当时的情绪心境相吻合，可见作者对于角色内心的深入理解和把握。

《雷雨》在音乐创作上，借鉴西洋正歌剧的传统方法，设置大量的咏叹调、宣叙调、咏叙调、谣唱曲、对唱、重唱、合唱和器乐等段落，在这些手段的运用上都紧紧围绕戏剧的展开，灵活多变。在中国元素的融入上，莫凡借鉴中国戏曲的板式结构原则，不仅在戏剧的推进上更加有节奏感，同时也更加符合中国观众的审美需求。比如蘩漪"喝药"一场戏，人物心理的层层铺排，从外松内紧到剑拔弩张，高潮处辅之以戏曲板鼓紧打慢唱。另外，在很多段落的处理上，莫凡都运用了戏曲帮腔手法，强化人物心理。在宣叙调的写作中，莫凡也注意到中国语言的语调、语势，使其尽量符合汉语四声规律，甚至对重唱、合唱中的每一个声部都作了认真处理，使其自然顺畅。在有些戏剧段落，采用了静场对白，还有些地方用了配乐对白，让戏剧表现的手法更灵活多变，也让观众更易接受。

在创作技法上，全剧的和声语言以传统的三和弦、七和弦为主，但在戏剧性强烈的段落，也用了现代音乐中的音块。全剧的配器在管弦乐写作的基础上加进二胡、琵琶、板鼓、梆子等民族乐器，使其民族色彩更为鲜明丰富。比如选用长笛表现蘩漪的寂寞、幽怨，用小提琴独奏表现她的心灵歌唱，用琵琶表现她内心的挣扎；再如鲁妈的主题音乐，选用了江苏民歌《无锡景》，鲁妈一生凄苦哀愁，用二胡演奏的《无锡景》来表现，更能体现人物的悲惨命运。

此次上海演出的舞台版《雷雨》与即将赴英演出的是完全相同的制作，是上海歌剧院在十年前舞台版的基础上，根据英国剧院的场地条件和更利于今后这部歌剧巡演而进行的设计和修订。"新"不仅体现在舞台制作方面，还包括两组 12 位主要角色基本都启用剧院年轻的艺术家担纲。除了 A 组的周朴园依然由十年前的"老爷"、男低音歌唱家张建鲁担任，另外 11 位演员均是歌剧院近年的后起之秀。青年女高音歌唱家徐晓英、宋倩分饰蘩漪；青年男高音歌唱家韩蓬、于浩磊分饰周萍；青年男低音歌唱家余杨担任 B 组周朴园；青年男高音张帆涛、李新宇分饰周冲；青年女高音季韵翚、吴晚亭分饰四凤；青年女中音李娜、贾文璇分饰鲁妈。上海的舞台版和英国的演出均由著名指挥家、上海歌剧院首席指挥张国勇执棒，大师的加盟也是这部作品在艺术上得以完美诠释的重要保证。

年轻的演员团队与十年前的大腕级团队相比，虽然很多地方都显稚嫩，但是他们充满激情和活力的表演依然感动着现场的观众。可以说,上海的三场演出是歌剧《雷雨》赴英之前的热身,而在现今不足两个月的时间里,上海歌剧院还会在各种演出任务极其繁忙的间隙,挤出更多的时间,对作品进一步精雕细琢,力求8月亮相英伦歌剧舞台的是一部尽量完美的、原汁原味的中国歌剧。

上海歌剧院的首次境外商演选择了英国伦敦,为何如此选择?该院党委书记范建萍说:“因为伦敦是世界戏剧发达之地,其观众基础深厚,如果我们在伦敦能够取得成功,那么也意味着在未来世界的歌剧舞台上,上海歌剧院可以发出自己的声音,中国歌剧可以有一席之地!”

原载《歌剧》2016年第7期

沪剧缘何与曹禺频频结缘

——经典剧目《雷雨》今晚献演上海大剧院

黄启哲

作为上海戏曲艺术中心主办的"戏·聚经典"演出季重要演出项目,沪剧经典《雷雨》将在今晚亮相上海大剧院,这是上海沪剧院时隔13年又一次在大剧院亮相。而上一次演出的剧目《家》,也是在曹禺的话剧剧本基础上重新进行改编排演的。

回望历史,沪剧与曹禺频频结缘。作为曹禺的处女作,《雷雨》在发表4年后,就被沪剧前辈以幕表形式进行了改编,开创了戏曲改编曹禺话剧作品的先河。这之后的近80年来,曹禺的《日出》,以及他改编巴金小说的剧本《家》先后被搬上沪剧舞台,后者还衍生出《家》和《瑞珏》两部沪剧。曹禺作品的文学内涵滋养了发端于田间地头的紫竹调,而沪剧也以抒情的唱腔丰富了蘩漪、周萍、陈白露等一众曹禺笔下的人物,最终成为留在沪剧舞台上历经几代人常演不衰的经典。

沪剧让曹禺的作品变成"上海的故事"

如果说20世纪30年代沪剧各个剧团排演《雷雨》是"试水"的话,那么到了1959年,由丁是娥、石筱英、杨飞飞、王盘声、解洪元、邵滨孙、袁滨忠等沪剧名家"大会串"的《雷雨》,则真正完成了沪剧对话剧剧本的改造。日后排演的多个版本剧情、唱腔都是以此为基础的,沪剧也因此剧被推向阶段性的高峰,丁是娥更是以"活蘩漪"著称。

在一众剧作家中,沪剧为何青睐曹禺?上海沪剧院院长、此次《雷雨》蘩漪一角的饰演者茅善玉说,沪剧擅演悲剧,着重表现人的情感,要求戏剧冲突强烈,故事最好是一波未平一波又起。而曹禺先生的作品,恰恰以表现复杂人性和曲折故事著称,尤其是《雷雨》把剧情集中在短短24小时内,却展现两个家族8个人长达30年的恩怨情仇。另一方面,沪剧大段抒情的唱腔,丰富了人物的情感表达,《花园会》的剧情在话剧中不过几句台词,却在沪剧中衍生出蘩漪与周萍大段的对唱。

上海文联理论研究室主任胡晓军说:"曹禺本人也对沪剧《雷雨》十分赞赏,表示在据话剧本改编的所有戏曲里,沪剧是最好的。"几十年的经典传承,让沪剧演绎《雷雨》顺理成章,而追究起来,不论《雷雨》还是《日出》,其剧中故事并非发生在上海,可对于不少观众来说,似乎蘩漪就该说上海话,陈白露就应该生活在十里洋场的南京路。能够做到这样的"无缝衔接",胡晓军认为沪剧的都市气息符合曹禺笔下的社会背景,与此同时沪剧擅演现代戏，在表现形式上离话剧最近。而在茅善玉看来："沪剧有着与上海这座城市一样兼容并蓄的气质，似乎就是有着这样一种魔力，能够让这些作品最终演变成'上海的故事'。"

茅善玉：从四凤演到蘩漪，将来还要演鲁妈

茅善玉的沪剧艺术生涯也与《雷雨》紧紧连在一起。不到20岁，茅善玉已凭借《一个明星的遭遇》中的"璇子"成为家喻户晓的明星，可听到院领导和导演要自己演蘩漪，她却自觉阅历不够无法演绎其性格的复杂，转而选择了天真温柔的四凤，本色出演。时隔20多年，人生阅历与艺术沉淀让她觉得时机到了，2013年蘩漪一角也让她顺利摘得"二度梅"。接受记者采访时，她笑言："希望有朝一日能够再演鲁妈，这样我的'雷雨人生'就算是完满了！"

从几代四凤、蘩漪、鲁妈的扮演者，也可见沪剧人传承的缩影。昔日饰演蘩漪的，是茅善玉的老师丁是娥；而如今扮演四凤的，是茅善玉的徒弟、95后演员洪豆豆。沪剧虽然是一个年轻的剧种，但却拥有《芦荡火种》《雷雨》等一系列经典剧目。作为当代沪剧人，传承好经典，能为沪剧寻找到未来发展之路的基础。此次演出，茅善玉希望自己更有爆发力，她说："常年压抑的生活让蘩漪有些神经质，她把周萍看作是自己的救命稻草，一旦要失去时，尽管内心恐惧，却用决绝强势的方式挽留，结果适得其反让周萍情感转移到四凤身上。"她希望以演唱节奏变化来凸显人物情感。蘩漪与周萍对唱的《花园会》堪称该剧经典片段，过去丁是娥的唱腔软糯好听，杂糅中板、散板，节奏更稳。而为了突出蘩漪从乞求到威胁再到绝望的情感变化，新版《雷雨》中演唱节奏忽快忽慢，以展现其情感变化。

相关链接：

《雷雨》

1938年，由施春轩带领施家剧团率先改编曹禺话剧《雷雨》，以幕表形式在上海首演。这是沪剧首次改编话剧作品。之后的几十年里，先后有多家沪剧院团排演。1959年，沪剧界大会串的《雷雨》在人民大舞台上演，集结当时沪剧界的最强阵容，流派争艳：丁是娥饰蘩漪，解洪元饰周朴园，王盘声饰周萍，袁滨忠饰周冲，石筱英、小筱月珍共同饰演鲁妈，赵云鸣饰鲁贵，杨飞飞饰四凤，邵滨孙饰鲁大海，此次改编真正奠定了《雷雨》成为沪剧经典的基础。

《家》

1940年，巴金从上海到昆明，在江安曹禺的寓所待了6天。两人交谈间，曹禺提出改编巴金《家》为话剧。20世纪50年代，曹禺话剧《家》改编成沪剧。丁是娥、解洪元和筱爱琴分别饰演过瑞珏、觉新和鸣凤，此后，也有杨飞飞、赵春芳演绎的版本。2003年，上海沪剧院推出新版《家》，集结了老中青几代沪剧演员。

《日出》

1982年，上海沪剧院一团在大众剧场公演6场，其剧因为根据曹禺话剧改编的同名沪剧《日出》。沪剧演员马莉莉在其中饰演陈白露一角。在忠实原作的基础上，沪剧《日出》有意识地加重了表现被压迫者悲惨命运戏的分量。2009年该剧由上海沪剧院重新排演，成为保留剧目。

《瑞珏》

2007年，在沪剧《雷雨》导演曹其敬的提议下，沪剧《家》重新改编成《瑞珏》，以这个女性角色的视角，全景式展现了家族的纠葛。

原载《文汇报》2016年9月21日

华丽眉户的华丽跨越

——眉户剧《雷雨》观后

谭志湘

临汾眉户剧团把话剧经典搬上了地方戏曲舞台，看来这是一次移植、一次改编，但对于眉户剧这种生长于北方农村的戏曲剧种来讲，难度之大不亚于原创剧目，甚至超越了原创剧目，因为需要一种原创精神。

演现代戏，演农民是临汾眉户剧团的一个优势，人物个个真实可信，充满生活气息、乡土气息，活泼生动，传神可爱，演员演来得心应手。而《雷雨》这类都市豪门戏，反映的是民国时期的生活，对于眉户这一剧种可以说是"难似蜀道上青天"。

首先，我钦佩他们的自我突破、自我超越精神，不是"扬其所长，避其所短"，而是"不避所短，扬其所长"。为剧种发展，增强剧种表现能力、表现手段，从题材上突破。原有的技术、技巧、技能不够了，需要寻找吸纳新的，他们不避其短，而是想方设法弥补其短。塑造人物则是他们所长，于是以往眉户剧的舞台上出现了一个个栩栩如生的艺术形象，村官高秀明、村姑喜凤、农村青年旺泉、从农村到城市最后又返回农村的姑娘巧英，以及祥林嫂等艺术形象，再接受眉户剧的周朴园、鲁妈、蘩漪，可以说是极不容易，但我们接受了，被感动了，他们演出了《雷雨》的味道，是那个时代生活着的人物，但却具有话剧所不具有的内涵。这种艺术上的独特性奠定了眉户剧《雷雨》的美学品位。

眉户剧《雷雨》获得的是整体性的成功，从编剧、导演、表演、音乐……都有可圈可点之处，解决了或是部分解决了戏曲搬演话剧如何利用戏曲手段、发挥戏曲优势的问题，同时也提出一些值得我们思考的问题。

《雷雨》是一出群戏，虽说是戏份有轻有重，但人人有戏，每个人物都是鲜活丰满的，内心活动与外在的行动又往往不统一，潜台词非常丰富，表演难度很大，潘国梁饰演的周朴园，许爱英饰演的鲁妈，赵梅饰演的蘩漪……都是极为复杂的人物。潘国梁演出了人物的身份气度，在与不同人物的对手戏中，把握人物的身份，展现人物性格的多重性，"逼药"一场戏是他与妻子蘩漪的一场交锋，显示了他貌似关怀妻子，实则冷酷的一面。他用深沉厚重的温和语调，充满感情地说出："蘩漪，你今天下楼来了，病好些了吗？"显示了一个丈夫对妻子的关心，种种逼迫蘩漪喝药的手段用尽，他用充满威严但不失柔和的语调劝药，要蘩漪为了孩子做一个服从的榜样。逼迫周萍跪下劝"母亲"喝药时，他以严厉的家长式的口气命令儿子，绝不容许有丝毫的商量。至此，潘国梁将一个威严暴虐的封建家长形象树立起来，这是一个人物的基调，也是全剧家庭环境氛围的基调，这一基调的奠定使鲁妈和蘩漪的戏有了衬托，蘩漪的反叛和鲁妈三十年前被遗弃都可以找到答案，她们现在的态度也就顺理成章了。

周朴园与周冲的戏不多，潘国梁演来却给观众留下较深的印象。这段戏从一个侧面表现了周朴园的矿主身份，鲁大海作为工人谈判代表在门房等了一天，周朴园与周冲的谈话看似教育儿子，但却显示出轻蔑不屑，虽短短数语，却极为传神。

三十年后周朴园重遇侍萍是一场重头戏。潘国梁与许爱英演得丝丝入扣，二人紧紧把握住人物的情感变化，配合衔接恰到好处。从周朴园打听梅家小姐投湖自尽的事，似是漫不经心地说话到与侍萍相认，深情诉说他的怀念之情，再到开出一张支票了结一切，表演层次清晰，从道白声音的轻重控制、音量音色的变化，让观众感受到这一人物的虚伪无情。特别要提的是许爱英的表演，她一直是含蓄着演，包括那轻轻地、慢慢地撕支票的动作。她是以外表的平静掩饰内心的巨大波澜。三十年前的往事，三十年的苦难经历，都是由眼前这个男人一手造成的，她有恨有悔有情，许爱英的不动声色，似是无表演之表演，仿佛是讲别人的故事一般诉说着，但观众分明听出来她的弦外之音，话中有话，从而显示出这个卑微女人的自爱自尊。见到周萍打鲁大海是她情感的爆发点，当三十年日思夜想的儿子站在她面前却不能相认，她几乎控制不住自己的感情，脱口喊出"萍"，继而掩饰："凭什么打我儿子……"许爱英的这段表演是那么自然，又是那么动情。她的表演通过控制与失控、内敛与爆发，表现了一个饱经沧桑苦难的女人的情感，一个不失尊严的女人的坚韧坚强与一个母亲的挚爱深情。

蘩漪是一个非常难演的人物，难在表现这一人物的韵致、内在的文化气质与她的大胆和倔强。赵梅饰演的蘩漪高贵矜持，一举手一投足都有着豪门主妇的范儿，她手执团扇，缓缓下楼的脚步，忧郁的目光，与周萍对话的语调，时而哀怨，时而尖刻，时而压抑，时而愤愤……蘩漪始终处于主动地位，与周萍进行着语言的交锋与内心的较量。周萍闪烁其词、猥琐躲避，而她敢做敢为，她祈求周萍带她离开这让人窒息的周公馆，离开那个冷酷、虚伪、无视他人生命的周朴园，这里我们看到的是高傲里的屈辱，冷漠里的求生热情，表现出蘩漪大胆的抗拒与难于接受但仍然接受的容忍。赵梅把一个在重压之下被扭曲的情感丰富、性格呈多种色彩的人物演出来了，让观众相信这就是蘩漪。蘩漪的难演还在于分寸的把握，掌握不好，容易让观众产生反感，变成一个引诱儿子、苦苦纠缠不放的坏女人；若不到位，人物的大胆、反叛、不屈服、不退缩、倔强狂热、不甘于禁锢窒息、追求新生的勇敢又表现不出来，成为"温汤水"，少了棱角个性。赵梅的蘩漪最为成功的是让人理解同情这一人物，还有一丝赞赏掺杂其中。

眉户剧《雷雨》运用戏曲手段，将话剧舞台上已经为观众熟悉盛赞的艺术形象立于眉户剧舞台上，且演得有声有色，撞击观众，造成心灵的震撼。不管是资深演员还是青年演员，不管是戏多的角色还是戏少的角色，都在表演之中走进人物生存的大环境和个人生活的小环境，演出时代气息，演出生活情韵、人物的个性与复杂而丰富的情感。

戏曲的唱是塑造人物、揭示人物情感内心的重要手段，而唱词的写作、唱段的安排则取决于作家的功力。《雷雨》在这方面取得的成就是显著的。周萍的一段唱"心如死灰人散淡”，蘩漪的一段唱“乱曲常在胸臆中”，周朴园的一段唱“往事如烟影未消”……都写得相当精彩，这种精彩不在于词句的华美俏丽、比喻得当，更重要的是对人物精神状态的把握与提炼，可以用精准的语言表达出来。眉户的音乐非常好听，作曲配以恰当的旋律，加之演唱的巧妙处理，使每一段表演意义无穷，人物也更加清晰透亮。

戏曲不追求酷似生活，戏曲的艺术原则是写意传神、虚实相间、时空自由。眉户在这一方面进行了尝试。在周萍到鲁家与四凤约会这场戏中，导演将面对观众的一面窗子突然移置于舞台中心位置，貌似突兀，但将屋里的四凤、窗外的周萍以及尾随于周萍身后的蘩漪同时推到观众的面前。舞台霎时出现了三个空间，这时出现了周萍、四凤、蘩漪的三重唱与三个人的合唱。三个人各抒胸臆，特别是蘩漪翻滚于胸中的羡慕与嫉妒，她的恨与痛得到了正面的表现，以致从外面把窗子关死，让周萍无法越窗逃脱。如果说这样的舞台处理是全剧的亮点，是戏曲化的舞台呈现，那么发生于周朴园家客厅的三场戏，其话剧痕迹就显得很明显了，与北京人艺的话剧演出相似，或是说大同小异，变化不大，这就造成了全剧风格不统一的问题。

和谐统一是一种美学境界。戏曲移植话剧不着话剧痕迹，改变写实艺术的话剧特征，用戏曲的手段，虚拟写意来表现同一题材是一件很难的事，是一次艰难的艺术创作历程。眉户剧所作的戏曲化努力取得了可喜成绩，虽然是局部的，仍值得祝贺。眉户剧在把话剧经典之作移植到戏曲舞台上所作的成功尝试值得总结，我们应认真对待，可以学习借鉴，共同探讨，因为戏曲移植话剧优秀剧目也是戏曲的一条创新之路。

原载《戏友》2017 年第 4 期

一首曲终未了的情殇咏叹

——有感于莫凡歌剧《雷雨》

林珣如

1933年，23岁的曹禺极具天赋地创作了伟大的剧作《雷雨》，让整个中国戏剧界都为之震撼。几十年过去了，原著《雷雨》由上海歌剧院改编成了歌剧，它带给我们的依旧是故事情节的震撼和命运捉弄的慨叹。歌剧《雷雨》的改编可以说是在遵从曹禺创作的基本基调上，更加贴合现代社会，它削弱了一些社会背景的介绍，感情热烈而深沉，唱出了一曲荡气回肠的情殇咏叹调。这是一首命运纠结的"情殇"咏叹，是一首历久弥新的"情殇"咏叹，更是一首曲终未了的"情殇"咏叹，它能激起人们心灵最深处的共鸣，从而发出对人生的深入思考。

一、歌剧《雷雨》人物的世俗性

李欧梵在《人文六讲》里引用萨义德的话认为，人文学科本来就是世俗性的，而非源自上帝和宗教，它是人类活动的产物，更是人类意志表达的结晶；人文主义也是开放的，是由多种声音和话语集结而成的学问，不是"一言堂"或一成不变的老古董。[①] 同样，歌剧《雷雨》的脚本也表现为大众所熟悉的世俗性，这种世俗性源于生活，最明显地表现在人性的自私上，从而使整个故事更加真实。"音乐强调情感的抽象表现，听众不会介意一部歌剧的故事是否新颖，他们更关心的是这部作品中所抒之情是否真实，是否让他们为之动容。"因此，哪怕有很多观众已经知道了《雷雨》的故事，但他们在观看的时候依旧会被整部歌剧吸引和打动。我想这和歌剧《雷雨》所展现人性的真实有着密不可分的关系。无论是周朴园、周萍还是蘩漪，我们在他们身上看到的都是人最真实的一种常态——自私。其中最具有代表性的应该是周朴园和侍萍相认的那一幕。从他们两人的对话中，我们看到的是周朴园的自私、伪装与冷漠。

脚本里是这样描述的：

周朴园：（急切地）她如今在哪里？

鲁　妈：（内心挣扎地）她，她，她……就在这里。

周朴园：（倒吸一口冷气）：这里？（鲁妈抬头望着周朴园）

周朴园：（极度惊异地）侍萍，是你？

周朴园：（突然变脸）侍萍，你今天来，到底是想干什么?!

① 李欧梵.人文六讲[M].北京：中国人民大学出版社，2012.

周朴园：(气愤地)你！……[1]

歌剧通过急促的对话，以及内心强烈情感的描述，淋漓尽致地向人们展现了周朴园自私自利、冷漠无情的形象。周朴园害怕侍萍的出现会威胁到他现在的身份、地位和金钱利益，害怕侍萍把他俩曾经的故事当成威胁他的武器。这样，他的寡情薄义、他的不负责任、他的自私自利就被赤裸裸地公之于众了。他丝毫不顾及曾经的情谊，一句“你今天来，到底是想干什么?!”彻底揭开了他的遮羞面具。这一幕真真实实地展现出人性自私自利的世俗性，也将歌剧最本质、最擅长的东西——抒发人物内心的情感凸显出来。

二、歌剧《雷雨》人物的错位性

歌剧《雷雨》要将三十年周家的恩恩怨怨在两幕剧里表现出来，是相当不容易的。而改编者莫凡先生成功的地方就在于把握住了原著里人物的错位关系，引发了种种冲突，而这些冲突不仅仅是简单的肢体冲突，更多的是人物精神上的分离。这种更深层的错位，能让观众用心灵去体悟人物内心的挣扎，加剧了故事的悲剧色彩，引发了人们的思考。那么，这种错位主要是通过什么方式来表现的呢？是对话，是语言的内在力量将人物之间种种错位关系展现出来，营造出紧张的气氛。这种紧张包含着丰富情感的变化，使得歌剧具有更大的张力。在紧张的构成中，人物在每个场面里，冲突都是激荡回旋的，间或爆发几个小火花，从而扩大观众心中感情的容量，它用喜怒哀乐构成感情因素的交错发展，开掘了人心的深度，将整部歌剧一步一步推向高潮。正如英国著名作家乔治·奥威尔(George Orwell)曾经说过的一句话：“我们语言的邋遢使得我们容易思想糊涂。”当然奥威尔所说的语言不仅仅是我们说话的语言，还包括我们书写的文字，只有用精确而具体的生动语言，才能表达所处的环境。[2] 而改编者莫凡先生是用他内在诗意的语言改编了《雷雨》，展现了生活中的冲突，最深刻地揭示了处在冲突中人们的意志、情感和愿望，表现各个人物所处的不同环境以及他们的立场。改编后的歌剧《雷雨》中一共有六个人物，但每两个人物间关系的错位，从外来人看关系上是夫妻、父子、母女、母子、兄弟、爱人，这些关系是用血缘来维系的，然而这些人物却没有因为家庭的爱而凝聚在一起，反而因为个人自私的爱而让彼此越走越远，产生了无尽的冲突矛盾。正是这种人物的错位带给人们对于爱情、对于亲情的思考。脚本里让人印象最深刻的要数蘩漪和周萍两人的关系错位，即被爱情伤得体无完肤的蘩漪和薄情寡义的周萍之间的错位。蘩漪一次次地控诉换来的永远是周萍的逃避、躲藏和背叛。脚本里有这样几段对话：

蘩漪：(柔情地)啊，萍，没有你在我身边的日子里，我是多么地苦！

周萍：(忏悔地)哦，那是我最后悔的错误！

蘩漪：啊，我多么糊涂！

……

① 中华人民共和国文化部艺术司.国家舞台艺术精品工程剧作集[G].北京:文化艺术出版社，2007.

② 曹禺.曹禺作品精选[M].武汉：长江文艺出版社，2004.

蘩漪:(发自肺腑地)在我生命的黄昏里,你依然照耀着我!

周萍:我恨这缠身的荆棘藤萝,心里燃烧起一把火!你给我走,走开,滚开!

蘩漪:(失望地看清了自己的命运)那么,一切都完了,我想在冰山深谷坠落……

从这儿段对话我们可以看出,周萍和蘩漪当年浓情似水的感情是蘩漪生活唯一的希望,但却成了周萍的枷锁和一生的悔恨。至此,蘩漪的控诉并没有结束。同曹禺一样,莫凡关注到蘩漪这一经典的人物形象。蘩漪身上具备的多重人格和大跨度的心理变化,都使得她和同样复杂的周萍之间的错位越来越明显,才有了蘩漪发出了这样的控诉:“你,你,引诱我,母亲不像母亲,情妇不像情妇。你,你,你这没心肝的衣冠禽兽!”全剧中蘩漪共有四段咏叹调,唱出的是她生命中交织的爱与恨,是最残酷的爱和最不忍的恨。

当然,整部歌剧中还有其他人物关系的错位交织,比如侍萍和自己亲生儿子周萍间的错位。侍萍深深爱着自己的儿子,但又不能相认,最后却使四凤与周萍之间的不伦之恋昭然若揭,让周萍对自己亲生母亲的感情越发复杂,也让侍萍要保持距离地爱着自己的儿子。

全剧一共六个主要人物,却因为人物关系的错位而让这部歌剧具有了悬念与冲突,满足了欣赏者的“完形压强”——从错综复杂的事理中提炼出事理真髓的趣味。我想这也是这部剧吸引人的地方。

三、歌剧《雷雨》人物语言的抒情性

歌剧本身就具有善于抒情、拙于叙事的特点,而莫凡先生就将抒情性的语言在演员唱咏叹调的时候进行到底,通过诗一样的语言,让感情时而像小河一样低低述说,时而像大海一样奔涌而出,配上音乐,其抒情韵味就愈发浓烈。脚本里周冲这样纯真地唱着:“海鸥飞翔,白帆向远方,哦,妈妈,我们在一起,还有哥哥,离开这个家,去寻找一片净土,沐浴海上阳光!在海天相连的地方,弥漫着自由的芳香,没有欺骗,没有背叛,只有真诚与欢畅,那是平等博爱的天堂!”这样抒情性的语言,把周冲善良、单纯、热情,对生活满怀希望的形象勾勒出来。他看似有点幼稚,但在那样一个污浊的周家里却显得干净而美好。周冲试图用自己美好单纯的心思构想过那纯净简单的净土生活,追求真诚、平等和博爱的天堂。周冲带给这个家一丝希望,但很快在残酷复杂的现实面前破灭!而周冲这样流畅诗意的抒情性语言符合他的性格,像诗一样美好纯洁,他的生活就是诗意的栖居。人物语言的抒情性使得整个剧流畅而充盈,无论是演员还是观众都会处在饱满的情感状态。全剧蘩漪唱的四段咏叹调,抒情意味更多在于对周萍的感情的痛苦与纠结,只是她不愿意让自己的希望破灭,所以她仍抱有一丝幻想。但最后周萍对她的无情,让她发出了“一个女子不能受两代人欺负”的指责,饱含着对周萍的爱恨交加的责怪,又满含着对周朴园的怨恨。蘩漪对爱情不顾一切的追求让她彻底疯了,这种疯狂让人心痛,但却展现出她最真实的、最微妙的、最隐秘的内心世界。这是一个可恨但又可怜的女人。

歌剧《雷雨》的抒情性无疑是对原著的一种更符合歌剧这一艺术形式的表达,抒情性将人物情感表现得更加充沛和直观，让欣赏者更能体会到语言文字加之于歌剧的独特创造力。不得不说，莫凡对于歌剧的语言拿捏是有所考究的，让观众多了些流畅而优美的文字感受。

四、结语

曹禺曾经说过："写《雷雨》是一种情感的迫切需要。我念起人类是怎样可怜的动物，带着踌躇满志的性情，仿佛是自己来主宰自己的运命，而时常不是自己来主宰着。"这部作品之所以成功，具体表现在体现了一种神秘的诱惑，即对无常命运的恐惧和对奋争的生命的礼赞。歌剧的改编也像曹禺所说的一样。歌剧成功地再现了原著的主题，又赋予其新的形式加以创造，将人物形象具有的世俗性、人物关系的错位性，通过语言的抒情性表现出来，增加了故事的真实性，增进了观众与人物的感情。浓郁的情感留在观众心中的是理不清的乱和写不尽的痛。让曹禺的《雷雨》以现代的形式为更多的观众所接受，这就是歌剧《雷雨》巨大的成功之处。

原载《艺苑》2014 年第 3 期

研究话剧《雷雨》的电影、电视改编

王羽萌

我国话剧艺术发展了多年，在当今诸多的经典话剧当中，《雷雨》是被改编最多的作品之一，从《雷雨》诞生以来，很多导演都对《雷雨》进行了多次改编，同时我国也推出了同名的电影、电视作品。改编不仅仅是采用不同表现手法来阐述同一故事与艺术，更多是传递着两种艺术形式。在对话剧《雷雨》进行电影、电视改编当中，需要结合群众审美情绪、遵循影视艺术规律、忠于原作等观念，这样才能够实现《雷雨》电视剧、电影的改编目标，从而创造出更加优秀的作品。

一、观众审美趣味与情结化改编

（一）《雷雨》的改编情况

话剧《雷雨》在中国话剧领域有着极大的地位，它之所以可以打动观众，是因为作者出于一种"情感的、迫切的需要"剖析了当时社会和历史的深重罪孽。而在话剧舞台上出现无数版本的《雷雨》作品，可以说是老少皆知，也是每一个剧团的保留剧目。而电视剧《雷雨》的出现，不仅提高了《雷雨》影响还促进了电视媒体的发展，同时推动了《雷雨》作品的发展。通过对话剧《雷雨》与电影《雷雨》进行对比可以发现，电影、电视剧的《雷雨》中的故事有了很大的变化。郭沫若认为《雷雨》是一种希腊式命运悲剧，是命运对人残忍的捉弄。作者曹禺表示《雷雨》的创作不仅是攻击当时的黑暗社会，还是对宇宙间很多神秘事情的一种憧憬。命运不可预知、无法理解，甚至命运是残酷的、残忍的，哪怕是善良的人也往往逃离不了悲惨命运。电影与电视剧的改编往往具有更多的发挥空间，如果说话剧《雷雨》能够演绎成不同的社会问题剧，那么从影视方面出发，可以进行策略性选择，让其成为一种噱头，抓取人心的情节剧。

《雷雨》当中的很多情节都是由他人转述的形式，但这也成为了影视剧的重要组成部分。剧本当中所发生的平行事件由于处于不同时空，所以存在着相互交织的现实矛盾，经过梳理之后即可呈现为跨越时空的清晰故事。通过影视剧改动，让《雷雨》不再是以悲剧支配一切命运，而是以人物为核心从而衍生出悲剧命运，从而推动影视剧情节进展。

（二）审美与情节变化

影视剧之所以这样改编《雷雨》，与当时我国电影观众欣赏习惯或审美情趣有着直接关系。在20世纪30年代中国上海就已经有了影院，但多数都是好莱坞电影，由于存在语言障碍以及票价高昂等因素，并且这些电影跟当时中国的社会价值观并不相符，通常都是上层人才走入电影院观看，体现了品位与身份的象征。而《雷雨》作为一部国产电影，它故事情节深刻，票价又深得人心，可以满足群众的娱乐需求，是适合收入不高人群的消费对象。我国传统电影都是以"有头有尾"的影视剧结构为主，并且情节内容也十分小众，便于人们理解，也就是一种通俗化策略。除了对叙事方面的调整，电影制作者还通过剧情嵌套的方法进行情节叙述。但无论是采用了哪种方法，影视剧改编的成功往往都要顺应群众的审美趣味，并以此为基础进行情节改编，让影视剧内容更加贴近人们的生活或人们想象中的情节，从而取得《雷雨》影视剧的成功。

二、遵循影视艺术的特性规律

从本质上说，话剧与影视剧是不同的艺术形式，不仅是表现形式上的差异，同时还表现在接受形式上的差异。想要让话剧作品成功地搬到荧幕上，就必须要遵循影视艺术发展规律。

(一)剧本语言视觉化

1.剧本描写视觉化

话剧作品主要是采用了语言文字的一种表现手段，无论是外部环境还是人物内部信息，在表演当中主要是采用了语言文字进行描述和刻画。但是影视剧则不具有这项功能，需要采用画面和声音将文学作品提到外在、内在所呈现出的内容，这就需要采用实物化描写，这样观众才可以获取信息。并且影视作品当中所表现的内容都是可视化物体，如景色、人物、物件等都是真实的，但是在文学作品当中，人物内心情绪变化、感受、思想浮动都是抽象的。所以在话剧进行影视剧改编中，除了要表现话剧当中的外在实物，还需要把较强的人物、事物、景色通过画面与人物造型呈现出来，并表达出原作当中抽象事物，通过可视化、可听化表达出来，让观众切实可以感受到，从而传达影视剧效果以及编剧内容。曹禺十分善于描写环境，并且话剧当中含有非常多环境描写，如《雷雨》当中对沉闷天气描写篇幅非常大。在影视剧《雷雨》当中，原作中描写十分细致的环境非常简单，甚至是粗略，对于环境营造没有原作的感受，镜头视觉化效果也不是很到位。

2.剧中人物台词视觉化

对于电视剧、电影来说，话剧肢体活动并不多，通常剧情都是通过人物语言表达，通过对话的形式表达人物特点、经历。所以话剧当中的人物台词更多是传达思想、表现个性、推动故事情节发展的关键。可见语言是话剧表达的重要手段，这就需要加强语言锻炼，让人物更有个性和特色，这就需要影视剧改编将话剧经典台词保留。保留并不是原样照搬，而是具有影视艺术特性的保留。影视剧是视听艺术，不像话剧一样十分依赖语言，更多是依赖于画面，所以需要通过丰富的动作与面部表情来替代语言上的不足。在电影《雷雨》

中，虽然画面与台词产生了主次颠倒，画面也是配合台词出现，是台词的补充与说明，因此电影《雷雨》当中对原作语言较为真实，但是在画面和语言上的转换。这就需要强化对电影语言的应用，通过画面来呈现原作中丰富的语言场景，这样才能够在视听方面满足观众需求。

（二）突破剧本的时空限制

话剧通常都要遵循“三一律”原则，即所阐述的故事必须要在一天内完成、地点在一个场景内、故事围绕这一个主题展开。但是影视作品可以实现空间转换，所以在话剧改编当中，需要突破话剧诸多的限制性因素，从而突出影视艺术的优势，打破“三一律”原则，强化影视作品的审美性。突破空间限制作为影视剧改编的重要内容，对情节内容进行筛选、补充、拓展，合理应用倒叙、插叙法，让电影看上去不那么突兀。电影《雷雨》就是严格按照“三一律”进行改编，最先从一个闷热的上午开始剧情，故事结束是在凌晨两点，故事在一天内完成，故事发生地点在鲁家和周家。虽然该方法忠于原作，但是与电影艺术表达相矛盾，还是非常像话剧，因此电影中高度自由的表现手法并未在《雷雨》中体现。

三、忠于原作思想内容

（一）精准掌握人物形象

无论是话剧还是影视剧，都需要有人物作为支撑。特别是在影视剧当中，人物的形象、语言都是作品主题思想的体现，人物性格塑造在很大程度上能够彰显影视剧形象。因此剧中人物命运、最终归属都要落实到人物特点上，如果导演改变了剧中人物性格，就会直接影响人物的命运，因此电影《雷雨》也就不是原作《雷雨》。通过对电视剧《雷雨》进行分析可知，导演对蘩漪的定位偏高，并且赋予了其很多的高尚品德，她爱护劳工、大胆追爱、坚持正义等，将一个原本负面的人物刻画成了较为完美的正面人物。由此可见，电视剧《雷雨》将原作当中的人物形象扭曲了，导致人物思想发生了变化，这不仅仅是单纯的影视剧改编，而是彻底改变。

（二）故事情节更加趋向于作家创作

通过故事情节来体现故事主题是影视剧艺术不变的定律，但是如何开展故事情节，故事结局如何不是作者所决定的，而是故事发展趋势、故事结局发展、人物命运会逐渐脱离作者而走向独立，也就是最终结局是由情节发展、人物性格所决定。对于影视剧来说，情节发展十分重要。但由于影视剧发挥空间非常大，所以在改编当中往往需要丰富故事情节，最终与话剧产生了冲突。在影视剧编剧当中难免会加入个人思想，很多改动都会违背原作的创作意图。这就需要在剧本改动中保留原作的人物性格、生活环境、社会背景，这样才更加忠于原作。电视剧当中的《雷雨》改动最多的是周萍和蘩漪的爱情故事，蘩漪为了能够解决周萍的燃眉之急，而出钱相助，从而打动了周萍内心。话剧中没有过多表现二者的爱情故事，而是通过话语、潜台词来表达二人的乱伦关系，但是随着影视剧对《雷雨》

剧情不断扩大，将作者所抨击的乱伦演变成为了美好的爱情故事，不仅与当时时代特征不符，也扭曲了原作创作意图。

四、结语

通过对话剧《雷雨》的影视剧改编分析可以得出，影视剧《雷雨》不仅改编了原作故事情节，还实现了更深层的思想传递。本文认为，在话剧的影视剧改编中，不仅要保留，还需要突破，在遵循影视剧改编原则上，发挥影视剧的视听优势，以更加合理的方法，找到影视剧、话剧的融合点，从而提高作品质量。但不管是优秀影视版本还是话剧版本，都更好地将《雷雨》推上了顶峰，展现出它独有的魅力。

原载《大众文艺》2018 年第 11 期

40年前的“周冲”如今成了“周朴园”

——甬剧《雷雨》晋京演出受热捧

陈晓旻　房　炜

“《雷雨》看过书，看过话剧，看过其他形式的表演，但是真正让我身临其境、震撼心灵的还是这部甬剧《雷雨》，没想到地方戏曲也能那么出彩！”一位北京观众说。10月18日晚，甬剧《雷雨》搬上了北京梅兰芳大剧院的舞台，浓郁、悲悯、惨烈的风格还原了曹禺先生原著的精髓，现场观众无不为之动容，这也是甬剧《雷雨》创排60年来，第一次晋京演出。

甬剧距今已有200多年的历史，是宁波最具地域性和代表性的戏曲剧种，于2008年列入第二批国家级非物质文化遗产名录。《雷雨》是剧坛公认的杰出戏剧作品之一，早在20世纪50年代宁波市甬剧团建团之初，就移植编排了《雷雨》，并在宁波、上海等地演出。

1978年，金玉兰、金碧水、郭兴根、杨佳玲、汪丽珍、沃幸康、曹定英、杨柳汀、卓胜祖、王坚等甬剧老艺术家再度创排出演了《雷雨》，台词是纯宁波方言俚语，唱腔是纯宁波滩簧；剧情背景正是甬剧剧目主流，即民国题材，那一年，甬剧《雷雨》红得发紫。

时年22岁的沃幸康在剧中出演二少爷周冲，他回忆说：“甬剧《雷雨》引起上海文艺界的关注，上海电视台主动提出到我们团来转播这部戏。当时我们都睡在剧场，半夜三更下面很吵闹，我也不知道怎么回事，一看是观众在排队，那时候是凌晨三点，天还没亮。按照今天的说法就是一票难求。当年，我们走进大商店，一些营业员会认得你演谁。”

时隔40年后，宁波市甬剧团4代甬剧人首次同台晋京演出《雷雨》，当年在剧中演周冲的沃幸康，如今在剧中饰演了周朴园。他感慨道：“1978年、1995年、1999年、2015年，直到2017年，《雷雨》经过5次修改复排，每次复排公演，所到之处用座无虚席来形容一点儿也不过分，《雷雨》一直是甬剧团的经典保留剧目。没有想到，首都人民居然对我们这个小剧种那么感兴趣，我特意留意了台下观众的反应，不少人拿着纸巾在抹眼泪，这样的反应也是对甬剧最好的认可。”

原载《宁波日报》2018年10月19日

甬剧《雷雨》60年后晋京演出

房　炜

2018年10月18日晚上，被称为“移植经典”的甬剧《雷雨》被搬上了北京梅兰芳大剧院的舞台，浓郁、细腻、悲悯、惨烈的戏剧风格还原了原著的精髓，现场观众无不为之动容，这也是甬剧《雷雨》创排60年来，第一次接受首都观众的检阅。

甬剧是用浙江宁波方言演唱的地方戏曲剧种，距今已有200年左右的历史，是宁波最具地域性和代表性的戏曲剧种，有着悠久历史和丰厚积淀，既是宁波地方文化风情的传承，也是当地历史的遗留和延伸，于2008年列入第二批国家级非物质文化遗产名录。建团于20世纪50年代的宁波市甬剧团是目前全国唯一的甬剧专业团体，素有“天下第一团”之称，这一称号承载了几代甬剧人的不懈努力和杰出贡献，既是一种荣誉，更是一种使命和责任。为了保护、传承、弘扬这一地方文化，如今第九代甬剧传承人也将于2020年正式毕业进入宁波市甬剧团，挑起甬剧传承的担子。

《雷雨》是剧坛公认的杰出戏剧作品之一，甬剧《雷雨》被称为“移植经典”也当之无愧。早在宁波市甬剧团建团之初，便已开始移植编排甬剧《雷雨》，并在宁波、上海等地演出，这在当时应该是全国地方戏曲剧团较早移植编演《雷雨》的行为。因其批判根深蒂固的封建主义思想，一经公演，就收获了当时崇尚自由、民主思想的男女青年的“芳心”，一时间甬剧风靡于上海、宁波等地，拥有一大批的忠实戏迷。

此次演出的甬剧《雷雨》注重再现曹禺的原作，剧情上并未有任何改编，但是为了让观众在享受艺术的过程中能更加入戏，宁波市甬剧团在作曲上可谓是花了一番心思。“《雷雨》所展示的是一出人生大悲剧，所以整个戏的基调都是灰暗的，这种主题用纯民乐是表达不出那种压抑感的，所以我在谱曲的时候用了很多弦乐，大胆采用了双排键，在音乐中激发矛盾，民乐只起到了一个点缀的作用。”作曲家汪峰解释说：“这部《雷雨》里所有的曲子都是重新编排谱曲的，乐队的编制应该也是甬剧历史上最庞大的一次，我想观众也能通过配乐，换一个角度来深刻理解这部经典戏剧。”宁波市甬剧团总经理吴刚说：“这几年，宁波市甬剧团一直致力于现实题材的创作和移植其他经典剧目的创排工作，像《宁波大哥》《筑梦》这些宁波本土题材的作品都获得了浙江省乃至全国的奖项。这次，我们把《雷雨》带到首都，向首都人民汇报，接受广大《雷雨》粉丝的检阅，也是希望这版独特的《雷雨》能让大家关注甬剧，爱上甬剧。”

原载《文化月刊》2018年第11期

甬剧《雷雨》何以四十年经久不衰

——每次修改都能呼应时代声音和观众需求

崔小明　房　炜

10月18日，甬剧《雷雨》在北京梅兰芳大剧院演出。这部“移植经典”的剧目从1978年创排至今，历经多次修改，始终受到广大观众的喜爱。宁波市甬剧团艺术总监、国家一级演员沃幸康从40年前的周冲演到今天的周朴园，他说，甬剧《雷雨》之所以半个世纪经久不衰，主要是因为始终能呼应人民群众的需要，与时代同呼吸、共命运。

清场排练“牵手戏”

沃幸康1972年进入宁波甬剧队，与甬剧结缘近半个世纪。他说，曾听前辈讲过，甬剧版《雷雨》最初出现在二十世纪五六十年代，但留下的资料极少，甬剧老艺术家的口述，给后来的复排提供了很多宝贵经验。沃幸康亲历的甬剧《雷雨》最早移植复排于1978年。当时正值宁波地、市政府机构合并，宁波的文艺复兴需要老艺术家增添力量，一批在“文革”中四散飘零的甬剧演员陆续回归，甬剧团实力大大增强，拥有了60余名演职人员。1978年，时任团长江梦飞提出要创排《雷雨》时，大家面面相觑，一脸茫然。“文革”以来，大家接触的文艺作品极其有限，绝大多数人不知道《雷雨》到底是什么戏，听了团长介绍后才知道这是一部“反映资产阶级腐朽没落”的作品。但大家心里没底，当时舞台上演的都是“革命戏”，根本找不到反映“资产阶级生活”的图片、影像、文字资料。《雷雨》的创排在摸索中艰难起步。沃幸康说，随着剧目排练的推进，创作遇到一个难题：剧中人物周萍和四凤有一场情感戏，男女演员要牵手。当时人们的思想还相当保守，不管是戏剧舞台还是电影艺术，很少涉及情感戏。1977年他们创排《霓虹灯下的哨兵》时，“春妮”和“陈喜”的爱情故事也是中规中矩。现在要“周萍”和“四凤”牵手，可谓石破天惊了。沃幸康记得，他当时演周冲，戏份不多，压力不大，但“周萍”和“四凤”有心理障碍，始终迈不出那一步。当时团长和导演对两个演员做了很多工作，叫他们解放思想，放下包袱。最后正式排练这场“牵手戏”时，为了减少干扰，导演对现场进行了清场。

演出轰动上海滩

1978年版的甬剧《雷雨》，首演在宁波剧院即今天的逸夫剧院进行。台词是宁波方言俚语，唱腔是宁波滩簧，演员着装统一为长衫马褂。无论舞台布置、演员形象、故事情节，还是反对封建主义、崇尚个性解放的主题，在那个只有“革命戏”可以看的年代，都令观众耳目一新，该剧在随后三个月的演出中场场爆满。《雷雨》的上演，犹如一股春风，吹开了人们尘封的心灵，唤醒了大家对美好精神生活的追求。当时也有一些不同的声音，有人甚至认为《雷雨》在情感方面“太前卫”“不合时宜”。但随着当年年底十一届三中全会的召开，这些“杂音”迅速随风飘散。走在改革开放前列的宁波从上到下接受了这部《雷雨》。

1978 年下半年，宁波甬剧团赴上海演出，带去的剧目有《亮眼哥》《雷雨》。令大家没想到的是，甬剧《雷雨》在上海滩引起轰动。沃幸康说，当时的演出在瑞金剧场，由于条件有限，剧组演职人员就住在剧场里。有一天凌晨三四点钟，他被窗外吵吵嚷嚷的声音吵醒，打开窗户一看，原来是上海的观众在排队买当天《雷雨》的戏票。《雷雨》不仅受到上海普通观众的喜爱，还受到上海文艺界的广泛关注。首场演出时，上海电视台对甬剧《雷雨》进行全程转播，为改革开放初期的宁波文艺留下了浓墨重彩的一笔。

呼应时代之声

时光荏苒，转眼到了 2000 年。宁波早已成为港通四海的改革开放热土，城乡面貌日新月异，人们的思想观念求新求变。1978 年版的《雷雨》受时代限制，已经难以满足新世纪观众的审美需求。同时，第七代甬剧演员已经成长起来，《雷雨》等经典保留剧目的复排工作提上了日程。在前一版《雷雨》里面每一位担纲主要角色的老师，都有了“徒弟”，他们呕心沥血对各自的学生进行“一对一”的辅导，把多年来的舞台经验传授给了下一代。

2017 年，宁波市甬剧团又一次决定复排《雷雨》。这次复排原则是尊重原著，回归经典。剧本出来后，与原著逐一对比，内容基本一致。沃幸康这次饰演周朴园。演了 40 年《雷雨》，他对这部剧已经十分痴迷，研究更加深入。沃幸康说，周朴园这个人物越研究越有意思：1978 年的“周朴园”一出场，就是一个严厉的封建家长形象；这次复排，沃幸康让“周朴园”带着轻松的笑容出场，更显示出其道貌岸然的虚伪性，使这个人物形象更加饱满。周朴园年轻时对侍萍是有真感情还是说只是玩弄？如何在舞台上表现这种复杂矛盾的感情？沃幸康都做了很成功的尝试。沃幸康说，10 月 18 日赴京演出前，曾在逸夫剧院上演一场，在没有赠票的情况下，上座率八成以上。他在台上演出时，感觉全场鸦雀无声，所有观众都被深深带入戏中。

为了更具观赏性，宁波市甬剧团在作曲上花了一番心思。“《雷雨》所展示的是一幕大悲剧，所以整个戏的基调是灰暗的，这种主题用纯民乐奏不出那种压抑感，所以我在谱曲的时候用了很多弦乐，大胆地采用了双排键，在音乐中激发矛盾，民乐只起到了一个点缀的作用。”作曲家汪峰说。“2017 年版《雷雨》里所有的曲子进行了重新编排。乐队的编制，是甬剧历史上最庞大的一次，我想观众也能从音乐中换一个角度来认识理解这部经典剧目。”沃幸康说。

原载《宁波日报》2018 年 11 月 13 日

二、《原野》改编研究资料

关于中国歌剧的通信

曹 禺 乔 羽

一、曹禺致乔羽(1986.4.29)

乔羽同志：

久未见，想近日创作诗歌、戏剧，更为精绝，钦羡不已。我的女儿万方在你的教导之下，改编《原野》作为歌剧院剧本，经人推荐，我读了似还可以。

《原野》经她改编，颇有些歌剧味道，禺以为仍应求歌剧前辈如兄者帮助指导，始可言是中国歌剧。

中国自己的歌剧方兴未艾，披荆斩棘者有人而后继人才似宜多方培养，方可完成大业，不知是否？

匆匆敬请撰安！

曹禺

一九八六、四、二十九

乔羽注：

此信已遗失。据记忆，大意谓万方改编的歌剧剧本《原野》已读过，甚佳，拟纳入歌剧院排演计划中。并由此得到启发，很想以此为据，陆续将曹氏诸剧改编为歌剧演出。曹氏诸剧是我国戏剧艺术的大财富，如果中国歌剧拥有了这种财富，使用了这种财富，中国歌剧艺术的仓囱将大为丰实。惟不知曹公意下如何？

二、曹禺致乔羽(1986.5.25)

乔羽同志：

拜读手书，谬蒙赞许，实深汗颜。但陆续以拙著为今日中国歌剧的底本，实属不妥。理由以及我对歌剧浅陋意见陈述如下：

一、歌剧故事应简明、清楚，我的戏剧故事复杂，人物太多，有的立意且偏僻，今日观众未必喜欢。

二、目前需要熟习中国歌剧特点与要求的戏剧诗人，他们的才能与功力也称得起是歌剧作家，如从全国范围访贤，这是找得到的。

三、我们要伟大的作曲家。梅里美的小说《卡门》如无 Bizet（编者注：乔治·比才，Georges Bizet，1838—1875 年，法国作曲家，世界上演率最高的歌剧《卡门》的作者），便写不出传世的歌剧。今日为中国歌剧作曲的人太少，不够重视。世界歌剧多以作曲家称名，我们的杂剧、昆曲是以作家称名，可见我们自来不大重视歌剧作曲家的。

四、我们缺少伟大的歌剧演唱家。今日有成名的歌剧艺术家，但成就虽大，然仍需与各地音乐学院共同培养，多方实践，是一问题。

五、选歌剧题材，似不宜急功近利。若定要采取目前题材，求一日之效益，得上级暂时的首肯，发展中国歌剧是困难的。

在不违反四项基本原则条件下，任何高级人物、批评权威、普通观众，可以提出各种意见。对剧本、作曲、演出、歌唱，或批评、或赞美，都应真正争取有见解的歌剧艺术家的理解与消化，才能有所取舍。要在和谐空气中求交流，在平等地位上求团结，求进展。做不到这一点，则如石缝中硬埋苗子，永远长不成大树的。

六、今日中国歌剧唱法究应采取民族唱法？或洋唱法？或二者并举？应争鸣。但更应多实践。允许失败，允许得失参半的情况。在认真的长期的实践中终会得一结论。

七、我们赞同常演出世界名歌剧，以丰富文化，以扩大眼界。然而我们必须以有中国特色的社会主义的中国歌剧，在全世界、全人类面前做大贡献。中国歌剧的伟大贡献，要使世界人民心服口服，而不仅是获得多少个金牌。我们今日的中国歌剧要使子孙后代认为这是永恒的文化宝库，是祖国的光荣！

胡说乱讲，诸维原谅。叨在多年友好，不觉放肆之极。敬请艺安！

曹禺

一九八六、五、二十五

原载《人民音乐》1987 年第 9 期

《原野》的启示

施万春

改革与开放带来了八十年代音乐创作局面的繁荣，创作热潮此起彼伏，然而中国乐坛上的歌剧仍然是寂寞的。各种浪潮似乎还来不及冲击这块几乎荒芜了的领地。人们都急切期待着她的苏醒，急切期待着她的复兴……这时候作曲家金湘勇敢地把曹禺的《原野》搬上歌剧舞台，并且获得了巨大的成功，十分令人振奋。

有人说歌剧的兴旺象征着一个民族音乐的成熟，这说明歌剧在民族音乐中的重要位置。中国歌剧应走什么样的道路，自然成为大家非常关心的议题。然而重要的是实践，勇敢而不避艰难的实践。金湘积多年来在合唱、室内乐、交响乐等多种音乐体裁的创作经验，向歌剧这块众说纷纭的领域迈出了很有魄力的一步。面对歌剧创作的一系列问题，金湘有自己的想法，他首先抓住对剧本内涵深刻把握这一立足点。曹禺的原著通过仇虎复仇情节的展开深刻揭示了人物悲剧的历史根源，六个角色，寥寥几笔，却入木三分，刻骨铭心，作品的时代气息和民族精神正是建立在历史批判的广度与深度之上。人性与封建意识的不可调和，造成仇虎等人物双重性格的分崩离析；至爱、至恨、怪诞、情真正是这部作品至今感人肺腑的原因，这样的作品是很适合歌剧表演的。作者在这一立足点上展开音乐、舞台、情节发展一体的全方位构思：人物双重性格不可调和的深刻矛盾，构成“失落”“爱情”“复仇”“毁灭”四幕剧的主线；人物悲剧与主体感受潜流的巨大反差，衬托“原野”背景上对历史的沉思。音乐作为歌剧之魂，渗透为全剧这一内在张力的辐射与发展。

一、音乐时空的张力

和声空间构思浓墨渲染悲剧气氛，主题贯穿把握全剧哲理精神。序：合唱的一片哭泣叫喊，乐队大七度、小二度构成的持续音背景，发源于作曲家对全剧悲剧色彩所设计的那个由两个小二度调性叠在一起（时而横向，时而纵向）的四、五度重叠的中心和弦。音响的巨大张力预示悲剧的开场，这时主题作了第一次也是全剧唯一的一次完整的呈示，富有民族色彩的复合调式旋律，缓慢凄凉，展示“原野”的深沉广袤。这一主题在全局中不断出现，在中心和弦派生出来小二、大二、增四、纯四五度等音程的衬托下，与人物唱段交织着，伸延着，发展着，这是第三幕仇虎咏叹调中变化了性格的主题。

二、音乐性格的张力

咏叹调设计多侧面揭示人物性格，多手法写意刻画角色差异。仇虎：复仇与爱，刚烈与温情，在第一幕《焦阎王你怎么死了》与第二幕《生生死死我和你永远在一起》的唱段里，不同音乐性格强化了人物情感的内在张力，也为他悲剧性的发展埋下了伏笔。

如果说《多么想有那么一天》这唱段显露金子的反叛性格，那么《漫过那山头的是红高粱》则衬托出她对幸福生活追求的纯真幻想。我把前一段比喻成黑暗中的一团烈火，而把后一段比喻成深渊中的一朵小花。值得注意的是前一段的旋律直接产生于序幕的主题，而后一段田园色彩的音调则一开始就作为音型与主题交织在一起，构成音乐矛盾发展的重要线索。

金子的变化，是由于仇虎的出现，意外相遇勾起往日的爱情，使他们生活中出现一道耀眼的白光。金子在《我的虎子哥，你这野地里的鬼》这唱段中倾诉对仇虎炽热的爱。

大星：懦弱、苍白、不幸，他对金子的爱，对仇虎的坦诚以及他在爱情纠葛与两家冤仇死结中不可逃脱的命运，成了仇虎走向精神崩溃的直接导因。在他的咏叹调里，单纯而又调性归属感很强的旋律准确地刻画了他的内心，他的唱段越纯洁真诚就越具有揪心的悲剧色彩。此外，焦母的《黑色摇篮曲》，也是塑造这个人物真实的一笔。

三、音乐节奏的张力

咏叙调借鉴西洋歌剧，加强戏剧性色彩；宣叙调吸收民族语言，浓厚生活气息。过去我们的歌剧虽有发展，但基本上没有超过话剧加唱的水平。紧凑音乐的节奏，加强歌剧的戏剧性色彩，发挥交响乐队的作用，一直是个薄弱环节。金湘借鉴西洋歌剧手法并结合民族的说唱道白，加上戏剧的打击乐，成功地运用宣叙调和咏叙调，在这个问题上取得了突破性的进展。值得一提的是，作者结合管弦乐进行整体构思，加强了人声与乐队的立体效应，例如第一幕中仇虎的一段唱。

第三幕中焦母与仇虎的对唱是非常扣人心弦的，在木鱼声与弦乐微分音的衬托下，焦母吟诵式的说唱造成了阴森恐怖的气氛，这与那极力掩饰心中怒火故作逍遥的仇虎民谣风的歌唱形成了强烈对比，把剧情的节奏张力推向极点。

音层交响的张力：重唱合唱的运用，多层展示了人物内心的斗争；乐队与人声的交响，推动了剧情发展。全剧几段重唱立体地呈现了人物的情感交锋，复线条的叠置加剧了剧情发展节奏，超越了传统戏剧单纯对唱的局限，也超越了话剧语言的局限。第三幕大星、金子、仇虎的三重唱即是很好的例子。

而第四幕地狱里的合唱采用了两个增四度音程叠置的和声，加上朗诵齐诵配合舞台虚实交错的场景，则揭示了仇虎内心剧烈的矛盾冲突所导致的精神崩溃。

人声与乐队的交响运行体现了作曲家对全剧的整体把握与具体情节的细腻处理，反行、平行、逆行，构成剧情发展的张弛运动。在这里，多维构想是至关重要的。

金湘的《原野》是感人的，他的成功在于准确把握了作品内涵，以作品内在张力为立足点，借鉴西洋歌剧手法，继承民族戏曲精华，融汇多种作曲技法完成立体构思。特别是咏叙调与宣叙调的运用，在我国歌剧创作上是一次突破。当然，他的作品还有一些值得挖掘的地方，如在大胆吸取各种不同的音乐技法时(包括民族的、浪漫派和现代派的)，如何使风格更为统一，如何进一步理解人物的思想感情使音乐(包括咏叙调的旋律)写得更为感人，如何使音乐的发展一直能保持足够的张力，以及配器上的一些细微问题，等等。一部好的歌剧是百年大计，越是研磨才能越放光彩，从某种意义上讲，每一个结束点都应该是一个更好的开头。

金湘的《原野》从一种很有个性的角度回答了歌剧发展面临的问题，从而使热心于民族歌剧振兴的人们得到一种富有活性的刺激力。这种刺激力使我们回顾过去——更好地吸取我国歌剧在过去四五十年发展进程的经验教训。这种刺激力使我们展望未来——对我国歌剧事业的前景充满信心。这种刺激力使我们立足眼前，从一种新的高度来推动创作实践与理论实践的迅猛发展。这些年不少同志为歌剧繁荣而大声呼吁，认为歌剧创作及评论不频繁、不活跃，这和缺少力作的引爆有关。《原野》不正是这种引爆吗？让我们疾步走向前去，掀起一股冲击歌剧领域的新热潮……

原载《人民音乐》1987 年第 9 期

歌剧《原野》《深宫欲海》座谈会(节选)

歌剧的诞生、发展和壮大,迄今已有近四百年的历史。但是,在我国它还是一个年轻的事业。近年来,歌剧舞台上先后出现了一些新剧目。它们努力将中国民族风格与世界优秀的文化传统相融合,艰难地但却是坚实地向前走着,寻求着中国歌剧的发展道路。

1987 年 9 月 21 日,本刊(《人民音乐》)邀请了部分在京的音乐界人士,对中国艺术节上演的《深宫欲海》和《原野》两部歌剧进行了座谈。他们是乔羽、刘诗嵘、王宁一、郑小瑛、王世光、陈贻鑫、金湘、刘振球、王立平、刘经树。下面是部分同志的发言摘要。

刘诗嵘(中央歌剧院副院长):

看了这两部歌剧,很高兴,感到很新鲜。我国的歌剧创作经过了若干年较为艰苦的努力,还是走出了一些新的路子。……这两位作曲家的探索精神首先是要肯定的。而且,不可以一时的成功论英雄,也不可以是否能够流传作评价的唯一标准。

王宁一(中国艺术研究院音乐研究所副所长):

这次艺术节看了两台歌剧,看后心中升起一种希望感,它使我确信,我国的歌剧已进入了一个新的发展里程。两部歌剧都很有特色,《深》剧较多地立足于民族音调而求其现代化的表现,《原野》则较多地借鉴西洋歌剧手法而力求民族化。对于观众来说,可能《深》剧更易讨好,而《原野》可能给我们的启示更多……

现在我再谈谈对《原野》的一些看法。我觉得这是一部真正的大歌剧。它有很大的思想容量和音乐容量。作者调动了全部音乐手段为剧情服务,构思深思熟虑,音乐完整统一。作曲家有自己在音乐上的追求,带着强烈的批判意识,令我感到作曲家力图突破一些观念,解决一些难题。新中国成立以来,围绕着歌剧的发展道路,有过种种争论,《原野》的创作,试图从一个特定的角度作出自己的回答……

《原野》的出现既是在改革开放的形势下,发展了的历史条件的必然产物,又是对种种狭隘观念的有力反驳。作曲家是有勇气的,他的探索是有重大意义的。《原野》在相当高的层次上真正体现了歌剧艺术的音乐性,它终于不再是音乐时断时续的"话剧加唱",不再是单线条的歌曲连唱,它向人们证明,西洋歌剧的最高成就,还有许多方面不曾被人们认识和利用,它证明了这种借鉴的可能性。

王立平(中国电影乐团团长):

金湘在《原野》的创作中民族风格还是很强的,有些音调显然不是哪个戏曲、哪种民歌里来的，但它所表达的是我们中国人的民族心理和欣赏习惯所能接受的，我觉得这也是一条可行的路……对于中国歌剧的发展前景，我是比较乐观的，因为许多成功的歌剧创作实践，使我们越来越看到中国歌剧发展的道路是很宽阔的，可能性是多种多样的，对不同风格、不同特点的作曲家来说，都是可以有所作为的。

王世光（中央歌剧院艺术室成员）：

看了这两部歌剧非常兴奋，觉得它们在我国歌剧发展的历史上翻开了新的一页……作为歌剧，新中国成立后很多争论，我认为主要就是戏剧和音乐的结合，或者说是音乐与戏剧的结合，这两者以谁为轴心，可以有不同的主张。《原野》和《深宫欲海》就是两种不同的结合样式，在今天我以为各种样式都应发展，这是比较符合我们今天的实际的……

《原野》的歌剧意识是另外一种做法，我也很欣赏，它着意于交响性地表达人物的真情实感，它打破了一些咏叹调和宣叙调的界限，用情感的流动构成它音乐的交响性，朗诵调是个大胆的突破，对今后是个很好的借鉴。

郑小瑛（中央歌剧院首席指挥、艺术指导）：

《原野》是部交响性的大歌剧，可以看出编剧、作曲、导演、指挥之间密切的合作与默契。剧本给音乐提供了用武之地，音乐又激发着戏剧表演的热情。金湘同志的音乐充满了新意，在合唱和一些大段宣叙调中，他大胆尝试了无调性和多调性的作曲技法，由于与戏剧形象结合得很好，并没有造成欣赏上的障碍。金子的咏叹调、仇虎与焦母、与金子的二重唱和三重唱等，既有鲜明的民族特点，又抒发了强烈的感情，十分精彩。问答曲和伴奏音乐的交响性段落发挥得也较好，有力地推动了戏剧的开展。略显不足的是：一开始的"冤魂"合唱和最后一幕的"阎王殿"好像长了一些，特别是后者，因戏剧冲突的高潮已经过去，再出现新的人物（仇虎父亲和妹妹的冤魂）不大好懂，太长了观众也易疲乏。另外，演唱一些宣叙调时戏剧性再强一点就更生动了。

刘经树（中央音乐学院教师）：

我想从两部歌剧的悲剧意识角度，评价两剧音乐的得失。《原野》的编导、作曲较好地把握了原作的悲剧性，特别是几个"幻觉"场面的音乐，尝试运用阿尔班—贝尔格的表现主义歌剧语言，有一定的戏剧效果。全剧给人印象最深的是序幕及第一幕前几场的音乐，这在我国歌剧创作中是个突破。他们不是宣叙调，而是半咏半唱的当代歌剧风格，音乐具有可听性，不看字幕就能听清歌词，这就很难得。至于倒字现象，正是《原野》其他场面音乐采用歌谣体咏叹调、宣叙调写法所难以避免出现的通病。

《原野》音乐不足之一在于：第一，将现代吟唱体和古典歌谣体风格"折衷"在一部歌剧里，这就有个风格统一的难题。第二，音乐的戏剧性还不够，乐队音乐写得"白"了些。第四幕幕间曲写得较外在，不够内心化。第三，仇虎决意杀大星、仇虎与金子分手前等抒情唱段，过分歌唱使戏剧情节陷于停顿，在戏剧结构上是虚假的，暴露出歌谣体写法的弊病。总的来看，我同意乔羽同志的评价：这是一部具有开拓性的歌剧……

还有《雷雨》第三幕，音乐用通俗歌曲加上普契尼风格，降低了原作的悲剧美。这些并非巧合的现象，应引起音乐界的注意。

乔羽（中国歌剧舞剧院院长）：

这两部歌剧的出现，使我们的歌剧出现了新的生机，意味着我们的歌剧事业进入了一个新的历史时期。它们的出现不是偶然的，几十年的积累，几十年的选择，水到渠成，使我们赢得了这种生机。它们与我们历史上出现过的那些歌剧有着密不可分的血缘关系，是我们民族自己的歌剧。同时它们又与以往的歌剧有所不同。我们过去曾产生过许多部具有历史意义的歌剧，《白毛女》是其中具有代表性的范例。金湘、刘振球等一批既掌握了我们的民族音乐文化，同时又掌握了欧洲音乐文化和写作技巧的作曲家的出现，使我们有可能产生《原野》这样的歌剧。这批歌剧演员也经过了现代音乐教育的良好训练，具有较高的音乐文化修养的艺术家。有了这样的作曲家、歌唱家，才会有这样的歌剧出现，所以《原野》《深宫欲海》的产生并非偶然。

原载《人民音乐》1987 年第 11 期

歌剧《原野》音乐探究

陈贻鑫　李道松

根据我国著名剧作家曹禺名著改编的歌剧《原野》(万方编剧、金湘作曲),以它大胆的探索创新,精巧的整体构思,鲜明的音乐形象,引起人们的关注,赢得了广泛赞许。

曹禺这部著名悲剧曾以话剧和电影的艺术形式,在国内外享有盛誉。歌剧《原野》没有受话剧、电影的局限,而是按照歌剧的艺术规律,从新的视角对其进行宏观把握,充分发挥了音乐善于表达情感的特点,同时又对音乐进行理念控制,以交响化为戏剧展开的基本手段,将声乐演唱与乐队演奏放在并重的位置,着意刻画特定人物的性格和风貌、冲突和心理,使原著的人物在舞台上栩栩如生,光彩熠熠,深深地拨动着听众的心弦。

《原野》深刻地揭示了20世纪上半叶半殖民地半封建的旧中国的社会环境下,人与人之间的冷酷关系。说明了单靠个人的微薄力量与罪恶的社会抗争,其结果只能是以毁灭而告终。对于这一严肃的社会问题,作曲家没有简单地停留在就事论事地对待情节和人物,而是用哲学的思考来观照生活,并且牢牢抓住爱与恨这根主线(集中表现在仇虎、金子、大星、焦母相互之间的关系上),通过一系列鲜明的音乐形象塑造,激烈的戏剧冲突(内心的冲突、痛苦的反省),充分展现了这对进行“殊死搏斗”的矛盾体,使该剧的音乐产生了强大的震撼力。这种思维逻辑反映出作曲家的人生哲学和美学观念。

戏剧冲突的有力揭示

歌剧形象应是音乐形象与戏剧形象的有机融合和高度统一。以往有些歌剧常常放弃音乐表现戏剧冲突的功能,遇到尖锐的戏剧冲突时,往往用话剧式的对白来表达,从而导致在此种冲突性的场面中,音乐形象出现空白,而戏剧形象却不断强化。这样处理不但抹杀了音乐表现戏剧冲突的艺术魅力,而且背离了歌剧艺术综合美的原则。歌剧《原野》的创作力求剧本减头绪、立主脑,避免出现繁缛细节和人物之间的舌剑唇枪,给音乐留有展翅翱翔的广阔天地。剧中的冲突性场面,几乎全部靠演员的独唱、对唱、重唱及乐队来完成。

如第三幕中,仇虎在杀死大星之前,作曲家为他安排了一首冲突性的咏叹调,揭示了仇虎的深层心态。咏叹调以摇曳起伏的旋律线条,跳进的音程,节拍与速度的转换,使这一组意识流画面(如仇虎入地狱的幻觉,对大星的怜悯,求菩萨的宽恕,阎王的嘲笑及复仇的呼喊),通过音乐的“蒙太奇”手法连接起来。将仇虎内心的感情、心灵的撞击、痛苦的思绪表达得淋漓尽致。

第三幕中金子与仇虎有一段对唱。金子的旋律徐缓下行，带有乞求的口吻，她希望仇虎饶了大星，给他一条生路。而仇虎的回答则是斩钉截铁的否定。这一问一答，一柔一刚，将两种鲜明对照的音乐形象交替迭起，尖锐地表现出在对待大星是生还是死的重要问题上，金子与仇虎所持的不同观点和相互间的矛盾冲突。

在剧中作曲家还精心构思了三组三重唱来表现戏剧冲突。第一、二组是金子、大星、焦母，第三组是金子、仇虎和大星。这三组三重唱在强化戏剧冲突方面都获得了成功，而后者则更具有典型性。

这组三重唱包含了金子、仇虎、大星三者之间的冲突。大星不知仇虎是自己的情敌，又怕被金子瞧不起，只好鼓起勇气，拿着刀子，逼金子讲出真情。此时，他表面强硬，实际上却是慌乱、紧张的。仇虎的内心也非常矛盾，望着大星这个糊涂虫，自己又难于启齿将真相点破，所以，迫切希望大星先动手，好来个痛快的你死我活。他的情绪表现出焦急、烦躁、强压心中的愤怒，大有火山即将喷发之势。而金子深深地爱着仇虎，却又对大星抱以同情，不住地劝说仇虎不要挑明，并且祈祷神灵保佑，避免这场人祸。因此，金子也表现出担忧、害怕、忐忑不安。作曲家将这三个心理状态各异的人物分别塑造成三种不同性格的旋律并统一在纵向叠置中，在乐队的背景衬托下，运用对比性复调的手法加以衍展，三个声部的和声关系也在音乐的进行中发生新的变化，使这组三重唱所揭示的戏剧冲突立体化、多层次，具有时空感，起到了一石三鸟的作用，给人以音乐性、戏剧性、冲突性浑然一体的感觉，产生一种奇特的艺术效果。

全剧中，乐队在表现戏剧冲突方面也发挥了重要作用。如第二幕中焦母和大星用鞭子逼迫金子说出情人到底是谁时，弦乐组和木管组奏出固定音型，铜管组圆号、小号、长号依次而入，奏出呼喊般的音调，打击乐组也紧锣密鼓，使得气氛愈加紧张。尔后，乐队全奏，弦乐、木管组的固定音型不断发展变化，向上冲击，铜管组奏出平行小二度的下行音调，整个乐队以其振聋发聩的音响，排山倒海的气势，掀起了狂澜怒涛，将戏剧冲突白热化。焦母、大星和金子三人此时此刻的激烈冲突及内心的复杂情感都通过乐队的交响有力地揭示出来，给予观众一种强大的感染力。

综上所述，歌剧《原野》在探索音乐表现戏剧冲突方面迈出了可喜的一步，同时也取得了显著突破。

音乐戏剧结构的独特构想

歌剧《原野》的音乐戏剧结构逻辑严密，布局合理，脉络显豁，具有很强的整体感。作曲家在构思音乐戏剧结构时，没有单一依循传统的“分曲结构”或“贯穿结构”的形式，而是采取“合二而一”的做法，将两者有机地融为一体。总体布局声乐部分以“分曲结构”为主（也可称为连缀结构），器乐部分以“贯穿结构”为主。

在全剧中“主体贯穿”的原则得到了充分体现。

首先是“原野”主题。原野的主题由阴阳一对主题组成，并以立体交叉的方式出现。

第一主题由大提琴奏出，音乐低沉悲凉，具有一种历史的纵深感。第二主题由双簧管奏出，旋律幽婉淡雅，把人带入朦胧、神秘的意境。再加上小提琴那飘忽不定的背景与混声合唱的衬托，着意刻画出广袤无垠的原野、缓缓浮动的雾霭、阴霾密布的苍穹……

其次是"爱情"主题。它也同样由双主题组成。第一主题的音乐抒情隽秀，富于阴柔之美。第二主题旋律舒展、深情，蕴含着阳刚之气。

还有如"黑暗"主题。它在第一幕中焦母临上场前出现，旋律呆板、僵滞，线条曲折下行，减五度音程很突出，给人以压抑、沉重、阴森的感觉，象征着暗无天日的社会和邪恶的势力。

以上这三个主题在全剧中以它们的原型和各种变化（如移位、倒影、紧缩、固定音型等）多次出现。"原野"和"黑暗"主题主要由器乐来陈述，"爱情"主题大部分由声乐来陈述。同时声乐和器乐相互也有交叉，例如仇虎和金子的咏叹调中分别采用了"原野"双主题的音乐素材。作曲家将这三个贯穿主题作为串联剧情发展中各个环节的链条，使整体结构体现出既有相对的独立，又包含有机的统一。

全剧音乐的"整体贯穿"原则也是作曲家的艺术追求。在设计人物唱段时，根据剧中矛盾冲突一环紧扣一环的特点，作曲家金湘很少采用传统的方整性、收拢性的音乐结构，而是较多地采用了非方整性和开放性的音乐结构，因此大大加强了音乐戏剧的动力性。在处理各个人物唱段的前后关系上，力求紧密相连，淡化相互之间的分段界限，甚至幕与幕之间也被幕间曲衔接得相当紧凑。特别需要指出的是，剧中的所有道白、吟诵都依附在音乐的框架之中，统统作为音乐中的一个声部来进行艺术处理。虽然剧中也有几处人物道白时音乐出现休止，然而，这是作曲家的精心安排，目的在于造成一种对比，休止本身也是音乐中的一个表情成分。造成这种音乐的静止，是为了达到"此时无声胜有声"的艺术效果。总之，"整体贯穿"使音乐和戏剧的发展绵绵不断、一气呵成。

"再现"是音乐结构中的重要手段。当音乐与戏剧结合时，它又该如何应用呢？在这部歌剧中，音乐的"再现"原则得到了妙用。例如，第二幕中金子的爱情咏叹调，在第三幕中再次出现，然后变成金子与大星的重唱。前者表现了金子与仇虎相遇后，感到自己在焦家这座坟茔中濒临死亡的生命又复活了，内心充满着对仇虎的爱恋。咏叹调旋律舒展、优美，音乐形象楚楚动人。而后者则是先由金子唱出自己的命运，接着乐队奏出一连串琶音、音乐情绪犹如江水奔腾。金子坚定了自己的人生信念，呼喊出"人就活一回，没有他我会死"的心声。这时，大星与金子重唱，两人的歌词完全一样。金子抒发的是赤诚的、勇敢的、宁肯奉献生命的爱；而大星抒发的是单相思的、懦弱的、乞求他人恩赐的爱。这种"同中求异""异中求同"辩证统一的艺术处理，十分成功。

众所周知，在一部歌剧中高潮处理得是否得当乃是关系全剧成败的关键一环。作曲家在构思《原野》的音乐戏剧结构时，对于高潮做了精心、妥帖的安排。通过合理的整体布局来把握歌剧的总高潮和各幕中的高潮点，从而产生了音乐戏剧的冲突性高潮与抒情性高潮点的系列。使剧情发展符合逻辑，大、小高潮点有机联系，"强"高潮、"弱"高潮相互衬托。例如，第二幕中，作曲家专门设计了一首民谣风的重唱，音乐素材来自"爱情"第一主题，并加以发展变化。

此曲在风格上很接近原始民歌，具有我国北方民歌的韵味，散发出一股沁人心脾的醇香，它把仇虎和金子带入往事的回忆，那时，两人青梅竹马、心心相印。这首重唱不仅起到了交代故事发生的地点和情节的作用，而且对仇虎和金子两人纯真的爱情也做了生动的描绘，并将这幕戏的爱情主线推向高点。在这里作曲家没有让演唱都引吭高歌、交响乐队慷慨激昂，而是采取抒情性高潮的“弱”处理。运用白描式的手法，先由金子轻声独唱，乐队仅有大提琴与低音提琴奏长音，然后仇虎的声部加入，小提琴做和声背景，接着木管声部奏复调。虽然声乐和乐队都很轻淡，但却独具风格特色。使得这首纯朴、清新的重唱与整个悲剧那凝重、压抑的氛围形成了鲜明的对比，给人以豁然开朗、赏心悦目的感觉，同时此种“弱”处理在揭示善良、纯洁被邪恶、黑暗所吞噬这一深刻的悲剧主题方面，起到了画龙点睛的作用。

再如第四幕中的高潮，作曲家采用咏叹调的形式来实现抒情性的“强”高潮。这首咏叹调由“爱情”第二主题发展而成。此时，仇虎已杀死大星，与金子在逃命中迷路，侦缉队正从四面包围上来。咏叹调先由仇虎唱出：“金子，有了你，就有了我，有了孩子就有了我们，生下他，他就是天、就是地。”此曲表达出此时此景仇虎、金子各自的复杂情感和内心世界。它既是一首象征仇虎与金子之间崇高、纯洁的爱情颂歌，又是两位主人公在生死关头难舍难离的诀别之曲。再加上交响乐队的烘云托月，音乐充满激情、直抒胸臆，感人至深。

这部歌剧的总高潮是在第三幕，仇虎即将杀死大星之前，这与传统的典型高潮的“黄金分割点”相吻合。作曲家在设计这一冲突性高潮时，通过宣叙调、咏叹调性质的对唱、三重唱和乐队来完成这一系列人物性格的塑造，将愈趋尖锐化的戏剧冲突，一步步推向顶峰。从而使总高潮到来时，音乐的节奏张力，音响的饱和度都达到极点，人物的心理情感也随之到达高度紧张状态，同时也给观众留下深刻的印象。

在《原野》的音乐戏剧结构中，乐队的写作起着至关重要的作用。作曲家把乐队置于与唱段并驾齐驱的地位，将乐队的伴奏、间奏及幕间曲等融入整个音乐戏剧结构中，成为一个有机的组成部分。如第一幕和第二幕间的幕间曲，竖琴拨出晶莹剔透的分解和弦，由双簧管、单簧管及弦乐队分别奏出“爱情”第二主题。音乐深情、节奏徐缓、旋律优美。这不仅对一幕终了时，仇虎与金子相遇后，两人旧情萌发、相亲相爱，在大星家经常幽会的情节做了简洁的交代，而且对第二幕中仇虎的咏叹调起到了铺垫作用。还有“爱情”第一主题也在幕间曲中得到运用，为“大麦呀，穗穗长”这首重唱在二幕中出现做了预示。再如，第三幕与第四幕间的幕间曲，可称得上是配器精湛、音响丰满的交响乐段落。“爱情”的双主题与“黑暗”主题交织、扭结在一起，“爱情”第一主题首先在木管声部出现，而后变化为大提琴和低音提琴奏出的固定音型。“黑暗”主题紧缩为十六分音符的固定音型在木管声部呈示；“爱情”的第二主题拉宽成激昂有力的音调，由小提琴在不同的调性上陈述。整个乐队管弦齐鸣、气势恢宏，犹如钱塘江大潮，汹涌澎湃、一泻千里，将人性的扭曲、悲剧的命运、善良与邪恶的抗衡、爱与恨的搏斗，通过这遒劲雄浑的交响乐，生动、形象地展现给观众。

从《原野》的音乐戏剧结构上看，作曲家没有囿于某一种歌剧的结构模式，而是采取集体裁之大成、融多种结构的形式为己用的方法，注意把握音乐戏剧的交响性、整体性、概括性、戏剧性，探索歌剧的结构美。

多种风格技法的融会贯通

艺术上的勇于探索和锐意创新是作曲家金湘的执着追求，而熔多种风格技法于一炉则是《原野》音乐创作的显著特征。

一、宣叙调方面：宣叙调在欧洲歌剧中是一种常用的声乐体裁，一般说来，偏重交代剧情、加强戏剧冲突、渲染气氛，旋律上较多用同音反复。在我国以往的歌剧创作中，这种体裁采用得很少。《原野》的音乐创作较多地运用了宣叙调的形式（抒情性或戏剧冲突性的）。金湘在驾驭宣叙调的创作时，采用多调性思维与旋律片段相结合的原则，使宣叙调在不同的调性游移中进行纵向的叠置和横向的衍展。同时注意了音乐与语言的关系，借鉴了中国戏曲中韵白的神韵、古典诗词吟诵的方法以及说唱音乐中的形式，赋予宣叙调以中国特色和多样性。大致分为唱中有说、说中有唱、半说半唱、吟诵加唱、不说只唱等类型。例如，第一幕中焦母的宣叙调，作曲家采用怪诞的音调、松散的节奏来塑造焦母阴险狡猾、心肠歹毒的音乐形象。尤其值得注意的是，作曲家将无调性技法与中国戏曲音乐中的拖腔手法巧妙地糅在一起，加上演员在演唱时用鼻腔哼鸣，惟妙惟肖地描绘出焦母生理上、心理上、性格上的典型特点，人物的音乐形象生动、准确。另外，宣叙调与咏叹调之间明显的界限也被打破，相互产生了渗透、交融。某些唱段中宣叙调、咏叹调的特征共存、平分秋色，故称之为咏叙调。

二、和声方面：作曲家在和弦结构上以小二度、大七度、增四度、减五度为核心，四、五度叠置的和弦为架构，加上其他各种音程关系的叠置组合为点缀，和声的音响色彩斑斓。

在剧中纯五度音程加小二度叠置的和弦平行和弦的使用也是作曲家的"偏爱"。还有像音块、音串等也时常出现。

在和声思维方面，作曲家还运用了线形和声的思维逻辑。和声在这里分为两层。上层和声是减五度和小二度叠置而成，保持四小节不变。下层和声由两组减五度构成，按半音关系，依次下行。此种类型可称之为斜向式。

此例和声是采取纵生横的方式产生的，由原来常用的纯五度加双小二度的纵向叠置，现在将它变成横向线条化，并且各个声部均做等距离的反向进行，上声部与下声部首尾恰好是逆行。此种类型可称之为逆行反向式。

三、调性方面：作曲家在调性运用方面体现出形式多样、多姿多彩的特点。既有单一调性的，如金子的爱情咏叹调；也有调性转换频繁的，如仇虎在第一幕中的咏叹调；还有调性游移或近似无调性的，如焦母的宣叙调。而特点最突出的还应数多调性的运用。如第三幕焦母与仇虎的对唱，此时焦母用吟诵的方式对仇虎进行恫吓，而仇虎唱起悲凉的歌，倾诉着内心深层的冤仇和苦痛。作曲家在这里采用双重调性来完成两人的音乐形象塑造，造成彼此之间在情感上、心理上的鲜明对照。再如，第四幕中有一段精彩的多调性音乐段落：

合唱队四个声部依次序先后在四个不同的调性上唱出“初一十五庙门开”的主题，然后发展成平行共处的双增四度音程叠置的和声进行。将阴曹地府中“牛头马面两边排，阎王小鬼都出来”的场面形象逼真地勾勒出来。同时对仇虎杀死大星后，内心世界的激烈斗争、复杂的情感给予有力的烘托。这种技法的大胆运用，绝不是脱离剧情去炫耀技巧，而是从内容出发，使音乐形象的塑造达到多轨化、多面化、立体化。

四、偶然音乐的因素：在序幕中，作曲家还运用了偶然音乐的技法。

在这里作曲家只为演唱者提供了台词，规定了需要多少时间，余下的完全依靠演唱者自由发挥。弦乐组也采取“定性”而不“定量”的原则，充分调动演员二度创作的积极性，提供演唱、演奏者自由驰骋的艺术天地。这种即兴式、随意式的表演是西方现代乐中“偶然音乐”的一种表现。其实追根溯源，在我国民族民间音乐中也可找到此种表演形式的轨迹，如民间器乐曲中的“穗子”同样是即兴式的。因此，可以说它是东西方共同的文化财富，应该使其发扬光大。

五、微分音的运用：近年来我国不少作曲家对于微分音的写作给予极大的关注，尤其在“新潮”的音乐作品中广为出现。金湘在《原野》中也运用了微分音的技法。作曲家并不是盲目地照搬西方现代派作曲手法，而是通过↑1/4 音和↑3/4 音的运用，将弦乐分为上下二组平行小三度并相隔一拍自由运行的和声流，造成一种躁动不安、跌宕起伏的背景，起到表现人物内心情感的作用，使乐队与人声遥相呼应，产生了强烈的戏剧性效果。鉴于我国的民族民间音乐中存在多种律制的客观事实（如十二平均律、五度相生律、纯律等），微分音的现象也颇为常见，它不同于西方现代音乐中那种理性化地将十二平均律再细分而建立新的律制。微分音在我国是来自于民间，具有久远历史。然而，这块肥沃的处女地还有待于开垦和挖掘，相信随着乐律学理论研究的进一步拓展，会有更多的人来关心、研究、探索这一领域。

六、配器方面：作曲家在处理配器手段上，既能熟练驾驭并发挥管弦乐队各种乐器常规演奏法的特性，又充分注意到挖掘非常规的演奏技法，如钢琴的手掌音块、刮奏琴弦。还有弦乐组运用了提弦打指板、弓捍击弦以及先提弦弹、后用左手掌拍打指板等技法。在配器整体布局上，采用既有乐队的轰鸣交响，又有几件乐器的纤细歌唱，力求乐队的全奏、重奏、独奏三结合，做到浓淡相宜、相映成趣。在处理人声与器乐的关系上，作曲家还尝试使人声的音色器乐化。如在第四幕中描写阎王殿时，让合唱队唱出“嚓”来代替打击乐钹的音色，获得意想不到的音响效果。在乐器音色的挖掘上，作曲家起用萨克斯，担任吹奏“黑暗”主题的一种固定音色，萨克斯沙哑、低沉的音色与音乐所要表达的内容相当贴切。还有板鼓、铁链的音色在乐队中也极富特色。

七、点描技法：在剧中，作曲家主要在打击乐组上运用了点描技法。如在第三幕中焦母与仇虎的对唱，木鱼、堂鼓、铃鼓，借助音区和音色上的表现力，将单线条变为有多层次的立体化、断续的复线条。也就是将一个整体分成若干部分，将“线”化为“点”，通过分散的点连成一条线，从而增强了音乐的空间感。这段打击乐的精心设计，衬托了焦母吟诵式的说唱，为渲染阴森恐怖的气氛，添上了浓重的一笔。

八、节奏方面：作曲家还从中国戏曲音乐中汲取营养，在全剧中较多地运用了京剧中的“乱锤”的节奏特点，主要由板鼓奏出，节奏由慢逐渐加快，具有极大的动力性，推动着戏剧矛盾的层层递进。还有戏曲中的“紧拉慢唱”的形式，在剧中也被借鉴，如第二幕终了前金子的咏叹调中就得到运用。

从以上诸方面的特征，可以窥出风格技法的多样化和复杂性，这说明作曲家试图将传统的与现代的、本国民族的与他国民族的、“共性”写作与“个性”写作的等各种风格技法进行“综合处理”，摸索创作一种新的音乐风格。

作曲家纵向继承中国民族民间音乐传统，横向广采博取外国的优秀音乐文化，并将两者有机“化合”、融会贯通，在纵横交错之中寻找自己的坐标方位。

当今社会随着科学技术的飞速发展，东西方文化上的交汇、撞击日益激烈，艺术界各种新浪潮、新观念层出不穷，呈现出空前活跃的局面，歌剧也面临着一场观念更新的考验。中国的歌剧音乐创作应走什么路？笔者认为，既不能因循守旧，也不可一味超前。音乐创作应为观众的“前导”，而不该仅仅做观众的“随从”。

歌剧《原野》的音乐创作较之以往的歌剧可以说是一种超越，但这种超越，没有与观众产生隔膜，而是起着“前导”的作用。这说明作曲家在大胆创新的同时，也注意到我们民族的欣赏习惯和当代人的审美意识，努力去寻找新形式、新音响与音乐的可听性、可解性之间的平衡点。既要勇于突破，又要避免出现“断裂”，这个分寸感很难掌握，要做到适“度”，谈何容易。从《原野》的演出效果和观众的掌声，证明了该剧在这一点上取得了成功。

当然，任何一部作品都不可能完美无缺，《原野》的音乐创作也存在某些缺憾。如第四幕中阴曹地府的段落显得冗长。乐队的音响强度持续时间过长，使观众听觉产生疲倦而难以接受。个别的宣叙调有些拖沓，音调与语言的结合还有需要精雕细琢之处。在借鉴各种现代作曲技法时，还应进一步提高“消化”功能和“化合”功能。有的人物音乐形象还略显不尽人意等。然而，瑕不掩瑜，《原野》的音乐创作毕竟是我国歌剧的一部佳作。正如乔羽同志所指出的：“歌剧《原野》将会是中国歌剧史上的一部具有开创性的重要作品。”它那锐意求新的探索精神给我国寂寥的歌剧园地带来了勃勃生机，催化着一棵新的幼苗出土。

原载《中国音乐学》1988 年第 1 期

戏曲化的《原野》

——看荆州花鼓《原野》

吴乾浩

以荆州花鼓演出曹禺的名剧《原野》难度是极大的。首先《原野》的话剧就不易演好，曹禺自己说过："演《雷雨》会成功，演《日出》会轰动，演《原野》会失败。"要把找不到光明前途的自发复仇斗争演得深刻而感人，需付出加倍的艺术劳动。其次用另一种艺术样式，改编有定评的名著，调动有差别的艺术手段刻画人物，尚需要摸索。

荆州花鼓《原野》的戏剧矛盾是集中的，四个主要人物分为两组。复仇者仇虎返乡的目的性非常明确，他的旧情人花金子虽被娶为仇人的儿媳，却备受欺虐，倾向明显在仇虎这一边。另一方的代表人物焦阎王虽已死去，但瞎妻焦母仍在，横蛮阴毒，坏入骨髓。焦子大星比较软弱，动摇于二者之间。荆州花鼓善于用强化的戏曲动作去渲染营垒分明又微妙传神的人物关系，花金子送大星去城里，大星对妻子依依不舍；瞎母亲不满儿子的"没出息"，横蛮地用拐杖推儿子，高嚷"我再送你一程"。把一家三人间的微妙关系传达得十分清楚。花金子与仇虎重逢后的复杂感情也用熔铸在整体舞台节奏中的非一般性动作去表现，不管是仇虎打花金子一巴掌，还是花金子含情地捶打对方，都紧扣爱中有怨、怨中含爱，爱怨交加的特殊心绪表露无遗。焦家堂前改设焦阎王像为一根皮鞭，有随时往下挥舞之势。这样的象征性处理，使剧中最主要的未出场的反面人物焦阎王的阴影，更深深笼罩在剧中对立的双方身上。

当相同的题材、人物转用戏曲形式来表现之后，怎样用唱、做、念、舞多种艺术手段，形神兼备、虚实相生地去进行新的创造，是个很现实的课题。由于戏曲的表现手段很丰富，传统的积淀很厚实，完全可以有灵活施展的余地。像仇虎来到花金子房前，花金子欲开窗又闭，闭而又想复开，仇虎进而欲出，出而复进，都紧紧围绕二人的旧情和今日的处境，有极佳的表演。窗的开闭、人的进出，不单纯是虚拟化的生活动作程式，被赋予了心理外化激化内心冲突的含义，欣赏起来就别有一种感觉。当人物的感情言之不足时，《原野》就发挥吟诵和歌唱的特长，利用乡土气息浓郁的打锣腔，加以性格化的发挥，别具情调。此戏剧中的人物舞蹈身段不是很多，但用得很有特色。如当仇虎与花金子回忆当年两情依依的甜蜜生活时，随着叙述来到荒原上、湖水中、瓜架下、水塘边的诗意环境，舞台上在另一表演区时隐时现出翩翩起舞的青年男女的美好倩影。作品还有一项创造，就是用穿着中性服装的舞男舞女，在场与场之间以人代景，配合音乐、灯光及舞台调度，进行剪影式的独特处理。有时它们暗示荆棘丛生的树林，有时又象征鬼火幽幽的坟场，有时还幻化为心灵中的恐怖图像，起到多方面的作用。舞队动中有静，小动之后立即来一个影像造型，情景交融，共同为形象化揭示戏剧主题而努力。

荆州花鼓《原野》有一个很巧妙的艺术构思，为塑造人物性格设计了出奇之笔：缺乏勇气的大星拿着木头刀去威胁花金子和仇虎，仇虎发现凶器后导致心理失去平衡，便下狠心杀死持刀者。当最后被证实是一把木头刀时，大星的软弱和善良似乎就藏在无生命的道具中。而仇虎心理震颤外化为“转身僵尸”这一个强烈动作倒于台口。仇、焦两家的仇恨、仇虎的复仇行为最后竟以这样的方式结局，出乎剧中人意料，也出乎观众意料。在此基础上，仇虎最后的恐怖心理与短暂的忏悔，陷在心理幻觉中无法自拔，才会水到渠成地得到展现。

原载《人民日报》1990 年 11 月 15 日

面向大众的开掘

——荆州花鼓戏《原野》审美特色谈

吴培义

曹禺自己曾说:“演《雷雨》会成功,演《日出》会轰动,演《原野》会失败。”之所以会败,除再创作者对原作的深刻内涵把握不够外,作品本身神秘莫测的象征气氛,扑朔迷离的艺术风貌,隐晦难懂的思想内容难以为观众所接受而影响了审美艺术效果的完成也不能不说是一个重要的原因。湖北省潜江市荆州花鼓剧团演出的荆州花鼓戏《原野》(艺术顾问余笑予、改编执笔胡应明)的成功,正在于它着力于对原著深沉复杂的思想内容淋漓尽致的发掘与突现。

一、注重理解便捷化的审美艺术效果

任何一种艺术,要展现其良好的审美艺术效果,首先必须依赖于良好的审美理解。原作中,仇虎的父亲被焦阎王所害的惨景直至最后一幕的第二景才以幻影的形式倒叙出来,而花鼓戏《原野》却将这一关系全剧剧情发展和人物行动线索的重要场面以相对写实的表演提至全剧的最前面。这样顺理成章,剧中主人公仇虎那超乎寻常的复仇誓愿和复仇手段成为观众审美理解之中的常事。

焦阎王的老婆焦母,是一个与仇家有着微妙关系的新媳妇金子怀有深深疑忌和敌意的瞎老太婆。她的第一次出场是被一步三回头的儿子大星牵着走向观众的,且唱道“女人家是灾星莫要迷着她”。这样,既向观众清楚地交代了焦母那双目失明的外形特征,又使观众对她与金子的婆媳关系有了个初步了解。接着当她与金子进行了一番唇枪舌剑的争吵之后一面对大星恶狠狠地嚷道“我再送你一程”,一面将手中的拐杖蛮横地伸向大星胸前时,一下子就将这个瞎婆的肆虐恶狠及其对大星的严格制约关系和焦大星怯弱无能的性格特点鲜明地传递给了观众。同时,由于将瞎婆改在花金子出场之前首先向观众交代亮相,从而对花金子的出场起了反衬作用,花金子很自然地成了观众同情的对象。如此使得全剧是非曲直分明,褒贬善恶明显,在短时间内几个人物便同时向观众自报了“家门”,为观众全力进入审美想象大开方便之门。

花金子早已成为焦阎王家的媳妇,是焦大星的妻子,而仇虎与金子的最初接触又带有明显的复仇心态,因此,金子与仇虎的偷情结合,很容易带给观众尤其是农村观众一种用情不专,甚至是“破鞋”的印象。为此,该戏在仇虎与金子结合以前便作了大量的铺垫,即让两人互相倾诉过去那些相亲相爱的美好往事(原作在结合十天后才向观众补叙)。而

且，随着这一对情人追忆他们曾在“荒原上、湖水中、瓜架下、水塘边……”那两小无猜、依依相恋的难忘情景，舞台上便逐一出现了一对对情意缠绵的美妙伴侣的倩影，这些影子与剧中主人公一同欢乐，翩翩起舞，一对影子就是他们过去的一曲春梦。这样不仅用简明生动的形象向观众展示了金子与仇虎那埋藏得很深的爱情，同时由于伴舞的出现，也增加了整个舞台欢快热烈的气氛，突出了戏曲，尤其是地方戏曲载歌载舞、自由活泼的大众化的审美艺术特征。正当这对情人沉浸在爱的遐想之中时，焦母进门了。她出于对金子的深深疑恨，出门时竟用钉子钉死了窗户，反锁住大门。于是，造成了仇虎欲出无门，金子被迫最后下定决心的客观环境，使仇虎与金子的结合从主观情感到客观条件诸方面都具有了非如此不可的必然性，为观众深入细致地窥视人物性格直至主观情感发生发展的脉络提供了扶手，搭起了理解的便桥。

二、创造情感外显化的艺术情景

“情感，是戏剧生命的所在，是戏剧家与观众最深刻的交往渠道。”作为传统艺术的中国戏曲来说，它善于将内在的情感外在化、直觉化或形象化。作为酿成中国戏曲审美艺术风格的广大戏曲观众，尤其习惯于直觉具体地感知情感，形象生动地触摸人物内心情感的脉搏。

仇虎是一个内心情感极其复杂的人物。有人认为，仇虎的主要对立面焦阎王在戏开幕前就已过早地死去，这是《原野》难以组织戏剧冲突而淡然失色的重要原因。其实，正是这种显而易见的矛盾冲突的消失，才导致了剧中人物之间的情感角逐显得尤为突出和微妙曲折。很显然，仇虎要杀死兄弟般的朋友大星比直接对焦阎王复仇在感情上就困难得多，复杂得多。大星要得到金子的心，而金子爱的却是仇虎，仇虎不忍杀大星而又非杀不可。可以说，仇虎、大星、金子三方是一组感情冲突的三角点。真正戏剧冲突的交点就在于这三个不同性格、不同角度的人物那不同的思想感情猛烈相撞而爆出的灼热火花。荆州花鼓戏《原野》正是紧紧抓住这一点，并尽量将它彻底地显露外化突现出来。在第六场，当大星哭丧地问道“奸夫在哪里”时，仇虎厉声喝道：“在这里！”与此同时，他用手猛一击桌子，转身挺坐于大星面前以挑逗对方先动手，但毫无反抗勇气的大星却不敢也不忍相信眼前的“虎子哥”便是他要找的“奸夫”。仇虎为了达到刺激大星动刀的目的，竟在大星的眼皮底下将金子拉了过来紧紧地搂在怀里，企图以直觉行为激起大星夺妻之恨的醋意。但大星却仍然只限于深深的自我痛惜而没有动手。于是，仇虎便原形毕露地捶击桌子怨恨道：“焦大星，你这个窝囊废！”且垂头丧气地背向观众坐下。在这段戏里，通过仇虎的大声呵斥、击桌亮相以及搂抱金子等一连串挑战行为，不仅突出地显现了仇虎那复杂激烈的思想感情和野蛮的人物性格，而且把焦大星懦弱无能的性格和痛不欲生的情感也淋漓尽致地展现给了观众。

在第六场，为表现仇虎迫不及待地营救小黑子的急促心情，让他使用了一个“穿扑虎”越过挡在面前的象征性的桌子，这里，不仅这个“穿扑虎”过场本身形象地表现了仇虎在千钧一发之际那瞬息万变的心理情绪，而且这一行为过程还深刻地向观众表明，仇虎企图越过而终于没能及时越过的凸现于仇虎及观众眼前的这个障碍物，此时已不再是一个静止的外形物体，而是焦仇两家几代冤仇的沉积物，它是仇虎与瞎婆之间巨大心理障碍的物质化、形象化。

这种以最明晰、最经济的艺术手段使人物内心情感外显的审美艺术情景，在其他几个人物的身上也同样得到了贴切巧妙的运用。大星深深地爱着金子，而母亲又强迫他用皮鞭逼金子交出“奸夫”，此时，一边是有养育之恩的母亲，一边是有夫妻之情的妻子，真打金子他于心不忍，不打金子又难违母训，处于两难之地的大星于是挥鞭自笞起来，那落在大星身上的一阵阵鞭声，与其说是大星皮开肉绽的声音，不如说是他那悲惨灵魂的痛苦呻吟。正是在这没有言语的单调声响中，观众直觉出他内心深处不易言表的复杂心理活动，为了将大星那缺乏抗争勇气的性格特点外化成真实可感的舞台艺术形象，特意给他设计了一把木头刀，大星正是拿着这把木头刀威胁仇虎和金子而最终导致了仇虎动手将他杀死。木头刀的使用，不仅深化了大星的思想感情特征，也撞击出仇虎的情感火花。当仇虎发现（同时也是让观众发现）大星与之较量的竟是一把木头刀时，突地一个“变身僵尸”惊厥于台口，这个简单平常的戏曲形体动作的运用，瞬间便将仇虎那剧烈的心灵冲突盘托于观众面前，创造出深刻的内心与外显的审美艺术情景。

金子与大星的性格截然不同，她的粗犷泼野外露，导致了她不断地与瞎婆发生正面冲突。当瞎婆用木人扎针咒她时，竟让她当场目睹，这样，随着瞎婆一针针地扎下，金子则一阵阵地惊觉痉挛，好似那一针一针真的就扎在她的心口上。在她怒斥婆婆的缺德之举后，便纵身一跃，双手叉腰地挺立于舞台的制高点，而瞎婆却惊得瘫坐于地。如此，金子那勇于反抗、不屈不挠的性情便化为一种直观的视觉形象矗立于舞台之上，让观众清晰可辨。

三、追求雅俗共赏的审美艺术效果

注重理解的便捷并不是被动地去适应“愚钝”观众的心理需要，而是为了让广大的观众在有限的时空环境里高频率地接受、溶解、消化审美艺术客体，从而使尽可能多的人能够轻松自由地领略到真正的艺术美味。所以，上述的倒叙变顺叙也好，幻觉变实景也罢，都是对艺术审美容量的进一步开掘和深化，而并非一眼见底，一笑了之的简单化。

同样，情感的外显化也非人物内心世界的脸谱化、形式化，而是追求一种更高的美学价值和审美情景。

直接在舞台上表现男女间的肉体结合，对于传统的戏曲艺术来说是一个难点，花鼓戏《原野》对这段戏的处理是：首先是仇虎与金子一段象征性的双人舞造型，与此同时，台口出现了十幅彩绸，鲜艳的彩带不停地上下左右舞动，那飞扬飘荡的彩带象征这对情人无以自抑的心花怒放，是他们狂热奔腾的爱情之河陡起的巨波狂浪。接下来金子仰卧于舞台中间，仇虎欣然脱下外衣扔掉，然后深情地盯住金子蹲下身子……，正当台下的观众为这对情人将露未尽的肉体结合而感到心跳时，那飞舞的彩带立即变幻成一道美丽的屏幕，随着仇虎的身子向金子缓慢贴近，彩色屏幕便逐渐升高，直至舞台上一对情人的身体完全被遮掩起来，以意味着这对久别重逢的有情人此时已完全淹没在爱情的海洋里，这样处理的结果，既将这一对倾心相爱的原野恋人那烈火般的情爱无一遗漏地袒露出来，又给本来难堪于戏曲舞台的性欲行为附之以艺术美的情趣，既是情感的外显，又不失审美艺术的含蓄。真可谓神于透风漏月之处，妙在似与不似之间，让人咀嚼不尽，玩味无穷。

最后一场戏，无论是剧情的发展还是情感的冲突都达到了高潮。此时的仇虎由于神经的高度紧张，脑子里频频出现了幻觉。为了将这一极端复杂的精神状态立体地展现在极其有限的戏曲舞台上，采取了以人代景的手法。这些人拟的布景，时为荆棘丛生的树影，时为怪影幢幢的鬼魂，或分或聚，或动或静，完全随着人物心灵情感的变化而变化，招之即来，挥之则去，既是人物心灵动态的图解，又是角色情感风暴的写照。阴森恐怖的气氛中影映着优美的艺术造型，静态的自然环境里变幻出汹涌的情感波涛，人景合一，情景相通。当仇虎与金子生离死别之际，五对活动“布景”便全部舞动起来，随着急促的音乐节拍持续不断地跺脚起舞。那跺脚声和音乐声混为一气，既象征着剧中人物的剧烈心跳，又预示着四面迫近的侦缉队的急促脚步；似仇虎劝金子赶快离开的催促，也似金子对仇虎依依泣别的悲恸。整个舞台已不再是观众“看戏”的一个有限的艺术空间，而完全变成了剧中人物实际所在的那个风声鹤唳、草木皆兵的实地现场。最后，仇虎被包围在一片乱枪声中，当金子返身冲向仇虎时，五对舞伴骤然射出十条血红的彩带，犹如剧中主人公仇虎胸腔里燃烧的鲜血，喷向他寄予厚望的妻子和儿子，洒向生他养他的茫茫原野大地。至此，剧中人物的情感和台下观众的感情已融为一体，人物的艺术形象和内心情感得到了多维性的显现和升华，观众的审美需求也从中获得了高度饱和的满足。这正是艺术创作所要着力追逐的一种审美艺术效果，是启开雅俗共赏厅堂门户的金钥匙。

原载《戏曲艺术》1991 年第 1 期

我国当代歌剧的历史与现状

居其宏

中华民族有着悠久的音乐戏剧传统。远至汉代的"百戏"，唐宋以降的歌舞杂剧以及后来的戏曲，构成了一幅光辉灿烂、延绵至今的音乐戏剧的独特画卷。然而，现代意义上的歌剧艺术，却是在伟大的五四运动之后，借鉴了西洋歌剧的形式规律和艺术传统，融汇了中国民间音乐戏剧传统的优秀成分的产物。一般认为，黎锦晖作于20世纪20年代的《小小画家》《麻雀与小孩》《葡萄仙子》等一批儿童歌舞剧，是中国歌剧艺术的滥觞。此后，中国艺术家在歌剧创作中进行了多方面的探索。其中既有《扬子江暴风雨》这一类"话剧加唱"的尝试，也有延安时代早期的《军民进行曲》《农村曲》和国统区内一批艺术家按照西洋大歌剧模式创作的《秋子》《荆轲》《苗家月》《西厢记》这一类作品。然而，歌剧作为一门独立的有生命力的艺术形式在中国真正安家落户，并在中国大众的音乐生活中真正占有举足轻重的地位，是在延安秧歌剧运动之后。《兄妹开荒》《夫妻识字》与一大批优秀秧歌剧作的涌现以及此后《白毛女》的诞生，是中国歌剧艺术自我确立的标志。它表明，中国歌剧创作经过从黎锦晖的《小小画家》到黄源洛的《秋子》这长期的艰苦探索之后，终于找到了自己独特的发展道路，逐步形成了具有中国特色的美学品格。《白毛女》的出现在中国歌剧史上树立了一座丰碑，它的艺术精神造就了新中国整整两代歌剧艺术家，对当代歌剧创作产生了巨大而深远的影响。

从《兄妹开荒》到《白毛女》所造成的轰轰烈烈的秧歌剧运动，在中国新文化史和现代音乐史上有着十分重要的地位，并成为中国歌剧史上的"第一次歌剧高潮"。在这个振奋人心的高潮中，在庆祝中华人民共和国成立的礼炮声中，中国歌剧的发展进程胜利地跨入了建设当代(本文中的"当代"概念，是指1949年新中国成立至1989年的时间范围)歌剧艺术的新阶段。

"新歌剧"的探索与"新歌剧问题讨论会"

实行战略转变，建立专业化、正规化的剧场艺术。1949年10月1日中华人民共和国的成立，不但为中国歌剧的发展开辟了广阔的前程，而且国家政治、经济和文化环境的巨大变化向当代歌剧艺术提出了一系列新的课题，其中最重要的任务是适应全国解放的新形势，使歌剧艺术从观念到体制实行从战争时期到和平建设时期的战略性转变。

1949年第一次全国文代会前后，随着中国人民解放军胜利挺进的步伐，解放区一些主要的歌剧团体相继进入北京、上海、沈阳、武汉等大城市，360个文工团活跃在广大城乡，演出《白毛女》等解放区的秧歌剧和新歌剧作品，宣传革命和翻身解放的道理，同时也向更多群众展示了革命文艺家创造的这种新型音乐戏剧样式的独特魅力。因此，当广大城乡观众从《白毛女》《兄妹开荒》《夫妻识字》《王秀鸾》《赤叶河》《刘胡兰》等作品中欣赏到一种新的天地、新的生活、新的人物、新的音调和艺术形式时，他们由衷地对之采取欢迎和认同的态度。

新中国的成立，标志着全国范围内战状态的基本结束、和平建设时期的开始。在农村中生长、在战争条件下发展的秧歌剧和新歌剧艺术一旦进入大城市，其生存环境和活动重心发生了根本性的变化和转移，其服务对象由主要是农民转变为主要是工人、干部、知识分子和其他阶层的市民群众。而解放区和国统区两支文艺大军的胜利会师，转变了歌剧队伍的美学结构和专业素质，同时也带来了彼此间的观念碰撞与交融。加之现代城市所提供的便利条件，使歌剧艺术家们获得了广阔的视野，去直接面对世界音乐戏剧宝库中两个最光辉灿烂的传统——中国传统戏曲和西洋古典歌剧，于是就使中国歌剧如何取其优长，在美学品格上进一步自我确立的问题也随之变得更加直接和尖锐。

新的形势向当代歌剧艺术提出了两个最根本的任务：一是从创作和管理体制方面实行从战时体制向和平建设体制的战略转变，二是新的时代、新的生活和新的观众产生新的歌剧观念和审美理想，向歌剧艺术提出了在秧歌剧和《白毛女》的基础上提高一步的迫切要求。

为了适应这种战略性转变，1953年中央文化部决定对全国360个综合性的文工团进行整编，将它们分别改编为话剧、歌剧和歌舞等专业性的艺术表演团体，成立11个专业歌剧团，其中包括首都的中央实验歌剧院和上海、沈阳等地的实验歌剧院等，适时提出了“专业化、正规化，建立剧场艺术”的方针。这一重大措施从管理体制方面改善了当代歌剧在新形势下的生存机制，有效地解放了歌剧艺术生产力，促进了歌剧创作的繁荣发展。

在这个战略转变时期，最有代表性的作品是于村编剧、梁寒光作曲的《王贵与李香香》(1950)，侣朋等编剧、李劫夫作曲的《星星之火》(1951)和田川等编剧、马可等作曲的《小二黑结婚》(1953)。《王贵与李香香》取材于李季的同名长诗，音乐运用陕北民歌的音调（如信天游）和秦腔中的某些表现手法，并较多借鉴了管弦乐、独唱、重唱、合唱等西洋歌剧的表现手法，在宣叙性唱段的民族风格方面作了有益探索。《小二黑结婚》根据赵树理同名小说改编，其音乐创作自觉地追求在地方戏曲的基础上发展新歌剧并且取得了重要成就。全剧音乐选取山西梆子、河北梆子、河南梆子和评剧（亦称“落子”）为基础来设计唱腔、刻画人物、推进剧情发展，出现了基于传统又创造性地发展传统的新的歌剧音乐语言和明朗、清新、纯朴而优美的音乐风格。这种后来被称作以“三梆一落”为基础创作新歌剧音乐的做法，对此后的歌剧创作产生了很大影响。

新歌剧与戏曲相互关系的探索及其得失

《小二黑结婚》等歌剧所取得的成功极大地鼓舞了歌剧界，它所提供的向传统戏曲学习创造民族新歌剧的经验向歌剧艺术家展现出一幅丰富多彩的图景。中共中央和政府文化领导部门也一再发布指示，号召歌剧艺术家们努力地向浩如烟海的传统戏曲学习，挖掘遗产，继承传统，从中汲取一切有用的养分来创造社会主义的歌剧艺术，并且严肃批评了轻视民间音乐戏剧传统的民族虚无主义倾向。向戏曲学习，探索在戏曲基础上创造新歌剧，便成为这一时期歌剧创作的中心课题。许多歌剧工作者纷纷来到戏曲表演团体，向老艺人学习，并参与戏曲音乐的挖掘、整理和改革工作。

这一努力在歌剧创作中取得了明显的和积极的进展。在当时的歌剧作品中，除了任萍编剧、罗宗贤作曲的《草原之歌》(1955)这类主要是借鉴西洋歌剧的形式规律而创作的极少数作品(它在音乐音调上与民间音乐仍有明显的联系)之外，绝大部分作品无论从音乐结构、音乐语言、音乐的戏剧性展开原则乃至具体的音乐风格和音调方面，都从戏曲遗产中汲取了大量的艺术经验和素材。于村、海啸等编剧，陈紫等作曲的三幕歌剧《刘胡兰》(1955)和石汉编剧、张锐作曲的四幕歌剧《红霞》(1957)是这方面的代表性剧目。《刘胡兰》的音乐取材于山西梆子和山西民歌；《红霞》则吸收了江南民歌和戏曲的音调素材，在音乐发展手法上运用传统戏曲中板腔化原则，增强了音乐的戏剧性。

当然，在处理歌剧和戏曲的相互关系方面，无论在理论上和实践中都出现了一些偏差，这主要表现在：混淆歌剧和戏曲在美学特征上的基本区别，把两者混为一谈，造成了诸如“新歌剧”“新戏曲”“旧歌剧”“旧戏曲”等一系列概念之间的相互矛盾、交叉和扭结，从而导致创作思想和指导政策上的混乱，出现了把《小二黑结婚》以三梆一落为基础的创作经验模式化的倾向，有的地区甚至制订出诸如“在某某地方戏的基础上发展新歌剧”之类的清规戒律来，并通过行政手段加以推行。这种做法的结果是一方面粗暴地破坏了戏曲音乐改革工作，一方面又使歌剧创作失去自身的面貌而走向戏曲化。

与歌剧创作戏曲化倾向平行发展的，还有一种不良倾向，即忽视借鉴西洋歌剧对于发展中国歌剧的重要意义，人为地把中外、土洋之间辩证互补的关系对立起来。在 1956 年全国音乐团前后，所谓“土洋之争”变得公开化、尖锐化了。

新歌剧问题讨论会。鉴于新中国成立以来新歌剧创作积累了丰富经验亟待总结，尤其是戏曲化倾向对歌剧创作带来消极后果急需及时消除，1957 年 2 月中国音乐家协会和中国戏剧家协会在北京联合召开了“新歌剧问题讨论会”，对中国歌剧创作特别是从秧歌剧到新歌剧这一段发展历程作了较全面的回顾，尤其是对 1949 年以来歌剧创作的成就和问题、歌剧和传统戏曲的关系、“新歌剧”这一概念的科学性等一系列理论和实践问题进行了较充分的讨论和争鸣，并取得了积极成果。讨论会的最大贡献在于明确了歌剧和戏曲的界限及其相互关系，纠正了某些戏曲化倾向及相关的政策偏差。会议正确地指出，中国歌剧应当面对整个中华民族的传统文化和全人类的优秀文化，而不应当把自身的基础局限在某一种或某几种地方戏曲中，否则将束缚艺术家自由创作的手脚。

当然，会议毕竟是在“反右”前夕举行的，所谓“阶级斗争的火药味”也在座谈会上反映了出来：在正确解决了歌剧与戏曲关系的同时，却没有对中外关系、土洋关系给以足够的重视和科学的阐发，尤其是会议贯穿着对所谓“洋教条”“盲目崇洋”的不适当批判，对此后

的歌剧理论和创作均有消极影响。

讨论会的主要发言后来以《新歌剧问题讨论集》为题，由中国戏剧出版社结集出版。

在曲折中崛起：第二次歌剧高潮的到来

歌剧面临曲折。“反右”斗争和“三面红旗”给歌剧创作带来了消极结果。大批歌剧工作者响应中共中央的号召，深入生活，深入基层，下乡下厂下部队，改造思想，转移立足点，这是有积极意义的；然而与此同时，“紧密配合政治任务”“写中心，演中心，唱中心”等极左创作口号开始盛行起来，进一步助长了粗制滥造之风，忽视歌剧艺术规律和艺术技巧，大批公式化、概念化的歌剧作品纷纷出现。

曲折中的探索与崛起。然而，这种极左文艺思想在当时并未成为主导性的美学思潮；这一时期歌剧创作的主流，仍然遵循毛泽东《在延安文艺座谈会上的讲话》所指出的正确方向，在曲折中探索前进。一批有创新精神的歌剧艺术家继承《白毛女》以来的现实主义歌剧传统，以严肃的科学精神，尊重歌剧艺术自身的独特规律，坚持向民族民间音乐戏剧遗产和西洋歌剧学习、借鉴，分别从不同方向上进行探索，并且都取得了令人瞩目的成果：

一是继续沿着新歌剧的方向前进，立足于民间歌舞剧和传统戏曲学习，诞生了八场歌舞剧《刘三姐》(柳州《刘三姐》会演大会改编，陈良、黎承纲、林立春、丁承策等音乐设计，1960 年首演于南宁)和九场歌剧《红珊瑚》(赵忠、钟艺兵等编剧，王锡仁、胡士平曲，1960 年首演于北京)；二是继续沿着《草原之歌》的方向前进，立足于向西洋歌剧学习，产生了五幕歌剧《望夫云》(徐嘉瑞编剧，郑律成作曲，创作完成于 1957 年，首演于 1962 年)。

《刘三姐》以载歌载舞、活泼生动的大型歌舞剧形式塑造了一个正直善良、嫉恶如仇的“歌仙”形象。它的音乐大量采用广西壮族地区的民歌并加以编选、加工和再创造，音调优美动听，性格鲜明，风格开朗，唱段短小，表现力丰富，易于上口和流传，因此极受观众喜爱。

《洪湖赤卫队》《江姐》与第二次歌剧高潮。然而，这一时期的歌剧创作，就其音乐戏剧结构和总体风格的主导潮流来说，既不像《红珊瑚》这一类主要是学习传统戏曲的作品，也不像《望夫石》这一类主要是借鉴西洋歌剧经验的作品，而是一种直接继承了《白毛女》的艺术经验并加以创造性地发展和丰富的歌剧样式。这种歌剧样式由于广泛吸收了戏曲、话剧和西洋歌剧的种种优长，避免了过分执于一端可能造成的艺术整体性上的偏颇，因此在这一时期有了很大的发展，取得了很高的成就，其主要标志是诞生了中国当代歌剧史上两部值得骄傲的作品——六场歌剧《洪湖赤卫队》和七场歌剧《江姐》。

《洪湖赤卫队》，朱本和、杨会召、张敬安、欧阳谦叔、梅少山编剧，张敬安、欧阳谦叔作曲，1959 年由湖北省实验歌剧团首演于武汉。剧本写的是红军革命时期湖北洪湖赤卫队在中共乡党支书韩英的领导下，与白匪及地主恶霸彭霸天英勇斗争并取得胜利的故事。音乐主要从湖北天沔花鼓戏和天门、沔阳、潜江一带的民歌和民间音乐中，汲取最富生命力的因素和音调进行创作，具有强烈的时代感和浓郁的乡土气息。在音乐的戏剧化手法方面，采用主题贯穿发展手法和戏曲板腔化手法并举的原则，增强了音乐戏剧性的表现力，塑造了韩英、刘闯等性格鲜明的音乐形象。本剧中的一些优秀唱段，如《洪湖水，浪打浪》《普天下穷苦人民都解放》《这一仗打得真漂亮》《小曲好唱口难开》《放下三棒鼓，扛起红缨枪》等作品各有特色，极具个性，在群众中十分流传。

《江姐》，阎肃编剧，羊鸣、姜春阳、金砂作曲，中国人民解放军空政歌剧团 1964 年首演于北京。剧本根据长篇小说《红岩》中有关江姐的描写改编。全剧音乐以四川民歌音调素材为主要基调，并广泛吸收川剧、越剧、杭滩、四川清音、京剧等戏曲及说唱音乐的因素加以创造性地融合和戏剧性地发展；贯穿全剧的主题歌《红梅赞》及其在戏剧冲突中的种种发展变化，吸取戏曲音乐板式结构和发展特点用于写作主人公大段成套唱腔（如第二场江姐唱段《革命到底志如钢》），均有力地刻画了江姐的音乐形象，推进戏剧矛盾的发展。此剧在反面音乐形象的塑造方面亦摆脱了脸谱化、漫画化的模式，有了新的创造。“审讯”一场运用散文诗朗诵加锣鼓伴奏来表现江姐与沈养斋之间正义与邪恶的交锋，既有戏剧性的张力，又发挥了打击乐器的表现功能，使歌剧中的戏剧性场面更有音乐性。

《洪湖赤卫队》《江姐》的创作演出成功在中国歌剧史上有着特别重要的意义。它们表明，继秧歌剧运动和《白毛女》之后，中国歌剧经过十余年的探索、积累和酝酿，终于迎来了第二次歌剧发展高潮。《洪湖赤卫队》是这个高潮的潮头，中经《刘三姐》《红珊瑚》《望夫云》《柯山红日》（陈其通编剧，庄映、陆明作曲，1959 年首演于北京），至《江姐》终于达到这个高潮的潮峰。这些优秀作品代表了 1958—1964 年间歌剧创作的最高成就，尤其是《洪湖赤卫队》和《江姐》这两部剧作，在中国人民心目中享有与《白毛女》同样崇高的地位。在 20 世纪 50 年代末 60 年代初阶级斗争愈趋紧张的岁月里，在文艺愈加遇到政治斗争干预的情况下，它们的故事和人物是那样激动人心、家喻户晓，它们的音乐和那著名的唱段是那样优美迷人、妇孺皆知，一时出现了“人人争唱《洪湖水》，处处都闻《红梅赞》”的盛况。由于这些作品的辉煌成功，使得歌剧艺术在当时成为艺术大家庭中最受群众欢迎和喜爱的一员。

高潮的余波与“文革”的灾难。1958—1964 年是中国歌剧史上第二个黄金时代。它的成就和已经显现出来的发展趋势，十分清楚地预示出中国歌剧已经具备了向更高境界攀登的主观条件：只要外部环境适宜，必将能够开辟一个更为美好的前景。

可惜，随着 1964 年中央关于文学艺术两个批示的下达，政治空气日趋紧张，“文革”渐渐逼近，使歌剧艺术家的创作情绪和心境遭到破坏，也使得歌剧创作的美学坐标进一步向左倾斜。1966 年初首演的八场歌剧《阿依古丽》（海啸编剧，石夫、乌斯满江作曲），本来应当成为第二次歌剧高潮的继续，却由于左倾错误思想的影响损害了剧本的思想艺术质量，使它成为这个高潮的余波，成为中国歌剧被拖入十年浩劫之前的最后一声呐喊。而“文革”的来临，不但把这个美好前景彻底葬送，而且使歌剧艺术本身惨遭灭顶之灾。在十年浩劫中，全国各地的歌剧院团陷于瘫痪，优秀作品横遭批判，歌剧园地一片荒芜。

历史性阵痛：在观念变革中争生存求发展

歌剧复苏热与歌剧危机。1976 年 10 月“四人帮”被粉碎之后，在十年浩劫中被极左文艺路线打得七零八落的歌剧队伍，怀着对歌剧艺术的历史责任感和一腔挚爱之情，几乎同时在各地开始了重整旗鼓的集结和振兴歌剧的努力。据不完全统计，1977—1978年间，各地歌剧舞台上有近百部歌剧作品上演，除少数恢复上演的保留剧目之外，其中绝大部分都是新创作的剧目。在这个基础上，1979年中央文化部调集一批歌剧新作参加庆祝中华人民共和国成立30周年的献礼演出，从而形成一股颇具声势的“歌剧复苏热”。其中，《星光啊星光》（张思恺等编剧，傅庚辰、扈邑作曲）、《启明星》（王唯民编剧，李井然作曲）、《壮丽的婚礼》（任萍、向阳编剧，吕远作曲）等作品获文化部颁发的献礼演出创作一等奖。

但是，1979年前后的歌剧创作，由于在美学观念、结构原则、艺术思维方式、表现手法和艺术技巧诸方面，仍基本上沿袭二十世纪五六十年代甚至是四十年代的既有模式，加之“文革”十年的停滞与断裂造成作曲家们对音乐、歌剧艺术规律的荒疏，因此缺乏时代感和清新气息，在艺术感染力方面一般都显得较为贫弱，这就使它们与思想解放的最新现实，与新时期人民群众对当代歌剧艺术的新要求相抵触，发生审美理想的错位。理所当然的，在短暂的“歌剧复苏热”之后，歌剧艺术在当代音乐生活中的地位和影响逐渐削弱。歌剧剧场演出的观众急剧减少，歌剧遭到了冷落并陷入危机。

历史性阵痛:观念与环境的冲突

中共十一届三中全会以后，由于伟大的思想解放运动和改革开放政策的实施，中国的政治、经济、文化生活以及人的价值观念发生了巨大变化，这一切极大地影响并改变着歌剧艺术的生存环境。随着电视机、盒式录音机等现代大众传播媒介在广大城乡的普及，多种通俗文艺、流行艺术、娱乐音乐等市民文化的大潮涌动，使歌剧这门生产流程极为复杂、审美难度大、制作耗资高的严肃艺术几乎丧失了竞争能力，从而面临着前所未有的生存危机。处在这种严峻形势下，中国歌剧界顽强地经受着危机的煎熬与考验，苦苦寻求摆脱危机的道路。为此，中国歌剧院于1981年和1984年两度召开全国性的歌剧座谈会，一些歌剧艺术家和歌剧理论家也纷纷在报刊撰文进行探讨和争鸣。

经过几年来的反思和探索，中国歌剧界终于认识到，处在历史大变革潮流之中的当代歌剧艺术，其总体观念的滞后性质与日新月异的时代环境不相适应，并已演化为冲突，这一冲突的日益尖锐化才是造成歌剧当代危机的真正根源。因此，当代歌剧只有适应时代的呼唤，经历观念变革的历史性阵痛，更新自身的生命机制，增强自身的竞争能力，才能把观众重新吸引到剧院来。否则，抛弃观众也必将被观众所抛弃。

作曲家和剧作家们在默默地耕耘并探索创新的道路。1981年秋，歌剧《伤逝》（王泉、韩伟编剧，施光南作曲）在北京首演成功。剧本系根据鲁迅同名小说改编而成，打破分幕分场的歌剧传统结构，而分为六个相互连贯的场景。在人物设置上割舍了原作中的次要人物与情节，仅以子君和涓生作为全剧的抒情主人公，并配置男女中音歌者各一位作为旁唱，以介绍剧情、切割场面、补充人物的内心独白，与两位主人公构成声部齐备的四重唱。全音乐结构采用“奏鸣曲式原则”，通过大块面的呈示、发展、再现求得音乐逻辑的变化与统一。强烈的抒情意味和细腻的心理刻画是《伤逝》音乐的一大特色。作曲家通过主题贯穿发展的手法，通过大量抒情——戏剧性咏叹调、宣叙调、咏叙调、浪漫曲、叙事曲以及重唱、合唱和乐队音乐，揭示了男女主人公在爱情悲剧中的各种复杂的心理状态和情感体验，笔触细腻而感人。可以说《伤逝》是中国第一部抒情类心理歌剧。它的音乐戏剧结构和人物设置的独特性、心理描写的深刻性以及对声乐表现力的开拓，在我国歌剧史上均有创新意义。

《伤逝》的成功对在危机中煎熬的歌剧界具有启发性。加之从20世纪80年代初起，中国歌剧作曲家和剧作家们有机会接触到各种流派与风格的西方现代音乐与现代戏剧，并认真进行分析和研究，探讨吸取其中合理成分用于当代歌剧创造的可能性。

20世纪80年代中期，当代歌剧创作由于观念变革而造成的历史阵痛达到了高潮，其标志是各地先后出现了一系列歌剧新作，在题材、体裁、风格、结构、语言和艺术手法等方面进行大胆的探索，并且也取得了某些突破性进展。但由于这些探索大都属于实验性的，因此往往不够成熟；而且由于在部分艺术因素方面的突破，打破了歌剧艺术综合美的旧有平衡，在各个构成因素之间缺乏有机性，未能重建起新的平衡，这自然削弱了这些探索性剧目的艺术魅力，而歌剧面临的严峻形势也未能有根本性的改观。

转机的出现与《原野》。1986年年中，转机开始出现。其标志是《情人》（刘文玉、鲁东勇编剧，雷雨声、杨余燕作曲）、《两代风流》（胡小元编剧，王云之作曲）和音乐诗剧《牛郎织女》（吴祖光编剧，陈远林作曲）相继在北京上演。1986年底，湖南长沙举行了“1986年歌剧交流演出”，来自北京、湖南、广东、江苏、河北、福建等省市及军队的9部歌剧新剧目参加了演出和交流活动。1986年出现的这些剧目在歌剧观念的变革方面显示出三个特点：一、在体裁风格观念方面沿着多样化方向发展。除了传统的正剧和悲剧风格（如《天朝风云》）之外，出现了《公寓13》《十五的月亮》这样的轻歌剧，《灯花》这样的神话剧，《小巷歌声》这样的歌舞剧，《台湾舞女》这样的通俗音乐剧，风格样式斑斓多姿。二、在美学观念方面，在坚持现实主义美学原则和创作方法的前提下，根据当代人审美意识的发展，引进许多非写实的艺术手段，使歌剧现实主义变得更为开放宏富。如《两代风流》融入大量象征手法；《深宫欲海》引进布莱希特的“间离效果”概念；《她们的心》通过对情节的淡化处理，追求整体风格的诗意美；《牛郎织女》不但淡化情节，而且淡化人物，不但运用“间离效果”和象征手法，且也饱含中国传统艺术的写意特征。三、在结构观念方面，除了传统的歌曲剧和分幕分场结构之外，多数作品都程度不等地采用中性舞台和写意性抽象化的布景，依靠中性媒介实体（如歌队和群众演员）、灯光完成场面的自由转换，文学中的意识流和影视艺术中的闪回手法被更广泛地引进歌剧中，从而创造出许多新颖独特的结构形态——如“无场次”结构（《公寓13》）、“三段体”结构（《深宫欲海》）、“四乐章”结构（《她们的心》）等等。在这些作品中，《深宫欲海》（冯柏铭编剧，刘振球作曲）具有一定的代表性。此剧把历史反思的触角伸向遥远的先秦时代，通过卫宣公君臣、父子、夫妻、兄弟之间为争夺王位而酿成的宫廷流血惨案，揭露了封建统治者人欲横流的腐朽面目，在音乐上，作曲家没有去追求历史真实感和具体感，而以现代观念、现代目光、现代手法来处理自己的创作课题，别具匠心地将一些生活器皿和非常规乐器作为新声源，与埙、箫、云锣、古筝、琵琶、钢片琴、吉他、电子琴等中外古今乐器一起发出奇特、古朴、深邃而又震撼人心的混响，具有浓烈的历史氛围和悲剧色彩。此剧在运用音乐手法刻画人物、揭示内心冲突、表现抒情等戏剧性场面时亦有独到之处。由于此剧的成就，它在“1986年歌剧交流演出”中获得唯一的创作、演出双优奖。

1987年，中央文化部举办第一届中国艺术节，歌剧《原野》（万方编剧，金湘作曲）和《深宫欲海》被选定为参演剧目，并在艺术节演出中双双获得成功，尤其是《原野》所取得的成就在歌剧界和音乐评论界引起强烈反响。

歌剧《原野》是根据曹禺同名话剧改编而成的，通过仇虎复仇情节的展开以及他和金子爱情的毁灭揭示了人物悲剧的历史根源。作曲家在音乐创作中立足于人声与管弦乐队交响性运动的多维构想，将全剧的冲突、人物、内心描写事件与高潮统摄于心并进行精心独到的总体设计。在音乐语言上大胆运用民族的、浪漫派的和现代派的因素并致力于它们之间的融合；在声乐部分以一种吟诵式的宣叙风格作为主要的陈述方式，从而强化了全剧音乐发展的动作性和推进事件展开的功能；重唱与合唱的运用多层次地展示了人物内心的斗争，乐队与人声的交响推进了冲突的激化与解决，几段复线条的重唱立体地呈现了人物的情感交锋，造成了音乐化的戏剧冲突高潮（例如第三幕仇虎、金子、大星的三重唱）。总之，《原野》在歌剧交响性立体化思维方面，在创造一种吟诵式的宣叙风格作为歌剧音乐的主要陈述原则方面，在音乐语言的新颖与戏剧性方面，在运用重唱营造冲突性场面方面，都取得了突破性的进展，并且比同时期的其他作品显得更清新、更有时代感、更感人，也更成熟。评论界指出，《原野》的成功是中国歌剧界经过十年探索和积累的必然结果，也是当代歌剧经历了历史性阵痛摆脱后危机困扰的一个良好先兆。

经过一个时期的休整和酝酿，1989年，在庆祝中华人民共和国成立四十周年暨第二届中国艺术节期间，歌剧创作又出现了新的跃动态势，在济南、上海、哈尔滨、长沙等地上演了一批剧目，其中除按照西洋古典大歌剧的音乐戏剧结构和形式规律创作的史诗性悲剧《仰天长啸》是属于修改后两度上演（首演于1988年），其他均为新剧目，而且几乎是清一色的轻歌剧或音乐剧。这表明，在商品经济冲击下，严肃歌剧尤其是探索性、实验性的严肃歌剧所面临的窘迫状况，使一些歌剧艺术家们不得不另行开辟歌剧争生存、求发展的振兴之路。他们认为，发展音乐剧就是其中一条可能而又可行的途径。

音乐剧的创作实践与收获。音乐剧在中国的实践实际上在20世纪80年代初就开始了，出现了一些作品如《风流年华》《蜻蜓》等，都是音乐剧创作的早期尝试。到了1984年，歌剧《芳草心》（向彤、何兆华编剧，王祖皆、张卓娅作曲）晋京演出并引起首都歌剧界的广泛注意。这是一部风格清新的轻喜剧，在该剧中引进了流行音乐风格和流行唱法，其主题歌《小草》是新时期在群众中传唱最广的歌剧唱段之一。《芳草心》之后，歌剧界关于音乐剧的创作实践日益兴旺起来，出现了一批风格各异的作品。但音乐剧真正的一次凯旋性成功，是沈阳市话剧团创作演出的大型歌舞音乐故事剧《搭错车》。这个把歌舞、话剧、流行音乐凑在一起的大拼盘，居然在短短三四年间就在几千人、上万人的体育馆里演出超过一千场次（据1988年2月的统计），这一事实引起了歌剧界的震动与思考。一些歌剧艺术家开始认真对待音乐剧这一全新的创作课题了。1989 年，中华人民共和国成立四十周年和第二届中国艺术节期间出现了一批音乐剧，其中《请与我同行》（舒柯编剧，左焕坤作曲）和《山野里的游戏》（王延松、徐立根编剧，李黎夫、彭川作曲）是风格迥异而较为引人注目的两部。前者是一部抒情哲理剧，通过个体户爱情和人生的沉浮揭示了严肃的社会主题。后者则集话剧、芭蕾舞、民族舞、现代舞、流行音乐和“游戏性场面”于一身，描写山野风情与现代文明的遇合、碰撞所产生的人生情状的火花，风格轻松、活泼，时庄时谐，在通俗性和娱乐性中，寄寓着一定的思想深度。

总的说来，音乐剧在中国的探索尚处于初级阶段，许多作品在思想艺术深度以及音乐戏剧总体结构的完整性、成熟性方面，仍然显得比较粗糙和稚嫩。人们对音乐剧杰作的期待，看来还需假以时日。

当代歌剧创作的主要经验与教训

中国当代歌剧创作经过从 1949—1989 年这四十年的发展，取得的成就是巨大的，它的主要标志是产生了《洪湖赤卫队》《江姐》《刘三姐》《草原之歌》《原野》《伤逝》《芳草心》这样一批优秀作品，也产生了马可、陈紫、罗宗贤、张敬安、羊鸣、施光南、金湘、刘振球这样一批优秀作曲家，也产生了阎肃、田川、任萍、冯柏铭这样一批优秀剧本作家，并且在四十年的发展中培养造就了一支拖不垮、打不烂、对歌剧事业忠心耿耿、矢志不移的创作队伍，这支队伍不但在长期的创作实践中积累了丰富的创作经验，而且随着新时期社会生活的巨大变革和新生力量的不断充实，本身的结构和美学观念均发生了巨大变化，歌剧艺术家们对歌剧艺术规律的认识、掌握和驾驭能力亦有新的提高，这就为当代歌剧艺术的继续前进准备了条件，为未来优秀作品的出现奠定了基础。

无可讳言，在取得巨大成就的同时，中国当代歌剧创作也经历了曲折和“文革”的磨难，经受了历史性的阵痛和危机的考验，积累了十分丰富的历史经验。

当代歌剧创作的主要经验

一、继承《兄妹开荒》《白毛女》以来的现实主义歌剧传统，坚持歌剧艺术同人民群众、社会生活的血肉联系，坚持歌剧艺术反映生活、表现时代的宗旨，坚持为社会主义服务、为人民服务的正确方向。

二、继承民族音乐戏剧的优秀传统，不间断地从包括传统戏曲在内的民族民间音乐艺术宝库中吸收养料，认真学习，批判吸收，融会贯通，为我所用，使歌剧音乐创作具有浓郁的民族风格和中国特色。

三、在剧本创作中注重思想性和戏剧性，注重人物形象的塑造，讲究戏剧结构的完整和情节发展的逻辑性、连贯性，故事性强，比较切近中国普通观众的欣赏习惯。

四、在音乐创作中注重发挥音乐抒情表意的功能和旋律在音乐诸因素中的主导作用，追求旋律刻画的优美生动和旋律线条的准确鲜明，注重唱腔的动听、易记和便于流传的特点。

当代歌剧创作的几点教训

一、在处理歌剧与政治、歌剧与现实生活、歌剧与生产劳动的相互关系问题上，一度受“紧密配合论”的影响，助长了创作中的粗制滥造和公式化、概念化、标语口号式的倾向。

二、在处理古今中外诸因素的相互关系问题上，某些时候由于受庸俗社会学和狭隘心态的影响，对中外音乐戏剧文化遗产缺乏兼容并包、兼收并蓄的胸怀和气度，这在一定程度上限制了当代歌剧继承和借鉴民族民间传统和外国优秀音乐戏剧文化的视野、规模、广度和深度。

三、在处理音乐与戏剧的相互关系问题上，往往偏重剧本文学的完整性、戏剧性，注重戏剧形象的性格化及其发展的逻辑性和统一性，但对音乐在歌剧表现体系构成中的重要作用、各种音乐手段的表现潜力认识不足、挖掘不深，导致大量作品音乐表现力单薄，音乐形象贫弱，缺乏在音乐的参与下造成的真正能够震撼人心的冲突性场面或冲突性段落，这就不能不削弱了歌剧的艺术魅力。

四、在一个相当长的时期内，不尊重歌剧艺术的独特规律，不重视歌剧作曲家专业修养的提高和技术技巧的训练，是造成歌剧音乐创作薄弱的重要原因。新时期以后这方面的状况逐步有了改善，但未见根本性的转变。这主要表现在：大多数作品写不好冲突性场面和如歌的扣人心弦的抒情性唱段；只是在极有限的局部和点缀的意义上使用了重唱与合唱；具有宽广表现力的乐队音乐远未得到充分认识和发挥；当代音乐已有的和声、复调和配器成就，对于声乐表现力既广且深的开掘，对于音响可能性和复杂性的多方面的探求成果，都未认真深入地引进歌剧音乐创作，加以开发利用。

五、自改革开放以来，歌剧（尤其严肃歌剧）的生存环境日益严峻，由于在管理体制上得不到国家稳定的财政后援和政策支持，使新剧目的上演因物价上涨和经费拮据而变得困难重重，这在很大程度上妨碍了歌剧创作的发展。许多创作构想无法实现，一些已完成一度创作的剧目无法投入排练和演出。

中华人民共和国成立以来，中国当代歌剧经过四十年的发展，取得了辉煌的成果，积累了丰富的经验，使歌剧艺术成为中国当代文艺百花园中一支具有独特魅力的奇葩。经历了四十年风雨考验的当代歌剧艺术，正在克服新形势下所面临的种种困难，稳步走向更高层次的成熟，创作出无愧于改革开放时代的伟大作品，为中国当代文艺和世界歌剧艺术的建设和繁荣作出了新的贡献。

原载《中国音乐学》1991 年第 2 期

歌剧《原野》怨恨的旋律：金湘的杰作在美首演大获成功

[美]约瑟夫·麦克里兰(乔玲 译)

华盛顿歌剧院在最近的演出季节还未真正看到有什么起色，但周六晚上艾森豪威尔剧院却创造了历史。由金湘作曲、万方作词的歌剧《原野》是一家主要的美国歌剧院用中文演唱的首部歌剧。字幕和翱翔的旋律打破了语言的障碍，它将成为在国际保留剧目中占有一席之地的第一部中国歌剧。对于中国演唱家来说，它还可能成为某种培训场所，和像《波基与贝丝》对于美国黑人那样的一种陈列橱窗。

《原野》首次在华盛顿歌剧院公演，它的表演完全称得上具有历史意义——四位国际水准的歌唱家扮演四个角色，其中包括敏锐的指挥波莱特·霍普特(Paulette Haupt)以及富有创造性的导演里昂·梅杰尔(Leon Major)。尽管华盛顿歌剧院坚定地忠实于19世纪的保留剧目，但20世纪的歌剧是该剧院在最近演出季度中的最佳表演。看了华盛顿歌剧院1991—1992歌剧季度的七部作品之后，我相信《原野》将是此季度中的最佳作品。

这不是一部无瑕的作品，第一幕由于忙于交代角色和背景，有时不免失去高潮，第二幕有五至十分钟的不必要的过场。但这些对于一个巨大的成功来说是微乎其微的。

根据中国现代剧作家曹禺的话剧《原野》改编的剧本是一部感情色彩强烈的歌剧故事，它由传代的仇恨、暴力、失去又重获的爱情，被迫成为敌人的朋友，难以忍受的不公正，以及疯狂的复仇渴望来构成。

歌剧以狱中男中音开始，这种情景对于作曲家金湘来说一定十分熟悉。

作品的重要质量是渐渐展现的，但最终赋予了巨大影响：作者如此彻底地吸收了意大利浪漫主义的旋律与和谐的观点，以至于有时就像是普契尼的再生。最初观众容易感觉到音乐的中国味道——五声音阶的曲调、打击乐中的木板、听起来像竹子的笛声，还有偶然出现的中国民歌的回声。然而随着音乐的进展，意大利的味道愈显愈浓。

你可以认为第一幕中许多处听来像一个中国作曲家在尝试西方形式，而第二幕中许多时候则像一个西方作曲家在运用中国形式。无论前者还是后者，金湘的音乐在结构上和情感表达上将两种形式融合得十分出色。虽然你首先会联想到普契尼和真实主义作曲家们，然而《原野》的许多处也会令人想到其他一系列作曲家，从威尔第到穆索尔斯基再到斯特拉文斯基。这不是在批评金湘的模仿(尽管这也无妨)，而是说他将其歌剧与西方传统的主流十分有机地联系在了一起。他是能力极强的旋律作曲家，不断倾吐和充满激情的大量的爱情二重唱、白痴的歌、拜佛时的诵经、鬼魂萦绕的曲子、中国味的摇篮曲、十分强烈的魔鬼合唱，以及痛苦、绝望、带着复仇的渴望和恐怖痛楚的独白……每一支曲子都浸透着大师的匠心。绝大多数时候，音乐都保持着紧张进行的节奏，避免了松散的缺憾，同时产生了强大的力度。

《原野》描述的是一个青年农民的故事。仇虎（男中音孙禹饰）是一个纯朴单纯的青年，他被冤屈监禁并逃了回来，是为了向曾雇过他并又害死其父、妹的焦氏地主报仇。他寻找的焦早已死了，焦的儿子大星（仇小时的朋友，男高音，张建一饰）已和仇虎年轻时的情人金子（女高音，叶英饰）结婚，并和地主失明的寡妇焦母（女中音，邓韵饰）一起住在一个不安定的地区。复仇心驱使仇虎去杀大星，虽然他们曾是好朋友，而且大星是无辜的。故事越来越复杂了，一环紧扣一环，瞎眼的焦母不断做出强烈的动作和犀利的反唇相讥。最为恐怖的一场是：她认为自己杀了仇虎，但却亲手杀死了她的孙子（大星前妻之子），而在这之后不久，她又被她儿子大星的尸体所绊倒。大星是由于欲刺金子，被赶来的仇虎用大星自己的刀刺死的。

多数西方作曲家可能会在此刻结束歌剧。但这是一部中国歌剧，这使它成为不仅仅是置于某一情境中的某个人的故事，而是由几代的冲突连起来的两个家庭的故事，而伦理道德的矛盾与窘迫，进退两难，使冲突加剧发展。因此《原野》继续进行了二十分钟，这期间，仇虎和金子一起逃跑、迷路，不仅被当局而且被内心的懊悔和自责追逐着。从中国的传统观点看，十分重要的是：仇虎死了，相信金子怀着的一个儿子将为他的死复仇；而从西方观点看，这多出来的一段用来表现鬼魂困扰于他这种特殊的场面也是具有意义的。

除了这一特殊场景外，贯穿全剧的灯光效果对于塑造特定氛围是至关重要的，约翰·瑟勒万（Joan Sullivan）的灯光设计十分出色。同样，安杰鲁·杰克尼斯（Andrew Jackness）简朴的悬起的舞台布景，马尔萨·曼纽（Martha Mann）的服装设计，更为重要的里昂·梅杰尔（Leon Major）的舞台导演都非常出色。里昂最杰出的长处在于：尽管故事情节很复杂，创作者和多数观众间存在文化上的差异，但他始终使情节和环境保持清晰、明了。他一直使剧情集中、易懂、可信，并具有强有力的情感。他仔细地从音乐中寻找提示来指导舞台的行动，并和艾勒斯·斯托克威尔（Alec Stockwell）的作用非凡的字幕内容密切协调。

八人组成的演员阵容全部无懈可击，甚至包括最小的角色——扮演村里白痴和好管闲事的邻居李玉新和田浩江。四个演员中叶英和张建一在开幕一场中的声音是最出色的，表演也很好；张自从参加华盛顿夏季歌剧团在华府首演以来在出场演出和表演技巧上都受益匪浅。邓韵无论在声乐上还是戏剧上都非常完美地完成了一个难度较大的角色，孙禹在歌剧中扮演最重要的角色，唱得优美而具有强大力量，这使我想到他在《唐·乔万尼》《黎格莱托》中会是怎样。

编　后

作为第一部全部用中文表演的歌剧，由金湘作曲、万方编剧的歌剧《原野》在美国成功上演，意义十分重大，反响也很强烈。为此，我们特编两份美国评论家的文章以飨读者。我们对金湘、李稻川夫妇以及所有中外演职员所付出的努力，致以崇高的敬意。在此，我们也要感谢指挥家郑小瑛在百忙中为我们组织了这份珍贵的稿件。

原载《人民音乐》1992 年第 7 期

我心中的“金子”

——扮演《原野》中“金子”角色的感受与心得

崔峥嵘

1987年，金湘先生谱写的歌剧《原野》终于搬上了首都的舞台。1993年，在中国音乐学院歌剧系的毕业公演大戏表演时，我曾在剧中较成功地扮演了金子，得到不少值得一写的感受。

《原野》的故事发生在辛亥革命后、五四运动前，主要写仇虎被冤打入狱长达八年，为此而复仇却又在复仇中毁灭了自己。同时也写了他与金子对自由、爱情的美好向往与追求。但用金湘先生的话说，“《原野》并不是简单地宣传阶级斗争或追求爱情自由为主题，而更进一步是以抑杀——反抑杀，扭曲——反扭曲；以人性的呼唤，野性的反抗，构成了它强烈的戏剧性和巨大的悲剧性”。[①] 这正是《原野》的艺术魅力、真谛之所在，也是我们每一位演员必须认真领会和努力把握的。

金子，在《原野》中是一个贯穿全剧的人物。她对仇虎那炽烈的真爱，对焦母刻骨的仇恨，对大星的同情怜悯，始终伴随着她走完了全剧。金子有着纯真、善良、泼辣、奔放、敢爱敢恨的个性，同时也有着一种长期被扭曲、压抑的“黑色心态”。这在金子的咏叹调“哦，天又黑了！”中表现得最为明显了。

刚接到《原野》剧本时，我不知道该如何去把握金子，因为那是一个离我甚远、与我的表演经验反差极大的人物角色。在这之前，我几乎都是扮演比较内向、安静、多愁善感的人物，如话剧《家》中的梅表姐、歌剧《深宫欲海》的虞姬、《茶花女》中的薇奥列塔等。而我以往所见到的、听到的金子，都是那种刚刚烈烈的人物。我不知应该从何入手去抓住角色，去理解、深入“她”。金子生活于二十世纪三四十年代北方的农村，她所处的环境与我们今天这个改革开放的社会环境是完全不同的。她虽性情刚烈，但还是有传统的封建意识，处在被压迫、被奴役的阶层。为了能够理解、塑造好金子，我除了看反映那个时代的大量资料片和查阅曹禺先生的写作资料，还着重从话剧剧本入手，对金子的台词进行人物分析，并与自己的性格、心理作比较，找出不同点。然后在生活中努力地改变自己，从衣着、体态、说话方式、眼神等一些生活细节中去感受金子，尽量缩短自己与金子之间的差距。经过这一番准备，在我身上开始可以看到一点金子的影子了，我终于进入了歌剧《原野》中。

在《原野》中，表演金子难度最大的，也是最能体现主人公复杂心态的一首咏叹调，就

① 金湘.作曲家的困惑[M].北京：中国文联出版社，1991：60.

是第一幕中的“哦，天又黑了!”这段。它描述了金子八年来在焦家所受的非人煎熬，同时也表现了她对新生活的渴望，对自由的向往和对挣脱一切黑暗束缚的决心。

在演这一幕时，我最初总是把金子演成一个“受气包”的样子，总是不能把她那种因受压抑、受扭曲而变得郁郁寡欢的“黑色心态”表现出来。导演不厌其烦地启发引导我，让我从自己或他人的经历中去寻找借鉴，从内心深处去挖掘自己的潜能，并在舞台的摔打中寻找人物，寻找自我，寻找心理的积累。慢慢地，我体会到了金子的一颗“黑暗破碎的心”，更体会到她那一颗“誓不屈服，热爱生命，热爱生活”的豪放且活跃的心。她那同恶势力、同命运作不屈抗争的心声，在第一幕尾声中充分地得到了展现。“不，这难道就是我金子的命?! 我要活下去，活下去，活下去!! 水里火里，天上人间，我金子啊! 总有变成飞鸟，啊，变成飞鸟的一天!”在“她”的幻想中，我似乎也同“她”一起变成了飞鸟，飞向了一个自由的王国——阳光灿烂，没有咒骂，没有阴森可怕的一个美好的国度!

金子渴望幸福美好的生活，渴望无拘无束、自由自在、实实在在的日子。在这种热切的向往中，仇虎回来了!

第二幕开场前的间奏曲，金湘先生用了优美的旋律作为仇虎和金子的爱情主题。那温暖朴实、民间风味浓厚的曲调，仿佛把人们从那个冰冷、凄凉的原野带到了另一个充满祥和、平静的世界中，让人感到一丝温暖，感到一丝人性的复苏。

仇虎回来了，金子又“活”了，和“虎子哥”在一起快快乐乐、相亲相爱地生活了十几天。她开心，她高兴，她感到自己又像一个人，又像一个真真正正的女人了。她疼他，爱他，永远也不能离开他!

仇虎同金子本是青梅竹马的一对，但因仇虎被焦家诬告进了大牢，金子才被焦家霸占做了大星的续弦妻子。金子并不爱大星，更讨厌那个变态的“瞎老太婆”——焦母。仇虎的归来，使她萌生了希望。对于金子人物的把握，一直以来，不少人都以她泼辣为表演之首。但是我认为过分的泼野就会有不合常情的表现，就失去了时代特点，也违背了一个受压抑的旧时代农村妇女所具有的性格特征。金子当时所处的时代，还是那种“三从四德”“贤妻良母”的封建意识统治整个中国的时代。纵然她有强烈的个性，也不能脱离她作为一个女人所应具有的温柔、体贴、善良的一面。于是，我依照自己的分析和对金子的理解，加上自己本身所具有的特点，塑造了一个泼辣、但不失女人本性的金子。演出之后，大家评价较高，说我展现在舞台上的这个金子形象，是一个清新不落俗套的金子。

戏剧表演是二度创作的艺术。这里所说的二度创作，是指演员通过自己的表演，把处于尚未完成状态的原始创作(即一度创作)向欣赏者展现的艺术创作过程。虽然演员的天职，就是准确而深刻地传达原始创作者对生活的独特看法，对人类命运的深刻同情，以及寄托在特定人物身上的社会理想和审美理想。但是，表演艺术毕竟也是一种创造。演员在“遵照”“依据”原作的过程中也不可能不把自己的认识、态度、理想、情趣表现在舞台的作品中，或者基于某种特殊的感受而将原作的某一侧面加以创造性的发挥。演员在舞台上所创造的角色，是凭借剧作家的观念活动的结果再进行新的理解、想象、体验、虚构的产物。但有时，剧作家的体验只是独处时的奇思妙想，而演员则是身处大庭广众之中且须考虑处理复杂的动作。因此，演员与剧作家的体验在方式和可能性上也不尽相同，二者不能完全一致。当年曹禺先生创作的金子，和万方女士后来改编成歌剧的金子，以及我们不同演员所扮演的金子，一定会各有不同。

舞台角色具有双重性，即既是观念的，又是实体的；既是属于剧作家的，又是属于演员的。因此，作为舞台角色创作者的演员，不可能也不必追求自己在舞台上真的变成角色（因为时代、年龄等不同），但是他却可以通过一定的观念活动，在自己的实体上引出与角色相类似的情感、体验。在这个过程中，他应当在正确理解剧作家创作的前提下，充分发挥自己的内外部条件和特长，解释、挖掘、深化、发展原作所包含的那些闪光的思想，并将自己的身心熔铸在角色形象之中，创造出属于自己的人物——我就是我。为此，我根据自己的另一番理解和研究，根据本身的外部及内在的条件，创造出属于自己的金子，我认为：她应该是美的，是纯朴的，善良的；不仅仇虎爱她，更多的观众也会爱她，接受她！

斯坦尼斯拉夫斯基认为，他的体系的核心是演员体验角色的情感，是创造活生生的人的精神生活。至于角色的外部形式则是自然而然地、下意识地体现出来的。

当金子决定要离开大星，离开焦家，同她的"虎子哥"一起去寻找"那黄金铺满的地方"的时候，大星跪下来苦苦哀求她："我求求你！别走！别走！！别走！！！"在他的哀求声中，金子和大星唱出了充满激情的二重唱"人就活一回！"这里我不想多说演唱技巧的东西，只谈谈自己的感受。当我的对手大星跪下来紧紧抓住我的时候，我的心突地为之一颤，一种酸酸的滋味从心底升起来。我不知道，也分不清是被剧本的人物所感动，还是被舞台上的对手所感动，或是为了金子、为了自己而感动。当这种茫茫的感觉从心里不由自主地升起来的时候，它让我发自内心地唱出了"我是野地里生，野地里长，有一天我会在野地里躺下。人就活一回，没有他我会死，离开他我活着和死了一个样！"仿佛摆脱了一切世俗的东西，我真正地感受到了人的生、人的死都是那样的平凡，感受到了超越生与死之外的真切的爱。

金子、仇虎、大星这三个人物的关系，可以说是悲剧性的。金子的悲剧在于：她本身有着一颗纯朴、善良的心。在她的心里，在她那"黄金铺满的地方"的向往里，应该都是美好的。但因为变态的"瞎老太婆"——焦母的干涉、虐待，在她身上滥施封建家长的淫威，使她的心灵长期被压抑、扭曲。这就构成了悲剧的开端。仇虎的归来，使得她奋不顾身地要走，一起去寻得她梦里见过的地方。但这毕竟是梦，她不知道在哪儿、到哪里去找，一切又是那样茫然。这就使得悲剧的发展与结局不可避免地产生！

因此，不必管戏剧家是如何评论曹禺先生的《原野》，也不必管《原野》的社会性、政治性，单从一个演员的角度来看《原野》，看金子，我始终觉得：她不仅是一个泼辣、火爆的，更应该是一个有丰富情感的、善良的、美的，具有摄人心魄的悲剧性的人物！

参与《原野》的演出，已是很久以前的事了，但随着年龄的增长、阅历的丰富，我对金子的理解和扮演这一角色的体验感受，不仅没有淡化，反而越来越丰富深刻了。这些心得甚至还常常影响着我对其他艺术作品的认识。这使我想起导演曾经对我说过的话："一个好的人物的塑造，不是暂时的、短暂的，它将会伴随一个人的一生，也会影响她的一生！"

原载《星海音乐学院学报》1996 年第 4 期

浓化的情诗化的美

——评荆州花鼓戏《原野情仇》

吴毓华

根据曹禺的话剧《原野》改编的荆州花鼓戏《原野情仇》(艺术顾问余笑予,剧本改编胡应明,导演余笑予、丁素华,主演胡新中、李春华)是一部成功的作品。无论是改编的剧本,还是舞台艺术,都受到了领导、专家和观众的好评,尤其得到了广大农村观众的喜爱。其改编名著的经验,很值得总结。

由一部话剧名著改编为戏曲演出,并不是简单的顺理成章的事。笔者曾看到某些改编名著的戏曲剧本,对原著生动的人物故事、严谨的结构,以至充满戏剧性的语言,没有进行多少修改,只不过在台词中间加一些唱段,其结果必然是"话剧加唱",既看不出作者的功力,也难以受到观众的欢迎。究其原因,一个是作者对名著的认识和理解较肤浅,因而不能做恰切的提炼和剪裁,也没有在保留原著的基本精神和内容,摄取原著精髓的基础上进行创造,使原著的精神光芒和特色更为夺目。另一个原因就是改编者忽略了话剧与戏曲作为两个艺术品种的不同个性,忽视了戏曲文学的个性特征,即没有对改编本进行戏曲化的创造。众所周知,话剧和戏曲,虽然都属于戏剧舞台艺术,但具有不同的艺术特征。话剧主要是靠对话和动作来完成的戏剧艺术。戏曲则是各种艺术形式,包括唱念做打的全方位的大综合。因此,从话剧改编为戏曲,除了对原著进行提炼、剪裁外,还要着重在描写人物的情感,显示人物的神韵,将人物情感的闪光点进行诗化,编织戏剧诗的意境,营造出晶莹的戏曲艺术本体。这就是要遵循戏曲文学性基本的美学特征。只有营造出这样的艺术本体,才可能为整体的艺术大综合提供良好的基础。荆州花鼓戏《原野情仇》对话剧《原野》的改编,在上述两个方面遵守了戏曲改编的美学规律要求,因而获得了成功。

《原野情仇》保留着原著展开的民国初年农民对恶霸地主复仇故事的基本内容,着重刻画仇虎这一与封建势力对抗的人物,保留了这一原野的人所具有的"原始的力",在其粗野的情感与炽烈的性爱中,所浸润着的原始蒙昧的色彩,从中体现出的反抗意志与威力;还保留了原著通过内外两种冲突来塑造仇虎的高超手法,既展示出仇虎与焦氏的外部冲突,又表现了仇虎在复仇过程中的内心冲突——杀人前的心理矛盾、杀人后的恐惧与自责。这些原著的精髓(当然还不止这些)都在改编本中得到充分体现。在保留原著精髓的基础上,剧作家胡应明对原著进行了精心的提炼和剪裁,突破了原著三幕加一序幕的结构,根据人物性格的塑造和人物情感的发展脉络,在戏核、戏胆、戏骨之处,精心结构为七场戏,有的地方删繁就简,有的地方不惜化简为繁。剧作着力从人物性格和情感发展的历程中，提炼出那些展示人物心灵的火花和亮点，在戏剧发展的不同场次，通过剧诗化，把这些亮点和火花点燃起来，进行浓墨重彩地渲染和描写，不仅浓化了人物的情，显示出人物性格的神韵，而且创造出美的意境，构造出晶莹的艺术本体。

改编本第一场有一个情节，即金子要求大星“铁板钉钉”地回答她：妻和娘同时掉进池塘时，是先救妻还是先救娘，改编者抓住了这一性格碰撞的火花，将情节化简为繁，通过诗化方式，处理成富有浓郁的荆州地方风韵的舞戏，在精彩的演唱中，把金子的泼辣和大星的懦弱呈现出来。这种以美的表现来生动真实地刻画人物性格的方法，正是戏曲美中写真的方法。在第二场表演中，改编者为了正面描写仇虎与金子二人真挚的爱情，把仇虎与金子当晚幽会的情节，由原著的暗场处理改为明场的表现。通过金子焦躁的期待、仇虎在窗里窗外的两进两出，直到二人回顾当年相爱，畅叙深情，层次既清晰分明，感情又真实丰富，把金子狂热的青春激情、肉体欲望升华为精神的热恋，与仇虎的原始性气质相呼应，显得人物血肉丰满而气韵生动。随着“忘不了两小无猜儿时景”的唱腔，舞台上姗然飘出一对对恋人的对舞，充满诗情画意，淋漓酣畅的歌吟和精美蹁跹的舞姿，给仇、金二人的爱情插上彩羽，披上盛装，造就出一场由人物情韵、生活风貌、艺术手段共同构成的艺术载体。这是性格美、情感美、戏曲美的结晶，是浓郁的生活气息和诗化的意境的高度结合。在这一情节中，改编本对人物情感的表现，求浓郁而不淡化，求酣畅而不轻描。

改编本总是把强烈的故事情节、浓郁的感情波澜和生动完美的技艺表现融为一体。从人物性格展现的过程中，把丰富与简炼高度结合，凡表现人物性格的关键之处、戏核之处，总是将戏剧的流程暂停，然后锁闭起来，形成展开的块面，加以浓墨重彩的描绘，畅抒人物之情。类似这样的块面在各场中均有开拓，诸如第三场仇虎与金子因捡花而激发出的情感交流；第四场大星被迫追问金子的情感动荡；第五场焦氏与仇虎唇枪舌剑的对垒中所体现的情感激烈冲突；第六场仇虎杀大星前后的内心情感变化；第七场仇虎在密林中，在杀人之后的恐惧和自责，等等，都是改编者在人物情感的火花闪烁之处所开拓出的戏剧性块面。这些块面，是浓化的情与诗化的美的结合，使全剧有如一串珍珠，放射出夺目的光彩。

改编本对原著人物性格的特征，从当代美学的高度作出更为深入的挖掘。仇虎自发的复仇行动是全剧的中心事件。因焦阎王已死，仇虎决定把其后代大星作为复仇的对象，使焦家断子绝孙。仇虎杀大星在原著中是暗场处理，改编本改为明场，从而将大星这个“善良窝囊”的性格更为典型化，作了更深更细的描绘。第四场大星追问金子与仇虎的关系时，在无可奈何的情况下，改编者增加了大星在焦氏的逼迫下，用鞭子抽自己的行动。这一添加的细节，对大星善良软弱性格的刻画，已是入木三分的一笔。第六场在大星了解金子与仇虎私通，知道已无可挽回时，作出了本能的挣扎——举刀和仇虎拼杀，终于惨死而倒了下去，因为他不仅无力反抗，而且举起的是儿子的玩具刀。这又是改编者有力的一笔，玩具刀的细节，使大星的善良软弱的性格特征更为鲜明，只有大星这样的人，才会拿着玩具刀去与人拼杀，同时，也因此给仇虎带来更深的痛苦。仇虎本来以为杀了大星可以父债子还，但不幸者的惨叫，触动了他的神经。面对大星这种无辜善良的人，丝毫平息不了仇虎心中的仇恨，反而产生了对大星的同情心和自己的犯罪感。改编本加重了仇虎人性善良的色彩，他在森林里逃跑时，惊恐万状与内心的愧疚交织在一起，对复仇行为的疑问掺和着对前途的迷惘，加上愚昧、迷信等恐怖心理，使他内心深处发出了“却原来冤仇尽处是悲切”的慨叹。这慨叹中深刻地揭示出农民自发反抗的悲剧性，正是单枪匹马进行复仇带有的盲目性，使仇虎这样顶天立地的英雄也只能是悲剧的结局——挣脱了镣铐，却付出了自己的生命。改编者保留了原著中的表现主义手法，尽量冲淡了原著的某些神秘色彩，加强了人物心理冲突的渲染，使仇虎这一悲剧人物更具有复杂性。从他面对人世地狱般的恐怖和挑战，由奋力搏击到不屈而死，显示出英雄悲剧的崇高，使观众更深地增加了对这一悲剧的理解。

《原野情仇》还有一个重要特色，就是在剧本戏曲化的同时，给全剧赋予了浓郁的地方色彩。带有泥土芳香的方言，大量民歌风味的唱段，荆州花鼓的独特腔调，都给全剧带上了荆州大地的风韵，好像故事就发生在荆州的莽莽苍苍的原野上，仇虎就是荆州父老的儿子。这样大大增加了荆州广大农民观众的亲切感。地域文化与戏曲艺术本来是不可分离的，强调两者的结合，让剧目带有浓重的地方色彩，是近年来戏曲艺术发展的一种趋向，《原野情仇》在这方面也提供了很好的经验。

原载《戏曲艺术》1997年第2期

解读·摄神·重构

——浅谈荆州花鼓戏《原野情仇》的改编

胡应明

《原野》是曹禺的名篇，潜江是曹禺的故乡。几年前，我有幸应曹老故乡的花鼓戏剧团之邀，斗胆将《原野》改编成荆州花鼓戏。其时，正值"曹禺著作陈列馆"在潜江落成。作为一部散发着故乡泥土清香的立体的著作，花鼓戏《原野》的改编演出，无疑成为一件凝聚着家乡人民深情厚谊的鲜活的"陈列品"。当时，虽有点急就章的匆忙感，但却使我获得了一次在大师作品中学习、体悟乃至探险觅胜的绝好机会。1996年，我又得以较为从容地研习原著，对花鼓戏"文本"进行了重大修改，几经打磨后，于年底晋京为首都人民及全国文代会演出。孰料此间曹老竟溘然仙逝！未闻乡音唱"原野"，先生已然作古人……然而，曹老的"戏剧人生"却是永在的！天道无常的大悲慨最终化作人间有情的大慰藉——淳美的花鼓乡音吟唱着曹老的不朽名篇，不正昭示着《原野》那穿透历史时空的永恒魅力吗？

我以为，这种永恒的魅力并不仅仅在于诸如话剧、歌剧、影视、京剧、地方戏等各类不同的戏剧样式对其不断地改编与搬演，更主要的是这种魅力体现在她自身的不确定性上，体现在人们对其见仁见智的不同解读与言说中。说其是对人性乃至"野性的呼唤"者有之；说其是"基督教精神"的承载者有之；说其是对"人的灵魂的探索"者有之，说其是"农民与地主之间的阶级斗争"者有之……总之，这种理解的歧异性（自有其合理性）与其内涵本身的丰赡性，使《原野》充满了巨大的艺术张力，人们尽可以把自己的人生体验与审美经验投放到这个"艺术空筐"中去，并由此折射出每一个解读者的心灵之光！而我，在《原野》中又读到了什么呢？

作为一个当代的解读者，我显然无法拒绝接受特定的文化指令与时代信息对我的诱导——当今世界，虽已进入和平与发展的大时代，但种族仇恨、领土纠纷、局部战争、人际矛盾等种种情与仇、爱与恨、血与火的纷争，却又不时纷扰着这个世界。这与《原野》中军阀混战仇杀频仍的时代环境虽不可同日而语，但所体现出的人的"攻击性"及人类本身固有的报复等弱点却是一致的。因此，在这种解读的背景下来改编《原野》，我们就很容易透过"复仇"故事的外壳，去感应原著中对人类灵魂的那种拷问、对人类良知的那种呼唤的声音，去相辅相成地发掘出豪蛮、粗犷的具象中所隐含的乞求平和与安宁的宗教般的情感及其终极意义，并强有力地赋予其戏剧性的行动意义。

有鉴于此，我们依托于原著中那种悲天悯人的情怀，来观照人类自身的困境与命运，并展现人物灵魂深处的自我挣扎和情感矛盾。在花鼓戏《原野情仇》中，仇虎不再是依据常识可以简单指认的一个"复仇"的代码，而应是摄取原著中人物神髓后的一个真正意义上的"真人"。当得知复仇对象焦阎王已经死去，仇虎怒目苍天，悲愤而无奈地叹息"冤有头、债无主”；面对阎王的儿子焦大星的懦弱与善良，又使他迟迟难以举起复仇的刀刃。我们紧紧抓住仇虎“就是下不了手”的矛盾心理，来展现这一“真人”的真性情，来梳理组织甚至重新结构戏剧动作，来表现这一人物的丰富性与复杂性。曾有好心的同仁建议，仇虎回来就是“复仇”的，干吗让他有那么多的犹豫与游移？他应当是“单刀直入”式地复仇，否则便不真实。而我们的理解则是，仇虎何以在复仇后陷入精神崩溃的状态？这显然与他在复仇前巨大的情感矛盾、复杂的内心冲突以及潜在的“原罪”感息息相关。因此，我们采用了“一波三折”式的处理方法来抑制这种“一杀而快”的复仇举动——金子野性的爱火、大星看似不设防的亲近，都似乎在冰释着这颗仇恨的心灵。因为一方面原著中所设定的戏剧情境本身就为人物的两难选择提供了可能性。再者，我们也有理由对人物作出当代意义上的观照。我们认为让复仇的行动变得轻而易举、唾手可得，是对现代人类良知的一种蔑视甚至是误导。而作为一种艺术的审美提炼，只有写足了人物在特定情境中的特殊的矛盾心理以及这种心理支配下的行动，才是真实可信的。反之，对人物作出简单的“复仇”式的提纯，则反失其真。仇虎在复仇后的奔突中所发出的“冤仇尽处是悲切”的恸人歌哭，无疑是历尽劫难之生命的一种深入骨髓的惊心动魄的终极体验，我们有理由相信，这会是一种全人类意义上的悲剧体验。

如果说，仇虎的形象是因其“混色”而显其真，那么，大星的性格特质则是因其平和而显其善。我以为，这也是原著中人物的神髓之所在。不难发现，在解读大星这一人物时，我们往往会以“窝囊无能”来为之定位，从而使这一人物在一些戏剧样式的演出实践中被处理成一个简单的“被复仇”的对象，缺失了一个戏剧人物形象的活气灵光。其实，这一人物的内心里蕴含着难能可贵的“和平”的因子。这也是大星这一人物在艺术上具有了超越性的重要原因。大星没有参与父辈间的仇杀，故而在仇虎未露面之前，他是一个对严母尽孝道、对娇妻施爱心、对儿子尽父道（替小黑子买玩具）的谦谦君子。即使仇虎充满杀机而来，大星仍抱定良善的愿望希图化解一切仇怨，或装糊涂，或套近乎，或祈求于金子或求助于仇虎。而这些，远非一个“窝囊无能”就能概而言之的。我特别不希望看到也特别不满足于大星被处理在幕后，就那么稀里糊涂地被仇虎杀死。难道他真窝囊到不知仇虎为何而来？不知道自身所处的尴尬而险恶的位置？有了这种质疑性的设问，我仿佛看到，大星的内心里蕴藏着难以排解的巨大痛苦，一种小心翼翼希冀和平而终不能的人本主义，同时也是宿命的痛苦！当他最终知道这一切和平的努力都无法挽回这惨烈的仇杀时，他不是被动地接受命运的裁定，而是为了金子这个毕竟激发过他生命热望的女性，为了消弭灵魂深处的负罪感，他选择了他所能选择的、最了不起的方式——痛楚地举起了充满爱心的（为小黑子买的）玩具刀，向同样痛楚的仇虎刺去，完成了一次无可奈何的和平的壮举！他看似萎缩的人格，在这里得到了超拔而闪现出警醒人心的亮色。也正是在这一亮色的冲击下，复仇后的仇虎陷入极度的精神迷狂和恐惧状态。两个人物的戏剧行动互相撞击，相得益彰。情知不可为而迫不得已为之，这种深刻的悲剧性的悖谬以及这种悖谬中的别无选择，最终使他们的结局得以成为他们自己的命运！

较之仇虎“混色”的真及大星“平和”的善，原著中的花金子更体现出一种“自由”的美而成为自由与美的象征。她“想到哪就做到哪”，她是“野地里生野地里长”，她漠视礼教、

憎恨愚弱，她敢爱敢恨、敢作敢为，这种自由无羁的野性，迸发出顽强的美的力量、情欲的力量和生命的力量。然而，“人是生而自由的，却无处不在枷锁中”（卢梭语）。首先，金子与自己并不相爱的大星的结合，就是一道自由的锁链，而大星本身的懦弱善良又加重了这道锁链的分量，使金子这个无拘无束、无所顾忌的人，对其多少要存一份恻隐，从而无形中收缩了自己的自由空间。为表现金子这种在自我良知中左冲右突的自由天性，我们把金子与昔日情侣劫后重逢到爱的结合的幕后戏搬到前台，专门组织成一场“暗夜幽会”的情感戏。这不是简单地去表现这种野性的冲撞与结合，不是先验地让他们去蔑视道德、亵渎天良、丧失理性，而是紧紧抓住仇虎欲把金子当作对焦家发泄仇恨的一个“替身”的心理，通过“三开窗”的一唱三叹，来展开金子的怨艾、悲愤及其对爱的渴望的复杂情感，来展现燃烧着的情欲所产生的自由与美的律动。在这里，“三开窗”已不失为一种“有意味的形式”或是程式，它本身已化作人物的心理层次，来推动戏的进展。而鬼气森森的“阎王府”，在这种推进中，逐渐成为一片爱与自由的“圣地”。然而，焦阎王冥冥中的虎视眈眈，焦老太幽灵般的神出鬼没，又时时啮噬着这种自由与美的结合。为此，我依据自己幼年时代老奶奶为防盗而钉上窗户的细节，搬用到为“防野鬼”而为之的“瞎老太婆”身上。这一处理，显然加强了美与自由同铁血的严酷的现实生存环境的悲剧性冲突。这种悲剧性的令人玩味之处还在于：金子在自由逃奔前，为了不让仇虎杀大星，不得不发出了“酒若有情让我们都糊涂”的切肤之叹！这实质上是自己对自由的缴械，是人类理性对自由的一种匡正。在这里，金子不再是一个美的尤物，不再是一个自由的精灵，至多不过是一个凝重的文化环境中听凭本能来追求美与自由的徒劳者。但作为一个戏剧人物，她却因此而更加美丽。

此外，我们在认真领会原著精神、充分摄取原著神韵的基础上，对这个戏的风格样式也作出了尽可能的探索。首先，在形式感上，我们借助于花鼓戏这类地方小戏载歌载舞、清新活泼、充满生活情趣的艺术特色，来营造戏剧场面。消解掉原著中以北方农村为背景的“处所”感，使地域性的特点转化为单纯的艺术性空间；其次，考虑到当代观众的接受心理，便于审美沟通，我们没有依循原著严格的悲剧艺术特征来进行“话剧加唱”式的改编，而是借助于当代悲喜剧的创作态势以及生活本身所赋予的悲喜互渗的情感状态，尽量在悲怆、凝重、苍凉、冷肃的悲剧气氛中，注入一些喜剧性因子并将其戏曲化。如金子问大星“先救妻还是先救娘”时的灵动歌舞、金子劝常五喝酒时的滑稽可笑、白傻子那“哥俩为婆娘动了刀”的傻里傻气而又有点摇滚意味的午夜嚎歌等等，都是为了使这部“很难演”的戏，尽可能地贴近当代观众。值得顺便提及的是，这个戏的剧名在征求曹老生前意见后改为《原野情仇》，也是基于以上考虑。

不能说我们理解了原著多少，更不能说我们发现或创造了多少。我们只能感谢我们的戏剧大师，用他那不朽的、超越性的、开放性的文本，为后来者结合自己的人生体验、时代体验和审美体验进行再创造，提供了无限的可能性。

先贤往矣，而浸润着先生青春心血的那片壮阔而博大的“原野”上，却生长出长青的生命之树！

原载《中国戏剧》1997 年第 4 期

发自原野深处的当代歌吟

——荆州花鼓戏《原野情仇》创作片谈

胡应明

1996年末，根据曹禺先生话剧《原野》改编的荆州花鼓戏《原野情仇》在京即将演出之际，不期传来曹老溘然辞世的噩耗，我们不禁愕然、怆然！悲痛之余，又深为故乡人民将曹老名篇搬上了花鼓戏舞台而感到慰藉。我们相信，唱彻"原野"的花鼓乡音，会化作一瓣心香，会化作一缕仙乐，萦绕在曹老"诗意地栖居"的艺术王国之中，告慰曹老那豁达深邃的在天之灵。

的确，作为曹老艺术生涯中一部里程碑式的重要作品，沉默冷寂了多年的《原野》，感应着新时代的精神节拍与生命律动，终又重新闪现出诱人的诗性智慧，爆发出遮蔽已久的巨大的艺术魅力！话剧、歌剧、电影、电视、京剧竞相改编和搬演，构织成蔚为壮观的"原野"交响曲。曹老故乡的潜江市荆州花鼓剧院别具慧眼，决意在已有"先声夺人"的情势下将《原野》改编为荆州花鼓戏。而我则十分荣幸地在著名导演余笑予先生及丁素华导演的支持下硬着头皮担起了这"嚼别人的馍"的改编重任。

当然，我们并不满足于只对原著作出简单的演绎与图解。而问题在于：要把其改编为地方花鼓戏，除了曹老本人说过的"对一个普通专业剧团来说……演《原野》会失败，因为太难演了"这一难关外，至少还有三个方面令人感到为难。一是要大量压缩篇幅又不得遗落其艺术精华，并要将其"戏曲化"；二是要尽力消除一般观众对原著不易理解的心理障碍，力求"通俗化"；三是改编不能止于"依葫芦画瓢"，而要能见出新的创意与当代性，并在表现原著深沉意蕴的同时，又要有所拓展甚至有所深化。而《原野情仇》的改编创作，恰好要在这几个难点上去寻求突破，去显示出作为一个花鼓戏"文本"的艺术个性。

曹老的剧作，长于复杂细腻的心理刻画，舞台提示和内心独白以及人物间微妙关系的描述占有相当篇幅，仅就《原野》的物理性篇幅而言就几近于一个戏曲本的三倍。要改为唱念俱重的戏曲，就得摄其精髓，突出主干，又要不失其细腻风格。如何做到内容上的删繁就简与形式上的避实就虚，并使得这两者之间相得益彰，委实令人颇费踌躇。踌躇中，我恍然记起艺术家冈布里奇在《艺术与幻觉》中说过的一段话："没有一些起点，没有一些初始的预成图式，我们就永远不能把握不断变动的经验，没有范型，便不能整理我们的印象。"如何依据"花鼓戏"的范型来整理我们的审美经验与生活印象呢？此中大有文章可做。比如，原序幕中仇虎与白傻子的那段很精彩、很舒展的戏，我们不得不依据戏曲化的需要作了大量压缩，以强度来代替长度，把有限的笔墨集中到仇虎与金子这一对主要人物身上，将白傻子告知仇虎“阎王已死”的话以及仇虎说自己“丑”的快意的自嘲，均改为金子之口说出，其效果更为震慑人心。导演对这段戏的舞台处理也紧紧附着于改编题旨，将仇虎从演出平台调至前台口，直面观众，袒露心迹，背景则全部虚化，只剩下一个膨胀着无限仇恨与情欲的粗壮而扭曲的身躯在怒视苍天。这种戏曲化的“特写”，要言不烦，愈发增强了舞台艺术的爆发力与感染力，直扣观众心弦。

为强化地方戏曲特色，我们在删繁就简的总原则下，往往又抓着一个局部细节深入开挖，不惜“化简为繁”。如把金子与大兴的对话，婆媳落水后“是先救妻还是先救娘”处理成一段分量不轻的载歌载舞的戏，通过荆州花鼓戏热烈、泼辣的表演风格加以渲染，集中刻画了金子敢爱敢恨的性格及其绝望中充满希冀的复杂心理。同样，为了表现焦老太婆的刁钻狠毒而又不失其母性的复杂性格，我们在用足原著中铁拐杖的戏剧功能之外，还另外设计了她为“防野鬼”而用小钉锤钉门窗的富于韵律感和冲突性的戏剧动作。这一戏曲化的处理，既体现出纠结在焦氏身上的对儿媳是“恶”，对儿子却是“善”的客观矛盾性，又表现出金子所象征着的美与自由同铁血、严酷的现实生存环境的悲剧性冲突。戏曲化的处理在《原野情仇》的最后一场体现得较为集中和充分。原著第三幕通过人物内心体验所产生的幻象，用五个段落来“重演仇虎所遭受的不公”，我们则采用戏曲避实就虚、虚实相间的写意手法，用来表现“黑森林”中那惊心动魄的一幕。在与导演、舞美设计达成共识后，写实的布景被舞队取代；五段戏浓缩成一段动作性、层次感极强的唱腔，通过唱念做舞等戏曲手段，把五个不同的时空，熔铸成人物光怪陆离的心理空间，恰到好处地利用舞队构成了幢幢怪影。这种处理，张弛得当、层次分明，使戏曲长于表现的特质与原著后半部富于内心体验的表现主义风格相契合，较为准确、传神地表现了仇虎这一“被重重压迫的真人”形象，收到了简洁灵动、举重若轻的艺术效果。

其次，我们在保持原著诗化风格的同时，又力图赋予其通俗化的意趣。因而，我们特别注意用当代人的眼光、用普通人的心理来感受原著的人物与事件。原著中，仇虎与金子见面后的情感发展是放在幕后处理的。而我们则有感于普通观众对主人公的关系发展有一种形象直观的情感期待，于是把幕后戏搬至前台，合乎情感逻辑地组织了一场“暗夜幽会”的情感戏。这场戏先在窗内窗外展开。窗外人欲进不能，受着仇恨的煎熬，燃着炽烈的欲火，却又化为粗野的调侃；窗内人欲出又止，满怀积年的怨艾，充满柔情的期待，却又转为尖刻的詈骂！意志的较量、野情的戏谑，形成巨大的舞台张力，推涌出强烈的情感狂潮，野气十足，真情毕现，最终表现出野性与灵性的美妙结合。整段戏都在火辣辣而富于内在戏剧性又酣畅淋漓的歌吟中完成。

为消解一般观众对人物怪异行为的情感阻隔，我们在一些细小的地方也作了有意味的调整。如戏的开端，把原本在后面的情节——焦氏送大星外出的内容调到前面，一句“送郎人不是新娘是老娘”的略带凄酸的调侃，便把焦氏的专横及对儿子的“专利”等复杂情状揭示出来。观众对焦氏“瞎眼人治着明眼人”的狠劲有了直感，便能理解金子为何逼大星说出“先救谁”的恶作剧以及后面的一系列情感异样行为。同样，为了便于观众对仇虎疯狂的复仇欲念达成情感上的沟通，我们在特定的戏剧情境中加上了“焦阎王活埋仇荣”的简洁心理幻象，让人们对焦府暴行及仇虎的复仇动因，有了一种感性直观。即便如白傻子这样的配角，我们也注意赋予他一定的性格光彩，如他在仇虎与大星对峙的紧张情势中，突然发出了“哥俩为婆娘动了刀”的午夜嚎歌，从内容上点示出一触即发的白热化情境。而从形式上看，那种略带摇滚意味的傻里傻气的吟唱，又给当代观众带来了一种别样的审美快感。此外，为了使更多的普通观众首先在故事的层面上接受和喜爱《原野》这一很难读懂的作品，我们在征询曹老生前的意见后，特将其更名为《原野情仇》，这一变易，还源自一段颇富戏剧性的小插曲。该剧在农村作实验性演出时，许多观众对剧名大惑不解，于是便有“智叟”之类的乡人对其作出望文生义的绝妙解释，说是“原野”者，即是“原”先的“野”汉子回来了是也。这自然也不失为一种质朴的、本真的甚至还带点原创性的“民间话语”，但为了避免更进一步的“误读”，我们还是依循通俗易懂、雅俗共赏的审美原则，让“情”与“仇”的冲突成为观众进戏的一个迅捷的切入点。是故有了《原野情仇》这一通俗化的剧名。

第三点也是最重要的一点。即在忠实原著基本精神、保持原著艺术神韵的基点上如何体现出改编本自身的创意与当代性。如果说戏曲化、通俗化的追求与操作是对原著深沉意蕴的一种“试出”的话，那么，我们就不能不“深入”到原著精粹而深邃的艺术灵魂中去解会、去洞悟，用一颗烙满时代印记和文化指令的心灵，去接受并扩展其对人性自由、人类良知的伟大召唤。因此，我们没有简单地把原著理解为一个普通的复仇故事，而是力图透过故事的外壳去探究人性之谜，去显现人性的深度、灵魂的深度。改编本让仇虎乍见金子便本能地吼出“我是膨胀了十年的仇恨，我是专与阎王作对的魔鬼！”然而，我们并没有让其复仇的举动变得单刀直入或义无反顾，而是让其刚烈尖锐的性格锋芒，在金子野性爱火的烤炙下，在大星纯善懦弱性格的牵扯中，变得有些游移了、迟钝了。这种刚与柔的性格碰撞、情与仇的内在冲突，无疑丰满了人物的“混色”的复杂性格而耐人寻味、促人思考。

曾有同仁不赞成对仇虎等人作这样的处理，认为“复仇”本是仇虎回来的最高目标，应当“快刀斩乱麻”地解决，把人物的心理矛盾留待最后一场加以表现。但我们认为，目标是绝对的，手段却是相对的。原著中业已提供了这种两难选择的可能性；更何况，我们无法不对这一人物作出当代意义上的观照与处理，面对一个小青年可以因最小的口角而用啤酒瓶砸碎人家脑袋，面对世界各地并不少见的灭绝人性的种族仇杀等严酷的生存事实及其所体现出的精神危机，我们没有理由让复仇的行为变得轻而易举、随心所欲，变成“小菜一碟”；我们没有理由简单地让仇虎变成一个当代语境中的“复仇”范型。而且，更重要的是，作为艺术形象的塑造，作为一种负责任的审美提炼，只有写足了特定戏剧情境中特殊的人物心态与心理矛盾，并由此烛照出人类生存境况的复杂性、丰富性、荒谬性和矛盾性，这一形象才具有了打动人心、警策世事的审美力量！因此，我们沿着人物的情感逻辑和行为逻辑，让仇虎在极度矛盾和迫不得已的情势中，让人物在双向（此时大量的性格发展已由被动变为主动）的性格撞击中，实施了复仇计划。而仇虎与金子在黑林中奔突时，“旷野里那伟大而凄厉的呼号”，在改编本中就成了“冤仇尽处是悲切”的无边浩叹！仇虎在心理变态的情状中来体会生命的幻灭感和悲剧感，就更显真切，这无疑是一个历尽劫难的生命所生发出的深入骨髓的终极体验，也是人类本身面对生存困境不能自已的悲剧体验。在仇虎最终倒下的一刻，“扔掉镣铐一身轻”的歌哭洒满荒原、撼地动天。“人是生而自由的，但却无往不在枷锁中”（卢梭语），仇虎自以为解脱了，却又最终难免陷入复仇的怪圈之中，这是真正的令人扼腕的人生悲剧！

较之仇虎，我们对大星的处理似乎走得更远，或者说，对原著的理解更为隐曲、更为别致。作为焦阎王的儿子，大星为何一反父亲的凶残暴戾？大星的“善良的窝囊”正好是对仇虎生命力量的一种强有力的挑战（杀原凶易，杀无辜难）！在改编本中，我们让大星过早地知道了仇虎与金子的“私通”（远非一般意义上的私情）而陷入极度的内心痛苦之中。当知道这一切无可挽回已成定数时，他不是被动地接受命运的裁定，而是为金子这个毕竟激发过他生命热望的美艳女性，为消除心中的负罪感，选择了他所能选择的最了不起的方式——举刀向仇虎刺去。当然，最终倒下的是他，因为他举起的是小黑子的玩具刀！在这里，我们之所以选用了这一新的细节与道具，是因为玩具刀已成为我们印象中的一枚“橄榄枝”，一种时代精神的象征。多一点理解、忍让和宽容！无奈地却又是坚韧地对“消弭仇杀”的和平澄明之境作殊死的觅求！这一觅求，使大星这一看似窝囊的“软骨头”，在“债……还完了”的最后的善良的祈愿中，骤然闪现出壮烈的人性光辉，爆发出震撼人心的人格力量！这种力量，猛烈地冲击着仇虎、金子这些野性的、奔放的、自由的生命本体，也重重地撞击着我们的理性良知和悲悯情怀。

当然，作为改编，荆州花鼓戏《原野情仇》在力图走一条富于个性化改编路子的同时，也有许多不尽如意的地方，如原著所拥有的那种象征意味变淡了，舞队的运用在整体上还欠熨帖，等等。值得一提的是，由于原著本身的意蕴深厚、扑朔迷离以及所具有的开放性与超越性，使其构成了一个巨大的艺术空筐，任何对其饶有兴趣的解读者都可以把自己的生命感觉、人生感悟和审美理想投放其间，这也恰好证明了《原野》生命力的强悍与博大及其穿越历史时空的巨大魅力！任何有价值的解会和阐发，都是对它生命力的拓展。正是在此意义上，我们有理由企望荆州花鼓戏《原野情仇》，是饱含着泥土气息和生命原创力的一种发自“原野”深处的当代歌吟！

原载《剧本》1997 年第 5 期

名著与花鼓戏

——《原野情仇》导演构思

丁素华

《原野》是曹禺先生的一部重要著作，近年来，话剧、歌剧、京剧、电影竞相改编上演，形成一种耐人寻味的艺术现象。作为曹老家乡的艺术团体，我们更觉责无旁贷，最终将《原野》搬上了江汉平原的花鼓戏舞台。这既是大胆的艺术尝试，又是给自己出难题：《原野》是名著，具有极高的文化品位，人物性格复杂，而花鼓戏源自农村的俚曲小调，擅长表现农家生活的家长里短、儿女私情。如何保持曹老原著的文化品位，如何在众多的改编本中，见出花鼓戏独特的艺术风貌和艺术个性，是摆在我们面前一道全新的课题。在《原野情仇》的创作中，我们如履薄冰，因为连曹老自己都说："演《日出》会成功，演《雷雨》会轰动，演《原野》则会失败。"好在我们既有地利之便，又有同仁们的同舟共济，特别是能和我的老师余笑予先生联手执导，我们便探险觅胜闯《原野》了。

一、戏曲的现代化

1.摒弃人物的脸谱化、行当化，发掘人物独具个性的艺术魅力

戏曲以其夸张、变形、写意、传神的程式表现作为其最显著的审美特征，如唱腔的板式结构（或曲牌联缀）表演的行当规范，身段的程式套路，音乐的节奏制约等。然而，如果我们将这种程式性表现方法机械套用、简单搬用，就很容易使戏曲人物千人一面，使戏曲演员演行当而不注重人物。《原野情仇》里面的六个人物在分行归路时，必须打破行当界线，才能担当起完成这部名著所赋予他们的人物塑造的任务。如仇虎，既要有老生的扎实唱功，又需有花脸的功架，还得有武生的翻跌技艺。花金子既要有青衣的唱，花旦的做，还得兼融一些泼辣旦的表演。好在花鼓戏是地方剧种，在行当上本就不十分严格，这就为我们的演员塑造剧中人物提供了创造的便利。如果我们首先将人物性格、人物关系、规定情境及时代背景分析清楚，再来寻找人物的外部表现手段，就能冲出程式化的束缚，塑造出花鼓戏中独具魅力的仇虎、花金子、焦母、焦大星等艺术人物。不要怕不是戏曲，以我们演员多年的艺术功力和艺术修养，哪怕跑得再远，一句唱一句白，一举手一投足，都会充满戏曲艺术特有的风韵。

2.选用戏剧动作时用程式，但不程式化

戏曲演员由于从小的训练，养成了举手投足规范到位的习惯，这本来是优势，但是不分人物，不分个性，不注意规定情境的制约，往往容易形成走身段而不见人物的结果。解

决的办法是：选用的每一个动作，都必须和此人、此情、此时、此景紧密融合在一起。如仇虎的“窜扒虎”过桌子，是为了表现他为抢救无辜被仇杀的小黑子而奋不顾身的一跃；看见木头刀后的变身僵尸，是看似强大的仇虎被看似懦弱的焦大星击溃。其他如戴花、劝酒、三进窗，焦老太婆的铁拐杖的运用，都必须遵循这一原则。这样，我们《原野情仇》中所塑造的人物，就会是令观众耳目一新的艺术形象。

3.“伸开双手，广取博收，你的变成我的，我的你拿不走”

这几句话本是已故楚剧表演艺术家沈云陔先生为楚剧发展制定的战略思想，我们把它运用到《原野情仇》的实践中来。这个戏的文化品位、戏剧风格给我们“广取博收”提供了极好的条件，如果不这样，我们无法完成花鼓戏和名著的结合。我们需要皮黄剧种那大家风范的外形神韵；亦需要花鼓戏活泼、清新的勃勃生机；需要现代歌舞那强烈、奔放的律动；亦需要摄影、雕塑的画面组织……关键是将这些姐妹艺术融合成一个有机、完善的作品，不能搞拼盘，更不能搞大杂烩，只能搞糖与水的溶化关系。如何溶？戏的需要是前提，“度”的把握是关键。如仇虎和焦母的外部造型，以皮黄剧种花脸和老旦的功架为依托，取其刚毅、粗犷、大家风范的神韵，糅进生活化的表演，且忌装腔作势。金子、大星、常五等则以生活化的表演为主，糅进地方小戏歌舞化的活泼、灵巧和清新的形体动作，但不可流于自然主义和庸俗。舞队则以现代歌舞的动律和民间歌舞的风采相结合，以戏曲的锣经进行制约，使其歌舞的个性衰减。当然，本剧种的优势则必须大大发扬，它是整个溶合的水，其他种种均是糖。

4.节奏紧凑、流畅，张弛有致，一气呵成

这是使戏曲现代化最关键的一条。戏曲过去或以敷演故事为主，或以卖弄技艺为要，观众的欣赏不是看故事就是瞧技艺。随着时代的发展，特别是改革开放的大潮涌来，人们的生活、工作节奏都紧张起来，审美兴趣也发生了很大变化，都希望在短时间里获得更多的信息。因此，观众看戏不仅要看故事、瞧玩艺儿，还得见人物、见意蕴。在结构上，我们要求少用过场交代，多用蒙太奇组接。调度上少用叙述，多用动作。台词上，用见情见性的词、句，不用“缺油少盐”的废话。音乐上少用一咏三叹，多用中板节奏。紧凑、流畅、一气呵成，就是这个戏的总体节奏把握。

二、雅俗共赏

《原野》是名著，戏剧内蕴丰厚，人物性格复杂，文化品位极高。而花鼓戏的观众则多为普通民众，尤以农民为多。如何不失其名著的特质，又能为普通观众接受，则是我们成功与否的又一道课题。我们的解答方式是“雅俗共赏”：不降低品位，不故弄玄虚，好看好听，明白易懂。

首先，抓住对戏的主旨的把握与开掘。在改编中，我们淡化社会性冲突，着重在人性与人格的真、善、美上张扬，如仇虎的善良、金子的自爱、大星的自尊、焦母的母性原则等。这样，既保持了原著的文化底蕴，又和普通人的情感相通。

其次，尊重中国老百姓的伦理道德观念，如仇虎和金子的结合，很容易被人们误以为是苟合，而苟合则被人们视为不道德。我们强化了他们原本就是情侣，是被逼分开的一对。又在规定情境中（如瞎老太婆把门锁住，把窗钉死，硬把他们“囚”在一起）让他们的结合合理起来。如此，人们就能同情他们，理解他们，甚而赞赏他们的反抗性了。另外，焦大星的了债方式，仇虎救小黑子的一扑，金子对大星无罪的开脱与辩白等，都含有这层意味。这样，我们剧中的主人公们就易为普通老百姓所认同、理解，当然就能接受了。再加之谱出好听的曲调，将舞调度得活泼流畅、张弛有度，设计出既丰富又好看的舞美装置，剧名也改得大众化一些——《原野情仇》，既使观众对剧情一目了然，也容易招徕观众。正是方方面面的考虑和努力，相信我们的《原野情仇》会赢得各层次观众的青睐，事实也证明了这一点。

原载《中国戏剧》1997 年第 11 期

荆州花鼓戏《原野情仇》的艺术追求

吴培义

最近，中国第八届"文华奖"评选业已揭晓，由戏剧大师曹禺家乡的潜江市荆州花鼓剧团(湖北省实验荆州花鼓剧院)改编演出的荆州花鼓戏《原野情仇》荣获文华"新剧目奖"。自20世纪90年代初曹禺家乡的剧团将其名篇话剧《原野》搬上荆州花鼓这一地方戏曲舞台以来，花鼓戏《原野情仇》曾两上北京演出，一曲乡村的"土花鼓"唱进了中南海，受到了李瑞环、贺敬之、李玉茹以及曹禺(因病只看了剧本)本人等一大批中央领导和专家学者的肯定、好评。1995年，《原野情仇》获湖北省戏剧新作展演金奖，1997年获中国曹禺戏剧文学奖和湖北省"五个一工程"奖。值得注意的是，该剧在荣登大雅之堂的同时，也深受广大农村观众的喜爱。到目前为止，花鼓戏《原野情仇》在江汉平原农村为普通农民演出已逾百场。农民们反映"看得懂、听得惯、耐人寻味"。一部反映民国初年生活历史、具有较强象征意味和浪漫色彩的早期话剧，缘何在一个小小的地方戏曲剧的舞台上有此勃勃生机？当笔者与改编创作者几经促膝长谈之后，似乎捕捉到其中一二。

一、删繁就简与化简为繁相得益彰

曹老的剧作，长于复杂细腻的心理刻画，因而，舞台提示、内心独白及人物间的微妙摩擦占有相当篇幅。作为地方戏曲，既要摄其精髓突出主干，又不能失其复杂、细腻、微妙的艺术风格。为此，《原野情仇》将原作中某些片段进行大量压缩，删繁就简，以强度代替长度；与此同时，改编本又往往抓住一个局部细节深入挖掘，不惜化简为繁，如把金子与大星有关婆媳落水后"是先救妻还是先救娘"的对话处理成一段分量不轻的载歌载舞的戏。通过荆州花鼓热烈泼辣的演唱风格，通过强化地方戏曲的特点，来构成花鼓戏《原野情仇》的戏曲结构特色。在整场戏中，诸如仇虎为激怒焦大星"先动手"而当着大星的面几次强抱花金子的戏；第五场的仇虎与焦母心理矛盾冲撞演绎的对唱"谈心"戏，以及第七场仇虎精神崩溃之后迷路彷徨于黑夜密林之中的大段唱做兼容的"舞戏"等等，无不是用戏曲所特有的艺术形式和剧种风格扩充、繁衍和强化另一艺术品种的成功尝试。

二、原著诗化风格与戏曲通俗化融会贯通

改编本特别注意用现代人的眼光、用普通人的心理来感受原著的人物事件。原著中，仇虎与金子见面后的情感发展是放在幕后处理的。改编本则将其搬至前台，组织了一场

“暗夜幽会”的情感戏。这场戏先后在窗内窗外展开。窗外人欲进不能，窗内人欲出又止，两人内心情感的矛盾、意志的较量形成巨大的舞台张力，涌出强烈的情感狂潮。当两人的情感回归到对儿时旧情的追忆憧憬时，随着“忘不了……”的优雅唱腔，舞台上悠然飘出一对对湖畔岸边花前月下的恋人剪影，整段戏由火辣辣的情感引发出酣畅淋漓的歌吟，充满诗情画意，是一幅幅形象生动、通俗流畅的田园诗卷。

三、历史感与时代感共存兼备

与任何文艺作品一样，原著及其每一个人物都深深地携着历史的烙印。改编本在尽力保存原著客观历史特征的同时，力图借助历史巨人的肩臂，透过复仇故事的外壳，从更新的角度剥开人性之谜，对原著深邃的意蕴作出新的探索，赋予其时代意义或当代特色。

仇虎为复仇而来甚而为复仇而活。然而，当他复仇事毕之后竟发出了“冤仇尽处是悲切”的浩叹。为凸现这“冤仇尽处”的大悲慨，改编本着意将原著中某些人物的个性特点或个性本质典型化、情境化，如对焦大星这一人物“善良窝囊”的性格特点，改编本作了更深更细的强调和挖掘，让大星过早地知道金子与仇虎的私通，且当他知道这一切无可挽回时，他不是被动地接受命运的裁定，而是为了金子这个毕竟激发过他生命热望的女人，选择了他所能够选择的最了不起的方式——举刀向仇虎刺去，当然最终倒下的是大星，因为他举起的是小黑子的玩具刀。改编本中玩具刀的运用，使大星这个人物善良的人性特点更显明亮突出，所以，虽然被杀死的是焦大星，但却给予仇虎那扭曲的灵魂以致命一击。焦大星这个仇虎唯一仇杀对象的被杀，并未给复仇得手的仇虎以丝毫的满足，相反，更增强了剧中人物的生命幻灭感和悲剧感。当仇虎惊恐万状、生死难为之中发出灵魂深处的悲叹时，撼人心魄，催人深思，观众的情感也随之坠入“冤仇尽处”之境。

原载《戏曲艺术》1998年第4期

京剧《骆驼祥子》、川剧《金子》荣获“中国戏曲学会奖”

曲祖文

本刊讯：去年12月，中国戏曲学会先后为江苏省京剧院的《骆驼祥子》及重庆市川剧院的《金子》颁发了“中国戏曲学会奖”。中国戏曲学会是我国戏曲学者、专家的全国性学术组织，“中国戏曲学会奖”是戏曲界最高专家奖。1989年，首次为上海京剧院的京剧《曹操与杨修》颁发此项奖，1993年，再次为浙江省小百花越剧团的《西厢记》颁发“中国戏曲学会奖”。《骆驼祥子》《金子》为第三、四个获得此项殊荣的戏曲剧目。《骆驼祥子》在传统京剧艺术和现代生活相结合上，达到了整体性的和谐统一，使京剧现代戏创作取得突破性的进展，主演陈霖苍、黄孝慈因在此剧中的出色表演二度荣获中国戏剧梅花奖，是近期戏曲舞台上具有标志性的剧目之一。该剧自1998年首演以来，已演出70余场，足迹遍及大江南北，曾先后获得“五个一工程”奖、文华大奖、中国艺术节金奖、中国戏剧节优秀剧目奖等多个奖项。《金子》一剧根据曹禺名著《原野》改编，是名著改编的一个范例。自上演以来，该剧以传统程式与现代审美的有机结合引起了观众的强烈共鸣，主演沈铁梅因在该剧中的出色表演二度荣获中国戏剧梅花奖。此剧曾先后荣获“五个一工程”奖、“文华大奖”“中国艺术节金奖”“中国戏剧节优秀剧目奖”等多个奖项。12月17日，中国戏曲学会、中国艺术研究院、江苏省艺术剧院演艺集团、《光明日报》文艺部邀请戏曲界专家在南京为《骆驼祥子》一剧联合举办研讨会。12月28日，中国戏曲学会、中国艺术研究院、重庆市文化局在重庆为《金子》一剧联合举办研讨会。

原载《光明日报》1999年1月12日

改编的艺术魅力在于再创造

——川剧《金子》的艺术特色

申列荣

川剧《金子》，是根据曹禺先生的著名话剧《原野》改编的戏曲作品。同时，它又具有独立的生命力。在艺术上，二者各具特点和魅力。从改编的角度看，它不失为当前重庆市戏曲舞台上一部成功之作。

出版于1937年的《原野》，是曹禺先生的一部话剧力作。曹禺先生写作此剧，是想通过描写仇虎与焦阎王两家的冤仇，表现那个时代农民在封建社会恶势力的压迫下，从苦难的生活中渐渐开始觉醒的历程。

将这样一部话剧改编成川剧，它能否忠实地再现话剧中的艺术形象，能否忠实体现原著精神，能否为广大戏曲观众所接受，这是衡量此剧改编成功与否的标志。

重庆市川剧院剧作家隆学义，用了两年的时间，精心创作，十易其稿，以深厚的文学功力和独到的艺术见解，在尊重话剧原著的基础上，从川剧艺术自身的表现规律出发，诠释而重新改编了此剧。改编者选择了原著中仇虎的恋人金子作为该剧的主要人物(话剧以仇虎为主角)，并以她的名字作为剧名，这一主要人物的改变，是改编者对原著的重要诠释。他把现代人的同情和关怀，引向了受封建伦理道德压迫最深重的妇女身上。同时，又以现代人的艺术审美观发掘出原著已蕴含的另一积极因素(对仇虎复仇方式的不赞同)来着力表现金子的感情和经历。在不失原著意蕴的基础上，再现了话剧《原野》金子般的理想光辉。

改编剧本，是一项艰巨的创造性的艺术劳动。表面上的"忠实原著"并不能达到真正的忠实。如何将话剧本富有的主题思想因素，在川剧中以与其相适应的形式体现出来，这是剧作家改编时面临的难题。

与任何改编者一样，隆学义首先必须进行一项工作，即对原著、再创作时的原材料进行必要的选择、提炼和集中。

不同的改编者有不同的做法。但是，每一个改编者的选择、提炼、集中都不是无原则的。这个原则决定于改编者的创作思想和审美情趣。

那么，隆学义又是怎样对话剧本进行删减、选择、提炼和集中的呢？在艺术形象塑造上，改编者为"重新诠释"此剧，对人物关系作了重大变更，将原来的主要人物仇虎改为金子。这一人物关系的改变，使全剧的矛盾冲突、戏剧情节也随之发生了巨大变化。曹禺的《原野》，着重描写仇虎为报两代冤仇而痛苦抗争的人性扭曲。川剧《金子》则从不同角度，发掘出金子在对封建势力的反抗中，对复仇方式的不赞同，着力表现她对美好生活的向往和一个女人善良人性的崇高。

在题材规模上，川剧《金子》比曹禺的《原野》大为缩小。剧本所展现的生活画面，始终局限于金子与仇虎对待焦家的反抗、复仇和寻找自由幸福上，话剧中的前半场戏（用了两幕）来描写仇虎的身世及他从狱中逃出后急切报仇的心态。后半场戏（用了一幕）着重写了仇虎与金子逃出焦家后在“黑林子”的茫茫长夜中，为寻找“黄金铺路的地方”遭恶势力追击、希望破灭、中弹身亡的悲剧性结局。

川剧《金子》略去了大量的仇虎两代冤仇的细节描写，重新设计了一个序幕：让封建势力的帮凶常五爷逼着金子头搭盖头、身披嫁衣与胆怯的焦大星结婚。在焦田威严胁迫下，金子挣扎不脱，只能遥望远方，大声呼叫“仇虎哥”来表达内心的痛苦和企盼。

这简练的一笔，给观众揭示了此剧的背景和金子、焦家以及仇虎之间的人物关系。使观众一开始，就从这错综复杂的尖锐矛盾冲突进入剧中。

紧接着在全剧的情节发展中，川剧《金子》对话剧《原野》也进行了大量删减。它浓墨重彩地将戏剧冲突设置在金子与仇虎的爱情纠葛、金子与焦家淫威的反抗和仇虎与焦家的复仇这三条线索上，其中又着重突出金子与仇虎的爱情纠葛。

在焦家的逼迫下，金子嫁给了焦大星。焦大星生性懦弱，无法保护金子免受焦田的欺凌，加之夫妻间情趣不合，致使金子身心受到极大伤害。于是，金子“嫁鸡随鸡”只求“赖活”。仇虎为复仇来到焦家，点燃她儿时爱情之火；同时，又唤起了她与命运抗争的个性。她决定同仇虎逃出焦家。本性善良的她，又不同意仇虎用杀焦大星来毁灭焦家的做法。她和仇虎一方面处于感情的亢奋之中，一方面又担心仇虎因复仇做出滥杀无辜的错事。最后，他们逃出焦家，仇虎中弹身亡，金子忍悲离去，寻找那“黄金铺路的地方”。

川剧《金子》以金子命运轨迹为贯穿全剧的主线，在尖锐的戏剧冲突中揭示人物性格和生活中所蕴含的真理，因此，它的表现力更为集中和强烈，更富有艺术感染力。

如果我们将川剧本和话剧本作一番对照，我们就会发现，川剧的情节和人物都源于话剧，但人物关系、戏剧冲突都发生了极大变化：一切都不是原来的样子，一切都经过了改变和发展，一切都是“改写”和“再创作”的产物，然而这一切又都是话剧中所有的或可能有的。改编者的创造性正表现在这。

川剧《金子》不仅在情节凝练集中、人物形象塑造方面取得了成功，而且在戏曲化、川剧化、地方化方面也探索出了一条新的路径。

一是从戏曲化方面来看，话剧和川剧虽同属戏剧范畴，但两者具有各自不同的艺术表现形式和艺术手段。从广义上说，话剧艺术的表现形式是写实主义，而戏曲艺术以唱、念、做、打为艺术表现特征，它是一种写意的艺术。表现形式的不同，就决定了改编者从内容到形式都要考虑这些艺术特征。川剧《金子》为了达到戏曲化的要求，不仅去掉了话剧中某些东西，而且还改变、发展了它的某些东西。话剧《原野》原是三幕八场景，演出要三个小时左右。川剧《金子》从戏曲那种“一线到底”的线性结构出发，改成五场戏，演出时间大约为两个半小时，这就适应了戏曲观众的欣赏习惯。话剧是以语言艺术和戏剧行动来完成情节赋予的任务和塑造艺术形象的，而川剧《金子》将语言高度诗化，并以戏曲虚拟手段表现空间，运用了大量的唱段揭示人物内在情感，以简练的形象语言表达人物思想，还安排大量的载歌载舞场面烘托戏剧气氛，使其具有较高的观赏性和艺术性。

二是川剧《金子》在戏曲化的同时，还力求使之川剧化。川剧，是我国著名的地方戏曲剧种之一。它富有浓郁的艺术特色，尤其在表演艺术上有许多独到之处。由于改编者非常熟悉川剧艺术的表演特征，他从剧情出发，设计了许多展示人物内心世界的精彩唱段，并充分利用川剧高腔中帮腔这一艺术特点，来渲染人物复杂心态，多侧面地塑造艺术形象。值得一提的是，改编者为了展示戏剧冲突，揭示人物内心世界，在第四场戏中，当仇虎和焦大星喝酒后，焦大星在醉态中运用了川剧特技“变胡子”，使仇虎把焦大星错认为是焦阎王，这一下激化了仇虎复仇的情绪。当金子劝阻扭曲心态的仇虎不要杀死焦大星时，仇虎在醉态中又借川剧的“藏刀”技掩饰杀人的工具。这些传统的川剧艺术表现手法，使剧情一波三折，引人入胜，但它又完全在特定的戏剧情境之中，显示了川剧特有的艺术魅力。

三是川剧《金子》不但川剧化了，而且还尽量使其地方化。我们知道，曹禺的《原野》写的是发生在北方的一个故事。川剧改编者为更能适应川剧观众的欣赏情趣，将此戏的地方背景完全川化。这一改动，看似无关紧要，实际上却对全剧起到了相得益彰的作用。如剧中人物白傻子的塑造，由于故事背景的川化，这个人物语言诙谐有趣，他的表演也借助了“川傻儿”形象，具有十分鲜明的性格特征，剧中的舞台美术、服装道具的川化也使全剧充满了四川的生活情趣，让观众在观赏过程中倍感亲切，回味无穷。

改编是一项再创作，允许在原著的基础上改动以至虚构情节，完全不变是无法成篇的，故不可仅仅据此判断改编忠实原著与否。

原载《四川戏剧》1999 年第 4 期

闪光的《金子》

——首都戏剧界盛赞川剧《金子》

巴　仁

在庆祝中华人民共和国成立五十周年优秀剧目献礼演出的开幕式上，重庆市川剧院演出了根据曹禺名著《原野》改编的《金子》，揭开了这次隆重庆典活动的序幕。

《金子》(编剧隆学义，导演胡明克，艺术指导郦子柏，主演沈铁梅)是重庆上升为直辖市之后晋京献演的第一台川剧。果真是出手不凡，一经亮相，立即获得广泛好评。8月18日，文化部艺术司召开《金子》座谈会，由老戏剧家刘厚生主持，石维坚、李玉茹、黄在敏、蔡体良、苏移、萧甲、钟艺兵、陆松龄、马也、丁扬忠、邹忆青、康式昭、张健中、王培森、陈培仲、姚欣、戴英禄等人相继发言，众口一词祝贺《金子》的巨大成功，并从不同的角度分析《金子》在编、导、演、音、舞美各方面的成就，归结起来，大致如下：

首先，《金子》的改编既忠于原著精神，又有新的诠释。川剧将原著的主人公仇虎改为金子，不仅是人物的转换，而且从人性的角度更好地展示了金子的正直和善良，特别是她一再恳求仇虎不要杀害无辜，体现了改编者对“父债子还”冤冤相报的复仇主义的保留和否定态度，更加符合当代人的人文精神。李玉茹认为过去仅从阶级斗争的观点去分析和评价《原野》是不确切的，《金子》从人性角度去挖掘，这是可取的、令人满意的。马也认为“父债子还”“子报父仇”等传统的观点，不仅是不合理的，而且在今天看来，更是不合法的。改编本在一定程度上弥补了原著的缺陷，但如何解决得更好，还可以再作研究。

其次，在《原野》的众多改编本(包括影视、京剧、荆州花鼓戏等)中，川剧《金子》别具特色，具有很高的文化品位，其突出之处，在于语言的运用。陈培仲认为，隆学义继承了川剧重视文学性的优良传统，将剧本写得文采斐然，诗意浓郁，既有古典诗词的格律、韵味、意境，又有民歌民谣的质朴、自然、清新，大雅大俗，水乳交融，可读可诵、可圈可点。戴英禄认为，戏曲剧本的语言应当具备“可读的文学性，可看的视觉性，可听的音乐性，可舞的动作性，可懂的通俗性，可品的丰富性”，而《金子》的语言基本上达到了这种要求。大家认为，川剧提供的这个诗化的独特文本，称得上是剧诗，有其不可取代的地位和价值。

再次，舞台呈现完整、和谐，风格统一，立足传统又不乏新意。导演追求戏曲化、川剧化、地域化，保留了原汤原汁的川味，音乐唱腔、表演程式、特技绝活(如“变脸”“藏刀”“提炉人”等)，都让人领略到川剧的独特魅力。特别是所有技巧的展示，都用于刻画特定情境之下的人物性格和心理，而不是单纯地卖弄技艺。钟艺兵认为舞美很有意味，大幕打开，那郁郁葱葱的灌木林背景和屋前的枯树，形成强烈的对比和反差，颇有象征和隐喻意义，耐人寻味。邹忆青认为，焦大星酒醉后“变脸”，很合情理，可惜不够突出，是否可变两次。但也有人认为，一次最好，点到为止，这是艺术；两次则易流于“杂技”。苏移在发言中引用了一首描写高腔演唱的“竹枝词”：“脸红筋涨唱未全，后场锣鼓闹喧天。主人摇头倾耳听，今日来看戏有缘。的确，能看到《金子》这样的好戏，听到这样好的音乐，真是有缘。”

最后，一致赞扬全剧只有六个演员，都各展其长，都很称职。特别是主演沈铁梅，是后起之秀中的突出代表，早有“川剧唱腔女状元”的美誉，她饰演的金子，不仅大段的唱腔几乎无可挑剔，而且在表演和做功上有了长足进步。不少人认为，铁梅对人物性格把握准确、到位，将金子爱恨情仇的心灵煎熬和丰富复杂的情感流程，揭示得细微贴切、真实可信，同时极具美感，这表现了演员艺术的成熟，是对自我的超越。对陈雷饰演的焦母，刘树德饰演的白傻子，也颇多赞誉。他们配合默契，红花绿叶，相映生辉。姚欣认为：“《金子》的成就，与重庆作为直辖市的地位相称，为山城人民争了光，为川剧争了光！”

《金子》的演出，再次使人感到民族艺术的光辉和魅力。对西方戏剧颇有研究的丁扬忠教授感慨地说：“我们的民族戏曲是第一流的，川剧是第一流的，《金子》是第一流的！”

金无足赤，对《金子》的不足，大家也坦诚提出，并相信只要不断磨砺，《金子》定能流传下去，闪闪发光！

原载《戏曲艺术》1999 年第 4 期

一朵艳丽的野玫瑰

——评川剧《金子》

曹树钧

1999年12月，是戏剧大师曹禺逝世三周年。曹禺作为人的生命逝去了，但是他的思想与艺术的生命是永生的。他的《雷雨》《日出》《北京人》《家》1999年先后在北京、上海、天津、广州、深圳、南京等地上演。最近，他的《原野》易名《金子》，由重庆市川剧院搬上了川剧舞台。这出戏别具一格，充分发挥了川剧艺术的特色，是曹禺经典剧作搬上川剧舞台的一次成功尝试。

一

川剧《金子》（郦子柏艺术指导、胡明克导演）经过两年多的努力，首先在剧本改编上取得了成功，为演出提供了比较扎实的基础。

在曹禺的全部剧作中，《原野》历来是一部争议最大的作品。1981年，电影《原野》在海外成功上映，使话剧《原野》随之“复苏”。然而，长期以来，《原野》始终被无形的帽子压着。尽管电影《原野》在国外打响了，在国内却有六年之久未能公映，一个“罪名”便是此剧“诲淫诲盗”，仇虎被认为是“强盗”，金子则被视作“破鞋”。剧作家隆学义却被这个诱人的故事、富于传奇色彩的人物和洋溢在全剧中的浓浓诗情所吸引。他深深地爱着金子这位女性，透过她对自由、爱情和幸福生活的热烈追求，生动地刻画了她婉转多情、泼野奔放、热烈执着、刚强不屈的个性。通过金子在仇虎复仇斗争的启示下，从不自觉到自觉地投入反抗斗争的全过程，展示了她多侧面的丰富的内心世界。剧作家根据川剧艺术的特点和艺术创新的要求，将原剧的中心人物由仇虎改为金子，集中通过对金子命运的描绘，使《原野》的社会生活面更加扩大与厚实，两者相互交织，相互映衬，使仇虎所进行的这场复仇反抗斗争更加波澜起伏、奇异壮丽。

剧作家吃透了曹禺原作的主旨精神，又熟悉川剧的表现形式与程式。尽管改编本对原作作了较大的删节和增添，但基本上不伤筋动骨，保留了原作的许多精彩场面，并且能根据川剧的特点加以延伸发挥。例如第一场“上路”，依据原作焦母数钱，增加了大星暗递钱袋给金子、焦母搜身的情节，又增加了焦母收不到钱，用大星前妻的下场警告金子，不料被金子还击得哑口无言的对白，将金子倔强、泼辣、机智的个性，对焦母不共戴天的仇恨，刻画得活灵活现。第四场“劝虎”，改编本将原作仇虎、大星对饮改为仇虎、金子、大星三人共饮，用载饮载舞的形式穿插了三人对童年往事的回忆，生动地揭示了金子善良、聪明的性格和她力劝仇虎的复杂心理。

全剧的唱词、对白也很有特色，既能交代情节且细腻地展示角色心态和性格，又有通俗质朴、幽默辛辣的川剧地方特色。如“劝虎”一场的帮腔：“金子心破两半；一半儿爱倾情步，悲虎子苦难；一半儿怨酒黑屋，恐破镜孽缘；……”以及随后金子的大段唱，情真意切，将金子心受重创、心乱神迷、爱恨错综的复杂心态刻画得酣畅淋漓，震撼人心。有些次要人物如白傻子、常五，由于篇幅的关系，戏比原作删削很多，他们的塑造成功除了演员的出色表演，也与语言运用的成就休戚相关；剧作家通过细心挑选的语言有力而又准确地将人物的个性突现了出来。

与原作相比，改编本在结构上也作了较大的改动，将原作序幕加三幕改成序幕“成亲”、尾声“诀别”，以及“上路”“告密”“盘问”“劝虎”“杀星”五场共七个段落。序幕“成亲”交代前史与主要人物关系，开门见山展开矛盾而又简洁凝练。中间五场围绕金子展开全剧主要矛盾冲突，有头有尾、错落有致，十分适合戏曲观众的欣赏习惯。第二场“告密”是一个过场戏，喜剧性场面与悲剧性场面交错，造成观众欣赏韵味的波动，都是改编者富有创造性的艺术处理。

二

剧本的生命在于演出。《金子》的二度创作，尤其是女主角沈铁梅扮演的金子，将剧本的文学形象变成活生生的舞台形象，使演出焕发出夺目的光彩。

沈铁梅在川剧表演艺术上具有较深的造诣，早在 1988 年便因成功地在川剧《三祭江》中扮演孙尚香、《凤仪亭》中扮演貂蝉，而荣获第六届中国戏剧梅花奖。然而，能否在川剧舞台上成功地塑造金子这一形象，对于她来说，无疑是一个艰巨的艺术创作课题。沈铁梅深知曹禺名剧是剧作家呕心沥血创作出来的名副其实的精品，演这样的戏不用功不行。她首先认真反复地阅读剧本，吃透曹禺剧作塑造人物的艺术特色。在创造金子这一舞台形象时，沈铁梅在艺术指导、导演的点拨下，努力通过多侧面充分地展示金子绚丽多姿的性格色彩。对仇虎，她爱得真诚、热烈、执着。尽管仇虎外形不美，但随着剧情的展开，沈铁梅一层一层地揭示金子感受到的仇虎的灵魂美，他的人格的巨大魅力。仇虎由于受传统观念的束缚，一定要“夫债妻还，父债子还”，决心要杀害无辜的大星，金子想方设法竭力劝阻。沈铁梅通过大段优美的演唱细致入微地展示了金子错综复杂的心理，充分显示了川剧艺术远内蕴丰富的艺术表现力。

对焦家两个人物，焦大星和焦母的态度，沈铁梅的表演分寸感掌握得很好。对焦大星，她又怜又恨，哀其不幸、怒其不争。她不爱大星，但认为他是一个好人，为人善良，仇虎家的血海深仇与他无关，他是一个无辜者，因此她千方百计保护他，不忍心仇虎杀死这样一个无辜。在“劝虎”一场，沈铁梅通过唱、念、做多种艺术手段，将人物错综复杂、苦涩无奈的痛苦心情感人肺腑地表现了出来。在处理与焦母的冲突中，沈铁梅在三个层面上揭示了两人之间复杂的内心冲突。作为佃户的女儿，她与根本不把她当人的地主婆格格不入；作为妇女，她不堪忍受旧礼教代表者、维护者焦母的封建淫威；作为儿媳，她本能地要反抗恶婆婆的肆意虐待。但在民国初年这样一个特定的历史时期，她又不得不在许多时候阳奉阴违、忍辱负重。由于对金子与焦母矛盾的复杂内涵有着较清晰的理解与感受，因此，沈铁梅创造的金子这一角色色彩斑驳，像一朵艳丽的野玫瑰，又如原野上吹过的一阵清新的风，具有不可捉摸的迷人魅力。

在具体创造人物时，沈铁梅则运用了唱腔、表情、动作、台词处理、细节描写等多种艺术手段，将人物创造得鲜明、细腻而又生动。在川剧《金子》中，金子和剧中出场的所有人物都发生纠葛，并且展开了一系列或大或小，或尖锐或平缓的斗争，这为沈铁梅多侧面揭示人物性格提供了坚实的基础。在具体体现时，则需要演员能驾驭多种多样的艺术手段，除主要依靠唱腔外，另一个重要手段是表情。人类表情最主要的部分在脸部，对一个演员来说，眼神是揭示人物脸部表情最主要的手段。以目传情，也是川剧表演的一大特色。沈铁梅有一双会说话的眼睛。她的双眼大而有神，且在舞台上运用自如，能巧妙地揭示人物在特定情境下内心的奥秘。第三场"盘问"，焦母欲从金子嘴里打听仇虎的下落，这是一轮心与心的较量。焦母虽说是个瞎子，但人极狡猾、乖戾。她让金子跪在她面前，手从下到上地摸金子，摸到银圈子、金箍子、大红袄、红缎裤，都是大星买的或做的，怒火中烧；摸到金子头上戴着的仇虎送的花，猛地将金子头发一抓，一把将花扯了下来，甩在地上，狠狠地勒令金子踩花。金子起初不愿踩，被焦母察觉，又被迫踩花，踩完又痛心地收拾起破碎的花瓣。这里的形体动作幅度不大，沈铁梅就通过眼珠的转动，把她的惊恐、羞辱、愤恨、反抗等复杂的内心状态层次分明地传递给观众，将两个女人誓不两立的仇恨展现得惊心动魄。

在唱腔设计上，立志改革的川剧艺术家们知难而进，在川剧《金子》中，对古老的艺术形式进行了大胆的改革。首先突破了原有曲牌的严格限制，根据人物性格、情节和演员嗓音条件设计唱腔，努力做到声情并茂，一方面保留川剧音乐的特色，另一方面又有机地糅进了地方民歌音乐，并使用大乐队伴奏，不但使音乐丰富动听，适合现代观众的欣赏口味，同时烘托了人物丰富多样的感情生活，加强了舞台的时空感，突出了人物错综复杂的矛盾心理，为川剧艺术的改革和发展做出了有益尝试。

三

任何艺术的探索都不可能是一蹴而就的，经典剧作的戏曲改编更需要一个不断完善、逐步提高的过程。川剧《金子》的改编也有一些需要探讨改进的地方，略陈几端，仅供参考：

（一）明场表现仇虎杀大星不利于刻画人物的内心

原作第三幕仇虎杀大星是暗场处理，原作者自有一番苦心，他不愿给观众太多的感官刺激，而着重于人物内心的开掘。

川剧《金子》正面表现仇虎诱杀大星，强调金子抱尸痛哭，狠狠捶打仇虎，而将原作仇虎杀死大星后再上场的一段精彩的展现内心活动的内容尽行删去，这样的改动不利于刻画仇虎复杂的内心状态。情节性的内容削弱了原作深沉的思想内涵。

(二)原作表现主义的艺术特色体现不足

曹禺的《原野》是一部艺术内涵十分丰富的剧作,它是现实主义创作方法与表现主义创作方法相结合的一部名剧。表现主义戏剧又称为"灵魂的戏剧",剧作家要"剥掉人的外皮,以便看到他们深藏内部的灵魂"。《原野》所表现的绝不仅仅是一个简单的复杂故事,剧作家运用了象征、幻觉、独白、音响等多种艺术手段,着重揭示的是人物复杂的灵魂,这一点集中体现在原作第三幕中。川剧《金子》将第三幕压缩成一个尾声,无疑将原作的这一丰富内涵削弱了。剧组将剧名改为《金子》自有一番苦心,作用之一是可避免涉及这一争议颇大的艺术课题。然而,在原作中前两幕也有不少表现主义的内容。如金子逃出焦家前夕,忽见焦阎王画像眼珠子在动,这就是表现主义的描写。我国戏曲有许多运用外化手段揭示人物内心的表现方法,因此有些外国学者也称中国戏曲是表现主义戏剧。应该说戏曲展现原作的这一特色是有它独特的优势的。

诚然,由于容量的限制,川剧《金子》不可能大量涉及这一内容,但笔者以为适当地运用川剧艺术手法点点原作的这一特色则是可能的。遗憾的是,现在的改编本基本上回避了这一点。

原载《四川戏剧》1999 年第 5 期

川剧《金子》放异彩

康式昭

日前，重庆市川剧院根据曹禺先生名著《原野》改编的川剧《金子》，为庆祝新中国成立五十周年全国优秀剧目献礼演出敲响了开场锣鼓。

近年来，以话剧《原野》为蓝本，曾有过多种艺术样式的改编佳作问世。川剧《金子》则以其独特的视角，深层的开掘，成为新的改编的成功之作。从《原野》到《金子》，顾名思义，金子已成为主角，居于舞台的中心。重新设计的序幕，即直面金子的命运：在焦府恶势力逼迫下嫁给了阎王儿子焦大星。结尾则落笔在虎子既死，金子迷茫地走向未来：是向往金子铺路的远方，还是期盼为虎子生下儿子重新生活？问题画在人们心上。角色换位带来了情节的变化，也带来了人物性格的丰满；立足原著，又有别于原著，改编者自是高手。毋庸讳言，原作以仇虎为中心，强调渲染了讨还两代血债的复仇精神。应该说，仇虎的复仇是对恶势力的反抗，强暴者的惩处，对正义的伸张。但其间也包含着"父仇子报""父债子偿"冤冤相报的狭隘。川剧改编本以金子为中心，笔酣墨畅地抒写了她内心的感受，听到仇虎宣告："报冤报仇报大恨，闹它个鱼死网破乱纷纷！"金子心绪极度矛盾：哀他一家遭厄运，爱他强汉铁铮铮。痛他十载黑牢囚，叹他心非当年心。忧他伤害无辜人。恐他黑屋落陷阱，怕他复仇害自身！为了阻止这场复仇悲剧，金子极力哀告大星并非坏人，并诱导他回忆童年的友谊，皆告无效之后，只得催促仇虎离去。然而，悲剧终于发生了。仇虎手刃大星，又假手瞎婆子焦母打死了小黑子，而自己也在出逃途中被侦缉队击中自杀身亡。剧作通过金子善良本性的展示，形象地对狭隘的复仇主义、恐怖的杀戮行为（特别是无辜婴儿之死），表示了保留和批评。这就深化和拓展了主题内蕴，给人们以新的思考和启示。

《金子》发挥川剧的优势和特长，戏剧结构完全是戏曲的，主线分明，结构严谨，唱腔好，气氛音乐也到位。表演上，梅花奖得主沈铁梅唱做俱佳，技艺精进，十分可喜。焦母、大星、仇虎、白傻子、常五各展风采，都有出色表演。尤可称道的是，剧作文学性强，唱词优美讲究，深意盎然，显示了作者深厚的功力。

原载《人民日报》1999 年 9 月 10 日

从川剧《金子》说起

王纪人

上海首届国际艺术节已经落下帷幕，给我留下的印象却是难忘的。

记得那是 11 月中旬的一个晚上，我匆匆赶到逸夫舞台去看《金子》，这也是我第一次观看这届艺术节的剧目。由于前几天刚刚经过了一次长途飞行，时差尚未完全调整过来，每当晚上八点左右便有点儿昏昏欲睡。川剧我又不是那么在行，所以怀疑自己能否坚持到底。然而这种担心是多余的，倒不是川剧惯有的高亢打消了我的瞌睡，而是《金子》新的立意、浓郁的地域色彩和演员精湛的演技。人物还是《原野》中的那些人物，情节似乎也没有太多的变化，但显然已不再是曹禺原作的文本，因为它更多地聚焦于金子这个女性身上，并且侧重表现她的两难处境和矛盾心理。这一女性的视角和心理写实构成了此改写本的特色，从而淡化了原作的复仇主题、神秘色彩和表现主义风格，使之更趋明朗，也更适合大众的口味。川剧是很有地方色彩的一个剧种，也有自己的绝活。没有"变脸"等绝活，也许算不上是地道的川剧，但绝活如果为表演而表演，就仅止于技术的层面。《金子》中的绝活大都能与剧情和情境有机地结合起来，这就使它超出了纯技术的层面，在保有浓郁的剧种风采的同时，很好地为塑造人物的性格和推动剧情的发展服务。其中最成功的例子是焦大星的一次变脸，虽然变在焦大星的脸上，却是仇虎内心活动的反映。他从焦大星脸上看到了其父焦阎王的影子，或者说，尽管焦大星是善良无辜的，但在仇虎的潜意识里，却无法把两者区分开来，这就使他最终起了杀心。显然，这是对传统手法的一次创造性运用。金子的扮演者沈铁梅女士无论唱功和做功都堪称一流，傻子、常五爷的表演也很出彩。比较而言，仇虎的表演过于程式化，或者说多作英雄状。

由《金子》的成功，想到了戏曲的改编和演出。戏曲有原创性的和改编的两种，原创的戏曲通常没有太多的文本依据，或是直接来自生活，或是历史上曾有那样的传说，如京剧《曹操与杨修》以及这次在艺术节上演的《贞观盛事》，在此姑且不论。改编的则有两种：一种是从非戏曲的文本移植而来，如川剧《金子》根据话剧《原野》改编；另一种是在已有的同一种戏曲文本的基础上改编。此次上演的越剧《红楼梦》则兼有改编的两种性质，因为它在保留原有越剧《红楼梦》以宝黛爱情悲剧为主的基础上，又一次回溯小说原作，从元妃省亲始，至贾宝玉走向白茫茫大地终，并出现太虚幻境的浪漫场面。这样就扩大了原作的内涵，应该予以肯定。但我以为目前的改编本尚未真正地将贾府由盛而衰与爱情悲剧有机地整合起来，所以只能看成是过渡性的产物。目前的演出在舞美上下了很大功夫，但无论是剧本的锤炼，还是演员的表演，都有待提升。老一代的演员奠定了今天的唱腔和表演程式，现在基本上还是原封不动，但无论是徐王派，还是尹袁派，都是韵味十足的。推而广之，中国的传统戏曲无论是唱和舞，都是讲究韵味的，这正是中国美学的精粹，而一些年轻演员的表演，尚未达到这样的境界。凡此，我以为都是有待改进的。

原载《上海戏剧》2000 年第 1 期

从话剧《原野》到川剧《金子》

——在排演中的探求与创新

郦子柏

我应重庆市文化局及市川剧院领导的邀请，担任了川剧《金子》的艺术指导。我一到重庆，便和剧组的编剧、导演、作曲、舞美等主创人员一起深入川东偏僻山村体验生活，搜集有关素材，同时在下榻处对剧稿的修改进行了认真的商讨。返回剧院后，又会同导演胡明克、导演助理曾珍，用了三个日夜，谈了我对《金子》的剧本分析和导演构思，为再度创造做好必要的准备。继而我又以导演组成员的身份，参加了排演的全过程。我们在同剧作家、作曲家、演员及舞美、灯光设计师等各创作部门的合作中，历经了由开始的分歧、存疑到认同，再由认同到统一，最后达到创作的默契。在全剧组的共同努力下，经过近半年的排练，终于将这台戏首演于重庆的剧场，并获得当地和北京专家的好评以及广大观众的称赞，继而被中央文化部选定为庆祝中华人民共和国成立五十周年的优秀剧目，并于八月中旬由中央文化部召开的献礼剧目的开幕式上演出，并由中央电视台进行直播。以后《金子》又相继参加了上海国际艺术节、中国川剧节等演出活动，同样也得到了各界的肯定与赞赏。

《金子》的演出，之所以能博得广泛的好评，必有值得总结之处，作为创作的回顾，就此较全面地谈谈我的体会。

改编名著　不离其宗

曹禺先生的《原野》，连同他的《雷雨》和《日出》，作为三部曲而闻名于世，堪称为名著，被人们所熟知。自《原野》问世以来，虽有各种各样褒贬不一的评论，但由于它富有传奇式的人物、突出的形象个性、严谨的情节结构、尖锐的戏剧冲突以及深厚的文学内涵，而成为不朽的传世之作。尤其是我国进入改革开放的新时期，《原野》被改编成各类不同艺术品种，频频演出和播映，更为世人所熟悉，其中的故事与人物已深入人心，足见名著的思想魅力及艺术的生命力。因此，如何将家喻户晓的名著《原野》改编成川剧的《金子》，已成为摆在川剧作家隆学义及我们面前必须要解决的重大难题。经过几番交谈和思考，我们共同确定了改编名著的几条原则。那就是：

一、尊重大作家曹禺及其名著《原野》的卓越成就与广泛影响，在保持作品思想内涵和精神原貌的前提下，允许改编者根据剧本内容，开掘出新的含意，作出新的诠释，以此加深原著的主旨。

20世纪80年代初的一个夏天，我去北戴河度假，适逢曹禺先生也住同一招待所，我曾趁机请教过他关于创作《原野》的立意和主旨，他说“复仇不是我所要表达的主题”，并明确地答道：“我当时所以要写这个戏，是想通过仇虎与焦阎王两家不解的冤仇，说出在封建恶霸地主压迫下，农民苦难的一生和渐渐觉醒的历程。”这一出自曹禺之口的精辟解释，正是《原野》精神实质之所在。我们牢牢把握住了这个核心思想，进入了改编创作。

隆学义在构思川剧剧本时，选择了原著中的次要人物——金子，作为主要人物，而把原著中的主要人物——仇虎，摆在了次要的地位，并将剧名改为《金子》。这两个人物的主次挪位，势必牵动川剧的整体结构，究竟怎样布局全剧的情节线索，我们多少是存有一些疑虑的，主要担心在突出了金子的形象而舍弃了仇虎复仇的线索，乃至抽掉了原著中的重大情节而失去了固有的冲突性与戏剧性。应该讲，这种倾向多少也是有的。经过与改编者的商讨，取得的一致看法是：把金子提升成全剧人物的中心，以金子的视角为切入点，仇虎的复仇情节线索仍可保留，但侧重在对金子的命运历程和情感漩涡的冲击，以此削弱复仇的主线。通过这样的变动，既把人们的同情与关爱引向受封建伦理、道德压迫最深重的妇女身上，又发掘出原著已蕴含着的不以复仇方式去寻找农民的活路，进而揭示出“觉醒的历程”。

我们认为，川剧对原著的这种变动，应该是被允许的，也是值得肯定的，因为它再变，也是“万变不离其宗”。《金子》就是在力求不失原著意蕴和内涵的基础上，着重表现金子的抗争精神与生命轨迹，展示并强化了原著中金子般的理性光辉，因而也就得到了曹禺先生家属的赞同，获得了剧本的改编权。对于川剧作家隆学义来讲，将名著《原野》改编成川剧《金子》，则是一次全新的诠释与创作。

二、在保持原著基本故事情节和人物形象的前提下，允许改编者有所取舍、增删，有所丰富、发展，但必须掌握住尺度和分寸。

我们不赞成某些作者对原著改编的态度与做法，如有的同名电视连续剧，把原著中本没有的情节硬塞进去，甚至臆造出一段又一段的故事充斥其中，拉得既冗长又杂乱，对于原著中的人物形象及性格，又随心所欲地任意改变，而失去了原来的面貌和特质。这不仅违背了原著的本意，还会引起种种非议，可谓得不偿失，大可不必。应该讲，我们对原著在情节事件及人物形象方面的改编，也是持慎重态度的。如果讲《金子》在这方面有所变动的话，也只是原著中固有的情节与人物，加以挖掘和放大而已。如当金子得知仇虎回乡是为了报仇后，内心十分矛盾与焦虑，她既怕唯一的恋人——仇虎再一次落入侦缉队的罗网，也怕她并不爱却又值得同情的丈夫——焦大星无辜地被杀害，因此她开始“劝导”仇虎不能做害人又损己的事，但仇虎非但不听金子的“劝导”，反以“仍恋着大星”指责了金子；接着，仇虎同大星会面，在借饮酒之机，双方交锋拔刀相胁时，正好被金子见到，她也以酒共饮，主动地调解了一触即发的冲突。然而，昏醉、幻觉中的仇虎，则把大星错认是焦阎王，于是拔出匕首一而再地向大星刺去，金子紧张地不断阻拦，才避免了这场流血的事件；随后，焦母和仇虎谈判后，假意决定让金子跟着仇虎离去，金子急切地“催促”仇虎一同快逃时，仇虎又以“父债子还”为由，执意处死大星再走；就在这个月黑风高的深夜，当仇虎发现焦母与常五已密报侦缉队来抓捕时，更激起了他复仇的怒火，仇虎再也听不进金子的劝阻和恳求，他引开了金子，趁机将大星杀死；金子见此惨状，悲愤交集，她怒打、谴责了仇虎，而对死去的大星寄予了莫可名状的同情；最后，仇虎同金子的逃亡过程中，仇虎中弹自杀，终于酿成了“子报父仇”的悲剧。

从上述情节布局中不难看出，《金子》既保持了原著“复仇”的线索，又发展了金子反对复仇的坚决态度，并对仇虎采取了“劝导”“调解”“阻拦”“催促”“劝阻”“恳求”“怒打”“谴责”等一系列的积极行动、自然地强化了金子在全剧中的中心地位和作为，加上她已成为仇虎与大星极力争夺的对象，因而更加明显地把她放置在矛盾冲突的焦点，推动了戏剧情节的发展，直至高潮的涌现，完成了原著中金子作为次要人物向着主要人物转化的程序。借此刻画出金子的爱与恨、情与仇、怨与怜等错综复杂的心理冲突，描绘出她抗争恶势力及追求幸福生活的强烈意愿，展示出她热情、奔放、泼辣、直率的性格，更突出了她精神世界中善良的心灵和美好的人性，使金子这一人物形象愈加丰满、深刻而可爱。

在《金子》的改编中，我们还将原著第三幕的五个场景合并成一场戏，即删去了仇虎复仇后心理变态与精神失常所产生的“幻觉”“梦呓”“自戕”“驱鬼”等情节，而把重点放在了金子面对生与死及寻觅出路的关口所经受的感情折磨和生命考验。而在演出结束时，金子孤独而迷茫地向着微露晨光的远方走去……这个尾声的处理，试图同序幕中金子的出现，遥相呼应，从情节结构上突出金子在全剧的中心地位。

此外，改编者对白傻子这个人物也作出了新的解释，即他是傻子却又不完全是痴呆者，正如白傻子自我评价的“傻子不傻”。因此，他对焦母和常五极尽讽刺、挖苦、嘲弄之能事，而对金子则表现出了无比的羡慕和赞美。他是个自幼父母双亡、无依无靠、一直在焦家放羊打零工过活的农村赤贫者，身处任人剥削与宰割的最底层，虽然他有着比常人更为悲惨的命运，然而他毕竟是个活着的人，在傻话中也会流露出对不同人物的态度，以使观众对这个人物给予更多的怜悯和同情。这也许就是改编者重新解释白傻子的用意所在吧。

三、在保持原著思想内涵、精神实质，以及故事情节和人物形象的基础上，必须将《原野》的话剧艺术形式转化为《金子》的川剧艺术形式。

这种转化实际是涉及一个固定的戏剧品种改变为另一个截然不同的戏剧品种的问题，它意味着对原著要进行全方位的样式“改造”。这绝非是轻而易举之事，故为改编者带来了较大难度。为了使《金子》文学剧本富有川剧的特色，改编者与我们商讨后，取得了几点共识：

首先，采用“一人一事，敷演到底”的传统戏曲结构方式，剪去原著中的枝蔓，提炼出不可或缺的情节与细节，大大地压缩原著的长度和篇幅，即把话剧长达三个多小时的演出，减短为两个小时左右的演出。

其次，将原著中的台词语言，属于抒发人物胸臆和情感的部分，转化为唱词，属于叙事或交代的部分，则转化为人物的念白。为了避免通常出现的“话剧加唱”的弊病，我们特别注重戏曲念白的诗意化，使念白和唱词统一在诗词歌赋的格式中运行，力求达到念白向唱腔的有机过渡。如在第一场金子对懦弱的丈夫大星说道："妈面前笑眉笑眼有孝心，顺耳顺手多顺心；妈的话记在前心，我的事放在背心。你把妈供在脑门心，把我踩在脚板心。"接着唱出一段："你只晓得油炸花生嚼起香，清炖鸡腿咬起香，晚上的夜宵吃起香，早晨的扑鼾扯起香，栀子花儿闻起香，晓不晓得野叉叉的嘴儿啵(吻)起香！"将念白与唱腔融合起来，产生出戏曲诗歌化的效果。

即使是单独存在的对白，也尽量加以诗意化、节律化。

如在第三场中，大星被焦母催回家后，当着金子的面，三人有这样一段对白：

焦　母　好一个偷男养汉的狐狸精！

金　子　(取出木头人)好一个心狠手辣的婆婆娘！

焦　母　男人越接越害怕！

金　子　女人越嫁越胆大！

大　星　我要你，只要你！

金　子　我做了见不得人的事！

大　星　不！你不会，你心好……

金　子　男人心好要欠情，女人心好要养汉。

又如第四场中，焦母与仇虎在交锋时的一段对白：

焦　母　干儿子，我晓得，路上风露夹湿热。手板心心出热汗，定是血热中了邪。

仇　虎　老干妈，我晓得，天天起早又贪黑。手板心心出冷汗，冰浸冰浸象条蛇。

焦　母　你明白，我晓得，瞎子两眼一抹黑。

仇　虎　你晓得，我明白，哪里天黑哪里歇。

焦　母　干儿子，你在哪里住？

仇　虎　老干妈，这里住就好。

焦　母　就怕干儿住不惯。

仇　虎　监牢都住得，哪会嫌干妈的屋。

焦　母　那好，住下来……多久？……

仇　虎　侍奉你老人家上西天！

仅从以上两段对白为例，我们不但明显地感受到念白的诗意化所赋予的强烈节律性，而且在富有形象感的言语中，透露出了人物性格化的特征，至于人物之间的关系，通过字里行间的冲撞与交锋，更是昭然若揭了。梨园界有句老话："千斤道白四两唱。"这虽是就戏曲演员的唱念而言的，但对着写好剧本的念白，也是非常适用的。改编者隆学义的念白写来老练，卓见功力。

再次，将原著中的台词语言转化为戏曲的唱词和念白后，又须把戏曲的唱念融合于富具四川地方特色的语汇中，以增强《金子》剧本浓郁的川剧韵味和特色。

我国的戏曲剧种多达三百余个，而所有的剧种都以歌舞为主的"唱、念、做、打"的艺术形式，沿袭至今，从这方面来看，它们之间无甚区别，只是大同小异而已。但是，每个剧种又都植根在各自的地域，必然会带上本乡本土的风情民俗、俚语土话、方言口音以及民间音乐和曲调等，渗透到本剧种的肌体内，从而形成了与其他剧种截然不同、独具特色的地方剧种。由此可见，三百多个剧种之所以能独立存在，各有鲜明特征，根本在于每个剧种的独特地方音乐和语言起着决定性的作用。这也正是区分各个剧种最关键的标志。

因此，为了使《金子》的文学剧本具有川剧的韵味，改编者在唱词、念白上，着实地下了一番苦功夫。好在隆学义自小生长在四川，毕业于四川大学中文系，随即在川剧院团从事专职的编剧创作，由于职业的关系及自己的爱好，他一有闲暇便去重庆临江门附近的茶馆当“茶客”，在那里他接触到了各阶层的民众，一道摆起“龙门阵”，海阔天空地无所不谈、无所不聊，从中他搜集到大量富有巴渝地域特点的民间语言，为他的文学创作汲取了丰富的营养，《金子》唱念的川剧化韵味也就由此而获得。

如金子的念白：“起来早了，得罪男人，起来晚了，得罪婆婆。”“不为啥子，听起安逸，说起好耍。”“娃儿是自家的乖，男人是自家的好！”“婆娘是人家的俏！”……

又如焦母的念白：“女人的话听不得，真感情要命，假感情要钱。”“死人子！我一个瞎子，看啥子天色，看啥子脸色！”“都怪我！骨头汤给你熬少了！”……

再如金子和仇虎的对白：

金　子　虎子哥，快走！这里危险！

仇　虎　我是老虎，怕啷个？

金　子　我怕侦缉队……你要是死了，我啷个活得下去！

仇　虎　啊，你还是爱我？咬我也是爱我？！

金　子　漩脸！

仇　虎　贞节女都怕囚皮汉！

金　子　你命都不要啦，快走！再不走，我拿响竿赶起你走！

如白傻子嘲讽焦母的唱段：

焦　母　（白）好看的媳妇要败家！接了媳妇忘了妈！

白傻子　（唱）我妈早就死刮啦！金子媳妇美花花，瞎子婆婆枯树桠、老丝瓜、豆腐渣、牛屎粑！

嗨呀，一朵莲花！……

焦　母　（白）打嘴！金子是母老虎，咬死人！

白傻子　（唱）拿她咬死也不怕，投胎投个好人家。二辈子再来喜欢她，嗨呀，一朵莲花、花花闹莲花呀！

又如金子、仇虎、大星三人回忆儿提时代抬肉轿、过家家嬉耍所唱出的那首民间童谣：

三　人　（唱）黄丝黄丝蚂蚂

请你家公家婆来吃嘎嘎（肉），

坐的坐的轿轿，

骑的骑的马马。

歌　队　(伴唱)坐的坐的轿轿，

骑的骑的马马。

以及在前文中提及的那些唱词和念白等等，真是举不胜举。可以说，通篇的念白、唱词充满了四川尤其是巴渝地区方言、俚语、土话甚至“野”音的特点，加之改编者运用了大量的“对仗”“排比”“回文”“比喻”“镶嵌”“节缩”等修辞手法与文学技巧，使得《金子》的念白和唱词，既凝练又优美，更具有一个地方剧种——川剧的浓郁特色和韵味。

综上所述，将名著《原野》改编为川剧《金子》的文学剧本，是一次成功的尝试，它为各类名著诸如小说、话剧、报告文学乃至古典的宋元杂剧、明清传奇等怎样改编成戏曲作品，提供了可资借鉴的宝贵经验。当然，这还得取决于剧作家资深的生活阅历、丰厚的文学修养、谙熟的创作技巧，以及孜孜以求、锲而不舍的精神，正如隆学义自己所讲的“用心在煎，用情在熬”，才煎熬出了《金子》这个剧本，大小改稿子达十四次之多，足以印证他的甘苦和毅力。

二度创作　刻意求精

川剧文学的稿本《金子》，为我们二度创作打下了坚实的基础，无论是导演组对剧本的解释、总体构思的确立，抑或是综合艺术各主创部门的统筹，都以《金子》的稿本为依据，投入到二次形象传达的创作之中，力图把静止的、平面的、诉诸文字形象的文学剧本，转化为流动的、立体的、诉诸视听形象的川剧舞台演出艺术。

导演组对《金子》一剧的情节事件、矛盾冲突、戏剧结构的分析，前文均有所涉及，不再赘述，在此需加补充要谈的是：

一、关于《金子》的体裁和风格

(一)体裁。任何一个剧本，都存在着体裁的问题，且各有它的独特性，犹如量体裁衣一般，穿上它才会合身贴切，这对确定未来演出的艺术样式，起着至关重要的作用。我们认为，《金子》体裁的特点表现在以下几方面。

其一，改编的剧作家与曹禺先生一样，都以饱满的热情，直面那个时代的社会和人生，并用严肃的态度，对待所要反映的生活，既敢于以冷峻、锐利的眼光去揭露残暴、鞭笞丑恶，又勇于以赤热、真诚的心声来同情善良、赞扬美好，更以悲天悯人的激情，惋惜、哀痛那些为反抗压迫或无辜受害而惨遭杀戮的生命。作家就是出于这些严肃而鲜明的写作态度，决定了《金子》的体裁是悲正剧。

其二，这出悲正剧虽然发生在家庭之中，但已涉及两个对立阶层之间的斗争，即以金子、仇虎为代表的农民阶层，在焦家同官府武装相勾结的恶势力压迫下，而展开的一场抗争与逃生。武装的侦缉队虽未正面出现，却通过焦母和常五的行为以及黑林子中密密麻麻的枪声乃至仇虎中弹，充分地折射出了大量侦缉队员的实际存在，且是这股社会恶势力最终导致了仇虎的死亡，故此剧含有社会的性质。

其三，改编后的《金子》剧本，在情节结构上更为精炼、严谨，却又依然保持住《原野》生动故事中的曲折奇特性及人物的传奇色彩，并在唱词和念白上富有四川语言的地域特点。

因此，这个戏又有着鲜明的地方特征和传奇色彩。

其四，作家既努力于塑造出人的本体及性格的多面性，又刻意于描绘出人物的心理状态和精神世界。即通过情节事件的表层，力求深入到人物复杂的内心生活中，以浓墨重彩的笔触，借助各种手段，对人物的心境、心态，进行了深层的开掘和剖露，并随之而引发出多种色调的情绪、情感甚至激情，使得剧本又有了饱含着情感色彩与心理刻画的特质。

根据以上的特点，《金子》的体裁可归结为：传奇色彩浓重、地域特征鲜明、心理刻画丰富、情感饱满激烈的社会性悲正剧。

（二）风格。一个作品的风格，既取决于作家的创作个性、创作气质及创作的方法和技巧，也取决于作家的生活阅历、思想涵养及文化、艺术等方面的素养与造诣，所谓“风格如其人”。我们透过《金子》一剧可以发现，改编者对曹禺及其作品，是有一番深入感受和研究的，虽然川剧的结构形式与《原野》大不一样，但是就作品的风格而言，两者则是一致的。因此，根据剧本的体裁，结合戏剧的冲突、旧时代社会的氛围、人物的风貌，我们确定了以下风格基调：

粗犷、豪放、强烈。

这是剧本所固有的风采，也是主要人物形象及其气质所赋予的品格。他们的心地纯洁而透亮，性格真诚而质朴，言行直率而火辣，作风刚烈而粗犷，甚至还夹带出“泼”气和“野”气。这一切又显示出他们不屈不挠、敢做敢当、任爱任恨的豪爽气概。加之大起大落的尖锐矛盾冲突、惊心动魄的强烈故事情节，形成了剧本这一风格特质：

凝重、阴郁、悲沉。

这当然也与全剧的人物相互关联着，但更多地呈现在人际关系和相互交往中所反映的时代背景、社会、家庭环境以及悲剧性的体裁方面。那个时代是乌云密布的时代，那个社会是暗无天日的社会，那个家庭是阴森恐怖的家庭，那个环境是原始荒蛮的环境。生活于其间的人们，在超负荷的重压下，挣扎着、哮喘着，几近于窒息的程度，致使身心残衰，人性扭曲，尽管他们也将积压在胸中的怒火，似岩浆、铁流般地向外喷射，但终因恶势力的强大而招致悲惨的命运。正是黑暗时代的浓重背景、残酷社会、家庭的阴森氛围、几个人物的悲剧结局，决定了剧本风格的另一特质。

概而言之，粗犷、豪放、强烈的风采与凝重、阴郁、悲沉的格调，应是《金子》一剧的基本风格。我们以此为准绳，努力把握好全剧未来演出的总体风格和体裁。

二、全剧人物形象及性格的简要剖析

金子。花姓，二十五六岁上下。身材娉婷，体格健美，长得俊俏而妖冶。乌黑油亮的头发，梳成了肥圆的盘髻，白里透红的脸蛋，散发着女人独有的香气，厚厚的嘴唇，显露出诱人的性感，明亮的眼睛里，蓄满着娇纵的魅力，眉梢上挑的眉宇间，不乏坦荡和机敏。声音清润、亮丽而优美，言谈举止自信、明快而爽利，虽风流却无放浪、轻佻之色态，风度气质娇憨、泼辣而热情，泼野中仍不失端庄、持重之本性。她爱穿艳丽的服装，爱戴金银镯环，生就有一种爱美和自我欣赏的习惯。她是富含激情、充满青春活力的农村少妇。

金子出生在川东偏僻山村的一个农民家庭，自小聪慧活泼，心地善良，懂事理、明是非。她与仇虎青梅竹马，两小无猜，及至花季年龄，又和仇虎私订终身，对天盟誓，相爱到老，永不变心。仇虎是她唯一钟情和爱恋的心上人。

但是，不测的灾祸降临，仇、花两家相继遭到焦阎王的劫难，父辈们受害而亡。仇虎也被诬陷入狱，连同她自己以“顶债”为名，被逼嫁到焦家，成了焦大星的填房。从此之后，一直受到婆婆焦母的欺压和凌辱，加上丈夫大星的懦弱与无能，她的心态发生了重大变化，人的天性也开始被扭曲了，致使她的性格也变得泼辣、强悍、任性甚而世故了。

她在焦家苦熬着忍气吞声、有泪难哭的日子，并渐渐地产生出对焦家的逆反心理，化作她更为机智、主动地向焦家尤其是焦母，发起了挑衅和进攻。特别是当她意外地和仇虎重逢之后，非但寻回了往年的青春与活力，复了人性，而且爱憎更加分明，行为更加坚定，做事更加果断，成了一个既敢于抗争又勇于追求的大胆而倔强的女性。

尽管她的性格变化甚大，然而她善良的本性并未泯灭，在她的心田里，同情无辜者，怜悯弱小者，已成了她崇尚的道义和信条，所以当她眼见大星被杀害，小黑子被焦母误杀，是十分悲痛、惋惜的，因为她毕竟是个能明辨是非、通情达理的女人。虽然她屡次极力地阻止仇虎的复仇无效，但由于炽热的爱，使她随同仇虎一道逃亡，当仇虎中弹、自尽后，她更是撕心裂肺、悲痛欲绝，并带着她那被折磨、受戕害的身心，朝向“黄金铺路的地方”，蓦然而恍惚地走去、走去……

仇虎。三十岁左右，身材魁梧，体格强壮，两只手掌粗厚，双腿有力，如同铁柱一般。黝黑的脸上，有一道深陷的刀痕，浓重的络腮胡蓄满了脸颊和下巴，浓黑的眉毛中透出一股剽悍的气色，圆鼓鼓的双眼中，有时闪现出仇恨的凶光，有时又映射出烈火似爱的神态。他的声音低沉而洪亮，铿锵的语调中，夹杂着粗野和狡黠。举止硬朗而果断，气质粗犷而强悍。他是一个饱含血性、全身充满生命力的男子汉。

仇虎原本有朴实、憨厚、真诚、和善的天性。但自从他经历了被焦阎王抢房夺地、义妹被害、自己也被诬陷打入牢狱长达八年之久等一系列事情后，他的性格一变而为勇猛、鲁莽、机诈、凶残了。

他对焦家的仇恨是恨之入骨，他对金子的钟爱是爱入心底。强烈的情感，一旦极端化，不免使他失去了理性，加上农民的狭隘观念，对是与非的判断，含糊不清，导致了他的行为，不是盲目，便是冒险。他敢做敢当，在他多少流露出“野性”和“匪气”的身上，却不乏一股替人“两肋插刀”的江湖义气，并把“明人不做暗事”当作行动的准则，绝不做“明里来暗里去”的那种小人。他带着“父债子还”“子报父仇”的信条，决誓越狱回乡，向焦家复仇、清算血债，夺回金子，以了却他埋藏在心中的夙愿。他具有常人所没有的意志和毅力，然而一旦事成，也会受到良心的自我谴责，在精神上产生内疚、惶恐与迷茫……

他从黑牢里逃出来，就下了没打算活着回去的决心。他终未能摆脱掉恶势力的围剿而死亡，但死得坦荡、硬朗。

他像一头极力要挣脱牢笼的猛虎，又似一匹桀骜不驯的野马。

焦大星。三十岁左右，月份略小于仇虎。他中等的身材，修长而匀称，体质较文弱。白皙的脸颊上，有一对细长的眉毛，却没有一丝的胡须，虽显得清秀，但毫无血色。眉宇间透出了无奈的忧郁和惆怅，凹进去的双眼明亮而坦诚，可总是带出多愁善感的神情。他的声音清亮而圆润，语调平和而流畅，举止文雅而大方。在他的性格中，既有忠厚、善良的一面，更有懦弱、胆怯甚至卑微的一面，并且太缺少“阳刚之气”的坚强气质。他是个软弱无能、少有激情的男子。

大星由衷地热爱着金子，但又满足不了金子的需求，他也十分孝顺焦母，更畏惧母亲的严厉管束，因此，一旦发生婆媳之间的争执，或在双方冲突的关键时刻，他总是偏袒并顺从于母亲一边。

他不是不明白道理和是非，在于他头脑中堆满了“光宗耀祖”“孝道”等家规族条，致使他遇事左右摇摆、前后为难、模棱两可、优柔寡断，而不敢表明态度，作出抉择。这当然也是他固有禀性所决定的。因此，他时常陷入了苦恼之中而难以自拔，以至憋闷在心不得宣泄而造成了抑郁、苦闷、躁烦、不安的状态。

他是个从不计算坑害别人、为人本分、正当且又规规矩矩做人的男子，也是个窝窝囊囊、没有骨气、无所作为的好人。他如一只任人摆布的绵羊，终因难逃父辈的罪恶和孽债，成为仇虎刀下无辜的替罪羊。

焦母。六十岁，身材高挑，骨骼干瘦，体质强健而硬朗，脸面的纹路峻峭明显，神态严厉而冷漠。虽已眼瞎，但总是张开着双眼，直瞪瞪望着前方，一对失去了眸子的眼里始终藏匿着鬼祟与神秘，敏锐的耳朵时时窥听着周围的动静，准确的判断使她十分自信。她的声音锋利而沉稳，语调尖刻而有力，举止敏捷而麻利，气质精明而冷酷。

从她斑白的头发上，看得出已入老年，但一身穿着打扮十分讲究，整齐又干净，为了不服“老”，她依旧拿着那根从不离手的铁拐杖，既可用于探路，更为了防卫和袭击他人而备。自焦阎王患恶病暴死后，偌大的家产转由她一人掌管，并遵照“传宗接代、繁衍子孙”的遗嘱，费尽心机地抚养、护卫儿孙的成长与安全，一旦发现灾祸降临到他们头上，便会挺身而出，哪怕是断送了自己的性命，也在所不惜。她几乎把全身心的爱，倾注到大星特别是小黑子的身上。

在她的性格中，既有威严、果断的一面，又有阴险、残忍的一面，有时甚至近于暴戾，致使大星更加地驯服和服从，就连倔犟的金子也要畏惧她几分。她对仇虎的到来，非常的惶恐与害怕，因而时时设防，处处布网，欲置仇虎于死地而后快。但是事与愿违，仇虎的“杀夫夺妻”，连同她对小黑子的“误杀”，她所赖以生存的支柱崩塌了，她的精神也就从此而崩溃了。

她既是一个眼瞎心明的老妇，又是一个心狠手毒的恶婆。

白傻子。年近三十岁，中等身材，略为偏矮，体格瘦弱，腿脚与手臂有些残疾。骨削的脸上，似乎从不洗面，常年积垢，脏得见不到皮肤的本色，头发长得十分蓬乱，其中还夹杂着几根干草。一对老鼠眼睛，黄而无神，有时直瞪呆望，有时眨个不停，傻笑时会眯起一道缝。一张露出黄牙的大嘴，整天“呵呵”地咧开着，不断地流着涎水。他的智商甚低，思维迟钝，说话口吃，断断续续讲不成句。由于他是个白痴，必然生就傻呆、愚笨的气质，但在他的性格中，不乏善良、憨厚、勤劳的禀性。

他自幼父母双亡，无亲无故、无依无靠、无人照料，正当他饥饿待死时，遇到了一个好心的农民将他领养长大，后又转到了焦阎王家，替人放羊、砍柴、打杂工，换得猪狗之食，苟且存活，延续生命。

他虽是个思维不正常、头脑不健全的弱智痴呆者，但偶尔也有清醒的时候，如对欺压榨取他的焦母，采取了敬而远之，甚或挖苦、讥讽的态度。他无心无事，与世无争，埋头做工，自寻开心。他人生中最大的乐趣就是常在铁道上趴着，聆听火车行驶的轮子滚动声，以及多多看看美丽而标致的新媳妇金子。白傻子是个任焦家奴役与剥削、身处农村最底层的赤贫者，又是个孤立无助、难持生计的残疾人。

常五。六十岁，焦母的同龄人。中等身材，体格肥胖，体质微显老态。肥头顶上仍留着剪去长辫的发式，圆鼓鼓的脸上，长着一对短眉，八字胡须挂落在唇嘴的两侧，扁平的酒糟鼻格外地明显。一双能灵活转动的眼睛里，有时闪射出邪气，有时透露出淫色，有时传递出贪婪，有时映现出凶狠。话音尖亮而干，为人世故而奸猾。这一切，形成了他圆滑、刁钻、奸诈、恶狠及贪财好色的性格。

他原本生长在一个父辈做官、显赫豪富的地主家庭。然而当他步入青年时期，沉迷于吃、喝、嫖、赌，无所不为，挥金如土，享受玩乐，以至卖地卖房，家财荡尽。随着清朝的灭亡，他也家道中落，成了衰败、潦倒的破落地主。即使如此，他仍不改贪财好色、酗酒养鸟的恶习，依旧穿着那件虽破旧却质优的绸袍马褂，摆出阔少的架势和遗风，来满足他早不存在的奢华和虚荣。

他与焦阎王早就结识，一直交往甚密，气味相投，相互利用。焦阎王暴死后，他继续同焦母保持联系，可算是焦家唯一的座上客，而焦母也从未断了对常五的接济。常五为了回报，只要焦家发生了意外或危急，也是无所不帮、无所不办，致使他逐渐地依附于焦家的势力，最后成为死心塌地的帮凶。他更是一个为了获取私利而不惜出卖灵魂的丑角。他的死是罪有应得。

我们认为，任何一台戏剧演出的优劣成败，其关键要取决于是否创造出鲜明而深刻的人物形象，刻画出“这一个”独特的性格。而只有当导演对剧中的人物形象有了较深剖析，做到心中有数，才能帮助演员去把握角色的塑造。

导演构思　力图创新

近年来，人们将曹禺的《原野》改编为各个剧种，竞相演出已蔚然成风，且各有自己的特色和成就。面对这种情况，我们《金子》究竟怎么搞？是亦步亦趋、照搬别人的那一套？还是另辟蹊径，努力探出一条新路？这是摆在导演组面前至关重要的问题。尽管后者将会给我们的二度创作带来诸多的困难与折磨，甚至会以失败而告终，然而我们还是决定走创新的道路。并以此立意为基点，融贯在全剧的导演构思中。

一、关于全剧演出的总体形象

全剧演出的总体形象属于导演构思的范畴。导演创作的任务之一，在于如何把剧本的主旨转化为富含内涵的形象，但是剧本的主题思想是抽象的哲理性的概括，要使其成为可视的形象，必须经过导演的不断琢磨，反复酝酿，才能寻找到赋主题思想于具体的形象。

我们把此剧演出的总体形象确定为：罗网下的墓穴，黑暗隧道中的一点亮光。这一形象的产生，既源自剧本的思想主题，也来自我们对封建制度下的那个家庭环境、社会背景及人物处境的综合感受。

无论是荒蛮的原野、黝黑的森林，还是阴暗的老屋、斑驳的窗墙，全部犹如一张撒开的大网，笼罩着这个墓穴般的家庭。虽然它们都是那么地肃杀和幽静，可是里面却透出一股股陈腐、污浊、恐怖、阴毒的恶气。只要人们一旦闯进这个"好黑的世界"，就如同生活在密布的罗网中，置身于窒息的墓穴里。他们为了挣脱悲惨的命运，去寻求光明，有的被黑世界吞噬着而毁灭了，有的仍在抗争着，好像是一条黑暗隧道中的亮点，闪烁出金子般的光亮，哪怕这一点光亮那么地微弱。

我们想借助这个总体形象，来把握全剧演出的总气氛、总情调，并通过它对各个艺术部门及主创人员有所启发，激起大家的创作热情，共同在这一思想形象的引导下，统一形成演出艺术的整体性。

二、关于全剧演出的总体处理原则

演出艺术的完整性得力于导演构思的总体把握，而演出总体处理原则的确立，则是导演构思不可或缺的内容，它标示着二度创作中的艺术追求和方向，并对各综合艺术成分起着指导与规范的作用。《金子》的总体处理原则是：

（一）坚持现实主义与浪漫主义相结合的创作方法，遵循艺术真实性的美学原则，创造出生活的幻觉和诗化的意境

《金子》是一部着重于人物个性刻画与心理状态描绘的戏曲，其中又不乏丰富的浪漫色彩和情调，故而导演组确定了以现实主义和浪漫主义相结合的原则，作为本剧创作的基础。导演要求各主创部门，特别是演员，以此为准则，深刻地去体会剧本所赋予的精神力量，以及真正感受到剧本的内、外部规定情境，投入到各自的创作之中，共同创造出不游离于这种方法、原则的舞台艺术。

（二）在恪守艺术真实性的前提下，强化戏曲的写意性，吸取戏曲传统美学中叙事抒情、写意传神的思想精髓，力求使写实性与写意性相互融合、渗透，成为演出艺术不可分割的统一体

我们认为，艺术的真实性，不仅可用写实的手法得到体现，而且也可用写意的手法获得表现，因为它们都同属现实主义创作方法的范畴，只是反映生活的尺度不同而已。前者在提炼生活的过程中，用更接近生活形态的手法，艺术地再现生活的真实性，而后者则更大地突破生活的自然形态，以夸张、变形的手段，概括出生活的本质，艺术地表现生活的真实性。

我们之所以要强化写意性，是由于剧本所提供的内容和形式，以及戏曲创作规律之需要。这对舞台美术领域中的创造尤为重要，以便更充分地扩展舞台假定性和时空自由转换的运用范围，为戏曲化的《金子》创造出表情达意、出神入化的空间意境。

（三）借鉴西方现代派戏剧中的某些因素，诸如表现主义、象征主义、意识流、心理外化

等及其表现手法，将其融入到演出中，以丰富表现的力度，增强艺术的观赏性

《金子》剧本中，有多处展现了人物的回忆、幻梦、幻觉、精神错乱等场景，借此来揭示人物复杂的心理状态及人物之间的关系。我们则借鉴了现代戏剧流派中的一些因素，经过消化后为我所用，充实戏曲的表现手段，产生出艺术的新鲜感，加强了人物内心世界的厚度和深度。

（四）在保持川剧本体和艺术特色的基础上，大胆突破，努力创新

如前所述，《金子》剧本在情节结构、人物语言及表现技巧等方面，已为我们运用川剧艺术的表现手法，提供了再创造的基础和空间，这更增强了导演组以川剧的艺术形式为载体投入二度创作的信心。因此，我们自始至终强调了《金子》的川剧化特色，尤其突出它的巴渝地域及风貌。故而，一方面，我们尽量挖掘川剧传统的音乐唱腔、表演技巧乃至“绝活”，经过变革与消化，使《金子》的演出富有川剧的特点；另一方面，我们还对传统川剧中某些已不适应现代戏表现的程式进行了突破和创新。诸如：在人物塑造上，必须打破行当的界限及角色类型化、“脸谱化”的倾向：在舞台空间造型上，必须突破“守旧”及一桌二椅等过于简单化的结构语汇，而用一种新的创作观念和手法，来取代旧模式、老套路，以符合当代观众对川剧的审美需求。我们企望努力通过变革、突破与创新，使《金子》的演出既不雷同于其他剧种中早已问世的《原野》，也并非是传统川剧原封不动的翻版，而应是一台独辟蹊径、别开生面、新颖精致、富具魅力却又能雅俗共赏的、地地道道的川剧艺术。

三、关于各艺术成分的处理原则及具体方案

（一）音乐唱腔

川剧的音乐唱腔十分丰富，它包容了川昆、高腔、胡琴、乱弹、灯戏五种声腔系统，我们选择了其中的高腔作为基本的声腔。高腔源自江西的戈阳腔，流传到四川后将其川化，并汲取了四川的秧歌、神曲、速响中的音乐营养，发展了“帮”“打”“唱”紧密结合的格式，使高腔最富有川剧音乐的特色和风韵。当我们与作曲家陈安业、李冰、郭莘舫确定了这一音乐创作原则后，还向他们提出了音乐唱腔设计方面的几点要求：

第一，全剧的音乐唱腔应有一套完整的结构和布局。

我们所采用的高腔体系属于曲牌联体结构，因此，如何把各种曲牌有机连接、相互渗透，形成全剧唱腔音乐统一而完整的结构？在保持川剧高腔及曲牌鲜明特点而形成全剧音乐完整结构的前提下，如何将旧有的曲牌旋律加以改造和嬗变，使得唱腔既符合人物的音乐形象，又贴近于特定的时代、地域及环境？在唱腔的形式上，除掉人物的独唱与对唱外，是否还需采用重唱、轮唱、合唱等多种方式，加强声腔的丰富性和表现力？再有，究竟怎样运用并强化帮腔，使其显示出川剧高腔音乐的独特性能与风貌？这些问题直接关联着《金子》的音乐结构。我们还认为，要真正达到“帮”“打”“唱”的有机结合，须是曲牌变异与再创造的高腔音乐。对此，我们和作曲家取得了共识，并通过他们的创作，基本上达到了全剧音乐结构严整、唱腔布局合理的目标，在和谐统一的运行中，发挥出川剧高腔独有的美感。

第二，全剧的音乐唱腔需设计出主题性乐曲或主导旋律，贯串于演出的始末。

我们要求这一主题性乐曲或主导旋律，其性能既可起到喻示全剧思想主题，又可展现主要人物形象的作用，并建议作曲家从流传全国的四川民歌或山歌中选取适合于本剧的曲词，用主导旋律的重复、再现及变奏手法，融入唱腔和背景音乐之中，以加强主题音乐的印象，渲染浓郁的地方特色，烘托人物的音乐形象。而作曲家独具慧眼，在大量的民歌中筛选出家喻户晓而又切合本剧的《高高山上一树槐》曲调，作为主导旋律和人物金子的音乐形象，融贯于序曲、尾声及背景乐曲之中，渗透在主要唱段之内。由于该曲调在全剧音乐运行中的时时涌现，不仅有利于加深对主题和主人公的印象，而且更使全剧的音乐结构增强了协调性与统一性。

第三，全剧人物的唱腔设计，要倍加重视，应使音乐形象赋予人物的性格化。

戏曲塑造人物、刻画个性，在很大程度上要靠唱腔获得展现，故需根据每个人物的性格、气质、心理状态、情感世界及其所处的特定境遇，创作出唯独“这一个”人物才有的唱腔，致使剧中六个人物各有自己的鲜明音乐形象，并从唱腔上造成较大的对比和反差。

我们认为在唱腔的布局上，一定要突出主要人物的重点唱段，借以抒发出人物深层的内在心态与思想感情，并要求作曲家为嗓音好、乐感强、擅长唱功的演员们精心设计出旋律优美、富有韵味、行腔流畅、情绪饱满的唱段，既能使演员唱来运转自如、游刃有余，又能让观众听来悦耳动听、赏心称绝，从声乐上努力达到观、演双方的最佳艺术效果。

经过作曲家的潜心创作，应该讲，不仅在人物性格化上得到了体现，而且从音乐形象上刻画了不同的人物及彼此的明显区别。加之演员尤其是金子的扮演者沈铁梅声情并茂、楚楚动人的演唱，为唱段增添了不少光彩。

第四，全剧的场面、背景音乐以及场间音乐丰富多变，对于描绘场景氛围与情绪，十分重要。

我们要求作曲家紧扣戏剧情势的发展，根据特定的情境，谱写好这类音乐，渲染出时代背景和社会环境的气氛，烘托出人物在各个场景中不同的思绪和情感。我们感到，仅靠原有的川剧文、武场面的乐器配置，势必会使乐曲的演奏显得单薄，缺乏力度，故建议要加强乐队的编制，并增添部分西洋乐器，融入作曲配器之中，提高音乐的复合度和丰厚度，使其更有表现力地营造出本剧应有的各种氛围与意境。

这部分的乐曲和配器，加上排练中的不断修改，作曲家的创作工程是相当艰巨而繁重的，但终于圆满完成了任务。通过演出的验证，无论是序幕“逼婚”中只凭人物肢体动作所配合的乐曲，尾声中金子“诀别”死去时仇虎所涌现的结束曲调，抑或是各个特殊场面的背景音乐，以及场与场间以音乐和唱曲所起的承上启下的过渡作用，均都臻于理想的境地。

（二）舞台美术

根据此剧的体裁、风格及戏曲舞台假定性和时空自由转换等特性，我们对舞美设计确定了以下几点原则：

1.空间结构宜采用以虚为主、以实为辅、虚实相间、互为补充的设计原则。从全剧场景的分布来看，序幕、一、二、六场及尾声均属室外景，三、四、五场属室内景，比重上应以假定性的室外景为主体，辅之以较为具象性的室内景；

2.整个舞台空间选型，能够暗示出全剧演出的总体形象，并赋予一定的象征性的思想寓意；

3.空间结构和布景，既要有凝重感、压抑感，又要有空灵感、幽深感，并以此为基调，营造出舞台的总情绪、总氛围；

4.舞台空间及布景、道具的设置，尽量体现出川东山区地貌及特定时代建筑和民俗的特点，力图将原著中华北平原的荒野改变成巴渝偏僻山村的环境；

5.布景设计能够提供多演区、多支点的空间，以利于导演在处理场面调度方面把握多变性和丰富性。除掉头、尾需用大幕的启闭外，演出中所有的场景一律由灯光、音乐等手法来进行转换与过渡，故要求布景、道具的制作十分简练、轻巧，以使迁换便捷、操作灵活、转场明快。

我们与舞美设计师王瑾在以上原则下，从几个设计方案中确定了一种方案，并几经修改，最后形成了呈现在舞台演出中的空间结构及布景、道具。

具体方案是：在舞台后区架设一道高低不平、固定不变、贯通上下场的平台，并有多步石阶从高平台延伸而下，通向中前演区。紧靠高平台的后边，有一组由黑丝绒制成的框架，经操作可灵便组合成不同的图形，启开时可以展现天幕的景色，也可全封闭为一片黑色，用作室内景的背幕。而原有天幕则由蓝、绿、灰、棕等混合色绘成为类似叶状的大软景来取代，利用不同光色的投射，暗示出山地林区的季节和时间。在高平台向下延伸的石阶右侧，立有一棵被雷电击毁过的黄桷树干，独有一枝却长出了几片新叶，以隐喻演出形象的种子。在演区的中前左侧，放置了一块石头，使得中、前演区留出较大的空间，供戏曲演员大幅度的舞蹈和身段表演所用。

上述布局，就是全剧室外景的空间结构，并共用于所有的室外景。这种外景组合的优点在于：增强了空间的高低起伏感与纵深空灵感；提供了多层面的支点及上下场，无论高平台前后、左右和多步石阶，抑或黄桷树和石块等，都可作为表演的支点加以运用，而且到处均能上下场，更为导演的舞台调度创造了多种变化的自由。又因为大型的如高平台及石阶、背景的大画幕是固定不变的，故而迁换场景时也显得十分灵便与快捷，具有流畅的运动感。

在室内景的布局上，为了避免布景烦琐、陈设堆砌的弊病，设计师采用了以点带面的手法，即重点突出了焦家堂屋里颇有川东特色的、屏风式的大型神龛，它由三面木雕板块组合而成，内里镶嵌着一幅焦阎王的半身头像，在陈旧而斑驳的神龛前，供奉着香烛，竖立于正中的神龛显得十分醒目。至于屋中的墙、门、窗以及厢房和卧室，全都作出虚化的处理，凭演员进出场的不同方位，来表明具体的环境。舞台的中前区只设置了方桌、座椅、条凳、摇篮和一盏垂吊中空的长明灯。由此组合成一堂室内景，并共用全剧所有的内景。

从这堂景的空间结构不难看出，我们之所以要强化附有焦阎王头像的神龛，意味着阎王虽已暴死却阴魂不散，仍然主宰焦家的一切，促使生活在其间的人物尤其是金子，如同在墓穴中煎熬一般，从另一角度暗示出全剧的思想形象，并可营造出环境氛围的压抑感与阴森感。而且还能借助这个神龛中的头像，紧紧维系活着的人物，通过人物的不同行动，激发出态度鲜明、爱憎分明的思想感情。诸如金子与仇虎沉浸在热恋调情中时，突然发现阎王像的双眼直盯住了她而产生的恐惧感；仇虎拔出匕首，抛飞插入头像，以发泄两代的世仇；焦母取出替身金子的木头人，向头像顶礼膜拜后，狠毒地将钢针刺入木头人的胸膛，诅咒金子早早死去；仇虎从神龛前取过当年焦阎王曾杀过人的军刀，并用这把军刀结果了焦大星的性命；焦母误杀了小黑子后，在她丧魂落魄、濒临疯癫之际，神龛起火，烧毁了焦阎王的头像等等。所发生的重大事件，无不与头像相关联，并起到推进情节、展开冲突、发展情势的作用。

这堂铺设在舞台平面上的室内景，所提供的支点并不像室外景那么多，在调度上容易产生平塌、重复、单调的毛病，为了解决这个问题，导演组想方设法地利用现有的景物及设置临时支点，增强舞台调度的多变性和丰富性。诸如在金子与仇虎调情逗趣时，仇虎抱起金子旋转后即将她摆放在方桌上，仇虎命她下来，金子不依反而转身坐落在椅背上；仇虎见到阎王的头像，飞步腾越屹立于桌上，放声唱起了核心唱腔，再纵身跳下；金子为了缓解仇虎对焦大星的杀机，有意引导他们回忆起儿时三人“过家家”的情景，于是他们做起了“肉轿子”，架着金子，共唱童谣，又歌又舞地把金子抬上了桌面，而仇虎和焦大星分站在桌旁的椅子上。又如在焦母同仇虎“谈判”的一段戏中，我们让扮演仇虎的演员，将搁置在侧幕旁的长条凳挪到舞台前区的中央，充作活动的临时支点，二人就座于一条板凳上，并进行针锋相对的较量。由于这一支点是最靠近观众的演区，因此演员的心理状态、细腻表情、微小举动、语气语调，乃至一个眼神、一声叹息，都能收入观者的耳目之中而加深了戏剧印象。我们就是通过这些处理手法，再加上原有支点的运用，才凸显了舞台调度的多变性和起伏性。

(三)灯光照明

1.灯光设计也是采用以虚为主、以实为辅、虚实相间、互为补充的处理原则。即除掉用自然光源来展示场景的时序——从黄昏到晚间，从深夜到黎明的变化外，更要加强富于表现性的写意光的运用，这时灯光可以不受自然光源的限制，专以整块光色为基调，表现出特定场面中气氛及人物的情绪，从而营造出相应的意境。我们要求灯光设计师沈中英对全台演出的灯光，在顾及自然光源场景的前提下，重点突出大写意光的设想，并得到了较好的体现。如金子、仇虎、焦大星在回忆儿时“过家家”“抬肉轿”及他们再加上焦母的四人背躬唱段等场面，均用一色的大红光铺满全台；又如首次展现装饰着叶状画幕和黄桷树的室外景物时，以整块的大绿用光加以照射；再如金子与仇虎双双逃亡在深山老林中的场景，则用全色的大蓝光束烘托情境。这些写意光的处理和运用，非但从视觉上造成鲜明的对比，还由于它同空间环境与人物的心态、情态融为一体，使灯光自身产生了诗意性的内在语汇，而更具有表现力和感染力。

2.全剧演出的空间结构呈现出高低、纵深，多层面、多支点的格式，因而灯光也需根据设定的各演区支点进行布局，并紧紧随着演员调度及支点的变动而变动。为了使灯光有机地转换与过渡，除了惯常地分布好有层次的面光、耳光、顶光、侧光、逆光、天地排光外，我们还增添了若干定点光，用以衔接光区、强化重要关节和突出表演的瞬间。如在高平台中心位置所设置的定点光，主要用于被逼嫁新娘——金子的第一次出场，以及尾声中金子诀别死去的仇虎时步上高平台站住，在难离难舍恋人的悲痛中落幕；又如当金子初见并确认是仇虎后，穿步跳入仇虎的怀中，在二人紧紧相抱的瞬间，鲜红的定点光立刻投射在他们的身上，以反映这对久别重逢的恋人热血沸腾的激情。

3.由于场景及塑造人物的需要，我们还建议设计师借助特写光、造型光及相应的灯具，用以营造环境的氛围和突出人物的造型。诸如：焦母走至舞台前区正中，边刺木头人边咒唱金子早死时，布设在乐池中的造型灯开亮，一束绿色光照射到焦母的头部，其阴影又重叠在焦阎王头像的神龛中，既产生了阴森恐怖感，又使这一造型内含寓意；在焚烧焦家神龛的场面中，利用了不时闪动的红色特写光，再添加了烟雾器的喷发，以造成火势蔓延的气氛；在金子与仇虎逃入山林的场景中，有一小段舞蹈化的身段表演，则用了快速跳动的回闪光，以衬托人物在侦缉队围捕下紧张、急迫的心情。此外，我们还曾采用了紫外线光，照射在仇虎幻觉中所见到的群体冤屈游魂的女鬼身上，以及通过电脑灯光的旋动，表现出围观的村男村女对娶嫁的欢快与雀跃，借此形成"逼婚"中同悲愤金子的对照和反差，后因取消了所有的群众场面而作罢。

在《金子》这台戏的演出中，灯光在强化人物形象造型、烘托场景的氛围、渲染特殊的情绪等方面起到了很好的作用，尤其是以独有的语汇和内涵，营造出了诗化的意境，更加难能可贵。

（四）服装与化妆

导演组和服装设计师马书敏，化妆设计师任晓明、杨亚丽共同商定了关于这台戏的处理原则：

1.人物的穿着打扮和化妆造型，一定要根据每个人的阶层、年龄、身份、地位、职业、气质、禀性及爱好习惯等方面，综合考虑进行设计，从服装、化妆上给予人物以外部性格化特征；

2.无论是服装的质地、色调、花色、款式，或是化妆的造型、发式、头饰，都需要符合特定时代、地域及环境的特点；

3.人物的服装和化妆造型，由于这是反映现代生活的戏，故应以真实性为创作的基础，又因为这是一台戏曲演出，必须要在生活真实的基础上加以适当的夸张，才能具有鲜明性。所以，把握好介于两者之间的"尺度"显得十分重要，即在服装、化妆上，既要防止自然主义式的生活真实，又要避免夸张失度，流于"衣不贴身""貌不合神"的倾向；

4.除了金子服饰的色彩可以鲜亮以外，在其他人物服装的色调上，则可偏暗些，有利于突出主要形象。所有人物的服装和化妆同布景、灯光的关系紧密，在这两方面之间，既要协调、和谐，又不致使人物的服装、化妆被景光尤其是夜晚景光所淹没。

几经修改后的服装设计图是成功的，导演组肯定了此方案。但由于外地的服装厂未能按照设计图所标明的质料、色泽、尺寸来制作，做工又较粗，有的如金子、仇虎的服装，由演员试穿后并不合适，难于修改。最终不得不再从过去《原野》演出的服装中挑选适用于演员的服装，才弥补了这个遗憾。至于化妆，则是通过数次实地的演员试妆和修正后，很好地完成了六个人物的化妆造型。

(五)音响效果

我们同音响师龙斯仪、白庆苏、姚伟一起确定了以下处理原则：

1.以有音源音响与无音源音响兼用的原则，借此烘托人物的心理状态和情绪，营造空间环境的气氛和意境；

2.有音源音响所选取的素材与配置要十分逼真而精确，操作时也应细致微妙，使演员借助这类音响，如身临其境，引起真实感，触发心理及形体的活动。它除了作用于环境描绘、情感剖露外，更要注重像火车行驶声及鸣笛声等含有深刻寓意的音响语汇的制作；

3.无音源音响的配置则可作出朦胧、虚化乃至变形的处理，促使演员更快地进入幻觉的情境之中，并对幻觉所出现的外化形象进行相应的渲染，以取得特殊的效果。

4.一定要协调好音乐、唱腔和音响效果的关系。两者间应以音乐、唱腔为主，音响效果为辅，切不可喧宾夺主，干扰戏曲音乐的顺畅运行。故音响效果要少用为宜，用则用在关键之处，并同音乐、唱腔相融合，直到音乐难于表现而音响却能胜任的功效。

在《金子》的演出中，得到了音响效果较好的配合，诸如：金子第一次出场时所伴随的鸟雀鸣叫声；大星烦躁地拨动算盘清账时，不断从远处传来的蛙叫声和蝉鸣声；转入四人背躬唱之前金子的核心唱段，所渗入风雨雷电的音响以及在关节处数次传来的火车轮子滚动声与汽笛声等，都发挥了音响效果应有的性能和作用，增强了艺术的感染力。

潜心排练　塑造人物

导演组明确地把演员对角色的创造，摆在了这台演出至关重要的突出地位，而其他的艺术成分全都从属于此，起着辅助的作用。因此，为了塑造好鲜明而深刻的人物形象，我们向演员提出了以下要求：

1.必须熟读《金子》的剧本，从中获得感受和印象后，再对剧本进行较全面的分析与研究。在基本吃透剧本思想内容及人物走向的前提下，准确地认识自己所扮演的人物及同其他人物的关系；

2.根据剧本为人物所提供的一切情况，连同作家的揭示及其他人物的态度、评价等，演员应积极地展开创造性的想象，调动起脑中储存的生活积累和形象素材，进一步对角色作出构思和设计。并建议演员在设计角色时，要从人物的社会面貌(包括社会属性、职业、身份、地位、经历、理想、追求等)；人物的心理特质(包括天资禀赋、内在气质、脾气个性、思维方式、思想涵养、情感状态及民族属性、年龄特征等)；人物的外在形态(包括身材、体格、容貌、姿态、仪表、风度以及穿着打扮、言谈举止、语气语调等)，通盘考虑这三个方面的内容，才能设计好一个完整的角色。通过演员以撰写人物小传的方式，将设定的角色及人物关系融贯于描述人物身世和经历的传记之中，更清晰地把握住角色生活历程中的来龙去脉及性格的形成、发展和变化；

3.这是个着重于心理刻画、饱含激情的戏，因此要求演员在创造角色时，注重对人物的本体、个性、精神状态，乃至对被扭曲而变异了的心境和情态，进行细致入微的开掘，入木三分地深挖，力求使人物的精神生活和情感世界丰满起来，达到深化人物形象的理想境界；

4.为了适应此剧的角色创造，我们采用了“先内后外”的表演方法，即力求演员先对人物丰富的内心活动进行充分的体验和感受，然后再对人物的外在形态作出精确的处理，遵循“动于衷，形于外”的法则，达到内部性格化与外部性格化的完美结合，塑造出鲜活而生动的人物形象；

5.传统川剧的表演艺术自成一格，有其独特的风采和技巧，要求演员尽量发掘包括特技在内的川剧表现手法，经过创造性的转化，运用到现代戏的人物身上，以增强川剧的艺术特色及其表现力。

以上这些要求，都得到了演员们的认同。但是在演员们创作实践的初始阶段，各种问题便接踵而来。

有的演员自演戏以来，从未写过角色的小传，个别演员的文化程度甚低，因此首批交来的角色小传中，除了金子、焦母的小传较合规格外，其余的小传不是过于简单化，便是抄录剧本中的情节和语言，而没有演员自己的设想。这样的小传对演员的创造无甚帮助，故导演组要求他们重写。当他们写出比较合格的角色小传后，再用我们早已写成的人物形象文字稿，提供给他们作为补充的参考，最后才确定了每位演员所撰写的角色小传。

在初排阶段，由于有些演员一直演的是古装戏，又习惯于沿用“走地位”“拉场面”的排戏模式，致使个别演员丢开了人物的内心生活，而几乎成了没有灵魂的躯壳，但对“先内后外”的表演方法，一时又适应不了。在进退两难之际，导演组选择了焦母与仇虎“谈判”的一场戏，示范性地向演员说明了人物所处的内、外部规定情境，人物之间的矛盾和冲突，以及为了达到各自的目的，双方在较量中所采取的行动及行动的方式。在排演中，我们要求演员在展开相互行动的过程中，不断地挖掘念白内含的“潜台词”，积累精神生活的“内心独白”，从而建立一条连贯的思想活动线，促使演员逐渐地体验到角色，进而掌握住人物的自我感觉。同时，由于演员有了丰富的内心生活作依据，也就自然地产生出相应的人物外部形体动作，它虽不规范但却有机，只需再加调整和雕琢，即可使形体动作完美起来。从初排到细排，我们同演员一直用此方法，在反复的磨砺中，终于诞生出了心理与形体、内在与外在、体验与表现相结合的，且又真实有机、个性鲜明的人物形象。令人可喜的是，全剧中的六个人物，非但由沈铁梅、陈雪分别饰演的金子与焦母成功地塑造了深刻的形象，而且由赵勇、张建平、刘树德、罗及隆分别饰演的仇虎、焦大星、白傻子、常五等角色，也都出色地创造出各自的形象。这无疑为全剧的演出打下了厚实的根基，增添了艺术的魅力和光彩。

川剧的表演以生活化和幽默性见长。关于表演上的生活化，是随着演员创造人物过程中获得了展现。但对《金子》这个正悲剧，如何在表演上达到幽默性，则是个很大的难题。若是要求所有演员都有幽默感，非但不可能，而且会使本剧的体裁、风格偏离。经过研究，我们把注意力集中到一个人物身上，这就是白傻子，唯有他才能通过演员的幽默表演，表现川剧的特长。因此，除掉剧本赋予人物喜剧性的念白与唱段外，导演组特意在场间过渡中，专为白傻子安排了几段颇为风趣的小曲，富有幽默感的演员，以插科打诨式的随口而唱，既引得观众捧腹大笑，又对一直紧张的剧情起到了调节的作用。

更值得提出的是，传统川剧中的特技在《金子》这出现代戏里合理而成功地运用。略举几例：

其一，变脸。在三百多个戏曲剧种中，唯独川剧才有变脸的特技。因而我们倍加重视，要努力用好这一特技。在第四场中，有一段戏是描绘金子为了缓解饮酒致醉、刀剪相胁的仇虎同焦大星之间的冲突，引导他们共同回忆儿时的情谊，而跳起了“抬肉轿”“过家家”的舞蹈……突然间，醉酒中的仇虎猛见焦大星的面容就是焦阎王——同时间扮焦大星的演员立刻变出了狰狞凶恶的脸相，这正是仇虎幻觉中的形象。正当仇虎不顾金子的劝阻、拔刀去杀之际，醉倒在桌旁的焦大星在起身一抬头的刹那间，这张象征焦阎王的脸相变没了，又恢复了焦大星原有的容貌。这一显一隐的两次变脸，意味着仇虎从陷入幻觉再回到现实的过程。变脸实际是仇虎意识流心理外化的一种反映。由于有了内在的依据，使得变脸虽出人们的意料之外，恰又在情理之中，因而获取了颇佳的艺术效果。

其二，藏刀。藏刀的特技，据说始用于川剧传统折子戏《萧方杀船》之中，萧方为了蒙骗同船的敌手，扮演者将身上所佩的腰刀变得无影无踪，后又不知从何处亮出了腰刀，杀死了敌手。在《金子》的第五场中，我们采用了这种特技，对仇虎作出了藏刀的处理。当仇虎同意金子离开焦家后，独自一人决定杀死焦大星，以了却两代的冤仇，于是他取过供桌上的军刀，大喊“大星！出来！”时，正逢金子出现并见到了仇虎手中的军刀，惊怒地指责、阻拦。为了瞒过金子，仇虎迅速把刀包入长袍里，表示自己毫无凶器，金子仍然不信，这时仇虎抖开长袍，来回地翻了袍面又翻袍里，这把军刀果然“不翼而飞”了！金子以为是错觉，便相信了仇虎。谁知金子刚走，仇虎又从这件反复抖揉的长袍中抽出了军刀，并用它作为决斗的利器，结束了焦大星的性命。

其三，踢褶子。这也是川剧独有的传统特技。褶子系指古代人物所穿的长袍戏装，为了易使演员踢得起来，袍衫两侧的分叉必须高及腰肋，且又要一定的重量方能做到。我们将这一特技用在了第六场中的常五身上，即常五带领侦缉队追捕“逃犯”时，只身同仇虎、金子遭遇，在仇人相见、分外眼红的境况下，常五吓得惊恐万状、浑身发抖，此刻演员先踢飞后褶片，再把前褶片踢向空中，飘落时随即用嘴吸咬住下摆。这个踢褶子的表演，恰到好处地渲染了场景的紧张气氛，折射出人物的恐惧心理。

其四，提软人。这一表演技巧虽也见之于其他的剧种，然而仍是源出于川剧。我们将提软人与踢褶子共用于常五的同一场面之中，当常五碰见仇虎惊慌欲逃时，却被仇虎一把抓住衣领提起，常五的身躯也随之向上，如悬空中，接着仇虎又放开衣领，常五便颤抖着肢体向下坠落，似一摊稀泥趴在地面。提软人在此处的合理运用，颇有“猫儿捉弄老鼠”的意味，促使观者对这个凶险的没落乡绅，产生出罪有应得的快感。

此外，我们还借助了摔僵尸的特技，以不同的身段和造型，两次运用于人物剧烈的惨死上。第一次是在“决斗”时，仇虎自愿让出三刀任焦大星砍杀，结果均被仇虎躲闪而过。待到仇虎动手提刀，却直刺入焦大星的腑脏。此刻，焦大星强忍剧痛，向前猛扑仇虎未遂，继又倒退数步站定，可已经处在身体不支、奄奄一息的境地，演员的形体开始僵硬，并以双膝紧绷、身躯直挺、整体摔地的造型形式悲惨死去。第二次是在仇虎自杀时刻。仇虎中了侦缉队射来的枪弹后，自知逃生已无望，便要求金子自寻活路，而金子不依，愿同恋人死在一起，仇虎无奈地用手枪顶住自己的太阳穴，逼迫金子快逃，正当金子欲走难舍之际，仇虎扣动了扳机。随着一声枪响，演员以单腿颤跳、侧体前倾的姿势支撑片刻，最后又以360度的大转身，用背着地，摔了个转体僵尸，壮烈地仰天而死。

上述几种传统特技的运用，所以能取得良好的成效，关键在于这些特技立足于生活真实性的基础上，根据情节发展的脉络，结合人物的行动和思想感情，并通过改造与转化，使特技融入现代戏的表演中，获得新的生命力。由此看来，“旧技新用”是戏曲创作可循的重要途径。

艺术综合　贵在完整

戏曲是一门高度综合的艺术，它既要有如同演员融唱、念、做、打、舞于一身去塑造人物的纵向综合，更要有集多种艺术成分于一台的横向综合，这样才能达到演出艺术的完整性。因此，艺术综合的宜精粗优劣，直接关联着演出的艺术水准和质量，故导演组对此尤为重视。

在进入细排及连排的后期，各部门的练乐、合腔、制景、服装等均已就绪，购置的灯具、音响设备也已到位，最后一次在排练场的响连排，便转移到剧场舞台进行了装置、布光，并正式开始了舞台合成。要将各个艺术成分综合到一起，是一种复杂而艰难的工程，若是其中有一个部门未加配合，就会破坏演出的整体感，而在《金子》的合成过程中，这种情况屡屡发生。

演员在同室外的布景、道具合成时，由于舞台的演区要比排练场大得多，原来所排定的舞台调度和音乐唱腔，不得不按照舞台的尺度进行了调整。同时，我们还发现那座高平台存在着“穿帮”、绘色不一、“咯吱”出声等问题，又及时地给予了加固与修改。在室内景物的布局上，有三组烛台设置在供桌上，既琐碎又不集中，我们撤掉了两组只留下中间的一组烛台，再附加一盏悬挂于中空的长明灯，依次将观众的焦点集中在神龛里焦阎王的画像上。而那幅已制作成的焦阎王身像，因不能显示形象本质，又请画师重新绘制了半身头像，加以突出。至于演员必须要在桌上、椅上展开身段表演的陈设，也都一一加固，以防意外事故的发生。

演员在同灯光合成时，也每每出现游离于人物的问题。在全剧的几个夜景场面中，为了渲染时空与环境的氛围，所采用的蓝色光调是正确的，然而又出现了光照不清演员面部表情的问题。我们则采取了先出环境气氛光色，再逐渐将灯光提亮到能照明演员的表情为止。如在第一次展示焦家内景及第一次展示黑森林外景时，都用了这种灯光处理手法，较好地解决了夜景与人物的光照矛盾。在演员表演到关节之处，需要借助特设的定点光加以强化。诸如：在序幕结尾时，金子跳入仇虎怀中，热烈地拥抱；仇虎飞步跃上方桌，唱出愤怒控诉的曲调；焦母针扎木头人，诅咒金子早死的唱段等，非用定点光不足以表达人物激烈的感情。可是在合成时，定点光恰恰投射不到演员的造型的部位上，或偏离了演员的面部只照在身躯的下方，我们通过不断的调光及演员的挪位，才较理想地解决了此问题。在每场戏结束时，我们都采用了切光与暗转来取代大幕的关闭，当演员“定格”出现画面造型后，灯光需按先切天幕光，再压面、耳、顶、侧、逆等演区光，只留下一束光，集中照射在演员身上约两秒钟，最后切光、暗转的顺序，进行处理。但在操作中，不是先压掉演区光而留下天幕光，便是两种区光同时切去而没有了照射演员的光束，或是切光的顺序虽正确而快慢速率不对，这不仅影响了节奏的准确性，并且还损坏了一场戏的完整性。为此，我们花了较大功夫，反复地进行操作、磨合，才较好地达到了应有的要求。

演员在同音响效果合成时，又出现了两种问题。一种是舞台及观众厅扩音的问题。由于音响设备老化，加上可控硅灯光台的不断干扰，致使扩音器不时响出杂声；演员所戴的微型话筒，在台上使用时，常常碰及话筒而发出难听的杂音，或忘掉打开电源使音量不得扩大。反之，演员进入后台，则忘了关闭话筒而闲言碎语传入观众耳中，并搅乱了台上的表演。另一种是配合戏剧的音响效果在操作上的问题。有时未按规定的起迄时间进行操作，音响的显现和隐没不是过早便是太慢，尺度甚不准确，有时未照规定的大小音量进行操作，需要微弱的音响处却放出强烈的音量，而要用强烈的音响时反倒播出微弱的音量。在一次正式演出中，音响效果所播放的一声霹雳，强烈到令观众耳膜震动得难于承受的程度，致使观众席中发出了惊叫与骚动。音响所产生的反效应，既影响了观众的视听，其自身也失去了艺术的美感。按照严格的要求，音响师精心、细致地不断操作，演员对微型贴身话筒的正确掌握和运用，以及部分音响设备的更新与补充等措施，最后还是较为圆满地完成了这方面的任务。

布景的装置和迁换，也是舞台合成中的一个重要环节。装置、迁移的好坏，直接关联着演出的严谨和完整。由舞美人员和少数演员组成的舞台工作队，在开始进行各场的装置、迁换时，出现的问题也不少。诸如：布景——神龛的装置不牢固，演员一接触易晃动；大道具未按定点放摆，影响了舞台调度的准确性；该有的重要小道具却忘了放上，使演员提心吊胆而跳出了角色；迁换景物时，速度过于缓慢，显出节奏的拖沓；搬动中景物声、说话声齐发，嘈杂得令人烦躁；撤去景物与抬上景物的双方，线路不清，相互堵塞，以至出现乱而无序的局面。针对上述等情况，导演组向舞台工作人员提出了“稳、准、快、静”的四字措施，即要求装置布景必须稳固，上下及放置景物必须线路清楚、定点到位而准确，迁换景物必须心中有数、提前等候而达到快速的目的，装置和迁换必须消灭人声和杂音，而做到保持高度安静。我们还专为此事安排了大量时间来进行再三操练与运作，经过大家几番实干，终于达到了既定的要求。

以上各部门所涉及的种种问题，随着舞台上的分场合成过程相继得到了基本的解决，及至进入正式的彩排，也就是所有一切艺术成分都参与其中，全方位地进行大综合、大合成，以检验《金子》的舞台演出是否达到了有机综合、统一完整的目标。如在分场合成时，已打下了良好的基础，因而在彩排演出中，无论是演员的表演、乐队的演奏，还是各种艺术成分的介入，都能彼此配合、相互融化，并通过有机的综合、紧密的合成，从总体上形成了这台演出的统一性和完整性。由于有了这个成果，也就得到了前来审看彩排的重庆市文化局领导和专家们的肯定，并获得了院内外同仁观后的赞许。

《金子》一剧在重庆、北京、上海、成都、深圳等地的演出中，虽然得到了众多专家和报界的好评，以及戏剧界人士与广大观众的称赞，且又获得中国川剧节的金奖，但是我们仍清醒地看到，这个戏从剧本到二度创作的方方面面，都还存在着不少问题和缺憾。在剧本结构上，个别情节尚欠合理；全剧虽以金子为主、仇虎为次，但重大事件往往落在了仇虎身上，对突出金子的形象有所削弱。有的演员在体验角色、塑造人物、挖掘内心世界上不够深入；有的演员在演唱上缺乏厚实的功底。舞台美术中室外景的设置过于简单，尤其是“黑森林”那一场，仇虎和金子在不断地逃亡转移，黑林子的景物理应随人的活动而迁换，然而空间环境却无一丝改变。不少明显的失误和纰漏足以使我们认识到：《金子》离精品还存在着较大的差距，尚有许多问题与缺点，留待我们继续去弥补和改正。我们仍将以锲而不舍、精益求精、百尺竿头、勇攀高峰的意愿，努力使这台演出尽可能达到臻于完美的境地。

原载《戏曲艺术》2000 年第 2 期

同命运抗争

——川剧《金子》赏析

朱艳芳

根据曹禺《原野》改编的《金子》一剧，从剧目的命题上看，改编者似乎就在主题意义上重新有所考虑。纵观全剧后，这种看法就更能确立：《原野》作者要表达的是一种在浩渺宇宙、茫茫原野中，命运的神秘力量对芸芸众生的侵吞；而川剧《金子》，则是在原著的立意基础上，更多了一层金子这个人物，她用顽强的意志和明辨事理的襟怀对命运作出了种种抗争，虽然这种抗争的力量远远难以同所有的恩恩怨怨、亲亲仇仇抗衡，但作者要让人体悟的是：她毕竟没有束手就擒。她一直在用女人独有的柔情呼唤着人们濒临泯灭的童真和善良！

此剧从编剧上看可取之处颇多，可真正的立意和主脑正在于此。围绕着这一主脑，我们看到作者对人物的内心情感的挖掘确实苦心孤诣。

剧中第一场，作者把金子的痛苦生活和内心煎熬明明白白地对观众披露："恋虎子苦盼苦等苦泪落""在焦家屋锁门锁情也锁""你把妈供在脑命心，把我踩在脚板心""天天有气气难舒，时时有泪泪难哭"等。人物关系，人物内心情感是何等明朗！人物关系与内心情感刚一展开，矛盾冲突陡起：金子的情哥虎子突然回来了！这不但使人物关系变得极为尖锐复杂，也使观众的心悬了起来。因为虎子与焦家有着不共戴天之仇：父亲被焦阎王害死；他被迫害入狱，死里逃生，前途未卜；他的情人金子又被逼与焦阎王之子成婚。从虎子的角度看，他确实苦大仇深啊！然而冤冤相报何时了？金子明白虎子的遭遇并深感悲痛，也更加懂得虎子的心。但是，懂得归懂得，明辨事理和对人情世故的通达使得她成为全剧中最为清醒、最为公正的一个人物。

剧中表现她的清醒与公正，从头至尾不胜枚举。这里只着重对第三、四场加以评点。

金子与虎子二人重逢，"真情实爱又苏醒/还原我活蹦活跳金子心"。可以说，二人多年来交织在一起的那份刻骨铭心的爱，是任何世俗风霜都难以摧毁的。无奈的是，金子一直以为虎子已不在人世。他如今重返家园，金子何尝不想与他旧梦重温、远走他乡、夺回流失的岁月中随之流失的美妙情爱？然而她的清醒正在于：她觉察到仇虎"人非从前人/心似猛虎心"，也便"愁他迷途迷本性/忧他伤害无辜人"，于是"心颤心抖心惊栗"了。她爱他虽然爱得真，也爱得深，但爱没有使她忘乎所以，善恶莫辨。她知道大星虽为焦阎王之子，但却与仇虎自幼为友，对仇虎并无半点过失，仇虎的复仇对象若是对准大星，那他确确实实只能是"伤害无辜人"。更何况，即便大星真的有负于他，人人都缺少宽容博大的胸怀，最终只能是“鱼死网破、他伤我损”。恩怨情仇，孰轻孰重？金子心如明镜。但要扭转局面，对于一个手无缚鸡之力且承受着种种封建重负的女子而言，并非易事。她只有用自己的真诚和如水柔情去唤醒两个男人的童真和善良，以使他们化干戈为玉帛，恢复平静美好的安宁生活。

她的努力不管结果如何，她都竭尽全力做事，做得那么投入，做得那么令人感动。

一个人的一生中，总有一些往事让你终生难忘。甚至让你只要想起它们，你的心底便会泛起涟漪，或是涌起波澜，你会因为对它们的抑或甜蜜抑或痛苦的怀想而对眼前的事态重新估量、重做决策。

金子正是能揣度这种心理和抱着这种期冀，用极大的热情请两个男人喝一杯和气酒。酒兴正浓，她不失时机引出他们三人童年时在一起的友好画面：三人在黄桷树下吃“家家酒”“逮猫猫”“抬肉轿子”等充满稚趣和童真的、一去不复返的美妙时光。戏进展到这里，可以说作者与金子一样用心良苦：

——复仇的，抛开新仇旧怨，珍惜短暂的、瞬息即逝的生命；

——懦弱的，能重新审视人生，用豁达的胸怀宽宥即将抛弃他的人们；

——局内的，收敛私欲；

——局外的，免却坐山观虎斗的看兴。

——人们啊，切莫让生活充满仇视、杀机和势不两立！

——人，生而能活，是因为都想活得美满、活得滋润、活得让世界充满爱！

至此，我们看到了人性力量的崇高、伟大，同时也看到了人的卑微的一面。正是由于这种人性的复杂，金子的努力最终只能化成泡影。但金子本身连同那些美好的东西并没有消亡。戏的结尾，该消亡的都消亡了，不该消亡的，面对着茫然的人生，又去跋涉那极其艰难的旅程了。当然，我们也不必为主人公的艰难而喟叹。或许，人的肉体和心灵愈受摧残，精神就愈丰满、愈高妙、愈睿智。剧终，我们听到了滚滚奔腾的列车声，仿佛感受到了生命、人性的强烈律动。

这些，都是作者赋予人物身上的思想意蕴，也是人物必须传达出来的思想意蕴。至于传达得如何，那是导演和演员都要努力的事。

我认为在《金子》一剧的三、四场中，导演和演员运用的表现手段都基本上可称为天衣无缝。况且该剧高潮迭起，就可以看出并非只是一度创作的匠心独具，也是二度创作的运用得当所致，这才使整场戏让人看后感慨万千、回味无穷。我认为，《金子》一剧无论从编导演还是从音乐舞美等方面，都准确无误地体现了该剧的主题意义及思想意蕴。该剧不愧为上乘之作。当然，该剧也有不尽如人意之处，但瑕不掩瑜，戏曲现代戏的路子这么走是值得称颂的。

原载《戏曲艺术》2002 年第 2 期

说一说实验演出本《原野》

朱理轩

戏剧前辈吴祖光说过:《原野》是一个考导演、考演员的剧本。

《原野》也是考观众的剧本。我连夜阅读了曹禺大师13万字的剧本,观看了李六乙导演的实验演出本小剧场话剧《原野》。很喜欢演出的观众有之,认为导演有个性,是李六乙的《原野》;不喜欢的观众意见相反:认为不是曹禺的《原野》;还有持一分为二观点的……

我坚持"存在决定意识"。《原野》是写20世纪30年代北方农村的故事。实验版《原野》的舞美、服装、道具是易拉罐、玻璃高脚杯、15台电视机、电冰箱、抽水马桶、高音喇叭、落地灯、沙发床、抽纱枕套床单、西式衬衫背带睡袍、轮胎转式矮桌、洋娃娃,除了不起眼的线装书,全是叫不上来的新潮洋货,这些设计本身便限制了演员的表演。

演员表演是冷漠的。仇虎、金子、焦母、焦大星、白傻子、常五爷都是有戏可做的形象。由于实验演出本的删改,对演员的要求,只用一种知识分子腔调便足够了,故演员无戏可做。

如同关汉卿写《窦娥冤》,出现六月飞雪这样惊天动地的场景,窦娥的反抗性格得到惊心动魄的表现。曹禺大师的《原野》写了农民仇虎和金子的觉醒,曾在重庆被国民党统治者禁演。曹禺在戏的结尾用了浪漫的艺术形象阎王、牛头、马面,指天骂地、质问法律。仇虎说:"现在仇虎不相信天,不相信地,就相信弟兄们要一块儿跟他们拼,准能活,一个人拼就会死。叫他们别怕势力,别怕难,告诉他们,我们现在要拼得出去,有一天我们的子孙会起来的。"实验本演出偏偏去挖掘"不太重要的东西",所谓"加大了人物内心的表现力度",这不是捡了芝麻丢了西瓜吗?原剧本中金子口渴,想喝水。实验演出中是焦母为贵妇般的金子递上一高脚杯饮料。演出者认为这样能引起观众的思考,或许这叫作神似形不似。

观众理解与演出者的寓意很难一致。还有人很欣赏舞美道具中的电视图像,反复出现老虎、海鸥、角斗士,这等于牵强地用生僻的繁体字给笔画少的字注音,甚至是用外文来解释汉语词汇,把原本简单的事复杂化了。

看过《原野》实验演出,联想到在戏剧舞台上,有一股"现代化浪费风"。过去舞美道具多是代用品,价格低廉,以假乱真,造就了真正的艺术家。现在的演出中,画蛇添足地离不开易拉罐、洋酒具、真汽车上台,三点式狂舞、金鱼飞禽凑趣,票价怎能不高?理论家还把戏剧归结为"小众艺术"。安徒生在童话《皇帝的新衣》中,嘲笑了说假话的大臣们,在我们的文艺批评中,是否应该学习一下说"国王光着屁股"的孩子,实话实说,与人为善。

原载《文艺报》2000年8月31日

三看川剧《金子》的启示

胡芝风

有的戏看一遍就不想再看，因为再看第二遍就觉得淡而无味，没有胃口了。但是重庆川剧院的现代戏《金子》就不然，我在第六届中国戏剧节和川剧艺术节上已看过两次，最近在第六届艺术节上又饶有兴趣地看了一遍，仍感到赏心悦目，印象深刻。川剧《金子》艺术魅力何在？对照近十多年来戏曲舞台上的一些现象，我从中得到启发，在思考中也更加澄清了一些问题。

剧本思想性要通过剧本的艺术性来体现

剧本之所以成为剧本，最重要的因素是戏剧性，它是以情节为依托的。《金子》（编剧隆学义）的情节结构紧密围绕展现人物性格设置。比如，第一场大星奉焦氏命进城收账这个情节，通过金子要大星回答她的“问题”和焦氏对金子搜身等细节，勾勒了金子的忍辱度日的生存环境。同时也刻画了焦氏的险恶狠毒和大星的懦夫性格；再如金子不希望仇虎冤冤相报，担心大星受到伤害，剧本创造性地设置“和气酒”这个细节，金子再三打岔，希望通过回忆儿时的亲密情境，唤起仇虎的理性，阻挡仇虎杀大星，在强烈的戏剧冲突中展现三个人的矛盾心理，突出塑造金子善良的人性。

《金子》的台词有入木三分之力度，耐人寻味。比如，傻子的“傻子不傻，瞎子不瞎”，再如：傻子唱“整垮就整垮……旧的不去新的不来”等等。再如一些比喻——“耗子偷油不学好，野猫反倒成家猫”“男人越娶越害怕，女儿越嫁越胆大”“真爱要命，假爱要钱”等。台词还充分发挥了四川地方语言特有的幽默感，使戏散发浓郁的四川地方色彩，既来自生活又是生活的提炼。唱词注重美感，运用叠句、排句等，呈现一种特殊的语言音韵美，并形成剧作的风格。比如金子讥讽大星的俏皮话——“孝心、顺心、前心、背心、脑门心、脚板心”等一连串的排句；再如“咬起香、吃起香、睡起香、扯起香、闻起香”等，用同一个“香”字落脚；金子对仇虎的复杂矛盾心绪——“哀他、爱他、痛他、为他、知他、叹他、愁他、忧他、恐他、怕他”等；金子与仇虎私会——“心儿碎、心儿悲、心儿醉、心儿灰、心有愧、我心亏、心儿累、心儿美、心儿飞”等。

舞台节奏感是打开观众欣赏心理的钥匙，而剧本的节奏感是舞台节奏的基础。《金子》剧本的构架、情节布局合理，紧贴着人物关系展开矛盾冲突，铺排情节，可以说环环相扣，剧本节奏张弛有致。《金子》台词简练，剧本有惜字如金之功力。记得阿甲先生说过，戏曲剧本如果很“厚”的话，很难是个好剧本。因为戏曲舞台要留出时间余地来唱、来表演，必须简练。比如焦氏与仇虎的一段对白，唇枪舌剑，简练而深刻，而且语言很具音乐性。（焦母/仇虎）：好孝心,孝心好哇,送你一个媳妇。/哪个?/金子。/大星的。/成全你。/好大方。/带她走!/我要是不走呢?/报告侦缉队抓你!/你敢!/我敢!/你敢!!/……有商量。/哼,好商量。这样的简练对话,比比皆是,保证了剧本节奏的流畅性。

什么是以"歌舞演故事"

戏曲最大的优势是形式美的观赏性,包括好看、好听、动情等。戏曲"歌舞演故事"的表演特征,指的是通过角色本身的歌舞来刻画内心世界,包括唱、念、做、打等。近十多年戏曲舞台上,有的二度创作走入误区,把"歌舞演故事"异化为频繁外插群舞,群舞的人数也越来越多,影响了人物塑造和舞台总体节奏。还有一些戏的二度创作大量搬用话剧、电视的手法,着力于舞台的物质包装,通过这些手段来追求"新",尽管舞台搞得很"热闹",但观者却感到索然无味。问题的严重性还在于塑造人物形象的载体——角色的歌舞性被排斥,主角的技艺表演颓化,情感传达不鲜明,人物形象苍白,难以引人入胜。这种想靠大制作的包装造成视觉形象的"好看",效果常常与愿有违,因为观众并非为单纯欣赏布景而来,即使在当场视觉神经被刺激一下,由于打动不了观众的心灵,所以就没有审美回味可言。

《金子》(导演胡明克)的成功,说明戏曲二度创作遵从戏曲舞台美学规律的重要性。《金子》的舞台并没有去图热闹,全剧没有一段群舞,作为一出现代戏,并不使人感到像"话剧加唱",这得益于角色自身的"歌舞"来"演故事",而这"歌舞"是戏曲化的歌舞,并且着力于把"戏"做足,把"情"煽透,使观众感到有滋有味。比如,金子突然见到仇虎不敢相信,通过几次欲前又止、欲前又退的辨认,最后跳进仇虎怀中的几番调度身段、仇虎与金子叙情的"双人舞"、托举等造型身段;仇虎要焦阎王"再死一遍"用到扎焦阎王画像的造型;金子与仇虎、大星三人喝酒的身段,仇虎与金子逃亡时的舞蹈;仇虎中弹后,与金子互相对奔的跌扑等身段都是新的创造,它是在规定情境中生活动作的戏曲化,它又是人物性格的典型表现。还有传统程式动作:川剧小生的踢褶咬衣、扭肩等程式和变脸、藏刀等传统绝技的变化沿用,由于运用得当,推动了戏剧冲突。身段结合大小道具构成舞台调度和造型美,也是戏曲表演的特点,如金子坐桌子、站桌子、跨椅子、坐椅背、仇虎与焦母两人结合一条长凳的表演,再如小道具算盘、花、拐杖的运用都美化了表演,并更鲜明地突出了人物性格,所以《金子》的舞台表演具有丰富的观赏性。

这出戏的布景很简练,它只有室内与室内外二堂景。由于与戏曲的写意、传神、虚拟的美学精神相符,所以感到舞台很美。与一些"大制作"重重叠叠的实景相比,《金子》的布景更加突出了演员的表演,烘托了气氛。

演员是舞台的中心

记得20世纪80年代戏曲理论界有过"导演中心论"与"演员中心论"之争,争论的初衷是针对传统戏曲传统舞台上,"角儿制"造成的那种舞台上主演只顾个人突出而破坏了全剧整体美的一些畸形现象,目的是提高对戏曲舞台整体美的重视。讨论结果是认为排戏时以导演为主,舞台演出上还是演员为中心。因为戏曲依托演员的唱、念、做、打的技艺来塑造人物，戏曲观众特别重视演员的技艺，他是通过观赏演员的技艺来感受人物的命运和主题思想的。这个结论既争出了戏曲舞台必须重视整体美，同时也争出了戏曲舞台表演艺术的特殊性和重要性，也就是说演员的技艺和修养是至关重要的，关系到一出戏的成功与否。

《金子》能让人看几遍不厌，不得不承认沈铁梅表演的强大吸引力。观赏她的戏，不自主地会连连赞叹。她在台上光彩照人，表演上不温不火，能让观众感到过瘾而不腻，分寸感的把握体现了一个演员的修养。有人原先不爱听川剧，可是现在听沈铁梅唱就说好听，有人说因为沈铁梅学过京剧的关系，这是个原因，但也不尽然，之所以沈铁梅唱得好，有个重要原因是她本身的声乐修养，她的发声超越了以往那种不讲究科学、把气提到喉咙、不抬上颚使声音变扁的发音方法，她掌握了科学的方法，发高音软口盖上抬，气往下沉；发低音时，硬口盖上抬，胸腔协助共鸣……由于技巧运用得当，所以，她的低音明亮厚润，唱高音，甚至要花腔时能轻松自如，如"不死不活心儿累，难死难活心儿灰，清清白白心儿美，自自由由心儿飞""助胡子逃脱官府追，生生死死长相随"这些难度十分大的高音唱腔，她唱得游刃有余，优美悦耳，而且嘴皮子有劲，字字清晰圆润，令人陶醉。

从人物性格出发，沿用传统程式和创造新的戏曲身段，也是沈铁梅表演成功的重要方面。她的身段讲究舞蹈化而又不生硬，注重塑造人物性格的分寸感，而且节奏感好，姿态妩媚而有脆劲，给人以美感享受。比如"死冤家、活冤家"这段戏，载歌载舞，表现金子与仇虎忘情地挑逗、追逐、嬉戏，陶醉于浓烈的情爱之中。沈铁梅还通过一些细小的舞姿塑造人物，比如下腰躺桌、吸腿、闭眼踩花、挺胸与仇虎相撞、脚踢、滑跌等典型身段。沈铁梅还十分懂得运用眼神引观众入胜，由于眼神"带动"身段，所以她的身段舞蹈透着灵气，同时衬映了人物的气质。由此可见，如果演员没有扎实的传统基本功和文化修养，演现代戏是到不了这样的艺术境界的。

这出戏的演员阵容可以说是"一棵菜"，一台戏总共六个角色，个个性格十分突出，每个演员唱的韵味和身段的一招一式都很到位，表演都十分出色。比如，焦氏扎针的一段咒语唱得满堂彩声，傻子的"傻"的肢体形态的丑美感，他的念白也常常使观众捧腹，大星的软弱和胆小怕事，仇虎的仇与情的矛盾，常五的尖刁而愚蠢……由于配角整齐，使这出戏达到表演艺术的整体美，始终能抓住观众的欣赏兴味，使观众看《金子》十分过瘾，而且经得起品味。所以《金子》还体现了重庆川剧院演员的群体艺术水平和创造力。

有的戏由于不耐看，剧场的生命力就弱，更有的戏首演之日便是收场之时，也就是所谓"排一出丢一出"。我想起一些优秀的传统剧目能流传下来，至今还有生命力，让人百看不厌，为什么现在有的新编的戏就只是一锤子买卖呢？三次看《金子》不觉烦，是因为其表演有传神的"玩艺儿"，而且其演出一次比一次有改进，包括唱词的精炼、唱腔的提高、服装的改进、舞台上演员激发的新鲜体验更加入微，演员常演常新，观众就常看常新。所以，《金子》在获得文华大奖等多项国家级的奖项后，最近又荣获第六届艺术节奖，而且名列前茅，这不是偶然的。我希望《金子》通过不断演出不断把"玩艺儿"精磨，而得以流传。《金子》为戏曲艺术宝库增添了新的艺术财富，值得其他剧团和理论工作者们研究和总结。

原载《中国戏剧》2000 年第 12 期

创造性的超越：从《原野》到《金子》

王本朝

川剧《金子》所取得的艺术成就和演出的成功是多方面的，无论就其编剧和导演的创造性处理技巧，还是演员表演的个人化风格，都是近十多年来，在继《巴山秀才》《潘金莲》《死水微澜》《山杠爷》《中国公主图兰朵》《变脸》之后的又一川剧经典之作，也是继川剧大师刘怀绪在20世纪30年代改编曹禺《雷雨》为《自残》之后的又一"曹氏戏剧"川剧改编的创造性贡献。它为川剧剧目和表演的发展、更新，为摆脱20世纪90年代以来中国戏剧的现实困境，寻找新的生机都提供了诸多反思和启示。

戏剧不同于一般文学的最主要地方在于它的二重性，即有剧本性和剧场性。《金子》的成功主要在于它实现了剧本和剧场的双重创造和超越，从《原野》到《金子》实现了文学的创造，从话剧到戏曲，从故事类型、人物命运和情节结构到叙事节奏和语言方式发生了根本性的改变，准确地说是背叛性的创造，是个性化的艺术结晶。尤其值得称道的是编剧对社会现实的文化逻辑和时代情绪有敏锐的发现，对道德、人性、生命、文化有深刻的体会，今天的社会现实和文化逻辑是一个反抽象理念、反道德面具，是一个崇尚流行、反抗，追求个性和情感泛滥的时代，亦是一个实用主义蔓延、女性主义盛行、享乐主义潇洒的时代。《金子》改变了《原野》叙述的男性英雄传奇和复仇的伦理罪恶，而表现女性的个性命运和人的情感复杂性（金子的"走"、仇虎的"杀"、焦母的"揪"和焦大星的"留"），这正契合了当下的社会心理和人的情感焦虑与无序。正如《潘金莲》中的潘金莲契合了20世纪80年代中国社会公众的心理意识那样，《金子》中的金子也代表了20世纪90年代的社会意识和心理形象。金子的丰富个性和情感既是人生的追求目标，也是造成人的情感陷阱和心理困惑的依据，人在任何时代都有伦理道德与情感欲望的矛盾，有道义和正义的冲突，有个性需要与他人利益的分裂。仇虎的"杀"和焦母的"揪"都出于伦理的情感，金子的"走"和大星的"留"则体现了人的自然的爱的情感。这里，伦理与伦理、自然与自然、伦理与自然都分别发生了矛盾，说不清、理还乱。从《潘金莲》里的潘金莲到《死水微澜》里的蔡大嫂，再到《金子》里的金子共同组成二十世纪八九十年代以来的川剧中的悲剧女性形象系列，她们与巴蜀影视剧中的凌汤圆、傻儿师长、梅老坎、搁得平等男性喜剧形象形成了鲜明的对照，其中包含有巴蜀文化的性别意识及其隐秘心理。

《金子》的剧场性再次实现了对剧本的超越和创造，充分体现了表演形式的戏曲化、川剧化和地方化，以诗词化的唱段揭示人的情感，烘托气氛，以川剧的高腔表现人物的复杂心理，以"变脸""藏刀"等川剧特技，以帮腔和锣鼓控制节奏，以有地域特点的舞台和道具作背景，以四川民歌和儿歌表现喜剧性，都是值得称许和高度赞赏的处理方式。其中更有个性化的处理技巧，是高腔所散发的美妙动人的旋律和酣畅淋漓的表现力，是由剧中常五和白傻子"丑角"所时时引发的喜剧性情景。川剧有自己的喜剧传统，有独特的丑角艺术家（如傅三乾、周企何），形成了丰富的喜剧形态，以前川剧里的喜剧性比较多地体现在丑角形象的反差和形态的夸张上，体现在喜剧情节"奇"和"巧"的设置，而《金子》的喜剧性不但体现在丑角形象的夸张和行为的呆傻，更表现了意义的荒诞性和形式的节奏感。在非常人的常态性和常人的非常态之间表现了人性的悖谬和荒诞，这与西方的荒诞派戏剧家杜仑马特所谈到的以喜剧表现荒诞性有异曲同工之妙。白傻子的不断出场，又以喜剧的形式对整个悲剧场景实行有节奏的截割和停留，使观众情感达到悲喜结合，戏剧节奏能快慢有致。

原载《中国文化报》2001 年 5 月 8 日

像《金子》一样闪光

——看川剧《金子》有感

洪　霞

第一次观看重庆市川剧院演出的川剧《金子》是在首届中国川剧节时，记得那是1999年9月13日下午，那天蓉城的阳光似乎因为《金子》的上演而显得格外明媚。这部由隆学义先生根据曹禺名著《原野》改编、被戏曲专家赞为“现代题材与传统戏曲结合的成功尝试”的现代川剧，曾先后在北京、上海等地演出获得成功，并获得全国多项文艺大奖，该剧女主角饰演者沈铁梅因其成功演出，而再度荣获中国戏剧“梅花奖”。首届中国川剧节川剧《金子》在蓉城的演出也引起极大的轰动，获得了金奖。

再次观看该剧是在第二届川剧节暨纪念振兴川剧20周年系列活动中。川剧《金子》又一次应邀来蓉，作为近几年中国戏曲现代戏的优秀剧目之一，为蓉城观众再展英姿。《金子》演出这天，我提前来到演出场地——锦城艺术宫，这是座蓉城规模最大、规格最高的剧场，《金子》上次也在这里演出。我坐在一个角落里，观察络绎不绝涌进剧场的观众。转瞬间，整个剧场已几乎座无虚席，正在我感叹观众如此众多且来得如此迅速的时候，大幕已徐徐拉开。在欢快的锣鼓声中，常五逼迫金子披嫁衣，与焦大星同缚在一块红绸中的金子在苦苦挣扎，而欲爱不能、欲舍难舍的焦大星却转身向舞台深处那被暗影笼罩的地方怯懦地叫了声“妈”……这一构思精巧的序幕，使人联想到劳伦斯笔下的男主人公，联想到俄狄浦斯情结，还有那深藏于堂堂孝道中的某种情感。总之它已使人感觉到了与曹禺先生《原野》的区别，它是川剧“这一个”金子。接下来的整个戏都证明了川剧《金子》的个性化特点。剧中大量充满生活气息让观众明白易懂的巴蜀方言的运用，比如，“要是我踩虚了脚，一下掉进了河，你啷个说?”“平常不好亲热，这哈儿妈不在，不怕得。”以及变脸、藏刀、提耙人等川剧绝活的巧妙引入，使人感觉到川剧《金子》具有浓郁地域文化特色的独有魅力。在人物性格的塑造上，特别是对金子性格的丰富和完善更使它与原著有了显著的区别。在川剧《金子》里，金子“一半儿爱倾情哥，一半儿怨洒黑屋”，虽然焦母万般刁难，焦阎王欠下斑斑血债，但金子对老黑屋也仅是“怨”而没有“恨”！因为她害怕“冤冤相报又轮回，焦阎王纵有万恶与千罪，大星从未惹是非”，好一个多情、善良而不是单纯狂野的新的金子的形象，这个重新定位的金子，符合当今世界生活在和平、发展环境为主题的观众的审美需求，从而赢得了场内观众的阵阵掌声。

川剧《金子》布景简练，全戏仅6名演员，个个都极富色彩和亮色，演得满台生辉，观众也看得如痴如醉。尤其是川剧“声腔状元”沈铁梅的演唱更让人倾倒。有人说她的声音有如阳光般灿烂，看过川剧《金子》后始信此话果真不假，尤其是剧终戏到高潮时，沈铁梅的唱腔更令观众的情绪高涨：金子抚着仇虎的尸体唱得声泪俱下，这时全场观众自发地起立长时间鼓掌喝彩。看着观众那热切、心无旁骛地望着台上忘情地鼓掌喝彩的情形，我不得不承认：真正好的川剧是会赢得观众的掌声的。

演出结束后，我访问了一对青年观众（张小姐及其男友），张小姐是成都某公司职员，她压抑不住自己的兴奋："太好了，演得好，唱得好，唱词美，而且我基本上可以不看字幕！"她告诉我：以往看川剧总要看字幕才晓得演员在说些什么、唱些什么，那样往往妨碍对演出本身的欣赏。她的男友是第一次看川剧，"能看得懂吗？"我问，他回答说："我以前也一直认为我看不懂川剧，在她的带动下，我今天（走进剧场）看了《金子》才知道，原来川剧还真值得看！""今后还看川剧吗？"我追问。"要看，我希望有更多像《金子》一样闪光的川剧让我们看。"张小姐高兴地回答。

他说这话时的那种期待让人难以忘怀。的确，观众期待我们推出更多优秀的川剧作品，而我们也希望通过这些优秀剧目的展演培养出更多的川剧观众，让我们民族优秀的传统文化得到更多观众的认同，这应是我们振兴川剧的目的。

在纪念振兴川剧 20 周年之际，我们是否应该总结一下什么样的川剧在赢得评委的同时也能征服观众？平常总有人抱怨川剧观众在减少，却少有人研究这个时代的观众究竟需要什么样的川剧。川剧《金子》的成功尝试无疑为我们提供了一面可供借鉴的镜子，但是如果将现代川剧《金子》搬到曹禺先生写《原野》的二十世纪三四十年代去演出，也许就不会有如此成功，因为金子那柔肠百结、不与黑暗势力一刀了断的情感，恐怕再好的演员、再亮的金嗓也敌不过当时那些觉醒之初的革命群众的高涨情绪。毕竟每个时代有每个时代的观众，他们或多或少地决定着这个时代的戏剧。

原载《四川戏剧》2002 年第 4 期

川剧《金子》的审美示范意义

杜建华

重庆市川剧院创作演出的《金子》，一经在川、渝舞台亮相，便以其精巧的剧本构思、鲜明的人物形象、出色的演唱技艺、完整的舞台艺术而引起轰动，随后陆续在北京、上海、南京、南宁等地举行的各种全国性演艺界盛大活动中演出，所到之处受到观众的热烈欢迎，并夺得全国多项戏剧大奖，为弘扬民族优秀文化、建设社会主义精神文明作出贡献，也为川剧赢得了良好声誉。可以说，《金子》的出现，为 20 世纪的川剧画上了一个完美的句号，也为戏曲现代审美形态的构建提供了一个成功范例。川剧是一个古老的剧种，《金子》却是一出以川剧高腔演出表现现代生活题材的新剧目，如何在传统戏曲审美规范的基础上，构建具有时代精神的现代戏曲审美模式，或者说具有现代审美品质的戏曲应具有哪些审美特征，通过对《金子》的解剖，或许我们可以解读现代戏曲审美的一些奥秘。

一、戏曲现代化的典范之作

川剧《金子》是依据曹禺先生话剧《原野》的改编之作，表现的是民国初年发生在四川古镇上的一个故事。20 世纪 50 年代以来，话剧对戏曲的巨大影响是显而易见的，在斯坦尼斯拉夫斯基戏剧理论的影响下，在较长的一个时期内，川剧乃至戏曲现代戏几乎都没有摆脱“话剧加唱”的模式。在话剧思维定势的制导下，戏曲普遍采用了话剧式的分幕及写实化布景，音乐则像歌剧一样实行配器、谱曲，表演也随之生活化，戏曲的话剧化在所难免。虽然从 20 世纪 80 年代以来这种现象已有很大改观，但至今戏曲舞台上的话剧模式仍不少见。这种话剧模式的戏曲不仅出现在现代戏中，就是一些表现历史题材的古装戏，话剧式的剧目也不少见。如何以戏曲的思维来编剧、导戏、演戏，以保持、发扬戏曲艺术的特色，同时赋予它时代的风采，在话剧基础上改编的《金子》为我们提供了一个成功的范例。

剧作者以戏曲的思维方式对话剧《原野》进行解构，再以川剧的叙述方式来重新结构剧作，对原著进行了戏曲化的改造。首先在故事情节上化繁为简，以金子为主线来贯穿戏剧情节，体现了戏曲“一人一事，一线到底”的基本规范。该剧对场与场之间的分割与连贯的处理尤为巧妙，既不同于话剧的拉幕式分场，也不用传统的打杂师检场，却以剧中人白傻子串场似的表演，解决了上下场的连接问题，同时以傻子的“傻话”来暗示或连接剧情的发展，戏剧结构精巧却不复杂，表现手法高明却不露痕迹，显示了剧作家深厚的艺术功力。

生活化与艺术化的高度统一是《金子》剧本创作的一个突出成就。全剧使用的是地道的四川方言俚语。其中多有老百姓常用的生活警语箴言,浅显直白却耐人寻味。如“假感情要钱,真感情要命”,类似台词不仅是生活哲理的提炼,而且在对仗、回环、对比、反衬等修辞手法的运用上也十分考究,体现了剧诗的意境。不仅如此,语言的性格化也是该剧的突出之点,如在焦家老屋,瞎眼的焦母与仇虎相遇,焦母一把拉住仇虎的手,二人相互试探:

焦母:干儿子,我晓得!路上风露夹湿热,
手板心心出热汗,定是血热中了邪。
仇虎:老干妈,我晓得,天天起早又贪黑。
手板心心出冷汗,冰浸冰浸象条蛇。
焦母:你明白,我晓得,瞎子两眼一抹黑。
仇虎:你晓得,我明白,哪里天黑哪里歇。

这段对白通俗、简练,话中有话,针锋相对,真可谓典型环境中的典型语言,准确地表达了此时此地人物的真实心态,十分传神。剧中类似的精彩语言不在少数,剧作者娴熟的语言驾驭能力令人钦佩。

二、舞台艺术整体美的提升

《金子》之于《原野》,由话剧转型为川剧,这是一种艺术形式向另一种艺术形式的转换,并须在转换的过程中进行新形式的再创造,《金子》之所以获得戏曲界专家和观众的一致首肯,在很大程度上得益于它在二度创作方面的整体性成就。川剧是一种高度综合的艺术形式,除了剧本这个基础之外,演员的唱、念、做、打以及舞美、音乐的配合均为舞台艺术不可或缺的构成要素,正是通过诸多艺术要素的有机融合,加上演员出色的艺术发挥,《金子》向观众展示了完整的舞台效果,其创造性主要体现在三个方面:

其一,写实与写意融为一体。《金子》全剧共六场,只有两处场景,一、二、六场在古镇边的山坡石桥、黄角老树;三、四、五场在焦家老屋,室内正面供奉着焦阎王的灵位,灵位前有方桌木椅。这种场景设置具有明显的话剧式特点。但在舞台调度和演员的表演上却不局限于这种整体性布景的制约,在具体时空的构建上仍然以演员的表演为转移。比如第三场,金子、仇虎上场,场景为室内;焦母归家时,见大门紧闭,上前拍门:“光天白日的,关倒门做啥子?”这时,场景被分割为室内与室外两部分,焦母进门后,场景又还原为室内。以后,白傻子进屋,焦大星回家,场景不断由合到分,由分到合,都是通过演员的表演完成的。导演的高明之处在于:剧中采用的是兼有写实与写意特征的标志性装置,既有明确的规定性,又有较大的可塑性,使两种时空的过渡衔接十分自然,没有一点生硬之感。这种写实与写意时空的相互补充,具体场景与“景随人移”的相互结合,消除了现代戏曲舞台布景与演员虚拟性表演之间的隔阂,沟通了传统戏曲美学精神与现代观众接受心理的连接渠道,开拓了现代戏曲舞台创新的空间。

其二,传统音乐与现代音乐的有机结合。《金子》的音乐形式是以川剧高腔帮、打、唱相结合为基本构架,同时大量吸收融合了现代及民间音乐的曲调和元素,通过重新设计、整体布局，形成了特色鲜明、丰富华美的音乐风格。比如，音乐中选用了四川民歌《槐花几时开》的曲调，将其融汇于全剧的背景音乐中，以此来丰富川剧高腔的旋律；为烘托戏剧气氛，采用了男女混声、和声帮腔等方式；在传统高腔与现代音乐语汇融合的基础上，构建了色彩丰富的背景音乐，但演员的唱腔仍保持了高腔徒歌式的清唱，充分展示了金子的扮演者沈铁梅那亮丽婉转、韵味纯正的唱腔艺术，受到新老观众的一致好评。

该剧在通过音乐创新来塑造人物形象方面，也取得了成功经验。比如焦母这一艺术形象的刻画，在很大程度上得益于音乐唱腔设计和演员出色的演唱。从川剧行当唱腔艺术发展的角度看，老旦行的唱腔并没有形成自己独特的演唱方法和艺术风格，至今仍然是川剧声腔艺术中的一个薄弱环节。《金子》中的焦母在戏中是一个重要角色，如果其音乐形象欠缺、演唱逊色，势必会造成全剧整体水准的下降。为此，导演选择了著名的曲艺演员陈雪出演焦母，陈雪嗓音宽厚明亮，高低自如，有数十年演唱曲艺、曲剧及川剧的经验，较之一般的川剧老旦演员，在发声方法和演唱技巧上有自己的特点和优长，其嗓音条件也适合这一角色形象。在唱腔设计上，焦母拿着小木人诅咒金子"丧门星，扫把星，败家精，狐狸精。唯愿金子得怪病，早短阳寿命归阴"的唱段，选用了四川民间的"端公调"，曲调低回沉浑，半吟半唱，古朴中蕴涵着几许野性，咏叹中透露出一股阴冷。陈雪扮演的瞎眼焦母十分传神，目光直定却身手麻利，反应灵敏，加之其韵味十足的唱腔，刻画出一个对媳妇刁悍狠毒、对儿孙却爱护有加的既可恨又可怜的老妪形象，同时也丰富了川剧老旦行的演唱方法和技巧。

其二，传统行当艺术与现实人物形象的互补。传统戏曲是行当的艺术，生旦净末丑各行当类型均有各自的表演程式。但是，如何在现代戏中建立起新的行当规范，这是数十年来戏曲界同仁一直在探索解决的一个难题，《金子》在这方面也进行了有益探索。既然是表现现代生活内容，人物造型穿戴、举手投足就不能硬套传统的表演程式，但也不能照搬现实生活的原形，生活化与程式化的活用与互补，是该剧舞台艺术审美形态的又一特征。该剧一共只有六个角色，却是生旦净丑齐全，角色形象典型而鲜明，金子、大星、仇虎、焦母是生活在民国初年的现代众生，这些角色的舞台表演却没有拘泥于现实生活的真实，举手投足虽非台步程式，却规范在锣鼓的韵律之中，使观众能感受到戏曲的节律之美。放羊人白傻子虽不是主角，却是一个让人过目不忘的艺术典型。他腿瘸、手曲，嘴结巴，智力低下，形象丑陋，却爱美、心善、说实话。这个角色的外形及舞台处理基本上采用了写实模仿话剧的表演方法，但在表演上却化用了传统的矮子功，从全剧看没有丝毫的生硬突兀之感。这是因为导演谙熟传统戏曲的表演规律，善于把握一般与特殊、内在神韵与外部形态的辩证关系。在传统戏表演中，唯有丑行可以在不失戏曲表演法则的条件下跳出行当表演规范，甚至跳出戏外插科打诨，观众对此也是熟悉且欢迎的。从白傻子身上，观众看到了现实生活中一个真实可信的善良的残疾人，也依稀领略到传统川剧丑行的艺术精髓。《金子》采用这种传统与现代表现方法相结合的塑造人物形象的方式，扩展了戏曲艺术的表现能力，为观众提供了新型的戏曲审美范式。

三、对当代戏曲发展的贡献

《金子》不但是川剧发展中的一部里程碑式的剧目，在20世纪中国优秀戏曲剧目中也居于举足轻重的地位。何以见得？《金子》演出以来，囊括了中国舞台艺术界所有最高级别的奖项，文化部文华大奖、中宣部“五个一工程”奖、戏剧节奖、中国艺术节大奖、中国戏曲学会奖等诸多桂冠集于一身，这在全国戏剧界是不多见的。在20世纪最后一届中国艺术节的评奖中，戏曲的五个大奖由京剧和川剧各占两名，京剧的《贞观盛事》《骆驼祥子》，川剧的《金子》《变脸》，这些精品剧目构成了新时期中国戏曲金字塔的塔尖。《贞观盛事》讲述的是大唐开国之君李世民与丞相魏征君臣之间一个敢于犯颜直谏、一个善于广纳忠言，共同开创贞观盛世的历史故事。这是一出典型的大投入、大制作的剧目，以其海派京剧的气势君临舞台，100多人的演员阵容，身临其境的舞美制作，精美华丽的服装道具，庞大的伴奏乐队，显得大气磅礴、雍容华贵。在21世纪的戏曲舞台上，就应该有这样从整体上代表着国家艺术水准的精品剧目。《骆驼祥子》则以其对现代戏舞台虚实关系的处理，以及在塑造现代戏人物形象的多种表现手法方面为我们打开了新的思路。川剧《金子》的贡献则在于：它以传统川剧表现方法作为构建舞台艺术的基干，又有机融入了现代艺术的语汇，创造出了具有鲜明地方特色和现代审美特征的新的戏曲样式，在综合艺术的完整性上达到了前所未有的高度。同时，在一出剧目中，创造出几个性格特征鲜明的艺术形象，这在新时期戏曲舞台上是绝无仅有的，其显而易见的艺术性、学术性内涵也自然而然地吸引了戏曲理论界关注的目光。

《金子》《变脸》《死水微澜》《山杠爷》等剧目的出现，让我们看到了川剧在新世纪发展的光明前景，从戏曲艺术发展的规律性上来认真总结这些精品剧目创作演出的经验，是戏曲理论工作者应尽的职责，这项工作才刚刚开始。

原载《中国戏剧》2002年第4期

外行看“变脸”

——浅谈川剧《金子》中“变脸”艺术的妙用

姜洪伟

重庆市川剧院演出的《金子》受到了观众的热烈欢迎。由曹禺话剧原作《原野》到改编剧《金子》，这是一个颇为冒险的蜕变和再生过程。原作像一座耸立的高山，后人的改编无异于攀险峰、走钢丝。但我看了《金子》的演出之后，不禁为它出色的成绩而深感振奋。从改编到表演、到川剧的特技应用以至于舞台设计等等，无不令人既叹服于剧作的魅力，又沉醉于川剧的丰富表现力之中。《金子》值得称道之处颇多，这里仅就川剧特技之一的“变脸”艺术，谈谈一个外行的感受。

一、潜意识的深刻表露

仇虎是为了复仇才冒险来到焦家。父亲被活埋、妹妹被卖为娼、心上人被夺走、自己蒙受十年冤狱，这血海深仇都是焦阎王一手造成，不将他千刀万剐怎解心头之恨。可不巧的是，当他终于逃出冤狱，冒死跳火车来到焦家时，焦阎王已死了，被仇恨充塞了胸膛的仇虎，首先想到的是“父债子还”，老的死了，还有小的，灭他满门，让他断子绝孙，才能抵得过自家所遭受的灾难。如果仇虎就像有些性急的观众所希望的那样，将手无缚鸡之力的焦大星一刀解决，剧情也就简单多了。剧情的复杂来源于人性的复杂，一方面，仇虎与焦大星是儿时好友，仇虎还曾救过落水的大星，而大星此时也依然真诚地把他看作当年的“虎子哥”；另一方面，即使大星并非朋友，面对这样一个善良、忠厚、懦弱而无辜的人，仇虎终究有些不忍下手。因此，当毫不知情的大星真诚地邀请他喝酒时，仇虎感到极为矛盾和痛苦，他唱道：“是情敌，是朋友；是兄弟，是冤仇；且饮杯中乾坤酒，一醉可解天地仇。”

但是那么多年积累的仇恨又怎么可能在几杯酒中忘却呢？即使自己主观上想忘掉，潜意识里又何尝不是时时刻刻寻找着复仇的良机呢？这样，当大家都喝多了酒，大星醉倒在椅子上时，“变脸”艺术就派上用场了——在仇虎的恍恍惚惚中，大星忽然变成了其父焦阎王。这是仇虎醉眼中的幻象，而幻象来自他潜意识中强烈的复仇欲望，他想到焦阎王，于是大星就变成了阎王，当他正欲上前报仇，阎王忽然又变成了大星——理智和良心提醒了他。“变脸”细致入微地表现了仇虎的潜意识流动，让观众很容易就能体会到仇虎的内心矛盾和挣扎。仇人已死，这仇端的却是难报。

“相随心变”是变脸艺术的创作核心，也是它的灵魂。《金子》牢牢抓住了这一点，利用变脸手法把仇虎“父债子还”和“子报父仇”的心理活动表现得入情入理、淋漓尽致，把剧本包蕴的人性挣扎和内心隐秘变为鲜活的舞台场景，可谓点睛之笔、神来之笔。

二、一个阎王，两种解读

舞台上，神龛中的焦阎王和焦大星变脸后的“焦阎王”形成强烈对照：一个相貌堂堂，一个面目狰狞；一个英雄威武，一个阴森可怕；一个是威风凛凛的军官，一个是令人恐惧的阎王。为什么一个人会有两种迥然不同的形象？原因在于：一个是焦家生活中的，一个是仇虎心灵深处感受到的。这两个形象，实际上是焦、仇两家对同一个人物的不同解读。

在焦家人心目中，焦阎王作为一家之长，当然是神威凛凛、气度不凡的，生活中的焦阎王可能也的确具备这样的仪表。他是一家人的骄傲与自豪，是骨气、勇敢的化身，是血性汉子的代表，就连善良而懦弱的焦大星在要杀金子时都拿父亲来鼓励自己：“我是焦阎王的种！我怎么不敢！”由此可以明白父亲在家人心中的高大形象。对仇虎来说则完全相反，作为一个苦难的承受者，一个被恶势力压迫的人，迫害者在他心目中会以最丑恶、最恐怖、最凶残的面目存在，哪怕他们看上去很美。美感本质上是一种快感，康德说：“美是那不凭借概念而普遍令人愉快的。”所以，焦阎王在仇虎心中只能是凶神恶煞，家破人亡的事实、天塌地陷般的苦难身世使他看清了焦阎王的本来面目。

神龛画像上的阎王，是其外表；“变脸”后的阎王，是其本质。一招“变脸”，准确地揭示了“阎王”这个绰号的含义，从而深化了表演的艺术境界。

三、强烈的视觉冲击与艺术感染力

其实去看戏的路上，我们就兴致勃勃地议论：今晚的戏说不定会有“变脸”。从电视上早就知道川剧有这一手绝活，但是电视上看哪有现场观看的神秘、刺激和亲切感呢？不过剧情紧锣密鼓地展开之后，早把这种小事丢到了脑后，直到大星转眼之间变了一副吓人的“鬼脸”，我们才猛然惊醒过来。面对这张狰狞恐怖的脸，不由感到一阵阵战栗；这就是下层人生活中的统治者，这就是那些微贱小民们命运的主宰者，这就是人虽死而阴魂不散的阎王，这就是使仇虎家破人亡的阎王的真面目！

由此，我想，即使仅从视觉效果来说，“变脸”的作用也不只是“观赏性”，它给观众造成强烈的视觉冲击，使观众直观地感受到了阎王的恐怖；他所代表的力量并没有死去，复仇的仇虎不可能冲出他们的魔掌，不可能有更好的命运。无须更多笔墨、更多渲染，阎王脸的出现，以最直观的方式表明了一切。作为一个纯粹看戏的观众，我被它的艺术魅力深深感染，我想舞台艺术的魅力应当就在于此。看来《金子》的成功，既有赖于编导演员们的才华，也应归功于川剧源远流长的深厚艺术底蕴。

原载《中国戏剧》2003年第12期

选择与切换

——川剧《金子》的独特视角

刘彦君

《金子》从辽阔苍茫的《原野》上向我们走来，带着她的秀骨丰神、七情六欲，带着她的川音川调、土腔土味，也带着她对现代品位的精神追求。回眸她所走过的道路，我们可以清晰地勾勒出依次发生在她身上的变化轨迹。

这种变化首先体现在主题、立意方面的迁换上，具体来说，即爱情主题对于命运主题的置换。人与命运的抗争，是古今中外思想史和艺术史上的基本母题。曹禺先生受古希腊悲剧、莎士比亚戏剧，以及奥尼尔等戏剧家的影响，在他的话剧《原野》中借用“复仇”的故事框架，又一次将笔触伸向了超然物外的人与命运之间。在人的一方，剧作家强调的是那种原生状态的生命活力。这种赤裸裸的生命力量，我们从奥尼尔《毛猿》中永远找不到归宿的杨克身上，从莫言《红高粱》中的“我爷爷”“我奶奶”身上，都曾不同程度地领略过，它象征着野性的张扬，象征着精神的自由，象征着冲决罗网和桎梏的反叛。《原野》作者感兴趣的就是这个特异性原则。在人物塑造方面，剧作淡化了人物具体的社会角色和特定的时代印记，刻意强调他们的生理缺陷：仇虎是一有着强悍而粗鄙的形体、乱麻般的头发、硕大无比的怪脸瘸子，焦母是额角上有一块疤痕的瞎子，白傻子是一长着哈巴狗的扁鼻子和一对老鼠眼的白痴，焦大星则是一十足的窝囊废。在这些或雄强或孱弱的瘸子、瞎子、傻子背后，那一跃动着“蛮性”、火炽、原始氛围的环境空间——原野，已不只是人物的活动背景，而化为这些人的一部分。他们变态、怪异的心理特征和情感呈现的极致状态，也成为这种生命元气的内在标记。仇虎对金子施虐般的情爱方式，以及拐走焦家儿媳，只留焦母一人，让她承受“断子绝孙”之苦的复仇方式，凸显着扭曲、畸形的心理状态，焦母则以她病态的“恋子情结”，高度发达的听觉，超常敏锐的感觉，不同于常人的猜忌、防范心理展示着一种怪诞的存在。这些半为抽象、半为形象的人物较之一般人来说，有着更为狂放的气质和更为激切的性格，而这些人物能够抗争过命运吗？

观看《原野》，常常感到迷惘、困惑，常常感到被笼罩在一种神秘莫测而又躁动不安的氛围中。它无迹可寻，却无处不在。这种说不清楚，却能让人强烈感觉到的东西，也许就是有如斯芬克斯之谜般的命运吧。在这部剧作中，没有人能逃脱它的掌握。仇虎为复仇而来，然而面对的情势却是仇人已经死去，复仇对象已不复存在的现实，双目失明的焦母，懦弱的大星和无辜孩子使他迟迟无法动手，动手之后又陷入更大的痛苦之中；焦母自仇虎踏人家门的那一刻起，就预感到危机来临，为了保住焦家的血脉，她甚至不惜做出出让儿媳给仇人的决定。然而，她所有的努力注定全部落空，她唯一的孙子惨死在她的铁杖之下；金子一直想阻止仇虎的复仇，一直想跟着他走向“黄金铺路”的地方，然而最终却事与愿违……没有人能实现自己的愿望，所有人面对的都是无法摆脱的困境。舞台上那爬满龟裂木纹的巨树，那黑压压密布于天幕之上奇形怪状的低云，以及那久久回荡于耳畔的惨厉叫魂声、夜半鼓声等，都传达出某种带有抽象色彩的超越性力量。正是这种力量，使《原野》的精神意向没有停留在社会、政治、道德的层面，没有聚焦于具体的某个人或某件事，而是进入了更加广袤的“形而上”空间。

在川剧《金子》中，原作这种命运主题的色彩依然存在，但却由“浓妆”变成了“淡抹”，随着演员的唱、念、做、打浮出水面的，是人间烟火的气息，是男女两性间情爱的缠绵。剧作者专门为之创作了一首主题歌：“郎似山中黄桷树，妹是树上长青藤。树死藤生生缠死，树生藤死死缠生。”这首歌为这部剧作主题由命运向爱情转换奠定了基调。这个基调使这部剧作在叙述方式、整体风格乃至价值取向上，都与原作产生了差异。原作中人与命运的二元对立被转化为男人和女人之间的矛盾关系，也就是金子与仇虎之间的关系。原作借复仇故事展现的是复仇者内心的两难情结：仇深似海，不复仇心理无法平衡；而错杀无辜又引起悔恨，造成心理的更大的不平衡，他无论怎么做都无法摆脱命运的控制，无法获得内心的安宁。而在《金子》中，仇虎成了复仇男神，成了恶的化身，金子则代表着善良、宽容等人性的美德。性别冲突中蕴涵着的已是邪恶与善良、文明和愚昧的较量。在这种转换中被消解的，还有剧作者叙述语调的沉重和悲怆。与原作狂歌呐喊式的宏音巨响相比，情爱的旋律毕竟要柔和得多。况且，命运难以追随戏曲创作中的固定机制或形态，爱情却可以很容易地纳入约定俗成的戏曲创作模式中；命运艰深滞重，诉诸于虚缈的想象与抽象的思考，爱情轻松简易，诉诸感性反应，更接近于以日常生活的幸福本身为目的的价值观念与生活态度，更接近普通百姓精神世界中的喜怒哀乐、甜酸悲苦等情感倾诉，从而更容易获得戏曲观众的欣赏和喜爱。

伴随着主题、立意方面的转换，剧作主人公的性格在川剧中也产生了相应的改动。《金子》继承了原作注重内心表现的特点，剔除了原作主人公个性构成中有如难以解开的方程式般复杂、混茫的因素，对金子这一形象进行了提纯化、理想化的剪裁与整合，使她在气质上更与中国传统女性趋近。如前所述，原作受西方文化影响，按照西方文化语境中才可能出现的性格来塑造金子，强调她“野地里生，野地里长，将来也许野地里死”的那种山野女子的泼辣、刁蛮、敢爱敢恨和任情任性，即使在性爱的温柔中，女主人公被突出地加以强调的，仍是那种热辣辣的“疯”与“浪”。无所顾忌，无视法则，不在乎规范，就像草原上无遮拦的飓风，或是原始山林中的暴雨一般，野性的张扬中呈现着赤裸裸的生命的欲望。这个显然不是依照常人规格制作出来的形象，在《金子》中被纳入了常人的模式。仿照美狄亚性格描摹出来的情感的极致状态被通约为中和、节制。狷傲、粗砺的程度被消减，柔弱温厚的成分被添加，“瞎眼婆婆多恐怖，恶言冷语好狠毒。……睡去梦中见仇虎，醒来身旁是懦夫”，身世不幸的表白中透露出来的是凄苦无助和不得已。情感内容的单薄也为丰厚和广博所取代。“哀他一家遭厄运，爱他硬汉铁铮铮，痛他十载黑牢困，为他逃狱心不宁，知他恨是冤仇恨，叹他心非当年心，愁他迷途迷本性，忧他伤害无辜人，恐他黑屋落陷阱，怕他复仇害自身”。正是在这种精神改动中，金子被赋予了鲜明的伦理标记和人性色彩，被带入人们易于识别的经验世界里，带入人们易于确认的明确主题中，带入民族戏曲的创作程式内，成为观众情感寄托、欲望投射的对象，成为观众关怀和注视的对象。因为“这一个”金子更加符合中国传统社会对女性美的理想和要求，更加符合中国戏曲观众的接受习惯、文化认同和审美期待，更能唤起大多数观众的感情投入，从而产生观赏吸引力。

《金子》对于原作主人公形象的另一处变动，是将一种“两难”式的心理状态设计赋予于我们的女主人公。“两难”状态指那种不确定、不稳定、不平衡、悬而未决的“危机”状态。这种状态对于人物的要求是难以抉择，又不得不做出选择。这种状态预示着人物的命运、性格，以及与周围人物的关系势必要发生变化。原作中“两难”式状态设置在仇虎身上，让他在是否复仇、如何复仇、复仇之后的心理矛盾中展示他那充溢着强悍和力量的性格特质，以及传统的社会伦理规范和道德观念作为一种心理积淀对仇虎复仇行为的潜在制约。而这出川剧则将金子推入三人情感关系的两难困境，在一边是丈夫，一边是情人，一边是情爱，一边是怜悯的冲突中，诱导观众饶有兴致地伴随着金子，在两个男人之间、在两种情感之间、在此亦难彼亦难的选择中辗转、徘徊、走钢丝，直到她下决心随仇虎私奔，直到她走向最终的悲剧结局。而剧作挑选金子而不是仇虎做主人公，大概也是出于吸引观众的需要。一般来说，女性似乎比男性更容易受到人们的注视。以金子取代仇虎做主角，性别的转换已具备了先天的优势。在男权至上的社会结构中，女性弱势群体的地位是不言而喻的，而女性自身的生理和心理特征，与男性相比也显得更为柔弱，她们的命运更容易引起人们的牵挂。不论观众的性别是什么，他们都会更加关注她能否化解危机、化解仇恨，更加关注她最终的选择和归属，因而也更容易产生观赏兴趣。

《金子》与《原野》最重要的区别，当然还是在舞台呈现上。在艺术语汇的运用方面，《金子》充分发挥了川剧特点，对各种传统形式语汇进行了精到而有序的选择、连接与组合。同时又注意了现代感的营造，多方面地吸纳与借鉴其他艺术的创作优长，使舞台样式更加新颖，也更加富有现代气息。这部剧作富于成果的探索之一，是将现代非戏曲音乐和肢体动作引入戏曲传统形式。吸收现代艺术成分，丰富、扩展戏曲艺术的表现力，加强与现代观众的联系，是 20 世纪整个戏剧领域的新课题，京剧、豫剧、评剧、梆子等众多剧种都进行过并正在进行着多种尝试。但戏曲程式与非戏曲艺术成分之间的矛盾如何处理，始终是一大难题。在这方面，《金子》显示了她的不凡身手。这出戏里的音乐制作和唱腔设计，让我们看到了两者之间关系被梳平理顺的可能性。按照剧情要求，按照人物身份、心情，按照川剧独有的地方特色，以及现代观众的审美情趣，创作者在充分发挥川剧高腔“帮、打、唱”风格的基础上，又从本地秧歌、号子、连响中汲取营养，并吸收了古典诗词、民歌、山歌、童谣等音乐元素，以“移步不换形”的听觉造型，使这出戏的唱腔、帮腔设计和演唱风格，既保留了川剧“麻辣烫”的风味，又注意了语气、语调、语势的变化，风格显得更加口语化，更加轻松而亲切，从而吸引了一大批新老观众。

在动作设计方面，《金子》一方面寻找着传统程式“母语”的文化特异性，同时探索着它们的时代性和相容性，以求得更大时空中的认同。如被迫出嫁时，金子有猛地掀开盖头、挣脱绳索、大踏步奔跑、哭泣、跺脚、呼喊等大幅度肢体语言，再如重见仇虎时，金子上前、退后，蹲下、站起，仰脸、低头，直到飞步上前，激情奔放地跳到他身上拼命捶打等一系列动作设计，都已部分脱离了戏曲手、眼、身、法、步的规范，但也不是以纯粹的某种单一的技术性“元素”构成，而是从人物的性格、感情、命运出发，多方面地吸收与借鉴其他艺术的神情品性，将其苦涩、悲愤的内心世界层次分明地展露无遗；又如表现金子、仇虎、大星三人原先关系时，先是两人趴在旁边，金子趴在中间，后是两人站起，交织双臂，将金子抬了起来，这一组动作语言，不仅以其不同于传统戏曲语汇的形式感产生强烈的视觉冲击力，而且以表演者对这些动作力度和节奏的适度把握，传递出活跃生动的现代生活韵味。这些外来语汇的加盟，丰富了川剧艺术的表现形式，使川剧能够更加自由、更加宽松、更具有时代品位的形态加以展现。

表演技巧在《金子》中的运用，也体现了创作视点和观念从传统向现代的迁延。技巧运用在传统川剧演出中占有重要位置，它们多被用来展示因果关系，再现生活场景，连接故事流程，而在《金子》中，被巧妙地编织进剧情的技巧表演，则更多地成为心理刻画和情感表现的手段。如“变脸”的运用就是如此。仇虎因侦缉队的即将到来而加速了复仇行动，正巧这时焦大星找他来喝酒，两人推杯换盏，相对而坐，酒醉之后，焦大星的脸开始发生变化，一会儿是自己的，一会儿变成焦阎王的，一会儿又变了过来。这一技巧的运用，既符合当时的客观情境——酒精作用下，喝酒人眼中物体的游移不定，同时也是仇虎内心情结的形象外化，它为观众打开了一个心理空间，将仇虎“父债子还”复仇心理的作用下产生的那种恍惚、朦胧、犹如乱麻般的心理状态活灵活现地展示在观众面前。再如“藏刀”特技的运用，也将观众从对情节的关注引向对于心灵世界的体味。当时的情形是：仇虎抽出焦阎王的杀人战刀，准备结束焦大星的性命，正好被金子撞见，仇虎遂将刀变短，藏于衣内，待金子走后，焦大星到来时，仇虎突然从衣襟内抽出长刀，反手将大星刺死。这一变一藏的技巧嵌入，既蕴含着仇虎不愿让金子看见血腥的场景，同时也掺杂着仇虎害怕金子的劝阻会动摇自己决心的忧虑。《金子》在技巧运用方面的探索，体现的是人对自身的逼近与深入，当然，从某种程度上来说，也是对戏曲本体意义的回归。

《金子》的结构也有着交响乐般的章法，“宣叙调”和“咏叹调”的交错变换，酿造出错落有致的美感。创作者娴熟地运用了“断开”的叙事技巧，不闭幕，也没有采用上下场的传统结构，而是配合灯光、幕布，由白傻子在叙事过程中进行说唱串场，打断剧情，造成明显的、有意的不规范。这种打断看上去似乎影响了剧作连续递进的流畅，但实际上更增加了它的魅力，因为突然中止的地方，大多是在一个个紧张、悬而未决的关节点上，这些关节点往往是观众兴趣最浓，最希望了解下一步究竟会发生什么情况的时候，在这种地方暂时中断剧情，具有一种强烈的激发作用，它诱导并强迫观众积极地参与到故事发展中，以富有创造性的想象填补由于中断而造成的意义空白，去揣度下面的情节将如何展开，从而使作品更具有吸引力；而这种组合方式，也使剧作结构显得更加疏密有致。在这种参差错落构成的张力中，结构的形式美感获得了更多的自由和更大的空间，更便于承载某种情绪，并在不断间隔、不断重复的韵律中，赋予这种深潜、内在的情绪流动以相应的行云流水般的节奏，自然而然地发挥“情绪场”的作用，完成作品形式与内容的统一；白傻子用来“间离”剧情的方言土话、俚语山歌和民间小调本身，不仅软化了传统结构模式的僵硬，使其变得松动、舒缓，而且成为独立而有意义的观赏内容，为剧作孕育出浓郁的山乡情调。

《金子》在名著改编方面的成功是显而易见的，尽管在对原著精神空间的拓展方面，在对剧中人物的人生理解方面，以及在人物性格核心的设计方面，还多少有着某些可以商榷之处。它美丽而独特的身影，已从容不迫地投映在当代戏剧创作的巨大屏幕之上，为这一类作品提供着丰富而有益的启示。

原载《中国戏剧》2003 年第 12 期

中国歌剧史上的三次高潮引发的思考

田亚茹

中国歌剧自 1920 年诞生至今，已有无数作品问世。但堪称里程碑式的作品当数《白毛女》《江姐》《原野》。这三部作品分别创作于不同的历史时期，每部作品都带有鲜明的时代特色，它们都曾产生过巨大的影响，是受广大观众喜爱的歌剧作品。尽管时光飞逝，它们始终是中国歌剧史上的精品。它们分别代表着不同时期的作品风格、创作审美趋向以及观众的审美情趣。通过这三部作品我们可以直观中国歌剧一路走来是如何进行探索的，对我们认识中国歌剧的现状，以及思考今后歌剧的发展道路都有很大的帮助。

一、中国歌剧第一个里程碑——《白毛女》

《白毛女》的创作标志着中国歌剧走向了一个成熟的阶段。回顾历史，以 1920 年黎锦晖创作《麻雀与小孩》为代表的儿童歌舞剧的诞生，开辟了中国歌剧史上的先河，之后便陆续出现了以《扬子江暴风雨》(聂耳曲)为代表的“话剧加唱”模式的创作实践以及以《秋子》(黄源洛曲)为代表的大歌剧的创作道路的尝试。1942 年，毛泽东同志发表《在延安文艺座谈会上的讲话》之后，延安又兴起了以《兄妹开荒》(安波曲)为代表的秧歌剧的创作实践。这 20 年时间内，中国歌剧都以不同风格、不同的创作手法进行着实践，在理论上也存在着很大的分歧，直到《白毛女》的创作成功，才真正明确了中国歌剧的创作方向。《白毛女》的问世，也为其后来的歌剧作品开辟了道路。

1945 年，《白毛女》由贺敬之、丁毅编剧，马可、张鲁、瞿维等人共同创作完成，1948 年 5 月首演于延安中央学校礼堂。该剧系根据流传于晋察冀边区的一个民间传说故事而写成。作者在创作中，考虑到如何将歌剧民族化，因而采用了中国民间歌曲及戏曲唱腔与西方歌剧作曲技法相结合的形式，为了更好地、真实地表现剧中的主题，创作者选用了河北民间歌曲《小白菜》的音乐作为塑造主人公音乐形象的音乐素材，在不同的场合利用变体的手法将其发展变化，给观众呈现出喜儿从天真烂漫到满腔仇恨再到坚韧不屈的丰富形象。作者恰如其分地将戏曲唱腔中的音乐元素融入创作当中，例如在喜儿哭爹一场中，作曲家运用秦腔唱腔中的戏曲元素，增强了这一唱段的戏剧表现力，给人一种撕心裂肺、痛心疾首的感觉。以人声为主，交响乐处于伴奏地位，合唱、重唱交替出现。对民族民间音乐的深厚了解，以及对西洋歌剧作曲技法的熟悉掌握，是作曲家们能够恰如其分地将民族民间的优秀音乐成分与西洋歌剧常见的音乐表现形式有机地融合的基础，从而使这部歌剧在音乐上与中国观众的审美情趣相适应，是这部歌剧从音乐上取得成功的重要因素。《白毛女》的音乐塑造克服了之前《秋子》《兄妹开荒》等作品的偏向性，既不是倾向于纯粹的西方歌剧的模式，也不是仅限于秧歌剧的表现形式，而是将民间音乐的成分与西洋歌剧音乐形式共汇其中。这个突破或许在今天看来微不足道，但在当时一切处于摸索阶段的时候，《白毛女》无疑是中国歌剧走出自我的关键性一步。

一部优秀的作品不仅在于它的音乐是否能引起人们的共鸣，还在于它的题材内容。歌剧是一门综合的艺术形式，音乐是它的灵魂，但尽管如此，作为“剧”的成分一样占有重要的地位。当然，在西方歌剧史上，人们习惯于仅仅了解作曲家，而不知道剧作家，在这里音乐是一切，甚至在西方歌剧最辉煌的年代，一切以歌唱家的炫技为首要任务，人们更加热衷于欣赏某一个华彩唱段，而忽视歌剧的整体，作曲家不得不因歌唱家的需要而将原本创作好的音乐涂改得面目全非，“剧”的成分在这里已经并不重要了。到瓦格纳时代，音乐在歌剧的地位更加彰显，原先用人声体现最起码的戏剧冲突，在这里也被器乐的表现统而代之。然而，不管西方歌剧多么辉煌，我们更应考虑到的是中国观众的感受。中国戏曲在中国有着深远的影响。无论从其产生的久远年代，还是对整个中国文化的贡献来看，中国的听众几千年来在这种戏曲土壤中培养了他们独有的审美喜好。每一部著名的戏曲唱段都是一部好的文学作品，如《杨家将》《白蛇传》，这些故事就像莎士比亚的戏剧在西方人心目中产生的影响一样，在中国人心中埋下了深刻的种子。人们喜欢这些故事，因而喜欢听演绎了这些故事的戏曲。所以说《白毛女》的另一成功之处就在于它表现的内容恰恰是中国观众能为之产生共鸣的，它表现的主人公在每一个观众心中都是活生生的、真实的。中国人民在备受苦难、翻身得到解放后看到这样一部真实感人的歌剧，怎能不产生共鸣呢？看到喜儿就像看到自己的姐妹或者恋人在受苦，怎能无动于衷呢？难怪当时发生了士兵在观看演出时向扮演黄世仁的演员开枪的事。《白毛女》这部歌剧具有深刻的社会意义，反映了真实的历史，成功地塑造了主人公有血有肉的形象，合理的剧情发展的矛盾冲突，使其具有戏剧性，细节描写真实可信而且合乎逻辑，这一切都成为《白毛女》成功的重要因素。

作为中国歌剧史上的第一个里程碑，《白毛女》的问世为后来歌剧的创作指明了方向，以至于在后来的很多作品中都能寻找到它的影子。例如，1946—1949 年创作的《全家光荣》、《赤叶河》（梁寒光曲）、《刘胡兰》（罗宗贤曲）、《红霞》（张锐曲），尽管在题材上更注重表现英雄形象，但是在创作手法以及音乐构成上并没有太多突破，仍以《白毛女》的模式为主，主要表现为“话剧加唱”的创作手法贯穿其中，在音乐创作中加入民间歌曲或戏曲唱腔元素，以板腔体的音乐元素表现戏剧冲突的居多，这种创作局面直到《洪湖赤卫队》《江姐》的问世才有所突破。

二、《江姐》高潮再起

继《白毛女》之后的十余年创作实践中，中国歌剧进入了丰收期，这期间创作了大量优秀的剧目，如《洪湖赤卫队》《春雷》《红珊瑚》《刘三姐》《柯山红日》《江姐》，其中《洪湖赤卫队》《江姐》两部作品产生的影响最大，一时出现“人人争唱‘洪湖水’，处处都闻‘红梅赞’”的盛况。创作于《洪湖赤卫队》之后的《江姐》更加成熟，更具有代表性，它是继《白毛女》之后中国歌剧史上的又一个高峰。

《江姐》由阎肃编剧，羊鸣、姜春阳、金砂作曲。1964 年由中国人民解放军空政歌舞团首次在北京上演，取得了极大成功。剧本的主要素材来源于长篇小说《红岩》，这部小说曾在社会上产生了巨大的影响，小说的情节、人物深为广大人民所熟悉，所以在这部小说基础上改编过来的歌剧，从剧本内容上来说本身是颇受欢迎的。整个剧的编排，以江姐为主线，成功塑造了一个临危不惧、嫉恶如仇、视死如归、大义凛然的英雄形象，对其他次要人物的刻画也恰到好处、入木三分。在音乐创作中，作曲家们采用四川民歌音调素材为主要基调由于剧情本身发生在渣滓洞，选用四川民歌基调使这部歌剧更具有真实性。在此基础上，作曲家广泛采用川剧、粤剧、四川清音、京剧等戏曲，将这些戏曲音乐元素与歌剧形式，如重唱、合唱有机地结合，如在第二场江姐唱段《革命到底志如钢》，将戏剧音乐板式结构运用其中，恰当地推动了戏剧性发展。江姐成套的抒情性唱段，反面人物的音乐编配上也有所突破。旋律线条更加丰满，不再是一个音调一个人物，而是在整个基调上产生了变化，使整个音乐更加丰满，交响乐队的有效利用，增添了气势上的宏大，使整个音乐显得恢宏壮丽，更增添了戏剧矛盾冲突的力度，使音乐的戏剧性张力得以加强。旋律朗朗上口，为广大观众喜爱并传唱，这些无疑都是《江姐》取得成功的重要因素。

《江姐》突破了《白毛女》“话剧加唱”的固有模式，在民族歌剧宣叙调的写作上给予了更多探索，并为以后民族歌剧的发展开拓了更加广阔的道路。《江姐》在创作中，作曲家从民族语言的发声及说话的特点出发，来创作具有中国特色的宣叙调。例如，《笑声中埋葬你蒋家王朝》对唱中的“（沈）这是中美合作所，歌乐山前黑铁牢，美式刑法四十八套，渣滓洞白骨高！（江）你何必虚作声势张牙舞爪，我坚如泰山不动摇。山高何惧风雪大，革命者哪怕你毒刑拷打烈火烧！”这段唱词采用了戏剧中的“韵白”（川剧中“飞梆子”）来表现两人的不同思想和感情。再如，第六场中江姐唱的《我为共产主义把青春贡献》中，“谁不盼神州辉映新日月，谁不爱中华锦绣好河山，正为了东风浩荡人欢笑，面对着千重艰险不辞难，正为了祖国解放红日照大地”，这里采用“徒歌”作为大段咏叹调的“插叙”，引起观众的强烈共鸣。在《江姐》中有大量的这方面的探索，这在中国歌剧民族化的探索中又迈出了可喜的一步。

三、《原野》——当代歌剧创作的巅峰

从《江姐》到《原野》跨越了二十多年，中国歌剧经历了毁灭性的打击，又在历史的阵痛中逐步恢复。“文革”十年，中国歌剧遭遇了灭顶之灾，十年中歌剧事业陷于瘫痪，直到 1976 年粉碎“四人帮”之后，各地歌剧院才逐步恢复正常，不仅上演老剧目，而且创作了大量新作品，如《星光啊，星光》《启明星》《忆娘》《壮丽的婚礼》《曼苏尔》《艾里甫与赛乃姆》《伤逝》《第一百个新娘》。这一时期的作品，有些继续延承了《白毛女》《江姐》的创作模式，有些进行了彻底的改革和创新。尤其到了 20 世纪 80 年代，歌剧创作进入了全新的形式创

作与探索时期，作品的种类多，但是能产生巨大影响的并不多，这不仅因为“文革”中歌剧事业大伤元气，写什么样的歌剧，怎么写才能受欢迎，使剧作者陷入了不断地思考与探索之中，正如评论界所描述：“《原野》的成功是中国歌剧界经过十年探索和积累的必然结果，也是当代歌剧经历了历史性阵痛，摆脱危机困扰的一个良好先兆。”《原野》的产生并非偶然，而是经历了无数实践而成就的。

《原野》由万方编剧、金湘作曲，根据我国剧作家曹禺名著改编创作而成。在音乐创作中，作曲家较多地使用宣叙调的形式，较我国以往歌剧创作有所突破，作曲家采用多调性思维与旋律片段相结合的原则，使宣叙调在不同调性的游移中进行纵向的叠置和横向的延展，同时注意了音乐与语言的关系，借鉴了中国戏曲中韵白的神韵和古典诗词吟诵的方法以及说唱音乐中的形式，赋予宣叙调以中国特色和多样性。同时在《原野》中，作者将多种技法糅合至音乐，例如，微分音的使用，偶然音乐的引用，点描技法的勾勒使音乐更加具有戏剧表现力。在合唱的处理上，作者大胆采用不同声部不同调性，如作者表现“初一十五庙门开”这一主题时让合唱队四个声部依次按先后在四个不同的调性上唱同一主题，然后发展成平行共处的双增四度音程叠置的和声进行。这种大胆的处理手法使音乐形象的塑造更加立体化、多元化。戏曲元素也被运用其中，例如，第二幕结束前，金子的咏叹调使用了“紧拉慢唱”的形式。作品突破了就事论事对待情节和人物的方式，而是在哲学的高度处理了这一严肃主题，突破了以往用对白交代剧情的戏剧冲突，而几乎全是用交响乐和人声共同完成的。全剧以仇虎、金子、大星、焦母之间的爱与恨为主线逐一展开，通过对主人公内心的冲突、痛苦的反省等思想斗争的音乐形象的塑造，更让人感受到一种沉重强大的震撼力。

《原野》的成功说明了这种大胆尝试突破的成功，作曲家采用的这种多种技法与多重主题思维共同推进音乐戏剧冲突的尝试，不但没有疏远观众，而是让观众产生了共鸣，民族与西方技术在这里结合得恰到好处，作曲家成功地找到了两者的结合点，也为探索歌剧民族化道路找到了新的突破口，现代科技在不断发展，歌剧也应该跟随时代的脚步。《原野》创作的成功为今后歌剧的发展指明了方向，作品以它大胆的探索创新，精巧的整体构思，鲜明的音乐形式引起了人们的关注，从而掀起了中国歌剧史上的第三次高潮。

《白毛女》《江姐》《原野》这三部作品堪称中国歌剧史上的经典，代表其所在历史阶段歌剧创作者辛勤耕耘的创作成果，是每一个时期分流到整合的交汇点。因而，分析这三部作品的发展脉络对宏观把握我国歌剧的创作走向是很有帮助的。我们可以看到，从《白毛女》到《江姐》再到《原野》，歌剧在音乐创作中有如下的发展趋势：1.从表现单一的音乐主题向多元化音乐主题思维发展；2.从“话剧加唱”的典型中国歌剧创作模式到大量运用宣叙调，全音乐贯穿始终的大歌剧模式的主要运用；3.从单一的民族民间歌曲和某一种戏曲唱腔的采用到多种民间素材的融合；4.从简单的合唱、重唱到采用多调性合唱的创作实践；5.从以对白表现激烈的矛盾斗争到大量采用音乐的戏剧性张力表现矛盾冲突；6.交响乐从原先的伴奏地位上升到与声乐并重的地位，并能参与表现其中的主题。另外，我们还可以感受到，改革开放以来，表现题材也大不一样。由于历史的缘故，《白毛女》时代的歌剧创作多以表现农民生活为主要素材;到《江姐》又以表现革命英雄为主题,基本都是表现革命有关的主题;进入20世纪80年代的《原野》时代,以表现爱情、表现社会主义建设中主人翁的事迹以及轻松喜剧类的题材又屡见不鲜。

《白毛女》《江姐》《原野》这三部作品都曾得到广大群众的欢迎并产生过极大的影响,它们的共性主要表现在以下几点:1.艺术要反映时代精神,又不能简单充当时代精神的传话筒,这就要塑造鲜明的典型形象,通过独特的个性反映时代精神。歌剧亦是如此,在这三部歌剧中都分别塑造了个性鲜明的人物形象,给人们留下了深刻印象。《白毛女》唱响了人们心底对黑暗旧社会的控诉,《江姐》唱响了那个时代的英雄主义,《原野》将艺术与哲学高度结合,震撼人们的内心深处,发人深省。2.在继承本民族优秀传统艺术的基础上不断吸收他民族的艺术精华以壮美自己,从而使各自的艺术既含有世界艺术的共性,又有着独特的民族个性。三部歌剧中,都不同程度地采用了民歌素材或戏曲音乐元素,并与西方歌剧表现手段结合得恰到好处,使作品更具亲和力,更容易和观众产生共鸣。3.力求真实。在艺术创作中,尤其是近些年,趋向于一种所谓的"纯艺术"。这一类作品大都趋向于创作者自身对艺术的理解、情感体验,冷淡或不关心作品能否为观众所接受。这样不但不利于创作者自身的发展,而且对本来发展就不太景气的歌剧事业无疑是雪上加霜。其实《原野》就是一个很好的例子,作品大胆创新,运用多重技法的同时,始终力求真实性,其结果并没有与观众脱离,而是取得了巨大反响。

综上所述,中国歌剧的创作道路,从不成熟到成熟,从简单到复杂,成就是明显的。三次高潮都说明了歌剧在中国是有市场的,关键在于要有好的作品,歌剧面临不景气的大环境,更需要政府的扶持,更要一批坚定不移地热爱着它的创作者愿意为它作出奉献。中国观众心里有歌剧,不仅是《白毛女》《江姐》《原野》,在他们的心里还保存了更多的记忆。他们期待好的歌剧,让我们共同迎接下一次高潮的到来吧!

原载《人民音乐》2004年第4期

简论话剧《原野》之改编

胡非玄

评论家对曹禺的话剧《原野》褒贬不一，而评论大多从三个方面展开：一是通过研究曹禺来研究《原野》；二是通过与奥尼尔及表现主义之关系来进行横向的比较研究；三是从《原野》文本本身出发来研究。当然，上面三种方法又可以相互交叉，以提高评价的说服力。从 1937 年《原野》面世到今天的 70 余年间，其被改编的次数比较多，但从改编之角度来研究《原野》，或对其改编的历史、特点、趋势进行研究的文字则少之又少。因此，有必要对《原野》的改编问题进行探讨，以求达到对《原野》研究之补充。

比较重要的对《原野》的改编有十余次，这些改编同原著比较起来，在主题、人物形象和情节方面有哪些变化呢？从这些变化中我们又能发现什么问题呢？

一、《原野》改编之简述

1937 年 8 月 7 日至 14 日，《原野》由上海业余实验剧团在卡尔登大戏院进行首次公演。1941 年，《原野》被上海中国联合影业公司改编为影片《森林恩仇记》。这次改编着重强调影片曲折的情节。1948 年清华剧艺社演出《原野》，有较大变动，改编后的剧本"强调仇虎、金子和焦家的对立，借以加强社会意义，反映出学生们的革命情绪和激进思想"。[①]《原野》中所要试图表现的"诗"被转化为"农民对于土豪地主的复仇"。剧中最能体现曹禺本意的第三幕中的二、三、四场景被删掉最多。改编后的《原野》，借原著中的"仇虎向地主复仇的故事"反映出学生们的革命情绪和激进思想。

中华人民共和国成立后到"文革"前，在特殊的文学环境中，这部剧作几乎被人遗忘，30 年间对《原野》的改编少之又少。

1981 年，《原野》被改编成电影，原来的次要人物金子被处理成了主角，影片"突出了她炽热的追求个性解放以及对幸福生活的向往"。影片的主题也发生了变化：它反映了中国封建社会里渴望新生与自由的人们不甘于被环境所吞噬而奋起抗争的经历，尽管精神上蒙有封建迷信的灰尘，但他们至死都不曾向封建势力屈服。这样的主题反映了导演希望给人以这样的启示："要反抗封建的旧社会，要像仇虎那样不妥协地拿起枪。"[②]钱理群曾评价该片的执导思想："电影《原野》的编导仍然从社会学的角度去阐释《原野》的主题，她强

① 葛一虹.中国话剧通史[M].北京：文化艺术出版社，1990.

② 凌子.《原野》随想[J].文汇，1982(7)：84.

调的是《原野》争取个性解放的人道主义的反封建精神。"[①]这次改编对原著的人物形象、主题进行了变更，突出了"争取个性解放的人道主义"之意。

1984 年 3 月 15 日，中国青年艺术剧院演出删改本《原野》：原来的三幕改为两幕，增加了序幕和尾声；最大的改动是将焦母杀小黑子改为误杀大星。据导演张奇虹说，这样改"为的是不致仇虎杀害焦大星，让他赢得观众更多同情"。另外，还将仇虎自杀改为他杀，据说得到了曹禺首肯。[②] 对于如此大的改动，张认为是遵循了现实的与人物性格的逻辑，关于仇虎的改动是"想剔除长期以来笼罩在仇虎身上'情杀'之嫌的云翳"，因为仇虎的"自杀"不符合人物本身的性格，"违背了社会发展的规律和马克思主义的阶级斗争观点"。[③]这次改编，无疑是以现实主义的创作原则为主导，甚至是为了附和阶级斗争的政治路线。

1987 年 9 月，中国歌剧院演出了歌剧《原野》，由曹禺之女万方改编。这次改编在人物形象和主题上没有太多变化，而最大变更之处是：为了适应歌剧自身的特点，强化了"唱"，以此来抒发情感。这样也将原著中"诗"和"情感"的特点表现得比较充分。这次改编基本符合曹禺的创作意图，1983 年 6 月，曹禺谈到了创作《原野》的初衷："《原野》是讲人与人的极爱和极恨的感情，它是抒发一个青年作者情感的一首诗。"[④]万方的歌剧《原野》是一次比较接近原著《原野》的改编，这次改编跳出了社会学的窠臼。

1990 年，湖北潜江花鼓剧团将《原野》改编为花鼓戏《原野情仇》。该花鼓戏发生了不小变化：首先，改编对原著进行了化繁就简与化简就繁的处理，将原著中复杂的情节与对话加以简化，使得演出本更加精练，而将原著中处于幕后的个别情节突出出来，强化戏剧冲突，比如设计了"深夜约会"等情节；其次，改编后主题也有了转移，通过仇虎复仇表达了"冤仇深处是大悲"的旨意，力图"依托于原著中那种悲天悯人的情怀，来观照人类自身的困境与命运，来展现人物灵魂深处的自我挣扎和情感矛盾"。也进而"淡化社会性冲突……着重在人性、人格的真、善、美上张扬"。[⑤] 值得注意的是：这次改编将原著中第三幕二、三、四场景进行了大幅压缩，用一个唱段来表现仇虎内心的愧疚、斗争、幻觉。

1997 年，《原野》被改编为川剧《金子》。编剧隆学义在构思剧本时，选择了原著的次要人物金子作为主要人物，而把原著的主要人物仇虎摆在了次要的位置。以金子的命运历程和情感漩涡的冲击为主线，以此削弱复仇的主线。在情节中，强化了金子对仇虎复仇的"劝导""调解""阻拦""催促""劝阻""恳求""怒打""谴责"等行动，强化了金子在全剧中的中心地位和作为。编剧还将原著第三幕的五个场景合并成一场戏，大幅压缩仇虎复仇后心理畸变所产生的"幻觉""梦呓""驱鬼"等情节，削弱了原剧中的表现主义色彩。通过这样的变动，把人们的同情心引到女性身上，进而揭示出"觉醒的历程"。艺术指导郦子柏认为，这次改编是根据曹禺的意思进行的："八十年代初的一个夏天，我去北戴河度假，适逢

① 钱理群.大小舞台之间——曹禺戏剧新论[M].杭州：浙江文艺出版社，1994.
② 陈钰.访曹禺[N].文汇报，1984-3-15(14).
③ 张奇虹.时间与时间的审视——写在《原野》演出两周年[J].戏剧报，1986(8)：41.
④ 田本相.曹禺传[M].北京：北京十月文艺出版社，1988.
⑤ 丁素华.名著与花鼓戏——《原野情仇》导演构思[J].中国戏剧，1997(11)：29.

曹禺先生也住同一招待所，我曾趁机请教过他关于创作《原野》的立意和主旨，他说‘复仇不是我所要表达的主题’，并明确表达‘我当时之所以要写这个戏，是想通过仇虎与焦阎王两家不解的冤仇，说出在封建恶霸地主压迫下，农民苦难的一生和渐渐觉醒的历程。’”①

2000 年夏天，广州粤剧二团演出了改编自《原野》的粤剧《野金菊》。该剧的改编是很有特色的：首先，该剧将金子作为主要人物并改名为“金菊”，剧本集中塑造了一个像“野金菊”一样野性、风情万种、敢爱敢恨但又不乏善良、富有同情心的复杂女性形象；而原著中主要人物仇虎则改编成为次要人物，他的复仇也成为表现金菊性格的陪衬；剧作表达了受压抑的女性对爱情的渴望与追求的疯狂，歌颂了金菊和仇虎之间的爱情。剧作同大多数改编一样，将原著第三幕中仇虎的内心碰撞、斗争、煎熬都抹掉了，因此对原著中关于复仇合理性的质疑，关于仇虎内心的冲突都没有了，表现主义色彩一扫而空。

2000 年，北京人艺剧院演出了改编的《原野》，这次改编显示出强烈的荒诞色彩。导演李六乙认为改编“特意加强了对人永远也走不出的一种怪圈、人永远也逃脱不掉社会的压力、命运压力这种轮回的表现”。而舞台上的各种现代工业品的加入，是试图“表现后工业时代物质生活的混乱与占有”，隐喻现代人生活的虚幻。这次改编是对写实主义的斯坦尼斯拉夫斯基演剧的颠覆，因为斯坦尼这种演剧模式“限制了曹禺戏剧生命多元化的呈现与发展……曹禺戏剧中的表现主义、写意性与舞台假定性……这些方面却没有得到应有的体现”。② 但这也引起了争议，田本相和孙洁等人对此大加讨伐。而廖奔则持辩证的看法，在肯定的同时，也批评改编之不足。

2006 年 3 月，天津人艺剧院改编的话剧《原野》上演。导演王延松坚持对原作只删改不篡改，不加一个字，将八万八千字的原作，删成一部三万二千字的演出本，目的就是为了再现原著的面貌！但是，令人怀疑的是：八万八千字的原著被删削到三万二千字，原著风貌真的能被保留下来吗？田本相认为“津版的删改是成功的，虽然删去了多半的篇幅，现在演出只要两个小时二十分钟，但是，却保留了精华，保留了诱人的故事，精彩的场面，精彩的对话”。③ 但“保留了诱人的故事，精彩的场面，精彩的对话”难道就是成功的改编吗？

二、《原野》改编的阶段及由此带来的思考

总体上看，《原野》之改编可以分为三个阶段。

第一个阶段：可视为《原野》的“社会学改编”阶段，从 1941 年影片《森林恩仇记》开始到 1984 年改编的《原野》为止。这个阶段，《原野》的改编主要是在现实主义原则指导下进行的，目的是为了政治斗争或个性解放表达之需要；改编重视的是“激烈的情节”“鲜明的人物”“尖锐的冲突”“现实主义的主题”等。所以，唐弢说：“几年以来，大江南北，多少剧团演过《原野》……正因为《原野》是百看不厌的剧本……这个剧本里有‘戏’，群众看起来过

① 郦子柏.从话剧《原野》到川剧《金子》——在排演中的探求与创新[J].戏曲艺术，2002，(2)：36.

② 卢燕.我的柔情你也许不懂——李六乙拆解《原野》[N].北京青年报，2000-09-20.

③ 田本相.津版《原野》的价值和意义[J].中国戏剧，2006(5)：18.

瘾，这个剧本里有生活，顾盼左右，仿佛就在身边，让你看起来恐惧和欢喜。”①

第二个阶段：可视为《原野》的“再创造改编”阶段，从1987年演出的歌剧《原野》到2000年人艺版的《原野》。这个阶段的改编摆脱了“现实主义原则”的束缚，很好地将原著“诗”“情感”的特性凸显出来。另外，这一阶段有一个趋势：改编侧重于“借他人之酒杯，浇自己之块垒”。正是由此，再加上解构主义的冲击，产生了最独特的改编——2000年人艺版的话剧《原野》。

第三个阶段：从2006年3月上演的津版话剧《原野》到今天。这个阶段可视为“重现原著”阶段，《原野》改编又回到了一个很质朴的起点：努力追求重现经典。

那么，我们能从这三个阶段的改编中发现什么问题呢？

曹禺曾在写给牧丛的信中说：“此剧（指《原野》）需排得流畅、紧凑，怎样删改都行……此剧太长，最好能在三个小时或两个半小时演出。”②大家可能只注意到了曹禺的意见“可以改”，而没有注意到日后的改编者在哪些地方去改。通过《原野》的改编历程，我们会发现一个特殊的现象：70余年来，除了不追求情节的2000年人艺版《原野》外，《原野》的改编本都无一例外地重视原著中的“戏”，而忽略了表现主义色彩浓厚的第三幕中的第二、三、四场。如果说，在第一阶段，改编局限于现实主义原则的话，那么地方戏《原野情仇》、《金子》和《野金菊》以及津版话剧《原野》也都重复了同样的现象。为什么？原因之一可能是改编者“借他人之酒杯，浇自己之块垒”的目的使然，但有一个问题，被许多评论者津津乐道的第三幕的二、三、四场，为什么70余年来没有被当作“酒杯”来浇灌一下改编者的“块垒”呢？这一部分可是被20世纪80年代的评论者所看好的一部分啊！难道所有改编者都未能注意到这一部分的精彩与重要？原因之二可能是改编为了大众化与通俗化的需要，尤其是被改编为地方戏，这个理由也有一定道理，但仍然有一个问题：为什么2006年津版《原野》也“保留了诱人的故事，精彩的场面，精彩的对话”而将心理刻画最繁密的第三幕中的内容大加删削呢？

带着这两个重要疑问，我们有必要重新考虑一下评论者对《原野》中这一部分的认识。为了剔除1985年以前社会学视角的局限，我们看一下1995年的一段批评：③

事实上，将潜意识戏剧化的表现主义技巧，破坏了《原野》思想、人物和艺术的整体性，造成观众理解的歧义。作品所产生的令人震惊的戏剧效果，给观众的感受是更大的迷惘。表现主义戏剧，带有作家浓重的主观意念特点，把人物置于非理性的精神状态，而后去寻求和捕捉作家主观意念所需要的东西，正是《原野》及其主人公仇虎受到一些非议的原因。

事实上，《原野》前两幕的“通俗”——通俗诱人的故事、激烈的外部矛盾冲突、鲜明的性格，都在“一转幕”间换成了第三幕的“大雅”——人物的心理幻觉、幻象、梦呓等表现主义格调。这样的转变无怪乎会引起不少评论的怀疑。所以，当改编者在改编时，很难将这

① 田本相，胡叔和.曹禺研究资料[C].北京：中国戏剧出版社，1991.

② 田本相.津版《原野》的价值和意义[J].中国戏剧，2006(5)：18.

③ 李树凯.曹禺与斯格里勃和奥尼尔——再论《原野》是一部佳构剧[J].甘肃社会科学，1995(4)：78-79.

一部分纳入到舞台表演上，而只能选择回避或大幅压缩。

或者因为曹禺之《原野》已经是经典，或者是对西方的表现主义过于推崇，总之，对《原野》这一部分的批评之声，都是那么的微弱。而当我们在分析完《原野》的改编现象并就此提出两个很大的疑问时，结合曾经的批评，我们是不是也会在心中有这样一个疑问：70余年来《原野》的改编，重视原著中的“戏”，而有意或无意地忽略了表现主义色彩浓厚的第三幕中的第二、三、四场，原因是不是有可能在于这一部分存在着“不适合舞台表演”的问题呢？也就是说，《原野》前半部分曲折的情节、人物形象，同后半部分的表现主义描写和谐共存是不是存有问题，才导致改编时无法对后半部分描写恰当处理，最后被迫选择放弃呢？

当然，不能因此就简单地认为《原野》这一部分不好，但通过对于《原野》改编的梳理、分析与推断，我们至少应该在心中对这个问题打上一个大大的问号。

原载《戏剧之家》2006年第1期

辜振甫长女辜怀群力推新编京剧《原野》

耿　军　徐长安

台湾海基会已故董事长辜振甫的长女辜怀群，正在做一件将悲壮的史诗与悠扬的皮黄结合在一起的事——今年五月，辜公亮文教基金会将在台北隆重公演新编大型京剧《原野》。

身着蓝灰色T恤、一头短发的辜怀群，在中山北路台泥大楼三楼的“台湾戏棚”接受本社记者的采访。剧场的休息厅里悬挂着辜振甫先生生前着古装的剧照。

“为什么选择将曹禺先生的《原野》改编为京剧呢？”记者问。

身为英国文学博士、曾在台湾大学外文系执教的辜怀群，尊敬地称曹禺先生为“中国的莎士比亚”。她说：“今年是中国的莎士比亚曹禺先生逝世十周年。《原野》是曹先生的巅峰之作。《雷雨》和《日出》都在掌声中落幕，遗憾的是《原野》上演没几天就发生了卢沟桥事变，枪林弹雨淹没了这部巨作。”

曹禺先生生前曾言：对于一个普通的剧团而言，演《雷雨》会成功，演《日出》会轰动，演《原野》会失败。“你们考虑过改编和演出这部剧的难度吗？”记者再问。

辜公亮文教基金会将推介京剧作为责任。身为辜公亮文教基金会执行长的辜怀群说：“《原野》的最后部分，表现的是仇虎复仇之后进入了精神的牢笼，其‘心狱比牢狱还可怕’。采用的是意识流手法。这意识流的部分尤其适合采用京剧的形式发挥。”

为保证《原野》演出的成功，辜怀群鼓励台湾人称其为“百变京剧名角”的李宝春执笔改编剧本。“宝春把握得不错，他透过亲情、爱情、友情，演绎出仇恨的空、生死的淡、真爱的‘放下’。”辜怀群说。

为保证《原野》演出的成功，辜怀群请正在读硕士的女学生担任服装设计；请有台湾京剧“小天后”称号的黄宇琳（25岁）饰演金子，请久未在舞台上露面的金钟奖首届最佳女演员刘明饰演心狠手辣的焦母，而饰演仇虎的就是本剧的改编者李宝春。

辜怀群还有更深的考虑：“我认为，两岸的年轻人，熟悉西洋作品没有错，但是对华文写作的作品要有尊重。台湾大学生应该了解曹禺先生的作品。青年人也可以接受京剧这种传统文化，极古就是极新。重要的是越传统的东西越不要落入陈旧。我启用这么多年轻人做这件事，意在引入新观念、新方法，贴近年轻人。”

“我们还有两位把关人，”辜怀群告诉记者：“大陆研究现代文学、研究曹禺先生的专家田本相教授最近将抵台湾为我们这部剧的内容把关。大陆著名导演谢晋先生最近也要来台湾，担任我们这部剧的总导演。有这二位把关，我们就不会太离谱。”

提及谢晋，辜怀群说：“我们是忘年交，他疼我。他能提出非常精辟的、可操作的建议，以他的建议去修改，马上就能提高一大步。”

一些台湾大学生已表示出对曹禺《原野》的兴趣，希望买到《原野》原著的有二百余人。“台湾买不到《原野》，我托人把北京书店现有的七十多本《原野》都买来了。”辜怀群得意地说。

采访结束时，辜怀群又提到中新社当年拍摄过的电影《原野》：“刘晓庆演的金子真好！导演是叶剑英元帅的女儿。如果能找到这部电影的光盘就好了。”

原载《台声》2006年第5期

女性审美的诗意呈现

——从话剧《原野》到川剧《金子》审美形态的转变

陈 挚

随着消费化社会的逐渐成型，以及后现代思潮在中国文化各个层面的迅速渗透，中国也逐渐步入一个平面化、快餐化、时尚化的时代。在这样的背景下，中国传统艺术尤其是戏曲艺术，正面临着失范的文化环境的冲击。于是，新世纪伊始，一大批戏剧家致力于走出中国传统戏曲的尴尬境地。对于经典名著以及兄弟艺术样式的改编重演，成为一个突破的手段，许多经典名著纷纷被重新搬上戏剧舞台。曹禺先生的著名话剧剧本《原野》，就曾被改编为多种戏曲版本。在这其中，由重庆市川剧团改编演出的《金子》不仅在国内屡获重要奖项，而且自 1999 年被搬上舞台以来，在国内各大城市以及韩国等国家屡演不衰，引起轰动。观看《金子》的观众，不仅有铁杆的川剧票友，还有很多追随流行文化的年轻人，这充分显示了《金子》的成功改编和精湛表演，使得川剧这一古老的传统剧目焕发青春，重现魅力。它为川剧及其他地方剧目在新的时代精神下，构建现代戏剧新的审美品质，提供了一个优秀的范式。

现代情境下的传统剧种的革新发展，必然要融合现代化的人文意识，体现现代意识下的舞台言说。兴起于 20 世纪西方的女性主义在世纪末对中国的思想文化领域产生了巨大冲击，女性主义的生成是现代社会的重大文化事件之一。信息时代特别是网络时代的到来及经济全球化的快速发展，世界各民族的交流与合作也进一步加深，与性别有着千丝万缕联系的被压迫群体、边际群体或者弱势群体的人权问题逐渐成为关注的中心。尤其在我国这样一个男尊女卑思想统治了几千年的社会，很多问题还需要从思想、文化以及文学艺术方面来熏陶，培养建立正确的两性观，从而在观念习俗和社会心理及文化建构方面摆脱传统性别文化消极面的影响，争取更深层意义上的男女两性平等。因此对社会性别差异的考察以及对女性的关照，就被纳入到艺术家的创作思维。置身反封建立场，从性别视角用现代意识去烛照、解读、反思传统故事和现实题材，也就成为当代川剧重要的人文追求。

一、剧本主角的置换——从男神到女神

在曹禺先生的原作中，仇虎对焦家的复仇是全剧的冲突主线。作为曹禺早期的剧作，《原野》带有明显的作者前期创作的精神特质，即宣扬生命的“原力”，野性的生命力。这一

特质在原剧作仇虎身上有明显的体现。从这个人物一上场，我们就能感受到他身上强烈的复仇气息，让人想到粗硬的线条、强健的筋肉、愤怒的眼睛、紧握的拳头……蕴藏着一种“要么创造一切、要么毁灭一切”的巨人能量。以仇虎为主体的《原野》，所着力塑造的是一个充满刚性和原始野性张力的男神形象。

而川剧《金子》，则从剧本的名字到剧本结构，都清晰地确立了以女主角“金子”为主。剧本对艺术形象的塑造、全剧矛盾冲突、戏剧情节及人物关系的处理都做了较大的改动，确立了女性视角的戏剧审美形态。尽管这样重大的改动在评论界众说纷纭，但按照改编者、著名川剧作家隆学义的话来说，“《原野》以仇虎为主角，写他的苦难与复仇。我写《金子》，改换切入视角，以金子的命运轨迹展现那个时代妇女的磨难和挣扎。将金子置入爱恨情仇的矛盾漩涡，使仇虎的复仇依附于金子的人生历程，组成她命运交响的叩击部分。凸显金子在叛逆中的善良美好，在磨难中的痛苦撕裂，在迷茫中的追求与希望”。“窃以为，金子女性主线的确立，更能展示曹禺先生寄寓在她身上金子般的闪光，有利于悲剧内涵和主题的再开掘，导引‘观众情绪入于更宽阔的沉思的海’（曹禺），拨弄现代人的心的和弦”。①

尽管川剧《金子》剧本对原作的主角及视角立意做了如此重大的置换，但我认为这样的改编是在尊重曹禺先生思想的基础上完成。因为在曹禺的诸多剧作中，以女性为主角展开戏剧冲突，以女性视角关照世态人生的作品并不占少数，他的代表作《雷雨》《日出》都是以女性作为主角，蘩漪、陈白露更是现代戏剧史上最为光辉的人物形象。而抒情缠绵的女性形象，女性温婉心灵所包含的诗意光辉，更是曹禺戏剧世界里一个重要的组成部分，从《北京人》当中的愫芳和瑞贞，再到《家》中的梅与瑞珏，这些性情温柔、品格高洁的女性，无一不流淌着诗意的美好。曹禺对女性形象力透的描摹，充分说明了这位伟大的剧作家对于女性深切的艺术情感和心灵观照。曹禺创作的艺术内涵，在川剧《金子》的改编和演出当中，得到了升华和延续。

作为为青年川剧艺术家沈铁梅量身定做的剧本《金子》，剧作家隆学义恰到好处地把原作中“金子”敢爱敢恨、勇于抗争的鲜明性格和川剧高亢明亮的高腔艺术巧妙结合起来，起转腾挪，恰到好处。加之金子扮演者沈铁梅甜美的嗓音、适中的身材、俏丽的扮相，以及她对多种唱腔（如扬琴、清音、民歌）技巧融会贯通、游刃有余的运用，塑造出了舞台上一个全新的形象，使得金子这个旧社会平凡的女性，具备了女神形象所具有的理性和理想化光辉，是今年以来戏曲舞台上的一朵奇葩，创造了一种文学和艺术融合的独特审美形态。

二、剧本主题的偏移——从复仇到爱情

曹禺先生受古希腊悲剧、莎士比亚戏剧以及奥尼尔等戏剧家的影响，在他的话剧《原

① 隆学义.改编《金子》断想。

野》中借用“复仇”的故事框架，又一次将笔触伸向了超然物外的人与命运。在《原野》中，复仇是燃烧主人公仇虎人格和生命的火种，也是全剧贯穿始终的冲突线索。仇虎的复仇行动，是封建伦理中野蛮的一面必然导出的结论，又经仇虎自己的催发强化而成为了他的人生使命。它在受到焦母之捍卫、花金子之挑逗、焦阎王画像之惊吓等重重刺激时终于得到实现，其实是集中体现了潜意识力量的可怕。曹禺创作《原野》的意图，是要借一个发生在农村的具有传奇性的复仇故事，挖掘一个人在强烈的爱与恨夹击下丰富而脆弱的内心世界，表现人充满反抗意识的原始生命力和复仇者的心理变化。这其中，金子只是作为诱燃仇虎心中复仇怒火的诱因之一。

《金子》在保留仇虎复仇的冲突线索的基础上，侧重表现的是金子的命运历程和情感漩涡，以此削弱复仇的主线。通过这样的变动，既把人们的同情与关爱引向受封建伦理、道德压迫最深重的妇女身上，进而揭示出“觉醒的历程”。从金子的视角开掘仇虎的复仇心理，以金子情感的变化发展戏剧冲突，既保留了原著的基本故事情节和人物形象，又随着以金子为主角而转化了展现矛盾的方式，由缘仇转化到缘情。例如改编后的川剧剧本，第三幕的五个场景合成一场戏，即删去了仇虎复仇后心理变态与精神失常所产生的“幻觉”“梦呓”，才有“自裁”“驱鬼”等情节，把重点放在了金子面对生与死及寻觅出路的关口所经受的感情折磨和生命考验。在演出结束时，金子孤独而迷茫地向着微露晨光的远方走去……这个尾声的处理，试图同序幕中金子的出现遥相呼应，从情节结构上突出了金子在全剧的中心地位。

爱情，永远是各类艺术样式钟情的表现主题，爱情主题和女性命运有着天然的亲和关系。爱情主线，也是和这样一部以女性为基调的剧作相吻合的。面对与焦大星亲情与虎子爱情之间残酷的两难抉择，在残酷的命运面前，这位充满热烈感性和冷静理性的女性并没有束手就擒，而是一直用女人独有的柔情呼唤着人们濒临泯灭的童真和善良。她的清醒正在于：她觉察到仇虎“人非从前人，心似猛虎心”，也便“愁他迷途迷本性，忧他伤害无辜人”。她于是“心颤心抖心惊栗”了。她爱他虽然爱得真，也爱得深，但爱没有使她忘乎所以，善恶莫辨。她知道大星虽为焦阎王之子，但却与仇虎自幼为友，对仇虎无半点过失，仇虎的复仇对象若是对准大星，那他确确实实只能是“伤害无辜人”。她呼唤宽容，背负毁灭，希冀光明。这些独立意识和价值追求，完成了一个女性形象从比较单一的个性到多侧面、多层次的性格转变。

在《原野》中，仇虎是复仇男神，成了恶的化身；在《金子》中金子则代表着善良、宽容等人性美德的女神。性别冲突中蕴涵着的已是邪恶与善良，文明和愚昧的较量。在这种转换中被消解的，还有剧作者叙述语调的沉重和悲怆。与原作狂歌呐喊式的宏音巨响相比，情爱的旋律毕竟要柔和得多，与金子的主线贴切。并且爱情可以很容易地纳入约定俗成的戏曲创作模式中，更接近于以日常生活的幸福本身为目的的价值观念与生活态度，更接近普通百姓精神世界中的喜怒哀乐、甜酸悲苦等情感倾诉，从而更容易获得戏曲观众的欣赏和喜爱。在对女主角金子的塑造中，川剧完成了对话剧的命运和复仇主题向爱情主题的偏移。这一途径，也为传统戏剧塑造了一种新的立意方式和审美形态。

三、戏剧格调的转化——从刚烈到柔美

《原野》的环境是早年广袤阴森荒凉的平原，无论是脸上带着刀疤、面目狰狞的仇虎，还是眼瞎耳聪、脾性暴烈古怪的焦老太，以及腿瘸手曲智力低下的白傻子，十足的窝囊废焦大星，加上一个性格里敢爱敢恨、被欲望与张扬的力量所充斥的金子，“在这些或强壮或孱弱的瘸子、傻子、瞎子背后，那一跃动着‘蛮性’、火炽的原始氛围的环境——‘原野’，已不只是人物活动的背景，而是化为人性的一部分。他们变态、怪异的心理特征和情感呈现的极致状态，也成为生命元气的内在标记”。[①] 而仇虎与金子的爱情，也是如此刚烈奔放，为了幸福的承诺，破釜沉舟、害理伤天。这种热情，是如此的汪洋恣肆、惊天动地，闪动着一种生命的力量。生命的热情之力与命运的冷酷之网就构成了曹禺悲剧的核心，沉重浑厚但是又光彩照人。因此，话剧《原野》在深受古典悲剧影响的曹禺先生笔下更多地闪现着奥尼尔《毛猿》中杨克的影子，这个剧本和表演呈现的是一种刚烈粗犷的格调。它象征着野性的张扬，象征着精神的自由，象征着冲决罗网和桎梏的反叛。

这样的格调，在《金子》里得到了“诗意”化的柔美转变。中国戏曲是以“抒情”见长的艺术，“曲贵传情”是古今戏曲理论家公认的一个戏曲美学原则，古今戏曲创作的实绩大体也与这种认识相符。《金子》成功的根本原因就在于恪守艺术真实性的前提下，强化戏曲的写意性，吸取戏曲传统美学中叙事抒情、写意传神的思想精髓，力求使写实性与写意性相互融合、渗透，成为演出艺术不可分割的统一体。作者倾力于两种戏剧本质的转化，以诗化的方式改写了原著，把主要以动作体现人物之间的关系、纠葛、冲突的叙事性的《原野》，转化成了主要以形象化的描绘展示人物心灵世界和情性的《金子》。试看《金子》第一场中仇虎的这段唱词，字字句句都是对人物的激情和性格的形象描绘：“我好冤，我好恨哪！恨染野草烧不尽，冤借寒蝉鸣不平！……忍气忍悲愤难忍！吞声吞血仇难吞！人非从前人，心变猛虎心，报冤报仇报人恨，闹它个鱼死网破乱纷纷！”在《原野》里，人物的心灵和性格大都“溶解”在动作之中，绝少以这种方式宣示出来、抒发出来。在《金子》里，动作则大都“溶解”在抒情之中，充满了这种重在抒写人物“情致”的诗化表达。

再以戏剧中人物形象为例。话剧中的金子，心地纯洁而透明，性格真诚而质朴，言行直率而火辣，作风刚烈而粗犷，甚至还夹带出“泼”气和“野”气。这一切又显示出她不屈不挠、敢做敢当、任爱任恨的豪爽气概。而川剧中的金子形象保留了话剧中的刚烈性格，却更彰显出女性柔美气质的一面，声音清润、亮丽而优美，言谈举止自信、明快、爽利，虽风流却无放浪、轻佻之色态，风度气质娇憨、泼辣热情，泼野中仍不失端庄、持重之本性。

① 彦君.选择与切换：川剧《金子》的独特视角[J].中国戏剧，2003(3).

在舞台表现方面,《金子》的创作摆脱了传统川剧“话剧加唱”的古老模式,创作出旋律优美、富有韵味、行腔流畅情绪饱满的唱段,既能使演员唱来运转自如、游刃有余,又能让观众听来悦耳动听、赏心称绝,从声乐上努力达到观、演双方的最佳艺术效果。加上演员尤其是金子的扮演者沈铁梅声情并茂、楚楚动人的演唱,更为整个剧作增添了柔美诗意的光辉。

作为一部由经典话剧到地方戏曲的改编演绎,从传统川剧向现代川剧的革新尝试,《金子》无论是从戏剧品格还是舞台语言,都体现出强烈的现代气质。这部改编戏剧的成功之处就在于在抛弃传统成规的同时,又汲取精华,渗透进现代艺术具备的人文意识,创造出一种适合现代舞台表现和观众接受的新的审美品格。从话剧《原野》到川剧《金子》,从剧作家隆学义的剧本改编到以沈铁梅为代表的川剧名家在舞台上的表演,都是一部闪烁着“她世纪”女性主体意识和女性化的审美形态光彩的现代戏剧。

原载《四川戏剧》2006 年第 5 期

原野上的红

——评京剧《原野》兼谈对戏曲改革的几点想法

黄锐烁

如果说《雷雨》是沉郁而孕育着燥热的普鲁士蓝，《日出》是破晓前布满阴翳的鱼肚白，那么，《原野》就是秋风怒号远天边的残阳血红。曹禺先生曾说："对于一个普通的剧团而言，演《雷雨》会成功，演《日出》会轰动，演《原野》会失败。"然而自 2007 年始，却有那么一抹红，从宝岛台湾酝酿出发，席卷大陆，给各路新老观众心中留下了一片原野上的红，那便是台湾新剧团的新编大型京剧——《原野》。

《原野》与《雷雨》《日出》一样，是"残酷"的"诗"。中国戏曲是一种诗剧，这种"诗"的特质与曹禺先生以"诗"写"剧"的方式达成一种奇妙的默契。所以，以京剧方式演《原野》，有着某种艺术本质上的天然契合。《原野》与《雷雨》《日出》又不一样，它粗犷、神秘、原始，带着情仇、痛与恨，将心暴露于莽莽苍苍的原野等待救赎，这又与京剧曾有的纯朴和粗犷在艺术风格上有了伯牙子期般的两心相通。

京剧《原野》对于原剧本是十分尊重的，这种尊重并非单纯地表现在对原作剧情的大部分保留，更在于对原剧精神的深度把握和达到"化"工级别的成功改编。戏中，舞台深处的天边一片血红，火车冒着蒸汽驶过，当衣衫褴褛、蓬头垢面的仇虎拨开一人高的杂草亮相时，所唱一段就颇具京剧神韵——"暮沉沉映照着原野一片，风凄凄云如血沾染，凄惶变仇恨填满，骨肉痛难掩这家破人亡心不甘，死里逃生虎豹胆，冤冤相报七尺男！"此曲从慢到快，似从话剧"远处天际外逐渐裂成一张血湖似的破口，张着嘴，泼出幽暗的赭红，像噩梦……"的台词中"化"来，却全无斧凿之迹。《原野》一开场即营造了血雨腥风欲来的残酷氛围和情仇纠葛之境。

京剧《原野》对于话剧最大的改动在于大星之死——从原剧中的仇虎所杀改成大星借仇虎之刀自裁。这一改动在"焦阎王已死"的事件基础上进一步取消了仇虎复仇的合理性和正义感，导致仇虎精神失常，在生之养之的莽莽原野之上迷了路，陷入茫茫的"心牢"并最终死去。京剧中的第二个较大改动在于以一场漫天遍地充满"红"的婚礼开场。这个"红"，是仇虎心中的一片血，是三个年轻人之间的情仇纠葛，也是金子自始至终的红衣和艳唇。除此之外，较之话剧，京剧更是节制地删去了傻子和常五的一些戏份，使得剧情更凝练而矛盾更集中。当然，京剧《原野》也有对原作剧情的精彩处理，如在仇虎正在犹豫是否手刃兄弟焦大星之时，眼前出现了幻象：牛头马面和死去亲人的鬼魂飘荡在舞台上，焦阎王更是直接从遗像上走下台来。这样的舞台处理效果十分震撼，让人感到阴森恐怖，不寒而栗。

焦菊隐先生曾将戏曲的艺术特征总结为“程式化、虚拟化、节奏化”三点。戏曲是写意的，戏曲又是程式的，戏曲“以歌舞演故事”的本质衍生出的这些特征定下了当今戏曲改革的底线。戏曲究竟如何才能很好地适应时代，演绎现当代生活？这是老生常谈的问题。虽然戏曲繁盛的土壤和时代已经一去不返——这是必须承认的事实。然而，当代仍然存在适宜以戏曲表现的生活。一个艺术门类的消亡必定是静悄悄的，当有人在高呼“戏曲已死”之时，戏曲实则仍然引起了那部分人的注意。那么，戏曲改革从何下手？我想，京剧《原野》给我们提供了一些宝贵的启示。

在京剧《原野》中，仇虎与金子奔亡在树林一段，主创林宝春先生说：“树都是人扮的，京剧的靠旗就是树枝。扎起靠旗就是树，拿起火把就是人。”再如大星自裁与焦母杀孙两段，均未在台上正面展示如此血腥场面，而是通过“影戏”方式表达。这正是对焦菊隐先生所言的戏曲的虚拟性有着深刻的认识，才能做出如此充分展现戏曲写意和形式之美的处理。

焦菊隐先生在文中还谈及了程式化，与指导过《原野》的谢晋先生不谋而合，两人均提倡“老程式新运用”，更提倡程式的“化”用和创新。中国传统戏剧留下了许许多多的舞台手段和功夫，不继承就无以出新，程式的新创造根植于对老程式的领悟。程式的创新需要时间、更需要下苦功夫，这是戏曲变革，更是一个戏曲演员绕不开的。京剧《原野》中，无论是开场婚礼一段、仇虎出场一段，还是鬼魂缭绕一段、树林奔亡一段，均无动不歌、无歌不舞，动作干脆美妙、大开大合，老程式化用得不露痕迹，新程式虽少且稚嫩但已可见雏形。

戏的末尾，场刊上这么写的：仇虎开心了起来，他送别情人，神清意定地，等乡土掩埋此生。一列火车通过，原野上恢复了宽阔与平静。呜呜的笛声渐远，仿佛诉说着希望与光明。由此可知，此戏似乎意图消解原剧中的部分残酷，然而笔者看来，这残酷是天地生成的，只要情在人性在，这份残酷就永远存在。京剧《原野》给我们留下的，是金子的一身红，是原野天边那一抹红，更是仇虎之死在观众心中留下的那一片红。这“红”暗藏了人生的狂欢、希望与残忍，这“红”让人思索生之意义与死之宿命，这“红”让观众在散场之后仍然时不时地听见火车在心中鸣笛的回响，然后转身走入熙攘的寻常生活中，不寻仇虎脸上的刀疤，而寻一份生之怡然。

原载《戏剧之家》2007 年第 1 期

台北将曹禺的《原野》变成京剧

刘玉琴

剧作家曹禺写出剧本《雷雨》《日出》《原野》后，自己认为其中最难演的是《原野》。剧中人物金子、仇虎、瞎婆婆、傻子、焦大星，5个角色个个带“刺”，演出有难度。曹禺生前曾说：“对于一个普通的剧团而言，演《雷雨》会成功，演《日出》会轰动，演《原野》会失败。”“后来的舞台实践印证了这一点，《雷雨》《日出》常见，《原野》不常见。一般剧团不敢演。”

现在，难演的《原野》被台湾的京剧人搬上了京剧舞台，并且来到北京参加国际音乐节演出。《原野》曾有过多种艺术形式的尝试：歌剧、话剧、川剧、电影，京剧舞台上演《原野》还是首次。此次的京剧《原野》汇集了两岸的众多艺术名家。大陆导演谢晋担任总导演，作曲家朱绍玉担任音乐创作，曹禺研究专家田本相为内容把关。京剧大师李少春之子、台北新剧团团长李宝春则执笔改编，并饰演仇虎一角。

李宝春既忠实于原著，又借用剧中的戏剧张力烘托京剧的韵律之美。在情节的纵横交错中，展示人物内心的复杂与多变。他饰演的仇虎，透过亲情、爱情、友情，演绎出“仇恨的空、生死的淡、真爱的难得”。

导演谢晋一直注重“老程式新运用”，要求演员在人物和事件发展上必须有层次，善于运用戏曲的程式和功夫。最后一场的人扮树——拿起树枝就是大树，拿起火把就是人，使舞台新颖活跃。尤其是表现仇虎复仇之后进入了精神的牢笼时，采用了意识流手法，展现了京剧的形式之美。谢晋说，我拍摄过很多电影和话剧，但都没有京剧《原野》的艺术性强。

演出《原野》的台北新剧团，是台湾辜公亮文教基金会的衍生剧团。基金会以弘扬中华传统文化为己任，在国内外推演了30多部经典剧目。基金会执行长辜怀群谈及为何编演《原野》时说：“曹禺是‘中国的莎士比亚’。”今年是曹禺先生逝世十周年。《原野》是曹禺先生的巅峰之作。《雷雨》和《日出》都在掌声中落幕，《原野》也应该为更多的人所知晓。

辜怀群还有更深的考虑：两岸的年轻人，熟悉西洋作品没有错，但是对华文写作的作品要尊重。年轻人应该了解曹禺先生的作品，接触京剧这种传统文化。她说，在台北几乎没人知道曹禺。此次排戏，需要200多本《原野》剧本，台北找不到，只好到大陆找，找遍了北京，也只找到70多本。继而她又说，海峡两岸有割不断的文化血脉，相信越来越多的交流会光大文化传统。据悉，北京演出之后，《原野》还将参演第九届“上海国际艺术节”。

原载《人民日报》2007年10月12日

金子，从春夏走进金秋

——记晋剧演员陈红和她主演的《金子》

刘巨才　忆　斯

今年11月，由山西省晋剧院根据曹禺名著《原野》移植改编，适当借鉴川剧《金子》的成功经验并反复加工磨砺而成的晋剧《金子》将献演沪上。在此之前，该剧已在太原等地演出，跌宕起伏的故事情节、扣人心弦的情感碰撞、大开大阖的艺术处理打动了大批观众，尤其是主角“金子”的扮演者陈红，以娴熟优美的表演技艺、细腻入微的性格刻画、新颖脱俗的唱做风格，令这出“山西版”《金子》展现出独特而悠长的魅力。

初春，初苗青绿乍现

1965年的春季，一个生性活泼好动的女孩降生在山西大同的一个工人家庭。她从小喜唱爱跳，从来不知怯场为何物。上学不久，她便成为大同市红领巾宣传队的“小歌星”“小演员”。她11岁投考山西省戏剧学校，以一曲清甜脆亮的《汾河流水哗啦啦》和如泣如诉的《怀念周总理》征服了考官，顺利走进了这所省城最高艺术学府。

她就是陈红。天生的嗓音和敏锐的悟性，吸引了著名晋剧表演艺术家牛桂英和老师郭美英的目光，她们将陈红收为弟子。名师的精心传授和调教，加上自己的勤奋学习和领会，陈红很快学会了《断桥》《教子》《明公断》等晋剧的青衣应工剧目，并年年被评为“三好生”。在全省教学剧目汇演上，陈红以《见皇姑》憨态可掬的唱做荣获二等奖，在高手如云的晋剧界崭露头角，展现了出众的表演天赋和艺术潜质。

1984年，陈红以优异成绩毕业，进入名家荟萃的山西省晋剧院。出于爱护、培养和锻炼人才的目的，院里破例让原工青衣的陈红兼演小旦，在新排重点剧目《打金枝》中饰演升平公主。《打金枝》是晋剧皇冠上的一颗明珠，为演好这个新行当、好角色，陈红感到自己必须从头学起。她把自己泡在了排练场，穿着一寸半的高跟鞋苦练袅袅婷婷的小旦台步、身段，直练到双脚起泡还在咬牙坚持，从不间断。俗话说天道酬勤，在名导温明轩等人的精雕细琢下，陈红凭借其圆润委婉的演唱和俏丽多姿的表演，演好了这位天真活泼、娇惯成性的“金枝女”，并一举登上山西省戏曲青年团调演主演金牌奖的领奖台。

此后，新版《打金枝》上北京、下四川、走云南，一路好评如潮。观众纷赞其新颖别致，为晋剧的发展繁荣打开了新局面。1996年，在由文化部举办的“映山红”戏剧节评比演出上，陈红凭此剧再获表演一等奖。有专家评论说，陈红的演出为《打金枝》这个集体智慧的结晶品增添了一道亮丽的辉光。

陈红的个头、长相并不十分起眼，平时少言寡语，给人的感觉甚至有些黏黏糊糊的。

然而，化妆登台后的陈红好像换了一个人，令人眼前一亮，发出“她就是为舞台而生”的慨叹。熟悉陈红的人都说“陈红爱戏如命，除了演戏以外，再没有她上心的事了”，“她是一块天生的演戏材料”。台上台下判若两人，也许就是因为这个缘故吧！

盛夏，盛装五彩绽放

不断地广采博蓄，不断地探索实践，使陈红在晋剧艺术的广袤天地中自由驰骋、得手应心。在《尤庚娘》《尤三姐》《秦香莲》《富贵图》《义仆忠魂》《坐楼杀惜》《活捉》等一出出老戏新剧中，陈红成功地塑造了美丽坚贞的尤庚娘、刚烈自爱的尤三姐、不畏权贵的秦香莲、热心热肠的秋香、历尽艰难的曹玉莲、刁钻狠毒的阎惜姣……将一大批神采各异、性格不同的女性形象栩栩如生地展现在舞台之上、观众眼前。

青衣、小旦“两门艳”的陈红，戏路宽广，悲喜兼擅。对于不同的剧目、人物，她总能因“戏”因“人”作出不同的舞台呈现，从而在百花竞艳的晋剧旦角中一枝独秀。这就是陈红善于抓住人物的本质特征、并以细腻入微的心理刻画和娴熟精湛的演艺呈现出来的成果。《尤庚娘》中那哀怨凄楚的演唱，《坐楼杀惜》中那阴毒凶狠的眼神，《活捉》中那载歌载舞的舞蹈，《尤三姐》中那嬉笑怒骂的姿态，都给人留下了难忘的印象，有一股活泼泼、爽利利、热辣辣的艺术气息扑面而来。

演主要角色神采飞扬，演“小人物”同样飞扬神采。在现代戏《油灯灯开花》中，陈红饰演民办教师苏耕田之女小青。小青在全剧中仅有一场戏——辍学打工为父亲买来一副眼镜，却遭父亲误会责打。陈红在这场小戏中的尽情发挥，演得条条是理，唱得曲曲传情，令观众耳热心酸，潸然泪下。在晋剧《富贵图》中，陈红扮演小姐的贴身小丫鬟秋香，须以不多的戏份穿针引线，起到推进剧情的关键作用。陈红在“赤水驿”“认亲”几场戏中，既以挥洒自如的唱做表现人物的个性和作用，又将表演的尺度分寸拿捏得恰到好处，赢得了观众和专家的阵阵喝彩，由此荣获晋、豫、陕“金三角”调演优秀配角奖。

最近，陈红又在新编历史剧《晋文公》中扮演了一位三、四号人物——襄助晋文公复国大业的红颜知己“草人”。角色虽小，任务却重，陈红照样全力以赴，精心陪衬，并以声情并茂的演出刻画了“草人儿”的大义、善良和坚贞。戏谚有云“角色无大小”，“只有小角色，没有小演员”，陈红出演的许多“小角色”，体现了她作为“大演员”的艺术追求和精神风范。

金秋，金子沪上登场

从曹禺话剧《原野》改编移植而来的晋剧《金子》，是山西省晋剧院近年来编排推出的重头剧目。原作中的金子，是一位敢爱、敢恨、敢反抗，从不掩饰真实感情的女性。对于这一个性鲜明的角色，演员却绝不能以一种思维、一张面孔演绎到底。陈红认为：“在以往的演出中，尽管我也努力地塑造着不同的人物形象，努力挖掘各自人物的内心世界，但在演出中还是更多地考虑角色的唱腔、道白以及身段等方面，有时甚至是纯粹的表演和纯技巧的表演。然而，这次我在演金子的时候，却截然不同。排演《金子》的过程，从不敢演到敢演，从放不开到放开来演，从没有激情到高度激情，这是我在舞台艺术上的一次升华。”

在塑造金子这个现代女性人物形象时，陈红有意识地超越了某些戏曲表演程式，将时代和生活的气息融入到金子的一言一行、一举一动之中。在排演过程中，陈红逐渐找到了适合自己的、新的表演方法——真听、真看、真交流，而非在台上表演听、表演看、表演交流。陈红认为，这种方法能使自己最大限度地接受舞台环境、同台演员对自己的刺激，从而互相产生准确的舞台反应，达到真实交流、真情流露的效果。

通过这个戏的演出，陈红更是体会到塑造一个生动的舞台形象必须要随剧情的发展而不断调整对人物的理解。戏曲传统戏中常有一些概念化的角色，比如任凭陈世美打骂甚至追杀都定要认夫的秦香莲。然而，金子绝不是一个扁平人物，她的性格随着环境的不断变化而变化。比如，金子嫁给焦阎王的儿子焦大星本是被迫无奈，但随着时间的推移，金子看到大星的老实厚道，渐渐对他产生了同情和某种微妙的情感认同，这就是舞台人物的渐变。同样，自幼深爱的恋人仇虎曾经是金子以身相托、生死与共的相爱知己。然而，十年后越狱的虎子失去了原本的善良，心中只有仇杀的火焰。见到这样的虎子，金子对他由狂热的爱恋生出了既爱又怕的复杂感情。对于人物思想、心理变化的点滴体会都成为了陈红在舞台上行为的依托，她运用自己多年积累的舞台经验，将这一个情仇纠葛、爱恨熬煎的独特人物演了出来，实现了她在晋剧现代戏表演上的超越。有许多观众赞赏说："陈红千磨百砺始到'金'，为晋剧艺苑增添了一个全新的舞台形象。"

继承传统，发扬个性，绝不重复别人，更不重复自己，这是陈红从艺以来便一直遵循的艺术信条；为晋剧增添更多的典型人物、开拓更广的舞台表现空间，吸引更多的观众认识并喜爱上晋剧，这是陈红饰演金子以来的追求。带着这份理想，怀着这种期待，从未踏上上海滩的陈红正在忙碌、紧张地一遍遍打磨"金子"，真诚地希望将一个晋剧的金子展示给上海人看，"希望自己的表现能在这个秋天带给上海观众一份惊喜和快乐"。

舞台上的陈红，光彩照人，是一位优秀的晋剧演员。她所塑造的升平公主、金子、秦香莲、阎惜姣、秋香等众多艺术形象早已走出娘子关，登上京华舞台，频频在中央电视台、中央人民广播电台及省市电视台、电台亮相，掌声与好评接连不断。

舞台下的陈红，朴素自然，保持着工人后代的纯真本色。她尊师爱幼，平和谦逊，为人谦和，处事低调，从来不摆"当家花旦"和"艺术家"的谱儿，从不争角色、不抢戏。遇到剧团频繁下乡演出、演艺人员吃紧，陈红经常临危应急，登场"救火"。山西老乡们喜欢看她的戏，她有求必应，从不推诿。她常说："咱不就是会唱几句，乡亲们看戏不容易，叫唱就唱，这样心里舒坦。"

平日里，陈红喜欢一个人静静地刺绣、编织，或是去游泳。然而，终日演出、四处奔波使她鲜有这种闲情逸致。几十年来，陈红一直坚守着晋剧，坚守着戏曲艺术。陈红说："看着台下成千上万的农民观众，他们的眼神告诉我，晋剧不会灭绝，戏曲不会灭绝。退一万步讲，如果晋剧真的灭绝，只剩下了最后一个演员，那就是我！"

走过播种的初春，走过耕耘的盛夏，走进收获的金秋。陈红，一个晋剧演员，她走在人生的四季里，走在艺术的四季里，走在晋剧的四季里。

原载《上海戏剧》2007 年第 11 期

精耕细作《原野》开新花

——中国爱乐乐团《原野》音乐会歌剧听后

紫　茵

纪念歌剧《原野》20周年演出，是中国爱乐乐团新乐季的一部重头戏。2007年12月9日晚的新版音乐会引人注目：首先，当数经典作品本身的魅力。其次，原版首演阵容为主力，“金子”万山红一肩挑梁导演和主演；“仇虎”孙禹领衔第三、四幕；“焦母”张晓玲再度披挂上阵。“焦大星”金郑建、“小仇虎”孙健（担纲第一、二幕），两人也经过《原野》舞台“实战演练”。本场指挥李心草，曾玩票客串过剧中人“白傻子”，当晚全场背谱指挥。

这场演出为名副其实的“彩唱”，所有演员均角色化上妆扮相；第一、四幕在“原野”上，并无置景，仅配有灯光效果；第三幕在“焦宅”里，布景简约，传统戏曲中的大红绣、罗蒙盖、一桌一椅和长条香案、烛台、蒲团，置于指挥台两侧。

同所有音乐会歌剧一样，中国爱乐乐团整建制乐队排列舞台。李心草纵身一跃，稳稳站定。天津版《原野》消失的“序曲”先声夺人，这段音乐雄劲而诡异，管钟与铁链、堂鼓与板鼓，交织混响：“黑呀！恨呀！”“天哪！冤哪！”“原版”中国歌剧舞剧院合唱队，用人声的吟咏、呼喊、狂笑、悲叹等营造出全剧基调中应有的紧张度和恐怖感，令人几乎透不过气来。

“我回来了，回来了，死不了的我又回来了！”唱着“仇虎咏叙调”，孙健身披镣铐从右侧台后步履踉跄穿过乐队，他的嗓音条件和身材仪表，先天优越，形神兼备。前“仇虎”的戏主要集中在第二幕，从焦家内室悠闲自在踱着方步上场的孙健，表情形体同第一幕的在逃囚犯已然判若两人。他和万山红搭的这段感情戏很耐看，金子咏叹调“我的虎子哥”、仇虎咏叙调“你是我，我是你”，彼此，心领神会情投意合。孙健心中并无孙禹的固定模子，却有个仇虎的鲜活形象。这个“仇虎”粗鲁而不失细腻，刚直而不乏温柔。人物的性格特征与叙述方式自成一格。

“初一十五庙门开，牛头马面两边排……”孙禹的亮相始于第三幕同“焦母”的对唱。随着剧情推进，人物内心的脉络渐次显露。“复仇”的冲动和“灵魂”的挣扎，在他演唱的仇虎咏叹调“现在已是夜深深”中得到淋漓尽致的表现。《原野》首演20年后，孙禹的唱功演技已炉火纯青，声音质量基本保持了角色应有的威力。前后两个仇虎，嗓音体态的双重造型差异无几，在人物刻画上一脉相承。孙健自然从容，孙禹全力以赴。前后入戏深浅有别，前者表情形体松弛活络，后者“劲头”绷得足实，可见原版首演者更多背负压力，偶在高音区“乍破”“裂帛”令人胆战心惊。不过，精神高度紧张、情绪极度亢奋，濒临崩溃状态的仇虎，发几声非人如兽般的嘶嚎，似乎也在角色的逻辑以内、情理之中。

从原版首演女一号，20 年光阴磨砺，万山红在《原野》中又增添一个新的“角色”——导演。音乐会版相比舞台全剧肯定能省一些事，但在有限的空间与条件下，积极调动视觉审美的功能，肯定也不省心。在导演部分，万山红有其独特的新思路与作为。金子是全剧的核心人物，她同每个角色均有对手戏。万山红的优势在于其“人在戏中”，善于掌控舞台节奏、勾勒舞台线条、点染舞台色彩，随遇而安，如鱼得水。她的声音“成色”已不似早先那般水灵甜脆，但更显丰实饱满；表演风格也更加内敛、含蓄、有节制。从第一幕的金子咏叹调“哦，天又黑了”、第二幕的“啊！我的虎子哥”、第三幕分别同“仇虎”“大星”的对唱，万山红对这个角色的处理，从早期的感性化、本色化，已提升到如今的理性化、艺术化的高度。

全场背谱指挥的李心草最值得称道，这是大多数人听到《原野》音乐形貌最为清晰精确的现场版。演员唱得自由舒畅，观众听得自然悦耳。曾经模糊混沌的乐句乐段，阵阵入耳声声入心。在国内职业交响乐团中，演出全本歌剧数量最多、质量最好的中国爱乐，这部中国经典歌剧所激发的内在共鸣与其投注的真挚情感，甚至超越了曾经演过的世界经典歌剧。

原载《音乐周报》2007 年 12 月 26 日

歌剧《原野》历史评价及其他

——为纪念歌剧《原野》首演20周年而写

明　言

创作完成并首演于1987年9月的第一届“中国艺术节”(北京举办)上的歌剧《原野》(万方编剧、李稻川导演),是作曲家金湘第一部确立个人在全国影响力(乃至世界知名度)的中国当代新歌剧力作。

早在1985年,戏剧导演李稻川就以对艺术的极大热情感染了被“解放”[①]出来不久的作曲家金湘,他随即改变了原来的创作计划并加入到歌剧《原野》的创作群体中。经过整整一年的创作,歌剧的剧本、总谱完成了。作品诞生以后,李导演又到处游说,寻找演出单位。李稻川的热情感动了当时的中国歌剧舞剧院院长乔羽,他随即接受了这部歌剧的首演任务。

一、作品简析

歌剧《原野》的剧本,由曹禺的女儿万方根据著名剧作家曹禺的同名话剧名作改编而成。原作深刻地揭示了20世纪初叶半殖民地半封建中国社会中的人际关系的尖锐矛盾,社会危机处于一触即发的状态。剧中只有六个人物角色,其中仇虎和金子是核心人物。戏剧围绕着“仇虎复仇”这个故事主线展开,跌宕起伏的矛盾冲突以“失落”“爱情”“复仇”“毁灭”四幕结构形式展开。

与话剧版的《原野》一样,歌剧版的《原野》也是一部戏剧性能量极强的作品,曹禺原作和万方改编剧本的戏剧能量,为作曲家的音乐创作提供了宽阔的艺术空间。在戏剧进行中,作曲家充分运用音乐手段来推动剧情的发展。在“序幕”中,作曲家以合唱队“哭喊”的音响形态,营造仇恨的典型环境,乐队则以建立在全剧中心和弦基础上的大七度、小二度的持续音,烘托这种氛围。之后,建立在中心和弦基础上的贯穿全剧的基本主题,做出了完整的呈示。这个主题采用复合调式写成,情绪悲凄、徐缓、压抑,是对广袤原野大地的表现和对主人公悲剧性命运的由衷感叹。在戏剧的进行中,由中心和弦派生出来的基本主题,在全剧中不断以各种变形的方式呈现出来,小二度、大二度、增四度、减五度等极具戏剧性张力的不协和音程,为基本主题的变形呈现和主要人物的唱段提供了基本音乐的构成材料。

---

① 这里的所谓“解放”,指的是当时金湘被摘去“右派”的帽子,恢复了作曲家的工作,并由新疆回到了北京。

众所周知，歌剧的咏叹调是推动剧情发展、刻画人物形象的基础手段。衡量一部歌剧是否成功的基本标志，就是依据能否产生几段使人入耳入心的咏叹调。歌剧《原野》做到了这一点，作曲家为主人公仇虎和金子设计的咏叹调就在剧中起到了深刻塑造人物形象、烘托戏剧气氛的作用。在咏叹调的写作中，作曲家充分运用自己在中央音乐学院作曲系学到的西方民族、浪漫歌剧创作手法，被“解放”出来以后自修的现代歌剧技术手法，在中央音乐学院民族音乐研究所师从吕骥从事民歌收集、整理时学到的民族音乐发展手法，将之有机杂糅，写出了一系列风格鲜明、色彩独特、广为传唱的经典咏叹调。诸如：男主人公仇虎在第一幕中演唱的《焦阎王你怎么死了》，是主人公对个人深仇大恨的集中表述，以及对剧情发展的基本铺垫；仇虎在第二幕中初步呈现，并在第四幕全面呈示的《你是我，我是你》，是他对美好爱情的真诚袒露，为感情冲突的进一步展开提供了矛盾基础。女主人公金子演唱的咏叹调《哦，天又黑了！》的音乐材料是从序幕的旋律中提炼出来的，作曲家在做出一定的艺术加工以后，使之成为一段女主人公的核心咏叹调，在这里金子对仇虎的无限爱恋之情、对焦家的极度仇恨的内心情感，均被淋漓尽致地刻画、演绎出来；金子另一首重要的咏叹调就是第二幕中的《啊！ 我的虎子哥》，这是金子在与旧日爱人意外相逢以后喜出望外的真挚情感的表达；金子的另一首咏叹调《漫过那山头的是红高粱》，则采用了富于田园风格的素材写成，作品再度表现了金子对仇虎的无限深情和对美好幸福生活的无限向往。

除此之外，在对唱、重唱、合唱创作上，也不乏“闪光点”。譬如：在第三幕仇虎、金子、焦大星的三重唱中，作曲家以立体叠置、不同音乐形态的旋律矛盾、并行进行的手法，使得不同人物的内心世界能够得以共时地呈现与发展；在第三幕另一段两个矛盾焦点人物焦母与仇虎的对唱中，作曲家以木鱼声和弦乐器微分音的手法组合两个声部，以外表悠闲、平和的民谣旋法，塑造阴险狡诈、暗藏杀机的焦母形象。这些创作手法较好地超越了传统对唱的单线条进行、展开的制约，也突破了当代中国歌剧“话剧加唱”的技术桎梏。在合唱部分的写作中，作曲家在第四幕“地狱合唱”中，使用两个增四度叠置的和声手法，使之与人声的齐声朗诵结合进行，形象地营造矛盾即将结束前令人窒息的恐怖氛围，深刻地刻画了仇虎在肉体行将毁灭前精神崩溃、意识恍惚的内外特征……

对于作品中艺术手法的运用原则，作曲家本人在自己的创作札记中是这样表述的：

从东、西方各种作曲技法中选取了我所需要的，并将其融合到我的音乐中来。例如，我运用偶然音乐手法于序幕的合唱以及三、四幕之间的幕间曲中，以表现错落起伏的原野与散落四方的冤魂；运用点描手法于打击乐中，以加强乐队的空间感；运用微分音手法于幻觉一场，以加深其阴沉、模糊的气氛；运用多调性变形民间音调以表现阎王殿之荒诞、怪异；运用戏曲中的垛板于金子、焦母等的唱段之中，以加强其心理波澜效果。①

《原野》以欧洲歌剧与中国戏曲密切结合的创作手法，以巨大的矛盾冲突和丰富的人物形象相互融合的表现手段，较好地继承了自《白毛女》以来的中国新歌剧的优良传统，成

① 金湘.困惑与求索——一个作曲家的思考[M].上海：上海音乐出版社.2003：100.

为新时期新歌剧创作中里程碑式的巨作。由于这些成就的取得，使得《原野》于1993年被推选为“20世纪华人音乐经典”，2000年获得国家文化部的“文华大奖”。在国内首演成功以后，1988年8月在美国康涅狄格州以“舞台阅读”的形式首演于国际舞台，1989年12月，在联邦德国慕尼黑举办的第三届“国际音乐戏剧研讨会”上获得“特别荣誉证书”等。美国媒体是这样评价《原野》的：“歌剧《原野》震撼了美国乐坛，是第一部敲开西方歌剧宫殿大门的东方歌剧”；“歌剧《原野》的诞生与登上世界舞台，是20世纪末叶歌剧史上最重大的事件之一”，金湘本人亦被誉为“东方的普契尼”“当代东方新浪漫主义的代表”。

二、历史评价

如果说1987年《原野》首演引起的轰动只是短时间的新闻效应，还不足以说明作品是否经得起历史考验的话，那么时隔20年以后，当我们再度面对这部歌剧的时候，便可以站在当代中国音乐史的层面上对该作品做出一番历史评价：

1.从时代属性上看，作品是这个时期作曲家时代激情喷薄而出的代表性产物。它是中华民族一个时代的声音，也是一个具有历史责任感的作曲家被长期“冰封”以后的开山入世之作。它的诞生将作曲家金湘镌刻在当代作曲家的“花名册”上，也将中国新歌剧的传统发扬光大。

从歌剧《白毛女》，再到新中国初期的《小二黑结婚》《洪湖赤卫队》《江姐》，直至新时期的《原野》等，中国的歌剧历程走出了一条从无到有、由“舶来”再到民族化、时代化、个性化的历程。在这个百年探索的道路上，我们历经坎坷、迷茫与困惑，最终基本完成了歌剧艺术中国化的文化工程。回首百年，如何评价我们取得的成绩、梳理现实存在的问题、超拔观念陷入的泥淖？这是一个值得认真予以审视的理论问题，更是一个桎梏创作发展与繁荣的现实问题。

2.从作品主题上看，作品具有浓重的时代印记。由于歌剧来源于同名话剧，编剧者万方对曹禺原作的主题思想、人物结构、创作原则等均没有作出大的改动。所以，作品的人物关系、剧情、主题思想等均粘带着浓郁的时代印记，这个印记的核心就是贯穿于全剧的“仇必仇而解”“冤冤相报”的价值观。从戏剧本体上看，这种价值观对于矛盾冲突的展开、戏剧空间的开拓、艺术能量的累积等，是有积极推动意义的。

3.从创作手法上看，作曲家金湘的歌剧创作具有“两个立足、三个面向、四个超越”的特点：所谓的“两个立足”，就是立足于传统西方经典歌剧的艺术传统，立足于中国新歌剧的艺术传统展开音乐创作；所谓的“三个面向”，就是面向民族、浪漫乐派的手法，面向西方现代音乐的技术，面向中国戏曲音乐的程式进行艺术构思；所谓的“四个超越”，就是超越中外技术手法的樊篱勇于创新，超越剧本内容的局限善于“出轨”，超越个人创作的经验敢于出彩，超越社会审美的定势长于“出头”。这里的“二三四”，或许就是金湘个人艺术创作成长道路上的制胜之道。

4.从当代歌剧创作的思想主题上看，歌剧《原野》的矛盾价值观虽然是“仇必仇而解”“冤冤相报”，但是曹禺在第四幕“毁灭”中潜在寓意的赋予，实际上就是对这种传统矛盾价值观念的扬弃:"仇必仇而解"导致的最终结局就是"仇"解"人"亦"亡"。这种悲剧性人物命运的揭示,具有人类社会的普遍意义,是可以超越时空、历史、族群局限的。这就是戏剧家曹禺赋予《原野》的深刻思想内涵。由此,便联想到当代中国音乐史上曾经出现的多数歌剧作品一经诞生,随即沉寂的"命运怪圈"。譬如《阿依古丽》《星光啊星光》《壮丽的婚礼》等剧在音乐创作上不乏"可圈可点"之笔,作曲家下的功夫不可谓不足。但是,由于剧作家在剧本创作中未能立足于时代精神环境、超越时代局限,使得这些作品最终只能陷入具有一定的"实效性""史料价值",缺乏舞台价值的泥淖。

5.从新时期以来歌剧发展历程上看,当代中国新时期以来的歌剧艺术,一直是处于"繁而不荣"的处境中。这种局面的总体特征就是新作品的数量多、获奖的作品多,但具有新意的创作少、歌剧的观众少、能够持续上演的剧目少等。造成这种局面的内部原因是:歌剧是一种比较复杂的综合性艺术,在思想容量和艺术技法上都比较复杂和困难,对作曲家多重素质的要求也相应地高一些。外部原因是:在中国社会进入市场经济时代以后,一切艺术活动在继续受到政治因素制约之外,都受到了经济因素的严重制约。而歌剧艺术是一种需要花费大量的人力、物力和财力的大型综合性、创造性的艺术形式,需要一批立志于此的创作精英不问收获地长期耕耘。急功近利、竭泽而渔的创作方法是对创作的戕害,不仅不利于歌剧艺术的生存,还严重地制约着歌剧艺术的长远发展。歌剧《原野》创作演出的成功、历史地位的获得,为我们提供了这种成功的例证。

三、问题试探

以纪念歌剧《原野》上演 20 周年为契机,我们能否再度思考一下,以往中国歌剧艺术的道路走得怎样,未来中国歌剧艺术的创作道路应当怎样走下去?这类理论和实践的难题,笔者愚钝,在此提出一些粗朴的见解,以为方家探究、思考的基点。本人以为,从 20 世纪中国歌剧诞生、发展历史上看,当前中国的歌剧创作应当力戒陷入以下几个误区:

其一,具有教科书价值,但缺乏艺术价值的作品多的误区。莘莘学子在教科书上读到的绝大多数歌剧作品的名字,均不能在实际的音乐生活中读到作品的乐谱、听(看)到作品的演出、买到作品的音像制品。如何避免这个误区?值得我们深思。从另一个层面上,也应该反思我们以往的音乐史学研究教学活动:我们能否将那些只在研究文献中提到的"作品"不纳入教科书?能否将已经纳入教科书之内的这类"作品"名称删除?这也是一个值得我们认真研究、审慎对待的一个史学观、艺术价值观调整的问题。

其二,注重轰动效应制造,忽视艺术价值实现的误区。当下国人喜爱"作秀""排场",相关的政府机构热衷于"舞台精品剧目""主旋律创作"等"政绩工程""文化工程"。在这种社会心理环境驱动下出现的歌剧创作行为,未免产生出迎合观众文化消费价值取向、尊崇领导者审美口味等功利化创作的问题,创作出来歌剧作品的艺术价值是可以预期的,其历史结局也是不言而喻的。对此,如何站在社会历史、时代文化趋势的高度进行创作,如何在适当兼顾各方审美趣味、利益要求的基础上展开创作艺术实践,应当成为当代中国音乐创作、音乐批评、音乐史学协同攻关研究的急迫理论问题。

其三，注重委约作品创作，忽视社会价值实现的误区。有些地方政府的文化管理机构，包括一些企事业委约方，在进行明码标价的委约创作时，往往只注重拿到作品的总谱，之后便是“一手交钱一手交货”的“两清”操作。这种做法，忽视了音乐作品的乐谱层面只是音乐艺术整体的一个阶段性成果，还远不是音乐作品整体的实际情况。况且，一部作品是否成功，在社会历史、文化、经济环境中是否做到了“物有所值”，是需要将之放到一个历史阶段内进行考察、审视与评价才可以获得答案的。只有经历这个过程以后，该作品的商品属性才能全面彰显出来，才能够支付全额的委约报酬。当下这种“一锤子买卖”式的委约机制，不利于作曲家创作成果的社会化，更不利于经费支付方利益的保护。虽然大多数委约方花费的均不是责任人自己的钱，但是决策者也应当考虑如何使公共经费获得充分的、长期的历史影响和深远的社会效益。所以，如何避免使委约创作活动演变成一场“节日烟火”，随着一声声震耳欲聋的爆炸声而烟消云散的尴尬，这就需要建立一个艺术委约创作的监督、管理机制。

其四，注重评奖、“晋京献礼”，忽视面向社会基层的误区。受到传统社会评价心理定势的驱导，既往的包括歌剧创作在内的新作品创作实践者与主管机构，往往把创作行为的目标锁定在参加某某国际、国家级的比赛并获得好的名次，“晋京献礼”受到某某领导人的接见、某某专家的肯定与称赞上。至于作品获奖、“晋京献礼”之后的去向关注得相对较少。导致的结果往往就是：在经过轰轰烈烈、流光溢彩的获奖、献礼、报刊媒体的连篇累牍的报道之后，作品便被长期“尘封”在剧团的档案室里。面对这种误区，我们能否转换艺术价值评价思维模式？能否由既往的“眼睛向上”转为“目光朝下”？具体说来就是：当作品出来以后，先走向社会，进入社区、村落，接受民众的检验。之后，再由政府主管机构在走向社会的作品群中遴选出获得较高评价的作品“晋京献礼”或参与各类评奖活动等。经过这种评价机制评价之后的作品，才是具有广泛社会影响力和长久艺术生命力的佳作。

借纪念歌剧《原野》上演20周年的机会，涂涂以上见解，不足之处还望方家同仁赐教。

原载《音乐研究》2008年第4期

展现歌剧实力创建文化品牌

——天津歌剧团《原野》将晋京演出

张连杰

本报讯(记者张连杰) 为纪念歌剧《原野》上演20周年,庆祝北京大学建校110周年,应北京大学文化产业研究院和北京东方意象创意科技有限公司邀请,由中国音乐家协会理论委员会、中国歌剧研究会、中国音乐评论学会、《人民音乐》编辑部、北京大学会议中心、天津歌舞剧院、中国音乐学院、中国歌剧舞剧院共同主办,天津歌舞剧院歌剧团将于5月9日在北京大学百周年纪念讲堂上演新版歌剧《原野》。这是天津歌剧团恢复建制以来首次晋京演出,受到音乐界人士和观众的关注。据悉,这场演出的门票销售情况很好。

天津歌剧团去年成功排演了高难度的新版歌剧《原野》,先后在津进行了4轮演出,受到观众的热烈欢迎和专家的充分肯定,尤其是《原野》的曲作者金湘非常欣赏天津歌剧团演出的《原野》。《中国文化报》《中国音乐报》《北京音乐周报》等纷纷发表评论或深度报道,赞扬天津歌剧的重新崛起。

北京大学百周年纪念讲堂是北京演出市场中最受瞩目的剧场之一,更是高雅艺术的展示交流中心,国内外许多著名艺术团体都要到此一试身手。天津歌舞剧院十分重视此次晋京演出,将其比作"晋京赶考"。院领导亲自动员、落实各项准备工作,主创人员重新编排序幕,演员、乐队、舞美人员放弃休息时间,认真琢磨剧中的音乐唱段及舞台、服装细节。近日,导演李稻川、声乐指导李晋玮、指挥高伟春等北京专家将再次来津和剧组进行排练合成。这场演出将由李瑛、王虎鸣、石广羽、康凯、薛跃林、张凯等主演。目前,全体演职员的士气高昂。

原载《天津日报》2008年5月2日

民族歌剧《原野》的悲剧性创作艺术探因

张文敏

歌剧《原野》是在一部以悲剧元素堆积起来的戏剧文学脚本的基础上创作出来的艺术作品，它以描述仇虎和金子的爱情悲剧为主体，以低沉的舞台格调和庞大的合唱为叙事背景，围绕主体人物和主体矛盾而展开，推动了戏剧的悲剧性发展。笔者认为造成该剧悲剧性的突出因素是题材选取、艺术创作、主导音乐风格和表现手法等方面。

一、题材的悲剧性选取

《原野》取材于我国剧作家曹禺的同名话剧《原野》。好的文学脚本是戏剧成功的前提，而将悲剧的力量用艺术形式在歌剧舞台上呈现和强化，并不是容易的事情。《原野》一开始就渲染了令人感到怨气冲天的氛围，这为仇虎的复仇做了充分的铺垫和渲染，也为整个戏剧向着悲剧性结果的发展埋下了伏笔。焦阎王活埋仇虎的父亲、霸占他家的土地、把妹妹拐进妓院、把仇虎送进监狱，此外还有当时仇虎知道自己心爱的恋人也被夺去，至于在监狱里被打得双脚腐烂这种肉体上的疼痛对于内心深处精神上的疼痛来说，已显得微不足道了。仇虎成为矛盾的集合体。仇虎怀着颗烈火一样复仇的心，越狱背负着被压抑的灵魂，以扭曲的形态，瘸着一条腿，蓬头垢面地出现在舞台上。

仇虎出狱时，除了复仇之外，还充满着一丝希望，那就是能和自己心爱的人金子见面了。然而更令仇虎失望的是不仅焦阎王早已死去，而且金子也成为焦阎王的儿子焦大星的媳妇，这一戏剧性的变化使仇虎陷入了痛苦的境地和复仇的困境。在仇虎痛苦不堪时，他遇到了金子。由于过去两人有着深厚的感情，金子当时虽然是地主家的少奶奶，但内心并不快乐，因此两个人的相见令双方都很激动，这让仇虎感到安慰，两人被压抑已久的感情终于得到了释放，他们的爱是那么的炽热、浓烈，充满了强烈的野性气息。这充分反映了在封建社会剥削和压迫下的人性的复苏以及对美好爱情、幸福生活的向往和渴望。然而，仇虎并没有被这种离别后短暂的喜悦泯灭自己的真正目的，千百年来的封建文化在一个农民身上沉积的结果就是在得到了短暂的幸福之后，那种很强烈、很原始的复仇观念，不时地从仇虎的内心冲突、激化、演变，最终导致了悲剧的发生，杀了大星又借焦母的手杀了大星之子小黑子。杀人之后，仇虎并没有感觉到复仇的快感，相反表现出的是种种幻想、恐惧、惊慌、悔恨。这潜藏在内心深处的人性使他的幻觉突然异乎寻常地活跃起来，看后在同情之时又不觉叹息。

二、人物性格的悲剧性塑造

《原野》中的人物性格形象比较复杂而矛盾。歌剧通过舞台背景、合唱、独唱、二重唱等艺术形式，把跌宕的矛盾冲突推向了高潮，最终以悲剧的结尾使剧中人物潜在的个性得以展现。由于剧情围绕着“爱”与“恨”的矛盾发展着，音乐在人物性格上的表现也是围绕着“爱”与“恨”的基调上着力刻画。仇虎从监狱逃出后的咏叙调《我回来了》和《焦阎王，你怎么死了》，清楚叙述了与焦家的仇恨根源，以及他逃跑出来复仇的目的。在和金子相遇后的厮守中，对金子毫无保留的疼爱，得到了彻底的释放和展现，表现出他对美好生活憧憬的同时，更加激起他对令自己失去享受这种爱的焦阎王一家的仇恨。咏叹调《现在已是夜深沉》表现了仇虎在真正实施复仇行动的时刻又犹豫不决的矛盾心理。咏叹调《这双手头一次这样颤抖》，表现他在杀死大星后的自责，逃出焦家后的愧疚心理终至精神崩溃，充分刻画了仇虎作为一个普通农民的善良本性和复杂矛盾的性格特征。

金子是一个土生土长的普通农民家庭出身的女孩子，漂亮迷人的外表下又有着比较丰富的内心世界，她深爱着仇虎，但是命运却让她做了大星的妻子，成了地主家的少奶奶。她不爱大星，甚至讨厌大星。在金子与大星的对唱里能够很明显地让人感受到她对大星的不满，大星对母亲隐忍的孝心和顺从，没有主见的像他母亲的傀儡，这更让金子觉得生活的无聊、沉闷和压抑，这种情绪在大星走后金子的咏叹调《哦，天又黑了》那沉稳、激越的演唱中得到了尽情抒发，表现了金子对自由自在的幸福生活的渴望和向往；当重新见到回来复仇的仇虎时，她无视封建社会对女性在名节上的约束，也不顾封建伦理道德，与仇虎大胆相爱，在金子的咏叹调《啊！我的虎子哥》里，有深情、有满足，甚至还有几丝狂野，表现了她性格上的大胆和泼辣，以及对爱情坚贞执着的追求；金子知道婆婆恨她、排斥她、刁难她，她也用一种敌对的态度对待婆婆，在内心里仇视她，言语上讥讽她，并在心里暗骂她，在与婆婆周旋中表现出了她的倔强和不屈；婆婆派常五盯梢，被她很轻易地给打发了，表现了她的泼辣、机灵、警觉、沉着。

焦母的性格尤其复杂，她是金子的婆婆、大星的母亲，同时还是个瞎眼的地主老太婆，由于生理上的缺陷使她的性情一贯古怪、暴戾、虚伪、自私，处事阴森可怕，可以说整个事件的悲剧性结局与她的性格有着直接关系。从中国传统的观念上来说，婆婆对媳妇本身就有一种偏见，加上她知道金子的心不在大星身上，害怕儿子受到感情的伤害，所以她痛恨金子，对金子进行严加防范，对她千般辱骂，万般诅咒，甚至用封建的巫术来诅咒金子，这在第一幕焦母的宣叙调《好看的媳妇败了家》里就有突出的表现，她边唱边从头上的发髻里拔下一根簪子在自制的小布人身上扎，企图用迷信的法子把金子咒死，充分暴露出了她作为地主婆的狠毒心肠和袒护儿子的私心。同时她还使出封建宗法社会赋予婆婆的权力和威严，不仅对金子的言行举止进行挑剔，还装神弄鬼编排金子的不是，尤其是儿子大星对金子的迷恋使她感到很生气，整日辱骂金子是迷死人的狐狸精，是偷汉子的妖精，不断地离间金子与大星，而且还派常五对金子进行盯梢以示她的愤恨、多疑和无奈，给人留下的是她的可恶、可悲、可怜的深刻印象。在她假意对仇虎说让他带金子走的时候，私下却派常五去通知侦缉队捉拿仇虎，表现了她的虚伪、阴险、狡诈。从以上来看，焦母是个冷酷、残忍、自私、可恶、令人讨厌的人物。但从正常的人的本能来看，作为一个母亲，她疼爱自己的孙子，爱护自己的儿子，维护儿子大星的婚姻，这是无可指责的。结果由于仇虎的复仇，不但儿子被杀死，还使她亲手误杀了孙子，留下她一个孤零零的瞎眼老太婆，无人依靠，又值得同情。

剧中的大星也是一个复杂的角色，他是焦阎王的儿子，是一个地道的地主家的子弟，是在父母的权势下生存着的一个无辜的受害者，家庭环境的影响使他性格比较怯弱，对母亲非常顺从，他深爱着金子，在第一幕和第二幕里焦母金子大星的三重唱里，焦母和金子之间的矛盾冲突，让他处于痛苦和无奈的夹缝中，这种情绪在大星的咏叹调《哦，女人》里有所抒发，在面对母亲对金子的辱骂，金子对母亲的仇视心态下所表现的那种没有主见、左右为难和无可奈何情形下的复杂感情的爆发，还有母亲对他的不解、数落，金子对他的讥笑、羞辱，他都在心里默默地承受着。在发现了金子与仇虎的私情后，他虽然恨金子，但若真让他杀了金子，他又舍不得，与金子的对唱和重唱《人就活一回》里，他表现出对金子依然充满深深的依恋和无望的爱，在得知金子不爱他时，产生了报复和毁灭一切的绝望之情，因为爱与恨的交织，才使得剧情的戏剧性有了突出的发展，终于在情绪爆发时被仇虎所杀。

三、音乐表现手法的悲剧性

一般从歌剧创作上讲，作者在选材的过程中就已经把不同风格的文学作品与不同的音乐特色联系在一起，确定了音乐创作的主导风格，《原野》在创作程式上讲也是如此。我们知道歌剧是在我国的戏曲、民族音乐和说唱音乐的基础上发展起来的，是"舶来品"，不是一开始就在我国产生的，我们的歌剧只是借鉴，因此就其本质来讲仍然是民族化的内容多一些，并始终是以民族音乐为主导风格的体现。由于歌剧《原野》是反映私人恩怨、情感纠葛的题材，内容比较深刻复杂，在创作风格上为了表现这种复杂性，就需要运用多种手法来创造它。而西方的作曲技法在刻画主题上更为深刻，戏剧性冲突更强烈，因此为了突出歌剧音乐的戏剧性效果，在音乐主导风格的创作上多借鉴了西方的歌剧作曲技法。

《原野》是以西方歌剧形式与西方现代技法为主，以民族戏剧为根基来创作的。曲作者金湘在《原野》这部歌剧的音乐创作上主要把握住两点：一是人性的扭曲与复苏；二是大自然的本色与变形。"在风格的把握上，凡是表现人性的被扭曲，大自然的变形等等，我多用近、现代技法；凡是表现人性的复苏，大自然的本色美等等，则多用浪漫主义、印象主义的技法。在总体构思上，凡是大段唱腔多用整块的、旋律感强的、调性相对明确的手法；凡是朦胧的场景，戏剧性的段落以及宣叙调、韵白、说白之类的段落，则多用结构模糊、旋律感弱、尖锐音程的多层结合等手法。用这种截然不同的手法来表现两种不同的情与景，让它们在强烈的冲撞、反差中既表现了不同的情与景，也表现出音乐自身的美。由此构成了原野音乐的总体概貌"。因此在剧中引用了 20 世纪的新作曲技法，融入音乐的无调性。在这种无调性音乐的整体烘托下，又转入有调性的大段歌唱，突出了西方歌剧咏叹调那种浓重的抒情性和我国传统民族歌剧里旋律的歌唱性。第一幕里金子的咏叹调《哦，天又黑了》充分发挥了音乐的抒情功能，比较感人。第二幕里金子的咏叹调《啊！我的虎子哥》，这两段咏叹调是对金子见到仇虎之前和之后的两种心情的对比刻画，前一段嫌黑夜漫长，而后一段则嫌黑夜变得那么短，这一切均来自两人强烈而真实的爱。仇虎的咏叙调《金子，你在我心里》，通过他们真挚的爱情表白，表现了他们对美好爱情生活的渴求。最后一幕仇虎金子的二重唱《你是我，我是你》作为爱情主题的延续、引申，把仇虎与金子的纯真而热烈的爱做了尽情抒发，这里的音乐充满了激越的悲剧性，震动着观众的心，从而在心里与之引起共鸣，让人不能平静。在逃跑到黑森林里后那些表现大自然的变形、人性扭曲的音乐则在无调性的烘托下，有一些怪异神秘的色彩，令人感觉阴沉、凝重，表现出一种特殊的意境和深刻的思想性。剧中除了咏叹调、咏叙调、宣叙调外，里面的对唱、重唱、三重唱、伴唱等在推动剧情的戏剧性发展上起到了重要的烘托作用，产生宏大的气势场面，从而以强烈的艺术震撼力而令人心折。另外，剧中还利用哭声、叫声、笑声等来渲染凝重凄凉的气氛，这些都是曲作者在现代西洋的作曲技法的基础上博采众长，把欧洲歌剧的表现手法与我国传统的文学题材以及当代人们的审美观念糅合得恰到好处，并通过音乐深刻而完美地揭示出歌剧的内涵，这是传统技法所没有的。

原载《戏剧文学》2008 年第 8 期

川剧艺术的“金子”

刘　阳

7月19日晚，重庆川剧院的经典剧目《金子》在国家大剧院上演。《金子》一剧改编自曹禺先生的名著《原野》，女主人公金子泼辣如火、率真坦荡，她的扮演者正是重庆川剧院院长、中国戏剧二度梅获得者——沈铁梅。

沈铁梅生于戏曲世家，儿时酷爱京剧，14岁时却改学了川剧。1988年，23岁的川剧演员沈铁梅凭借《三祭江》《合宫欢庆》等折子戏获得第六届中国戏剧梅花奖，但她与京剧的缘分并未就此了断。1995年，重庆京剧团的新戏《神马赋》邀请她出演女一号。与此同时，沈铁梅也在抓紧排练魏明伦创作的川剧《潘金莲》。“那时候，我自己设计了很多东西，开始懂得创作和借鉴。”

长期以来，发声和歌唱性都是川剧的弱项。借着这个机会，沈铁梅从自己的舞台实践出发，尝试着改变川剧中不为人喜爱之处。“艺术首先要美，在这个基础上才能唱得动情动人。”她将京剧的咬字和唱腔糅进了川剧，突破了川剧声腔的不足，她成为众人眼中的“川剧声腔第一人”。

1994年，沈铁梅在成都举办了“蜀调梅音——沈铁梅个人演唱会”。这场音乐会开创了川剧历史上的两个先河——第一个举办个人演唱会的川剧演员，第一次用交响乐为川剧传统戏伴奏。2000年，重返舞台的沈铁梅凭借在川剧《金子》中的出色表演再夺“梅花奖”。2001年，当上重庆市川剧院院长的沈铁梅着手对《金子》继续打磨。在很多人看来，这个戏已经没什么奖可拿了，不如另做新戏。但她认为，《金子》还有一些遗憾。“西方有一些舞台精品能作为一种文化积淀传承下去。我要做的就是让《金子》也成为这样的精品”。《金子》果然不负众望，一举获得国家首批舞台精品工程第二名，并在国内外演出200多场，成了重庆川剧院的品牌节目。

最近几年，沈铁梅成了重庆的一张名片。更多中国人甚至外国人，通过沈铁梅感受到了川剧的魅力。7月6日，沈铁梅在国家大剧院举办了“如何欣赏川剧艺术”的讲座。意大利、荷兰、法国……沈铁梅走到哪里，就把川剧带到哪里。在法国的一次演出前，沈铁梅做了一个小讲座，向观众介绍戏曲程式。“这都是通过舞台来表现我们的传统文化。”

8月26日和27日，《金子》还将在北京梅兰芳大剧院演出。作为文化部“相约北京——2008”奥运重大文化活动之一，沈铁梅希望来自世界各地不同肤色的人们能够通过《金子》领略到川剧的魅力。

原载《人民日报》2008年8月1日

解读中国歌剧《原野》的整体特点与创作构思

胡　波　黄　瑾

中华人民共和国成立后，新中国歌剧的创作风格大体分为两种：一种是以较熟悉的民族民间音乐为基础；另一种侧重于借鉴西方歌剧的结构模式与作曲技法。笔者认为，两种风格各有所长，中国歌剧音乐创作的进一步提高以及能否成功登陆国际舞台将取决于它们的相互融合、升华及创新程度。歌剧《原野》即在此方面做出了有益的尝试，其整体创作与音乐特点总体呈现出以下三个方面的特征。

一、音乐与戏剧的整体融合

1.“音乐应当是戏剧的音乐，戏剧应当是音乐的戏剧。”歌剧艺术的理想境界就是音乐与戏剧的完美融合。在谈到歌剧《原野》的创作构思时，金湘教授强调应首先处理好“音乐与戏剧的关系”，音乐创作风格的准确定位是决定歌剧作品能否具有长久生命力的关键起点。在他看来，歌剧创作中，音乐的进行要充满戏剧性，而戏剧要在音乐的总体布局下展开发展，以戏剧为基础，以音乐为主导，只有把握住这点，才算奠定了一部歌剧的基础，作曲家是这样说也是这样做的。在歌剧《原野》的音乐创作中，他改变了音乐的从属地位，摒弃了戏剧与音乐的旧有组合模式，也对剧本编写与音乐创作各负其责的传统创作方法进行了改革。作曲家、编剧、导演三方自一度创作开始，从制订整体的音乐布局方案到具体的场景设计、人物冲突、剧情发展等方面都相互紧密合作，致使各音乐表现手段不再分散孤立。随着剧情的发展，每个声部的各种声乐形式的运用、管弦乐的铺垫融合及各类色彩打击乐的运用，均在观众面前呈现出立体的交响性艺术效果。

2.具体人物塑造上体现出的音乐与戏剧的关系。一个成功歌剧角色的塑造，也应是音乐形象与戏剧形象的有机融合与高度统一。以往有些歌剧常常放弃音乐表现戏剧冲突的功能，遇到尖锐的戏剧冲突时，音乐形象就会出现“空白”，而戏剧形象逐渐放大“突现”，变成了“话剧＋歌唱”。做这样的处理，势必大大降低音乐形象表现戏剧冲突的艺术魅力，而且也背离了歌剧艺术的原则。歌剧《原野》的编剧万方（曹禺之女）具备得天独厚的条件，深刻领悟了原作的精髓。在音乐与戏剧的结合上，她力求简练准确，避免音乐行进中出现人物间的唇枪舌剑，还音乐于主导地位；剧中人物之间的冲突性戏剧场面的完成，几乎全靠演员的独唱、对唱、重唱及乐队来完成。例如仇虎的咏叹调《焦阎王，你怎么死了?》，开始即强化了仇虎的角色特征。随着剧情不断深入，斗争不断激化，感情爆发也愈加炽烈。使观众与演员共同随着音乐的不断进行，剧情的不断深入，矛盾斗争的不断激化，感情也愈加高涨。

二、声乐与器乐部分的立体构思

“以声乐为主导，器乐为基础，追求交响性、立体性、整体性的统一构思。”声乐和器乐是歌剧音乐创作中的两大表现手段。一般情况下易忽视器乐部分，甚至将其降为伴奏位置。金湘主张在咏叹调中以声乐为主导；在宣叙调中兼顾器乐部分的表现力，对两者应整体构思，统一规划，二者互为主导，适时可将声乐、器乐的主导地位予以转换。例如，在歌剧第二幕之八《大星、金子与焦母三重唱》的尾声部分，交响乐队就在表现人物戏剧冲突方面发挥了重要作用。当金子被逼问说出谁是她的情人时，器乐部分随即逐渐展开，先是弦乐组和木管组奏出固定音型，紧接着铜管组圆号、小号、长号依次而入，奏出呼喊般的音调，打击乐组也紧锣密鼓，使气氛愈加紧张。尔后，乐队全奏，弦乐、木管组的固定音型不断发展变化，向上冲击，铜管组奏出平行小二度的下行音调，整个乐队以其宏大的音响，将戏剧冲突白热化。此时此刻三人的激烈冲突及内心的复杂感情都通过乐队的交响有力地揭示出来，强烈地震撼着观众。

此外，为了使对白音乐化，作曲家还根据人物的内心活动与剧情发展，使用了乐队手法，使对白成为歌剧音乐结构整体中的一部分，如此，音乐既服从于对白，又积极作用于戏剧情节，弥补了单纯只听台词的音乐空白。例如，第二幕之一《仇虎与金子的对唱》中金子的台词中较有特点的“紧拉慢唱”。

> 金子咒骂道：“讨——厌！”
> “丑——八——怪！”
> “还不快，滚——出来！”

透过上面几句简单的话语，观众似乎觉得金子十分讨厌仇虎，并对仇虎的到来表现出爱理不理的状态，而器乐部分却紧凑活泼、充满生气，实际上是暗示金子的内心充满着期待已久的喜悦心情，从而达到了器乐与声乐部分的立体性整体构思。

三、“咏叹调”与“宣叙调”的链状关系

“支点与链环的结构关系”“咏叹调”往往是全剧的框架，也是支点。主要用于抒发人物情感、揭示人物内心活动，并且易于情感的升华。因此，作曲家通常都会较为重视。“宣叙调”则是全剧各个“咏叹调”框架之间的链环，是线条。主要用于交代故事情节、描述冲突背景、激化人物矛盾、展现戏剧冲突。通读《原野》歌剧总谱会发现，随着戏剧化音乐剧情的发展需要，作曲家除了同样注重“咏叹调”外，还较多地运用了“宣叙调”。这类“宣叙调”大多由相同或相近的音乐素材发展变形而成，从而达到全剧的对比与统一。

值得注意的是，并不能简单地将金湘所运用的“宣叙调”理解成对过去传统西洋古典歌剧中“带音高说话”演唱形式的一种“复制”。笔者认为，这是一种包含了“演唱、对唱、对白、吟诵”等多种说唱形式的“综合体”。作曲家力求在乐队的伴奏行进中，使音乐同剧中

人物的“道白、对唱、吟诵”等细小部分紧密结合，而音乐本身又可单独游离出来。同时在音乐与语言的关系方面还大胆借鉴了中国戏曲韵白的神韵、古典诗词吟诵的方法以及说唱音乐中的形式，从而赋予“宣叙调”以各式中国特色。如第三幕之二《焦母与仇虎的对唱之一》中焦母的一段台词：“雾腾腾天阴沉，我看见你人头落了地，鲜血四处喷，阎王要来收你的尸，招你的魂！”作曲家让焦母使用了一种似唱非唱、似说非说的“吟诵式”演唱，伴以乐队中低沉诡异的大提琴和奏以固定节奏的木鱼声，三者之间紧密融合，立刻获得了令人耳目一新的音乐戏剧化效果。

客观来看，这种手法的运用不能简单等同于话剧舞台上的“对白”“朗诵”或传统西洋歌剧意义上的任何一种歌唱类型，其艺术处理方式所获得的音乐戏剧化效果更具东方性、民族性色彩。这反映出金湘先生在实际创作中注重发挥各种表现要素的舞台戏剧作用，在整体构思下使之形成一个含有“咏叹调”、“宣叙调”、“咏叙调”、台词道白、吟诵、乐队背景及舞台感等多层次的大系统，其中每个要素既独立又统一，缺一不可。

四、结语

综上所述，歌剧《原野》作为中国当代歌剧中的一部成功作品，与过去传统歌剧的创作模式、写作方法、指导思想、立意构思上有着较为明显的不同，特别是反映在“音乐与戏剧的整体融合”“声乐与器乐部分的立体构思”“宣叙调”和“咏叹调”的关系处理上，值得我们认真思考与积极借鉴。

原载《艺术教育》2008 年第 12 期

走上台北的原野

——台北新剧团《原野》

何荣智　孙朋飞

作为第十一届上海国际艺术节的参演剧目，来自台北新剧团的大型经典移植新编京剧《原野》于11月17日、18日晚在美琪大戏院上演。

名著改编的亮点和难点，主要是能否在吸收原著精髓的基础上有所创新。从这个要求来看，京剧《原野》的确是比较成功的。该剧在承袭原作的基本情节、细节的基础上，作出了相应改动，其中最为明显的是大星的死。在原著中，大星为仇虎所杀，而到了该剧则变为大星借仇虎之刀自杀。从一个软弱、窝囊，“连一个蚂蚁都不敢踩”的人，直到最终鼓起勇气自杀身亡，大星以自我毁灭的方式实现了最后的转变，如此这般行为使仇虎的心灵受到极大震撼。在他心中，复仇的合理性、正义感消失了，取而代之的是罪恶感与恐惧感。因此，当仇虎在原野上出现直到在原野上死去，这个复仇者并没有从复仇中获得平衡。他是一个悲剧的受害者，又成了一个新悲剧的制造者。由此可见，剧作者和改编者均站在了同样立场，全剧既满含着对复仇行为的怀疑，又充盈着对于人性的深刻反思。

京剧《原野》还删去了原著中常五、傻蛋的许多段落，减少了他们的戏份，使情节线索更为集中。仇虎的心理段落相应增加，充分表现出仇虎在复仇之前摇摆不定、复仇之后惊恐悔恨的复杂心理过程。京剧吸取了原著把黑林子当作仇虎和金子生存困境的象征寓意，在这个场景中，演员们扮成各种枯树在仇虎身边旋转，象征仇虎狂乱的内心。同时，仇虎死去的父亲、妹妹和阎王、牛头马面、群鬼等幻象也都纷纷出现在仇虎面前，这些都是仇虎濒临崩溃的精神表征。而作为现实空间中最大的威胁侦缉队却一直没有出现，只是通过枪声、火光和激烈的音响效果烘托紧张气氛。这种充分运用戏曲表演虚拟化、程式化的特点，巧妙而真实地揭示了人物的内心状态。

京剧《原野》既保留了话剧丰富的情节内容，又充分挖掘了戏曲表演的形式美，舞台布景十分注重写意。幕启，原野萧瑟的草木表明了故事发生的季节——秋天。舞台布景近实远虚，近景树木高大明亮，远景树木矮小阴暗，极富层次感。尤其是那轮高挂的残阳令人印象深刻，它使天空像血洗一般，象征仇虎熊熊燃烧的复仇之心。此后，天空的颜色根据剧情情境的变化而变化，巧妙地起到了烘托气氛和揭示人物内心的作用。当仇虎陷入选择困境时，舞台带观众进入他的心理时空。父亲和妹妹冤魂的出场，终于使仇虎鼓起勇气，握刀走进了大星的房间。此时，封闭的房间灯亮了，光从窗户中泄出，呈现在观众眼前的是仇虎举刀的影子。终于明白真相的大星抢过仇虎手中的刀，刺向自己的胸膛。整个过程，均通过灯照光影呈现，既借鉴了民间皮影戏的表现方式，又充分发挥了戏曲的虚拟性和表现性，达到了较高的艺术审美效果。人物的语言符合其身份性格特征，唱词对白通俗易懂，流畅自然。

台北新剧团团长和本剧主演李宝春——这位出身梨园世家，承父李少春志自幼献身京剧的著名京剧演员，为京剧《原野》注入了大量精力。加上有台湾“京剧小天后”美誉的黄宇琳的精彩呈现，使这部大型经典移植新编京剧满台生辉。京剧《原野》的艺术指导是已故著名导演谢晋。他曾说:“我创作过很多电影和话剧，但都没有京剧《原野》的艺术性强。”剧终谢幕，李宝春请出谢晋夫人徐大雯向观众致意，全场响起热烈的掌声。人们相信，那位将毕生献给中华文化的一代电影和戏剧大师，也同样会感到万分欣慰。

原载《上海戏剧》2009 年第 12 期

我写歌剧《原野》

——歌剧《原野》诞生20周年有感

金　湘

歌剧《原野》诞生至今已20年了。一部作品，一旦脱离作者之手交给社会，就如婴儿脱离母体一般，完全以其本体的特征参与社会实践，不受作者个人意志所左右地接受社会的检验；同样，一部作品，一旦融入艺术的历史长河，起伏沉浮，大浪淘沙，也只能任由历史的筛选。

基于这一认识，我就《原野》音乐创作中的若干情况，以一个作曲者的身份，谈谈自己的看法和体会。

主题思想的深刻性

《原野》写于1986年，首演于1987年。当时，中国社会正处于粉碎"四人帮"之后的改革开放之始，国门乍开，各种文艺思潮、流派、作品纷纷涌入；人们思维活跃了，视野开阔了，环境宽松了，创作人员有条件对当代国内外创作的种种作品从容地进行审视、分析、借鉴、吸收、融合——这一历史背景为《原野》在中国乐坛的"凤凰涅槃，浴火重生"提供了有利的社会条件。

当然，这仅仅是作者所依赖生存的客观条件，任何事物的成功总离不开作者主观的"能动"。如果面对这汹涌涌入的当代音乐，既缺乏满腔热情努力学习，又不能冷静对待取舍在我，则不是成为形式上的喧闹"开放"实际的自我"闭锁"，就是又一个"崇洋媚外"在新的条件下的弄潮儿。

但毕竟是"时势造英雄"，首先还是有了改革开放的一切，才有了今天呈现在我们面前的《原野》的诞生。

《原野》的主题是反封建。几千年来，封建主义对生活在中国广袤"原野"上的广大人民灵与肉的全面桎梏与扭曲以及善良的人们对封建主义的反桎梏、反扭曲，是构成《原野》矛盾之根本。灵与肉的扭曲与反扭曲、桎梏与复苏是这部歌剧深刻的主题。负载着这一深刻思想主题的是一个产生于20世纪中国北方"原野"上一群普通中国人的爱情、复仇的故事——壮阔、复杂、残酷、多变。

贯彻、活跃于其中的是仇虎、金子等六个不同个性、栩栩如生的人物及其跌宕人生、坎坷命运的交织与冲突——凄美、阴冷、强悍、懦弱！而这一切（主题所衍生出来的故事情节线与人物性格线），正是《原野》音乐所着力刻画表现并真正得以闪光的思想基础。例如，仇虎这个对焦阎王充满仇恨的刚强汉子，一面带着对焦阎王的仇恨，“挖地三尺”也要报仇，一面又为“父债子还”的封建思想所桎梏，最终仍逃脱不了灵与肉完全崩溃、彻底毁灭于封建主义迫害的悲剧命运。又如焦母，这个封建制度的代表，一面怀着对仇虎、金子的天生仇恨，对仇虎欲置之死地而后快；一面又在仇虎终于杀死大星和自己误杀孙子（小黑子）这一残酷的现实面前，作为一名女性，悲痛欲绝。她既是害人者，又是受害者！只有从灵与肉的扭曲和反扭曲、桎梏与复苏这一思想高度出发，才不会用贴标签画脸谱式的形而上的方法，将人物简单划为正反两面，否则将大大降低对封建主义无言有力又发人深省的控诉与鞭挞，也大大消减了人物个性丰富的多侧面的光泽。

我正是在分析并把握了这一主题的深刻内涵的基础上，产生了巨大的冲动与遐想：我设计了两个主题——“爱情”与“原野”，前者温暖、柔和，充满人性美。后者广袤（横向原野感）、深远（纵向历史感），蕴涵着野性与被扭曲的美。两个主题（乐队与人声）交响冲突，贯穿发展，奠定了全剧音乐基调；而在它们之上，六个不同个性美的各种唱段（咏叹调、咏叙调、宣叙调、重唱、对唱、合唱等）闪亮其间，最终构成了一部完整的交响性、史诗性的歌剧音乐。

“歌剧思维”和艺术手段的多元化

歌剧《原野》的艺术表现手法是多元化的。一部人类艺术及音乐创作史，包涵了各种表现及创作手法；当历史已经迈过了多个时期来到了今天，我们面对的是千姿百态又各有所长的不同艺术手段与音乐技法。对于它们，我的态度是：既要全面了解，也不盲目照搬，我要根据作品表现的需要，经我消化，为我所用！

在《原野》中，我一面坚持立足民族传统，写出像带民谣风的、纯情的“大麦黄”；运用垛板、紧拉慢唱等戏曲板腔手法刻画出焦母内心的焦躁、不安、痛苦、忌恨；同时又毫不吝惜地以欧洲19世纪浪漫派手法，大旋律长呼吸地、酣畅淋漓地写出剧中男、女主角的爱情咏叹调；同样，我一方面用微分音音块、偶然音乐排列等20世纪现代技法描绘原野的荒芜、阴霾，地狱的阴森、逼人，同时又用浪漫派手法充满感情地刻画来之不易的爱情，显得刻骨铭心、温馨暖人。这种在艺术手段及音乐技法上的多元观，使作者提高了自觉性，放开了手脚，纵横捭阖，左右逢源，极大地提高了作品的技术含金量和艺术闪光度。在《原野》的音乐创作实践中，证明了它是成功的。

“歌剧思维”，是进行歌剧艺术创作时的一种思维形式。主创人员只有展开“歌剧思维”，沿着“歌剧思维”的轨迹去探索，才能写出一部真正成功的歌剧。

在我近30年的歌剧实践中，实践——总结——再实践——再总结的实践方式使我对“歌剧思维”这一艺术创作形式思维逐渐清晰，并形成了这一美学理念。而歌剧《原野》的创作实践，正是奠定这一美学理念关键的重要一步。

关于“歌剧思维”，我曾有两篇文章专门论述（一篇是《歌剧思维与歌剧创作》，发表于2005年的《歌剧》；另一篇是我在2007年香港歌剧研讨会上的发言：《再谈歌剧思维》），在这里就不再赘述。

简言之，“歌剧思维”是指歌剧艺术家怎样将自己已有的意图（故事情节、情感思绪）用歌剧这个载体，并以符合这个载体本身特有的艺术规律体现出来：将包含在歌剧创作表演中的各元素既令其特立独行又配合默契，既运用自如又发挥至极。

“歌剧思维”主要体现在三个方面：

结构。音乐结构与戏剧结构从创作伊始即同步设计与构思，是一部歌剧成败的关键。一般按常规讲，音乐结构与戏剧结构多为同步，但亦常有特殊，如戏剧情节与音乐段落的反向、心理情绪与音响状态的反差等等。

语言。歌剧要求音乐有其特殊的品格。即戏剧的音乐，音乐的戏剧。音乐要唱出人物的不同情绪、心态；音乐要推动戏剧情节的展开，表现矛盾的激化；音乐要看到舞台上的光和色；音乐要给人物行动以支点和动力，如此等等，这些都决定了歌剧的音乐必须具备歌剧的语言。

技法。不同的音乐形态对其技法有不同的要求。交响乐要有交响乐的技法特点，戏曲音乐要有戏曲音乐的技法特点，歌剧音乐则有歌剧音乐的技法特点。歌剧音乐的戏剧性、整体性、交响性只有通过它特有的音乐技法（而绝非用文字演绎）来实现。在歌剧音乐中，几乎每一种技法（乐器色彩的运用、肢体形态的变换、旋律展开的幅度、和声动力的张弛、节奏律动的跌宕等）都与戏剧情节、人物个性紧密相连。它们正是组成并体现“音乐的戏剧”“戏剧的音乐”这座大厦最基本的元素。万丈高楼平地起，我们万不能空谈“思维”而对一系列具体技法不予以应有的重视。歌剧技法中的“个性”（或曰“特殊性”），首先还是要把握“戏剧的音乐”这一总的原则：如咏叹调的戏剧性格；宣叙调和吟诵、语言的结合；片段多调性旋律的换层和语言的结合等等。同时也要具体到对“音乐中的声乐与器乐的结合”“器乐部分的戏剧性融入而非‘两层皮’”，直至对场景的声光的描绘等写作技法的充分注意。

还要补充两点：

多元的观念，也是“歌剧思维”的一个方面。不能只用一种模式来套大千世界多样的歌剧类型。欧洲传统的歌剧里还有正歌剧、轻歌剧、喜歌剧、乐剧等等。更别说我们已进入 21 世纪，多种歌剧类型的歌剧不但早已存在，而且还等着我们用自己的想象力、创造力去发展、开拓。多媒体歌剧、抒情歌剧、散文诗歌剧、歌舞剧等等，再加上风头正劲的当代前卫歌剧，每一种类型的歌剧都有其独有的表现方法、结构规律，我们不能仅消极地允许它存在，还应积极地研究、发展它，我自己也正是身体力行地在不断探索。

“歌剧思维”理应涵盖一度与二度创作（不仅是作曲，还有编剧、导演、演员、舞美、指挥等），贯穿于歌剧创作实践之始终。歌剧《原野》的创作实践恰恰证明了这点。这方面的观点及实例，可以参见我的两篇文章：《总谱之外的音符——歌剧〈原野〉创作小记》和《再谈“歌剧思维”》。

在进行音乐创作时，作曲家总会因一系列问题而困惑：要不要考虑广大群众的接受能力与欣赏程度？追求技术的创作是否一定不能为大众所理解？一旦考虑到大众的欣赏心理与水平，是否必然会降低作品的艺术水平与技术含量？

这些问题归结到一点，即：作品的专业性与创新性之水平是否必然与同时代社会公众的欣赏要求相矛盾？如何在这繁星满天、万花遍野的艺术空间里选择自己的坐标？实际上，一个真正的作曲家，不光是对歌剧，而且对任何其他音乐作品，都有一个明确的坐标选择。

对此，我在写作歌剧《原野》之前就已考虑过，只是这次更为集中、尖锐。我在写作《原野》时，曾反复考虑两周而未能下笔，即是为坐标的选择而苦恼。最后，我终于为自己选定了自己作品的坐标："观照当代，引领当代！""既不超前到脱离当代，也不滞后、媚俗于当代！""要让人们跳一跳才能摘到我的'桃子'！"歌剧《原野》的创作过程及其在世界各地所受到的欢迎程度，证明了我对坐标的选择是正确的，经受了检验的。

原载《歌剧》2009 年第 2 期

接受美学视野中的歌剧

——《原野》

李　姝

根据曹禺先生的著名剧作《原野》改编，由著名作曲家金湘作曲、万方编剧、李稻川导演的歌剧《原野》被称为“震撼西方舞台的第一部中国歌剧”，该剧是中国歌剧史上一部划时代的杰作。一部艺术作品能够同时被东西方观众欣然接受，令人惊叹。哲学家萨特曾说：“艺术只在为了他人，被他人接受的情况下才存在。”①而“作品应让多数人欣赏”也是作曲家金湘先生的美学观之一，这应该是《原野》取得如此巨大成功的关键所在！

接受美学是由20世纪60年代联邦德国康士坦茨大学教授姚斯和伊瑟尔等5名文艺理论家创立的一个美学派别，于20世纪80年代传到我国，对我国文艺理论及美学研究产生了重大影响。接受美学的贡献在于高度肯定了读者在文艺实践中的重要地位及能动作用，从根本上改变了过去作者中心论和文本中心论的偏差。接受美学运用到音乐领域已有先例，邢维凯教授在《关注听众——现代释义学与接受美学给音乐美学的启示》一文中，谈到释义学和接受美学充分关注听众在音乐理解活动中的意义，它一方面要求重新思考和认识艺术思维的本质，另一方面也要求关注听众（观赏者）对艺术作品的意义构成所具有的重要作用。② 与此相关，中央音乐学院赵海也认为接受美学对音乐审美活动有启示作用。这种启示使接受者由单纯的接受上升为创造，强调审美交流和音乐意义的多重解释。今天，我们用接受美学的视角来审视《原野》，探讨其永不衰竭的艺术魅力，或许可对这部歌剧有更深入的理解，也不失为一种有益的探索和尝试。

接受美学理论认为，艺术接受的过程是一个再创作的过程。即读者不是被动的接受体，而是能动地参与创作，作品的意义与价值是作家和读者共同完成实现的。正如接受美学的先驱伽达默尔所主张的那样，艺术本文是一个开放性的结构，因此对艺术本文的理解和解释上是一个开放性的过程，永无止境。这样的理论在所有的艺术领域同样受用。歌剧《原野》蕴含了深刻的接受意蕴，从审美主体、审美客体以及二者的相互关系中得到延伸。

一、切合时代的审美追求

艺术作品是社会生活的反映，优秀的作曲家创作的作品都是切合时代生活的。地理

① 《人文素养读本》编委会.我与大师学哲学：最后一位哲学家萨特[M].太原：山西北岳文艺，2004.

② 邢维凯.关注听众——现代释义学与接受美学给音乐美学的启示[J].音乐与表演，2006(2).

环境、政治、经济、历史、文化的不同，形成人们不同的审美观、生活习俗、风土人情以及语言风格，对艺术风格、艺术流派的形成与发展都起着根本性的作用。法国文艺理论家丹纳在他的《艺术哲学》中论述道，把自然环境与不同地域、不同国家的文艺特征作为一个重要问题来考察。当地歌剧的形成与发展，同样受到当地的地理环境、政治经济、文化习俗所制约。

因此，在歌剧创作的过程中不得不考虑欣赏者的多元审美需求，传统的继承要与当代审美意识相结合。

(一)歌剧题材的选取

作曲家金湘认为对歌剧题材的选择要在认识到歌剧艺术自身特点的基础之上，不受制约的艺术是没有的，作曲家应该自觉地认识它的制约性，找到最宜于歌剧表现的题材。

歌剧《原野》是曹禺第一次也是唯一一次描写“农村”的故事，该剧以北平典型的封建士大夫家庭为背景，这是当时我国人民所熟知的一段历史时期。故事描写了在当时社会经济衰败过程中的种种矛盾冲突，展现了新一代追求美好生活的艰苦历程。作曲家金湘曾写道：“我之所以选择《原野》，并不简单地‘宣传阶级斗争主体’，或‘追求爱情自由’，而是《原野》中蕴藏着那深厚的历史感和巨大的艺术魅力吸引了我……打破那长期桎梏灵与肉的封建传统文化，建立真正的现代型文化，是觉醒了的中国艺术家的历史责任。”①浓郁的悲剧气息、悲天悯人的情怀是《原野》的焦点，其蕴含着巨大的悲剧性和史诗性。所谓史诗性就是它展现了中国20世纪的历史画卷，所谓悲剧性就是中国是以农民为主体的国家，在封建社会人们没有办法摆脱封建意识。《原野》正是用这样的悲剧唤醒了一代人，其深刻的悲剧内涵在于人类精神最深刻的矛盾和最对立的状态——人类与生俱来的原始野性与社会理性文明之间的冲突，人类强大的、鲜活的原始野性在社会中受到精神异化的压迫后反抗、挣扎，最后成为玉石俱焚的悲剧动力源。

作为植根于生命之中的集体性“情结”，中国现代悲剧精神对当时文学创作所产生的深远影响，乃是当时所有以社团、报刊宗旨、宣言、号召之类的形式所表现出来的文学主张所不能比拟的。20世纪初，无论哪种流派的创作，都充满着追求悲剧的意向，这不仅使悲剧作品在中国文学领域中占据主体地位，而且产生了《赵阎王》《雷雨》《日出》《北京人》等中国文学的经典之作。这些优秀的悲剧作品以完美的艺术形式较为全面地体现了上述悲剧情结各层面的诉求：直面苦难，展示生存本相，导向形而上的深远空间，从而使中国文学创作达到迄今难以逾越的高峰。中国现代“悲剧情结”从根本上反映了中华民族是一个历史悠久、文化深远、积淀厚重的民族，而这种“悲剧情结”是在特定历史时期的自我解剖、自我反省、自我警示和自我改造的直接体现。作曲家选择这个题材，正是由于关注原著所透出的时代悲剧特质。悲剧的特质总是要探索到人类本质力量这一人生最深的底蕴，对于一个民族在一段历史背景中所经历的灾难和挣扎，是需要通过具体的活生生的人物的命运反映出来的。而这些鲜活的人物也正是从中国人所熟知的社会背景下产生，这一切对

① 金湘.困惑与求索——一个作曲家的思考[M].上海：上海音乐出版社，2003:90.

我们理解这部歌剧起到了关键作用。在创作中，作曲家有意张扬蕴藏于原著中更为深层的历史呼唤，即全面地表现出扭曲与反扭曲、压抑与反压抑巨大矛盾中的人性复苏和野性反抗的主题，建立了具有当代意识的新型文化。

(二)中国民族性的表现

音乐的民族性是一个民族特有的心理特征、思维方式、表现方法、审美情趣在音乐上的综合反映，它们从作品的总体结构直到一个单音的旋律无不深入渗透其间。

在接受美学中，接受不仅是作为一个独立的美学范畴而存在的，而且被看作是整个文学审美过程中的核心部分。正因为如此，接受者的主体作用，亦被同时摆放到空前重要的位置上。创始人姚斯是这样表述的："人的审美活动，不管是创作性的还是接受性的，都是建立在自愿的基础上的。无论是国家统治，还是神权政治，都无法强迫我欣赏或拒斥一件美的艺术品，都无法命令我按照规定的意义去阅读一件文学作品。因为不管是一部文学作品，还是一幅画的意义都必须听凭读者或欣赏者内在的自由来评判，这种自由是无法转让的。"①正是因为获悉接受者巨大的主体作用，作曲家金湘先生在创作伊始就定下了"在重视西方歌剧传统的同时，更应加倍重视自己民族的传统"的坐标。② 通观歌剧《原野》，我们可以看到其间的创作充分体现出中国音乐的民族性。

如在第二幕中，作曲家专门设计了一首民谣风的重唱，此曲风格上接近原始民歌，具有我国北方民歌的韵味。作曲家从中国戏曲音乐中汲取营养，在全剧中发挥了京剧中的"乱锤""垛板"的节奏特点，主要由板鼓奏出，节奏由慢逐渐加快，具有极大的动力，推动着戏剧矛盾的层层递进。由于此部歌剧是以中文演唱，因此，作曲家创作时不得不重视音乐与语言的关系，作曲家采用多调性、泛调性的片段旋律线条(与语言结合)的叠置、对比、呼应，以求其更具有我们民族语言风貌，更适应我们民族的欣赏习惯。还有咏叙调这种融唱、吟于一体，介乎咏叹调与宣叙调之间的段落，因其较为接近中国说唱音乐的特征，更能为中国观众所接受。另外，吟诵、说白是直接汲取中国戏曲、民间吟诗等传统手法并加以歌剧化的一种重要形式，作曲家也充分运用到了《原野》中，这是对中国语言特有的"四声"声韵内含的美学意义、表情意义的挖掘与发展。另外，作曲家还敏锐地捕捉到原著中的民间宗教文化素材(如木鱼、祈神、念经、超度等)，并以多种不同的音乐形式将其丰富地表现出来，贯穿于全剧始终，营造出一个鲜明的中国民间民俗气氛，为观众还原出一个真实的人文世界。

在这一点上，作曲家克服"欧化"倾向，寻找其与我国人民审美心理、审美情趣的结合点，在这一过程中，研究观众、理解观众、培养观众、服务观众是唯一出发点。对于中国来讲，歌剧是舶来品，任何外来艺术形式只有与民族的艺术生活相结合，才能落地、生根、开花、结果。从这个角度应该可以说歌剧《原野》是一部呼应时代、切合时代脉搏的作品。

① 姚斯·霍拉勃.接受美学与接受理论[M].沈阳：辽宁人民出版社，1987.

② 金湘.困惑与求索——一个作曲家的思考[M].上海：上海音乐出版社，2003：198.

(三)传统与创新的融会贯通

姚斯强调:作家创作出文学作品,不是一种把观赏者排除在外的,事实独立存在的一系列事件,一部文学作品并不是独立自定的,对每个时代、每一位读者都提供自身的超时代本质,而更像一本管弦乐谱,不断在其读者中激起新的回响……这就是说,离开了读者及其反应,文学作品只不过是一堆印刷符号组成的词语材料。文学作品的生命,不是孤立地存在于作品本身之中,而是体现于生产(创作)—本文—接受(读者)这三个环节的动态过程之中,唯其有接受,才有真正意义上的作品的产生,才有前代对后代的影响,唯其有影响,也才有后人对前人的接受。① 因此,作为要进入西方艺术圈的中国歌剧《原野》,作曲家也必须考虑西方人对中国歌剧的接受能力。"在歌剧《原野》中,我试图用压抑在底层的(社会的底层、历史的底层、心灵的底层)纯真的人性之美、野性之美,与被扭曲的外像(阴霾的原野、怪诞的幻觉、丑恶的心灵)的怪异之美造成巨大反差,选择汲取古今中外一切作曲技法,在对比中寻求美、表现美、达到美。"②作曲家金湘认为,如果从中国的国情出发,中国歌剧既不应混同于中国传统戏曲,亦不应仅仅类同于西方的正歌剧。中国的正歌剧应是在借鉴西方正歌剧的创作原则基础上,结合东方美学原则并吸收中国民族民间传统手法发展而成。

对于中国歌剧作曲家来讲,传统不仅意味着有中华民族近千年的戏曲以及新歌剧,而且还要面向几百年来积累的众多优秀剧目和西洋歌剧传统,如何在发展中继承,又在继承中发展,是十分重要的问题。因此,当代歌剧艺术既不能全盘接受西洋古典歌剧那种舞台节奏,也不能在以前中国民族新歌剧的节奏上停留,它要适应现代人的审美情趣与审美要求,将浩瀚的传统与当代作曲技法有效融合起来。在歌剧《原野》中,作曲家从东、西方各种作曲技法中汲取他所需要的,并融合到音乐中来,如音乐中运用了偶然音乐手法于序幕的合唱及三、四幕之间的幕间曲中,以表现错落起伏的原野与散落四方的冤魂;运用点描手法于打击乐中,以加强乐队的空间感;还运用了微分音手法于幻觉一场,以加深其阴沉、模糊的气氛。在创作中,作曲家选择了融合之路;在风格把握上,凡是表现人性的被扭曲、大自然的变形等,多用近现代技法(注入多调性、微分音、偶然音乐等);凡是表现人性的复苏、大自然的本色美等,则多用浪漫主义、印象主义的技法。在总体构想上,凡是大段唱腔多用整块的、旋律感强的、调性相对明确的手法;凡是朦胧的场景、戏剧性的段落以及宣叙调、韵白、说白之类的段落,则多用结构模糊、旋律感弱、尖锐音程的多层结合等手法。

在切合时代审美需求的同时,《原野》又是超越时代的,它包含蕴藏了丰富的审美内涵与意义价值,为我们能动地参与想象与再创造留下了一定的意义空白,显示着长久的艺术生命力。审美意象中的这种意义的不确定性与意义空白作为审美对象的基础结构,形成了审美主体(我们)对同一审美对象(《原野》)的不同感受和认识。这也暗合了接受美学的另一观点:"作品的意义不确定性和意义空白促使读者去寻找作品的意义,从而赋予他参

① 章国锋.接受美学[N].光明日报,1985-07-11.

② 金湘.困惑与求索——一个作曲家的思考[M].上海:上海音乐出版社,2003:90.

与作品意义构成的权利。”[①]

作为第一部叩开西方歌剧宫殿大门的东方歌剧，歌剧《原野》吸收了西洋歌剧手法来进行创作，作曲家纵向继承了中国民族民间音乐传统，横向广采博取了外国的优秀音乐文化，并将两者有机结合、融会贯通，在纵横交错之中寻找自己的坐标。

二、《原野》中的“期待视野”

接受美学中的“期待视野”指的是处于不断变化中的人类经验和学科知识，它包括人们的思想观念、道德情操、审美趣味，同时也包括人们的直觉能力和接受水平等，是读者对一部作品进行接受的全部前提条件。姚斯认为，长久以来，文学史只是作为作者和作品的历史而忽视了“第三者”——读者。然而，文学的历史只有在作者、作品和读者共同作用时才能形成，在作品的视野与读者的视野融合时，作品才具有意义。他还指出：每部作品在其结构、内容和语言中都有“期望视野”。这一视野在阅读过程中与读者的“期望视野”发生碰撞，两种视野吻合相融时，便由读者赋予了作品以意义。[②] 在所有的艺术作品中，“期待视野”同样进一步解释了欣赏者接受过程中的审美体验。欣赏者在欣赏音乐作品之前，在其大脑中早就存在着某种前理解和前知识结构，因此在作品和欣赏者之间存在着一个对话，这一对话过程不仅拓宽了欣赏者的理解力，并且在欣赏者理解的过程中，使欣赏者不断自我调整，从而使自身过去的视野与现在的视野达到协调融合，并导致欣赏者期待视野的变换。在这点上金湘先生也注意到了，他认为：“只强调‘接受美学’的被动适应，而不去主观能动地提高接受者的审美水平，必然导致创新精神之失落与平庸之作大量涌现。”[③]

当然，作曲家与观众间的关系，绝不是简单的、消极的屈从关系，而是复杂的、积极的引导关系。作曲家完全可以创造出属于自己的、又可以供大众欣赏的作品。作曲家如果想要达到这一点，就必须对观众的期待视野作出预测，必须预先考虑自己的新作能否对观众产生吸引力并引起观众兴趣，能否为观众理解与接受，必须预先确定自己对现存的社会现象与道德常规以及不同趣味的态度，以便适应观众期待视野的变化。因此，在歌剧《原野》中，既有传统的一面，又有创新的一面。

朱立元先生把读者的期待视野分为定向期待和创新期待。[④] 定向期待，指的是读者在阅读前就已具备的审美经验，如读者的某种世界观、社会经验、审美要求等，在读者的阅读过程中，定向期待发挥着挑选、定位和寻找熟悉信息的作用。然而读者不会仅仅满足作品所提供的熟悉的信息，他们还渴望有原来的期待视野中没有的知识以满足他们的期待视野，这种渴望有创新性期待视野的体现，是激发读者了解更多陌生文化知识的动力。对于与他们的期待视野完全吻合的信息，读者不会满足，相反，他们更倾向于寻找异质的或者

① 莱纳·瓦尔宁.接受美学[M].慕尼黑：威康·芬克出版社，1975.
② 刘纯德.姚斯、伊瑟尔及其他——漫谈接受美学[J].天津外国语学院学报(综合版)，1994.
③ 金湘.困惑与求索——一个作曲家的思考[M].上海：上海音乐出版社，2003：51.
④ 朱立元.接受美学[M].上海：上海人民出版社，1986.

说是陌生的东西。这样，作品的视野和读者的视野存在的冲突就为两者的交流对话提供了机会。因此，金湘先生按照预想的期待视野在作品中加入了中国民族性的元素，期待得到国人的认可。而同时国人期望可以在舶来品歌剧身上找到自己所熟悉、喜爱的艺术基因，这种契合应该说《原野》是做到了。对于西方人而言，歌剧是本土的，他们也期待可以在中国的歌剧中看到不同于西洋正歌剧的一面，但又不是彻底颠覆西洋歌剧而陌生的艺术作品，《原野》做了很好的尝试，也得到了西方人的首肯。作曲家在大胆创新的同时，也注意到不同地域的欣赏习惯和当代人的审美意识，因而努力去寻找新形式、新音响与音乐的可听性、可解性之间的平衡点。

姚斯认为：一部文学作品的历史生命如果没有接受者的积极参与是不可思议的。[①] 因为，任何作曲家的创作都不是盲目的。作曲家是为了观众写作，这就要求他对观众的欣赏趣味、知识水平、道德观念、审美经验作出预测，充分考虑读者在接受时的"期待视野"，才能产生更好的审美和社会效果。作曲家金湘谙熟个中真谛，他在第三届国际音乐戏剧研讨会上的专题发言中谈到"要最专业的手段写出让广大群众能接受的作品——即作品的专业性与群众性"。[②] 并将此原则贯穿到了歌剧《原野》中。我国民族文化的特质与传统，深层次地存在于民族的复杂文化心态之中，并通过多种精神形式（如宗教、道德、哲学、文艺）得以充分体现，确立其稳定的民族文化的价值取向。从根本上说，现代人的心理、性格是民族长期的文化熏陶和积淀造就的，文化培养了民族性格，性格又进一步发展、丰富了这种文化。人类文化积淀以及共同的文化传统长期形成的，体现着共同规范的艺术教育，都会潜移默化地培养和塑造着欣赏者，既形成了相对稳定的富有共通性的接受模式，又形成了文化批判意识的核心准则。《原野》这部作品正是从这一复杂的心理层面满足了人们的"期待视野"，从而得到了中外观众的认同。作曲家运用美妙的技术，细腻地将这些不同风格结合成为另一个自己民族特有的东西，使西方观众从《原野》中悉知了中国民族民间音乐及民俗风情，而中国观众又由此对西化的歌剧有了更深入的了解。

当20年后我们再回首《原野》，其艺术观的高度、成就和魅力自然也就令人感动、钦佩和陶醉。而新版《原野》的演出，也绝非一般性纪念演出，也不仅是舞台翻新，而是中国歌剧在跨越时空后，人们才对《原野》萌生出的由衷敬意，继而发出了新的激情，在一切努力中，更包含了深刻的再认识。作为一部文学作品，按照姚斯的理论，离开了读者的阅读，摆在桌上的《堂·吉诃德》与摆在桌上的灯无甚两样。同样，艺术作品也离不开欣赏者的参与，艺术作品中金玉和泥沙俱存，欣赏者是淘沙的大浪，欣赏者是否乐于接受，关乎作品的生存和死亡。如此看来。一部音乐作品如何不湮没于时光之潮中，我们如何从已有的经典作品中获得力量来不断地充实完善自己，的确是值得深思的问题。

原载《音乐探索》2009年第2期

① 姚斯·霍拉勃.接受美学和接受理论[M].沈阳：辽宁人民出版社，1987：24.

② 金湘.困惑与求索——一个作曲家的思考[M]，上海：上海音乐出版社，2003：52.

我演《原野》中的常五

李　翔

我参与了学校组织的歌剧《原野》片段的排演，在剧中饰演常五这个角色。常五不是这个戏的主角，但同其他人物一样，有着丰富的内心世界和鲜明的人物性格。猥琐、势利、阴险、狡诈、落井下石、好色、爱占小便宜、嗜酒如命、没有立场，说白了就是一个无赖。虽然这个人物有着无赖的共性，但常五不同于其他无赖，他有着自己的个性。我以为演好一个人物，最重要的是从细节上下功夫，下面以第一幕常五出场时的一个场景为例来分析其性格特点和心理活动。

常五上场就是个敲门的动作。我以为，他是奉焦母之命来看着金子的，有尚方宝剑，所以敲门要有力度。同时，他也非常想知道屋里到底发生了什么，自己有没有可乘之机，所以敲门要急切。我想，没有这两条，常五的敲门声肯定不是这样的。可以想象，常五平时敲金子的门，肯定是忐忑不安的，敲了第一下，还不知道敢不敢再敲第二下。这就是规定情景。他当然想让金子快点开门，迫切地想进门多发现些蛛丝马迹——为何这么慢？是不是家里有生人？按常理应该早开了。当金子开门后，常五迅速钻了进去，左看看、右看看，然后走到金子旁阴笑着说："金子，你们家的门可是不好叫啊！"这句台词一定要把"门"和"叫"这两个字突出出来，语气要阴阳怪气，暗含威胁，而且还有可以帮金子一把的暗示。当金子不屑地回答"真对不起"时，常五一听很是生气，觉得金子很不识抬举。常五希望抓住金子的把柄，然后帮金子一把，好让金子欠他一个人情，然后就有机可乘了。金子这个时候仍然像平时一样，没把常五放在眼里，所以常五就很不高兴，狠狠地瞪了金子一眼。这一眼显然是威胁，是不满，是居高临下。这样的态度常五平时是没有的，这正是"浑水"给他带来的好处。

常五要往内房走，但始终在看着金子。为什么？就是看金子的态度。如果金子态度变了，他会马上停下来，然后和金子谈条件。金子敲木鱼的速度突然加快了，因为金子心里恐慌，害怕常五发现仇虎。常五马上接收到了这个信息，心里一阵狂喜！他停住脚步，慢慢转过身来，一阵阴险的笑声。这时，他已确定屋里有情况，自己已经掌握了主动权。动作要从容，要拖一下节奏，给金子一点压力。他走到金子旁边对金子说："大星媳妇，你在念什么呢？"这里的"念"字一定要作为重音突出，让金子听出弦外之音。当金子说完"给公公超度"时，常五心里突然激灵一下。"公公"是死人，常五由死人联想到死亡。是不是金子在暗示，如果妨碍他们，仇虎就会要了自己的命？仇虎就是报仇来的，杀害仇虎的亲人也有自己一份！也许金子无意，可常五有心，这就是常五的性格。卑微的生存告诉他，必须小心从事，不然，他这样的小人物很容易就受到伤害。这也是常五的精明之处。刚进来时急于捉奸的那种小人得志的张狂与急切变成了紧张和害怕。由于内心恐惧，常五一不留神说漏了嘴，连忙干笑几声用以掩饰。这时，他的眼珠在不停地转动且偷看金子。他要从金子的一举一动中打探内屋里的秘密。

在金子去里屋打酒的时候，常五偷偷地紧跟过去，往里偷窥。这里的节奏要紧一点，没有半点犹豫，像是本能反应。偷窥是无赖常有的动作和心理。被金子发现后，他又觉得不妥，开始掩饰自己的举动，无耻地干笑几声。常五一心想占金子的便宜，时不时地想碰碰、摸摸金子，但又不敢做大动作，有贼心没贼胆正是这个人的特点。金子当然知道常五的弱点，所以想用酒套出实情。这个酒鬼一看到酒就两眼发直，忘掉了一切，这不过是表面现象。我以为，常五向金子说出焦母要他来监视金子及大星马上就要回来的事情，与其说是因为好酒，不如说是因为好色。平时，金子肯定是连眼珠子也不转过来的，可现在居然请他喝酒，这是多大的荣耀啊！这样的刺激，足以让常五背叛一切。我想，常五这个时候的心情，完全可以用心花怒放来形容。正当这时，他无意间看到了金子绣的老虎，由此联想到要杀人的仇虎，心情马上又紧张起来。他非常恐慌地对金子说仇虎从狱里逃出来了，可金子听后却很镇定："谁？仇虎？"金子表现出一副满不在乎的样子，好像不认识仇虎一样。金子越是这样，常五越明白这里有情况，所以要用一种冷讽的口气对金子说："你会不知道他？"之后唱出了常五的咏叹调。这首咏叹调再次吻合了"仇恨"这一贯穿歌剧始终的情节主线，其中的"有你婆婆一句话，送他到侦缉队，保住焦家苗，除了仇家根"更流露出他仗势欺人、心狠手辣、没有人性的狗腿子本质。

之后常五退场，退场时也要从细节着手，从步态到表情和动作，要把常五的猥琐很好地表现出来。

原载《大舞台—单月号》2009 年第 3 期

在音乐中探寻戏剧的“原野”

——歌剧《原野》的音乐解读

刘 蓉

对于20世纪90年代以后步入音乐界的年轻一代而言，对歌剧《原野》的了解，似乎仅是存留于“中国歌剧精选曲集”中几首著名咏叹调的谱面，以及从大量的中外音乐家、评论家、记者的文论和报道中所得到的相关文字性描述：20年前（1987年）首演时在中国歌剧界、评论界引发的强烈反响；美国《纽约时报》以“来自中国的普契尼的回声”为标题，肯定了歌剧《原野》在美国首演的成功，认为此歌剧创作非常成功地实现了全球“跨文化”事业，并“将成为在国际保留剧目中占有一席之地的第一部中国歌剧”。① 至此，歌剧《原野》成为众多中国歌剧史学性文论中不可缺失的章节。

2008年，我有幸向作曲家金湘索要到了歌剧《原野》完整的音响资料和作品总谱。在决定聆听、感受这一完整艺术作品的同时，我尽可能地“漂洗”掉之前对这部作品在听觉之外所获取的所有“信息”资料。无疑，之前通过阅读或其他方式所获得的理性认识，会在聆听作品时帮助我辨识音乐中技法、结构、情节、人物等诸多要素。但同时，这样带有预定模式的思维意识，同样也会影响到我——作为主体的感官意识的能力。用纯净的听觉，感受作曲家通过乐思传达出的精神世界，用纯粹的音乐将聆听者和作曲家联结起来，从而使音乐作品完整地从听觉层面转换到精神层面、意识层面。跟随作曲家音乐中所要表达的愿望完成自己的音乐体验和作品解读，是笔者所信奉的音乐观念。将视角仅集中在情节和音乐两个层面上，笔者在戏剧与音乐这两个互为依托、互为限制，同时又你中有我、我中有你的复杂“亲缘”关系中提出自己的诘问，展开自己的思索……

一、音乐结构和戏剧结构的完美契合

美国当代音乐学家约瑟夫·克尔曼曾对歌剧的性质提出了让笔者信服和认同的观点：“以音乐承载的戏剧。”歌剧属于戏剧的一种，在戏剧这一综合艺术形式之下，舞蹈、舞美、灯光等诸多形式要素，歌剧与话剧、舞剧等其他戏剧形式并无差异，其根本差异在于音乐是戏剧的中心艺术载体（或媒介、手段）。换言之，“音乐在其中没有发挥中心表现作用的（戏剧）艺术作品应该被冠以其他的名称，而不是歌剧”。② 遵循上述歌剧本质论，无论从任何视角解读歌剧，首先都是要确立音乐是否在戏剧中占有绝对的“权威”地位，它是否承

① 歌剧《原野》怨恨的旋律[N].原载于美国华盛顿邮报，1992-01-20.

② 居其宏.歌剧美学论纲[M].合肥：安徽文艺出版社，2002.

载着叙述剧情、表现情感、渲染气氛、规定场景等一系列作用与功能。同时，我们也必须依赖音乐作为向导进入戏剧本身，去发现作曲家是如何通过音乐将脚本台词中反映出的戏剧发展、冲突、情感等一系列元素诠释给我们。

结构首先是艺术作品构成的首要因素，无论戏剧、音乐或其他形态的艺术，结构都是艺术创作的内在需求。纵观歌剧发展，凡成为经典的中外歌剧作品，无一不是通过内在戏剧和音乐的有序布局而展开音乐叙事的成功典范。歌剧《原野》的戏剧结构是传统的四幕结构，其中展现剧情的两条主要结构链是：仇虎对焦家的复仇；金子和仇虎的爱情。

第一幕，呈示了剧情中矛盾冲突的起因：仇虎入狱八年之后，回来寻找杀父仇人。但仇人已不在人世，八年前的恋人金子嫁给了仇人的儿子——从小一起长大的好朋友焦大星。此幕中所有情节都做了恰当的铺垫。第二幕，在金子、仇虎、大星之间的情感纠葛中展开，并在主体情节发展中派生出了焦母与金子婆媳矛盾冲突的不可调和的矛盾冲突，以及大星内心世界中的懦弱、妒忌、狭隘且善良的矛盾和对立因素。第三幕，剧情的全面展开，也是整部戏剧情节发展的高潮和终极，仇虎完全得到了金子的爱情，但复仇的欲望依然促使他亲手杀死了焦大星；焦母也在自己设下谋害仇虎的圈套中误杀了自己的孙子。实际剧情发展到此已是终结，接下来的第四幕实际是从剧情中引发出的对人性的反思：逃出黑暗“原野”后的仇虎，面对经历的忠诚与背叛、怨恨与复仇，选择了毁灭今生来换取来生的希望、安宁、幸福。《原野》脚本在戏剧结构布局上的合理性，无疑给音乐提供了良好的创作空间，然而由于歌剧艺术的特殊性，作曲家如何用音乐艺术完整表现歌剧脚本中提供的戏剧元素，是歌剧成功与否的关键所在。

歌剧《原野》在处理音乐结构与戏剧结构的关系时，选择了“将两者在总体上一致、个别段落可以相互游离的构成原则。而且在构思之始即将两者同时考虑……”①显而易见，作曲家在构思其音乐结构之前已经对戏剧结构进行了必要的、有效的“解构”。因为，任何艺术形态都是由部分组成的整体，对艺术作品结构的认识，必须从认识作品的局部进而形成对整体艺术的了解、掌控。作曲家对戏剧结构“解构”的目的在于：有效地将组成戏剧的各元素重新放置音乐叙事中进行“重构”。戏剧元素的音乐性“重构”将确立歌剧最终的风格、类型及其美学追求。如前所述，艺术作品的最终结构是作品内在需求的具体表现。由于作曲家在对歌剧《原野》音乐构思之始所追求的就不仅是叙事性的完整，他希望通过音乐这一特殊的语言载体来揭示戏剧深层内涵中对生命、人性的昭示。如果运用传统的联曲体结构，可以张扬戏剧情节中的情感抒发、矛盾冲突，对人物性格塑造也会妥帖适宜。尤其是由此而产生的咏叹调、宣叙调、重唱等音乐段落，是歌剧作曲家和观众从各自审美意识中都不愿摒弃的，这似乎成为优秀的歌剧作品存在于当下的重要因素之一。但这种结构形态在遵循自身陈述规律的前提下，相对独立的曲体结构，往往会造成戏剧结构的割裂。但如果摒弃音乐结构中一切非戏剧性因素，音乐结构依据戏剧结构布局、构思，也即采用瓦格纳“乐剧”式的创作理念，即便做到了歌剧在双重结构下的统一，也会丢失歌剧作

① 金湘.困惑与求索——一个作曲家的思考[M].上海：上海音乐出版社，2003.

为一种音乐艺术存在的最本质的独立性。

那么,《原野》的独创性在什么地方呢?最突出的是它通过音乐层面的解构——重构,确定了戏剧与音乐两者结构的相对统一,建立起了相互依存的互动性发展关系。换句话说,即以不切断戏剧结构为前提,将交响性的音乐发展手法与立体化的戏剧构思有机结合成同步发展的整体(通过交响乐队的不间断性对应戏剧情节的连贯)。消除由于音乐结构的相对完整而导致的戏剧结构断裂,并且把从戏剧结构中解构出的主题部分,运用歌剧联曲体体裁——咏叹调、重唱、合唱段落的写作手法,镶嵌于不间断的交响性音乐之中作为支点,以支撑音乐语言叙事的独立性、完整性。另外,具体段落的音乐创作又根据剧情的需求,有机结合了20世纪现代吟诵体歌剧在剧情、音乐处理上的技法和手段,有意识地淡化旋律。同时结合汉语语言中语音、语调、语义、语境上的特征,通过自然延伸和适度的夸张使之"音乐化",形成独具民族特色的宣叙调、吟诵调等形式,不仅体现了音乐语境之下叙事方式的丰富性,而且其中的风格性、随意性、即兴性也为整部歌剧注入了现代性的气质。

笔者以为,作曲家歌剧结构的创意,打破了中外歌剧创作既定界限的束缚,探寻了在歌剧艺术中戏剧结构和音乐结构两者关系存在的多样性。而这一切,从构思到创作实现,不仅需要丰富的想象和细致的体会,而且需要感悟艺术本质与社会、人性的微妙契合,更重要的是需要智慧、经验、技术储备作为实现艺术理想的工具和手段。歌剧《原野》中对音乐技法的运用体现了作曲家高度的组合能力。

二、音乐叙事在歌剧中的具体体现

(一)以音乐主题为线索的情节发展

主题贯穿的写作技法,决定了音乐主题在戏剧情节发展中具有不可替代的重要意义。依据剧情发展,前文提到歌剧中四幕的主题可概括为:"归来""爱情""复仇""复仇""死亡与再生"。"归来"应该是戏剧中情节展开所需诸要素的交代与铺垫;"爱情""复仇"则是剧情需要彰显的主体;"死亡与再生"不仅是戏剧的尾声,也是将戏剧从叙事性情节向哲理性反思升华的完成过程。无疑,情节中"复仇"和"爱情"是两条戏剧叙事主线,而《原野》作为戏剧的存在,它的精神本质体现是通过"复仇"引发出的一系列人性反思。

作曲家依据情节发展,设定"原野""爱情"两个贯穿戏剧的音乐主题,并将二者建立在既相互对立又相互依存,且具有互动性能的"亲缘"音调关系上,以便解决音乐叙述情节的完整性、统一性。

作曲家将音乐主题的首次"亮相"都镶嵌在纯器乐段落,以便完成歌剧《原野》交响性音乐发展的歌剧理念。"原野"音乐主题作为戏剧的核心,首先在歌剧序曲中呈现,它不仅预示着第一幕情节中所表现的矛盾冲突,也是对歌剧情节的概观和提炼,体现作曲家对戏剧"原野"标题之下承载之精神内涵的揭示与升华。其主题音调在序曲开始时便由长笛奏出一个隐约的类似主导动机(或主导主题,即瓦格纳"乐剧"创作中常用的音乐手法)的乐思。以此为核心,"原野"主题在之前的动机下,衍生出两支性格不同的主体音调。类似于

主部的第一主题，是对戏剧“原野”宏观的描绘，情绪上宽广、厚重而深邃。通过大提琴声部的完整呈现，又营造出一种压抑、悲凉的戏剧性效果。

第二主题是上述音乐主题的变体，犹如作曲家主观视角对“原野”精神的抒发，音乐在小提琴声部的衬托下，由长笛哀婉地奏出犹如黑夜中“原野”空谷间传来的心灵回声。

长笛声部代表的“第二主题”，建立在近似半音音阶结构上，游弋而不确定。弦乐两个声部重复奏出的“复仇”主题则间距一个小二度音程，从而产生内部的不谐和效果。这与戏剧中反映出的人性善良与邪恶、希望与堕落的精神实质完美地契合在一起。因此，当音乐在情节发展时，作曲家则充分调动西方现代作曲技法擅长表现出的游弋性和不确定性，并将其合理地运用于情节叙事，达到音乐与戏剧有机的“对位”“重叠”。

“爱情”主题在剧情发展中，犹如音乐叙事的“副部”主题，首次出现在第一幕和第二幕之间的间奏曲中，是对第二幕中表现仇虎和金子爱情剧情的铺垫和引导。“爱情”主题温暖、甜美、富于歌唱性，是全部音乐中最具抒情性且在戏剧中象征对一切美好和未来向往的情节主线。双簧管伴随竖琴的伴奏下在 E 大调上奏出。

“爱情”主题温馨、柔美的乐思流淌与“原野”主题中表现出的深沉、压抑，构成了音乐戏剧性冲突的两极。主题传达戏剧情节中男女主人公对爱情的向往和追求。间奏曲连接着第一幕终曲“金子咏叹调——哦，天黑了”。如此叙述安排，营造出在悲愤、无奈的黑暗中，“爱情”主题犹如遥远天边的彩虹，犹如清晨东方升起的第一道亮丽的霞光，照亮了黑暗的“原野”，也照亮了女主人公即将泯灭的内心，昭示着在黑暗的、荒漠的人间“原野”中与仇恨并存的是对爱情的向往和对未来美好的期盼。

对音乐主题的选择和确立，作曲家采用“主题变形的贯穿发展”，即各主题音乐之间关系相对单一，音乐发展手段尽可能丰富以满足情节发展的需要。值得一提的是，作为戏剧主题中蕴藏的“主导动机”，犹如柏辽兹在《幻想交响曲》中对“固定乐思”的使用，通过调性、音色、节奏、速度的不同变化，贯穿于整部音乐叙事过程中，既具有象征性又具有统一性、概括性。

“原野”主题在戏剧中的展开完全呈现于器乐部分，作曲家更多地将其运用于剧情中“复仇”情节的发展段落，通过技法变化实现对矛盾冲突、内心刻画、环境营造等戏剧性描绘。如在剧情发展中，仇虎在复仇烈焰的炙烤下，忘却了善良、友谊，当他亲手杀死了大星——他从小的伙伴，他的善良本性在剧情发展中第一次完整地展现。在第三幕“仇虎的咏叹调”开始部分，作曲家巧妙地运用“原野”第二主题乐思呈现上述人物内心的变化。

另外，在第四幕终曲，仇虎咏叹调中再次完整地运用此段乐思，象征着仇虎作为整个社会底层人物的代表，他们只能是恶势力的牺牲品。他们的抗争是无力的，但他们的本性却是善良的，他们最终的归宿是对来世的希望和寄托。此处，音乐已超越了戏剧剧情所营造的叙事空间，在灵魂深处奏响“弦外之音”……

相比之下，对于“爱情”主题的处理，作曲家着重在声乐段落加以发展，并通过情节展衍，将爱情主题所依赖的民间音调，与剧情中仇虎与金子青梅竹马的剧情内容相迎合，进一步呈示了戏剧与音乐在剧情叙述层面下的“对位”关系。“爱情主题”直接转化表现在仇虎对金子情感抒发的咏叹调中。男中音声部舒缓、低回的演唱，煽动着情节中最唯美的抒情段落，表现在爱情撩拨下男主人公心灵深处激情的涌动和真实的爱情自白。

在第二幕“仇虎的咏叹调”中男中音第一次的咏唱，回应前曲“金子的咏叹调——啊，我的虎子哥”那热辣的情感宣泄。作曲家将所有的音乐空间留给了这支代表剧情中所有美好化身的乐思。

在之后的剧情发展中，仇虎的爱情咏叹都建立在此主题之上，并成为刻画仇虎人物形象的主要段落之一。第四幕剧终，这支“爱情”的咏叹通过男女主人公重唱的形式，上声部音调同样是建立在“爱情”主题之上的变形，与主题音调形成交错流动的对比性复调。声部交错构成应答式的戏剧效果，音乐内在的张力将戏剧中悲剧性情节推向高潮。

（二）重唱展现的戏剧冲突

相对于我国其他歌剧创作中重唱段落所体现出的薄弱，歌剧《原野》中对重唱的合理运用，不仅使重唱成为情节发展中不可缺失的环节，并且在音乐构成上，重唱段落体现了它不可替代的功能和意义。

抒情性质的重唱，多是将其“埋伏”在冲突性对唱或宣叙调、吟诵调之中。一方面避免独立的情感抒发影响情节叙述的完整性；另一方面也使重唱中的抒情性质在前后戏剧冲突间达到脱颖而出的艺术效果。此外，从音乐角度出发，《原野》中抒情性重唱段落还承担着强化音乐主题戏剧性本质的功能。

第二幕中，金子获悉焦母已知道仇虎寻仇归来，担心会引发仇杀，希望仇虎带着自己离开是非之地。在对唱和金子咏叹调的铺垫下，引出了一首由东北民歌音调为基础形成的男女主人公之间的二重唱。重唱之前的对唱，开始于金子在 A 大调上明媚、抒情的咏叹，描绘了“梦中那铺满黄金的地方”。之后仇虎的咏叹调在 bd 小调上展开，依据音调特征，运用连接句调性游弋的手段，导出情节中对两人童年回忆的清新、抒情的重唱段落。

纯粹民歌风的旋律，在对位戏剧中回忆情节之下质朴、纯洁的情感的同时，鲜明地揭示了音乐主题所依附的民间音调基础。此民歌风旋律其核心音调与贯穿全剧的各主题音调皆有着明显的“亲缘”性。主题贯穿为原则的写作技法再一次被充分、完美地运用于戏剧叙事中。

戏剧冲突性质的重唱段落在《原野》中的表现，也具有同样的戏剧性效果。角色与声部构成的全面，首先奠定了冲突性重唱所需的多样化表现手法。基于戏剧表现中针对不同矛盾的揭示，作曲家以抒情性咏叹调揭示人物内心世界；以运用语言音韵原则为基础的宣叙调和借鉴传统戏曲声腔的吟诵调为情节矛盾冲突的表现手段。以复调织体为基础镶嵌主调性的旋律声部，形成声部的立体交织。如第一幕中，金子、大星和焦母的三重唱，作曲家便运用了近似佛教诵经调在不同声部的变形展开；声部之间近似支声复调形式来展现金子、焦母之间不可调和的内心仇恨；穿插大星宣叙调的哀求，形成了声部之间的呼应。通过重唱的推进，刻画了三位剧中人物对待相互之间关系矛盾时，所表现出的不同内心表现和情感立场。第三幕中金子、仇虎、大星的三重唱，作为戏剧发展的段落性高潮，一切戏剧性冲突皆运用重唱形式中不同声部间表现出的对立关系，通过不同技法的选择、运用而得以实现。

三个声部的音调各自相对独立，具备鲜明的人物个性。作曲家以对比复调写法，以不同性格的旋律叠置，呈现出立体化的戏剧效果，用音乐声部间的对比冲突将戏剧情节推向高潮。

三、人物形象塑造

歌剧是用音乐承载的戏剧，那么，能否准确立体地塑造剧中人物形象也是衡量歌剧《原野》成功与否的要素。要用音乐塑造令人信服的人物形象，首先须把握多侧面、多角度透视剧中的人物在事件、情感的演绎过程中所表现出的典型性特征。歌剧《原野》中的作曲家主要运用了两种手段进行人物形象塑造。

其一是在戏剧的发展中逐步塑造、完善人物形象。这一手段主要运用在剧中主要人物形象的塑造上，完全遵循"以人物为起点，以人物的性格为内在逻辑，以戏剧冲突为推动力，以人物的戏剧动作为外在形象，以情节发展为主要载体……"的创作原则。[①]

作曲家在对仇虎形象的塑造上充分运用了上述原则。作为贯穿全剧的核心人物，作曲家将他在戏剧情节中的每一次出现，都视为确立起人物形象的元素和存在形态。首场中，作曲家用宣叙调以及和白傻子对唱的方式，首先完成了作为"复仇"情节的实施者悲愤中蕴藏的凶残，同时又兼具率真、爽朗的性格刻画。用"爱情"主题音调作为仇虎情感线索的咏叹调，刻画仇虎对爱情的忠贞、质朴。仇虎与焦母的两段对唱中，用纯正的东北民间音调反复吟唱"初一十五庙门开，牛头马面两边排"，揭示仇虎面对仇人表现出的阴险及玩世不恭的残忍，映射出在复仇烈焰炙烤下人性的扭曲。当复仇的利剑指向了仇人的儿子、自己的朋友焦大星时，作曲家毫不吝啬地运用一首独立的咏叹调，彰显主人公人性中善与恶的冲突与角逐。第四幕是完整揭示仇虎复仇之后对情与仇的自省，善良的本性与邪恶的抑杀在灵魂深处不断博弈。音乐在承载剧情发展的前提下，通过对技法的灵活运用，将仇虎外相的豪放、威猛和内心的疲惫、脆弱完整地呈现出来。如在第四幕中，将偶然音乐因素运用于乐队和合唱队，表现死去冤魂的昭示，刻画仇虎内心的恐惧、慌乱。紧接着合唱队用多调平行咏唱"初一十五庙门开，牛头马面两边排"。

由于四个声部同时演唱，而各声部之间存在增四度、大七度等不谐和音程关系，从客观上揭示了仇虎内心经受的煎熬，对自己因复仇而残害无辜的恐惧，以及在恐惧之中的人性反思，映射了仇虎本性的善良。仇虎最后的咏叹调则是从主观视角刻画了人物强悍、粗犷的本质形象。

在戏剧发展中刻画人物形象的原则，也同样运用于对金子形象的塑造上。

其二是运用特定音调、特定音色塑造剧中人物的原则。如对焦母形象的塑造时，音乐采用无调性和节奏变化，并运用大管和萨克斯在低音区的演奏来刻画焦母的阴厉、残酷。

① 金湘.困惑与求索——一个作曲家的思考[M].上海：上海音乐出版社，2003.

对白傻子形象的塑造更可谓是“点石成金”“下笔如神”。作曲家将戏曲中说白、韵白、吟诵等技法搓揉在白傻子的宣叙调中，运用近似儿歌的节奏和韵律成功地塑造了这个在戏剧中似乎无足轻重的小人物。在仇虎询问仇家焦阎王下落时，白傻子的吟诵又起到了揭示戏剧深层内涵的意义。

“傻子和哲人往往只一步之遥”，用简洁的同音吟诵，道出了生命的本质。不仅强化了傻子的行为语言特征，也为戏剧的悲剧结局埋下伏笔。在第四幕中，仇虎在幻觉中似乎进入了阴曹地府，在乐队、合唱队对场景进行强有力的铺垫之后，这段简洁的吟唱犹如从遥远的天边飘来，再一次直面揭示了戏剧蕴含的对生命本质的反思。

四、结语

1992 年歌剧《原野》在美国华盛顿歌剧院首演时，美国《纽约时报》曾以《来自中国的普契尼的回声》为标题发表评论，高度肯定了《原野》艺术上的成功。“他的浓郁的东方色彩和流畅的乐队效果是继承了 20 世纪初欧洲风格的清新与活力，是具有高度水平的、极有个性的作品，尽管他的某些创作手法接近普契尼。”中国歌剧走上国际一流歌剧院，并受到高度评价，无疑是对当下处在逆境中的中国歌剧发展以极大的鼓舞。但笔者以为，评论中将《原野》视为普契尼歌剧的延续，无论用“接近”还是“回声”去定义其与普契尼歌剧创作的一脉相承，均是对《原野》的误解。因为，无论是作曲家自身的创作理念和艺术追求，还是歌剧作品本身所承载的叙事方式和音乐风格，《原野》同普契尼所有的歌剧创作都大相径庭。之所以美国评论界会出现上述偏颇的观点，完全是立足于美国本土意识去对待异域音乐时所具有的表面认识。因为，无论是普契尼带有东方色彩的歌剧作品，还是作为歌剧《原野》本质性的纯正东方风格，对于美洲大陆的众多观众，无疑都是对“它文化”的接受和认知。这些主观且武断的论调，如果只是作为即时性报道的临时煽情，当然并无大患。但如若作为歌剧《原野》在歌剧定位上的一个标签，则会误导或遮蔽我们对这部中国现代歌剧所蕴藏的艺术创新及美学追求全面而客观的认知。

之所以提出否定，是基于笔者对歌剧《原野》较为细致的音乐解读，如果认同“对于一个歌剧艺术家来说，他的歌剧观念的形成和发展，不能不受他所处的历史环境、时代与社会条件和当时社会审美心理的制约和影响”这样的观点，显而易见，作曲家的歌剧观念决定了他的创作，继而形成其风格。普契尼的创作正值 19 世纪与 20 世纪的交替时期，他幸运地赶上了西方歌剧作为一种生命力兴旺时期的最后黄昏，成为最后一批职业歌剧作曲家。在他众多的歌剧作品中，大部分是为了能够满足剧场剧目定期翻新，并且流于迎合观众的喜好而创作的。歌剧《原野》与其在时代赋予艺术作品不同历史使命的本质区别中，显示出了最初始的差异性。

此外，两位作曲家通过歌剧作品反映出的主体意识完全不同。普契尼在歌剧创作上追求同前辈威尔第之间的“默契”，对于同时代的“真实主义歌剧”以及瓦格纳的歌剧改革思想，都表现出不屑与冷静。歌剧中对异域音乐尤其是东方音乐风格的偏爱和喜好，也只是基于 20 世纪初整体西方文化层面掀起的东方主义思潮而取媚观众的一种尝试。撇开他歌剧作品中东方风格的优劣和价值不谈，仅就其文化上的东方性而言，也只能是一种“营造”或“仿品”。

《原野》作为作曲家金湘最具代表性的作品，从中能够充分体现出作曲家歌剧观念中主体意识的独立。《原野》的诞生，是作曲家经历生命坎坷之体验后获得艺术新生的第一部全身心投入的艺术创作作品，蓄积已久的生命体验、情感凝聚形成了作曲家强烈的历史使命感——是“真正有价值的音乐应该是表达人类愿望、鞭挞社会黑暗面、呼唤历史前进”的作品。① 翻阅作曲家《原野》创作的一篇篇创作札记，笔者理解了这近似空洞的音乐价值观中隐埋的创作冲动和对艺术事业投入的激情。在对歌剧艺术观念的层面上，作曲家反映出的理性认识，使笔者不禁臆想，此与瓦格纳对歌剧艺术的热情和强烈的历史使命感似乎有着某种相似……

再者对歌剧存在形式的认识，《原野》也表现出与普契尼歌剧之间存在明显的差异。这当然也涉及作曲家对歌剧音乐在结构、技法等方面的取舍，笔者不再做个案研究，仅以普契尼在写作最后的歌剧《图兰朵》时留下的一段文字作为笔者观点的支持。他写道：“人们认为交响乐应该在歌剧中占支配地位，我恰恰相反，认为这正是歌剧的终结。”②这里无意评价普契尼最终对于歌剧存在形式的终极认识和态度，但此观点完全不能支持歌剧《原野》中交响音乐与戏剧之间的密切关系，因此结论已不言而喻。

笔者以为，对艺术作品合理的、公正的批评或评价，必须对作品的时代背景、社会背景、民族传统、作曲家、作品风格等艺术构成的基本要素进行合理而有效的分析与思考。轻易地接受观点和草率地得出结论，其结果同样会曲解艺术作品的真实价值和准确定位，从而形成错位的理论，误导和影响正确的艺术创作实践。

在歌剧《原野》诞生20年之后的今天，我们再一次对其解读、探讨，其意义与价值在于什么？这是本文最初的命题和最终的诘问。在中国歌剧史上，《原野》是继《白毛女》《洪湖赤卫队》《江姐》之后，又一部里程碑式的作品。它代表着20世纪80年代之后，乃至现今中国歌剧创作的最高成就，反思之目的是为了对今后的歌剧创作提供经验并明确方向，进而为中国歌剧创作提供更新的思路，引导其在具有一定指导性观念的前提下发展，并且希望更多的音乐有识之士能参与和关注当下的中国歌剧创作，产生更多能让我们在几十年之后去回顾依然感觉其清新的如芳草般值得回味的悠然气息。

原载《交响——西安音乐学院学报》2009年第1期

① 来自中国的普契尼的回声[N].纽约时报，1992-01-20.

② 哈罗尔德·C·勋伯格.伟大作曲家的生活[M].冷杉，等译，北京：生活·读书·新知三联书店，2007.

话剧《原野》改编的三阶段及折射出的问题

胡非玄

曹禺的话剧《原野》自 1937 年问世后，引起了评论家的极大关注，对其评论也是褒贬不一。对《原野》的关注和评论，大多从三个方面展开：一是通过研究曹禺来研究《原野》；二是通过与奥尼尔和表现主义之关系来进行横向的比较研究，从而来认识和评价《原野》；三是从《原野》文本本身出发来研究之。当然，上面三者又可以相互交叉，以提高评价的说服力。纵而观之，从 1937 年到今天的 70 余年间，《原野》的改编次数还是比较多的，但从改编之角度来研究《原野》，或对《原野》的改编历史、特点、趋势进行研究的文字，则少之又少。因此，有必要对《原野》的改编这个问题进行探讨，以求达到对《原野》研究之补充。

狭义之改编，主要指从一种文艺样式到另外一种文艺样式，常指从文学作品改成电影与电视；而广义之改编即包括上面的情况，也包括同种文艺样式间发生的较大的变更或删削。具体到《原野》之改编范围，我们取广义的改编：一是《原野》从话剧改编成其他文艺样式，比如电影、花鼓戏、川剧等；除此之外，尽管文艺样式没有变动（仍然是话剧），但对《原野》进行了较大幅度的变更或删削。总的来看，比较重要的对《原野》的改编有十余次，可分为三个阶段，那么每个阶段的改编同原著比较起来，在主题、人物形象、情节方面有哪些变化呢？通过这三个阶段的改编，我们能发现《原野》创作上的什么问题呢？

一、《原野》改编的三个阶段

1937 年 8 月 7—14 日，《原野》由上海业余实验剧团在卡尔登大戏院进行首次公演。因为几天后淞沪会战爆发，演出被迫停止，未能在当时的文艺界引起太大的反响。但在接下来的 70 多年间，《原野》重新被发现，并被多次改编。

1.在有色眼镜下：《原野》“社会学改编”阶段

《原野》改编的第一个阶段：可以视为“社会学改编”阶段，从 1941 年《原野》被改编为影片《森林恩仇记》开始，到 1984 年 3 月 15 日被改编为话剧《原野》为止。具体改编情况如下：

1941 年，《原野》被上海中国联合影业公司改编为影片《森林恩仇记》。这次改编更符合商业演出吸引观众的需要，强调影片的曲折情节，而在主题、人物形象、情节方面变化不大。

1948年清华剧艺社演出《原野》，剧本发生了较大变动，剧本“强调仇虎、金子和焦家的对立，借以加强社会意义，反映出学生们的革命情绪和激进思想”。[①]《原野》中所要试图表现的“诗”被转化为一个“农民对于土豪地主复仇”。剧中最能体现曹禺本意的第三幕中的二、三、四场景被删减最多。之所以会发生这些变化，很明显的原因在于：借原著中的“仇虎向地主复仇的故事”来反映出学生们的革命情绪和激进思想。

中华人民共和国成立后到“文革”前，特殊文艺环境下的批评家们，对《原野》多作否定批判，尤其原著第三幕中农民仇虎复仇合理性的质疑，以及浓重的神秘色彩等，对《厚影》的批判更甚，使这部剧作几乎被人遗忘，不仅30多年未能再版，演出也仅仅只有一次：1957年北京实验话剧团演出了该剧。而《原野》之改编则少之又少。

1981年，《原野》被改编成电影，由凌子改编并执导。影片中，原来的次要人物金子被处理成了主角，影片“突出了她炽热的追求个性解放以及对幸福生活的向往”。影片的主题也因此发生了变化：它反映了中国封建社会里渴望新生与自由的人们不甘于被环境所吞噬，因而奋起抗争的经历，尽管精神上蒙有封建迷信的灰尘，又找不到真正的出路，但他们至死都不曾向封建势力屈服。这样的主题希望能给人以这样的启示：“要反抗封建的旧社会，要像仇虎那样不妥协地拿起枪。”如何认识这次改编呢？钱理群曾这样评价该片的执导思想：“电影《原野》的编导仍然从社会学的角度去阐释《原野》的主题，她强调的是《原野》争取个性解放的人道主义的反封建精神。”这次改编在对原著的人物形象、主题进行变更，突出“争取个性解放的人道主义”之意，应该是一个很重要的指向，这也同20世纪80年代初期文艺界、学术界始终关注的热点人性、人道主义和异化问题，以及关于“人道主义”的大论争是相互呼应的。

1984年3月15日，中国青年艺术剧院演出《原野》，导演为张奇虹，剧本经过了删改：原来的三幕五场改为两幕，增加了序幕和尾声；最大的改动将焦母杀小黑子改为误杀大星，据导演的说法，这样改“为的是不致仇虎杀害焦大星，让他赢得观众更多同情”。[②] 另外，还将仇虎自杀改为他杀，据说是得到了曹禺首肯。[③] 张奇虹认为，自己的改动是遵循了现实的逻辑与人物性格的逻辑，关于仇虎的改动是“想剔除长期以来笼罩在仇虎身上‘情杀’之嫌的云翳”，因为仇虎的“自杀”不符合人物本身的性格，“违背了社会发展的规律和马克思主义的阶级斗争观点”。[④] 这次改编发生的原因，无疑是以现实主义的创作原则为主导，甚至是为了符合错误的政治路线——阶级斗争。1984年已经离“文革”很多年了，反思“文革”已经成为主流思潮，而这种情况下张奇虹仍然强调改编的动机是原著“违背了社

① 孙洁.结构主义的遮羞布——议实验戏剧《原野》[J].中国戏剧，2000(11).

② 胡承伟.走过了半个世纪的《原野》——访赴港前夕的导演张奇虹[N].深圳特区报，1986-02-01(1).

③ 陈钰.访曹禺[N].文汇报，1984-03-15(14).

④ 张奇虹.时间与时间的审视——写在《原野》演出两周年[J].戏剧报，1986(8)：41.

会发展的规律和马克思主义的阶级斗争观点”，令人十分费解，这次改编可以说是彻头彻尾的失败。

总之，这个阶段《原野》的改编，主要是在现实主义原则指导下进行的，改编或者是为了政治斗争的需要，或者是为了人道主义、个性解放表达之需要。在这个阶段，改编时最受重视的是“激烈的情节”“鲜明的人物形象”“尖锐的戏剧冲突”“现实主义的主题”等。所以，唐弢说：“几年以来，大江南北，多少剧团演过《原野》……正因为《原野》是百看不厌的剧本……这个剧本里有‘戏’，群众看起来过瘾，这个剧本里有生活，顾盼左右，仿佛就在身边，让你看起来恐惧和欢喜。”①

二、他山之石，可以攻玉：《原野》“再创造改编”阶段

《原野》改编的第二个阶段：可以视为“再创造改编”阶段，从 1987 年 9 月歌剧《原野》到 2000 年人艺版《原野》为止。具体的改编情况如下：

1987 年 9 月，中国歌剧院演出了由曹禺的女儿万方根据话剧《原野》改编的歌剧《原野》。这次改编在人物形象上和主题上没有太多变化，基本同原著相同，改动最大的是为了适应歌剧自身的特点，强化了“唱”，以此来抒发情感。这样也将原著中“诗”和“情感”的特点表现得比较充分。这次改编基本符合曹禺创作的意图，1983 年 6 月 1 日，曹禺谈到了创作《原野》的初衷：“《原野》是讲人与人的极爱和极恨的感情，它是抒发一个青年作者情感的一首诗。”②万方的这次改编跳出了社会学的窠臼。

1990 年，曹禺的故乡——湖北潜江市花鼓戏剧团将《原野》改编为花鼓戏《原野情仇》，编剧为胡应明。《原野情仇》无论情节还是主题都发生了不小变化：首先，改编后的戏对原著进行了化繁就简与化简就繁的处理，将原著中复杂的情节与对话加以简化，使得演出本更加精练，另外，将原著中处于幕后的个别情节突出出来，强化戏剧冲突，比如设计了“深夜约会”等情节；其次，改编后的戏主题也有了转移，通过仇虎复仇，表达了“冤仇深处是大悲”的旨意，否定了复仇的合理性，而力图“依托于原著中那种悲天悯人的情怀，来观照人类自身的困境与命运，来展现人物灵魂深处的自我挣扎和情感矛盾”③。也进而“淡化社会性冲突……着重在人性、人格的真、善、美上张扬”。④ 值得注意的是，这次改编将原著中第三幕二、三、四场景进行了大幅压缩，用一个唱段来表现仇虎内心的愧疚、斗争、幻觉。

1997 年，《原野》被改编为川剧《金子》。编剧隆学义在构思川剧剧本时，选择了原著中的次要人物金子作为主要人物，而把原著中的主要人物仇虎摆在了次要的位置；以金子的命运历程和情感漩涡的冲击，以此削弱复仇的主线。在情节中，强化了金子对仇虎复仇的

① 田本相，胡叔和.曹禺研究资料[M].北京：中国戏剧出版社，1991：894.

② 田本相.曹禺传[M].北京：十月文艺出版社，1988：464.

③ 胡应明.解读·摄神·重构——浅谈荆州花鼓戏《原野情仇》的改编[J].中国戏剧，1997(4)：54.

④ 丁素华.名著与花鼓戏——《原野情仇》导演构思[J].中国戏剧，1997(11)：29.

"劝导""调解""阻拦""催促""劝阻""恳求""怒打""谴责"等一系列的积极行动，也强化了金子在全剧中的中心地位和作为。在改编中，该剧还将原著第三幕的五个场景合并成一场戏，即删去了仇虎复仇后心理变态与精神失常所产生的"幻觉""梦呓""自戕""驱鬼"等情节，削弱了原著的许多内蕴和表现主义色彩。通过这样的变动，既把人们的同情与关爱引向受封建伦理、道德压迫最深重的妇女身上，又发掘出原著已经蕴涵的不以复仇方式去寻找农民的活路，进而揭示出"觉醒的历程"。艺术指导郦子柏认为，这次改编是根据曹禺的意思进行的："八十年代初的一个夏天，我去北戴河度假，适逢曹禺先生也住同一招待所，我曾趁机请教过他关于创作《原野》的立意和主旨，他说'复仇不是我所要表达的主题'，并明确表达'我当时所以要写这个戏，是想通过仇虎与焦阎王两家不解的冤仇，说出在封建恶霸地主压迫下，农民苦难的一生和渐渐觉醒的历程。'"①

2000 年夏天，广州粤剧二团演出了改编自《原野》的粤剧《野金菊》。该剧的改编很有特色：首先，该剧将金子作为主要人物，并改名为"金菊"，剧本突出塑造了一个像"野金菊"一样的野性、风情万种、敢爱敢恨但又不乏善良与同情心的复杂女性形象；而原著中的主要人物仇虎成为次要人物，他的复仇也成为表现金菊性格和主题的陪衬。通过这些变化，剧作表达了受压抑的女性对爱情的渴望与追求的疯狂，歌颂了金菊和仇虎之间的爱情。剧作同大多数改编一样，将原著第三幕中仇虎的内心碰撞、斗争、煎熬都抹掉了，因此原著中关于复仇合理性的质疑，关于仇虎内心的冲突都没有了，表现主义色彩一扫而空。同时，改编的《野金菊》相当具有岭南地域文化色彩，剧中的傻二被塑造成一个"丑角"，而起到调笑和滑稽的效果。

2000 年，北京人艺剧院演出了改编的《原野》。这次改编，在舞美设计与人物动作上完全颠覆了以往的演出，显示出强烈的荒诞色彩：黑色的草长满舞台，白色鸽子自由地走动；一侧墙壁上悬挂着八九台彩电，反复播放 1981 年版电影《原野》和美国影片《阿甘正传》的片段；大星、仇虎、常五、傻子从舞台中央的马桶里捞出几听可乐，围坐成一圈，说起了与剧情无关的话……导演李六乙认为，改编"特意加强了对人永远也走不出一种怪圈，人永远也逃脱不掉社会压力、命运压力这种轮回的表现"。而舞台上的各种现代工业品的加入，是试图"表现后工业时代物质生活的混乱与占有"，隐喻现代人生活的虚幻。这次改编是对长期以来逐渐形成的一套比较固定的写实主义模式、斯坦尼斯拉夫斯基演剧的颠覆，因为斯坦尼这种演剧模式"限制了曹禺戏剧生命的多元化的呈现与发展，以及曹禺戏剧中的表现主义、写意性与舞台假定性等。这些方面却没有得到应有的体现"。② 但也引起了较大的争议，田本相和孙沾等人对此大加讨伐。而廖奔则持辩证的看法，在肯定的同时，也

① 郦子柏.从话剧《原野》到川剧《金子》——在排演中的探求与创新[J].戏曲艺术，2002(2)：36.

② 钱理群.大小舞台之间——曹禺戏剧新论[M].杭州：浙江文艺出版社，1994.

批评改编之不足[①]。

总之，这个阶段《原野》的改编，摆脱了"现实主义原则"的束缚，很好地将原著"诗""情感"的特性凸显出来，尤其是歌剧《原野》。当然，《原野》能被成功地改编成以抒情表意为追求的地方戏曲，本身就说明了对原著中"诗""情感"的体会与把握。当然，在这一阶段，也透漏了一个信息或者说一个趋势：改编正在走向"借他人之酒杯，浇自己之块垒"。可以看到，无论是花鼓戏《原野情仇》、川剧《金子》，还是粤剧《野金菊》，它们或者在主要人物、或者在表现的主题等方面都发生了偏移，它们都在用自己的"戏"来表达它们所理解的《原野》。正是在这种趋势下，再加上解构主义思潮的冲击，产生了《原野》改编中最独特的篇章——2000 人艺版的话剧《原野》。人艺版《原野》不但是对"现实主义原则"指导下改编规则的突破，更是对"现实主义演剧"方法的突破，它标志着《原野》"借他人之酒杯，浇自己之块垒"的改编方式达到了顶峰。

3.返璞归真的努力：《原野》"重现原著改编"阶段

《原野》改编的第三个阶段：从 2006 年 3 月上演的津版话剧《原野》到今天。

2006 年 3 月，由天津人艺剧院改编的话剧《原野》上演，北京著名话剧导演王延松执导。王延松认为，这次改编对原作只删改不篡改，不加一个字，将八万八千字的原作，删成一部三万二千字的演出本。在津版的改编中，自然透露着导演用心良苦的功夫，但在王导精心的选择中，更有着他对剧作的独到的读解，即从人性的角度切入，并以此来理解人物，探索主题，把握其艺术特征。可以说，这次改编是删削而不注重改动，目的就是为了再现原著的面貌，也可以说是对刚刚过去的解构主义思潮的反拨吧。但是，令人怀疑的是：八万八千字的原著被删削到三万二千字，在超过一半的删削中，原著风貌真的能被保留下来吗？田本相认为："津版的删改是成功的，虽然删去了多半的篇幅，现在演出只要两个小时二十分钟，但是，却保留了精华，保留了诱人的故事，精彩的场面，精彩的对话。"[②]田先生所认为的"保留了诱人的故事，精彩的场面，精彩的对话"难道就是成功的改编吗？值得怀疑！

这个阶段，知名的改编不多，而且改编又回到了一个很质朴的起点，即努力追求重现经典，这是对当前"重读原典"潮流的一种回应，也是对话剧《原野》改编的一种新的追求。

三、从《原野》的改编再论该剧第三幕

曹禺在给将牧丛的信中曾经说："此剧（指《原野》）需排得流畅、紧凑，怎样删改都行……此剧太长，最好能在三个小时或两个小时半演出。"[③]大家可能只注意到了曹禺先生

① 廖奔.名著的阐释话语及其自由度——在人艺《日出》《原野》座谈会上的发言[J].戏剧文学，2000(12).

② 田本相.津版《原野的价值和意义》[J].中国戏剧，2006(5)：18.

③ 卢燕.我的柔情你也许不懂——李六乙拆解《原野》[N].北京青年报，2000-09-20.

的意见：可以改，此剧长这两点，而没有注意到后来者在哪些地方去改动。当我们梳理和分析了《原野》改编历程后再回首看，就会发现一个特殊的现象，可以看到70余年来《原野》改编的一个基本现象：无论是改编的哪个阶段，除了不追求情节的2000年人艺版《原野》外，其他的改编本都无一例外地重视原著中的“戏”，而有意或无意地忽略了表现主义色彩浓厚的第三幕中的第二、三、四场。如果说，在第一阶段改编时，由于现实主义原则的框框局限了改编者的话，那么地方戏——花鼓戏《原野情仇》、川剧《金子》和粤剧《野金菊》以及津版话剧《原野》也都重复了同样的现象。这种现象出现的原因之一可能是改编者“借他人之酒杯，浇自己之块垒”的目的使然，这个解释可以顺当而轻松地解释上面的现象，但有一个问题：被许多评论者津津乐道的第三幕的二、三、四场，为什么70余年来没有被当作“酒杯”来浇灌一下改编者的“块垒”呢？这一关于仇虎内心冲突、幻觉、幻象、梦呓的大段文字，可是被20世纪80年代的评论者以及为《原野》中“表现主义”鼓掌叫好者所看好的一部分啊！难道改编者都未能注意到这一部分的精彩与重要？这种现象出现的原因之二，可能是改编时为了大众化与通俗化的需要，尤其是被改编为地方戏，这个理由也有很大道理，但仍然有一个问题，为什么2006年津版《原野》也“保留了诱人的故事，精彩的场面，精彩的对话”而将心理刻画最繁密的第三幕中的内容大加删削呢？

带着这两个重要疑问，我们有必要重新考虑一下评论者对《原野》中这一部分的认识。为了剔除1985年以前社会学视角的局限，我们只简单梳理和分析了1985年以后对于《原野》第三幕的大致评价。评价分为针锋相对的赞扬和批评两种。赞扬主要集中于三点：一是仇虎形象有深度，原因在于第三幕对仇虎内心世界的展示；二是借鉴了奥尼尔《琼斯皇》的表现主义戏剧手法，来深刻地刻画人物心理和性格；三是通过第三幕仇虎心理的矛盾、分裂和梦呓，作者否定了复仇而表现了更深刻的旨意。批评也主要集中于三点：一是仇虎的性格在第一、二幕和第三幕相互冲突，性格塑造不成功；二是情节在第三幕转变过于僵硬；三是第一、二幕和第三幕的创作手法相互冲突。这两种评论分歧很大，但焦点均集中于第三幕，并且在1985年后的评论中，对第三幕的肯定和赞扬成为主流，明显盖过了批评的声音，批评几乎成为无人理睬的“呐喊”。但令人奇怪的是，评论者所津津乐道的第三幕在改编和演出的实践中为何消失了呢？理论评论与改编实践又为何相差甚远呢？

通过在改编史中产生的疑问，以及赞扬的评论与改编的实践之间的矛盾，启示我们有必要重新看待《原野》第三幕，重新考虑批评者的声音。依笔者看来，《原野》第三幕第二、三、四场存在一定问题：一是第三幕中仇虎性格同前两幕差别太大，性格发展的转变不是渐变，而是一种骤变甚或裂变，这不符合性格塑造的基本规律，以至于“这个中国农民的形象充满了欧化意识，是采用西方复仇主义者形象嫁接到中国封建农民形象上的‘怪胎’……仇虎杀人后的巨大内疚使人感到有点费解”。[1] 二是第一幕和第二幕的情节是极

---

① 苏关鑫，郑纳新.超越的艰难——对《原野》失误的文本审视[J].广西师范大学学报（哲学社会科学版），1993(2)：69.

具中国通俗色彩的情节类型——杀父之仇、夺妻之恨、三角恋情[①]，同第三幕的大雅情节很不匹配，所以有人评论说："第一、二幕是写实主义，第三幕是象征主义……这两种完全不相同的艺术手法被同时机械使用时，便不能不出现相互排斥。"三是第三幕的大幅描写，使得《原野》前后风格很不相称，"事实上，将潜意识戏剧化的表现主义技巧，破坏了《原野》思想、人物和艺术的整体性，造成观众理解的歧义。作品所产生的令人震惊的戏剧效果，给观众的感受是更大的迷惘"[②]。我们认为不是不可以借鉴表现主义创作方法，关键是从整体上看，前后风格变化过大。

至此，我们是不是也会在心中有这样一个疑问：70余年来《原野》的改编，重视原著中的"戏"，而有意或无意地忽略了表现主义色彩浓厚的第三幕中的第二、三、四场，原因是不是有可能在于这一部分存在着"不适合舞台表演"的问题呢？也就是说，《原野》前半部分曲折的情节、人物形象同后半部分的表现主义描写造成了"人物性格""情节类型"和"整体风格"不能和谐共存呢？正因为如此，才导致改编时无法对后半部分描写进行恰当处理，而选择放弃呢？当然，不能因此就简单地认为《原野》这一部分不好，但通过对于《原野》改编的梳理、分析与推断，我们至少应该在心中对这个问题打上一个大大的问号。

原载《江汉大学学报》2009年第4期

① 说明：通俗是说这种情节在中国传统戏曲和通俗小说中不胜枚举。另外，这里的"三角恋情"不含贬义。

② 李树凯.曹禺与斯格里勃和奥尼尔——再论《原野》是一部佳构剧[J].甘肃社会科学，1995(4)：78-79.

关于歌剧《原野》的叙事分析

李　娜

《原野》剧本是曹禺先生于1936年秋创作的，主要讲述一个农民的复仇故事，描绘了民国初年北洋军阀混战时期，我国农村农民与地主之间的尖锐矛盾。《原野》曾以话剧、电影、歌剧和舞剧等多种艺术形式出现，都取得了很大成功。在剧本中，曹老始终贯穿着反封建的民主精神，并广泛借鉴吸收中国戏曲和欧洲近代戏剧的表现手法，运用表现主义的方法在主人公仇虎的各种幻象中，更加深刻地突出封建社会的尖锐矛盾，同时也更好地表现了戏剧冲突性。尤其是曹禺原著、万方编剧、金湘作曲的《原野》歌剧版本，更是一度让这部巨著成为我国歌剧历史上第一部走出国门、搬上国际舞台的民族歌剧。该剧在1989年获得慕尼黑第三届国际音乐戏曲研究会“特别荣誉证书奖”，成为我国歌剧创作历史上的又一里程碑。

本文主要从《原野》剧本的戏剧冲突、叙述结构及人物关系三个方面对其进行叙事分析，从而可以更深刻体会剧本的本身魅力所在，以及它在当代的现实意义。

一、戏剧冲突

戏剧冲突(conflict of dramaturgy)是表现人与人之间矛盾关系和人的内心矛盾的叙述结构方式。戏剧冲突的主要特征可以概括为四点：尖锐激烈、高度集中、进展紧张、曲折多变。戏剧冲突的表现形态大致分为三种：人与人的冲突，即表现为人与人之间意志和性格的冲突，这是戏剧冲突的本质；人物内心冲突，它往往使人物陷于不易摆脱的境地；人物与环境的冲突，环境包括自然环境与社会环境。戏剧冲突的不同阶段则分为四个阶段：启、承、转、合。

启：故事以仇虎的越狱开始，当他怀着一颗烈火一样复仇的心逃到了黑林子里看着自己被打残的腿，想起那屈死的父亲和妹妹，内心里的悲愤与寻找焦阎王的复仇之情更加强烈。咏叹调《我回来了》清楚地叙述了他对于焦家的仇恨根源，以及他越狱的目的——复仇。

承：仇虎从白傻子口中得知仇人焦阎王已死，曾经的爱人变成了儿时的好友、仇人之子焦大星的媳妇，他突然变得无助、痛苦，怨恨老天的不公。咏叹调《焦阎王，你怎么死了》深刻地表现了仇虎内心的孤苦和无助。然而，仇虎与金子的相见点燃了彼此的生命激情，两人重新相爱，他们对未来充满了美好的憧憬。他们的爱情在《漫过那山头的是那红高粱》《啊！我的虎子哥》《金子，你在我心里》得到了完美阐释。

转：焦母对金子与仇虎的怨恨，使他们的爱情受到阻挠。尤其是大星的外出而归使得冲突变得激烈起来，也加速了仇虎复仇计划的实施。当仇虎得知焦母表面上让他带金子走，背地里却让常五暗中通知侦缉队来抓他时，更加激起他对焦家的仇恨，因此仇虎决定实行报仇计划。咏叹调《现在已是夜深沉》《这双手头一次这样颤抖》表现了仇虎在报仇前后的心理变化、犹豫、自责和内疚，同时也体现出仇虎的善良本性和受封建社会宗法思想毒害至深的复杂矛盾的性格特征。

合：仇虎带着金子逃到黑林子里，遭到侦缉队的包围，由于劳累、极度恐惧、内疚与自责等多种心理因素的叠加，使得仇虎终于承受不了而精神崩溃，最终选择自杀，让心灵得到安慰。他鼓励金子要勇敢地活下去，抚养孩子长大与其他兄弟一起来反抗。二重唱《你是我，我是你》把他们的爱情做了尽情抒发，同时也隐含了悲剧的色彩。

歌剧《原野》的戏剧冲突充分体现了冲突的特征：尖锐激烈、高度集中、进展紧张、曲折多变。仇虎与焦母、焦大星的人物冲突；仇虎与金子、大星他们内心的矛盾冲突；剧中人物与社会环境的冲突，都随着故事的进展经过“启、承、转、合”四个阶段得到呈现。

二、叙事结构

如果把《原野》看成是一个符号系统，那么整部剧本则围绕“复仇”这个符号展开叙事。按照符号学与叙事学家格雷马斯的“符号的矩形理论”，所有的叙事文本乃至全部文本中，一定包含着一个意义的深层结构，而这一深层结构是一组核心的二项对立式（X 与反 X）及其他所推演的另一组相关且相对的二项对立式（非 X 和非反 X）建构而成的，如图 1 所示。

在这个“符号矩阵”中，X 与反 X 是强烈对立的两项，互为绝对的否定，非 X 与 X 构成弱一点的、次要的对立关系。同样，非反 X 与 X 构成次要的对立关系。这样，一个叙事文本中的基本语义要素，故事的发展、转折及最后的封闭，以及本文中事件不断地发生的历时性幻觉的形成等，都在这个语义矩阵中得到了揭示。

据此分析《原野》，可以认为，戏剧文本中基本的两项对立关系是叛逆的仇虎 X 与邪恶的焦母反 X 这两个语义要素构成的。我们把故事情节链中的人物关系按照与之相应的语义矩阵进行归位，如图 2 所示。对此关系图进行分析，我们可以发现剧中人物形象主要是由叛逆善良与邪恶贪婪的二元对位，该关系图可以看出以下的 6 种关系：①叛逆的仇虎为了复仇与邪恶的地主婆之间的冲突。②善良的大星、金子与白傻子、常五之间的内在关系。③金子、焦母与大星母子之间的矛盾与婆媳（金子与焦母）之争。④仇虎与常五、白傻子之间的矛盾。⑤仇虎与大星、金子的内在同一性。⑥焦母与常五、白傻子的一致性，彼此利用，各有所图。

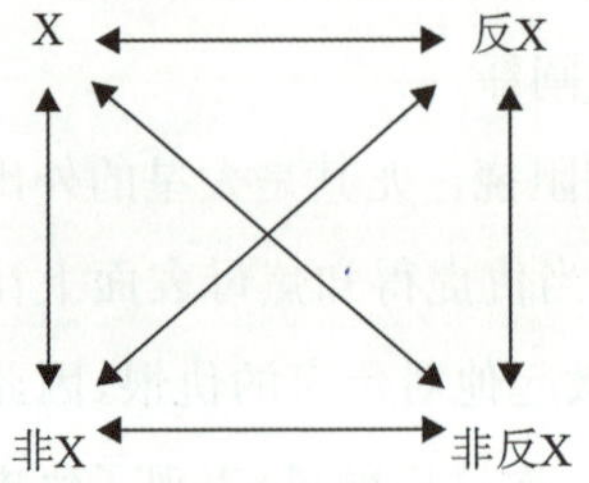

图 1

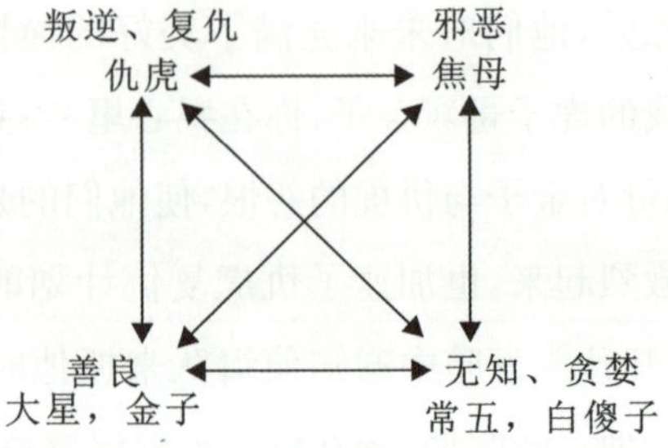

图 2

《原野》叙事结构简单明了，没有“中国盒子式”的套层结构，没有复杂的需要人们费劲思考而后才恍然大悟的悬念情节。因此，不管把剧本改编成什么艺术形式，《原野》都能够吸引我们并取得成功。

三、人物关系

曾经有人说：“曹禺戏剧的成功之处，简单来说就在于他是在诗性的艺术创造中，把一个个鲜活的灵魂刻画了出来，并使之不朽。”《原野》通过描述一个青年农民的悲情复仇故事，揭示出故事背后隐藏的人性问题及黑暗社会对人的心灵的摧残。剧中的每一个人物都被曹禺刻画得鲜活起来，且十分贴近生活。

仇虎，因与焦家的不共戴天之仇，致使仇虎对焦家不择手段进行报复，“恨”在他的内心超越了理智，使他心理变态，杀害了无辜的焦大星，然而仇虎内心深处的善良天性，使他最终无法摆脱内心的谴责和愧疚，选择了自杀，这或许是他最好的解脱方式。如果仇虎能够从这极度的仇恨与报复中走出，选择另一条路，放下仇恨与金子远走高飞，或许结局不至于如此悲惨，然而曹禺先生正是通过这一无法翻越的封建宗法制度的思想囚笼，深刻地揭示了它对人性的摧残。

金子，本是农家之女，被迫嫁给焦大星做填房成了大家少妇。金子在焦家的日子并不好过，面对着恶毒的婆婆、懦弱的丈夫，她没有自由、没有幸福。因此，她像一只被囚禁在笼中的鸟，而仇虎的出现使金子有了追求美好幸福生活的勇气和信心，点燃了她的生命之光。金子决定和仇虎出逃，逃离焦家，逃离封建制度的毒害，到“铺满黄金的地方”去过美好的生活，使得金子成了一个大胆反对封建婚姻、冲破封建桎梏的女性。

焦母，一个阴险、狡诈、狠毒、瞎眼又多疑且极具破坏力的典型封建地主婆的形象，几乎一切的贬义词汇用在她身上也不为过。然而焦母也是一个受封建宗法意识毒害至深的女性，由于大星对金子的爱恋，再加上金子一直没有焦家的骨肉，致使焦母与金子的婆媳矛盾演变得更加激烈，焦母甚至用巫术诅咒金子，这一切都源于对儿子所有权的争夺欲。焦母对仇虎的憎恨也是源于他要伤害大星，焦母对大星的这种“畸形的母爱”造就了她自己，也造就了大星的悲剧。焦母的阴险使她亲手误杀了自己的孙子——小黑子，为全剧悲剧色彩又添一笔，也使她的心灵陷于仇恨邪恶的深渊，难以自拔。

焦大星，一个可怜、可悲、懦弱无知且又那么可爱善良的一个人。一方面，仇虎的复仇目标是焦阎王，而焦阎王的死使大星成了他的替身，就因为他是焦阎王的儿子，“父债子还，天经地义”这种封建社会的毒瘤几千年来左右着人的思想。因此，这也是大星与仇虎的共同悲剧。另一方面，则是大星的善良与他对金子的“爱之至深”，使他忍下了这一切的不公与憎恨，成全金子所要的幸福，选择死亡。

剧中人物内心都存在着激烈的矛盾冲突，仇——报与不报，婚——逃与不逃，爱与恨相互交织纠缠，为每个人设计好了宿命，而他们通过内心斗争终于超越宿命，获得解脱，选择死亡的同时也是给心灵的一个重生机会。选择活下来，既是对死者的一种尊敬和怀念，也是为将来抗争积蓄力量。

《原野》剧本的强大生命力，不仅体现在它所具有的强烈的戏剧冲突性、清晰的叙事结构和充满悲剧色彩的人物关系上，还体现在它与当代社会生活的联系以及它所透射出的人性弱点。剧中人物内心的矛盾运动充满了情与理的激烈冲突。正是如此，才使得《原野》剧本具有了震撼人心的艺术魅力与感染力。

原载《学理论》2009 年第 6 期

中西歌剧合璧之经典

——《原野》音乐创作特点概述

刘　红

歌剧是人类音乐艺术文化宝库中的重要组成部分，它是融音乐、戏剧、诗歌、舞蹈、舞台美术等为一体的综合性艺术。中国歌剧产生于20世纪初，从它发展的初期起，中国歌剧创作者由于十分注重用本民族的音乐语言和演唱方式，很少采用西方歌剧中的结构方式以及音乐表现手段，因此，这些歌剧的音乐手段就显得有些单薄，甚至被有些人批评为“话剧加唱”。为此，一部分中国作曲家在创作中，不同程度体现出向西方歌剧创作原则更积极的借鉴。20世纪80年代末，由中国歌剧院创作的歌剧《原野》在此方面作出有益的尝试，取得巨大的成功，成为“第一部叩开西方歌剧宫殿大门的东方歌剧”。

《原野》讲述的是青年农民仇虎的复仇与爱情故事。仇虎原本是善良的、率性的、多情的，然而不熄的复仇之火，使他失去理智，最终亲手把从小的结拜兄弟，一个懦弱却善良的男人，焦阎王的儿子——焦大星杀害了，残忍地剥夺了他的生命。该剧剧情不复杂，以仇虎从监狱回来报其与焦家两代冤仇为主线将故事展开，原著留给人们更多的印象是“复仇”的恨，而歌剧却省略了许多情节，把重点放在展示人物深层处的心灵和感情上，鲜明地展示仇虎的恨来自他被人霸占为妻的情人金子的爱和惨死的父亲与妹妹的爱，从而揭露了封建势力的暴戾和黑暗，讴歌了纯真的爱和恨以及对恶势力以死抗争的精神。独到的音乐创作是该剧的精华所在，剧中的音乐集民族性、戏剧性、交响性于一体，深刻展示出该剧的内涵。特别值得一提的是剧中音乐创作的无调性旋律，这种无调性音乐听起来神秘、怪异，但整体上系统而工整，表现出一种特殊意境和构思。下面通过对该剧的音乐分析，概述其音乐创作及整体结构的几个特点。

一、说唱表演与音乐构思的整体融合

在歌剧《原野》的音乐创作中，它改变了音乐的从属地位，摒弃了戏剧与音乐的旧有组合模式，也对剧本编写与音乐创作各负其责的传统创作方法进行改革。该剧的音乐发展以戏剧情节为依据，音乐与戏剧始终是一个整体，戏剧的主要情节、内容和主要矛盾冲突都是通过音乐手段来表现。

尤其是作曲家在歌剧的对白中，充分利用汉语语音的音乐化优势，结合宣叙调，糅进了说白、韵白、吟诵、数板等，使对白变成了音乐的组成部分。它们或者出现在音乐结构之内，或者出现在音乐的自然停止或连接与过渡之中，所以对白不会阻断音乐，也不会使人

产生“好像突然又不是歌剧”的感觉和遗憾，如《原野》中第一幕第五曲“白傻子与仇虎的对唱”中，傻子的念白就很好地把数板及儿歌的韵律结合在一起，获得音乐性。又如第一幕第六曲“大星，金子的对唱”中的念白，因为与宣叙性音乐融合在一起，衔接自然，完全被组织在音乐结构之内。再如第三幕第八曲“焦母，金子，大星三重唱”中送大星的说白，正处于乐队后奏部分，说白与音乐同声，大星走了，音乐也正好终止，音乐与故事情节、表演刚好达到一致性。

此外，为了使对白音乐化，作曲家根据人物内心活动与剧情发展，使用乐队手法，使对白成为歌剧音乐整体结构中的一部分，音乐服从对白，又积极为戏剧情节服务，弥补了单纯只听台词的音乐空白。例如，第二幕第一曲“仇虎与金子的对唱”中，金子的台词体现为较有特点的“紧拉慢唱”，虽然只有几句简单的话语“讨——厌”“你这个丑八怪，还不快，滚——出来！”观众似乎觉得金子十分讨厌仇虎，并对仇虎的到来表现得爱理不理，而器乐却紧凑活泼，充满生气，实际是暗示金子内心充满期待已久的喜悦心情，从而达到音乐与说唱表演的整体融合。

二、声乐与器乐的立体构思

“以声音为主导，器乐为基础，追求交响性、主体性、整体性的统一构思。”声乐和器乐是歌剧音乐创作中的两大表现手法。歌剧《原野》不仅有声乐的抒情性、戏剧性表现，还十分注重器乐的发挥，以器乐与声乐的高度融合，特别是序曲和间奏曲中，器乐音乐的抒情和戏剧性的魅力更加突出。

该剧的序曲可谓合唱与乐队的交响，是对 20 世纪初中国黑暗社会背景的描述，第一幕与第二幕之间，有相对独立的抒情性器乐间奏曲，预示了第二幕表现爱情的主题内容，第三幕与第四幕之间，有另一支交响性配器的器乐间奏曲，用纯音乐的方式描写了仇虎与金子的出逃，酝酿着个体力量与黑暗社会的最后拼搏，所有这些相对独立的器乐段落不单为器乐的表现提供了机会，也是出于剧情内容发展的需要，是戏剧音乐整体结构不可缺少的组成部分。例如，在歌剧第二幕第八曲“大星、金子、焦母的三重唱”尾声部分，交响乐队在表现人物戏剧冲突方面发挥了重要作用，当金子被逼问说出谁是她的情人时，器乐部分逐渐展开，先是弦乐组与木管组奏出固定音型，紧接着铜管组圆号、小号、长号依次而奏出呼喊般的音调，打击组也紧锣密鼓，使气氛愈加紧张。之后，乐队全奏，弦乐、木管组的固定音型不断发展变化并向上冲击，铜管组奏出平行小二度的下行音调，整个乐队以宏大的音响，将戏剧冲突白热化。此时，三人的激烈冲突及内心矛盾复杂的心情，通过乐队的交响有力地揭示出来，强烈震撼观众的心。

除此之外，在器乐与声乐段落协作中，尤其是声乐的宣叙性音乐与剧情发展过程的配合，以及高潮段落中器乐的推动均有突出的表现，使歌剧音乐的声乐与器乐平衡发展，相映生辉。

三、声乐表现手法的多样化

从声乐的构成看，该歌剧的声部角色搭配比较全面，在主要角色中，分别设有女高音、女中(低)音、男高音、男中(低)音,以保证歌剧音色的多样化。此外,歌剧还运用了混声合唱,把音乐形象予以视觉化,从声乐体裁来看,既有揭示人物内心世界为主要目的的抒情性咏叹调,又有以戏剧性、朗诵性、音乐语言为主的宣叙调,还有半吟半唱的咏叙调和其他歌谣体,但是从整体布局来看,咏叹调是框架,宣叙调是连环,出于戏剧表情需要,这些音乐段落大都采用了打破平衡的非整体性结构,是随着戏剧化音乐情节的发展需要来合理运用咏叹调和宣叙调,从而达到全剧的对比与统一。此外,作曲家金湘把宣叙调的运用没有简单理解成过去传统西洋古典歌剧中“带声音高说话”演唱形式的一种复制,而是包含了“演唱、对唱、吟诵”的综合体,同时在音乐与语言关系方面还大胆借鉴中国戏曲韵白的神韵,古典诗词吟诵的方法以及说唱音乐中的形式,从而赋予宣叙调全新内容。例如,第三幕第二曲“焦母与仇虎的对唱”,焦母的一段台词“雾腾腾,天阴沉,我看见你人头落地,鲜血四处喷……”作曲家让焦母用一种似唱非唱、似说非说的“吟诵”式演唱,伴以乐队中低沉、诡异的大提琴和奏以同样节奏的木鱼声,三者紧密融合,获得令人耳目一新的音乐戏剧化效果。歌唱的形式既有不同声部的独唱、对唱和不同声部组合的二重唱、三重唱,也有混声合唱等,以便更立体化和更直接化地表现戏剧矛盾的冲突,如第三幕与第四幕“大星、金子、仇虎的三重唱”就十分戏剧性地表现了三个人在同一时刻完全不同的心情。

此外,较之以往的歌剧,作曲家却很少直接使用民歌素材,其音乐的总体风格与结构也不依赖民歌的连缀或成套戏曲板式来组织,而大多采用艺术性声乐作品写法,唱词的结构也不规整,但符合戏剧人物的表现需要。

四、“结构美与过程美统一”是歌剧整体结构特点

作曲家一方面有整体性的音乐结构布局,另一方面又注重对某个具体的戏剧发展过程的灵活处理,以求音乐与戏剧的同步发展和更紧密地结合,歌剧的构思还受到近代西方“连续歌剧”写法的影响,即通过类似“主导动机”或“核心音调”的材料加工,来刻画戏剧中特定人物或特定思想感情,并尽量随戏剧的进展而赋予音乐以不同的个性。

从整体来看,歌剧是分幕的,每幕之间是联系的,即:

序　幕(地狱):社会背景的概括,象征地狱和冤魂。

第一幕(归来):相当于故事的呈示部分,交代故事的主要人物以及人物之间的矛盾。

第二幕(爱情):相当于歌剧的抒情部分,重点刻画了仇虎与金子的爱情。

第三幕(复仇):从仇虎找焦母寻仇,焦母误杀小黑到仇虎杀大星,相当于歌剧的展开部分,推出戏剧的高潮。

第四幕(出逃):描写了仇虎与金子的出逃,经过悔恨交加的矛盾心理斗争,最后重归黑暗的悲惨结局。

此外,每一幕还包括若干独立的分曲,如第一幕、第二幕内有仇虎的“咏叙调”等九首相对独立的分曲,幕与幕之间的音乐又具有必要的继承和整体呼应,如序幕中主要音乐素材及表现手法,在第四幕和第三幕中又有重现,这不仅要使歌剧音乐前后呼应,而且也恰当地暗示出主人公最终又陷入黑暗和死亡的命运;又如该歌剧的第一幕与第二幕之间,第

三幕与第四幕之间，均使用了“间奏曲”，用于加强前后幕音乐的衔接和过渡。

歌剧音乐结构中还使用了类似音乐主题或主导动机的写法，以及主要戏剧人物的核心音调变形贯穿等结构技术。这些随剧情发展变化而变化的核心音调处理，反映出作曲家更深层次的音乐整体结构意识。如歌剧中表现爱情的核心音调，一开始以比较隐蔽的形式出现在序幕的器乐演奏中，在第一幕第九曲金子的“咏叹调”——“哦，天又黑了”中，该核心音调在变形中表现为一种忧郁与彷徨，该主题在第三幕的第八曲“仇虎的咏叹调”中还以女声伴奏的背景形式再现，在第一幕与第二幕的“间奏曲”开始表现爱情的核心音调，以引子的方式穿插，在第二幕第六曲“金子与仇虎的对唱、重唱”中，爱情的核心音调开始表现为甘美的加快，后来终于展示出其淳厚的东北民谣风格。此外，在其他许多场次中，该核心音调都经常伴随金子的影子出现，以戏剧背景方式贯穿始终。

全剧出现了两次光辉灿烂的场面，前后形成了强烈而鲜明的对比，那就是第二幕与第四幕临近结尾时，仇虎与金子的“咏叹调”及二重唱是全剧音乐画龙点睛之处，作曲家开始是无调性音乐和剧情水乳交融，继而脱离了无调性的怪异，转为正调歌剧“咏叹调”，旋律美极了，伴奏音乐也展示出宽广抒情的和声。第四幕仇虎和金子在离别时的二重唱也十分精彩，美丽的旋律中带有哀婉、凄楚的情调，既表现出对美好未来的向往，同时又饱含着遗憾和伤感。感人至深的演唱，丰富的音乐和声，紧紧扣住观众的心，将全剧推向高潮。

歌剧《原野》的成功，就在于它将剧中人物复杂、矛盾的心情，通过乐章、咏唱、表演的形式进行了丰富的表达，让观众看到了一个个有血有肉、既艺术又现实的舞台形象。在音乐创作中，很好地借鉴西方歌剧写法的同时，又重视本民族音乐的继承和创新，同过去传统歌剧创作模式、写作手法、指导思想、音乐结构有着明显不同，正是这些艺术特点的魅力，才使它成为第一部轰动西方舞台的中国歌剧。

原载《戏剧文学》2009 年第 6 期

命运纠结的"情殇"咏叹

——论上海歌剧院创作的歌剧《雷雨》

吴 戈

歌剧《雷雨》是近年戏剧舞台上获得广泛好评的剧目。歌剧《雷雨》重新诠释了经典："命运纠结的情殇"，因此改变了人物主次安排和意蕴渲染重心，成功转换了艺术形式，是应该总结的舞台成功之作。

2006 年，上海歌剧院排演的歌剧版曹禺名剧《雷雨》，一经上演，就受到观众的喜爱，2008 年晋京演出。以后，该剧连年打磨，不断上演，艺术追求精益求精，因此名声大噪。究其原因，首先是艺术形式转换的成功，从话剧到歌剧；其次是改编精当，8 个人物变成了 6 个，调整了戏剧表达的主题和意蕴承载的主角；再次是承接时代认识水平的高度，整个剧目表现中心的转移，体现了人性探索的某种深度；最后是音乐表现人物心灵情感的酣畅淋漓与舞台艺术的其他手段配合带来的震撼力。四个方面的成功，是上海歌剧院的歌剧版《雷雨》获得轰动性成功的重要原因。

一、从话剧到歌剧：艺术形式的转换

歌剧，是用歌唱的方式演绎情节、表达情感、塑造形象、解决戏剧冲突的一种表演艺术样式。歌剧借重的是歌唱艺术来完成戏剧故事的叙演。这就提醒我们，歌剧是戏剧华丽家族中的一员，它具有戏剧艺术的本质特征：在假定性前提下，扮演故事中的角色，现场观众与演员之间协作，获得演出与观赏现场的艺术效果。用这样的标准来衡量，曹禺名剧《雷雨》从话剧到歌剧，很好地完成了艺术形式的转换。

在歌剧《雷雨》中，曹禺原著中那种洞察人心而感人肺腑的、一语双关而充满了动作性的台词，那些从演员舌尖上滚落就雷雨交加、爱恨交并的语言艺术消失了，变成了戏剧人物此情此境中直抒胸臆的吟唱，人物在矛盾激化、心理交锋时的对唱，人物在情感波涛与心智困惑中的咏叹，人物在情感的漩涡与行动的踟蹰中需要心理宣泄与情绪渲染、氛围配合时的合唱。我们在戏剧平台上重温了人类音乐的力量，深刻认识了嗓音的"肉声"与乐器的"物响"所编织出来的美妙声音，展现出各自不可替代的、特殊的、丰富的人性表现力。

戏剧与其他表演艺术的重大区别在于：戏剧在表现矛盾和解决矛盾的故事叙事中塑造人物，而其他表演艺术不承担叙述故事与塑造人物形象的任务。一旦承担这种任务，就进入了戏剧家族。歌剧是戏剧家族中的重要一员，它对歌唱艺术的借重，在戏剧家族中的优胜之处在于"抒情地叙事"与"叙事中抒情"。这里，有一个表现重心的转移：故事还在，因为它是人物关系与人物行动的直接形式。但主要不是为了交代故事，而是将重心放在

于刻画、塑造故事中的人，渲染、放大人物命运攸关的情感内容和生活选择。剧情的发展，人物的纠葛，戏剧性的命运，惊雷豪雨般的场面，实际上都变成了为人物写歌、让人物抒情的基础，成为了歌唱抒情、深入刻画人物内心的契机。言为心声，歌为性情。歌剧《雷雨》利用戏剧情节交错纠结的奇特关系中人物受到的巨大精神压力与强烈情感冲击来写歌作曲，可以说找到了歌唱艺术塑造人物、揭示人心、曲尽人情的良好故事框架，这是一个充满了情感激发点与内心表现力的故事框架。

据说，早在20世纪60年代，就有过将《雷雨》改编为歌剧的动议。但是，因为有一种意见说《雷雨》"不适合抒情"就搁置下来。反倒是富于传奇性的《原野》、优于叙事性的《日出》在饱含抒情性的《雷雨》之前被先后改编成歌剧和音乐剧。我以为，说《雷雨》"不适合抒情"是天大的误解。恰恰相反，当年23岁的曹禺写的《雷雨》，他自认为自己写的是一首诗。而抒情，正是诗的特点。

因为音乐手段与语言手段的不同借重，在戏剧家族中分为歌剧与话剧的不同艺术样式。中国传统戏剧，借助的手段复杂得多，被称为歌剧是不准确的，它实际上很像今天的音乐剧，尽管概念指称上它们风马牛不相及。中国传统戏剧唱、念、做、打所包含的表演表现因素，与今天的音乐剧在舞台手段上无所不用其极，十分相似。但是，它语言音素的运用，较之音乐剧更为有趣：是唱出来的语言与念出来的音乐。因此，在整体与本质上，中国传统戏剧更富于音乐感，更适于充沛情感的表达与激情的宣泄。如果有剧团尝试将《雷雨》用中国传统戏曲来表现，肯定也会是非常精彩的制作。因为对于《雷雨》中的人物来说，"雷雨"像是情感象征与心绪的写照，又像是故事情节蓄势待发所蕴含的爆炸性能量，这就为呼天抢地的抒情与酣畅淋漓的写意，留下了广阔的创造空间。

我想说明的是，中国传统戏剧、歌剧、音乐剧，都是适于抒情的戏剧样式，诗剧是利用诗意、诗性和诗情表达对人物判断与对事件概括的戏剧样式。诗歌擅长的是抒情写意，而不是叙事。诗与歌本来一体，所以，用歌剧形式来改编与表现《雷雨》，可能是一种更为充分的"抒情写意"方式。显然，歌剧《雷雨》，重点不在叙事，而在于"叙事中的抒情"。从话剧《雷雨》到歌剧《雷雨》，在艺术形式上的转换中，需要认识的成功亮点，就在于保留叙事的必要交代，给出人物塑造的戏剧情境，"为戏剧人物的抒情"和"为戏剧事件的写意"找准了"情感激发点"与"人性纠结处"。由此出发，全面调动了歌剧手段，找到符合人物身份、切合人物处境、配合人物心情的调式歌唱，如独白性咏叹与抒情性咏叹，抒情性重唱与冲突性重唱，交代性合唱与渲染性合唱，对每个人物、每一个命运阶段，都有非常精彩的唱段来情感充沛地表现行动中的人物，变化中的故事，令观众得到独特的审美享受：沐浴在抒情的"雷雨"与"雷雨"的抒情当中。

二、从"封建专制"到"阶级斗争"：主题、主角的变化

《雷雨》原作有8个关系纠结的人物：周朴园，鲁妈(梅侍萍)、蘩漪、周萍、四凤、周冲、鲁贵、鲁大海。但是，上海歌剧院歌剧版的《雷雨》中，只有6个人物，原来的8个人物中的后2个在这个版本中被删除了。从被删除的这两个人物在戏剧情节当中担任的使命看，鲁贵是个交代性的人物，从剧作一开始的时候，作为父亲，他与女儿四凤谈周公馆闹鬼，揭

女儿与周家大少爷隐私，目的在于要挟索钱。自然，这段戏对戏剧情节的展开和人物关系的交代有重要的铺垫作用，也有一种对恶奴狡仆形象的速写式勾画效果；而鲁大海，既作为周家矿产上领头闹罢工的谈判代表，也作为没有揭破身世秘密的周家血亲，因为社会雇佣关系和家庭成员关系与周公馆发生联系，穿插上场，对剧情没有更多“动作推进”力量，而对戏剧蕴涵却有内容意义：身家显赫体面的内部秩序，其实为父子成仇。

歌剧删掉了这两个任务，实际上是删掉了整整两个时代的意识形态所赋予《雷雨》的社会色彩：揭露大家庭罪恶与阶级压迫与阶级斗争。作品问世，最初的主题应该是“暴露大家庭的罪恶”，主角是周朴园。一个大家庭，表面上整体和睦体面，家长名显命达。但是实际上，妻不从、子不顺，最为极端地表现在隐性和显在的“乱伦”事端里，将表面上看起来的“井井有条”的家庭秩序打得粉碎。而且，悲剧是不该死的死了，罪孽的始作俑者却活着，咀嚼苦果，承担“无后”的最大“不孝”。对于中国传统家庭来说，这是巨大的不幸。曹禺作为一个新文化运动当中成长起来的年轻艺术家，经历了否定旧文化的时代情绪洗礼、并接受过批判封建大家庭的文化思潮冲刷。当时，社会思潮倡导的对封建家庭的认识是：对年轻一代的茁壮成长与健康生命来说，封建大家庭是虐杀生命与软刀子杀人、仁义道德的名分下吃人的。从“易卜生热”的“娜拉”出走，到鲁迅的《狂人日记》，丁西林的《一只马蜂》，欧阳予倩的《屏风后》《泼妇》，胡适的《终身大事》，陈大悲的《幽兰女士》，白薇的《打出幽灵塔》，袁昌英的《孔雀东南飞》，巴金的《家》《寒夜》，等等，“家”成为妨害人性、阻滞成长、障碍文明的最小社会细胞。“恶家庭”成为“文明戏”以来批判、控诉的标靶。俯拾即是的作品无一不想证明：“家”是青年健康生命与自由思想的噩梦。在觉醒的青年与解放的社会来说，封建大家庭成为抨击唯恐不力的对象与逃离唯恐不及的囚牢。在这样的思想土壤上与认识背景下成长起来的曹禺，首先就对自己熟悉的封建大家庭的罪恶和罪恶事件中受着熬煎的人们，举起了解剖刀。家庭氛围的死气沉沉、父亲的暴躁乖戾、哥哥万家修的愁闷软弱、姐姐万家瑛的不幸婚姻和含恨早死……家的记忆就是家的梦魇。写出来，既是一种情感积郁的宣泄，又是一种和血带泪的控诉，《雷雨》的创作“是一种情感的迫切的需要”，“隐隐仿佛有一种情感的汹涌的流来推动我，我在发泄着被压抑的愤懑”。[①] 批判、控诉、逃离，几乎成了那个时代的进步青年对家的理解和对家庭关系的处理。一直到20世纪40年代，曹禺用心用力改编巴金在中国社会生活里影响深远的小说《家》，实际上还是在别人的同类题材作品里延续那个时代进步青年们的共同时代情绪——“家的梦魇”。

这样的时代背景下，理解曹禺《雷雨》创作的情感宣泄初衷，应该就不至于跑题。

但是，时过境迁，20世纪50年代，在阶级斗争为纲的意识形态认识框架下，《雷雨》主题变成了“大家庭里的阶级斗争”，除了二少爷周冲游离些之外，所有人物就被分为两个阵营：以周朴园为代表的剥削阶级和以鲁妈为代表的被压迫的反抗者。突出的是反抗力量代表的社会正义，于是，鲁妈成为情节主角，鲁大海成为戏份不多但更重要的意义主角。很长时间内，《雷雨》的舞台排演，就是这样的基调。

但是，上海歌剧院排演的《雷雨》，想要表达的是“一个受到两代人欺负的女人”不顾一

① 曹禺.《雷雨》·序[M].上海：文化生活出版社，1947.

切的雷电式的绝望反抗与豪雨式的疯狂报复。她是这样的命运当中不甘沉默、不愿忍受的一个行动者。而同样受到无边苦痛压迫的鲁妈和四凤，是默默的忍受者和悲剧的牺牲者。正因为如此，积极行动的蘩漪，取代了原来的舞台演出中以鲁妈为主角的传统演出，在歌剧《雷雨》中成为主角。这种变化，对于改编者来说自然需要胆识，但这种胆识的外在环境和认识角度，很大程度上与时代认知水平是相应和的，这有一个积累的渐变过程。我想说明的是：时代的变迁，雕琢着作品的身姿面影。只不过，这种变化是通过那些敏感、天才的剧作家、艺术家表述出来罢了。

三、从罪恶到情殇：表现中心的移动

"暴露大家庭罪恶"也好，"表现大家庭的阶级压迫与阶级反抗"也罢，《雷雨》诞生的前半个世纪里，控诉或者批判"罪恶"是核心。但是，近 20 年来，随着"人学"讨论的成果在思想界、文学艺术界的广泛传播，对《雷雨》的解读，带来了更多人情、人性的色彩，最终导致重读经典的意义重建。

1993 年，在北京举行的中国小剧场戏剧展演暨国际研讨会上，中国青年艺术剧院版的《雷雨》引起了观众的注意。导演王晓鹰在征得曹禺先生本人的同意后，将 8 个人物删成 7 个，单单就删去了代表阶级斗争正面力量的产业工人鲁大海。这次演出，导演王晓鹰希望探讨一种非阶级斗争、非意识形态状态下的"人的戏剧"。在《雷雨》的排演中，删去了鲁大海，实际上是删去了"阶级斗争为纲"的意识形态对《雷雨》主题进而对《雷雨》人物、剧情的解释。

上海歌剧院版的《雷雨》，割舍了鲁贵的铺垫剧情和场面穿插功能，摘除了鲁大海所揭示的封建大家庭内部"不顺、不从"的紧张对垒与矛盾斗争意义，而集中表现"一个受了两代人欺负的女子"怀着绝望的怨恨与抗争的疯狂，揭开了一桩埋藏久远的"负心事件"及其余波罪孽。用雷雨的爆炸性与雷雨的狂暴力表达出来，震天撼地，酣畅淋漓。歌剧情感表达的充沛性获得了最相宜的主题与情调。

上海歌剧院的《雷雨》，表现的是"多声部"咏叹的"情殇"。每一个人物，都在剧情故事中埋葬了自己的爱情，唱着爱情的哀歌。

从社会成见较少的"少年荒唐"到顺从社会规矩方圆的"世故老成"，是一个人被社会浊流淹没同化的过程。在这样的过程中看待"始乱终弃"，就读出了"情殇"的无奈和悲哀。也就明白，一方面遮人耳目地掩盖过去以顺从社会对体面人家与场面人物的要求；另一方面在心底又深深地怀念与凭吊"流水落花春去也"的爱情，那可能是周朴园一生中唯一刻骨铭心的一次恋爱。从人性、人情、人心的层面去分析、理解规定情境中的人物，在俗世浊流的社会中的身不由己，因不合时宜、不合规矩、触犯禁忌的爱情而走向悲剧的"情殇"，就成为新版《雷雨》中各条线索上的人物在"情殇"中痛苦挣扎的主要内容。只不过，"受了两代人欺负"的蘩漪，成为"情殇"雷雨的激发点和引爆人。

在"情殇"漩涡中，比起"受了两代人欺负"的蘩漪来说，周萍更惨。周萍的"情殇"内容是想爱不敢，对蘩漪欲爱不能，蘩漪是后母，乱伦禁忌让他在偷食禁果之后后悔万分，心惊肉跳。歌剧《雷雨》中特别表现了周朴园从矿上回来后与周萍谈话的场面，惊心动魄，毛骨悚然。细致深刻地表现了周萍要迅速从蘩漪身边逃开、从乱伦沉沦的禁地逃开的原因，他未必不爱蘩漪，他的行动是犯忌后的逃亡；逃向哪里？矿上，还要带上年轻淳朴的四凤和单纯的爱。孰料蘩漪看重那份使她生活稍有情感慰藉的乱伦，她阻止周萍逃亡，无意中揭开了兄妹乱伦的罪过。有意犯忌的愧悔，无心乱伦的震惊，让周萍像撞上蛛网的昆虫，越挣扎，束缚越紧。他只有选择死，自杀是谢罪与摆脱的一了百了的办法。

周萍和蘩漪，是歌剧《雷雨》中的男、女主角，在“情殇”漩涡里，他们最混浊，也陷得最深。蘩漪与周朴园是度日如年的“无情苦”，与周萍是惊心动魄的“有情恨”；周萍与蘩漪是“偷情怕”，与四凤是“孽情劫”；周朴园与鲁妈是“旧情聚”；蘩漪与四凤是“情敌怨”。而周冲是一块亮色，一阵春风，一个童话，他的初恋就是尚未来得及展开的小小幻灭，除了映衬成人世界的复杂纠结之外，他当然也有初恋的埋葬——与四凤的“初恋灭”。爱非所人，情非所属，导致的就是“情殇”。

为情所扰，为情所困，缘情受苦，因情被逼，种情得恨……解释六个人的现实痛苦与痛苦根源，都源于一个“情”字。于是，歌剧抒情，上海歌剧院一锄头挖到了一座“情殇”富矿。对于看过从前演出的《雷雨》版本的老观众来说，“情殇”成为表现事件的中心和理解人物的核心，是新鲜的。而因为不适应、不习惯提出意见，表现在揭露与批判“罪恶”的剧本意蕴的既成解释上依依不舍，可能也往往表现在对主题意蕴的理解进而对人物安排、情节处理的这些方面。

应该指出，这样的主题解释和任务分析，只有站在这个时代的认知水准上才有可能。

四、从内心到外化：表现手段的戏剧聚合

艺术形式的转换，主题主角的变化，意蕴中心的移动，最后都要体现为舞台的艺术呈现。就呈现而言，导演查明哲所担任的职责是显然而且关键的。作为舞台呈现的总设计师和艺术成品的施工总指挥的他，提出的舞台艺术呈现的依据是：情节、场面的戏剧化，表现手段的音乐化和情感意蕴的现代化。由此，提出的具体办法也是三条：1.充分遵从运用音乐与歌唱，让剧作思想、人物命运、情感灵魂融在旋律中飞翔，追求全剧浓郁的诗化风格；2.精心结构与营造情境，景观、场面、调度，追求视、听形象上有意味、有张力的象征色彩；3.克服歌剧舞台上重唱轻演的创作倾向，追求有深入体验、丰富表现的人物形象塑造。[①] 查明哲紧紧抓住了艺术形式转变的关键：戏剧性。

在舞台叙述故事中表现人物的戏剧性，在歌唱咏叹中揭示人物内心动作、演唱形式本身表现矛盾冲突或意志较量的戏剧性，剧情连缀的动作发展迅速、场面表现紧张体现的戏剧性，氛围的渲染、舞美烘托的可视、可听的戏剧性……歌剧《雷雨》呈现出来的这些优点亮色，就不是歌唱艺术单独能够完成的了。

歌唱艺术抒情时，歌剧艺术则应该强调：叙事中抒情，抒情时叙事，从而获得水乳交融的艺术效果。这就需要在排演歌剧的时候，既突出歌唱艺术的手段，又紧扣戏剧演出的本性。查明哲排演的歌剧《雷雨》，正是这样做的。

① 查明哲.导演的话[J].歌剧(增刊)，2010(6).

于是，观众享受到：情节发展激变时和人物情感波涛中的独唱、对唱、重唱、合唱所抒发的磅礴情感，被情绪笼罩，为情感湮没。

于是，观众欣赏到，由于查明哲一丝不苟、精益求精的严格打磨，在歌剧《雷雨》中，一个人物形象可以分析为演员表演塑造出来的形象与歌唱塑造出来的声音形象。而这两个形象高度统一、协调一致，成为人物形象的"这一个"。歌剧的"表演"，除了演员在演唱的时候符合自己扮演的角色身份、场合与内心指向外，演员还能够置身于此情此景中，与其他角色协调配合，有情感契合的表演。有传感、能呼应、成整体，这就呈现出艺术精品的一种重要特征：舞台呈现的整体感和艺术手段的协调性。

于是，观众在情感的激流险滩刚过、剧情的暴风骤雨又在酝酿的时候，听黑、白歌队的轻轻叙述、层层铺垫、句句评价与声声预警，远离漩涡，冷却情绪，但又预感到"好戏在后头"！因为，导演得心应手地运用歌队向观众给出的心理揭示和情绪垫衬，像是洞见了翻滚奔涌的云雨聚集，好似感受到压抑呜咽的雷电酝酿。歌剧《雷雨》就这样引导、推动和调配观众的欣赏心理，这是戏剧性的悬念营造、危机暗示与奔向高潮的表现、表达！

于是，观众在倾斜的落地玻璃窗上，看到了涔涔泪雨，心惊于汩汩血流，感受到了"一个受两代人欺负的女子"心底血泪交并的痛苦、绝望与疯狂！那是蘖漪心灵的窗，也是导演饱含着评价意识的对情境的点染与对心境的揭示，更是对观众憋得快爆炸的情感的一种有导向的宣泄。这样，低低的呜咽，深深的叹息，就在观众席里蔓延开来。

都说歌剧艺术主要是听觉艺术，查明哲作为戏剧导演，偏偏就要让人明白，歌剧是全身心感受的艺术。不但演员的演唱与表演共同塑造形象，而且，舞台上触目惊心的场面也创造形象，传递意义，放大情感。无辜死去的四凤和周冲，自杀身亡的周萍，尸呈舞台，加上电闪雷鸣、风雨交加，鲜血淋漓于巨大的窗棂，视觉形象的刺激，已经是"此时无声胜有声"。单靠"听觉艺术"的功力，是不可能获得这样令人窒息的痛苦效果的。查明哲的黄金搭档罗江涛的舞台美术设计创造所带来的总体视觉形象也十分精彩：功能上，便于歌队行动和站位；视知觉意义上，环形缓坡隆起的台阶装置，在底部的窗棂没有逆光通透的时候，黑黝黝、阴森森，充满了神秘与恐怖，在阴雨天和电闪下，蓝光幽幽，寒意砭骨，既像一个吞噬生灵的古井口，又像一个周而复始的环形运动的命运圈，落在那残酷的井里，套入那恐怖莫名的圈内，无论如何挣扎，都逃不开悲剧的命运。显然，这样的形象设计，是可以直喻戏剧意蕴的。形象创造者熟读了剧本，理解了曹禺，用"物造型"创造了一个"无言的角色"。

这些，在歌剧《雷雨》的舞台上，观众听见了，也看见了，更用心智深切地感受到了。关键在于导演查明哲表现了舞台艺术魔术师般的能力，调动了一切手段，聚集于"这一个"歌剧剧目表现的最高目的，获得了最佳的歌剧艺术效果。

原载《中国戏剧》2010 年第 5 期

论歌剧《原野》的金子形象

李立娟

歌剧《原野》剧本根据著名作家曹禺同名话剧改编而成，该剧通过仇虎复仇情节的展开，以及他与金子爱情的毁灭，揭示了人物悲剧的历史根源。作曲家金湘成功地在歌剧舞台上再现了仇虎、金子、大星、焦母几个剧中人物形象，尤其是通过一些很有特点的唱段使金子的形象更为生动，人物特点更为突出。本文拟对此进行一定的描述分析，并借此探索一定的戏剧艺术规律。

一、《原野》唱段《啊！我的虎子哥》

《啊！我的虎子哥》是歌剧《原野》第二幕中金子的一段咏叹调，表现了金子与仇虎相遇后，内心充满着对仇虎的爱恋的强烈情感。咏叹调旋律舒展、优美，音乐形象楚楚动人。这段音乐在第三幕中以金子与大星的重唱的形式再现，即《人就活一回》。金子坚定了自己的人生信念，呼喊出“人就活一回，没有他我会死”的心声。这时，大星与金子的歌词完全一样。金子抒发的是赤诚的、勇敢的、宁肯奉献生命的爱；而大星抒发的是单相思的、懦弱的、乞求他人恩赐的爱。音乐的再现得到了妙用，表达了金子对仇虎炽热的情感，塑造了主人公的性格，使剧情得到发展。这种“同中求异”“异中求同”辩证统一的艺术处理，十分成功。

经过反复揣摩，我认为对《啊！我的虎子哥》这一唱段的把握，首先要对金子这一人物有全面的认识：金子是一位在社会底层夹缝中拼力挣扎且有奇异光彩的女性，社会的畸形使人也畸形变态。她不爱焦大星，从心底讨厌这个“窝囊废”，但却要与阴毒的婆婆焦母争夺“爱”，争夺这个没用的“受气包”。实际上，她是以这种方式来向代表封建宗法势力的焦母挑战；金子非常得俏，甚至有些泼，常把焦大星逗弄得不知如何是好。她还显出一些玩世不恭，充分体现了她内心的痛苦。金子是勇敢的，在当时的社会里，她追求真爱，往往要付出生命的代价，金子明知道这一切的严重结果，却偏偏不怕，在常五被焦母派来打探消息并在外敲门时，她藏好了仇虎，放开嗓子喊：“常五伯，您别忙，我在念经呢。”金子说的这话无疑是对宗法制度绝妙的讽刺。金子是《原野》的魂。“野地里生，野地里长，有一天会在野地里躺下”；金子是女主角，“不能设想，没有金子的《原野》还是不是戏”。[①] 金子敢爱敢恨、敢做敢当。她身上承受着多重压迫，但她是时代的反叛者，为追求自己的理想、真正

① 蒋力.咏叹集[M].上海：上海音乐学院出版社，2008.

的爱而不顾一切，为了能像人一样地活，她宁愿随被人称为强盗的仇虎远奔他乡。尽管她是那么讨厌没用的、受气的大星，可还是在内心深处承认他是个好人，不忍心眼瞅着他被仇虎杀死，她有着善良的天性。最后，她一个人带着自己的理想与仇虎的愿望，毅然向广袤的原野走去。金子身上真正体现了中国妇女的纯真而动人心魄的美……

《啊！我的虎子哥》对女高音来说有较高的挑战性，这一唱段中$^{b}g^{2}$出现了 12 次，最长的一次时值为 9 拍，$^{b}a^{2}$出现 5 次，$^{b}b^{2}$有 2 次。整个唱段处于中高声区，两处大跳，从 bbl 至 ba2。三处$^{b}g^{2}$处于高、弱的状态，很不好把握，也正是这些强烈的对比抒发了主人公的情感，音乐情绪如江水奔腾。演唱这段咏叹调十分不易，我由衷地感到需要技术与艺术的完美结合。

二、金子形象塑造的前提

(1)咬字吐字方面的技巧

在用美声唱法演唱中国作品时，普遍存在咬字太死、声音紧、共鸣位置低、口腔声重的情况，特别是在这部歌剧中需要注意，音乐随情感的起伏变化较大，演唱中要保持叹气、打哈欠的状态使口腔松弛。还要发挥美声唱法的特点，旋律线条连贯优美。为保持声音共鸣的统一，多使用母音变形等技术手段，例如："什么也不能比"这句中的"什"字以及"我的亲人"这句中的"亲"字，此外还利用将窄母音"宽"着唱、将宽母音"窄"着唱的技术手段，尽量减少咬字时喉咙里的动作，使喉咙状态统一、喉器稳定。

(2)旋律大跳的技术处理

旋律大跳是金湘常使用的一个创作与表现的手段，而在《啊！我的虎子哥》这一咏叹调当中就出现了诸如"胜过一世"的"胜过"，"什么也不能比"的"什么"等大跳的音乐写法。在演唱这些七度大跳时，在"起音"上就必须做好预备，因为这是唱好紧随其后出现的高音所作的基础。"起音"的声音位置一定要想的高，后面的高音更要同时迅速完成几个技术动作：气息的弹性支持、喉咙下放、声音位置向上，且前后两个音要唱的 legato，以保证乐句的线条连贯。

(3)高音区弱音的掌控

在《啊！我的虎子哥》这一咏叹调中，金子把和仇虎在一起的幸福感受用这一句话来表达："黑夜变得那么短，醒来心里阵阵欢喜。"演唱中要注意声音线条的柔和、音色朦胧、以情带声，做到字咬得不能死，声音位置恰恰要集中，且要体会气息的流动。在情感方面同第一幕最后金子演唱的《哦，天又黑了》形成对比，那时仇虎还没有出现，金子感到生活如同在地狱里一样压抑没有希望，"漫漫的长夜闷得像坟墓一样"令人窒息。这一对比也是人物内心的变化与剧情发展的要求。

三、金子形象塑造的核心

技巧与表现的统一是音乐表演的一项重要美学原则，是使音乐表演达到至善至美境界的保证。形象感的建立是成功完成这首作品的关键，人物性格的细微刻画将会使作品生动感人，声情并茂的演唱更使作品震撼人心，容易引起观众情感的共鸣。因此音乐响起之前，演员身心就要进入到角色与剧情中，此处为二幕开头，金子被仇虎攥疼，抽出手打了他一耳光，虎子作势欲走，金子怔呆片刻，大喊一声“回来”，扑过去抱住背对她的虎子。这是一段先抑后扬爆发的情感戏。随即金子唱起了“啊，我的虎子哥”，起音是一个“啊”字在$^{b}g^{2}$上的从弱到强，“vibrato”要从无到有，逐渐增加气息压力，直至“我的虎子哥”发自肺腑地道出。“哥”字虽有4拍，但二度创作中最好不要唱得太满，而留出一个较大的气口。为接下来的乐句做准备，下一句“你这野地里的鬼”，“你”这一个字两个音，要体会腔体的打开，这一句元音要唱连，而且民族韵味的“小弯”要唱得到位，随后这个“鬼”字可以加重语气，唱出金子泼辣的性格，以及金子内心的潜台词，这也是他对仇虎爱到极致说出的话：正是这野地里的“鬼”激活她这个“活死人”的心！唱好这一句能更好地体现人物性格。接下来出现的三连音（金湘在创作中常用的手法）要唱得均匀，不要唱出重音，感觉恰似半梦半醒：金子难以相信，她还会有这样的十几天真正做回自己的日子。之后“胜过一世”这几个字的声音要抛出去，在金子的心中宁愿用一世去换这惊天动地哪怕转瞬即逝的真爱。在一个宽广的长呼吸之后，情绪达到极点唱出：“我又活了。”这一句使人震撼，这是一个灵魂的呐喊（通过对作曲家坎坷经历的了解，我在金子的口中似乎也听到了金湘恢复创作权利后的心声），“我”字有不同的处理，可处理为弱收。我本人偏爱于自然过渡到下一个字，而不要太多露出控制的痕迹。“了”字下巴要兜着些，注意声音位置统一，而不至于把这个字落到口腔里。下一句重复“活了，活了”要和情感结合而不能单唱节奏，那样会显得很生硬。随后的弱音要在情感的带动下加入技术的保证。“我的亲人啊”这一句作曲家加入了戏曲的元素，声音要有对象性：在原剧中金子是冲着背对着他准备离开的仇虎呼喊出这句内心的话语，正是真情的袒露才让对方了解了她对自己的真诚爱恋。接下来短暂的停顿好比扪心自问，之后唱出了：“我哪能不疼，哪能不爱，哪能丢了你。”最后一次“哪能”在乐队颤音的伴奏下，犹如情感的积聚，蓄势待发。全曲结束在三个相同的音高$^{b}g^{2}$的同音反复，情感同声音一同挥洒，9拍后收于强拍。这正是金子内心的告白，是她与虎子爱情的升华。

金子这一人物形象的塑造对表演者提出了很高要求，表演中情感、技巧等方方面面都要和剧情以及人物内心发展相吻合，以完满地表现并赋予这一人物新的生命。

原载《沈阳师范大学学报（社会科学版）》2010年第2期

“歌剧思维”及其在《原野》中的实践

居其宏

金湘从20世纪80年代中期以来一直倡导“歌剧思维”。在2008年中国音乐评论学会研讨会上，也有学者对此做了比较系统的梳理和初步研究。然而，到底什么是“歌剧思维”，它的理论和实践价值如何？金湘提出的这个理论在其歌剧《原野》创作中如何体现，又体现得如何？本文就从这些问题开笔并作概略式阐述。

一、“歌剧思维”：本质上是个实践命题

在“思维”这个概念之前加一个特定前缀，例如“交响思维”“合唱思维”“重奏思维”之类的提法，近年来不断出现在一些音乐学硕士、博士的学位论文中。说老实话，我不认为类似做法和提法在理论上具有多么大的创新价值。

具体到“歌剧思维”，简言之，就是歌剧家要按照歌剧艺术综合美的规律去思考、处理歌剧的一切创作命题，实际上是指艺术家对歌剧艺术及其表现规律的一种高度自觉的音乐戏剧意识、整体性把握方式和全面化驾驭能力。它所倡导的，是从事歌剧创作的各专业艺术家自觉按照歌剧艺术高度综合性的特点，充分调动各种艺术手段，对所有参与舞台综合的诸元素（音乐、戏剧、舞台美术、舞蹈、表导演艺术及剧场）进行有机综合和整体化合，从而使歌剧艺术综合美在舞台演绎中得到尽可能完善的体现。

如此看来，“歌剧思维”在更多意义上不是一个理论命题，而是一个实践命题。因此，既不玄奥也不神奇——在我国，能够对“歌剧思维”说出一二三的学者（包括笔者在内）和艺术家大有人在，但在创演实践中将它贯彻始终，并在舞台验证中得到完美体现的艺术家及其作品却不多见；即便对于“歌剧思维”的提出者金湘来说，在其全部歌剧创作实践中，追随“歌剧思维”理念并取得令人瞩目成果的，却也只有《原野》一部。

对歌剧《原野》，此前我曾说过大意如下的三句话：

《原野》是金湘创作的所有歌剧中最好的一部，是新时期以来中国歌剧创作中是最好的一部，也是有中国歌剧史以来在严肃歌剧领域中最好的一部。

在金湘的歌剧创作生涯中，《原野》不是第一部，也不是最后一部，而是第三部，此后还有第五部、第六部。我认为《原野》是其中最好的一部，那个《八女投江》是最差的一部，也是迄今为止他的最后一部歌剧。

如今，联系到本文的论题，我还要说第四句话：

《原野》是金湘全部歌剧创作中实践其“歌剧思维”成就最高的一部。

二、《原野》剧本:“歌剧思维”的文学基础

“歌剧思维”不仅仅是作曲家需要具备的思维,也是参与歌剧综合美创造的每一个艺术家都应具备的自觉意识、每一环节都应自觉遵行的创作原则,剧作家当然也不例外。歌剧剧本是实现“歌剧思维”的文学基础和第一梯队,忽视或离开这个基础,一切便无从谈起。

歌剧《原野》是根据曹禺同名话剧改编的。也许,这部戏在曹禺所有剧本创作中不是最好的,也可能不是最优秀的中国话剧剧本。但我敢断言,在其话剧式的戏剧性展开中潜藏着丰富的音乐性,因此是其中最具歌剧质素、最具音乐戏剧性展开潜质的一部。我不知道剧作家万方、作曲家金湘、导演李稻川在歌剧《原野》剧本创意、修改、定稿过程中各自发挥的作用如何,但歌剧剧本在保留话剧原作戏剧性的基础上,确实将其中的音乐性充分挖掘出来了,并为人物音乐形象的个性化刻画及其戏剧性展开提供了广阔空间。

从歌剧文学创作为歌剧音乐创作创设曲折而紧张的情节、鲜明的人物性格和强烈的戏剧冲突,同时又为剧本与音乐两者提供高度综合性和整体性的可能而言,在中国的歌剧文学创作中,我认为最好的歌剧剧本就是《原野》。能把几个主要人物写得那么具有典型性,那么深入,那么复杂,那么具有人性的多面性,那么栩栩如生,并为音乐的戏剧性展开提供了那么多的可能性,我还是首推歌剧《原野》。

记得恩格斯说起艺术创作中的现实主义是:除细节的真实外,还要真实地再现典型环境中的典型人物。[①] 典型性不是各种品质和特点相加的最高值,不是某些抽象理念和符号的活标本,不是从人的纷繁复杂的社会性矿藏中去除了一切杂质、提纯出来的结晶品,而是带有活泼的生命质感、具有鲜明独特个性的“这一个”;歌剧人物、歌剧形象的典型性,意味着独创性和唯一性,因此也是不可复制的。艺术创作的最高使命,便是塑造具有典型性的艺术形象。

歌剧《原野》的四个主要人物:金子、仇虎、大星、焦母,都有各自的典型性、独创性和唯一性。如果将这四个人物放到我国歌剧形象系列中进行比较,他们身上所体现的这种“三性”便可更鲜明地凸显出来。

金子是歌剧《原野》的第一女主人公。当年,她也许是一个美丽热情的农家少女,与仇虎有一段青梅竹马式的恋情。但焦阎王对仇虎一家非人的迫害与掠夺却撕碎了她的梦,令她在了无所爱、终日面对多疑婆婆的猜忌无奈地苦熬岁月,并在这种地狱般生活中了此残生。然而,仇虎的出现却改变了这一切——长期被压抑的人性被彻底唤醒,在一阵情爱的狂喜过后,命运便将她变成仇焦两家世仇冲突你死我活之惊涛骇浪中的一叶扁舟,她性格中和内心深处的泼辣与温柔、爱情与亲情、善良与仇隙、怨恨与悲悯,以及对生命自由的

① 恩格斯.马克思恩格斯选集(第4卷)[M].北京:人民出版社,1995:683.

渴望、对悲剧结局的预感与恐惧等等这些复杂、多面甚至彼此矛盾的因素，随着戏剧冲突的展开而不断破坏着这条小船的平衡，使它在风口浪尖上颠簸不止、摇曳无定且处处暗伏着倾覆沉没的危机……

在中国歌剧第一女主人公的形象系列中，有金子这样的形象吗？红霞（《红霞》）、韩英（《洪湖赤卫队》）、江姐（《江姐》）、田玉梅（《党的女儿》）、金环和银环（《野火春风斗古城》）是清一色的女英雄，依错加（《草原之歌》）、娜仁高娃（《苍原》）则属于清纯型少女，她们的性格是单面的，甚至是类型化的。秋子（《秋子》）和喜儿（《白毛女》）的形象则显得复杂一些：起初两者都是清纯型少女，继而被命运逼为被侮辱、被损害的无辜者。最终，秋子成了日本侵华战争的牺牲品，而喜儿则是翻身解放新女性的形象。因此，就人物性格的典型性和复杂性看，金子是唯一的。

仇虎是《原野》的第一男主人公。当年肯定也是一个纯朴勤劳的农家小伙，却因焦阎王的残酷迫害而失去爱人、亲人、自由和生活下去的一切希望。表面看来，这番悲惨经历将他变成了一个被爱恨情仇、高度酒精迷失了心智的醉汉，越狱之后驾起一台重型压路机在情仇交织的泥泞小路上跌跌撞撞地高速行驶，因此不但将邪恶、良善和无辜一股脑儿碾得粉碎，最终也导致了自己连同这架复仇机器机毁人亡的悲剧。实际上，仇虎形象的独特性在于：在他身上所充溢的原始生命强力以及贫苦农民的悲惨境遇和混沌意识，在当时中国农村的残酷现实中，竟以这种非理性的形式和结果表现出来，乃是一种社会和历史的必然；而他的复仇与夺妻行动，在一潭死水中掀起狂澜，成为全剧戏剧冲突的第一推动力。

在中国歌剧第一男主人公的形象系列中，有仇虎这样的形象吗？休说王大春（《白毛女》）、小二黑（《小二黑结婚》）、刘闯（《洪湖赤卫队》）在歌剧中的地位远远不及仇虎重要，就其性格的单面性则是他们的共同弱点。新时期以来，继《原野》之后陆续出现了张骞（《张骞》）、司马迁（《司马迁》）、渥巴锡（《苍原》）、徐福（《徐福》）、舍楞（《舍楞将军》）、屈原（《屈原》）、杨晓冬（《野火春风斗古城》）等歌剧形象，其形象塑造渐趋丰满，在歌剧中的地位也日见显露，但论其性格复杂性和多面性而言，都远不如仇虎形象。郭文景《诗人李白》中的李白、萧白《楚霸王》中的项羽和莫凡《雷雨》中的周萍则在这些方面有较高造诣，但就人物戏剧行动在全剧戏冲突中的主动性、情节发展的推动力而言，仍不能与仇虎媲美。

大星是《原野》中一个重要角色。生于焦阎王之家不是他的错；强娶金子为妻在一定程度上也不是他的错。他的本质是善良而又懦弱——因为善良，他爱妻爱子，孝顺母亲，对妻子和母亲百依百顺，对前来复仇夺妻的仇虎这个童年玩伴毫无戒心。因为懦弱，他对金子与焦母之间的婆媳斗法穷于应付、两头得罪，更对有夺妻之恨的仇虎期期艾艾，将亮晃晃的匕首高高举起，轻轻放下，完全丧失了一个男人的血性和尊严。

在中国歌剧中间人物形象系列中，有大星这样的形象吗？杨白劳（《白毛女》）、二诸葛和三仙姑（《小二黑结婚》）、余永泽（《青春之歌》）等，是中国歌剧中几个不同类型的中间人物。但就形象塑造的丰满性和生动性而言，只有杨白劳可与大星比肩。

焦母的性格也是复杂的，歌剧发掘出了这种复杂性。按说她是地主焦阎王的老婆，在焦仇两家世仇结怨中扮演了杀人帮手的角色。但她同时又是一个活生生的人。过去我们长期受极左文艺理论影响，好人是绝对的好，坏人是绝对的坏，这就将人性的复杂性平面化、简单化了。而焦母这个歌剧形象，作为一个母亲和祖母，她对自己的儿子和小孙子是爱的，只是这个大星性格羸弱，不争气，没有出息，有恨铁不成钢的意思；加上金子这个儿媳妇又那么美艳、热情、奔放，对与大星的婚姻现状很不满意，在老太太看来就是风骚，勾引男人，称她为狐狸精，不得不处处严加防范。巧的是她偏偏是个瞎子——双目虽然失明，但听觉却特别敏锐，颇似雷达，一切疑响异动皆逃不过她的搜索。曹禺这个剧本写得很绝，她和仇虎的关系实际上水火不容，彼此之间表面上"干儿子""干妈"叫得相当热乎而亲切，其实里面的潜台词有深意存焉，在温情脉脉的虚与委蛇中隐藏着强烈的敌意和一触即发的危机；随着戏剧冲突的推进，两人终于撕开面具，彼此间展开了惊心动魄的生死搏杀。

在中国歌剧女性反面形象系列中，有焦母这样的形象吗？与之相近的是《白毛女》中的黄母、《屈原》中的南后；在所有的反面形象中，有黄世仁和穆仁智（《白毛女》）、彭霸天（《洪湖赤卫队》）、沈养斋（《江姐》）和多田（《野火春风斗古城》）等等。但这些反面形象基本上都是清一色的邪恶，至多再加阴险。与之相比，《苍原》中的艾培雷则显得丰满得多。但就戏份的重要性、对戏剧冲突的推动力、形象底色的多面性和个性的复杂性而言，当然还是首推焦母。

再看仇虎与金子、仇虎与焦母、大星和金子、仇虎与大星、焦母与金子、焦母与大星这几对人物关系同样也是多层次、多侧面的，呈现出微妙而复杂的状貌，常在举手投足、一颦一笑间暗含不尽之言或言外之意，皆有多重情感内容和戏剧意味充溢其间。如此鲜明的人物性格，如此复杂的人物关系，以及由这种人物性格和人物关系精心编织而成的如此曲折的故事情节和如此强烈的戏剧冲突，其中当然蕴藏着丰富的戏剧性和音乐性，并为作曲家的音乐戏剧性展开提供了正确的方向和巨大的可能。所以说，在我国的严肃歌剧领域，最优秀的剧本是《原野》。歌剧《原野》的成功，万方剧本所提供的文学基础功不可没。这是我研究了很多中国歌剧剧本之后得出的结论。

由此足以看出，"歌剧思维"如果离开歌剧文学的戏剧音乐性思维，便是不完整的，有严重残缺的。对于歌剧创作和作曲家来说，歌剧文学基础的薄弱甚至可用"先天性残疾"来形容。如果用这样的剧本谱曲和排演，作曲家、歌唱家和导演即便再有才华，也只能有限矫正但无法根治这个"先天性残疾"。事实证明，过去许多剧目的不成功，首先是由于剧本创作的失败。例如金湘的《杨贵妃》和《八女投江》，其创演都在《原野》之后，按说金湘还是那个金湘，而且在歌剧创作上更有经验了，但由于三者的歌剧文学基础不同，结果却大不一样。可见作曲家对于歌剧剧本的审美选择和准确判断非常关键，是"歌剧思维"中极为重要的一环。

令我感到遗憾的是，相对于歌剧《原野》的音乐创作研究而言，我国学者对于此剧文学创作的研究还很薄弱。本文所说也仅是一个开头而已。其实，歌剧文学的系统研究是一片未被开垦的学术处女地，若有学者能在这个领域内辛勤劳作，将来必有丰硕收获。

三、《原野》音乐："歌剧思维"的主体承载

瓦格纳说：歌剧是用音乐展开的戏剧。这就肯定了两个基本理念：歌剧必须具有戏剧品格而不同于其他形式的音乐作品；歌剧必须以音乐作为展开戏剧性的主要手段而不同于其他形式的戏剧作品。

金湘对歌剧《原野》剧本的分析在作曲家中很到位。既然"歌剧思维"是一种音乐戏剧的整体性、综合性思维，作曲家毫无疑问在其中会起着非常重要的作用，在严肃歌剧领域尤其如此——不但瓦格纳自己写作剧本，而威尔第对歌剧剧本的严苛要求和挑剔态度更是尽人皆知。但这里有一个基本前提，即作曲家必须具有丰厚的戏剧素养和敏锐的舞台感觉，才能对蕴含在剧本主题、情节、人物性格、人物关系、戏剧冲突中的音乐戏剧性含量及其实现的可能性形成自己的深刻理解和准确判断。

金湘所倡导的"歌剧思维"，其本质与瓦格纳的歌剧观念相通。万方的剧本为实现"歌剧思维"提供了坚实的文学基础，但仅此一端仍不足以保证全剧的成功。此时，成败之匙便转移到作曲家手中。金湘的"歌剧思维"体现在：剧本中丰富的戏剧性和音乐性非但被他敏锐地感受、领悟、捕捉和挖掘出来了，而且他调动了各种音乐手段和形式，运用娴熟的音乐戏剧性技巧，承担起状物抒情、推进情节发展、刻画人物性格、展开冲突的使命，使之成为实践其"歌剧思维"的主体承载者。鉴于国内学者在《原野》作曲技法分析、结构及和声布局研究、人物性格刻画、音乐戏剧性展开方式等方面已经做过比较深入系统的研究，本文只选取被多数研究者忽视了的歌剧重唱形式为对象，做一点简略研讨。

《原野》中重唱创作的最大亮点，就是在情节发展和戏剧冲突紧张激烈的关口，善于将相关登场人物不同性格、不同心态、不同情感之间的交汇与碰撞组织在一个严密有序的重唱形式之中，通过这种特殊声乐形式所独具的多个独唱声部交织、展开及其所造成的复杂音响和强烈对比，从而写情、写人、写戏、写冲突。金湘为金子（女高音）、仇虎（男中音）、大星（男高音）、焦母（女中音）设置了多段不同声部组合的二重唱和三重唱，其性质有的偏于抒情，有的偏于叙事，但更多的则是具有戏剧性和冲突性的，从而将登场人物之间的感情碰撞与性格冲突以最音乐化和戏剧化的形式直接呈现在观众面前。

我最欣赏的是第一幕焦母、金子、大星三重唱和第三幕大星、金子、仇虎三重唱。从它们的形式构成上看，两者都有较长篇幅，因此结构相对完整，构成一个具有独立表现意义的音乐戏剧化场面。从它们所处的位置看，都出现在人物间性格冲突的关键部位，构成全剧的必需场面，各声部之间的冲突及其结果，直接影响着全剧情节发展的方向。从各声部之间的相互关系看，都是以"2 主+1 辅"的形式承载不同的戏剧使命。

前者的主要冲突体现在焦母与金子两个声部之间阴一句阳一句地展开,大星作为这场冲突的在场者,其声部承载着哀求、劝解、无奈等情绪;后者的主要冲突则体现在大星和仇虎两个声部之间当面锣对面鼓地展开,金子作为这场冲突的在场者,其声部随着仇虎第三者身份的图穷匕见而承载着哀求、劝解、惊叹等复杂的情感变换。

上例是第三幕金子(高声部)、大星(中声部)与仇虎(低声部)的三重唱,大星声部与仇虎声部构成情感与性格的直接对峙,两个男人之间的冲突一触即发;而置身于两者间无所适从的金子则无助地向苍天乞灵。

值得称道的是,这两首三重唱在戏剧冲突某一动态截面上进行,它们所揭示的是人物间的正面冲突,与流动着变化着的人物语言、动作、心理同步展开,因此三个声部的立体化交织蕴含着巨大的戏剧张力;人们在感受令人窒息的紧张冲突的同时,也领略到歌剧重唱所特有的多声音乐之美,这种魅力是用单线条平面化手法展示冲突所无法相比的。

作为歌剧音乐表现体系的重要形式,重唱是直接展现登场人物之间面对面戏剧冲突的最有力手段,也是实现"歌剧思维"不可回避的课题。多年来,我国歌剧音乐创作的软肋亦在于此。《原野》在这方面所创造的经验,理应受到作曲家和研究者的高度重视。

四、《原野》表导演:"歌剧思维"的舞台呈现

在2008年评论学会年会上,与会学者对何谓"歌剧文本"有不同理解——有人将它限定为歌剧总谱,认为歌剧总谱记录了剧作家和作曲家关于该作品的所有意义参数。我不赞同这一说法。

歌剧是一门剧场艺术和表演艺术。在未经表导演艺术的第二度创造浸染过、诠释过之前,歌剧总谱还仅仅是一种纸质文本,无法在剧场中舞台上供人观赏,歌剧艺术所特有的综合美亦无从体现。用"视界融合"理论看,歌剧总谱所运载的仅仅是一种历史的视界和作者的视界,只有经过表导演艺术家视界和现实视界的再创造和再诠释,才能实现一度创作和二度创作的"视界融合",其价值方能得以完整呈现。歌剧史上大量事实证明,表导演艺术的质量与深度直接决定着一部歌剧整体价值实现的程度。

有鉴于此,"歌剧思维"必然涵盖了歌剧的表导演艺术。这就意味着:剧作家和作曲家必须具有良好的戏剧素养和敏锐的舞台感觉,在从事一度创作时心中有剧场、有舞台、有观众、有表演艺术视象和整体舞台画面。同时,也意味着歌剧表导演艺术和艺术家必须同

样具有“歌剧思维”,以自身独有的手段和美质参与歌剧综合美的创造。

我曾多次看过《原野》的剧场演出,其中印象最深者是首演版和天津07版。它们的导演都是李稻川。我也看过李稻川导演的其他歌剧作品,但最能体现其“歌剧思维”者,当然首推《原野》。我虽未读过李稻川对此剧的导演阐述,但从其舞台呈现看,她准确理解了万方剧本和金湘音乐中所揭示的深刻的音乐戏剧性,把握住了几个主要人物的性格特征及其戏剧动作的基本要素,在重要音乐戏剧性场面的处理中,将登场人物情感交流的微妙处、心理层次的复杂处、性格冲突的激烈处、音乐刻画的闪光处演绎得相当到位(例如,在金子咏叹调《啊!我的虎子哥》的演唱处理中,当演员唱到“黑夜变得是那么短,醒来心里阵阵欢喜”时,李稻川要求演员不但要在声音上做弱唱控制,而且还应在吐字上故意放松口舌,使字词处理略显朦胧,以凸显金子此时此刻对性爱体验的陶醉感)。此外,导演对整体舞美风格和舞台样式的要求,也在符合此剧时代氛围前提下有意识地突出某些艺术意象(例如首演版第一幕的场景设计和07版的锁链创意)。

首演版的演员班子实力很强,由万山红饰演的金子、孙禹饰演的仇虎以及其他几个主要演员,虽在声乐演唱、舞台表演和角色创造方面各有短长,但完全可以说,他们都在李稻川指导下努力追求这三者的综合体现(这是歌剧表演艺术家与音乐会歌唱家最主要的区别),并达到了当时中国歌剧表演艺术的最好水平。

07版演员阵容显然不及首演版,且4个主要演员均无演出歌剧经历。在李稻川和声乐指导李晋纬精心指导、科学训练和有效整合之下,在与全体演员自身潜质、艺术悟性和勤奋好学之间的激情碰撞和艰苦磨合中终于产生了神奇的“化学反应”,并在此剧的舞台演绎中出现脱胎换骨的变化,较好地完成了各自承担的角色创造任务,体现出较高的专业水准。

由此可以看出,《原野》对“歌剧思维”的实践,表导演艺术的运用和李稻川导演的指挥功不可没。

五、《原野》不足:实践“歌剧思维”永无止境

对歌剧《原野》,过去说了很多赞扬的话,虽也有些批评意见,但没有公开写过。我觉得在中国歌剧,尤其是严肃歌剧处境艰难、问题很多的情况下,《原野》已将歌剧音乐戏剧性问题解决得比较完满,不宜过多苛求。如果一定要说《原野》的不足,我觉得有两点:

一是它所塑造的人物音乐形象,写得最好的是金子和大星,写得较差的是仇虎。最主要的问题是野性不够,还是有点知识分子的味道。

二是全剧整体戏剧节奏,前半场层层推进、环环相扣,很紧凑、很流畅也很抓人。但后半场就显得稀松、枯燥,尤其是仇虎心理发生裂变、有点精神失常的时候,那个地方觉得冗长而拖沓,比较乏味,抓不住观众。能否在剧本、音乐或舞台处理等方面再想一点办法来加以改善?若实在无计可施,至少也要在篇幅上做一点减法,使之精练、紧凑一些。

当然，即便把莫扎特、瓦格纳、比才、威尔第的歌剧拿来，不也是可以挑出些毛病来的吗？听说外国人看了《原野》，赞扬金湘是中国的普契尼，即便普契尼的东西，也不见得十全十美（例如中国观众非常熟悉的《图兰多》问题就不少），何况金湘？

这就说明：我国歌剧家对于“歌剧思维”的追求和实践是一个永无止境的过程。犹如置身于艺术的崇山峻岭之中，抬头望去，山外有山、峰后有峰，茫茫不知其高；有志者奋力攀登、不懈追寻，自有阶段性接近它的快意，但永无“会当凌绝顶，一览众山小”的满足。

原载《中国音乐学（季刊）》2010 年第 3 期

歌剧《原野》主要角色

——人物形象塑造

彭　梅

人物的形象塑造对一部优秀的歌剧而言是一个首要的关键所在。他表明了艺术尤其是歌剧艺术与其他形式不同之处在于一定要有一个个鲜活的角色形象。塑造好人物的形象才能真正意义上将作者的主观感情与客观实在的表达有机地统一起来。

一、真实性

作者在创作的时候不单是虚构了一个形象而已，他所反映的真实性是反映社会生活的实实在在的本质属性，并且在创作中运用象征、寓意、夸张等种种艺术语言将人物活生生地展现在观众的眼前，这样才能打动观众。仇虎的形象就如同曹禺先生在谈到其构思中所说的："当时偶然有一种想法，写这么一个艺术形象。一个脸黑的人不一定心'黑'。我曾经见过这样一个人，脸黑得像煤球一样，但是心地非常之好，他一生辛苦。可死得凄惨。"[①]曹禺先生塑造这个形象的成功正是他在生活中找到了这样的真实性的典型，并且进行艺术加工突出其内心的矛盾，使之变得有血有肉。这样，一方面追求心理真实而又采用表现主义创作方法使得仇虎的形象深入人心。金子同样如此，但来得要更加深刻一些。曹禺先生对中国传统女性的心理刻画更是细腻。不仅仅是他曾经出演过女性形象，并且作家在生活中目睹了那个时代的中国妇女的遭遇。对于中国旧社会的女性而言，自由几乎是不可能的。但是，她们具有一种期待觉醒的内力。在焦家的淫威下金子只能嫁给大星，由于金子的出身贫寒，就算嫁入焦家也得不到她想要的生活，而是依旧被压制，这是那个年代特有的真实。她内心的痛苦、孤独尽然体现在那"天黑了……"的咏叹调中，所以在剧情中很多时候可以看到金子情不自禁的反抗，尤其是在第二幕中的"你们打死我吧"一段中，虽然金子被残酷的精神摧残，却依旧要跟婆母针锋相对。也只有这样活生生的人物才能打动观众。综上所述，在人物的塑造上，真实性格无疑是最能贴近生活的。

二、典型性

当然，我们要确立的另一个方面就是艺术典型。艺术典型指的是艺术作品之中那些具有高度代表性的形象体系，典型人物便是其中之一。就艺术典型的塑造而言，艺术典型的个性问题就是个性鲜明和独特性问题。鲁迅笔下的阿 Q，其形象的典型性就是其主导

① 朱栋霖.论曹禺的戏剧创作[M].北京：人民文学出版社，1986：166.

性格的“精神胜利法”。而这种阿Q性格中“精神胜利法”的种种鲜明表现使人深深被吸引的根本也就在于其形象的典型。这一点无疑具有一种真实性、唯一性。因为只有阿Q才具有他自己的独特行为、习惯和内心世界。纵观仇虎与金子的形象我们就可以知道，作者在创作时将两个鲜活的人物用符合艺术规律的方法加以诠释。也就是在那个典型的时代，那种典型的生活下面，才能诠释典型的人物的形象。仇虎和金子的形象塑造无疑是最为典型的中国旧社会中想冲破封建思想枷锁，而在其中献出自己生命和青春的典型劳动人民的形象。中国劳动人民形象千千万万，如何才能将仇虎的形象塑造成典型呢？曹禺先生大胆地对人物的形象进行了挖掘，将仇虎内心的矛盾作为最主要的特点进行刻画。仇虎杀人报仇的意识是不能磨灭的，但是他内心善良、朴实的本质又导致他下不去手，然后报仇后又无法面对良心的谴责，终究使得仇虎的内心世界开始崩溃。只有这样具有典型性格的人物才能将整个作品的内涵表达清晰；只有这样具有典型性格的人物才能得到社会的认可；只有这样具有典型性格的人物才会被人塑造得栩栩如生。

三、情感性

艺术是情感的表现，但并非所有情感的表现都是艺术，所以情感的爆发一定是要合乎于逻辑、合乎于生活。仇虎的情感并不是天生的暴虐，他的所作所为是被焦阎王给逼出来的，所以必须要交代的就是情感爆发的酝酿过程。作者将这个过程写得非常的刻骨铭心，将仇虎的本性给予了扭曲，也给予了仇虎道德的本性。在剧中我们可以看到，大星的死就是这样的一幕，仇虎杀大星并不是因为痛恨大星，而封建伦理习俗是“父债子偿”，并且焦大星在感情痛苦的矛盾高峰，暴露自己根深蒂固的焦阎王后代的家族观。所以如果仇虎真的心狠手辣的话，也不会在杀死大星之后说道：“这手上的血是洗不干净的。”在金子的咏叹调《啊！我的虎子哥》一曲中情感性的任务塑造依然是非常成功的。在这一段的人物塑造中将金子对仇虎的爱刻画得极为生动，尤其是“我又活了”一段，此段在将一个中国旧社会重获爱情的女性形象的感情生活描写得入木三分。在与第三幕中的“人就活一回”这一咏叹调相比较，金子形象中的情感塑造更是得到很深刻的刻画，也再次衬托出了她对仇虎寄予了脱离封建桎梏的迫切希望。以上不难看出作者在诠释这段感情的时候是如何的用心良苦，也就是这样的合乎于逻辑、合乎于生活的一幕，才使得感情愈发的充分。

四、独特性

《原野》这部歌剧之所以吸引人的另外一个地方就是仇虎与金子两个主要角色的独特性格。《原野》中展现的并不是传统的男主角必然是道貌正义，女主角就要是善良勤劳的。这部作品用极为深刻的心理刻画给予了他们双重性格的展示，而这样的展示使得仇虎与金子的形象更加独特、更加深刻。乍看之下，金子是一个美丽善良、追求个性解放、为爱情执着的女性，然而作者在塑造形象的时候给予了她“狠毒”的一面。所以常常有人说，《原野》的人物性格是有争议的。我们可以在她劝仇虎不要杀大星的时候看到她的善良，看到她那慈爱的一面。但是，她对焦母的情况完全与以前形成了一个强烈的反差。焦母对金子施压的时候，金子就折磨大星来报复，并且还不时地诅咒焦母。在焦母劝仇虎放过他们一家，并同意金子和他一起走的时候，金子所说的全是让人看起来十分有心计的女人，所以焦母提道："金子，你真毒。你要做婆婆，比瞎子的心眼还毒！"可见与焦母的"过招"中，金子在潜移默化中变成了一个看似"毒妇"的形象，这正是封建社会的毒瘤对妇女形象的扭曲，正是这样的形象塑造使得《原野》这部作品拥有了非常强大且鲜活的人物。

结 语

中国歌剧从 20 世纪 20 年代发展到当代已经产生了诸如《白毛女》《江姐》《党的女儿》《屈原》等经典作品。歌剧《原野》是根据曹禺先生的名著《原野》改编的一部以西方作曲技法来诠释中国本土气质的一部优秀歌剧。《原野》以其突出的创新性格、鲜明的形象塑造、精致的技法渲染以及其强有力的情感表现和深刻的哲理赢得了不仅仅是国人的赞誉，它也是世界歌剧宝库里的蓓蕾，是中国民族音乐发展的突出点和高峰。不仅如此，其中主要角色的人物形象塑造是笔者尤为留意的，作者刻画的那一幕幕鲜活的形象使每个听众为之涕零。本文的创作也仅仅是秉着为发展中国当代歌剧事业的信念，在对于《原野》中主要角色的形象塑造上提出了自己的看法及见解，力求通过整部歌剧在形象塑造上的各种性格以及创作上如何配合形象塑造的问题上进行一定分析。我们在通过分析的途中领略到，作为一位表演者并不是去完成一部歌剧作品，而是去理解人物、诠释人物、再现人物。

原载《时代文学》2010 年第 12 期

《中国艺术年鉴2011》(节选)

王文章

2011年11月16日,作为首届中国歌剧节的展演剧目,天津歌舞剧院的大型歌剧《原野》在福建省长乐人民会堂上演。这部改编自曹禺同名原著的歌剧,经过天津歌舞剧院150余人的精心打造与创编,以现代人的审美意识,用凝重、抽象、简洁的导演手法,除沿用和保留原有的唱词、音乐外,在舞台、美术上采用了颇具新意的构想和设计,而且将会突出可视性,在交响乐的基础上加人舞蹈。舞台层次鲜明,错落有致,运用声、光、电等高科技手段,既烘托了舞台气氛又创造出全新的时空感觉,再现经典歌剧艺术,打造完美视听盛宴。这部新时代的《原野》由金湘担纲作曲,作家万方(曹禺的女儿)担任改编。

重述与转写

——歌剧《原野》叙事片论

周靖波

一、小引

1987年9月，歌剧《原野》在北京民族文化宫礼堂首演，这是第一届中国艺术节的演出剧目。那晚的演出给笔者留下了深刻印象。金湘的作曲技法现代意味颇浓(块状的旋律、繁复的转调和多调性的应用)，万山红的演唱水平达到了一个新的高度(以前曾看过她主演的民族歌剧《星光啊星光》)，这都是观众的兴奋点。第二幕开始不久，正当笔者努力进入这个充满魅力的音乐世界时，女高音唱起了“虎子哥，你这野地里的鬼……”，骤然，那浓郁的北方民歌风格直达听众的心灵，甜美而炽热，几乎叫人喘不过气来。而最使人感受强烈的是第三、四幕之间的间奏，它完全是新奇的，又是令人震撼的。当最后一个音符终止时，全场响起了发自内心的热烈掌声。笔者据非专业的歌剧知识判断，这应该是真正意义上的间奏曲在中国歌剧史上首次亮相。紧接下来的第四幕给人以强烈的视觉和听觉刺激，当是对原作第三幕最明快而又饱满的再度阐释。当年就有专家认为：“歌剧《原野》在中国歌剧史上是一部具有开创性的重要作品。”①后来又有学者称：“《原野》是金湘所有歌剧创作中最好的一部，是新时期以来中国歌剧创作中是最好的一部，也是有中国歌剧史以来在严肃歌剧领域里最好的一部。”②可见，笔者记忆里在民族文化宫礼堂所受到的情感冲击，的确是演出的艺术魅力所致。

歌剧《原野》的创作及其完整演出，应该被视作思想解放运动的直接成果。只有对原作中被强化的复杂和扭曲的人性不再持拒绝态度，并且认同二度创作者“打破那长期桎梏灵与肉的封建传统文化，建立真正的现代型文化”③的主题追求，才可能将这部改编作品列入首届中国艺术节。在此之前，1981年拍摄完成的电影《原野》曾长期被禁，直到1988年后才被正面接受，获得百花奖“最佳故事片”。在此之后，1990年，当笔者再次观看由山东省歌舞团演出的《原野》时，期待中的那段间奏无影无踪，第四幕的表演力度也大大减弱，几乎是匆匆带过，莫非是担心舞台上鬼魅充斥而引起过多联想?

23年来，歌剧《原野》承载了许多荣耀，它是太平洋彼岸上演的第一部中国歌剧，是国

① 乔羽语，见琴音：观歌剧《原野》后——李德伦访谈录[N].文艺报，1987-09-05.

② 居其宏.“歌剧思维”及其在《原野》中的实践[J].中国音乐学，2010(3).

③ 居其宏.“歌剧思维”及其在《原野》中的实践[J].中国音乐学，2010(3).

内为数不多的几家歌剧院多次上演的保留剧目。为纪念该剧首演二十周年，还召开过专题学术研讨会。歌剧《原野》已经进入当代经典的行列。

二、零度改编

曹禺的剧作向来注重对情节的多媒介叙述，[①]这使得他的剧本既具有可演性，又比一般的剧本更具有可读性，同时也就具备了更多加以复述的可能性和诱惑力。在曹禺的早期剧作中，不仅处处挥洒着诗意，还有小说式的细节描写和肖像描写、心理描写。此外，鲜明的音乐性既体现在幕后歌声和主题阐释上，更体现在情节发展的节奏上。近三十年来，对《雷雨》《日出》《原野》等的改编，几乎包括了所有重要的表演艺术形式：电影、歌剧、舞剧、地方戏、电视剧，还有曲艺，首要原因固然是其人物形象的复杂性、情节的曲折性和再度生发的可能性，同时也是因为剧本中的多媒介叙述为后人的改编提供了话语基础。

曹禺认为自己的作品“故事复杂，人物太多”，而“歌剧故事应简明、清楚”。[②]《原野》成为歌剧的改编对象，自有其特殊的优越条件。与质地非常密实的家庭悲剧《雷雨》和社会悲剧《日出》相比，这个发生在“沉郁的”秋日原野里的故事，架构显得更加疏朗、空灵，性格对比更加鲜明，情绪表达更加强烈，还出现了大量的幻觉场面，显然，它是曹禺作品中最具歌剧品格者。

万方的歌剧脚本是对原作的“零度改编”，即忠实于《原野》的主题思想，完整保留情节骨干，不对人物和戏剧动作做任何增益和修改，并且根据浪漫主义歌剧的美学特征和体裁的特殊要求，对剧情加以重述。话剧本的基本叙事单位是对话和场面，歌剧本的基本叙事单位则是独唱（咏叹调、宣叙调、咏叙调）、对唱、重唱以及由乐队演奏的序曲、间奏曲等。在歌剧的体裁特性和成规的制约下，对“原野”的故事作全息化重述，正是歌剧《原野》获得巨大成功的原因之一。

《原野》原作共分四幕（序幕与后三幕的时间距离为十天，第一幕至第三幕的情节时间在二十四小时之内），序幕仅有五个场面，第一和第二幕大约共有二十二场（基本上以场上人物上下为划分标准，但个别的过场未计算在内），第三幕明确分为五个景别（受到奥尼尔的表现主义作品《琼斯皇》的影响），但长度与第一、二幕相当。《原野》的歌剧脚本则在全剧之前另加了一个序幕“合唱与乐队”，将原作的序幕当作了第一幕，全剧由此而变为四幕；每一幕均由七至九个唱段构成（两段间奏曲除外），形式变得更加整饬。各幕的情节与原作相同，甚至某些唱词也直接来自原作。如第一幕仇虎的咏叙调及与白傻子的两段对唱，焦母等三重唱中焦母的返始唱段中的两段歌词等，就是对原作序幕的忠实转写。但是，由于有了乐队的参与，歌剧的情绪表现有时也比原作更集中，更富于戏剧性。如表现焦氏和花金子的婆媳矛盾的三重唱中，女中音和女高音虽然唱词相同，但对比性复调手法

① 他曾说：“写《雷雨》的时候，我没有想到我的戏会有人排演，但是为着读者的方便，我用了很多的篇幅释述每个人物的性格。如今呢，《雷雨》的演员们可以藉此看出些轮廓。”（引自《〈雷雨〉序》，《曹禺全集》第 1 卷，花山文艺出版社，1996 年，第 12 页）。

② 曹禺，乔羽.关于中国歌剧的通信[J].人民音乐，1987(9).

却揭示了两人之间的尖锐冲突；男高音在女声的不协和音程的短暂间隙进入，把焦大星的软弱和无可奈何表露无余。三重唱以块状的音乐形式取代了线状的语言形式，将角色之间的情节内交际变成了人物与观众之间的情节外交际，时间上也因此显得更加经济。又如，原作中花金子有两处表白爱情、展示性格的重点场面，一处在第一幕第一个场景，她抱着仇虎说："野鬼，我的丑八怪，这十天我又活了，活了！"另一处在第二幕，她对着焦大星决绝地说："我是野地里生，野地里长，将来也许野地里死。大星，一个人活着就是一次。在焦家，我是死了的。"①歌剧以这两处对白为底本，写了两个唱段——独唱"啊，我的虎子哥"和重唱"人就活一回"，使原作中重点描摹的精神世界进一步被放大。在独唱里，金子对仇虎的称呼加了三个字，改成"野地里的鬼"，与"野地里生，野地里长"的"我"统一起来；在旋律上，独唱和重唱则运用旋律再现和调性对比手法，使两者既遥相呼应，又鲜明对照：前者是爱的深情表述，后者是对不爱者的无情告白，进而强化了两个场景的连贯性。在重唱中，男高音唱腔是对女高音的模仿和跟进，而唱词的内容却相反，反讽效果由此而生。

但是，不偏离原作主题、不增删主要情节的"零度改编"并不意味着简单的故事重述。体裁的转移，使得叙述形态发生了变化，必然导致故事的讲述方式也发生变化。从《雷雨》到《家》，曹禺的早期剧作中都有死亡的情节，但在古典悲剧原则的制约下，他将人物的死亡几乎都作了暗场处理（只有《日出》里的小东西除外）。万方的改编却让仇虎在舞台上直接将焦大星杀死，这是对原作细节的一个重要改变，体现了歌剧艺术的独特追求。曹禺称许万方的改编"颇有些歌剧味道"，②应该也包含着对这个细节的肯定在内。从浪漫主义时代开始，西方歌剧的观众已经习惯于观看舞台上各种形态的濒死与死亡的表演，因为歌剧叙事的歌唱性增强了戏剧动作的间离效果，降低了观众的恐惧感。可见，遵循浪漫主义传统的歌剧与古典戏剧两者的美学原则之间有着明显的差异。在歌剧舞台上正面表现仇虎的复仇行动，不仅可以加快叙事节奏，还可以强化戏剧效果。在原作中，仇虎杀死焦大星的动作经过了数次铺垫：先是让仇虎琢磨着"怎么先叫大星动了手"，然后"就可以把他象小鸡儿似地宰了"，但仇虎的种种暗示甚至明言焦大星就是听不懂；继而让焦大星假装告诉花金子，他已经向侦缉队告发了仇虎；复由金子转告仇虎说，大星也自认在告密人之列，这才终于激起仇虎的仇恨，冲入卧室，将睡熟的焦大星杀死。歌剧则缺乏足够的时间让仇虎一层层积累起对大星的仇恨，改编者只用了一重转折，就使人物的复仇心理达到了顶点：先用一段咏叹调"现在已是夜深深"，描摹仇虎的心灵是如何受着复仇不得的煎熬；后又让焦大星在侦缉队即将到来时幸灾乐祸，口口声声"侦缉队就来抓你们！杀了你们，宰了你们"，这就给了仇虎杀人以坚实的理由。再也无法忍受的仇虎一步步逼上去，用刀捅倒了焦大星，比在话剧当中更加迅速地完成了他的复仇行动。

又如表现仇虎与焦母的直接对抗，原作用了两场戏，近十三页的篇幅，包括第二幕的

① 本文引用的《原野》原作系四川人民出版社 1982 年 9 月"曹禺戏剧集"版。经过比对，歌剧脚本与这个版本关系较近。

② 曹禺，乔羽.关于中国歌剧的通信[J].人民音乐，1987(9).

开端和第三个场景。其中,第三个场景又分为两部分,前半部具有情节回叙功能,后半部则是纯粹的性格冲突。歌剧脚本将这个场景压缩为男中音和女中音的两段对唱。第一段对应着原作第二幕的开头,焦母祈求菩萨保佑,唱腔保持着固有的音型和小二度的音程关系;插入的仇虎唱段则取自原作:"初一('呀那个')十五('呀哈')庙('呵呀嘿嘿')门('呵一个')开('呀个呀得儿喂呀'),牛头马面两边排,两边排('呀哈')",调性突出,句式清晰。第二段内容取自第三个场景的后半部。这样,就非常紧凑地转写了原剧的内容。因为在第一幕仇虎上场时,已经历数了焦阎王的罪恶,并表达了复仇的决心,情节回溯自然可以省略。但相关场次是《原野》戏剧性和舞台性最强的段落之一,是全剧的核心情节,为了再现原作的精华,歌剧调动了丰富的乐队技巧来凸显人物心理上的对峙,如用大提琴和低音提琴五个音同时发出的音块烘托焦母的狠毒,用打击乐和钢琴、弦乐逐渐加快的密集音型加重仇虎的狞笑和道白的力度,等等。

原作第三幕大量借鉴了奥尼尔的表现主义手法,在全剧中有着相对的独立性。虽然篇幅与前两幕保持一致,却分作五个场景,情节线也在真实与幻觉之间交叉,人物表除了前两幕的六个人物外,还增加了幻觉世界中的人物。它是情节的结尾,也是完成人物性格的最后笔墨,仇虎性格的善良底色在第二景得到集中展现,从而揭示了此前人物行动矛盾性的原因。歌剧则选取各景中的心理活动为改编对象,以心理描写推动情节,与原作中以情节展示为动力描绘变态心理恰成对照。这种改编策略,既突出了歌剧特点,也可以看作和声手法中上下声部反向进行于戏剧结构上的象征。

三、歌剧思维

在《原野》完成后,作曲者金湘曾多次提出"歌剧思维"的概念,它"指歌剧艺术家是怎样将自己已有的意图(故事情节、情感思绪)用歌剧这个载体,并以符合这个载体本身特有的艺术规律体现出来;如何将包含在歌剧创作表演中的各个元素既特立独行又配合默契,既运用自如又发挥至极!"[①]歌剧学者居其宏认为:"'歌剧思维'在更多意义上不是一个理论命题而是一个实践命题,因此既不玄奥也不神奇——在我国,能够对'歌剧思维'说出一二三的学者(包括笔者在内)和艺术家大有人在,但在创演实践中将它贯彻始终并在舞台验证中得到完美体现的艺术家及其作品却不多见。"[②]

《原野》是金湘实践"歌剧思维"的第一部作品,或许不应归结为偶然。"灵与肉的扭曲与反扭曲、桎梏与复苏是这部歌剧深刻的主题"。[③] 原剧情节和人物性格中所包含的二元对立因素,对作曲家的"歌剧思维"的走向起着制约的作用。"歌剧思维"的核心就是音乐的戏剧化,那么,"歌剧思维"的直接现实,就体现在音乐语言、曲式、织体等对原作戏剧性的再现和生发上。

---

① 金湘.我写歌剧《原野》——歌剧《原野》诞生20周年有感[J].歌剧,2009(2).

② 居其宏."歌剧思维"及其在《原野》中的实践[J].中国音乐学,2010(3).

③ 金湘.我写歌剧《原野》——歌剧《原野》诞生20周年有感[J].歌剧,2009(2).

“歌剧思维”在《原野》中有两个方面的突出体现，首先是音乐构思的戏剧性。美国音乐学家约瑟夫·科尔曼认为，歌剧“作为一种戏剧类型，它的本质存在无论在细节上还是在整体上都是由音乐的表达所决定”。[①] 序幕所规定的《原野》的背景是这样的：“秋天的傍晚。大地是沉郁的，生命藏在里面”；巨树的庞大躯干“象征着严肃、险恶、反抗与忧郁，仿佛是那被禁锢的普罗米修斯，羁绊在石岩上。”为了使原作的情境得以再现，序曲以定音鼓的 ppp 音强开始，紧接着便是特强的乐队合奏，加入了铁链和铁皮的打击乐组的声音以及钢琴上的微分音音块渲染着原野的荒芜。在长笛和板鼓的几番问答之后，各种音色的人声加入：“黑呀！恨呀！天哪！冤哪！”阴森地狱的意象由此出现。紧接着是弓杆击弦所制造的偶然音乐和音块技巧，带来了听觉上的强烈刺激。随后，长笛在小提琴的伴奏下独奏出一段叹息般的旋律，经由小提琴和单簧管的接替，在人声的哼唱中，序曲走向结束。将这段音乐仅仅当作对原剧序幕开头描写段落的转写是不够的，因为它既是歌剧音乐的程式要求，又是全剧音乐形象的总提。

第一幕相当于原作序幕，主要任务是展示人物性格，确立人物关系。仇虎被焦阎王所害，蹲了八年大狱；当他满怀复仇的冲动逃回来时，却得知焦阎王已经死了，顿时陷入极度的绝望，他充满怨怒地一连唱了四遍“你怎么不等我回来！”在历数了仇人的罪恶后，他向着秋天的原野——仿佛又是对着坟墓里的焦阎王——喊道：“我仇虎回来了！”（第 84-87 小节）。与原作不同的是，在白傻子告知金子嫁给了焦大星之后，上场的是焦母，她的宣叙调以小二度和三度级进为特色，多倚音，与针扎小人的动作相配合，内心的狠毒昭然若揭。从揭示焦母与金子两人之间矛盾关系的角度考虑，让焦母先上场无疑更加经济。焦大星的咏叹调“哦，女人”应该是动听的，但旋律在高音区的反复，却显出这个人物内心的软弱和苍白。在充满戏剧性的三重唱之后，只剩下金子一人留在台上，她终于得到袒露内心情愫的机会。正当她诅咒“闷得像坟墓一样”的现实，憧憬着变成一只小鸟，在艳阳高照的蓝天下想飞就飞、想落就落的时候，仇虎出现了。这时，间奏曲响起，这段将在第二幕由仇虎唱出的音乐一改此前的现代技法，开始“毫不吝惜地以欧洲 19 世纪浪漫派手法，大旋律长呼吸地、酣畅淋漓地”“刻画来之不易的爱情的刻骨铭心、温馨暖人！”[②]弦乐组的引子之后，独奏双簧管在竖琴的伴奏下吹出了如歌的第一主题，它与单簧管相互交替，仿佛一对恋人依偎在一起细语呢喃。接着，第一小提琴和第二小提琴重复第一主题，将“温馨暖人”的内容发挥至极致。第二主题具有舞蹈风格，从另一个角度彰显了爱情的特质，经过弦乐和管乐的两次重复，乐队的合奏又回到第一主题，圆满结束了第一幕，在情绪和风格上开启了第二幕。

金湘曾多次强调“歌剧思维”与艺术手段多元化的联系。如果说，第一幕和第四幕偏重于现代歌剧语言魅力的展示，那么，第二幕和第三幕就是浪漫派风格的体现。第二幕的时间已是十天之后，音乐的开头延续着间奏曲的意绪，营造出“家”的温馨。仇虎和金子沉

① 约瑟夫·科尔曼.作为戏剧的歌剧[M].杨燕迪，译，上海：上海音乐学院出版社，2008.

② 金湘.我写歌剧《原野》——歌剧《原野》诞生 20 周年有感[J].歌剧，2009(2).

浸在重新找回的爱情甜蜜中。仿佛是第一幕的憧憬终于变成了现实，金子畅快地唱道："我又活了，我又活了活了，这活着的滋味呵，什么也不能比。"仇虎也用间奏曲的甜美旋律回应："金子，金子，你在我的心里，你是我，我是你，再不能分离。"两场戏后，便是东北民歌风格浓郁的"大麦呀，穗穗长"（第 312-325 小节）。这首歌曲的旋律线虽然起伏不大，但显得色彩十分绚烂，这主要得自于鲜明的民族调式和两次转调（D 调—C 调—F 调）等手法的应用。由于有男女主人公调性不突出的宣叙调风格的对唱的烘托，这段七声徵调的重唱虽非浪漫主义歌剧中的华彩乐段，却同样达成了情感升华的效果，为全剧的爱情段落作了一个完满的收束。

"歌剧思维"在《原野》里的第二个突出体现当是整体性。作为中国民族歌剧经典形式的"新歌剧"从诞生之日起，就选择了与传统戏曲相认同的歌曲联唱体制，戏剧性在歌剧中占据着主宰的地位，歌唱与对白相分离，导致所谓歌剧就只剩下一些能够广泛传唱的曲目。金湘的"歌剧思维"倾向于追求情节连贯发展的连缀体，主张戏剧与音乐"水乳交融"，用"交响性意识"统率声乐与器乐，让咏叹调与宣叙调相互妥切，[①]与"新歌剧"的美学观念形成了鲜明的对照。

《原野》歌剧音乐的整体性的基础是对剧作主题的明确把握。作曲家认为，全剧的贯穿性主题是纯真的人性、野性与被扭曲的外象之间的反差和对立。在表现前者时，"多用整块的、旋律感强的、调性相对明确的手法"，在表现后者时，"则多用结构模糊、旋律感弱、尖锐音程的多层结合手法"，"用这样截然不同的手法来表现两种不同的'情'与'景'，让它们在强烈的冲撞、反差中既表现了不同的情与景，也表现出音乐自身的美"。[②]

重复也是实现整体性的重要手段。如爱情主题在全剧中出现了三次：第一次在间奏曲中出现，充满着期待；第二次在第二幕出现，是正面表现；当它在全剧结尾部分第三次出现时，主人公们已经过了重重磨难。在生离死别之时重新响起的这段旋律，从独唱发展为重唱，歌词内容也发生了变化："有了孩子就有了我们！生下他，他就是天！生下他，他就是地！"又经过细节的处理，显得刚毅与柔情并重，绝望与希望共存。唱段过后，剧情直接进入了尾声。

"初一十五庙门开"也是通过重复手法实现整体性构思的成功例证。曹禺原作中的《妓女告状》来自北方地区的鼓书唱词，歌剧改编则直接采用了话剧中的相关段落，使之成为剧中"可感知的"歌唱。当它在第三幕初出现时，充满了宣战意味，是仇虎对焦母宣示存在的方式。唱到第二遍时，仇虎突然伤感道："是我那屈死的爹和妹子在唱哪！"遂将情节引向了二人的直接交锋。第四幕，表现仇虎内心煎熬的合唱中又出现了这段歌声，而且形式更趋庞大和复杂，足足演唱了五遍。作曲家充分调动合唱队的各种音色，将头两句唱词分割成四部分，由四个声部接续唱出，然后将旋律压缩，对五声商调的"初一十五庙门开，牛头马面两边排"加以反复，稍后又以铜管音色为特征的乐队反复演奏同样的旋律。如果

① 金湘.困惑与求索——一个作曲家的思考[M].上海：上海音乐出版社，2003.
② 金湘.困惑与求索——一个作曲家的思考[M].上海：上海音乐出版社，2003.

说第三幕里的“初一十五庙门开”其性质属于“可感知的”歌唱，演唱者仇虎的精神在情境中占着优势的地位，那么第四幕里歌声的再次出现则宣告了仇虎复仇的悲剧性失败——行动完成后，复仇者却陷入了精神崩溃：那原本用来嘲笑焦母的歌声，此时却成了仇虎内心巨大恐惧的象征。

本文认为，对“歌剧思维”的考察还可以与20世纪80年代中期的文化——艺术语境结合起来，它是改革开放的成果，是作曲家批判地审视中国现代歌剧传统，意欲将20世纪现代技法与民族审美趣味相结合，在“新歌剧”之外探索一条走向世界歌剧舞台道路的宣言。“歌剧思维”作为一种创作主张，并不仅仅是技术性的，而是代表着明确的价值选择。《原野》作为金湘实践这一主张的第一部作品，其巨大成功不言而喻；但如果作曲家能在后来的歌剧作品中继续《原野》的思想探索，“歌剧思维”的主张将得到进一步丰富。

原载《艺苑》2011年第1期

歌剧《原野》研究综述

王升典

一、引言

根据戏剧大师曹禺先生的著名剧作《原野》改编，由著名作曲家金湘作曲、万方编剧、李稻川导演的四幕歌剧《原野》，于1987年7月25日由中国歌剧舞剧院在北京成功首演。歌剧一经推出立即得到了广泛赞誉。继国内成功演出后，《原野》在美国又成功演出多场。美国媒体是这样评价的：“歌剧《原野》的诞生与登上世界舞台，是20世纪末历史上最重大的事件之一。”金湘本人亦被誉为“东方的普契尼”“当代东方新浪漫主义的代表”。

20多年来歌剧《原野》常演不衰，理论界从各个角度对于歌剧《原野》的研究也是方兴未艾，可搜集到的研究文章就有72篇，涉及《原野》的专著有3部：《困惑与思考——一个作曲家的思考》《新中国音乐史》《中国当代音乐》。

二、文章分类研究

1.剧评类

对于歌剧《原野》，理论界一致给予歌剧《原野》以高度评价。詹桥玲在《中国歌剧发展谈概》中认为歌剧《原野》在海外的演出成功，标志着中国歌剧开始走向世界，在中国歌剧史上无疑具有里程碑的意义，也标志着中国歌剧的发展达到了第三次高潮。居其宏《“歌剧思维”及其在〈原野〉中的实践》认为：《原野》是金湘所有歌剧创作中最好的一部，在新时期以来中国歌剧创作中是最好的一部，也是有中国歌剧史以来在严肃歌剧领域里最好的一部。温德青在《为国产歌剧把脉》一文中说：“在我看来，21年来还没有一部国产歌剧的全方位的创新程度可以超越《原野》。”

2.音乐本体分析类

作曲家金湘先生在他的专著《困惑与思考——一个作曲家的思考》中对歌剧《原野》创作进行了自我总结。在处理音乐结构与戏剧结构的关系上，他运用了三种手法：1）主题变形地贯穿。全剧运用了两个主题（原野、爱情）贯穿。2）支点与链环的结构关系。“我把咏叹调作为支点，宣叙调作为链环”。3）非方整性、开放性的结构特征。对于风格的把握上“我运用两种不同的风格：表现主义和浪漫主义的风格”。4）在技法的把握上“我从东、西方各种作曲技法中选取了我所需要的并将其融入到我的音乐中来”等。

陈贻鑫、李道松《歌剧〈原野〉音乐探究》从多个角度对《原野》的音乐创作进行了分析。

他们认为歌剧《原野》的创作首先力求剧本减头绪、立主脑，避免出现繁缛细节和人物之间的舌剑唇枪，给音乐留有展翅翱翔的广阔天地。其次，他们认为《原野》的音乐戏剧结构构想非常独特，逻辑严密，布局合理，脉络显豁，具有很强的整体感。最后，他们认为作曲家在创作歌剧时对各种风格技法的使用达到了融会贯通。同时，文章也指出了歌剧《原野》创作上的缺憾之处：如第四幕中阴曹地府的段落显得冗长，乐队的音响强度持续时间过长，使观众听觉产生疲倦而难以接受。

施万春在《原野的启示》中分别从音响时空的张力、音乐性格的张力、音乐节奏的张力、音层交响的张力四个方面进行了阐述。施万春认为"《原野》的成功在于作曲家准确把握了作品内涵，以作品内在张力场为立足点，借鉴西洋歌剧手法，继承民族戏曲精华，融汇各种作曲技法完成立体构思"。

3.歌剧创作理念及美学分析类

"歌剧思维"的理念是由作曲家金湘提出，并贯穿了作曲家创作《原野》的始终。作曲家曾在不同的场合，并在多篇文章中阐述"歌剧思维"的创作理念。

满新颖在《金湘"歌剧思维"论观产生的背景、实质及其价值》中认为，"金湘先生阐述'歌剧思维'最有力的佐证也是他九部歌剧中的《原野》"。

居其宏在《"歌剧思维"及其在〈原野〉中的实践》中着重从歌剧的脚本与音乐创作的关系，歌剧典型人物的角色塑造，歌剧中的重唱，歌剧演出中导演的重要性等方面逐一分析。文章最后中肯地指出了《原野》创作中的不足：一是仇虎形象的野性不够。二是全剧后半场的戏剧节奏显得稀松、枯燥，尤其是仇虎心理发生裂变、有点精神失常的时候。

刘烈雄在《中国歌剧：超越与迷茫》中认为，"《原野》的创作实现了中国歌剧思维由'平面'向'立体'的复述转变，使得戏剧性、交响性和民族性有机地渗透和融合，形成浑然一体的复述语言体系"。

4.歌剧角色塑造类

"艺术创作的最高使命，便是塑造具有典型性的艺术形象。"居其宏在《"歌剧思维"及其在〈原野〉中的实践》中指出：歌剧《原野》的四个主要人物，金子、仇虎、大星、焦母，都有各自的典型性、独创性和唯一性。

胡波、唐健梅在《仇虎的"爱"与"复仇"——谈〈原野〉中"仇虎"的角色塑造》中，分四个方面对原野中"仇虎"的形象塑造进行了专门研究：仇虎的复仇观，仇虎的性格特征，仇虎的舞台形象与人物关系，仇虎形象的演唱处理。

三、结语

总之，歌剧《原野》自 1987 年首演以来，学者从各个角度对这部优秀的作品加以解读和分析，最近几年来，国内对《原野》的研究又有明显回暖的趋势。其研究的角度更加广泛，内容也更加丰富，质量也比较高，但研究的角度并不平衡，且伴随着研究角度偏窄、研究深度偏浅等不足。

原载《大舞台》2011 年第 2 期

歌剧《原野》主人公“焦大星”的人物心理及演唱处理

沈德鹏

歌剧《原野》是我国近现代歌剧宝库里的一颗耀眼的明珠，其风格类型在歌剧领域可以说独树一帜。歌剧《原野》创作于20世纪80年代后期，并且是第一部立足于西方舞台的中国歌剧。该部歌剧的创作虽然也是根据西方的歌剧模式发展而来，但是并没有脱离本国所特有的文化历史背景，仍然保持着自己所特有的艺术风格。歌剧《原野》是剧作家万方根据其父亲曹禺同名话剧改编，由金湘作曲，李稻川导演，1987年7月25日由中国歌剧舞剧院于北京天桥剧场首演，引起了强烈反响。1992年，该剧在美国华盛顿的上演更是震惊了西方，被称之为“震撼西方舞台的第一部中国歌剧”。“歌剧《原野》的成功，实实在在地证明了它是一部中西音乐艺术由‘磨’到‘合’由‘结合’到‘化合’的成功例证”。歌剧《原野》无论是从文学性的角度进行分析，还是从剧中人物那复杂而又矛盾的心理进行分析，对于一个歌剧演员来说，都是一部非常难以演绎的文学巨著。

一、歌剧《原野》的概况

《原野》是曹禺自《雷雨》《日出》之后的第三部作品，写于1936年，发表于1937年。歌剧《原野》原本就有很好的文学背景，经过熟悉歌剧艺术的万方重新构思，由金湘作曲，李稻川导演，使歌剧《原野》的剧本散发出夺目的光辉。该剧所讲述的故事发生在1920年中国的北方，通过描写仇、焦两家两代不解的冤仇为主线，展开震撼人心的悲剧故事。揭露了在封建恶霸地主压迫下，农民痛苦的一生和逐渐醒悟的历程，讴歌了纯真的爱和恨。作者将其作品分为五个部分，序幕通过合唱与乐队渲染了悲凉、阴森的气氛。第一幕，讲述了仇虎怀着复仇的念头从监狱中逃出，回来找焦阎王报仇。然而，却发现焦阎王已经死去，焦母眼睛瞎了，当年的未婚妻金子也嫁给了与他一起长大的儿时好友焦大星（焦阎王的儿子）。第二幕，仇虎见到了他的初恋情人金子，幽会十天，两人爱情之火重新点燃，之后被焦母发现，并告知给了焦大星，各种矛盾在不断激化。第三幕，剧中人物之间的矛盾终于爆发，焦大星在焦母的威逼下，让金子说出自己的情人是谁。当得知金子肯定的告白后，焦大星不断苦苦哀求金子不要离开自己，复杂的人物心理和人物性格之间展开了激烈的斗争。仇虎杀死了焦大星，而焦母为了杀仇虎，却使孙子错死在了自己的铁拐杖下。夫妻、婆媳、朋友、情人各种感情淹没在这血海深仇的戏剧冲突之中。第四幕，仇虎带着金子逃进森林，在侦缉队的重围下，仇虎放弃了逃生的希望而自杀，金子则带着寄托着全部希望的、尚未出世的孩子黯然离去。

二、焦大星角色的人物心理及其演唱处理

1.焦大星角色的人物心理分析

焦大星是代表生存在无边的原野上，在封建制度这一邪恶的巨大阴影中痛苦呻吟的人物之一，是封建制度的受害者。他生长在封建家长专制下的家庭环境里，长期受着封建伦理道德思想的束缚。按理说，焦阎王死后，儿子焦大星应该成为家产的继承人，主持家事。焦母应该受到儿子的尊敬、儿媳的侍奉。然而，在“长幼有序”和“孝”的伦理关系中，焦母成为一个可以主持家政、具有“母权”的人，在母亲的强权下，焦大星逐渐养成了缺少阳刚雄健的男性气质，既无雄心又无能力的性格特征。

焦大星表现出来的畏惧、失意、落魄、屈服、萎靡不振的性格导致他日后注定会成为悲剧性人物的集中体。在焦母的眼中，他是一个顺从听话的好儿子，是自己失去丈夫后的一个精神寄托；从妻子金子的角度来看，他是一个懦弱无趣的丈夫，夹在妻子与母亲之间，面临爱情与亲情的争夺；对于父亲焦阎王来说，他又是一个无辜的替罪羊；而对于仇虎，他则成为一个一起长大的儿时好友，善良的兄弟，焦阎王罪孽的转移对象。剧中，焦大星这个角色鲜明的人物形象和强烈的心理冲突将这个人物展示得淋漓尽致。“一个歌剧演员也只有真正读懂剧本的内涵，真正体会到剧中人物的内心世界，他才能将情感真实的融入到角色中去，再通过演员自己的想象力和情绪记忆将角色完美地塑造出来”。①

2.焦大星经典唱段的演唱分析

作曲家金湘在创作整部歌剧《原野》时，尝试将中国本民族的多种风格技巧与外国民族的、传统的和现代的技巧进行“综合处理”，开创出一种新的音乐风格。根据《原野》剧本中离奇的悲剧性和剧中人物复杂的内心矛盾，作曲家在音乐中大量使用非方整性的结构和开放性的音乐来描绘整个作品的人物形象。整部歌剧中，作曲家以独唱、对唱、重唱等多种演唱方式，出神入化地刻画出焦大星这个人物的整体性格和内心活动。歌剧中焦大星的咏叹调《哦，女人》是男主人公最具有表现力的，也是演唱技巧较难的一个唱段，表现了焦大星人物“懦弱型”的性格特点以及复杂而又矛盾的心理特征。

《哦，女人》是焦大星角色在整部歌剧中的第一次亮相，也是焦大星在全剧中唯一一个独唱的咏叹调。在焦大星真情唱出这首呈示和再现的爱情主题咏叹调《哦，女人》中，“作曲家金湘采用了带有主题或动机性质的、有个性的、旋律的音乐主题表现手段。这种旋律有着相当强的独立形象和表现意义。这种旋律引人联想的形象和情绪，远远超出和它配

① 赵雨薇.浅析歌剧《原野》中金子的人物塑造及主要唱段的演唱处理[D].北京：首都师范大学，2006(11)：6.

合的歌词的字面含义，而给听众的想象力和情绪理解以更大的空间，使听众更好地得到一种精神上的满足和升华”。① 当焦大星以其男高音所特有的鲜明、美丽的音色表达对金子那份真爱之情时，所唱出“我的好金子啊，我是多么的爱你”时，音域从小字一组的 f 一下跨到小字二组的降 b，这十一个音域的跨度，让刚刚观众还觉得窝囊的焦大星，形象一下子硬朗了许多，旋律从低沉到激情的推进，将焦大星对金子的爱情渴望推向了高潮，向观众表明，焦大星在内心有多么爱金子。演唱这一句时，音乐会引导演唱者运用更加通畅的整体共鸣，让字与字、音符与音符更加均匀、连贯，音色更加统一。演唱者此时应该完全放弃一开始出现在宣叙调的情绪，以一种积极、充满热情的饱满的情绪，发自内心的演唱来抒发自己内心的爱。由于此时演唱者的情绪反差很大，则更加要求演唱者平时的扎实基本功，随着音高的变化，要保持声音上下一致，在气息的支持下，声音要保持相对的松弛，不能挤也不能卡，喉咙做半打哈欠的状态，软腭兴奋抬起，将声音推出，获得明亮、富有激情的共鸣，将降 b 唱进人们的心里，唱出焦大星灵魂中那种对爱情的渴望。

随着焦大星富有激情的一句演唱过后，作曲家金湘笔锋一转，又运用了另外一种旋律的表现形式。“这种旋律是歌词语言的美化和延伸，多数音符的运动走向都是和语言的四声一致。音乐本身有节奏和调式上的运动美，与歌词表达的情绪也吻合，唱起来自然、流畅，充满语言的音调美。”作曲家运用这种叙述性旋律，马上又将焦大星从对爱情的渴望中拉回到矛盾的现实中来，表达了此时焦大星在妻子和母亲面前的两难境地。大星刚刚把对金子的爱表达出来，却又马上陷入了情绪的低谷，唱道：“可是我那妈，还有你，哎，真叫人没法子，原指望一家人和和睦睦，我做个好儿子好丈夫，可现在竟是这样，不是你哭就是妈闹。难哪，叫我怎么办？”在演员演唱这种叙述性旋律的时候，要求演唱者要加强语言动作的舌面张力和咬字方式，使口腔有更多的共鸣，增强焦大星这一“懦弱型”人物语言的生动感、形象感。只有这样，叙述叙事的功能才能够更好地发挥，才能将焦大星一心只想做一个好儿子、好丈夫，对幸福家庭的渴望向观众反馈，得到人们的同情与可怜。

随着最后这个爱情主题和整个乐队的配合再现时，整个交响乐队率先奏出了焦大星一开始唱出的音乐主题，紧接着，焦大星再一次发出内心的呼喊：“女人，啊女人！多么奇怪的女人，为什么女人跟女人，总是合不到一块去？”此时要求演唱者在音域小字二组的降 b 和小字三组的 c 上做 f。是作曲家金湘刻意安排的，这样会更加强烈地把焦大星在这一刻的心情更准确、更形象地表达出来。

在这里，焦大星的演唱对于男高音来说是很难的，需要男高音在放松打开的前提下，控制好气息，利用鼻腔和头腔的共鸣，真假声有效的混合，打开软腭、笑肌，快速咬字。将“女”和“啊”字着重加强，在唱 HIGHC 的“啊”时，一定要做一个延长，气息托住，保持住兴

① 石惟正.歌剧《原野》的旋律创作对声乐表演的良好导向——兼论声乐旋律的三种类型[J].音乐研究，2009(3).

奋状态，唱得要饱满、激情。将焦大星内心所有的压抑、无奈、痛苦、委屈全部释放出来，向着金子、向着自己的内心、向着封建社会发出灵魂的询问："为什么女人跟女人总是合不到一块去?"作曲家对焦大星这首咏叹调的设计从多侧面揭示出他的人物性格，音乐性格强化了焦大星情感的内在张力，将他"懦弱型"的男子形象通过这首咏叹调淋漓尽致地展现出来，也为他悲剧性的发展埋下了伏笔。

三、结语

综上所述，通过对这部歌剧男主人公"焦大星"这一角色人物性格及心理的分析，加上对咏叹调《哦，女人》这一经典唱段作品的诠释，希望能够让演唱者对男主人公焦大星从人物形象到时代背景、从思想变化到性格特点有一个完整而精准的了解和把握，从而在演唱风格和技巧上有所助益和借鉴，更好、更准确、更丰满地演绎好这一角色。焦大星这一角色，不仅需要演唱者具有很高的艺术修养，还需要具备相当娴熟的歌唱技巧，去深刻地分析出焦大星的性格特征和内心刻画，只有做到恰到好处地理解和把握人物形象的分寸，才能更好地将焦大星这个角色演绎得深入人心，淋漓尽致地塑造出一个有血有肉的悲剧人物。

原载《沈阳师范大学学报(社会科学版)》2011 年第 3 期

中国新歌剧的里程碑

——试析金湘先生的歌剧《原野》

张　敏　孙晓丹　郝　胜

首演于20世纪80年代的歌剧《原野》，是由著名剧作家曹禺的女儿万方根据曹禺的同名话剧改编而成，讲述的是青年农民仇虎的复仇与爱情故事。仇虎被地主焦阎王陷害投入监狱，而他的父亲和妹妹被迫害惨死。满腔愤恨的仇虎一心要替亲人报仇，但越狱后却得知焦阎王已死，失去目标而顿感迷失的仇虎，随即将焦阎王的儿子焦大星锁定为替罪羊。懦弱无辜的焦大星是仇虎的儿时好友，同时又是仇虎以前的情人——金子的丈夫，本性善良的仇虎在仇恨和良知的双重煎熬下，虽然杀死了焦大星，但最终自己也走向了覆灭。

早期的中国歌剧音乐，要么是以民族音乐为主要表现形式，要么是直接套用西方现代歌剧的音乐技法，二者虽各具特色，但又各有硬伤：或音乐技法单薄守旧、表现力不足，或音乐表现形式机械呆板、与歌剧内涵貌合神离。如何使二者相互融合、推陈出新，成为歌剧艺术工作者必须解决的课题。中国民族歌剧《原野》在此方面做出了有益尝试并取得了巨大成功。作为歌剧的作曲，金湘先生立足于中国传统歌剧艺术，大胆借鉴西方经典歌剧艺术中的音乐技法，用音乐语言突出展示了人物激烈的矛盾冲突、扭曲的内心世界。借助音乐，他更是把剧情推入了更高层次的诗的意境，以浪漫主义手法渲染了仇虎的怨恨与复仇过程中的内心与情感变化，成功地使人物的内心与情感斗争成为歌剧的主题。每一次欣赏《原野》，都不禁为其巨大的艺术魅力所折服。其艺术魅力主要体现在"三个对立"与"三个融合"。

一、歌剧音乐的冲突对立

歌剧版的《原野》是一部戏剧性能量极强的作品，曹禺原作和万方的改编，为作曲家提供了尽情发挥、施展才华的平台。金湘先生在此基础上，充分利用自己对中外歌剧多年的积累及自己的独特理解，为歌剧创作出了一条出色的、充满冲突与碰撞的音乐主线，与剧情一起构成了这部歌剧的双璧。这样一部充满冲突对立的音乐，主要体现在三个方面：

（一）理想与现实的冲突对立

无冲突不成戏剧，冲突是戏剧的主要推动力。而戏剧艺术中，理想与现实的矛盾则是最大的冲突因素，剧情往往是在理想与现实不断发生背离与极度的矛盾中推向高潮。在《原野》中，金湘先生用音乐作为表现人物内心情感与理想的载体，通过视听两种方式，运用不同的音乐风格与节奏，让观众感受到剧中人物心中理想与现实境遇的强烈反差，加大了冲突对立的效果。

随着剧情的展开，从仇虎充满仇恨地回来，到得知仇人已死而顿感“失落”，音乐也立刻从高亢有力转为平缓、低沉、反复，并以建立在弦基础上的持续音烘托这种氛围。继而从与金子重温爱情的美好，到因仇人之子是自己儿时好友的矛盾与无措，再到杀死好友焦大星、复仇焦家，最终却走投无路自我毁灭。音乐也随之从轻松温情转为跳跃激荡，时而低沉缓慢显得犹豫，时而尖锐快速充满诡异悲怆，音乐时时刻刻都处于一种矛盾的冲突激荡之中。即使仅凭音乐本身，也足以使观众抓住剧情的发展脉搏。作曲家用音乐表现出人物的理想与情感，在音乐与剧情的冲突碰撞中，在听觉感受和视觉效果的矛盾对立中，观众切身体会到理想与现实对立的痛苦与无奈。

（二）人物内心与外在表现的冲突对立

音乐作为一种艺术语言，用以表达人物的内心活动有着无与伦比的优势。金湘先生充分利用了这一点，在演员表演的同时，采取完全不同的音乐风格，将人物内心与外在同时表现出来，形成了强烈的对立，使人物形象更加立体化。

在第二幕《仇虎与金子的对唱》中，金子咒骂道：“讨厌！丑八怪！还不快，出来！”这几句简单的话语从表面上听，好像是金子非常讨厌仇虎，但随之活泼紧凑、充满生气的器乐部分却暗示出了金子期待已久的喜悦心情。又如在矛盾焦点人物焦母与仇虎的对唱中，金湘先生以木鱼声和弦乐器微分音的手法组合两个声部，以外表悠闲、平和的民谣旋法，同焦母的外表与台词形成强烈冲突对立，从而塑造阴险狡诈、表里不一、暗藏杀机的焦母形象。这些创作手法很好地突破了传统歌剧音乐单线条展开的制约。

（三）人物自身多重心理的冲突对立

纵观全剧，主要人物特别是仇虎的内心世界复杂、深沉，远远胜过他的复仇行为。如何在单一的表演画面中表现出人物复杂的情感与矛盾的内心，音乐在此时又发挥出其巨大作用。

爱和恨是人类思想感情的有机体，他们水火不容，而仇虎心中的爱和恨却交织在一起，因此他的灵魂时时刻刻地受到爱与恨的双重煎熬，人性和野蛮在他心中激烈地搏斗。此时的音乐，运用多调性变形民间音调以表现仇虎内心不同情感的冲突之激烈、人性之扭曲的复杂状态。同时使用两个增四度叠置的和声手法，与人声的齐声朗诵结合进行，形象地营造出矛盾即将结束前令人窒息的恐怖氛围。

二、歌剧音乐的融合统一

歌剧《原野》中的融合体现在如下三个方面：

（一）音乐与戏剧的融合

歌剧是用音乐展开的戏剧，一部歌剧的成功创作应该是音乐元素与戏剧元素的有机融合与高度统一的结果。金湘先生在歌剧《原野》中，一改以往歌剧中剧情为主、音乐为辅

的俗套，以音乐作为展开戏剧性的主要手段，使音乐本身也表现出巨大的冲突与对立，不再是歌剧本身的附庸，而成为戏剧的主导。

例如，在音乐与戏剧的结合上，金湘先生避免音乐行进中出现人物间平铺直叙的话语对白，把音乐立于主导地位，使得人物之间的戏剧性冲突场面的表现，完全靠乐队和演员的独唱、对唱、重唱完成，从而做到了音乐与戏剧的真正统一，达到了音乐与戏剧完美融合这一歌剧艺术的理想境界。

（二）民族风格与西方技法的融合

在创作《原野》过程中，金湘先生采用中国民族戏剧与西方经典歌剧相结合的方式，并效仿了中国戏曲韵白的神韵、说唱音乐中的说唱形式以及古典诗词吟诵的方法，走出了一条融合中西方艺术的新歌剧之路，这是新中国成立以来歌剧史上的首创。

他在艺术形式上立足民族、继往开来，在创作技法上博采中西、推陈出新。例如，在序幕的合唱，三、四幕之间的幕间曲中运用偶然音乐手法，以表现错落起伏的原野与散落四方的冤魂；在打击乐中运用点描手法，以加强乐队的空间感；在“幻觉”一场运用微分音手法，以加深其阴沉、模糊的气氛；运用多调性变形民间音调以表现阎王殿之荒诞、怪异；在金子、焦母等的唱段之中运用戏曲中的垛板，以加强其心理波澜的效果。

（三）声乐与器乐的融合

声乐和器乐是歌剧音乐创作中的两大表现手段。以往的歌剧中，很容易忽视器乐部分，往往只把它作为一种伴奏手段。而在金湘先生的咏叹调中却以声乐为主导，在宣叙调中则强调突出器乐的表现力，对两者进行统一规划、整体构思，在需要的时候甚至将声乐、器乐的主导地位相互转换，互为主导、交错使用，使其音乐的表现力更加丰满。例如，在歌剧第二幕《大星、金子与焦母三重唱》中，当剧情发展到金子被逼问说出谁是她的情人时，器乐部分随即逐渐进入展开，从开始弦乐的铺垫，到铜管组圆号、小号、长号等的渐次而入，再到打击乐器的紧锣密鼓，使气氛愈发紧张。紧跟之后的是乐队的整体全奏，整个乐队通过宏大的音响，将戏剧冲突推向最高潮，此时三人之间的激烈冲突及复杂的内心感情都通过乐队的交响有力地表现出来，强烈地震撼着观众。

中国的歌剧，从新中国成立前的《白毛女》到新中国成立初期的《小二黑结婚》，再到新时期的《原野》，一路走来，历经坎坷、迷茫与困惑，终于走出了一条从无到有、由“舶来”再到民族化、时代化之路，完成了歌剧艺术中国化这一伟大的文化工程。而歌剧《原野》自上演以来，二十多年间更是好评如潮，取得了世界范围的广泛赞誉。它在音乐构思中以巨大的矛盾冲突和丰富的人物形象相互统一的表现手段，以西方歌剧与中国戏曲等紧密融合的创作手法，揭示了复杂的人性、矛盾的内心，也揭开了中国社会的一角，从而成为中国新时期歌剧创作中里程碑式的巨作。

原载《名作欣赏》2011 年第 3 期

歌剧《原野》中女主角金子的音乐形象的分析

甘晓芬

歌剧《原野》以青年农民仇虎从监狱回乡报仇为主线将故事一步步展开，从而揭露了封建势力的腐朽和黑暗，讴歌了纯真的爱与恨以及对恶势力以死抗争的精神。它以悲剧结尾——仇虎死了，但是它却给人们留下了希望——因为金子怀了仇虎的孩子，他们的爱仍在延续，希望也仍在延续。它将旧中国最底层民众的冤魂发出凄惨的哀号："黑啊！恨啊！冤啊！"表现得淋漓尽致。它的音乐有独特的民族风格，有强烈的戏剧色彩，着重刻画人物的内心和情感。

一、咏叹调《啊！我的虎子哥》的背景介绍

在旧中国北方的大地上，青年农民仇虎逃狱回乡找害他家破人亡的焦阎王报仇。可到这时他才知道他的大仇人焦阎王已经死了，而他的儿子焦大星却娶了仇虎心爱的女人金子为妻。金子在焦家过得并不幸福，当金子见到偷偷逃回来的仇虎时，两人马上旧情复燃了。然而好景不长，金子和仇虎过了 10 天的甜蜜日子后，不慎被焦母发现。仇虎的复仇决心很坚定，他一直认为"父债子还"是天经地义的事，在经历了一系列的矛盾冲突之后，他终于还是杀死了焦大星，而且他还借助焦母的手杀死了焦大星的儿子小黑子。之后，仇虎带着金子开始逃亡，可是他们在漆黑的森林里迷路了，这时他们又累又饿，仇虎天性善良，因为杀害无辜而精神崩溃。在漫漫黑夜中，他仿佛看到了阎王殿，看到那些屈死的冤魂在向他召唤。两个相爱的可怜人身心疲惫，内心忍受着痛苦的煎熬。当漫漫长夜终于熬过去后，当充满希望的火车声传来时，恶狠狠的侦缉队员却围了上来。仇虎嘱咐金子要生下儿子为他报仇，自己就毫不犹豫地结束了自己的生命。当他倒下的那一刻，他用力扔掉那条被他砸碎的铁镣，表达了主人公与命运抗争的力量和决心。

咏叹调《啊！我的虎子哥》是金子和仇虎重逢体验了 10 天甜蜜的爱情生活后，金子由心底发出的感叹，它唱出了女主人公金子的心声，表现出金子真挚火热的情感，刻画出金子敢爱敢恨的率真形象。它是这部歌剧的亮点，也是女高音独唱音乐会的保留曲目。

二、咏叹调《啊！我的虎子哥》的音乐形象分析

《啊！我的虎子哥》这首咏叹调为 A+B 结构，降 G 大调。A 段为 a+a'结构。全曲开始的"啊"在小字一组的降 C 弱起，然后乐句下行，这是最体现演唱者基本功的地方。"啊，

我的虎子哥，你这野地里的鬼。”这个乐句充满激情，酣畅淋漓地表达出男女主人公间亲昵的感情。“这十天的日子胜过一世”中用了个七度的大跳，凸显出金子和仇虎重逢后完全沉浸在幸福的甜蜜之中。a’在 a 的基础上作了些变化。它在全曲的最高音上奏起，把此曲推向第一个高潮，尤其是“活了”这个词连续用了 3 次，体现出金子欣喜若狂的心态。

接下来的一句与《哦，天又黑了》在内容上形成了呼应。在《哦，天又黑了》中，金子觉得生活很郁闷，觉得自己快要窒息了，所以她唱到“一天天长的永远过不完，等来了早晨又熬到夜晚”。然而在这首咏叹调中，她却觉得“黑夜变得那么短，醒来心里阵阵欢喜”。流露出金子对仇虎的真情真爱。

段中“这一切啊都是因为有了你，我的亲人啊……”是金子最抒发自己内心情感的乐句，“亲”字在全曲的最高音上逗留了一拍，表达出金子把仇虎看作自己的亲人，为了他，金子愿意付出自己的一切，甚至是生命。作者在结束句中用了 3 个排比句，用了 3 个“哪能”将金子对仇虎的爱更进一步地展开，最后以强音结束于高音区的主音上，并延长了八拍半。

三、结语

咏叹调《啊！我的虎子哥》最确切地表达了男女主人公的真挚爱情，最生动地刻画了女主人公金子的音乐形象。它融合了民族派、浪漫派、现代派的音乐语言，歌颂了在封建势力压迫下的青年男女敢于同命运抗争的精神。我们在演唱这些作品时，只有理解了角色的音乐形象才能更好地表达出歌曲的内涵。

原载《文艺生活》2011 年第 8 期

浅议歌剧《原野》的创作特征

杨传国

音乐创作歌剧《原野》改编自曹禺先生的同名话剧，由金湘作曲、万方编剧、李稻川导演，是20世纪80年代末最有代表性的中国歌剧之一。该剧首演于1987年，在中国文化部举办的第一届中国艺术节上成功演出，随即轰动中国文化界，引起了社会上广泛的认可和赞许，成为中国民族歌剧复兴的里程碑，被誉为真正意义上的"与世界歌剧媲美的中国歌剧"。故事发生在旧中国军阀混战时期的北方农村，当地恶霸焦阎王串通官府将仇虎的父亲活埋，将其土地窃为己有，并把仇虎投入了监狱，仇虎的未婚妻金子也被逼嫁给了焦阎王的儿子焦大星。八年后，仇虎为报家仇从狱中逃脱来到焦家与青梅竹马的金子相遇。在和金子短短十天的厮守中，潜在的人性得以复苏，彼此的感情得到升华。由于与金子的关系被发现，焦母对金子百般威胁，燃烧复仇之火，仇虎杀死了焦大星，并借焦母之手杀死焦母的小孙子。带金子逃跑的过程中，他被侦缉队包围在黑森林里，在走投无路的情况下，仇虎为保护金子自杀结尾。歌剧《原野》是一部四幕歌剧，讲述的是一个复仇的悲剧命运故事。《原野》的故事特点在于通过刻画人物的悲剧心理来表现故事的悲剧主题，在剧中以仇虎从监狱回来报其与焦家两代冤仇为主线，一步步揭露了封建势力的黑暗，进而讴歌了炽热的爱恨以及对恶势力以死抗争的精神。歌剧《原野》中忽略了许多情节，把叙述的重点放在展现人物深层次的感情和心灵上，深刻地揭示仇虎失去亲人和爱人的双重痛苦。歌剧《原野》立足本剧的需要在表现方式上做了细致的处理和改编，突出了人物的情感，展现了角色的内心世界，将焦母、金子、仇虎、焦大星四人之间相互的矛盾冲突通过重唱、合唱、对唱等方式给予展示。

一、《原野》的语言特征

高尔基说过："文学创作的技巧，首先是在于研究语言，因为语言是一切著作，特别是文学作品的基本材料。"语言是表现人物心理的一个重要因素。《原野》的语言富有创新，通过歌剧中人物的情感动作和性格形象具体地表达出来。语言能展现人物的内心世界，通过抒情独白与心理语言渗透人物细致的所思所感和曲折的情感意志，歌剧能够体现这一语言特征的地方主要表现在金子和仇虎相互表白的话语中。金子和仇虎相亲相爱，《原野》用饱含感情的语言表现了二人真切而感人的爱情。戏剧就是在舞台上表演一个完整故事，就要求有人物的动作而语言又为人物的动作提供了指引，所以语言就富有了生命力。戏剧语言包含的潜台词内涵深刻，对人物的动作具有很好的指引作用。

二、歌剧《原野》音乐创作

歌剧《原野》之所以成功是因为将音乐原野、爱情、黑暗三个主题融会贯通起来，使音乐通顺流畅。音乐在推动歌剧剧情的发展中发挥了极其重要的作用，歌剧之于演唱者和欣赏者最大的吸引力就是音乐的表现，它发挥了音乐的各种表现形式，将角色的感情通过音乐表达出来，把声乐演唱和乐队伴奏放在特别重要的位置上，刻画出人物的性格和心理，突出了戏剧的冲突性和复杂性，让人物在舞台上栩栩如生，打动观众。

（一）演唱形式的多样性

歌剧《原野》以仇虎和金子的爱情为戏剧主题贯穿全剧，在该剧中作曲家牢牢抓住本剧所处军阀混战时期的时代背景。整场乐队音乐低沉凄凉阴森的感觉，富有民族色彩的复合式和弦，缓慢凄凉，旋律飘忽不定，深情舒展之余又展现阴柔之美，加之不时出现的混声合唱为依托，给全剧渲染了朦胧的面纱，把观众的情绪带到一片广袤无垠的原野中，这对主题做了完美的呈现。歌剧的第一幕，金子和焦母在争执之后，剧作家为金子安排了一首咏叹调《哦，天又黑了》，它具有冲突性又具有抒情性，唱出了女主角金子的辛酸与痛苦。整首曲子通过高低起伏的旋律线条、跃动的音程节拍和速度的转换，表现出金子渴望自由、不断反抗、不服输的心态。歌剧《原野》有一个重要特点——重唱占了很大的分量，《啊！我的虎子哥》是第三幕中金子与仇虎的一段对唱，歌曲的旋律徐缓下行反映了她极不平静的内心世界。她心里同情焦大星，乞求仇虎放他一条生路，而仇虎却是坚决不同意。他们之间的对话展示出了两个鲜明的音乐形象，同时把二人因心理想法与所持观点的不同而产生的矛盾表现出来。在第三幕中，金子、大星、仇虎三人的三重唱在加强歌剧冲突方面获得了巨大的成功，为我国历来的歌剧所少有。

（二）多种音乐技法融会贯通

作曲家金湘经过反复思考后，决定把多种音乐技法结合在一起，在风格把握上将表现人性的被扭曲、不自然、变形，都采用了不少近现代技法。在总体结构上，若是大段的唱腔则使用大块的旋律强、调性相对明确的手法；对于戏剧性的段落、朦胧的场景以及处理宣叙韵白说白之类的段落时，使用了结构模糊，旋律感弱、尖锐音程的多层结合手段。通过不同的手法使得音乐在强烈的反差、冲撞中不但表现了丰富的情与景，而且展现出音乐自身的美。作家使用多样的技法与手法使得歌剧具有很高的戏剧表演力和欣赏价值，从另一个视角欣赏原作曹禺释放出的独特的美。

在调性的安排方面，使用了多种调性来丰满音响效果，既有单一调性的，又有调性转换的，既使用调性游移，也有近似无调性的。此外，比较重要的特点就是多调性的运用。例如，在第四幕中展现的多调性段落，生动地勾勒出了仇虎内心的强烈斗争和阴曹地府阴森恐怖的画面，让音乐形象更加形象与立体化。在乐器配置方面，把管弦乐队中各种器乐常规演奏法和非常规演奏法结合起来，使用钢琴弦乐的演奏技法，整个乐队的演奏与本剧所需表达的内容不但相符，而且极富特色。在和声方面，作家在和弦结构上充分应用了小二增四七度和减五度以四、五度和弦的叠置为基础，通过与其他音乐的音程关系组合，将声效果表现得绚丽多彩。在节奏方面，戏剧中运用了京剧“乱锤”的节奏特点，主要由板鼓奏节奏由慢变快产生了很强的推动力。歌剧把重点放在了展示人物深层的心灵和感情上，大胆尝试运用了中国地方戏曲与外国歌剧相结合的音乐形式，以叙述性铺开其剧情；配以乐队与交响乐合唱的布入推进矛盾冲突起伏，在歌剧交响性立体化方面取得了成功，作品成为改革开放以来歌剧艺术探索与积累的集大成者。合唱队俨然变成了冤魂群体在呻吟呼喊，把音乐形象予以视觉形象化，把人物的深层心理予以外化。

歌剧《原野》的音乐给我们的启示有：一是作曲家要以群众为基础，在听众欣赏喜欢的前提下坚持自己独特的创作思路；二是在吸收中西音乐的基础上，一定要保持民族音乐的独立性，特别是在中西文化极度交错的今天。《原野》向大家证明了一条艺术真理：即真正有生命力的作品，在借鉴和吸收的基础上，同时具有鲜明的个性。金湘先生的作品就通过鲜明的个性和特有的感染力深深地打动着听众，而歌剧的音乐创作在吸收欧洲歌剧音乐风格的基础上，同时融入浓郁的东方音乐色彩。歌剧《原野》是中国首部立足于西方舞台并且在国际舞台上占有一席之地的中国歌剧，既是中国歌剧发展历史上的一部巨作，也是世界歌剧史上辉煌的一幕。

原载《大众文艺》2011年第15期

论歌剧《原野》的艺术价值

曹 桦

2007年是歌剧《原野》诞生20周年的日子，中国音协理论委员会、中国歌剧舞剧院、中国音乐学院、中国歌剧研究会、天津歌剧舞剧院、《人民音乐》编辑部、中国音乐评论学会联合发起了一系列的纪念活动，尤其是《原野》有创意、高水平的复排重演，又一次强烈震撼了到场观摩的每一个人，让观众感受到了该歌剧的巨大魅力。

歌剧《原野》1987年由中国歌剧舞剧院在文化部举办的第一届中国艺术节上首演，当时即轰动京城，引起社会的广泛关注与赞许，一举成为中国民族歌剧复兴的里程碑。二十多年来，这部中国歌剧精品在全国及国际乐坛相继上演并广泛传播，国内外众多文艺评论家和媒体在谈及该剧的巨大成功时，称《原野》为“震撼西方舞台的第一部中国歌剧”。在二十多年的中国歌剧创作中，像《原野》这样既能够取得国内外一致的艺术认同与好评，又能够经得起较长时间舞台考验的歌剧作品，少之又少。

一、中国歌剧史上新的里程碑

(一)原有格局观念的突破

20世纪80年代，在进行戏剧观念和艺术价值取向的大调整后，歌剧艺术创造精神和它的独立品格得到了较为充分的展开。金湘在《原野》的创作中顺应时代发展的潮流，大胆运用民族派、浪漫派、现代派相互融合的音乐语言，以宣叙风格展开情节，从题材、人物形象的设计、舞台布置、音乐等丰富的艺术表现形式上看都极具特色，既在戏剧观念的转换上和艺术价值的选择上表现出对几十年来遵循的原则及方法的超越精神，同时又是立足于本民族文化的土壤并积极学习和借鉴西洋歌剧艺术的成果，有意识地把艺术追求的重心放在文化意蕴的挖掘和审美力度的强化上，放在对歌剧艺术自身规律的充分发挥上。比如，金子的唱段《大麦呀，穗穗长》中体现出来的贯穿全剧的爱情主题，金湘“特别采用了一些东北民歌和吉剧的音乐素材，并将中国民族民间音乐和西方歌剧音乐技法紧密结合在一起”。[①] 以往的歌剧创作只注重人物外部关系和外部动作的展示，“遇到尖锐的戏剧冲突时，音乐形象就会出现‘空白’，而戏剧形象逐渐放大，变成了‘话剧＋唱’，这样的处理势

① 赵雨薇.浅析歌剧《原野》中”金子”的人物塑造及主要唱段的演唱处理[D].北京：首都师范大学，2006.

必大大降低了音乐形象表现戏剧冲突的艺术魅力”①，而且也背离了歌剧艺术综合美的原则。金湘在《原野》的音乐创作中，更注重人物的音乐形象，注重人物的内心动作和内心冲突的揭示和表现，因为歌剧舞台直接诉诸观众的是基于人性阐释的历史和文化的反思，以及歌剧本体高度综合艺术功能所带给人们的审美创造的魅力。金湘的《原野》做到了对人的价值的高度重视，因此，《原野》为我国新时期的歌剧发展奠定了坚实基础，并指明了发展方向，实现了真正意义上的中国歌剧与世界歌剧对话的可能性。

(二)交响性、立体性的音乐与戏剧的对立统一

一部歌剧对于欣赏者来说，最大的吸引力莫过于其音乐的表现。《原野》独到的音乐创作集民族性、戏剧性、交响性于一体，也是该剧的精华所在，深刻地揭示出该剧的内涵；而剧情结构、布局统一于文学作品的剧情结构中，是在传统的深厚的文学基础上发展起来的歌剧。

1.戏剧主题贯穿于全剧音乐的始终

作曲家紧紧抓住《原野》所处的时代特征，音乐以低沉、凄凉的感觉为主，该剧的音乐在表现那种代表封建制度腐朽的黑暗主题、恶势力的象征时，旋律僵滞，给人一种压抑、沉重的感受，与表现仇虎与金子之间的爱情的音乐形成了强烈反差。表现爱情主题的旋律深情、舒展，时而展现阴柔之美，时而表现阳刚之气。全剧的音乐将“黑暗”“爱情”主题融会贯通，使音乐与戏剧的发展绵绵不断，一气呵成。

2.多种形式的演唱加强了戏剧的冲突

歌剧《原野》充分把握了音乐与戏剧相结合的原则，强调音乐进行要充满戏剧性。戏剧在音乐的总体布局下展开、发展，以戏剧为基础，以音乐为主导，剧中所有的冲突性的场面，几乎全部靠独唱、对唱、重唱及乐队来完成，面对复杂的戏剧场面，作曲家充分调动自己的戏剧音乐的表现才能，力求发挥其推进情节发展、展现戏剧冲突、刻画人物性格的特殊效能而又不失音乐动听迷人的魅力。金子与仇虎的二重唱，金子、仇虎、大星的三重唱等，这些唱段构思新奇、组织严密，把鲜明的戏剧性寓于立体交织的音乐表现中，既推进了剧情的发展，又生动地表现出人物不同的内心活动。

(三)关照当代，尊重当代，引领当代

在歌剧《原野》的创作中，金湘将自己对人性的挖掘、对生活的体验与建立在理性基础上的对作曲技术的掌握结合起来，即将深刻的思想、体验与用于表达它们的精湛的作曲技术真正地融为一体。金湘强调在这个过程中“切忌空洞地玩弄观念，更不能倾心于‘音响游戏’，而是要将一个真实的自我袒露给听众，打动他们、拨动他们的心弦，使他们同自己一起在精神上、情感上得到升华，进入一个更高的、真善美的境界”②。强调心中有观众，必

① 居其宏.歌剧综合美的当代呈现[M].北京：中央音乐学院出版社，2006.

② 金湘.困惑与求索[M].上海：上海音乐出版社，2003.

须考虑到自己的作品能否为广大听众所接受，这些理念既是金湘对音乐创作的总体理解，也是他自己的音乐创作实践中所刻意追求的目标。基于这种艺术观和精湛的技术，才能写出《原野》这样为当代人所接受的经典之作。他心中有听众，在创作中始终把为当代人接受放在首位，而绝不是简单地去迎合，是“让他们跳一下才能摘到桃子”。在《原野》的创作中充分体现了作曲家“关照当代人”的创作理念。

《原野》于 1987 年北京首演成功、1988 年美国康纳狄州金奥尼尔戏剧中心再获成功、1989 年获慕尼黑第三届国际戏剧研究会“特别荣誉证书”、1992 年美国首都华盛顿剧院的成功演出、1999 年的北京世纪剧院复排上演再次引起轰动到现在的复排重演又获成功。二十多年来，歌剧《原野》的长演不衰，正是作曲家金湘关照当代、尊重当代、引领当代的真实体现。

二、深刻的历史揭示与深层的人文关怀

金湘选择“歌剧”这一艺术形式来揭示人生，力图张扬蕴藏于原著中更为深层次的历史呼唤，即“全面表现处于扭曲与反扭曲、压抑与反压抑，巨大矛盾中的人性复苏和野性反抗这一主题，打破长期桎梏的封建传统文化，建立起真正现代意识的新型文化”。①

金湘在《原野》的创作中，按照歌剧自身的艺术规律，从新的视角对其进行宏观把握，充分发挥了音乐表达情感的特点，同时对音乐进行理性控制，“以交响化为戏剧展开的基本手段，着重刻画人物的性格特征、矛盾冲突、心理演变，深刻揭示了半封建、半殖民地的旧中国社会环境下，人‘压’人、人‘吃’人的人间惨剧”②。对于这一严肃的社会现象，作曲家没有简单地停留在就事论事上，而是用哲理的观念进行思考，牢牢抓住“爱与恨”这条主线，通过一系列的戏剧冲突，使该剧音乐产生了强大的震撼力。

金湘在谈到歌剧《原野》的创作时曾谈道：之所以选择《原野》进行歌剧创作，并不是简单的“宣传阶级斗争主题”，或是“追求爱情自由”，而是《原野》中蕴含的深厚历史沧桑感和巨大的艺术魅力吸引了我，《原野》中那长期停滞的封建社会，几乎扼杀了人类的一切美好情感。也正是这种“人性的呼唤，野性的反抗”，构成了强烈的戏剧性与巨大的悲剧性。

在表达这一主题时，作曲家力图使外在背景、内心压力及内含的美与之相吻合，并要求充满哲理性，使矛盾的对抗处于全方位之中，且深入到人物灵魂深处去展开道德观念的碰撞，“他不是单纯地叙述故事……他摒弃了当时被人认可的阶级斗争的观念，努力地去刻画人物的丰富内心，揭示人性的多侧面”。同时，也把追求和创新与中国传统人文思想、当代社会受众群体的审美情趣紧密结合，“超越历史事件本身的局限而延伸向更具普遍的人性尊严，从而与现代人对话”③，充分体现了作曲家强烈的社会责任感和深切的人文关

① 金湘.困惑与求索[M].上海：上海音乐出版社，2003.

② 胡波.歌剧《原野》中“仇虎”人物塑造与演唱处理[D].武汉：武汉音乐学院，2004.

③ 金湘.困惑与求索[M].上海：上海音乐出版社，2003.

怀。只有具备了这样的人生价值观念的人，才能专注于自己的人生信念和艺术追求。

三、"歌剧思维"的美学理念

金湘通过他多年的歌剧创作实践提出"歌剧思维"这一美学理念。何谓歌剧思维？金湘曾说："歌剧思维包括一些观念，音乐是歌剧的灵魂；歌剧中戏剧是基础，音乐为主导；一度创作中音乐结构与戏剧结构必须同步构思；在推动戏剧情节展开与抒写人物内心情感时，声乐与器乐并重，歌唱性与交响性辉映；歌剧的音乐是戏剧的音乐，歌剧的戏剧是音乐的戏剧，等等。"①金湘在歌剧《原野》的创作中，"歌剧思维"理念贯穿于全过程。他始终强调音乐与戏剧的完美融合，音乐进行要充满戏剧性，而戏剧要在音乐总体布局下展开、发展。"以戏剧为基础，以音乐为主导"，作曲家正是把握了这一点，从结构、节奏上奠定了整部歌剧的基础，以宣叙风格展开情节。他改变了音乐在歌剧中的从属地位的做法，摒弃了过去戏剧与音乐的组合模式，也改变了剧本编写与音乐创作各司其职的传统创作方法。从一度创作开始，作曲家金湘、编剧万方、导演李稻川就共同讨论、研究，从制定整体的音乐布局方案到场景设计、人物冲突、剧情发展等，三位艺术家密切合作，最终使各种音乐表现手段不再分散孤立，从各个声部的各种声乐形式运用，到管弦乐的铺垫融合及各类色彩打击乐的运用，随着剧情发展，这些音乐在观众面前呈现出了一个立体的、交响的艺术效果。

金湘注重音乐与戏剧的有机结合、相互推动、交叉发展，对人物的戏剧行动和人物的唱段设置十分贴切，每个角色的每一唱段都能按照戏剧的规定情景处理，对人物的性格化语言，通过音乐和剧情细腻、准确地刻画出人物内心的情感状态。

总之，无论在结构、形态上，还是技法、观念上，"歌剧思维"都贯穿始终。作曲家既注意了综合艺术、戏剧结构和音乐结构的并存，声乐与器乐的有机结合，咏叹调与宣叙调交相辉映的歌剧语言形态，又通过其特有的技法突出了歌剧音乐的戏剧性、整体性、交响性、歌唱性，展现了作曲家所运用的表现主义与浪漫主义并存又多元的歌剧观念，并通过演员的创造天性，对角色的外部与心灵冲突的渲染，使文学剧本、音乐创作和舞台体现真正达到了和谐统一，体现了歌剧艺术的综合美和整体美。

四、歌剧音乐的典范

二十多年来，歌剧《原野》以其独特品格和艺术魅力，在国内外演出中屡获好评，《原野》的音乐创作堪称歌剧音乐创作的典范。

（一）音乐写作技法的运用

在音乐写作技法的运用上，金湘把握了两点，即人物特点——"人性的扭曲与复苏"和环境氛围的定性——"大自然的本色和变形"，并形成了自己的四点创作法则：(1)用近现

① 金湘.有备而来无备而去[J].人民音乐，2004(11)：9-11.

代技法表现人性的扭曲、大自然的变形；(2)用浪漫主义、印象主义的技法表现大自然及人性复苏；(3)用整块的、旋律感强的、调性相对明确的手法来描写大段唱腔；(4)用结构模糊、旋律感弱、尖锐音程等多层结合的手法来表现朦胧场景、戏剧性段落以及宣叙调、韵白、说白之类的段落。

(二)旋律写作上的特征

金湘是一位旋律大师，他有民间音乐的深厚修养以及深刻的思想、精湛的技艺，使其旋律创作犹如来自心灵自然流淌的清泉，直达观众的心灵深处，引起人们深深的共鸣。旋律是音乐的灵魂，也是歌剧的灵魂。比如《啊！我的虎子哥》《人就活一回》《你是我、我是你》等唱段，以一种吟诵式咏叹风格作为主要的陈述形式，从而使音乐发展线索更加贴近戏剧发展的要求，强化戏剧的深度和人物性格发展的功能。这些扣人心弦、动人肺腑的唱段，不仅表现出金湘的旋律写作修养，同时也充分显示了金湘不可替代的、极具天赋的旋律才华和滚滚而来、不可抑制的人性情感。“旋律作为组成音乐的多种元素之一，永远有其独特的功能和价值，中国歌剧真正的音乐艺术形式美是一种建立在东方美的基础上的音乐形式美，而旋律又是建立艺术形式美的重要手段”。金湘正是在不断实践、不断思索、不断追求中，用最美的旋律抒写了人性中最美的一面，所表达的是一种内在的美、深刻的美，也是人性中所经历痛苦后的感悟和升华。

(三)多声部写作的特征

《原野》中和声的运用独具匠心。金湘并没有局限于某种单一的和声语言，而是采用综合的和声手法，既有欧洲传统的三度叠置的和弦，也运用了小二度、大七度、增四度、减五度，其中以“四、五”度音程不同方式的重叠、移位作为基本手段，并贯穿于唱段之中，使之具有很强的张力，架构出浓墨渲染的悲剧气氛，以及明显“东方化”了的和声色彩与音乐风格。如第三幕《金子、仇虎、大星的三重唱》中，作曲家将三个心理状态各异的人物，“分别塑造成三种不同性格的旋律并统一在纵向声部叠置之中，在乐队背景的衬托下，运用对比复调手法加以延伸，组成了声乐的交响”[①]，分别刻画出金子的善良纯真和内心的矛盾、仇虎迫切与大星你死我活的较量以及他对大星的愧疚、大星的表面强硬而内心却懦弱紧张等等，使得这组三重唱所揭示的戏剧冲突立体化、多层次化，同时，也使音乐性、戏剧性、冲突性三者浑然一体，并产生出了奇特的艺术效果。

五、从“东西”到“多元”的音乐之继承、融合与发展的“文化自觉”

众所周知，歌剧来源于西方，所以“这其中暗含了一种‘他者’的立场”，而金湘则用一种“文化持有者的内部眼界”，[②]从文化主体性意识的角度，提出了“我者”的创作标准——“根子要牢牢扎根本民族，同时要坚决面向世界；艺术上要大胆探索求新；技术上要博采众

① 王鹂.歌剧《原野》中“金子”角色的形象塑造[D].武汉：华中师范大学，2007.

② 克利福德·吉尔兹.地方性知识[M].北京：中央编译出版社，2000.

家……不做盲目的搬运工”。[1] 在《原野》的音乐创作中，金湘坚持一切技法为我所用，并大胆创新：为表现地狱的黑暗，他“采用了多调性、音块、微分音、偶然音乐”等多种现代技法；为表达金子和仇虎的美好爱情，他运用了浪漫派音乐技法和中国民族音乐素材等，成功地把继承中国民族音乐传统与19世纪后半叶形成的意大利歌剧音乐结构模式相结合，充分表现出了一种出于主体“化自觉”的举动，“我们需要这种举动”，正如人类学家列维·施特劳斯所言：“每一种文化都是与其他文化交流以自养，但它应当在交流中加以某种抵抗。如果没有这种抵抗，那么很快它就不再有任何它自己的东西去交流。”[2]

《原野》音乐的成功正说明了作曲家金湘始终坚持一种具有民族性的审美情趣以及特有的音乐思维方式，对传统的继承以一种更深厚的精神内涵的方式来表达，如：“立体地认识传统这条河”“对传统从表层到中层再到深层全面继承”；又如：“融合中西”“关照当代”的文化继承与发展的观念确定后，就应始终坚持这一理念。

金湘的创作既尊重“我者”，也尊重“他者”，但并不服从“他者”，他的这种特立独行和“精神张力”，使歌剧《原野》跨越了时空，并与世界、与当代人不断产生着新的对话。

原载《广东第二师范学院学报》2012年第4期

① 金湘.困惑与求索[M].上海：上海音乐出版社，2003.

② 克利福德·吉尔兹.地方性知识[M].北京：中央编译出版社，2000.

浅析歌剧《原野》文学脚本及音乐的戏剧整体性

直爱妩

《原野》是中国民族歌剧发展史上的一个里程碑，它掀起了中国民族歌剧的一个新的高潮，被评为“20 世纪华人音乐经典”，文化部授予“文华奖”，而美国乐评家约瑟夫·麦克里兰称其为国际保留剧目中占有一席之地的第一部中国歌剧。

《原野》这部歌剧是各艺术家按照歌剧艺术高度综合性的特点，充分调动各艺术手段，对所有参与舞台综合的诸元素进行有机的综合，从而使歌剧艺术综合美在舞台演绎中尽可能得到完善的体现。

一、歌剧脚本的“音乐戏剧性”

歌剧语言要求歌剧脚本有其特殊的品格，即戏剧的语言，语言的戏剧。脚本要写出人物的不同心情、心态，也要推动戏剧情节的展开，表现矛盾的激化。同时，还要向音乐提供人物行动的支点和动力等。

歌剧《原野》是根据曹禺先生同名话剧改编。虽然一般评论者与文学史家对话剧《原野》这部戏都持否定意见，认为这部作品“渗入了过多的神秘象征色彩”，是剧作家最失败的一部作品，但是话剧剧本戏剧性的展开，却具有丰富的音乐潜质。曹禺先生的女儿万方女士在保留话剧原作戏剧性的基础上，创作出了歌剧《原野》脚本，将其中的音乐性充分挖掘出来，为歌剧音乐创作设计出曲折而紧张的情节、鲜明的人物性格以及强烈的戏剧冲突，使文学脚本与音乐的综合性和整体性得到了高度统一。

例如第一幕仇虎越狱报仇，仇虎从白傻子那儿听到不共戴天的仇人已魂归西天的消息后，犹如晴空霹雳，顿时陷入了一种极度失落、迷茫恍惚的状态之中。歌剧脚本作者把原话剧中仇虎的内心独白改写成歌剧的音乐歌词，通过音乐的加工与构建，在这种状态下形成了仇虎那强烈控诉的咏叹调：“那么，我是白来了，焦阎王，你怎么死了……”这首咏叹调的歌词中，通过人物的回忆与侧面烘托，为故事的进行做了必要的铺垫，而且还为塑造音乐形象提供了广阔空间，在这一刻，全剧的主线得到了确立——报仇。在作曲家眼里，“焦阎王，你怎么死了”这首咏叹调是第一幕音乐进行中的一个支点，它的功能是“开门见山，直至矛盾冲突”。

复仇而无真正的仇人，难道不是一种更大的悲剧吗？人物一出现就定了一个悲剧性的基调，戏剧冲突由此而来。作曲家以广袤（横向原野感）、深远（纵向历史感）且蕴含着野性被扭曲的美的交响冲突(在乐队与人声中)贯穿发展,坚定了“复仇”主题的基调,构成了交响性、史诗性的音乐。

歌剧的歌词写作与话剧台词、歌曲诗词有所不同,相应的具有它的特殊本质:包括歌词的特殊写法,旋律与文字韵律、重音、节奏、词组的关系,旋律对歌词中情感的表现等。

如:金子经典的咏叹调《啊! 我的虎子哥》:

啊! 我的虎子哥,你这野地里的鬼,这十天的日子胜过一世! 我又活了,我又活了活了,这活着的滋味呀,什么也不能比,黑夜变得是多么短,醒来心里阵阵欢喜,这一切啊都是因为有了你,我的亲人啊! 我哪能不疼,哪能不爱,哪能丢了你!

这首咏叹调的歌词虽然只有短短几句,却充分体现了作者对人物性格的精准把握。歌曲的一开始,作者使用特定的语言来表现人物,极有吸引力地把你带入一种特定的情景中。“啊! 我的虎子哥,你这野地里的鬼!”中语言表象是对仇虎恶狠狠的骂,内心情感却是对他深沉的爱,生动地体现了金子以骂示爱的个性。这一声“啊”表达了金子对这八年来失而复得的爱情所无法表达的内心感受,包含着这多年来积压在心底里对虎子无尽的爱,也表达了她害怕再次失去仇虎的恐慌心情。泼辣、敢爱敢恨让人感觉亲切、真实,体现了人物特定的气质。“这十天的日子,胜过一世,我又活了,我又活了活了! 这活着的滋味啊! 什么也不能比!”从中我们可以感受到金子幸福可言的生活,又可以体会到金子火一样的激情与对幸福生活的渴望。“黑夜变得是那么短,醒来心里阵阵欢喜”这句话巧妙地表达了金子与爱人在一起后的幸福感、踏实感和身心得到释放后的喜悦,给人留下回味和理解的空间。“这一切啊都是因为有了你,我的亲人啊! 我哪能不疼,哪能不爱,哪能丢了你!”作者用简单朴实的语言来刻画金子纯洁、美好的性格,表达对心上人刻骨铭心的爱,以及敢于冲破世俗的束缚,勇于追求自由幸福的个性。通过金子这首《啊! 我的虎子哥》,可以看到歌词的言简意赅,情欲的释放以及人性的升华,让人回味无穷,同时也展现了词作者深厚的文学基础和强烈的戏剧感觉。

在本剧中,剧本不仅安排有各个人物的经典唱段,而且还有各幕的戏剧主题。如:戏剧围绕“仇虎复仇”作为主线,以相应的失落——爱情——复仇——毁灭四幕戏剧结构形式展开。

剧中人物有六个,各具特点,都有各自的典型性、唯一性。如第二幕出场的常五,在整部戏中虽不是主要角色,但从出场到下场,这近十分钟左右的时间,就对观众诉诸了一个放荡够了、过了时的乡下公子哥形象。同时,常五的出现也对仇虎和金子的人物性格的表现起了一个很好的铺垫作用,为下一步的戏剧展开埋下了一个坚实的伏笔。

通过文学脚本的这些词句、人物、戏剧场景的安排,曲作者会深刻体会和研究并对音乐处理有一个全面的总体设想,用自己的旋律和情感处理展现刻画出人物应有的个性,包括音乐的速度、力度、音量、音色、演唱、伴奏等问题。

歌剧《原野》人物的性格与剧情的安排,两者之间的关系,精心编织而成的曲折故事情节和如此强烈的戏剧冲突,其中当然蕴藏着强烈的戏剧性和丰富的音乐性,为作曲家的音乐戏剧性展开提供了正确的方向和巨大的可能。歌剧《原野》文学脚本既符合了歌剧界所倡导的“歌剧思维”，同时也符合了歌剧的文学脚本和歌剧音乐的整体性规律。

二、音乐创作特色

歌剧是用音乐展开的戏剧作品。歌剧是具有戏剧品格而不同于其他形式的音乐作品；歌剧以音乐作为展开戏剧性的主要手段而不同于其他形式的戏剧作品。歌剧音乐必须具备音乐动机的戏剧性价值、和声与调性的精神含义、管弦乐队的戏剧功能、歌剧的整体结构等。

金湘在音乐戏剧进行中充分运用音乐的手段来推动剧情的发展。“序幕”中作曲家以合唱队的“哭喊”音响形态，唱出“恨啊、天呀、黑呀”，营造仇恨的典型性环境，乐队则以建立在全剧中心和弦基础上的大七度、小二度的持续音，烘托这种气氛。在序幕临近结束时，由大提琴贯穿全剧的基本主题做出完整的呈示。这个主题的旋律音也在纵向结合，以立体的形象、柱式建筑式的音乐形象持续进行，采用复合调式写成，情绪悲凄、虚幻、压抑，是对广袤大地原野的表现和对主人公悲剧性命运的由衷感叹。

对唱、重唱在情节发展和戏剧冲突紧张激烈的关口，善于将剧中人物不同性格、不同心态、不同情感之间的交汇与碰撞组织在一个严密有序的对唱、重唱形式之中。通过这种对演唱形式所独具的多个独唱声部交织、展开其所造成的复杂音响和强烈对比，写情、写人、写戏、写冲突。

纵观《原野》这部歌剧，对唱、重唱是其最大的亮点。如第二幕的“爱情”主题，曲作者毫不吝惜地以欧洲 19 世纪浪漫派手法，大旋律、长呼吸、酣畅淋漓地写出剧中男、女主角的爱情咏叹调，在音乐中展现了温暖、柔和的韵味，充满了人性美。

金湘为剧中人物各声部设置了多段的对唱、重唱，其性质有的偏于抒情，有的偏于叙事，但更多的则是戏剧性和冲突性的，将登场人物之间的感情碰撞与性格冲突以最音乐化和戏剧化的形式直接呈现在观众面前。我认为最精彩的是第三幕大星、金子、仇虎的三重唱。当作为主要两个声部之间的大星(高声部)、仇虎(中声部)需要面对现状的展开时，金子作为这场冲突的在场者，其声部随着仇虎第三者身份的图穷匕见而承载着哀求、劝解、惊叹等复杂情感交换。大星与仇虎声部构成情感与性格的直接对峙，两个男人之间的冲突一触即发，而置身于两者之间无所适从的金子则无助地祈求上苍。从这个唱段的形式结构看，篇幅较长，结构也相对完整，作曲家以立体叠置、不同音乐形态的旋律矛盾得以进行的手法，使得不同人物的内心世界能够得以同时呈现与发展，形成一个具有独立表现意义的音乐戏剧化场面。这些手法较好地超越了传统对唱单线条进行、展开的制约，也打破了当代中国歌剧“话剧加唱”的技术桎梏。

歌剧《原野》音乐民族化的乐韵风情是值得一赞的。如：第二幕金子和仇虎的重唱“大麦呀，穗穗儿长”，第四幕仇虎和焦母对唱“初一十五庙门开”，这些作品旋律都可寻到我国北方民歌的音乐形态。此外，借鉴中国戏曲音乐的创作手法也非常值得肯定。如：第二幕第八首三重唱中焦母的演唱部分，采用了戏曲的散板形式，焦母的暴戾、凶残、诡计多端，被刻画得入木三分，又极富个性特征，还有中国民间打击乐的运用在其作品中贯穿始终。

就《原野》的音乐特点及成就来看，可归纳为以下几点：

1.打破“宣叙调——咏叹调”的传统模式，采用一种介于两者之间的旋律风格，歌词的每个字都得到了清晰的表现，同时，又在需要的时候对某些字词给予强调，通过咏叹的方式强化情感，达到旋律与歌词内容紧密联系这个目的。

2.摒弃了歌剧的传统结构。以往的歌剧是有一段相对独立、完整的唱段，如咏叹调、重唱、合唱加台词道白组成的。而金湘采取的是“通谱体”歌剧，即每段歌词都谱写不同的音乐，同时，这些音乐没有明显的段落划分，将独唱、重唱、合唱完全融合到一起，连绵不断向前推进，直到一个场景全部完成才有明确的终止，有个专门的名词称“无终旋律”。

3.加强了管弦乐队的作用。过去基本上处于附属地位的管弦乐队在金湘手里获得了前所未有的重要意义——它不再只是声乐的陪衬，而是积极参与到戏剧中来。乐器声音的非语义性恰恰可以冲破语言的局限而获得无限丰富的表现意义，给人丰富的联想。在这部作品中，音乐的“主导动机”不仅出现于唱段中，而且更多的是由乐队演奏，这些用来代表剧中人物、情节、观念和感情，甚至是具有象征意义的器物、个性鲜明的音乐素材在全剧中多次出现，相互结合。从歌剧《原野》的音乐创作中可以看到：“主导动机”对揭示人物内在的情感体验、预示剧情的发展等是非常有效的手段。更重要的是，“主导动机”的贯穿与相互结合可以是个局，获得一种“交响性”——它们就像是看不见的链条，将一切联系在一起，构成不可分割的整体。

4.和声、调性、风格等手段与戏剧发展紧密结合。在金湘看来，和声与调性也不是“纯音乐”写作技巧，它们是情感的直接反映，因此，金湘运用大量富于特殊色彩的变音和弦，通过调性转换产生强烈而复杂的心理感受，而且转换速度空前频繁，以至于产生调性模糊的感觉。通过这些手段，金湘使音乐获得了非同寻常的戏剧张力。

综上所述，《原野》以西方歌剧与中国戏曲密切结合的创作手法，以巨大的矛盾冲突和丰富的人物形象融合的表现手段，成为新时期新歌剧创作中的里程碑式的剧作。

三、结语

歌剧《原野》对于很多人来说，这个名字是与音乐联系在一起的。但它将新的戏剧形式、音乐形式注入中国民族歌剧，从而改变了中国民族歌剧的面貌，而这种新的音乐形式也成为中国民族歌剧音乐历史上的里程碑。人物语言的直白、简洁，凸显出文学脚本的独特性。音乐的浪漫主义风格，革新了传统歌剧的音乐形式，真正做到了音乐为一些震撼人心的戏剧主题与行动服务，受到戏剧目的支配。歌剧必须具有的戏剧品质，均可在此剧目中找到踪迹。本剧也真正符合了瓦格纳戏剧美学的审美取向。

原载《作家杂志》2012 年第 4 期

民族歌剧《原野》的主要人物塑造及演唱处理

——以金子的咏叹调《啊！我的虎子哥》为例

陈　然

民族歌剧《原野》是根据著名戏剧家曹禺的同名话剧改编，由作曲家金湘亲自操刀的一部我国民族歌剧史上的力作，公演后得到了广泛赞许。该剧是通过仇虎的复仇情节展开叙述的，加上仇虎与金子间美好爱情的破裂与毁灭，奠定了本部作品的整体感情基调。金湘先生成功地将仇虎、金子、大星、焦母等几个剧中人物形象再现于歌剧舞台上，最为突出的是，歌剧通过一些高难度且极富表现力的唱段使金子的艺术形象更加生动，人物性格更加鲜明。本文以咏叹调《啊！我的虎子哥》为例，对金子的艺术形象进行粗略描述和探索。

一、关于《啊！我的虎子哥》及金子

《啊！我的虎子哥》是一首旋律优美动人的，由女高音演唱的经典唱段，出现在歌剧《原野》的第二幕中，此时的情绪是整部歌剧的一个小高潮，这首咏叹调充分而真切地表达了金子对仇虎的爱与恨，演唱者要以饱满的情绪和极富感染力的声音去处理这一唱段。本首咏叹调旋律舒展、优美、音乐形象鲜明，巧妙地表达了金子对仇虎炽热的情感，塑造了金子鲜明的性格特征，使剧情得到了充分发展。

在长时间的演唱和教学实践过程中，通过对这个唱段的反复揣摩和体会，我们具备了把握这首咏叹调的能力。在处理这首作品之前一定需要将金子这个人物做一个详细的分析和研究：金子是一位社会底层的女性，但她并不平凡，身上散发着与常人不一样的色彩，她敢于与黑恶势力做斗争，勇于追求自己的幸福。从这个角度来讲，金子是勇敢的。在当时的社会环境里，女性的地位没有得到本质的改善，但金子为了真爱，宁愿以生命为代价。剧中有句台词“野地里生，野地里长，有一天会在野地里躺下”，生动地表现了这一点。金子敢爱敢恨、敢做敢当，她承受着多方面的压力，但是她一样乐观地追寻自己的爱。她是时代的反叛者，为追求自己的理想，真正地与自己的爱人长相厮守，为了能像一个正常人一样活着，她宁愿追随被人称之为盗贼的仇虎一同远离故土。另外一点，就是金子对焦大星的情感，她虽然很讨厌和憎恨焦母的做事方式和行为，但对于焦大星本人而言，她还是觉得焦大星是个好人，不忍心看着仇虎将其杀害。因此，我们可以看出金子善良的一面。歌剧的最后，金子独自一人带着自己的理想，带着仇虎的愿望，毅然决然地走向广袤的原野，她的身后留给我们的是中国女性纯真的美和动人心弦的魅力。

二、金子的人物形象塑造

人物形象的塑造对一部优秀歌剧而言是非常关键的，歌剧艺术一定要有鲜活的角色形象。技巧的运用都要和剧情以及剧中人物内心发展相吻合，以完美的表现赋予一个人物新的生命力。技巧与表现的统一是音乐表演的一项重要的美学原则，是使音乐表演达到至善至美的保证。人物性格的细致刻画将会使作品生动感人，声情并茂的演唱更能使作品震撼人心，从而引起广泛共鸣。

阶级的仇恨营造了悲剧的气氛，人物的性格注定了悲剧的发生。在这部歌剧中，人物的个性被表现得淋漓尽致。歌剧《原野》正是以这样的一种独特魅力震撼了观众，并取得了共鸣。

三、金子的咏叹调《啊！我的虎子哥》的演唱处理

1.声乐技术方面的探究

金子的咏叹调《啊！我的虎子哥》是一首颇具挑战力的作品，适合于抒情性的女高音演唱。唱段一开始就有一个时值为9拍的、在小字二组的G上的“啊”的长音，音乐毫无铺垫地开始于小字二组的G上的一个长时值音，为的是表现其内心的情感，这个音要弱起，然后慢慢做一个渐强。这个音上已经是女高音的高音区，它在弱上的自如控制需要演唱者过硬的声音技术。这一句的演唱要注意舌头部分的放松，避免喉咙紧张而造成挤压感，同时找到头腔共鸣点和小腹气息点，使声音从头腔自然地传出。在这个音的渐弱到渐强上，千万不能将声音往外用力，注意力应该在气息控制上，将气息均匀地送出，而不是往外使劲唱，声音位置不能因为渐强而掉下来。这个渐强音一直连接到“我的虎子哥”的“我的”上面，这两个字要与前面的“啊”保持在一个位置高度。演唱时要保持声音的连贯、通畅和清晰的咬字吐字。而“我的虎子哥”中的“哥”要处理得相对轻柔、亲切些，要将金子对虎子的爱表现得淋漓尽致。接下来的“你这野地里的鬼”一句中，“你”这个字必须采用中国传统声乐中的“硬起音”这一技巧，表现出发自内心深处的呐喊。同时唱“你”的时候，要注意打开腔体，避免声音太紧。随后的“鬼”要再次加强语气，着重强调这句话可以表现出金子一些内心潜在的东西，也更能活灵活现地表现出金子泼辣、敢作敢为、敢爱敢恨的人物性格特征。“这十天的日子”演唱情绪较前后都有所缓和，犹如金子在静静地回忆自己与虎子哥这十天里的美好。紧接着“胜过一世”要极力控制气息，要吸得更深，从心灵的最深处唱出来，将金子内心积蓄已久的对虎子哥的美好情感一下爆发出来，声音要极富感染力和冲击力。“我又活了”的“我”是全曲的最高音，要找到最深处的吸气点，采用“软起音”将声音慢慢地扬出去。这样演唱的两个好处是：其一是可以得到深呼吸的气息支撑，其二是可以使情绪更加感人至深。“夜变得是那么短，醒来心里阵阵欢喜”这一句应该采用连续的弱声演唱，好似倾诉。“我的亲人哪”中的“亲”出现在高音上，这个字应该轻咬字头后立即打开口腔，让声音自由蔓延，同时，这是全曲的一个高潮，声音的表现上要有足够的色彩感和戏剧性。最后一句“哪能丢了你”的“哪能”的气息要求是一个比一个低，一个比一

个结实有力，斩钉截铁。“丢了你”的“你”要在前两个字的推动下出来，“你”要保持深呼吸高位置并将全曲推向高潮。

2.吐字咬字方面的探究

首先，“歌词对人物形象的成功塑造是歌曲的一个关键，演唱者对歌词的深刻理解又是唱好一首歌的关键”。① 在多年的演唱实践和教学实践中，我深深体会到，在用美声唱法演唱中国作品的时候，普遍存在咬字不到位（即音包字）、其鸣位置低、声音暗淡等情况，特别是这首咏叹调的演唱更要注意这几点。这首咏叹调音乐随着情绪的起伏而变化，同时存在大跳等对声乐技术要求很高的音，演唱中要保持状态的统一，嘴巴松弛，吸气要深、要稳，要充分利用美声唱法的开阔和连贯。这首咏叹调中多处出现“窄母音”，如“什么也不能比”中的“什”“比”以及“我的亲人”中的“亲”等字眼，演唱这些音的时候用“窄音宽唱”的方法，使声音听起来更加连贯，从而保持声音与共鸣的统一。最后，要避免喉咙动作过大，因为稳定喉器可避免声音“里出外进”，使声音完美统一。

3.旋律处理方面的探究

关于旋律的处理方面，在这首咏叹调中最为显著的是旋律的大幅度跳进和大线条的处理，这也是金湘先生在这里使用的一个最具表现力的创作手法。例如，“这十天的日子啊，胜过一世”中的“胜过”和“什么也不能比”中的“什么”都属于七度大跳。在处理诸如此类的大跳时，起音一定要做好准备。这要求气息深、有弹性、声音位置高、喉器下放以及发声状态上都要有提前的预知，这样才能在演唱后面的高音时游刃有余、顺理成章。只有在做好这些准备的基础上才能更稳定扎实地唱好后面的高音，并且只有唱好高音才能表达好这一乐句的意义，才能完美流畅地表达情感。

4.声音强弱及情感处理方面的探究

“人的心理活动本身具有隐蔽性，如果不借助语言、表情等符号系统将其外化为可感知的对象，心理活动的内容是很难被他人把握的。”②在金子的咏叹调《啊！我的虎子哥》中，全曲开始“啊，我的虎子哥”中的“啊”在小字二组 G 上的长音上有一个从弱到强的过程，感觉上是从无到有、由远及近的。在演唱这句的时候，一定要注意气息的控制，在稳定位置的基础上逐渐增加气息的压力，直至“我的虎子哥”发自肺腑地全部道出。虽然说“哥”在原谱中有四拍，但在实际演唱中没有按照足拍唱满，而是留下很大的空间来酝酿情绪，同时在为下一句的演唱做充分的准备。下一句，“你这野地里的鬼”中“你”从语气上来讲要稍稍地强调一下，接下来的一句“这十天的日子啊，胜过一世”中“这十天的日子啊”有三连音这样的节奏型，要唱得含糊一点、似梦非梦的感觉，潜台词就是：金子难以置信自己还有十天如此快活的日子，不用去想那些繁杂的事情，也不会有谁来打扰她与仇虎。之后的“胜过一世”要将音抛出去，将内心的这一喜悦完全地释放出来，她愿用一世来换回这惊

① 李京玉.《啊！我的虎子哥》的艺术感受及其演唱处理[J].音乐创作，2008(3).

② 何晓兵.锦衣夜行——电视剧《青衣》的音乐分析[J].中国音乐，2004(4).

天动地的十天。

在一个较长且较宽广的呼吸之后，情绪达到了整曲的最高点——“我又活了”。这句要处理得激昂振奋，这是一个灵魂深处的呐喊。此后的“我哪能不疼，哪能不爱，哪能丢了你”更是金子进一步将以前含蓄的情感表达出来，让仇虎真正地明白金子内心的爱与无奈。最后一个“哪能”犹如情感的积蓄，像是一匹蓄势待发的良驹，随后的“丢了你”的九拍长音后强收，更是情感与声音的同时挥洒，将金子内心的情感完全地爆发出来，将对仇虎的爱以最直白的方式表达出来，是她对虎子哥爱的升华，同时也将整首咏叹调推向高潮。

四、结语

从以上几方面来看，全曲中的处理极为细致和精巧，也正是由于这些强烈的对比，更加深刻地抒发了主人公的情感，同时也增加了演唱的难度。一部歌剧如果缺乏了歌唱者准确、完美的演唱就会让创作达不到预期效果。这首歌无论是在每一句音色力度技巧的运用上、每个音符气息的支持上，还是每句歌词感情的处理与分析上都要完美结合，这样才能让这首作品拥有生命力，才能真正把金子这个角色唱活。在多次的演唱实践中，我深深体会到这首咏叹调是名副其实的技术与艺术的完美结合，更是中国歌剧的精品。

原载《四川戏剧》2012 年第 5 期

英国演员演出曹禺作品

由中国现代戏剧大师曹禺的四部名作《家》《原野》《雷雨》《日出》集合而成的英语舞台剧《太阳不是我们的》(The Sun Is Not For Us)继去年3月在英国利兹首演、今年8月参演爱丁堡艺穗节之后，又作为上海国际当代戏剧节的邀请剧目，亮相中国上海话剧艺术中心。《太阳不是我们的》是第一部由英国团队制作的、由曹禺经典作品所改编的舞台剧。一群英国的年轻演员以读曹禺作品为演出的起点，在此基础上重新创造、架构场景，用各自的理解将曹禺的四部作品进行重新组合，构成了一台具有当代视角和西方韵味的戏剧。《太阳不是我们的》剧名出自《日出》女主角陈白露的台词，该剧更聚焦于曹禺作品中的女性人物，蘩漪、陈白露、金子、瑞珏、四凤等被英国演员重新诠释：被不幸婚姻禁锢十八年并与继子发生恋情的女人、由纯洁女学生所沦落的交际花、充满勇气的乡村女子、在失去爱和尊严后选择死亡的弱势女人，“大家一提到曹禺，自然会想到他作品中的女性人物，我们所选择的这四部戏，正是对二十世纪二十到三十年代之间中国女性地位和遭遇的集中呈现。”李如茹介绍道：“百年来，中国在转型、在发展，转型中的人性之痛令人心动，曹禺的剧本是对这些痛苦的沉思与表现，我们今天还在为他笔下的人物战栗。”

原载《语文教学与研究》2012年第34期

歌剧《原野》复排版的表演特色

孙嘉艺

文学剧本《原野》是曹禺先生于1936年创作，与《雷雨》《日出》并称剧坛三瑰宝。抗日战争至20世纪80年代后，这些作品才分别以话剧、电影等多种艺术形式为众人所熟知。特别是由金湘依万方编剧的脚本于1987年创作的歌剧《原野》，在其首演之后，就以强烈的戏剧冲突、完备的音乐结构、多样的风格技法以及突显的民族性和现代性，被誉为“中国歌剧史上具有开创性的作品”。[①] 此剧后来又分别上演于欧洲、美国、中国台湾和大陆各地，均获好评，还相继被授予“20世纪华人经典”和“文华大奖”，在中国当代音乐及歌剧史上具有重大意义，产生了深远影响。

迄今为止，该剧共有四个演出版本：一是1987年7月由李稻川导演与中国歌剧舞剧院合作，首演于北京的第一版本；二是1988年上演于美国康州沃特福特市的尤金·奥尼尔戏剧中心的钢琴音乐会版本；三是1992年由里昂·梅杰尔导演在美国华盛顿肯尼迪艺术中心艾森豪威尔剧院连续公演数场的美国版本；四是作为第十五届北京国际音乐节的压轴大戏，于2012年10月29日在保利剧院隆重上演的新版本，由李六乙导演与中国歌剧舞剧院合作完成。中国上演的两个版本前后相隔25年，1987年版的六个主要角色分别由国内知名民族唱法歌唱家担任，导演风格在中国艺术传统中的写意、传神和西方表现主义流派的象征手法中展现；2012年版则由蜚声海外的美声唱法歌唱家担任，导演力求挖掘原作历次舞台呈现中被忽略的现代主义，着重把中国戏曲的现代性拓展到歌剧艺术中。以下具体谈谈复排版本中美声唱法歌唱家的表演特色。

新版《原野》的演员阵容分别由扮演仇虎、金子、焦母、大星的四位主要演员，常五爷、白傻子的两位配角以及扮演冤魂、地狱鬼怪的中国歌剧舞剧院合唱团演员组成，除白傻子由青年话剧演员苗驰扮演外，其余五位均为享誉世界的国际化美声唱法歌唱家，他们是男中音袁晨野、女高音张立萍、女中音梁宁、男高音张建一、低男中音沈洋。这是该剧在中国排练上演25年历程中，第一次启用美声唱法演员充当主角，李六乙导演曾在公演前的导赏活动中，回答观众提出的关于“以前的民族唱法和现在的美声唱法”问题时说道：“演员精湛的技艺常常使你忘记他们是什么唱法，只需欣赏动人的声音足矣。”那么，为什么在此要特别提出两种唱法问题呢？

① 琴音.观歌剧《原野》后——李德伦访谈录[N].文艺报，1987-09-05.

一、用美声唱法来演绎《原野》的必要性

首先美声唱法发源于意大利早期歌剧的鼎盛时期，在发声技术上形成相对完备的体系，特别是在处理高难度的花腔技巧和唱念结合的宣叙调等内容时，有明确具体的歌唱方法；在经常与器乐奏法相互模仿的同时（比如人声器乐化等），遵循着宗教音乐中多声部立体式的审美习惯，最终形成极具穿透力的泛音音响，这是美声唱法与中国民族唱法在发声起源和音色追求上最大的不同。依歌剧《原野》蕴含的戏剧风格和创作技法来看，美声唱法在音质音色以及与管弦乐队配合方面，都能比民族唱法更方便、恰当、适度地表现出音乐性格和人物形象。民族唱法因其相对独特的审美品位和固有的语言音调，就音色和力度而言，很难与管弦乐队融合，特别是在声音的平衡统一、强弱对比、进退互补几方面，都难以实现自然和协调。大多数情况下，民族唱法与管弦乐队配合时主要依靠电子设备进行人工调音，而随后产生的音响效果也未必和谐，正如作曲家吴祖强在1987年《原野》首演后所提出的："舞台扩音不理想，一则唱的声音太响，必然就和乐池中乐队音量失去平衡；二则歌剧演员总得随时左右上下前后移动位置，音量就不时发生不合理的变化。我总认为歌剧演出还是应该朝着取消剧场中用扩音的方向去努力。"①那么此次选用美声唱法的歌唱家们复排《原野》，仅就不用麦克传音这一点，着实弥补了首演时的不足之处，堪称是听觉认识上的务实和审美意识的提高。

二、表演者在贴近音乐、忠实原作的基础上，更便于做到化难为易

作曲家认为贯穿歌剧脚本的两条线索是人性的扭曲与复苏和大自然的本色与变形。于是，他这样运用创作技法：表现人性扭曲和大自然变形时用多调性、微分音、偶然音乐等现代技法；表现人性复苏、大自然本色时，多用浪漫主义、印象主义等近现代技法；相关咏叹调和宣叙调等大段唱腔多用整块的、旋律感强的、调性相对明确的手法；朦胧场景、戏剧性段落以及宣叙调、韵白、说白等段落，多用结构模糊、旋律感弱、尖锐音程的多层结合手法，力求以强烈的冲撞、反差表现不同的情与景及音乐自身的美。②

站在专业音乐创作角度来看，作曲家在以上的创作思路和"作品应让多数人欣赏"的美学观念之下，的确实现了"大胆创新的同时，注意到我们民族的欣赏习惯和当代人的审美意识，在新形式、新音响与音乐的可听性、可解性间找到平衡"。③ 但面对普通大众的音乐审美习惯，即使在25年后的今天，对此剧依然存在"晦涩""两张皮""不喜欢"等否定的评价。除去不同文化背景导致的"一千个观众，有一千个哈姆雷特"这一审美特质外，否定评价可能还是来自普通大众对于"偶然音乐、多调性、微分音、点描法、音块叠合"等西方现代技法，以及对于"整体贯穿"原则中作为链环的"宣叙调"和"咏叙调"的陌生。虽然，金湘

① 该剧中的咏叙调是介乎咏叹调和宣叙调之间，融合"吟"与"唱"的段落、蕴含中国说唱音乐的特征。

② 金湘.困惑与求索[M].上海音乐出版社，2003.

③ 金湘.困惑与求索[M].上海音乐出版社，2003.

本人对歌剧《原野》提出了"让人们跳一下才能摘到这个桃子"的创作坐标，然而，事实告诉我们，对于普通大众的非音乐耳朵，"跳一下"并不容易。

幸运的是，歌剧中戏剧和音乐这两种载体都要通过歌唱和表演来呈现，演员的卓越唱功和逼真表演，可以帮助观众从更为直接的歌词、具象的肢体动作等一些感性层面去理解音乐和故事，优秀的表演还可以在还原作品特质的同时，升华作品内涵。在歌剧《原野》中，中西传统与现代技法、中国民族民间音乐与西方经典音乐素材被交替使用，比如重唱、对唱、宣叙调、咏叙调、对白就综合运用了以上技法，再比如"垛板、乱锤、紧打慢唱"等民歌戏曲的节奏模式和由"板鼓、铁链"参与的打击乐配器风格也出现在某些段落中。但对于观众而言，如果不熟悉偶然音乐技法和多调性变形民间音调的音响，就无法体会音乐中所描绘的错落起伏的原野和散落四方的冤魂以及阎王殿的荒诞和怪异；习惯听赏宣叙调和咏叙调在多调性与旋律片段组合中的纵向叠置和横向展开，就无法体会每个人物内心随剧情发展产生的复杂变化，特别是无法捕捉歌剧段落间的连缀点，不能从整体构思的角度感受音乐。幸运的是，作曲家采用了声乐与器乐并置的创作思路，也就是说，声乐演唱和器乐演奏在歌剧中占相同比例。因此，可以不夸张地说，新版《原野》的演员们对咏叹调、宣叙调、咏叙调、重唱、对唱，甚至对白的精彩演绎，削弱了中西创作技法的相异性，填平了民族化与国际化、传统性和现代性之间的鸿沟。他们的表演，于再现戏剧矛盾冲突的同时，又自然地将"扭曲、阴霾、怪诞"与"复苏、幸福、憧憬"两种情景（即作曲家定义的"风格复调"）相互交织，合二为一，总体上呈现出一种严谨有序、灵活自如、感人至深的表演风格。

比如，仇虎一角在全剧中唱段最多，共22首，需要扎实的歌唱基本功和对音乐的深入揣摩才能完成好。同时，仇虎的戏份最重，情绪几经辗转，出狱复仇的愤恨不满——旧爱重来的激情荡漾——杀人过后的矛盾心理——逃亡迷路的恐惧幻觉——假想地狱的模糊混沌——回归现实——放弃生命——成全他人——再度复仇的遗愿。四幕中不同场次之间的情绪起落，给演员提供了很大的表演空间，为表现仇虎内心的激愤矛盾和爱恨情仇，第一幕中的咏叹调"焦阎王，你怎么死了？"在调性上频繁转换；第三幕中仇虎与焦母的对唱中，仇虎在焦母对其恐吓的吟诵音调中唱起悲凉的歌，倾诉内心深处的冤苦，音乐上形成双重调性；第四幕阎王殿内的小鬼与仇虎的对唱更以多重调性展开。除去复杂的调性变化给演员带来的音准难度外，情绪的拿捏、声音的张弛都需反复推敲，两首看似短小的咏叙调在表演上也相当要劲。演员不仅在演唱上克服了泛调性和节奏交错的困难，清晰地诠释出该角色内心涌动的仇恨、矛盾和爱情，还特别借助肢体动作、神态表情、音色变化，客观地展现出自己死亡前的思想斗争过程：他结合中国戏曲中特有的"一步三叹"表演风格，在为数不多的几句吟唱中，把作为全剧高潮过渡段中所表达的那种杀人后的怀疑、恐慌、悔恨情绪（"这双手，这双手……"），与作为全剧结尾段中所表达的那种生命历经波澜起伏后的尘埃落定（"我再也不会带上你，再也不！"），表达得彻头彻尾、发人深思。特别是当他最后卸下复仇的包袱，以一种先是疑问、矛盾而后又坚定、淡然的语调，和反复弱强的推拉式力度，唱出发人深思的咏叙调"啊，老朋友"时，使全剧得以完满终止。

再如，第二幕金子和仇虎的民谣式对唱中，金子有一段“大麦呀，穗穗长”的唱段，不像此前出现的金子咏叹调“啊！我的虎子哥”和仇虎咏叹调“金子，你在我的心里”这两个爱情主题那么慷慨激昂，一发不可收地奔涌而出，而是以纯朴、清新的北方民歌韵味，衬托两主角青梅竹马、两小无猜的甜蜜爱情。因此，演员运用花腔女高音特有的弱唱技巧，以回忆和追诉的语态，使音乐简洁明了、朴素大方地流出，同时又以轻巧的吐字、流畅的气息、中国传统音乐中的润腔技术，向观众展现出一幅温暖含蓄、芳香四溢、真情似海的画面。就是这样一首接近原始风格的分节民歌，与全剧悲壮、凝重、压抑的基调形成了鲜明对比，使人如沐春风、印象深刻。值得一提的是，演员的演唱完全克服了以往美声唱法演唱中国作品（特别是民歌）的障碍，比如咬字不清、强弱难分、力度过大、张弛无度、风格模糊等问题都不存在，这与作曲家的合理设计以及歌唱家的过硬技术分不开。

最后，剧中的重唱、对唱部分，不仅与咏叹调、宣叙调一样，起着推动剧情的作用，还对音乐连接、情绪转换、主题升华产生影响。特别是剧中的三组三重唱，第一幕中焦母、金子、大星的三重唱（揭示夫妻、婆媳、母子之间的矛盾），第二幕中大星、金子、焦母的三重唱（焦母责令儿子鞭打与人私通的儿媳），第三幕中大星、金子、仇虎的三重唱（真相大白），都是全剧矛盾不断激化的最佳点，也是前三幕中每一幕的高潮所在，有效地强化了戏剧冲突。在音乐结构上，代表三种不同性格的横向旋律与三种不同的语言态势，以复调手法在节拍交错的纵向叠置中对比、呼应、延展。演员们在充分表达各自性格特点、唱段风格、内心想法的同时，始终关注他人的音响动态、肢体语言、情绪变化，做到了相互依托，默契配合；在保持各自特点的前提下，尽力使整体风格统一；他们的演唱不仅传达出鲜明的民族韵味，还以美声唱法在音质音色上独有的艺术功能，缔造出多层次、多声部、立体化的时空感；强化戏剧冲突的同时，又向观众描绘出一幅动静结合、别开生面的艺术图景。

三、表演者在体会内化、二度创作的过程中，使作品内涵得以升华

《原野》在音乐上的难度和艺术上的深度，对演员的唱功和演技提出很高要求。上文已对仇虎、金子的唱段和表演展开分析，下面再来看看焦母和大星等角色的情况。

焦母共有 7 首唱段和 1 段对白，内容虽不多，但首首结构紧凑、风格独到，共同构成剧情的关节点。焦母的角色代表着封建势力，她要扼杀、扭曲自由与爱情，同时她又是那样一个内心拥有母性却反被封建势力扭曲的牺牲品。因此，这个角色刻画得成功与否，这几个精彩唱段是否能为全剧起到画龙点睛的作用，主要看演员的唱功和演技是否高超。尽管宣叙调在创作和演唱上一向被视为难题，但焦母在第一幕中的宣叙调，仅仅以三句歌词加三个象声词，就揭示出婆媳、母子间不可调和的矛盾，演员于方寸间的淋漓尽致，更使该段表演成为全剧的开门红。作曲家为利用这一宣叙调表现人性扭曲的主题，采用多调思维与旋律片段结合，使音乐在不同调性中纵横衍展；借鉴中国戏曲中韵白的神韵、古诗的吟诵方法和说唱音乐的特点，使音乐更具民族风格。演员的成功演绎在于：她把握住了游移的音调、松散的节奏，揣摩到无调性技法的意图和中国戏曲音乐的拖腔技术，特别精彩之处是她的鼻腔哼鸣，一改摇篮曲体裁中的柔和甜美，转为深沉怪诞，使人立刻对焦母阴

狠狡猾、歹毒自负、狐疑矛盾的性格以及生理、心理的变态情结产生通感反应。演员节奏精准、声乐合一的歌唱与严谨细腻、丝丝入扣的表演，使得原本结构模糊、旋律感弱、以尖锐音程多层结合而成的宣叙调，变得线条清晰、韵味浓厚、和谐丰满，直抵观众心坎。在第三幕咏叹调"黑色摇篮曲"中，她又以连贯的气息、清晰的吐字、从容的律动、凝重的态势，展现出一种阴郁陈腐、悲凉凄美的宿命情怀，将整个舞台笼罩在黑色的哀怨中。另外，演员在念诵台词方面也特别值得称道，如第三幕开始她与仇虎对唱中的一句："我看见你人头落了地，鲜血四处喷！"和第四幕中误杀孙子后："啊！我的小黑子！"其中的"喷"和"啊"两个字表现得尤其到位，"喷"字语速先快后慢，抓住了动词的特征，与前面词语一脉相承，气贯长虹，借助描绘血流迅猛的状态，宣泄自己对仇虎刻骨铭心、一发不可收的仇恨；"啊"字略带破音，形象地演绎了失去孙子后的悔恨和掏心挖肝的痛！特别是第四幕咏叹调"大星！我的儿子呵！"又出现了焦母在宣叙调中的鼻音哼鸣："嗯嗯，嗯……"后面是"我要跟着你，跟着你，跟着你……"，这是刚发现误打孙子，又发现失去儿子的一个连续情感转换，但这两种情绪截然不同，前一个是心痛和悔恨，后一个是惊愕、悲痛、暴怒、仇恨，后面的情绪比前面更剧烈、更不可抑制。演员的表演入木三分，诠释角色的同时调动着观众的情绪，把剧情推向最高潮。

大星的唱段主要集中在7首唱段上，这些唱段都各有韵味，特别是他在第三幕中与金子的二重唱，原是第二幕中金子的爱情咏叹调，被合理巧妙地移植、再现到金子和大星的重唱中。两人歌词完全一样，但情绪相反，金子表达着自己坚决、果敢、热烈的爱情观，大星哭诉着自己压抑、懦弱、猥琐的爱情观。

演员大气、精确、真挚、深情的表演，细腻、通畅、流动、丰润的音色，使得"人就活一回，没有他(她)我会死"的曲调，两次在剧场内响起。另外，全剧的3首三重唱中，都有大星的唱和表演，可见，他也是矛盾链上的关节点。特别是第三幕，大星被杀之前，在与金子、仇虎的三重唱中，他的情绪几经转折，委屈——疑问——愤慨——惊异，音乐上也是唱中有说、说中有唱、半说半唱，变化较多。演员抓住了大星"懦弱、猥琐"的性格，选择了肢体动作幅度小，歌唱音量略轻、音色略暗的表演方法，同时运用专注的眼神和缓慢的语态，表现大星善良的品性。但这些都在一个可控的范围内，演员并未因角色问题掩盖掉敞亮的男高音音色，而演员清晰的咬字和婉转的连音，更鲜明地呈现出大部分段落的民族风格。

其余两个小配角白傻子和常五的表演也不逊色，尤其是常五。他与金子在第二幕中有10句对白，然后唱出咏叹调"你会不知道他?"；又在第三幕"黑色摇篮曲"之后，与焦母有4句对白。虽然仅在舞台上出现过两次，但这两个小片段拿捏适度、演技精湛，故广受好评。《原野》有一个显著特点，就是把所有对白、吟诵都纳入整体贯穿的歌剧创作思维中，使它们成为音乐结构中的一个声部。虽然多处对白都出自音乐静止之处，但这些对白并不是随意、松散、孤立存在的，而是以一种特有的律动，与前后的剧情和音乐紧密相连，一气呵成。常五的扮演者抓住了这种律动的轻重缓急，并且直接吸取中国戏曲、民间吟诗、现代话剧等经典韵白的念法，以低男中音特有的浑厚扎实的共鸣和清晰灵活的吐字，表现出歌剧对白中那种以北京方言为基础的普通话所特有的"四声"声韵的音韵特点和抑扬顿挫、迂回探问的表情意义。演员身材高大魁梧，却俨然一副猥琐世故的小市民相；年龄未过三十，却流露出一副老奸巨猾的长者样；演唱咏叹调时，毫无通常情况下低男中声部低沉温吞的特点，而是以轻巧流畅和胸有成竹的声音，表达剧中角色内心活动的状况。他短暂到位的表演，在这部深沉厚重的巨作中熠熠生辉。

四、小结

纵观全剧，演员们各自呈现出如下表演风格：仇虎的扮演者袁晨野偏真挚激情，金子的扮演者张立萍偏内敛唯美，焦母的扮演者梁宁偏细腻深刻，大星的扮演者张建一偏轻松自如，常五的扮演者沈洋偏严谨大气，白傻子的扮演者苗驰偏活力灵动。他们在艺术上的成长和成熟，可按年龄段划分为三个时代，张建一和梁宁是改革开放后第一批走向国际的中国学生；张立萍和袁晨野都是 20 世纪 90 年代在国际舞台上崭露头角的演员；沈洋于 2007 年被世界音乐界关注（因苗驰身为话剧演员，不在此讨论）。他们有着相似的经历，都先后在国际比赛中获奖，都长期或短期在国外留学，都熟练地掌握了各国歌唱语言和不同时期多种风格的声乐作品，他们的演出足迹遍布世界各地。抛去这些显赫的经历和业绩，笔者认为，他们在艺术上所展现出的最大价值是：能够在成为国际化歌唱家的同时，唱好中国作品，演好中国戏剧；他们的歌唱和表演消除了中国普通大众与西洋美声唱法的距离，特别为中国传统民歌建立了一种不同于原生态那种原汁原味的，但却更具有普适性和公约化的演绎方式。他们将各自的歌唱技术和艺术审美运用于歌剧《原野》中，不仅成功地再现了作品的原始风貌，还增强了作品的可听性和感染力，使音乐形象和人物性格达成统一；他们的表演协助音乐推动着剧情发展，帮助观众进入人物灵魂深处去解读音乐和艺术精神。

原载《歌剧》2013 年第 2 期

浅析歌剧《原野》中金子的艺术形象塑造

高子涵

话剧《原野》由我国戏剧大师曹禺创作于1937年，是曹禺先生唯一一部农村题材作品，也被称为曹禺最富有看点、最富有争议性的一部作品。歌剧《原野》则是由曹禺的同名话剧改编而来，作曲家金湘谱曲，由中国歌剧舞剧院于1987年在北京首演。问世二十余年来，这部歌剧以大胆的探索创新、精巧的整体构思在国内外得到普遍好评，被称为中国歌剧史上划时代的一部杰作，可以代表新时期我国歌剧创作的最高水平。

话剧《原野》主要叙述了青年农民仇虎复仇与追求爱情的故事，表现了被压迫、被摧残的农民对美好生活的向往和对苦难现实的憎恨，揭露了旧社会的阴沉黑暗。这一悲剧性故事蕴涵着厚重凄美的人物情感和复杂多样的人物性格。歌剧《原野》的叙述省略了许多原有故事情节，把重点放在展示仇虎、仇虎情人金子等人物深层的心理和感情上。曹禺曾谈到过创作《原野》的初衷："《原野》是讲人与人的极爱和极恨的感情，它是抒发一个青年作者情感的一首诗。"可以说，歌剧《原野》在艺术精神上更突出了曹禺的创作宗旨，也顺应了歌剧长于抒情、拙于叙事的艺术特质。歌剧是"用音乐展开的戏剧"，而音乐又是重在抒情与表现的艺术。在《原野》之前，有些中国歌剧作品在运用音乐表现戏剧冲突方面时常捉襟见肘，遇到尖锐的戏剧冲突时，其音乐色彩每每出现退隐、弱化。这样的处理，势必会大大降低音乐表现戏剧冲突的艺术魅力，而且也背离了歌剧艺术的原则。歌剧《原野》则还音乐于主导地位，尽量发挥歌剧的审美特色。剧中人物间冲突性戏剧场面的完成，几乎全靠演员的独唱、对唱、重唱及乐队来完成。金湘先生曾强调，歌剧《原野》的音乐"以声乐为主导，器乐为基础，追求交响性、立体性、整体性的统一构思"。

从审美角度而论，形象是情感之外歌剧内容美感的又一中心环节。以情感为中心是歌剧的特殊性所决定的，以形象为中心则是歌剧作为舞台艺术的基本要求。歌剧形象是一种综合性形象，它是在以音乐为主体的多种形式因素共同参与下完成的。歌剧的情感之美、主题之美、人物之美，无一不是通过形象来承载。在形象塑造这一环节上，《原野》从歌剧本体出发，通过乐章、咏唱、表演等形式，推出了一个个有血有肉、栩栩如生的舞台形象。其中，女主角金子便是一个塑造得十分成功的角色，甚至被认为是"给人印象最深刻的、充分体现爱情主题的人物"。金子是一位"野地里生，野地里长"的农村姑娘，她性格特点鲜明，泼辣野气，敢爱敢恨，散发着奔放的生命力，大胆追求着自由和幸福。另外，金子复杂多变的心理特征，也使得这一形象更加丰满、更具艺术感染力。

如前所述，歌剧《原野》充分发挥了音乐在歌剧中的艺术功能和形式美感，以声乐演唱为主导，着意刻画特定人物的情感、性格和心理，突出戏剧的冲突性和复杂性。在这一过程中，创作者们对塑造金子的形象倾注了丰富细致的音乐构思。歌剧《原野》共四幕 37 个音乐分场(包括序曲、间奏曲)，金子的演唱分量极重，其唱段共有咏叹调三首、对唱八首、与其他角色的重唱七首。这些唱段对声乐表演者提出了艰巨挑战，也提供了充分的艺术演绎空间。

在歌剧中，咏叹调是抒发人物情感的核心唱段。演绎咏叹调，必须认真剖析剧情的变化流向及人物的心理活动，充分揭示人物性格特征，使演员和观众达到情感上的共鸣。在金子的三首咏叹调中，《哦，天又黑了》出现在第一幕尾声，是第一幕与第二幕音乐行进中的桥梁。这一唱段既表现了第一幕压迫与黑暗的主题，又为第二幕爱的主题做了一个铺垫。唱段中蕴含着金子的两个情感层次：压抑哀怨、追求自由和抗争，要求演唱者密切注意声音的变化与控制。另外两首咏叹调《啊！我的虎子哥》和《你们打我吧》都出现于第二幕。前者是金子在与仇虎度过了十天愉悦生活之后演唱的，反映了金子压抑已久的爱情的迸发与沉醉，把金子与仇虎的情感冲突推至最高点，也将整部歌剧引向高潮。这一唱段旋律优美舒展，音乐线条跌宕起伏，一直以来广为音乐工作者和歌剧爱好者所青睐，但对演唱者也有着极高的声乐素质要求。《你们打我吧》出现在戏剧冲突十分尖锐的第二幕最后部分，展示了金子与封建旧家庭的决裂，预示着全剧即将到达高潮，也为第三幕复仇主题埋下了伏笔。与前面两首咏叹调相比，《你们打我吧》抒情色彩较弱，由比较浓厚的戏剧色彩替代了此前大篇幅的抒情歌唱，是金子在剧中唯一接近戏剧色彩的咏叹调。

以往我国的一些歌剧作品过于突出叙事性，加之作曲家歌唱抒情意识和技巧手段的匮乏，因此歌唱形式简单、单调，削弱了人物形象的塑造。歌剧《原野》则有的放矢，将不同形式的歌唱融入戏剧性的整体之中。比如重唱、对唱都是歌剧中重要的演唱形式，分别擅于表现不同角色在同一时刻的心理活动及各个角色的情感交流。金子在《原野》中分别有七首重唱和八首对唱，这使自身的艺术形象更为丰满，使观众品味到了多种歌唱形式的艺术美，也使整个歌剧的艺术结构更加充实。

原载《戏剧丛刊》2013 年第 3 期

歌剧《原野》"立意"及金子的形象塑造

颜碧波

华人经典歌剧《原野》至今已经上演20多年。其充满感染力的音乐、紧凑的戏剧情节、凝练的戏剧手法和丰满的人物形象已深得人心，今天看来仍津津有味、历久弥新。尤其在金子这个人物的塑造方面，歌剧《原野》是具有突破性的。尽管已经有很多人对金子的形象进行了定位，称其是"渴望自由、追求真爱"①，执着且有一些泼辣的女人。这些词语都是比较准确的，但似乎缺乏对"源头"的探究，这个"源头"就是歌剧的"立意"所在。"立意"一词，源于学者杨燕迪的有关论述。他认为"它（立意）特指具体艺术作品中所确定的表达意图和确立的中心构思"，而欣赏者在理解音乐的时候，要"首先判断音乐作品中是否存在集中而深刻的'立意'，进而解释这种'立意'的意义和价值，随后考察这种'立意'是否得到实现"。② 针对歌剧，杨燕迪进一步指出："显而易见，具有语词文本的音乐作品歌剧、歌曲等不仅较容易进行这种类型的解读，而且实际上要求进行这种解读。"③为了进一步说明解读"立意"的科学性及重要性，他还转述了美国学者科尔曼在其歌剧理论著作《作为戏剧的歌剧》中的话，"一部艺术作品整体上成功与否、价值高下主要应取决于艺术家在该作品中的'立意'——以科尔曼自己的话，即艺术家对作品所持的'vision'（意念）、'idea'（观念）或'conception'（概念），以及取决于'立意'是否被实现。一部歌剧是否提出了深刻的戏剧命题？是否探索了人性中神秘莫测的真理？是否反映了生活中人所未知的侧面？是否展现了人物内心深层的心理活动？而所有这一切又是不是用贴切妥当的音乐来投射的？"④按照以上说法，要想探究金子的形象，我们首先应该明确作者为什么要这样设计她。如果我们把原著中的金子和歌剧的金子加以对比的话，就会发现二者有一个很细微的不同：

话剧中，仇虎出场后第一次见到金子，就主动提出带她去一个"金子铺的地，房子都会飞，张口就有人往嘴里送饭，睁眼坐着，路会往后飞，那地方天天过年，吃好的，穿好的，喝好的"的地方。在此后的情节中，这个美丽的天堂似的地方不断出现，照亮他们内心的阴暗，带给他们希望。而在歌剧中，仇虎与金子的碰面作为第一幕的结束，戏剧只定格在相遇的一刹那，并无下文。第二幕开场时金子已经与仇虎温存十天了。这时，金子主动提出要仇虎带她走，仇虎问："上哪去？"金子说："远远的，远远的，就是那黄金铺满的地方。"仇

① 赵雨薇.渴望自由——咏叹调《哦，天又黑了》演唱分析[J].艺术评论，2008(12).

② 杨燕迪.音乐的人文诠释[M].上海音乐学院出版社，2007：100.

③ 杨燕迪.音乐作品的诠释学分析与文化性解读——肖邦《第一即兴曲》作品的个案研究[J].音乐艺术，2009(1).

④ 约瑟夫·科尔曼.作为戏剧的歌剧——译者序[M].杨燕迪，译，上海音乐学院出版社，2008：7.

虎问："世上哪有这样的地方？"金子说："有啊有啊，我梦里见过。"这一处看似细微的改动却举重若轻，突破了原著对金子的诠释。

原著中的仇虎一出场就表明他此行的目的：一是报仇；二是带金子走。这两个使命都由他主动提出并完成，这是传统戏剧性戏剧中典型的"复仇——阻恋"模式。[①] 而仇虎的形象也被塑造成复仇救美的英雄，对于金子并没有那么深层次的刻画。在歌剧《原野》中，金子变被动为主动，提出要仇虎带她走，而仇虎在此刻反而没了主意，不知归向何方。这里的金子已经从原著普通农村妇女的"认命"一跃成为了具有"独立抗争意识、追求自由"的性格。当然，不仅在这里，其实歌剧一开始，在金子还没遇到仇虎之前，作者就已经通过金子的第一首咏叹调《哦，天又黑了》向我们暗示了这种主动性与抗争意识。她唱道："云高高、天蓝蓝，我变成一只小鸟，想飞飞的自在，想落落在树尖。我要活下去、活下去、活下去。水里、火里、天上、人间，我金子啊，总有变成飞鸟的一天。"这一改动与20世纪80年代中国理论界兴起的女性解放运动不谋而合。对中国妇女的研究正是始于20世纪80年代，但"当时的人们对女权主义这一字样有着某种程度的反感，或惧怕、厌恶。因为从字面上理解，女权主义仅仅关乎权力之争，因而可能是一种极端的女性的自我张扬，甚至恶性膨胀"。而中国妇女的女性地位虽高，但"女性意识却相当的低，很多中年以上的女性甚至绝少从自己的性别生存的角度来思考问题"。[②] 由于当时的人们对女权主义存有上述偏见，那么金子这样一位作为中国农村最底层的妇女，从她身上凸显出来的女性抗争独立的意识无疑会更加具有说服力。明确了这点，我们再回过头来分析歌剧《原野》中金子的形象应该就会感到更加明晰、透彻。

"戏剧的基本表现方式是动作，而在音乐戏剧中，富于想象的联结表达媒介是音乐。因而，动作与音乐这两者之间的相互关系和相互作用便必然成为了歌剧剧作实践中永恒的中心问题。"[③]然而，对戏剧动作的理解——尤其是对歌剧中戏剧动作的理解——不能只局限于人物的"跑、跳、哭、喊"等外在的具体动作，更重要的是人物的内在动作，内在的戏剧动作通过这些音乐体裁来体现。因此在对它们进行分析的时候，笔者以为要从内在节奏入手。那么，何谓内在节奏？这是一个诗学术语，郭沫若曾经指出："诗之精神在其内在的韵律，内在的韵律并不是什么平上去入、高下抑扬、强弱长短、宫商徵羽，也并不是什么双音叠韵，甚至押在句中的韵文，这些都是外在的韵律或曰有形律。内在的韵律便是情绪的自然消涨。"[④]这里的"内在的韵律"便是内在节奏。对于音乐来说，就是音乐情绪情感的自然消涨。既然如此，为什么不直接说情感，而非要用节奏这个词呢？美国符号学家苏珊·朗格在其著作《情感与形式》中有一段非常具象化的描述："节奏的本质是紧随着前一事件完成的新事件的准备。一个按照节奏动作的人，根本不需要重复一种单一的运动。但他的运动必然是完整形态的。只有这样，人们才能感觉到它的开始，它的意图和完成，

① 张兰阁.戏剧范型——20世纪戏剧诗学(上)[M].北京：北京大学出版社，2009：1.

② 参见：犹在镜中——戴锦华访谈录[M].北京：知识出版社，1999：136-139.

③ 约瑟夫·科尔曼.作为戏剧的歌剧[M].杨燕迪，译，上海：上海音乐学院出版社，2008.

④ 范一直.论诗的内在节奏[J].诗探索，1984(2).

并且能够看到最后阶段的情况和下一过程的准备开始。"[①]朗格的这段关于节奏的论述包括两层含义：一是节奏是一个新旧交替的过程，无论是新旧事件还是新旧紧张。二是节奏是具有运动性和完整形态的。这个广义的节奏概念既适用外在节奏也适用内在节奏。甚至可以说，我们更加应该用这段话来理解内在节奏的意义。拿金子的第一首咏叹调《哦，天又黑了》来说，从内在节奏的角度来看，笔者将其分成5个部分：

1.天又黑了，我的心更暗，这一天天长的永远过不完，等来早晨又熬到夜晚……多想有那么一天，太阳亮得耀眼。

2.云高高、天蓝蓝，我变成一只小鸟，想飞飞的自在，想落落在树尖……什么时候能如了我的心愿。

3.天又黑了，我的心更暗，又要去守着孤灯……醒来时一颗心碎成几瓣。

4.不，这难道就是我金子的命？我要活下去、活下去、活下去。

5.水里、火里、天上、人间，我金子啊，总有变成飞鸟的一天。

之所以按照歌词进行划分，目的在于能够更加直观地看出情感的变化。而音乐正是根据情感的起伏与歌词水乳交融，相得益彰。第一部分开始相对平静，旋律运用下行二度模进，第二句"漫漫的夜啊"可以称为第一句的变化，后者的动机以八度大跳的运动方式出现。这部分虽然貌似平静，但混合拍子的运用已经暗示出金子内心涌动的暗流。

谱例 1：

第二部分的基调明显不同，这句是歌剧中少有的抒情句，歌词表达了金子微弱而又坚定的希望，其中"云高高"的动机正是第一间奏曲的主题，同时这个动机也在第二幕仇虎与金子回忆往昔演唱的"大麦啊，穗穗长"时加以运用。该句节奏悠长，旋律舒展，从小调转为大调，同时带有浓郁的田园风格。虽然短暂，但仿佛彩虹一般划过长空，带来一抹靓丽

① 苏珊·朗格.情感与形式[M].中国社会科学出版社，1986：146.

的色彩和无限的希望，与一、三部分形成了鲜明的对比。这种对比就是朗格所说的“旧紧张解除之际新紧张的建立”。“紧张”在这里并不是倾向急促、僵硬，而是指形成了另一种迥然不同的形态和架构，是一种广义上的紧张。

到了第三部分，新紧张再次建立，虽然歌词与第一部分相似，但感情明显更加纠结和激进，连续两个“又要去”体现了主人公的强烈不满，加上音乐旋律运用了口语化的手法，把这个句子刻画得尤其生动。终于推出了具有转折性的句子“不，这难道就是我金子的命?”接着连续三个“活下去”与上文的“又要去”句式相似，但情感相向，前者是坚定的信念，后者是苦闷的发泄。最后一个“活下去”由三连音变为大附点，节奏拉长，八度大跳将本段推向高潮。

第五部分出现了全曲的最高音 A，金子的反抗意识在这里得到充分体现。

整个咏叹调，金子完成了苦闷——向往——发泄——坚定——冲破五个心理变化，而音乐也正是以其内在节奏的变化圆满地完成了这一过程。音乐完全为人物塑造和戏剧性服务，充分综合运用混合拍子、旋律的大跳、转调、节奏的伸缩等手法来为人物内心情感起伏量体裁衣，收到了良好的效果。此外，咏叹调《哦，天又黑了》虽然只是开头的一个唱段，这时的仇虎还没有与金子相遇，戏剧的矛盾更没有激化，它所处的位置似乎并没有那么重要，但却已经起到了统领下文的戏剧作用。金子在此后的各种表现和走向无一不是在这个唱段情感的引领下进行的。它已将金子最本质的性格和内心诉求表现得淋漓尽致，换句话说，即便是不往下看，金子的形象在此已然“立”了起来。这也向人们表明：歌剧《原野》由原著的男性英雄戏剧转化成了现在的女性抗争戏剧，这是理解金子形象及整部歌剧的关键所在。

如果说咏叹调表现了金子坚定的信念和强烈的抗争意识，那么在各种重唱段落，金子面对情感纠葛而矛盾的一面也得到了充分展现。与话剧相比，歌剧很大的优势在于能够让不同人物同时发出自己的声音。尤其是当戏剧人物都各怀心事时，重唱就是最适合的表现手段。第三幕中，金子面对仇虎和大星两个男人，她的内心无比复杂，充满矛盾。善良的金子非常无奈，无能为力，只能祈求上苍的保佑。她的音乐形态以高音为主，节奏舒展，旋律比较平稳，与仇虎和大星的连续三连音跳进形成对比。

谱例 2：

随后，金子终于决定要离开这里，大星苦苦哀求，两人又唱了一段二重唱：

金子：我是野地里生，野地里长，有一天我会在野地里躺下。

金子与大星：人就活一回，没有他（你）我会死。离开他（你）我活着和死了一个样。

这段重唱与上一段的不同就在于：上一段音乐创造时，作者以塑造人物不同的个性为前提，每个人的所感所言都与音乐一一匹配，而这一段作者抓住了人物内心情感的共性。虽然大星和金子有根本的矛盾，但两个人的爱都是真挚的。这种真挚在音乐上通过齐唱和轮唱的方式完成。两人的共同唱句一共唱了两遍，第一遍是齐唱，唱词只有一字之差，却体现了无法挽回的结局，第二遍的轮唱直接映射出两人戏剧动作的先后性——金子的出走和大星的挽留，同时这样的设计使旋律如海中波澜一样层层推助，你追我赶，增强了音乐的感染力，也增强了戏剧表现力。尽管这时金子没有走，但她高亢炽烈的唱腔已经表明了她的态度——必须走！

谱例 3：

对于歌剧的研究既不能作干冷枯燥的音乐分析，也不能离开音乐而空谈戏剧。而是要以音乐为依据，剥茧抽丝般地对戏剧进行细致、严谨的诠释，这样才能更具说服力。以上我们简单分析了歌剧《原野》中金子的形象，完成了笔者开篇提出的探究“立意”如何实现的过程。通过探究，我们比较清晰地感受到金子形象的总体意义所在，在对音乐语言进行分析之后，我们又明确了作曲家是如何通过各种手段实现这一“立意”的。囿于篇幅所限，尽管金子这个人物还有诸多可圈可点之处，关于金子及中国歌剧中女性形象的问题，也还需要做更多更加深入的研究，希望能够以此文为今后的研究提供有益参考。

原载《艺术评论》2013 年第 6 期

歌剧《原野》“三杰出”说的再辨正

——答骆季超的批评

居其宏

今年2月27日，《音乐周报》刊载了骆季超的一篇文章，批评我此前对《原野》“三杰出”的评价过头，给作曲家帮了倒忙。无独有偶，早在2008年，上海资深学者戴鹏海就在私下交往中对我发出过类似的批评。戴鹏海批评的文本是根据当时《音乐周报》记者陈志音在一篇学术综述（以下简称《综述》）中对我所谓《原野》“三杰出”说的错误报道。为避免谬种流传，被同行们视为笑柄，我当即以《学术会议报道理应忠于事实——关于陈志音一篇综述的若干辨正》（以下简称《辨正》）为题撰文对此做了严肃更正。

《辨正》首先指出，2008年6月，我在中国音乐评论学会关于歌剧《原野》的研讨中，确有“三杰出”之说：

《原野》是金湘同所有歌剧创作中最杰出的一部，是新时期以来中国歌剧创作的最杰出的一部，也是有中国歌剧史以来在严肃歌剧领域里最杰出的一部。

但陈志音在其《综述》中将上述说法改换成：

学会理事、著名学者居其宏曾有三句话评断：歌剧《原野》，是金湘作品中最杰出的一部；是新时期音乐作品中最杰出的一部；是中国歌剧史上最杰出的一部。

举凡稍具中文基础的读者都会了解，两者之间在评价坐标、适用范围、用语分寸上存在着多么明显而重要的失实现象。

《辨正》还援引了我在研讨会上对《原野》和金湘歌剧创作的评价：

> 《原野》不是金湘同志的第一部歌剧创作，也不是最后一部，而是他的第三部歌剧，后面还有5、6部，我认为《原野》是其中最好的一部，那个《八女投江》是最差的一部。
>
> 同时也指出《原野》的两点不足：
>
> 一、它的人物音乐形象，写得最好的是金子和大星，写得较差的是仇虎，就是他的野性不够，还是有点知识分子的味道。
>
> 二、整体戏剧安排，我觉得后半场比较稀松，比较枯燥，尤其仇虎心理发生裂变有点精神失常的时候，冗长，需要在篇幅上再减一点。

《综述》却对上述内容只字不提。不久，这篇《辨正》便在《音乐周报》刊出。原以为，从此事实已明、谬误得纠、视听可正矣。未曾想，5 年后竟又遭骆文批评，足见骆先生只知《综述》而不知《辨正》。

当然，对于歌剧《原野》的评价，只要言之成理，尽可言人人殊，岂可强求一律。但为免学术批评之陷入只知其一、不知其二这一类小儿科式的错误，我与骆先生对《原野》及相关问题的进一步讨论，建议放在他读罢《辨正》和此文之后再进行。

原载《音乐周报》2013 年 6 月 19 日

试析歌剧《原野》中《啊！我的虎子哥》的艺术特点

彭红梅

歌剧是把音乐、舞蹈、文学、美术、戏剧等结合在一起的综合性艺术，歌剧主要由声乐、乐器、美术等元素组成，但最主要的是音乐演唱。中国歌剧的发展有三个发展阶段：1919年至1944年是我国歌剧的探索阶段，这一时期出现的作品倡导科学，反映人民群众的斗争，在艺术形式上作了初步尝试；从1944年到1955年是我国歌剧的奠基阶段，形成了一大批具有中国本民族特点的秧歌剧，为中国歌剧创作开辟了道路，有许多优秀的作品相继问世。从1956年至今，是我国歌剧深入探索阶段，我国的歌剧创作道路接近戏曲传统道路，延续第二阶段并进一步发展，借鉴了西方歌剧经验创作歌剧道路，“文化大革命”时期，新歌剧便停滞不前。1976年以后，新歌剧又有了新的发展，这一阶段的《原野》《苍原》等可视为新时期歌剧创作的高峰之作。本文就《啊！我的虎子哥》演唱中应该注意的问题展开分析。

一、丰富的感情表达使剧中人物角色生动鲜明

《啊！我的虎子哥》是金子和仇虎十天自由幸福生活的感叹，表现了金子被压制多年后重新得到爱情和美好生活的喜悦。面对日夜思念却见不到的恋人，金子把多年所受的委屈倾诉出来，一个灵魂早已死去的金子，原本不再期待什么，却在这遇到昔日恋人的短暂十天里得到重生，面对封建势力，她没有低头，内心充满了对仇虎的爱。金子的性格张扬，她向往爱情，为了爱情可以失去自己的生命，此刻最重要的就是她失而复得的昔日恋人。这首咏叹调中有金子的爱和恨，表现出女主人公内心的矛盾，更体现了金子对爱情的执着坚定，刻画出一个率直野性的女人。这首咏叹调也是金子对虎子的爱情告白，是这一整部歌剧中最有激情，情感最为强烈的片段，整首歌曲充满了激情与热恋，也夹杂着悲情。和恋人虽然相处了短短十天，但对金子来说胜过一世，仇虎点亮了金子灰暗的人生，虽然金子依旧在黑暗的势力下受着压迫，但是此刻的她什么也不怕了。《啊！我的虎子哥》这首歌曲是金了对自己恋人的爱情表白和自己的爱情宣言，也将整部歌剧推向高潮，人物情绪也是最为激动的，所以表演者要进入角色把自己点燃，把角色表现得灵动真实。

二、娴熟的技巧运用使歌唱充满表现力

在声乐演唱中，演唱者要灵活运用深沉、柔弱、高亢的声音对比来表达歌剧中充满矛盾的情感，所以力度对比对作品非常重要，力度的表现需要我们理解人物的心理和感情。咏叹调《啊！我的虎子哥》中开头的第一句“啊，我的虎子哥”，一个“啊”有两拍半的时值，夹杂着金子八年来的委屈和失而复得的爱情，包含了金子对重获的爱情转瞬即逝的恐惧。所以这一声“啊”是发自内心的叹息呼唤，演唱者应由弱到强地演唱，声音不能提，凸显出真实的情真意切的呼唤，声音音色要干净利落，但要注意音准。“我的虎子哥”中的“虎子哥”这几个字要咬字清晰，“虎子”的“虎”字在音量上应该稍微强一点，再与节奏相结合，听众听觉上感受到了金子对虎子的亲切呼唤，而“哥”要表现得轻于“虎”这个字，四拍的时值要占够，表现出金子内心对虎子哥的不舍。“你这野地里的鬼”中的“你”要为之后做准备，整句要凸显“鬼”字，表现出金子泼辣大胆，心中则对虎子又爱又恨的形象。“这十天的日子，胜过一世”中“这十天的日子”是金子回忆，它虽然只能在黑暗中，却对金子来说是甜美的，要唱得温柔甜美。“世”这个字表现着金子的重生和金子对这十天幸福的重视，还夹杂着这十天的生活来之不易，也有金子的委屈，她觉得这十天和仇虎的生活，她一生也值了。这里金子表现了对爱情的执着，所以演唱要强一点处理，体现出金子的辛酸、坚定。“我又活了”这一句中的“我”是整首曲子最高的音，力度可以加强，可自由延长，是金子情绪的完全爆发，这是在诉说十天的重逢之喜，如今的金子已经在精神上脱胎换骨了，之后的“我又活了，活了”一般要比前一句中的“活了”要亲切一些。

三、演唱者的二度创作为歌曲注入新的生命力

音乐表演中，不管是声乐演唱，还是器乐演奏，都需要表演者对音乐作品进行二度创作，给作品以生命感。音乐的本源来自人类的情感，《乐记》中有说到：“凡音之起，由人心生也。人心之动，物使之然也。”表演者常常被生活和作曲家的作品所感动，激发出很多感情火花，带着自己的内心认识，对作品进行二度创作，所以同样的歌曲，因为演唱者对作品的理解和感情领悟不同，演出的表现也不同。声乐是一门技巧性的学科，表演者的情绪需要靠声乐的技巧表达出来，让自己有一个良好的歌唱状态，比如咬字清晰，腔体的共鸣掌握得当，让自己轻松演唱、表现自然，做到声音和情感的结合，从而征服观众。而要达到声情并茂光靠技巧还不够，一个好的表演者需要好的歌唱素质。首先，声乐表演者要有很强的直觉，这包含着演唱者内在的心理因素，演唱者的艺术直觉对音乐作品起着把握的作用；其次，演唱者的兴趣非常重要，兴趣带给人积极的情绪，同时兴趣带有倾向性和选择的态度。人类都会对感兴趣的事物表现得积极，对作品感兴趣的演唱者要分析人物的心理

活动，会收集作品相关的音像资料，思考作品的表达情绪，这对歌剧尤为重要。风格也是演唱者需要注意的，声乐作品背后有隐藏的时代气息、文化内涵、民族特点，这些需要演唱者演唱的艺术风格也是不同的。而音乐作品的旋律、调式、调性、节奏、节拍、力度、速度等谱面标记也不容忽视，做到以上这些才能使音乐作品具有丰富生命力和欣赏价值，演唱者才能更好地诠释作品。

如果歌剧《原野》是中国歌剧史上的高峰之作，那么《啊！我的虎子哥》就是镶在峰顶上璀璨的宝石。要完美展现歌剧的一个片段，并不是完成一首歌曲那么简单。我们需要了解歌剧片段的创作背景，掌握它的故事情节、人物的个性，运用技巧融入自己的感情，赋予作品独一无二的生命力。一千个人唱同一个歌曲，有一千种感情和处理方式。所以，我们要努力学习声乐的演唱技巧，用心理解歌曲，才能把歌曲更好地展示出来。

原载《赤子》2013 年第 8 期

新编大型京剧《原野》邀您共赏经典

台北新剧团的新编大型京剧《原野》根据曹禺的原著加以移植，由著名导演李宝春任导演，剧中主要角色由李宝春、赵扬强、黄宇琳、常贵祥饰演。

曹禺有“中国的莎士比亚”之誉。他的著名三部曲《雷雨》《日出》《原野》犹如丰碑矗立于剧坛之上。《原野》创作于 1937 年，是曹禺剧作中一颗独放异彩的明珠。全剧围绕着有杀父夺地之恨的仇虎这一人物展开，深刻地反映了伦理道德、封建迷信观念对人性的摧残和吞噬。

李宝春出身戏剧世家，祖父李桂春(小达子)、父亲李少春、母亲侯玉兰，都是戏曲名家。他 10 岁进北京戏剧学校，专攻文武老生，坐科 8 年，曾受校长马连良及王少楼、杨菊芬、徐沅珊、钱元顺、茹元俊、茹少筌、马长礼等老师的教导，打下文武技艺功底。李宝春 1990 年加入“辜公亮文教基金会”京剧推展小组，迄今已有 20 年。其间于 1997 年成立“台北新剧团”，多年来与辜公亮文教基金会合作，积极推创新戏，致力于传统剧目整理，且连续率团出去展演，扬誉国际。2001 年，李宝春受邀于“上海国际艺术节”演出“新老戏”，获得“白玉兰奖”。2004 年参加“第四届中国京剧节”演出移植京剧《巴山秀才》，获“评审会特别奖”“优秀表演奖”。2009 年第三度参加“上海国际艺术节”演出大型新编京剧《原野》，再次荣获上海“白玉兰奖”最佳团体奖殊荣。2010 年，他又参加了上海世博圆满闭幕系列《弄臣》。近年来，他多次率领台北新剧团至北京、天津、上海、江南、香港等地巡演，在两岸京剧界深受好评。

台北新剧团由团长李宝春集合了海内外专业青年同好于 1997 年成立，以台北“新舞台”为中心，定期公演“精致好戏”和展演创作新剧，以弘扬传统戏曲，展现精湛的中华传统表演艺术。剧团演员均来自台湾戏曲学校，经过九年专业坐科，受过严格的京剧表演、中国武术功夫、传统技艺、民族舞蹈与乐器演奏训练。该团系民间非营利性艺术团体。

原载《走向世界》2013 年

歌剧表演中演唱技巧与情感的统一

——以歌剧《原野》为例

王桂霞

歌剧是一门将音乐、戏剧、文学、舞蹈、舞台美术等融为一体的综合性艺术形式，通常由咏叹调、宣叙调、重唱、合唱、序曲、间奏曲等组成。中国歌剧诞生于20世纪初期，经过近百年的发展获得了巨大进步。歌剧《原野》由万方女士改编自曹禺先生的同名话剧，由著名作曲家金湘先生谱曲，该剧被誉为真正意义上的“与世界歌剧媲美的中国歌剧”。之所以说《原野》成功，是因为它相对于我国较早的歌剧来说，无论是在剧情编排上，还是在演唱技法上都大胆突破了传统的艺术价值观念。本文以歌剧《原野》中“金子”的演唱为例，来探究演员的演唱技巧与角色情感的完美统一。

一、演员高超的演唱技巧是前提

在歌剧表演中，基本的演唱技巧是演员首先要具备的，也是演员塑造角色形象、表现作品情感的前提。歌剧《原野》中金子的唱段都具有很高的演唱难度，这要求演员首先要在演唱技术上能够完成作品，才能再进一步地研究如何诠释角色的问题。

1.克服咬字难的问题

旋律大跨度的跳跃是金湘先生常用的创作手法。在《原野》中，旋律多次出现五度、七度等大的跳跃，这都需要演员要有良好的演唱技术才能唱好；而中国作品的咬字问题一直是美声唱法运用的难点，所以，当大跨度的旋律碰到了汉语中比较难唱的音节时，对于演唱者来说无疑是一个技术上的考验。例如，金子的咏叹调《啊！我的虎子哥》中“胜过一世”中的“胜过”，“什么也不能比”中的“什么”，都采用了七度的跳进（如谱例1）。这几个难咬的字与大跨度的高音碰到了一起，就要求演员在演唱时须同时完成多个技术动作，即气息的弹性支持、喉咙的放松、咬字的松弛，并且要求声音位置要统一，以保持音乐的连贯性。

谱例1：

2.克服“高音弱声”的演唱难点

“高音弱声”是作曲家为了表现角色的某种心理情感或剧情的某种意境需要而惯用的创作手法，但这对于演唱者来说一直都是一个比较难的技术点。在演唱时演唱者要保证气息的稳定性与流动性，合理地控制声音，在完成高音的同时又不能破坏音乐的意境。例如，《啊！我的虎子哥》中第一个字“啊”是一个弱起的高音（如谱例 2）。同时这一声“啊”又是金子发自内心的呼喊，所以要求演唱者的声音应该弱而不虚，气息稳中有力，让声音随着气息的流动而逐渐弹性地放开。

谱例 2：

3.熟练控制音色和音量

在某些情境下，歌剧演员要用不同的音色和音量来表现剧情发展和人物情感，以达到音乐与剧情的统一。在演唱过程中，演员要能根据剧情或角色的需要熟练自如地转换音色和音量。如金子的咏叹调《你们打我吧》中，在金子将心中的怨气怒气统统发泄出来的唱段，主人公的情绪十分激动，音乐的速度较快，需要演员灵活地运用合理的音色和音量来将人物的内心活动表露出来。其中有一句唱词“我做了，我偷了人，养了汉，你们打死我吧！”这一系列的排比句，要求演员要依次将声音放宽，音量逐渐加强；音色要结实有力，气息上要给予声音以足够的支持，用音色表现出音乐戏剧性的风格；演唱的语气也要非常愤慨，以表现出金子坚定的反抗信念。

二、演员要做到将歌唱技巧与人物情感统一起来

1.充分挖掘人物的内心

“金子”作为歌剧《原野》的女主人公，拥有着泼辣倔强、敢爱敢恨的性格。歌剧演员应该对角色性格进行深入分析，深刻理解人物的内心情感：金子认为自己在“炼狱”里生活，因为她在焦阎王的淫威下，被迫进入焦家，又与焦母存在着婆媳矛盾，夹杂着阶层差异的隔阂与冲突，这种矛盾是无法调和的。这便使金子原本率真泼辣的性格中还带有一定的反叛特点，她渴望冲出枷锁，到她所期待的理想世界中去。演员在演出时要将人物内心这种挣扎、矛盾的状态通过演唱表现出来。

第一幕中，金子的咏叹调《哦，天又黑了》，就是一首能充分体现金子性格特点和内心情感的歌曲。歌曲一开始音乐的速度非常缓慢，金子用微弱的声音，低沉地唱出“哦，天又黑了”这句歌词中的“哦”时，要求演唱者用这一声叹息表现出人物内心的压抑，音色要较为暗淡，音量较弱，演唱的语气应更接近说话的语气。紧接着第二句“哦，我的心更暗了”，这一句中的“哦”在语气上与前一句相比会有所变化，演唱者应用长叹式的语调来强化人物内心的阴沉灰暗，这样一来金子的痛苦处境和压抑的心境才能通过演员的演唱表现出

来。随着剧情的发展，金子的内心越来越渴望自由，音乐的速度逐渐变快，旋律也舒展开来，金子唱道：“我想变成一只鸟，想飞，飞得自在。”（如谱例 3）。这里出现了旋律跳音，演员要注意在演唱时应表现出金子的心情好似飞出牢笼的鸟儿一般，同时还要注意气息的流动性和声音的稳定性，以保证歌唱效果。

紧接着金子再次唱到“天又黑了”，而这一句却与开始的那句“天又黑了”在心境和态度上大不相同：现实的世界虽然让她痛苦不堪，但是她不甘心，她高声呐喊，她要与命运抗争。金子喊出了怨恨，对自由的渴望与坚决在此时全部爆发了出来：“我要活下去，活下去，活下去！”（如谱例 4）。三遍同样的歌词，在演唱时语气应该一遍比一遍加重，尤其是最后一个“活下去”的旋律出现了上行八度的跳跃，将音乐推向了高潮，在演唱时演员的声音要结实浑厚，语气要绝对的坚决，以表现出她要奔向自由的坚定决心。

谱例 3：

谱例 4：

《哦，天又黑了》这首咏叹调具有一定的抒情性，音乐从低沉向激情推进，旋律随着人物心理的变化而起伏。而此咏叹调也将金子在黑暗郁闷的生活环境下所表现出的郁闷心情和向往自由的愿望表达得淋漓尽致。这要求演员要深刻理解人物，通过合理的歌唱技巧来展现出人物的内心世界，塑造完整的艺术形象。

2.充分表现感情冲突

在歌剧《原野》中，作曲家用音乐来表现戏剧的冲突成为了作品的一大特色。随着剧情的深入、矛盾的激化，人物感情也愈加炽烈。重唱作为歌剧中不可缺少的重要环节，它以多声部的叠置和发展所形成的变化、对比、统一，渲染了歌剧强烈的艺术感染力。

“金子”是全剧中所有戏剧性矛盾冲突中的重要人物。这是由于她是一个具有多重“身份”的女人：情人、妻子、儿媳。她是勇敢的，又是矛盾的。对于金子来说，现实世界虽然充满无奈但是却是真实的存在，理想世界虽然值得向往但是却没有未来。所以，这便要求演员在面对不同的人物、不同的情境时，要及时地调整歌唱技巧及自身情绪，以达到完美的演唱状态。

重唱的表现功能很广，除了能够表现戏剧冲突，还可以通过各声部的相互配合，来共同抒发同一个情感。例如最后一幕中，金子与仇虎的二重唱《你是我，我是你》就是二人将热烈的爱情推向高潮的段落。此唱段旋律优美，情感真挚。歌曲以仇虎的咏叹调开始，继而到二人的重唱部分。在重唱部分中，二人的声部浑然大成地交融在一起，体现了“你是我，我是你”的爱情主题。在重唱的中间部分，也就是全剧的高潮，二人呐喊般地唱出：“生下他，他就是天，生下他，他就是地！”（如谱例 5）。同样的旋律，同样的唱词，连续唱了两遍，但是两遍的力度和感情却是不同的。第一遍的演唱力度较强，因为他们觉得孩子就是他们的希望，同时也在控诉命运的不公，声音结实而有力。第二遍却转为了弱音演唱，因为此时他们的情绪又回到了离别的痛苦与不舍，此时的声音应该是弱而不虚、字字有情。演唱这一段的时候，演员不仅要保证声音的质量，还要融入真挚的感情。

谱例 5：

三、总结

作为歌剧演员，必须要熟知剧本的故事内容，把握主人公的内心情感，并通过合理的演唱将人物性格展现出来，将故事情节推向高潮。在歌剧表演过程中，演员要在具备高超的演唱技巧的基础上，让自己充分投入到音乐中去，投入到作品的情感当中去，投入到人物性格当中去，为更好地塑造角色而做准备。

原载《大舞台》2014 年第 1 期

从歌剧《原野》中金子的唱段谈声乐演唱中的情感处理

孟天屹

一、歌剧演员的特色

歌剧表演的主要部分就是歌唱，对于演员而言，除了拥有高超的演绎技巧，还要善于把握角色的内心情感，将技巧和情感合二为一，将人物形象发挥得淋漓尽致，从而完美地塑造歌剧中的角色。音乐是歌剧的中心，而声乐艺术又是歌剧的音乐核心。歌剧中的戏剧情景有性格、形象等方面的演唱，它跟一般的抒情歌曲是不同的，因此，歌剧人物要紧扣人物性格和戏剧矛盾来展开。

在歌剧《原野》中整部作品都是围绕金子这一重要角色人物开展的。因此，一部完美演绎的歌剧，要有好的剧本和演员进行完美的融合，才能做到情景交融的意境。金子这个人物的性格是泼辣直率，但又善良，充满理想，演唱者一定要把握好。演唱者要想演好一个人物，必须对作品脉络的发展和情节非常了解，除了内在的实力，还要有外部场景进行配合，例如，要有音乐的伴奏来渲染不同的情景，所以音乐的效果在整个歌剧中也是有着不可替代的作用。

二、演员声乐演唱与情感处理的相互融合

（一）金子在这部歌剧出场后的第一首咏叹调是《哦，天又黑了》，作为焦家的儿媳，看着自己丈夫焦大星的无能并受着婆婆的百般唾骂和羞辱，金子在这种生活下被压抑得苦不堪言。在这种环境下，金子唱起了《哦，天又黑了》这首咏叹调。面对这种苦不堪言的生活，金子极度渴望全新的生活，通过渐渐推进的激情唱段，将这个人物形象在观众面前表现得惟妙惟肖。就在这时，金子唯一的希望就是能有生存的自由和属于自己的爱情。这首咏叹调更说明了在当时那个没有希望、停滞不前的封建社会与人物内心的强烈渴望。《哦，天又黑了》是角色人物金子的第一次呈示，同时也是为第二幕的音乐做一个很有力的铺垫。它的作用也是反映金子在焦阎王家里苦闷的生活和对自由的向往。这首咏叹调以小调为主，并且以4度模进的方式进行，因为4度的模进一般比较有力度，这样更加突出金子刚烈的性格。在主题发展的过程中，作曲家做了离调的处理，并且有意识地做了同主音大小调的交替，这就丰富了主题音乐，同时也表现了主人公——金子明亮的一面，以及对于幸福生活的憧憬。尤其是最后的合唱，作曲家运用了E大调的处理，使得观众仿佛跟随

金子一起进入了美好境界。

（二）在歌剧《原野》中，金子的独唱唱段《啊！我的虎子哥》是金子再次遇到爱人仇虎，再次沉浸在爱情当中，是为了追求真爱而进行的演唱。同时也是金子因为仇虎的再次归来而带给她巨大的精神支持和鼓舞，更加激发了她的反叛情绪。栩栩如生的情感表现，也受到了众多演唱者青睐。本段金子遇到了仇虎，激发了她对美好生活的向往，真实的情感表述包含了这个北方女人特殊的性格，使其有顽强的生命力去面对当时的社会，运用诉说方式，也找到了一个很有利的突破口。开头是呼喊仇虎“啊，我的虎子哥……”，音量以“P”开始，气息源源不断，向远处传递。本段高音区长音较多，使咏叹调抒情性的手法得以充分运用，较多运用音程大跳的手法，表达了爆发式激动的心情，表现了金子对仇虎又爱又恨的感情的真挚抒发。经过和仇虎在一起短暂的生活，使金子感觉到生活的美好，由心底唱出“我又活了，我又活了，这活着的滋味什么也不能比……”。仇虎经历了地狱般的煎熬生活后，对生活和爱情的渴望，坚信自己不能放弃，才是这一切快乐的源头。最后金子对仇虎唱出“我的亲人，我哪能不疼，我哪能不爱，哪能丢了你……”重复运用了“哪能”来表达出自己内心强烈的情感，从而使对仇虎的感情得到了升华。整个作品都表现出了金子深爱着仇虎，金子真情地吐露出对仇虎的感情，同时也表现出在当时封建社会的大环境下，金子对爱情和自由的渴望。《原野》将抒情性与戏剧性巧妙地结合在一起。

虽然剧本是歌剧的基础，但它并不特别强调戏剧细节，而是在戏剧框架的基础上，更多地为音乐留出表现的空间。作为演员不仅要熟知剧本的故事内容，把握好主人公的内心情感，贯穿好整部作品的剧情，不仅要在技巧上有良好的表现，还要在情感上进行丰富的表达，这样才能打动观众。歌剧中的音乐代表的是现在进行时，不是过去也不是未来，所以在进行的情感表达中，声乐演唱是很好的表现。演员不仅要把握好剧中人物的各种特点，用自己真实的情感去表达，还要了解剧中各个人物之间的矛盾点，将各个人物穿插成线，运用声乐演唱的特点将人物特点表现得淋漓尽致，从而塑造音乐的整体感觉。

原载《音乐时空》2014 年第 5 期

扭曲压抑爱恨情仇

——歌剧《原野》的音乐创作特征分析

徐文正

歌剧《原野》是我国著名作曲家金湘的一部歌剧力作，1987 年由中国歌剧舞剧院在第一届中国艺术节上首演，获得巨大成功，随之又在美国及欧洲许多国家上演，得到了广泛好评，被西方歌剧界誉为“第一部叩开西方歌剧宫殿大门的东方歌剧”，并入选“20 世纪华人音乐经典”。作曲家金湘在这部歌剧音乐的创作中吸取了欧洲大歌剧的表现方式，并融入中国传统文化的元素，使得音乐与戏剧紧密结合，深刻揭示了剧中人性的扭曲压抑、爱恨情仇。

歌剧剧本是根据我国著名剧作家曹禺先生的同名话剧改编而成，描述的是 20 世纪上半叶发生在中国东北地区的一个悲剧故事：青年农民仇虎是一个纯朴善良的人，被地主焦阎王陷害而进了监狱，他的父亲、妹妹也先后被焦阎王害死。8 年后，仇虎从狱中逃出，要找陷害他的仇人——焦阎王报仇！可是焦阎王已死，而且仇虎的未婚妻金子也被迫嫁给了焦阎王的儿子大星，他们和焦阎王的老婆——一个阴险毒辣且双目失明的地主婆焦母住在一起。当仇虎得知焦阎王已死的消息时，感到非常绝望，但这世代冤仇不能不报，既然老子已死，那么就应该父债子还，要找焦大星报仇。然而，大星是个非常善良的人，而且是仇虎儿时的好朋友，他是无辜的，因此仇虎的心中非常矛盾。最后还是复仇的念头占了上风，他诱杀了大星。与此同时，焦母也在想法杀死仇虎，她叫来了侦缉队，并且自己还偷偷摸到仇虎的屋子里准备杀死他，却误杀了自己的孙子小黑子（大星与前妻所生），当她哭着出来找儿子大星时，又被大星的尸体绊倒。焦母的精神几近崩溃，她发誓要杀死仇虎，不管到天涯海角也要找到他。而仇虎此时正在与金子逃命，当他们逃到一个森林中时，突然迷路了。此时，仇虎的心中被一种悔恨所折磨，他不断自责，并请求宽恕。身心的疲惫令他不想再逃下去了，就对金子说：“生下孩子，为我报仇。”然后自杀身亡。

从以上的故事梗概可以看出，这是一部非常复杂的戏剧。矛盾冲突异常激烈，人物的性格鲜明，相互之间的关系错综复杂。剧中的几个主要人物仇虎、金子、大星、焦母及常五爷、白傻子等各具特性，如：仇虎的变态报复心理与勇敢淳朴的性格、金子的纯真及火辣、焦母的狠毒和阴险、大星的猜疑妒忌与善良懦弱，还有白傻子的痴呆、常五爷的猥琐等。故事的线索纵横交织：一方面是以复仇为主要线索的主线，另一方面还穿插着仇虎与金子的爱情辅线，同时还有焦母与金子之间的婆媳矛盾等。面对如此复杂的线索，金湘在创作时并没有同等对待，而是抓住了其中最主要的也是最打动人的两点：一是人性的扭曲与复苏;二是大自然的本色与变形。为了表现这种纯真的人性之美、野性之美,并与被扭曲的怪异之美造成巨大的反差,金湘选择了一条综合之路:“在风格把握上,凡是表现人性的被扭曲、大自然的变形等等,多用近现代的技法(如多调性、微分音、偶然音乐等);凡是表现人性的复苏、大自然的本色美等,则多用浪漫、印象主义的技法。在总体构想上,凡是大段唱腔(如咏叹调、宣叙调等)多用整块的、旋律感强的、调性相对明确的手法。”[①]整部作品的创作风格整体呈现一种丰富而又统一的特点。

一、主题

在歌剧音乐创作中,一般有两种主题的设置方法:一是为每个人物设定一个主题;二是不设具体人物主题,而是根据剧情的需要设定具有象征意义的主题。

《原野》采用的是第二种方法。如前所说,金湘根据剧中具有代表性的两点,即广袤的原野(深沉而压抑)和人性的复苏(真挚而美好),精心设置了与之适应的两组主题。

(一)原野主题

关于原野的主题设置,陈贻鑫、李道松在《歌剧〈原野〉音乐探究》[②]中提到由阴阳两个主题组成,笔者同意他们的提法,但是对他们提出的主题出现位置和呈现方式则有不同看法。我们下面分别来看这两个主题,见谱例 1(第一主题)。

谱例 1(第一主题)

第一主题在长笛的低音区奏出,以较为平稳的级进为主,由前后两个部分构成:前半部分的调式较稳且明确,在 a 调域;后半部分,将 E 升高,出现大小三度的交替(这是本歌剧音乐的一个显著特点),调性变得模糊,尤其是滑音的运用充满一种叹息的感觉。前后两个部分形成两个对比:

1)音程的对比:主要是大小二度的对比、增四度与纯四度的对比。这两种对比有种色彩上的明暗对比,又有着一种风格上的对比。

2)旋律进行方向的对比:开始的是向上为主,有种召唤的味道,后半部分是下行为主,有种叹息的感觉。在这个主题的上方,弦乐铺着一层由小二度组成的持续音型,与之构成

① 金湘.困惑与求索[M].上海:上海音乐出版社,2003:94-95.

② 陈贻鑫,李道松.歌剧《原野》音乐探究[J].中国音乐学,1988(1):15-24.

了尖锐的对比。长笛低音区冰冷的音色使得这个主题本身就充满了一种强烈的压抑与挣扎的力量。

第二主题由大提琴与倍大提琴在低音区奏出，三十二分音符弱起加上双附点音符的节奏型配上上行五度音程的跳进进行，显得格外有力度，好似一种不屈的呐喊和抗争的力量。主题在♯f商调域，同样在中间有个大小三度的交替，构成一种明暗对比。见谱例2（低音部分为原野第二主题）。

谱例2(低音部分为原野第二主题)：

(二)爱情主题

同原野主题一样,爱情主题也有两个,见谱例 3、谱例 4。

谱例 3:

谱例 4:

第一主题(谱例 3)首次出现在第一、二幕之间的幕间曲中,在竖琴轻盈的背景下由双簧管奏出,优美抒情,色彩明亮,调式为 B 徵调式。开始动机是一个弱起的下行大六度,然后上行环绕,动机既有抒情性,又有一种动力感,并在以后的发展中得到充分展开;第二主题(谱例 4)则从强拍开始,平稳的节奏,级进的旋法,表达了一种宁静和安逸的状态,纯情质朴,类似于一首民歌。这个主题的一个突出特点就是小三度与纯四度的交替(主题开始处),既有简约朴实的特点,又有一种莫名的纠结融入其中。

除了这两对主题外,作曲家还设计了另外一个具有人物性格特点的“黑暗”主题,这个主题基本上是陪伴着焦母这个角色出现的。

(三)黑暗主题(见谱例 5)

谱例 5:

主题由萨克斯在低音区奏出,平稳的 3/4 节奏律动不时被打破,不协和的减五度音程使音乐充满一种紧张不祥之兆,萨克斯低音区特有的那种阴冷色彩使得这个主题更有一种特殊味道。

为了更突出地表达这两种情绪的对比,金湘还将两个相对的主题进行纵向叠置,使得这种冲突更加具有张力和戏剧性(参见谱例 2)。

这几个基本主题在此后的歌剧发展中不断发展变化,既有一般意义上的展开,更有性格的变异变形,从而衍生出新的意义。

二、和声的运用

和声是多声音乐的重要技术手段,对结构音乐及塑造音乐形象起着非常重要的作用,可以这样说,一部音乐作品的成功与否与和声应用的好坏有着直接的关系,尤其是在歌剧这种大型的音乐形式中。西方几百年的歌剧发展历史为人类留下了许多不朽的歌剧作品,同时也留下了经典的多声手法。如何借鉴这些宝贵的文化遗产,并同中国的传统音乐文化相结合,以创造出具有东方色彩、符合当代人审美的音乐作品及与之相联的多声手法,是摆在每一位中国作曲家面前的一个重大课题。

《原野》在适当借鉴、运用欧洲浪漫派和声表现手段的同时,更创造性地运用了“音程和声”的手法,并使二者非常协调地结合在一起。

“音程和声”,顾名思义就是用音程来结构和声的一种手法。具体来说,就是以一个或两个音程为核心,通过不同的叠加来构成和弦,并按一定的逻辑进行运动,以推动音乐的发展。在这种技法中,核心音程就像一粒种子,通过不断的裂变——转位、扩大、缩小、变异、叠加等手法,使其得到充分的展开,得到各种变体。从理论上说,这种变体的数量是无穷的,其中所蕴含的能量是巨大的。“音程和声”手法的应用,大大扩展了民族和声的表现力，正如金湘所总结的那样，“思路一旦打开，就如同建立了立交公路一样，比之平面公路要自由、流畅、丰满得多了”。①

音程结构和声手法的关键在于选好核心音程。在歌剧《原野》中，作曲家精心选择了两个音程作为核心音程：二度和五度。

（一）和弦构成

构成这部歌剧和声的核心音程是二、五度，其中二度又包括大二度、小二度及增二度 3 种形式；五度也包括纯五度、减五度和增五度等 3 种类型。这两个核心音程在歌剧中的应用是非常灵活的，概括起来主要有两种形式：

1.单独使用这样的应用在歌剧中是不多见的，但很重要。主要以各种二、五度音程及其转位来构成，见谱例 6。

谱例 6：

2.叠加

核心音程及其变体（转位、扩大及缩小等）可以进行各种方式的叠加：同种音程（包括转位）叠加，不同音程叠加，一次叠加，多次叠加，上下依次叠加，交叉叠加或者包含式叠加（即一个音程包含在另一个音程中间）……和弦结构是千姿百态的，有时会构成一种对称结构的和弦，见谱例 7。

谱例 7：

经过叠加而构成的和弦称为“基本和弦”，根据其叠加的音程的不同，其所具有的和声张力也是各异的。尤其是各音不在一个调式内从而构成多调性的重叠时，它的表现力会大大扩大。

音程叠加的次数也是非常灵活的，在和声的运动中配合着音乐的流动和情绪的发展而增加或减少，从而构成和声紧张度及色彩的变化，见谱例 8。

① 金湘.困惑与求索[M].上海：上海音乐出版社，2003：104.

谱例 8:

此处,金子深情地唱出"啊,我的虎子哥"时,其内心的感情是非常强烈的,8 年的分别,一朝相逢,酸甜苦辣一起涌上心头。和声通过不断增加音从而构成色彩的加厚、紧张度的增加,非常贴切地揭示了此刻金子的内心世界。

(二)和声进行

一个单个的和弦的表现力是有限的,只有当它和其他和弦构成一定的连接时,它的美学价值才能得到充分体现,也才能构成真正意义上的音乐作品。

歌剧《原野》的和弦进行由于自身和弦构成的复杂而呈现出几乎无穷的方式,可分为单层及多层两种形式。其中,多层叠加的和弦每个层次的基本和弦在自己运动的同时,还和其他层次的和弦发生着纵向的关系,构成每个单层的基本和弦有时会形成多调性的叠加,特别是两个或多个这样的和弦形成纵向叠加后,其多调性的感觉就会更加明显。而各个层次本身的横向运动有时会形成泛调性的结合,多调性与泛调性的交织就使得和声的进行更为复杂,表现力更为丰富。这种超越调式的和声思维在和弦结构及和声进行中的精彩运用是歌剧《原野》和声的一个鲜明特点,是其音乐获得巨大张力的源泉。

三、配器

《原野》的配器手法丰富且富有特色,根据戏剧的需要,作曲家采用了三管编制的大型交响乐队,并加入了一些民族打击乐器,如木鱼、板鼓、大堂鼓、小堂鼓等,这些民族打击乐器的加入不仅丰富了乐队的色彩,更是戏剧不可或缺的因素,它们和其他西洋乐器一道共同完成了推动戏剧矛盾发展、塑造人物形象的任务。

在这部歌剧中,作曲家根据需要采用了不同的乐队写法:独奏与重奏、合奏相辅相成,纯音色及混合音色的交相辉映,传统配器手法与现代配器手法有机结合。

(一)独奏乐器的戏剧性呈现

在歌剧中,一些独奏乐器被作曲家赋予了很强的戏剧表现功能,如:中音萨克斯那暗哑的音色一直演奏剧中的黑暗主题,并伴随着焦母的出现而响起,有时是单独出现,有时则是伴随着人物的唱腔响起(如:第二幕焦母、大星与金子的三重唱,第三幕的黑色摇篮曲等都有萨克斯的陪伴)；长笛中音区那种清凉而稍微有些冰冷的音色作为原野第一主题的演奏很好地表达了那种冷漠的感觉，而双簧管那明亮温暖的音色演奏爱情主题是再合适不过的，单簧管中音区的音色对表现大星优柔寡断的性格也是非常匹配的……这些独奏乐器作为一种音色语言，尽管有时演奏的旋律不同，但是作为一个有特定含义的角色在剧中体现出很明显的戏剧职能。

(二)特殊演奏手法的运用

除了采用乐器的常规演奏手法外，一些现代的演奏技法也被作曲家灵活有效地运用在歌剧音乐中。如：第二幕刚开始不久，正当金子和仇虎沉浸在爱河之中时，常五爷突然敲门，此时金子的内心是非常惊慌的，小提琴采用巴托克式拨弦很恰当地表达了这种感觉，在序幕及第三幕中，这种手法也得到很多运用；“弓杆击弦”是采用弓杆敲击琴弦发出声音，效果很干枯，有种涩涩的感觉。这种手法的运用有两种情况：有音高和无固定音高。第四幕中仇虎出现幻觉之时，第一、二小提琴相隔大七度用弓杆击弦奏出尖锐刺耳的音程，与单簧管的音色混合产生出很奇特怪诞的音响。其他手法如手击指板等也有多处运用。

(三)音色分离

传统配器法的一个重要原则就是音色的融合，但是在当代作曲技法中，为了特殊需求而故意将各个乐器之间的音色进行分离，从而产生多层叠加。音色分离的手法多种多样，有时可将不同乐器放到相距很远的音程中，使之相互之间缺少连接；有时采用多调性的手法形成各自不同的音带；有时采用点描技法将本来横向的旋律进行纵向的肢解，然后产生分离等。《原野》序幕开始不久，第一小提琴在极高音区用泛音奏出大七度和音，而大提琴则在极低音区奏出与之根音相隔大二度的大七度和音，两者形成了一个巨大的空间地带。而在其中，板鼓及小堂鼓演奏出零星的点描式节奏，G 调长笛在低音区奏出了原野第一主题的动机，好像是天堂与地狱之间的苍茫原野上哭泣的孤魂。

综上所述，可以看出歌剧《原野》的音乐创作是一个全方位的立体布局，以人物为出发点，以戏剧呈现为要求，在主题安排、和声及配器等方面都进行了大胆探索，很好地完成了描写戏剧环境、刻画矛盾冲突、抒发人物情感的任务，将剧中复杂的扭曲压抑之心理及爱恨情仇淋漓尽致地表现了出来。

原载《衡水学院学报》2014 年第 3 期

"原野情仇"的艺术追求与重构

——从话剧《原野》到荆州花鼓戏《原野情仇》

陈天琦

一、引言

荆州花鼓戏是流行于湖北江汉平原一带的地方戏曲，是湖北三大剧种(楚剧、汉剧、花鼓戏)之一，距今已有200多年的历史。① 在艺术表现上，荆州花鼓戏融汇四大主调、百余种小调和地方方言，增添了音乐、舞蹈、杂技等多种元素，集百家之所长；在题材选择上，多来自民间生活，揭示了封建社会的黑暗，弘扬了勇于抗争的精神，塑造了一个个勤劳、勇敢、智慧的劳动人民形象；荆州花鼓戏在发展过程中，经历了诸多波折后进入平稳发展阶段，如今该戏的创作在立足于地方文化的同时，也紧随现代社会潮流，将现代性、传统性、艺术性、通俗性融合四位一体，形成了多姿多彩的艺术表现形式。经过多次易稿，以胡应明为代表的剧作家将曹禺的话剧作品《原野》改编成为以荆州花鼓戏为艺术形式的《原野情仇》，一方面延续了戏曲改编于话剧的传统和趋势，另一方面也是表达对祖籍为湖北潜江的著名剧作家曹禺的敬意。花鼓戏《原野情仇》在把握原话剧叙事情节脉络的同时，融入了戏曲改编者个人的思想情感，并结合了当下道德伦理观与和谐社会的氛围。本文将从话剧到花鼓戏改编的角度，从叙事形态、人物形象、主题内涵三个方面具体阐释荆州花鼓戏形式下《原野情仇》的艺术追求与重构。

二、花鼓戏对话剧叙述形态的立体化改写

1.叙述语言：方言运用对地方色彩的凸显与渲染

地方戏曲的重要特点之一是充分运用方言，荆州花鼓戏《原野情仇》也不例外。方言的运用需要有一定的语言机制作为可能性支撑，同时对方言的合理运用能增添戏曲独特的艺术魅力，凸显、渲染其浓厚的地方色彩与文化内涵。

一是方言运用的可能性。包括洪湖、监利在内的荆州地区以及周边县市属于北方方言区，与国内通行的普通话语音同源。这就为荆州花鼓戏《原野情仇》从地方推向全国各地提供了可能性，增强了该戏曲的生命力和欣赏性。

① 戴滨霞.荆州花鼓戏的音乐与演唱特点的研究[D].武汉：武汉音乐学院，2007.

二是方言运用的作用。花鼓戏《原野情仇》中既有带有泥土芳香的方言对白，又有极具地方色彩的民歌曲调。如"我是(音近'四')土(音近'头'上声)匪"，"我两个(音近'过')把花鼓调子哼"等等，"给全剧带来了荆州大地的风韵，好像故事就发生在荆州的莽莽苍苍的原野上"①，在将地方文化向外推广的同时，也拉近了与荆州本地观众的距离，增加了亲切感。

2.叙述背景：舞台空间对纷繁环境的取舍与简化

由于舞台面积、条件的限制，对于话剧《原野》原著中设定的纷繁环境，采取了保留社会背景、删减外部小环境的方法。主要表现为"消解掉原著中以北方农村为背景的'处所'感，使地域性的特点转化为单纯的艺术性空间"。

一是空间感的延伸与交汇。话剧中房间与外界的界限非常明确，内是一间正房、左门、中门、右门，有黑香案、祖先牌位、旧式立柜、纺线机等各类摆设，用窗户将内外隔开；外是篱墙、草原、低云和铁道附近的黑烟。而花鼓戏在舞台背景利用了投影等现代技术，以大面积参差的树枝构图，并用背景演员的舞蹈饰演灵魂幻象，形成叠影绰绰的效果，删减了草原、低云、黑烟等与情节关系不大的意象；门是"隐形"的，主要靠戏曲演员的动作来表现；"焦阎王的半身像"换成了小坟包，删减门、窗、柜等家具，再通过幕剧切换时道具随之增减的技巧，舞台的有限空间大大扩展，内外空间交汇，更显整体美。

二是意象象征意义的削弱。在话剧《原野》中，"火车"意象贯穿始终，如"远远又有火车在原野里的铁道上轰轰地驰过，不断地响着嘹亮的汽笛"等，以火车鸣笛声为表现形式，既是对外部小环境的渲染，也是金子与仇虎奔逃时的精神寄托，带有"冲破黑暗社会的牢笼，获得解放和自由"的象征意义。除此之外，另有一重要意象"布谷鸟"(杜鹃)，自古象征着"悲哀、凄惨"的情感，为作品增添了悲剧的气氛。但是在花鼓戏中，这些带有象征意义的意象均被删减，在保留主要情节内容上也减轻了观者的思考负担，利于舞台效果的直接呈现。

3.叙述风格：浪漫主义对黑暗压抑的消减与包装

话剧《原野》的情节主要设定在晚上，在黑暗阴冷的氛围中各人物之间围绕"复仇"发生了激烈的碰撞。外部展现的是金子对大星同情又反感的复杂心情，她与仇虎的情感纠葛，焦母对金子咬牙切齿的恨，仇虎对焦家压抑已久、喷薄而出的怨恨与报复，悲剧、恐怖的气氛浓重，情节的反复加之鬼影绰绰的神秘气息点染，无边的绝望、悲凉袭来。内部展现的是发自人物内心的以"恨"为主的心理，金子对包办婚姻的"恨"，仇虎对欺压农民的地主恶霸的"恨"等。不同于话剧的是花鼓戏《原野情仇》的戏曲改编者为了观者的欣赏需要，巧妙地抓住了其中诸多情节进行浪漫主义改写，并增加了幽默成分，在一定程度上消

① 吴毓华.浓化的情诗化的美——评荆州花鼓戏《原野情仇》[J].戏曲艺术，1997(5).

减了黑暗压抑的气氛。

一是爱情的凸显与艺术化。在花鼓戏中，幽会场面从暗场置于明场，金子边绣花边焦躁地等待，“怕他来，又何望个不停”，表现了金子对爱情的炽热渴望以及羞涩、腼腆、紧张的心理，仇虎拿着一枝花在窗里窗外两进两出，塑造了其铁汉柔情的一面。两人相见时的交流用花鼓曲调进行对唱，“我知道你是把我等，十年离散你我同此心”，优美动人的歌吟和舞姿在淳朴热烈的乡土气息中开拓出一片诗情画意，提升了作品的艺术水平，并将仇虎与金子的爱情从肉体层面上升到精神层面，使得整场戏曲张弛有度，在悲情之余又多了几分情意的抒发，一定程度上消减了观者压抑的心理感受。

二是幽默成分的增加。话剧原著的气氛一直是黑暗压抑的。而戏曲改编者为了增强观感效果，别出心裁地增加了一些幽默的成分。一方面是特殊道具的使用，如与仇虎争斗时，大星手里握的玩具刀，以深化其懦弱无能的性格。另一方面是幽默语言的使用，如仇虎与大星喝酒时，仇虎嘲笑说“你成了头戴绿帽一丈夫”，背景配乐中“哈哈哈”的笑声与大星捧头转圈的动作融为一体，增添了喜剧效果。

4.叙述情节：浓重笔墨对繁复情节的增删与集中

曹禺的话剧《原野》全文8万余字，要浓缩于2个多小时的花鼓戏舞台演出中，对繁复情节的增删与集中是必须的。花鼓戏《原野情仇》的戏曲改编者依照主题确立、人物塑造的需要，“突破了原著三幕加一序幕的结构，在戏核、戏胆、戏骨之处，精心结构为七场戏”①，进行了化繁为简、化简为繁两个方向的调整。

一是化繁为简。其主要目的是适应舞台表演需要，缩减表演时间，使情节脉络更清晰。在话剧《原野》原著中剧作家曹禺用第三幕四景的篇目，叙述了仇虎与金子半夜出逃时的旧事重现、鬼影反复、内心挣扎，情节描绘繁杂，人物安排众多。在花鼓戏《原野情仇》中，戏曲改编者将仇姑娘、焦阎王、小鬼、阎罗等人物全部删去，换作身着深色衣服的背景演员通过舞蹈动作营造出鬼影绰绰的景象，并将林中的逗留与逃亡以仇虎来回的步伐取代，将易造成观者不解的多次地府幻象去掉。此外，原著中金子、仇虎起初向大星隐瞒他俩的真实情感及仇虎的身份，并通过仇虎对故事的详细叙述使大星逐渐觉察，而在花鼓戏中直接删去了此铺垫，减少了从欺瞒、透露到知晓的环节。通过这样一系列的删减，故事情节更为集中、精炼，舞台效果更佳。

二是化简为繁。其目的是深化人物性格形象塑造，以便重构、烘托主题。花鼓戏第一幕，金子让大星明确回答“妻和娘同时掉进池塘时，先救妻还是先救娘”，戏曲改编者抓住这一段对话化简为繁，将其改编为一段欢快的歌舞戏，在对唱中刻画了金子泼辣直爽的形象及大星懦弱怕事的性格。金子与仇虎幽会时同样也使用了歌舞的方式化简为繁，凸显两人爱情的炽热。

---

① 吴毓华.浓化的情诗化的美——评荆州花鼓戏《原野情仇》[J].戏曲艺术，1997(5).

三、花鼓戏对话剧人物形象的重构式刻画

1.仇虎:正义豪情对阴暗扭曲的掩盖与消解

在话剧《原野》中,剧作家曹禺并未刻意塑造一位绝对的人物,只是将人物及其行为放置于民国初年的社会环境中,以赤裸裸地展现人性的复杂面。对于主要人物仇虎而言,深仇大恨使得“复仇”成为仇虎唯一的念想。恶霸地主焦阎王活埋其父亲,害死其妹妹,将仇虎关进大牢。当他得知焦阎王已死去两年,便迅速将目标转向焦阎王家里的其他人,把“顶疼的人亲手毁了”。[①] 他不顾兄弟情分,趁大星睡着将他杀死,间接害死了黑子,甚至与金子重新燃起的感情也是由“复仇”之心而起。黑暗社会与悲惨境遇使仇虎的心灵因为“复仇”而变得阴暗扭曲,从而将作品的情感旋律从深重的悲情转向无尽的悲哀。第三幕中仇虎在林中奔逃时,善良、正直的人性与“复仇”的矛盾对立又折磨着他,在最后一刻仇虎终于醒悟,死亡带来的是人性的回归。

但在花鼓戏中,仇虎被戏曲改编者塑造为一位正义豪情的偏正面性质的人物。大星起身反抗,仇虎“情急之下”“被迫”杀死大星的情节被放置在明场。仇虎与金子的爱情也被放大,通过歌舞叙说往年真挚情谊,在知道自己难逃一死时为保护金子和孩子的悲切别离、一再劝行等场景,渲染了爱情的坚贞不渝,引发了观者对他们的强烈同情,仇虎人性善良的色彩无疑加重了,心灵扭曲的一面被淡化。“却原来冤仇尽处是悲切”,花鼓戏最后将仇虎放置在舞台高处,姿态昂扬悲壮,一位顶天立地的英雄在经历了复仇的孤立无援和盲目后英勇地倒下,有情有肉,形象丰满。大星、金子等其他人物的戏份也被缩减,从而实现了对原著中仇虎形象的解构。

2.大星:情节道具对懦弱性格的强化与丰满

焦大星的人物形象无论是在话剧《原野》原著,还是在花鼓戏《原野情仇》中都是懦弱怕事的。花鼓戏《原野情仇》中大星搔首抚额的纠结,来来回回的踱步,断断续续的答话充分展现了他懦弱不坚定的性格特点。在争论戏与仇虎杀人的明场,大星明知妻子与仇虎有情感纠葛,却没有勇气质问,喝下一杯杯“苦酒”,最终鼓足勇气,举起的却是给儿子买的玩具刀。这一道具的使用更深刻地凸显了大星的懦弱无能。另一方面,花鼓戏对“大星”的人物塑造更增添了和平、善良的因子,丰富了人物形象。戏曲改编者在谈到“玩具刀”这一新的细节与道具的使用时,阐述这是“因为玩具刀已成为我们心象中的一枚‘橄榄枝’,一种时代精神的象征”[②],它使得大星人物性格中多了几分“理解、忍让和宽容”[③],正如他的名字一样,在黑暗的社会天幕中点缀了一些明星。大星看似懦弱窝囊的外表下却隐藏

---

① 曹禺,沐定胜.曹禺精选集[M].北京:华夏出版社,2011.

② 廖安厚.一个重重压迫下的“真人”——对仇虎形象的心理透视,兼谈《原野》的主题结构[J].川北教育学院学报,1992(1).

③ 胡应明.发自“原野”深处的当代歌吟——荆州花鼓戏《原野情仇》创作片谈[J].剧本,1997.

着一颗向往和平、承担责任的赤诚之心，他虽不是一个顶天立地的大丈夫，但他中刀倒下的瞬间却在金子和仇虎两个主角心中掀起了巨浪，成为仇虎逐渐抛弃“复仇”的直接推动因素，也唤起了观者对他的尊敬和悲悯。

3.金子：道德良知对自由无羁的要求与限制

话剧《原野》中金子自由无羁的形象和野性的美展现得淋漓尽致，在仇虎与金子幽会的暗场处理中，两个人直白的对话表现出情意的炽热。但是在花鼓戏中，金子边绣花边等待，既急切地渴望他来，又恐他人看见自己内心的不安，女人特有的羞涩与柔情在金子身上也显现出来，“丑八怪”的嗔怪，翩跹的舞姿也深化了她面对爱情腼腆而纯真的一面。在花鼓戏中大星与仇虎争论的时候，金子不停地替大星推酒，一再阻拦仇虎，“但愿得大路朝天各自走，酒若有情你让我们都糊涂”，花鼓调子如泣如诉。这些情节的增加使金子自由无羁、奔放热烈的形象一定程度上得以收敛，在内心道德良知的引导下，不同于原著中金子在奔逃过程中对大星的彻底放下，她在花鼓戏中自始至终都是处于纠结和复杂的心情中的，在社会心理和舞台效果的双重推动下，金子的形象更为符合大众审美，也更为立体、丰满，成为广大淳朴善良农村妇女的缩影。

四、花鼓戏对话剧主题内涵的演绎与深化

花鼓戏《原野情仇》在改编之初名为《原野》，与话剧原著名一致，但在演出时，引发了不熟悉原作品内容的观众的误解，因而戏曲改编者在后来的修改稿中将“原野”更名为“原野情仇”。顾名思义，即以“情”与“仇”两条线展开叙述。

在话剧《原野》原著中，剧作家曹禺延续了《雷雨》《日出》的创作风格，以悲剧性的情节和结局呈现。作品《原野》中的象征手法和传奇色彩，凸显了揭露中国社会封建性和黑暗性的主题。作品展现的人性、命运无疑是悲壮、悲哀、悲切的，恶霸地主（焦阎王）对农民（仇虎一家）残忍的迫害与欺压，农民中的反抗者（仇虎）却因过于强烈的“复仇”情感扭曲了人性，直接或间接地将身残眼瞎的老人（焦母）、懦弱善良的兄弟（大星）、稚嫩无力的婴儿（黑子）推向了死亡的深渊，最后在良心发现的绝望中被官府人员杀死，地位卑微的女人（金子）也只能怀着孩子孤独终生。这种“仇”是社会所赋予的，打开心结远远不够，唯一的方法只能是推翻如牢狱般封建、黑暗的社会。因而话剧《原野》的主题带有很强的社会性色彩。

不同于话剧原著，花鼓戏《原野情仇》除了反映批判当时社会的主题外，更致力于让观者洞察人物丰富的人情、人性，以此作为现代生活中人性、心理的反观。在情感偏向上，除了“仇”这一情节线索，还有“情”与“善”作为情感线索，如金子与仇虎坚贞不屈的爱情，大星与仇虎纠葛的兄弟情，大星老实善良一面的彰显，仇虎正义、伟岸、勇敢姿态的塑造，金子活泼开朗、善解人意、淳朴美丽，也具备了广大农村妇女的优点。戏曲改编者有意淡化原著中层层推进的深沉的悲剧效果，通过艺术化的加工，使得带有悲剧性质的情节多出几

分真、善、美。总的来说，花鼓戏《原野情仇》是在以“报仇”为主要情节的基础上对追求自由、爱情和美好生活优美人性及悲天悯人情怀的歌颂与弘扬，这是花鼓戏对话剧主题内涵的演绎和深化。

五、结语

从曹禺的话剧《原野》到荆州花鼓戏《原野情仇》，以胡应明为代表的剧作家巧妙地将话剧原著的情节脉络、风格神韵与个人思想、社会潮流结合在一起，综合运用了花鼓戏多种表演艺术手段，对叙事形态、人物形象进行了变动，对主题内涵进行了深化，达到了较高的艺术水平，成为荆州花鼓戏发展过程中一颗璀璨的星辰。

近年来，随着经济与社会的飞速发展，荆州花鼓戏与其他不少传统民间艺术一样面临着继承、创新、发展的困境。人才的培养、组织结构的优化、国家的政策资金扶持都是十分必要的，大众对其关注与保护意识的增强也是关键的一环。就《原野情仇》而言，它从地方推向全国各地，先后获得了中国曹禺戏剧文学奖、中国剧协优秀奖等诸多奖项，为荆州花鼓戏带来了希望的曙光，也为传统民间艺术的保护之路点亮了明灯。

原载《戏剧文学》2014 年第 11 期

金湘歌剧《原野》咏叙调中的中国传统音乐元素

曾婀娜

咏叙调(arioso)体裁自17世纪开始其含义就不断演变,“18世纪后期的一些作品中,arioso又意味着一种‘对话式的咏叹调’(aria di catalogo),这是带有伴奏的,较为抒情的宣叙性的歌调,它具有鲜明的节奏和富于表情的旋律线条,是介于咏叹调和宣叙调之间的一种歌唱音调”。歌剧《原野》中的咏叙调就类似于这种类型。在歌剧《原野》中,咏叹调具有长气息的乐句,所以贴近于西方浪漫主义风格。而咏叙调不论在旋律写作、和声配置、配器手法还是音乐结构上,都具有中国传统音乐的元素,富有中国特色。另外,咏叙调在全剧音乐中还有着独特的结构功能。“我把咏叹调作为支点,宣叙调作为链环……为此做到既有色彩各异的大段咏叹调,又有连接各个段落的材料统一的宣叙调、咏叙调……以达到全剧的对比与统一之协调,做到既不单调,亦不繁杂。”因此,承接在咏叹调、重唱与合唱等唱段之间的咏叙调与宣叙调,就具有了关键性的结构功能。

一、歌剧《原野》咏叙调旋律发展手法中的中国传统音乐元素

“中国传统乐种常见的旋律发展手法,归纳起来主要有叠、变、扣、集、拆、对、跺、合、解、滚10法。”其中,“扣”与“集”两种手法在歌剧《原野》咏叙调中有所运用。例如,第三幕第八首《仇虎的咏叙调(女声伴唱)》,曲式结构为“Int+A(a b c)+Coda”,是一部曲式。这首咏叙调的音乐材料取自该剧的其他曲目(谱例1),这种旋律发展手法,类似于中国传统音乐中的“集”,“集,即集曲,指运用不同曲牌的曲调汇集成一首新的曲牌或乐曲”。

谱例1:《仇虎的咏叙调(女声伴唱)》与其他三首曲目声乐旋律对比谱例

如谱例1所示,该咏叙调乐句a中第7至8小节与第二幕第九首《金子的咏叹调——“你们打我吧”》第10至11小节运用了相同的音乐材料(谱例1-1),b乐句中第9至10小节与第一幕第三首《仇虎的咏叹调——“焦阎王你怎么死了”》第56至57小节运用了相似的乐思(谱例1-2),女声伴唱声部的旋律与第一幕第九首《金子的咏叹调——“哦,天又黑了”》第12至14小节运用了相似的旋律音调。所以,该咏叙调正是运用这三首咏叹调的音

乐材料汇集而成的新曲。

再如，第四幕第七首《仇虎的咏叙调——“呵，老朋友”》也是一部曲式，曲式结构为“Int＋A(a b)＋Coda”，第13小节开始的b乐句运用了贯串句法（谱例2），这类似于传统音乐旋律发展手法中的“扣”。

谱例2:《仇虎的咏叙调——“呵，老朋友”》第10～15小节旋律谱例

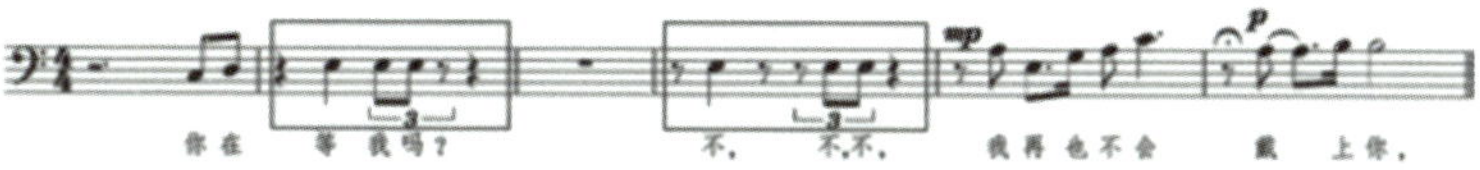

方框中a乐句第11小节的同音反复音型，作为b乐句开头的音乐材料，这种方式，“民间俗称连环扣、扯不断、打X字，即乐节或乐句、段落尾部的一个或一组音，与下一个乐节或乐句、段落开始的一个或一组音，运用同音或相同音组相呈递衔接的一种民间音乐发展手法。这种手法应用在文学上称顶真（或顶针），亦称连珠、续麻”。这种贯串句法，加强了前后乐句音乐材料之间的联系，使音乐的发展更具有连贯性。

二、歌剧《原野》咏叙调中民族性纯五度复合和声的运用

华南师范大学魏扬教授运用“音程向位”(Interval direction and size)分析法，对作曲家金湘众多作品中的和声语言进行研究，发现“纯五度复合和声是数个纯五度音程纵合形成的复合结构和声，在作曲家金湘近三十年创作中有体系化的运用”。纯五度复合和弦早在中国唐代就有所运用，“《日本的音乐》一书中提到中国传到日本的笙演奏法‘合竹’，其色彩性的和声连接称‘手移’，而11种‘合竹’和弦全部都是纯五度复合和弦”。在民族和声探索的道路上，“中国的作曲家和理论家对功能和声体系进行了改造，逐步形成了‘五声性调式和声体系’，其中凡是经过民族化改造的和弦多为纯五度复合和弦”。所以说，作曲家金湘作品中的纯五度复合和声，是其最具民族性的创作技法之一。

纯五度复合和声，也被广泛运用于歌剧《原野》的五首咏叙调之中。例如，在第二幕第三首《仇虎的咏叙调》这个经典唱段中，第6至10小节的和弦，就是典型的纯五度复合和弦（谱例3）。

谱例3:《仇虎的咏叙调》6～10小节钢琴缩谱谱例

如谱例3所示，这五个和弦是建立在D徵调上的五正声纯五度复合和弦，“五正声纯五度复合和声是最为狭义的纯五度复合和声，体现了民族音乐五声调式的特性，以五正声作为纯五度复合的音高基础，并限定在两个纯五度之内进行复合”。在和弦标记中，五声音阶的阶名代表和弦低音在调内的级数位置，“罗马数字表示所复合的纯五度与和弦根音之上纯五度的五度相生次数……下箭头符号‘↓’表示从和弦根音向下五度相生产生的纯五度与根音之上纯五度复合而成的和弦”。

作曲家金湘所运用的具有民族性的纯五度复合和声，对于民族和声的探索与发展带来了新的启迪。多个纯五度音程复合而成的和弦，自身在纵向上出现多调性的感觉，在横向的和声连接上，各声部有时又会形成泛调性的感觉。“超越调式的和声思维在和声结构及和声进行中的精彩运用是歌剧《原野》和声的一个鲜明特点，是其音乐获得巨大张力的源泉”。这种多调性与泛调性的纵横交错，使和声色彩性与表现力得到了拓宽，也使作曲家在创作中不再拘泥于调性、泛调性、无调性的某一个领域，创作思维得到了一定的拓展。

三、歌剧《原野》咏叙调中民族配器手法的运用

西方的传统配器法讲究音色的融合，而东方美学传统观之“离”具有与之相反的特征。“在律制方面，五度相生的走向，本身就是‘离’，而在音色方面，中国民族乐器的独立性极强，很难抱团互融，也体现出‘离’这个概念”。这是中国民族乐器的特性，也是作曲家金湘在创作中贯穿的东方美学传统原则之一。“《原野》和《楚霸王》两剧中的一些乐队段落，我既直接使用了民族打击乐器，又将民族打击乐的音乐、节奏‘神似’地移植到交响乐队中，既刻画人物，又加强色彩”。例如，第一幕第一首《仇虎的咏叙调》第 33 至 36 小节，作曲家在配器中，运用了民族打击乐器(谱例 4)。

谱例 4:第一幕第一首《仇虎的咏叙调》第 33～36 小节打击乐器组与声乐旋律谱例

大堂鼓、小堂鼓、板鼓三种民族打击乐器的加入，不仅丰富了乐队的色彩性、戏剧性，而且对于戏剧情节的发展与人物形象的塑造起到了积极的推动作用。

四、歌剧《原野》咏叙调声乐旋律创作与汉语语言的有机结合

汉语有着独特的四声音调和丰富的语义，词曲结合是中国声乐创作中一直关注的问题。在《原野》咏叙调声乐旋律的创作中，贯穿着“音从字出，依字行腔”的创作原则。例如，第一幕第二首《白傻子的咏叙调之一、之二》前 13 小节，体现了声乐旋律与汉字语音语调的良好结合(谱例 5)。

谱例 5:《白傻子的咏叙调之一、之二》第 4～8 小节旋律谱例

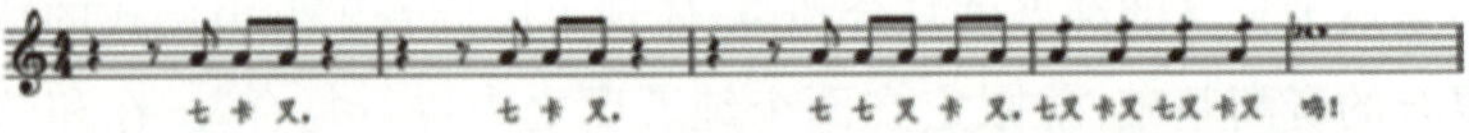

“七卡叉”是白傻子模仿火车运行声音的象声词，作曲家运用小字组 a1 音的同音反复音型来表现这组轻声词；第 8 、 10 、 13 、 14 小节作曲家运用了提高音区的方式，采用小字二组降 e2 与 e2 的四拍长音，表现这个模仿火车鸣笛声的“呜”字。这 13 个小节的声乐

旋律与语音声韵十分契合,形象生动地模拟出火车在运行中产生的多种声音。

另外,第一幕第一首《仇虎的咏叙调》运用了半说半唱的形式,“这种歌唱、咏诵与道白交替出现,互相配合的手法类似于中国戏曲中的唱白互现手法”。例如,第 33 至 36 小节,“仇虎,回来了”的旋律中间杂着无音高的“哈哈哈哈哈哈”道白(谱例 6)。

谱例 6:第一幕第一首《仇虎的咏叙调》第 33～36 小节旋律谱例

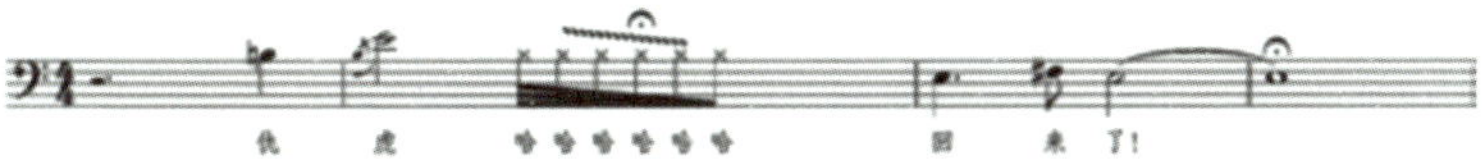

简短的无音高的笑声夹杂在旋律中,使这 4 小节的音乐更具有戏剧性,更加生动地表现出仇虎一想到马上能找焦阎王报仇的内心畅快。唱白互现、半说半唱的手法在咏叙调中的运用不算典型,但在全剧的多个对唱唱段中却有广泛运用。

五、《原野》咏叙调音乐结构中的中国传统音乐元素

歌剧《原野》的五首咏叙调音乐结构都十分简约,均为单式结构,且都蕴含着中国传统音乐的音乐结构元素。例如,第一幕第一首《仇虎的咏叙调》为一部曲式,曲式结构为“Int＋A(a b)”,这类似于传统音乐中的“单牌加头”音乐结构类型;上文曾提到的第四幕第七首《仇虎的咏叙调——“呵,老朋友”》也是一部曲式,它类似于传统音乐中的“单牌加头、尾”音乐结构类型。在中国传统音乐中,“我们也有大量的呼应式、问答式或上下句结构的单一部曲式,它们以两句结构的乐段形态出现,如陕西民歌《信天游》、蒙古族《牧歌》等”。这两首咏叙调正是含有上、下两个乐句的单一部曲式,具有中国传统音乐的结构特色。

又如,第一幕第二首《白傻子的咏叙调之一、之二》,这是一首单二部曲式,曲式结构为“Int＋A(a a1)＋B(||:b:|| c)＋B1(||:b1:|| c1)＋B2(||:b2:|| c2a2)＋Coda”。B 段包含两个乐句,小节数为“4＋4”模式;B1 段也包含两个乐句,小节数为“3＋3”模式,该段是由乐队运用 B 段的声乐旋律材料并提高小三度进行变奏;B2 段包含三个乐句,小节数为“2＋2＋2”模式,前两个乐句是将 B 段的乐思移低小三度进行变化重复。这三个乐段运用了我国传统音乐中改变旋律结构时常用的变奏手法,即递减型变奏。旋律在重复变奏时,乐句(或乐节)结构进行有规律的递减,以加强旋律的收缩感,该变奏手法多用于句末或段落尾部。在 B 、B1 、B2 三个乐段中,乐句结构为 4 小节,逐渐递减为 3 小节、 2 小节。结构的递减,加剧了乐曲的终止倾向性和紧迫感,最后的乐句 a2 落在小字二组♯a2 延长音上,具有强烈的终止感,该句也在乐思材料上与 A 段形成首尾呼应。

再如,第二幕第三首《仇虎的咏叙调》为一部曲式,曲式结构为“Int＋A(a b c/a b1)＋Coda”。这类似于中国传统音乐中的“起承转合”四句式乐段结构。“中国传统音乐的‘起、承、转、合’在小曲中尤为常见。其音乐结构的句法结构基本上是:第一句为原始陈述,第二句沿着第一句的思路作继承式发展,第三句音乐的陈述换了一个角度——它可能用节奏音型动荡、结构分裂或调式变换等,以体现其转的功能,第四句则回到开始状态或作总结性收束。因此,这种音乐陈述方式不仅逻辑清晰,乐思表达也比较圆满、从容”。

在这首咏叙调中，b 乐句是 a 乐句的展衍，第三句用“c/a”表示是因为乐队旋律是 a 乐句音乐材料提高两个八度的变化再现，并且它与声乐旋律形成了对位化织体。这复调性的旋律与前后乐句形成了对比，突出了“转”的特征。第四句 b1 在音乐材料上与 b 乐句相同，是它的变化再现，最主要的变化体现在节奏的拉宽。

六、结语

歌剧《原野》的咏叙调旋律发展手法、和声配置、配器手法、词曲创作与音乐结构等方面都渗透着中国传统音乐元素，这使歌剧《原野》咏叙调音乐具有区别于西方咏叙调的民族性、东方性特色。金湘先生认为：“对于一个中国歌剧作曲家而言，在重视西方歌剧传统的同时，更应加倍重视自己民族的传统！要知道，这是我们东方——中国作曲家得天独厚的一笔财富……它是中国歌剧作曲家日后长成参天大树、立于世界歌剧之林的总根，是中国作曲家赖以施展自己的才华与世界经典歌剧媲美的基石。”金湘先生“重视传统、发扬传统”的创作观念，对于中国歌剧创作具有重要的借鉴与启迪意义。

原载《北方音乐》2014 年第 11 期

简析歌剧《原野》中金子唱段的戏剧功能及其演唱处理

郑新平

四幕歌剧《原野》由著名剧作家曹禺的同名话剧改编而成。该剧讲述了想要为亲人报仇的仇虎越狱潜回乡里，杀死了已故仇人焦阎王的儿子，强娶自己的未婚妻金子并携金子逃至森林中，却被赶来的侦缉队包围而陷入绝望，为了保护金子而自杀身亡的故事。这部歌剧一改传统歌剧的创作模式和写作手法，把音乐与戏剧有机地融合起来，对器乐与声乐进行了立体构思，巧妙处理了“宣叙调“和”咏叹调”的关系，不仅强化了戏剧的矛盾冲突，而且塑造了诸多鲜明的艺术形象，生动而深刻地揭示了 20 世纪初一触即发的社会矛盾，被誉为“中国歌剧史上一部划时代的杰作”，在中国歌剧发展史上具有重要的里程碑意义。女主人公金子是该剧的关键人物，分析和探讨该剧音乐的戏剧功能及其演唱处理，无论是对理解和感悟这部歌剧的思想内涵与整个剧情的发展，还是对于学习和完美演绎这部作品都具有重要作用。

一、歌剧《原野》音乐创作特点

了解歌剧《原野》中金子唱段的戏剧功能，创造性地处理和演绎金子的唱段，需要从总体上把握该剧的音乐创作特点，把对金子个性特征的理解与整个剧情、整体音乐演绎有机结合起来，使主题更加突出、人物更加真实鲜活。总的来看，该剧的音乐创作融合了民族民间音乐与西方歌剧的结构模式和作曲技法，呈现出三个鲜明的特点。

其一，音乐与戏剧的整体融合。一方面，该剧把“原野”“爱情”“黑暗”三个音乐主题连接起来，使之融会贯通、一气呵成，用音乐表达人物的情感，并以交响乐作为剧情展开的基本载体，将声乐演唱与乐队伴奏置于同等重要的位置，其目的在于表现人物的内心世界和性格特征，用音乐表现戏剧的矛盾冲突性和复杂性。另一方面，该剧把仇虎与金子的爱情这一戏剧主题贯穿到整个剧情发展之中，用音乐烘托背景、揭示主题，如在展现该剧的时代背景时，乐队以富有民族色彩的复合式和弦演奏低沉、凄凉而又飘忽不定的旋律，将人引入一片广袤的原野之中。

其二，演唱形式具有多样性。该剧的演唱形式主要有咏叹调、宣叙调、重唱、对唱等。如在歌剧的第一幕，设置了金子的一首咏叹调《哦，天又黑了》，这首咏叹调既体现了戏剧的冲突性，揭示了金子与焦母婆媳之间的矛盾冲突，又具有抒情性，通过上下跃动的旋律线条、跳进的音程、多变的节拍和速度，表达了金子内心的压抑和痛苦，抒发了金子渴望自由与幸福的内心情感。又如，该剧第三幕设置了金子与仇虎的对唱《啊！我的虎子哥》，通过对唱反映两人的真挚情感，表现由于两人意见不同而产生的戏剧冲突。

其三，创造性运用多种音乐技法。该剧把多种音乐技法融合在一起，极大地增强了音乐的表现力和感染力。比如，从整体风格来说，作品在表现人性扭曲、自然变异时，更多地采用了近现代技法；在大段的唱腔方面，运用了旋律性较强且调性相对明确的手法；在宣叙调以及说白、韵白的乐段，更多地运用了旋律感不强、结构较为模糊、尖锐音程多层结合的手法。这些手法的灵活运用，使音乐在一种冲撞和反差中表现了不同的场景、不同的情感、不同的主题。又如，该剧使各种乐器的常规和非常规演奏技术相互配合，并采用钢琴的特殊演奏技法，使之演奏的音色与音乐所表达的内容统一。这些技法的运用极富有探索性和创造性，取得了意想不到的艺术效果。

二、金子唱段的戏剧功能

从艺术本身特点看，歌剧虽然是融音乐、舞台美术、舞蹈、戏剧、文学等为一体的综合性艺术，但更为主要的还是突出歌唱。但歌唱又不是一般独立意义上的歌唱，而是与作品的故事情节、人物特征、歌剧的整体音乐风格等紧密相关，承担着推动剧情发展、塑造展示人物形象、营造氛围等重要功能。歌剧《原野》在艺术上的创新和实践成功，更多来自对音乐艺术的探索与成功。该剧共有 37 个音乐分场，其中包括金子所唱的 3 首咏叹调、8 首对唱、7 首重唱，这些唱段都有强烈的戏剧功能。

(一)金子咏叹调的戏剧功能

在歌剧中，咏叹调是剧中主人公抒发感情的主要唱段，具有相对完整的结构、拥有特定的曲式和精彩伴奏、富有歌唱性等特点。在歌剧《原野》中，金子所唱的咏叹调是《哦，天又黑了》《啊！我的虎子哥》《你们打我吧》，对塑造金子形象、刻画金子复杂性格、揭示金子矛盾的内心世界、推动剧情向前发展起着极为重要的作用。《哦，天又黑了》出现在歌剧第一幕，是金子与焦母第一次发生冲突时所唱，面对懦弱而不能保护她的丈夫焦大星，面对婆婆焦母的诅咒和折磨，金子情不自禁忆起青梅竹马、深爱彼此的恋人仇虎，这加剧了金子的悲恸，她一面唱出“这一天天啊，长得永远过不完哪”，把她所处的阴暗背景以及苦闷的心境呈现出来；另一面又唱出“云高高，天蓝蓝，我变成一只小鸟，想飞，飞得自在”，表达了她对美好爱情和幸福生活的回忆与憧憬。这首咏叹调以强烈的对比色彩，揭示了整个剧情发展的动力，并且为整部作品的悲剧色彩做好铺垫。《啊！我的虎子哥》出现在歌剧第二幕，是金子向恋人仇虎倾诉思念与挚爱时的唱段，表达了金子对爱情的执着和向往。《你们打我吧》是金子的在该幕中的另一首咏叹调，在鞭子抽打之下，金子理直气壮地唱出了对美好爱情和幸福生活的追求与向往，生动反映了金子敢爱敢恨、敢作敢为的坚强性格，反映了金子强烈的反叛意识和敢于挑战封建礼教的精神品格。金子的这三首咏叹调都紧紧围绕“爱情”这一主题，并按照“向往爱情——表达爱情——追求爱情”的内在演绎逻辑推动剧情向前发展。在这一剧情发展中，金子对爱情的追求由追忆变为向往、由掩饰变为公开、由渴望变为实际行动，其形象也在这个过程中不断得到丰富和完善。

（二）金子与其他角色重唱的戏剧功能

所谓重唱，即若干不同角色按照特定情绪和戏剧情节同时进行演唱。歌剧中的重唱不同于一般的重唱，它由不同的人物角色在不同的剧情发展节点进行演唱，目的在于揭示不同角色之间的矛盾和斗争，使人物的情感交锋具有一种立体化的艺术效果。在歌剧《原野》中，金子与其他角色的七首重唱，或偏于抒情，或重于叙事，或把抒情与叙事结合起来，既强调人物性格特征刻画、人物形象展示、人物内心世界展示，又注重挖掘剧情发展的矛盾和动力。因此，它不同于重视心理刻画和情感抒发的咏叹调，也不同于重视戏剧性推进的宣叙调，而是具有戏剧和抒情并重的双重功能。比如，第一幕第八音乐分场金子与焦母、焦大星的三重唱，运用了简洁的音乐语言刻画人物形象，推动剧情发展。焦母在发现金子有人后，便恼羞成怒地把金子推倒在地，揭示了两人激烈的矛盾；焦大星回家安慰啼哭的金子，表现了焦大星对金子的疼爱；焦母对金子冷言相讥，表达了焦母对金子的憎恶以及对焦大星的不满，这一系列矛盾在三人的重唱中呈现，机智勇敢的金子、冷酷无情的焦母、懦弱善良的焦大星，这三个截然不同的形象也在重唱中被栩栩如生地刻画出来。同时，重唱中还叙述了焦母追问金子情人的情节，使重唱同时具有叙述性、戏剧性特征。

（三）金子与其他角色对唱的戏剧功能

所谓对唱，即两个或两组歌唱者的对答式演唱。从歌剧中对唱的戏剧功能看，对唱是若干咏叹调和宣叙调的连贯，既不像咏叹调那种来自内心独白，也不像重唱那样在相同时间表达不同人物角色的心理活动，强调彼此之间的情感沟通与信息交流。在歌剧《原野》中，金子与其他人物角色的八首对唱，主要是她与仇虎、焦大星之间的对唱，目的在于突出表现金子与仇虎、焦大星之间的关系，表达金子对他们二人的态度，这种表现方式显然是直接的、有力的，而且符合金子这一人物角色的性格特征。比如，金子与仇虎的对唱在第一幕第一音乐分场，仇虎第一次出现金子面前，两人便以对唱的形式表达彼此的思念和爱恋，该唱段运用了宣叙性的写法，音乐活泼而热烈，很好地表现了音乐主题；歌剧第四幕金子与仇虎的对唱《你是我，我是你》中，两人互诉衷肠、互表爱意，歌唱旋律先由仇虎生出，并在开头部分重复 4 遍“金子”，而后金子的旋律融入其中，两个声部优美的旋律由此紧密地融合在一起，深刻地表达了两人永不分离的爱情誓言。又如，金子与焦大星在第三幕第七音乐分场的对唱《人就活一回》，金子唱出“人就活一回，没有他我就会死”，表达了她对爱情的忠贞不渝以及离开焦大星的决心，而焦大星也唱出“你不要我，你也别想得到他”，表达了他对金子的在意。这些对唱，既鲜明表达了不同人物的态度，又直接塑造了不同的人物形象，同时揭示推动剧情发展的内在矛盾。

三、金子唱段的演唱处理

对金子唱段的演唱处理，不仅体现了声乐演唱者的演唱能力和水平，还决定了金子这个音乐形象的塑造成功与否，影响到整个歌剧的演出质量和艺术效果。如何精妙处理和完美演绎金子的唱段，从歌唱家的成功实践与声乐教学心得来看，笔者感觉应从两个方面着力，即深刻感悟、精准把握金子这一角色的定位和情感，学习和把握一定的演唱技巧，并将这两个方面融为一体。

（一）性格把握与情感处理

金子是歌剧《原野》的关键人物，该剧的情节铺开基本围绕这一人物展开。演唱好金子唱段，需要结合时代背景和整部作品的主题，仔细分析和研究金子的性格特征。总的来看，金子的性格具有多重性，她既泼辣直率又心地善良，既倔强又充满叛逆。演唱者在演唱其唱段时，应在把握金子性格的基础上，用心体会这一角色在剧情发展中每个阶段的真情流露，将声乐演唱与情感处理相互融合。比如，在演唱金子第一首咏叹调《哦，天又黑了》时，演唱者应了解这一角色所处的压抑背景，体味金子内心对美好爱情和幸福生活的极度渴望，伴随着以小调为主、4 度模进方式的旋律演唱，强化金子刚烈的性格。在音乐主题发展中，用心体会作曲家的离调处理以及同主音大小调的交替、演绎，丰富主题音乐，表现金子的美好愿望。又如，在演唱金子独唱唱段《啊！我的虎子哥》时，演唱者应感悟和体会金子见到恋人仇虎时的喜悦以及由此产生的反叛情绪。此曲充分运用了咏叹调抒情性手法和音程大跳手法，表达金子爆发式的激动心情，表现金子对仇虎又爱又恨的情感。在整部歌剧中，无论是金子的咏叹调，还是她与其他人物角色的重唱、对唱，其主题都是围绕金子的性格与真挚情感展开的，演唱者只有精准把握金子的内心情感，并运用演唱技巧进行完美表达，才能增强这一角色的真实性和感染力。

（二）演唱与技巧处理

演唱好金子的唱段，最为关键的是对演唱技巧的把握和处理。事实上，金子的诸多唱段都具有一定挑战性。从音域上看，《哦，天又黑了》的音域在 e1－e2 之间，《啊！我的虎子哥》的音域降到 e1－b2 之间，《你们打我吧》的音域在 e1－b2 之间，金子的三首咏叹调基本都集中于高声区，而且旋律起伏较大，咏叹调中频繁出现大跳，这不仅要求演唱者有较为宽广的演唱音域，而且能够在高低音区做到快速转换。从音色上看，金子 3 首咏叹调的演唱力度对比强烈，特别是《哦，天又黑了》这首咏叹调中阴暗与明亮的音色频繁变化，而且出现较多的倚音、跳音和颤音等，需要演唱者根据音乐需要灵活调整音色和演唱力度，准确把握和实践演唱技巧处理。在演唱《啊！我的虎子哥》时，演唱者应把握三个方面的技巧。首先，应把握和处理咬文吐字的技巧，由于该曲情感起伏变化较大，演唱者应注意运用母音变形，把窄母音“宽”着唱、宽母音“窄”着唱，尽量减少咬字时喉咙里的动作，力求保持声音共鸣。其次，应把握和处理旋律大跳，该曲运用了诸多大跳的音乐写法，在演唱七度大跳时，应把“起音”放在一定高度，并迅速完成“起音”之后的气息弹性支持、喉咙下放等技术动作，力求整个乐句的完整性和线条连贯性。最后，应注意掌控高音区的弱音，如在演唱“黑夜变得那么短，醒来心里阵阵欢喜”时，演唱者应注意线条的柔和、音色的朦胧，做到以情带声、以声传情。

四、结语

总之，四幕歌剧《原野》中包括金子唱段在内的音乐创作极富创新性。从调性上看，该剧注重运用各种调性的丰富音响效果，如第四幕精彩的多调性乐段，生动揭示了仇虎复杂的内心世界，赋予音乐形象一种立体化的效果。从和声上看，该剧把四、五度马叠置的和弦作为基材架构，把大七度、小二度以及增四度、减五度运用于和弦结构，加上其他各种音程关系的叠置，使和声富有一种绚丽多彩的艺术效果。从音乐语言上看，该剧把我国地方民歌戏曲与西方歌剧模式结合起来，用叙述的风格展开故事情节。因此，要想演唱好金子唱段，演唱者应根据具体唱段具体分析，努力把技巧处理与情感处理有机结合起来，做到以情带声、以声传情，生动演绎人物角色，给人以强烈的艺术震撼和审美启迪。

原载《开封教育学院学报》2015 年第 2 期

“金子”的歌剧形象流变及其比较研究

徐　佳

歌剧《原野》是以曹禺的话剧《原野》为蓝本，由万方改编、金湘作曲的一部民族歌剧。该剧以青年农民仇虎的复仇与爱情故事为主线，通过一个命运悲剧的展示反映出 20 世纪初中国社会的矛盾冲突和现实状况。《原野》由话剧改编成歌剧并成功上演，获得好评，其中不少艺术家为此付出了艰辛的努力。据《原野》首演导演李稻川介绍，他与意大利著名歌剧大师吉诺·贝基合排过歌剧《小丑》，和法国导演合排过《卡门》，其间深深感受到他们皆以自己伟大的民族作品而自豪，以自身能主导诠释这些伟大民族作品而骄傲。这深深激励着他发奋创作民族歌剧的信心。由此，他首先萌发了以改编名著剧本为切入点的创作思路，并选择了人物集中、性格鲜明、剧情丰富且适合歌唱和乐队发挥的歌剧好题材《原野》为对象。李稻川与艺术家万方交谈后得到她的大力支持，万方于 1984 年完成了歌剧《原野》的初稿写作，之后再度构思，于 1985 年 9 月创作出了歌剧《原野》剧本。歌剧《原野》的主要剧情如下：

20 世纪 30 年代北洋军阀混战之际，在中国北方的一个乡村，恶霸焦阎王强占仇家土地，并联合官府将仇虎的父亲迫害致死，还强逼仇虎的未婚妻金子嫁给了自己的儿子焦大星，最后还将仇虎投入监牢。仇虎在狱中忍辱 8 年后成功越狱复仇，此时的焦阎王已不在人世。父债子还的复仇心理驱使心中怒火难消的仇虎杀死了焦大星，并借焦母之手杀害了尚在摇篮中的小黑子。随后仇虎带着金子出逃，被追捕困于黑森林中，最后万念俱灰、百感交集之时以自杀结束余生，而金子则带着痛苦与希望坚强地朝原野奔去。歌剧《原野》分为序幕、第一幕、第二幕、第三幕与第四幕，并于 1987 年 7 月 25 日由中国歌剧舞剧院在北京天桥剧场首演，其后在 2010 年、2012 年分别有了新的版本。三个版本的主创人员如表 1 所示。

表 1　《原野》三个版本主创人员表

演出时间	1987 年 7 月	2010 年 10 月	2012 年 10 月
编剧	万方	万方	万方
作曲	金湘	金湘	金湘
导演	李稻川	李稻川	李六乙
“金子”的扮演者	万山红	刘璐萱	张丽萍

本论文主要从艺术语言的视角对这三个歌剧《原野》版本中女主人公“金子”的形象进行了比较研究。作者试图论证歌剧《原野》不同版本的金子形象具有“叛逆女性”→“青春女性”→“东方女性”的流变过程。而“金子”这一女性艺术形象的微妙流变与革命话语、商品时代、全球化等不同政治文化语境的改变有关。

一、1987 年版:“叛逆女性”形象分析

歌剧《原野》于 1987 年 7 月 25 日由中国歌剧舞剧院在北京天桥剧场首演,取得了巨大成功,一举成为中国民族歌剧复兴的里程碑。文艺评论家和媒体称歌剧《原野》为震撼西方舞台的第一部中国歌剧。

《原野》的成功主要应归功于其所反映的思想内容和艺术表现。原野的意向指向了一种悲凉的开放,金子最终投入原野的怀抱,虽然正如出走的娜拉一样带着茫然,但是起码是千百年来封建主义对中国普通大众,特别是底层女性灵魂与肉体全面桎梏的一种应对与抗争,这是构成《原野》戏剧冲突之根本所在。虽然曹禺于 1936 年完成的戏剧作品《原野》深受西方表现主义的影响,如我们可以在剧本中仇虎的逃亡途中瞥见《琼斯皇》的影子,我们也可以捕捉到原著中关乎生存的困境和命运捉弄的思考,但不可否认的是,曹禺的《原野》借鉴了西方现代主义表现手法,主要表达了 20 世纪 30 年代中国社会现实中的阶级压迫与不可谅宥的阶级冲突,即原著留给人们更多的印象是“复仇”的冲突情绪,同时原著也反映了自五四运动以来“人的解放”的启蒙观点。这两点集中体现在“金子”这一出色的女性人物形象中:即使孩子与丈夫的死亡也不能阻止她与同阶级的情人出走。而且剧本将这种在传统观念上被视为“好女人”的终极罪行的“偷人”行为展现得理直气壮。可以说,自我解放与叛逆礼教的“金子”形象是契合 20 世纪 30 年代“冲出一切桎梏”的正面女性典型。原著中当时的“自我解放”这一重要的价值取向正与 1987 年改革开放的政治文化语境相契合。歌剧《原野》创作于 20 世纪 80 年代,当时中国社会正处于全面改革开放之初,人们的日常生活世界慢慢苏醒过来。20 世纪 30 年代剧本中将人当作人来描写的“灵肉冲突”爱情情节与理直气壮追求爱情的女性,此刻也就顺理成章地代言了 20 世纪 80 年代的整体“解放”诉求。歌剧《原野》中的“金子”被认为是“给人印象最深刻的、充分体现爱情主题的人物”。① 正是基于这样的时代语境,1987 年版的“金子”的艺术手法主要体现出曹禺原著中“粗野、自由”的人性解放特质与民族性。

1987 年版的歌剧《原野》中,著名歌唱家万山红饰演金子。出生于 1959 年的万山红是中国歌剧舞剧院著名女高音歌唱家,她曾经获得美声唱法和民族唱法的最高奖项,这在历史上堪称第一人。1987 年歌剧首演之际,万山红就有幸加入演出队伍并成功诠释了“金子”一角。她扮演的金子是一个热情泼辣、敢爱敢恨的农村姑娘,基本上就是曹禺先生笔下的那个“金子”原型。曹禺先生曾对她说:“你把金子演活了,你就是我心目中的金子。”万山红版的“金子”的艺术特点可以简单概括为如下几点,如表 2 所示。

① 高子涵.浅析歌剧《原野》中“金子”的艺术形象塑造[J].戏剧丛刊,2013(3).

表 2　　万山红版“金子”艺术特点

演唱方法	在民族的基础上融入美声唱法
歌唱速度	♩=46
歌唱力度	声音力度从 p—f，控制得游刃有余；有强有弱，收放自如
音　　色	轻柔、甜美、华丽，音色在不同唱段中有变化
服饰发型	民国初年的大襟服，头发盘起，如同普通的农村妇女着装
舞台表演	肢体语言较丰富，有时热情、泼辣，有时内敛、成熟

1987 年版的“金子”在形象塑造上重艺术叙事技巧、轻视觉化形式。从人物形象的服饰设计上看，金子着民国初年的大襟服，头发盘起，是一个普通已婚农村妇女的形象。1987 年版的《原野》塑造女主人公的艺术元素主要比重不在舞美、形象与服装设计上，而在于演唱技巧的精心创新与表现上。同时，万山红的舞台表演，肢体语言较丰富，有时热情、泼辣，有时内敛、成熟。如著名唱段“啊！我的虎子哥”中的唱腔与表演，恰好表现出金子对爱情的迟疑到完全爆发的“解放”主题。这种重视叙事内容、戏剧冲突的比重设计的终极目的，是要将“金子偷情”这个在传统社会中不合道德、遭到人们唾弃和谴责的行为转化为在现代社会语境中“追求自由”的合法行为。因此，歌剧《原野》中，“花金子的艺术音乐形象并没有让我们感到她的不道德、不合理，相反，更多的是让我们体会到她不同寻常的美……她有满腔的力量、满腔的热忱，勇敢地同世俗封建做斗争，这正是自我保护的现代女性形象……这样，观众一开始的压抑和不快就自然而然地转化为一种更强烈的快感，进而升华成一种‘崇高’的美感。”[①]这种美感与其说是一种艺术美感，毋宁说主要来自一种社会学意义上的解放快感。

另外，万山红版的“金子”演唱方法主要运用了民族唱法，在其基础上稍稍融入美声唱法。作为一种引入的西方艺术样式，从中华人民共和国成立前的《白毛女》到中华人民共和国成立初期的《小二黑结婚》，再到新时期的《原野》，中国歌剧关于民族唱法与美声唱法这两种“土洋”之争从来没有停止过。从延安时期文艺座谈会开始，将意识形态作为出发点，“把‘改洋从土’作为一种时尚和追求”。[②] 或多或少，20 世纪 80 年代创作的歌剧《原野》也一样强调本民族特点。比如，本剧在宣叙调的使用上借鉴了中国戏曲中的韵白（即说中有唱、唱中有说）、古典诗词吟诵的方法以及说唱形式。再加上金子本身就是普通的劳动妇女形象，而中国戏曲与民族唱法更与之具有天然的血缘关系与亲切感。因此，基于角色本身的设定以及“民族性”为重的本土歌剧思维，选择以民族唱法为主塑造“金子”也符合 20 世纪 80 年代的大环境。

二、2010 年版：“青春女性”形象分析

作为纪念曹禺诞辰 100 周年系列活动的重要演出剧目，由中国歌剧舞剧院共同制作

① 易阳.浅谈歌剧《原野》中“金子”艺术形象的音乐审美价值[J].群文天地，2012(11).
② 郭建民，赵世兰.六十年来中国民族声乐艺术“土”“洋”关系的微妙变化[J].黄钟，2004(2).

的歌剧《原野》于2010年10月在北京首都剧场上演，因主演阵容全部为“80后”，因此被称为“80后青春版《原野》”。专家、评委从中看到了中国歌剧的新生魅力和发展希望，该版《原野》入选了首届中国歌剧节。在演员的选择上，导演李稻川重视演员形象，敢于起用新星，打破了歌剧的旧有传统。金子、仇虎、焦大星，甚至焦母都选择清一色的“85后”来担纲演出。青春版《原野》充满朝气与奔放，张扬着生活的张力，无论是故事及角色都焕发出别样的光芒。

2010年歌剧版《原野》中，1986年出生的刘璐萱饰演金子。2010年刘璐萱版“金子”的艺术特质可以简单概括为如下几点，如表3所示。

表3　　刘璐萱版“金子”艺术特点

演唱方法	在美声的基础上融入民族唱法
歌唱力度	♩=50
音　　色	声音力度从 p—f，控制得基本到位，有强有弱，收放自如
服饰发型	俏皮、甜美。穿民国初年的大襟服，头发盘起，服装颜色鲜艳亮丽
舞台表演	大胆奔放的情感宣泄，使人感到亲切、现代情感元素较多、肢体语言丰富，青春活泼、大胆奔放、性感泼辣的表演风格

我们将1987年版本的《原野》与2010年版本的《原野》相比较，可以看出“金子”形象的微妙流变。

首先，2010年版“金子”形象的塑造中，演出服饰的设计比重大大增加，人物形象塑造更偏重视觉要素。从人物形象的气质上分析，2010年版的金子被塑造为俏皮、甜美的年轻女孩。虽然穿着民国初年的大襟服，头发也如少妇盘起，但是其服装颜色鲜艳亮丽，富有21世纪的时尚美感。青春版的金子更为活泼、可爱、朝气、灵动，在爱情戏里她少了一份“万山红版”的沉重，与仇虎之间打情骂俏，与焦母的争斗更加率性直接，被观众认为是史上最具青春气息的金子。造型的凸显标志着当代文化艺术的“视觉转向”或“图像转向”，有学者这样评论过当代文艺范式的这一转变：“如果我们用一对传统美学的术语——内容和形式——来描述，则可以看作是从内容主导型向形式主导型的图像符号的转变。”①即使传统上以音乐属性为主导的歌剧也不得不重视其视觉审美符号。

其次，歌剧在情节设计上降低了前任金子的控诉力度，而更重视展示其情感元素，即相对弱化了戏剧冲突的阶级特性，而突出了男女两性爱恨情仇的情感戏份。对比1987年的经典版，2010年的青春版情节更为简洁、浅显、易懂，戏剧冲突高度集中在情感纠结上，非常具有感染力。这与大众文化中对阶级命题宏大历史记忆的厌倦、对青年文化的偏爱以及视觉至上的共性有关。年轻一代的观众更易与2010年版《原野》产生共鸣，正是因为年轻演员凸显的形式美、青春美与其最终被黑暗吞噬的命运形成了极大反差，使得观众对刘璐萱饰演的金子产生了更为深切的同情。这种冲击显然与1987年版在社会学框架中

① 周宪.视觉文化:从传统到现代[J].文学评论,2006(3).

产生的解放快感不尽相同，而更多来自一种美学意义上的“美”被毁灭的悲剧感。

最后，从金子的演唱方法上加以分析。与1987年版相反，2010年版的“金子”采用的演唱方法主要是运用了美声唱法，在其基础上稍稍融入民族唱法。与1987年上演《原野》的时代不同，当下的文化地图中，三十年河东“民族气派”悄然让位给河西“西洋文化”。在改革开放30年以后，西方文化已经摆脱新中国成立初期所背负的“资产阶级文化”原罪，特别是城市大众文化的兴起，西方文化的消费占有很大的份额。

三、2012年版：“东方女性”形象分析

2012年10月，集结顶尖制作与演出阵容，一部具有国际水准的新版歌剧《原野》在北京“第十三届国际音乐节”隆重上演。导演李六乙赋予了新版《原野》以全新色彩。他淡化了曹禺原作历次舞台呈现中经常被格外强调的现实主义内容，而挖掘以往被忽略的现代主义风格。因此，与前两版《原野》相比较，2012年版《原野》的时代、阶级、地域等写实内容基本消失，极具象征色彩的舞美设计是最新版《原野》的一大亮点。《原野》的舞台整体抽离了特定的时间和空间，也不带有任何地域色彩，只打造了一个人的心灵时间和精神空间。整个舞台被设计成一个岩洞的场景，怪石嶙峋的崖壁，灰暗潮湿的岩层凹凸不平，象征着所有人矛盾、扭曲的内心世界。在这个压抑得令人喘不过气来的舞台上，焦母的狠毒和阴险、大星的猜忌和妒忌、仇虎的变态复仇心理、白傻子的痴呆、常五爷的猥琐在剧中暴露无遗。唯有舞台中央有一方小水潭，才让这个死气沉沉的岩洞有了一丝灵气，也就是在这个水潭边，仇虎的勇敢和纯朴、金子的热情和纯真，这些人性之美才缓缓流淌出来。歌剧着力表现西方戏剧传统中的命运母题、人性的扭曲和复苏以及大自然的象征色彩。

2012年版的歌剧《原野》中，著名歌唱家张丽萍饰演金子。生于1965年的张丽萍是一名女高音歌唱家，曾于2004年3月以女主角身份进入世界顶级歌剧院——美国纽约大都会歌剧院，担纲主演了歌剧《蝴蝶夫人》。同时，她也是迄今为止唯一一位进入世界另一顶级歌剧院——英国皇家歌剧院科文特花园担纲主演女主角的中国歌唱家。张丽萍版“金子”的艺术特质如表4所示。

表4　　张丽萍版“金子”艺术特点

演唱方法	纯正美声唱法
歌唱力度	♩=46
音　　色	柔美、华丽、穿透力强，音色在不同曲风、情绪唱段中达到统一
服饰发型	着民国初年的大襟服，头发编成辫子，衣服的颜色只有明黄和金黄
舞台表演	运用传统的美声咬字方法，掌控自如，注重人物内在情感的宣泄，肢体语言主要表现精神层面的美，少了几分泼辣，表演高贵、大方、得体

与前两个版本相比较，2012版“金子”更多体现了在全球化框架下，在“他者”注视下的“东方”特征。

毫无疑问，2012年版的视觉艺术要素达到了前所未有的巅峰高度。新版《原野》的结

尾是“人生如梦”，一场彻底的悲剧：仇虎被追杀逼得自尽，金子被仇虎推开之后生死未卜。为了配合这样令人悲悯的剧情，著名设计师和田惠美为各角色设计的服装割裂了角色与剧情、时代等写实要素的关联，都是具有象征意义的单一颜色的服装。如焦母是一身紫色，仇虎是黑色，大星是绿色，金子则是明黄色和金黄色。设计师是欲利用服饰将某角色与具体的线性剧情、空间、时代形成一定的“间隔”效果，即通过具有象征意义的颜色召唤观众超越具体悲剧性的感慨，而上升到对命运无常、人性卑微的哲学思考层面。具体到金子的扮相，其穿着民国初年的大襟服，头发则编成辫子，衣服的颜色只有明黄和金黄色。她的衣饰是全歌剧中唯一的亮色、唯一的暖色。相对其他各种扭曲的角色，唯有金子人如其名，她的温暖是寒冷人生能挣扎下去的最后保证。值得注意的是，按照常理，身为普通农民的金子并不合适身着金色（金黄色）衣饰。但是在这部意在走向西方世界，或者说是以西方作为想象受众的中国歌剧，选择将女主人公的颜色定为金色就在合理之中了。因为在世界文化图谱中，分配给中国的颜色正是金色（皇族的颜色、龙的颜色）。

其次，金子的身体语言符合西方歌剧传统中“东方他者”形象。在西方人的文化想象中，东方女性的代表者是作曲家普契尼创造出来的《蝴蝶夫人》和《图兰朵》。这两个与爱情有关的东方女子，对待爱情都是极端的高贵态度：图兰朵公主高贵到骄纵，磨刀霍霍发誓要杀尽所有看上她的男人；蝴蝶夫人则高贵到用生命捍卫爱情与自我尊严。当然，这种东方女性的刻板形象不是真实的东方女性，而是西方艺术家依照特定的要求虚构出来的形象。正如赛义德用东方主义的视角批评古希腊悲剧家埃斯库罗斯的作品中出现的“悲伤的亚洲女人”所言：“即，观众在观看一场高度虚构的表演，一种非东方的东西被造成了表示整个东方的符号。”[①]为了与西方歌剧传统中东方女性的“高贵”“自我牺牲”整个谱系一脉相承，2012 年版《原野》将本是有血有肉、泼辣粗野的农村妇女金子改造为高贵、大方、得体，具有东方魅力的女性。这样的再创造，不能不说是 2012 年版的主创人员以西方传统建构东方女性的模子来再创造自己，具体到 2012 年版“高贵的金子”形象，则可以表述为：是为了固化、延续普契尼之高贵且具有惊人之举的东方女性的刻板形象。简言之，2012 年版的“金子”表现出的是具有东方特质的高贵，并且散发着一种隐隐的、想象出来的东方帝国味道。

最后，分析金子的演唱方法。中国歌剧的“土洋之争”或多或少有政治意识形态的考虑，同时出于对民族文化的尊重和对东西方文艺交融的愿望，2012 年之前的版本都加入了民族唱法，2012 年版的金子则全部用纯正美声唱法演出。由于最新版《原野》是一次意在向世界展示中国最高水平的歌剧，想象中最高级别的受众是西方歌剧听众，而非中国本土歌剧听众，因而金子的演唱法回到了纯粹的美声技巧上。

四、结语：不同的政治文化语境下的“金子”

1987 年、2010 年、2012 年歌剧《原野》多版本的金子形象具有“叛逆女性”→“青春女

① 爱德华·W·赛义德.赛义德自选集[M].，谢少波等，译，北京：中国社会科学出版社，1999.

性”→“东方女性”的流变过程。而这一女性艺术形象的流变与革命解放话语、大众文化以及全球化等不同政治文化语境有内在关联。

从解放话语中诞生的1987年版“金子”的式微最终成为抽象化的、与命运搏斗的东方女性“金子”是必然的。随着“文革”的结束，厌倦了数十载宏大革命话语的大众处在审美形象的饥渴中。启蒙话语使得21世纪的大众文化势不可挡地趋向“展开”与“透明”的“视觉艺术”。“无论什么，只有充分吸引人们的视线，才具有强大的力量或权力。这也许就是‘界被把握为图像’的深义所在。广泛的视觉化不但把隐而不显的事物形态呈现出来，而且深刻地改变了许多文化活动的形态本身，最典型的例子莫过于音乐。在传统的美学分类中，音乐原本只属于听觉的艺术，然而今天，音乐却悄悄地改变了自己的属性，越来越依赖于听觉之外的视觉要素了”①。面对这样的范式转型，将音乐性视为首要逻辑的歌剧必须改变策略。可以说，艺术视觉化比重的加大是精英文化对当下大众文化的一种折中。精英文化要在城市大众文化中获得更多受众，不得不接受现代艺术视觉化的趋势。无论2010年版的《原野》选择青年演员、提高演员外形的靓丽程度、运用服饰的美观外表吸引观众，或是2012年版追求舞美、服饰的新颖象征等手段，都是一种音乐视觉化、形式化的体现。

三版歌剧《原野》中，金子演唱方法从民族唱法（比重大）变为美声（比重大）唱法，再转变为纯美声唱法，发生了显著变化。从中我们不仅可以解读出民族艺术与西洋艺术在中国歌剧中的角力，也可以解读出政治意识形态对艺术本体介入力量的强弱。或许还是这句评价最为得当：“用历史的眼光来审视土洋（民族唱法与美声唱法）关系，……那将是‘合久必分，分久必合’的发展态势。”②

“全球化”或许是一个美妙的术语，特别是当我们在分析面向西方艺术世界展示的2012年版的“金子”时。虽然我们大可以认为新版《原野》是一种全新的再创作，但是这种创作将活泼、接地气的“金子”改造为“高贵、大气”的“东方女性”，即彻底纳入普契尼谱系中的东方女性行列中，不得不说2012年版的金子形象是一种自我东方化的改造。这种改造的动力并不来源于获得本土观众的认可，而是来自希望获得西方阅听人认可的潜在要求。

原载《中国地质大学学报（社会科学版）》2015年第6期

① 周宪.视觉文化的转向[J].学术研究，2004(2).
② 郭建民，赵世兰.六十年来中国民族声乐艺术“土”“洋”关系的微妙变化[J].黄钟，2004(2).

歌剧《原野》音乐语言中的民族化探索

陈　烨

歌剧《原野》作于 1986 年，是金湘先生学习西方近、现代作曲技术的基础上寻求具有民族特质表达方式的一次成功探索，同时也准确、全面地解释了他后来与赵宋光、乔建中、谢嘉幸等音乐家共同提出的“新世纪中华乐派”在创作方面的内涵。

1987 年在北京首演后，《原野》引起了巨大的社会反响。中国歌剧舞剧院院长乔羽认为：“歌剧《原野》会是中国歌剧史上一部有开创性的重要作品。”①1992 年，《原野》在华盛顿演出，赢得了国际声誉，权威乐评家杰姆斯·奥斯特雷查在《纽约时报》发表评论，并指出：“当今在欧洲和美国的许多蹩脚作曲家们，急于模仿标榜普契尼的戏剧性，但却失去了自己的风格。由中国作曲家金湘先生作曲的歌剧《原野》，却有其自己的独特性，作曲家令人折服地使人们相信，他浓浓的东方色彩和流畅的乐队效果继承了 21 世纪初欧洲风格的清新与活力，是具有高水平的、极有个性的作品……”②

美国乐评家约瑟夫·麦克里兰在《华盛顿邮报》对该剧评论说：“你可以认为第一幕中许多处听来像一个中国作曲家在尝试西方形式，而第二幕中许多时候则像一个西方作曲家在运用中国形式。无论前者还是后者，金湘的音乐无论在结构上还是情感表达上都将两种形式融合得极为出色。”③

由中外评论界的论述可知，《原野》的开创性体现在它尝试运用西方音乐体裁、西方现代作曲技术的同时，进行了民族化的探索。在以往的研究中，学者们更多研究了这部歌剧运用西方现代作曲技法来表现戏剧性方面的创新，而较少关注到它在民族化方面的探索。在我国原创歌剧市场蓬勃发展的今天，为创作出人民群众喜闻乐见的有生命力的作品，重新总结前人优秀作品中的民族化尝试显得尤为必要。本文将从音的本体特征与音的组织手段两个角度出发，对金湘先生在《原野》中体现出的民族化的作曲技法进行梳理。

音乐是声音的艺术，声音有音色、音高、音长和音量四个物理特性。在这四个特性中，金湘抓住音色、音高和音长三方面，进行了民族化的探索。从音的组织手段来看，作曲家又从横向和纵向两方面进行了尝试。

中国传统音乐注重音色的多样性，而西洋音乐则强调不同音色的融合。歌剧《原野》

① 孙肖平.呼唤正义，讴歌人性——作曲家金湘和他的歌剧《原野》[J].歌剧，2013(9)：29.

② 孙肖平.呼唤正义，讴歌人性——作曲家金湘和他的歌剧《原野》[J].歌剧，2013(9)：26.

③ 杜亚雄，秦德祥.腔音说[J].音乐研究，2004(3)：29-36.

虽用声音融合度较好的西洋管弦乐队与美声唱法为其音色基础，但也采用了许多中国打击乐器，如木鱼、梆子、板鼓、小堂鼓、大堂鼓、小堂锣、大堂锣、钹等。在第一幕《焦母、金子、大星三重唱》中，金湘用木鱼、大堂鼓、小堂鼓、铃铛、大锣等乐器为金子与焦母互相诅咒的“诵经调”伴奏，很有中国特色。之后，大星离家前跟母亲告别的场景中，金湘运用小堂鼓、铃、木鱼、大锣为人物的动作及念白提供了节奏支持。在第一幕《焦母的宣叙调》中，作曲家又用了大锣、梆子、大堂鼓、小堂鼓等乐器伴奏，烘托了气氛，刻画了焦母阴暗的内心世界。用打击乐器伴奏是我国戏曲特色，金湘在《原野》中借鉴了戏曲的做法。然而，即便是用西洋管弦乐队编配的段落，作曲家也设置了一些非常规的演奏方法来制造特殊音色，如在《序幕》及第一幕开场时，弦乐声部采用“弓杆击弦”“提弦打指板”“先提弦弹，后用左手掌打指板”等特殊演奏法来制造特殊效果，增加这部歌剧在音色方面的民族特色。另外，金湘还用西洋乐器模仿民族乐器的音色，如在总谱第 92 小节处，长笛同音加速的音响让我们联想到洞箫的演奏。

汉语是一种有字调的语言，这就决定了汉族传统音乐中大量运用音高可变的“腔音”①。运用“腔音”不仅是汉族传统音乐的特色，也是中国许多操汉藏语系语言和阿尔泰语系语言少数民族传统音乐的特点，这一特色使中国音乐有别于西洋音乐。

在歌剧《原野》中，金湘在声乐旋律的写作上，作了四方面的探索来突出中国音乐强调“腔音”的特点。首先，作曲家学习传统声乐作品中“依字行腔”的特点，让重点唱腔的旋律走向与其语音上的字调吻合。如在第一幕《大星、金子的对唱》中“倒活几年”中的“倒”字，金湘用下滑音表明其去声音调，“别离开她”中的“别”字则被谱成“d1 到 c2”的上行大跳音程，以表明其阳平的字调和人物嘲讽的语气。第二幕《仇虎与金子的对唱》“叫你疼”标以下滑音的“叫”字，“来世还要做我的妻”中被谱以三连音上行的“还”字，以及《啊！我的虎子哥》中“胜过这一世”大跳下行的“世”，“活着的滋味呵，什么也不能比”中两个大跳上行的“活”与“什”等都体现出金湘在用西方作曲技法发展旋律的同时，充分考虑到了汉语的特点，合理处理了腔词关系。其次，作曲家用集“唱”“吟”“念”为一体的方法写作了第三幕一开始焦母的一些唱段，并将这种唱段命名为“咏叙调”。他认为：“这种融唱、吟于一体，介乎咏叹调与宣叙调之间的段落，似乎更能为中国观众所接受(在某种程度上，它具有我国说唱音乐的特征)，是直接吸取我国戏曲、民间吟诗等传统手法并加以歌剧化的一种非常重要的形式，是对中国语言特有的‘四声’声韵内含的美学意义、表情意义的挖掘与发展。”再次，在《序幕》与第四幕的合唱中，金湘将“腔音”作了进一步发挥，要求合唱队员在宽泛的音高轨迹中自由吟唱“黑呀”“恨呀”“天哪”“冤哪”“呜”等歌词，让人很容易联想到民间巫师“招魂”时的吟唱。最后，作曲家将第一幕《焦母的宣叙调》中的唱词“嗯”，《金子的咏叹调——“哦，天又黑了”》中的“啊”“天”“到”等字写成了“拖腔”，这种借鉴戏曲的做法使听众既感受到焦母愤恨、妒忌的心态与凶狠的性格，也感受到金子压抑、痛苦的心情与挣扎着想冲破牢笼的愿望。金湘通过各个层面借鉴戏曲、运用“腔音”，使《原野》的唱腔

① 杜亚雄.探索的脚步[M].上海：上海音乐出版社，2004.

十分具有民族化。

由于汉语单词以单音节词为主，单音节词在音长方面的使用十分自由，这使汉族传统音乐中的节拍与西洋音乐中的“等时值节拍”不同，常采用“散板”和具有变易性拍值的“弹性节拍”。金湘在《原野》中采用了“变速乐汇”“散板”“混合拍与变拍子”三种主要手法探索音长方面的“民族化”。

“变速乐汇”在整部歌剧中时有出现，常见于戏剧冲突强烈，或者人物心理活动激烈的段落，金湘在总谱中用、、等符号标记。如在序幕中，金湘用大堂鼓、小堂鼓、合唱中的男声、小提琴、中提琴弓杆击弦，并采用速度变化的手法营造出阴森、不安的音乐气氛。又如在第三幕末尾《焦母的咏叹调》中，金湘将这种变速乐汇运用于大堂鼓、小堂鼓、中提琴、大提琴声部，以表明焦母发现自己儿子被杀后的惊愕、悲痛进而转向复仇的心理活动。“变速乐汇”的另一个表现是在演唱时随着人物唱段情绪、心理的变化出现大量的延长音（在总谱中用标记）。如在第一幕《仇虎的咏叹调——“焦阎王，你怎么死了”》中，就设置了 6 处延长音和延长的休止符，给演员在音长方面以足够的“弹性”空间，来展现角色的情感张力。

散板是中国传统音乐中常用的节拍样式，它以“无板无眼”形态使演员在节奏与节拍方面可以自由地表现人物的性格、心理和情绪。《原野》在节拍方面最具民族特色的元素是运用散板，全剧的 36 个段落中有 17 个以上运用了散板，其中最有特色的是第二幕中的《金子的咏叹调——“你们打我吧”》，这里金湘借鉴戏曲中的“摇板”，即“紧打慢唱”，让“金子”在极富传统戏曲审美的音乐气氛中哭诉自己的悲惨遭遇。

中国古代曾采用过一个乐句为一拍的“句拍”。在《原野》中许多没有标明“散板记号”的段落，作曲家运用“混合拍与变拍子”的手法打破欧洲音乐以均分、循环为主的律动体系，体现了中国古代“句拍”的观念。如第一幕《金子的咏叹调——“哦，天又黑了”》中的第一句“哦，天又黑了”是 5/4 拍，第二句“哦，我的心更暗”旋即转为 4/4 拍，接下去的乐句虽然在 4/4 拍上进行，但金湘通过“三连音”“切分音”模糊了原来的节拍律动，并通过本句最后一个在 3/4 拍上的“晨”字与起自 4/4 拍的下一句“又熬到夜晚”隔开。接下来一句“慢慢的夜啊，闷得像坟墓一样”是第一次高潮，起自 7/4 拍，而接下去的“多想有那么一天，太阳亮得耀眼！”音乐上发展自前一句，由于前半句比第一次高潮时多了两个字，所以节拍上转为 8/4 拍起，后转回 7/4 拍。

音横向组织方式的民族化主要体现在对传统民间音乐旋律的运用上。在这方面，金湘有深入的研究。早年，在他就读南京国立音乐学院幼年班及天津中央音乐学院少年班时，吕骥先生就曾希望他走向民间，学习研究民间音乐。他到中央音乐学院民间音乐研究所，开始搜集、整理、学习民歌。1953 年，他到河曲地区采风，亲自搜集、记录了许多民歌，并对它们进行研究，与苏琴一起撰写了《河曲民歌与河曲人民的爱情生活》一文。这些经历是他在歌剧《原野》中写作民族化旋律的基础。

歌剧《原野》并没有完整地采用一首民歌，但充满了中国民间音乐的气息。金湘根据民间音乐的精髓再创造的一些旋律在《原野》中起到了主题作用。如第一幕《焦母、金子、大星的三重唱》中金子唱的："阎王小鬼你听真，求你快点招她去。"一句的旋律就变成了诵经的主题，在第二幕《金子与常五的对唱》中伴奏金子假装在念经的场景。在第四幕《仇虎与金子的宣叙调与对唱》中，这一主题又成了金子祈求保佑的旋律与第一次出现相对应。又如第二幕《金子与仇虎的对唱、重唱》最后金子唱了一支被称为整部歌剧的"爱情"第一主题[①]的"民谣"："大麦呀，穗穗儿长，漫过那山头的是那红高粱……"这个主题的音调元素此前已出现过三次：第一次出现在金子与仇虎刚重逢后的《间奏曲》中的双簧管和长笛声部，第二次出现在第二幕开场时的第一小提琴声部，第三次出现在第二幕《金子与仇虎的对唱、重唱》仇虎哼唱的旋律中。当金子唱完整曲后，又在接下去的单簧管声部和金子给小黑子的哄唱中出现该主题的开头素材。再如，金湘也为仇虎用民间音乐的风格创作了一个标识性很强的主题，该主题在第二幕开场时伴随着人物上场而由双簧管与长笛声部奏出，在第三幕开场《焦母与仇虎的对唱》中通过不断旋宫的手法与焦母的旋律形成多调性对峙，体现出仇虎对焦母的仇恨和威胁。最后该主题在第四幕《合唱与仇虎的独唱》中通过多调性并置的手法在合唱各个声部以多种形式变奏再现，体现仇虎内心的恐惧与不安。金湘将这些根据民族音乐风格创作的主题作各种形式的变奏、再现的手法，强化了作品的民族性。

音的纵向组织系指和声，然而汉族传统音乐以线性结构为基础，多声部作品主要织体类型是支声复调。因此，金湘在这方面民族化的探索主要集中在创造具有民族色彩的和声上。其中，根据西北民间音乐中常见的"双四度框架"[②]纵向叠合而成的"四度和弦"的音响色彩具有很强的民族特色。例如，第二幕《啊！我的虎子哥》中歌词"一世"的伴奏声部就出现了小提琴演奏的这种和弦连接。又如，上文中提到的在第二幕《金子与常五的对唱》中的诵经主题也在长笛和单簧管声部构筑该种和弦连接来突出其民族属性。

除了上述体现民族色彩的和声外，金湘还大量应用了半音、三全音等不协和音响构筑的"现代和声"手法来提高整部歌剧的音色张力。在许多段落，构成这些不协和音响的各个声部挣脱了调性的束缚，形成多调性纵向组合的形式。如在第四幕《合唱及仇虎的独唱》中四声部以相同节奏合唱"初一十五庙门开"那一段，四个声部各执一调，且"女高—女低"与"男高—男低"各自的调首构成了两对相距大七度的三全音，让这段具有民歌风的旋律极具音色方面的张力，表现出仇虎杀死大星后内心的恐惧和挣扎。

同时，金湘还通过西洋近、现代作曲技法进一步探索音的纵向结构在表现个性音色方面的可能性。如在《序幕》和第三幕的《间奏曲》中，出现了用弦乐器演奏的微分音构成的音块段落。作曲家运用这些作曲技法不但没让观众感到怪诞和突兀，反而让他们联想到我国民族音乐中具有特色的"音色噪音"和"瞬间噪音"。

综上所述，"民族化"在歌剧《原野》中得到了全方位、多层次的体现，这是金湘从传统

① 陈贻鑫，李道松.歌剧《原野》音乐探究[J].中国音乐学，1988(1)：20.
② 杜亚雄.中国民族器乐概论[M].上海：上海音乐学院出版社，2015：37.

音乐中汲取各种营养进行再创造的结果。《原野》的成功在于其音乐语言一方面植根于中国传统音乐的土壤,一方面与西方近、现代音乐创作手法接轨,从国际化视野角度发展了中国音乐。这与我国部分当代原创歌剧中存在的不注重民族传统审美,过分强调创作个性,致使最后出现"高投入、低质量,首演成绝响"的现象形成了鲜明的对比。歌剧《原野》的创作虽然距今已近30年,但这一思路仍值得中国当代歌剧创作者们研究与学习。

2016年1月23日,按照金湘先生的遗愿,他的骨灰从北京运回了故乡诸暨,埋葬在金氏家族的墓地。金湘长眠在浙江,浙江的音乐人和老百姓永远不会忘记这位杰出的作曲家和他的代表作《原野》。我们应当继承金湘未竟的事业,在歌剧民族化的大道上继续探索、奋勇前进。

原载《浙江艺术职业学院学报》2016年第2期

《雷雨》在上海戏曲舞台上的演出与传播

曹凌燕

1934年7月，曹禺先生的代表作《雷雨》在《文学季刊》上发表。1935年4月，旅日学生以中华话剧同好会的名义在日本东京神田一桥讲堂将其搬上舞台，随后该剧在天津的孤松剧团、上海的复旦剧社、中国旅行剧团相继演出，它便犹如一声春雷，在中国现代文学艺术界引起极大震动。茅盾曾用“当年海上惊雷雨”回忆当时《雷雨》在上海引起的轰动效应。此后，这部代表着中国话剧走向成熟的标志性作品以话剧、电影、广播剧、戏曲等各种方式得以广泛传播，成为最受观众喜爱的经典名剧。

诚如曹禺先生自己所言：“剧本跟小说不一样，小说可以定稿，剧本永远定不了稿，因为它的生命在于演出。剧作家的创作，仅是戏剧创作的一个重要部分，此外，它还需要导演、演员、观众共同完成。”[①]曹禺的《雷雨》《日出》《原野》《北京人》等名剧诞生后，正因为在舞台上不断被修改、创造，以各种演出形态接受着观众的考验，才彰显出其跨越时代与国界的恒久的艺术生命力。在《雷雨》的现代演绎与传播过程中，上海舞台上的戏曲演出作为重要传播方式之一发挥了不可忽视的积极作用。

一

《雷雨》问世后，便于1934年至1935年在天津和上海的演出，使其很快引起较大反响。1935年10月，我国第一个职业剧团——中国旅行剧团在天津英租界新新影戏院公演《雷雨》并获得巨大成功。1936年2月，“中旅”第四次赴天津公演《雷雨》，并于4月携《雷雨》南下上海，演出地点为卡尔登大戏院，在上海滩乃至整个长江中下游引起极大轰动。此后，“中旅”赴南京、汉口、长沙等地演出，屡创上座佳绩。“中旅”版《雷雨》成为全国各剧团演出的蓝本，被不断移植，演遍大江南北。[②] “中旅”版《雷雨》的演出成功，使曹禺及其作品产生了全国性的广泛影响，也推动了曹禺剧作改编的热潮。1937年，《雷雨》被拍成无声电影上映。1938年，由方沛霖编导、上海新华影业公司摄制，根据《雷雨》原著改编的有声电影公映，以离奇曲折的故事情节受到观众欢迎。《雷雨》的演出、改编热潮很快便传导至当时的戏曲界，由不同地方剧种改编的戏曲版《雷雨》相继登上了中国现代戏剧舞台。上海作为我国现代戏曲的交汇中心，自然成为不同剧种搬演《雷雨》的主阵地。正如作家曹聚

---

① 曹禺.谈《雷雨》[J].人民戏剧，1979(3).

② 曹树钧.曹禺在中外舞台上(1934—1937)[J].新文学史料，1995(1).

仁谈到《雷雨》在上海的演出时所说:"它与各阶层小市民发生关联,从老姐到少女,都在替这群不幸的孩子们流泪。而且,每一种戏曲,无论申曲、越剧或文明戏,都有了他们所扮演的《雷雨》。"①

1938年12月,上海租界著名四大沪剧团之一的施家剧团,受电影《雷雨》热映的启发,将这部名著改编为沪剧(当时称"申曲"),并排出了很强的演员阵容,由剧团班主施春轩饰演周萍、杨美梅饰四凤、邵鹤峰饰周冲、金耕泉饰周朴园、俞麟童饰鲁贵、施文韵饰蘩漪、施春娥饰鲁妈。改编几乎完全忠实于原著,用申曲的表演、唱腔、方言呈现《雷雨》的故事和人物,在上海大中华剧场演出时,连日满座。首演那天,从晚上7点一直演到半夜12点半。由于在敌伪统治下的上海夜间12点起戒严,没有特别通行证,路上不准行人走动,最后由剧团出钱,叫出租车送观众回家。② 1939年9月,新光剧团由解洪元(饰周朴园)、杨云霞(饰蘩漪)、俞麟童(饰鲁贵)、夏福麟(饰周萍)领衔以幕表演出于东方剧场。其他如筱文滨领衔的文滨剧团、杨敬文领衔的敬文剧团等也竞相以幕表演出。③ 1941年1月17日至22日,上海沪剧社以"与众不同"(据《申报》广告)的改编在皇后剧院推出由王雅琴领衔、全体优秀艺员合演的《雷雨》,使该剧成为申曲班社演出的主要剧目。

受沪剧影响,曾从事过文明戏的越剧编剧胡知非,为进入上海正处于"改良女子文戏"时期的越剧名伶施银花和屠杏花改编越剧《雷雨》,于1939年7月22日在上海大中华剧场首演。主要演员阵容为:施银花饰蘩漪、屠杏花饰周萍、支兰芳饰侍萍、余彩琴饰四凤、钱秀灵饰周朴园。改编本在移植沪剧版本的基础上,增加了周朴园之母一角,由周宝奎扮演。这是越剧舞台第一次演出中国现代文学名著,也是越剧演出的第一出西装旗袍戏,因而颇引起当时戏剧界人士的关注。表演突破传统程式,施银花穿旗袍上台,没有水袖仍挥洒自如。舞台上用了灯光、布景、音响,最后一场雷雨交加的场面,用了幻景的处理手法,配上音响效果,使人耳目一新。据《新闻报》1939年7月所刊登广告,该剧从22日起至28日止,连续7天夜场演出。《越讴》杂志第1卷第2期发表《创见与奇迹》一文特予以介绍:"银杏并蒂,双花主演之《雷雨》均系时装打扮,屠杏花且御西装,开越剧之纪录,创未有之奇迹,观过者咸云创见,而剧本系申曲翻版者,雷雨幻景尚可一观。"④该剧成为女子越剧改良时期较有影响的时装戏代表剧目。

除了沪剧、越剧改编的《雷雨》相继在上海演出外,评剧舞台上的保留剧目《雷雨》也诞生于这一时期,与上海戏曲舞台有着不解之缘。评剧产生于北方,原名蹦蹦戏。1935年1月至4月,蹦蹦戏演员朱宝霞、朱紫霞、朱彩霞、花金霞、花翠舫等在上海河北歌剧场演出时,《申报》戏曲广告首次采用了"评剧"这一名称。此后,一批评剧艺人长期旅沪演出,并于1937年10月在上海黄金大戏院举行了"非常时期旅沪评剧联合大会串""七大名旦、四

① 曹聚仁.文坛五十年续编·戏剧的新阶段[M].香港:香港新文化出版社,1976.

② 田本相,黄爱华.简明曹禺词典[M].兰州:甘肃教育出版社,2000:339.

③ 汪培.上海沪剧志[M].上海:上海文化出版社,1999:66.

④ 中国人民政治协商会议上海市委员会文史资料委员会.上海文史资料选辑——戏曲菁英(下)[M].上海:上海人民出版社,1989:126-127.

大全班联合演唱”等活动，评剧艺人朱宝霞、朱紫霞、王牡丹、花金顺、花迎春等均参加了演出。[①] 评剧改编版《雷雨》诞生的确切时间不详，根据评剧老艺人回忆，最早演出评剧《雷雨》的是朱宝霞班社，为他们编写剧本的关凤奎，艺名关铭，1932 年即随钰灵芝到上海流动演出。因他戏路广，喜欢写作，和朱宝霞、花迎春、朱紫霞在上海大新公司、大罗天、天蚕茶楼演出时，开始为他们排戏，并且动手编写了《雷雨》《李三娘》《董小宛》等剧。《雷雨》的演出由朱宝霞饰演四凤，男旦碧月珠演鲁妈。剧中人物以蘩漪、四凤为主，鲁妈为老旦，周萍为小生，周朴园为老生，鲁贵为三花脸，行当齐全。由于该剧内涵丰富，剧情复杂，人物性格生动鲜明，尤以“审女”和“寻死”两场戏最为精彩，所以演出非常成功，成为此后各班社竞相演出的剧目。1937 年秋，在辽阳演出的李晓峰班少班主李淑艳，因擅演新剧，每一登场，“座客格外拥挤”。据载，是年她在抚顺聚乐舞台曾演出过时装戏《雷雨》。[②] 出生于 1927 年的著名评剧艺术家新凤霞，十四五岁时在天津的劝业场天乐戏院首次参加了评剧《雷雨》的演出，因她扮演的四凤活泼机灵，天真可爱，唱得又好，咬字清楚，受到台下同行和观众的一致好评，被赞为“活四凤”。剧中蘩漪由评剧界最漂亮的女演员花迎春扮演，张笑声演周朴园，郑伯范演周萍，李文元演鲁贵，演员阵容十分强大。为戏班排这出幕表戏的是出自文明戏班的尹清泉。虽是幕表戏，也有重点唱段，其中一段周萍向四凤求爱时四凤的唱段：“大少爷跪在地向我求婚，吓得我周身发抖汗如雨淋。大少爷长得好真有学问，他胸前总戴着钢笔一根；小脸蛋粉得噜白中透嫩，青丝发黑中发亮梳的是偏分，黑皮鞋西装裤更显得四衬，穿西装没扎领带是天热的原因。为什么大少爷对我亲近，早看出他爱我不敢出唇；想不到大少爷把我看准，他不嫌我是个下等的人；牙咬住小辫梢点头应允，大少爷呀！这一阵闹得我心乱头昏。这一阵他似真情好话说尽，眼看他可怜相动了我的心。”用评剧特有的语言和唱腔表现了四凤既动心又害羞的心理，在当时非常轰动。“审女”一场“处理得很好，剧情强烈，有大段唱。有锣鼓经配合雷雨交加，霹雳闪电，很动人，很紧张”。[③] 1946 年 9 月，花迎春、金云霞在北平广德楼再次演出根据曹禺同名话剧改编的评剧《雷雨》。[④]

这一时期的沪剧、越剧、评剧版《雷雨》均属幕表戏，改编基本照搬原著，存在着生硬粗糙的不足之处，但各剧种对《雷雨》的演绎既忠实于原著，保留了原作的主要内涵、人物和台词的精华，又充分发挥戏曲“以歌舞演故事”的长处和不同剧种的特色，借助声腔、动作、舞美、灯光、音乐等各种表现方式和技巧的运用，以戏曲特有的方式将其呈现于舞台，体现了戏曲传播《雷雨》的共同特点和优势。

二

作为话剧演出本的《雷雨》何以在其诞生之初即引起沪剧、越剧、评剧等不同戏曲剧种

---

① 中国戏曲志编辑委员会.中国戏曲志·上海卷[M].北京：中国 ISBN 中心，2000：58.

② 刘效炎.评剧辞述[M].哈尔滨：北方文艺出版社，2004：433.

③ 新凤霞.新凤霞的回忆[M].北京：北京出版社，1982：154-157.

④ 陈洁.民国戏曲史年谱 1912—1949[M].北京：文化艺术出版社，2010：279.

的关注，让它们不约而同把目光投向该剧的改编并将其搬上各自的舞台？这固然与当时上海话剧舞台和银幕上《雷雨》热演所带来的市场效应和社会影响力有关，更为直接的原因在于：《雷雨》所具有的文化品格、民族化特征和适合演出的剧场性正好契合了这些戏曲剧种现代化转型发展的内在需求和戏曲的传统审美取向。

从 19 世纪、20 世纪之交起，中国政治、经济、文化各领域的现代化便成为重要话题。戏曲改良、戏曲现代化都是这一进程中的探索。曾以内容脱离现实、只注重娱乐而为“戏曲改良”派诟病的传统戏曲开始关注现实，排演新戏，时装京戏《新茶花》《黑奴吁天录》《一缕麻》等开风气之先。置身于主流文化体系之外、缺乏文化积淀的地方戏在现代化理念的驱动下，将提高人文内涵和艺术价值的眼光自然投向了名著的改编和对新兴艺术的学习、借鉴。沪剧的前身是兴起于上海市郊农村的花鼓本滩，剧目多源于民间，从各个不同侧面反映上海市郊乡村普通百姓的生活状况和悲欢离合。流动进入城市演出后，沪剧面临的是迥然不同的市场环境和观众群体。为了在新环境下获得立足之地，谋求发展，艺人们主动调整自己，改剧种名称为“文雅申曲”“文化申曲”，开始移植文明戏、话剧和中外电影、小说等作品进行“本土化”与“沪剧化”的再创作，编演反映城市现实和市民生活的时装戏，吸引城市观众。《离婚怨》《贤惠媳妇》《啼笑因缘》《黄慧如与陆根荣》《阮玲玉自杀》《空谷兰》《雷雨》《骆驼祥子》等大量申曲“西装旗袍戏”的问世即顺应了这一转型发展的需要。起源于浙江嵊县的越剧，在经历了从小歌班到绍兴文戏男班向女班的过渡后，至 1938 年，女子文戏开始走红上海，女子越剧的名演员几乎都集中于沪上，人才济济，声势浩大，在各地方戏曲中独领风骚。为了适应时代和大城市观众的欣赏习惯，在竞争激烈的上海获得持续发展，以姚水娟为代表的艺人居安思危，对越剧进行大胆变革，当时被称为“改良女子文戏”。各班社纷纷聘请编剧，编演新剧目。有的学海派京剧，搬演周信芳的名剧《明末遗恨》，演出连台本戏《欧阳德》；有的效仿申曲，穿西装旗袍演反映社会现实的新戏；有的追求“话剧化”“电影化”，采用灯光和写实布景，如姚水娟主演的《蒋老五殉情记》《大家庭》《魂断蓝桥》《魂归离恨天》等；一些剧目中还穿插流行歌曲，如筱丹桂演《夜来香》时，剧中有《王老五》《锄头歌》《何日君再来》等歌。施银花、屠杏花主演的越剧《雷雨》即是这一改良风潮中的实践与创新。

清末民初形成并流行于冀东一带的评剧，在它形成之初之时就有南下上海演出的记录。九一八事变后，一些以东北为活动中心的班社陆续南下。1935 年，朱宝霞班社在河北歌剧场（西藏路新世界饭店大礼厅）演出时，因《申报》戏目广告的宣传，剧种正式定名为“评剧”，开始引起上海观众的注意。此后，许多评剧班社和艺人纷纷到上海演出，尤其是评剧演员白玉霜，1936 年 1 月，她与京剧演员赵如泉在天蟾舞台合演京、评“两下锅”的《潘金莲》，盛况空前，“合演三天，天天客满”，被誉为“熔京剧评剧于一炉，开剧界未有之盛举”。[①] 她在上海得到欧阳予倩、洪深、田汉等进步文化名人的支持和帮助，排演了不少新戏，为评剧增加了大量新剧目，并积极推动评剧的革新，将蹦蹦戏的唐山语音改用北京语

① 戏目介绍.引自《申报》，1936-01-10.

音，吸收京剧海派的表演、唱腔和话剧的舞台布景处理，使评剧艺术获得很大发展，吸引了大量观众，她因此被上海观众誉为“评剧皇后”。活动于天津、东北等地的评剧班社也积极编演新戏，在各地培养、造就了一大批有影响的评剧演员，也为评剧创作改编了许多剧种代表性剧目。① 评剧《雷雨》正是这一原本充满乡土气息的剧种在城市崛起、发展过程中自觉接受新文艺影响的创作成果。

改编《雷雨》的申曲、越剧、评剧无一不是形成于近现代的年轻地方戏曲剧种，它们在由乡村进入城市后，都面临着剧种面向现代的转型发展。因为年轻，易于吸收创新，所以在上海这个海纳百川的大都市接触到中外各种不同艺术形式后，它们张开双臂，热情拥抱，在广泛吸收借鉴的基础上，为我所用，从而以大量移植、新编剧目的演出适应现代城市观众的欣赏需求。在现代社会变革大潮中诞生的四幕剧《雷雨》，通过两个家庭错综复杂的血缘关系和矛盾纠葛，表现了广阔的时代背景和社会生活。剧中的人物，“都充满活性，都是独特的自我”②，改变了之前将戏剧人物类型化的做法，以其鲜活的形象为现代文学人物画廊增添了异彩，并带来了中国话剧创作由重情节向重人物的艺术转型。王朔曾论述曹禺剧作的价值：“翻开过去的戏，大抵是作者借了木偶似的人物，在说着他自己的话。曹禺先生却是钻进了各个人物里，依了社会为那个人物安排的命运，令他自己说话，是这种对话才使我们看见逼真的立体的人物。”③剧中尖锐的戏剧冲突、个性鲜明而内涵丰富的人物形象和强烈的悲剧性，无不显示了其高超的艺术成就和现实主义的深刻表现力，具有打动人心的艺术魅力。与之前的话剧作家和作品一味模仿外国戏剧不同，曹禺的创作在吸收、借鉴外国作家艺术技巧的同时，融合了中国传统戏曲的经验和方法，使《雷雨》体现出鲜明的民族特色，真正实现了话剧的民族化。尤其是由错综复杂的人物关系所构成的离奇曲折、跌宕起伏的故事情节和传奇色彩，与戏曲擅长演故事的传统一脉相承，非常适合戏曲观众的欣赏口味和习惯。

《雷雨》的成功之处还在于：它不仅是一部供阅读的案头文学作品，也是供剧场演出的典型范本。曹禺曾这样表述自己的创作追求：“一个弄戏的人，无论是演员，导演，或者写戏的，必须立即获有观众，并且是普通的观众。只有他们，才是‘剧场的生命’……写戏的人最感觉苦闷而又最容易逗起兴味的，就是一个戏由写作到演出中的各种各样的限制，而最可怕的限制便是普通观众的趣味。怎的，天才的作家，自然一面拥有大众，一面又把真实犀利地显示个清楚。次一等的人便有些捉襟见肘，招架不来，写成经得演，经不得读的东西。不过，万一因才有所限，二者不得兼顾，我希望还是想想中国目前的话剧事业，写一些经得起演的东西，先造出普遍酷爱戏剧的空气。”④对观众的尊重，对剧场性的高度重视，使《雷雨》问世不久便正式登上舞台，此后一直活在舞台上，成为真正“经得起演”的作品。这种适合演出的“剧场性”特点，对刚刚从民间草台步入上海正规剧场的地方戏曲无疑具

① 中国戏曲志编辑委员会.中国戏曲志·上海卷[M].北京：中国ISBN中心，2000：154-155.

② 刘家思.曹禺的戏剧人生与艺术[M].芜湖：安徽师范大学出版社，2012：5-6.

③ 王朔.活现的廿世纪图[N].大公报，1936-12-27.

④ 曹禺《日出》·跋.曹禺全集[M].石家庄：花山文艺出版社，1996：38-39.

有极大的吸引力和便捷性，成为各戏曲剧种竞相演绎《雷雨》的重要原因。

三

《雷雨》在现代上海戏曲舞台上的演出，顺应了时代和剧种发展的需要，无论是对曹禺剧作的传播还是对地方戏曲剧种的发展，都具有积极的意义，产生了双重促进的传播效应。

（一）扩大《雷雨》影响力，彰显其独特的舞台魅力与艺术生命力

剧作不同于其他文学创作，它的影响力和生命力更主要体现于能否在剧场中接受观众和历史的考验。剧本传播远没有舞台传播的效果好，通过舞台对大众的传播可产生更加广泛的影响，并具有较强的生命力。作为西方舶来品的话剧，自近现代在我国舞台上兴起，就被视为配合民主革命的思想工具，尤其左翼戏剧运动倡导的"戏剧的大众化"，使其在民众中具有较强的号召力和影响力。在话剧舞台之外，传统戏曲作为独特的民族戏剧形式，尽管在五四时期受到大力鞭挞甚至全盘否定，但戏曲"以歌舞演故事"、极具观赏性的综合性艺术特征，能够吸引不同阶层观众、雅俗共赏的大众娱乐性功能，决定了戏曲无论是在古代还是在近现代社会都具有得天独厚的传播优势。

在本土民间艺术基础上发展起来的地方戏曲剧种，与民间大众有着与生俱来的密切联系。进入城市后，作为大众消费艺术，同样拥有上至达官贵人、文人雅士，下至市井小贩各个阶层数量可观的观众群体，尤其是大量的中下层民众不容忽视。二十世纪三四十年代的上海是我国戏曲活动的中心，各种戏曲演出在大众中十分普及，可谓剧种荟萃，新戏频出。在上海的文化市场上，戏曲消费具有广泛性和群众性，尤其是普通大众，也许他们不会或接触不到文学读本，但会走进剧场，观赏来自家乡或自己喜欢的戏曲演出，在娱乐中接受新文化潜移默化的影响和洗礼。根据 1937 年《上海市统计报告》第 39 页有关数据显示，在上海 4 种主要的戏曲演出场所中，为上海本土居民喜闻乐见的申曲提供演出的戏院占戏院总数的 17%，可供越剧演出的戏院占到戏院总数的 50%。[①] 1937 年 10 月在黄金大戏院举行的"非常时期旅沪评剧联合大会串"和"七大名旦、四大全班联合演唱"活动也反映了当时评剧在上海的受追捧程度。可见，在上海城市人口中，观赏戏曲的本地和外来移民占据着庞大的数量。培养出曹禺等戏剧大师的天津，同样是我国现代具有广泛影响力的戏剧演出大码头。当时戏曲界有"北京学艺，天津唱红"的说法，许多名演员都是在天津唱红后走向全国的。正因为如此，不同地方戏曲剧种都争相进入这些城市演出，以期吸引更多观众，获得应有的市场份额和更好的发展机会。

将话剧《雷雨》移植到申曲、越剧、评剧等大众戏曲舞台，无疑使其进入了更加广泛的民众视线，在戏曲观众的观赏与接受中，扩大了它的传播范围。申曲《雷雨》首演连日满座的佳绩及其后各家班社的纷纷演出，朱宝霞班社携评剧《雷雨》遍及青岛、济南、太原、石家庄及北京等地的演出足迹，评剧《雷雨》在天津演出后非常卖座，许多剧团都竞相演出的事

① 忻平.城市化与近代上海社会生活[M].南宁：广西师范大学出版社，2011：8.

实，证明《雷雨》借助各戏曲剧种的演出极大拓展了在各地的知晓度和影响力，取得了良好的传播效应。此后沪剧和评剧《雷雨》作为各自剧种的代表性剧目在舞台上的久演不衰，更加彰显了《雷雨》的艺术生命力和经典魅力。

（二）提升地方戏曲的艺术品位，促进剧种的现代性转型与发展

在国外各种文艺思潮推动下开启的中国文学现代化潮流中，话剧这一从国外引进的新文艺形式，由于适应了现代文明的需要，被称为“文明新戏”或“文明戏”，成为传统戏曲接受时代新风、大力学习与移植的对象。在上海这个戏曲与话剧同场竞技的现代城市，戏曲无论是表现内容还是表演形式与技艺，都深受话剧的影响，乃至大量时装新戏得风气之先应运而生。原本以表现农村题材和传统题材为主的地方戏曲，将《雷雨》这一中国现代话剧的成熟之作搬上舞台，通过揭示人物的性格、灵魂、情怀和人性的复杂变异，把一个等级森严、禁锢人性、真情被毁、犹如地狱般的家庭和一个个难以逃脱命运摆布的人间悲剧呈现在舞台上，让观众在欣赏戏曲、获得美的享受的同时，产生心理共鸣，引发人生的思考，树立起追求美好人生的理想信念。丰富的现代文化内涵和带给观众的全新观赏体验，极大提升了这些地方剧种的艺术品位，为剧种吸引到大批城市新观众。申曲与越剧因演出《雷雨》等时装戏，将它们的观众群体由原来的中下层劳动者扩展到新的知识阶层，尤其是女性知识阶层。评剧《雷雨》初在天津演出时，剧种的地位低下，但随着这出戏的唱红，“看戏的除了平素常来的劳动人民以外，增加了大量的商人、小姐、太太们”。[①]

著名沪剧演员丁是娥在谈到饰演《雷雨》中蘩漪的体会时说：“作为一个过来之人，我可以毫不夸张地说，话剧是沪剧的‘奶娘’，是话剧的现实主义的‘奶汁’哺育了沪剧的成长。”[②]越剧演员袁雪芬也曾多次讲到：越剧有两个奶娘——昆曲和话剧。越剧、沪剧、评剧等地方戏曲在进入现代城市的发展过程中，不仅在演出剧目上大量移植、改编话剧作品，编演现代戏，在表演上也学习话剧的现实主义表现方法，将传统戏曲的表演程式与话剧的表演技巧有机融合，形成了写实与写意相结合的表演特点，极大地丰富了戏曲的艺术表现力。各剧种《雷雨》的编导者大多出身于文明戏和话剧。戏曲版《雷雨》的排练演出往往是各剧种吸收话剧营养的大好时机，也是戏曲演员迅速成长的过程。他们主动吸收话剧写实、细腻的表演方法，在塑造人物时加以运用，使人物形象更加真实、生动。据新凤霞回忆，评剧《雷雨》在天津劝业场演出时，受到不远处常演话剧的北洋戏院的很大影响。当时，中国旅行剧团在北洋戏院演出话剧《雷雨》，新凤霞曾多次观看演出，在扮演四凤时，她将学习话剧的写实表演与戏曲的程式动作相结合，演得活灵活现，形成当时舞台上评剧《雷雨》和话剧《雷雨》打对台的情形，也吸引了“中旅”的话剧演员唐槐秋等观看评剧演出并给予高度评价。[③]

沪剧演员马莉莉在谈到沪剧改编《雷雨》《日出》《原野》等曹禺名剧时说：“曹禺是我们

① 新凤霞.引自《新凤霞的回忆》第 157 页.

② 丁是娥.展开艺术想象的翅膀[M].上海：上海文艺出版社，1984：71.

③ 新凤霞.引自《新凤霞的回忆》第 157 页.

沪剧史上最浓墨重彩的一笔！沪剧演曹禺，曾经引来众多好奇的目光，其实有不少观众正是被'曹禺'二字吸引到剧场看沪剧的，套用一句时髦的话，这就是曹禺给剧种、给剧目带来的巨大'附加值'。""这些名剧的成功演出在不同的历史阶段曾提高了沪剧的文化声望和艺术地位，更重要的是，每次演出曹禺的剧作总能给沪剧带来许多艺术的新气象、新理念。"①沪剧、越剧、评剧等改编曹禺剧作，对话剧、电影等新文艺的主动吸收和艺术创作上的大胆实践，改变了这些地方戏曲从内容到形式的表现形态，提高了剧种的文化品位和艺术价值，扩大了城市观众群体，对剧种实现由农村向城市的现代性转型发展产生了积极的促进作用。

源于西方的话剧和土生土长的戏曲，自从汇聚、生长于中国同一片艺术天空下，就始终有着千丝万缕的联系。在《雷雨》以读本、话剧、电影、广播剧、戏曲等多种形态进行传播的过程中，上海戏曲舞台上申曲、越剧、评剧等各剧种对《雷雨》的演绎，体现了话剧与戏曲相通相融的内在关联与互相影响，在扩大《雷雨》的传播范围和影响力的同时，借这部话剧名著的排演，滋养了地方戏曲剧种的文化品格和表现形式，收到了互相促进、彼此共赢的良好传播效果，也为此后话剧民族化和戏曲现代化的进一步探索提供了宝贵经验。

原载《上海文化》2016年第6期

① 曹树钧，刘清祥.神州《雷雨》——曹禺诞辰90周年纪念文集[M].武汉：湖北人民出版社，2002：336.

思维转换的困境：从川剧《金子》看话剧改编戏曲的限度

张小凡　张洪涛

1937年，《文丛》杂志连载了曹禺的《原野》一剧。曹禺在《原野·附记》中对试图搬演该剧的群体给出了忠告，他说："这个戏的演出比较难……想把它搬上舞台，我很希望能多加考虑，无妨再三斟酌这剧本本身所有的舞台上的'失败性'，而后再决定演出与否，这样便可免去演后的懊悔和痛苦。"①因此，一直以来，话剧《原野》不但被搬演的次数相对较少，而且演出效果往往也不太尽如人意。然而颇具意味的是，与在话剧舞台上的备受冷遇相反，《原野》却受到了不少戏曲工作者的青睐。他们十分热衷于尝试着将它搬上戏曲舞台，以此为蓝本改编而成的戏曲作品不仅数量较多，不少作品还十分成功，比如川剧《金子》就受到了国内外评论界的一致好评。与这一现象形成对照的是，尽管《雷雨》是被搬上话剧舞台次数最多的作品之一，可是由《雷雨》改编的优秀戏曲作品却并不多见。由此可知，不是所有的话剧作品都具有被改编成戏曲形态的可能性。那么，什么样的话剧作品才适合改编成戏曲作品呢？本文将以川剧《金子》为个案来对此问题加以探寻。

亚里士多德在《诗学》中特别指出，悲剧所摹仿的"行动"应当是"完整"的。在他看来，"一个结构完美的布局就是建构出'整一性的行动'"。② "整一性的行动"内部要"严密到这样一种程度，以至若是挪动或删减其中的任何一部分就会使整体松裂脱节"。③ 在西方语境中，亚里士多德所提出的"整一性"是最重要的戏剧美学原则之一。

曹禺早年研读了古希腊戏剧作品。尽管在《雷雨·序》一文里，曹禺否认了自己在创作时受到了古希腊欧里庇得斯作品的影响，④然而欧氏对他的影响却是潜移默化的。众所周知，希腊悲剧到了欧里庇得斯手里，在形式上已十分完美。在创作过程中，欧氏不仅遵循了"整一性"的原则，而且他还特别重视人物心理的描写和性格的塑造。曹禺在组织《雷雨》的情节时，亦十分注重戏剧行动的"整一性"。不但整个戏剧事件的前因后果被交代得十分清楚，而且就连穿插也与主要情节之间存在必然的逻辑联系。也正是因为《雷雨》结构的严密精巧，情节曲折，它极适宜被搬演。然而，《原野》则不然。曹禺在完成作品时便清楚地意识到它似乎并不适宜用写实的"话剧"的方式来展演。

---

① 田本相，刘一军.曹禺全集(第一卷)[M].石家庄：花山文艺出版社，1996：577-578.

② 亚里士多德.诗学[M].北京：商务印书馆，1996：302.

③ 亚里士多德.陈中梅译.诗学[M].陈中梅，译，北京：商务印书馆，1996：78.

④ 田本相，刘一军主编.曹禺全集(第一卷)[M].石家庄：花山文艺出版社，1996：5.

就艺术表演手段而言，西方话剧艺术的表现方式方法与中国戏曲表演手段相比较，是显而易见有其局限性的。它的主要呈现媒介是演员的形体动作和舞台对话。这一特征使话剧具备了表现完整、“有一定长度”的戏剧事件的可能性。然而，话剧呈现方式的特殊性也限制了这种戏剧样式的表现范围——它难以展现不以情节的“整一性”、曲折性为戏剧美学追求的作品。由此也就不难理解，为什么曹禺一再告诫话剧演出团体慎演《原野》。《原野》的难演不只体现在其换景太多，合适的演员难找，更在于该剧本身就缺乏可搬演性。从这个意义上说，曹禺在话剧舞台上将《原野》的审美意味加以完全呈现的愿望也是难以实现的。

中国传统戏曲不是以戏剧情节的“整一性”为美学追求的艺术样式。戏曲艺术“处处是非整一的”，“编剧是匿名的……舞美是虚化的，脸谱是可单独欣赏的，文武场面也是可以让人喝彩的，服饰也具有非确定身份、非确定朝代的审美观赏性……总之，戏曲的构成因素都是充分独立化、审美化了的。戏曲以它非综合的间断性，结构了综合的统一性”。①总之，中国戏曲并非一种以叙述完整而复杂的故事、传达某种明确的主题思想见长的戏剧形态。戏曲作品要表现的故事基本取材于人们所熟悉的文学作品。即使是戏曲艺人，他们对于戏曲故事的了解大多是对“说戏师傅”的“故事梗概”进行敷演。也正是基于此，对于戏曲观众而言，他们到剧场（戏园子）里去“看戏”，很大程度上不是去重温早已熟知的剧情，而是去欣赏演员精湛的表演技艺、俊美的“扮相”、华丽繁复的服饰和随类赋彩的脸谱。而对于戏曲演员而言，他们的表演可以在剧情与人物之间自由转换，甚至“游离”在人物与剧情之间，可以不受剧情的局限，去展示艺人自身的特技，既在情理之中，又出乎想象之外。其核心实质是引领观众进入其自由想象的空间，去亲身体验舞台上的那个人物鲜活的内心世界。

由此而知，尽管《原野》一剧从某种意义上说，是难以被搬上话剧舞台的，然而它却蕴含着能被改编成戏曲形态的可能性。首先，它的故事情节相对简单——既没有巧妙的穿插、复杂的戏剧矛盾冲突场面，也没有一个“最高行动线”贯穿于全剧之中。这一特点与戏曲中故事情节的非“整一性”的艺术特性是相对应的；其次，《原野》的主题思想是非明确性、非明晰化的，全剧洋溢的是一种“诗意”。

但在话剧舞台上，写实的手法难以将这种抽象的情绪呈现出来，而中国戏曲中的“诗、乐、歌、舞、戏”诸多手段的综合运用，却能将剧中人物的复杂情感状态挥洒得淋漓尽致。川剧《金子》就是以《原野》为蓝本改编而来的，它的成功印证了《原野》一剧本身就包含着能够被改编成戏曲形式的可能性。

从音乐创作上来说，《金子》选择了川剧中的高腔音乐系统，②并在其间融入了四川民歌《槐花几时开》的基本曲调。高腔是在四川民间音乐形式上发展而来的，它的节奏、韵律

① 邹元江.对“戏曲导演制”存在根据的质疑[J].戏剧，2005(1):21.

② 郭丰.川剧[M].长春：吉林出版集团，2010:7.

与四川方言的独特发音方式相贴合。高腔中有一种被称为“帮腔”的演唱形式。① 一般来说，帮腔“以女声领腔为主，有合唱、齐唱、男女声混合帮唱等多种形式”。② 帮腔的作用主要体现在两个方面：一是渲染舞台氛围；二是揭示或评述剧中人物思想情感。川剧高腔的这些特征都使得它易于直接展现生存在“原野”上的人的情感和精神状态。例如，在《原野》原著中，曹禺设计了花金子向焦大星提出“要是我掉到河里，你妈也掉到河里，你在河边上，你先救哪一个”这一经典问题的情节。川剧《金子》中，这一桥段被改编为如下样态：

花金子：大星？

焦大星：哎。

花金子：要是我踩虚了脚，一下掉进了河，你啷个说？

焦大星：我当然来救你吵！

花金子：要是我和你妈一起都掉进了河，你又啷个说？

焦大星：我……

花金子：你说，只救我不救她！

焦大星：金子，妈是瞎子……

花金子：睁眼瞎！比耗子耳朵都尖！

焦大星：金子，你为啥要想淹死我妈？

花金子：不为啥。听起安逸，说起好耍。

焦大星：好耍？说了要遭雷打！

花金子：大星，平时不好来亲热，这会儿妈不在，不怕得。

焦大星：不！不！

花金子：你个老坎！（唱）只晓得油炸花生脆嘣儿脆嘣儿——嚼起香（帮腔），清炖鸡腿咬起香，晚上的夜宵吃起香，热呵呵的铺盖睡起香，早晨的扑鼾扯起香，胭脂粉儿闻起香，嫩咚咚的脸儿挨起香。晓不晓得，野叉叉的嘴儿——啵起香（帮腔）。③

在《原野》的原著中，这一桥段凸显了花金子泼辣的性格，以及她本性中所蕴藏的某种原始欲望和蛮性。这种“蛮性”也正是曹禺所意欲表达的“诗意性”。这段对白具有极强的动作性。为了让焦大星说出自己满意的答案，金子软硬兼施，用尽了各种手段。川剧《金子》的改编者将这段原本长达千余字的对白精简到不足三百字，并且按照四川方言的语言习惯重新编写了台词。经过重写后的台词不但有着浓厚的生活气息，而且极富韵律感和节奏感。不仅如此，他们还用一系列程式化的动作重构了“金子诱使焦大星说出弑母之语”的这一系列戏剧行动。需要指出的是，戏曲中“程式化的动作”不但包括演员在幼功基

---

① 胡度，刘兴明，傅则．川剧词典[M]．中国戏剧出版社，1987：1.

② 胡度，刘兴明，傅则．川剧词典[M]．中国戏剧出版社，1987：1.

③ 重庆市川剧院演出：川剧《金子》，2001—2003年国家舞台精品工程获奖作品，半岛音像出版社。引文乃抄录该作品DVD中的字幕片段。

础上练就的身段，还包括了演唱方式。在《金子》中，由沈铁梅演唱的“油炸花生嚼起香”的唱段给观众们留下了十分深刻的印象。从唱段音乐的创作上说，它的旋律是在“高腔曲牌‘红衲袄’的基础上，融进四川清音的‘哈哈腔’”而形成的。[①] 高腔曲牌‘红衲袄’的曲式较为自由，可以用以表现戏剧人物的喜怒哀乐等各种情绪，“哈哈腔”则是“最有表现力的清音表现技巧”。它“为连续跳动四次以上的顿音组成，成串成线，断中有连，似断非断”。[②]这样的演唱方式同样可以用以表达出戏剧人物的各种情绪。不难想象，以“哈哈腔”的演唱方式来演绎高腔中“红衲袄”，不仅能将金子的野性、娇俏表现得淋漓尽致，而且无疑能带给观众耳目一新的视听感受。从唱词的编写上说，“油炸花生嚼起香”这一唱段运用了“起兴”、排比的修辞手法。戏词的内容与《原野》原著的剧情虽然无太大的关联[③]，但是就如部分学者所意识到的，“戏曲的戏词并不像话剧那样如此重要，它都是要在旋律化、复杂化的唱、念、做、打中被隐匿掉的，不过是一个个优美的旋律借以生成的载体而已”。配合着这一唱段，演员沈铁梅还展示了一段优美而繁复的程式动作。这一段表演即使是被当作一个相对独立的演出单元——折子戏直接地展示在舞台上，其载歌载舞的表演形式仍然能满足川剧观众的审美需求。

从剧本创编上说，川剧《金子》只保留了《原野》的基本故事框架，它对原著的情节和台词进行了大量删改。就情节的改编而言，《金子》对于原著最主要的改动体现在对“序幕”的处理上。《原野》原著的“序幕”十分冗长。在这幕戏中，一方面，曹禺花费了大量笔墨来描述戏剧事件发生的地点和出场人物的体貌特征，另一方面他设计了大段的对白来向观众揭示主要人物之间的矛盾。相比之下，川剧《金子》的序幕要精炼得多。它的“序幕”是在川剧帮腔合唱“老屋朽了，亮的暗中找，美的难寻找，美的心中找，磨难苦未了”中展开的。在这场戏中，编者精心设计了金子被焦家强娶、仇虎戴枷亮相的场面。寥寥数句唱词便向观众交代了花金子、焦大星与仇虎三人之间的关系。就戏词的编写而言，《金子》并没有沿用原著中的台词，而是用四川方言中的俗语、俚语对原文加以改造。改造后的语言极富有音乐性和韵律感。例如，曹禺在《原野》中设计了花金子不满焦大星偏袒焦母，一再要求大星从情感上在她与焦母之间做个取舍的情节。在川剧《金子》中，这段情节的台词被改写为：

焦大星：金子——

花金子：（登场，亮相）

焦大星：金子——

花金子：（不理）

焦大星：金子哎——

花金子：我不是金子，是银子！在你娘俩眼头，算得了啥子？

① 胡度，刘兴明，傅则.川剧词典[M].中国戏剧出版社，1987：6-8.

② 赵胜蓉，谭勇.朱嘉琪.四川省民族民间音乐研究文集[C].北京：大众文艺出版社，2007：141.

③ 邹元江.脆弱的张力：体验与表现的统一——阿甲戏曲美学思想研究之一[J].戏曲研究，2008(2)：34.

焦大星：金子，你是我的心。

花金子：心？我晓得你的心！妈面前，笑眉笑眼有孝心，顺手顺耳多顺心。妈的话记在前心，我的事，你放在背心。你把妈，供在脑命心，把我踩在脚板心（帮腔）！①

在《原野》的原文中，花金子在与大星的情感关系里显然处于强势位置，焦大星是受她支配的。在舞台实践中，饰演花金子的演员无疑控制着整场戏的节奏。川剧《金子》的改编者也将这场戏中的"重头戏"放在金子身上。他们用对仗、对比等修辞手法将原著中"花金子"的戏词加以重新整编。改编后的戏词非常风趣，而且极有韵律感、节奏感。当大星向金子做出了"你是我的心"的表白时，围绕着这个"心"，金子对大星的言辞进行了有力驳斥。她每句戏词的韵脚均落在"心"字上，却是句句都在埋怨大星对她无"心"。

川剧《金子》公演后，无论是在戏曲界还是在学术界，评论者对该剧均给予了较高评价。他们认为《金子》"戏味儿"十足。② 所谓戏味儿十足，也即是说这部改编后的作品，较好地运用了中国戏曲艺术的综合性表现手段，将生活中的写实性升华为中国式的写意美。而《原野》之所以可以被改编成戏曲形式，其根本原因在于它蕴含着能够被改编成戏曲这一特殊戏剧样式的成熟的审美表现形式。这也就意味着：不是所有的话剧作品都适宜用戏曲独特的表现手法来加以重构。而在将话剧作品改编成戏曲形态的过程中，无论是对于话剧作品的戏曲改编者而言，还是对于戏曲演员来说，他们不但需要了解话剧艺术的审美本质，还必须把握戏曲所特有的审美意趣，并在未来的艺术创作中，不断探索话剧舞台作品改编为中国戏曲舞台作品的维度空间。

原载《新世纪剧坛》2016 年第 6 期

① 重庆市川剧院演出：川剧《金子》，2001—2003 年国家舞台精品工程获奖作品，半岛音像出版社。引文乃抄录该作品 DVD 中的字幕片段。

② 杜建华.川剧《金子》的审美示范意义[J].中国戏剧，2002(4).

歌剧《原野》人物角色的分析与演绎

苏　磊

歌剧《原野》改编自曹禺先生的话剧《原野》，并由金湘先生作曲，形成具有民族特色的歌剧艺术。话剧《原野》是经过曹禺不断的深入生活、提炼生活后写著的，包含着对生命和宇宙的思考，使得戏剧与生活熔铸起来，从而在我国的话剧史上留下浓墨重彩的一笔。它讲述的是一位在旧社会备受压迫和摧残的农民仇虎，在出狱后复仇和追求爱情的故事。而歌剧的改编则将故事情节戏剧化，在删减部分情节以满足舞台表演需要的同时，增加了反映人物情感的演绎，将重点放在了歌剧人物心理变化与情感表达上。歌剧《原野》以还原场景的布置，以及配乐和演唱等方式将剧情如诗如画般展现在观众面前，更为直接和震撼地将剧情演绎出来。

一、歌剧的主题与音乐风格

1）歌剧主题。中国歌剧萌芽于"五四"新文化时期，其奠基、发展与提升等各个阶段受服务于政治等多方面的限制，虽然诞生了不少有口碑的作品，但在通俗化方面，一直未有太多代表作。中国老一辈歌剧从业者，为推广中国观众对歌剧的认知，做了非常艰难的工作，但歌剧在中国一直曲高和寡。在这样的背景下，歌剧《原野》的出现，重新诠释了这部经典作品，这对延续中国歌剧的血脉、推广歌剧在年轻观众心目中的认知度，起到了十分重要的作用。

歌剧《原野》是一部充满激情的作品，作者着意表现人性的扭曲与复苏的复杂交织，使作品具有很强的戏剧效果。主人公仇虎永远扔掉了铁镣，这是他和千百万被压迫者反抗黑暗封建势力的象征。但是，他扔掉外在的铁镣容易，挣脱自身的枷锁难。他还有另一重铁镣——封建宗制社会加在他精神上的枷锁，这正是仇虎悲剧性结局的根本原因。仇虎和金子的人性美胜利了，他们自由了，然而，他们身上的人性扭曲终未能彻底复苏，从这一点上讲，他们又失败了。

歌剧《原野》的主题有三个，即原野主题、爱情主题和黑暗主题。原野主题包括一个低音区的低沉悲哀曲调和一个高音区的神秘朦胧曲调，象征几千年封建黑暗统治对"人"的禁锢，也表明受压迫者在奋力抗争的历程，竭力冲破沉重的桎梏。爱情主题表示人民大众对美好生活的向往和追求，而黑暗主题则衬托着以焦母为代表的封建统治势力，这三个主题不断发展变化，交织在一起，贯穿在全剧之中。

2)音乐特色。集声乐、戏剧、舞蹈表演及交响音乐、舞台美术等多种艺术手段于一体的歌剧，有相当大的艺术魅力和欣赏价值。《原野》的音乐打破了此前的中国歌剧“话剧加唱”的创作方式，既借鉴了西洋歌剧咏叹调、宣叙调等手法，又吸取了中国传统戏曲的传统，并把乐队和声乐的交响发展作为戏剧展开的基本手段。特别是在处理大段歌唱的咏叹调，近于说唱的宣叙调和纯道白之间的相互衔接关系方面，做得非常流畅自然，使得音乐形象与戏剧形象有机融合和高度统一起来，全剧整体结构感很强。在音乐材料的运用上，作曲家从表达内容的需要出发选择了一条综合之路：在风格把握上，凡是表现人性的被扭曲、大自然的变形等等，多用近现代的技法（如多调性、微分音、偶然音乐等）；凡是表现人性的复苏、大自然的本色美等，则多用浪漫、印象主义的技法。在总体构想上，凡是大段唱腔（如咏叹调、宣叙调等）多用整块的、旋律感强的、调性相对明确的手法；凡是朦胧的场景、戏剧性的段落以及宣叙调、韵白、说白之类的段落，则多用结构模糊、旋律感弱、尖锐音程的多层结合等手法。但这两种风格在具体的音乐进行中不是截然对立、分割，而是有意识地互相交织，这种“风格复调”使全剧从总的风格上及更高的层次上达到统一。

二、人物角色分析与演绎

歌剧《原野》的横空出世获得了巨大成功，改编后的歌剧使得作品本身更加具有时代感和亲和力。更重要的是，歌剧《原野》通过歌唱和舞台表演等艺术形式，再现了旧社会那个黑暗、残酷的生活现实。

1)仇虎是生活在社会底层的被压迫者的代表。仇虎是率性、多情的，又是冲动、激愤的。他身材高大强壮，性情又鲁莽耿直。在那个黑暗的时代，他仅以自己一身蛮力根本无法反抗恶势力的代表焦阎王，更不要说做斗争。在受到焦阎王的打击迫害被迫入狱，直至出狱后，他的本性已经发生了巨变。他的生活和情感已经支离破碎，唯一能支撑他的就只有复仇。但现实是焦阎王已经不在人世，这意味着他的复仇对象已不复存在，他也曾犹豫过，彷徨过，但自己深爱的女人金子已嫁作他人妇，尤其是嫁作自己不共戴天仇人的儿媳，这是压倒他善良内心的最后一根稻草，尽管金子的丈夫是自己的发小和兄弟，但要复仇和要抢回金子的念头占据了他的整个内心。于是，他变得残忍和不择手段，最终造成了连他自己都无法原谅自己的误杀。这也是他明明有机会脱逃却不愿再逃的心理障碍和负担，复仇的成功没有给他带来些许快感，即使是有金子的陪伴，但仇虎的精神世界依然崩塌。他唯一想做和能做的就是甩掉一切枷锁并结束他这悲惨和混沌的一生。

2)金子，象征着旧社会中不幸的女人们。《原野》是曹禺诸多作品中公认最难演的，而作为这部作品的核心人物，金子身上寄托了曹禺对时代的冷峻观察和深沉思考，金子“野地里生，野地里长”，性格开朗，向往自由美好的生活，但因为背负太多沉重的枷锁，而成为一个悲剧人物。金子是中国文学史上最富有魅力和个性的小媳妇形象，敢于冲破封建家庭的牢笼，追求真正的爱情，但在那个时代需要她付出巨大的勇气。

对仇虎来说，无论复仇成功与否，他的结局都注定是毁灭，这样的宿命让人感到绝望。而更令人疼惜的是金子，她本性是个自由泼辣的女人，追求爱情，又不得不屈从于现实，在焦母的仇视和丈夫的软弱之间，她过着“坟墓里的生活”。所以当她再见到仇虎的时候，她“活过来了”，“活着的滋味什么都比不了”。这样的歌词真正触动了观众。无论是怎样的苦难，人对幸福始终有着迫切的向往，这种向往也许是苦难中的人们选择生存下去而不是死亡的根据。她让仇虎带她走，去那个“黄金铺满的地方”，她确信这个地方是存在的，因为“曾在梦里见到过”。

原载《今日时尚》2016 年第 11 期

经典川剧《金子》要拍电影了

赵 欣

川剧《金子》要搬上银幕了，电影目前正在筹备中。12 日，电影中将拍摄的新版《金子》在重庆川剧艺术中心首度亮相。舞台背景是写意的水墨画，演员身着时尚又不乏传统味道的服装登场。“川剧皇后”沈铁梅塑造的“金子”这一戏曲经典人物，以全新的姿态惊艳亮相。

昨日开机，川剧《金子》要拍成电影啦！

“郎是山中黄葛树，妹是树上常青藤，藤生树死生缠死，藤死树生死缠生……”一部《金子》让更多观众感受到川剧的别样魅力。这部由戏剧大师曹禺的《原野》改编而来的杰作，在川剧皇后、重庆市川剧院院长沈铁梅的演绎下征服了万千戏迷，成为新一代的川剧经典。

昨日上午，《金子》戏曲艺术电影开机仪式在重庆市川剧艺术中心举行。这意味着唱了二十年的《金子》将以数字电影的形式与更多观众见面。英国电影导演索里娅·洛维特将掌镜《金子》，年过半百的她告诉重庆晨报记者，《金子》是中国戏曲经典之作，接下这份工作是她这辈子遭遇的最大挑战。

电影版《金子》将让观众身临其境

《金子》电影化的计划早在 2015 年就已对外宣布，正式启动却迟迟未能开始，这样的安排在沈铁梅看来并非是推进迟滞，反而是一种满怀虔诚、审慎为之的态度，“没必要赶时间啊，毕竟这是几十年来第一次把我们的原创剧目拍成电影，要做就做精品”。

沈铁梅告诉记者，事实上，早在四五年前她就想过把《金子》电影化，只是苦于没找到最合适的方式，“后来看了英国国家话剧团和美国大都会歌剧院等世界级艺术家把舞台剧拍成电影的作品，总算找到了可以借鉴的手法，才决定正式开启拍摄计划”。

与此前曾获得成功的京剧、越剧等传统戏曲改编电影不同的是，《金子》电影版并不打算讲述一个完整的故事，“它更接近于纪录片和故事片的结合，我们会努力让观众感觉是身临其境地看了一场《金子》的演出。摄影机将在台上台下兼顾，演员与观众都会入镜，但由于电影中还会有各种特写镜头、背景音，这种感觉会比现场感更丰富、更强烈”。

英国导演职业生涯最大挑战

接下导演重任的是来自英国的索里娅·洛维特导演。老太太个子不高，眼神中透露着一位资深电影人的沉着与自信。在过去三十多年时间里，她曾与英国 BBC 等机构合作拍摄过 70 多部歌剧类纪录片，足迹遍布英、法、美及瑞典等国，但是对于川剧，她还是第一次接触。

对于这份工作，索里娅·洛维特说自己很荣幸也有些忐忑，“这几乎是我一辈子职业生涯最大的挑战，首先我不懂中文，需要完整理解唱词说的是什么，这花了很多时间，只有充分理解才能确保每一个镜头在正确的机位，确保整个团队的准确，去完美展示所有细节”。“中国戏曲博大精深，我之前来中国看过昆曲《牡丹亭》，虽然没看过川剧，但也知道这是很美的东西。”索里娅·洛维特说，去年 11 月她第一次受邀来到重庆，参观了大足石刻、三峡博物馆等，实地感受巴渝风情之后，对川剧的理解也更深了。

6 台摄像机现场高清多维拍摄

“《金子》是个非常非常棒的故事，我觉得它与西方戏剧传统有共通之处，比如古希腊悲剧和莎士比亚戏剧，它在深刻的悲剧中夹杂着幽默，令人印象十分深刻。”索里娅·洛维特表示，她希望在拍摄时努力呈现东西方戏剧的不同，“比如《金子》里会有女主角高超的技艺呈现，有复杂美妙的旋律，独具特色的金属打击乐等。”

她介绍，电影版《金子》将借鉴 NT－Live(英国国家剧院现场)的制作方式进行拍摄，即在演出现场进行高清多维拍摄，以高科技的方式覆盖剧场外的人群。对于拍摄细节，索里娅·洛维特做了补充解释，“我们将在现场放置 6 台摄像机，保证捕捉各个重要的镜头，我们的目标是要让每个观众在看电影的时候，都觉得自己坐在剧场的最佳位置。”

原载《重庆晨报》/中国青年网 2017 年 4 月 10 日

新版川剧《金子》首度亮相大获成功

赵　欣

本报讯(记者 赵欣)“郎是山中黄葛树,妹是树上常青藤,藤生树死生缠死,藤死树生死缠生……”哀婉而极富巴渝风情的主题旋律响起,“川剧皇后”沈铁梅带来细腻深情的说唱,观众席中喝彩与掌声响彻全场。

11 月 12 日,新版川剧《金子》首演。

昨天下午,首度亮相的新版《金子》在市川剧艺术中心大获成功。与老版相比,新版《金子》最显著的变化在服装舞美等方面,如阔腿萝卜裤、俏皮小偏襟,把沈铁梅扮演的金子衬托得别有风情,而刻意加大了景深的舞台,灯光色彩也让视觉效果更加立体。把一部川剧打磨得犹如电影大片效果的背后,张艺谋御用服装师王秋平等艺术工作者功不可没。

时尚与人物个性兼顾

改编自戏剧大师曹禺《原野》的川剧经典《金子》,自 1997 年首演以来,拿下了文化部大奖、中国艺术节奖、中国戏曲学会奖等 35 项国家级大奖以及个人奖项 70 多项,成为中国戏曲现代戏新的里程碑作品。

在即将迎来首演 20 周年之际,沈铁梅也早早酝酿起《金子》的重排。她邀请到张艺谋御用服装师王秋平,这个名字对普通观众来说或许略显陌生,但《建党伟业》《金陵十三钗》《归来》等都出自她手,是多年的幕后英雄。

此前,王秋平曾与沈铁梅在川剧交响乐《衲袄青红》中首度合作,接受《金子》的邀约,她依然显得十分慎重,“我先按自己理解做过方案,后来专程来重庆看了《金子》,非常震撼,意识到光考虑唯美和整体协调性不够,于是推翻之前的方案全部重做”。

比起艺术家们在表演方面的改进,新版《金子》首先令人注意到的要算金子的新衣——阔腿萝卜裤与俏皮小偏襟的搭配,让演了 20 年金子的沈铁梅看上去依然体态轻盈、风情十足。

“金子本就个性泼辣,老版参考话剧原型,穿的是偏北方特点的扎脚裤,那我们现在把故事搬到重庆,用阔腿裤更显个性,而且能恰好遮住演员鞋子的坡跟,也更时尚。把过去的对襟改成偏襟也是基于人物考虑。”王秋平说。

舞台布景营造大片效果

“看了十几年《金子》,新版一开场就很震撼,幕布徐徐拉开时,觉得舞台景深明显加大了，3D 立体效果一样，好像一部大片。”资深媒体人老晶的观感，与不少观众不谋而合。为此，灯光师邢辛与舞美师申奥费尽了心。

“处理舞台幕布投光，有个基本原则，就是希望更清新一些，在颜色的纯度和明度上更讲究，同时还要避免特别歌舞化的处理，颜色不要太艳丽，要更现代化。”邢辛说。按他的设想，川剧《金子》的光不像传统戏曲单单照明，层次变化应更丰富，“不是说仅仅演员表演看清楚了就够了，还要追求空间色彩分布，人物的色型立体感，这才符合当今审美取向”。

“开场的黄葛树造型，以及水墨画般的大背景让根源于西南地区的川剧平添了几分江南风味，这在呼应黄葛树藤攀树树盘藤概念的同时，也为整体空间结构带来全新的舞台诠释手段，让经典萌生了新意。”申奥说。

申奥表示，老版用黑色体现压抑，现在用墨色体现虚实结合，从视觉上比原来要明快，也让舞台形象和结构感要强。而为了找到这种中国式虚化的大片韵味，申奥跟伙伴们前后花了一年多时间四易其稿，总算有了如今的效果。

艺术家声音

沈铁梅：明年《金子》就是 20 周年了，新版既是艺术上精益求精，也是为制作电影做准备。我们在舞台上不断打磨提升，在包装上也要更适应现代审美。艺术无止境，人总要前进超越，新版把重庆女性敢爱敢恨的特点传达得更到位。

观众声音

老晶（资深媒体人）：一开场就很震撼，幕布拉开，舞台景深很有 3D 效果。虽然服装改成萝卜裤，但美感不减，精髓还在，那些传唱十几年的经典台词，像“起来早了得罪男人，起来晚了得罪婆婆”还是很接地气。这也有助于年轻观众更好地接受传统戏曲文化。

冯于睿（川美大三学生、戏剧迷）：我来重庆这几年，铁梅老师在重庆演的六次《金子》我看了五次，新版尤其令人感动，演员们都是资深老艺术家，那么好的班底和剧本，重新编排当然是锦上添花。舞美的变化太赞，我注意到过去的舞台是大台阶式，后面黑黢黢的，现在灯光照亮了更多角落，对于推进叙事很有帮助。再比如焦母用木偶下咒那一节，以前观众可能不清楚金子怎么发现木偶的，现在则利用舞美灯光的变化让故事更完整。

原载喜剧网（www.xijucn.com）2016 年 11 月 14 日

话剧《原野》、川剧《金子》对比

田 丰

话剧《原野》直观上给读者或观众带来的是一个看似复仇的悲剧。焦阎王贪得仇虎一家的产业，完全不顾与仇家的情义，自己设计害死了仇虎的父亲、妹妹，霸占了仇家的财产并把仇虎陷害入狱。在狱中受尽折磨的仇虎越狱后回到家乡，准备将自己所承受的痛苦还给焦阎王时，却发现焦阎王已经死了。更可恨的是自己青梅竹马的金子也被焦阎王逼迫嫁给了他的儿子焦大星。这段看似爱恨情仇的故事，往往被那些体制下的规定约束着。伦理、命运、宗法、土地这些思想早都融入到我们中华儿女每个人的血液里，根深蒂固，也许从未改变，而那些向往人性的闪光更是难以看到。

话剧《原野》戏份集中在焦阎王家和黑林子原野里，以十天的时间展开了戏剧冲突。全剧以仇虎复仇为主线进行情节推进。仇虎的复仇行动，是封建伦理中必然出现的结果，又经仇虎自己的催发强化而成为他的人生使命。但仇虎也绝不是一个无情、冷血的人，他知道焦大星是无辜的，但当时封建礼教下的思想导致他必须报仇。而更让他痛苦的是，仇虎对于金子的爱，才是全剧最让人揪心的情感。仇虎被抓走后心里想的全是金子，我认为使他活下去的不单是对于焦家的仇恨，更是对金子的情爱。

从全剧上看，第三幕应该是最伤情的。在前两幕中，除了金子之外，其实所有人物的主要行动都已完成。仇虎报了仇，焦氏保护家族失败，大星和小黑子死去。而就是这看似只是仇虎带着金子逃亡的第三幕中，曹禺先生用富有表现主义与象征主义的大师手笔，循序渐进，一层一层地将《原野》剧烈的矛盾冲突、剧烈的情感宣泄发挥到了极致。夜风呼啸的黑林子就像无法逃脱的命运巨网，死死地套住仇虎和金子，在他们身后若隐若现的红灯，就像仇恨中死去的人们的冤魂追逐着二人。远方火车的汽笛声正是美好消逝前的回光返照，布谷鸟的叫声不也正是一切幻梦的泡沫最终破裂的声响吗？全幕五景，一景比一景紧凑，仇虎一步步地在仇恨的漩涡中越陷越深，致使他产生幻觉，遇见了自己的父亲、妹妹以及焦阎王的鬼魂，最后彻底迷失乃至毁灭。金子一步步在逃亡中变得虚弱，可她越是虚弱就越是向往那“黄金铺地的地方”，她的爱，她的生命也在仇虎一步步走向疯狂中达到了最浓烈的程度。最终，破晓的骄阳沁红了原野，若隐若现的火车汽笛声随着最后的晚风飘向远方……

恩怨情仇，一代又一代，这是世世代代结下的果实，让在世的每个人去经历一番，真的很残忍。我不是怨当时那个世道，只是怨我们每个人都得活着，为了生存。至于“原野”，我觉得它就是整个事情的经历者、旁观者、见证者，它把所有人都困在这里，无法到达它的另一个“黄金铺地的地方”的世界。

川剧《金子》，从剧名我们便可以看出这次改编是把原剧中的“金子”这一角色提炼出来，围绕她的情感、她的故事展开。首先这种改编方法是值得肯定的。众所周知，相较于话剧，戏曲在同样的两个小时演出中，信息量是不如话剧多的。这主要是因为戏曲艺术需要“唱念做打武”程式化、歌舞化的表现。这就需要改编者摸清故事的主线，围绕故事的主要人物、主要矛盾、主要事件，去掉一些相对次要的信息来改编。那么川剧《金子》秉持李渔先生“一人一戏”的观念，将故事的重点放到“金子”这一人物上，集中到金子与仇虎、焦大星的情感纠葛上，着重笔墨写金子情感的悲剧。这样做的好处是让观者的视角聚焦在金子身上，同时可以充分展现戏曲“唱念做打武”的艺术特色。

我最欣赏川剧《金子》的地方是第三场中仇虎、金子、焦大星一同回忆童年的戏份。原剧中并没有这一段落，但因其全剧将主要的焦点放到了金子身上，三人的情感纠葛也是金子主要的情感纠葛。所以改编者加入了这场戏，将三人的情感冲突集中到了一起。这样写还大大节省了叙事、交代背景的篇幅，也更加集中地激化了人物冲突。原剧中，观者是从仇虎和金子单独谈话，以及仇虎和大星的谈话中才获悉仇虎和大星两人从小一起玩耍的交情，此处改写将三人集中到了一起，用简洁的台词，干练、明确地将人物的情感交代得清清楚楚。更值得一提的是这段中富有行动性的台词，像“咬耳朵”“抬肉轿子”等，不但能很快将观者带入到回忆童年的情境中，而且在排演中又可以充分运用戏曲歌舞化的表现手段来二度创作。正当三人沉浸在童年的美好时光中时，戏剧中的“突转”来了，大星变成了焦阎王的脸，仇虎和金子也瞬间回到残酷的现实当中。此处“突转”的改编可谓是匠心独具，巧妙地运用了川剧独有的“变脸”绝活，不但使此处的“突转”显得顺理成章，而且也充分发挥了剧种的特色。

《原野》见证了每个人的恩怨情仇，《金子》则经历了每个人的生死离别。

原载《戏剧文学》2017年第1期

话剧《原野》的川剧化

——论现代川剧表演艺术形态中的《金子》剧本改编

周津菁

著名剧作家隆学义先生根据曹禺原著《原野》改编创作的川剧《金子》,入选了首届“国家舞台艺术精品工程”十大精品剧目,并荣获了包括文华大奖、中国艺术节大奖、中国戏曲学会奖在内的各类大奖34项。

从1997年的川剧剧本《原野》到2003年较为成熟的川剧现代戏剧本《金子》,剧本被修改百余次,当初修改的主要目的就是:寻找到合适的川剧表演艺术形式,去表达话剧《原野》,使得表演技巧和舞台呈现与原主题更为合拍,以期达到形式与内容相统一的圆融艺术境界;在为内容寻找形式和技巧的同时,剧组还不由自主地实现了另一个目的,即调整并发展了曹禺《原野》的主题,实现了由“复仇主题”到“宽容主题”的转化,从而创造了一个更加中国化和地方化的“金子”角色,戏剧风格也由原始的“野性”和粗犷的“自然性”转化为“伦理性”和“心理性”格调。时至今日,《金子》依然保持了话剧《原野》的基本故事走向和人物形象,这自然体现了曹禺原剧内容层面的经典与强大,而《金子》之所以会发展出新的思想高度和戏剧格调,则是川剧表演艺术形式的成功了。

在川剧《金子》被不断打磨的过程中,主要完成了以下几个转变:第一个是在“伦理化”的人物关系设置中,花金子的性格由“野性”向“内敛式”转变,这一点,促成了该剧“宽容主题”的确立;第二个是伴随着现代川剧对唱词、技巧和表演形式的精细化打磨探索,加深了刻画人物心理的功力,使得这个作品由《原野》中的刻画幻觉转化为刻画心理,朝着“心理剧”方向迈进。

一、在川剧形式传统中重置金子形象

1997年1月,隆学义先生根据曹禺同名话剧创作了川剧现代戏《原野》,这部作品是川剧《金子》的第一个版本。这个作品在人物关系、基本情节和主题意蕴上都完全遵循着话剧《原野》的套路,用导演胡明克先生的话来说,“《金子》的第一个版本,是‘移植’,而不是‘改编’”。[①] 与话剧《原野》一样,仇虎是这个戏的第一主角,而整个戏的主题,仍旧是“复仇”。

曹禺讲述了一个“农民复仇的故事”[②],其中着力描绘和渲染的,是一种与大自然和动物天性相呼应的“野性”和“生命力”,并将此作为与封建社会的黑暗罗网进行抗争的利器。

① 2016年4月底,本文作者在重庆市文化艺术研究院采访了胡明克先生。

② 邹江.曹禺研究1979—2009[M].长春:吉林文史出版社,2010:457.

曹禺要在仇虎这个原野中的人身上，发掘一种摆脱一切束缚的真正的人的巨大力量。

仇虎这个人物形象的设计是和曹禺所探索的“生命”主题息息相关的，仇虎的野性、生命力投射在他粗犷的性格中。曹禺在搭建戏剧框架时，其故事情节是由人物性格生长出来的，命运与性格铸就了这场鱼死网破的复仇悲剧。花金子是造成这场悲剧的重要原因之一——对于仇虎来说，仇人的儿子大星“霸占”了自己的未婚妻。花金子同样是被命运捉弄和压迫的人，和仇虎有着相似的境遇。《原野》中所展示的金子，是一个深受压迫、充满欲望、性格丰富甚至诡谲，并同样具有草莽野性的女人，她很好地衬托了仇虎的形象，成为野性和情欲的投射物。整出《原野》都被一种原始的、野性的、雄强的自然力所包裹，它表达的重点就在于以自然的蛮力与封建主义斗狠的过程。

这一版本的川剧《原野》紧紧跟随着曹禺的步伐。时任重庆市川剧院院长的胡明克邀请著名川剧艺术家熊正堃执导此剧，由当时的重庆市川剧院当家花旦沈铁梅扮演金子，以丑角入行学川剧的赵勇扮演仇虎。初演过后，评论家们给出了两条主要意见：第一，赵勇虽然扮相合适，表演却很吃力，沈铁梅的优秀演唱能力还没有很好地利用；第二，全剧对话太多，唱词少，存在“话剧加唱”的状况，川剧一唱三叹长于抒情的艺术强项没得到发挥。可以看出，评论家们的意见多是从川剧表演基本的“形式规范”角度给出的。

1998 年，川剧《原野》开始了第二稿的修改和打磨。胡明克担任导演，他决定以主要人物的调整来牵动整出戏的改进计划。他启用能唱擅演的沈铁梅担纲饰演第一主角，这就意味着沈铁梅所扮演的金子即将取代仇虎，成为整出戏的核心，川剧《原野》的剧名也因此被替换为《金子》。同时在舞美、服饰等方面，第二稿增大了浓重的巴渝本土文化味儿。在这样的修改计划中，隆学义写作的第二稿《金子》重新设定了人物形象，清理了人物关系，铺陈了戏剧故事，还在重点段落中设计了核心唱段，进一步发挥了沈铁梅的演唱特长。

沈铁梅的担纲，是《金子》排演史上的重大事件。其意义不仅是发挥了演员个人的特长，更重要的是让戏剧内容获得了更好的戏曲形式表现力。

(一)旦角行当对金子形象的预设

前面我们说到，曹禺的花金子是野性和生命力的投射物，所有戏份也都为表现野蛮的复仇行为而旋转。而当川剧将金子这个女性角色作为第一主角的时候，情况便不再如此。戏曲舞台的第一表现力并不是诡谲的思辨，而是形式美，即表演的唱、念、做、打如何赏心悦目。川剧舞台上的女性虽然性格万千，但从总体的审美特征上看，是温润的、秾纤的、俏丽的，她们的一举一动都是考究的程式，举手投足都有着成熟的规范，以川剧金子的形象去表演野性的、情欲的、狂暴的人格是不合适的。因此，金子的性格需要重新设定。事实上，在第一版川剧《原野》中，川剧金子就比话剧金子在性格上更显内敛，多了几分封建社会闺阁女子的顺从和哀怨，而少了几分秋草原野的“蛮性”。在第二稿中，金子成为了主角，这就意味着她的性格将被进一步深挖，用以表现她性格的程式动作也将得到深入打磨。

事实上，对曹禺笔下金子的人物形象进行重新表达，是现代川剧旦角表演遇到的大难题。这个女人充满欲望，却又不是一个可憎的荡妇；这个女人不是节妇贞女，却率真、泼辣、敢爱敢恨，令人爱怜。脸谱化的青衣、花旦或是摇旦都不能单独承载她的表演。这决定了沈铁梅必须以一种开放的状态，吸收各个行当的艺术存量，来完成对金子人性的立体表达。不仅如此，这个“开放”还不能仅仅针对于川剧本身，还应当是对于多门其他姊妹艺术的学习和对戏曲程式的创新式运用。沈铁梅在《我演金子》一文中总结了她如何运用传统程式和创新程式去生动地表现金子的形象。例如，当她表现与仇虎久别重逢时，睁大一双诧异的眼睛，沉默一会儿，待辨认清楚，确认无疑之后，随即双膝半蹲，双手拍脚，哽咽地喊出：“虎子，你还没有死呀?!”接着她用了一个化于传统的现代指法，在激动的帮腔声“你、你、你……”中，她飞步奔向仇虎，借鉴传统“托举”，充满激情地跃到仇虎手臂上，顺势一个空中旋转，而后热烈地拥抱仇虎。这一串动作，贴切地表现了一对久别情侣的重逢情景，将金子可爱、坦率、热情的形象准确地表达了出来。再比如，为表现金子与仇虎的亲热情景，铁梅运用了传统的调情的身段，一只脚在身前身后来回晃动，加以美化，突出金子的浪漫情怀。[①] 这样的范例在《金子》全剧中不胜枚举。沈铁梅以丰富的表演技能塑造了一个丰富的金子，她已经突破了行当的桎梏，而以创新的方法来融会贯通。川剧金子性格内涵的丰富，是一种基于传统川剧女性表演形态基础上的丰富，是一种带有几分闺秀气质的、内敛性情基础上的野性和浪漫。

（二）伦理戏剧文化对金子的形象设计

戏剧人物关系的“伦理化”设计，是传统川剧文学的重要传统之一。在长期的舞台实践中，这个传统不断加强，并随着戏剧程式的形成被渐渐固化下来。例如，在老旦、青衣、花旦、闺门旦等行当及程式的形成历史背后，隐藏着长幼尊卑的伦理逻辑。再比如，家族伦理故事常常发生在闺房、庭院、磨坊，这些场景不仅帮助讲故事，还帮助固化了伦理故事的套路。因此，对于表现苦难深重的女性，传统川剧是有着深厚基础的。《西厢记》中的崔莺莺、《桃花扇》中的李香君、《琵琶记》中的赵五娘……哪一个不是深居闺阁、备受束缚的女性形象？而中国戏曲赋予她们内敛、隐忍、幽怨的品格，即或是刚烈，也是在隐忍、凄丽的外表下表现的，比如怒沉百宝箱的杜十娘。

在沈铁梅饰演的金子被确立为第一主角之后，所有的家庭伦理关系都围绕着她而展开，这就是胡明克导演所谈到的，从《金子》第二稿开始的全剧人物关系的根本性调整。胡明克在其《导演阐述——导演的话》（胡明克提供）一文中谈道：

《金子》所展现的故事是在封建桎梏下的社会中必然发生的典型事件。它是社会的、家庭伦理的、又是人性矛盾的综合体。因此，表现它可以让人在欣赏艺术的同时，从社会的、伦理的，特别是从人性的角度去反思。

全剧总体艺术形象为：罗网下的墓穴，黑暗社会透出的一缕亮光。

封建制度下的社会，家庭伦理与道德观念，犹如一张无比巨大的网，在这张网下，村庄、社会乃至人们的命运结局犹如一座墓穴。不仅如此，它还引导人们对这样的“现状”不

① 沈铁梅.继承与创新——川剧《金子》评论集[M].北京：中国戏剧出版社，2006：15.

满，引导人们去寻求光明，哪怕是黑暗中的一点亮光。

这是导演留给观众的“剧终感受”和对全剧总体把握的目标与要求。在这样的文化背景下，胡明克一直强调：金子的表演不能太野、太过，因为她毕竟是在封建礼教束缚中的女子。如果按川剧程式来设定，一个美的金子，应该首先是丈夫的妻子、婆婆的媳妇、族弟的嫂嫂……她在表现她的独特个性之前，首先应该表现得温婉、隐忍、善良、规矩。她不能与自然天性对话，而只能与家庭关系对话；她不能讲欲望，而只能讲纯洁的感情——这是一个被传统戏曲样式所设计的、被伦理“极端束缚”的金子形象。而事实上，隆学义笔下的川剧金子，带着曹禺话剧的锐气，已经突破了那种极端的、典型人伦关系中的“淑女”形象。金子是泼辣的，敢爱敢恨的，燃烧着情欲的，这一点是对川剧女性形象的一个新创意。川剧金子成为了善良、隐忍、欲望和保守的混合体，这激发了沈铁梅一次又一次对新程式的探索。隆学义虽然突破了传统川剧女性形象，但是他文学想象的基点，仍然是建立在伦理关系上的。

川剧金子脱离了“原野”的野蛮，是隆学义笔下“野叉叉”的女性，她的“野”是建立在她的娇俏、她的善良和她追求自由并反叛封建家族的正义光环之下的。她也想做父母的乖乖女，嫁个自己爱的人，再做丈夫忠贞的贤妻，可命运使她和虎子分离，敢爱敢恨的她，背叛大星有着不得已的苦衷。她的身上有着崔莺莺、李香君对爱的忠贞，也有着杜十娘式的无奈，川剧金子和这些女性人物之间有着深厚的渊源。此外，金子在舞台上又必须是美的，不能是野蛮的，应该是程式的、节制的，而不应该是轻狂的。无论从戏曲文化上，还是从舞台表现上，川剧金子都必然不会是话剧《原野》中“野性”的金子。剧组对金子这个人物的深入打磨，无疑挖掘了更多的传统程式与程式所携带的传统女性文化，并从中选出适当的部分，用以丰富金子的表演。与其说是编剧和导演确立了川剧金子的形象，不如说是戏曲文化本身塑造了川剧金子。

善良风情的金子被卷入复仇的风潮之后，会有一个必然结果，那就是选择善良到底。女性本是世间真、善、美的代表，金子在成为第一主角之后，她的戏剧动机只会有一个：阻止虎子的复仇行为——她想跟虎子远走，去到黄金铺路的地方，了却仇虎心头的夺妻之恨；她想留住大星、焦母还有小黑子的性命，因为“冤冤相报何时了”。可是仇虎一心陷入复仇深渊而无法自拔。到这里，川剧《金子》的主题已经与话剧《原野》有了距离：《原野》讲述的是农民复仇的故事，戏剧的主要冲突在仇虎与焦阎王的寡妻焦母之间直接展开；而《金子》的矛盾中心在于“金子想要阻止仇虎复仇而不能”。阻止复仇，即倡导以宽容去化解仇恨。宽容——这便是《金子》创新的戏剧主题。

二、在现代川剧形式实验中打造的“心理剧”

打磨《金子》，实际上是同时推进了两件事情：第一件，是为川剧《金子》找到一个最佳的叙事结构；第二件，是去除“话剧加唱”，让川剧的声腔、舞蹈、动作等表现手法能融入对人物性格的表达之中。

一唱三叹的川剧高腔对表达人物的心理是有着显著帮助的。伴随着第一主角的转移和新主题的开辟，隆学义对现代川剧文学结构方式的探索也在向前推进。他生前曾经对本文作者说：传统戏曲文学的优点和缺点都是同一个，那就是线性思维。以“线”的方法可以帮助作者讲一个完整的故事，但也时常会将戏剧推入“以歌舞讲过程”的俗套。只有将川剧的经典唱段、优美的舞蹈与动作用于塑造人物、表达主题，这个戏才能活。《金子》的打造，是隆学义突破传统线性思维，为川剧寻找最佳表达结构的过程。《金子》不是铺叙故事，而是为写人物而结构戏剧。去除线性，意味戏剧的结构方式发生了变化——它不是以表达故事情节为主要目的，而是以塑造人物为宗旨。故事情节清晰明确，是为让人物性格更加准确和鲜活，而人物鲜活的根本则在于心理状态的充分表现，这就是隆学义常说的“写戏在于写人，写人在于写心”。

随着对《金子》的不断打磨，“话剧加唱”的状况得以改善，演员的表演形式对戏剧内容的表达更加合理贴切。“话剧加唱”是现代川剧演出的一大顽疾，其根本原因在于现代川剧还没有探索和创新出足够的程式去表达现代生活。早在刘怀叙的时事时装戏时期，川剧艺术家们就已经在探索表现现代主题的舞形式。川剧是分行当的，一般的现代戏都是以小生和小旦作为主角，饰演反抗封建旧家庭的新式人物，而丑和净等行当则作为配角，多应工反面人物。小生和小旦的演出方法主要借鉴西洋传来的话剧，注重描绘心理状态。而表现封建势力的“遗老遗少”，则可以丑角或净角应工，他们的程式动作都是现成的。民国时期的现代“生”“旦”演出虽然“走心”，却并没有特别丰富的程式动作。一直到革命现代戏时期，“生”和“旦”的现代戏表演技巧都还没有得到很好解决。在这样的舞台实践历史面前，《金子》剧组将探索现代的“生”和“旦”的优质表现方式作为这个戏的前进方向之一。这个对表演方式的寻找过程，潜隐在该剧整个舞台打磨的过程中，势必会影响到剧本的修改工作。

就这样，隆学义以“调整戏剧结构的方式”，一边集中地写人写心，一边和剧组共同探索川剧的现代程式和创新表演方法。其结果就是：精巧考究的程式被不断创新，恰到好处地运用在了对人物内心的刻画上。《金子》剧本不断成熟的过程，也是各个精彩戏剧桥段愈加成熟地塑造人物性格、展示人物心理的过程。该剧中有一个金子、仇虎和大星三人喝“碰头酒”的段落，在 1997 年到 1998 年最初的几个版本中，剧作者安排这场“碰头酒”主要是为了展示“当年兄弟情”化作“今朝仇人恨”的戏剧情境。例如在 1998 年 8 月的版本里，仇虎就有这样的唱段：

当年风雨同过舟，
上学放学手牵手。
坡前坡后放歌喉，
堰塘中大星拼命把我救。
我怎能以怨报恩结冤仇？
敬他心好人忠厚，
悲他今生胎错投。

恨他占我金子久，

只怪我不罢休时却罢休……

这个戏剧情境，只是被展示了出来，却还没有伸发出去，也还没有随着金子成为第一主角的转变而将“戏”落在金子身上。没有伸发的戏，就仅仅是一个情节桥段，感情没有写够，也没有深刻地展示人物心理。到了1999年2月，这段戏有了生长：不仅是角色在台上讲台词，叙述“当年情”，而且有了新的舞台调度和表演，创新的身段、身法和程式，从而更加生动直观地展示出了金子、仇虎和大星当年的情分。这一段戏是这样表现的：金子和仇虎、大星三人追逐嬉戏，仿佛回到了儿时。台上一桌二椅依稀成了坡丘、岩洞等嬉戏的地方。三人趁酒兴玩起“逮猫”，在“坡丘”跑上跑下，在“岩洞”钻进钻出……二人捉住金子，让她坐肉轿子。金子坐在“轿”上，闪悠闪悠，一脸妩媚、灿笑，快活极了。这一段戏有效利用了传统戏曲“假定性”与“写意性”的特长，但是在对人物性格的塑造和感情的渲染上还有深入的空间。于是，胡明克要求剧作者再写一段戏，在“当年兄弟情”化作“今朝仇人恨”的情境中，将三个人的情感表现到极致。于是，隆学义先生写作了著名的“一半儿”唱段。这是一个帮腔的唱段，借用的是电影电视剧插曲的手法，当金子给仇虎和大星倒酒，三人饮酒，三人又无言以对的时候，由女帮腔在幕后以川剧高腔帮腔的形式演唱。台前的三人尴尬难当，仇恨、忏悔、怜爱之情纠缠不清，而幕后的帮腔则婉转清丽，深情苦涩。这个“一枝花”唱段如此唱道：

急煎煎情仇碰面，

金子心，破两半。

一半儿爱倾情哥，

一半儿怨洒孽缘。

一半儿悬，忧逃犯危险，

一半儿乱，哀懦夫可怜。

痛煞煞爱恨搅拌。

这一个唱段只讲一个东西，就是金子的“心”，这是一段心理描写的典型戏剧段落。用这样的帮腔和表现手法，剧组实际上是继承和创新了川剧的表演程式。“帮腔”的表现形式是川剧高腔音乐中最具特色的表演程式之一。《金子》中“一半儿”唱段的帮腔，是从前比较少见的“只帮不唱”，而用影视方法的“帮”则又是对川剧音乐表演程式的创新。这个创新，更加精确、生动、鲜活地刻画了金子挣扎的心灵。程式的创新，是和文学创作同时推进的，唱段的写作、修改过程，都掺入了导演、作曲者和演员的反复实践经验。因此，我们可以说，对新程式和表演方法的打磨，参与到了剧作者对戏剧情境的想象和对人物塑造方法的选择过程中。川剧的剧作者随时都在戴着“传统形式”的镣铐跳舞，隆学义于《金子》也不例外。但是，这个镣铐一方面是文学想象的束缚，而另一方面，却也是表达的平台和方式。

在《金子》里，讨论和展示人物心理的戏比比皆是，而最让观众记忆深刻的，是金子、仇虎、大星和焦母的那段展示各自心理状态的轮唱。隆学义先生有效地将“背唱”“轮唱”和“倒宝塔”的唱词结构法融汇到了一起，让戏剧矛盾在各个人物的心理坦白中纠结、激荡和狂奔，一气呵成，荡气回肠。

金　子（背唱）老屋朽，挡不住般般罪恶滴滴漏，
　　　　　　土墙厚，遮不住种种耻辱深深羞。

仇　虎（背唱）仇恨埋藏十年久，
　　　　　　时刻爆炸在心头！

焦大星（背唱）当年我父下毒手，
　　　　　　父辈作恶儿辈羞！

焦　母（背唱）为把儿孙性命救，
　　　　　　满河撒下钓鱼钩。

金　子（背唱）愿与虎子长相守，
　　　　　　难与大星共白头。

仇　虎（背唱）报仇恨焦家老小不遗漏，

焦大星（背唱）天大丑事一笔勾。

焦　母（背唱）瞎子肚中圈套有。

金　子（背唱）愿虎子莫为旧恨结新仇！

仇　虎（背唱）今夜当下手，

焦大星（背唱）苦苦去哀求。

焦　母（背唱）软索把虎扣，

金　子（背唱）一走远离忧。

仇　虎（背唱）手发抖！

焦大星（背唱）脸带羞！

焦　母（背唱）风莫透！

金　子（背唱）心变柔！

仇　虎（背唱）要杀？

焦大星（背唱）要留？

焦　母（背唱）要揪？

金　子（背唱）要走？

仇　虎（背唱）杀！

焦大星（背唱）留！

焦　母（背唱）揪！

金　子（背唱）走！走！（自言自语，暗示仇虎）风停了，雨停了，我们该走了。

在这似鼓点铿锵顿挫的轮唱节奏中，戏剧的张力蓬勃如心脏的跳动，以川剧的方式直接准确地揭开了人物的心灵世界。对传统程式有继承，更有融汇和创新，隆学义幸运地将自己关于文学的奇思妙想付诸川剧舞台实践，这是文学的成功，更是舞台呈现的成功。

在曹禺的《原野》和川剧《金子》的参照系中，川剧表演艺术形态帮助金子完成了从“人物”到“戏剧格调”的转变。而正因为这种“传统”与“现代”的纠结和转换，川剧《金子》为当代川剧建立了一种旧形式与新内容互融表达的范式，让现代内容得以用创新的传统程式进行生动的表现，这也使川剧《金子》成为了中国现代戏曲史上具有“革新”标识意义的优秀作品。

原载《四川戏剧》2017年第1期

川剧《金子》即将拍成电影啦!

廖宸艺

4月9日上午,戏曲艺术电影《金子》开拍仪式在市川剧院正式举行。著名京剧表演艺术家尚长荣、中国戏剧家协会分党组书记季国平等众多艺术家与文化界人士亲临现场祝贺。电影版《金子》由英国导演 Sonia Lovett 执导,明天(4月11日),将启动首场拍摄。

据了解,电影版《金子》由市川剧院院长、"三度梅"获得者沈铁梅担纲主演,英国导演 Sonia Lovett 执导。同时,该剧的筹备、拍摄过程也将拍摄成一部纪录片,由荷兰导演 Frank Scheffer 执导,为川剧锦上添花。

沈铁梅聊电影版《金子》:据了解,目前正在筹备的电影将采用纪录片与故事片相结合的方式拍摄。对于为了筹备电影而推出的全新版《金子》,沈铁梅表示:"舞台包装既要适应拍电影和现代人的审美,也要符合戏本身的剧情需要,我们是几者兼并。"尽管把川剧拍成电影在川剧史上并非第一次,但在沈铁梅看来,《金子》作为一部精品戏,当然希望通过再创作让其进一步提升,"电影还是得还原于舞台,所以我们不搭摄影棚,希望观众通过电影就能感受到剧场的感觉"。

为了《金子》电影版的拍摄,王秋平特意设计了两套方案,曾为电影《三枪》《金陵十三钗》等设计人物造型的她直言花了不少心思,"电影数字化之后对颜色很敏感,之前设计得更加稳健一点,但既然是舞台艺术,也需要呈现鲜明的特点。既要突出人物的个性、演员的线条感,还要在色彩上做到柔和协调"。

原载视界网/重庆网络广播电视台 2017 年 4 月 10 日

一首曲终未了的情殇咏叹

——有感于莫凡歌剧《雷雨》

林珣如

1933年，23岁的曹禺极具天赋地创作了伟大的剧作《雷雨》，让整个中国戏剧界都为之震撼。几十年过去了，原著《雷雨》由上海歌剧院改编成了歌剧，它带给我们的依旧是故事情节的震撼和命运捉弄的慨叹。歌剧《雷雨》的改编可以说是在遵从曹禺创作的基本基调上，更加贴合现代社会，它削弱了一些社会背景的介绍，感情热烈而深沉，唱出了一曲荡气回肠的情殇咏叹调。这是一首命运纠结的"情殇"咏叹，是一首历久弥新的"情殇"咏叹，更是一首曲终未了的"情殇"咏叹，它能激起人们心灵最深处的共鸣，从而发出对人生的深入思考。

一、歌剧《雷雨》人物的世俗性

李欧梵在《人文六讲》里引用萨义德的话指出：人文学科本来就是世俗性的，而非源自上帝和宗教，它是人类活动的产物，更是人类意志表达的结晶；人文主义也是开放的，是由多种声音和话语集结而成的学问，不是"一言堂"或一成不变的老古董。[①] 同样，歌剧《雷雨》的脚本也表现为大众所熟悉的世俗性，这种世俗性源于生活，最明显地表现在人性的自私上，从而使整个故事更加真实。"音乐强调情感的抽象表现，听众不会介意一部歌剧的故事是否新颖，他们更关心的是这部作品中所抒之情是否真实，是否让他们为之动容"。因此，哪怕有很多观众已经知道了《雷雨》的故事，但他们在观看的时候依旧会被整部歌剧吸引和打动。我想这和歌剧《雷雨》所展现人性的真实有着密不可分的关系。无论是周朴园、周萍还是蘩漪，我们在他们身上看到的都是人最真实的一种常态——自私。其中，最具有代表性的应该是周朴园和侍萍相认的那一幕。从他们两人的对话中，我们看到的是周朴园的自私、虚伪与冷漠。

脚本里是这样描述的：

周朴园：（急切地）她如今在哪里？

鲁　妈：（内心挣扎地）她，她，她……就在这里。

周朴园：（倒吸一口冷气）：这里？（鲁妈抬头望着周朴园）

周朴园：（极度惊异地）侍萍，是你？

周朴园：（突然变脸）侍萍，你今天来，到底是想干什么？！

① 李欧梵.人文六讲[M].北京：中国人民大学出版社，2012.

周朴园:(气愤地)你! ……①

歌剧通过急促的对话,以及内心强烈情感的描述,淋漓尽致地向人们展现了周朴园自私自利、冷漠无情的形象。周朴园害怕侍萍的出现会威胁到他现在的身份、地位和金钱利益,害怕侍萍把他俩曾经的故事当成威胁他的武器。这样,他的薄情寡义、他的不负责任、他的自私自利就被赤裸裸地公之于众了。他丝毫不顾及曾经的情谊,一句"你今天来,到底是想干什么?!"彻底揭开了他的遮羞面具。这一幕真真实实地展现出人性自私自利的世俗性,也将歌剧最本质、最擅长的东西——抒发人物内心的情感凸显出来。

二、歌剧《雷雨》人物的错位性

歌剧《雷雨》要将三十年周家的恩恩怨怨在两幕剧里表现出来,是相当不容易的。而改编者莫凡先生成功的地方就在于把握住了原著里的人物的错位关系,引发了种种冲突,而这些冲突不仅仅是简单的肢体冲突,更多的是人物精神上的分离。这种更深层的错位,能让观众用心灵去体悟人物内心的挣扎,加剧了故事的悲剧色彩,引发了人们的思考。那么,这种错位主要是通过什么方式来表现的呢?是对话,是语言的内在力量将人物之间种种错位关系展现出来,营造出紧张的气氛。这种紧张包含着丰富情感的变化,使得歌剧具有更大的张力。在紧张的构成中,人物在每个场面里,冲突都是激荡回旋的,间或爆发几个小火花,从而扩大观众心中感情的容量,它用喜怒哀乐构成感情因素的交错发展,开掘了人心的深度,将整部歌剧一步一步推向高潮。正如英国著名作家乔治·奥威尔(George Orwell)曾经说过的一句话:"我们语言的邋遢使得我们容易思想糊涂。"当然奥威尔所说的语言不仅仅是我们说话的语言,还包括我们书写的文字,只有用精确而具体的生动语言,才能表达所处的环境。② 而改编者莫凡先生是用他内在诗意的语言改编了《雷雨》,展现了生活中的冲突,最深刻地揭示了处在冲突中的人们的意志、情感和愿望,表现各个人物所处的不同环境以及他们的立场。改编后的歌剧《雷雨》中一共有六个人物,但每两个人物间关系的错位,从外来人看关系上是夫妻、父子、母女、母子、兄弟、爱人,这些关系是用血缘来维系的,然而这些人物却没有因为家庭的爱而凝聚在一起,反而因为个人自私的爱而让彼此越走越远,产生了无尽的冲突矛盾。正是这种人物的错位带给人们对于爱情、亲情的思考。脚本里让人印象最深刻的要数蘩漪和周萍两人的关系错位,即被爱情伤得体无完肤的蘩漪和薄情寡义的周萍之间的错位。蘩漪一次次的控诉换来的永远是周萍的逃避、躲藏和背叛。脚本里有这样几段对话:

蘩漪:(柔情地)啊,萍,没有你在我身边的日子里,我是多么地苦!

周萍:(忏悔地)哦,那是我最后悔的错误!

蘩漪:啊,我多么糊涂!

……

① 中华人民共和国文化部艺术司.国家舞台艺术精品工程剧作集[G].北京:文化艺术出版社,2007.

② 李欧梵.人文六讲[M].北京:中国人民大学出版社,2012:23.

蘩漪：（发自肺腑地）在我生命的黄昏里，你依然照耀着我！

周萍：我恨这缠身的荆棘藤萝，心里燃烧起一把火！你给我走，走开，滚开！

蘩漪：（失望地看清了自己的命运）那么，一切都完了，我想在冰山深谷坠落……①

从这几段对话我们可以看出，周萍和蘩漪当年浓情似水的感情是蘩漪生活唯一的希望，但却成了周萍的枷锁和一生的悔恨。至此，蘩漪的控诉并没有结束。同曹禺一样，莫凡关注到蘩漪这一经典的人物形象。蘩漪身上具备的多重人格和大跨度的心理变化，都使得蘩漪和同样复杂的周萍之间的错位越来越明显，才有了蘩漪发出了这样的控诉："你，你，引诱我，母亲不像母亲，情妇不像情妇。你，你，你这没心肝的衣冠禽兽！"全剧中蘩漪共有四段咏叹调，唱出的是她生命中交织的爱与恨，是最残酷的爱和最不忍的恨。

当然，整部歌剧中还有其他人物关系的错位交织，比如侍萍和自己亲生儿子周萍间的错位。侍萍深深爱着自己的儿子，但又不能相认，最后却使四凤与周萍之间的不伦之恋昭然若揭，让周萍对自己的亲生母亲的感情越发复杂，也让侍萍要保持距离地爱着自己的儿子。

全剧一共六个主要人物，却因为人物关系的错位而让这部歌剧具有了悬念与冲突，满足了欣赏者的"完形压强"——从错综复杂的事理中提炼出事理真髓的趣味。我想这也是这部剧吸引人的地方。

三、歌剧《雷雨》人物语言的抒情性

歌剧本身就具有善于抒情、拙于叙事的特点，而莫凡先生就将抒情性的语言在演员唱咏叹调的时候进行到底，通过诗一样的语言，让感情时而像小河一样低吟述说，时而像大海一样奔涌而出，配上音乐，其抒情韵味就愈发浓烈。脚本里周冲这样纯真地唱着："海鸥飞翔，白帆向远方，哦，妈妈，我们在一起，还有哥哥，离开这个家，去寻找一片净土，沐浴海上阳光！在海天相连的地方，弥漫着自由的芳香，没有欺骗，没有背叛，只有真诚与欢畅，那是平等博爱的天堂！"②这样抒情性的语言，把周冲善良、单纯、热情，对生活满怀希望的形象勾勒出来。他看似有点幼稚，但在那样一个污浊的周家里却显得干净而美好。周冲试图用自己美好单纯的心思构想那纯净简单的净土生活，追求真诚、平等和博爱的天堂。周冲带给这个家一丝希望，但希望很快在残酷复杂的现实面前破灭！而周冲这样流畅诗意的抒情性语言符合他的性格，像诗一样美好纯洁，他的生活就是诗意的栖居。人物语言的抒情性使得整个剧流畅而充盈，无论是演员还是观众都会处在饱满的情感状态。全剧蘩漪唱的四段咏叹调，抒情意味更多在于对周萍的感情的痛苦与纠结，只是她不愿意让自己的希望破灭，所以她仍抱有一丝幻想。但最后周萍对她的无情，让她发出了"一个女子

① 中华人民共和国文化部艺术司.国家舞台艺术精品工程剧作集[G].北京：文化艺术出版社，2007：360.

② 中华人民共和国文化部艺术司.国家舞台艺术精品工程剧作集[G].北京：文化艺术出版社，2007：360.

不能受两代人欺负”的指责，饱含着对周萍的爱恨交加的责怪，又满含着对周朴园的怨恨。蘩漪对爱情不顾一切的追求让她彻底疯了，这种疯狂让人心痛，但却展现出她最真实的、最微妙的、最隐蔽的内心世界。这是一个可恨但又可怜的女人。

歌剧《雷雨》的抒情性无疑是对原著的一种更符合歌剧这一艺术形式的表达，抒情性将人物情感表现得更加充沛和直观，让欣赏者更能体会到语言文字加之于歌剧的独特创造力。不得不说，莫凡对于歌剧的语言拿捏是有所考虑的，让观众多了些流畅而优美的文字感受。

四、结语

曹禺曾经说过：“写《雷雨》是一种情感的迫切需要。我念起人类是怎样可怜的动物，带着踌躇满志的性情，仿佛是自己来主宰自己的运命，而时常不是自己来主宰着。这部作品之所以成功，具体表现在体现了一种神秘的诱惑，即对无常运命的恐惧和对奋争的生命的礼赞。”[①]歌剧的改编也像曹禺所说的一样。歌剧成功地再现了原著的主题，又赋予其新的形式加以创造，将人物形象具有的世俗性、人物关系的错位性，通过语言的抒情性表现出来，增加了故事的真实性，增进了观众与人物的感情。浓郁的情感留在观众心中的是理不清的乱和写不尽的痛。让曹禺的《雷雨》以现代的形式为更多观众所接受，这就是歌剧《雷雨》巨大的成功之处。

原载《艺苑》2014 年第 3 期

① 曹禺.曹禺作品精选[M].武汉：长江文艺出版社，2004：6.

从话剧到戏曲

周津菁

隆学义先生离开我们已经两年了。这位出色的剧作家，在50多年的创作生涯中，作品横跨川剧、京剧、话剧、黄梅戏、汉剧等剧种，代表作有川剧《金子》《鸣凤》、京剧《江竹筠》、话剧《河街茶馆》、黄梅戏《雷雨》、汉剧《金莲》等。尤其是他据曹禺话剧移植的川剧《金子》《白露为霜》和黄梅戏《雷雨》，成就尤为显著。

在话剧《原野》中，曹禺先生讲述了一个"农民复仇的故事"，仇虎是这出复仇悲剧的男主人公，他的野性、生命力投射在粗犷的个性中。剧中的金子，则是一个深受压迫、充满欲望、性格丰富甚至诡谲，同时也具有草莽野性的女人。主要戏剧冲突在仇虎与焦阎王寡妻焦母之间展开，金子则是纠合众多戏剧矛盾的人物。作为一个"闭锁型"的话剧作品，仇虎与焦母、金子和焦母、金子与仇虎、仇虎与大星之间矛盾集中爆发开来，使这个戏一气呵成。

1997年，隆学义先生将《原野》移植为川剧，由重庆市川剧院演出。川剧《金子》着重表现金子阻止仇虎的复仇行动，即欲以宽容去化解仇恨。从话剧《原野》的"复仇"主题，到川剧《金子》的"宽容"主题，在从话剧到戏曲的艺术形式变化过程中，剧本的主题立意、内涵内容发生了与之相应和也非常熨帖的改变。这部戏的成功，一方面是隆学义先生对戏曲结构把握的艺术功力，川味的醇厚、川人的智慧功不可没，同时演员精湛的演技和对人物形象的把握塑造能力也至关重要。这部戏得到广泛认可并获得多种荣誉，主演沈铁梅也由此获得中国戏剧二度梅花奖，并为她以后成功演出川剧《李亚仙》获得梅花大奖奠定了基础。

2005年，隆学义受安徽黄梅戏剧院的邀请，将话剧《雷雨》移植为同名黄梅戏。黄梅戏多以女性角色为主角，《雷雨》则把男性角色周萍作为主人公，将戏剧矛盾围绕着周萍展开，蘩漪、四凤、周朴园、鲁妈、周冲的出现，无不激发和表现出周萍的人格与灵魂。话剧呈块状铺陈的戏剧框架被巧妙地构置为串联的"点"，将话剧写家族、写蘩漪的视角，转向周萍这个人物。表面看起来似乎淡化了话剧中要强化的反封建的目的，实则剧作家将对社会制度的批判，隐藏在对周萍这个悲剧人物的解剖中。如果说曹禺洞察的是整个封建家族，隆学义则以悲悯的目光聚焦于封建家族中独特的个人，对这一人物进行更深入的人性挖掘。在川剧《金子》和黄梅戏《雷雨》中，隆学义借用"一人一事"的戏曲结构方式，具有现代意味——因为这两部戏都是在看似单纯的一个又一个"点"上，展示激烈而深入的人性矛盾。黄梅戏《雷雨》在话剧的创作基础上，加深和丰富了对周萍内心世界的刻画。蒋建国因出演此角，获得了中国戏剧梅花奖。

对话剧《日出》的移植，比前两部难度都大。话剧《日出》展示了十分广阔的社会画卷，涉及的人物众多。从某种程度上讲，话剧《雷雨》是写一个人或几个人的悲剧，话剧《日出》则是写一群人，写社会群体的悲剧式“狂欢”。面对话剧《日出》“形散神不散”的戏剧结构，隆学义采用传统文学中的诗画意象，来提纯曹禺原作错综的社会场景和人物脉络，一首小诗贯穿全剧：“芦苇花飞白，白露结清霜。清霜如女郎，女郎绿水旁。日出清霜化，清心泥土藏。”这种诗画意味将烦琐的人、事抽象溶解在“风花雪月”的意象中，蕴意深刻。

在话剧《日出》中，典型的外部斗争是时起时落而迅速弥合的。例如，李石清与潘月亭之间的斗狠，是一个此消彼长的过程，他们的矛盾并没有被激化成全剧的高潮，给观众的是一种对社会世态的认知。话剧《日出》的情节，并不像在话剧《原野》或《雷雨》中那般互为因果，话剧《日出》中的陈白露也不像《家》中的鸣凤那样有“故事”。表面看陈白露的死是突然的，没有征兆和缺乏戏剧铺垫的，但通观全剧，陈白露的死是必须的，因为在这样一个“人来送往”“没有明天”的虚伪世界中，陈白露没有希望。如此安排，是曹禺《日出》的独特魅力所在，也是戏曲作家所遇到的难题所在。川剧《白露为霜》的高潮在于陈白露的死，作为一个线性结构的故事，需要呈现出前因后果、来龙去脉的逻辑关系。因而在川剧《白露为霜》中，情节设置为“沉浮在浊世中的陈白露，目睹少女小东西的悲惨遭遇，救助不得；面对方达生苦苦劝告，却不能于宝贵享乐中自拔，最终她用安眠药结束了自己的生命”。这个单纯的故事是符合戏曲的表达需要的，但在对社会世态的开掘上，却未能达到曹禺话剧的深度，有些遗憾。

但隆学义对曹禺先生三部话剧名作的移植，为后来者提供了很多可借鉴之处：一是戏曲舞台上移植剧目对戏剧创作规律的遵循、对不同剧种艺术规律的重视是极为重要的；二是移植改编之作的独创性是作品成功的关键；三是不同艺术体裁之间的差异是需要格外重视和警醒的。

原载《光明日报》2017 年 7 月 19 日

歌剧《原野》中金子人物形象及其演唱处理技巧

熊　婷

《原野》几乎是代表了中国目前为数不多的“20世纪华人音乐经典”之作，是“中国歌剧史上第一部伟大的爱情悲剧”。在这里，我们要好好研究一下它的人物形象中金子的形象设计和演唱的技巧。

一、歌剧《原野》剧情

歌剧《原野》的剧本，在取材上运用了我国著名剧作家曹禺先生1936年创作、1937年发表于《文丛》的同名三幕剧。这个题材先后被话剧、电影等艺术方式演绎，是一个典型的农村题材的作品。《原野》的整个故事的主线都是围绕着一个点——“仇虎复仇”展开。在一望无际的原野上，有一个衣衫褴褛的中年男人，他的目的就是为了报8年前的杀父杀妹之仇，8年前焦阎王逼死了他的妹妹，杀了他的父亲，并且抢走了他的未婚妻金子，还把他送到了监狱。8年后，仇虎越狱报仇但是焦阎王已经不在人世，他决定父债子偿，但是面对童年好友焦大星，他陷入了深深的矛盾和痛苦，最终复仇的欲望还是让他亲手杀死了无辜的焦大星。仇虎对金子的爱情，自由而美好，但最终还是被残酷的现实毁灭，在这个简单的复仇故事中，不单单是利用“爱情”“仇恨”来作为主体，更多的是以人性的呼唤作为主体，从而烘托了这个故事强大的悲剧性。

二、金子人物形象刻画

在曹禺先生的四大名剧中，对女性角色的刻画和塑造是最突出的，在她们身上都可以看到一种虽然在不同环境的生活下，或者说不同背景下眉宇间气质的神似，她们都生活在压抑的环境下，渴望自由，爱却不敢去爱，《原野》中的金子，不能单单只用“普通农村妇女”来形容，因为她并没有一点中国传统儿媳的标准，并不贤惠，也不温柔，甚至是传统的三从四德她也并不具备，但是她虽然违背了伦理道德，也是为了和自己心爱的人一起前往自由的地方，她渴望自由，她的内心有着“不羁的灵魂”。她虽然在对现实进行着强烈的反抗，但是并没有去抹杀自己渴望自由渴望爱情的希望。《原野》是对野性的激情赞美，也同样是同情野性的悲情。金子对爱狂放、炽烈，但是自己的男人却是个“不中用”的人，这就让金子恨铁不成钢，但是大星的善良和对金子的疼爱，导致最后仇虎想杀死大星时，金子却苦苦求情。金子在这个剧情中，夹在了仇虎和大星之中，内心痛苦且充满挣扎。金子在面对爱情时舍生忘死，珍惜拥有的人生，仇虎让她看到了“走出去的希望”。她拼尽全力让自己过得自由，她明白要好好地活下去，坚强地向着自己希望的方向走下去，抗争自己不幸的命运，金子才是“真正的人”的化身。洒脱倔强，最终让她赢得了自己的爱情，这才是“生命的真正强者”，努力追求自己的美好生活。在“小我”的金子形象中，金子虽然性情泼辣，娇憨，但是并不甘心作任人宰割的羔羊，在“小我”的金子形象中，金子虽然非常记仇，但是十分善良，在仇虎想要杀死大星时苦苦哀求放他一马，可见还是很善良的。金子的爱情野性不失骄傲，她是一个真真正正的“野人”，这个“野地里生，野地里长”的女人最终还是得到了曹禺先生的偏爱。

金子的形象在“大我”和“小我”中完美体现，如果想让这个人物变得丰满，那么从这两点演绎，再配合歌剧的演出会让我们印象更加深刻。

三、演唱处理

以咏叹调《哦，天又黑了》为例，《哦，天又黑了》是第一幕的第九首，也是金子出场的第一首咏叹调，表现了金子在嫁入焦家后，焦母对金子的嫉妒、偏见和谩骂诅咒，让金子的内心十分煎熬，在演唱中要尽量唱出金子失落的感受和憧憬未来的信念，把握自己和人物内心的情绪变化，在一开始“哦，天又黑了，哦，我的心更暗”这句中，高音要出在女高音的中声区，节奏要在每分钟 54 拍，音程跨度要小，声音低沉、灰暗，“哦”实际上是金子的叹息和无奈。演唱时保持稳定的气息，获得低沉但是有共鸣的声音，之后的拍号要发生变化，金子内心的复杂情感也要出现变化。在压抑中爆发倾诉，“浪漫的夜啊”这一句，一个三连音进而连接一个上行八度的音程，这时，演唱者要注意情绪的推进，尤其是“啊”这个长音，一定要唱清音程关系，声音中要透出内心压抑不住的悲愤，吐字铿锵有力，“坟墓”的“坟”要加以强调达到沉重的控诉感觉。这时候，金子突然从绝望的情绪中转出来，憧憬美好的未来，用俏皮甜美的感觉唱出“我变成一只小鸟，想飞，飞的自在，想落，落在树尖”那种轻快感，表达了自己对自由的渴望，以及想要自由，希望像一只鸟儿一样快快乐乐、无忧无虑地飞翔。

同例在咏叹调《啊！我的虎子哥》中，便要显出金子和昔日情人仇虎相遇时候的感受，迸发出的激情和渴望自由的情绪，为自己的爱情找到了归属。在浪漫的日子中一句玩笑的“滚出去”，让虎子拿起衣服作出门状时，金子抱住虎子唱出这首深情的咏叹调，这个调子要旋律优美、舒缓，展现出当时的深情感。比如说一开始虎子要走的时候金子的不舍，“回来”两字带入咏叹调，“啊，我的虎子哥，你这野地里的鬼”，一开口的“啊”就要求用弱音 P 来控制，表现出金子内心的悲喜交加，一个“啊”已经代表了她期待即将到来的新生活，同时感叹命运的不公和坎坷，在“啊”字中要带入共鸣感。后面的“虎子哥”在“虎”字中要加强语气，表达出金子内心的炽热的爱，第二句“你这野地里的鬼”旋律要跌宕起伏，表达出自己又爱又恨的感觉，咬字一定要清晰干脆，突出爱恨交加的心情，同时做好高音区的气息准备，气息要稳定。

四、结语

《原野》本就是一个伟大的爱情故事，也是第一个立足世界的中国歌剧，只有对角色进行专一的分析，才能把自身的感觉代入到这个歌剧、这个角色当中，才能完整地刻画再现金子的人物形象。只有了解到金子的坎坷的命运以及她对命运的角逐。演员只有了解金子渴望自由和美好爱情的内心世界，才能更好地将人物和歌剧进行融合，从而更好地在演唱中把握金子一角。

原载《大众文艺》2017 年第 8 期

歌剧《原野》中“金子”的艺术形象分析

费芩雪

歌剧《原野》是1987年由金湘作曲，万方根据曹禺先生的同名话剧改编而成。此时，中国民族歌剧刚刚经历了艰难的十年，“文革”刚刚过去，文艺工作者们可以重新自由地创作，在创作手法上不断学习国内外优秀作品，博采众长。《原野》的产生可以说是时代发展的必然产物，是中国民族歌剧发展史上的转折点，为民族歌剧的发展奠定了基础。

一、金子的文学形象

金子代表了当时农村妇女的典型形象，在婆家受婆婆的压制，但是金子骨子里有着追求自由的天性，天性被压抑是金子悲剧的根源所在。在《原野》中曹禺给我们展示的金子的性格是多面的。

（一）娇嗔泼辣的妇女

第一幕金子和大星的对唱中，大星对母亲的言听计从让金子很不满，通过“她可比有眼的人还会看，哼，有一天，我就要做给她看看！你妈说我是狐狸精，早晚要偷人养汉，我就偷给她看看”这段唱词表现了金子泼辣不认输的形象。但在大星问她要偷谁时，她又唱到“噢，我偷你偷你，我的小白脸，好不好?!”表现了金子泼辣的同时又把她娇嗔的一面呈现在观众面前。

（二）为爱痴情的女性

最后一幕仇虎和金子在森林里迷路，二人又苦又累，仇虎让金子离开她。二人的对话十分经典，仇虎：“你跟着我只有苦！”金子：“可我心里舒服。”仇虎：“人家看我是强盗。”金子：“我是个强盗婆。”仇虎：“人家逮着我就砍！”金子：“我生下儿子为你报仇！”两人的对唱流露出金子对仇虎深沉的爱和不舍。

（三）理性聪慧的女子

第二幕中焦母派常五来打探金子在家中的情况，金子通过给常五倒酒，对他溜须拍马，获得了常五的信任，从而得知了焦母发现家中有事情发生以及侦缉队正在追捕仇虎的消息。金子在常五到家里来时并没有慌张，而是很理智地处理应对，体现出金子的聪慧与机智。

《原野》这部歌剧中，每一个角色都带有浓烈的悲剧色彩，无论是恶毒的焦母还是懦弱的大星，包括最后自杀的仇虎，无不向我们展现了解放人性是多么的重要。金子作为封建社会下的家庭妇女，社会地位低下，几乎被扼杀了所有情感。金子虽说代表了当时绝大部分中国农村妇女的形象，但是金子又是不同的，她美丽、泼辣、敢爱敢恨、不安于现状。金子嫁入焦家后一直压抑着自己的情感，每天的日子都是“黑暗”的，或许在仇虎重新出现以前，她并不知道自己缺失的、渴望的、追求的是什么。仇虎的出现让她尝到了爱的甘甜、幸福的滋味，她要离开焦家，和仇虎一起去追求爱情，去追求人性的解放。

二、金子的音乐形象

作曲家金湘根据剧情设计了三个贯穿全剧的主题——“原野”（见谱例 1）、“爱情”（见谱例 2）和“黑暗”，并且运用了大量重唱和对唱来刻画金子这个人物的音乐形象。

（一）三大音乐主题贯穿全剧

“原野”这个音乐主题第一次出现是在全曲的序幕当中，营造了一种低沉、压抑的氛围（见谱例 1）。这个主题多次变化出现在金子的咏叹调《哦，天又黑了》当中，通过级进、八度大跳音程等表现金子对自由的强烈向往。在另一首咏叹调《你们打我吧》中同样也出现了“原野”这个主题，以原野这个材料展开。金子的咏叹调多次运用到“原野”这个主题，充分说明了金子的形象是叛逆、充满野性、向往自由的。

谱例 1：

“爱情”主题出现在第一幕和第二幕的间奏曲当中（见谱例 2），与“原野”主题是两种截然不同的情感表达，传达的是男女主人公对于爱情的向往。这一主题在第四幕金子与仇虎的二重唱《你是我，我是你》中得到了延伸，采用了复调的手法把两人的声部交织在一起，难舍难分，表现了金子对仇虎坚定不移的爱情。

谱例 2：

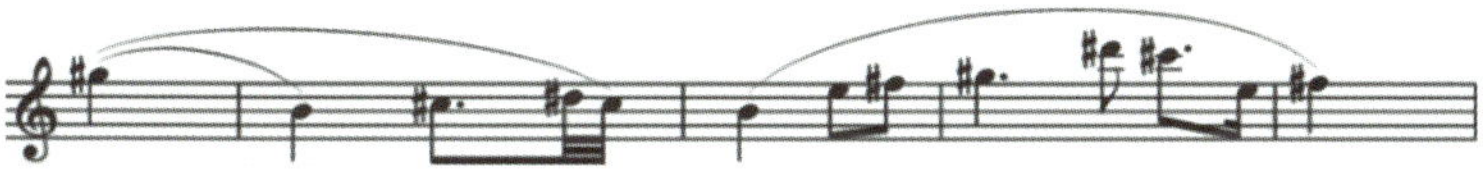

（二）大量的对唱与重唱

在《原野》这首作品中，重唱可以说是一大特色，通过旋律表现不同人物的形象特征。本剧中金子的对唱与重唱共有十二首，分别表现了金子的泼辣、叛逆、聪明、痴情、善良等性格特征。第一幕中焦母、金子、大星的三重唱，金子对焦母辱骂的回应，表现了金子反抗叛逆的性格。另外在两个对骂的处理上，作曲巧妙地把两人的唱词设置成一样，但是在旋律上，金子的旋律比焦母高五度。金子用焦母骂她的话回敬她，除了表现金子的叛逆之外，还表现出她的机智。

第二幕中金子与仇虎的对唱中，金子得知仇虎在被侦缉队追捕时，要求仇虎带她走，到那“铺满黄金的地方”，表现出金子内心对爱情和自由的追求，面对心爱的人，金子只想和仇虎永远地在一起。

在金子与大星的二重唱《人就活一回》中，大星挽留金子留下来，金子坚决地拒绝了，唱出了“人就活一回”，展现了金子性格中向往自由、渴望人性解放的一面，也呼应了“原野”这个主旨。三个主题贯穿于整部歌剧中，不同的主题代表了金子不同的性格，“原野”主题代表的是盼望自由和人性的解放，“爱情”是金子对于真爱的追求，“黑暗”主题揭示了焦母内心的恶毒。金湘在设计主题时可谓是用心良苦，以不同的元素展开表现出不同的性格。

原载《北方音乐》2017 年第 11 期

论隆学义川剧文学创作的“现代化”意识

——以川剧《金子》为例

蒋长朋

剧作家隆学义在川剧、京剧、话剧、汉剧、黄梅戏、曲剧等多个戏剧艺术门类中创作了大量具有广泛文化影响力和独特人文个性的作品，其中，川剧作品就有 10 余个。其代表作川剧《金子》荣获了包括曹禺剧本奖、中国戏剧文学奖金奖、文华大奖、中国艺术节大奖在内的各类大奖 34 项，至今已演出 500 余场，成为当代川剧艺术舞台上一座耀眼的丰碑，被公认为“20 世纪末中国戏曲的代表作”。《金子》的脱颖而出，主要源于编剧隆学义在川剧文学创作上坚持的“现代化”意识，这也是现代戏曲区别于传统戏曲最为核心的精神意蕴。

一、人性的现代化

《金子》改编自曹禺名著《原野》。戏曲改编名著，尊重原著是基本原则。隆学义的《金子》尊重原著而不拘泥于原著。曹禺原著话剧《原野》以仇虎为主角，写他的苦难与复仇。隆学义改编的川剧《金子》，改换切入视角，将仇虎和金子的主次挪位，以金子的命运轨迹展现当时时代环境下妇女的磨难和挣扎。保留原著的两条故事线索，把仇虎“复仇”的主题改为金子“宽容”的主题，将仇虎复仇、大星恋金子、焦母恨媳等重要情节围绕金子展开，突出了金子身处漩涡中复杂的内心冲突和追求美好生活的强烈愿望。重心转移后，原著中强烈的悲剧色彩并没有被削弱，反而更加丰富了原著的内涵，金子内心挣扎所展示的女性苦难，从人性的角度表现出更加深刻的反封建的人性呼唤，完成了金子从比较单一的个性到多侧面、多层次的性格转变。

二、程式的现代化

《金子》能够取得巨大成功，除了隆学义在人性开掘上的“现代化”突围，还有一个在川剧现代戏中具有重要意义的成就——创造现代川剧程式。

戏曲中的程式是艺术家们通过生活体验，并根据戏曲的美学特征而创作的，是我国传统戏曲文化的宝贵财富。然而，随着时代的变化，传统的表演程式，在现代戏中反映现实生活和塑造当代人物时，就显得力不从心。例如传统戏中，骑马可以用一个“扬鞭”的动作展示，那么现代人开车，就没有特定的程式来表现。这也是董健提到的“现代人思维模式下的话语系统”。川剧程式源自社会生活，是川剧艺术家根据舞台艺术审美要求与规律，把生活中的自然状态加工提炼为舞台艺术形态，与打击乐、唱腔融为一体，用来塑造人物、表现生活形态的规范的、固定的表演方式。隆学义在《金子》的创作中，在深度挖掘人性的同时，还兼顾了表演手法，以便演员二度创作。比如，剧中仇虎醉后把焦大星看成焦阎王，演员变脸技艺便体现得恰到好处。《金子》中常五听说虎子回来了，演员运用踢褶子、矮子功把常五对仇虎的惧怕表现得淋漓尽致，文学性与动作性自然契合。隆学义在《金子》中对川剧的现代程式创作，解决了现实题材与传统艺术之间最为诟病的“话剧加唱”的矛盾，对川剧现代戏发展有着积极的影响和重要的贡献。

三、审美的现代化

《金子》声名远播，其原因并非是隆学义复制了曹禺，而是他创造了一个符合现代审美的“金子”。相同的题材，在当下话剧形式的演出比戏曲更吸引年轻观众，在于年轻观众更喜欢艺术的真实性和快节奏。曹禺笔下的《原野》讲述的是农民复仇的故事，人物较多，情节复杂。隆学义在改编创作《金子》时，在加快戏曲节奏、充实剧本容量和适当追求真实性方面下了较多功夫，对戏剧结构与舞台风貌进行了改进。他选取金子为主线，简化了人物，重新调整了人物之间的关系，五幕戏中，除一头一尾，其余三幕均固定在同一场景，在金子、仇虎、焦母及焦大星四个人物之间展开，将人物矛盾的冲突集中设置在金子与仇虎的爱情纠葛中，升华了戏剧的主题——“金子阻止仇虎复仇而不能”。通过这样的处理，使戏曲舞台艺术更加契合现代人的审美需求，摒弃了传统戏曲演出中节奏缓慢、情节拖沓的结构形式，在情节结构上做到严谨、出新、流畅、明快，准确把握时代脉搏，吸纳现代观念及元素，成就了一个具有现代化审美意识的川剧作品。

戏曲需要改革，观念需要革新。川剧文学生存、发展的重点也在于创新，如果不服从艺术创造的规律和逻辑，拘泥于“三一律”的时空限制，停留在对“传统折子戏”的盲目崇拜中，不敢如隆学义一般在人性、程式、审美方面注入现代化意识，力求革新和突破，将不利于传统川剧文学在当下舞台环境中找到合理的发展走向。在文化繁荣发展的长河中，只有拓展题材，表现形式多样化，确立全新创作理念，既要坚守传统，又要突破和发展传统，才能创作出符合现代观众审美情趣、贴近观众生活，艺术性、影响力、价值观俱佳的川剧文学新品，使川剧的文学品格更加鲜明，让三百年历史的川剧富有更加长久的文学艺术魅力。

原载《唐山文学》2017 年第 11 期

歌剧《原野》的美学浅析

杨　娜

一、中国歌剧的发展

歌剧的发展已有四百多年的历史，歌剧的发展史可以追溯到16世纪末形成于意大利的欧洲大歌剧，歌剧的形成和发展经历了漫长的历程。中国歌剧是在19世纪20年代才逐渐开始发展的，由于当时国家的文化水平和经济落后，欧洲的歌剧没有在中国得到很好的传播与发展。

因为群众需要和社会变迁，便产生了中国歌剧。由于当时中国正处于从文言文到白话文的过渡阶段，人民群众都热衷于学习白话文，歌剧是以白话文为台词的，所以歌剧才慢慢进入普通老百姓的视野。后来，到了抗战时期，为了宣传抗战，出现了很多抗战题材的民族歌舞音乐剧。民族新歌剧可以说是由于群众运动产生的，它拥有独特的魅力和价值，更真实地反映了现实的生活，表达了观众的内心从而产生共鸣。“民族歌剧是我国特有的歌剧艺术形式，自20世纪50年代的《白毛女》开始，其演唱风格也历经了多次变化，既彰显着民族歌剧在创作、演唱等多个方面的进步，也由此引发出了更加深入的思考”。歌剧《原野》也是中国当代具有典型代表意义的一部原创歌剧，“也是中国20世纪80年代的歌剧趋向成熟时期的代表作”。作品具有跌宕起伏的故事情节、复杂的人物矛盾关系，戏剧冲突层层展现。

二、歌剧《原野》的概述

歌剧《原野》是一部四幕歌剧，由万方根据著名剧作家曹禺先生的同名话剧改编，由著名作曲家金湘作曲。本文主要讲述了青年仇虎的复仇故事，以及他与自己的情人金子之间产生于封建旧社会的凄美爱情故事。故事生动地刻画了仇虎对焦阎王的仇恨和对惨死的父亲及妹妹的爱，它具有浓郁的戏剧色彩，矛盾冲突对比明显，真实地反映了当时旧社会对普通老百姓的毒害，虎子和金子的故事正是当时社会的缩影。歌剧《原野》的成功不仅在于故事本身，更在于对故事人物的刻画、对人物的复杂和人物内心的矛盾的刻画，尤其是对仇虎内心的冲动、仇恨和悲愤的刻画使人物更加生动，让观众看到一个有血有肉的仇虎。

三、歌剧《原野》的美学浅析

音乐美学不是单纯的音乐学，它有区别于系统的音乐学，因为它是从哲学的高度去研究美学，所以它又属于美学的范畴。它具有社会性，因为它涉及的领域很广泛。要看一个国家音乐的发展水平如何，不仅是要从音乐本身的发展程度去思考，更深层次的是要从实践中去研究音乐美学。因为它对音乐学及其他音乐实践的发展都有一定程度的影响和促进作用。

(一)歌剧《原野》的音乐美

中国歌剧的美不同于我国传统戏剧，也与西方的传统歌剧不同。歌剧《原野》中在序幕的合唱、三四幕之间的幕间曲中，用不同的节奏风格来表现四方冤魂与不安宁的原野，运用了偶然的音乐手法，还运用了微分音手法，加深了其幽沉、阴暗、模糊的氛围。在风格上凡是表现变形、人性扭曲等情景时，用了近现代特技与电子音乐等技法；凡是表现人性的真善美、大自然本色等，则多用唯美的抒情的浪漫主义、印象主义的技法。在音乐总体构想中，凡是大段唱腔多用旋律感强的、整块的、调性相对明确的手法；凡是朦胧的场景、戏剧性及宣叙调类的段落，则多用结构模糊、旋律感弱、尖锐音程的多种结合等手法。音乐本身的旋律具有美感，剧中选段不仅具有优美的旋律，歌词、调式、演员的演唱技术对全剧也有很大的影响。一部优秀的歌剧作品不仅是要有好的剧本，而且在舞台布局和设计、演员的表演、后期的制作上面也是不可或缺的，只有音乐与表演相结合，才能使歌剧丰满而不会感到孤立和空洞。

(二)歌剧《原野》的文学作品特点

人类的审美活动是人们在自愿的情况下建立的，因为艺术是人们通过感觉器官发自内心的一种美的享受。歌剧《原野》中所展现的人物是具有悲剧性色彩的美，尤其对金子形象的刻画，使故事更加丰富多彩，音乐戏剧冲突激烈。金子代表中国旧社会最底层的普通女性形象，她出生在一个困苦的农民家庭，嫁入地主家庭后激化了他们之间的阶级矛盾，她幻想着虎子哥能救她脱离牢笼。金子是普通的，但也是特别的，因为她没有过多的物质追求，她只想获得自由与平等，但是作为那个年代来说，这些无疑都是奢侈品。金子和虎子选择了逃跑，虽然最终没有摆脱封建恶势力，但在进退两难的情况下，虎子选择了死，他把生的希望留给了金子，使人物形象更具悲剧性。

四、中国歌剧的美学沿革与反思

我国传统的民族音乐根植于民族文化之中，并通过多种形式得以充分体现。作为中国民族传统音乐文化的传承人，我们要想让中国歌剧走向世界，就更应该积极学习和探讨。在中国民族歌剧今后的发展道路上，我们一定要立足于中国传统民族音乐素材，坚持走民族化的创作道路，增强中华民族的文化自信。

原载《北方音乐》2017 年第 22 期

浅谈歌剧《原野》的文化内涵

陈 源

一、关于歌剧《原野》

歌剧《原野》是中国歌剧发展史上里程碑式的一部巨作，是第一部被搬上国际舞台并产生过巨大影响的中国歌剧。这部由曹禺之女万方根据其父同名话剧改编、金湘作曲的歌剧，于1987年7月由中国歌剧舞剧院在北京首演。作品以其大胆的探索创新、精巧的整体构思、鲜明的音乐形象，引起人们的关注，赢得了广泛赞许。2010年新春伊始，甘肃省歌剧院借鉴上海歌剧院的成功经验，将钢琴伴奏版的《原野》搬上舞台，在其音乐厅上演十几场，同时为扩大该剧在兰州的影响，还赴西北师范大学等高校进行多场巡演，得到了高校师生的热烈欢迎，大获成功。2018年年初，它再度被甘肃省歌剧院搬上舞台，这恐怕是歌剧《原野》诞生以来最为集中也最有延续性的演出。

编剧万方和作曲家金湘谙熟歌剧的艺术特性，从新的视角对其进行宏观把握，音乐戏剧化在歌剧创作中的原则已经得以充分体现。因此，我们说它具有中国对西方歌剧艺术探索过程中具有划时代的典型意义，代表了中国对舶来艺术通过早期的模仿移植，到中期的交融借鉴，再到与本民族文化艺术特点高度融合之后的歌剧创作水平。

二、歌剧《原野》的创作特征

(一)西化的舞台语言

《原野》是反映私人恩怨、情感纠葛的题材，内容深刻复杂，在创作风格上为了表现这种复杂性，就需要运用多种手法来创造它。实践告诉我们，西方的作曲技法在刻画主题上较为深刻，戏剧性冲突更强烈。因此，对于以西方歌剧形式与西方现代技法为主，并以民族戏剧根基来创作的《原野》来说，曲作者金湘坦言在音乐创作上主要把握住两点：一是人性的复苏与扭曲，二是大自然的本色与变形。在风格的把握上，凡是表现人性的被扭曲、大自然的变形等，多用近现代技法，凡是表现人性的复苏和大自然的本色美等，则多用浪漫主义、印象主义的技法。在总体构思上，凡是大段唱腔多用整块的、旋律感强的、调性相对明确的手法；凡是朦胧的场景、戏剧性的段落及宣叙调、韵白、说白之类的段落，则多用结构模糊、旋律感弱、尖锐音程的多层结合手法。用这种截然不同的手法来表现两种不同的情与景，让它们在强烈的冲撞反差中，既表现了不同的情与景，也表现出音乐自身的美，由此构成了《原野》音乐的总体概貌。

剧中大量运用了20世纪的作曲技法，加入了音乐的无调性。在这种无调性音乐的整体烘托下，又转入有调性的大段歌唱，突出了西方歌剧咏叹调浓重的抒情性和我国传统民族歌剧旋律的歌唱性。歌剧《原野》的唱段调性变化大，音准把握难，表现力丰富，震撼力强大，戏剧冲突激烈，在中国歌剧作品中可以说无出其右。

（二）民族元素的体现

作为中国背景下的歌剧创作，作曲家在创作歌剧《原野》时仍不失其民族性特征。具体体现为以下几个方面。

一是宣叙调的中国化。宣叙调原本是西方歌剧中特有的表现形式之一，但在歌剧《原野》中，作者将本民族的传统元素注入到这种西式的表现形式里，充分考虑了音乐与语言的结合，借鉴了中国戏曲中韵白的神韵、古典诗词的吟诵方法以及说唱音乐中的形式，赋予了宣叙调以中国特色和多样性。可分为唱中有说、说中有唱、半说半唱、吟诵加唱、只说不唱等。如第一幕中焦母的宣叙调，作曲家将无调性技法和戏曲的拖腔巧妙地结合在一起，加上演员用鼻腔哼鸣的方式，刻画了一个鲜明的焦母形象。二是戏曲节奏的借鉴与运用。作曲家仍然从中国戏曲音乐中汲取养料，在全剧中多次运用了京剧中“乱锤”的节奏特点，主要由板鼓奏出，节奏由慢逐渐加快，具有极大的动力性，有力地推动了戏剧情节的发展。还有戏曲中“紧拉慢唱”的形式，在剧中也被借鉴，如第二幕中金子的咏叹调《你们打我吧》中的运用。还有在部分和声思维上，作曲家采用了符合中国思维习惯的线性和声思维逻辑。三是表演方式。歌剧《原野》在我国传统戏剧的根基上，把略加夸张的戏剧表演程式融入到生活化的动作上，更加注重的是感情的投入与演唱的技巧。由于歌剧中咏叹调的戏剧性比较浓重，因此唱法上完全运用了美声唱法，但是在民族语言的基础上结合了美声的发声方法，如万山红饰演的金子，声音比较浑厚有力，这对人物情感自由的倾吐和性格的展现更增添了艺术感染力。除了金子，其他角色也有所涉及。

值得一提的是，歌剧《原野》20世纪80年代末的上演在当时虽然引起过一时的轰动，也曾得到过很多的荣誉，但是这些光环和荣誉犹如昙花一现，并没有在中国歌剧事业民族化进程中翠柏常青。甘肃省歌剧院钢琴伴奏版歌剧《原野》，从2010年至2018年连续两次的复排，至今已上演数十场，每一次的复排都能够发现和培养一批正在成长的青年演员，从语言、唱段、舞台调度到人物塑造，年轻的演员们对《原野》表现出超乎想象的热情，同时也客观地加速了他们的成长。希望我们为该剧推广普及所做的有益尝试能走得更远、做得更好，也算是为歌剧《原野》这一艺术经典尽一份绵薄之力。

原载《丝路视野》2018年第24期

歌剧《原野》二重唱《你是我，我是你》舞台表现分析

李　英

歌剧《原野》是由万方根据曹禺同名话剧改编、金湘作曲的经典歌剧。该剧震撼美国乐坛，是第一部叩开西方歌剧宫殿大门的东方歌剧。它在北京“第一届中国艺术节”上首演获得了巨大成功，其作曲者金湘因在音乐艺术领域的卓越成就，于1989年被评为“中国音乐名人”，1992年又被评为“1991—1992年度世界名人”等。《原野》是曹禺唯一一部以农村生活为题材的作品，是青年农民仇虎的复仇与爱情的故事。原著留给人们更多的印象是“复仇”的“恨”的形象思想：它通过仇虎复仇的悲剧反映了受尽地主焦阎王压迫的农民的挣扎和反抗。仇虎受了旧传统道德观念的影响，认为“父债子还”是天经地义的事。这种非理性的复仇观念，使他的复仇行为具有一定的盲目性，他之所以走上个人复仇的道路，是农民小生产的意识决定的。艺术作品渲染仇虎内心的恐惧与内心的谴责，带有浓厚的神秘色彩。如他逃进森林时，产生的种种幻觉和内心的恐惧，还有现代主义手法，如森林的阴森。“一部作品，一旦脱离作者之手交给了社会，就如婴儿脱离母体一般，完全以其本体的特征参与社会实践，不受作者个人意志所左右地受到社会的检验；同样，一部作品，一旦融入艺术的历史长河，起伏沉浮，大浪淘沙，也只能任由历史筛选！”正如金湘先生说的那样，每个人对作品的理解都不同，都有探究的价值。

金子的人物形象应该是“渴望自由、追求真爱”，执着，还有一些泼辣的女人。仇虎是农民，但不妥协于黑暗势力，大义凛然，具有执着的个性。二重唱第一小节至第三小节是四四拍的结构，G大调。钢琴伴奏是以唱段旋律进行，低声部是在大字组进行，渲染紧张的情绪，为仇虎唱段做铺垫。“金子！金子！金子，金子”连续四声的台词，前两句的“金子”，它的情绪是由紧张到无奈，由强到弱进行。此时舞台调度男生要走近女生，步伐沉重，根据后两小节空拍走位，后两句“金子”情绪是低沉的，眼神望向女生，强调对她不舍的情绪，女生的眼神跟随男生走，随着音乐进入角色。节奏从四四拍变成了四三拍。“你在我心里，你是我，我是你，我们怎能分离”，这两句是表达金子在仇虎心中的地位，两人感情深厚，已经融为一体了。男生眼神要固定在女生身上，“我们怎能分离”，两人的肢体动作是相拥在一起。“生下他，他就是天！生下他，他就是地！”这一句是全曲的重心，情绪是激动的，语气强烈，强调这个孩子是他们的希望，舞台调度要拉开，肢体动作要辉煌大气。第二部分是金子和仇虎的重唱，唱段采用轮唱模式，仇虎先进行2小节，金子的台词强调主题“你是我，我是你”，此时的舞台调度要紧凑，展现二人感情深厚、生死相依的感觉。“有

了孩子，就有了我们”是承上启下的一句，二人眼神对视，调度拉开，表现孩子就是他们的希望，孩子就是摆脱黑暗的期盼。“生下他，他就是天！生下他，他就是地！”这一句二人对唱，寓意着黎明就在眼前，希望是够得着的！“金子，快走吧！快带着我的命走吧！”仇虎的情绪变化强烈，从激动转为无奈，把生命委托给金子，舍下自己生命的大无畏精神。金子的台词“不，不，不，我不能离开你”表现出内心不能接受现实的情绪，二人不能分割。女生要走向男生，拉住男生手臂，表现出不舍。“走！”男生强有力的台词及肢体语言，把唱段推向高潮，用力推开女生，要求她走，不要再有眷念。“不，不，不！”几乎是咆哮似的唱词，情绪激动，心有不舍，不能接受虎子的要求。肢体在虎子推搡的情况下央求靠近。“金子，生下孩子为我报仇，你不走我死也不能饶你！”仇虎要求金子放下他的牺牲，留得青山在，不怕没柴烧，等到孩子出生长大，再报仇也不迟。语气强硬有力，舞台调度拉开，男生的肢体语言丰富，可以用带有指责金子的肢体表达。“好，我走！我走！”表现金子不舍、纠结又无奈的情绪，调度拉开，退向舞台边缘。头部肢体由正视转头，突出她内心无奈的情绪。尾声伴奏由小军鼓、吊镲组成，烘托故事悲凉的结局。

《你是我，我是你》重唱是极其具有技术表现力的唱段，首先要对金子、仇虎的人物形象进行塑造、个性分析、舞台表现等，其次再对演唱部分进行细致的处理。对歌剧片段的表演不仅仅是演唱部分的探究，还要对舞台表现进行深层次的研究，才会让歌剧更有创造性。歌剧表演者要深知歌剧表演的艺术性，在表演过程中，不但要注重较高的音乐氛围，还要根据一定的故事情节去表现舞蹈，创造舞台表现力，发挥自己的音乐歌唱能力，加强自身的人物塑造能力，不断渲染故事情节，才能将歌剧的艺术性以及美感表现出来，给观众呈现一场全新美妙的视觉盛宴。通过对金子的分析，让我想起了《伤逝》中子君的角色，她们都有一个共性：剧中女主人公“子君”与“金子”都给人留下了深刻印象，两位平凡的中国女性为守护自己的真实情感不惜与一切事物抗争，哪怕献出自己的生命。“民族歌剧《原野》通过音乐形象的塑造与文学意象的升华，表现出对人性的探索与思考。作品中充满人性冲突，这种人性冲突反映出时代的审美观念。人性的矛盾与冲突最终形成了民族歌剧《原野》的悲剧美学特征，也正是基于这种悲剧基调，才使作品在角色塑造、音乐演绎以及情感表达等方面表现出多元化的时代审美价值”。歌剧是对现实生活的真实写照，更具有戏剧色彩。

原载《民间故事》2018 年 5 月

歌剧《原野》“悲剧之美”研究

李成柱

引言

“悲剧”一词源自古希腊，由酒神节祭祷仪式中的酒神(狄俄尼索斯)颂歌演变而来。古希腊悲剧是整个西方戏剧的起源，所以悲剧是最古老的戏剧题材。欧洲文艺复兴时期，以莎士比亚为代表的戏剧家们，把悲剧艺术推向高峰。

戏剧史中一般将悲剧分为四种类型：其一为英雄悲剧，它往往通过政治斗争或民族斗争等重大题材，表现各派之间的强烈冲突；其二为家庭悲剧，表现家庭之间复杂的伦理关系、不同人生价值道德观念引起的矛盾冲突；其三为表现“小人物”的悲剧，与此相对立的是来自社会各阶层形成的特殊势力，无情欺压那些孤立无援的小人物而发生的冲突；其四为命运悲剧，其表现的矛盾冲突贯穿整个人类社会生活，表达了人类对自由的向往和追求，以及对理想社会的渴望。

在中国古典戏曲中，也曾涌现不少优秀的悲剧题材作品，如《窦娥冤》《桃花扇》，传统剧目《梁山伯与祝英台》，都成为传世的优秀悲剧作品。无论在欧洲还是在亚洲艺术发展史上，被血液染红的“悲剧之美”始终写在醒目的扉页上，它的风格是如此庄严崇高和神圣纯洁。

悲剧之美是一种崇高之美。悲剧给人以强烈的道德震撼，它通过怜悯、畏惧达到惊赞和义愤，让人获得崇高感的体验，心灵得到净化和陶冶，其目的是让人的灵魂重新进入一种平静安宁的状态，并在其中体验自由的喜悦，不在于让人沉浸在真正的痛苦和哀伤之中。悲剧是凄凉的，让人为其悲伤和感慨；悲剧又是崇高的，让我们在悲伤的同时，内心产生崇高感和自豪感。悲剧所产生的悲剧美学是美学的重要范畴，并具有一套完整的美学体系，在人类表演艺术史上留下了十分重要的财富。

举世闻名的西方经典歌剧，如《阿依达》《卡门》《托斯卡》《奥赛罗》《蝴蝶夫人》《乡村骑士》《罗密欧与朱丽叶》等，都是以悲剧性著称。我国的歌剧《原野》也是典型的悲剧题材作品，主人公仇虎受尽磨难、家破人亡；短暂而又火热的爱情终究破灭；仇虎虽然杀了人、报了仇，但还是逃不出悲剧的命运，最后只能以生命的终结来抗争社会的不公。

一、歌剧《原野》悲剧性剧情的阐述

1.选题背景和《原野》的特性

歌剧《原野》可以说是一部典型的悲剧作品，大到当时军阀混战、内外交困的社会环境，小到每一个人物所处的生活环境和思想动态，都是产生悲剧的缘由。歌剧《原野》的故事，是从仇虎从监狱里逃出来开始的，仇虎历经千辛万苦，腿都被打瘸了，但他仍然以卧薪尝胆的意志坚持着，因为他清楚地记得，焦阎王火烧了他家的房、霸占了他家的地、活埋了他父亲、害死了他妹妹，让他含冤入狱整整八年！这深仇大恨仇虎怎能不报？所以，仇虎一出场就是咏叹调《我回来了，死不了的我又回来了》，一下子就阐明了主题——复仇！

2.剧情结构和展开

歌剧《原野》剧情结构紧凑、充满了戏剧性的冲突：仇虎在去焦阎王家复仇的路上，遇上了白傻子，得知他的大仇人焦阎王已经死了，自己的未婚妻金子已经成了焦阎王的儿子焦大星的媳妇，心中充满新仇旧恨、痛苦绝望的仇虎，唱起了这首咏叹调《焦阎王，你怎么死了》，刻画出一个对现实社会充满不满、愤怒又无助的悲情角色。

而剧情急剧的大转弯，是从仇虎与金子相见的那一刻开始的：仇虎和金子相见在原野上，一对早就相爱却被分开的心重新交织在一起，如同干柴遇到烈火，不顾一切地燃烧了起来！他们发誓相依相守，共同憧憬着美好的未来。他俩的两首咏叹调《啊！我的虎子哥》《金子，你在我心里》充分表达了他们的爱。

歌剧《原野》被誉为"戏好看"，原因就是戏剧冲突一个紧接一个。焦母是非常重要的人物，不仅仅是因为她是焦阎王的妻子，猖狂一时，但现在却是孤家寡人。更重要的是，如今的焦家一时都离不开这个老太婆，因为家中唯一的顶梁柱焦大星生来软弱无能，孙子年幼无知，金子又是一个放任自由、让她"不省心"的"小妖精"。所以，焦母时时刁难金子、处处监视金子。当焦母得知仇虎越狱回来了，她预感到不妙；当她知道金子已经和仇虎好上了，焦母的怒火喷射了出来。她一面让侦缉队来抓仇虎，一面是针锋相对应付残局。

最终，悲剧还是不可避免：仇虎杀死了焦大星，也间接地害死了小黑子，焦母彻底绝望了，发誓"仇虎，我死了都跟着你！"；杀死了焦大星的仇虎，带着金子逃出焦家，跑进了黑黑的林子，他们寻找逃生的路，却无路可逃，最终被侦缉队团团围住。仇虎倒下了，他带着满身疲惫、满心自责，选择了自杀。仇虎让金子活下去，为他生个儿子替他报仇。结尾的二重唱《你是我，我是你》正是仇虎和金子爱情的真实写照，让人震撼、让人感慨，在巨大的悲剧结尾中，让人感受到内心的震撼。

二、歌剧《原野》中的悲剧性人物

歌剧《原野》中的每一个主要人物都有自己的故事和特性，人与人之间构成了复杂的多层面的戏剧性关系，组成了悲剧性的结构框架。

1.仇虎的悲剧

仇虎是这部歌剧的男一号，也是整部作品大框架结构中的最重要线条，事实上正是仇虎的故事贯穿整个悲剧的始终。

首先，仇虎生活的年代正是军阀混战、百姓遭殃、民不聊生的时代，广大人民根本就谈不上民主和自由，因此，仇虎家庭的毁灭，亲人的离去，自己含冤入狱八年而无处说理、无人过问，注定了这些人只能是悲剧。其次，仇虎的爱情也自然是以悲剧为终：当时因为含冤入狱而失去了未婚妻金子，如今回来见到时已经成为别人的媳妇，不能相爱，最终还是走上了绝路。最后是友情的悲剧：仇虎和焦大星是从小在一起长大且非常要好的朋友，但就因为上辈子的恩仇，仇虎不得不将手中的匕首刺向了自己的好朋友，酿成悲剧，这对仇虎造成了莫大的震撼和愧疚。经历过这么多的磨难，仇虎在忏悔、害怕、纠结和矛盾中，走向了他人生的终点。

2.金子的爱情悲剧

女一号金子本应该与仇虎相亲相爱过着幸福美满的生活，但因为焦阎王恶势力的抢占，成了焦家的填房。在焦家她度日如年，受着婆婆的诅咒和刁难，天天过着无聊而孤独的生活。焦大星爱金子，可金子从没有喜欢过大星，仇虎的出现给金子带来希望并畅想过美好的未来，但这仅仅是短暂的，最终还是以悲剧而告终。

3.大星的悲剧

焦大星从一开始出现到结束，始终就是一个悲剧的代言者：第一，他出生在一个大户人家，自己也时常因为自己的出身而感到自豪，但他没有想到正是因为这个家庭的霸道、父亲的罪恶惹下了祸根，让他替他那罪恶深重的爸爸偿还血债。第二，大星深爱妻子金子，事事都让着金子，希望一家和和睦睦地好好生活，可金子和母亲“天天在闹、天天在哭”，让他左右为难。金子从来没有把他看作是自己的丈夫，心里却还爱着别人，这种悲伤更让他难以接受。第三，当焦大星见到自己的老朋友仇虎时十分高兴，然而他这个朋友却是来杀他，要他替父还债。

4.焦母的悲剧

在整部歌剧中，焦母的悲剧性内涵是最为深重的：首先，婆媳之间水火不相容，她从未得到儿媳妇金子的孝敬，她也从没善待过金子，家里每天都充满了火药味，大星夹在中间左右为难，这个家庭的组成本身就是一个悲剧。其次，对焦家有深仇大恨的仇虎出现，唤起了焦母的警觉，她一个眼瞎的老太婆与仇虎明争暗斗起来，她虽然拼了老命，但终究难以避免儿子被杀、孙子也误死在自己拐杖下的悲惨境遇。焦母最后中年丧夫、老年丧子，连年幼的孙子也离她而去的结局，可谓是悲惨至极。

三、歌剧《原野》的悲剧性音乐

《原野》整部作品是以“原野”“爱情”“黑暗”三个音乐主题为主线，贯穿在剧情发展的始终。

1.“原野”主题

歌剧大幕拉开，展现在观众面前的是苍茫的原野和阴森森的天，而“原野”音乐主题作为戏剧的核心，不仅预示着主人公的矛盾冲突，也对歌剧情节加以概述，对“原野”标题之下的精神内涵有所揭示。

第一主题是对“原野”宏观性的描述，因此具有宽广、深邃而厚重的情绪，配器上使用的大提琴和低音提琴，在小提琴的陪衬下显得更加空旷，主题呈示的音量从 mp 到 mf，又从 mf 到 p、pp、ppp，表现出从远至近的距离感和空间感，展现原野的广袤。演唱上主要是哼唱和“啊”音喊叫，制造了一种阴森凄惨的气氛，为后面的悲剧做好了铺垫。

第二主题在长笛声部，建立在近似半音阶的结构上，游离而不确定，与第一主题间距一个小二度音程，产生出不协和的音效，这正好表现出人性之间的矛盾，戏剧性地表现出剧情发展。

2.“爱情”主题

爱情主题主要出现在第一幕和第二幕之间，是对第二幕将要出现的仇虎与金子爱情线路的铺垫和引导。这一主题犹如整个音乐中的“副部”主题，表现出爱情、温暖、甜美的歌唱性：双簧管在竖琴的伴奏下演奏出音乐主题，制造出一种甜美、遐想、憧憬未来的情绪，这一主题在后续中也有出现。仇虎与金子的二重唱将剧情推向高潮，表现出女人的温柔和缠绵，男人的刚毅和坚强。

3.“黑暗”主题

黑暗主题表现在焦母上场时的宣叙调，焦母在整个剧中表现得阴森、怪异和邪恶，这自然与她的身份和所处的地位环境有关。黑暗主题以低音为主，巴松奏出低音部分，加入萨克斯管的演奏，显得很怪异。当加入中国乐器大锣等器乐时，则加重了黑暗、阴森的气氛。音程有八度的跳进，有三度的过渡也有下行的六度，减五度音程的出现，尤其表现了沉重又刺耳的效果。而 mp 到 mf 的渐强效果，正好反映出黑暗气氛越来越强烈。

歌剧《原野》中的悲剧性音乐就是以“原野”“爱情”“黑暗”三个主题为主干线，贯穿于整个剧情。而“原野”和“黑暗”两个主题主要是以器乐演奏表现出来的，“爱情”主题则采用歌唱呈现。美妙动听、感人肺腑的爱情咏叹调，使得最后的悲剧性效果更加强烈深刻，因为越是完美东西的破裂，对人们的打击就会越大；越是憧憬的梦想，其最后的泯灭越是伤害有所期待的人们。

四、歌剧《原野》的悲剧性美学分析

1.歌剧《原野》的悲剧特点

悲剧是崇高的集中体现，展现出崇高之美，悲剧之所以能产生震撼人心的效果，就是因为它蕴含着崇高的力量。歌剧《原野》中的悲剧主要体现在英雄人物仇虎身上，以仇虎为主线的悲剧下随之产生了金子、大星、焦母整个家族的悲剧。

歌剧《原野》是一部典型性悲剧的作品，表现的是代表着社会新生力量的仇虎与代表旧社会力量的焦阎王的较量，通过人物之间不可调节的矛盾冲突，反射出社会矛盾的激化，反映出具有强大实力的旧势力对新生命的压制，也折射出社会历史的必然性和残酷性：新生正义力量的毁灭、英雄的牺牲连带众人的痛苦等等，这就是以正义的力量、悲惨的失败而产生出人格的伟大，留下的是震撼人心的崇高的悲剧之美。

2.《原野》的悲剧效果

悲剧呈现的是“将人生有价值的东西毁灭给人看”，将创伤性、毁灭性的场面展现在观众面前。因此，观看悲剧时感受到的首先是可怕和痛苦，人们情不自禁地为之动情而感伤，因为在他们心中美好的东西被破坏，但就在这种被摧毁的过程中，悲剧也产生出另外一种效果，那就是在道德上让人们的心灵得到升华，所以说悲剧的美学效果是与道德力量相联系的。

五、总结

歌剧《原野》中人物的悲剧效果是十分强大的，而为该剧作曲的金湘先生所承受的特殊时代灾难般的经历，正是中国那一代人所经历的共同磨难。不得不说金湘这位中央音乐学院高材生，在他风华正茂之时，命运将他指派到自然条件最艰苦的大风口边疆小镇，常年承受常人无法想象的艰难困苦生活，对他来说的确是“悲剧”性的经历。而这种悲剧般的磨难常年积压在心中凝结成强烈的悲痛、压抑和呐喊，成为他日后在歌剧《原野》创作中所迸发出来的激情、热情和勇气！

都说上天是公平的，痛苦和磨难孕育了金湘先生所创《原野》的成功，带来了他后半生的荣耀和创作上的收获。而笔者认为过着安逸生活的金湘，其后来的歌剧创作就再也没有《原野》那股子冲天之力，也缺了些戏剧冲突和人物塑造上的完美性了。

歌剧《原野》已经历经 30 多年的时间考验了，至今仍然是“中国最好的原创歌剧之一”，其中流露出的悲剧之美，是支撑这部歌剧成为经典不可或缺的因素。

原载《歌剧》2018 年第 10 期

探析中国民族歌剧《原野》中“金子”的艺术形象特征

陈 颖　高 艺　龙凤丹　杜 静　貟 婧

一、歌剧《原野》的简介

《原野》是由金湘作曲，万方根据曹禺的同名话剧改编的歌剧，当时中国民族歌剧刚刚度过了艰难的十年，“文革”刚过去，文艺团体重新开始了自由的艺术创作，在创作手法上吸取国外优秀作品的经验，这是中国歌剧发展史的转折点，为中国民族歌剧的发展奠定了基础。《原野》这部歌剧中，每一位角色都带有浓郁的悲剧色彩，金子代表了大部分中国封建农村妇女地位低下的形象特征。

二、金子的文学形象

金子代表了当时封建农村妇女的典型形象，在焦家受到了压迫和折磨，但是金子骨子里有追求自由的天性，渴望自由，渴望幸福生活。

1.娇嗔泼辣的妇女形象

歌剧《原野》第一幕中，焦大星对他的母亲焦母百依百顺的样子使得金子非常不满，歌剧中金子表现出不服输、娇嗔泼辣、反叛的形象。

2.为爱痴情的女人

歌剧第二幕中，十日之后，在焦阎王的家中，仇虎和金子燃起了爱情的火花，两个人却都表现出那么的不舍，他们彼此为爱痴狂。金子对虎子的爱已经深入骨髓，已经把虎子视为自己的亲人一样。第四幕里，仇虎和金子在森林里的对话，仇虎：“你跟着我只有苦。”金子答道：“可我心里舒服。”很简单的几句对唱却很明显地体现了金子对仇虎的爱和不舍，体现了为爱痴情的金子。

3.理性聪慧的妇女

在歌剧第二幕中，焦母派常五来打探金子在家中的情况，金子面对突如其来的常五伯表现得非常从容镇定，金子几句好话、几杯好酒就得到了常五的信任，她通过常五得知焦家、仇家的一切怨恨，金子淡定从容，没有慌张，很理智地处理事情，让焦母派来打探消息的常五无功而返，这就很明显地体现出金子理性聪慧的妇女形象。

4.渴望自由与爱情的形象

金子被迫嫁入焦家，在焦家的她没有自由，只有束缚和压迫，再加上瞎子焦母的欺压和凌辱，使金子的忍耐达到了极限，令她更想获得自由，更向往爱情。金子在歌剧中唱道：

"噢，天又黑了，我的心里更黑暗，这一天长的永远过不完，等来了早晨又熬到了夜晚，漫长的夜，闷得像坟墓。"体现了金子在焦家度日如年，她是多么的痛苦，多么的煎熬。接着又唱道："云高高，天蓝蓝，我变成一只小鸟，想飞，飞的自由，想落，落在树尖。"这体现了金子希望像小鸟一样自由自在、摆脱束缚以及对新生活的向往和憧憬。因此仇虎的归来让金子重新看到了希望，感受了幸福，燃起了爱情的火花。在《啊！我的虎子哥》中，金子对仇虎那难分难舍的爱体现得淋漓尽致。

三、金子的音乐形象特征

作曲家金湘根据剧情设计了三个音乐主题——"原野""爱情""黑暗"，还运用了大量重唱和对唱塑造出金子的音乐形象特征。歌剧《原野》中音乐主题的第一次出现是在序幕中，为了营造出一种沉闷的气氛。音乐主题多次变化，再出现是在金子的咏叹调《哦，天又黑了》中，通过级进、八度大跳音程等表现金子对自由生活的强烈向往。在另一首咏叹调《你们打我吧》中同样也有"原野"这个音乐主题，以"原野"这个剧情展开。金子的咏叹调多次运用到"原野"这个主题，充分表明金子的形象是叛逆的、充满野性的、向往自由的形象特征。爱情这一音乐主题出现在第一幕和第二幕的间奏中，与"原野"主题是两种不同的情感表达，表达的是男女对于爱情的憧憬。这一主题在第四幕金子与仇虎的二重唱《你是我，我是你》中得到了伸展，并采用了复调的写作手法把两人的声部汇合在一起，难割难舍，表现了金子对仇虎真挚的爱情。第一幕中瞎子焦母、金子、焦大星的三重唱，金子面对焦母的侮辱和谩骂作出的回应，表现了金子反抗、叛逆的性格特点。在两个人对骂的过程中做了音乐效果的处理，精心地把两人的唱词编排成一样，只是在旋律上，金子的旋律要比焦母的旋律高了五度。金子巧妙地运用焦母骂她的话回怼回去，不但表现出金子的叛逆性格，还表现出了金子机智、不服输的形象特征。第二幕中金子与仇虎的对唱，金子知道侦缉队要追捕仇虎的消息后，要求仇虎带自己一起走，到那"铺满黄金的地方"，我们就看出了金子的内心对爱情的痴迷和对自由生活的向往，面对着自己心爱的人，金子只想和仇虎永远地在一起，不需要任何理由。在金子与大星的二重唱《人就活一回》中，大星希望金子可以留下来，金子却坚决表示不同意，继而唱出了"人就活一回"。金子有向往自由、渴望人性被解放的一面，同时也明确了"原野"中的音乐主题。

三个音乐主题穿插在整部作品中，不同的主题代表了金子不同的性格特点，"原野"的主题就是为了表现出人们渴望自由和解放人性这一点，"爱情"是金子对两情相悦的真爱的追求，"黑暗"揭示了焦母内心的恶毒、社会的黑暗，以及妇女地位低下的真实社会。《原野》这部歌剧中，每一个角色都具有浓烈的悲剧色彩，无论是狠毒的焦母还是懦弱的焦大星，还有最后自杀的仇虎，所有的形象都是为了向我们展现解放人性是多么的重要。金子被迫嫁入焦家，她就一直压抑着自己的情感，无法呼吸。也许就是因为仇虎的出现才让金子尝到了爱情的美好、幸福的滋味，所以她一定要离开焦家，要和自己心爱的人仇虎一起去追求他们的爱情，去得到人性的解放。

原载《青年文学家》2018 年第 36 期

歌剧《原野》中的女性人物形象分析及表演技巧研究

苏　磊

歌剧是一门综合性极强的舞台艺术，其中的人物形象塑造具有极其独特的价值和地位。因此，可以说，歌剧表演的根本就是要在舞台上塑造出有血有肉的人物形象。[①] 在歌剧《原野》的表演当中，女性人物形象的丰满塑造为该部歌剧的成功打下了坚实基础。

金子是歌剧《原野》中的主要女性人物，可以说，《原野》这部由著名剧作家曹禺先生创作的歌剧，其主要矛盾的开展和戏剧高潮的迭起都离不开金子这个人物的起转承合。本文尝试对以该角色为代表的女性人物的表演技巧进行探讨，通过对其中铺陈开的人物关系和人物互动进展的研究，找出《原野》中女性人物形象的规律或特点，同时从表演的角度揭示出该歌剧的成功之处。

在《原野》这部具有较多复杂情节线的歌剧当中，金子所延伸出的情节始终是贯穿全剧始终的主线。歌剧的跌宕起伏围绕的始终是金子追求自由与爱情的强烈自我救赎。从整部戏剧的描述中，观众的脑海里会逐步清晰地树立起一个为了追求自由与理想爱情的女性，不惜与封建落后社会现象做斗争，即便是在生活困苦压抑的艰难时刻，依然不放弃内心对于信仰的追求和对于自由爱情的向往。这样一个坚强而自立的女性形象，对于歌剧所表现的时代背景来说，无疑是十分亮眼和突出的，她把女性求新求变的自立形象塑造得非常感人。同时，金子在剧中的身份又随着剧情的变化有着多重的复杂性，其人物命运的悲悯与内心强烈的冲突挣扎，反而对比出人物在时代中无奈抗争的悲情，这一强烈对比又更增添了戏剧的感染力，使得观众更能与剧中人物产生情感的共鸣，强化歌剧的艺术效果。

如果我们追溯《原野》这部歌剧的创作背景，就会发现，该剧诞生于20世纪80年代，改革创新是那个年代的主基调，而《原野》这部具有现实主义色彩的歌剧，正好通过人物形象的塑造契合了当下时代的发展走向，因此获得了巨大的成功，甚至在当时被誉为"第一部叩响西方宫殿大门的东方歌剧"。[②] 这其中，优美的唱段配合演员的精湛表演，可谓是成就该幕歌剧的一大功臣。

---

① 邓雅娟.中国歌剧中女性形象的嬗变——以三次高潮的代表作品为例[D].长沙:湖南师范大学,2012.

② 阚志伟.追求自由爱情歌唱人性解放——歌剧人物"子君"与"金子"的形象比较[D].济南:山东师范大学,2012.

对于女性人物形象的塑造分析，已经通过其中的典型代表——金子做出了一定的论述，在演员角色身份的变化中，女主角由“叛逆女性”转变为“东方女性”，这深刻揭示了歌剧锐意突破的时代性和先锋性。除此之外，在另一个层面，即表演技巧的展现方面，我们依然可以从这些女性人物的塑造上找出《原野》的艺术魅力所在。

作为贯穿始终的主要人物，金子在歌唱表演上一是利用唱腔，二是利用唱词，很好地表达了歌剧音乐的戏剧性和抒情性。在剧中，金子与焦母是两个矛盾对立的女性人物。其中，焦母作为封建社会落后女性形象的典型代表与追求美好爱情生活的金子形成强烈的反差冲突，这既因为她们的阶级背景不同，同时她们二人的内在性格也存在巨大反差，这些戏剧的冲突强化了歌剧的戏剧性，而这种戏剧性在表演上创作者通过两处三重唱的形式表现出来。这两段的表演中，亮点突出在唱词的选择上。创作者有意使用民间宗教的素材，通过类似“阎王小鬼你听真”“天有灵，盼着地狱早开门”等民间封建迷信词汇，以民俗文化的形式来渲染人物内在的激烈情绪，强化了两个女性人物之间的强烈对立冲突。尤其是金子唱到“变猫变狗”的这段唱词时，创作者要求演员尽量不要过多追逐音色等专业技巧的变化，而是回归情绪的本身，迎合歌剧发展的节奏，快速唱出歌词，甚至为了表现人物的内在情绪翻腾，在音色上可以夸张变形，乃至嘶哑。这一表演技巧，就是融合了演唱技巧和影视表演技巧，当然，其最终目的是为了丰富歌剧的戏剧张力，体现音乐的戏剧性特点。另外，在体现音乐的抒情性上，鉴于《原野》这部歌剧除了描写复仇、仇恨外，还有爱情的主题成分。[①] 女主角金子就有几处出色的抒情表演。比如，当金子经过了世事的沧桑再与当年的爱人仇虎相见的时候，唱了一首《啊！我的虎子哥》。这首歌曲在风格的演绎上就采用了北方民歌的演绎方式，男主角与女主角一前一后，交替演唱，衬托出二者爱情的水乳交融、两相应和的焦灼情感，让观众对他们之间爱情的曲折悲怆感同身受，引起共鸣。

原载《戏剧之家》2019 年第 19 期

① 黄婷.论歌剧《原野》中女性角色的演唱[D].南京:南京艺术学院,2008.

沈阳音乐学院庆祝建校 80 周年校友音乐会之歌剧《原野》倾情上演

王 尧

10 月 21 日，沈阳音乐学院庆祝建校 80 周年校友音乐会之歌剧《原野》在学院音乐厅隆重上演。学院领导、广大校友及学院师生共同观看了本场音乐会。音乐会由副院长冯志莲主持，她简要介绍了歌剧的主要内容及指挥、乐队、剧中男女主角扮演者等基本情况。

歌剧《原野》由万方根据曹禺先生的同名话剧改编，金湘作曲，是第一部被搬上国外舞台的中国歌剧。歌剧《原野》分为四幕，讲述了 20 世纪 30 年代北方农村青年农民仇虎的复仇与爱情故事。作品中传承了中国民族音乐的风格特点，借鉴了西方音乐的创作手法，并将两者结合完美地融入到歌剧之中。作曲家金湘在这部歌剧中大量运用了咏叹调和宣叙调，多处演唱片段中还采用了多调性的创作手法，同时把戏曲中的念白作为歌剧中演唱的主要唱腔形式，使人物形象在塑造上更形象立体，富有特色。歌剧以音乐为载体，生动地表现了剧情，准确地表达了人物情感，营造了作品中浓厚的戏剧性与悲剧性特点，是一部集艺术价值、欣赏价值于一体的经典歌剧作品。

歌剧《原野》的女主人公金子由校友、女高音歌唱家韩延文饰演，男主人公仇虎由校友、男中音歌唱家曲波饰演。韩延文、曲波两位歌唱家在繁忙的工作中挤出时间，不辞辛苦，认真排练，精心准备，以精彩的演出为母校建校 80 周年献礼。本场演出乐队为沈音北方青年交响乐团，著名指挥家洪侠任指挥，歌剧中部分角色由中国歌剧舞剧院演员和中国音乐学院教师担任。

演出气氛热烈，大气磅礴。演员们的演唱声情并茂、真挚动人，将剧中跌宕起伏的情节、紧张激烈的戏剧冲突以及丰富充沛的人物情感表现得淋漓尽致，让观众看到了一个个有血有肉的舞台艺术形象，欣赏到了一场高水平、高质量的歌剧盛宴。演出结束时，观众们纷纷起立为演员们鼓掌、喝彩、挥手示意。

八十年风雨砥砺，八十年薪火相传，八十年春风化雨，八十年春华秋实。在近三天的校庆活动中，沈阳音乐学院共举办了 3 场音乐会、4 场鲁艺大讲堂、1 场全国专业音乐院校高峰论坛、13 场学术讲座及多场公开课。在接下来的校庆活动中，多场内容丰富、各具特色的音乐会和学术讲座将轮番登场，全面展示沈音 80 年来丰厚的教学成果，以及沈音人在艺术实践与科研创作方面的能力与水平。

原载《音乐生活》2018 年第 12 期

三、《日出》改编研究资料

美的探索

——初演沪剧《日出》中陈白露的一点体会

马莉莉

作为一个演员，我生活在艺术美的世界中，对美似乎有了一定的认识。然而，当陈白露这个《日出》中的艺术形象闯进我的艺术创作天地，我又力图把自己同陈白露“合二而一”的时候却茫然了。我仿佛觉得自己不会演戏了。陈白露使我陷入创作的困境。同新中国一起诞生的我——用白杨老师的话来说，“马莉莉是解放牌的，没有看到过旧社会”，能演好属于早已过去了的时代的陈白露吗？能否达到凌琯如老师在排练过程中所反复强调的“一定要表现出陈白露的美”的标准吗？凌老师还向我介绍了白杨老师在排演陈白露时是如何讲究美的，这更使我惶恐不安。我正是怀着这样的心情向前辈艺术家求教，向本团同志求教，向美学著作求教；我渐渐地从迷雾中走了出来，开始了艰难的创造历程。

陈白露是一位“高级”交际花。她周旋于魑魅魍魉之间，迷恋于灯红酒绿、醉生梦死的豪华生活；她陷入泥坑而又无力自拔。这些都必须加以批判。这样的人物怎么可能具有美呢？当然，陈白露有值得同情的方面。她——一朵娇嫩的花，一个曾经追求过生活自由和爱情幸福的女性，被旧社会无边的黑夜吞没了。她悲剧性的结局是人吃人的社会制度造成的。然而，同情感不等于美感。例如，祥林嫂把自己的不幸归于“天命”，为了所谓的“赎罪”，她用自己的血汗钱捐了一条土地庙的门槛。其实，她是在把一个巨大的枷锁套在自己的脖子上。祥林嫂作为一个劳动者，无穷的灾难把她的人性扭曲了。对此，我们不能不表示莫大的同情。但祥林嫂的美并不是表现在“捐门槛”上，而是表现在她的勤劳、朴实、善良的本性上，表现在“砍门槛”的行为中。由此可见，同情是与形象的屈辱和不幸联系在一起的，美感则是与形象的积极向上的思想行为联系在一起的。而陈白露的美究竟表现在哪里呢？

显然，我原有的认知水平是回答不了这个问题的。经过一段日子的学习和摸索，我终于找到了比较准确的答案。陈白露是一个复杂的人物形象，简单的肯定或否定都无法准确地把握这一形象。因为她是个交际花，所以她必定会要求自己的言行举止显示出女性的魅力。她是一个受过高等教育的大学生，她所追求的美应是华贵而又高雅的，这些只是她的表面。陈白露对方达生的友情，对过去丈夫的怀念，对小东西的怜悯以及在营救小东西时所表现出来的勇气，直至最后对周围一切的厌恶，都可以说明陈白露还具有一定的人性美。这是陈白露的本质的主要方面。剧作家更多的不是在表现陈白露的堕落，而是在表现她内心世界的矛盾以及她的人性美。英国 17 世纪批评家德莱登在《悲剧批评的基础》一文中说:“悲剧性的形象必须有合乎美德的倾向,他必须有某种程度的美德。”上面所说的几点,正是在某种程度上表现出陈白露的美德。因此,她既有丑的一面,又有某种程度的美的一面;她是美与丑的统一体。这就造成了这个人物形象的复杂性。

此外,我们还可以从陈白露这一艺术形象的创造中,开掘更深刻的内含。列宁在评价列·托尔斯泰时,一方面严厉批判了他的“对恶不抵抗”的反动思想,另一方面却称他是“俄国革命的镜子”,“在他的遗产里,却有着没有成为过去而是属于未来的东西”。陈白露以及《日出》有没有属于未来的东西呢?有的,那就是陈白露反复吟诵的“太阳升起来了”的那首诗以及“日出东来,满天的大红”的那些劳动号子声。陈白露虽然没有真正认识未来,更没有勇气走向未来,未来并不属于她的。但她的毁灭是对“人吃人”的社会制度的否定,是对“日出东来,满天的大红”的新世界的肯定。这正是“没有成为过去而是属于未来的东西”。因此,在演出中,仅仅使观众同情陈白露是远远不够的。我必须通过陈白露的形象塑造,努力使观众理解《日出》中属于未来的东西。懂得了这一点,就能抓住陈白露的灵魂,就能抓住《日出》的灵魂。

我的这些认识是在塑造陈白露形象的过程中逐步加深的。严丽秋老师说:“对陈白露这个人物的好与坏的评价是评论家的事,你的任务就是合乎逻辑地演好陈白露。”所谓合乎逻辑,按我现在的理解,就是要求“我”在舞台上的言和行都必须是属于陈白露,而不能是属于别人的。例如,在新增加的第一场戏中,编导特意安排了一个空场,伴唱声歇,电梯停下,陈白露从电梯中走出。对于这样一个出场亮相,我在排练的最初阶段竟无所适从。之后,经过反复琢磨,我终于找到了符合人物内在逻辑的动作——狂欢了一夜的“我”,即使已累得困乏懒散,却又不失高雅美艳的风度:“我”姗姗走出电梯,一手撩起披风,侧身站立,侧面看人,一丝微笑,轻合双眼,余兴未尽地唱起“倦鸟归笼把温梦寻”……这是一种既疲乏又满足,既厌倦又迷恋的矛盾心理状态的自然流露。又如第二场,陈白露在倾听小东西诉说苦难身世时,起初,我的表演是这样的:“我”很同情地正视着小东西,身子不侧,也不侧面看人,甚至把手搭在小东西的身上,表现出亲密无间的感情。凌老师看了,直截了当地指出“我”像张志新!由于我片面地理解了这些意见,又改成故意离着小东西远远的。这样的表演看上去又太不近人情了。后来导演为“我”设计了一件小道具——画报。“我”坐在沙发上,随手拿起画报翻翻,时而侧耳倾听小东西的诉说,时而瞟小东西一眼,之后才渐渐被小东西的哭泣声所吸引。这一改动使人感到真实多了。又如第六场,当听到小东西惨死的消息时,“我”禁不住泪如泉涌。导演立即向我指出,这种感情不是陈白露的,不符合陈白露的性格逻辑。陈白露不是张志新,不是韩英。她对小东西的同情,对小东西反抗精神的赞赏都是很有限度的。这种同情和赞赏绝不能促使她同群魔决裂而走向革命。小东西的惨死只能使陈白露更加悲观厌世,所以,几点泪花在她的眼眶中一闪便匆匆地过去了。又如当方达生的批评击中了陈白露的要害时,最初“我”是以惊愕的神情凝视着方达生。后来,经导演指出后,“我”由正面凝视改为若无其事地坐在沙发扶手上,故意把话题扯开,以故作镇定的外形动作来掩饰内心的虚弱。又如斗黑三那段戏,我原来设计的动作是“以正压邪”。经导演分析后,改为“以流氓斗流氓”。孤立来看,陈白露在这段戏中表现出来的“流气”是丑的，但从全局来看却是美的。因为这是陈白露营救小东西所采取的必要手段。这些就是陈白露性格的内在逻辑。任何不符合这个内在逻辑的表演，必定会歪曲陈白露，也必定会歪曲《日出》。

为什么我在开始排练时，凌老师说“我”像张志新呢？原因有二：一是认识上的问题，二是表现方法上的问题。过去，我演过《洪湖赤卫队》中的韩英，《一封终于未发出的信》中的陶斯亮，《张志新之死》中的张志新，《白莲花》中的白莲花，她们是革命中的英雄人物，我们不能要求陈白露具有像张志新、韩英那样的美，也不能用表现张志新、韩英的方法去表现陈白露。不然，戏里的陈白露就会同方达生一起出走了。这种违反历史原貌的做法，必定会破坏艺术美。杨白劳喝盐卤自杀的情节是催人泪下的，但自从改成杨白劳拿起扁担进行反抗之后，这一特定时代的特定人物的悲剧力量也便随之消失了。因此，只有遵循生活真实和艺术真实相统一的创作方法，才能演好自己扮演的角色，才能创造真正的艺术美。

戏剧是一门综合性艺术。艺术美是集体智慧的结晶。艺术美不是属于个人的，而是属于集体的。我将继续努力，努力探索美，努力创造美。

原载《上海戏剧》1983年第2期

沪剧的"曹禺情结"

马莉莉

很多人都说我与曹禺有缘，因为我曾幸运地在先生的两部名剧中出演过女主角——《日出》的陈白露和《雷雨》的蘩漪。但在我的心底里，却有一个永远的遗憾——我与先生仅有一面之缘。那是在 1983 年 3 月 15 日的中国大剧院，曹禺先生在夫人李玉茹、上海沪剧院院长丁是娥的陪同下，观看了沪剧《日出》，并在演出间隙接见了我们。而后十几年中，尽管拜访先生的愿望时时萦绕在我心头，却一直没有机会实现。直至 1996 年底，我作为上海市文联代表晋京参加全国文代会，在飞机上就下定决心，这次无论如何都要登门探访。但万万没有想到，我刚刚踏上北京的土地，就传来了先生前日辞世的噩耗。

一

细细想来，在中国三百多个地方剧种里，还算年轻的沪剧与曹禺剧作最是有缘。提及这两者的渊源，我不禁又想起了一位故人，尊敬的沪剧前辈丁是娥老师。20 世纪 60 年代初，沪剧界大会串选择了曹禺名剧《雷雨》作为载体，丁是娥、石筱英、杨飞飞、王盘声、解洪元、邵滨孙、袁滨忠、赵云鸣等名伶云集一堂，满台生辉的精彩演出轰动一时，流芳后世。《雷雨》一出，沪剧擅演西装旗袍戏的特色和传统被发挥到淋漓尽致，剧种也因此被推向了一个阶段性的高峰；《雪雨》一出，丁是娥老师的"活蘩漪"更是名扬剧坛；《雷雨》一出，沪剧从此与曹禺结下了不解之缘。

说来也有些遗憾，自《雷雨》以后，沪剧的这份"曹禺情结"直到 20 世纪 80 年代初才得以延续。那是 1982 年，时任上海沪剧院院长的丁是娥老师为行当齐全、人才济济的一团慧眼独具地选择了曹禺的另一部名剧《日出》。在她看来，排演曹禺的名著是"可以出人出戏的"，为此她还特地请来了曹先生的门生，也是当年话剧《日出》的导演之一凌琯如老师。

我何其幸运，三十出头的后生小辈，竟被委以重任主演陈白露。当曹禺先生笔下这个著名的交际花带着旧上海的风尘走进我的艺术生活时，伴随着惊喜而来的更多的是惶恐和焦虑。凤子、白杨、严丽秋、杨薇……我虽无缘观摩这些名伶演出的陈白露，但通过人们津津乐道的传诵、描述，并不难想象她们所取得过的成就。其实，有着这样紧张情绪的又何止我一人，毕竟我们即将排演的是曹禺的名剧！大家嘴里不说，但心里却都十分明白"曹禺"二字的分量和压力。因此凌老师的到来，对于当时这个主要由中青年演员组成的沪剧《日出》剧组而言，无异于一支强力的定心剂。

在沪剧的历史上，曾经有多位话剧导演功不可没：《罗汉钱》的导演张骏祥、《星星之火》的导演朱端钧、《红灯记》的导演应云卫……地方戏曲向话剧的学习，导演往往起到了最重要的桥梁作用。通过《日出》与凌琯如老师的合作，我们这一批晚辈也有幸像前辈那样接受优秀“话剧文化”的训练和提升。其实，与其说是“提升”，倒不如说是一种重塑，就我个人而言，《日出》排演的两个半月，并不亚于经历一番脱胎换骨的再学习。

我年轻时代获得的小小声誉，皆来自于“文革”前后的一系列“革命”题材作品，凭着几分天资，曾博得过“英雄花旦”的美名。初出茅庐时，我真还对此有过几分沾沾自喜，谁知一进《日出》排练场，却无处不痛恨起自己这股“英雄气”来。陈白露——大学生交际花，旧社会的畸形儿，性格矛盾的混合体……与新中国同龄的我，自然无从体察这类特殊人物的音容笑貌、举止心灵。不仅如此，特殊年代的价值观念和艺术模式，在我们这代人身上的烙印尤为深刻，对舞台上站立着的各色人物只习惯于用“正”与“邪”、“善”与“恶”来划分阶级，区分好坏，而这一套显然是不适合陈白露这类人物的。那时我的人生、艺术阅历尚浅，对这种窠臼所带来的负面影响还只能停留在感性认识阶段，只觉得表演不顺畅、不舒服，无论如何也找不到陈白露的“感觉”。不知道这是为什么，更不知道该怎么办。

凌老师在排练场上常批评我“学生气有余，交际味不足”，单为陈白露的出场我们就曾绞尽了脑汁：跳了半夜舞，狂欢尽兴，疲乏极了；从电梯里出来，她娇态可掬，既带有懒散的倦容，又不失高贵的风度……这些复杂的要求用文字还可以来表述，但呈现到舞台上究竟该是个什么状态？什么气质？我这个有着十几年戏龄的演员，突然被“陈白露”搅得坐立不安，一夜之间竟好像不会演戏了。

凌老师教了我一个办法，“设想人物的过去、现在和未来”。带着这一句话，我一头扎进了书海：想方设法从上海各大图书馆的藏书、报刊中寻觅那个时代的足印，想象那个年代的风貌，还细读、摘录了大量有关表演的著述和评论文章，并多次求教严丽秋老师，以求捕捉前辈艺术家对陈白露的几丝灵感……至今我的书柜里仍珍藏着一本工作手册，那就是我当年写成的密密麻麻的马莉莉版“陈白露传”。

《日出》彩排的那个晚上，我身着长裙，等候在狭小的“电梯”里，努力平抚内心的紧张和不安。音乐声渐起，电梯门洞开……突然，我惊慌地发现曳地的裙摆太长了，要在规定的几秒钟内完成事先设计的动作是绝对不可能的！怎么办？犹如电光一闪，踩着细步，踏着节奏，我就很随意地施展起来：哈欠连绵，手拢秀发，轻拉披肩，侧目斜睨……台下凌老师在导演席上跳起来了：“对了，就是这个感觉！”

1982 年 10 月，白杨老师在观看《日出》以后曾戏谑地笑称我是“解放牌”陈白露。在我登门求教时，她又笑问我：“陈白露怎样对付黑三上门讨小东西？”我被问蒙了，按习惯的思维方式和表演逻辑，我的理解就是“邪”不压“正”，所以表演中确带有几分“英雄气”。对此白杨老师点拨了我一句话：陈白露，一个周旋于十里洋场的高级交际花，处理这样的事就是六个字——“比‘流氓’更‘流氓’”！要摆出一副架势来，要让黑三摸不着头脑，搞不清底细。白杨老师还亲自给我做示范，真令人拍案叫绝，茅塞顿开。

这一个小小的处理，使人真正懂得了演戏不能用简单的标准去划分、定义人物，十几年来形成的“三突出”表演模式通过“陈白露”的创作逐渐土崩瓦解了。每个角色的身份、性格不同，处理事件的方法，对待不同对象的神态、语言自然也不同。“言为心声”，语言是塑造人物的关键，对此曹禺先生不仅深谙此道，并且有极深厚的造诣。就说陈白露的这段戏，经白杨老师这么一点拨，我突然发现原来曹先生的原著早已向读者透露了这样的信息："我这里搜烟土有烟土，搜手枪有手枪……我这间屋里有五百两烟土，那间屋里有八十杆手枪"……这不就是那个比"流氓"更"流氓"的陈白露吗？

二

我听人说过，曹禺先生写戏、写人必经过深入了解，对他们的行为和语言逻辑、习惯、思维方式无不了然于胸，难怪他笔下的人物那样栩栩如生，跃然纸上。我想用"准确精练"四个字来概括自己对曹禺剧作文辞功力的感受。

1988年上海沪剧院复排《雷雨》，由我出演蘩漪。演蘩漪不同于演陈白露，在名剧目、名作家之外，还多了一重压力——丁是娥老师的"活蘩漪"。但当我走进"周公馆"的时候，丁老师已病重住院，求教辅导都只好成了空想。当年的《雷雨》没有留下任何影像资料，我能做的只是反复聆听丁老师的录音。大大出乎我意料的是，在聆听的过程中，一个活生生的蘩漪形象竟逐渐在我脑海中立体起来。我仔细地琢磨丁老师的每一句念白，每一句唱腔，强烈地感受到蘩漪的语言怎么有那么多的"弦外之音"，透露着那么浓烈汹涌的情感波涛。我想，这固然是因为丁老师对人物深刻的理解和超凡的演技。但不可否认的是，曹禺先生对蘩漪的语言塑造真的是匠心独具。

蘩漪的话并不很多，但她的话语几乎每句都是话里有话。你看她与四凤、与周萍、与周冲、与鲁妈、与周朴园、与鲁贵……不同的对象，她的台词都有极强的针对性，所谓"对什么人说什么话"，在蘩漪身上体现到了极致。我演蘩漪，在念到、唱到不同的台词或唱词时，就会情不自禁地联想起剧本中无比丰富的舞台提示与潜台词，就会联想起蘩漪与对话者的关系、渊源，如此一来就能格外调动起相应的情绪，语气与语调的抑扬顿挫、轻重缓急也变得异常自然顺畅起来。

丁老师生前曾这样说：《日出》是继《星星之火》后，沪剧史上的又一个里程碑。我知道，这是丁老师对我们后生的鼓励，也是对她自己"曹禺情结"的一种安慰。但有一点是肯定的：那就是曹禺是我们沪剧史上最浓墨重彩的一笔。沪剧演曹禺先生的作品，曾经引来众多好奇的目光，其实有不少观众正是被"曹禺"二字吸引到剧场看沪剧的。套用一句时髦的话，这就是曹禺给剧种、剧目带来的巨大"附加值"。《雷雨》《日出》直至《原野》（上海长宁沪剧团演出），这些名剧的成功演出在不同的历史阶段提高了沪剧的文化声望和艺术地位。

行文至此，我不禁又生出了另一重遗憾来：演过了《日出》《雷雨》，我却再没有机会演一演《原野》。其实这个心愿早已纠缠了我多年，但由于近年来艺术氛围总难改浮躁，演出的经济压力日渐沉重，优秀的剧本凤毛麟角，自己也很惭愧，总静不下心来搞一点艺术，所以只好任由年龄渐长，任由"金子"离自己越走越远。对此，我总觉得对不起曹先生，更对不起丁老师，然而我个人似乎无力回天，也许只能寄望于后生了……

原载《解放日报》2000年10月23日

诠释经典的意义

——看音乐剧《日出》

杨 格

乡村、小溪、溪边的小姑娘，人性淳朴的力量已经敌不过上海滩十里洋场的纸醉金迷。我感慨音乐剧《日出》讲述的这个久远故事。

二十世纪三四十年代的这个故事留给人们的是思索。从乡村到上海，陈白露已经不是溪边的小姑娘。曹禺话剧《日出》一经问世，这出人生悲剧便被一再演绎，八十年代又改编成电影。几十年过后，1999 年 4 月，著名电影导演吴贻弓坐在上海大剧院与作曲家金复载、董为杰碰头，话题所及还是《日出》——将它改编成音乐剧如何？

音乐剧是吴贻弓自感陌生的领域。点头承诺编剧、导演《日出》后的 4 年里，吴贻弓一头扎进了创作之中，研究有关音乐剧的资源，听 VCD、CD……

终于，2002 年 5 月 18 日晚，音乐剧《日出》在上海大剧院拉开帷幕。音乐骤起的时候，三四十年代的上海氛围呈现：十里洋场、纸醉金迷。一曲《拿酒来》高唱，舞厅里派对热闹，上海滩名交际花陈白露一身红裙舞出，由中国歌剧院女高音歌唱家王燕出演。“这里的一切好陌生，这屋子为什么这样的冷？为什么他们这样看着我，你的朋友都是什么人？”扮演方达生的著名男中音歌唱家廖昌永的演唱，声音浑厚，很有魅力，朴实的方达生与耀眼的陈白露形成鲜明对比。

音乐很美。一群年轻舞者每每在场景变换时激情舞出，演绎乞丐、演绎股市行情走势、演绎妓院灯红酒绿。剧中的“幕表人”是话剧中没有的。陈佩斯扮演的王福升圆滑虚伪，但他同时扮演的“幕表人”则旁白点津，两个角色交融颇为有趣。这些，都是音乐剧《日出》的出新之处。加盟的影视演员、戏剧演员很多，如崔杰、唐群、李家耀、梁谷音等，全然边缘组合的阵容，各自显示特色。我注意到“月下”一场戏，陈白露与方达生放歌，回到从前。陈白露短暂复归本色的心灵吟唱，旧日竹均走来——“今晚的月亮真好，暂别了尘世间的喧嚣。沐浴你的温柔，抛开许多烦恼。月亮啊月亮，我真想投入你的怀抱……”吴贻弓是在解析一个风尘女子吗？这是话剧中没有的情形。

孤儿小东西出现了，她逃进陈白露的房间躲避凌辱——黑势力头目金八抓她。人们在话剧中熟悉了相帮情节之后，吴贻弓新增“马路”一场：与方达生带着小东西畅游南京路的陈白露直抒胸臆，唱起了《做好人真实在》。“月下”与“马路”，展示了陈白露的另一面。吴贻弓解析他所理解的陈白露，完成对经典新的诠释。结局与话剧相同：陈白露的靠山潘经理被金八操纵的股市搞垮，她自己则变成金八的女人。耻辱、希望破灭，陈白露没有等太阳升起——明天会属于她吗？她诀别人世。方达生的红玫瑰没有唤回过去的竹均。

落下帷幕的时候，《溪边有个小姑娘》的音乐响起，人们在小溪的浅淌吟唱中回味着《日出》……

原载《人民日报（海外版）》2002年6月12日

曹禺《日出》改编成电视剧 将在全国各大城市电视台播出

易运文

本报深圳7月15日电：由深圳市委宣传部文艺创作中心、中国国家话剧院影视中心、深圳万科影视有限公司联合打造的经典剧作——23集电视剧《日出》业已拍竣，将于近期在全国各大城市的电视台播出。该电视剧的制片人日前说，这将是深圳继《钢铁是怎样炼成的》之后推出的又一部电视剧精品。

万科影视有限公司总经理郑凯南女士认为，在著名戏剧家曹禺先生的戏剧作品中，《日出》是最适合改编成电视剧的。《日出》不同于一般商业意义上的单纯娱乐片的电视剧，而是一部有着深刻内涵和艺术品位的作品。《日出》是由著名戏剧大师曹禺先生的女儿和女婿——著名作家万方女士和程式鉴先生历经5年时间改编完成。该剧演职员的阵容也非常强大，由著名电影导演谢飞执导，近年来在电影和戏剧舞台上非常走红的著名演员徐帆饰演陈白露，著名演员斯琴高娃、许还山、朱琳都在其中担任了角色。因导演电视剧《大宅门》而一炮打响的郭宝昌也在其中客串了一个不起眼的角色——大恶霸金八。《日出》一剧中的音乐由获得最佳作曲奖的著名音乐家王宪作曲，片头和片尾歌曲分别由台湾著名歌手蔡琴和罗时丰演唱。

《日出》所描写的是20世纪30年代中国黑暗社会的众生相。此剧以徐帆所饰演的女主角陈白露的生活经历为线索，通过对其精神悲剧的刻画，揭露和控诉了黑暗社会的这种精神的“吞噬之力”是何等可怕。

原载《光明日报》2002年7月16日

原创音乐剧《日出》可能很奇特

赵　爽

"什么？陈佩斯要演音乐剧了？又是喜剧吧？"

"陈佩斯演音乐剧？别逗了！他会唱歌吗？没准又是炒作。"

"听说《日出》是搞笑版，是《托儿》的续集。"

……

近来，关于陈佩斯的近况有着种种猜测和传闻。11月22日下午，随着著名电影导演吴贻弓，作曲家金复载、董为杰，歌唱家廖昌永，舞蹈家高度等主创、主演班子的集体亮相，此前蒙着一层神秘面纱的大型原创音乐剧《日出》终于掀开了大幕的一角——由北京大道文化节目制作有限公司、北京长安舞台艺术有限公司、希肯国际文化发展有限公司三家联合投资出品的大戏，在历经三年的精心创作后，将于2003年1月3日、4日在北京保利剧院首演。身兼主演和出品人戏里戏外两个角色的陈佩斯说，这部舞台大戏与《托儿》等喜剧无关，而是一部正经的音乐剧，且是一部地地道道的大悲剧。

此前，《托儿》一口气在全国演出了99场，创造了话剧演出市场的奇迹。正当人们期待着陈佩斯的下一部舞台喜剧的时候，陈佩斯却突然掉转船头演起了音乐剧，令人大惑不解。那么，陈佩斯为什么会做出这样的选择呢？原来，早在三年前，导演吴贻弓和作曲家金复载、董为杰就开始着手把曹禺先生的《日出》改编成一部音乐剧，此间，他们先后八易其稿。当时，吴导就和陈佩斯约定一定让他（陈佩斯）演一个重要角色，而一直酷爱歌唱的陈佩斯欣然接受了邀请。一诺千金，三年后，陈佩斯终于在剧中扮演起了王福生这个类似于说书人的穿针引线一般的人物，唱的都是一些"支离破碎"的降B、降C，无论从人物塑造还是演唱技巧上，对于陈佩斯来说都是一次难度相当大的挑战。

另一方面，陈佩斯作为北京大道文化节目制作有限公司的经营者，也希望在成功运作《托儿》之后做一些全新的尝试。今年5月18日，《日出》按照国际音乐剧制作的惯例，在上海大剧院成功地推出了"音乐会版"的演出，得到了包括曹禺夫人李玉茹在内的到场专家和观众的一致好评。著名作曲家叶小钢认为："剧本的改动符合音乐剧的规律，歌也好听，也有味道，虽然只是音乐会版，但已经可以预见整个剧的面貌。这个戏对音乐界的鼓舞很大，说明中国也能搞出成功的音乐剧。"由此，更坚定了陈佩斯将这部戏推向市场的信心。

这次"正式完整版"演出，除了要对剧情和音乐进一步完善外，还要从舞美、灯光、造型、编舞、音效等各个方面对该剧进行全方位的重新编排和包装，在制作阵容中，汇集了黄海威、高度、蔡军、邢辛、文爽等一大批国内一流高手。

首次涉足音乐剧的著名导演吴贻弓，曾经执导过《巴山夜雨》《城南旧事》等经典电影。他认为，音乐剧和电影像一对姐妹，有相通的地方，都是一门综合的艺术，都包括表演、音乐、美术、灯光等等因素，只不过一个是通过舞台表现，一个通过银幕表现。他介绍，音乐剧《日出》从剧本结构到剧情和曹禺先生的原著相比，有着较大变化。从话剧版的四幕增至八幕，并根据音乐剧的特点设置六大场景和十大歌舞，除保留了“妓院”和将“客厅”改成“舞厅”外，还增加了“月夜”“大路”“交易所”三个场景，突出了情节的转折，体现了主人公的命运多舛。最突出的是将黑社会头子金八爷通过股市交易挤垮潘月亭、买下陈白露的情节，从原作中的打电话用台词交代改成了一场戏，更颇具创意地用群舞形式来表现股市里的忙乱纷争，以烘托气氛。

同时，将原著的故事情节简化成了一个非常凄美的爱情故事，以陈白露和方达生的爱情，以及陈白露和小东西的命运对比为双主线。删去李青石、黄省三和李太太等人物，而对潘月亭、胡四、张乔治、顾八奶奶等人物做了修改，甚至连翠喜也只保留了很少戏份。反而方达生、王福升和小东西的分量加强了，剧中还添加了侍者、乞丐、路人、妓女、嫖客等群众人物，为音乐剧中不可或缺的合唱和舞蹈提供场面基础。原作中并未露面的金八爷也在期货交易所亮相。

在音乐的表现上，《日出》也颇具特色。著名作曲家金复载、董为杰为此综合了多种唱腔的众多风格，处处突出“好听”二字，既有歌剧、爵士乐的大段咏叹调，也有通俗音乐、民谣的轻快俏皮小调。西方与中国，传统与现代，结合得十分完美。著名作曲家金复载仅在作曲部分就用了一年多的时间，最终创作了 40 首优美的歌曲，由吴贻弓亲自捉刀创作的歌词部分，则在保留原作著名经典对白的同时，又加上了不少原创的口头化语言，使音乐剧更具感染力。

除陈佩斯外，这次《日出》演员阵容的构成方式也非常奇特。剧中男主角方达生的扮演者是国内歌坛公认的实力最强的男中音歌唱家廖昌永。他曾三次获得国际最高声乐比赛大奖，并与多明戈、卡雷拉斯同台演出，先后在美国与歌王多明戈合作演出《游吟诗人》和《霍夫曼的故事》，由此奠定了廖昌永在世界歌剧舞台上的地位。剧中女主演陈白露的扮演者潘莉是一位非常有潜力的新人，毕业于南京艺术学院音乐学院的她，目前正在北京舞蹈学院音乐剧系表演班深造，她是从数百名候选者中凭借着突出实力最终脱颖而出的。原来这一角色呼声较高的青年歌唱家王燕，因档期冲突等原因与陈白露遗憾地擦肩而过。此前，剧组还对顾八奶奶、胡四、金八、小东西等角色进行了面向社会的公开选聘，数百名全国各地的专业及业余演员争相报名，最终刘铮、王璐丹等幸运者受到了剧组的青睐。剧中 17 位基本演员则来自北京舞蹈学院音乐剧班。

据制作人季平透露，保利剧院首演后，《日出》将到上海、武汉、广州等地进行大规模巡演，2 月 12 日至 15 日将重回北京演出。

原载《中国文化报》2002 年 11 月 27 日

音乐剧《日出》:加了黄油、奶酪的炸酱面

柳　芽

听说一直钟情于戏剧小品表演的陈佩斯和在电影界有着赫赫声名的吴贻弓导演联袂推出了音乐剧《日出》,于是先睹为快。然而,观赏的过程却犹如品尝着一道加了黄油、奶酪的炸酱面,说不清的一种滋味。

《日出》是曹禺先生的代表作品之一,通过一个沦落风月场的女性角度揭示了深刻的人性和社会问题。可惜的是,看完这出音乐剧,不见人物,只见热闹。因为陈佩斯的制作人身份,剧中由他扮演的跑堂福生,不再是一个小人物,他一会儿是说书人,一会儿又掺和演戏,频繁的变化让观众始终不能把他和剧情联系在一起;人们熟悉的有着悲惨身世的下等妓女翠喜,在剧中俨然是上流社会的交际花,在权贵中迎来送往,丝毫感觉不到她的那份凄苦;最奇怪的是,曹禺剧中作为暗线描写从不出现的黑势力代表金八爷,此番被编导们用轮椅推上舞台转了一圈,只为了接见一下陈白露;而胡四爷除了插科打诨,做点女态,好像与戏剧无关……让人欲哭无泪的精彩段落被无情删掉,而在原著中被一笔带过的过场戏却被大书特书。比如,故事开篇时,编导们极力渲染一场热闹的舞会,陈白露作为上流社会的交际花,在舞会上风情万种,令达官贵人们想入非非。然而,对她内心的痛苦,对她看到过去恋人时的震动,却只是轻描淡写,为她和初恋情人方达生所设计的咏叹调,实在是词难达意。这部音乐剧的歌舞,让人感到的是为唱而唱,为舞而舞。

音乐剧作为舶来品,其载歌载舞的演剧形式,感人肺腑的故事情节,给人以极大的艺术享受。然而,这部音乐剧的编导显然没有把握音乐剧这种形式的精髓,似乎只是在洋歌剧的基础上加点老上海的小调。音乐应该是源于剧情的感动,源于心灵的歌唱,是代替台词的人物内心独白。可惜的是,在《日出》中,作为音乐剧重要成分的音乐有点不伦不类,传统的东西丢了不少,欧美音乐剧中磅礴厚重的感觉又没有见到,简单、直白的歌词毫无美感。最难以接受的是剧中参差不齐的演唱,一会儿是浑厚、训练有素的男中音,一会儿是卡拉 OK 式的演唱,再加上有的主角根本找不着调的歌声,让本来被改得面目全非的《日出》更加让人痛苦不堪。

作为音乐剧另一个重要元素的舞蹈,在这部戏中的分量不轻,然而,却总是觉得它游

离于剧情之外，令人担心舞蹈演员们会不会撞到一起，会不会突然跌倒，因为舞台调度让舞蹈无法发挥展示。

《日出》显然没能托起“日出”。原因很简单，音乐剧在西方作为一种成功的产业，它培养了一大批对这种艺术门类有深厚研究的专业人才，而不是说只要名人聚到了一起就是“名剧”了。

原载《深圳商报》2003年1月25日

中国音乐剧待“日出”

王　平

《巴黎圣母院》在一片褒扬声中落幕，英国《猫》3月又将来沪，面对音乐剧“热”，国内音乐人不失时机地以《日出》参与了一把“竞争”。比较之余，人们发现中国音乐剧尚待“日出”。

制作上的环节暂且不议，观众和音乐人最关注的是：中国音乐剧的舞台表现能打几分？面对国外经典音乐剧的巨大冲击，中国音乐剧的出路在哪里？亲临现场的几位专家一吐为快。

捕捉城市文化本质

陈钢（著名音乐家、小提琴协奏曲《梁祝》作曲之一）：《日出》从策划到演出酝酿了很久，是一次严肃的尝试，旋律上也比较成功。同时，其中也有很多问题值得思考：什么样的题材适合音乐剧？《日出》的本意是以经典作为蓝本。从世界范围来看，无论是英国的《悲惨世界》《猫》，还是法国的《巴黎圣母院》，都巧借名著题材，但它们与原作相比，都在转化方面具有创造性突破，有的影响力甚至超过原作。《日出》原来是话剧剧本，话剧台词可以表达出人物复杂的内心感情，而用歌剧、音乐剧的形式表现就有困难。在改编经典这一方面，我们还大有琢磨的空间。

另外，音乐剧最重要的特征是城市文化的体现。《日出》中仅仅选取了舞厅等流于表面化的场景来表现大都市；即使是舞厅，其中各个阶层也并非如此简单、脸谱化的，应该有更为丰富、鲜活、深刻的表现。它对城市文化还没有抓到最本质的东西。

现代感的缺席

刘键（华裔音乐剧专家）：从音乐上看，《日出》是一个精雕细刻的比较成功的作品。它的配乐只用了两种乐器，但双排键电子琴音色丰满，不亚于一个乐队。报纸舞、股票舞等也很有创意，看得出是在向音乐剧靠拢。不足之处是音乐剧成分不如歌剧多，可以说它是“音乐的剧”，而不是典型的音乐剧。男女主角都是美声，虽然声音优美，但给人感觉如雾里看花，终隔一层。音乐剧的核心就是要体现现代人的品位特征，它应该富有时代特征，善于捕捉现代人心灵节奏，适合年轻人观看，充满动感和个性，又是朴实的、直接的、简练的。即便是古老题材也可以用现代人对生活的理解来表达。比如《悲惨世界》《巴黎圣母院》《猫》，都具有紧凑的节奏，感官上扣人心弦、震撼人心。《日出》在这方面体现得就不够

充分，题材、手法都比较传统，还不是现在年轻人喜欢的类型。观众品位在不断提高，我们的技术不能停留在二十世纪七八十年代的水平，而要吸收现代感觉。

李奇（上海音乐学院音乐剧系教师）：音乐剧成功的最重要因素就是音乐要深入人心、通俗易懂。《剧院幽灵》《猫》里，有很多歌能让人听过一遍就记得住，甚至可以哼唱。《日出》中的一些唱段虽优美动听，但不易上口，歌剧的味道更重一些，对年轻人来说可能有“代沟”。

中国音乐剧尚待“日出”

陈钢：严格地说，中国目前还没有真正意义上的音乐剧。音乐剧选材要慎重，要好听好看，而不是沉重的歌剧；内容要适合表现城市文化。上海具有发达的城市文化，可以给音乐剧提供很多素材。

刘键：音乐剧在国际范畴是“日出”行业，美国有 148 所大学设立了音乐剧系或专业，而中国还刚刚起步，正在从自发的“摸索”走向系统学习阶段。但学习西方就要学习技术的核心，不要学表面。有些人希望借一出大戏一夜成名，追求大投资、大场面、大作品，结果中国音乐剧数量不少，但绝大多数演出几场以后就销声匿迹了，浪费现象惊人。我们必须真正与国际接轨，去除“一夜成名”的浮躁，让音乐剧与艺术教育相结合，走可持续性发展道路。

李奇、刘键：发展自己必须先“描红”，开始阶段先引进外国音乐剧，不盲目追求本土化是对的。中国音乐剧目前尚无准确的定位，各种尝试都应该鼓励。《日出》让更多人来关心中国音乐剧的成长，起到了铺路石的作用。中国音乐剧的发展道路还很长，不可能因为一部戏的“成功”，就以为中国音乐剧“从此站起来了”。中国音乐剧尚待“日出”，但只要有那么多人孜孜以求，终有“日出”的一天。

原载《中国文化报》2003 年 2 月 3 日

我看电视剧《日出》的改编

陈锐锋

《日出》是剧作家曹禺1935年继《雷雨》之后创作的又一部蜚声剧坛的名作。《日出》在抗战时期的延安演出时，毛泽东就赞赏有加，周恩来生前也曾指出《雷雨》《日出》写出了当时的时代精神，“现在站得住，将来也站得住”。文学史家们都将《雷雨》《日出》看成是新文学史上我国话剧艺术成熟的标志。半个多世纪以来，《日出》和《雷雨》已成为我国舞台上久演不衰的经典剧目，而且还被搬上了银幕。

一

《日出》改编为电视剧，这还是第一次。改编者是曹禺之女万方，她对父亲的名著当然有她的诠释。她运用电视艺术不受时空限制的特点和灵活多变的表现手段，打破原作在一周之内，基本上在旅馆的豪华客厅和宝和妓院展开剧情的舞台限制，将原著做了较大的改编、延伸和充实，表现了编导者的创新和探索精神。

由于长篇电视剧比原著四幕剧的容量大，因此增加了很多人物和情节。原著的人物只有15个，电视剧则增至60多个，但剧情仍然是按原著的框架，以交际花陈白露为中心展开，刻画原著中主要人物的不同性格：如上层社会脑满肠肥的银行经理潘月亭，满口洋文的洋奴张乔治，狡黠阴毒的高级职员李石清，俗不可耐的富孀顾八奶奶，油头粉面的面首胡四，地痞黑三，以及封建把头金融资本家金八等。剧中通过多种场面，描写出那些“吸血鬼”们灯红酒绿、奢侈腐朽的生活，以及他们勾心斗角、尔虞我诈和互相倾轧的丑恶本质，同时也再现了下层社会的银行小职员黄省三，无家可归的小东西以及三等妓院的妓女翠喜等整天挣扎在死亡线上，过着苦难悲惨生活的场景。该剧有力地抨击了那个黑暗社会。

这部电视剧所增添的情节和人物，有的是将原著中的幕后戏表现出来，有的则将原著中的对话变为人物可见的行动，从而使电视剧的内容更加充实，较之原话剧则更为深刻和丰厚。例如：金八在原著中是个不出场的幕后人物，只把他作为黑暗势力的象征，而在电视剧中则把他作为出场的重要人物来写，通过描写他收购外国赌场，操纵公债市场，出入舞厅、妓院等情节，使我们看到他不仅在经济上如何搞垮银行经理潘月亭，而且在生活上蹂躏弱小者，黄省三的失业、陈白露的自杀都和他有关。尤其增写他和军阀韩司令的勾结交往，甚至以巨资相助，很能暴露他买办金融资本家的反动面目，从而深化了原著的人物形象；又如写黄省三毒杀全家，在原著中主要是通过报纸新闻交代，而在电视剧中则化为具体的场面，这种“化虚为实”的描写使悲剧更具震撼力；还有像增写李石清强行干预女儿婚姻的情节，也很能突出李石清的势利和专横；剧中还描写陈白露经常手捧前夫的作品《日出》，铭记作品的诗句，剧末又写她抚摸小猫的细节，也蕴含着她眷恋真挚爱情，人性未泯，热爱同情小生命（弱小者）但又无力从堕落中自拔等意味深长的潜台词。上述这些都写得既合乎剧情发展，又突出了人物性格，有助于丰富原著的戏剧性，增强观赏性。

二

《日出》的改编，总体来说是忠实于原著精神的。整个戏拍得严肃、认真、精细，表演也到位，它以通俗的形式增强了原著的观赏性，写得很见功力，这是值得肯定的。但是，细加品味，也有值得商榷之处。

例如剧中的陈白露，根据原著浓墨重彩地写她仗义救助小东西的情节写得有力度，既富有戏剧性，又凸显了她正义、勇敢、机智的善良品格的一面，但电视剧却又平添了陈白露的干妈这个人物，就显得有点节外生枝。因为原著中的陈白露是个美丽聪明、骄傲任性的“交际花”，她读书时曾是一个女校的高材生，当过社交明星，还做过几个慈善机构游艺会的主办委员，后来是她独闯都市，不用亲戚朋友帮忙，就当了电影明星和红舞女。但电视剧却把她写成投靠前清一个贵妇，认了干妈，被引荐到舞厅去，又由潘月亭包养起来为她聘请俄国舞蹈家，把她调教成为舞厅皇后，这就淡化了她个人奋斗的个性。原著所要批判的正是她个人奋斗的人生道路，因为她闯进的是金钱社会，摆不脱金钱的桎梏，最终以悲剧结束自己，表明脱离社会的解放，盲目个人奋斗是没有出路的。既然学生时代她就是社交明星，来到都市后凭借她的美貌聪明成为当红明星和舞女，是符合她的性格的。电视剧用较多篇幅杜撰这些人物和情节，反倒脱离人物的性格，而且削弱了原著的批判力量，因而给人以蛇足之感。再有，电视剧增写李石清自荐为潘少爷戒毒的情节，用的笔墨也不少，无非是为了表现李石清巴结讨好潘月亭，其实，在原著中就已点明他是以狡黠和奉迎的本领当上大丰银行的秘书、潘的红人，接受潘的重托，购买巨额公债。在电视剧中用不少笔墨写他为潘之子戒毒，兜了一个大圈子才当上了秘书，使得情节冗长拖沓，显得水分太多，这是没有必要的。

原载《当代电视》2013年第11期

日出阳光，不只属于一代人

——2009版沪剧《日出》

佟　湖

3月19日晚，新版沪剧《日出》在天蟾逸夫舞台公演，为观众再次呈现大师传世之作的风采。

1982版沪剧《日出》珠玉在前，它有两大成功之处。

一是成功的戏曲改编。曹禺原作是一种横截面式的开放结构，沪剧《日出》的改编者则进行了再创作，他们把4幕改成6幕，用传统戏曲“减头绪、立主脑”的手法压缩删减了一些副线，而把陈白露和小东西这两条主线进行加强。此外，改编者用“绣花围巾”来贯穿全剧的手法，也得到了观众和曹禺本人的认同。

二是成功的角色演绎。马莉莉通过真实的表演生动刻画出心地善良的陈白露这一在污泥浊水中难以自拔的交际花的典型形象，其表演得到白杨、严丽秋等人的高度赞赏。同时，精心设计的唱腔也使人物的塑造、原作的沪剧化极为成功，陈白露也成了马莉莉表演艺术的一个里程碑。

2009版《日出》继承了这两大优点。

改编何俊、导演周中庸均为1982版原班人马。周中庸表示：“沪剧擅长家庭戏。而《日出》是一出社会剧，因此，当年丁是娥将沪剧版《日出》的上演描述成‘沪剧从此又上了一个台阶’。此次版本我们将演出时间缩短到2小时40分钟，比原来压缩了50分钟。这样做是非常困难的，因为曹禺原作结构严密，改动不易。”除剧情节奏外，创作人员在音乐上也下了功夫，对唱腔之外的其他音乐全部重写以适合时代发展。演出时，一些伴唱音乐获得了观众的认可。

2009年版《日出》陈白露的扮演者程臻是马莉莉的高足，据说程臻此次的演出服正是马莉莉当年演出时所穿的那件。电梯门开，音乐响起，只见她哈欠连绵，手拢秀发，轻拉披肩，侧目斜睨，踩着细步，一句慵懒的唱词“倦鸟归巢把温梦寻”一吐出口，就是一个活脱脱的陈白露，也让观者依稀看到当年马莉莉的影子。扮演小东西的戏校学生葛豪韵表演和演唱虽均显稚嫩，但她毫不怯场，在与几位中青年名角的对手戏中从容发挥，成为一个亮点。

《日出》在曹禺的心中占有重要位置。有人曾问曹禺《雷雨》和《日出》哪个更好一些，

曹禺说:"我答不出来。我想批评的先生们会定下怎么叫'好',怎么叫'坏',找出原则,分成条理;而我是一个感情用事、素来不能冷静分析的人,只知道哪一个是最令我关心的。比较说,我是喜欢《日出》的,因为它最令我痛苦。"

《日出》也是沪剧西装旗袍戏的里程碑之作。从1982年首演再到2009新版,从马莉莉的"解放牌"陈白露到程臻的"新世纪"陈白露,沪剧《日出》已逐渐成为一个经典,不仅培养了明星,也大大提升了沪剧的文化艺术品位。

明年将是曹禺诞辰100周年。

日出阳光,不只属于一代人。

原载《上海戏剧》2009年第3期

一样的曹禺　不一样的潜江“日出”

严　军　路直达

和时下泛滥的文化周不同，“曹禺文化周”从意义到内涵，从筹划到实施都有诸多自己的特点。而回过头来看，又正是这些特点，承载了“曹禺文化”的精髓，昭示了“曹禺文化周”长久的生命力。2010年3月，湖北省潜江市宣布，为了纪念戏剧大师曹禺先生诞辰100周年，将于今年10月，举办“纪念曹禺诞辰100周年暨第二届中国曹禺文化周”。这一届文化周距离上一届已经整整6年。如果说6年前的第一届“中国曹禺文化周”对于潜江是一场“雷雨”的话，6年之后，潜江人更希望借由“中国曹禺文化周”迎来一场期待已久的“日出”。

借势曹禺打出文化牌

在中国，曹禺可以说家喻户晓。但凡看过点书的人都能对他为数不多但流传甚广的剧作如数家珍，《雷雨》《日出》不仅是各地话剧团常演不衰的经典剧目，还曾多次被改编成影视作品。对于国人来说，曹禺是伟大的剧作家，而对于湖北潜江人来说。却不仅仅如此。曹禺是潜江人，尽管知道的人不多，但这是不争的事实。

在2004年第一届“中国(潜江)曹禺文化周”举办之前，人们对于潜江的认识仅仅是湖北省中部地区一个面积2004平方千米，拥有101万人口，靠石油“扬名”和“发家”的新兴城市。

目前，潜江有占全国出口总量四分之一的小龙虾生产。每年以小龙虾为主的淡水水产品加工出口创汇占湖北省的60%以上，是全国最大的淡水水产品加工出口基地。潜江有占广东制衣企业半数以上的裁缝，每年有10万人以上的“潜江裁缝”外出打工，是全国著名的劳务输出品牌；潜江有以医药化工为主导的产业集群，有以石油化工为龙头的完整产业链，有“地上盛产粮棉油，地下富藏油气盐”的一方沃土。这样一个经济味浓厚的城市，多少会让人将其跟“暴发户”联系起来，而很难想象其与文化沾边。事实证明，这是一种误解。

“天门的陆羽茶文化节、荆州的龙舟节、荆门的啤酒节、宜昌的三峡旅游节都取得了很大成功，极大地促进了当地经济和社会的发展。仙桃市也将在今年举办体操节。而我们潜江近十年来一直没有举行过大的有影响的活动。”早在2004年，“中国(潜江)曹禺文化周”组委会办公室朱主任在答记者问中曾这样说。或许是意识到，正因为不曾有过大型的有影响力的活动，才使得潜江的文化历史和底蕴不为人知，甚至被人误解。办一届文化意味浓厚的活动，推动城市文化和城市经济的发展，成为2004年第一届“曹禺文化周”诞生的最佳注解。

2004年，修葺一新的潜江剧院里，话剧《雷雨》拉开序幕。这是北京人艺自1952年建院以来首次莅临县级小城演出。老院长家乡的人民第一次领略了国家级剧院的风采。

用“雷雨”来形容第一届“曹禺文化周”算是十分贴切，因为它的声势恰如雷雨，惊醒了中国戏剧界、文化界和许多普通民众——原来曹禺是潜江人，原来潜江还有这么丰富的文化资源。

“多少年来，我像是一个没有故乡的人，我走过不少地方，没有一处使我感到这是我的故乡，是我的父母之邦。我像是一只南来北往的飞鸟，山山水水，高山平原，我认识许多人，听过许多熟悉不熟悉的声音，但没有一处使我感到如此亲切，如此动心，像‘潜江人’这三个字使我感到温暖、明亮，有人问我：‘你贵处哪里？’我答‘潜江’。我从来没有到过潜江，但是近八十年了，我认为我是潜江人。我爱潜江，这不是模模糊糊的两个字，而是其中有血与肉的联系……”曹禺于病中所写的《我是潜江人》也因而流传。

其实，潜江的文化历史可以追溯到夏商时期。几千年来，随着长江流域政治、经济、文化不断变更和交融，潜江逐渐形成了长江中游最具代表的荆楚文化。如今的潜江有号称“天下第一台”的章华台，有春秋楚国离宫别院遗址群落“龙湾遗址”，有“领头雁”之称的潜江花鼓戏，还有久负盛名的潜江花灯节，特别是在荆楚文化的熏陶下，潜江孕育出了包括中国共产党创始人之一的李汉俊、辛亥革命元老李书城、世界文坛泰斗曹禺等一代杰出人物。只可惜因为开发和宣传力度不够，潜江这些文化并不被外界了解。潜江市委宣传部副部长胡定平说：“在曹禺先生的故里——潜江举办‘曹禺文化周’将吸引全国乃至世界的目光聚焦潜江，极大地提高了潜江的知名度，让潜江走向世界，让世界了解潜江，促进潜江全面发展。”

此外文化周的举办还能够促进潜江的基础设施建设和城市景观建设，弘扬潜江先进文化，丰富潜江的文化内涵，提升潜江的文化品位。将“曹禺”打造成为潜江的一张城市名片的意图更是无须多言。

不一样的“曹禺文化周”

2010年是曹禺诞辰100周年，无疑是再次举办“曹禺文化周”最恰当的时机。

在4月8日召开的第二届中国（潜江）曹禺文化周筹委会召开的第一次全体会议上，潜江市委书记朱汉桥表示：文化周是潜江形象对外的一次大展示、大检阅，每项活动要精而又精，要有特点、有亮点。要擦亮曹禺这张文化名片，将文化周办成全国一流的文化盛会，以此推动潜江文化经济大发展、大繁荣。

要大造声势，切实做好对外宣传，扩大第二届中国（潜江）曹禺文化周在国内外的影响；要充分发挥广大文化艺术工作者和民间社会团体的积极性，把一个科技发展、文化繁荣、社会和谐的新潜江展示给全国人民；要充分利用曹禺文化周这一平台，扎实做好招商引资工作。要以举办文化周为契机，扎实做好环境整治工作，让城市街景美化起来、绿化起来、亮化起来。以优美环境、优质服务迎接八方宾客。

和时下“泛滥”的文化周不同，“曹禺文化周”是由中国文联和湖北省人民政府主办，中国剧协、中国书协、湖北省文化厅、湖北省文联、潜江市人民政府和江汉油田管理局协办，中央戏剧学院、北京人民艺术剧院、中央民族乐团、中国艺术研究院话剧研究所、潜江市文联、江汉职业艺术学院承办的一次文化艺术盛会。

“如此高层次的主办方和协办方，必将为潜江带来高层次的客人和丰富的资源。”一位专家对此评价道。

当然，无论主题、规模，还是层次上的特点，都只是“曹禺文化”作为文化周内在的不同，真正决定“曹禺文化周”影响力和持久力的还是潜江市民的支持。这点似乎印证了“得民心者得天下”这句古话。早在第一届“曹禺文化周”之前，就有许多热爱潜江、高度关注潜江发展的有识之士向市委、市政府建言献策，要求举办类似的大型活动；一些市人大代表、政协委员甚至还自掏腰包广泛调研、征求市民意见，并以议案、提案的形式明确提出举办“曹禺文化节”；记者在网上调查也发现。近九成的潜江市民赞成“曹禺文化节”作为潜江特有节日长久地举办下去。有民众支持，又有自身特色，难怪第一届“曹禺文化周”会如此“风光”。

“曹禺文化周”还仅仅只是“日出”

从 2004 年到 2010 年，两届“曹禺文化周”相隔了整整 6 年时间。这不禁再次让人觉得，第一届“曹禺文化周”像一场雷雨，动静很大，但去势也迅猛。这样一场短暂的“雷雨”到底给了潜江怎样的润泽，以至于时隔 6 年，卷土重来呢？

毫无疑问，潜江是第一届“曹禺文化周”的最大受益者，引发的热潮被称为“潜江”文化现象，“曹禺文化”这张城市名片也被牢牢攥在了潜江人的手心，同时，招商引资上也得到了突破。据资料显示，在经贸洽谈环节中，有来自美国、德国、澳大利亚等国家和中国香港、中国台湾等地区以及国内客商共 120 多人，签约项目 20 多个，协议引资 18.16 亿元。其中有总投资 2.16 亿元的新加坡(潜江)工业园项目，总投资 5 亿元的食品加工项目，总投资 3.38 亿元的年产 8000 吨牛磺酸生产线项目和总投资 1.7 亿元的木塑环保复合材料，以及年产 10 万套汽车内饰件项目，这些项目尤为引人注目。

这也印证了一位专家之言：“城市发展不仅需要发达的现代工业支撑，更需要深厚的文化积淀和高雅的精神塑造。城市文化已成为城市发展非常重要的软资源，文化所塑造的科学精神和人文精神以及由此所迸发出来的创造力是现代城市持续发展的不竭动力。”文化搭台、经济唱戏，已经是目前最为普遍的一种营销方式。

不过，这种形式也并非尽善尽美。回顾第一届文化周，我们不难发现，歌星、影星似乎成了文化周吸引观众的主要因素，好多人去潜江不是被“文化周”本身的文化内涵吸引，而是为了一睹明星风采。不可否认，这样的确能扩大文化周的影响力，但是很大程度也掩盖了“曹禺文化周”的文化内涵。正如一位市民所担心的那样：“明星大腕的出现，吸引了人们太多的注意，一旦演出落幕，真正好的文化成分反倒成了‘配料’，这很不利于‘曹禺文化周'的长久发展。"

不仅如此,综合性过强也是"曹禺文化周"的一大弱点。可能有人会问,综合性强不好吗？综合性强可以吸引更多客人,更能扩大潜江影响力。话虽如此,但是纵观全球知名的"文化周",真正具有生命力和持久力的都是一些"小"而"精"的文化周,"大"而"杂"的虽然能一时吸引人,但是长久下去,因为没有特别明显的主题,没有精品节目,很难留住受众。

也就是说,如何真正以"曹禺文化"品牌的内涵唱好经济这出大戏,将是考验第二届"曹禺文化节"是否能延续辉煌的关键。

更应该注意的是,文化周毕竟只有短短的一周时间,而"曹禺文化"品牌的开发却并不是靠这一周时间就能完成的！文化周一旦结束,"曹禺文化"将何去何从？再等待一个 6 年吗？潜江能有多少 6 年可以等待？看来,只有将"曹禺文化"融入潜江城市文化的灵魂,才能保证这个品牌历久弥新。

第二届"曹禺文化周"之于潜江不再是一阵"雷雨",而是"日出"。"日出"则仅仅是新的开始,正如一位潜江市民所言:"曹禺文化周只是破了个题,开了个头。一个产品品牌的诞生需要经过长期的科学运作与管理,需要制定合理的市场营销战略。同样,一个文化品牌的诞生也不是一蹴而就的。"

原载《戏剧之家》2010 年第 6 期

成功的改编:《日出》从话剧到电影

郭怀玉

曹禺的话剧剧本《日出》创作于1935年,发表于1936年的《文季月刊》第1～4期。五十年以后的1983—1984年,曹禺和他的女儿万方共同合作,将其话剧剧本《日出》改编成同名电影文学剧本。1985年,于本正将其导演为同名电影,由上海电影制片厂摄制。不过,我们这里重点探讨的是他俩改编后的电影文学剧本,而不是最后的电影影片。因为曹禺对于本正改编后的电影并不是太满意,曹禺认为:"从整体上看,电影只是个及格的水平。"①既然如此,那么,曹禺及其女儿改编的电影文学剧本《日出》为什么是成功的呢?

一、音乐因素的充实

众所周知,"电影音乐是电影这种综合艺术的一个重要组成部分,对于塑造银幕整体艺术形象具有特殊的艺术功能,是有声电影不可缺的重要艺术表现手段"。② 不过,这里所说的电影音乐主要是指为电影而配制的分镜头剧本中的音乐,并不专指电影文学剧本中的音乐。但是,如果电影文学剧本中就有歌词或者乐谱等音乐因素提示的话,那么在分镜头剧本中导演一般也不会省略。从电影文学剧本在我国短短的发展历史来看,文本中就具备丰富的音乐因素的情况是不多的,除非作者本人对音乐特别敏感或者说剧本中本来就应该有这种特质存在。同时我们知道,曹禺是我国现当代文学史上最有名的话剧作家,而话剧又是典型的"舶来品",它是以省略"唱功"为前提的,曹禺确实这样做了,但是在曹禺剧本中那种内在的强烈的音乐性(这是曹禺话剧成功的重要原因之一,但这一点经常被学人所忽视)是许多人不太知晓的。因为曹禺从小就"喜欢音乐,对旋律与节奏有着极其特殊的敏感。……随着自身音乐素养逐步提高,曹禺在写作中善于运用音乐语言来表达自己的某些意图。"③这次从话剧剧本改编为电影文学剧本的《日出》,无疑其中又增添了更多音乐因素。

首先,当陈白露最初出现在会贤俱乐部大厅时,作者就运用了多种乐器进行烘云托月地伴奏,为电影中的女主人公的出现打下埋伏:激动的鼓声、美妙的琴声、清幽的弦音、抒情的号音……这些在一定程度上彰显了陈白露那颗浮躁不安而又复杂多变的心,她终于

① 田本相、刘一军.曹禺全集(第七卷)[M].石家庄:花山文艺出版社,1996:424.

② 李泱,吕亚人.电影学原理[M].北京:文化艺术出版社,1989:294,104.

③ 贾长华.曹禺与天津[M].天津:天津社会科学出版社,2006:48.

情不由衷地唱起了一首“感伤、多情”而又“欢悦、热烈”的流行歌曲，以应付财政部的一个科长也是留美博士的张乔治等人的请求。但是，当她回到“亨德大饭店最舒适豪华的一套”——“属于她的房间”里时，就不由自主地哼起了当时非常流行的一首刘半农作词、赵元任作曲的名歌——《教我如何不想她》：

天上飘着些微云，
地上吹着些微风……
微风吹动了我的头发，
教我如何不想她……

这本是首思念祖国的名歌，在这里却被作者化用为陈白露思念她昔日情人的心曲。实际上，也只有在自己的房间里，她可能还属于自己。因此，她的歌声还没有唱完，就“垂下头，在一瞬间，似乎又看到了那个哀伤的少女的影子”。在宝和下处，作者将音响和音乐完美地结合起来了，在现代话剧和电影等各种艺术中，音乐和音响之间的界限越来越模糊，以至于不好分辨出来。首先，作者展现的是“沿街，有哼一两段二簧的漂泊汉，有唱曲的姑娘，有租唱话匣子的，卖花生、栗子、热茶鸡蛋的……在这条胡同里，充满了各种喧嚣、叫卖、女人的诟骂、打情卖笑的声浪”。紧接着，又以典型化的方式把一个打着“七块板”唱“数来宝”的乞丐所唱的两段词给录了下来，将以翠喜为代表的妓女们的悲惨生活给暴露得淋漓尽致。最后，作者没有忘记将那首以江苏“无锡景调”为曲调的旋律为五声宫调式妓院小曲《叫声小亲亲》适时地展现出来。

在剧本的结尾，作者对原来的打夯工人的歌声改写不少，先是添加了一段原话剧中并不存在的内容，它主要是想通过这段夯声来回忆陈白露曾经有过那么一个漂亮、好学、纯洁、可爱的少女时期：

路边传来砸夯人的歌声。

领头的：(唱)颠儿颠儿走来个小姑娘啊，
(合)嗐唷！
一双大眼儿明又亮啊，
(合)嗐唷！
领头的：(唱)提着箱子上学堂啊，
(合)嗐唷！
还是急急忙忙看新郎啊？
(合)嗐唷！

砸夯的工人们冲着她笑起来，陈白露连忙不好意思地跑开了。这种电影蒙太奇的手法与她现在被大款“包养”的境况形成了鲜明对比。紧随其后的是陈白露的尸体被运走，突然，“夯声骤起”，而且工人们唱的歌词也稍有变化，这里保存了原来话剧中的“日出东来哟！满天的大红来吧！”的夯词，省略了“要想得吃饭，可得做工！”这些朴素的道理，而另加了“往下砸来吧，咱们弟兄！”这种气魄宏大的工人阶级弟兄大团结的思想意识，与陈白露“既不想做鬼，又做不了人”的矛盾心理进行反复对比凸显，就把曹禺从《旧约·耶利米书》

节选的第一、三、五章中的三句话和从《约翰福音》第八、十一、二十一章中的三句话的意思表现出来了，而且表现得非常到位，从而给受众一种强大而惨烈的悲壮感。对此，曹禺也曾说道："我写剧本是很注意音响效果的。它帮助烘托气氛，增强特定环境的真实感。"①这种效果在曹禺的剧作中普遍存在，不管是话剧剧本还是电影文学剧本。

二、情节动作的增删

"一切艺术都要真实地反映生活，但是，任何艺术都没有电影反映生活这样逼真。电影从诞生之日起，便以再现活生生的生活景象作为最吸引人的魅力，也就是说，它是以高度的逼真性来吸引观众的。"②所以，在电影中，原有的话剧模式的假定性和象征性就必须让位于生活的真实感和动作性；话剧中原有的分幕安排的不连续性也就同时被电影的紧凑感和连续性所替代。

曹禺在谈到《日出》的改编时说："从一个舞台剧本一跃而为电影本并不是原来所想的那样容易。要'电影化'，也有个转化的过程，不是画个圈，就成一张面孔，点个点，就是一个活泼的蝌蚪那样简单。我反复想了多次，突破原来的旧框子，把舞台本的《日出》变为电影本的《日出》，倒是用了一些功夫。"③《日出》从话剧到电影并不是一个简单的移植，而是经过大动干戈的。在这个过程中，第一，是作者对话剧中原有的情节内容的改写，在改编后的电影文学剧本中，作者更注重了对陈白露形象的塑造，使其成为整部电影重中之重的角色，不像原来在话剧中那样将李石清等角色也塑造得相当完整。剧本伊始，作者增加了序幕：陈白露和写《日出》的那个诗人——也是她的初恋情人分手在他们爱情的结晶——已经惨死的女儿小露的坟墓之前，给受众的印象就与原话剧剧本的开始于某豪华宾馆中陈白露与方达生会面大不相同，他俩的会面在原话剧剧本中占的内容太多，作者毫不留情地将其中的大部分给删去了。同时把方达生所要寻找的原来天真烂漫的陈白露看窗户上的霜花这个情节，改成他俩一块儿去街头小饭店里吃馄饨，陈白露端起方达生那碗馄饨时，方达生说："今天，我看了你一夜晚，就这会儿，还像从前的你。"这样的增删调整使电影变得更有生活情调，受众也感觉到很有生活的真实感受。第二，在序幕之后紧接着就是陈白露大张旗鼓地为河南灾民义演义捐的故事情节，作者如此夸大渲染是为了把陈白露善良、正义的一面表现出来，与后来陈白露堕落相对比，构成一种强烈的反差，同时也揭示了陈白露最后自杀的原因：原本的"我"与现在的"我"一直在激烈地斗争着。第三，对于宝和下处的描写，作者理所当然地保留，因为曹禺终于又找到了自己写作的权利，但其中有许多内容他也进行了改写，比如他省略了一部分乞丐的哀求和艺人叫卖的情节，而把镜头焦点对准了翠喜、小东西和陈白露，并且增加了翠喜哭小东西、观众围观同情这些妓女们的一场，方达生和陈白露这时突然出现了，陈白露发现了"卷着的席子里露出一根小辫，上面

① 田本相，刘一军.曹禺全集（第五卷）[M].石家庄：花山文艺出版社，1996：385.

② 李泱吕，亚人.电影学原理[M].北京：文化艺术出版社，1989：294，104.

③ 田本相，刘一军.曹禺全集（第五卷）[M].石家庄：花山文艺出版社，1996：126-127.

还扎着那条红缎带……陈白露突然用一只手捂住眼睛”,心中很是诧异！作者将三个表面生活和打扮迥异而命运归途实质相同的女人安排在这里进行会面,充分运用电影艺术的灵活手法,真实地揭露了这个“损不足以奉有余”的社会对女人的戕害。后面的情景更为催人泪下:鹅毛般的大雪纷纷扬扬地下着,慢慢地掩盖了小东西的尸体,深深地敲击着陈白露和方达生无言的心扉。第四,改写了陈白露的死因。原来陈白露是因潘月亭破产无法替她付账单而自杀,现在却是她不想再与金八重蹈与潘月亭的依傍关系而以死反抗,将陈白露的形象塑造得更为丰满了。

曹禺在改编完《日出》后颇有感触地说:“舞台,作为表现的工具,无论怎样运用,究竟有一定的限制,不如电影灵活,那样变化万千……电影的天地确是广袤无边的。话剧《日出》有四幕和两个场景紧紧地箍着,在这里面,我挤进许多事与人。如今,变成电影本子,就感到轻松多了。从前我在朦胧的意识中想到过却没有地方写进去的,现在可以由我从容地展现出来。”①曹禺此言并非危言耸听,因为这里就有失败的例证:1983 年,孙道临曾将曹禺的话剧剧本《雷雨》改编后搬上了银幕,结果大家普遍反映,《雷雨》虽然拍成了电影,究其实质只是一个变相的“话剧”电影,因为它大部分维持了原话剧中“对话”的形式,基本上没有很好地运用电影艺术的多种手段去反映生活,并且从形式上还失去了观众身临其境的原有的话剧舞台感觉。如果说于本正改编《日出》是及格水平的话,那可以说孙道临改编、导演的《雷雨》就是不及格水平。《雷雨》改编为电影后,曹禺一直持沉默状态可能与此不无关系。

在笔者所掌握的有限资料中,发现人们对《日出》电影的赞誉还是大大地超过了《雷雨》,电影文学剧本《日出》的成功改编是功不可没的,也是有目共睹的。1985 年,当时曹老不愿发表对影片《日出》的评价,他说:“原来的话剧本是我写的,又是和女儿一起改编的电影文学本,我怎能说好或不好呢？我希望由观众去评议,让时间和历史去作公正的结论。”②由此看来,曹禺当时还是蛮自信的,当然也是比较客观的。

原载《文艺争鸣》2010 年第 11 期

① 田本相,刘一军.曹禺全集(第五卷)[M].石家庄:花山文艺出版社,1996:385,126.

② 潘慧南.曹禺谈《日出》[N].人民日报(海外版),1985-12.

歌剧《日出》

国家大剧院原创

首演时间:2015 年 6 月 17 日

歌剧《日出》是国家大剧院的第七部原创中国歌剧。经典剧作《日出》以鲜明的时代性和深厚的历史内容在戏剧大师曹禺剧作中居于领衔地位。该作几十年来经过多个版本的不断搬演,影响至深。2015 年是《日出》创作发表 80 周年,国家大剧院力邀著名作曲家金湘、编剧万方、导演李六乙等一流主创团队,倾力打造该剧的首部歌剧版本,以此致敬大师、致敬经典。曹禺之女万方,因其对作品的深刻理解和独特感情,深入体察原著的悲剧情愫,对人物情态和社会风貌给予了细致入微的描摹。而作曲家金湘的音乐流畅简洁,线索清晰干净,色彩感丰富,具有鲜明的时代风格。

原载《歌剧》2015 年 4 月

芸芸众生像　悠悠日出情

——歌剧《日出》评析

徐文正

作为中国歌剧界的领军人物，金湘的歌剧总是令人期待。2015 年 6 月 17 日至 21 日，国家大剧院倾力制作的曹禺同名话剧改编的歌剧《日出》(作曲:金湘;编剧:万方;导演:李六乙)吸引了很多音乐界、戏剧界专家和观众的目光。已经有 10 部歌剧在手而且又不断创新，不重复自己的金湘此次会给这部人们已经熟知的名著带来什么样的歌剧版本，确实令人期待。连续七天的演出，几乎场场爆满的观众说明了大家对这部歌剧的肯定。

歌剧《日出》用音乐戏剧的方式刻画了夜幕下一群生活在天地之间的芸芸众生，表达了人们对“日出”的期待和渴望。纵观世界舞台，话剧改编成歌剧的成功先例不胜枚举。而其中一个共同特点就是简化话剧的情节和人物，使故事更加凝练集中，矛盾冲突更加集中，人物性格更加突出，给音乐留出足够的空间，以符合歌剧这种独特艺术形式的需要。同时改编剧本还有一个重要的原则，那就是时代性以及艺术家个性的选择。这些在歌剧《日出》中都得到突出体现。我们看到，曹禺笔下众多的人物和繁杂的情节得到大幅度简化，而这次改编的突出特点有两个:其一就是结尾的处理。曹禺原著中“太阳不是我们的”表明了一种无奈的情绪，那是旧社会人们渴望自由生活却又不可即的一种期盼。此次改编，作者大胆唱出了“太阳是我们的”这种新的思想宣言，使得整部歌剧的色彩骤然变亮，尽管人们对这种改编秉持不同的态度，但笔者认为，这是对“日出”思想的一个升华，是整部歌剧的点睛之笔;其二就是将原剧中的诗人和方达生这两个人物合二为一。这样不仅使得剧情更加集中，人物性格也更加突出，更有利于戏剧矛盾用音乐的方式进行展开。

本剧的音乐创作体现了金湘一贯追求的理念，是他长期以来对中国歌剧创作的思考和探索的结果。本文拟从美学追求、歌剧结构、人物形象塑造以及“复风格”音乐语言的运用四个方面进行评析。

一、美学追求

如果歌剧《原野》是金湘歌剧创作的一个高起点的话，那么《日出》就可以说是他歌剧创作的一个高潮点。这部歌剧沿袭并发展了金湘的歌剧创作美学观念，突出体现了作曲家对“人性”的关注，对“真善美”的歌颂以及对“假恶丑”的鞭挞。

《日出》中的人物众多，分布在社会的各个阶层:有商业大亨，有交际名流，有充满幻想的诗人，有无所事事的寄生虫，也有欺行霸市的黑帮势力，还有淳朴善良的普通民众以及生活在社会底层的妓女等。对这些人物，作曲家并不是简单地进行脸谱化处理，而是着力表现每个角色的人性特点，刻画其复杂的内心世界，揭示人物之间性格上的冲突和矛盾。如陈白露的善良和虚荣，对美好生活的向往、对爱情的渴望以及面对残酷现实的无奈构成了她人性的各个侧面。潘月亭凶狠狡诈，唯利是图，但同时又怀着对陈白露真诚的爱，也使得他的面孔不再单一……

爱情是艺术作品的永恒主题，剧中作曲家用唯美浪漫的手法为我们展示了陈白露和诗人之间的真挚爱情，咏叹调、重唱、合唱等多方位手法对此进行细致刻画。而就潘月亭对陈白露的爱恋也没有陷入习惯性的玩弄思维处理，而是深入其内心揭示出他对陈白露的真挚情感，这可以从一些唱段尤其是潘月亭最后的咏叹调《诀别》中得到呈现。此外，就陈白露、诗人以及翠喜等人对饱受摧残的小东西的同情和保护，其细腻刻画表现出了人性的善良情感。尤其是"终曲"的处理：当诗人喊出"不！太阳是我们的"之时，乐队奏出由弱渐强的音响，同时舞台中间裂开一个缝隙，一道强烈的红光从里面射出，昭示着太阳的喷薄而出。随后合唱队缓缓而出，激动人心的"爱情"主题将人们带入一个新的梦幻般的世界。

此处三个连续大三和弦具有明亮的色彩，同时根音相差大三度与小二度的进行所特有的浪漫气息又在一定程度上削弱了亮度而使之具有一种温馨感觉：主题旋律动机的小二度模进下行仿佛是对爱情毁灭的一声叹息，随后的连续反向音阶式进行表达了人们对美好的不懈追求，这种大幅度的直线旋律在声乐曲中是较少使用的，但其本身特有的张力使得此处的运用与所表达的情绪具有较高的吻合度，因此使人听来不觉得生硬。

"终曲"着力表达了人们的追求和向往，描绘了一个与歌剧前半部分截然不同的世界，这是每个人心中向往的世界，也可以说是梦想伊甸园，它的出现使人们心理上得到满足和释然，是对"美"的热情讴歌。与此同时，对黑暗世界中的一些丑恶的人和事，歌剧也进行了无情的鞭挞：歌剧开始的合唱《这城市》对一群都市群丑挖空心思向上爬的形象做了深入刻画和揭示；恶霸黑三及其手下的凶暴残忍通过一系列合唱得以表现；潘月亭与李石清的尔虞我诈通过对唱、宣叙调等方式活灵活现地展现出来。

二、歌剧结构

歌剧《日出》体现了"用音乐结构戏剧"的原则，全剧分为上、下两部，由"序曲""间奏曲""终曲"以及 28 段音乐构成，从戏剧与音乐处理来看可以看作成一个不规则的"镜面结构"。

这种以"间奏曲"为中心、两边对称的"镜面"音乐结构是现当代音乐常用的一种结构方式，具有很强的形式美感和严谨性。同时，这种采用音乐作品结构原则作为歌剧的整体布局具有很强的创新性：将戏剧镶嵌于音乐结构之中，使两者形成交融，彼此依靠，相互支撑。

与之相适应的是，歌剧的戏剧结构也采取了一种"截面式"手法：截取了原剧中的一些重要的、具有代表性的场面，省略了许多过渡环节。这样做的结果是突出了戏剧的主要

“点”而略去了一些“面”，将一些情节和过渡变为戏前戏或者幕后戏，通过剧中人的唱段或者器乐的隐喻功能进行介绍。歌剧的序曲、间奏曲、终曲三部分组成了撑起整部歌剧的立柱，可以说是一个大架子：序曲“夯歌”表达了深厚的大地情怀；终曲“太阳升起来了”则是对太阳的赞颂；间奏曲是生活在天地之间芸芸众生像的刻画。可以说对天、地、人的刻画构成了整部歌剧的主题。

在天地之间的众生刻画方面，作曲家更是进行了大胆的取舍，截取了几个重要的要素作为线索进行细致刻画：主线是“爱情”这个亘古不变的主题，副线则是潘李的矛盾、小东西的命运等与主线密切相关的几条线索。在处理上，更多采用了心理刻画，同时也结合了激烈的矛盾冲突的描写，使抒情性与冲突性（内部冲突与外部冲突结合）得到充分展示，对人物心理内部冲突的刻画尤其深入。

三、人物形象塑造

塑造鲜明生动的人物形象是歌剧创作的首要任务。为了更好展示不同阶层的人物形象，金湘创造性地采取了分组的方式对具有相似特征人物进行群体化刻画：第一组是女主人公陈白露与诗人，他们作为剧中的主角，具有知识分子特有的浪漫情怀，同时又有面对现实的抗争精神与无奈情怀，是多种矛盾的统一体，因此，为他们设计的音乐形象基本按典型正歌剧的路子进行；第二组是在商场上摸爬滚打的李石清、潘月亭，他们具有商人特有的奸诈与阴险，心机很深。因此，作曲家更多使用宣叙手法写作；第三组是生活在三等妓院中身份卑贱却心底单纯的小东西、翠喜，她们代表着众多的普通群众，音乐采用中国民间音乐的元素；第四组是附着封建社会影子的恶浊人物胡四、顾八奶奶，他们作为城市寄生虫的代表，在歌剧中采用了在城市中广泛流行的戏曲以及说唱音乐的写法。

各组人物分别采用了具有典型意义的音乐和戏剧语言进行刻画。陈白露是一个矛盾的统一体，歌剧尝试对她的各个侧面进行的揭示，她内心世界复杂，充满矛盾，既有对美好爱情的渴望，也有对明天的追求，但这些都被对现实的无奈所吞没，尤其是她对小东西心怀怜悯却没有将其解救出来，更使她对自己的人生产生怀疑和动摇；她所依靠的潘月亭的破产以及黑八的侵入则彻底粉碎了她的内心。这一些外部因素直接导致了她的毁灭。作曲家为她设计的咏叹调分别占据了开场和结尾两个重要的场面，形成了遥相呼应的镜面结构的两头支点。这两首咏叹调可以说是陈白露一生的总结，是她人生观、价值观的充分体现，也是整部歌剧主题的揭示。尤其是开场的咏叹调“你是谁”更是具有很强的戏剧意味，这种长大的咏叹调在歌剧开始出现时具有很强的寓意。

咏叹调分为两个大部分，前半部分是对现实的思考，后半部分则采用花腔表达了对明天的渴望和对日出的期待，而这正是歌剧要揭示的主要矛盾所在。因此，这首咏叹调自身具有强大的冲突内涵，其中的两个部分在后面戏剧以及音乐的发展中得到充分揭示。直至最后临终前唱出了“诀别”的咏叹，再次发出“你是谁”的诘问，一切回到起点，开始的质问和思考在无情的现实中得到回应。

这个问句旋律采用断续的方式进行，休止符的运用表达了内心的纠结，同时也感受到找不到答案的疑惑心情，环绕下行的旋律线条则表达了深深的无奈和叹息。同时我们可以看出，结束时(b)的旋律比开始时(a)低了大二度，是否寓意着人生的低谷？抑或暗示陈白露此时已经身心俱疲，无力再深入责问这个永远也找不到答案的问题。

诗人的形象相对来说比较单纯些，他是一个对陈白露充满爱慕的人，而且对生活的认识也比较单纯。因此，当他找到陈白露并发现她落魄样子的时候，心中非常难过焦急，尤其是当他看到小东西被害死时，心中更是觉得失望之极。他的形象在剧中是一直在寻找，他想挽救，他想挣扎，他想呐喊。所以，他充满了焦虑，充满了渴望，充满了愤怒……据此，金湘为他设计的唱腔多在中高音区，节奏上也以快速的音符为主，充满呼唤和焦虑的咏叹。

与陈白露和诗人不同的是，对潘月亭的刻画则更多采用了将其置身于矛盾漩涡之中，采用宣叙调、咏叙调、重唱、对唱等群体手段对其进行刻画。其中突出的就是他和李石清的矛盾，剧中的三首重唱将他的性格进行了展示。

这是歌剧下部两人的一个冲突性二重唱，此刻潘已得知自己破产，往日的威风不复存在，他的旋律多采用同音反复的宣叙性曲调，节奏呆板无力，调性游离不定，表达了心中的彷徨和不安；而李则是一个幸灾乐祸的样子，旋律进行异常活跃，上下跳动，在节奏、调式调性、旋法、情绪等各方面都与潘形成对比，两者的形象均得到突出体现。

对于一些不重要的人物，金湘同样进行了细腻刻画，使其具有非常鲜明的特色，如：对胡四与顾八奶奶的刻画，仅仅采用了一首京剧风味浓郁的“吧嗒才”便将这两个人的形象展示得一览无余，凝练有效。这首代表了当时社会一个特定群体的“吧嗒才”在歌剧中两次出现于靠近镜面中心的位置并形成了对称，是对戏剧和音乐高潮发展的重要铺垫和推进。

小东西和翠喜是生活在社会底层的人物，为她们设计的唱腔采用了中国民间歌曲的旋律素材并加以改造，旋律优美流畅，曲调委婉又充满些许的忧伤情调。

四、“复风格”音乐语言的运用

歌剧《日出》的音乐语言非常丰富，作曲家根据内容需要采取了灵活多样的综合技法来进行创作，在旋律、和声、复调、配器等方面都进行了许多有益的探索，构成一种“复风格”的统一体。

“如歌的旋律”是金湘歌剧创作一直坚持的方向。歌剧《日出》的旋律优美流畅，其中既有中国传统民间音乐的运用，也有西方美声唱法的体现，同时也注意到当代人的审美情趣，加入了流行元素，因此，给人的感觉是既熟悉又陌生，尤其是爵士乐与京剧的二黄旋律构成了歌剧的两个大亮点。

和声方面，既有传统的和声结构(很少)，还有金湘自己独创的五度结构和弦的运用以及两者的巧妙结合；复调方面，既有传统的对位手法，更有板块的直接重叠。

这是歌剧下部开始处妓女与黑八爪牙的合唱，此时的戏剧场景是黑八爪牙到妓院抓藏身在此的小东西，合唱表达的就是两个不同人群的相遇。两个女声声部彼此相差纯四度，采用了民歌风格曲折蜿蜒的五声性旋律，唱出了深受迫害的底层妓女那种懒洋洋招揽客人的形象；而两个男声部则采用相差减五度的平行旋律，吼出了生硬无情、咄咄逼人的旋律。两者不仅是一种传统的旋律与节奏的对位，更是一种调式、色彩、形象的直接对置，是两个不同板块的重叠，具有强烈的冲击力。

在乐器运用上，除了传统的交响乐队外，还运用了几件富有特色的民族乐器：如琵琶、京胡等，增加了音乐的民族色彩，尤其一些民族乐器的特色演奏手法被移植到交响乐队的演奏上，更是取得了新鲜的色彩。

导演李六乙采用了抽象的手法，很好地诠释了金湘的音乐：人物的表演尺度被缩减，但是难度增大；肢体语言减少了，但内涵大大增加。舞美设计简洁大方，倾斜的舞台增加了流动感觉，而且使人们的视野层面更加宽广，更是暗合了都市群丑向上攀爬的人生百态。舞台中间的移动运用更是匠心独运，最后中间裂开缝隙，一缕强烈的阳光喷薄而出，合唱队员缓缓从里面走出来，具有强烈的美感。

歌剧并非完美无缺。具体来说，主要是音乐与戏剧节奏松紧的处理方面，如：最后诗人喊出“太阳是我们的”之后，舞台中间出现裂缝，音乐由打击乐奏出的渐强音响持续时间有些长，本来使人充满期待的感觉被拖走，最后合唱的表现力也就有些受到影响。

通过以上简单分析可以看出，在歌剧《日出》中，作曲家金湘的音乐创作以深邃的思想性、严谨有序的结构、细腻准确的形象刻画以及多样的音乐手法为我们呈现了天地之间的芸芸众生相，抒发了人们对日出的期待以及对明天的渴望。尽管歌剧的创演还不是完全尽如人意，但瑕不掩瑜，这部凝聚着众多创编人员心血的作品经过仔细打磨，一定会逐渐绽放出熠熠光辉，成为中国歌剧创作史上的一部优秀作品。

原载《人民音乐》2015 年第 12 期

电影《日出》中陈白露的语言艺术分析

罗　鑫

电影《日出》改编自曹禺同名话剧剧本。影片展现了一位良知尚未泯灭、保留着善意和对生活美好憧憬的当红交际花——陈白露的曲折际遇和悲剧人生，同时以陈白露为切入点，透视出旧社会各阶层人们生活的不同状态——“上流社会”的纸醉金迷、尔虞我诈以及底层弱势群体的万般无奈、痛苦挣扎。二者形成强烈的反差对比，从而刻画出一个具有强大的“撕裂”冲击力的时代悲剧。作为“中国的莎士比亚”，曹禺曾经说过这样一段话：“一个戏能否成功，一是看人物，二是看结构，三是看语言。”语言是最直观的、最具表现力的推动情节发展、反映人物内心活动及性格特征的要素。反映在电影这种艺术形式上，语言的表现力则更为突出。本文即欲从密切贴合身份、反映多重性格以及揭示内心矛盾情感三个方面来简要分析影片《日出》中陈白露的语言艺术。

一、语言密切贴合身份

身为当时最耀眼的社交明星、当红交际花，陈白露的身边多是挥金如土的老爷阔太、巨商富贾。这些外表光鲜、内心空虚、情感寡淡的人，一方面对陈白露狂热地追捧，势如捧月，用这个仪态万方的美丽尤物来填充他们空洞的精神生活；另一方面，他们支撑着陈白露高额的生活开支，是她的金主。这种看似合情合理、实则畸形怪异的人际关系使得陈白露在她的社交圈子中的角色变得十分复杂。表现在语言上，影片中的陈白露言谈举止与她高级交际花的身份密切贴合，既有交际明星的居高自傲，又有委身于人的曲意逢迎。

影片开始部分的慈善义卖派对，这个绝尘明艳的年轻女子享受着这个没落时代最后狂欢般的激情和荣耀。舞台中央，陈白露劲歌热舞，风情万种，言语间将一位当红明星的风华正盛与神采奕奕展现得淋漓尽致。在客人以索要香水为条件捐款，求陈白露亲自洒在他身上调情的时候，陈白露一句“回家，找老婆洒去”——伶牙俐齿，不怒不威，逗得满堂皆笑；既不触怒来客，又能博得众人开怀，足见其机智幽默，非在风月场合锤炼多时不能达到。然而，即便再璀璨夺目，受众人追捧，作为交际花，陈白露对富人金主们的依赖关系也是无法改变的事实。她并非真心对潘月亭倾心，但为解救小东西，她百般讨好：“你想听什么？我叫你一声‘爸爸’好不好？哦，我的爸爸，我真喜欢你，你是我的爸爸，老爸爸，最可爱的老爸爸……”如愿将潘月亭哄得服服帖帖。在顾八奶奶抱怨“面首”胡四没良心，一不高兴就不管她时，陈白露没有附和，也没有安慰，更没有将内心对他们丑陋行为的厌恶显

露出来，而是“真诚”地慨叹一句：“你真是天下最多情的女人。”这样的一句迎合对顾八奶奶这样以少女之心自欺欺人的富孀来说，无疑正中下怀，十分受用。可见，陈白露十分清楚她身边的这些金主各自最需要什么，并不吝于去满足他们——也只有满足了他们，她才可以继续跟他们一起跻身上流社会，维持奢侈靡费的生活。

二、语言反映多重性格

人是环境塑造出来的产物，陈白露年轻的生命中融合了诸多复杂的经历和背景。她本出身于书香世家，是个识文断字的大家闺秀，如今却沦为风月场上的交际花；她本向往真诚完美的爱情和幸福美满的婚姻，却未经得起平淡和厌倦的考验；她本天性纯真，心高气傲，却在世俗现实中委身于虚伪薄情的公子哥、阔老爷，并深陷于浮华迷梦中不能自醒……

一方面，陈白露骨子里渗透着孤高自傲的品性和爱美、爱自己、爱生活的浪漫情怀。潘月亭在陈白露的百般哄诱下答应解救小东西时，陈白露媚态娇羞地跟潘月亭说“谢谢”，潘月亭似有受宠若惊的架势，说“你从来没有跟我说过谢谢”，可见陈白露虽依附于潘月亭，但仍然保持着强烈的尊严和孤高品性。在方达生指责陈白露放荡堕落，沉迷于奢侈生活并且为此得意时，她反驳道：“我一个人闯出来的，不靠亲戚不靠朋友，能活就活不能活就算了，我有什么不得意的啊？……我爱钱，我想法子弄钱，可我没有把别人吃的饭硬抢到自己碗里，我没有挖空心思骗过人、害过人，我的生活是别人甘心情愿维持的，因为我牺牲我自己……”显然，青梅竹马的方达生的斥责必是戳中了要害，才使得陈白露激动恼怒。她无力反驳寄生生活的现实，但内心的自尊和骄傲不允许她低头承认自己的迷茫和空虚。实际上，直到生命的最后一刻，她依然对镜自赏，感叹自己“生得不算难看，人不算太老，这么年轻，这么美”……这种“梦醒了无处可走”的苦痛让陈白露在人间煎熬不已。如此热爱和欣赏自己的人，本应对生活充满希望和憧憬，但“太阳升起来了”，她却“要睡了”。

另一方面，在不愿意接受现实却又沉陷其中无法自拔的矛盾纠缠下，在曲折戏剧的生活经历的磨砺下，陈白露深知在这个腐朽的社会中小人物的命运是不受自己掌控的，世事发展也不因是非善恶而转移。因此，她虽坚持着自己的一份傲骨，却也无法不向命运低头，显示出软弱的一面。在面对方达生的质问时，她明亮的双眼暗沉无光，自言自语道：“自由？哪儿有自由啊！”“爱？什么是爱？你真是个孩子。”仿佛早已看破这人世，不再憧憬而选择放逐自己，与世事同流合污。陈白露性格中的软弱一面充分体现在小东西被逼自尽后——方达生问为什么允许金八这样的人活着，陈白露低声说：“不是我们允许不允许金八活着的问题，而是金八允许不允许我们活着的问题。”其实对于自身的地位和处境，对于时下她所生活的世界形势和情形，她内心是透彻明了的。在小东西身上，陈白露能看到自己的影子。小东西不堪金八的侮辱折磨，宁愿赴死而不屈不从；陈白露委身卖笑，讨好潘月亭融入南柯一梦的生活沉陷其中，相较之下，似乎小东西更为坚贞果敢，陈白露则意志薄弱；然而“生有何易，死亦何苦”？看最后陈白露也选择了结自己在人世的牵绊服毒自尽的结局就可知晓。陈白露和小东西，谁都不能左右时局，而只是没落大时代下软弱的蝼蚁。

三、语言揭示内心情感

语言是内心所思所想的外在表达，是为内在情感服务的。无论是话剧还是电影，剧中角色的语言都是体现人物内心情感的最直接手段。在影片《日出》中，主人公陈白露挣扎矛盾的内心世界，从影片前后两次派对中及陈白露截然不同的反应体现得最为淋漓尽致；而两次派对中的不同反应又从两个侧面来烘托：一个是前段部分慈善义卖派对的春风得意、游刃有余与末段部分生日派对的郁郁寡欢、醉酒吐真言，一个是前段派对的载笑载言与后段派对的痛苦哭泣。

影片开始部分的慈善义卖派对，陈白露表现为一个出色的社交名媛，乐此不疲，时时施礼："谢谢""您破费了"，并能机智地应对客人的调戏，用一句"回家，找老婆洒去"轻描淡写地化解尴尬；在一片歌舞升平中像一只翩翩起舞的花蝴蝶，是整个花园中的焦点和中心。而到影片末段的陈白露生日派对时，众人依旧兀自狂欢，陈白露却心不在焉，直至酒醉吐了真言：骂张乔治是"洒了巴黎香水的洋狗"，扇了胡四一耳光叫他"你这个兔子，找你的母猫叫春去吧！"……可以说，到末段的生日派对时，陈白露才借助酒力撕掉虚伪的面具，找回真实的自己，将压抑在内心多时、对她所生活的圈子乃至整个腐朽社会的厌恶和鄙夷喷发出来。此时，表面上是众人清醒而陈白露酩酊大醉，而实际却恰恰相反，陈白露的痛苦煎熬恰恰来自"众人皆醉而我独醒"的孤独凄冷。

哭和笑也是人物语言的另一种表现形式。陈白露在影片的前半部分始终以笑对人，说一语笑三声——不管是大笑、取笑还是冷笑；而到末段的生日派对时，很少再听到她的笑声，直至酒醉大骂后痛哭，声声叫着"回家，回家，我要回家"，"玩够了，该回家了"。如此强烈的前后反差对比，一笑一哭，其内心苦闷从暗涌到喷发，矛盾挣扎不言而喻。陈白露最后的痛哭是终于认识到命运的捉弄、生活的痛苦而流下的眼泪吗？其实直到大醉痛哭时，陈白露的处境较之前也并没有发生变化，她的痛苦源于自身，而不是处境所致。可以说，内心的矛盾挣扎一直存在，只是被刻意按压，连她自己也被自己的风光无限和笑意盈盈蒙骗了。直至借由酒醉才彻底井喷，不再做"装在套子里的人"。陈白露最终的爆发让人看到了弱女子独自对抗时代的悲哀，混沌的时代依然车轮滚滚向前，无奈伊人已逝，徒留空叹。

综上所述，在剧本或影视作品中，人物语言能够直观而充分地反映社会环境、人物性格、内在情感等多方面因素。在影片《日出》中，主人公陈白露天性的纯真桀骜与浪漫情怀、被形势所迫的卖弄风情、对富商巨贾的曲意逢迎以及其潜藏在内心的对虚伪奢靡"上流社会"的抵触鄙夷、对无法掌控自身命运的苦闷矛盾都深刻地体现在她的语言中。结合人物生活背景和社会大背景，仔细揣摩人物语言，便可对整部作品的思想主题有更为深入的理解和体会。

原载《短篇小说—原创版》2015 年第 33 期

永别了，太阳!

——看现代川剧《白露为霜》

马　也

重庆市三峡川剧团的《白露为霜》(隆学义编剧，改编自曹禺名剧《日出》，谭继琼主演，李滨导演)来京演出了。

曹禺先生的话剧，已成当代中国的经典；曹禺先生的话剧，又多半被隆学义改编成戏曲，其中影响最大的是《金子》(改编自《原野》)，也成了当代戏曲的经典。在曹禺的所有作品中，改编成戏曲难度最大的可能是《日出》：结构庞大，叙事复杂，线索繁多，意蕴深远。但是，《白露为霜》的改编，是成功的，是一次再创造，在戏曲化、川剧化、地方化方面，也都有出色表现。三峡川剧团作为一个地方剧团，五年内创作了两部现代大戏(《鸣凤》和《白露为霜》，都是由隆学义改编，也都是由谭继琼主演)，专家称之为戏曲的“万州现象”，经验值得总结。

看戏最大的感受是，这是一首最哀婉、最凄美、最悲凉的长诗，表现的是“美的形象”的被侮辱、被损害、被毁灭的过程，令人扼腕，令人悲悯。剧名就已经令人心动心碎了，“白露为霜”四字来自《诗经》，剧中化成陈白露的命运，意境深刻深远：希望来了，我没有了；太阳出来了，白露化了；太阳啊，永别了！相比原著《日出》，川剧版的《白露为霜》，似乎更有诗意，更有象征意义，更有创造性。原著结尾是“太阳出来了，我该睡了”，川剧的结尾是“太阳出来了，霜该化了”。在某种意义上说，这对陈白露的形象是一种丰富和深化。

川剧中的陈白露，是一个具有人性深刻性和性格复杂性的光彩照人的悲剧“典型”。一方面，她有自我沉沦、苟活、寄生的个体选择；另一方面，她的不幸命运更是由腐朽的时代和黑暗的社会造成的；她也有过内心的矛盾、冲突、挣扎，甚至是控诉和反抗，但终究是被时代埋葬、被时代毁灭。陈白露的悲剧(死亡)，具有社会批判和自我批判的双重艺术价值。从艺术作品的思想意义上说，《白露为霜》不但是深刻的，也是现代的。谭继琼，是难得的声色兼备、唱做俱佳的好演员——她本来主攻花旦，但在《白露为霜》中(主要)以青衣应工，又反串小生，可见其戏路之宽。2009年，谭继琼凭借领衔主演的《鸣凤》而摘得中国戏剧梅花奖；此次饰演陈白露，演技日臻圆熟，唱腔更具韵味；对人物的体验和把握更加自如，已具川剧大家风范。

戏还有加工提升的余地。主要是觉得在结构上还有话剧痕迹，还可以更加戏曲化一些，线索还可以更加单纯一些。曹禺原版话剧演出大概需要三个多小时，而川剧《白露为霜》的演出只是100分钟，改编本身就是一种再选择、再创造，还可以再大胆一些。另外，作为高腔戏，“徒歌”的色彩和(川剧)韵味还可以更浓一些。

隆学义，对中国戏曲现代戏是有大贡献的作家。他的作品以及刻画的人物形象，已经列入了当代中国戏剧史的画廊。他的戏剧台词，本就是好诗。在《白露为霜》的结尾处，陈白露有大段唱词：“……花儿枯了，女儿走了，心儿碎了，魂儿去了，星儿隐了，月儿暗了，光明来了，太阳出来了，光明不属于我了，太阳不属于我了，太阳啊太阳，永别了！”真是神来之笔，这段唱词，就足以催人泪下。

“永别了，太阳！”竟然也成了隆学义先生的永别之作，绝笔之作——2014 年 12 月底我去万州观摩《白露为霜》的试演，第二天是专家研讨会，当时的隆先生还是生龙活虎般样貌，没有人可以料到，两个半月之后的 2015 年 2 月 23 日(正月初五)，先生竟然驾鹤西去。世事无常，“永别了，太阳！”，中国戏剧界折损了一位重要作家。

祝愿《白露为霜》的艺术生命力强大久远，以慰隆先生的在天之灵！

原载《中国戏剧》2016 年第 8 期

金湘歌剧《日出》中“黑三”的音乐语言特色

苏冬昕　魏　扬

2015年是曹禺著名话剧《日出》创作发表的80周年，国家大剧院力邀著名作曲家金湘、编剧万方、导演李六乙、舞美设计刘杏林等一流主创团队倾力打造该剧首部歌剧版本，以此致敬大师、致敬经典。2015年6月17日晚，歌剧《日出》在国家大剧院歌剧厅首演，由女高音歌唱家宋元明与男高音歌唱家戴玉强分别饰演剧中陈白露与诗人，并由指挥家吕嘉担任歌剧指挥，国家大剧院管弦乐团、合唱团共同演出。《日出》以20世纪30年代当红交际花陈白露的人生际遇为主线，向观众揭示了半殖民地时期中国大都市中不同社会阶层的生活百态，为了能在歌剧舞台上将“都市群丑”的众生相进行更为真实的还原，金湘根据性格、社会地位的差异及剧情发展的需要把剧中人物大致分成了四组，分别为：第一组，陈白露与诗人，他们是整部歌剧发展的主线与灵魂；第二组，潘月亭、李石清，这类人是久经商场，圆滑、世故的“老油条”；第三组，妓女、小东西，她们是处在社会最底层、倍受欺凌与压迫的人物；第四组，胡四、顾八奶奶、黑三等不学无术、仗势欺人的封建社会恶浊人物。金湘为这四组人物各自设计了个性鲜明的音乐语言。

在这四组人物中，恶浊人物之一的黑三是贯穿整部歌剧发展的关键人物，他是导致小东西悲剧一生的元凶，也是间接导致陈白露与诗人心态变化的推手，黑三在剧中就是一个纯粹的恶人，他担负着推动戏剧情节发展的职能。与话剧不同的是，在歌剧版的《日出》中黑三不再作为一个独立的人物出现，编剧把这个角色化整为零，使黑三变成了一群黑衣打手“黑三们”，由于角色在戏剧结构上被分散开来，为了使“黑三们”在音乐结构上能保持人物形象的统一性，作曲家把代表黑三的乐曲全部设计为合唱曲，让角色在舞台上呈现出一种“形散而神不散”的状态。这些“黑三”的合唱曲篇幅短小且数量不多，为了在有限的篇幅内使人物显得形象生动并让人印象深刻，在创作“黑三”的音乐语言时，“根据歌剧内容的需要，作曲家采取了灵活多样的综合技法来进行创作，在旋律、和声、复调、配器等方面都进行了许多有益的探索，使音乐语言构成了一种‘复风格’的统一体”。[①] 本文将针对统一体中旋律、和声、复调、配器这四个方面音乐语言中的特色音乐要素进行分析与探究。

一、“黑三”旋律中的特色音程

在金湘歌剧《日出》中，为了突出黑三作为黑社会分子的特殊性，作曲家在代表黑三戏

① 徐文正.芸芸众生像，悠悠日出情——歌剧《日出》评析[J].人民音乐，2015(12)：25.

剧场景的音乐中使用了多种不协和音程，这些不协和音程在旋律中被反复地运用，不仅形成了“黑三音乐”的语言特色，也使“黑三音乐”的风格得以最终的确立。

1.增二度音程

谱例 1—a 中的旋律片段是歌剧《日出》上部曲十五《黑三之舞》中第 10 小节男高音声部的唱段，在旋律中出现了由♯G—F 两个音构成的增二度音程，合唱曲《黑三之舞》使用了 a 和声小调的谱号来记谱，♯G 与 F 两个音是 a 和声小调调式中的Ⅶ级音与Ⅵ级音，在西方大小调体系中旋律下行进行时，若在Ⅶ－Ⅵ中出现了增二度音程，音程应向外解决到最近的稳定音级上以保持调性的稳定，但在这段旋律中，增二度音程出现后作曲家并未将其解决到稳定音程 A—E 上以使旋律的调式主音偏向 A 音，而是仅在音程后放置了一个八分休止符来表明这一乐节的结束，这种做法给人一种旋律中调性悬而未决的感觉，从音响效果上制造出调性模糊的假象。

2.减三度音程

谱例 1—b 中的旋律片段是歌剧《日出》上部曲十五《黑三之舞》中第 12 小节男低音声部的唱段，在旋律中出现了由♯D—F 两个音构成的减三度音程，由上文可知，合唱曲《黑三之舞》的调性为 a 和声小调，a 和声小调调式内的Ⅵ级音是 F 音，但Ⅳ级音应为 D 音而非♯D 音，由于♯D 音在该合唱曲中出现得较多，因此不能简单地说这个音是一个临时变化音，从西方大小调体系的调式变音来看，在和声小调中引入的应是“降Ⅱ级、升Ⅲ级、升Ⅵ级、还原Ⅶ级四个变化音”，[①]并不会造成♯D 音的出现，从调式主音 A 音与Ⅳ音♯D 音构成的增四度关系来看，♯D 音更像是从中古调式的利底亚调式中抽取出来的调内音，可惜的是谱例中旋律调式音阶的Ⅳ－Ⅵ级音，即♯D—F 构成了减三度的音程关系，利底亚调式中并没有减三度音程，到最后♯D 音的出现似乎只能通过民族调式中的吉普赛小音阶加以说明。

吉普赛小音阶“是一种与吉普赛音乐风格有一定联系的小调音阶，此音阶的主音与其上方三度音为小三度，且其主和弦为小三和弦，故将其纳入小调音阶加以规范”，[②]这种音阶的主要结构特征就是“升四级的和声小调”，这个定义诠释了♯D 音在旋律中出现的原因，而♯D 音与下一乐句的起始音构成的减三度音程在旋律中的出现也因此显得并不突兀且带上了现代音乐的意味，又由于这个减三度音程仅在歌剧《日出》上部曲十五《黑三之舞》与下部曲三《寻找小东西》叠景之一《黑三之舞》这两首合唱曲中各出现了一次，因此它也成为“黑三”旋律中的特色音程。

3.减五度音程

谱例 1—c 中的旋律片段是歌剧《日出》上部曲十五《黑三之舞》中第 1—2 小节男低音声部的唱段，在旋律的开头部分就是一个由 a 和声小调调式内Ⅰ级音 A 音与临时变化音

---

① 魏扬.和声分析中的“变化音”解析[J].广东工业大学学报，2010(5)：74.

② 童忠良.现代乐理教程[M].长沙：湖南文艺出版社，2003：1-2.

bE 音构成的减五度音程，减五度音程象征着黑三的咆哮，表达了黑社会分子出场时的汹汹气势，这个减五度音程又与其后出现的由调式内Ⅵ级音 F 音与Ⅴ级音 E 音构成的小二度音程组成了一组固定音组，并在与黑三有关的所有音乐中不断以原型或变化的方式出现，形成了一种鲜明的“黑三标志”。“黑三标志”的每一次出现都是在合唱曲的开头部分，不仅构成了音乐向后发展的动机，更是对人物登场的提醒和角色个性的强调。

值得一提的是，“黑三标志”以二分音符开头，后进行到前长后短的附点旋律中，接着又使用半音下行的音乐发展手法与民族音乐中描绘恶人形象的手法多有相似，如在郭伟湘先生改编的手风琴曲《弹起我心爱的土琵琶》中，作曲家也使用了形式相近的旋律创作手法来对侵略者的音乐形象进行了刻画(见例 2)。

二、“黑三”音乐中的特色和声

金湘歌剧《日出》在和声创作方面，也是极具特色，“既有传统的和声结构(很少)，还有金湘独创的五度结构和弦的运用”。

1.平行的和声进行

在歌剧《日出》代表黑三的乐曲中，传统的和声结构主要体现在“黑三”唱段中的平行和声进行上，这些平行进行的和声中既有由两个乐音纵向结合构成的和声音程的平行进行，也有由多个乐音纵向结合构成的和弦的平行进行，多样化的和声类型，为演员的演唱带来了变化、增添了色彩，令观众在观看歌剧时不易感到枯燥和乏味。

谱例 3－a 中的旋律片段为歌剧《日出》上部曲十五《黑三之舞》中第 7－8 小节的男声合唱唱段，从谱面上可以看到，男低音声部与男高音声部的和声进行是以平行三度为主体的音阶式下行级进。由于《黑三之舞》是黑三在歌剧中的首次正式登场，为了让人物可以先进行一番清晰的“自我介绍”，作曲家使两个声部呈三度平行的关系，这样既不会拉大声部之间的距离，造成演唱中因声部的相互冲突、主次不分而导致主题旋律与歌词模糊不清的结果，体现出合唱曲在音乐结构上的交融性，又可以让人轻易地分辨出合唱中不同声部在旋律上的差异性，体会到两个声部在音响效果上形成的对比；而和声的平行进行则加强了人物在陈述自己身份时语气的力度，向观众表明了新登场人物在歌剧中的重要性。

谱例 3－b 中的旋律片段为歌剧《日出》上部曲十五《黑三之舞》中第 17 小节的男声合唱唱段，从谱面上可以看到，作曲家把男高音声部与男低音声部皆拆分成了两部分，二声部的男声合唱经拆分后变成了四声部的男声合唱，在这四声部合唱中，男高音声部主要由 bC－F，bB－E，A－♯D 这三个增四度和声音程组成，男低音声部则是男高音声部在低八度位置的重现，两个声部的和声进行以平行八度为主体，先向下行级进到 A－♯D 这个和声音程后，又以该音程为镜像点逆行回旋律的起始音。两个声部的和声音程结合后形成了多个双重增四度和声音程，双重和声音程的使用能够突出单个增四度和声音程的音效，强化整段旋律的不协和感，而不协和和声音程的续进能够营造出不安的氛围用以预示坏事的即将发生，再搭配上骇人的歌词进行演唱，让观众对黑三的人物性格特征以及接下来戏剧情节的发展方向都有了更为透彻的了解。

2.纯五度复合和声

纯五度复合和声是指"数个纯五度音程纵向叠置形成的复合结构和声",①"金湘先生将其逻辑化、功能化、风格化,成为他创作中的一种标志性和声手法",②这种标志性的和声手法在歌剧《日出》代表"黑三"的合唱曲中亦有被相应地运用。

谱例 4 中的两个和弦分别为歌剧《日出》上部曲十五《黑三之舞》第 24 小节与下部曲一《妓女/黑三之歌》第 118 小节中的纯五度复合和弦,和弦下方的大写字母与数字为这个纯五度复合和弦的和弦编号,"大写字母 J 表示'金氏',J 后跟的第一个数字表示有几个纯五度进行复合,第二个数字表示该和弦在此类和弦中的排序"。③ 谱例中的两个和弦都是非常典型的纯五度复合和弦,皆由两个纯五度音程直接复合而成,但这两个纯五度复合和弦的类型却不尽相同,第一个和弦从谱面上看是个按四度关系叠置而成的和弦,实际上这个和弦是由 A—E 和 bB—F 这两个纯五度音程按小二度关系复合后倒置排列而成的现代性纯五度复合和弦;第二个纯五度复合和弦则由♯G—♯D 和♯A—♯E 这两个纯五度音程按大二度关系直接复合而成,属于五声性纯五度复合和弦。纯五度复合和弦在"黑三"合唱曲中的使用,使乐曲染上了泛调性的色彩,增强了音乐的张力与人物音乐形象的塑造力,同时也体现了作曲家在音乐创作方面的一种现代化作曲思维。

三、"黑三"音乐中的特色复调

在金湘歌剧《日出》的三首黑三合唱曲中,作曲家采取了多种复调创作的手法,"既有传统的对位手法,更有板块的直接重叠"。

1.传统的对位手法

谱例 5 中的旋律片段是歌剧《日出》下部曲三《寻找小东西》叠景之一《黑三之舞》中第 25—30 小节的男声合唱唱段,从谱面中可以看到,男高音声部与男低音声部组成了传统性的二声部对位,两个声部同时表达了一个音乐形象,且两个声部的性格较一致,地位也比较平等,但由于两个声部的句法被作曲家做了不同步的处理,因此这个二声部对位又形成了互补性的并列对比关系。在这段合唱中,由男高音声部首先进行演唱,男低音声部在两拍过后紧接着演唱与男高音声部截然不同的旋律,最后两个声部极有默契地一同终止在一个大三和弦上,作曲家对句法的错位处理使两个声部的旋律正好互相填补了对方在演唱间的空白,而两段旋律在纵向结构上通过音调和节奏的互补并置,也成功地在乐曲中共同刻画了黑三残忍暴虐的音乐形象。

2.复调板块的重叠

谱例 6 中的旋律片段是歌剧《日出》下部曲一《妓女/黑三之歌》中第 103—106 小节的

① 魏扬.金湘创作中的"纯五度复合和声体系"探究[J].音乐研究,2015(3):69-71.
② 杨金子.歌剧《日出》中的中国传统音乐元素[J].中国音乐,2016(2):22.
③ 魏扬.民族根,中华情——《探究无垠·金湘音乐论文集之二》书评[J].人民音乐,2015(12):86.

男女声合唱唱段，合唱曲所表现的是黑三们到妓院中搜寻藏匿起来的小东西的戏剧场景，这段男女声合唱唱段表达的正是黑社会与妓女这两个不同群体的相遇。这个合唱唱段实际上由两种迥然相异的音乐素材纵向拼贴而成，作曲家在妓女的唱段使用了带有江南民间音乐风味的五声性民族旋律，以表达妓女慵懒、多情的特点，又对两个女声声部使用了卡农的手法，先由女高音声部演唱旋律，在下一小节中由女低音声部重复演唱女高音声部的旋律，以营造一种呼应式的回声效果；在黑三的唱段中，作曲家通过减五度音程与增四度音程交替式的平行进行织就了整段男声合唱的旋律，这种做法既保持了“黑三音乐”的怪诞风格，同时又以不同的旋律与妓女唱段的旋律形成对抗性的并置对比对位形式，因此两个唱段的结合，不仅是不同音乐素材的拼贴，也构成了复调板块的重叠。两个复调板块的对置，造成了人物形象、音乐调性与音乐色彩的对比，体现了音乐结构上的矛盾与戏剧结构上的冲突，具有很强的感染力。

四、“黑三”音乐中配器的使用特色

在歌剧音乐的创作中，不同配器的巧妙运用也会令恶浊人物在歌剧中增色不少，如在金湘歌剧《日出》中胡四、妓女等人的出场就总伴随着京胡、琵琶等民族乐器，黑三的乐曲虽仍是用传统的交响乐队伴奏，但经过作曲家的精心调配，也使黑三的音乐形象瞬间鲜活起来。

1.打击乐与铜管乐在“黑三”音乐中的色彩性

如在歌剧《日出》中，黑社会分子黑三的每次登场总会伴随着定音鼓与各类铜管乐器的出现（见例 7）。

谱例 7 中的旋律片段是歌剧《日出》上部曲十五《黑三之舞》中第 1－7 小节黑三的合唱唱段与铜管乐器、打击乐器的伴奏乐段，从谱中可以看到，作曲家使用了定音鼓、圆号、小号、长号、大号等打击乐器与多种铜管乐器来为黑三的登场造势。在这些乐器中，铜管乐器组的乐器均被作曲家加上了弱音器以弱奏衬托定音鼓的演奏，定音鼓以单奏的手法强而有力地快速奏出一连串的减五度音程，二拍子的紧密节奏型提升了乐曲的紧张度，把“黑三们”风风火火闯入舞台中的场景表现得淋漓尽致，体现了这黑社会分子在遍寻不到小东西后焦躁与愤怒的心理，铜管乐器与定音鼓的配合制造了行军般的气势，用以表达黑社会分子的人多势众，不好相与。

2.管弦乐器在“黑三音乐”中的对比

又如在歌剧《日出》下部曲一《妓女/黑三之歌》中，为了使黑三与妓女间的音乐形象对比更为明显，在黑三的唱段作曲家特意增强了铜管乐器的演奏，而随后的妓女唱段作曲家则仅使用弦乐器来为女声合唱伴奏（见例 8）。

谱例 8 中的旋律片段是歌剧《日出》下部曲一《妓女/黑三之歌》中第 107－112 小节妓女与黑三的合唱唱段及管弦乐器的伴奏乐段，从谱中可以看到，在黑三的唱段中，作曲家淡化了弦乐器与木管乐器的演奏，强调了铜管乐器的伴奏，而在铜管乐器组中，作曲家又为小号、长号、大号等乐器加上了弱音器，凸显出由四支圆号吹奏出的减五度音程以表现“黑三音乐”的风格特征；在妓女部分的唱段，作曲家则暂停了吹奏乐器与打击乐器的演奏，仅留下弦乐组为女声合唱伴奏。铜管乐器低沉而富有力量的音色，与弦乐器尖细高亮的音色正好形成了男与女、刚与柔的鲜明对比，两组不同类型乐器在音色上的反差使乐曲中出现的两种人物的形象更为生动，通过音乐形象的对比，也让观众“看”到了黑三作为恶人所固有的阴沉特性。

五、结语

由以上对“黑三”特色音乐语言的简单分析可以看出，在歌剧《日出》中，金湘先生所创作的音乐语言并不会有“很刻意的各种创作观念和作曲技法的痕迹”，金湘自己也曾说过：“根据剧情的发展需要，我的音乐感觉到哪个音就用哪个音，我不会受任何束缚，完全根据剧情、根据音乐感觉进行结构构思和音乐创造。”①这种看似随性的创作方式虽让人咋舌，却是金湘先生多年歌剧创作经验的积淀与强大创作功力的体现。金湘的歌剧创作蕴含着深刻的哲理性、严密的逻辑性、精准的描绘性以及丰富的多样性，非常值得中国歌剧创作者们去学习和借鉴，而他对歌剧创作要不拘一格、融汇中西、与时俱进的要求也为今后中国歌剧创作事业的发展指明了一条崭新的前进道路。

谱例 1:《黑三之舞》中带有不协和音程的旋律谱例

谱例 2:《弹起我心爱的土琵琶》51—52 小节旋律谱例

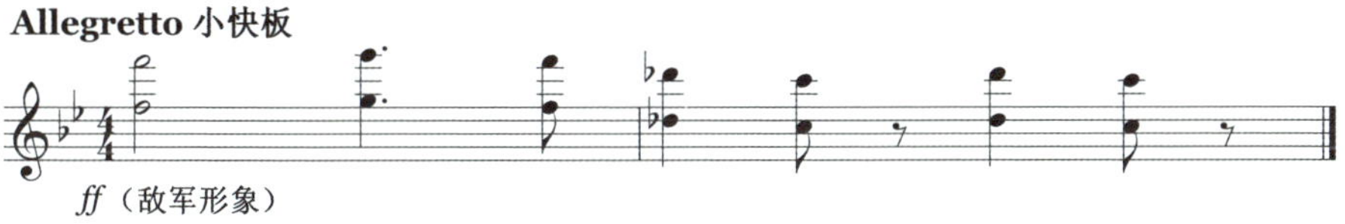

谱例 3:《黑三之舞》中平行和声进行的旋律谱例

谱例 4:《黑三之舞》24 小节、《妓女/黑三之歌》118 小节和声缩谱(图略)

① 魏扬.民族根，中华情——《探究无垠·金湘音乐论文集之二》书评[J].人民音乐，2015(12):86.

谱例 5:《寻找小东西》25—30 小节旋律谱例

谱例 6:《妓女/黑三之歌》103—106 小节钢琴缩谱

谱例 7:《黑三之舞》1—7 小节总谱谱例

2
4
Fl.
Ob.
Cl.
Bsn.
a2
Hn.
Hn.
Tpt.
Tbn.
Tbn. 1
gliss.
Tba.
Timp.
Cym.
Vib.
B.
我们是野兽，我们是毒虫，
Vln. I
Vln. II
Vla.
Vc.
Cb.

谱例 8:《妓女/黑三之歌》107—112 小节总谱谱例

原载《吉林艺术学院学报》2017 年第 2 期

歌剧《日出》中纯五度复合和声的连接逻辑（节选）

苏冬昕　魏　扬

纯五度复合和声是金湘音乐作品中标志性的创作技法，其多样的结构与缤纷的色彩在序进过程中形成或简约、或繁复的和声连接方式。金湘歌剧《日出》中纯五度复合和声的多样化“传统式”连接、平行进行、并置连接，形成声部横向运动形态的丰富变化，对增强音乐的表现力及发挥歌剧的戏剧性起到了重要的作用。作为中国艺术歌剧创作领域的领军人物，金湘自1972年至2015年创作了十部歌剧，其特色鲜明、题材广泛、时代气息浓郁、技法特征突出，具有高度的艺术价值与参考价值，其中，《原野》《楚霸王》《杨贵妃》《热瓦普恋歌》《红帮裁缝》《日出》成为中国艺术歌剧创作典范。最后一部歌剧《日出》同《原野》一样均改编自作家曹禺的作品，曹禺的四幕话剧《日出》发表于1935年，剧中以女主人公陈白露悲剧的一生为主线，揭露殖民地大都市的黑暗糜烂，控诉“损不足以奉有余”的社会。

1956年，话剧《日出》在北京人艺首度演出后获得巨大的社会反响。1990年，金湘曾与歌剧导演李稻川及编剧万方联合将《日出》改编为音乐剧，成为正歌剧《日出》诞生的“前奏曲”，为日后的歌剧版在剧本、音乐、舞台方面的重组与调整都打下了一定基础。2015年6月17日至21日，由国家大剧院主办，宋元明、戴玉强主演，吕嘉指挥，国家大剧院管弦乐团、合唱团共同演出的歌剧版《日出》在国家大剧院首演，“曹禺笔下的陈白露，80载首登歌剧舞台，中国文学经典中的‘茶花女’，悲咏出都市浮生的幕起幕落，作曲家金湘、剧作家万方、导演李六乙，挥情尽展千姿百态的民国画卷，浓墨勾勒灿若春阳的时代夯歌！”歌剧中精彩的戏剧情节与个性化的音乐交相辉映，不仅将都市浮生的幕起幕落栩栩如生地展现在舞台之上，也让观众切身地感受到了剧中人物的苦难，为之唏嘘动容。“纯五度复合和声是数个纯五度音程纵合形成的复合结构和声，在作曲家金湘近30年创作中有体系化的运用。它建立在民族音乐五度相生律制基础之上，将五声扩展至十二声并按各音与起始音的远近关系，构成一种新的音高结构体系。其连接方式既参照了民间音乐五度律和“一个调内的各级和弦都可以自由地相互连接”的五声性纵合和声连接逻辑，又借鉴了传统和声“共同音保持在同一声部，其余声部采取级进或最小跳进”的平稳进行方式与现代和声较自由、多样的连接方式，丰富了音乐织体，增添了音响效果的色彩，更好地推动了戏剧发展。

歌剧《日出》是金湘的厚积薄发之作，通过多年歌剧创作经验的积累与对歌剧思维的把握及融会贯通，纯五度复合和声的运用达到了“信手拈来”的程度，对于剧中人物的性格塑造、心理描写、情感宣泄都能够表达得恰到好处，在需要表现不同戏剧场景时，既能瞬间辉煌大气，也能霎时充满生活气息，最终创作出“无愧于社会、无愧于历史、无愧于自己、无愧于大众”的歌剧。

原载《交响—西安音乐学院学报》2009 年第 1 期

四、其他剧作改编研究资料

音乐剧《日出》漫谈

刘诗嵘

著名导演夏淳同志首先倡议将话剧《日出》改编为音乐剧来参加祝贺曹禺同志从事戏剧活动 65 周年的演出，可谓慧眼独具。在国外，将经典的文学、戏剧名著改编为音乐剧上演已屡见不鲜，经过了数十年的实践也已积累了丰富的经验，收到了很好的效果。像 20 世纪 50 年代萧伯纳的《卖花女》、伏尔泰的《老实人》，直到 20 世纪 80 年代的《悲惨世界》的改编，都产生了音乐剧的杰作，影响遍及许多国家。我国从事音乐剧的创作和演出的实践也有十来年了，但是将名著改编为音乐剧，这好像还是第一部。从《日出》的演出效果来看，应该说是取得了初步的成功。

《日出》的改编者们是幸运的，因为首先就得到了曹禺同志本人的大力支持，不像当年萧伯纳极力反对将《卖花女》改编为音乐剧，以致直到他逝世以后《窈窕淑女》方得以问世。《日出》的改编者们也是勇敢的，在国内文艺界尚有不少同志以为音乐剧只是歌舞笑闹的大杂烩，是流行歌曲的糖葫芦串之时，涉足于这部具有深刻社会意义的名剧改编，并且取得了可喜的成绩。有人说，看了《日出》觉得它太像歌剧了，我却谓：歌剧与音乐剧本无绝对严格的界限，如果从改编者运用了音乐主题贯串的结构和交响乐式的音乐手法来看，恰恰是它的优点，比国内某些音乐剧前进了一步，这也是它吸取了国际上音乐剧创作已经取得的良好经验的结果。

作曲家金湘在锻铸“日出”这个音乐主题上是比较成功的。它贯串全剧，又在陈白露朗诵“日出”诗句时以配乐的方式起了点睛的作用，最后还是完成全剧音乐煞尾时高潮的主旋律。尽管在展开、变化上仍稍觉不足，但已给了观众比较深刻的印象，它的确塑造了“日出”这一形象。另外，他为陈白露、翠喜、小东西这三位在旧社会被侮辱与被损害的女性所设计的音乐也都深切感人，不但恰当地塑造了每个人物的不同形象，抒发了她们的内心情感，也还起着推动剧情发展的作用，是真正的戏剧音乐。相形之下，方达生的音乐形象就比较苍白无力，比较一般化，似乎还不足以表现这位纯朴、正直而带点理想主义色彩的知识分子。也许，剧本的改编者更应于此助作曲家一臂之力？

比较易于引起争议的是音乐剧改编中将金八作为明场处理，而且是用歌唱和舞蹈来体现的。且不论对话剧原著中对于金八作为暗场处理的深意的理解，仅就音乐剧本身对金八的表现来看歌词也过于直白，形象与歌词对他的描述还有矛盾，如小东西唱：“他们要我和一个黑胖子睡觉……”指的本是金八，然而舞台上出现的金八，却是由舞蹈演员装扮成类似一般舞剧中的恶霸形象的瘦子！我理解曹禺同志写的金八只是时时刻刻威胁着甚至主宰着全剧人物荣辱浮沉的半封建半殖民地社会畸形生产关系的象征，绝不仅仅是个比潘经理更大的资本家兼黑社会的头目。因此在话剧中他愈不露面才愈显出他的威慑力量，是作家的大手笔！作为音乐剧当然可以将原剧中潜在的抒情因素挖掘出来予以发展，不然，像《卖花女》剧中“教语言”的戏剧行为就难以升华为载歌载舞的音乐剧。但若是体现得不恰当，就会将原来大有深意的隐喻变得肤浅了。另外，也有的地方对于原话剧中已经设计好的音乐形象却没有运用发挥好；如砸夯号子，它既表现了创造人类财富的劳动者们在旧社会所受的苦难，又预示着充满希望的未来。假如音乐剧以它沉重的节奏作为开始时的音乐背景，然后当陈白露自尽而死后让由“日出”主题发展起来的结束音乐与逐渐高昂起来的夯歌交织成一个宏丽的尾奏岂不更好些？至于胡四教戏、打麻将和生日晚会等风俗性的场面也尚待梳理或精练，则更是不在话下了。

对于一部新作的上演挑三拣四是很容易的，但是若想到《日出》为了赶上对曹禺同志的祝贺活动的日期，是克服了许多困难“赶”出来的，它的创作和表演者们也就十分值得敬佩了。只盼望着音乐剧《日出》的所有创造者们对它继续精雕细琢，像曹禺同志当年创作这部话剧时一样的精益求精，使之成为一部完成了的杰作，而不要就此止步。这不只是为了《日出》这一部音乐剧自身，更是为了中国方兴未艾的音乐剧创作与演出事业！

原载《人民日报》1991 年 1 月 5 日

走近巨人

——曹禺大师和扬剧《王昭君》

袁振奇

因为改编《王昭君》的机缘，有幸在曹禺大师与我们诀别前的几个月来到先生身边，得以瞻仰先生的丰采，并聆听了先生对我们改编工作的珍贵意见，而且这第一次也是最后一次与先生的见面中，让我们深深感受到这位文化巨人人格和艺术上那永不泯灭的光辉。

还是在三年多前，我们急切地希望物色一个可供剧团上演而又在思想内涵和艺术品位上都属上乘的剧本，石玉昆导演向我们推荐了发表在83年《江苏戏剧丛刊》上的一个京剧改编本《王昭君》。这是我省已故戏剧家江蛰君先生根据曹禺大师话剧原著改编的本子。玉昆同志告诉我们，这个本子曹禺先生看过，并且说了“江本很见功力，赞同江苏上演”的话。这个建议使我想起早在刚刚粉碎“四人帮”不久的1978年，从《人民文学》杂志上喜悦地捧读曹禺大师的话剧新作时的情景。那个向人性与自由遭扼杀的悲惨命运挑战、敢作敢为地重新选择自己人生道路的王昭君，那个愿以民族团结为己任、不畏艰险远嫁异域的王昭君，第一次以昂首阔步、春风满面的形象向我们走来。那饱蘸着浓郁的诗情描绘的民族和睦、天地同春的瑰丽画卷，令人神往而动情；那充满音乐美、意境美和深邃哲理的诗化语言，更让我击节吟诵，逸兴遄飞。在刚刚从十年浩劫的恶梦中醒来的早晨，一位备受人们崇敬的老作家，向我们奉献出这样的新作，是多么让人欣喜让人赞叹啊！现在，一个忠于原著而又在戏曲化方面作了有益尝试的京剧改编本摆在我们面前，如果对它作一些必要的技术处理，把这个从未上演过的本子搬上扬剧舞台，既可以借重大师的力作为扬剧舞台增辉，又可完成前辈长者江公未竟的遗愿，诚为一举数得之事。

当我们就此广泛征求意见，深入进行论证时，一些专家学者在肯定这一选题的同时又指出，这部剧作毕竟写作于十七八年前，当时刚刚摆脱“四人帮”的文化专制和创作禁锢，政治上的左倾思想对文艺创作的影响还在，作家的创作思想和创作方法不能不受到一些局限，因此给这部剧作留下一些争议和遗憾。所以，简单地照搬照演未必妥当，而重新改编难度也相当大，要投入更多的气力。这些忠告，无疑是客观的、中肯的。这使我们面对一个严肃而非常富于探讨意义的问题：我们应该怎样全面、正确地评价这部剧作？我们应该如何接受大师为我们创造的这份艺术财富？时至今日又应该怎样更好地把大师的力作重现于舞台？

于是，我们两上北京，除了向文化部和全国剧协领导汇报，向北京的专家学者请教外，我们还希望能直接拜望大师，得到他的指点。但大师正在病中，他能不能接见我们呢？多亏了全国剧协领导同志的帮助，我们到达北京的当天，便如愿以偿地得到一个令人欣喜的通知，曹禺大师同意接受我们的拜望，约定第二天（六月二十八日）下午三时在北京医院病室内见面。当我们按时赶到医院时，大师已让秘书在医院门外迎候我们了。秘书告诉我们，先生前一阵健康情况很不好，近来好些了，他一般是不接受探视的，但听说江苏的客人远道来了，特地和医生商量，把下午原定的治疗时间推迟一点，已经坐起来等着你们。果然，在病室门外，我们看到一块“谢绝探视”的牌子；推门而入，穿着条子布住院服的先生正端坐在椅子上。他微笑着让我们在他身边坐下，听我们简单表明了来意后，就以平缓而亲切的语调说话了：“《王昭君》是周恩来总理让我写的。那是1961年春天，周总理和我们文艺界的同志在人民大会堂开一个座谈会，谈到乌兰夫同志向他反映，在包钢蒙古族青年要找一个汉族姑娘结婚很不易。总理说，要提倡汉族妇女嫁给少数民族兄弟，不要搞大汉族主义，古时候不是有个王昭君吗？他指着我说，曹禺，你就写王昭君吧！他还建议大家举杯，预祝《王昭君》早日问世。我理解，总理让我写王昭君，是要歌颂民族团结和民族间的文化交流。”在平静的叙述中，老人的回忆是深情的。大师对总理的嘱托，是永远难以忘怀的。他听说我们准备把这部戏重现于扬剧舞台，感到很欣慰。他说，你们要挑一个好演员演王昭君。当我们问起大师对我们的改编工作有什么要求时，他想了想，回答说：“王昭君我没有写好，老是乐呵呵的，没有矛盾，你们要改一改。”我当即问大师：“是不是指王昭君远嫁匈奴的内心矛盾和她到匈奴后怎样卷入矛盾之中？”大师回答我：“是的。”这时候，大师突然说了句：“我快要走了，我的时间不多了……”一时我们不知该用什么话宽慰他，只是重复着：“您会好起来的。”大师用和善的目光看着我们，又轻轻地、慢慢地说：“我八十六岁了，快要走了。”我这才明白了，这位毕生执着于戏剧事业的老人，在他“蓦然回首”的一刹那，有着多少对这个世界的深深眷恋，也许他觉得还有多少事等着他去做，还有多少对于事业的未了情，而现在，他只有满怀期冀地把这些交付给后人……我顿时感到心上沉甸甸的，肩上也沉甸甸的，我们能无负于大师的殷殷嘱托吗？我们向大师说，一定全力以赴把戏改好演好，最后我们不无踌躇地请求大师为我们题写一个剧名，大师毫不迟疑地答应了，说：“我现在就写。”这时在一旁的秘书笑着说：“曹老，给您做治疗的医生已在门外了，是不是明天再写吧？”我们很不好意思，忙说：“耽误您治疗了，随便什么时候写好，寄给我们吧。”后来，我们回到南京没几天，就收到了大师亲笔题写的剧名，白秘书在信里说：先生一口气写了好几张，挑了一张最好的寄给你们。我们看着这幅写得非常工整非常遒劲的题字，有着他的签名，还盖着鲜红的印章，说不出有多感动。一位德高望重的艺术巨匠，一位正在病中的老人，竟这样无微不至地关注着江苏的一个地方戏剧团，关注着扬剧《王昭君》的问世，是多么难能可贵啊！

扬剧《王昭君》的改编工作是从认真研读大师原作入手的。我重温了1978年初读剧本时的那份愉悦、那份激奋。首先，我触摸到了大师那毕生为人民而歌的火热的心，他一生为我们留下了九部大型话剧作品，《王昭君》是他的最后一部剧作。他始终是听从着时代和人民的召唤，而在《王昭君》中又融入了他对周恩来总理的深切怀念。他几乎是以一种炽烈燃烧的感情写下了《王昭君》。在这里，一位人民艺术家倾注了他对人民的全部深情。同时，我强烈地感受到大师长期以来对诗化现实主义的美学追求，他根据史籍中关于王昭君的有限记载，以史观唯物辩证法，还王昭君以历史本来面目，并吸收了流传民间的许多动人传说，熔铸着民间文学中特有的浪漫主义情愫，使之成为一个兼具历史真实和理想色彩的崭新艺术形象。他从昭君自愿请行出塞和亲，并促成了汉匈边境长达50年的安定局面这一历史佳话中，开掘提炼出民族和睦友好、神州天地同春的诗意题旨，并创造性地以《长相知》的主题歌，画龙点睛地聚焦了人间情爱和民族凝合这一哲理精义，从而使历史的神髓和现实的呼唤达到了诗意的统一。他还以灵动多彩的笔触，把众多的人物性格诗化了，把戏剧冲突诗化了，把剧中的意境和氛围也诗化了。我们称《王昭君》为一部剧诗，是一点也不为过的，大师早从《家》的创作就开始了这种对剧诗品位的探索，在《王昭君》中跃升到一个新的层面，这是一位艺术巨匠极具个性的艺术坐标，也是戏剧创作中极富开拓性的艺术境界。重读话剧《王昭君》，使我又一次走近了巨人，走近了巨人那饱含激情、充满智慧、流溢才华的诗心。

对于历史局限在剧作中留下的印迹，在今天重新审视时，格外觉得大师本人嘱咐我们"改一改"的虚怀若谷和清醒明达。多年来，曾有若干评论认为：王昭君"写得太高了"，"失之于理想化了"，"后半部戏对王昭君和呼韩邪单于两个形象的塑造在某些方面有拔高的倾向"，"特别是昭君出塞后所遇到的困难和挫折，以及她与呼韩邪单于的爱情波折，都缺乏一定的历史真实感"，"令人难以信服"。这些评论，确实是颇有见地的。所指出的问题，也确实是十分重要的。但我想，我们绝不能因为这些不足，而无视这部剧作的巨大政治贡献和卓越艺术成就，把这样一部在重塑王昭君形象上已跨出决定性一步的作品，简单化地归入大师的"非代表作"而束之高阁，而应该像大师寄期望于后人那样去努力"改一改"，在大师原作的坚实基础上，有所发展、有所进步、有所出新。

这样，在各级领导的亲切关怀和许多专家学者的帮助下，特别是在曹禺大师的精神感召和具体指点下，我尝试着在话剧原著和京剧改编本的基础上，按照新的理解和要求，对王昭君和其他一些主要人物的思想脉络和行为逻辑，给予重新定位，力图使人物的塑造达到历史真实和艺术真实的契合，并使王昭君的传奇性经历，有一个清晰可信的发展轨迹。在戏剧情节和戏剧结构上，试图通过改造和整合，把过多的事件加以精简，突出有助于塑造王昭君形象的主要事件，并在后半部戏中努力使主人公置于矛盾之中。在整体把握上，贯穿着把男女主人公的感情纠葛、心灵撞击与交融作为全剧的主体，希望写出人物性格和命运的发展史。此外，尽可能使扬剧《王昭君》戏曲化、扬剧化，并注意到剧作的文学品位和诗化风格。这些尝试与探索，在现在已经搬上舞台的改编本中，还远远未能尽如人意，但人们却给予我们许多鼓励，还有更多期许。使我们深深遗憾的是，在我们首次揭开扬剧《王昭君》的帷幕时，曾经给予我们以深情关注和殷切期望的曹禺大师已经离我们而去了，他未能听到在扬剧舞台上重新响起的那首《长相知》了，我们只能在首演的节目单上，以无限悲痛的心情印上一行字：谨以此剧纪念戏剧大师曹禺先生！我们希望，通过锲而不舍的努力，进一步的精雕细刻，把扬剧《王昭君》搞得更好一点，以告慰大师在天之灵！

原载《艺术百家》1997年第1期

《北京人》走上银幕

彤　彤

由曹禺先生的名剧《北京人》改编的同名电影本周在北京“艺术院线”上映，这是继《雷雨》《日出》《原野》之后的又一次改编。至此，曹禺先生的四大名剧已全部搬上银幕。

曹禺先生于1940年深秋写下《北京人》。制片人黎静是在曹禺先生过世前3个月购得《北京人》拍摄权的。曹禺先生曾深情地说，《北京人》是他酝酿6年才写成的，是他心爱的女儿，舍不得卖。也许是黎静以执着精神感动了曹禺先生，曹禺对黎静说：“话剧是我的事，剧本是编剧的事，电影是导演的事。”并鼓励黎静大胆去进行改编。名著改编从来是吃力不讨好的，《北京人》的导演秦志钰则说，曹禺的语言是剧本中最精彩的一部分，许多名段名句是人所共知。可电影是要求生活化的，诗歌般的语言观众反而不适应，因此，在改编时，有的台词全部保留了，有的浓缩了，有的调换了位置，有的改得比较生活化，有的通过诗情画意的画面来抒发其韵味，用画面、音乐等电影手法来表现有时比台词具有更强的感染力。

秦志钰本人也是出身于旧式贵族家庭。她认为片中的三位主演吕丽萍、程前、黎静的表演比较到位。吕丽萍饰演的思懿是20世纪30年代大少奶奶的角色，吕丽萍表演非常投入，她为人物设计的几场戏，如片尾抱着丈夫尸体的痴狂场面很打动人。程前饰演的文清，是一个难演的角色，颓废、失意的大少爷形象令潇洒的程前很费一番苦心。他认真琢磨人物的情感逻辑和节奏，乃至音容笑貌、穿着习惯，甚至小动作，剧组人员无不为他对艺术的执着精神所感动。黎静饰演的愫芳也把一个忍气吞声的旧式小姐形象活脱脱地展现给观众。

去年12月，《北京人》曾到波士顿进行首映，在哈佛大学、麻省理工学院等地受到欢迎。今年4月，又获圣保罗国际电影节最佳影片奖。国内影评家也对这部影片予以首肯，并认为这部影片拍得流畅、洗练，又富有创新意识。好评能否换来“好票房”？市场会给出最后的答案。

原载《中国艺术报》2000年7月14日

“北京人”走上银幕

汪泾洋

根据曹禺先生的话剧《北京人》改编的同名电影已从北京开始陆续与观众见面。

《北京人》的故事发生在20世纪30年代初的北平。深宅大院中的曾皓家为拯救病危的曾老太太，急忙将孙媳妇瑞贞迎娶进门，然而，孙媳妇进门并未能挽救曾老太太一命。影片以曾家向杜家借贷并以棺木顶债为背景线，以文清、思懿、愫方三人的爱情纠葛为感情线，两条线互相交织、互相推动，形成跌宕起伏的故事情节，以愫方和瑞贞出去迎接光明的太阳为结局。《北京人》是曹禺戏剧创作中最有抒情意味的一部，导演秦志钰认为这部戏通过一家三代人的命运，促使人们思考人类的命运。它的主题是进步与保守、黑暗与光明的斗争。所以秦导演决心把它拍成一部反封建的爱情故事，体现了对自由、人权、爱情的向往。

为了将此名剧拍成一部有看头、有说头、有想头的精品，编剧兼导演秦志钰投入了极大的创作热情，她得到原著作者曹禺先生的极大支持。在尊重原著主题的前提下，他们对剧本、人物、对话作了慎重且精细的再创作，力图将其拍成一部凝重和深情的正剧，同时又不乏嘲讽和幽默，使其更具电影形式、电影语言。

今年五月，《北京人》应美国圣保罗第18届国际电影节主席埃尔先生的邀请，代表中国电影参赛荣获最佳影片奖。中国驻美国大使李肇星在华盛顿亲自主持《北京人》电影招待会。李大使说：“我要感谢你们带来了一部好电影。你们知道吗？昨晚观看电影的来宾中有反对中国加入世贸及给予中国最惠国待遇的议员。他们看完这部电影后对我说，没想到中国有这么高雅的电影及电影中展现的中国文明、文化、爱情，他们非常希望今后多了解一些中国。”

电影《北京人》是继曹禺先生创作的《雷雨》《日出》《原野》相继被改编成电影之后的又一次成功改编。至此，曹禺先生的四大名剧已全部被搬上了银幕。

原载《解放军报》2000年9月22日

爆热爆冷为哪般

——写在新版沪剧《家》首轮演出后

铁疾黎

同新版沪剧《家》在演出前的沸沸扬扬、造势巨大相对照，自8月11日演罢首轮以来，此剧的“后续效应”却显得特别冷清，甚至冷清得有点令人害怕、疑窦顿生。

曾在演出前几番应邀参加主办单位举行的新闻发布会、通气会、招待会，并分别于次日基本按主办者所授意图、所定基调、所透露“花絮”撰文造势的“娱记”们，一个个像约定或接到过什么“指令”似的，突然间掩卷停笔、大缄其口，再也不见任何声响了；那些历来习惯在一剧(尤其是热门剧目)演罢，纷纷出来加以褒扬或针砭一番的戏剧评论家们，此次竟也显得异常冷静，至今未见有任何大的动静，甚至连那种“不好不坏、不冷不热、不痛不痒”式的反应也未作出；更让人匪夷所思的是，历来“喜欢”在演后“听听’剧坛内外反映、哪怕是清一色“好话”的此剧编剧、导演、演员们，此次也一概不见了踪影，既未见什么“研讨会”，也未有什么“答谢会”。总之，一切好像从来都不曾发生过似的。这不禁使那些仍在关注“事态”发展的人们忍不住要问：究竟是什么原因才造成了新版沪剧《家》这种在演前演后爆热爆冷、反差巨大的异常现象？

是因为观众全得了“速忘症”？

从某种角度看，一部戏剧的观众构成不外乎这样五种人，即戏剧爱好者、戏剧从业者、戏剧研究者、戏剧事业管理者及偶尔观看戏剧者。从笔者此次在新版沪剧《家》演出现场所观察到的情况来看，这五种观众似乎都不缺少，甚至有一些金发碧眼的“老外”和邻近省份的剧界领导也赶来观看这场演出。而且，在装饰豪华的剧场里和同样豪华的舞台布景下，我们还看到了不少在以往沪剧剧场里相当少见的年轻观众的身影。然而，人们去看一部戏，并不完全意味着人们一定会喜欢这部戏，也不完全意味着这部戏就一定能在人们脑海里留下深刻印象。且先不论在观众群中占少数的戏剧从业者、研究者和管理者，就说那些为数众多的戏剧爱好者吧，据笔者在现场调查、观察，他们此次之所以单独或结伴携侣，甚至全家老小一同赶来看这场戏，大多数是基于这样一些动机：一是冲着电影成功人士吴思远的名气而去，他们就想看看曾演绎出影片《新龙门客栈》、“黄飞鸿系列”中那些令人眼花缭乱、目不暇接情节的吴大导演，此番在新版沪剧《家》中又会“玩”出些什么“新花样”；二是好久没有听丁调、王调、解调、邵调、韩调等沪剧的“老腔老调”了，因此，他们想借这次六代沪剧明星联袂登台和“上沪”三位名旦首次同演一出戏的机会，到剧场过把瘾，“解解馋”；三是从没进上海大剧院看过戏，或者就是想看看历来“土里土气”的沪剧进入现代化豪华大剧院之后，会变成什么模样，或者会不会像“刘姥姥跑进了大观园”那样。至于真正抱着欣赏或研究沪剧艺术动机前来观看的观众肯定有，但不多（关于这点，后面还要论及）。因此，此剧大幕降落之际，也是这几类观众的观剧动机得以充分实现之时，他们乘兴而来，满足而去，一般是不会有“雅兴’在事后再去评论此剧的唱腔风格、流派韵味的。倘真如此，那新版沪剧《家》首轮上演后出现的冷寂就不足为奇，却也没有什么可喜可贺的了。

是因为投资商已斗满钵溢、窃笑而去？

众所周知，负责沪剧《家》运作的主要是上海某文化广告有限公司，施以巨额经济赞助的则是上海某房地产开发企业。如果说“种豆的都想得豆、种瓜的都想得瓜”是天经地义的话，那么，投资《家》想得到丰厚回报、赞助《家》想“轰”出广告效应，亦不容置疑。从实际情况来看，《家》剧在演出前次数异常多地邀请媒体采访，并在众多媒体上“滚动式”宣传，以至盛邀香港知名导演前来执导。这些策划和运作，可以说是无不显露着商业利益的考虑，以至连导演、舞美、作曲们精心构思与创作的极富有视觉冲击力的舞美布景与极富听觉感染力的交响乐声，也被人不无理由地怀疑掺有某种商业意图在内。至于那些在大剧院大厅门口内外只准兜售掺杂商家广告的每份售价达 15 元的“说明书”，而不准一些戏剧艺术刊物在侧容身的做法，更是把商家认钱不认人、唯利是图的面目描绘得一清二楚，而无须再作任何“说明”。如今，随着首轮演出的“辉煌”结束，投资商、赞助商的原始动机都已实现（据说，此次投资商、演出单位共为此新版沪剧《家》投入了 200 万元，而《家》剧组在拥有 1000 多个座位、平均票价 304 元的大剧院连演 4 场，基本满座，此剧至少已收回 50% 以上的投资，大大高于一般剧作同期投资回报率），他们都已窃笑着躲到一边数钱或陶醉于自己的“杰作”去了，除非下一轮演出前又有需要，他们是无暇也无必要再来关心什么巴金、吴思远，更不要指望他们会来“研讨”“反省”本来柔情似水的传统沪剧演唱艺术，此番被“改造”得“铿锵有力”、甚至有些空洞喧闹后的成败得失了。倘真如此，那新版沪剧《家》演后出现的冷寂场面也不足为奇，因而也没有什么可喜可贺的了。难道我们能苛求商人为顾“艺术总结”而放弃赚钱或暂停数钱吗？

难道是因为当事演出单位无暇进行艺术总结？

如果说投资商、赞助商在赚钱或“赚”到广告轰动效应之后，未去进行“艺术总结”（此处不是指“赚钱艺术”的总结），是预料之中情有可原的话，那么，我们以继承发扬沪剧艺术为己任的当事沪剧团体要是也放弃或忘记了这一点，那就是怪事一件而不可原谅了。

然而，这样的“怪事”毕竟还是发生了。在此次新版沪剧《家》演出之前，当事演出单位有意无意地未安排主创人员与近在咫尺的巴金文学研究专家及熟悉巴金情况者切磋剧本创作及排演艺术。演出之时，当事演出单位也有意无意地未安排沪上一些平时比较活跃的戏剧艺术家、评论家入场观摩（据笔者了解，上海京剧院、昆剧团、越剧团等主要剧团的负责人和艺术总监们，上海艺术研究所好几位平日主要以研究沪剧为业的学者以及上海戏剧学院等高等院校的众多戏剧教授们，此次不知何故，竟都未去观摩此剧），似乎从一开始就未考虑要在演后进行必要的、更不要说是深入的艺术探讨和艺术总结。而演罢至今，更未见当事演出单位就此开过一个有点像样的艺术研讨会或座谈会(至于为庆贺此剧“演出成功”的酒会宴席是否办过都打个大问号,笔者孤陋寡闻,不得而知)。难道一次“演出成功”、几场“票房火爆”就足以让平时口口声声说要“献身沪剧艺术”的当事演出单位的负责人和艺术家们陶醉、消受了?这不能不使人们对这样的“誓言”“表白”的真实性,至少是坚定性要打上一个小小的问号。

其实,即使作为外行,以笔者和几位“好事者”之陋见,这次新版沪剧《家》在创作和演出方面可以探讨、研究的内容还是不少的。例如,关于此次新版与20世纪以丁是娥(饰瑞珏)、解洪元(饰觉新)、筱爱琴(饰鸣凤)为主要演员的人民沪剧团的老版本以及与杨飞飞、赵春芳的勤艺沪剧团上演的老版本的比较;关于新版对丁、解、筱、邵、王、韩等流派唱腔的糅合都是值得探讨、总结的。更不要说如何借助这次沪剧演出史上的少有盛事,使沪剧艺术得到一次实质性的总体提升这样的大题目了。可惜的是,这样的探讨题目与总结机会,都被当事演出单位特别是其负责人士忽视、浪费掉了,以至于这样的一件艺术盛事面临着仅仅成为一个美丽的“艺术泡沫”的危险。

当然,也不能把这种一剧演出前后“爆热爆冷”现象的出现,完全归咎于当事演出单位及其负责人。因为这类现象的出现已非个别、偶然,而是由来已久、几成惯例了。其根本原因恐怕还在于目前国内戏剧界还缺少一种必须进行演后认真总结的机制;外界也缺少一种客观的灵敏的事先、事中、事后的评论机制;特别是缺少一种在“商业炒作”难免的情况下,仍能正常履行职责的评论机制。这样的机制一天不建立,正常的戏剧评论或戏剧批评就难以到位,上述那种“爆热爆冷”现象就难以避免。而笔者这次之所以不揣冒昧地撰写本文,其目的也正是在于呼吁、促使这些重要机制的早日建立。倘若行文走笔之间对有关当事单位及当事人有所冒犯,还望念及笔者上述苦心用意给予宽容,谢了。

原载《上海戏剧》2003年第9期

忠实原作追求突破

——新版沪剧《家》改编略介

褚伯承

一

沪剧和巴金、曹禺的作品有着很深的历史渊源。20 世纪 50 年代，上海沪剧院的前身——人民沪剧团就曾多次隆重上演过大型沪剧《家》，著名演员丁是娥、解洪元和筱爱琴分别饰演瑞珏、觉新和鸣凤，受到当时观众的热烈欢迎。勤艺沪剧团也多次演出由著名演员杨飞飞、赵春芳主演的沪剧《家》，获得很大成功。这两部戏中的“洞房”和“别梅”两个唱段有相当影响，至今仍在部分沪剧爱好者中传唱。经过长期的演出实践，《家》成为沪剧舞台久演不衰的传统保留剧目。这两台沪剧《家》均改编自曹禺同名话剧，应该说，话剧原作为沪剧改编提供了很好的基础。当年两台戏演出的成功，很大程度得益于曹禺原作的功力，同时与过去两位改编者的努力也是分不开的。

事隔近半个世纪，上海沪剧院准备借庆贺巴金老人 100 岁华诞的机遇，推出大型新版沪剧《家》。院长茅善玉决心另起炉灶，请剧院编剧中的老法师余雍和根据今天的时代要求和当代观众的审美情趣，重新打造剧本。

二

曾经把鲁迅小说《祝福》、茅盾小说《林家铺子》等经典作品成功搬上银幕的著名剧作家夏衍曾多次指出，改编也是一种创作，同样需要付出创造性的劳动。把一种艺术样式转换成另一种艺术样式，不能满足于照相式的翻译，而必须在忠实于原作精神的基础上扬长避短，充分发挥新的艺术载体的优势，适当进行开掘、剪裁、丰富和发挥。在这方面，新版沪剧《家》付出很大努力，取得了较好效果。

过去沪剧《家》要演三个多小时，对于今天的观众来说，这样的长度已很难接受，因此改编在删繁化简上下了功夫，把戏的演出时间压缩到 135 分钟左右，加上大剧院 15 分钟的休息，演出控制在 2 小时 30 分钟内。从改编的整体构思出发，根据深入开掘主题的需要，加强觉新、瑞珏和梅小姐以及觉慧和鸣凤两组角色、五个主要人物的戏。和这条主线没有关系或者关系不大的人物和情节、或压缩，或删节，都进行了大刀阔斧的处理。一些在小说和话剧原作中占有相当篇幅的情节在沪剧演出中将不再出现，如大小姐淑英、四小姐淑贞这两个角色已删去。二少爷觉民和琴小姐这两个人物则退居次要地位，他们的爱情故事在剧本中只是一笔带过，没有作更多渲染。高老太爷、冯乐山、克明兄弟和婉儿的戏也只是点到为止，相当简练。

由于立主脑、剪枝蔓，使沪剧新版《家》的改编者获得了主题开掘的充裕空间。在小说和话剧原作中，鸣凤之死写得比较简洁，篇幅都不大，但这次沪剧剧本中成为揭露封建家庭罪恶的重点场次。作者通过觉慧教鸣凤学"明月几时有"的苏词这个在小说和话剧中都没有的细节，展示了鸣凤纯洁而美好的心灵，为她的死作了很好的铺垫。沪剧本还增写了鸣凤投水前的大段演唱，表现了这位美丽少女对青春、爱情和生命的热爱和留恋。鸣凤去世后，觉慧也有一段感人肺腑的内心独白和演唱，声泪俱下地倾诉了他对封建余孽和吃人社会的强烈愤恨。戏里把觉慧对封建家庭那句冷隽深刻的评介和鸣凤之死联系在一起，使他在两个堂弟向他讨教"家"字怎么写的时候咬牙切齿地说："我们这个家，是宝盖头下面罩着一群猪！"

三

这次沪剧改编充分发挥了沪剧艺术的传统优势，在抒发剧中人物内心感情方面花了不少功夫，取得了较大成功。

为了和沪剧的表现风格保持一致，这次改编本把整个戏的发生地点从四川成都搬到了江南城镇，它不仅有利于发扬沪剧细腻、委婉、亲和的剧种特点，而且也为二度创作加强地方色彩创造了条件。

话剧原作的"洞房"历来被认为是经典中的经典。戏里瑞珏和觉新的内心独白写得像散文般非常美。改编者熟悉沪剧，把原来用来朗诵的大段独白、旁白演绎成优美抒情、切合人物心理的沪剧唱词。在这一场的最后，沪剧本加了原作中没有的一个细节。觉新、瑞珏一起凝望池塘边的梅花，瑞珏提起小时候读书时也特别喜欢咏梅花的新词。觉新问是不是陆游的《咏梅·卜算子》？瑞珏情不自禁地轻声唱起"零落成泥碾作尘，只有香如故"的诗句。素不相识、初次相逢的一对新郎新娘从共同喜爱的诗词中找到了心灵深处的共鸣和慰藉，慢慢地走到一起，营造了戏曲特有的那种充满诗情画意的环境，给人留下思索回味的空间。

沪剧《家》还把话剧中"别梅"的戏从室内搬到室外的梅林，梅小姐和觉新、瑞珏分别的戏在这样一个香雪海的典型环境中展开，情景交融意境深远。盛开的梅花勾起了梅小姐和觉新对往日情愫的深沉回忆，而瑞珏善解人意的宽厚体贴又使人不能不联想起梅花俏也不争春的品格，再配上沪剧特有的韵味浓郁的三重唱，真可谓景美、音美、人美、心美。话剧《家》的最后一场戏相当多的篇幅写觉新、觉慧的兄弟重逢。沪剧改编本宁可割爱，完全舍弃了这一情节，集中笔墨描绘瑞珏去世激起的感情波澜，留给人们深长的回味。

早在二十世纪三四十年代，沪剧就形成了改编话剧、电影名著的传统。通过名著的改编，沪剧不仅丰富了自己的演出剧目，而且汲取了艺术营养，提高了文化品位。实践证明，名著改编有利于沪剧艺术的繁荣和发展。从这个意义上说，《家》的重新改编值得欢迎和提倡。

原载《上海戏剧》2003 年第 8 期

当瑞珏唱起了沪剧

——小议沪剧《瑞珏》对《家》的改编

南　柯

巴金的小说《家》中，瑞珏是一位着墨不多的人物，是一个随着觉新的出现而出现，随着觉新命运的变化而任人摆布的“玩偶”；在曹禺的话剧《家》中，瑞珏由配角成为主角，地位大大提升。而新近上演的沪剧《瑞珏》，瑞珏成为全剧的中心人物，甚至连觉新也成了配角。

为凸显瑞珏的主角地位，编剧从戏曲、沪剧的本体要求出发，以曹禺剧作为蓝本，尽量减少头绪，删减了其中的一些枝蔓。比如，精简了出场人物和一些已为人熟知的事件，使情节线索更集中、人物关系更明朗，以便腾出空间展开抒情唱段，重点揭示瑞珏的心理。

然而改编向来是得失并存的。沪剧《瑞珏》很好地保留了曹禺剧本的诗意，但少了些震撼人心的力量。

曹禺剧本以觉新、瑞珏、梅三个人物的关系作为主要情节线索，瑞珏作为贯穿全剧的主要人物，是实写；梅则是虚写，虽出场少但观众感到处处有她的影子，起到烘托的作用；同样，鸣凤虽戏份不多，却也是一个不可或缺的存在。瑞珏、梅、鸣凤三人性格、身份、地位不同，却都有着同样的悲剧命运，是一个故事的有机组成部分。王安忆说：“她们让我们看到，无论什么样的出身、多少种活法，结果都是在一个固定的藩篱中。”小说和话剧都将这些善良美好的女性的死亡原因直接指向整个社会制度、封建礼教，表达了同一个主题——如果女性不能认识到自身受迫害的社会地位是封建牢笼带给她们的，如果女性不懂得自我保护和反抗，那么她们将永远打不开这个枷锁。而且，对于《家》的理解不能仅局限于封建婚姻悲剧和对社会的批判上，而是要延展到人的自由、尊严、个性、爱情以及一切对美的追求。这样的主题，即便到了今天依然具有可解读的价值。

由于沪剧《瑞珏》仅围绕瑞珏一个人物编织情节，去掉了觉民、琴、冯乐山等一些在原著中较为重要的角色和情节，而鸣凤之死也被推到了幕后、一笔带过，因此使戏剧的矛盾冲突、人物的复杂性以及传统上对封建大家庭的批判性有所削弱，悲剧感被淡化了。沪剧《瑞珏》中，觉新和瑞珏的许多对手戏以及新创作的一些唱段，总体表现出情浓意长的气氛。这样的处理十分好看，儿女情长的幽怨冲淡了原著的思想力度以及隐匿于悲剧故事下的激情。

巴金笔下的瑞珏是一位典型的贤妻良母。她生在官宦人家，从小生活富裕，知书识礼，能诗善画。成年后嫁了好丈夫，又为高家添了男丁，坐稳了长孙长媳的位置。她性格温顺，尊敬长者，体贴丈夫，疼爱孩子，善待仆人，至死都没有抱怨过什么。然而，瑞珏毕竟是个二十来岁的年轻女子，所以，曹禺眼中的瑞珏有一颗童稚的心，其言语、行为尚带有一丝少女的纯真，是一个乐观开朗，对生活、爱情甚至对民主进步思潮都有着热切关注的年轻人。沪剧《瑞珏》则对她天真、孩子气的一面表现很少，使整出戏少了些许青春朝气。

再来看看瑞珏的情感世界。瑞珏的爱情观和鸣凤相似——爱一个人，要为他平平坦坦铺路，绝不能成为他的累赘。在话剧《家》中，她全身心爱着觉新，爱得非常真挚，不像小说里描写的那样驯服顺从。她希望把丈夫所爱的梅请到家来，甚至还想把海儿留给梅，自己回娘家去。这种行为，绝不是一个爱情胜利者低调的炫耀或虚伪的谦让，而是一种带有绝对自我牺牲精神的爱情观的体现。也许，如今这种爱情观可能不会被那些认为"爱情只是一场游戏"的年轻人所理解，却能在任何时代都令人唏嘘感叹。不过，在沪剧《瑞珏》中这种表现似乎显得过于完美了。

瑞珏毕竟是个女人，一个心思细密的女人。在曹禺的《家》中，婚后的觉新虽也爱着瑞珏，表面上也愉快，但内心满怀愁苦，有难言之隐。瑞珏每每发现丈夫愁容，内心同样非常痛苦。她看到觉新和梅两人见面，并非毫无感觉，而是隐痛在心，只是被爱着觉新的心所压抑着罢了。从表面看来，瑞珏和梅两个人都在"让"，且让得很真诚，其实她们内心深处又都希望自己在觉新心中占有一席之地。这一微妙心理，在沪剧《瑞珏》中体现得并不明显，瑞珏、觉新和梅之间的情感矛盾和内心暗流都被瑞珏的大度宽容轻易化解了。瑞珏无私包容的品格被大量渲染，而她作为一个女人应有的那点敏感和刺痛，则表现得少了一些。

改编是一项创造性的劳动，要求编剧在理解原著精神的基础上融会贯通，以自己的构思和选择重新组织情节、刻画人物、编织矛盾。改编当然可以有改编者的再创作，但把握原作的精神，应该是最重要的。中国的艺术向来以神采为上，形质次之，当年曹禺对巴金小说的改编便是一个颇具个性的成功范例。笔者对沪剧《瑞珏》鸡蛋里挑骨头，只是希望该剧将来能走得更好、更远。

原载《上海戏剧》2007 年第 11 期

在大师的辉照下与沪剧结缘

曹其敬

三年前，我第一次走进上海沪剧院，应邀导演了根据曹禺的话剧《家》改编的沪剧《瑞珏》；三年之后，适逢伟大的戏剧大师曹禺先生百年诞辰，我又一次应邀走进了上海沪剧院，重排了沪剧《雷雨》和《日出》，复排了《瑞珏》。上海沪剧院的领导有胆识、有魄力，以“百年曹禺——百年沪剧”为主题，怀着虔诚之心，携带这三个剧目隆重晋京献演，向曹禺大师表达了崇高的敬意！

曹禺的作品是不朽的，中国话剧诞生百余年，话剧剧目和舞台演出数不胜数。然而，历经岁月的磨砺，大浪淘沙，最终，以最旺盛的生命力和最强烈的艺术魅力依然屹立在舞台上的唯有曹禺的作品，它们跨越了时代。曹禺的作品哺育了几代戏剧人，也滋养了多个剧种、剧团。其中，上海沪剧就是与大师结缘最久，受滋养最深的剧种，有着解不开的文化情结。1934 年《雷雨》问世，仅隔四年，沪剧就改编上演了《雷雨》，这在当时可以算得上是最前卫的现代戏。1959 年，上海的六家沪剧团，九大流派的明星联袂出演《雷雨》，按时下时髦的话说，这是个“超豪华阵容”，为上海戏剧史留下了一段佳话，至今仍被人们津津乐道。此后半个世纪，《雷雨》被一代又一代沪剧人传承着，屡演不衰，已成为沪剧的经典剧目。1982 年，上海沪剧院又排演了《日出》，也演了将近三十年，成为沪剧的经典。之后还有《原野》《家》，以及后来的《瑞珏》等。沪剧是第一个把曹禺作品搬上戏曲舞台的剧种，以改编曹禺作品时间最早、历史最久、数量最多、影响最广而言，在全国戏曲剧种中，沪剧是独一无二的。而曹禺的作品，作为中国现当代现实主义戏剧的顶峰，长期滋养着沪剧，使这个起源于黄浦江畔乡间小山歌的地方戏，提升了文学内涵和人文品位，也使沪剧形成了深厚的现实主义传统。

面对经典，要重新打造《雷雨》和《日出》该怎样做？有七个字可谓此次创作的原则：要“有所不为，有所为”。

“有所不为”，是对曹禺先生的原著精神予以充分的尊重，不颠覆，不解构，不随意篡改，不追求与众不同；是对沪剧这样一门代表海派文化剧种的尊重，尊重这一剧种独特的诉说方式，使上海观众欣赏了几十年并深深喜爱的沪剧经典不伤筋动骨，不搞得面目全非；总之，要尊重大师、尊重剧种、尊重观众。

“有所为”，是在深入开掘戏剧冲突和人物心理活动中还原曹禺原著的精神，特别是还原曹禺作品严谨、深刻的批判现实主义精神；是在精心保留经典沪剧原有精华的同时，有新的开拓、新的创造。

“五十岁”的《雷雨》和“三十岁”的《日出》都留有岁月的痕迹，都有巨大的提升的空间。重新打造不只是修整容颜，更重要的是重造精神气质。重点要解决三个方面的问题。

其一，处理好抒情性与戏剧性的关系。沪剧音乐柔和优美，委婉动听，长于抒情，带有浓郁的江南水乡情调，深受上海地区群众的喜爱；在处理上，若只注重演唱的动听而忽视了对内涵的深入开掘，则会削弱了戏剧性。曹禺的这两部作品都是戏剧冲突非常尖锐、戏剧张力极强的戏剧，要在保留抒情性的同时，强化戏剧性。

其二，要更加戏曲化。这里所说的“戏曲化”并非指京、昆剧种的程式化、写意化。沪剧原本就被称为是“话剧加唱”的“西装旗袍”戏，它最贴近生活，与早期的文明戏和后来的话剧血缘很近，它最主要的诉说手段是唱腔和音乐，为此就要强调音乐的作用，强化音乐的力量，要“曲”化而非程式化或话剧化。音乐能很好地展现沪剧的抒情特色，能细致地表达人物的情感，揭示人物的心理活动，也能营造强烈的戏剧张力。此次重排，这两个戏都在文本结构的基础上组织了完整的音乐结构，确立了鲜明的音乐风格。

其三，要追求舞台综合艺术的完整和精致。凡“经典”必应为“精品”，则必须精致。老版《雷雨》《日出》因时间已久远，囿于当时各方面的条件，在舞台呈现上不免显得简陋、粗糙。此次重排，表演上要求准确深刻细腻，人物形象鲜明饱满，综合艺术的各个部门，布景、灯光、服装、化妆、道具、音响效果都要在统一的风格之中做到准确、细腻、精益求精，追求完整性，达到高层次的综合，舞台呈现上要不亚于最高水平的话剧演出。

《雷雨》《日出》《瑞珏》这三台戏，虽然都改编自曹禺先生的原作，但是改编的方式各有不同，即或同是曹禺的作品，也要坚持一戏一格。排练这三个戏，我所能做的，就是在尊重沪剧以抒情见长的表现前提下，改变沪剧唱段本身的张力不足、戏剧性弱的局限，适当强化演出节奏和舞台力度；尤为着重强调的是音乐本身在强化戏剧动作，推动剧情开展中的作用，改原来话剧“表演加唱段”的诠释方法为一个更加丰满、立体，更具有音乐性的戏剧化的呈现。

《雷雨》是曹禺先生的处女作，被公认是中国现代戏剧真正成熟的标志。如前所述，七十余年来，该剧已成为沪剧的传世之作，滋养并提升了剧种的人文品位和表演品格。老版《雷雨》在完整性和深刻性上还有欠缺，有些像带有唱段的上海方言话剧。《雷雨》真正要表现的是人物内心世界的精神风暴，惊雷闪电都来自人物内心，每个人物都有着隐秘的、苦不堪言的内心生活，交织着“最残酷的爱和最不忍的恨”。浓烈且惊心动魄，极具戏剧张力。新版《雷雨》致力于角色内心矛盾的开掘，戏剧冲突的营造，音乐作为强有力的要素就有效地实现了这些追求。音乐代替了原剧台词中丰富的潜台词，把人物行为和情感的诉求直接地、强烈地表述出来，产生了感人的令人震撼的力量。幕间伴唱作为音乐的一种结构方式，也很好地烘托了戏剧气氛，加强了戏的悲剧感。我们在虔心尊重曹禺先生原著精神并与沪剧艺术特色相结合的前提下，推出新版沪剧《雷雨》，希望二者得到更加默契的融合并得到和谐的提升。

曹禺先生的杰作《日出》，以 20 世纪 30 年代中国大都市生活为背景，描绘出一幅形形色色、光怪陆离的都市众生相:那是一个畸形、黑暗的社会,是个残酷竞争、你死我活的社会,是个“损不足以奉有余的”社会,那里有着一条“大鱼吃小鱼,小鱼吃虾米”的残酷生物链,人们都在激烈的生存竞争中挣扎、沉浮,资本积累的血腥气息随处可闻。我们把场景就设置在20世纪30年代的大上海,那正是中国资本主义的发祥地,也是资本竞争最惨烈的战场,更是沪剧最擅长表现的地域。从音乐和场景环境中,营造出当时旧上海的情调。上流社会的浮华、奢靡、畸形,背后充斥着尔虞我诈,相互倾轧;最底层的小人物在压迫和穷困中挣扎,终将摆脱不了悲惨的命运。剧中人物众多,个个形象独特,除了方达生、小东西和黄省三,每个人都有几张面孔,有真面、有伪装,都是出于生存竞争的需要。为此,要求演员要强化塑造形象的能力,形象要独特、鲜活,而且要传达出残酷竞争的内在力量。《日出》是批判现实主义戏剧的典范之作,它对畸形、黑暗的社会现实揭露的力度和深度,对资本积累罪恶的洞穿力,对光明的渴望与呼唤,至今仍有着穿越人心的力量。

巴金先生的长篇小说《家》和曹禺先生据此改编的话剧《家》同为不朽的经典之作,我们须怀着敬仰之情面对这两部巨著。女性心理描写和情感揭示是沪剧的特长,在改编之初我就提出了一个创意:《家》里面有一个庞大的人物群落,可以从中聚焦到一位女性——瑞珏。以瑞珏这个忍辱负重、充满了悲剧色彩的女性角色来重新讲述《家》的故事。《瑞珏》诉说了瑞珏与觉新从陌生,到相爱,到相濡以沫地把生命融为一体,直至悲惨地生离死别,诉说了这样一段美好的感情经历,由此决定了这部戏的风格是委婉、细腻、抒情、动人的。瑞珏是一个善良、温柔、贤惠而又坚韧的女性,胸怀博大,勇于自我牺牲,她是真、善、美的化身,在她身上汇集了中国传统女性所有的优良品德。然而,这样一个美丽的生命却如一颗瞬息即逝的流星,被黑暗无情地吞噬了!罪恶的封建势力把美丽撕毁成碎片!今天,当代青年都沐浴着自由的阳光和空气,无拘无束地张扬着个性,演这个戏,须请他们偶尔回眸,看一眼那个扼杀个性、扼杀鲜活生命的时代;看一眼祖辈们的命运,为他们的不幸遭遇掬一捧同情的泪水,发一声深深的叹息,致以默默的哀悼,然后,转过身去,奔向更加美好的明天!

完成这三台戏,仿佛经受了一场洗礼,重温经典,深感魅力无穷。多年来怀有夙愿,想排曹禺先生的作品,今天,在沪剧这块园地实现了这个愿望。大师虽逝,精神不朽;沪剧百年,青春长存!

原载《中国戏曲》2011年第12期

新版沪剧《家》观后

陈思和

看了新版沪剧《家》，总的感觉蛮好，和传统沪剧相比，这一版的创新力度还是蛮大的。这可从以下几个方面来看：

第一，它使沪剧摆脱了“土气”。以前的沪剧比较“土气”，而这次沪剧《家》要在上海大剧院这样的豪华剧院演出就必须进行改革，才能适应。如果还是靠用二胡伴奏，效果就出不来。现在改用交响乐伴奏，不仅音乐效果不错，而且提升了沪剧的规格，显得气势雄壮，而不是悲悲切切的小家子气。但问题也有，这次演出时交响乐队伴奏的声音过大，把演员的演唱都压制住了。

第二，最后一幕具有了浪漫主义色彩。过去沪剧很少有真正浪漫主义的表现方式，但这一版不同了。例如现在从场景、灯光等方面都做得很美、很精致，有一种朦胧美的氛围。不足的是，浪漫得似乎还不够彻底。如最后一幕瑞珏临终前让觉新搀扶着走到舞台中间，歪歪地嘱咐一番，唱得没完没了，比较拖沓，空显悲切。而在巴金原著中，瑞珏没等觉新到来就断了气。所以，我以为现在既然采用浪漫主义手法表现，干脆就浪漫到底，如可让瑞珏在此时“灵魂出窍”、与觉新进行“灵魂交流”，最后让他们相互搀扶着消失在舞台深处，以此衬托出在封建家庭压迫下两颗孤独的心从不理解到相融合的完整过程，而不是像现在这样还要在舞台中间写实地表现瑞珏断气的情景，显得很不协调。

第三，几个明星运用传统唱腔唱得都很好，赢得观众不少掌声。像扮演梅的演员学的是杨派唱腔，适合梅的身份，唱得很好；孙徐春唱的是王（盘声）调，一亮嗓也赢得满堂喝彩。但我认为这次编导对汪华忠扮演的高老太爷唱法的具体处理似不太好，缺乏味道，汪演唱所用解（洪元）调，本是很有韵味、很有影响的，理应借此设计出好的唱段，但这次编导对此没有运用好。在情节上，我觉得编导不应该把高老太爷的昏死原因归于觉民的离家出走，因为在巴金的原著中，是高老太爷宠爱的五少克定等后辈的堕落，才给了他沉重的打击。在巴金看来，高家是个书香之家，高老太爷本身的观念也不保守，从他送儿子留学日本、让孙子上洋学堂就可窥见一斑，所以在逻辑上他不会因为觉民离家而昏死。他只是对觉新、觉慧们的行为走向缺乏了解、有些害怕，而现在将其昏死原因归咎于觉民出走，这是对高老太爷的误解，也偏离了巴金的主题。从原著及高家的发展脉络应该展示出的，是高老太爷辛苦培养子孙，经营一个大家庭，及至四世同堂，却没想到其儿辈中出了十足的败家子，把他的荣耀和希望粉碎了的过程，这是对高老太爷的最大打击，导致了他的精神崩溃，并在他昏倒和临死前再配以一些合适的唱腔、唱段，相信此剧对人物心理的展现就会更加合理、更有深度。

如上所述，新版沪剧《家》在有所创新的同时，也留有一些瑕疵。在这方面，除上述之外，似还体现在它的立意和故事结构等方面。例如，觉新与瑞珏两人起初并不相爱，最后却同心与共，这使此剧不再是拥有（至少是削弱了）原著所强调的反封建的主题。当然，当初此剧编导要是干脆好好表现觉新与瑞珏这条线也未尝不可，那样也许可以有所出新，并展示出完全不同以往的主题，并丰富巴金小说所没有的内容。在对剧中人物的心理展示上，此剧似也做得不够。例如，在第一场戏刚开始时，表现觉新与瑞珏两人的婚姻是封建制度下不自然的结合；第二场表现他们在洞房里的各怀心思，特别是觉新的心里有鬼（虽然他是个好人，很善良），接下来又表现得妥协，等等，本来都有不少“心理戏”可做，但现在这个版本对他们二人心理层面展示得不够。像洞房一节，显得过于简单，保留了太多老沪剧的东西。如能将第一场改成要结婚时找不到觉新，表现他对梅表妹的一番深情，那戏的情感表现就会有新的深度。再如，难以赢得觉新真心的瑞珏在戏的后面对梅表妹说，“有了孩子就不寂寞”，这很能展示瑞珏的内心痛苦，也使她与梅的交流有了基础。如能充分深入觉新、瑞珏和梅三人的精神世界，把这些层面、细节都表现出来，把觉新与瑞珏两心相异到心心相印的细腻过程深刻地表现出来，就能使此戏显示出新意和深度，可惜现在没有达到这样的境界。

原载《上海戏剧》2013 年第 4 期

舞剧《北京人》:看！一只美丽的鸽子飞出了“牢笼”

张　婷

大型原创舞剧《北京人》近日在北京保利剧院上演。震撼人心的故事、绰约动人的舞蹈、独具一格的音乐、简约精致的舞美,一切在现场观众的注视和掌声中精彩上演。不难看出,《北京人》深深地抓住了观众的心。

舞剧《北京人》改编自曹禺的同名原著,并在原著人物关系基础上进一步提炼,围绕核心人物愫芳结构全剧,讲述了旧社会年轻人冲破封建家庭禁锢、向往自由生活的故事。剧中,年轻的愫芳因父母早逝,幼年就寄居在北平的姨父家——曾家。在封闭压抑的封建礼教之下,她与表哥曾文清相爱了。为了深爱的男人,愫芳忍辱负重、委曲求全地活在“美德”中。当发现这段爱情只是一场梦时,愫芳最终推开四合院尘封的大门,融入了充满阳光的新世界。“这出戏比我想象的还要深刻,是一部思想性、艺术性、观赏性俱佳的作品。”“看着看着,我几乎忘记了他们是在表演,仿佛身处他们所在的时空。”观众坦陈着观剧感受。

《北京人》之所以让观众如此动容,是因为它拥有一支阵容强大、敢于创新的主创团队。该剧由剧作家、曹禺之女万方担任文学顾问,知名舞蹈编导吴蓓担任总导演和编舞,青年舞蹈家黄路霏、曾明、刘芳领衔主演,舞美设计周立新、作曲谢鑫、服装设计阿宽、灯光设计胡耀辉、造型设计贾雷等加盟,由北京艺枫澜舞蹈剧场出品、演出。

曾编导《半生缘》《那个秋天里的女人——秋瑾》《周原女人》等舞剧作品的吴蓓,十分擅长演绎女性题材、塑造女性角色。她将自己的优长再次带进舞剧《北京人》中。在吴蓓看来,《北京人》有一种“契诃夫式”的艺术追求,重在描绘日常生活中小人物的生存状态和精神世界。那种闲适又感伤、平淡又深沉、凄美又充满希望的格调正是吴蓓欣赏的,激发着她的创作热情。她认为曹禺笔下的这份“闲适”中也潜藏着危机:旧时代的礼教导致很多人已无意追求生命价值,只有被迫妥协。

“我觉得旧时代的礼教对女性的束缚和摧残更体现在精神和心灵上。那时所崇奉的‘传统美德’是以牺牲女性自我生命价值为代价的。”吴蓓说。而为了凸显封建礼教对愫芳的束缚,她巧妙地运用反衬手法,以周遭人物的性格、行为来展现愫芳自身的美好及其生活的不幸。比如,剧中着力刻画老太爷曾皓的人物形象。在场景一“漆棺材”一幕中,曾皓不顾没落家庭的穷困潦倒,不惜花重金反复油漆自己的棺材;场景二中,曾皓表面佯装期盼愫芳嫁与他人,暗自又强留愫芳照料自己。这两处场景的设置不仅生动地刻画出曾皓虚伪、自私的性格，也使愫芳的顺从、善良、恬静的形象更为立体。“愫芳虽然跟林黛玉一样孤苦伶仃、寄人篱下，但她绝不像林黛玉那样‘孤高自许，目无下尘’，而是把所有苦痛和哀思深埋心底。这一角色深情地呼唤着人性的复归。”吴蓓说。

舞剧《北京人》包含《枯井》《深宅》《古钟》《瘾笼》4 幕，枯井、鸟笼等具有象征意义的事物作为对应场次的道具，既象征着封建社会的腐朽，又强化了女主人公内心的矛盾冲突。在第四幕《瘾笼》中，愫芳终于觉醒，她轻盈且坚定地起舞，像一只美丽的鸽子，从舞台正中立着的巨大笼子里“飞”了出去。“尽管剧中的愫芳在追求生命意义的过程中有过踌躇、脆弱和哀伤，但她最终冲破牢笼，勇敢地追随了自己的内心。她的美从这一刻喷薄而出。这也是我对人物丰富内心的一种追求。”吴蓓说，在当代社会，每位女性都应勇于面对自己生命的旅程，努力实现自己的人生价值。

原载《中国文化报》2017 年 8 月 11 日

北京人见北京人

——舞剧《北京人》的跨时代改编

王洁琼

“当时我有一种愿望，人应当像人一样活着，不能像当时许多人一样活着，不能像当时许多人那样活，必须在黑暗中找出一条路子来。”这是曹禺先生自己谈及《北京人》的创作动机时所言。

我们谈及《北京人》，往往要赞叹曹禺先生用如此平实的语言叙述了这样一个令人动容的故事，赞叹这样一个看似没有太多尖锐冲突的故事下包蕴的无数被压迫者与被桎梏者的血泪。但这一经典之作上演的机会并不多。1998 年，程前和吕丽萍主演的电影版《北京人》、2006 年北京人民艺术剧院编创上演的话剧版，以及舞剧《北京人》编导吴蓓的舞剧《愫芳的四合院》之外，再无其他正式版本。这样一部优秀的作品不能常上舞台，作为读者也不免唏嘘。2017 年 7 月 18—19 日，由北京艺枫澜舞蹈剧场出品，吴蓓编导，黄路霏、曾明、刘芳主演的舞剧《北京人》在北京保利剧院上演。这部曹禺先生自己最满意，同时也被业界评为曹禺先生最优秀的作品——《北京人》，再次通过舞蹈演绎了三代人之间的矛盾纠葛。本着对原著的喜爱，以及对舞剧如何改编这一经典的好奇心，笔者在现场近距离观摩了舞剧《北京人》。

舞蹈舞台上的《北京人》

伴着舞台两侧字幕的舞剧背景介绍，大幕缓缓拉开。首先映入眼帘的是一名全身都涂成了金色的舞者站在舞台中央，她仿若充满希望与自由的女神般被多名舞者环绕而舞，紧接着愫芳出现了，从舞者手中接下了一个鸟笼，沉郁晦暗的故事由此展开，而这一鸟笼也成为贯穿全篇的道具和意象。第一幕“枯井”一开始，便是愫芳与曾文清缠绵纠葛的双人舞，他们互相爱恋却又无法公开，在象征曾家也象征着社会偏见的沉重枷锁的枯井边兜兜转转，仿佛陷入一个莫比乌斯环，无论怎样挣扎都看不到尽头。之后，曾文清的夫人曾思懿和年轻一代的曾霆与瑞贞也加入到枯井边的环绕奔跑，一代又一代的人，似乎都无法脱离这令人窒息的“枯井”。观者沉浸于第一幕颇感晦暗压抑，却不料第二幕“深宅”却突然添了几分欢快的气氛。油漆匠的群舞欢快而戏谑，来自底层的劳苦大众却有着深宅大院里所谓的“贵族”所缺乏的生机与活力。尤其是曾皓老太爷那似舞非舞的动作，与充满生命力的油漆匠形成了鲜明对比，也构成了对陈腐旧制度的捍卫者最辛辣的嘲讽。象征腐朽旧制度的棺材是曾皓老太爷雇人漆了一辈子却守不住的东西，这寿材终将逝去，却在它仅存的时间里禁锢了愫芳的大好年华，愫芳在舞台一角缓缓地在寿材边起舞，冷而孤独的一束光落在她身上，让人长叹一声，悲从中来。带着叹息来到第三幕，古钟滴答声中，先是一段女子群舞表现了深宅大院中女人空虚乏味的日常生活，紧接着曾思懿和愫芳展开了一段精彩的双人舞，曾思懿咄咄逼人，愫芳避无可避，肢体的纠缠闪躲精彩地表现了二人的关系：明媒正娶的太太与私定终身的表妹，一个盛气凌人，一个委曲求全。之后曾文清加入其中，这段三人舞更是表现出三人的纠葛，曾思懿撕碎愫芳与曾文清私下的通信，给这段三人舞画上了休止符，可破碎的何止那封信，还有那似水流年，情深如许。紧接着的第四幕“笼瘾”，名称就预示着曾文清的去而复返，他已成了圈养的鸽子，无法再离开曾家这个笼子。而回来的文清是打破愫芳希望的最终力量，一段在巨大的“笼子”布景道具后挣扎纠缠的双人舞后，愫芳终于毅然决然地离开了曾家。尾声里，愫芳推开四合院的大门，迎接了灿烂的阳光……

人物形象的高度还原

舞剧《北京人》虽没有将原著中的所有主要人物都纳入其中，但就舞剧中的主要人物而言，其对原著的还原度还是非常高的。曾文清作为一个典型的“多余人”，他饱读诗书、聪明过人，可吟诗作对、挥毫泼墨，却无法找到一份可以谋生的工作，期盼自由与爱情却又毫无行动的能力。他终日苦闷，眼睁睁看着家道中落，却不去谋求振兴家业，而是躲在鸦片制造出的幻象中度日。舞剧中的曾文清，一袭蓝色长袍，青衫磊落，却终日放不下手中的烟枪。编导采用哀婉低回的音乐与纠结痛苦的舞蹈语汇相结合，在暗淡幽冷的灯光布景下，曾文清或陷于曾思懿的纠缠摆布无法脱身，或只知吸食鸦片混沌度日，或与愫芳在一起时稍得解脱却又充满愧疚，舞剧将原著中的这一形象演绎得恰到好处。

愫芳作为全舞剧最重要的人物，贯穿始终。她是曾家一整家人中最善良、最伟大的那一个，她无微不至地服侍曾老太爷，她忍受曾思懿的冷嘲热讽，还要照顾这夫妇两人，她关心瑞贞和曾霆这对懵懂的少年夫妻，给绝望挣扎中的瑞贞以关怀安慰，她真心实意地对每一个人好。在舞剧中，愫芳不是穿一袭浅青色便是一袭黛紫色的衣裙，纤腰不盈一握，回首间顾盼生姿。她的舞蹈动作大都轻柔纤巧，无时无刻不透露出她的温柔贤惠。与曾文清的双人舞透露着她的爱与忧愁，与曾思懿的双人舞展现着她的痛苦与眼泪，与曾家老太爷的舞表现出她的贤惠与操劳。在尾声中，她走出曾家老宅，远望碧空，轻快的舞步与微笑，让她这只仿佛久在樊笼里的鸟儿终于复得返自然一般，充满灵动自由之美。结尾时人物性格的转变，一扫原著中愫芳从头至尾的“哀静”，带给观众更强的重返新生之感。

曾思懿的塑造在笔者看来也十分成功，她一袭黑绿相间的衣裙显得利落又泼辣，编导特意安排了一只硕大的金色算盘作为道具，让曾思懿把算盘舞蹈得噼啪作响，将这一人物的精于算计表现得淋漓尽致。在第三幕《古钟》中，她与愫芳的一段双人舞节奏迅捷，干脆有力的舞蹈动作，紧张急促的节奏步伐，处处透露着这一人物的狠厉，虽无言，却把原著中那句“把你这两只巧手斫下来给我安上”的凌厉阴狠，由肢体语言传达到观众心中。

典型舞美道具的运用

道具是舞蹈身体语言的延伸，灵活地运用道具不仅会增强舞者身体语言的表达，还能通过道具的象征意义负载更为深层的意蕴。在舞剧《北京人》中，处处可见典型意象的优秀运用，不仅丰富了舞台画面，而且增强了舞蹈演员身体语言的表达，也更好地诠释了舞剧的内涵。

舞剧最先出现的含义深远的道具是鸟笼。在曹禺先生的原剧本中，笼中那只名叫"孤独"的美丽鸽子，是曾文清和愫芳等人被囿于曾家这个囚笼中的象征。舞剧序幕、第四幕《笼瘾》都将鸟笼这一道具运用得恰到好处，第四幕中直接将巨大的鸟笼悬于舞台正中间，文清出去闯荡失败，悻悻然回归曾家——这个巨大的牢笼，愫芳和文清隔"笼"而舞，痛苦纠缠，将二人内心的挣扎表现得纤毫毕现。

第一幕中的枯井同样是将曾家喻为一口不见天日又毫无生机的枯井，愫芳与文清、曾思懿，连同下一代的瑞贞和曾霆都被困于其中。目之所及不过头顶一方天空，四壁青砖绿苔，大好年月，便都在这了无生机的地方白白虚耗了。枯井在文学艺术作品中往往象征着干涸与荒凉贫瘠，舞剧《北京人》将枯井作为第一幕的主要舞台布景，使其成为曾家的毫无生机与众人在其中苦苦挣扎无法脱离的象征。曾文清、愫芳、曾思懿以及瑞贞与曾霆都被困于此，苦苦挣扎。

曾家那座古旧的苏钟被编导单独安排成为第三幕的主要道具和意象。第三幕幕启，伴随着时钟的"嘀嗒"声，曾思懿带领着身穿时钟图案服饰的舞者们展开了一段关于时间的群舞。曾家的苏钟是曾家最后辉煌的象征，也是目睹曾家由盛到衰整个过程的见证者，在时钟的"嘀嗒"声中，曾经煊赫一时的曾家逐渐衰败倾圮，而古钟也随着曾家的最后衰落而停止了运转，同时寓意着旧时代的终结。

曾思懿的算盘其实在原剧本中并没有出现，原剧本中曾思懿随身携带着的象征其对家族财产贪婪把控的是一大串钥匙，舞剧《北京人》将这一意象改换为一把金灿灿的大算盘，更加鲜明地突出了曾思懿对金钱财产的贪婪，也更生动地刻画出其时时刻刻在算计别人的阴险形象，且体型更大的金算盘也更为显眼，更便于依其进行舞蹈动作的编排。

选取具有典型性与时代感的道具，不仅将舞剧的年代感表现了出来，而且也更为含蓄深远地表现了作品的深层内涵。

感悟之处

曹禺先生的剧本原著处处透露着老北京的风土人情，要想在短短一个半小时的时间里，将曹禺先生在剧本中花大量笔墨描写的老北京风土人情，通过舞剧展现出来是相当考验编导功力的。编导选择了原著中最能代表老北京特色的典型意象，又根据舞剧编排的实际情况增添了算盘等颇具年代感的道具，音乐和舞蹈的编排也极具特色，将这一话剧故事搬上了舞剧舞台，使其焕发出了不一样的光彩，声、光、电的不同运用，优美动人的舞蹈和动人心弦的音乐结合，完全不同的言说体系，都使得这一改编给观众带来了不一样的体验。舞剧编导对原著的不同理解也使得观众在原有的阅读体验基础上，站在一个新的角度去重新观照这一经典。

舞剧《北京人》首先采取了剖析性的结构方式，将原著中的情节进行提炼和精炼，完全围绕舞剧的中心立意和人物塑造来布局，诗意地淡化情节，而又有效运用情节（当然对于没有阅读过原著的观众来说可能会觉得情节不够明晰紧凑）。其次，是舞剧对曹禺先生原剧本的删减。尽管舞剧“长于抒情，拙于叙事”的特点决定舞蹈改编剧本并不能百分百还原原著，但这部舞剧对原著的部分取舍其实明显存有编导的创作意图。《北京人》原著中的北京人有双重含义：一是生活在北京的这些人们，像剧中的曾家及袁氏父女，二是“北京人”这一古老的类人猿，它们作为人的自由本性的隐喻，与曾家固守的“吃人”的封建礼教形成鲜明对比，在剧中占有十分重要的地位。在笔者看来，舞剧删去了原剧本中极为重要的“北京人”——古老的猿人意象，其实是为了揭示出在人不同的时代及社会环境下要真正突破束缚，并不是依靠外在的行为仿效，而是要真切体悟自身，勇于超越自己。这部舞剧关于自由的向往，是深入到人物内心深处的，不一定要以“北京猿人”作为自由的代言形象，或作为对“吃人”的封建礼教的对比，舞剧中愫芳的心路历程，曾文清的精神重负，曾思懿的性情扭曲等，都充分揭示了封建礼教的罪孽，“向往”是在人物心中，“比较”是在观众心里。“北京猿人”仅是原著的一种文学艺术表现，而舞剧的肢体艺术表现未必要选择“北京猿人”。“要爱就爱，要恨就恨，要哭就哭，要喊就喊，不怕死，也不怕生，尽着自己的性情，自由地活着，没有虚伪，没有欺诈，没有阴险，没有陷害，没有矛盾，也没有苦恼……”，这是一种理想，而切身的痛苦、切身的渴望，才构成了鲜活的真正的人。所以舞剧聚焦愫芳等人内心世界的刻画和表现，如同戏剧界的专家学者所感言：看懂了愫芳，才是真正读懂了《北京人》。

同时，关于原剧作中的主要矛盾线索之一——曾老太爷的棺材，这一有着浓厚封建象征的意象是全书矛盾的导火索以及重要象征，但舞剧只在第二幕对其进行了着重表述，且将棺材替换为形似棺材的长凳，而具有浓厚象征意义的棺材没有出现，其所寓意的旧时代、旧礼教的“行将就木”是否就被抹煞了？其实舞剧是将棺材的单一形象意蕴转化成了多种形象意蕴，如枯井、棺材、古钟、瘾笼以及四合院等，这些象征形象共同表现了“行将就木”的寓意，并且有力揭示出愫芳等人对“行将就木”的旧时代、旧礼教的深刻体悟，且具有“俯拾即是”的象征意蕴和中国诗境，不采取单一象征形象来贯穿全剧，恰恰是这部舞剧的独特之处，而意义和内涵并未削减。

相比原剧以曾文清吞鸦片自杀做结尾，舞剧《北京人》以愫芳走出颓朽的曾家老宅作结尾，于一片灿烂的阳光中迎来新生。不一样的情节做结局，一个是旧时代终于颓然结束，一个是新生命灿然到来，这一舞剧的改编一扫原剧本的沉郁之感，而是给人以重压之后的希望，但其深重的人文历史内涵是不是也因之而减弱了？在改编历史作品或经典剧作时，处于新时代的我们是否要完全重现原著的深重历史感呢？经典名著之所以经典，是因为它可以让不同时代的人去感悟和反思；而就艺术创作而言，我们更希望看到这个导演想说什么，怎么说。如果只是为了重现原著的历史内涵和意蕴，那就不需要改编经典，更谈不上现实意义和当代审美。因此，文艺工作者在改编经典作品时，应当立足当下，展现自己由作品而生发出的新思考，力图站在不同的角度给观者以启发，同时仍应注重对原著精神和作品深层意蕴的挖掘。

纵观全剧，既有亮眼之处，也有不足和期望。车尔尼雪夫斯基曾指出，艺术的高尚而美丽的使命是成为人的生活教科书。随着社会观念变迁，艺术已经不再单纯是人的生活的教科书，但其给人以美的感受这一特点却从未改变。要想创作出让观众感受到全然美的作品，并令其有所启发，任重道远。

原载《舞蹈》2018 年第 2 期

后 记

曹禺是中国话剧史上无可替代的存在。时至今日,《雷雨》《日出》《北京人》《原野》等大量作品以原作及改编作品的形式,继续活跃在国内外戏剧舞台上,给人们带来长久的精神启迪与艺术享受。纵观中国现代戏剧发展史,话剧作为外来物种,在中国之所以生根发芽,曹禺发挥了关键作用。纵观曹禺戏剧的改编历程,民族性这个关键词贯穿始终。展示民族群体特征,考察民族性弱点在五四新时代的顽固性存在,张扬五四个性解放精神,反映新时代新人格的逐渐形成,是曹禺的主要创作出发点。民族性一直是五四以来新文学重点关注的课题,从鲁迅、闻一多、曹禺等开始,作家们对民族性弱点的展示和批判未曾消停。曹禺对民族性的思考和呈现,集中体现在《雷雨》《日出》《原野》等剧作中。在戏剧结构要素、人物群像、人物关系三个方面,曹禺进行了审慎的取舍和精心的构思。曹禺剧作的艺术构想,建立在深入了解和深刻洞察中国民族特性的基础上,成就了一部部新文学戏剧经典。从这个意义上看,小说领域的鲁迅,戏剧领域的曹禺,是中国现代文学史上的两座高峰。

令人欣喜的是,从沪剧到川剧,从歌剧到音乐剧,一代代的改编者深刻领会了曹禺剧作的精神内核,牢牢把握住了民族性这个精髓,成就了川剧《京子》、歌剧《原野》等不胜枚举的多种多样的改编精品。这些优秀的改编之作,极大地扩展了曹禺原作的艺术视野,拓宽了民族戏剧的题材范围,丰富了民族戏剧的表现手段,满足了观众的多样化需求,在中国戏剧史上留下了光辉的篇章。曹禺剧作及其改编,将永远屹立于民族文化之林。

历经近三年的努力,数十万字的曹禺剧作改编研究资料汇编终于将近完成。这个过程既是艰辛烦琐的,无穷无尽的翻阅查找、网上搜索、反复核对,几乎耗尽了我对文献整理工作的热情。这个过程也是严谨刻苦的,它意味着编者对创作者负责、对文学史负责的态度。支撑着自己一路走来的,除了对曹禺的热爱、对民族戏剧的热忱,更少不了长江出版社领导的激励与支持,以及责任编辑湛青的辛苦工作。鉴于曹禺改编研究资料之丰富浩繁,这部书限于篇幅及编者水平,未能尽录,殊为遗憾,留待将来补足。

最后,需要特别说明的是:本书作为湖北大学中国语言文学学科建设的重要成果,其编选和出版得到了湖北大学“中国文化传承与发展”省级优势特色学科群和湖北大学“中国语言文学与哲学文化”省级一流学科建设项目的大力支持,在此一并感谢。

余迎胜
于湖北大学琴园
2021 年 3 月 8 日